BASTEI
LÜBBE
STARS

RICHARD DÜBELL

Der Tuchhändler

ZWEI ROMANE

Der Jahrtausendkaiser

BASTEI
LÜBBE
STARS

BASTEI LÜBBE STARS
Band 77019

Vollständige Taschenbuchausgabe

Bastei Lübbe Stars ist ein Imprint
der Verlagsgruppe Lübbe

Einbandgestaltung: Atelier Versen, Bad Aibling
Titelbild: Staatliche Museen zu Berlin, Gemäldegalerie,
Jörg P. Anders / bpk 2004
»Bildnis eines jungen Mannes von Franciabigio«
Satz: hanseatenSatz-bremen, Bremen
Druck und Verarbeitung: GGP Media GmbH, Pößneck
Printed in Germany, Februar 2005
ISBN 3-404-77019-6

Sie finden uns im Internet unter
www.luebbe.de

Der Preis dieses Bandes versteht sich einschließlich
der gesetzlichen Mehrwertsteuer.

RICHARD DÜBELL

Der Tuchhändler

ROMAN

BASTEI
LÜBBE
STARS

Für Michaela

Danke an die Menschen, die mir halfen, aus einer Idee ein Buch zu machen: an Sabine Stangl, die meine Manuskripte mit ungebrochener Begeisterung immer wieder las; an Rudi Heilmeier, der nicht müde wurde, meinen ausschweifenden Erzählungen zuzuhören; an die Mitarbeiter des Stadtarchivs Landshut, die mich mit wertvollen Informationen versorgten; und an Sabine Jaenicke und Heike Mayer, die mich durch den langen Weg vom ersten Einfall zum fertigen Buch führten.

Schicksal, ungeschlacht und eitel,
Rad, du rollendes!
Schlimm dein Wesen, dein Glück nichtig
Immer im Zergeh'n!
Überschattet und verschleiert
kommst du nun auch über mich.

CARMINA BURANA

Wer die Süßigkeit des Lebens genießen kann
und tut es nicht,
der ist ein Narr.

JOHN GOWER

Der Text der Vorseite ist der zweiten Strophe von
»Fortuna Imperatrix Mundi«
aus der Liedsammlung Carmina Burana entnommen.
Die Zeilen darunter stammen von John Gower.
Walther von der Vogelweide schrieb das Gedicht
»Unter der linden«, das auf Seite 495/96 steht.

Das Schicksal ersparte es mir zumindest, die Leichname der Mädchen ansehen zu müssen; in dieser Hinsicht war es gnädig. Als das Klagen aus dem Inneren des Hauses endlich verstummt war und wir über den Leichnam des alten Mannes in der Tür stiegen, um das Haus zu betreten, hatte der Vater bereits Tücher über die leblosen Körper gebreitet. Es waren dünne Leinentücher, die die Umrisse der Leiber nicht vollends verhüllten, und das Blut begann bereits dunkel durch das Tuch zu dringen. Der Bischof und ich brachten den Vater hinaus ins Freie, setzten ihn auf sein Pferd, banden ihn dort fest und ritten zurück zum Feldlager des Herzogs.

Es war nicht schwer herauszufinden, wer den alten Diener erschlagen und die Mädchen vergewaltigt und umgebracht hatte. Schwerer war es einzusehen, dass mir der Bischof verbot, die Täter zu verfolgen. Bis ich mich endlich dazu durchgerungen hatte, auf eigene Faust zu agieren, war es bereits zu spät: Der Krieg war zu Ende und die Gelegenheit vertan, selbst zum Richter und Henker zu werden. Der Bischof teilte mir mit, dass über die Missetaten, die während und neben den Kampfhandlungen verübt worden waren, der verzeihende Mantel der Amnestie gelegt würde. Die Wunden dieser unsinnigen Auseinandersetzung müssten nun heilen, sagte er mit finsterem Blick auf meine geballten Fäuste.

An diesem Tag begannen meine Albträume.

1

Dass diese Geschichte mit einem Albtraum beginnt, erscheint beinahe natürlich; denn in den zwölf Jahren, die zwischen ihrem Beginn und jenem Tag lagen, an dem Bischof Peter mich daran hinderte, Gerechtigkeit für den Tod der Kinder zu üben, hatte sich mein Leben selbst in einen Albtraum verwandelt. Ein Albtraum, dessen nächtliche Erscheinungen sich in Gespenstern manifestierten: den Gespenstern der getöteten Mädchen, deren Tod ich nicht gesühnt, und später den Gespenstern meiner Frau und meines Kindes, deren Tod ich durch meine Achtlosigkeit verschuldet hatte. Vielleicht lag die unselige Wendung, die mein Dasein genommen hatte, daran, dass der Bischof nach meiner Zurückweisung seiner Freundschaft aufgehört hatte, für mich zu beten; vielleicht war das der Grund.

Nachdem ich im Streit aus dem Dienst des Bischofs geschieden war, versuchte ich mein Glück als Kaufmann. Es dauerte eine Weile, bevor mein guter Stern mich verließ. Oh, anfangs schien es, als würde meinem neuen Leben Erfolg beschieden sein: Ich baute ein Geschäft auf, aus dem ein Handelshaus, dann ein Hof wurde, der einem vielköpfigen Gesinde Arbeit und Brot gab. In jenen Tagen, gleich nach dem Ende des Krieges, hätte selbst ein noch größerer Tor als ich Geschäfte machen können. Der Tod brauchte jedoch nicht lange, um mich wieder einzuholen. Fünf Jahre später starb meine Frau bei dem Versuch, unser viertes Kind auf die Welt zu bringen, und nahm das Kind und meine Seele mit sich.

Jemand sagte mir, ich müsse weiterleben, der Kinder wegen; und so verrichtete ich die Gebärden des Lebens, bis meine beiden Töchter den Hof verließen und Männer heirateten, die ich niemals näher kennen gelernt hatte, und sich in Städten niederließen, die ich voraussichtlich niemals besuchen würde. Sobald er konnte, ging auch mein Sohn und verdingte sich als Lehrling auf dem großen Kirchenbau in der nahen Stadt, und ich war allein mit meinem Gesinde, das mich mit Scheu betrachtete, und mit meinen Träumen.

Ich verrichtete die Gebärden des Lebens, sieben Jahre lang, bis die Vorfälle der ersten beiden Novemberwochen des Jahres 1475 mich dazu zwangen, wieder von der Welt Notiz zu nehmen. Um sie herum rankt sich die Geschichte, die ich zu erzählen habe. Befände ich mich noch im Dienst des Bischofs, wäre ich vielleicht versucht, sie so zusammenfassen: Der Herr hat sich der einen verdammten Seele bedient, um die andere zurück ins Licht zu führen; aber ich weiß nur zu gut, dass der Herr nichts mit alldem zu tun hatte, was in jenen trübkalten Novembertagen zwischen Allerheiligen und Martini in Landshut passierte – eher noch sein großer Gegenspieler, wenngleich ich es vorziehe zu glauben, dass weder der eine noch der andere sich an den kleinmütigen Handlungen der Menschen in irgendeiner Weise beteiligen wollen.

Die Geschichte beginnt mit einem Albtraum. Von Anfang an war ich davon überzeugt, dass sie auch mit einem Albtraum enden würde.

Die Schatten des Schlafs zerflatterten abrupt und der Traum mit ihnen, und ich wusste, dass ich wach war. Ich blinzelte atemlos in die Dunkelheit; ich spürte die Nässe von Tränen auf meinen Wangen. Ich empfand es als Gnade, wach zu sein.

Als ich mich zurücksinken lassen wollte, pochte es an meiner Tür. Ich fuhr zusammen. Deshalb war ich aus dem Schlaf geschreckt; ich konnte mich erinnern, dass ich das Klopfen auch im Traum gehört hatte. Mein Herz begann heftig zu schlagen.

»Was ist los?«, krächzte ich überlaut.

Die Tür öffnete sich, und mit dem Schein einer Kerzenflamme schob sich der zerzauste Kopf meines Gutsverwalters herein. Er machte einen zaghaften Schritt in die Kammer und blieb vor der geöffneten Klappe meines Bettkastens stehen.

»Herr Bernward«, sagte er aufgeregt, »entschuldigt, dass ich

Euch aus dem Schlaf reiße. Drüben in der Stube wartet ein Wappner und will mit Euch sprechen.«

Ich starrte wie blind in sein von der Kerzenflamme halb aus der Dunkelheit gezerrtes Gesicht. Das Blut in meinen Ohren pochte. Wie spät mochte es sein? Kurz vor der Dämmerung?

»Ein Wappner?«, wiederholte ich schließlich. »Weißt du, was er von mir will?«

Der Gutsverwalter trat vollständig um die Tür des Bettkastens herum; ich sah, dass er sich notdürftig in einen Kittel gehüllt hatte.

»Er wollte es mir nicht sagen. Er hat den Auftrag, nur mit Euch zu sprechen. Vielleicht solltet Ihr zu ihm gehen, Herr Bernward.«

»Ja«, murmelte ich. »Ja. Natürlich.«

Ich fuhr mir mit der Hand über das Gesicht und spürte die Kälte meiner Finger und die Rauheit meines unrasierten Kinns. Meine Augen brannten, als ich mir über die Lider strich. Ich schwang die Beine aus dem Bett, bekämpfte den Schwindel, der vom plötzlichen Aufrichten kam, und sagte: »Geh hinüber und richte ihm aus, dass ich sofort komme. Ich muss nur etwas überwerfen.«

Er nickte. Ohne ein weiteres Wort stellte er die Kerze auf eine Truhe und schlüpfte zur Tür hinaus.

Ich stieß die zweite Klappe des Bettkastens auf und kletterte steifbeinig aus dem schrankähnlichen Möbel. Mit nackten Füßen humpelte ich über die kalten Holzbretter und zog einen Mantel über mein Nachthemd. Die Luft in meiner Kammer war kühl im Gegensatz zum aufgewärmten Inneren des Bettkastens. Die Kühle sorgte dafür, dass ich vollends erwachte: Plötzlich spürte ich meinen Herzschlag bis in die Kehle. Ein Wappner, der zur Nachtzeit in mein Haus kam und nur mich zu sprechen wünschte: Was konnte dies anderes bedeuten als

– eine Nachricht vom Tod

unerwünschte Neuigkeiten? Meine Fußsohlen begannen zu prickeln; ich bückte mich nach meinen Schuhen und streifte sie über. Die Haustüre stand weit offen, als ich in die Halle hinaustrat, doch es kam kein Licht herein. Die fehlenden Fackeln draußen sagten mir, dass selbst meine Knechte noch schliefen. Es mochte allenfalls um die dritte Stunde nach Mitternacht sein. Das Haus war absolut still; die Wirklichkeit schien ebenso weit entfernt zu sein wie die Dämmerung des Tages.

Der Wappner stand vor dem Kamin; mein Verwalter hatte das Feuer angezündet, aber es beleuchtete den Raum ebenso unzureichend, wie es ihn erwärmte. Er trug einen dunkel gestreiften Kittel mit einem breiten Gürtel um seine Leibesmitte und hohe, schwere Stiefel an den Füßen; seinen Helm hatte er auf den Tisch gelegt. Der Verwalter hatte ihm einen Becher Wasser gegeben, und er schien durstig genug gewesen zu sein, ihn gleich auszutrinken; jetzt drehte er den leeren Becher unruhig in den Fingern hin und her. Seine Haare klebten ihm feucht an den Schläfen. Er starrte in das Feuer; bei meinem Eintreten drehte er sich schnell herum und sah mir entgegen. Ich sah an seinen erhitzten Wangen, dass er gerannt sein musste. Ich versuchte zu schlucken und spürte einen Kloß in meiner Kehle, der sich nicht bewegen ließ.

»Ich bin Peter Bernward«, sagte ich. »Was kann ich für Euch tun?« Als er zu sprechen begann, bemerkte ich den breiten Dialekt der Passauer Gegend.

»Man hat mir aufgetragen, Euch abzuholen«, sagte er unbeholfen; es klang wie eine Drohung. Ich kniff die Augen zusammen.

»Wohin?«

»Zur Baustelle der Kirche. Ich soll Euch zum Dom von Sankt Martin bitten«, antwortete er förmlich.

Etwas berührte mein Herz wie eine kalte Hand. Ich dachte an meinen Sohn, der auf der Baustelle

– verunglückt war

arbeitete und

– zerschmettert auf dem Pflaster lag

von dem ich seit Wochen nichts mehr gehört hatte. Wir standen nicht in bestem Einvernehmen, Daniel und ich, aber zu erfahren, dass er tot sein könnte ... Der Hals schnürte sich mir zu.

»Hat es einen Unfall gegeben?«, stieß ich atemlos hervor.

»Ich weiß es nicht«, erklärte der Wappner. Ich drängte die Panik zurück und starrte in sein Gesicht.

»Wer will mich dort sehen?«, fragte ich mit erzwungener Ruhe.

»Der Herr Stadtkämmerer.«

»Hanns Altdorfer?«

Er zuckte mit den Schultern; er kannte den Titel, aber nicht den Namen.

Ich schüttelte den Kopf, um meine Gedanken zu klären. Langsam trat ich an den Kamin und lehnte mich gegen die Wand. Das Feuer begann ganz allmählich, die Steine zu erwärmen; unwillkürlich presste ich meine kalten Hände dagegen. In meinen Schuhen spürte ich meine klammen Zehen. Ich atmete tief ein und wieder aus.

»Was ist passiert?«, fragte ich.

Er spreizte die Hände. »Ich weiß es nicht«, wiederholte er. Es war ihm anzusehen, dass er ungeduldig wurde, weil er seinen Auftrag nicht erfüllen konnte. »Unser Fähnlein ist in der Schule gleich neben der Baustelle untergebracht. Wir wurden kurz nach Mitternacht geweckt und herausbefohlen, um uns rundherum aufzustellen und niemandem Einlass zu gewähren. Nach einer Weile kam ein Herr zu unserem Hauptmann und bat ihn, nach Euch zu schicken. Ich stand gleich daneben, und der Hauptmann fragte mich, ob ich die Bitte des Herrn Stadtkämmerers verstanden hätte. Ich sagte Ja. Der Hauptmann ist von hier. Er beschrieb mir die Strecke und sandte mich zu Euch.«

Er sah auf den Becher hinab, den er verlegen in den Händen gedreht hatte. In einem plötzlichen Entschluss und als ob nun alles gesagt sei, stellte er ihn auf den Tisch und griff nach seinem polierten Helm.

»Gehen wir?«, fragte er.

Er sah mich erwartungsvoll an, aber ich zögerte. Ich kannte Hanns Altdorfer gut genug, um ihn meinen Freund nennen zu dürfen, und ich konnte mir nichts vorstellen, das ihn so sehr drängte, dass er damit nicht bis zum Morgen warten konnte.

– Es sei denn, Daniel läge tot zwischen den Backsteinen des Kirchenbaus.

Es schauderte mich, und plötzlich fühlte ich mich schwach. Mühsam stieß ich mich von der Wand ab.

»Ich werde Euch begleiten«, sagte ich. »Ich muss mir nur noch etwas Warmes anziehen.« Er nickte und schien erleichtert. Als könnte er damit verhindern, dass ich meine Aussage revidierte, stülpte er sich den Helm auf den Kopf und trat von der Nähe des Feuers zurück.

»Ich werde hier auf Euch warten«, sagte er. Ich zuckte mit den Achseln und verließ die Stube.

Vor meiner Schlafkammertür stand mein Verwalter. Mittlerweile hatte er sich vollständig angezogen und schien auf Anweisungen zu warten.

»Komm mit herein«, sagte ich, und er folgte mir in die Kammer. Ich bückte mich nach einer Kleidertruhe.

»Er will, dass ich mit ihm in die Stadt komme«, eröffnete ich ihm.

»Ist etwas Schlimmes passiert, Herr Bernward?«

»Ich weiß es nicht. Scheinbar hat ihn Hanns Altdorfer zu mir geschickt. Ich soll ihn bei der Baustelle des Martinsdoms treffen.«

»Bei der Baustelle? Gott behüte, dass Eurem Herrn Sohn etwas zugestoßen ist ...«

»Es sieht nicht danach aus«, unterbrach ich ihn knapp. Ich fröstelte; ich wollte nichts darüber hören. Was man ausspricht, ruft man herbei. Plötzlich dachte ich an meinen Traum. Hatte ich nicht diesmal meinen Sohn darin gesehen? Ich erinnerte mich nicht mehr, aber ein Schauer lief mir den Rücken hinab. Unsinn, dachte ich. Träume haben keine Vorbedeutung. Sie beschreiben nur Situationen, die bereits hinter uns liegen. Ich wusste es mittlerweile gut genug.

Der Verwalter räusperte sich und fragte: »Was werdet Ihr tun?«

»Ich gehe mit ihm zum Dom.«

Er zuckte mit den Schultern. »Wenn ich etwas für Euch tun kann ...«

Ich schüttelte den Kopf, und er begann, die Unordnung, die ich in der Kleidertruhe hinterlassen hatte, zu bereinigen, während ich aus meinem Nachthemd stieg. Nach einigen schweigsamen Minuten, während derer er mir half, die Kleider überzustreifen, sagte er plötzlich: »Denkt Ihr daran, dass womöglich schon heute die Lieferung Seidenstoffe für die Hochzeit des jungen Herzogs ankommt? Soll ich in Eurem Namen die Fracht annehmen und die Fuhrleute auszahlen?«

»Das wird nicht nötig sein«, sagte ich. »Ich gehe davon aus, dass ich bald wieder zurück sein werde. Ich habe genügend Zeit, mich selbst darum zu kümmern.«

Der Verwalter nickte, und ich trat an ihm vorbei in die Halle hinaus. Er zupfte einen langen hellen Faden von meinem dunklen Mantel und zwirbelte ihn zu Boden. Ich klopfte ihm auf die Schulter und holte den wartenden Wappner aus der Stube. Zusammen verließen wir das Haus. Ich sollte Recht behalten, als ich sagte, ich sei bald wieder zurück. Ich wusste noch nicht, wie sehr ich mich bei meiner anderen Aussage täuschte.

In der nächtlichen Dunkelheit draußen wallte ein dichter Nebel, der von den vielen Armen und Verzweigungen der Isar aufstieg und die feuchten Niederungen des Flusstales einhüllte. Es roch nach Rauch und nach frischer Erde. Der Duft geriet mir beim ersten Atemzug in die Kehle und reizte mich zum Husten. Mein Begleiter zog hörbar die Nase hinauf und räusperte sich. Er trug jetzt eine Fackel in der Hand. Sie brannte knisternd und widerwillig in der feuchten Luft und sandte brennende Tropfen auf den Boden.

Ich drehte mich zu ihm um und nickte ihm zu. Er zog noch einmal die Nase hinauf und setzte sich dann in Bewegung. Ich folgte ihm dichtauf. Der Nebel kroch mit suchenden, kalten Fingern in jede Öffnung meiner Kleidung, in den Raum zwischen dem dicken Kragen und meinem Hals, in den weiten Ausschnitt vorne an der Brust und in die Öffnungen der Ärmel an den Handgelenken. Ich schob die Hände übereinander, verbarg sie in den Ärmeln und dachte daran, dass ich die pelzgefütterte Kappe mit den Ohrenschützern vergessen hatte. Ich hatte ein merkwürdiges Gefühl der Fremdheit, als wir durch den Torbogen meines Hofzugangs hinaus in die absolute Dunkelheit der umliegenden Felder traten. Mein Herz begann wieder lauter zu klopfen. Daniel, mein Sohn, es kann dir nichts zugestoßen sein; wenn es das gewesen wäre, hätte der Wappner es gewusst. Und wie hätte man deinen Unfall erst nach Mitternacht bemerken können? Nach der Dämmerung werden sämtliche Arbeiten am Bau beendet. Aber eigentlich dachte ich: Es kann dir nichts zugestoßen sein, weil ich meinen Teil an persönlichem Leid schon ausgeschöpft habe. Ich habe die Rechnung bereits bezahlt. Bitte.

Es führte nur ein Karrenweg von meinem Tor zur Straße, die von Nordosten nach Süden zur Stadt hinein verlief; wir stolperten ungeschickt darauf entlang, bis wir die Straße selbst erreichten. Die Bewohnerinnen des Klosters neben der Straße schienen die einzigen Menschen in der Nähe zu sein, die außer uns auf den Beinen waren. Wir hörten dumpf ihren Messgesang, als wir an der lang gezogenen Mauer vorbeischritten. Der Wappner wechselte die Fackel von der rechten in die linke Hand und bekreuzigte sich, und seine Geste überraschte mich genug, dass ich unwillkürlich ebenfalls das Kreuzzeichen machte. Ich wusste nicht einmal mehr, welche Messe sie jetzt abhielten; meine Erinnerung an die organisatorischen Belange der Kirchen und Klöster war verblasst. Der Gesang drang verzerrt und lustlos durch den Nebel.

Bis auf eine Aufforderung meinerseits, langsamer zu gehen, verlief unser Weg schweigsam. Ich fühlte das dumpfe Pochen der Erregung zusammen mit meinem Herzschlag und hatte keine Lust zu sprechen. Vom schnellen Gehen war mein Blut endgültig in Wallung geraten und meine Steifbeinigkeit verschwunden. Der Mantel wurde mir fast zu warm, und ich spürte, dass die Hitze in meine Wangen kroch. Auch meine Nase begann zu laufen.

Wir passierten das Äußere Isartor, ein halb fertiges Bauwerk, das nur an seiner Basis aus Mauerwerk bestand und von einem einsamen Stadtknecht bewacht wurde. Von den Flügeltoren stand eines offen; Fackelschein aus dem beleuchteten Tordurchgang drang daraus hervor, unterbrochen von der auf und ab schreitenden Gestalt des Torwächters. Er ließ uns wortlos passieren und schloss das Tor mit einem lauten Geräusch wieder hinter uns zu. Er hatte es offensichtlich nur für uns offen gehalten. Er nickte mir zu; er fragte nicht, welches Geschäft wir beide zu dieser Stunde in der Stadt haben mochten.

Beim Blauen Turm am jenseitigen Ufer des zweiten Isararms wiederholte sich das Schauspiel; nur der Spitaler Turm, der den Platz vor der Heilig-Geist-Kirche und dem Pilgerhospiz vom Stadtkern abgrenzte, war unbesetzt. Die breite Hauptstraße erstreckte sich nach den Salz- und Bräustädeln gerade vor uns; das Katzenkopfpflaster glänzte im Schein unserer Fackel vor Nässe und verlief sich nach Süden zu in der Dunkelheit. Am Rathaus konnte man noch die Lichtpunkte vereinzelter Fackeln sehen, die neben dem Eingangsportal staken. Was danach kam, verlor sich vollkommen in der nebligen Düsternis. Nicht einmal das wuchtige Langhaus des neuen Doms und der trutzige Fuß des noch nicht fertig gestellten Turms in seinem spinnwebgleichen Gerüst waren zu sehen.

Wir erreichten die Baustelle nach einem unsicheren Marsch über das schlüpfrige Pflaster. Die Stadt erschien um diese Stunde menschenleer, die Häuser drängten sich stumm und blind unter den Nebelschwaden. Die Baustelle selbst beanspruchte den größten Teil eines Platzes im südlichen Drittel des Stadtzentrums. Gewaltige Haufen von Steinen und Brettern türmten sich dort auf, das Pflaster war stark verschmutzt und noch rutschiger als zwischen den Patrizierhäusern weiter vorne. Mehrere Gruppen von verschlafenen Menschen standen in der Dunkelheit und starrten stumm zu den verschlossenen Eingangsportalen des Kirchenschiffs. Die meisten von ihnen schienen Handwerker aus den umliegenden Bauhütten zu sein. Ich reckte den Kopf, um nach meinem Sohn zu suchen, aber im schlechten Licht konnte ich ihn nirgends erkennen. Behelmte Wappner befanden sich in lockeren Ringen um die jeweiligen Menschentrauben. Sobald einer der Bewachten ein lautes Wort sagte, zischten die Bewacher scharf und ermahnten ihn zur Ruhe. Kaum einer von ihnen trug eine Fackel; gesichtslos und einheitlich grau und düster standen Aufpasser wie Bewachte in der Dunkelheit und dem feuchten Nieseln und verharrten schweigend.

Als wir uns näherten, drehten sich alle Köpfe nach uns um. Aus einer Gruppe Behelmter vor dem nördlichen Seitenportal löste sich ein Mann und schritt uns entgegen. Auch er trug einen Helm, aber anders als die anderen war er unbewaffnet. Mein Begleiter blieb stehen. Aus der Gruppe in unserer Nähe hörte ich eine halblaute Frage, wer wir seien, und gleich darauf eine brummige Mahnung von Seiten eines der Wappner, den Mund zu halten.

Der Mann blieb vor uns stehen. Mein Begleiter straffte sich und sagte knapp: »Herr Bernward, mein Hauptmann.«

Der Hauptmann nickte und sagte: »Gut gemacht. Geh wieder auf deinen Posten.«

Der Wappner nickte ebenso knapp, wie er seinen Hauptmann begrüßt hatte. Einen Moment stand er unschlüssig mit der Fackel da, dann drückte er sie mir in die Hand und schritt ohne ein Abschiedswort davon. Ich hob die Fackel und leuchtete unter den breiten Rand des Helms, dem Hauptmann ins Gesicht. Er war ein älterer, gedrungener Mann mit einem breiten, bärtigen Gesicht und finsteren Augenbrauen, der den Kopf in den Nacken legen musste, um mich unter dem heruntergezogenen Helmrand ansehen zu können.

»Was hat er Euch mitgeteilt?«, fragte er nach einem Augenblick und wies mit dem Kopf in die Richtung, in der mein Begleiter davongegangen war.

»Nichts, zum Teufel«, sagte ich heftiger als beabsichtigt.

Er machte eine rüde Geste, als wolle er mir die Hand auf den Mund legen. Unwillkürlich zuckte ich zurück, aber er sagte nur: »Sprecht leise.«

Ich nickte mit zusammengebissenen Zähnen.

»Was ist hier los?«, raunte ich. »Wo ist Hanns Altdorfer?«

»Der Notarius und seine Begleiter befinden sich im Inneren des Doms«, sagte er. »Sie bitten Euch, zu Ihnen hineinzugehen.«

»Was werde ich dort vorfinden?«

Er legte den Kopf wieder zurück und starrte zu mir nach oben. Er zuckte kaum merklich mit den Schultern.

»Ich weiß es nicht«, sagte er. »Bitte nehmt Eure Fackel und geht hinein.«

Ich schüttelte unwillkürlich den Kopf, und er öffnete den

Mund, als dächte er, ich wolle ihm widersprechen. Ich kam ihm zuvor.

»Was macht Ihr mit Euren Leuten hier heraußen?«, fragte ich.

»Wir sehen zu, dass niemand außer Euch die Kirche betreten kann«, knurrte er.

Ich sah ihn für einige Momente schweigend an.

– *Niemand außer Euch.*

Ich packte die Fackel fester und setzte mich in Bewegung. Er drehte sich im Stand herum und marschierte neben mir her. Seine Männer vor dem Seitenportal machten den Weg in das Innere des Doms frei. Der Hauptmann blieb unter der Bogenlaibung des Portals stehen. Ich zögerte einen Moment, dann trat ich in die Kirche ein.

Es war drinnen ebenso dunkel wie draußen, aber der Nebel war nicht bis hier hinein vorgedrungen. Im Lichtschein tauchten die gleichen Haufen aus Brettern und Backsteinen auf wie vor der Kirche. Man hatte sie entlang den Wänden aufgetürmt, um einen Raum in der Mitte freizuhalten, in dem sich die Betenden zur Messe versammeln konnten. Als ich die Fackel hob, reichte ihr Schein nicht bis nach oben; der Bau verlor sich in der Dunkelheit und schien nirgendwo zu enden. Es roch nach dem Harz und dem Rauch alter und neuer Fackeln, nach Steinstaub und frischen Sägewunden in feuchtem Holz.

Die Tatsache, dass etwas in einem halb fertigen Gotteshaus auf mich wartete, das mit einem Aufgebot an Bewaffneten vor der Öffentlichkeit versteckt wurde wie eine Pestbeule, stellte alle meine Nackenhaare auf. Ich fühlte mich plötzlich, als wäre ich noch immer im Traum befangen. Ich hustete, und das Geräusch zerflatterte zwischen den Steinhaufen. Ich schöpfte Atem und senkte die Fackel wieder.

Man hatte die neue Kirche über einem kleinen, älteren Bau errichtet und diesen niedergerissen. Den Bauschutt verwandte man zum großen Teil, um den Boden zu ebnen, und so erhob sich die neue Kirche mittlerweile gut zwei Mannslängen über dem ursprünglichen Niveau der alten Kirche. An manchen Stellen hatten die Steine nicht ausgereicht, um den früheren Raum vollkommen aufzuschütten, und so waren noch immer da und dort verschieden tiefe Gruben vorhanden, die man Zug um Zug auffüllte. Ich hielt die Fackel vor mir gegen den Boden gerichtet, als ich weiter in das Kirchenschiff eindrang, um nicht unversehens in eine dieser Gruben zu stürzen.

Der Boden war dick mit Schmutz und Stroh bedeckt und dämpfte die Geräusche meiner Schritte. Stattdessen schien die Stille widerzuhallen wie in einer stummen Glocke, und ich wünschte mir einen Moment, die Menschen draußen möchten etwas Lärm machen. Ich blieb stehen und horchte, aber ich konnte keinen Laut vernehmen. Ich hatte erwartet, dass Hanns Altdorfer oder jemand anderer mich gleich hinter dem Seiteneingang erwarten würde, doch es schien, als sei ich alleine in der Kirche. Sie war dunkel und menschenleer, und die einzigen Gestalten, die das unruhige Licht aus der Finsternis schälte, waren die in edlen Posen erstarrten Figuren der bereits fertig gestellten Schutzpatrone an den Säulen.

Ich atmete aus und sah das Wölkchen aus feuchtem Dampf, das vor meinem Gesicht aufwirbelte. Schließlich holte ich Atem und rief halblaut: »Hanns Altdorfer!«

Etwas scharrte in der Nähe des Altarraumes, dann erhob sich ein schwacher Lichtschimmer über einem unordentlichen Haufen Steine. Die gelbe Flamme einer Fackel folgte: Jemand stieg aus einer der Gruben empor. Ich machte ein paar Schritte darauf zu. Die Gestalt spähte über den Haufen hinweg in meine Richtung.

»Peter?«

»Hanns«, sagte ich erleichtert und eilte auf das Licht zu.

Der Stadtkämmerer kletterte vollends aus der Grube empor. Bis ich bei ihm angelangt war, hatte er sich bereits aufgerichtet und klopfte mit der freien Hand den Schmutz von seinem Mantel. Dann wischte er sich die Hand an seinem anderen Ärmel ab und streckte sie mir entgegen.

»Ich freue mich, dass du endlich hier bist«, sagte er.

Ich drückte seine Hand, ohne sie loszulassen.

»Hanns«, sagte ich atemlos. »Ist etwas mit Daniel?«

Er verzog das Gesicht, ohne etwas zu antworten. Das Fackellicht, das Einzelheiten für gewöhnlich mehr vertuscht als hervorhebt, konnte dennoch nicht verbergen, dass er müde aussah. Er war ein magerer, hoch gewachsener Mensch mit einem Gesicht, das zu frühen Falten neigte, und es schien, als seien in der letzten Zeit noch einige hinzugekommen.

»O Peter«, stieß er hervor. »Ich habe überhaupt nicht daran gedacht, dass dir ein solcher Gedanke kommen musste! Nein, ich kann dich beruhigen. Wenn wir nicht die meisten Bauleute aufgeweckt und zusammengetrieben hätten, um sie unter Kontrolle zu haben, würde ich sagen, dein Sohn schläft im Augenblick den Schlaf des Gerechten.«

Ich nickte. Plötzlich war mir schwindlig. Warum wird es einem immer erst in solchen Momenten klar, wie sehr man liebt? Als ich seine Hand losließ, sagte er: »Daniel ist wohlauf, Peter.«

»Du weißt, was er für mich bedeutet«, murmelte ich.

Er erwiderte nichts darauf. Ich betrachtete sein Gesicht mit den blauen Schatten unter den Augen. Manchmal rief sein Anblick den Schmerz in mir hervor, den ich noch immer wegen des Todes meiner Frau empfand; auch jetzt spürte ich den bekannten Stich. Er war neben Maria mein einziger Vertrauter gewesen. Plötzlich schien mir der Gedanke unerträglich, dass niemand zu Hause auf mich wartete.

»Also – weshalb hast du mich rufen lassen?«, fragte ich rau.

»Komm«, sagte er und fasste mich am Arm. Mit der anderen Hand hob er die Fackel wieder empor. »Ich zeige es dir.«

Hinter dem Haufen Bauschutt, über den er geklettert war, gähnte eine tiefe Grube mit unregelmäßig abgesackten Wänden. Ihr Grund lag gut zwei Mannshöhen tiefer als der Boden des neuen Doms; an einer Stelle war genügend Schutt hineingefallen, dass man hinunter- und wieder hinaufgelangen konnte. Ich prallte zurück, als wir um den Schutthaufen bogen und ich in die Grube hinunterspähen konnte: Drei weitere Männer standen mit einer Fackel dort unten und hatten ihre Gesichter uns zugewandt. Einer von ihnen nickte mir gemessen zu.

Der Stadtkämmerer kletterte ohne ein weiteres Wort über die Steine nach unten. Ich folgte ihm unbeholfen. Als wir beide unten angekommen waren, wurde es eng in der Grube. Ich hob die Fackel nach oben, damit ich nicht irgendjemandes Kleider anzündete.

Hanns Altdorfer wies auf mich und erklärte in lateinischer Sprache: »Der Kaufmann Peter Bernward von Säldental, meine Herren.«

Bevor ich noch irgendetwas sagen konnte, deutete Altdorfer auf den ersten der Männer, einen breitschultrigen Kerl mit einem verschlossenen Gesicht, in dem ein mächtiger Schnurrbart und zu kurzen Zöpfen geflochtene Koteletten prangten. Er trug Stiefel und einen kostbaren roten Mantel.

»Dies ist Herr Albert Moniwid, der Anführer der polnischen Vorausdelegation in Landshut«, sagte er. »Der Herr Ritter ist aus dem Herzogtum Litauen und spricht unsere Sprache nicht, weshalb wir ihm die Höflichkeit antun wollen, lateinisch zu sprechen.«

Ich nickte dem Edelmann verwirrt zu und streckte die Hand aus. Er ergriff sie nicht, sondern neigte nur knapp den Kopf. Ich ballte die Faust und ließ meine Hand wieder sinken. Der Ritter sagte in fließendem Latein: »Unter anderen Umständen wäre es mir vielleicht angenehm, Euch kennen zu lernen.« Er hatte eine tiefe, grollende Stimme, die es nicht gewöhnt war, leise zu sprechen.

Altdorfer wies nicht ohne Ehrerbietung auf den nächsten der Männer; es war derjenige, der mir aus der Grube herauf zugenickt hatte. Ich brauchte seine Vorstellung nicht. Jetzt, in seiner unmittelbaren Nähe, erkannte ich ihn.

»Doktor Mair«, sagte ich und streckte meine Hand nochmals aus. »Der Kanzler des Herzogs. Es ist mir eine Ehre.« Unwillkürlich hatte ich bayrisch gesprochen.

Der Kanzler ergriff meine Hand und schüttelte sie, und auch er sagte auf Bayrisch: »Die Ehre ist auf meiner Seite, Herr Bernward.«

Dann wandte er sich ab und verneigte sich knapp vor dem polnischen Ritter, wie um sich für den kurzen Gebrauch seiner Muttersprache zu entschuldigen. Ich konnte erkennen, dass er den herablassenden Polen nicht mochte.

Der Kanzler hielt die dritte Fackel in der Hand; sie war fast schon ausgebrannt. Er hatte sich eine hohe, formlose Kappe auf den Kopf gedrückt. Seine langen, grauen Haare lockten sich darunter hervor bis in seinen Nacken. Er war stämmig, mit einer kurzen, dicken Nase, schweren Lidern und fleischigen Wangen, auf denen sich graue Bartstoppeln zeigten. Um seine Augen waren die gleichen dunklen Schatten wie um die Augen Hanns Altdorfers; er machte einen ebenso erschöpften Eindruck.

Ich kannte auch den dritten der Männer, den Stadtoberrichter Meinhard Girigel, wenn auch nur vom Sehen. Er war als Nachfolger des Walthasar Nothafft bereits vor einem Jahr in sein Amt gewählt worden, obwohl er nicht aus der Stadt stammte. Er schien schüchtern und zurückhaltend zu sein; viele Leute schrieben dies seiner körperlichen Behinderung zu. Der Richter hatte einen lahmen Fuß sowie einen verkümmerten Arm, mit dem er nur kraftlose Gesten ausführen konnte; seine ganze linke Seite schien vom Schöpfer vernachlässigt worden zu sein, und durch die Kraft, die er in seiner rechten Körperhälfte aufgebaut hatte, wirkte seine ganze Statur wie verzerrt. Er hatte einen überraschend kräftigen Druck in seiner gesunden Hand, mit harten, langen Fingern, die sich um meine schlossen. Er murmelte einen leisen Gruß in schadhaftem Latein, aber ich sah seine Augen im Fackelschein funkeln und wusste, dass er nicht zu den Menschen gehörte, die ihrer Behinderung wegen zu Selbstzweifeln neigen. Seine Zurückhaltung mochte überzeugend wirken, aber ich hatte den Eindruck, dass sie einen harten Kern und einen entschlossenen Charakter bemäntelte. Auch er trug einen Mantel, dessen Vorderseite jedoch vor frischem Schmutz starrte, und er stützte sich schwer auf einen knotigen Stock.

Danach herrschte Schweigen. Niemand schien das Wort ergreifen zu wollen. Ich hörte das Scharren der Stiefel, als der polnische Ritter ungeduldig von einem Bein aufs andere trat, und spürte die Kälte, die in meine eigenen Füße stieg. Ich richtete den Blick nach unten: Wir standen auf einem Boden aus zersprungenen Steinfliesen, der fingerdick von nassem Lehm bedeckt war. Ich hob einen Fuß, und es schmatzte hörbar, als sich die Sohle vom Boden löste.

Hanns Altdorfer seufzte, als wolle er etwas sagen. Im selben Moment aber trat der polnische Edelmann einen Schritt auf mich zu, packte meinen Oberarm und grollte: »Seht Euch das an.«

Er schob mich auf den Kanzler und den Richter zu, und die Grobheit, die er dabei walten ließ, verriet, dass er seine Wut nur mühsam bändigte. Ich bin ein schwerer Mann, den man nicht leicht herumschieben kann, aber seine Kraft ließ mich stolpern. Die beiden Männer wichen zur Seite, ich streckte unwillkürlich meine Fackel nach vorn, und das Licht fiel in einen noch tieferen Schacht, der sich am hinteren Ende der Grube öffnete. Ich wollte mich aus dem ungestümen Griff des Polen lösen, aber als ich in den Schacht hinuntersah, vergaß ich es.

Vielleicht war es ein ehemaliger Brunnen gewesen, der das Taufbecken der kleinen Vorgängerkirche des Martinsdoms gespeist hatte; vielleicht auch eine begonnene Gruft für einen reichen Spender der Kirche, die nie ganz vollendet worden war. Die Wände führten senkrecht noch einmal fast eine ganze Mannshöhe nach unten. Der Boden war voller Lehm, in dem schmierige Wasserpfützen im Licht meiner Fackel glänzten.

Sie lag mit ausgestrecken Gliedern dort unten, schmutzstarrend und mit durchweichten, verdreckten Kleidern, an denen ein paar vom Schlamm verschonte Perlen und Stickereien glitzernde Reflexe warfen. Ihr Haar war halb aufgelöst, wie die Hälfte ihres Gesichtes lehmverbacken; einige Strähnen wanden sich tiefschwarz daraus hervor und lagen in einer der Pfützen. Von ihrem Gesicht war nicht viel zu sehen; ein Auge war völlig vom Dreck verschlossen, das andere weit geöffnet, aber ebenfalls voller Schmutz. Ich sah auf sie hinunter, bis der Anblick mir vor den Augen verschwamm und die Reflexe der Verzierungen an ihrem Kleid zu tanzen begannen, weil mein ganzer Körper zitterte. Der Albtraum.

– Der Anblick ist dir nicht fremd.

Ich atmete ein und aus, bis das Zittern verging. Es war die Leiche einer jungen Frau, halb vom Schmutz verdeckt, ein nebensächliches Bündel Kleider, in dem ein erkalteter Körper steckte. Ich wich einen Schritt vom Rand des Schachts zurück, und Moniwid leistete keinen Widerstand.

Als ich mich umdrehte, begegnete ich den Blicken der anderen Männer. Hanns Altdorfer musterte mich mit zusammengekniffenen Augen und nickte langsam. Ich setzte zum Sprechen an und musste es ein zweites Mal versuchen.

»Wer ist das?«, flüsterte ich.

Ich hörte den tiefen Bass des polnischen Ritters an meiner Seite; er sagte: »Die Gräfin Jagiello. Die Nichte meines Königs.«

Ich drehte mich um und starrte in die Gesichter der Männer vor mir. Sie waren wie aus Stein gemeißelt. Ich sah, wie der Richter die rechte Hand zur Faust ballte und sie wieder öffnete. Endlich wandte ich den Kopf zur Seite und blickte Albert Moniwid an. Seine Augen funkelten vor Zorn.

»Was ist mit ihr passiert?«, fragte ich.

Er schnaubte.

»Habt Ihr keine Augen im Kopf?«, knurrte er. »Leuchtet nochmals hinunter.«

Hanns Altdorfer schloss die Augen und sagte leise: »Es ist nicht nötig. Man hat sie geschändet und erdrosselt.« Seine Stimme brach, und er räusperte sich und öffnete die Augen wieder. »Ermordet, Peter.«

Plötzlich war ich froh, dass der Pole mich noch immer am Arm hielt. Ich ließ die Fackel sinken. Moniwid löste seinen Griff und nahm sie mir aus der Hand. Er beugte sich über die Grube und leuchtete hinein; ich hörte, wie er etwas in seiner Sprache zischte. Ich wollte es nicht tun, aber es war wie ein innerer Zwang: Ich drehte mich ebenfalls um und sah nochmals hinunter.

Sie hatte ein Kleid mit einem engen Oberteil getragen, das die Brüste modellierte. Sie war üppig genug gebaut gewesen, um es sich leisten zu können. Das Oberteil war aufgerissen und entblößte ihren Körper bis zum Bauchnabel. Die Brüste waren weiß und von Lehm verschmiert; eine dicke trocknende Schicht zog sich wie ein obszönes Zeichen über ihr Brustbein bis zum Bauch hinunter. Selbst darunter konnte man noch die dunklen Flecken auf ihrer Haut sehen, wo sie geschlagen worden war. Ein blutunterlaufener Striemen um ihre Kehle leuchtete ebenfalls düster unter dem nassen Schmutz auf ihrem Hals hervor. Der lange Rock war über die Knie geschoben; darüber verdeckte der schwere Stoff ihren Schoß und ihre Lenden. Ich sah das Blut; es war nicht viel, aber es hatte ihre Schenkel verschmiert und Flecken auf dem Rock hinterlassen. Ich erschauerte. Ich war froh, dass der Rock sie verhüllte; ich war nicht begierig zu sehen, was sich darunter befand. Moniwid hob die Fackel und hielt sie von der Grube fort, und ein tintiger Schatten floss über den geschundenen Körper und verhüllte ihn. Plötzlich war er nur noch ein vager, klumpiger Umriss inmitten des stumpf glänzenden Drecks.

Ich starrte in die nun dunkle Grube hinunter. Wenn sie jemals als letzte Ruhestätte geplant gewesen war, hatte sie ihre Bestimmung unerwartet erfüllt. Ich begann wieder zu zittern.

– Erinnerst du dich an sie? Sahen auch sie so aus unter ihren Laken, zerschunden und tot auf dem blutbeschmierten Boden in der Stube jenes Hauses?

Ich biss die Zähne zusammen und hatte Mühe, ruhig zu atmen. Ich hörte undeutlich, wie jemand meinen Namen aussprach. Der Kanzler des Herzogs sah mich an; es war seine Stimme gewesen, die ich gehört hatte.

»Geht es Euch gut?«, fragte er, wieder auf Bayrisch.

»Es geht«, sagte ich schwach. Der Ritter, der noch immer neben mir stand, knurrte unterdrückt, man solle in einer Sprache sprechen, die auch er verstehen könne, und ich straffte mich. »Wer hat das getan?«, fragte ich ruhig.

Altdorfer hob die Hände. »Wir wissen es nicht«, sagte er.

»Was habe ich mit der ganzen Angelegenheit zu tun? Warum habt ihr mich kommen lassen, Hanns?«

Der Stadtkämmerer seufzte und setzte zu einer Erwiderung an. Doktor Mair kam ihm zuvor; er trat einen Schritt auf mich zu und sah mir in die Augen.

»Wir wollen, dass Ihr Euch der Sache annehmt und den Mörder findet.«

»Was?«, platzte ich heraus. »Wie kommt Ihr nur auf so etwas?«

Der Kanzler sagte vollkommen gelassen: »Weil wir verhindern wollen, dass die seit einem Jahr geplante Hochzeit zwischen dem Sohn unseres Herzogs und der polnischen Prinzessin abgesagt wird.«

Ich starrte ihn an.

»Herr Moniwid hier ist außer sich über den Vorfall.« Der Kanzler nickte in die Richtung des Polen. »Er will den Tod der Gräfin seinem König melden. Das ist sein gutes Recht. Er und seine Begleiter sind erst seit wenigen Tagen in der Stadt; sie haben den Geleitzug der Prinzessin in Wittenberg verlassen und sind eilends nach Landshut gekommen, um bei den Hochzeitsvorbereitungen zu helfen, und es wird ihnen mit einem Mord gedankt. Aber wir dürfen nicht außer Acht lassen, dass die Prinzessin Jadwiga in diesem Moment schon auf dem Weg nach Landshut ist, um den jungen Herzog Georg zu ehelichen. Ich brauche nicht zu erklären, was diese Verbindung für Seine Durchlaucht, für die Stadt und für das Herzogtum bedeutet. Ein Vorfall wie dieser könnte die ganze Hochzeit infrage stellen.«

»Welche niemals eine gute Idee war«, brummte Moniwid. Der Kanzler warf ihm einen kurzen Blick zu.

»Welche immerhin die Zustimmung Eures Königs fand«, sagte er sanft, und der Pole fuhr auf: »Wollt Ihr mich an meine Loyalität erinnern, Kanzler?«

»Natürlich nicht«, sagte Doktor Mair. »Verzeiht, Herr Moniwid. Wir sind alle ein wenig angespannt.«

»Das will ich auch meinen«, knurrte der Ritter. »Schließlich ist hier ein Verbrechen geschehen. Die Gräfin war äußerst beliebt am Hof zu Krakau. Die Nachricht ihres Todes wird sehr ernüchternd auf meinen König wirken. Ich sollte sofort einen Boten losschicken.«

»Aber wir haben doch vereinbart zu warten ...!«, rief Hanns Altdorfer, und zum ersten Mal glaubte ich so etwas wie Hysterie in seiner Stimme zu hören. Ich warf ihm einen überraschten Blick zu. Der Kanzler des Herzogs machte eine herrische Handbewegung in Altdorfers Richtung.

»Herr Moniwid«, sagte er. »Wir haben bereits besprochen, dass ...«

»Wir haben gar nichts besprochen. Ihr habt mich aus dem

Schlaf geholt und hierher gezerrt in Eure lächerliche Kirche, um die sich die Wappner scharen und das Volk draußen abhalten, wie die Schafe überall herumzulaufen; Ihr habt auf mich eingeredet und mir weiszumachen versucht, ich müsse diesen widerlichen Vorfall vertuschen, damit es nicht zu einem Skandal kommt und Euer prahlerischer Herzog vor aller Welt ohne seine Hosen dasteht.«

»Wir haben besprochen«, sagte der Kanzler hart, »dass, wenn dieser Vorfall bekannt würde, die Folgen sowohl für das Herzogtum als auch für das Königreich Polen unabsehbar wären und wir nichts überstürzen dürfen.«

Moniwid schwieg einen Moment, und Doktor Mair wandte sich wieder an mich.

»Seht«, sagte er. »Herr Moniwid hat uns die Gelegenheit gegeben, den Mörder zu finden und seiner gerechten Strafe zu überführen. Sollte uns dies nicht gelingen, wird er König Kasimir in Polen unterrichten lassen und vorschlagen, die Hochzeit der Prinzessin mit dem Sohn unseres Herzogs abzusagen.«

»Vielleicht sollte die Hochzeit überhaupt nicht stattfinden«, sagte der polnische Ritter böse. »Wer weiß, welches Schicksal unserer Prinzessin droht angesichts der Verhältnisse in Eurer Stadt.«

»Es ist nicht erwiesen, dass es ein Bürger dieser Stadt war«, rief Hanns Altdorfer, und der Kanzler gebot ihm mit einer weiteren Handbewegung zu schweigen.

»Ihr werdet verstanden haben, dass nichts über diese Geschichte publik werden darf, bevor sie restlos geklärt ist«, sagte er wieder zu mir. »Sollte der Pöbel draußen etwas davon erfahren, wird der Klatsch schneller um sich greifen als ein Feuer. Deshalb bitten wir Euch, sich der Sache im Verschwiegenen anzunehmen und zu versuchen, den Mörder zu finden.«

»Aber das ist lächerlich«, rief ich. »Weshalb gerade ich?«

»Der Stadtkämmerer hat Euch empfohlen«, antwortete der Kanzler. Ich drehte mich zu Hanns Altdorfer um und sah ihn fassungslos an. Er hob beide Arme und machte eine entschuldigende Geste.

»Peter«, sagte er drängend. »Du bist unsere einzige Hoffnung.«

»Ich verstehe nicht, was in dich gefahren ist«, sagte ich aufgebracht.

Der Kanzler ergriff wieder das Wort.

»Herr Bernward, Ihr habt als Assistent des Bischofs von Augsburg maßgeblich dazu beigetragen, dass zwischen dem Markgrafen Albrecht von Brandenburg und unserem Herzog ein Waffenstillstand entstehen konnte. Von Eurer Gewitztheit und Zuverlässigkeit künden heute noch die Protokolle der damaligen Verhandlungen. Das empfiehlt Euch in meinen Augen mehr als nur ein wenig.«

»Das war vor mehr als zehn Jahren«, rief ich. »Damals war ich ein junger Mann.«

»Umso besser, wenn mit den Jahren auch noch die Reife zu Eurem Geschick hinzugekommen ist«, erwiderte er ernst. Er zögerte einen Augenblick, dann fuhr er fort: »Zudem weiß ich von Herrn Altdorfer, dass Ihr in solchen ... Dingen Erfahrung habt. Hatte Euch Bischof Peter von Augsburg vor dem Krieg nicht dem Untersuchungsrichter beigestellt, damit Ihr in denjenigen Rechtssachen ermittelt, die möglicherweise die Kirche angingen?«

»Ich hatte nicht erwartet, dass er es weitererzählen würde!«, rief ich aus. Altdorfer senkte den Kopf und wurde rot.

»Ihr solltet die Idee vergessen«, sagte ich ruhiger. »Auch wenn Ihr die Gespenster der Vergangenheit weckt, könnt Ihr mich nicht überzeugen.«

»Wir bitten Euch nur um Eure Hilfe. Nicht in unserem Namen, sondern um ein großes Unheil abzuwenden, das unser Herzogtum treffen würde, wenn diese Hochzeit nicht stattfindet.«

»Warum kümmert Ihr Euch nicht selbst darum?« Der Kanzler seufzte tief.

»Seht mich an«, sagte er. »Ich bin direkt aus meiner Studierstube hierher gekommen, wo ich bis vor kurzem noch gearbeitet habe. Und das ist kein Ausnahmefall. Der gesamte Hofstaat des Herzogs steht seit einem halben Jahr Kopf. Der Rentmeister, der Burgpfleger, der Vertreter des Stadtoberrichters, der Oberst der

Wappner – sie und ich und viele andere gehören dem Hochzeitskomitee an und bemühen uns, die Feierlichkeiten zu organisieren. Herr Alber, mein Beirat, hat selbst die Taufe seiner jüngsten Tochter vergessen und seither zu Hause den Teufel am Hals. Seht Euren Freund an, den Stadtkämmerer. Für ihn gilt das Gleiche; er ist für die Vorgänge in der Stadt verantwortlich, soweit sie die Hochzeit betreffen. Tatsächlich haben wir zusammengesessen, um unsere Tätigkeiten aufeinander abzustimmen. Doktor Mauerkircher, der Propst von Altötting, und ich haben im vorigen Jahr diese Hochzeit eingefädelt; ich habe Briefe an Kaiser Friedrich geschrieben, um für unseren Herzog um Fürsprache zu bitten, und den Propst und den Reichskanzler von Polen nach Rom senden lassen, um den Dispens von Papst Sixtus zu erlangen. Ihr wisst vielleicht, dass die Eheleute verwandt sind – Herzog Ludwig und Königin Elisabeth, die Mutter der Braut, sind Vetter und Base. Jetzt muss das Fest vorbereitet werden. Glaubt Ihr, ich kann diese Arbeiten ganz allein durchführen? Ohne die Hilfe des Herrn Altdorfer wäre ich schon längst zusammengebrochen.«

»Peter«, sagte Hanns Altdorfer fast flehentlich. »Wir arbeiten Tag und Nacht. Ich habe selbst mein Haus zur Verfügung gestellt, damit der junge Herzog sein Domizil und sein Brautgemach darin aufschlagen kann. Ich übernachte seit Tagen im Rathaus, wenn ich überhaupt etwas Schlaf bekomme.«

Ich starrte ihn an. Der Kanzler ergriff wieder das Wort.

»Der ungestüme Edelmann hier würde lieber heute als morgen den Anlass liefern, die Hochzeit platzen zu lassen«, sagte er hastig auf Bayrisch. »Ihm ist es egal, ob eine Posse oder ein blutiger Krieg daraus entsteht.«

»Sprecht Latein!«, bellte Moniwid. Doktor Mair nickte.

»Wie wollt Ihr Euch entscheiden?«, fragte er.

Ich wandte den Blick von seinem Gesicht ab und starrte auf den Boden.

»Ihr habt eine Menge Wappner«, murmelte ich. »Ihr habt den Richter und seinen Justizapparat. Weshalb wendet Ihr Euch nicht an ihn?«

Der Richter räusperte sich und sagte in seinem dialektgefärbten Latein: »Es ist kein zuverlässiger Mann darunter, und ich selbst kann die Ermittlungen nicht durchführen. Mein Stellvertreter ist voll und ganz in die Hochzeitsvorbereitungen eingebunden; ich habe seine Arbeit mit zu erledigen.«

»Woher wollt Ihr wissen, dass ich zuverlässig bin?«

»Wir vertrauen dir«, sagte Hanns Altdorfer, und ich schnitt ihm eine Grimasse.

»Zu gütig«, sagte ich sarkastisch.

»Peter, bitte«, murmelte er verletzt.

Ich sah den Männern wieder in die Gesichter. Ihre Augen drängten mich zu einer Entscheidung. Plötzlich hatte ich das Gefühl, ich müsse mich bewegen; ich stapfte in der Grube umher und suchte nach Worten.

»Ich habe keine Ahnung, wo ich überhaupt anfangen soll«, rief ich.

»Wir werden Euch alle Informationen liefern, die Ihr braucht«, sagte Richter Girigel. Seine schwarzen Augen waren so ruhig wie sein Tonfall. Nur seine rechte Hand verriet seine Nervosität: Sie krampfte und flatterte auf dem Griff seines Stocks herum wie ein erregter, seltsamer Vogel. Ich lachte bitter.

»Was sollen das für Informationen sein?«, sagte ich. »Alles, was ich sehen musste, liegt dort unten und versinkt langsam im Dreck.«

Der Richter verzog den Mund und blickte zur Seite. Ich wandte mich an Hanns Altdorfer: »Wie habt ihr sie überhaupt gefunden? Wer hat sie gefunden?«

»Der Richter und ich«, sagte er »Herr Girigel kam zum Haus des Herrn Kanzlers, in dem wir beide noch arbeiteten, und wollte einige Fragen bezüglich der Gerichtsvollmachten während der Hochzeitsfeierlichkeiten klären. Wir gingen zusammen zurück in die Stadt, um Dokumente aus dem Rathaus zu holen. Als wir an der Kirche vorbeikamen, fragte mich der Richter, wie weit die Aufräumungsarbeiten in der Kirche fortgeschritten seien, die nötig sind, damit die Trauungszeremonie im richtigen Rahmen stattfinden kann. Ich hatte die Order dazu gestern Morgen gegeben und schlug ihm vor, gleich nach dem Rechten zu sehen, da wir schon einmal hier seien. Wir hatten eine Fackel dabei, und so betraten wir die Baustelle, um zu überprüfen, was schon alles getan worden war. Als ich sah, dass noch niemand meinen Auftrag auch nur angefangen hatte, wurde ich ärgerlich und begann mich in der Dunkelheit umzusehen. Dabei fanden wir die Leiche.« Seine Stimme verschob sich um ein paar Tonstufen nach oben, und er musste einmal tief Luft holen.

»Was geschah dann?«

Der Richter sagte: »Wir kletterten hinunter. Wir dachten zuerst, es handle sich um eine Betrunkene.«

Moniwid schnaubte empört, und der Richter zuckte die gesunde Achsel.

»Wir sahen sehr schnell, was passiert war und dass es sich bei der Toten um eine Edeldame aus der polnischen Delegation handelte. Der Schmuck und die Kleider sagten mehr als genug.«

»Ist sie bestohlen worden?«, fragte ich aus einem Einfall heraus. Ich sah, wie sich die Brauen des Richters zusammenzogen.

»Daran haben wir gar nicht gedacht«, sagte er. »Ich weiß nicht; wir haben nicht nachgesehen. Man könnte natürlich auch jetzt noch ...« Seine Stimme brach ab, als er einen Blick auf den dunklen Schacht in unserem Rücken warf. Sein Gesicht verlor zum ersten Mal die Maske aus Gelassenheit.

»Wie hätten wir's denn feststellen sollen?«, rief Altdorfer. »Niemand wusste doch, was sie bei sich trug, als sie noch lebte.«

»Die Perlen sind noch an ihrem Kleid, und ich habe eine Halskette gesehen«, sagte Albert Moniwid; es war sein erster konstruktiver Beitrag. »Wer immer diese bestialische Tat zu verantworten hat, hätte mit Sicherheit nicht davor Halt gemacht, die Preziosen mit Gewalt aus dem Stoff zu reißen. Ich frage mich, was ihn davon abgehalten hat.«

Ich nickte.

»Vielleicht hat er den Kämmerer und den Richter gehört und musste fliehen.«

Altdorfer sah mich voller Entsetzen an; der Gedanke, dass der Mord so unmittelbar vor seinem und des Richters Eintreffen geschehen sein mochte, erschreckte ihn.

»Nachdem wir uns beruhigt hatten«, sagte er dann, »bat ich den Richter, hier zu warten. Ich selbst benachrichtigte Hauptmann Schermer und befahl ihm, seine Männer um die Kirche herum zu postieren. Ich dachte in meiner Aufregung nicht daran, dass es besser wäre, keine hiesigen Wappner zu verwenden, aber der Hauptmann holte ohnehin die Männer, die wir zur Verstärkung unserer Stadtwache aus Vilshofen geholt haben, aus der Schule gegenüber. Er ist ein Landshuter, aber die Vilshofener sind ihm zugeteilt. Es war unser Glück, dass man sie so nahe untergebracht hat. Der Richter und ich waren uns einig, dass vorerst nichts von diesem Mord bekannt werden durfte. Als die ersten Handwerker von den Geräuschen der tölpelhaften Wappner erwachten, befahl ich, alle von ihnen zu wecken und zusammenzutreiben, damit wir sie unter Kontrolle hatten. Ich bin froh, dass von den umliegenden Häusern kaum jemand aufgewacht ist.«

»Danach«, schloss der Richter, »benachrichtigten wir den Kanzler, den Herrn Moniwid und Euch.«

Beide schwiegen, und mir wurde klar, dass sie nichts mehr zu sagen hatten.

»Eure Fragen zeigen mir, dass wir den richtigen Mann ausgewählt haben«, sagte zuletzt der Kanzler und zeigte erstmals ein leises Lächeln.

»Gar nichts zeigen sie«, fuhr ich auf. »Oder höchstens, dass niemand auch nur das Geringste darüber weiß, was hier vorgefallen ist.«

Schlagartig überkam mich der Ärger wieder, den ich empfunden hatte, als sie mich vorhin in die Enge getrieben hatten. Ich rief lauter als beabsichtigt, und ich vergaß selbst die drückende Anwesenheit der Ermordeten eine Mannslänge unter uns in ihrem feuchten Grab aus Lehm und Kot: »Und ich weiß es erst recht nicht! Was erwartet Ihr von mir? Dass ich ein Wunder vollbringe? Soll ich einen Hellseher beauftragen? Ich bin ein Kaufmann und kein Jagdhund, und selbst diesen müsstet Ihr auf eine Spur setzen, bevor Ihr ihn von der Leine lasst. Wo ist denn hier die Spur, he?« Ich hörte meine Stimme gellen, und ich bemühte mich angestrengt, mich wieder zu beruhigen. Ich sah ihre großen Augen im Fackellicht, die mich mit fassungsloser Bestürzung musterten. Etwas leiser sagte ich: »Völlig unmöglich. Es würde Monate dauern, wenn überhaupt etwas dabei herauskäme.«

»Wir haben zwei Wochen ...«, sagte der Kanzler nach einer Pause. Ich prustete, ohne Humor zu empfinden.

»Das ist ja lachhaft! Wer hat sich diese idiotische Frist ausgedacht?« Ich sah den polnischen Ritter an und erntete ein wütendes Funkeln seiner Augen, aber er kam nicht zu Wort. Der Kanzler sagte: »In zwei Wochen wird die Prinzessin in Landshut eintreffen. Bis dahin muss laut Herrn Moniwid der Fall aufgeklärt sein.«

»Richtig«, sagte ich ernüchtert.

Der Kanzler nickte schwer.

»Wir können noch von Glück sagen, dass sich die Übergabe der Prinzessin an unser Geleit verzögert hat; sie hätte eigentlich schon in den nächsten Tagen hier eintreffen sollen. Aber König Kasimir wollte das Eintreffen des jungen Prinzen Georg in Wittenberg erzwingen, damit dieser die Prinzessin dort persönlich hätte übernehmen können. Es dauerte einige Tage, bis unser Geleitzug dieses Problem aus der Welt schaffen konnte. Der Herzog musste sogar zwei Sonderbeauftragte nach Wittenberg senden, um dem König seine Idee auszureden. Danach wollten die polnischen Herren nicht auf der vorgesehenen Strecke weiterziehen, weil in einigen Orten entlang der Straße die Pest herrscht. Auf dem Umweg über Nürnberg sind aber die Straßen so schlecht, dass die schweren Wägen nur mühsam vorankommen. Aus all diesen Gründen hat sich der Hochzeitstermin verschoben, und wir mussten an alle Eingeladenen eiligst neue Credenzbriefe schreiben, um sie von der Terminänderung zu verständigen: Unsern freundschaftlichen Dienst, hochgeborener Fürst und Vetter und so weiter, möchten Euer Liebden darauf hinweisen, dass vordem genannter Termin zur Hochzeit unseres lieben Sohnes und unserer lieben Tochter etceteraetcetera ...« Der Kanzler schloss die Augen und beruhigte sich wieder. »Was glaubt Ihr, weshalb der Stadtkämmerer und ich Tag und Nacht arbeiten? Andererseits gibt uns diese Verzögerung die Galgenfrist, auf die wir uns dank der Großzügigkeit von Herrn Moniwid einigen konnten.«

Der Ritter bleckte unfreundlich die Zähne.

»Es ist trotzdem unmöglich«, rief ich aus. »Vergesst es. Ich kann Euch nicht helfen.«

»Bitte«, sagte der Kanzler. »Wer sonst sollte es tun?«

Ich schüttelte den Kopf. »Nein, es hat keinen Zweck.«

»Ist es eine Frage des Geldes? Ich kann Euch versichern, dass der Herzog nicht kleinlich sein wird.«

Ich schüttelte nochmals den Kopf. Ich war noch nicht einmal empört über die Unterstellung des Kanzlers.

»Wir brauchen dich«, murmelte Altdorfer. Als ich den Kopf hob und ihm einen Blick zuwarf, erkannte ich, dass er sich schämte. Für mich? Für meine Halsstarrigkeit? Was hast du denn erwartet, Hanns?

Meine Gedanken wateten durch den Sumpf meiner eigenen Vergangenheit. So viel zumindest hatte der Kanzler erreicht. Ich hatte gesagt, ich sei Kaufmann und kein Jagdhund. Das war eine Lüge. Ich war ein Jagdhund, der notgedrungen zum Kaufmann geworden war. Ich war nicht ganz schlecht darin: Mein Wohlstand bestätigte es. Aber ich war auch nicht mehr. Als Jagdhund jedoch, selbst als Jagdhund Bischof Peters, war ich vortrefflich gewesen. Diese Berufung aufzugeben hatte mich damals mehr geschmerzt als die Trennung von meinem Mentor. Maria, meine Frau, hatte es mit Erleichterung gesehen; es war eines der wenigen Dinge gewesen, in denen sie mich niemals verstanden hatte.

Der Pole schaute mich voller Verachtung an, dann schüttelte er den Kopf und blickte noch einmal in den finsteren Schacht hinab. Ich folgte seinem Blick diesmal nicht; der Anblick der Toten war mir nur zu präsent und mit ihm die würgende Erinnerung

– an die Szene in jenem einsamen Gutshaus; die toten Mädchen auf dem Fußboden, die Verwüstung ringsumher, die schluchzende Verzweiflung des Vaters und Bischof Peters stille Wut, während sich seine Finger in meinen Schultermuskel eingruben und das Einzige zu sein schienen, das mich aufrecht hielt.

Lag es daran, dass ich heute Nacht von dieser Szene geträumt hatte, dass ich auf einmal das Gefühl hatte, meine Weigerung wäre unrecht? Ich hörte, wie Albert Moniwid murmelte (und er machte sich nicht die Mühe, vom Lateinischen ins Polnische zu wechseln): »Feiges Gesindel, einer wie der andere.«

Ich wollte mich umwenden, um aus der Grube zu klettern; es war alles gesagt. Ich versuchte, die Erinnerungen beiseite zu schieben, aber ich war darin noch nie gut gewesen, und im Moment schienen sie schwerer denn je; lebendiger denn je. Sie waren niemals gestorben. Der Traum erweckte sie immer wieder von neuem. Meine Beine bewegten sich nicht.

Der Kanzler ergriff plötzlich wieder das Wort.

»Als Herr Altdorfer Euren Namen erwähnte, erinnerte ich mich wieder an die Geschichte, die Euch damals bekannt werden ließ«, sagte er ruhig. »Sie hätte beinahe alle Bemühungen zunichte gemacht, den Frieden zwischen Herzog Ludwig und Markgraf Albrecht endgültig zu besiegeln. Ich bedaure, dass ich erst heute erfahren habe, wie lange Ihr schon in Landshut lebt: Ich hätte mich gerne einmal mit Euch darüber unterhalten. Ihr habt damals nicht geruht, bis Ihr diejenigen gefunden hattet, die das Haus Eures und des Gastgebers von Bischof Peter überfallen hatten. Selbst als der Waffenstillstand verkündet und eine Amnestie für alle Untaten ausgesprochen war, die während der Kampfhandlungen geschehen sein mochten. Ich erinnere mich, dass die Unterzeichnung des Friedensvertrages wegen Eurer Besessenheit mehr als einmal auf dem Spiel stand. Was hat Euch Eure Hartnäckigkeit gekostet? Eure Stelle bei Bischof Peter? Und seine Freundschaft?«

Ich biss die Zähne aufeinander.

»Ihr dachtet zuerst, es wären Deserteure gewesen, nicht wahr? Schließlich fandet Ihr heraus, dass es ein paar Edelleute waren, nahe Verwandte von Markgraf Albrecht, die sich einen Spaß erlaubt hatten.«

Einen Spaß?, wollte ich auffahren. Aber ich sagte nichts. Ich wusste dumpf, dass er mich mit Absicht in Rage bringen wollte.

»Was wäre gewesen, wenn Ihr sie gefunden hättet, bevor Bischof Peter Euch von Eurer Aufgabe entband? Hättet Ihr darauf bestanden, sie zu verurteilen, selbst um den Preis, dass der Friede nicht zu Stande gekommen wäre? Oder hättet Ihr sie selbst gerichtet? Hättet Ihr einen Mord mit einem anderen vergelten wollen? Wer hättet Ihr sein wollen – der Richter oder der Henker? Oder der Rächer – für eine Sache, die nicht die Eure war?« Er schwieg einen Moment. »Ich weiß, dass Ihr dachtet, der Gerechtigkeit müsse nachgeholfen werden. Ich frage mich, ob Ihr wirklich dafür gemordet hättet. Es bedarf eines mutigen Herzens, um der Gerechtigkeit willen kalten Blutes zu töten. Jetzt habt Ihr jedoch noch einmal die Gelegenheit, der Gerechtigkeit zu helfen. Diesmal wird Euch niemand aufhalten. Ergreift sie; das Schicksal bietet einem nicht oft die Chance, etwas wieder gutzumachen.«

Er wartete auf meine Antwort. Ich wollte mich nicht überzeugen lassen; auch nicht mit meinen eigenen Argumenten. Die Sache war zu lange vorbei, und die Toten ließen sich nicht mehr zum Leben erwecken. Ich wusste, dass Bischof Peter damals das Gleiche gesagt hatte; ich hatte es nicht hören wollen. Wollte ich es denn jetzt hören?

»Die Toten sind tot«, flüsterte ich und hörte die Stimme des Bischofs.

»Und es ist die Pflicht der Lebenden, in ihrem Namen Gerechtigkeit zu üben«, sagte er langsam.

Ich sah auf und fixierte ihn fassungslos.

»Ich habe nur Euch selbst zitiert. In einem Eurer Schreiben an Herzog Ludwig«, sagte er.

»Ihr habt es gelesen?«

»Ich habe sie alle gelesen. Ich war auch damals schon Kanzler Seiner Durchlaucht,«

»Warum habt Ihr mir damals nicht geholfen ...?«, fragte ich mühsam. Er zuckte mit den Schultern. »Der Friedensschluss stand auf dem Spiel. Ihr wolltet die Vettern des Markgrafen am Galgen sehen. Ihr wolltet die Hilfe des Herzogs, diesen Wunsch durchzusetzen. Was, glaubt Ihr, wäre aus den Verhandlungen geworden, wenn Herzog Ludwig gleichzeitig eine Strafverfolgung gegen den Markgrafen unterstützt hätte?«

Ich blinzelte. Seine Argumentation weckte in mir die gleiche Wut wie damals.

»Ich hatte mir vorgenommen, Euch zu treffen, nachdem die Verhandlungen abgeschlossen wären«, sagte er. »Es stellte sich heraus, dass Ihr im Zorn aus dem Dienst des Bischofs ausgeschieden und verschwunden wart. Ich war zu beschäftigt, um nach Euch suchen zu lassen.«

Er lachte plötzlich ohne Humor auf.

»Dabei waren wir die ganze Zeit in der gleichen Stadt. Hätte ich mich nur einmal mit dem Geschäftsleben in Landshut auseinander gesetzt ...«

Auf einmal trat er einen Schritt auf mich zu. Er war kleiner als ich. Er ballte eine Hand zur Faust und hob sie vor mein Gesicht. Seine Augen funkelten im Fackellicht.

»Was glaubt Ihr, mit welchem Gefühl ich Euch seinerzeit meine Hilfe versagt habe?«, zischte er. »Was glaubt Ihr, habe ich verspürt, als Ihr in Euren Briefen die Tat so lebhaft beschrieben habt? Ich hatte selbst Töchter, damals. Aber heute mache ich es wieder gut. Seht dort hinunter und sagt mir, ob Ihr etwas anderes seht als das, was dort in dem Haus passiert ist. Vielleicht ist Euch der Herzog egal und was passiert, wenn diese Hochzeit abgesagt wird; aber die Gerechtigkeit ist Euch nicht egal, und ich biete Euch die Chance, dafür zu sorgen, dass ihr Genüge getan wird. Ich gebe Euch alle Mittel in die Hand. Ihr braucht Geld? Sagt es mir. Ihr braucht Vollmachten? Ich gebe sie Euch unbesehen. Ihr und ich«, sagte er, »wir haben seit zwölf Jahren einen Pakt. Wir haben aus politischen Erwägungen die Gerechtigkeit im Stich gelassen: Ihr gezwungenermaßen, ich mit vollem Bewusstsein. Heute gibt uns das Schicksal die Gelegenheit zurück: Aus politischen Erwägungen müssen wir der Gerechtigkeit zu ihrem Recht verhelfen. Lasst uns diesen Pakt jetzt erfüllen. Helft mir, und ich helfe Euch, eine gute Erinnerung jener bitteren entgegenzusetzen.«

Er öffnete die Hand und streckte sie mir entgegen. Ich starrte auf ihn hinunter. Ich wollte sie nicht nehmen. Ich wollte nach Hause zurückkehren und mich wieder mit meinen Handelsgeschäften befassen, die Maria so viel Sicherheit gegeben hatten; zu denen Maria mich gedrängt hatte, nachdem ich Bischof Peter verlassen hatte und ohne Einkommen auf der Straße stand. Ich wollte niemals wieder etwas damit zu tun haben, der Gerechtigkeit zu helfen. Ich wollte mich in meiner Stube verstecken und bis in die Nacht über meiner Arbeit brüten, die ich kaum jemals mit wirklicher Geschicklichkeit erledigte und die ich niemandem anvertrauen wollte, weil ich selbst kein Vertrauen in ihre Gesetzmäßigkeiten hatte.

– Ich wollte niemals wieder die Tränen einer Mutter sehen,

wenn sie durch das Gitter des Kerkers dem Mann ins Gesicht spuckte, der ihren Sohn im Wirtshaus erschlagen hatte und den ich dorthin gebracht hatte, und niemals wieder die Tränen eines Vagabunden, nachdem ich die Richter davon überzeugt hatte, dass er unschuldig eingekerkert worden war.

Niemals.

– Niemals?

Ich wollte

– ich wollte, Maria wäre noch hier, um meinem Leben Sinn zu geben.

Maria war nicht mehr am Leben. Was am Leben war, waren meine Albträume.

Ich ergriff des Kanzlers Hand und drückte sie.

Es war keine Erleichterung in den Gesichtern der Männer zu sehen. Ich blickte von einem zum anderen und kam mir vor wie ein Idiot. Ich sah nach unten, wo sich meine Hand noch immer im Griff des Kanzlers befand, und hätte gerne gerufen: Ich habe es nicht so gemeint; aber es war zu spät. Ich seufzte.

Der Kanzler schloss die Augen und klopfte mir auf die Schulter. Seine Wangen schienen mit einem Mal noch mehr nach unten zu sacken. Er flüsterte heiser: »Gott helfe Euch.« Er ließ meine Hand los.

Ich riss mich zusammen und sagte mit einer Leichtigkeit, die ich nicht verspürte: »Er sollte sich in den nächsten zwei Wochen nichts anderes vornehmen.«

Der Kanzler musterte mich, als würde er sich unter den geänderten Umständen mein Gesicht nochmals einprägen wollen; Richter Girigel hatte seine Maske aus Gelassenheit wieder übergezogen und blickte mich mit seinen scharfen Vogelaugen an; der polnische Ritter hatte die seinen zu schmalen Schlitzen geschlossen und ließ mich eine Reihe gebleckter Zähne unter seinem buschigen Schnauzbart sehen; Hanns Altdorfers Augen glänzten, als wären sie vor Erregung feucht. Ich gab seinen Blick zurück, und mir wurde klar, wie müde und verängstigt er tatsächlich aussah.

»Ich bin froh, dass Ihr uns helfen wollt«, sagte der Kanzler zu mir.

»Ich nicht«, grollte Moniwid. »Mir gefällt die Idee nicht, dass der Krämer diesen Fall aufklären soll. Ich habe den Verdacht, dass Ihr mich an der Nase herumführen wollt; ich hatte erwartet, dass Ihr jemanden beauftragt, der sich in solchen Dingen auskennt.«

»Herr Bernward versteht sich sehr wohl ...«, setzte Hanns Altdorfer an, aber ich winkte ab. Ich konnte sehen, dass der Ritter nur das Gefühl hatte, er müsse seinen eigenen Standpunkt nochmals klar machen. Er zollte der Unterbrechung durch den Stadtkämmerer keine Aufmerksamkeit, sondern sprach mit dem gleichen groben Tonfall weiter: »Andererseits scheint dieser hier nicht der Dümmste zu sein. Ich verlasse mich darauf, dass Ihr mir den Mörder fristgerecht dingfest macht und seine Bestrafung durchführt. Sollte das am Vortag der Hochzeit nicht geschehen sein, werde ich den Vorfall überall bekannt machen. Ich kann mir den Skandal lebhaft vorstellen, der dann entfacht wird.«

»Wir wissen Bescheid«, sagte der Kanzler steif. »Wir danken Euch, Herr Moniwid.«

Der Pole nickte unbeeindruckt. Dann wandte er sich an mich direkt.

»Macht Eure Sache gut, Kaufmann«, sagte er drohend. »Solltet Ihr versagen, werde ich vor meinem und Eurem Herrn Anklage gegen Euch erheben wegen Verschleierung eines hochpolitischen Mordfalles.«

»Wie bitte?«, platzte ich heraus. »Davon kann keine Rede sein.«

»Was soll das bedeuten?«, rief der Kanzler empört. »Ist Euch nicht klar, dass Herr Bernward uns allen nur einen Gefallen tut?«

»Euch vielleicht«, sagte der Pole knapp. »Mir nicht. Es bleibt bei dem, was ich gesagt habe.«

Doktor Mair drehte sich um und sah mich an. Zum ersten Mal an diesem frühen Morgen erlebte ich ihn vollkommen fassungslos. Er keuchte, dann stieß er hervor: »Unter diesen Umständen seid Ihr von Eurer Zusage entbunden, Herr Bernward.«

Ich schwieg einen Augenblick lang; einen Augenblick, in dem

mein Verstand aufschrie: Jetzt! Sag dich los! Ich biss die Zähne aufeinander, damit die Stimme nicht herauskam. Langsam drehte ich mich um und sah Moniwid ins Gesicht. Meine Gesichtsmuskeln waren wie erstarrt, aber es gelang mir, ein schiefes Lächeln aufzusetzen. Ich sagte: »Mein Herr wird sicherlich wissen, dass ich mein Möglichstes getan habe, um Recht und Gesetz walten zu lassen. Was Euer Herr von Eurer überschäumenden Hilfsbereitschaft hält, wird sich dann herausstellen.«

Er wurde blass; ich konnte es selbst im Fackellicht sehen.

»Was glaubt Ihr, wer Ihr seid?«, zischte er.

»Ich bin ein freier Bürger dieser Stadt und ein ehrbarer Kaufmann, der mit seinem Geschäft zwanzig Dienstboten und Schreiber unterhält. Wenn es Euch nichts ausmacht: Ich bin kein Mitglied Eurer Delegation. Mit mir müsst Ihr einen anderen Tonfall anschlagen.«

Er blies die Backen auf, dass sich sein Schnurrbart kampflustig aufstellte. Für eine kleine Weile war er auf der Suche nach einer passenden Erwiderung. Ich spürte, wie mir der Kanzler oder auch Hanns Altdorfer eine Hand auf den Arm legte und mir jemand ins Ohr flüsterte: »Bitte, beherrscht Euch.« Ich schüttelte die Hand ab. Im Inneren war mir eiskalt; mein Mut hatte mich schon verlassen, als Moniwid vor meinen Augen vor Wut erbleichte. Aber noch hatte mein Herz die Oberhand über meinen Verstand.

Endlich sagte der polnische Ritter: »Ihr braucht mich nicht darauf hinzuweisen, dass Ihr in Eurer Heimatstadt seid und ich nur ein Gast bin.«

»Dann lasst mich meine Arbeit tun, zu der Ihr alle mich hier genötigt habt.«

Er nickte; plötzlich zog er sich auf ganz bäuerische Manier die Nase hoch und wischte sich mit einem seiner pelzbesetzten Ärmelaufschläge über den Bart. Als er den Arm wieder senkte, verzog ein unwilliges Grinsen seine Lippen.

»Hier lebt ein aufbrausendes Volk«, knurrte er. »Nicht, dass mir dies sonderlich gefiele; aber die Unerschrockenheit eines einzelnen Mannes mag ich. Wenn Ihr von Adel wärt, würde ich Euch auf einen Stechgang beim Hochzeitsturnier einladen.«

Ich wusste, dass dies ein Kompliment von seiner Seite war. Ich wandte mich ab. Plötzlich spürte ich die Kälte, die vom Boden her aufstieg.

»Lasst uns aus der Grube herausklettern«, schlug ich heiser vor. »Wir können draußen weitersprechen.«

Als wir am Rand der Grube standen, begann auch die zweite der Fackeln, unruhig zu brennen. Ich sah hinunter, aber die Schatten verschluckten den Schacht mit seinem grausigen Inhalt nun vollständig; allenfalls ein noch dunklerer Fleck in der Finsternis deutete an, wo die Tote drei Mannslängen unter uns lag. Ich stand neben Hanns Altdorfer, dessen Atem schwer ging: Er hatte dem Richter aus der Grube geholfen, der den Aufstieg nur mühsam bewältigt hatte. Hanns beugte sich zu mir und sagte: »Ich bin dir etwas schuldig.«

Ich nickte. Er lächelte ohne Freude, aber er blinzelte mir zu. Sein Gesicht war grau vor Erschöpfung.

»Was passiert nun?«, brummte Moniwid. »Lasst einmal einen Geistesblitz erstrahlen, guter Kaufmann.« Sein Ton war beißend.

»Wir müssen die Leiche hier herausschaffen«, sagte ich. »Das werde ich mit meinen Dienstboten besorgen.«

Der Kanzler bewegte sich unruhig, und ich fügte an: »Ich werde sie danach mit einem Auftrag aus der Stadt schicken. Bis sie zurückkommen, ist die Sache vorbei; so oder so.«

Doktor Mair nickte. Ich überlegte einen Moment, dann sprach ich weiter: »Ihr müsst die Erklärung für den ganzen Aufruhr liefern. Was werdet Ihr den Wappnern und den Handwerkern mitteilen?«

»Natürlich nichts«, sagte der Kanzler erstaunt.

»Damit riskiert Ihr, dass sich Klatsch verbreitet. Etwas werdet Ihr Euch schon ausdenken müssen.«

Er sah mich an und zuckte mit den Schultern. Unerwarteterweise mischte sich Richter Girigel ein.

»Er hat Recht«, sagte er. »Wir werden den Hauptmann kommen lassen und ihm mitteilen, dass wir auf die Gebeine eines vermutlichen Heiligen gestoßen sind, die wir bergen und untersuchen lassen wollen. Natürlich, ohne ihn in die Grube sehen zu lassen. Und natürlich mit der Auflage, die Sache geheim zu halten. Er wird es zumindest seinem Leutnant mitteilen, und auf diese Weise streut sich das falsche Gerücht ganz von alleine aus.«

»Nein«, sagte ich. »Gebeine sind mir zu nahe an der Wahrheit. Wie wäre es damit, Eurem Hauptmann mitzuteilen, man sei auf einen vergrabenen Kirchenschatz gestoßen? Meinetwegen auf eine Truhe, die man vor dem Stadtbrand vor hundertdreißig Jahren in Sicherheit bringen wollte und deren Inhalt so stark in Mitleidenschaft gezogen wurde, dass Ihr sie mir übergeben habt, um den Wert eingehend zu überprüfen.«

»Wenn Ihr denkt, das sei besser ...«, brummte der Richter. Hanns Altdorfer und der Kanzler sahen sich an. Doktor Mair hob die Schultern.

»Ich fürchte, wir haben nicht mehr viel Zeit, darüber nachzudenken«, sagte er. Ich nickte. Er rieb sich heftig mit der Hand über das Kinn, dann stieß er hervor: »Nun gut. Herr Notarius, würdet Ihr bitte den Hauptmann verständigen?«

Hanns Altdorfer nickte, nahm die längere der restlichen Fackeln und schritt vorsichtig um den Steinhaufen am Rand der Grube herum. Die verbliebene Fackel begann plötzlich zu spucken und verlosch beinahe, ehe der polnische Ritter sie mit einer raschen Bewegung durch die Luft wieder ins Leben zurückrief. Keiner von uns sprach mehr; es blieb nichts mehr zu sagen. Ich schaute noch einmal in die gähnende Schwärze des Schachtes hinunter. Mein Gehirn war leer, und die Worte von Gerechtigkeit und Wiedergutmachung hallten schal darin wider. Was sich im Schacht befand, war nur die Leiche eines polnischen Edelmädchens, das weit entfernt von seiner Heimat einen grausigen Tod gefunden hatte und jetzt von Lehm und Dreck verklumpt erstarrte; ich konnte weder sie noch die Toten der Vergangenheit jemals wieder lebendig machen.

2

Wenige Augenblicke später kehrte Hanns Altdorfer in Begleitung des Hauptmannes der Wappner zurück. Der gedrungene Mann hielt seine eigene Fackel in die Höhe und blickte sich ständig um, als wäre er von Feinden umgeben; sein Helm warf matte Reflexe und spiegelte das Fackellicht wider. Vor der Grube angekommen, straffte sich seine Haltung, und er machte eine exakte Ehrenbezeigung vor dem Richter und dem Kanzler. Den Polen ignorierte er, ebenso wie mich. Danach sah er von einem zum anderen; sein Gesicht wirkte gelassen, aber seine Haltung war angespannt. Die Anwesenheit der drei angesehenen Männer machte ihn unsicher.

»Ich danke Euch für Euer Kommen, Hauptmann Schermer«, sagte der Kanzler, als sonst niemand das Wort ergriff. Der Hauptmann nickte.

»Ihr habt Euch sicher gefragt, weshalb wir Euch und Eure Männer baten, die Kirche abzuriegeln«, fuhr Doktor Mair fort; und dann begann er, dem Hauptmann der Vilshofener Wappner das Garn aufzubinden, das wir zuvor gesponnen hatten. Ich beobachtete den Hauptmann: den Teil seines Gesichts, der unter dem weiten Helmrand zu sehen war. Er blähte die Nüstern und öffnete seinen Mund, als wolle er möglichst viele Sinnesorgane auftun, um die Nachricht zu empfangen. Dass er erfuhr, man wäre zufällig auf einen reichlich vom Feuer mitgenommenen Kirchenschatz gestoßen, war eine deutliche Ernüchterung. Sein Mund klappte beinahe hörbar zu, und seine Lippen schürzten sich, als wäre er enttäuscht. Sichtlich hatte er etwas Unerhörteres erwartet als ein paar geschwärzte, halb geschmolzene Monstranzen und Kelche, mochten sie auch noch so einen großen Wert darstellen. Ich dachte: Wenn du wüsstest, mein Freund, wenn du wüsstest; und war gleichzeitig erleichtert, als er keine Fragen stellte. Wir hatten uns zu wenig Zeit gelassen, um die holprigen

Stellen in unserer Geschichte zu glätten, aber die tiefe Stimme des Kanzlers führte das Gedankenschiff des Hauptmanns sicher über die Untiefen hinweg in den Hafen, in dem wir es haben wollten.

»Herr Bernward hat große Erfahrung in solchen Dingen«, sagte der Kanzler und wies auf mich. Der behelmte Kopf ruckte kurz in meine Richtung und neigte sich nach hinten, sodass ich die zusammengekniffenen Augen sehen konnte, die mir einen unfreundlichen Blick zuwarfen. Er fragte nicht, worin meine Erfahrung bestehen könnte.

»Wir haben ihn gebeten, die Kostbarkeiten abholen zu lassen und zu untersuchen. Er wird seine Männer verständigen; bis diese ankommen, möchte ich Euch bitten, die Kirche weiterhin abzuriegeln.«

»Meine Männer können den Transport ebenso gut übernehmen«, sagte der Hauptmann. Der Kanzler erstarrte einen Moment, und sein linkes Auge zuckte.

»Es wäre mir lieber, Ihr würdet Euch um die Leute draußen kümmern«, sagte er dann zögernd. »Ich könnte mir niemand anderen vorstellen, auf den ich mich in dieser Angelegenheit verlassen möchte.«

Der Hauptmann mochte einfach über die Ungereimtheiten in einer hastig vorgetragenen Geschichte hinwegzutäuschen sein, aber auf seinem eigenen Gebiet war er nicht so mühelos zu hintergehen; auch nicht mit dick aufgetragenen Schmeicheleien.

»Der Ausfall von zwei Männern wird meine Leute nicht so sehr behindern, als dass sie das Volk nicht auf Distanz halten könnten«, erwiderte er hartnäckig.

Doktor Mair schien ratlos. Ich mischte mich ein und sagte unfreundlich: »Meine Männer werden die Truhen abholen, Hauptmann. Sie sind absolut zuverlässig.«

Er schaute wieder zu mir hoch. Ich sah, wie er die aufsteigende Wut bekämpfte, und erwiderte seinen Blick, bis er sich abwandte.

»Wir werden so verfahren, wie wir es eben geschildert haben«, sagte der Kanzler geistesgegenwärtig. Der Hauptmann gab sich geschlagen.

»Ich gebe meinen Männern Bescheid«, sagte er heiser.

»Bitte behaltet für Euch, was Ihr erfahren habt«, sagte der Kanzler. »Wir wollen keine unziemliche Erregung unter den Bürgern und verfrühte Ansprüche der Nachkommen von etwaigen damaligen Besitzern.«

»Natürlich«, erwiderte der Hauptmann kurz und drehte sich auf dem Absatz herum, um die Kirche wieder zu verlassen. Er war nicht ein einziges Mal auf den Gedanken gekommen, in die Grube hinunterzuleuchten oder auch nur zu fragen, was um alles in der Welt der polnische Edelmann bei der Geschichte zu suchen hatte.

Manchmal scheint eine bestimmte Zeitspanne eine Ewigkeit zu währen; in Wahrheit sind jedoch nur wenige Augenblicke vergangen, und es wird einem schwindlig, wenn man sich unvermittelt des Umstandes bewusst wird, wie viele Ereignisse in wie kurzer Zeit abgelaufen sind. Als ich zum hinteren Seitenportal der Kirche hinaus ins Freie trat, war ich überrascht, dass es noch immer Nacht war. Noch immer wallte der Nebel in greifbaren Schwaden durch die dunkelblaue Finsternis, noch immer bildeten die wenigen Fackeln der Stadtknechte die einzigen, trübe blakenden Lichter, noch immer standen die Handwerker und ihre Bewacher wie regungslose, düstere Gestalten unter dem hoch aufragenden Kirchenbau. Ich hätte schwören mögen, dass die Sonne schon hoch am Himmel stehen müsse, aber es war keinerlei Licht zu sehen, wenn man nach Osten blickte; kein noch so geringer Anschein der Dämmerung hob den steilen Lenghart vom Firmament ab oder die gedrungene Burg, die sich auf seinem Kamm erhob.

Vielleicht hatte die stumme Anwesenheit der Ermordeten unsere Gedanken beschleunigt; im Nachhinein erschien es mir erschreckend und unglaubwürdig, was wir soeben besprochen hatten. Wenn die Seele der Toten noch am Tatort verweilt hatte, wie allgemein angenommen wird, was mochte sie sich über unser Gespräch gedacht haben? War sie voll hilfloser Entrüstung? Mir fiel ein, dass niemand auch nur ein Gebet für sie gesprochen hatte, und aus verschiedenen Gründen fühlte ich einen schmerzhaften Stich deswegen. Ihr Tod war zu einer so politischen Angelegenheit geworden, dass niemand einen Gedanken daran verschwendet hatte, dass ein Leben vernichtet worden war. Nicht einmal der polnische Ritter hatte ein Wort des Bedauerns ausgesprochen. Was hatte er gesagt? Der Tod der jungen Frau würde äußerst ernüchternd wirken. Ebenso ernüchternd war die Art und Weise, wie wir damit umgingen.

Ich wanderte ein paar Schritte unter dem vorspringenden Giebel des Portals hinaus ins Freie und drehte mich um. Die Strebepfeiler des Langhauses reckten sich ins Leere wie die Säulen im Inneren der Kirche. Ein paar der zunächst stehenden Wappner drehten sich zu mir um; da sie sahen, dass ich aus der Kirche gekommen war, wagten sie mir nicht näher zu kommen. Ihre Neugierde konnte kaum geringer sein als diejenige der Bauleute, die sie von der Kirche fern hielten. Ich war erleichtert, dass ich daran gedacht hatte, ihnen eine falsche Erklärung für die Vorgänge liefern zu lassen.

Ich bemerkte, dass ich gedankenverloren weitergegangen war. Ich hielt an und wartete, bis die anderen mir nachfolgten. Sie kamen zusammen aus der Kirche; sie hielten sich kurz neben dem Portal auf, dann schritt Albert Moniwid grußlos in Richtung auf das herzogliche Stadthaus davon, in dem sich das Lager der Polen befand. Der Kanzler wandte sich zum Friedhof der Kirche; wahrscheinlich wollte er durch die Widumsgasse um den Chorbau der Kirche herum zu seinem Haus zurückkehren und so den Menschen ausweichen, die sich vor dem Turm des neuen Doms auf der Altstadt drängten. Er hatte beinahe dieselbe Strecke wie Moniwid, aber die beiden gingen getrennte Wege. Doktor Mair nickte mir zum Abschied zu. Hanns Altdorfer und der Richter gesellten sich zu mir.

»Du wirst deine Männer selbst verständigen, nicht wahr?«, fragte mich Altdorfer.

»Ich begleite sie sogar wieder mit hierher.«

Er dachte einen Augenblick nach.

»Ich glaube, du hast den Hauptmann beleidigt«, sagte er dann. »Musstest du ihm so deutlich zu verstehen geben, dass du seine Leute für weniger zuverlässig hältst als deine eigenen?«

»Tue ich das?«, fragte ich. »Hanns – ich habe das mit Absicht gesagt. Was glaubst du, was er seinem Leutnant oder seiner Frau oder meinetwegen auch nur irgendeiner Schlampe demnächst erzählt hätte? Sie wollten mir weismachen, dass ein Schatz in der Kirche gefunden wurde, würde er sagen; einer, der so wertvoll ist, dass keiner etwas davon erfahren soll, und doch haben sie diesen Krämer aus dem Säldental geholt, den keiner in der Stadt genau kennt, und ihm die ganzen Kostbarkeiten anvertraut. Ich glaube, dass daran etwas faul ist.«

Hanns Altdorfer zog die Augenbrauen zusammen. Ich ließ ihn nicht zu Wort kommen.

»Was wird er jetzt sagen?«, fuhr ich fort. »Er wird schäumen vor Wut und sagen: Sie haben einen Schatz in der Kirche gefunden, und sie wollten mir und meinen Männern nicht mal so weit vertrauen, dass wir ihn zu diesem Kaufmann außerhalb der Stadt tragen durften. Wahrscheinlich dachten sie, wir würden die Hälfte davon unterwegs selbst einstecken. Diesem Bernward vertrauen sie, den keiner kennt. Wir sind nur dazu gut, die Betrunkenen von der Straße zu kehren.«

Er sah mich an, dann lächelte er verkniffen.

»Ich denke, du hast Recht«, sagte er. »Dennoch ist mir nicht wohl, wenn ich sehe, wie du einen schlichten Menschen, der nur seine Pflicht tut, manipulierst.«

Ich öffnete den Mund und wollte sagen: Was weißt du davon, doch dann schwieg ich. Er war mein Freund, und ich wusste, dass er die Wahrheit sprach. Es war eine Aussage, die auch Maria hätte tun können; oder Daniel, der in dieser Hinsicht schmerzhaft seiner Mutter glich. Nicht umsonst hatte sich mein Sohn seit langem von mir fern gehalten und beschränkte seine Besuche auf allzu wenige Gelegenheiten.

Hanns legte eine Hand auf meine Schulter.

»Ich habe es nicht böse gemeint«, sagte er. »Ich weiß, dass du das getan hast, was du für das Beste hieltest.«

»Schon gut«, sagte ich rau.

Wir sahen zu Boden, und eines der seltenen peinlichen Schweigen zwischen uns entstand. Schließlich brummte der Richter: »Machen wir uns an die Arbeit.«

»Ja«, sagte ich. »Ich gehe und hole meine Männer. Was werdet Ihr tun?«

»Wir verwischen die Spuren«, sagte der Richter. »Wahrscheinlich ist der Boden unten in der Grube voller Blut und Stofffetzen, und wer weiß, wo sich noch überall Blutspuren befinden. Wir müssen sie beseitigen.«

»Was sagst du zu deinen Leuten?«, fragte Hanns Altdorfer, der bei Girigels Worten noch ein wenig blasser geworden war.

Ich hatte es mir überlegt, noch als ich vorgeschlagen hatte, für den Abtransport der Leiche zu sorgen.

»Dass sie ein leichtes Mädchen war, das ich kenne und das umgebracht wurde – wir können das Offensichtliche wohl kaum verbergen. Dass du von der Bekanntschaft wusstest und mich benachrichtigen ließest, um mir einen Skandal zu ersparen; und dass ich für das Begräbnis sorgen will.«

»Werden sie Euch die Geschichte abnehmen? Ein leichtes Mädchen in Seidengewändern und Perlenstickereien?«, fragte der Richter. Ich sah ihn an, und plötzlich erkannte ich, dass ich diese Kleinigkeit übersehen hatte. Ich biss die Zähne zusammen.

»Ihr habt Recht«, sagte ich betroffen. Der Richter runzelte die Stirn.

»Wir werden ihr das Kleid ausziehen und es selbst aus der Kirche bringen«, sagte er nach einer Weile entschlossen. Hanns Altdorfer keuchte.

»Ohne mich«, stieß er hervor.

»Herr Notarius«, sagte Richter Girigel eindringlich. »Wir haben nun schon einiges auf uns genommen, um diesen Mord zu vertuschen. Wir dürfen nicht davor zurückschrecken, wenn wir die Geschichte Eures Freundes Bernward glaubwürdig machen wollen.«

Altdorfer verzog den Mund. Er sah nun kranker und erschöpfter aus als jemals zuvor.

»Wenn Ihr meint«, sagte er kläglich. Ich verspürte Mitleid mit ihm.

»Es tut mir Leid«, murmelte ich. Er fuhr sich heftig über den

Mund, als wolle er sich mit Gewalt daran hindern, sich zu übergeben. Seine Hand zitterte.

»Du hast gesagt, du willst die Männer nach dem Abtransport der Leiche sofort aus der Stadt schicken?«

»Noch an diesem Morgen. Mir wird schon ein Auftrag einfallen, der sie ein paar Wochen außerhalb Landshut festhält.«

»Wird das nicht auffällig sein?«, erkundigte sich Richter Girigel. »Sie werden denken, dass sie genau aus diesem Grund weggeschickt werden.«

»Und wenn?«, erwiderte ich achselzuckend. »Wichtig ist, dass sie nicht in der Nähe sind, solange der Fall nicht geklärt ist.«

»Irgendeinen Vertrauten unter deinen Leuten benötigst du«, sagte Altdorfer nüchtern. »Wo willst du die Leiche unterbringen?«

»Ich habe meinen Verwalter«, sagte ich einfach. »Er wird schweigen, weil er mir einen Skandal ersparen will. Kein Wort über unser Märchen wird je seinen Mund verlassen.«

»Hast du nicht einmal gesagt, du scheust davor zurück, ihm ein kompliziertes Geschäft anzuvertrauen?«, fragte Hanns. »In dieser Angelegenheit willst du ihm jetzt vertrauen?«

»Das ist etwas anderes«, erwiderte ich steif. »Wenn es um eine persönliche Sache geht, würde er sich lieber umbringen lassen, anstatt mich in Verlegenheit zu bringen.«

»Wenn du meinst«, sagte er. Ich hatte nicht den Eindruck, ihn überzeugt zu haben. Er zögerte, als wollte er noch etwas hinzufügen, aber der Richter nahm ihn am Arm und drängte: »Lasst uns wieder hineingehen.«

Die beiden verabschiedeten sich von mir. Ich drehte mich um und machte mich auf den Rückweg. Inzwischen hatten sich die meisten der Handwerker wieder zerstreut und schlafen gelegt, in der sicheren Gewissheit, dass sie nichts zu sehen oder hören bekämen; und wenn es doch etwas Interessantes gab, dann würden sie es erfahren, weil einige von ihnen auf jeden Fall bei der Kirche ausharren würden, bis die Wappner verschwanden. Dafür waren einige der Scholaren und Lehrer aufgewacht, die man zu Gunsten der Wappner in einen Seitentrakt des Pfarrhauses umquartiert hatte und die nun von groben Händen entschlossen in den Eingang des Hauses zurückgedrängt wurden. Ich dachte, dass der Hauptmann diesen Zwischenfall bestimmt willkommen hieß, um sich abzureagieren.

Wie ich erwartet hatte, saß mein Verwalter in der Stube und hütete das Feuer. Er wäre nicht einmal zu Bett gegangen, wenn ich es ihm befohlen hätte. Ich setzte mich zu ihm und erklärte ihm mit ernstem Gesicht die Geschichte, die ich mir ausgedacht hatte. Ich hatte ein wehes Gefühl dabei, besonders als ich sah, wie sich seine Züge in einer Mischung aus Mitleid und Furcht um meinen Ruf in die Länge zogen. Er war nicht überrascht, dass ich angab, eine Frau in der Stadt besucht zu haben. Ich erkannte verblüfft, dass er die ganze Zeit über etwas Ähnliches von mir erwartet hatte und erstaunter gewesen wäre, wenn er die Wahrheit erfahren hätte: dass ich seit Marias Tod einen gramerfüllten Zölibat hielt. Als ich sagte, ich würde für ein ordentliches Begräbnis in aller Stille sorgen und meine Stimme dabei ungewollt überkippte, hielt er es für erneute Trauer um eine Frau, die ich geliebt oder für die ich zumindest Zuneigung empfunden hatte, und seine Augen wurden feucht. Er war noch nicht bei mir gewesen, als Maria starb, aber die Geschichte war ihm mit Sicherheit in allen Einzelheiten hinterbracht worden.

»Suche mir zwei von den Knechten aus, auf deren Schweigen man sich verlassen kann. Sie sollen mich zurück in die Stadt begleiten und den Leichnam hierher bringen, wo wir ihn bis zum Begräbnis aufbahren werden.«

»Wünscht Ihr, dass ich das Gesinde unterrichte und Gebete gesprochen werden?«, fragte er, obwohl er sich die Antwort denken konnte. Als ich es verneinte und ihn darum bat, für ein Zimmer zu sorgen, das abgeschlossen werden konnte, nickte er nur stumm. Wenn er sich fragte, warum ich in aller Welt gerade einem käuflichen Mädchen meine Zuneigung geschenkt hatte und deshalb aus Angst vor einem Skandal meine Liebe in aller Stille begraben musste, ließ er sich nichts anmerken.

»Niemand wird etwas erfahren.«

»Wenn die Knechte zurückkommen, möchte ich, dass du sie

mit einem Auftrag möglichst weit weg schickst. Irgendein Botendienst wird sich sicherlich finden lassen. Ich will, dass Gras über die Sache gewachsen ist, bis sie zurückkommen. Es ist keine Ungerechtigkeit den Männern gegenüber, verstehst du; ich will nur verhindern, dass sie zuletzt doch etwas weitertratschen. Am besten gibst du ihnen dafür eine zusätzliche Entlohnung.«

»Ich habe verstanden, Herr Bernward.«

Ich lächelte ihn an und konnte nicht vermeiden, dass mein Lächeln wehmütig wurde. Ich fühlte mich niedergeschlagen wegen seiner bedingungslosen Ergebenheit, die ich mit einer Lüge vergalt; er dachte, es sei wegen der Toten, und murmelte: »Der Herr sei ihrer Seele gnädig.«

»Amen«, sagte ich und fühlte einen neuerlichen Stich, weil es das erste Gebet war, das jemand für die Ermordete sprach.

»Hole mir jetzt die Knechte«, sagte ich. »Ich warte hier auf sie und bringe sie in die Stadt.«

Er stand auf, aber als er an der Tür war, zögerte er. Er drehte sich um und fragte: »Soll ich Euch nicht diesen zweiten Gang abnehmen?«

»Nein«, sagte ich. »Ich muss es selbst tun.«

»Natürlich«, sagte er und verließ den Raum. Ich saß am Tisch und starrte auf meine Finger, die ruhelos auf dem glatten Holz trommelten. Über diesen Tisch waren ebenso viele geschäftliche Gespräche wie Trinksprüche und fröhliche Witze gewandert; Letzteres zumindest, als Maria noch lebte und meine Familie um mich versammelt war. Zum ersten Mal allerdings war eine solch gewaltige Lüge über ihn hinweggegangen. Ich hatte mich noch nie gescheut, die Schwäche meiner Geschäftspartner auszunutzen, um den Vorteil auf meiner Seite ein wenig anzuheben; umgekehrt war es sicherlich auch einige Male geschehen. Niemand erwartete etwas anderes, wenn er in geschäftliche Verhandlungen einstieg. Aber die einfache Seele und die Zuneigung eines anderen Menschen zu mir hatte ich noch niemals so ausgenutzt. Plötzlich fühlte ich die Erbitterung wie einen schlechten Geschmack in meinem Mund aufsteigen. Vielleicht war meine Erinnerung getrübt, aber ich konnte mich nicht entsinnen, dass ich früher Zuflucht zu Lug und Trug hatte nehmen müssen, um der Gerechtigkeit zur Geltung zu verhelfen. Es mochte sein, dass ich mich zu lange mit meinem Leben als Kaufmann herumgeschlagen hatte. Ich hatte es nicht vermocht, meine Familie zusammenzuhalten; womöglich hatte ich auch die Fähigkeiten verloren, auf die ich früher so stolz gewesen war.

Es dauerte nicht lange, bis der Verwalter mit zwei verschlafen blinzelnden Männern in die Stube kam. Ich kannte beide gesichtsweise, und von einem wusste ich sogar den Namen. Früher hatte ich jeden meiner Knechte persönlich gekannt; früher, als meine Geschäfte noch geringeren Umfang hatten; früher, als ich noch einzelne Handelsfahrten selbst unternahm, als ich noch dachte, dieses neue Leben könnte mein altes ersetzen.

– Früher, als Maria mit Daniel auf dem Arm und Sabina und der kleinen Maria im Schlepptau durch den Haushalt gewirbelt war und alle Knechte die Arbeit niederlegten, um ihr nachzublicken. Warum nur fehlst du mir heute so besonders, meine Geliebte?

Früher hatte ich jeden meiner Knechte mit dem Namen ansprechen können und über seine Familienverhältnisse, sein Vorleben und seine Ängste und Freuden Bescheid gewusst. Ich seufzte im Stillen; mir war mehr als nur mein privates Glück aus den Händen geglitten.

»Guten Morgen, Herr Bernward«, stammelten die beiden im Chor. Ich nickte ihnen zu und erwiderte den Gruß; den, dessen Namen ich wusste, fragte ich: »Wie geht es dir, Egid?«

Er sagte überrascht: »Gut, Herr Bernward.«

»Das freut mich.« Ich wandte mich an seinen Gefährten. »Wie ist dein Name?«

»Kaspar, Herr Bernward.«

Ich wandte mich an den Verwalter: »Hast du mit ihnen gesprochen?«

»Nein, ich wollte es Euch überlassen.«

»Gut. Hört zu, Egid und Kaspar. Ihr werdet mich in die Stadt begleiten, zur Baustelle des Martinsdoms. Was wir dort finden, werdet ihr in eine Decke wickeln, die wir mitnehmen, und wieder hierher zurück transportieren. Ihr werdet während des Transports und auch hinterher kein Wort verlieren über das, was wir gesehen haben. Habt ihr mich verstanden?«

Die beiden wechselten einen überraschten Blick, aber sie nickten.

»Danach«, fuhr ich fort, »habe ich einen weiteren Auftrag für euch. Habt ihr Frauen oder Familie?«

Sie schüttelten beide die Köpfe; Kaspar etwas zögernder als Egid. Er war um einige Jahre jünger als Egid, der schon zu ergrauen begann, und ich nahm an, dass er ein Liebchen unter dem Gesinde hatte. Umso besser, wenn er ihr eine Weile lang nichts erzählen konnte.

»Dann wird es euch nichts ausmachen, wenn euch dieser Auftrag für einige Wochen von hier fortführt. Der Verwalter wird es euch erklären, wenn wir zurück sind. Macht ihr eure Sache auch dabei gut, werde ich nicht kleinlich sein. Habt ihr auch das verstanden?«

Sie nickten wieder. Egid fragte: »Mit Verlaub, Herr: Was sollen wir für Euch transportieren? Ich meine, wegen der Größe der Decke. Und sollen wir einen Maulesel mitnehmen?«

»Kein Maulesel«, sagte ich. »Und es muss eine große Decke sein.« Ich zögerte einen Moment, aber es gab keine Möglichkeit, der Wahrheit auszuweichen.

»Wir holen die Leiche einer jungen Frau«, sagte ich.

Für einen Moment herrschte absolute Stille im Raum. Ich sah alles wie durch eines jener famosen Gläser, in denen eine Ameise plötzlich so groß erscheint wie ein Pferd: Ihre Gesichter wechselten von Befangenheit zu Bestürzung, die Kiefer der beiden sanken herab, und ihre Augen weiteten sich.

»Setzt euch hierher«, sagte ich barsch. Sie gehorchten mit schlotternden Gliedern. Ich fühlte einen Trommelwirbel im Magen, als ich betont ruppig sagte: »Sie war eine Dirne aus der Stadt, und ich bin zu ihr gegangen. Gestern Nacht wurde sie umgebracht, und jemand, der wusste, dass ich sie kannte, hat mich benachrichtigt. Sie hat keine Familie, und ich will vermeiden, dass sie in einem Armengrab verscharrt wird; denn ich mochte sie, und ihr Tod tut mir Leid.«

Sie starrten mich an. Ich sagte: »Deshalb will ich auch, dass niemand etwas davon erfährt. Habt ihr dies ebenfalls verstanden?«

Der ältere der beiden, Egid, nickte nach kurzem Zögern entschlossen. Der jüngere sah mich noch immer mit weit aufgerissenen Augen an. Er war zu unerfahren, um wie Egid seine Gedanken hinter seinem Gesicht zu verbergen. Ich konnte in seinen Zügen lesen wie in einem Buch.

»Ich habe sie nicht getötet, mein Freund«, sagte ich ruhig zu ihm. »Ich weiß auch nicht, wer es letztlich getan hat. Ich bin jedoch sicher, er wird der Gerechtigkeit nicht entgehen.« Ich sah sie wieder beide an. »Ich will euch nicht dazu benutzen, ein Verbrechen zu vertuschen. Der Stadtkämmerer ist unterrichtet, und er wird die Sache untersuchen, ohne dass mein Name genannt wird.«

Ich wusste nicht, ob ich sie überzeugt hatte. Glaubten sie mir nicht, konnten sie mich – nach ihrer Rückkehr – getrost dem Richter anzeigen. Von seiner Seite hatte ich nichts zu befürchten. Ich beendete das Gespräch, und sie rafften sich auf und marschierten schweigend zur Tür hinaus. Der Verwalter blieb im Raum, und endlich sah ich ihm ins Gesicht. Sein Blick war voller Bedauern.

»Ich wünsche Euch viel Glück, Herr Bernward«, sagte er. »Ich werde die Knechte wegschicken, sobald Ihr mit Ihnen zurück seid. Euch lasse ich derweil etwas zu essen richten.«

»Ich glaube nicht, dass ich danach hungrig sein werde«, erwiderte ich.

»Esst nur«, sagte er. »Essen heilt die Wunden der Seele; zumindest ein wenig. Wenn Ihr wieder zu Hause seid, werdet Ihr Hunger haben.«

Es war ein weiser Rat, den er mir gab; und es stellte sich heraus, dass er Recht hatte.

Die Zeit war nun doch merkbar vorangerückt, als der Leichnam endlich in einem der leer stehenden Lagerräume im hinteren Teil des Hauses lag, aufgebahrt und von der Decke, in der wir sie hierher transportiert hatten, notdürftig zugedeckt. Es war eine traurige Bahre, ohne Kerzen und ohne Blumengebinde. Stattdessen hing der Geruch von Gewürzsäcken im Raum, die sich zuvor darin befunden hatten und die ich gestern hatte auslagern lassen, um Platz zu schaffen für die Stoffe aus Venedig, die ich in den nächsten Tagen erwartete. Bis dahin musste auch die Tote ihren Platz geräumt haben. Der Verwalter brachte die beiden Knechte hinaus, um sie sogleich nach Reichenhall zu senden. Ich hatte dort ein größeres Kontingent Salz aufgekauft, dessen Bereitstellung mir vor ein paar Tagen avisiert worden war und um das sich ohnehin jemand hätte kümmern müssen. Es war ein Geschäft, in das ich mich als Zwischenhändler eingeschaltet hatte: Der eigentliche Empfänger war ein Kaufherr in Augsburg, zu dem ich das Salz transportieren ließ. Derartige Transporte waren Zeit raubend und schwierig; die Stadt München besaß seit altersher das Salzstapelrecht, und dies bedeutete, dass alles zwischen Landshut und den Bergen westwärts geschaffte Salz nur in München die Isar überqueren durfte und dort erst einmal gestapelt und zum Verkauf niedergelegt werden musste, woran die Münchner kräftig verdienten. Trotz der merkwürdigen Umstände platzten die beiden Männer fast vor Stolz, dass ich sie für diese verantwortungsvolle Aufgabe einsetzte, und waren Feuer und Flamme, sofort loszureiten. Ich selbst war überrascht über die Findigkeit meines Verwalters. Die Salzkarren würden nur langsam vorwärts kommen und eine Ewigkeit in München festhängen; vor Nikolaus waren die beiden nicht zurückzuerwarten.

Ich blieb noch einen Moment in dem Lagerraum stehen, der unvermittelt zu einem Totenzimmer geworden war. Der Verwalter hatte die Kerze mitgenommen, aber die Dämmerung war jetzt so weit angebrochen, dass ein schwacher Lichtschimmer durch das schmale Fenster hereinfallen konnte. Er reduzierte die Gegenstände im Raum zu schemenhaften Umrissen aus Licht und Schatten. Die Tote lag unter der Decke, die ihre Gestalt zusätzlich verhüllte; alles Mögliche konnte unter den rauen Falten verborgen sein, doch zu wissen, was es wirklich war, machte diesen Umstand weniger beruhigend als vielmehr makaber. Vielleicht liegt es daran, dass kaum jemand, der sich einer zugedeckten Leiche gegenüber findet, widerstehen kann, die Decke zu lupfen und in das tote Gesicht zu blicken: der Unglauben, dass der Tod einen menschlichen Körper zu einem abstrakten, lang ausgestreckten Gebilde völliger Regungslosigkeit reduzieren kann. Auch mich drängte es in diesem Augenblick, die Decke noch einmal anzuheben; mir kam in den Sinn, dass ich noch nicht einmal ihre Gesichtszüge kannte. Ich hätte den Lehm fortwischen können, der die Hälfte ihres Antlitzes verkrustete, aber die unbewusste Zärtlichkeit, die in einer solchen Geste steckt, ließ mich erschauern, und der Drang verschwand.

Die Männer hatten den Leichnam beinahe sanft abgelegt und die Decke darüber wieder gerade gezogen. Sie hatten kein Wort mehr verloren, seit wir von meinem Hof in die Stadt hinein aufgebrochen waren; weder über den Umweg durch die Widumsgasse, über die wir uns schließlich der Kirche von hinten her näherten (wir betraten sie durch das nur von zwei Wappnern bewachte Südportal); noch über die schweigende, einsame Gestalt Hanns Altdorfers, der am Rand der Grube stand und blicklos hinunterstarrte. Sie hatten die Tote behutsam auf demselben Weg zurücktransportiert, unkenntlich in die dicke Decke gewickelt, und es schien, als würden sie eine Schlafende nach Hause tragen, so vorsichtig gingen sie mit ihr um. Zuletzt hatten sie sie auf den beiden Tischen ausgestreckt, die mein Verwalter zusammengeschoben hatte, und waren gegangen.

Ich starrte auf ihr Werk, ihr Werk und meines, und fühlte mich schwach. Ich dachte daran, mich wieder niederzulegen und noch etwas zu schlafen, bis die Sonne vollends aufgegangen wäre. Aber ich wusste, dass ich keine Ruhe finden würde: Meine Erschöpfung war seelischer Natur, nicht körperlich, und ich hatte noch niemals schlafen können, wenn meine Seele wund war. Plötzlich freute ich mich auf das Essen, das der Verwalter mir gerichtet hatte. Ich schloss die Tür und verriegelte sie.

Der Verwalter leistete mir bei meiner einsamen Speise Gesellschaft, anfangs ohne etwas zu sagen. Später schnitt er ein geschäftliches Thema an. Ich wusste, es war, um mich auf andere Gedanken zu bringen, doch dann steigerte er sich in das Problem hinein und schien zu vergessen, was am heutigen Morgen vorgefallen war. Wir diskutierten, bis die Küchenmägde in die

Stube kamen und das Essen für die restlichen meiner Knechte und Mägde auftrugen. Es gab ein paar Fragen nach Egid und Kaspar, die sie befangen von meiner Gegenwart an den Verwalter richteten, doch ich beantwortete sie selbst und auf eine Weise, die keinen Verdacht aufkommen ließ, es könnte an ihrer Entsendung etwas merkwürdig sein. In einigen Gesichtern sah ich gar unterdrückten Neid auf die vermeintlich bevorzugte Behandlung, die den beiden angediehen war. Die Männer und Frauen rückten sich selbst unsicher um den Tisch herum zurecht. Es irritierte sie sichtlich, dass ich ebenfalls auf der Bank saß und der Verwalter auf dem einzigen Stuhl; als dem Hausherrn hätte dieser Platz mir gebührt, aber ich hatte mich noch niemals um solche Dinge geschert. Da ich jedoch kaum jemals in ihrer Gesellschaft aß, waren sie es nicht gewöhnt, dass ich die traditionelle Ordnung der Dinge missachtete. Als die Sonne endgültig über die Hügelkette jenseits der Stadt geklommen war, zerstreute sich die Schar, um sich für den Kirchgang zu richten, und mir wurde bewusst, dass heute ein Feiertag war: Allerheiligen, der Tag des Totengedenkens. Wie passend, dachte ich bitter. Der letzte der Knechte verließ die Stube, und ich war wieder mit dem Verwalter allein.

»Ich muss dafür sorgen, dass sich ein Totengräber der Leiche annimmt«, sagte ich. »Kennst du einen in der Stadt?«

»Nein«, erwiderte er. »Und ich glaube nicht, dass Ihr es wünschen würdet, wenn ich mit einem Umgang pflegte.«

Ich zuckte mit den Schultern, aber in diesem Fall hatte er Recht; sich mit dem Totengräber abzugeben wurde für ebenso schandbar angesehen wie die Bekanntschaft mit dem Henker. Niemand, der etwas auf sich hielt, würde öffentlich zugeben, dass er den einen oder anderen persönlich kannte.

»Und nun?«, fragte ich ihn. »Ich kann sie doch nicht einfach so verscharren.«

»Ein Priester ...«, sagte er zögernd, aber ich winkte ungehalten ab, und er duckte sich. Es war lange her, dass Priester und Bischöfe zu meinen Freunden gezählt hatten.

»Ein Apotheker in der Stadt gehörte vor längerer Zeit einmal zu unseren Geschäftspartnern«, sagte er nach einer Weile.

»Tatsächlich?«, fragte ich. »Das muss aber schon lange her sein.«

»Etliche Jahre«, sagte er. »Es war ganz zu Anfang meiner Tätigkeit für Euch, als Ihr Euch noch nicht ... noch nicht wieder um die Geschäfte gekümmert hattet. Sein Name ist Sebastian Löw; soweit ich mich erinnern kann, hat er einen Batzen Geld in eines Eurer Unternehmen gesteckt und ist mit einem schönen Gewinn davongekommen.«

»Ich wundere mich, dass dir der Name noch geläufig ist«, sagte ich.

Er lächelte kaum sichtbar.

»Ich habe in unseren Papieren nachgesehen, während Ihr fort wart«, gab er zu. »Ich erinnerte mich an den Apotheker und dachte, dass er Euch vielleicht von Nutzen sein könnte.«

Ich nickte überrascht; ich hatte ihm so viel Initiative gar nicht zugetraut.

»Ich denke, er wird sich freuen, Euch einen Gefallen erweisen zu können.«

»Das wohl nicht gerade. Aber er ist mir verpflichtet, damit hast du Recht. Ich frage mich nur, was ein Apotheker für mich tun kann.«

»Ein Mann seiner Profession kennt sicher wiederum jemanden, der sich ...«, er machte eine verkrampfte Bewegung; es war ihm unangenehm, meinen vermeintlichen Schmerz so direkt ansprechen zu müssen, »... ohne großes Aufhebens der Verstorbenen annehmen kann.« Er schwieg, als er sah, wie ich mein Gesicht verzog.

Ich hatte viel zu wenig nachgedacht, als ich in der Kirche sagte, ich könne mich des Leichnams annehmen, ohne Aufsehen zu erregen und ohne allzu viele Leute damit befassen zu müssen. Tatsächlich wurden es immer mehr, die mit der Toten in Berührung kamen. Einen schwatzhaften Apotheker mit hineinzuziehen schien mir in diesem Zusammenhang der Gipfel der Leichtsinnigkeit zu sein. Ich schüttelte den Kopf.

»Ich habe leider keinen anderen Einfall«, murmelte der Verwalter schüchtern.

Ich öffnete den Mund, um zu sagen: Wir begraben sie einfach

irgendwo im Wald oder versenken den Leichnam in der Isar, aber ich schloss ihn auf der Stelle wieder. Dazu ist es nun zu spät, mein einfallsreicher Peter, dachte ich voller Zynismus; dazu hättest du das Märchen mit der heimlichen Geliebten nicht erfinden dürfen. Nicht einmal der Verwalter wird dir abnehmen, dass du ihre Leiche lieblos dem Wasser übergibst. Ich hätte die beiden Knechte einfach mitnehmen und ihnen befehlen sollen, die Tote im Verborgenen zu begraben; ich hätte angeben sollen, ich täte es für den Stadtkämmerer, dem ich bei der Aufklärung eines Verbrechens helfen würde; ich hätte

– mich von Anfang an gar nicht darauf einlassen sollen

dem Kanzler und seinem famosen polnischen Rittersmann die Leiche überlassen sollen, anstatt eine derart komplizierte Geschichte zu erfinden und mich in meinen eigenen Fallstricken zu verfangen. Ich musste erkennen, dass ich unter den gegebenen Umständen keine andere Wahl hatte, als den Vorschlag des Verwalters anzunehmen.

»Ich habe auch keine Idee«, sagte ich. »Daher denke ich, ich werde deinem Ratschlag doch folgen.«

Er verkniff sich zu sagen, dass er dies ebenfalls für das Beste hielt. Seinem Gesicht war es dennoch anzusehen.

Ich seufzte und sagte: »Wie kann ich den Mann dazu zwingen, seinen Mund zu halten?«

»Ich glaube, es reicht, wenn Ihr ihn darum bittet.«

»Das kann ich mir kaum vorstellen«, sagte ich düster.

Er drehte die Hände nach außen und hob die Arme, und ich winkte ab.

»Ich werde ihm vorschlagen, ihn an einem der nächsten Geschäfte zu beteiligen«, entschied ich. »Das wird zumindest vorhalten, bis das Geschäft abgewickelt ist.«

»Wenn Ihr meint«, entgegnete der Verwalter. Ich nickte und stand auf.

»Wo liegt seine Apotheke?«, fragte ich.

»Schräg gegenüber dem Rathaus in der kleinen Gasse, die zur Floßlände führt.«

»Ich werde sogleich wieder aufbrechen«, seufzte ich. »Zum dritten Mal hintereinander in die Stadt.«

»Wenn Ihr wollt, kann ich ebenso gut ...«

Ich lächelte, und er senkte den Kopf. »Ich muss Euch nochmals an die Stofflieferung erinnern«, sagte er. Ich zog scharf den Atem ein.

»Richtig«, sagte ich. »Nun komme ich doch nicht dazu, mich selbst darum zu kümmern. Würdest du sie entgegennehmen und die Fuhrleute auszahlen? Und nachsehen lassen, ob der Holländer, der die Lieferung organisiert hat, schon wieder zurück ist?«

»Walther vom Feld? Der für den Herzog arbeitet?«

»Richtig. Sein Haus ist in der Spiegelgasse.«

»Selbstverständlich, Herr Bernward.«

»Danke.«

Er zuckte mit den Schultern, und ich schob die Sitzbank mit den Kniekehlen zurück und kam hinter dem Tisch hervor. Als ich an der Tür war, drehte ich mich nochmals zu ihm um. Er sah mich an, als wollte er mir noch irgendetwas mit auf den Weg geben; einen Trost oder ein gutes Wort. Seine Miene versetzte mir einen leisen Schmerz. Er fand nicht die Worte, die er hatte sagen wollen; er sagte nur: »Ich werde mich hier um alles kümmern.«

»Gut«, antwortete ich und ging.

Der Nebel hatte noch nicht aufgegeben, gegen die Sonne anzukämpfen, die seit ihrem Aufgang seine graue Decke zu schmelzen versuchte. Im Licht des Morgens lag er hell glimmend über dem Tal und verbarg die Umrisse von Gebäuden und Bäumen ebenso gut wie während der Nacht. Ich konnte den niedrigen, schlanken Turm der Abtei erst sehen, als ich mich ihm ein ganzes Stück genähert hatte, und zu diesem Zeitpunkt war mein eigener Hof längst im Morgennebel versunken; aber was die Sicht verbarg, trug den Ton umso weiter, und so hörte ich das dünne Geläut der Klosterglocke bereits, während ich noch unter meinem Tor hindurch ins Freie trat. Es begleitete mich mit seinem monotonen Rhythmus bis zum Ufer des nördlichen Isararms, hinter dem sich das Äußere Tor erhob; dann erstarb es mit einem letzten Misston, als die heiligen Frauen die Glocke anhielten. Ich war diesmal nicht allein auf der Straße: Ein paar Bauernkarren rumpelten über ihre schadhafte Decke zur Stadt hin, und ihre Lenker grüßten mich mit der interesselosen Freundlichkeit von Reisenden, die sich zufällig auf dem Weg treffen. Die Ladeflächen der Karren waren leer; sie fuhren nicht zum Markt. Die meiste Arbeit für den Winter war getan, und sie konnten es sich leisten, den Feiertag gaffend und staunend in der Stadt zu verbringen. Ihre Frauen und Kinder saßen neben ihnen auf den Böcken, und beim einen oder anderen befand sich als ausnahmsweise menschliche Fracht ein Knecht oder ein fröstelndes Paar Mägde auf dem Karren. Der neue Kirchenbau und die Messe, die der Domkapitular davor las, würden die Hauptattraktion für die Besucher abgeben, und ich dachte daran, dass nur ein glücklicher Zufall es verhindert hatte, dass heute Morgen ein Gaffer über die Leiche stolperte und Gott und die Welt alarmierte. Im selben Moment fiel mir ein, dass niemand von uns den Domkapitular davon in Kenntnis gesetzt hatte, was geschehen war. Ein neuerlicher Fehler, der uns unterlaufen war; Doktor Federkiel, der Kapitular, würde nicht vorbeihören, wenn der Tratsch seine Ohren erreichte, dass des Nachts in der Kirche der Teufel los gewesen war. Und er würde keine Ruhe geben, bis er herausgefunden hatte, was den Grund dafür darstellte. Ich erschrak, als mir das Ausmaß unseres Versäumnisses bewusst wurde; schon nahm ich mir vor, Federkiel schnellstens aufzusuchen. Aber was sollte ich ihm erzählen? Unser Märchen vom wundersam aufgetauchten Kirchenschatz wohl kaum. Während ich noch an diesem neuerlichen Problem arbeitete, stockte mein Schritt unwillkürlich, und ich geriet in die Bahn eines der Ochsengefährte. Sein Lenker pfiff mir schrill zu, und ich sprang erschrocken zur Seite. Er neigte sich zu mir herab, als er seine Tiere an mir vorbeisteuerte, und rief: »Nichts für ungut, Herr. Ich wollte vermeiden, dass Euch die Ochsen auf die Zehen treten.«

Ich blieb ein paar Augenblicke neben der Straße stehen und ließ ihn passieren, dann wanderte ich nachdenklich weiter. Es machte nicht viel Sinn, wenn ich den Domkapitular aufsuchte; er kannte mich kaum. Bestenfalls wusste er, dass ich im Unfrieden aus dem Dienst des Bischofs von Augsburg geschieden war, und dieser Umstand sprach nicht gerade für mich. Wenn ich ihm die Geschichte unterbreitete, klang sie noch verdächtiger, als wenn es einer der anderen getan hätte. Es war Hanns Altdorfers Aufgabe, Doktor Federkiel zu benachrichtigen. Ich nahm mir vor, den Stadtkämmerer so schnell wie möglich aufzusuchen und ihm unser neues Problem zu schildern. Zuerst stand jedoch Sebastian Löw auf der Liste. Ich stöhnte innerlich: Schon begann die Zeit zu drängen. Ich schritt ein wenig schneller aus.

Wie mein Verwalter gesagt hatte, fand sich die Apotheke des Sebastian Löw schräg gegenüber dem Rathaus. Es war nicht die einzige am Platz; zwei weitere befanden sich in unmittelbarer Nachbarschaft. Löws Haus bildete den Anfang des kleinen Gässchens, das direkt zur Lände am Isarufer hinunterführte; der Eingang zu seinem Laden lag in der Gasse. Entlang der Hauptstraße grenzten ein schön geschmücktes Bürgerhaus und der mächtige Kasten des herzoglichen Zollhauses an seine Fassade; weitere prunkvolle Patrizierhäuser schlossen sich daran an. In der Gasse selbst war nicht zu erkennen, ob das Haus des Apothekers deren gesamte Länge einnahm oder ob sich ein weiteres Haus daran anschloss; die Mauer mit wenigen, schmalen Fenstern war einheitlich. Vielleicht verbarg sich ein kleiner Innenhof mit einem Kräutergarten dahinter.

Ich bog in die enge Gasse ein; ihre rechte Seite lag im diffusen Sonnenlicht, das vom Nebel gestreut wurde, die linke im ebenso unscharf abgegrenzten Schatten. Löws Eingangstüre war ein dunklerer Umriss darin, in dem die metallenen Türbeschläge ein mattes Funkeln von sich gaben. Ich drückte den Riegel hinunter und stand in einem kurzen, düsteren Gang. Als ich die Tür hinter mir schloss, wurde er fast vollkommen dunkel. Ich zögerte einen Moment, bis sich meine Augen an das schlechte Licht gewöhnt hatten.

Ich hörte kein Geräusch aus dem Inneren des Hauses. Unangenehm wurde ich mir der Möglichkeit bewusst, dass seine Bewohner vielleicht noch schliefen. Immerhin war es ein Feiertag. Ich blieb unschlüssig in dem schmalen Gang stehen.

Dann hörte ich ein paar schnelle Schritte, und zu meiner Linken öffnete sich eine Tür und ließ durch ihre Öffnung das ungewisse Licht des Nebelmorgens in den Gang. Ich kniff die Augen zusammen und erspähte eine hoch gewachsene Figur im Gegenlicht.

»Guten Morgen«, sagte die Gestalt mit heller Stimme. »Was können wir für Euch tun?«

Ich erkannte einen jungen Mann; er mochte vielleicht Daniels Alter haben. Ich fragte überrascht: »Seid Ihr Sebastian Löw?«

Der junge Mann schüttelte den Kopf. »Nein«, sagte er fröhlich. »Ich bin sein Sohn. Wollt Ihr meinen Vater sprechen?«

»Ich bitte darum.«

»Wenn es sich um eine Arznei handelt, die Ihr kaufen wollt ...« Er wies mit dem Kopf hinter sich in die Stube, auf deren Schwelle er stand. Ich hatte schon den scharfen Geruch der Tinkturen und Wässerchen wahrgenommen, als er die Tür geöffnet hatte; jetzt trat er unwillkürlich einen Schritt beiseite, und ich erhaschte einen Blick auf ordentliche Reihen dunkler Glasflaschen, die in einem offenen Schrank blinkten. »Ich kann Euch ebenso gut weiterhelfen«, vollendete er.

»Es handelt sich um etwas anderes«, sagte ich. »Würdet Ihr bitte Euren Vater verständigen?«

»Wie ist Euer Name?«, fragte er nüchtern.

»Peter Bernward.« Er gab kein Anzeichen, dass ihm der Name bekannt war.

Ich dachte: Das lässt sich nicht gerade Erfolg versprechend an. »Ich bin Kaufmann. Euer Vater kennt mich.«

Er nickte und trat vollends beiseite. »Bitte tretet ein«, sagte er. »Ich werde meinen Vater sofort holen.«

Ich drückte mich an ihm vorbei in die Apotheke hinein, und er verließ mich mit einer gemurmelten Entschuldigung. So hatte ich es mir einst vorgestellt: Daniel, mein eigener Sohn, der Geschäftsfreunde und Kunden empfing, wenn ich selbst beschäftigt war, und in die Stube bat. Er hatte es sich anders ausgedacht und mein Haus an dem Tag verlassen, als ihm von Meister Stethaimer die Arbeit eines Steinmetzes an der Kirche angeboten wurde. Seither trafen wir uns einmal im Monat; wenn er viel zu tun hatte, seltener. Wir stritten uns jedes Mal. Ich seufzte und sah mich um.

Die Apotheke war ein finsterer Raum, wenn man einmal darinnen stand. Vom noch dunkleren Gang aus hatte sie hell gewirkt, aber wie immer kam es auch hier auf den Standpunkt an.

Von innen zeigte sich, dass das Fenster mit seiner dicken Glasscheibe nur wenig Licht einließ, und die dunkel gebeizten Schränke, Truhen und Regale rings an den Wänden taten ein Übriges, den Raum zu drücken. Direkt unterhalb des Fensters stand ein schräges Pult mit zerkratzter Oberfläche und vielen Tintenflecken; ein dickes Pergament war mit metallenen Klammern darauf festgehalten. Ich trat näher und erkannte eine feine, blasse Zeichnung, die auf den ersten Blick zu abstrakt wirkte, um etwas darzustellen, und beim zweiten Blick etwas offenbarte, das Hühnergedärm ähnelte. Sie war noch frisch; der junge Löw mochte sie angefertigt haben.

Es war klar zu erkennen, dass Löw sich hier einen Arbeitsraum und gleichzeitig das Lager seiner Arzneien eingerichtet hatte. Wo immer es möglich war, hatte er eine kleine Ablagefläche geschaffen, auf der tönerne und gläserne Vorratsbehälter standen, bereit, irgendeine Heil bringende Flüssigkeit aufzunehmen oder etwas aus ihrem Inhalt in ein anderes Gefäß abzugeben. Die Decke des Raumes war hoch, und die Regale an den Wänden reichten bis hinauf. Um an die obersten Reihen von Behältern zu gelangen, würde der Apotheker auf einen Schemel steigen müssen. Mein Blick folgte den ordentlichen, dunkel blinkenden Fläschchen und Krügen, die in Reih und Glied auf den Regalbrettern standen, bis oben zur wuchtigen Holzdecke; als ich den Kopf in den Nacken legte, wurde mir fast schwindlig von dem intensiven Kräutergeruch, der in dem kleinen Raum hing. Selbst an der Decke war Platz für Vorräte: Trockensträuße, grobe Säckchen mit verblassten Blüten und die obszön geformten Umrisse gedörrter Pilze hingen an einer Unzahl von festen Nägeln, die zur Hälfte in die Deckenbalken getrieben waren. Ein Bündel Alraunenwurzeln in einer Ecke sah aus wie eine fantastische Gruppe von gehenkten Zwergen.

Der Geruch, den die vielen Büschel und Wurzeln ausströmten, war zuerst unangenehm und beißend. Nach einiger Zeit jedoch erlangte er eine beruhigende Qualität; er stieg zu Kopf und machte das Atmen wie auch das Denken leicht. Ich betrachtete die Rücken von mindestens einem halben Dutzend schwerer Folianten und dachte müßig, welches Wissen sich hinter dem fettigen braunen Leder verbergen mochte, als sich die Tür wieder öffnete und Sebastian Löw seine Apotheke betrat.

Er brachte den Duft gebratenen Specks mit herein, und für einen Augenblick verdrängte das herbe Aroma die medizinischen Gerüche. Der Bratengeruch passte zu ihm: Er war ein mittelgroßer Mann mit einer Halbglatze und einem prallen runden Bäuchlein, das bedeutend größer war als mein eigenes. Er blinzelte mich kurzsichtig an, aber sein Gesicht hatte sich bereits zu einem breiten Lächeln verzogen. Hinter ihm betrat sein Sohn die Stube und schloss die Tür.

»Herr Bernward«, sagte der Apotheker mit überraschender Wärme in der Stimme. »Ich bin erfreut, Euch endlich kennen zu lernen.«

Er trat auf mich zu und streckte eine kleine Hand aus. Ich reichte ihm meine voller Erstaunen, und er pumpte begeistert damit auf und ab. Danach legte er seine andere Hand darüber, ohne mich loszulassen. Seine Finger waren weich, und die Innenfläche seiner Hände zart wie die einer reichen Bürgersfrau. Er wandte den Kopf zu seinem Sohn und rief: »Das ist Herr Bernward von Säldental, mein Junge. Dein Studium verdankst du nicht zuletzt ihm.«

Der Junge nickte scheinbar gelassen; ich konnte jedoch trotz des schlechten Lichts sehen, dass sich seine Wangen röteten.

»Ich weiß, Vater«, sagte er verlegen.

Löw blickte wieder zu mir auf.

»Ich freue mich«, sagte er nochmals, bevor er meine Hand losließ. Ich war noch immer so überrascht von seiner Begrüßung, dass ich einen Schritt zurücktrat, um Platz zum Nachdenken zu haben.

»Ich freue mich, dass Ihr Euch freut«, murmelte ich täppisch und verbiss mir im letzten Moment den Nachsatz: Wenn ich auch nicht weiß, weshalb Ihr so voller Freude seid. Ich bemühte mich nach Kräften, meine Fassung wiederzuerlangen. Es gelang mir erst, als mich das Misstrauen über seine überschäumende Freundlichkeit einholte. Womöglich erwartete er, dass ich ihm ein Geschäft anbieten würde; er lag noch nicht einmal so falsch damit.

Löw breitete die Arme mit einer Geste des Besitzerstolzes aus.

»Seht Euch um«, sagte er. »Ich habe vor vielen Jahren als kleiner Apotheker angefangen und immer von der Hand in den Mund gelebt. Heute kann ich meinen Sohn auf die Universität nach Innsbruck senden.« Er strahlte mich an und schien auf eine Erwiderung zu warten.

»Die Früchte harter Arbeit«, entgegnete ich unverbindlich. Er schüttelte begeistert den Kopf.

»Nicht nur«, rief er. »Nicht nur. Wisst Ihr, dass ich das erste Geld, das ich beiseite brachte, in einen Handel investierte, den Ihr in Tirol getätigt habt und für den Ihr noch Geldgeber suchtet?«

Ich zuckte mit den Schultern.

»Das ist lange her ...«, sagte ich zögernd. Er schien es nicht zu hören.

»Meine Frau wollte mich erschlagen«, fuhr er fort. »Es fehlte nicht viel, und sie hätte es getan. Dann habt Ihr Euren Handel mit großem Erfolg abgeschlossen, und ich bekam mein Geld zurück und noch einmal die Hälfte davon als Gewinn. Daraufhin wollte mich meine Frau zu Tode küssen, und beinahe wäre ihr das auch gelungen.«

Er hatte eine Art zu sprechen, die einem lustigen Singsang glich; seine Stimme hüpfte bei den Vokalen auf und ab. Es war nicht die Stimme, die ich bei einem Apotheker erwartet hätte. Wenn er damit die Verwendung einer Arznei erklärte, musste es sich fast anhören, als mache er sich insgeheim über deren Benutzer lustig. Seine offenen, faltenlosen Züge glichen diesen Eindruck jedoch wieder aus; wahrscheinlich war es eher so, dass sie in Verbindung mit seiner beschwingten Sprechweise das Gefühl vermittelten, die bloße Einnahme der verkauften Medizin würde sämtliche Beschwerden im Handumdrehen lindern.

Mir war noch immer nicht klar, wie ich mich auf die Begeisterung verhalten sollte, die der Mann an den Tag legte. Ich bemerkte, nur um etwas zu sagen: »Glücklicherweise seid Ihr noch am Leben.«

»Ja«, antwortete er und zwinkerte. »Mit knapper Not. Seit dieser Zeit habe ich immer wieder einmal daran gedacht, in Eure

Geschäfte zu investieren; leider hat sich niemals wieder etwas ergeben. Nun, wie auch immer, der damalige Gewinn hat mir neben dem Geld genug Selbstvertrauen gegeben, um mein eigenes Glück zu machen, und das hat es mir wiederum ermöglicht, meinen Sohn studieren zu lassen.«

Er schlug die Hände mit einem lauten Klappen vor dem Bauch zusammen und schüttelte sich. »Ich rede und rede«, sagte er dann sachlich. »Was kann ich für Euch tun, Herr Bernward?«

Ich holte Atem. Ich konnte nicht verhindern, dass mein Blick auf die stumme Gestalt des jungen Löw fiel, der hinter seinem Vater stand und ihn mindestens um eine Haupteslänge überragte. Als ich einen Moment zögerte, schien der alte Apotheker meine Gedanken zu erraten.

»Ihr könnt vor meinem Sohn frei heraus sprechen«, sagte er beruhigend.

Ich setzte zum Sprechen an und verstummte wieder; ich hatte sagen wollen, dass es mir lieber sei, wenn ich mit ihm unter vier Augen sprechen könne, aber ich wusste nicht, wie ich es ihm erklären sollte. Ich dachte daran, dass mein Verwalter gemeint hatte, Löw würde sich freuen, mir einen Gefallen erweisen zu können, und sein Verhalten schien diese Annahme beinahe zu bestätigen. Aber ich konnte mir nicht vorstellen, dass dies tatsächlich der Fall war; ich hatte geplant, sein Schweigen mit dem Anreiz auf eine Geschäftsbeteiligung an meinem nächsten größeren Handel zu erkaufen, eine Geschäftsbeteiligung mit einem entsprechend hoch angesetzten Gewinn, den ich mir zu gegebener Zeit vom Kanzler des Herzogs wieder zurückzahlen lassen würde. Die Frage war, ob der Apotheker grundsätzlich so sehr daran interessiert war, dass er mir sein Schweigen in einer für ihn zumindest äußerst merkwürdigen Angelegenheit versichern würde – ob er überhaupt darauf eingehen würde, mir zu helfen, die Tote unter die Erde zu bringen. Ich wusste nicht, welche Geschichte ich ihm erzählen sollte, um sein Misstrauen einzuschläfern, und ich wusste nicht, ob ich ihn nicht allzu sehr beleidigen würde, wenn ich vor seinem Sohn nicht sprechen wollte. Ich hob die Arme und gab ein unartikuliertes Brummen von mir. Spätestens jetzt wurde mir schmerzhaft klar, dass ich meine Schritte genauer vorplanen musste, wenn ich mich nicht in den tausend Fußangeln meiner Geschichte verfangen wollte.

Der Sohn des Apothekers unterbrach meine Gedanken: »Ich werde Euch besser alleine lassen«, und machte Anstalten zu gehen. Ich konnte deutlich erkennen, dass sein Vater irritiert war. Ich musste eine Entscheidung treffen.

Hastig sagte ich: »Nein, bleibt hier. Entschuldigt, dass ich so lange nachgedacht habe; die Angelegenheit ist sehr delikat.«

Der junge Mann blieb unsicher stehen und sah abwechselnd von mir zu seinem Vater. Ich hatte den Eindruck, dass es ihm lieber gewesen wäre, wenn er hätte gehen können. Er fühlte sich deutlich unwillkommen. Ich versuchte ihn anzulächeln, um die plötzliche Beklemmung im Raum zu lösen. Schließlich überwand der Apotheker mit seiner Unbekümmertheit die ungute Atmosphäre. Er lächelte breit und sagte: »Was immer Euer Problem ist, gegen das Ihr Euch von meinen Arzneien Besserung erhofft, Ihr könnt es getrost auch meinem Jungen anvertrauen. Er ist Medicus.«

»Noch nicht, Vater. Noch nicht«, warf der junge Mann gequält ein, aber Löw tat es mit einem Kopfschütteln ab.

»Was habt Ihr für Beschwerden, Herr Bernward?«

Ich hörte mich beinahe sagen: Ich habe eine Leiche am Hals und kann sie nicht loswerden, und für einen Moment überwältigte mich die Idiotie einer solchen Szene derart, dass mich ein Kichern in der Kehle kitzelte. Ich schluckte es hinunter und sagte zögernd: »Ich brauche Euren Rat und Euer Versprechen, darüber absolutes Schweigen zu bewahren. Ihr könnt versichert sein, dass ich mich entsprechend erkenntlich zeigen werde.«

Er runzelte die Stirn, ging aber nicht weiter auf meine Versicherung ein. Mit gleich bleibender Freundlichkeit sagte er: »Beides steht Euch immer zur Verfügung.«

Ich hatte das Gefühl, ich müsse die Verhältnisse von Anfang an klarstellen. »Ich will Euch im Gegenzug an einem meiner nächsten Geschäfte mit einer einträglichen Marge beteiligen; höher, als irgendeinen anderen Teilhaber.«

Er seufzte, dann lächelte er erneut.

»Wisst Ihr«, sagte er, »Ihr seht die Dinge leider nicht ganz richtig. *Ich* bin an der Reihe, den Gegenzug zu machen. Ich schulde Euch mindestens einen Gefallen, und ich zahle ihn Euch mit der größten Freude zurück. Ganz abgesehen davon brauchte es diese Verpflichtung nicht einmal. Ich will Euch gerne behilflich sein, ob ich nun in Eurer Schuld stehe oder nicht.«

Er sah mich erwartungsvoll an, als wollte er sagen: Was ist nun, sprecht! Ich fragte: »Und ich kann mich auf Euer Stillschweigen verlassen?«

Er zuckte mit den Schultern und drehte die Handflächen nach außen; die Geste war beredt genug. Ich atmete tief ein, dachte an Hanns Altdorfer und Doktor Mair und hoffte inständig, das Richtige zu tun.

»Ein Mitglied meines Gesindes ist heute Morgen ermordet aufgefunden worden«, sagte ich und setzte meine Worte so vorsichtig wie ein Blinder seine Füße. »Der Mörder hat ihr Gewalt angetan und sie dann erwürgt. Ich möchte, dass Ihr mir helft, sie ordentlich zu beerdigen.«

Er sah schockiert aus.

»Warum wollt Ihr das arme Ding nicht offiziell begraben?«, fragte er.

»Ihre Eltern sind Geschäftspartner; ich hatte sie ihnen zu Gefallen in meinem Haus aufgenommen. Ich kann ihnen nicht einfach sagen: Eure Tochter ist unter meinem Dach geschändet und erschlagen worden. Es ist ihr einziges Kind; ich muss mir etwas anderes einfallen lassen.«

»Ihr wollt ihnen vermutlich auch den Anblick der Leiche ersparen.«

»Genau das.«

Löw drehte sich um und sah zu seinem Sohn hoch. Der junge Mann gab den Blick zurück, dann heftete er seine Augen auf mich und fragte: »Was ist mit dem Mörder?«

»Einer meiner Knechte ist seit heute Morgen abgängig. Ich glaube, dass er es gewesen ist. Er hat sie seit einiger Zeit umworben, und ich habe das Gefühl, sie hat in der Vergangenheit seinem Werben mehr als einmal nachgegeben. Vielleicht wollte sie es diesmal nicht tun. Versteht Ihr: Dieser Umstand kommt noch hinzu und macht es mir doppelt schwer, mit ihren Eltern zu sprechen.«

»Ihr werdet die Geschichte nicht geheim halten können. Stellt Euch den Tratsch unter Euren Dienstboten vor.«

»Außer dem Verwalter und mir weiß niemand Bescheid. Die Tote liegt heimlich aufgebahrt in einem leeren Lagerraum.« Ich schloss den Mund und wusste im selben Moment, dass ich einen Fehler gemacht hatte: Der Apotheker und mein Verwalter kannten nun zwei unterschiedliche Versionen der Angelegenheit. Wenn sie nur einmal zusammentrafen, würde mein ganzes Lügengebäude einbrechen. Ich hätte mich ohrfeigen mögen. Lahm setzte ich nach: »Mein Verwalter ist völlig erschüttert. Er kannte das Mädchen gut. Aus diesem Grund bin ich selbst zu Euch gekommen. Er erträgt es nicht, sich jetzt mit der schrecklichen Angelegenheit zu befassen. Bitte sprecht ihn vorerst nicht darauf an.«

Sie zuckten beide mit den Schultern, in einer völlig identischen Geste: Vater und Sohn.

»Was wollt Ihr nun anfangen?«, erkundigte sich der Apotheker.

»Ich habe bereits zwei meiner Knechte, auf die ich mich verlassen kann, auf die Spur des Mörders gesetzt. Sie haben Befehl, ihn nötigenfalls mit Gewalt nach Burghausen zu schaffen. Ich selbst werde die dortigen Behörden informieren. Ich will den Fall nicht in Landshut ans Licht zerren.«

»Sind Eure Geschäftspartner aus der Stadt?«, fragte Löw mitfühlend.

»Aus der Umgebung«, antwortete ich vage.

Sie nickten beide.

»Ich will das Mädchen nun begraben lassen, damit ihre Seele Ruhe finden kann«, fuhr ich fort. »Es liegt mir daran, sie auf dem Friedhof auf meinem Hof zur Ruhe zu betten. Danach wird mir einfallen, was ich ihren Eltern berichten kann.«

»Und es muss möglichst bald geschehen, damit Euer Gesinde nicht Wind davon bekommt«, sagte der Sohn des Apothekers nüchtern.

»Wie habt Ihr ihr Verschwinden erklärt?«

»Ich habe verlauten lassen, sie sei mit dem geflohenen Knecht durchgebrannt.«

Mittlerweile hatte ich begonnen zu schwitzen. Vor allem der Sohn des Sebastian Löw stellte zu viele Fragen. Ich hatte nicht den Eindruck, dass er argwöhnisch war; er war nur neugierig. Aber er zwang mich zu hektischen Improvisationen. Ich wünschte mir, ich hätte doch verlangt, er solle uns alleine lassen.

»Hoffentlich kommt das den Eltern nicht zu Ohren«, sagte der Sohn des Löw, und ich hätte schreien mögen.

»Das habe ich in der Eile nicht bedacht«, erklärte ich mit zusammengebissenen Zähnen. Er sah mich an und hob die Schultern, als wolle er sagen: Man kann nicht an alles denken. Er sprach es aber nicht aus; im Gegenteil – endlich schwieg er. Ich wandte mich an seinen Vater.

»Ich dachte nun, Ihr könntet mir vielleicht helfen, Herr Löw. Ich brauche einen Totengräber, der die Beerdigung vornimmt.« Ich sprach zögernd, da ich nicht wusste, ob er es nicht als Zumutung auffasste, nach einem Totengräber befragt zu werden. Aber seine Gesichtszüge veränderten sich nicht; er war ein praktisch denkender Mann. »Am besten noch heute: Mein Gesinde ist fast vollständig in der Stadt, um die Messe zu besuchen, und es wird niemandem auffallen.«

»Heute ist Feiertag«, sagte Löw nachdenklich und bewies, dass sein Reichtum nicht nur von geschickt angelegten Investitionen gekommen war. »Aber für ein entsprechendes Entgelt wird der eine oder andere sicher bereit sein ...«

»Mit einem Totengräber ist es nicht getan«, mischte sich der junge Löw ein. »Ihr braucht einen Arzt, der die Todesursache beurkundet.«

Ich starrte ihn vollkommen überrascht an. Im ersten Moment konnte ich nichts darauf erwidern; eine vage Erinnerung lähmte meine Zunge. Ein älterer Mann, der professionelles Mitleid ausstrahlte, während er mich sanft von der Seite meiner toten Gattin schob und lateinische Phrasen murmelte; wahrscheinlich hatte ihn mein damaliger Verwalter kommen lassen. Eine Urkunde, die ich tränenblind und kraftlos unterzeichnete, ohne sie zu lesen – wenn ich sie überhaupt wahrnahm, dann in der Hoffnung, es möge mein Todesurteil sein, das sofort vollstreckt würde; und in gewisser Weise war es das auch. Es war meinem Gedächtnis völlig entschwunden gewesen.

»Fühlt Ihr Euch wohl?«, hörte ich den alten Löw sagen.

»Ja«, krächzte ich und kehrte in die Gegenwart zurück. »Ja. Es war alles ein wenig viel auf einmal, befürchte ich. Ich brauche einen Arzt, sagt Ihr?«

»Schon zu Eurer eigenen Sicherheit. Wenn Euch die Eltern der Toten Schwierigkeiten machen ...«

Sebastian Löw legte seinem Sohn die Hand auf den Arm.

»Du kannst die Urkunde ausstellen«, sagte er sanft. »Du bist Arzt.«

»Vater«, protestierte der junge Löw. »Ich bin noch nicht fertig mit dem Studium.«

»Aber du weißt bereits alles. Du hast es selbst gesagt.«

»Vater«, rief er nochmals gequält. »Das hat damit nichts zu tun!«

»Wieso nicht? Wenn dich das Wissen nicht mehr von einem ausgebildeten Medicus unterscheidet, was dann?«

Der junge Mann starrte seinen Vater verwirrt an.

»Was dann?«, stieß er mit heller Stimme hervor. »Was dann? Ich bin eben noch kein ausgebildeter Arzt. Mir fehlen noch ein paar Semester!«

»Also entweder weißt du nun schon alles, und dann sehe ich den Unterschied nicht«, brummte der Apotheker, »oder du weißt noch nicht alles, und dann hast du die letzten Tage mächtig aufgeschnitten.«

Der Sohn des Apothekers errötete bis unter die Haarwurzeln. Er suchte nach einer Erwiderung. Gerade als ich sagen wollte, sie sollten den Streit beilegen, rief er empört: »Ich habe nicht aufgeschnitten!«

Löw zuckte mit den Achseln. »Also dann ...«, sagte er herausfordernd.

»Herr Löw«, unterbrach ich hastig. »Es ist nicht nötig, dass Ihr Eurem Sohn so zusetzt. Vielleicht geht es auch ohne die Urkunde.«

»Ein großes Risiko für Euch«, wandte der junge Löw ein.

»Wenn die Tote, wie Ihr sagt, die einzige Tochter ist, können die Eltern sich unberechenbar verhalten. Ihr braucht etwas, das Ihr im Notfall vorweisen könnt und das auch vor Gericht besteht.«

Ich konnte ihm nicht sagen, dass ich tatsächlich nichts brauchte, was vor Gericht irgendetwas aussagte. Innerlich stöhnte ich verzweifelt; ich wollte, er hätte sich nur halb so viele Gedanken um mein Wohlergehen gemacht.

Der junge Mann seufzte.

»Ich werde Euch die Urkunde ausstellen«, sagte er resigniert. »Mein Vater würde mir sonst doch keine Ruhe lassen. Ich werde sie als Studicus der Medizin unterzeichnen; das dürfte Euch im Fall des Falles zumindest fürs erste Luft verschaffen. Zur Not könnt Ihr die Urkunde später noch von einem Medicus beglaubigen lassen.«

Der alte Apotheker strahlte seinen Sohn an. Es fehlte nicht viel, und er hätte ihn umarmt.

»Seht Ihr? Mein Sohn. Da dies nun geklärt ist, werde ich mich um den Totengräber kümmern. Er wird nicht billig sein, aber er wird schweigen. Und ich werde versuchen, den Preis für Euch zu drücken.«

»Seid Ihr sicher, dass er nicht plaudern wird?«

»Absolut«, sagte er. »Ich kenne ihn gut; hoffentlich schockiert Euch dieses Geständnis nicht. Er hat als Knabe bei der großen Pest vor dreißig Jahren seine gesamte Familie verloren und sich durchgebracht, indem er die Pesttoten aus den Häusern abgeholt und verscharrt hat. Er bekam den Hauch des Schwarzen Tods selbst zu spüren, aber er hat ihn überlebt. Der Mann hat keine Veranlassung, aus Freude am Erzählen sein Mundwerk zu benutzen.«

Ich fühlte mich zu erschöpft, um darüber zu diskutieren. Ich konnte nur hoffen, dass ich weiterhin das Richtige tat; ich hatte mittlerweile nicht einmal mehr ein Gefühl dafür, wie ich mich verhalten sollte.

»Bitte verständigt ihn«, sagte ich.

»Es wird wohl eine Stunde dauern, bis er hier ist. Können wir Euch in der Zwischenzeit etwas anbieten? Wollt Ihr mit uns essen? Es wäre mir eine Ehre.«

»Nein, vielen Dank«, wehrte ich ab. »Ich will Euch nicht beleidigen, aber im Moment ist mir nicht nach Essen zu Mute.«

»Natürlich«, sagte er beruhigend. »Vielleicht ein andermal? Wenn Ihr diese unselige Geschichte hinter Euch gebracht habt.«

»Gerne«, sagte ich. »Wenn Ihr mich nun entschuldigen wollt – ich habe noch ein paar Dinge in die Wege zu leiten. Ich werde in einer Stunde wieder hier sein.«

»Der Totengräber und mein Sohn warten hier auf Euch. Ihr könnt sie dann mit zu Euch hinaus nehmen.«

»Sehr schön«, sagte ich. Er nickte und lächelte wieder so breit wie am Anfang.

»Wisst Ihr«, sagte er, »es ist mir eine wahre Freude, Euch behilflich zu sein. Eine noch größere ist es, Euch nun kennen gelernt zu haben – wenn ich mir auch wünschte, es wäre unter für Euch angenehmeren Umständen geschehen. Ich verdanke Euch viel.«

»Ihr übertreibt«, sagte ich.

»Nein, nein«, rief er. »Seht nur, mittlerweile ist sogar die herzogliche Verwaltung auf mich aufmerksam geworden. Man hat mir und einem Zunftgenossen hier in Landshut die alleinige Ausstattung der Hochzeitsfeierlichkeiten mit Arzneien übertragen. Fünfhundert Gulden sind uns dafür avisiert, dass wir Konfekt und Tryett gegen das Podagra liefern.«

»Wogegen?«, fragte ich unwillkürlich. Er lächelte nicht ohne Schadenfreude.

»Das Podagra«, sagte er. »Es verschließt den Darm und lässt das Gift nicht mehr aus dem Körper, und die Gebeine werden mürbe und schwellen an. Auch unser Herzog leidet daran; manchmal, so heißt es, kann er sich nicht einmal ohne Hilfe vom Lager wälzen. Er kommt vom üppigen und zu vielen Essen; unser Konfekt hilft, die Stoffe wieder abzuführen.« Er lächelte gemütlich. »Wenn Ihr Euch gestopft fühlt wie eine Martinigans – ein paar Zeitln und Stritzerl, und Ihr düngt den Boden wie kein zweiter.«

»Ein gutes Geschäft«, lobte ich und fragte mich unwillkürlich, ob er diesen Satz auch zur Anpreisung seiner Ware an die Käufer verwandte. Er strahlte.

»Ich habe nur von Euch gelernt.«

Ich sagte ihm irgendeine Artigkeit zur Antwort, und er schüttelte wieder meine Hand und geleitete mich zur Tür. Ich verabschiedete mich auch von seinem Sohn; im Gegensatz zum Vater hatte er harte, lange Finger und einen fast schmerzhaften Händedruck.

»Ich danke Euch für Euer Entgegenkommen«, sagte ich. Er winkte ab.

»Meinem Vater liegt viel daran, und ich will ihm ein guter Sohn sein«, sagte er einfach.

Ich ging hinaus, und die beiden schlossen die Tür hinter mir. Der Nebel hatte sich verflüchtigt, und die Sonne lag auf den Hausfassaden, ohne sie zu wärmen. Innerhalb kurzer Zeit hatte ich mehr erreicht, als ich zu hoffen gewagt hatte; aber ich gewann nicht den Eindruck, dass ich selbst das Geschehen gesteuert hatte. Ich fühlte eine eisige Beklemmung. Hatte ich mich auf etwas eingelassen, das sich von mir auch nicht steuern ließ? Daneben spürte ich den bekannten Neid auf das gegenseitige Vertrauen, das Vater und Sohn eben vor mir demonstriert hatten. Am meisten aber fühlte ich Erstaunen, dass mir der Apotheker so bereitwillig helfen wollte. Er hatte sich wie ein Freund verhalten. Ich hatte immer gedacht, neben Hanns Altdorfer keinen Freund in der Stadt zu haben; vielleicht hatte ich eine Gelegenheit versäumt. Ich stand im hellen Schein der Morgensonne und fröstelte.

Hanns Altdorfer war im Rathaus; es war nicht anders zu erwarten gewesen. Die beiden Schreiber, die er beschäftigte, hatte er für den Feiertag nach Hause gesandt, er selbst hatte sich jedoch wieder am Ort seiner Arbeit eingefunden. Ich erinnerte mich, dass er gesagt hatte, der junge Herzog habe sein Haus für die Brautkammer auserkoren und er selbst würde nun Tag und Nacht im Rathaus verbringen. Sollte ich es ihm nicht geglaubt haben, hatte ich hier nun den Beweis.

Als ich in seine Kammer eintrat, sah ich ihn ruhelos auf und ab gehen. Das dick verglaste Fenster seiner Arbeitsstube ließ einen verzerrten Blick auf die gegenüberliegende Häuserreihe zu, deren bunte Fassaden im Sonnenlicht erstrahlten, aber er sah nicht hinaus. Er hielt den Blick auf den Bretterboden gerichtet und schien seine Schritte zu zählen. Bei meinem Eintreten blickte er auf; seine Augen waren groß und vor Erregung feucht.

»Mach die Tür zu«, sagte er statt einer Begrüßung. Ich folgte seinem Wunsch, und er trat auf mich zu und zog mich in eine Ecke des Raumes, obwohl niemand im Rathaus war, der uns hätte hören können.

»Ich habe die ganze Zeit hier auf dich gewartet. Was hast du bisher erreicht?«

»Ich habe die Leiche in einem leer stehenden Lager aufgebahrt, ohne dass es jemand bemerkt hätte. Nur der Verwalter ist eingeweiht, und ihm habe ich die Geschichte aufgebunden, die ich heute Morgen schon dir und dem Richter erzählte.«

»Dass sie eine Badehure aus dem Frauenhaus war?«

»Ich habe mich über die Details nicht verbreitet«, antwortete ich unwillig.

»Wie wirst du jetzt weiter vorgehen? Du kannst sie nicht ewig in deinem Haus liegen lassen.«

»Noch heute Vormittag wird eine Beerdigung auf meinem Hof stattfinden. Mein Gesinde ist so gut wie vollzählig in der Messe; niemand wird etwas bemerken. Ich habe mich an einen Mann in der Stadt gewandt, der absolut vertrauenswürdig ist.« Ich verkniff mir die Bemerkung, dass ich mir über die Richtigkeit meines Tuns durchaus nicht so sicher war. Ich wollte ihn nicht noch mehr beunruhigen, und vor allem wollte ich nicht etwas heraufbereden. Dinge beim Namen zu nennen heißt, ihrem Eintreten Tür und Tor zu öffnen.

Er sah mich eine Weile schweigend an.

»Du beerdigst sie auf deinem Hof; auf dem Friedhof hinter der Holunderhecke«, sagte er sanft. Es war diese Sanftheit in seiner Stimme, die meine Seele wieder Schmerzen ließ.

»Genau dort«, erwiderte ich und bemühte mich, meine Stimme ruhig klingen zu lassen. Er antwortete nichts darauf. Vielleicht scheute er sich, noch tiefer in der Wunde zu bohren, von der er wusste, dass sie sich niemals richtig geschlossen hatte. Hinter der Holunderhecke lag das Grab meiner Frau und des toten Kindes, bei dessen Geburt sie ums Leben gekommen war.

Ich sagte: »Hat jemand daran gedacht, Doktor Federkiel zu verständigen?«

Er winkte ab. »Er ist ein Mitglied des Gefolges, das die Prinzessin in Wittenberg in Empfang genommen hat«, sagte er und lächelte schief. »Er ließ es sich nicht nehmen. Und da weder Herzog Ludwig noch der junge Georg an diesem Gefolge teilnehmen, kann es nicht schaden, wenn seine Eitelkeit wenigstens ein bisschen Glanz verbreitet. Die Peinlichkeit, dass weder der Bräutigam noch sein Vater die Braut in Empfang nehmen wollen, ist ohnehin schon groß genug, nicht wahr? Vermutlich musste zudem dem Doktor Federkiel ein kleiner Ausgleich dafür geschaffen werden, dass nicht er, sondern der Bischof von Salzburg die Trauung vornimmt.«

Ich hob die Augenbrauen. Altdorfer fuhr fort: »Doktor Mair hat mir die Zusammenstellung des Empfangskomitees damit erklärt, dass der Herzog und sein Sohn auf der Burg alles für die Ankunft des Kaisers vorbereiten und deshalb unabkömmlich seien. Auf der anderen Seite ist es so, dass der Kaiser und sein Sohn im Zollhaus hier in der Stadt logieren werden. Nun, ich denke, er weiß, wovon er redet.«

Er seufzte und wandte sich wieder dem Grund zu, dessentwegen ich ihn aufgesucht hatte.

»Der Stellvertreter des guten Doktor Federkiel ist von den ganzen Aktivitäten heute Nacht nicht einmal wach geworden«, sagte er. »Richter Girigel hat ihn mittlerweile besucht und ihm erklärt, dass wir Sicherheitsmaßnahmen für die Trauung des jungen Herzogs geprobt hätten.«

»Nicht schlecht, Hanns. Nur dass wir jetzt schon eine vierte Version des nächtlichen Geschehens in Umlauf haben. Ich habe auch zwei unterschiedliche Varianten erfunden.«

Er legte die Stirn in Falten. »Hältst du es für bedenklich?«, fragte er unruhig.

»Ich weiß nicht«, sagte ich ehrlich. »Vielleicht ist es ganz nützlich, mehrere verschiedene Gerüchte zu streuen, die sich gegenseitig neutralisieren können. Aber ich beginne den Überblick zu verlieren, und das halte ich für gefährlich.«

»Wir werden uns künftig aus allem heraushalten«, versprach er, »und die Angelegenheit dir überlassen.«

Ich nickte unglücklich. »So muss es wohl sein.«

Er hob die Hände halb und ließ sie wieder fallen. Als ich nichts sagte, wandte er sich ab und sah nun doch zum Fenster hinaus. Ich war mir sicher, dass er die strahlenden Häuserfassaden gegenüber kaum wahrnahm. Ich hoffte, er würde sich nicht dafür entschuldigen, dass er sich an mich gewandt hatte; er tat es nicht. Nach einem Moment trat ich neben ihn. Diejenigen Bauernkarren, die ich vor den Stadttoren getroffen hatte, waren schon längst vorbeigerumpelt, während ich noch mit dem Apotheker gesprochen hatte; jetzt kamen weitere, und eine Menge Volk zu Fuß. Alle strebten dem Neubau des Doms zu.

Ich sagte: »Das sieht beinahe aus wie der Beginn eines Bauernaufstands.«

»Du kommst zu selten in die Stadt. So ist es an jedem Feiertag; wenn nicht gerade Allerheiligen und Tanzverbot wäre, könntest du sogar noch viel mehr Volk sehen. Keine Gefahr, dass jemand eine Fahne mit dem Bundschuh schwenkt und reiche Kaufleute und Patrizier verprügelt.«

»Oder die Gäule der Adligen füttern geht«, sagte ich. Er sah mich verständnislos an, und ich musste gegen meinen Willen lächeln.

»Gibt es nicht einen Bauernspruch, dass der Herrgott die Gäule beschützen möge, sonst würden die reichen Herren noch auf den Bauern reiten?«

Er schnaubte und wies mit dem Daumen über die Schulter zum Fenster hinaus.

»Wenn das Namensfest von Sankt Martin ansteht, wird hier eine gewaltige Kirmes abgehalten. Du kannst es dir ja einmal ansehen. Martini ist in zehn Tagen; dann tanzen sie auf der Straße und feiern bis zum Umfallen. Dieses Jahr wird es wahrscheinlich noch weiter ausufern als üblich, mit der Ankunft der Prinzessin gleich danach. Ich habe schon gehört, dass sich das Tanzfieber bis zur Besessenheit gesteigert hat.«

»Hier in Landshut?«

»Eher drüben an der Grenze nach Brabant und Burgund, glaube ich. Unser Volk ist dafür wohl doch ein wenig zu schwerfällig. Aber manchmal habe ich schon gedacht, dass es gleich so weit sein wird und alle im Veitstanz herumspringen.«

Es belustigte mich, ihn so sprechen zu hören. Vermutlich wusste er es nicht, aber in seinen Worten war jedes Mal eine Mischung aus Verachtung und Mitgefühl für die einfachen Bauersleute zu hören, wenn er auf sie zu sprechen kam, und zugleich eine Art von ungläubigem Staunen, als könne er die Drolligkeit ihrer Gebräuche niemals zur Gänze verstehen. In diesem Punkt hatte er sich nicht geändert, seit wir uns kannten.

»Wohin fahren diese Leute?«, fragte ich.

»Zum Dom. Seit das Gerüst das Langhaus freigegeben hat und man den Turm in die Höhe wachsen sieht, ist er ein gewaltiger Anziehungspunkt.«

»Meister Stethaimer bekommt ein großes Publikum«, murmelte ich. Hanns Altdorfer sah mich von der Seite her an.

»Er freut sich nicht gerade darüber«, sagte er. »Nach jedem Festtag, wenn die Bauern von außerhalb auf der Baustelle herumklettern und Maulaffen feilhalten, kommt er und beklagt sich bei mir. Steinmetzarbeiten werden beschädigt, Bretter und Werkzeuge gestohlen und angeblich unschuldige Bauernmägde hinter den Handwerkerbuden verführt.«

Ich sah wieder zum Fenster hinaus. Wenn ich um den Rahmen herumspähte, konnte ich Sebastian Löws Haus erkennen; ich würde bald wieder hinübergehen müssen und den schweigsamen Totengräber zusammen mit Löws Sohn zu meinem Hof bringen. Mir wurde flau, als ich daran dachte, was danach geschehen würde: Eine rasche Untersuchung der Toten, ein heimlicher Transport in den hinteren Teil der unbebauten Fläche meines Grundstücks, eine flache Grube, in die der zerschundene Leib gesenkt wurde, ein kurzes Gebet. Ich stellte mir das Gesicht des Totengräbers vor; ich dachte es mir hager und voller Narben. Wie viel würde er dafür verlangen, dass er am Feiertag eine Leiche unter die Erde brachte und zu niemandem darüber sprach?

Als hätte Hanns Altdorfer den letzten Teil meiner Gedanken

verstanden, sagte er plötzlich: »Ich soll dir im Auftrag des Kanzlers mitteilen, dass sämtliche deiner Auslagen aus der herzoglichen Truhe beglichen werden.«

»Darauf habe ich mich verlassen. Es mag sein, dass ich ein paar Bestechungsgelder zu bezahlen habe. Ich werde versuchen, nicht zu übertreiben.«

»Wenn diese Hochzeit nur die Hälfte von dem kostet, was Doktor Mair und ich bis jetzt überschlagen haben, kannst du dir ein Söldnerheer mieten und dem Papst eine Grafschaft erobern helfen, und niemandem werden die Kosten auffallen. Doktor Mair rechnet mit mindestens fünfzigtausend rheinischen und ungarischen Gulden.«

Ich wäre kein Kaufmann gewesen, wenn mich diese Zahl nicht wenigstens für den Augenblick aus meinen düsteren Gedanken gerissen hätte.

»Wie viel?«, keuchte ich. »So viel Geld besitzt die ganze niederbayrische Kaufmannszunft nicht.«

»Was glaubst du, was die Bewirtung all der Gäste kostet? Allein der Kaiser wird mit einem Gefolge von siebenhundert Pferden erwartet, und du weißt, dass er ein armer Kaiser ist. Er hat es sich zwar nicht nehmen lassen, den Boten unseres Herzogs die Zusage zu seiner persönlichen Einladung mit sechs Trompetern und vier Pfeifern bekannt zu geben, als sie in einer Herberge in Köln auf seine Erwiderung warteten, aber daraus sieht man nur, dass er gerne prätentiöser auftritt, als er es sich leisten kann.« Altdorfer lachte humorlos. »Der Markgraf von Brandenburg soll sogar mit der doppelten Menge Gefolge anreisen. Wahrscheinlich traut er dem Frieden nicht, den ihm der Herzog in der Einladung versprochen hat. Von den anderen Fürsten weiß ich noch nichts. Aber allein mit den Leuten dieser beiden Herren wird die Stadt einem Heerlager gleichen. Außerdem sollen wenigstens drei große Turniere veranstaltet werden.«

»Dem Volk werden die Augen herausfallen vor Neid.«

»Ich glaube kaum. Der Herzog hat Befehl gegeben, dass die Bürger die ganze Zeit freigehalten werden. Kein Wirt darf für Geld verköstigen, kein Metzger, kein Bäcker, kein Fischer irgendetwas verkaufen.«

»So langsam«, sagte ich, »rechnen sich die Kosten zusammen.«

»Der Herzog wird nachher ruiniert sein. Meines Wissens hat er selbst einen Teil der Mitgift für die Prinzessin in die Kosten eingerechnet. Du siehst, das Gelingen dieser Hochzeit ist auch eine Geldfrage.«

»Alles ist letztlich eine Geldfrage«, sagte ich garstig.

»Die Philosophie eines Kaufmanns«, erwiderte er mit einem leisen Hauch seines gewohnten Humors. Ich lächelte müde, und er schloss die Augen und nickte verständnisvoll.

»Hast du geschlafen seit heute Morgen?«

»Mit einer heimlichen Leiche in einem Lagerraum? Und du?«

»Weder geschlafen noch gegessen«, seufzte er. »Nicht, dass ich hungrig wäre. Aber müde bin ich doch.«

»Ich werde wieder aufbrechen. Ich muss noch einer Beerdigung beiwohnen. Ich halte dich auf dem Laufenden, Hanns.«

Er nahm meinen Oberarm und drückte ihn leicht.

»Ich weiß, dass es schmerzhaft ist für dich«, sagte er. »Wenn du das Gefühl hast, du störst die letzte Ruhestätte Marias, dann begrabe sie anderswo.«

»Es ist schon in Ordnung«, erwiderte ich nicht ganz ehrlich. »Mach dir keine Gedanken.«

Er geleitete mich bis zur Tür.

»Würdest du Herrn Moniwid auch verständigen?«, fragte er.

Ich drehte mich nochmals zu ihm um.

»Wenn mich nicht alles täuscht, logiert seit dem letzten Sommer im Haus des Walther vom Feld ein Botschafter des polnischen Königs«, sagte ich. »Ich dachte, Moniwid sei ihm unterstellt. Wann willst du ihn informieren?«

»Überhaupt nicht, hoffe ich«, seufzte Altdorfer.

»Weshalb nicht? Schlimmer als Moniwid kann er auch nicht sein; und auf jeden Fall wird er über mehr Einfluss verfügen als jener.«

»Er hat gar keinen Einfluss«, stellte Altdorfer unwillig richtig. »Er ist ein alter Trunkenbold, der seinen Mägden unter die Röcke greift und dem Herzog auf der Tasche liegt, seit dieser ihm bei seiner Ankunft ein edles Pferd zum Geschenk machte. Doktor Mair sagte, er habe ihn noch keinen einzigen Tag nüchtern gesehen. Wir müssen uns schon an Albert Moniwid halten.«

»Das habe ich befürchtet«, sagte ich düster. »Ich kann nicht garantieren, dass ich ihn bei unserer nächsten Begegnung nicht anspringe.«

Altdorfer machte ein missbilligendes Gesicht.

»Wir müssen uns gut mit ihm stellen, sonst setzt er sich noch über unsere Abmachung hinweg«, ermahnte er mich ernst. »Er ist ein äußerst einflussreicher und finanziell unabhängiger Mann. Man hört, dass er mit dem Tross der Prinzessin in Wittenberg eingezogen ist wie der König selbst, mit einem gewaltigen Hengst, der mit einem goldenen Tuch voller Perlen bedeckt war; sein Knappe trug ein Kleid aus derselben Machart.«

»Er hat einen unaufdringlichen Geschmack, wie mir scheint«, sagte ich boshaft. »Aber ich wollte ihn ohnehin aufsuchen und seine Erlaubnis erwirken, mit seiner Gesandtschaft zu sprechen, um mehr über die Tote zu erfahren. Ich wette, er hat sowohl gut geschlafen als auch gut gegessen und fühlt sich wohl bei dem Gedanken, wie wir uns hier abmühen.«

»Es ist eine seiner Schutzbefohlenen ermordet worden, vergiss das nicht. Ich glaube nicht, dass er die Sache auf die leichte Schulter nimmt.«

»Ach was«, sagte ich. »Er hat eine diebische Freude dabei, die Schweißtropfen auf unseren Stirnen zu zählen.«

»Du magst ihn nur nicht«, stellte Altdorfer fest.

»Sehr richtig«, sagte ich und griff nach der Tür. »Und das ist das Einzige an der ganzen Geschichte, das mir kein Magendrücken verursacht.«

Sebastian Löw hatte seine Aussage, er würde sich gerne um meine Probleme bemühen, wahr gemacht; als ich wieder bei ihm vorsprach, befand sich der Totengräber bereits bei ihm. Er hatte ihn wahrscheinlich durch die Hintertür ins Haus gelassen. Der Totengräber enttäuschte mich in einer Hinsicht: Er war ein kleiner Mann mit einem runden Gesicht und einer strahlenden Stirnglatze. Was seine Schweigsamkeit anging, war er keine Enttäuschung; er nickte nur knapp zu meiner Begrüßung und äußerte weder Erstaunen noch Unmut über seinen ungewöhnlichen Auftrag. Seine hellen Augen hielten meine einen Augenblick lang ohne jede Anteilnahme fest, bevor sich ihr Blick wieder in die Ferne richtete. Die Augenwinkel selbst waren gänzlich ohne Falten. Er schien kaum jemals zu lachen. Plötzlich war ich froh, dass dieser Mann niemanden unter die Erde brachte, der mir nahe stand.

Ich führte ihn und den jungen Löw zu meinem Hof zurück, gegen den beständigen Strom an Stadtbewohnern und Besuchern, die sich alle zum Martinsdom hinunter begaben. Ich hatte ein ungutes Gefühl dabei, mich mit dem Mann in der Öffentlichkeit zu zeigen, obwohl ich nicht erwartete, dass mich jemand kennen würde; der Sohn des Apothekers dagegen bewegte sich unbefangen, entweder durch sein Studium über den Dingen stehend oder sich der sozialen Fehlleistung, in Begleitung des Totengräbers gesehen zu werden, nicht bewusst. Es stellte sich jedoch heraus, dass uns niemand auch nur einen zweiten Blick schenkte. Zwischen dem Spitaler Tor und dem Blauen Turm drängten sich die Menschen um den Eingang der Heilig-Geist-Kirche. Wahrscheinlich erwarteten sie den Beginn einer Prozession, die durch die gesamte Länge der Stadt hinunter zum neuen Dom führen würde, um sich ihr anzuschließen. Wir drängten uns durch die Menge, ohne im Geringsten aufzufallen. Während wir die Tore hinter uns ließen und die Grüße der Leute erwiderten, die uns außerhalb der Stadt entgegenkamen, befürchtete ich, dass wir auf Mitglieder meines Gesindes stoßen mochten; aber dann beruhigte ich mich: Selbst wenn noch einige Nachzügler unterwegs zur Stadt waren, würden sie in Erwartung der festtäglichen Aufregungen so gebannt sein, dass ich ihnen vermutlich nicht einmal auffiel – und wenn, würden sie weder aus meinem noch dem Anblick meiner Begleiter irgendeinen Verdacht schöpfen.

Unser Weg verlief schweigsam. Ich war zu angespannt, um viel zu sprechen, und Löw schien meine Verfassung zu respektieren und antwortete nur, wenn ich ihn etwas fragte. Der Totengräber marschierte stumm hinter uns her und machte keinerlei

Anstalten, überhaupt etwas zu sagen. Ich fragte den jungen Mann, warum er den weiten Weg nach Innsbruck gemacht habe, um dort zu studieren, und er erklärte mir, dass Herzog Ludwig die Universität in Ingolstadt zu spät gegründet habe. Er hatte sich bereits vor fünf Jahren in Innsbruck eingeschrieben, Ludwig die Ingolstädter Universität aber erst vor drei Jahren gegründet. Ich hatte außerdem das Gefühl, dass er froh gewesen war, dadurch dem Einfluss seines Vaters ein wenig zu entkommen.

Auf meinem Hof waren nur die alten Männer und Weiber und ein paar Kleinkinder übrig geblieben. Sie saßen auf Bänken und Hackklötzen in der Sonne, die Männer mit dem Schnitzen irgendwelcher Werkzeuge, die Weiber mit Flickarbeiten beschäftigt. Sie begrüßten mich ehrerbietig, ohne unserer Gruppe besondere Aufmerksamkeit zu widmen. Um das Haus herum roch es bereits nach heißem Fett und den aus Hefeteig gebackenen Wecken, die heute Nachmittag und morgen an die Kinder des Gesindes und an die um Almosen für die Waisen bettelnden Klosterschwestern des nahen Konvents ausgegeben wurden. Ich hatte mich immer wie ein kleiner Junge auf die süßen Wecken und Zöpfe gefreut, die die Mägde in der vor Hitze und Feuchtigkeit brüllenden Küche zubereiteten. Seit Marias Tod war mir ihr Geschmack verleidet. Die alten Frauen nannten sie Seelenwecken und behaupteten, sie würden gebacken, um die Seelen der Toten zu bewirten, die um Allerheiligen und Allerseelen unter ihren Angehörigen weilten. Allein der Gedanke daran raubte mir das Gleichgewicht.

Ich führte die beiden Männer in das Wohngebäude.

»Wo befindet sich die Tote?«, fragte der junge Löw.

»Ich bringe Euch hin. Braucht Ihr irgendeine Hilfe?« Ich schluckte, als ich daran dachte, er könne die Frage bejahen und mich darum bitten. Ich hatte kein Begehren, mich mit der Leiche zu befassen.

»Der Herr Totengräber wird mir assistieren«, sagte er. »Ihr könnt der Untersuchung selbstverständlich beiwohnen, wenn Ihr dies wünscht. Sie dauert nicht lange.«

»Vielen Dank«, erwiderte ich. »Ich ziehe es vor, hier in der Stube auf Euch zu warten.«

Er nickte, und ich brachte die beiden Männer zu der verschlossenen Tür. Meine Hände zitterten, als ich den Schlüssel herumdrehte. Noch während ich die Klinke nach unten drückte, war ich mir plötzlich sicher, dass der Raum voller Leute sein würde, die mich vorwurfsvoll anstarrten. Mein Herz klopfte wild; die Vorstellung ließ sich nicht abschütteln. Als ich hineinspähte und das Lager leer fand bis auf die verhüllte Gestalt der Toten, war ich beinahe überrascht. Das Sonnenlicht strömte jetzt ungehindert zur Fensteröffnung herein und lag auf dem Tuch, das ihre Umrisse bedeckte. Ich dachte daran, dass es den Körper unter dem Tuch nicht mehr erwärmen konnte.

»Wir haben sie dort aufgebahrt«, sagte ich rau.

Löw und der Totengräber betraten den Raum und nickten mir zu. Ich gab dem jungen Mann den Schlüssel. »Bitte sperrt ab; ich will vermeiden, dass zufällig jemand zu Euch hineinplatzt.«

Er nickte nochmals. Ich schloss die Tür hinter mir zu und atmete tief ein. Einen Augenblick stand ich noch vor der geschlossenen Tür; das Geräusch des Schlüssels im Schloss ließ mich hochschrecken. Ich ging steifbeinig und voller Nervosität zurück zur Stube.

Die Zeit dort wurde mir lang. Ich konnte nicht verhindern, dass mein aufgewühlter Geist auf Wanderschaft ging, und mir fiel ein, dass ich so auf die Geburt meiner beiden Töchter gewartet hatte: allein in der Stube meines damals noch kleinen Stadthauses neben dem bischöflichen Palast in Augsburg. Aus dem Warten damals waren zwei aus Leibeskräften krähende junge Leben hervorgegangen; heute wartete ich darauf, dass der Tod eines anderen jungen Lebens beurkundet wurde. Der Gedanke daran brachte mir die Tote noch ein Stück näher, und die Ironie, dass sich die polnische Gräfin im Leben nicht einmal nach mir umgedreht haben würde, nahm nichts von der Grimmigkeit hinweg. Ich dachte weiter: Die Geburt meines Sohnes Daniel hatte ich ebenfalls voller Aufregung erwartet, aber es war weniger des Geburtsvorgangs wegen gewesen als aufgrund der eben entbrannten Fehde zwischen Herzog Ludwig und Markgraf Albrecht von Brandenburg; der Bischof hatte mich informiert, dass er mich als seinen Assistenten wünschte, um die Bedingungen für einen

Waffenstillstand oder gar einen Frieden zu verhandeln, und ich brannte vor Neugier auf diesen Auftrag. Bei der vierten Geburt schließlich, die unter meinem Dach stattfand, war ich vollkommen gelassen gewesen; es schien mir nur ein weiterer, alltäglich gewordener Vorgang zu sein und Marias Schwäche und Blässe in den letzten Wochen vor der Niederkunft lediglich ein Zeichen, dass für sie das Alter gekommen war, in dem sie keine Kinder mehr erwarten sollte. Ich hatte mich nicht weiter darum bekümmert; hätte ich es getan, vielleicht wäre alles anders gekommen. Gott straft dann, wenn man nicht darauf gefasst ist.

Die Stubentür öffnete sich langsam, und ich sah auf und erwartete, meinen Verwalter hereinkommen zu sehen. Stattdessen stand der Totengräber auf der Schwelle.

»Würdet Ihr bitte mitkommen?«, fragte er. Er hatte eine Stimme, die zu seiner Erscheinung passte: präzise und ohne Gefühlsschwankungen. Es war nicht die Stimme, um kommendes Unheil zu verkünden, aber ich wusste dennoch, dass etwas Unvorhergesehenes geschehen war. Ich wollte aufstehen und fand im ersten Moment keine Kraft dafür.

»Was ist geschehen?«, fragte ich schwach.

»Er wird es Euch mitteilen. Bitte kommt.«

Ich kroch hinter dem Tisch hervor und folgte ihm mit schweren Beinen. Was immer mir der Apothekerssohn sagen wollte, ich hatte keine Lust, es zu hören. Ich wollte, dass die Tote endlich unter die Erde gebracht wurde, damit ich wieder klar denken konnte.

Löw erwartete mich mit ernstem Gesicht. Als ich in den Lagerraum trat, schloss er die Tür hinter mir ab. Ich versuchte zu vermeiden, lange in die Richtung der Toten zu blicken; ich sah den Schimmer ihrer Haut im Sonnenlicht und das zerknüllte Tuch, das zu Füßen der Bahre auf dem Boden lag, bevor ich meine Augen auf Löws Gesicht richtete. Er hatte eine steile Falte zwischen den Augenbrauen. Ich fühlte eine leichte Übelkeit, während ich seine Auskunft erwartete. Er setzte zum Sprechen an, unterbrach sich und begann von neuem. Was er sagte, traf mich so unvorbereitet, dass ich es im ersten Augenblick nicht einmal verstand.

»Die Frau ist nicht vergewaltigt worden«, sagte er.

»Was sagt Ihr?«, rief ich.

»Man hat sie nicht vergewaltigt«, wiederholte er. »Nicht in dem Sinne, den man diesem Wort gemeinhin hinterlegt. Man hat den Leichnam berührt und ihm Verletzungen zugefügt, die auf einen Koitus hindeuten, und ohne Zweifel bedeutet das die Schändung des Körpers. Aber ich wiederhole: des Körpers. Es fand kein aufgezwungener Verkehr statt, und die Frau war schon tot, bevor man sich mit ihrem Leib befasste.«

Ich fühlte mich schwindlig; ich befürchtete, dass ich den Sinn seiner Worte nicht ganz erfasste. Ich warf einen Blick auf den Totengräber, der mit verschränkten Armen neben uns stand, doch seine Augen waren unbeteiligt in die Ferne gerichtet.

»Wie meint Ihr das?«

Er atmete tief ein, dann stieß er den Atem aus. Mit einer brüsken Bewegung marschierte er um mich herum.

»Ich zeige es Euch«, sagte er, und zu meinem Entsetzen führte er mich zu der aufgebahrten Leiche. Ich folgte ihm willenlos. Sie war schon tot, bevor man sich mit ihrem Leib befasste.

»Seht hier.«

Meine Blicke folgten seiner ausgestreckten Hand, die leicht über den erstarrten Körper glitt und mit kundigen Fingern auf die Stellen wies, die seine Vermutung unterstützten. Währenddessen erklärte er mir, was das, was meine Augen sahen, zu bedeuten hatte. Er war noch jung genug, um bestürzt über seine eigene Entdeckung zu sein, und er drückte sich aus diesem Grund anders aus, als er es vielleicht sonst tat, wenn er seinen Mitstudenten oder einem Mentor etwas erläutern musste. Die ganze Zeit über befand er sich auf der anderen Seite des toten Mädchen, als wünschte er, dass mein Blick durch nichts behindert würde.

Er hatte mit einem Tuch den festgebackenen Lehm von den Stellen entfernt, die er untersucht hatte. Das Gesicht hatte nicht dazu gehört; es war noch immer verklebt und von einer mittlerweile getrockneten, käsig weißen Schicht überzogen, die der Farbe ihrer toten Haut erstaunlich ähnelte. Selbst wenn jemand Wert darauf gelegt hätte, wäre es ihm unmöglich gewesen, ihre

Züge genau zu erkennen oder zu entscheiden, ob sie schön oder hässlich gewesen war. Sein Untersuchungsziel war der Leib der Toten gewesen, und was sich zwischen den Knien und dem Kopf befand, hatte er gründlich gesäubert.

»Ihr seht diese dunklen, blauroten Flecken an ihrem Hals, wo die Haut aufgeschunden und rau wirkt? Der Mörder hat hier seine Hände angelegt und ihr den Atem abgedrückt. Es dauert eine Weile, bis der Tod auf diese Weise eintritt, selbst bei Hinrichtungen, wo der Delinquent gefesselt ist und sich nicht wehren kann. Wir dürfen annehmen, dass sie sich gewehrt hat: Der Mörder musste sie niederhalten, und er tat es vermutlich, indem er sich auf ihren Körper kniete. Hier an den Rippen und darüber an den Brüsten ist das Fleisch bösartig gequetscht. Die Adern sind geplatzt und haben diese großen blauen und gelben Stellen verursacht, als sich das Blut in das Gewebe ergoss. An dieser Stelle hier unterhalb der Achsel ist die Haut so tief abgeschürft, dass die Rippenknochen darunter zu sehen sind – vielleicht wurde sie über einen scharfkantigen Gegenstand gewälzt, einen Stein oder dergleichen. Ich nehme an, dass es trotzdem noch einige Zeit dauerte, bis ihre Gegenwehr erlahmte. Vermutlich hat sie sich in der Agonie mehrmals auf die Zunge gebissen; daran habe ich nicht gedacht. Man könnte den Mund öffnen und ...«

»Bitte nicht«, würgte ich hervor, und seine Hand zuckte zurück.

»Hier unten an den Hüftknochen ist die Haut aufgeplatzt und das Fleisch verletzt, aber man sieht keine so großen verfärbten Stellen wie die am Oberkörper, die ich Euch gezeigt habe. Sie wurde geschlagen, wahrscheinlich mit einem harten Gegenstand, aber *sie war zu diesem Zeitpunkt schon tot.* Das Blut floss nicht mehr durch die Adern, und folglich konnte sich nur wenig in das Gewebe ergießen, als die Adern zerrissen. Das Blut an ihren Schenkeln stammte mit Sicherheit von der tiefen Aufschürfung an ihren Rippen und wurde später hier verschmiert, um den Eindruck der Vergewaltigung einer Lebenden vorzutäuschen. Das gleiche gilt für die vaginalen Verletzungen. Ich habe festgestellt, dass ...«

»Hört auf«, sagte ich. »Ich habe es mittlerweile verstanden.« Er starrte mich einen Moment an, dann fuhr er fort.

»Nein, Herr Bernward. Es ist wichtig, dass Ihr alles begreift. Auch ich habe es erst nach und nach begriffen. Die Verletzungen ihres Schoßes passierten nicht nur, als das Leben schon aus ihrem Körper gewichen war; sie wurden ihr mit einem Instrument zugefügt, das mit einem männlichen Glied nur die grobe Form gemeinsam hat. Ich habe, um ganz sicher zu gehen, den Innenraum ihres Geschlechts untersucht: Ich habe erstarrtes Blut gefunden, das wahrscheinlich von den Pressungen herrührt, mit denen sich ihre Muskeln gegen die Erdrosselung wehrten, aber ich habe keinerlei Anzeichen für männlichen Samen entdeckt. Da ich davon ausgehe, dass ein Mann, der einer Frau so etwas antut, darin seine Befriedigung finden will, müssten aber Anzeichen eines Ergusses vorhanden sein. Wenn Euch das noch nicht genügt, seht Euch die Verletzungen ihres Schoßes an. Sie sprechen für sich; kein menschlicher Penis, und sei er noch so stark erigiert, könnte das zarte Gewebe dort derart zerreißen.«

»Wollt Ihr damit sagen ...?«

»Ich will damit sagen, dass derjenige, der sie erdrosselt hat, weder davor noch danach Verkehr mit ihr hatte; sich aber gewaltige Mühe gab, einen solchen vorzutäuschen.«

»Weshalb sollte jemand so etwas tun?«

»Das frage ich Euch, Herr Bernward.«

Ich sah von der Toten auf in sein blasses, verschlossenes Jungengesicht. Ein Verdacht keimte in mir auf, der so ungeheuerlich war, dass mir der Atem ausging.

»Glaubt Ihr, ich selbst wäre es gewesen?«, keuchte ich. Er starrte mich weiterhin an, dann schüttelte er plötzlich den Kopf.

»Das nicht«, sagte er. »Ich habe mir Eure Hände angesehen. Sie passen nicht zu den Würgemalen an ihrem Hals. Und ich habe noch etwas entdeckt.« Er schob eine Hand vorsichtig unter den Nacken der Toten. Trotz der Leichenstarre konnte er ihren Kopf leicht hin und her bewegen.

»Das Genick ist gebrochen. Der Mörder hatte nicht genügend Kraft, sie vollends zu erwürgen, oder er hatte nicht genügend Zeit. Ich denke, er hat ihr, als sie schon halb besinnungslos war, buchstäblich den Hals umgedreht. Was den Zeitfaktor angeht, kann ich nichts dazu sagen, aber von der Statur her wärt Ihr durchaus in der Lage, einen Menschen durch Erdrosseln zu Tode zu bringen. Ihr hättet es nicht nötig gehabt, ihr noch das Genick zu brechen. Womit ich Euch nicht beleidigen will, Herr Bernward, ich will Euch nur sagen, dass ich Euch nicht für den Täter halte. Dennoch ...«

»Was?«

»Dennoch scheint mir in diesem Licht die Geschichte, die Ihr erzählt habt, ein wenig fragwürdig. Ganz abgesehen davon, dass dies meine erste Hofmagd ist, deren Haut so blass ist wie die einer Edeldame und die sich den Aufwand leistete, ihre Scham gründlich auszurasieren.«

Ich starrte ihm wortlos ins Gesicht. Mein Mund arbeitete, aber ich brachte nichts hervor. Ich fühlte, dass meine Wangen brannten. Ich konnte ihn davonschicken, ohne ihm weiter Rede und Antwort zu stehen, ich konnte ihm eine neue Lügengeschichte erzählen, ich konnte ihm die Wahrheit erzählen und ihn mit des Herzogs tiefer Geldtruhe im Rücken fürstlich bestechen; ihn und den Totengräber, der regungslos gelauscht hatte und den Blick weiterhin nach einem Ort gerichtet hatte, in dem verwaiste Jungen, die Pesttote zu den Massengräbern vor den Stadttoren schleppen, einsame alte Männer, die einen merkwürdigen Tod zu verbergen haben, und erdrosselte junge Frauen nicht vorkamen. Ich konnte mich auch entschließen, ihm zu vertrauen, was ich wohl schon von Anfang an hätte tun sollen. Ich senkte den Kopf und stützte mich hart auf die behelfsmäßige Bahre, und der Ruck ließ das Haupt der Toten leicht zur Seite fallen, bis ihre blinden Augen direkt in die meinen zu starren schienen.

»Es handelt sich um die Nichte des polnischen Königs«, sagte ich.

Ich hörte, wie der junge Löw erschreckt Atem holte; ich blickte auf und sah ihn an und den Totengräber, dessen Blick aus der Ferne zurückgekehrt war und der mich jetzt mit zusammengekniffenen Augen musterte.

»Man hat sie heute Nacht ermordet aufgefunden und mich gebeten, den Fall so verschwiegen wie möglich zu klären.«

»Wer hat sie aufgefunden?«, unterbrach mich der Apothekerssohn.

»Männer, die über jeden Zweifel erhaben sind«, erwiderte ich. »Genügt es Euch, wenn ich sage, dass ich ihre Namen um Eurer eigenen Sicherheit willen nicht nennen kann?«

Er schluckte und nickte heftig mit dem Kopf.

»Ich erzähle Euch dies«, fuhr ich fort und fasste sowohl den jungen Mann als auch den Totengräber scharf ins Auge, »in der Hoffnung, dass Ihr die Tragweite dieses Falles überblicken könnt. Es darf nichts davon an die Ohren des polnischen Königs dringen. Aus diesem Grunde habe ich Euch die Unwahrheit erzählt; ich wollte den Kreis der Wissenden so klein wie möglich halten, und ich wollte vermeiden, Euch in Gefahr zu bringen. Um diese Geschichte zu vertuschen, wird man vor drakonischen Maßnahmen nicht zurückschrecken.«

»Ihr braucht nicht zu drohen«, sagte der Totengräber ruhig. »Wir haben Euch verstanden.«

Ich ging nicht auf ihn ein.

»Werdet Ihr schweigen?«, fragte ich die beiden Männer.

Nach einigem Zögern nickte der junge Löw. Er murmelte: »Ich sehe Sinn in Euren Worten. Und ich sehe, welche Tragödie daraus erwachsen kann.«

»Was ist mit Euch?« Ich wandte mich an den Totengräber. Er zuckte mit den Achseln.

»Ich bedauere den Tod dieser jungen Frau«, sagte er zu meinem Erstaunen. »Er war unnötig und grausam. Was für die hohen Herren auf der Burg und hier unten in der Stadt daraus für Unheil erwachsen kann, schert mich weniger, und wenn es Unfrieden und Tod bedeutet, werden jene ganz oben verschont bleiben, jene ganz unten sterben müssen und ich etwas mehr Arbeit haben als zu anderen Zeiten. Ihr seht also, dass es mich nicht bekümmern muss, was daraus wird – ich habe weder einen Vorteil, wenn dieser Mord bekannt wird, noch habe ich einen, wenn Ihr ihn unter der Decke halten könnt. Aber ganz abgesehen davon gibt es niemanden, der sich für eine Geschichte aus meinem Mund interessieren würde. Auf mein Schweigen könnt Ihr also zählen, Kaufmann.«

»Wird denn niemand nach dem Mörder suchen?«, fragte der junge Löw mit jugendlich empörter Naivität.

»Er wurde bereits nach Burghausen gebracht«, log ich. Ich wollte vermeiden, dass ihn seine Neugier dazu trieb, in der Sache herumzuschnüffeln, wenn er erst seinen Schrecken überwunden hatte. Er nickte nochmals und fragte: »Wer war es?«

»Werdet Ihr es mir verübeln, wenn ich Euch den Namen verschweige?«

Er hob die Arme und lächelte beinahe.

»Nein«, sagte er. »Ich hoffe nur, man wird ihn seiner gerechten Strafe zuführen!« Er senkte den Kopf und betrachtete den Körper der jungen Frau. Ich nutzte die Gelegenheit und trat von der Bahre zurück. Ich hatte schon zu viel Zeit in unmittelbarer Gegenwart dieses Leichnams verbracht.

Nach einer Weile hob er den Kopf wieder und sagte: »Ich habe Euch mit meiner Aufdringlichkeit in Verlegenheit gebracht, Herr Bernward. Wenn ich Euch nicht die Totenurkunde aufgedrängt hätte, wäre dieses Gespräch niemals nötig gewesen.«

Ich hob die Arme und lächelte ihn schief an. Bei mir selbst dachte ich voller Grimm: Und ich hätte niemals erfahren, welche Mühe sich der Mörder gegeben hat, uns alle an der Nase herumzuführen.

3

Um die Vesperstunde war die polnische Gräfin begraben, ein Gebet aus dem Munde meines Verwalters gesprochen und der junge Löw samt dem Totengräber wieder zurück in der Stadt. Die Ermordete ruhte nun, ihr Leib beschützt von einem schlichten hölzernen Kreuz, neben Maria und meinem vierten Kind. Ich hatte mich davor gefürchtet, der Arbeit eines Totengräbers an diesem Ort zuzusehen, der zugleich meine Vergangenheit und meine Zukunft unter feuchter Erde begraben hielt; aber es war weniger schlimm gewesen, als ich gedacht hatte. Tatsächlich fühlte ich eine vage Beruhigung, als der Totengräber den niedrigen Erdhügel über dem Leichnam festklopfte, sich dann aufrichtete und das Kreuzzeichen schlug. Ich dachte: Herr, ich habe meine Schuldigkeit an ihr getan, und es wurde mir ein wenig leichter ums Herz. Der Verwalter begleitete mich zurück zum Wohngebäude. Wir nahmen eine schweigende Mahlzeit inmitten meines aus der Stadt wieder heimgekehrten Gesindes ein, dem unsere Stille inmitten ihres aufgeregten Stimmengewirrs und ihrer fröhlichen Erzählungen über die Gewaltigkeit des neuen Kirchenbaus nicht auffiel. Nach dem Essen war ich endlich allein, und ich war dankbar dafür.

Ich fuhr mir mit der Hand über das Gesicht und spürte die Taubheit meiner Haut; als ich die Augen schloss, war es ein gutes Gefühl, sie geschlossen zu halten. Ich versuchte, meine nächsten Schritte zu planen, aber meine Gedanken glichen einem wilden Strudel. Es gab nur noch eine Aufgabe, für die ich heute genügend Energie übrig hatte. Ich schickte nach meinen Verwalter.

»Wollt Ihr noch die Unterlagen wegen des Stoffgeschäftes mit mir durchgehen?«, fragte er. Ich schüttelte den Kopf.

»Nein, ich bin zu müde«, sagte ich. »Ich wollte dir nur mitteilen, dass ich in der Stadt eine Messe für meine verstorbene Frau bestellt habe; ich will ihr noch beiwohnen, dann komme ich zurück und gehe zu Bett. Wir sprechen uns morgen über unser weiteres Vorgehen ab.«

»Ich werde das Gesinde ein Paternoster für Eure Frau beten lassen.«

»Ich danke dir«, sagte ich. Er zuckte mit den Schultern. Ich sah in sein Gesicht und ahnte seine nächste Frage voraus.

»Lass zwei Paternoster beten«, ordnete ich an, und er nickte betrübt, ohne den wirklichen Grund für meine grimmige Miene zu verstehen. Ich schritt aus der Stube, ohne mich noch einmal umzusehen, zog mich um, bestieg mein Pferd und ritt zur Stadt.

Die ganze Zeit während der kurzen Messe in der Kirche zum Heiligen Geist vermochte ich den Frieden nicht zu finden, der sich in den letzten Jahren beim Besuch von Marias Totenmessen nach und nach eingestellt hatte. Es waren die einzigen Gelegenheiten, zu denen ich die Heilige Messe besuchte, seit ich Bischof Peter verlassen hatte: die Totengedenken an meine Frau. Ich zahlte dem Priester einen großzügigen Betrag, nachdem die späten Kirchenbesucher den Bau verlassen hatten, und vernahm seinen Segenswunsch, ohne ihn wirklich zu hören. Als ich die Geschichte mit der heimlichen Geliebten erfunden hatte, war mir niemals in den Sinn gekommen, dass ich damit das Andenken an Maria beschmutzen könnte. Nicht einmal während der Beerdigung der Getöteten auf meinem privaten Gottesacker hatte sich dieser Gedanke eingestellt. Jetzt, in der kalten Kirche, umgeben vom Duft des Weihrauchs und dem Gemurmel der alten Weiber, die sich uneingeladen zu der Messe eingefunden hatten und die weder mich noch Maria jemals gekannt hatten, plagte mich dieser Gedanke mit aller Macht.

Ich ritt bedrückt durch die Dunkelheit nach Hause, begleitet von etlichen Bauernkarren, deren Lenker dem Wein in den städtischen Schenken zu lange zugesprochen hatten. Der Rossknecht nahm mein Pferd in Empfang und stellte es im Stall unter, und ich begab mich in meine Schlafkammer, ohne nochmals die Stube aufzusuchen. Ich schlüpfte unter die Decke und schloss die Türen des Bettkastens. Eine Weile starrte ich in die absolute

Finsternis und war trotz meiner Erschöpfung sicher, keinen Schlaf finden zu können; aber der Körper forderte sein Recht und zog mich in die Bewusstlosigkeit hinunter.

Einmal wachte ich auf und glaubte, dass es erneut an meiner Schlafkammertür gepocht hatte, und ich lag verkrampft unter der Decke und spürte, wie mir der Schweiß ausbrach. Am nächsten Morgen erwachte ich mit den ersten Rufen der Hähne. Ich hatte eine vage Erinnerung an einen Traum, in dem ich mit Maria am frischen Grab der toten Polin stand und Maria mit zärtlicher Sorgfalt ein kleines Sträußlein Wiesenblumen auf den niedrigen Erdhügel legte, und ich spürte mit der Hand über mein Gesicht, erfühlte die Spuren nächtlicher, unbewusst vergossener Tränen und fühlte mir verziehen.

Die Sonne wurde des Nebels an diesem Morgen schneller Herr, und als sich die letzten weißen Fetzen auflösten, kletterte ich auf mein Pferd und machte mich auf den Weg zur Stadt. Das Wetter versprach einen herrlichen, spätherbstlichen Tag, dessen Luft jene Klarheit hatte, die ich an dem feuchten Klima meiner Wahlheimat zumeist vermisste. In Augsburg, wo ich aufgewachsen war und von wo mich der Unmut des Bischofs vertrieben hatte, waren solche Tage im Frühling und im Herbst die Regel gewesen; hier in Landshut waren sie die Ausnahme. In Augsburg hatte ich oftmals vom Turm des Doms aus die zartblauen Umrisse der fernen Berge gesehen, die durch irgendeinen Zauber oder durch eine merkwürdige Zusammensetzung der Luftschichten in eine beinahe greifbare Nähe gerückt waren. In Landshut war mir dies bisher nur einmal geschehen, an einem Tag, der den Himmel in Flammenfarben getaucht hatte und an dem sich mein Gesinde fortwährend bekreuzigte und über schlechte Vorzeichen murmelte, während mein Verwalter ein sauertöpfisches Gesicht machte und über Kopfschmerzen klagte. Vielleicht hätte man heute in Augsburg das Blinken der schneebedeckten Bergflanken wieder gesehen. Hier reichte es zumindest aus, die prächtigen Bauten der Stadt klar und wie frisch gewaschen dem Betrachter zu präsentieren.

Das Land, auf dem mein Hof lag, befand sich inmitten des weiten Isartales. Bis zum Bau des Zisterzienserinnenklosters musste es eine gewaltige sumpfige Wiese gewesen sein, die der Pfettrachbach in regelmäßigen Abständen überschwemmte und die nur die wenigen kleinen Anwesen der Landpächter ernährte, die sich darum gruppierten. Die Bauarbeiten des Klosters hatten dazu geführt, dass sich Tagelöhner und Handwerker vor seinen Toren ansiedelten, die durch Entwässerungen und Uferbefestigungen das Säldental nutzbar machten. Heute war zwischen dem Tor des Frauenkonvents und der Stadtmauer kaum noch eine freie Fläche zu finden. In der anderen Richtung hingegen, nach Norden, lagen außer meinem umfangreichen Landstück nur noch wenige kleine Bauernkaten, die sich bis zu den nördlichen Hängen des Isartales verstreuten. Sie bildeten zusammen mit meinem Land, dem Kloster und den Heimen der vom Wirtschaftsbetrieb des Klosters Lebenden ein immer dichter werdendes Netz von Wohnstätten, das schließlich zur Stadt selbst hinführte.

Mit den Außenbezirken mochten etwa zehntausend Menschen in Landshut leben. Auf einem kiesigen Schwemmlandstück zwischen der in ihrem flachen Bett vielfach verzweigten Isar und den steilen Abhängen der südlichen Hangleiten gelegen, vermittelte die Stadt ihren Bewohnern das angenehme Gefühl der Sicherheit, das denjenigen beschert ist, die sich von allen Seiten behütet wissen. Sichtbarer Ausdruck dieses Gefühls war der sorglose Umgang mit der Stadtmauer, in deren lang gestreckte Trapezform nicht nur Tore in jede Himmelsrichtung gebrochen waren, sondern auch eine Anzahl kleinerer Mannlöcher, die von verschiedenen Zünften benutzt wurden, deren Arbeitsplätze direkt außerhalb der Stadtmauern lagen.

Mit der neu erbauten Kirche zum Heiligen Geist an ihrem Nordende, dem emporstrebenden Martinsdom im Süden und der Kirche des Sankt Jobst im äußersten Osten beherbergte die Herzogsstadt drei gewaltige Sakralbauten in ihren Mauern; dazu die drei Klöster der Franziskaner, der Dominikaner und der Malteser. Jeder weiß, dass nur der Reichtum einer Stadt die Barfüßerorden anzieht; wem dies aber noch nicht als Beweis für den

Wohlstand der Herzogsstadt genügte, mochte sich die Viertel ansehen, die die Häuser der Bewohner aufnahmen.

Auf der Kiesaufschüttung im Süden, auf der die Stadt ursprünglich entstanden war, lagen die Quartiere der herzoglichen Waffen- und Rüstungsschmiede und die Wirtschaftsgebäude der Burg. Die Stadtwohnung des Herzogs bildete dort ein zusätzliches, fast eigenes Viertel, das Herzog Ludwig von seinem Vater Heinrich übernommen und weiter ausgebaut hatte. Die Häuser der herzoglichen Beamten schlossen sich daran an und zogen sich bis zum Fuß des Martinsdoms. Danach führte die Hauptstraße, die man allgemein als Altstadt bezeichnete, mit ihren reichen Bürgerhäusern und deren eigenwilligen Laubengängen, mit Lagerhäusern, Gasthöfen und Handelsgewerben geradewegs in Richtung Norden bis zum Spitaler Turm, jenem Torbau, der den innersten Bereich der Stadt nochmals zum Hospiz und der Heilig-Geist-Kirche hin abschirmte. Parallel zu ihr lief die Neustadt, ebenso von hoch aufragenden, bunten Fassaden der Patrizierhäuser eingerahmt, deren Besitzer ihre bisherigen Gebäude in der Altstadt verkauft hatten, um in der Neustadt größer und prunkvoller bauen zu können. Zuletzt war die Freyung um die Kirche des Heiligen Jobst entstanden, ein steuerfreier Bereich, der die dort neu angesiedelten Bürger für zehn Jahre von sämtlichen Abgaben befreit hatte.

Unter seinen Vorgängern war Landshut gewachsen; mit Herzog Heinrich, dem Vater des jetzigen Herzogs, war um die Jahrhundertwende der Wohlstand in die Stadt gekommen; sein Beiname war noch zu seinen Lebzeiten »der Reiche« gewesen. Sein Sohn Ludwig teilte sich mit ihm diese Ehre. Der junge Georg würde dereinst einen Pfrund erben, angesichts dessen Kaiser und Könige vor Neid erblassen konnten und der einen nicht zu unterschätzenden Machtfaktor im Flickwerkgefüge des Reichs darstellte. Herzog Ludwig hatte sich bereits einmal gegen Kaiser Friedrich gestellt und sich als Königsmacher zu etablieren versucht; damit hatte er einen der Anstöße zu jenem Krieg gegeben, in dessen Auswirkungen auch ich vor zwölf Jahren hineingezogen worden war. Nicht wenige munkelten, dass er mit der bevorstehenden Verheiratung seines Sohnes einen neuerlichen Versuch dazu wagen mochte, des Kaisers Macht zu beschneiden. Es war die Art von Gerede, das immer dann voller Häme in die Welt gesetzt wird, wenn ein Mächtiger von seiner persönlichen Statur her nicht im Stande scheint, sein großes Amt auszufüllen; und Kaiser Friedrich, der die meiste Zeit mit alchemistischen Übungen am Hof zu Graz verbrachte, schien eine geradezu auserlesene Zielscheibe dafür zu sein.

Die Stadt konnte von derlei Gerede nur profitieren; in ihrem Herzen arbeiteten schon jetzt, weniger als eine Generation nach Herzog Heinrichs des Reichen Tod, die besten Schnitzer, Goldschmiede und Rüstungsmacher in weitem Umkreis, zudem zwei der verehrtesten Baumeister der Zeit. Außerhalb der Stadtmauer hatte sich der ausgedehnte Bereich der Handwerker etabliert, deren Kunstfertigkeit sie über die Grenzen ihres Herzogtums hinaus bekannt werden ließ. Zuletzt hatten sich die Tuchmacher mit ihren Bleichmühlen auf dem südwestlichen Ende der großen Flussinsel niedergelassen, zwischen den hölzernen Isarbrücken, über die die Straße nach Norden hinaus führte. Nicht wenige Kaufleute erwarteten, dass ihre Produkte bald den Venezianer Stoffen den Rang ablaufen würden. In dieser Hinsicht war ich skeptisch, aber das Ansehen der Tuchmachergilde war so groß, dass man für ihre Mühlen einen Kanal quer über die Flussinsel gegraben und danach ein eigenes kleines Türchen in der Nähe des Zerrertores in die Stadtmauer gebrochen hatte, damit sie diese bequem erreichen konnten. Sie stellten ihre eigene Wache dafür und hüteten auch selbst dessen Schlüssel.

Es war nicht zu bezweifeln, dass die Stadt, die vor mir im Herbstsonnenschein lag, bald zu den mächtigsten und schönsten im Deutschen Reiche zählen würde.

Solange nichts Unvorhergesehenes passierte.

Herzog Ludwig hatte sein Stadthaus für die polnische Delegation zur Verfügung gestellt. Die weiträumigen Gebäude mit einem Innenhof bildeten fast ein kleines Dorf für sich innerhalb der Stadtgrenzen; oder eher eine Festung, die in ihrem Grundriss der Burg auf dem steilen Hügel überhalb der Stadt glich. Tatsächlich galt dort der Burgfrieden als Gesetz, nicht die Statuten der Stadt, und hätten sich die Landshuter Bürger zu der Dummheit verstiegen, den Herzog in seinem Stadthaus belagern zu wollen, hätte er es mit seinem Gefolge eine ganze Weile darin ausgehalten, bevor die Lage für ihn ernst geworden wäre. Es gab mehrere Wirtschaftsgebäude, Stallungen und kleinere Vorratsspeicher und ein wuchtiges Wohngebäude, in dem sich eine gut bestückte Rüstkammer verbarg. Hier befand sich auch der Eingang, direkt neben den gewaltigen hölzernen Schließflügeln des Ländtores. Vor seiner Bebauung hatte man das Gebiet Krähenland geheißen. Der Name schien mir nicht schlecht gewählt. Heute erhoben sich dort neben dem Herzogshof die Häuser der meisten höher gestellten Beamten Ludwigs des Reichen, die einem in ihren dunklen Prachtgewändern und ihren blasierten Gesichtern ebenfalls wie Krähen vorkamen; gleich ihnen stocherten sie ihren Lebensunterhalt aus dem Mist der größeren Tiere. Das Haus des Doktor Mair war auch dort zu finden, mit seiner Vorderfront zum Neubau des Doms weisend, mit seinem hinteren Teil direkt an die Gebäude des Herzogs angrenzend. Neben der ehemaligen jüdischen Synagoge hatte der Herzog seinen Hauptkasten errichten lassen, ein gewaltiges Lagerhaus, in dem die Zehntleistungen seiner Untertanen eingelagert wurden und das erst vor fünf Jahren endgültig fertig gestellt worden war – immerhin zwanzig Jahre, nachdem Ludwig der Reiche den Herzogsstuhl in Besitz genommen hatte. Das gesamte Südviertel der Stadt diente dem Unterhalt und dem Betrieb der Burg, die über ihm dräute. Es war kein Wunder, dass es die Beamten des Herzogs für richtig gehalten hatten, die polnischen Ritter dort einzuquartieren.

Die Polen hatten sich ihre eigenen Gesetzmäßigkeiten in ihrem Bereich geschaffen; sie hatten sogar Wachen vor dem Zugangstor stehen, die den Eintritt nach ihrem Gutdünken verweigerten. Es war die zweite Kontrolle, die ich zu passieren hatte: Eine in einem lockeren Ring um die Residenz des Herzogs angelegte Patrouille hatte mich schon am Anfang der zum Ländtor führenden Gasse abgefangen und kurz befragt. Moniwids Namen kannten sie; nach kurzer Beratung mit einem Leutnant, der aus seinem Quartier neben Doktor Mairs Haus kam, ließen sie mich durch. Auch sie waren Ortsfremde und sprachen im schleppenden Dialekt des oberen Rottals.

Die Wache der Polen bestand aus drei Männern, die mich mit geschwollenen Augen musterten und die dem Anschein nach die Freigebigkeit des Herzogs in der letzten Nacht an seinen Weinvorräten erprobt hatten; sie waren entsprechend schlecht gelaunt und übernächtigt. Ich musste einigen Nachdruck in meine Bitte legen, zu Albert Moniwid vorgelassen zu werden, bis sich einer von ihnen bequemte, den Anführer der Gesandtschaft selbst zu fragen. Er kroch mit aufreizender Langsamkeit über den strohbestreuten Innenhof und verschwand um die Ecke des Wohngebäudes. Keiner der Männer sprach bayrisch – ebenso wenig wie Latein. Es war kein leichtes gewesen, ihnen den Zweck meines Besuchs klar zu machen. Während wir auf die Rückkehr des Boten warteten, sahen mich die übrig gebliebenen Wachen ungnädig und schweigsam an. Ab und zu warfen sie sich Bemerkungen auf Polnisch zu, und ich hatte den Verdacht, dass sie wenig Schmeichelhaftes über meine Person enthielten. Schließlich kehrte der dritte Wächter zurück und machte mir klar, dass er mich zu Herrn Moniwid bringen würde. Ich ließ mein Pferd in der Obhut der Wächter zurück. Die Kennerblicke und zärtlichen Gesten, mit denen sie es zu einem Pferch führten, verrieten mir, dass sie zwar ungeschlachte Kerle, aber doch wenigstens Pferdekenner waren.

Der Boden im Innenhof bestand aus festgestampftem Lehm, den man mit Stroh und Reisig aufgestreut hatte. Das feuchte Herbstwetter und die vielen Pferdehufe und Stiefel hatten ihn in eine Landschaft verwandelt, die einem frisch gepflügten Feld glich. Zahlreiche Pfützen und Lachen glänzten im Sonnenlicht. Es war ein enger Hof, bedrängt durch den wuchtigen Bau des Wohngebäudes zur Linken und die Wirtschaftsgebäude am jenseitigen Ende. Nur ein Teil davon war von der Sonne beschienen; der hohe Giebel des Wohngebäudes warf seinen schweren Schatten über den Rest.

Der Enge zum Trotz hatten die Polen den Innenhof in ein Übungsgelände für die bevorstehenden Turniere verwandelt. Eine Stechpuppe stand im hinteren Drittel, die untere Hälfte bereits vom Schatten des Wohnhauses verdunkelt: ein Sandsack mit einem verbeulten Helm obenauf und einer langen Stange, die an der Stelle durch den Sandsack gesteckt war, an der sich bei einem Menschen die Arme befunden hätten. Das eine Ende der Stange trug einen kleinen runden Schild, das andere Ende einen freischwingenden Dreschflegel. Die Basis der Puppe ruhte in einer einfachen Mechanik, die es ihr gestattete, sich um ihre senkrechte Achse zu drehen: Wer an den kleinen Schild stieß, löste damit unweigerlich ein schnelles Herumschwingen der Puppe und des Dreschflegels am anderen Ende der Stange aus. Die Puppe diente dazu, die Geschicklichkeit des Turnierreiters zu festigen und zu erhöhen. Sie war ein sinnvolles Instrument – sie übernahm die Bestrafung des Ungeschickten selbst, sofort und mit unparteiischer Grobheit. Als ich zum Hof hereintrat, sah ich eben einen der Polen in einem leichten Lederhaubert gegen die Puppe anrennen. Er traf den Schild exakt, aber das Aufprallgeräusch der hölzernen Lanzenspitze erschreckte sein Pferd, und anstatt weiterzurennen, stemmte es für einen kurzen Augenblick die Hufe in den Boden. Der Dreschflegel schwang mit täuschender Trägheit herum, der Übende versuchte sich zu ducken, und dann kamen mit einem trockenen Geräusch Flegel und Kopf in Berührung. Das Pferd machte einen Satz, dass der Reiter beinahe aus dem Sattel gefallen wäre, und alle Umstehenden grinsten. Er fand sein Gleichgewicht wieder, fasste sich an seinen schmerzenden Hinterkopf und sah sich missmutig um. Ich erkannte mit Vergnügen, dass der Reiter Albert Moniwid selbst war.

Er steckte die Lanze in einen Halter, fasste die Zügel und trabte aus der Übungsbahn, um einem anderen Mann Platz zu machen. Sein Nachfolger hatte mehr Glück: Auch er traf den Schild, aber sein Pferd blieb gelassen und trug ihn sicher aus der Bahn des herumschwingenden Dreschflegels. Die Puppe drehte sich ein paarmal um sich selbst, bis sie von zwei herbeieilenden Knappen wieder ruhig gestellt wurde. Der polnische Ritter wendete sein Pferd mit bewundernswerter Geschicklichkeit in vollem Lauf in dem engen Hof und sprengte mit einem triumphierenden Aufschrei an der Stechpuppe vorbei zurück zu seinen Genossen. Moniwid nickte, dann lenkte er sein Pferd auf mich zu, noch immer die Beule an seinem Kopf reibend. Mir war klar, dass er mich mit seinem Auftritt hatte beeindrucken wollen. Dass es ihm nicht gelungen war, konnte seine mürrische Laune kaum verbessern. Sein Gaul war hochnervös, und ich kannte mich mit Pferden genügend aus, um erkennen zu können, dass es schwierig genug gewesen war, ihn mit der bedrohlichen Lanze direkt neben seinem Kopf auch nur halbwegs gerade auf die Puppe losgaloppieren zu lassen, aber ich hatte keine Lust, dem Polen dafür den angebrachten Respekt zu bezeigen. Ich sah schweigend zu ihm empor. Er verzog das Gesicht und sagte: »Die Beule schinerzt fast so sehr wie Euer Anblick, Herr Kaufmann. Was wollt Ihr von mir?«

»Ich muss mit Euch sprechen.«

»Habt Ihr den Mörder etwa schon gefunden?«

Ich sah zu ihm hinauf, groß und mächtig auf seinem wuchtigen Streitroß sitzend. Ich fragte mich, ob ich den Gaul mit jener famosen goldenen Decke vor mir hatte, die in Wittenberg genug Aufsehen erregt hatte, dass sich der Tratsch bis in Hanns Altdorfers Amtsstube fortgepflanzt hatte. Das Pferd liebte es nicht stillzustehen und tänzelte unruhig von einem Fuß auf den anderen. Moniwid hielt die Zügel straff angezogen, sodass der Unterkiefer des Tieres eng gegen seinen Hals gepresst wurde. Die Luft zum Atmen wurde ihm dadurch knapp, und es versuchte sich zu befreien; es würde erst später begreifen, dass es keinen Sinn hatte, sich gegen seinen Reiter behaupten zu wollen. Der Ritter parierte die Ausbruchsversuche seines Pferdes mit instinktiven Körperbewegungen, und so wurde nicht mehr als das aufgebrachte Tänzeln daraus; man konnte daran erkennen, dass er tatsächlich ein ausgezeichneter Reiter und im Turnier wahrscheinlich ein Furcht erregender Gegner war.

Ich kniff die Augen zusammen und sagte ruhig: »Natürlich nicht.«

»Natürlich«, höhnte er. »Welchem Umstand verdanke ich es dann, dass Euer Weg bei mir vorbeiführt?«

»Es gibt etwas, das ich Euch berichten muss.«

»Dann fangt an.«

»Hier?«

»Was habt Ihr gegen diesen Platz einzuwenden? Er wurde uns von *Eurem* Herrn zugewiesen; ich wusste nicht, dass er einem Landshuter Kaufmann nicht passend erscheint.«

»Soll ich die widerwärtigen Details über den ganzen Hof schreien?«, rief ich aufgebracht. »Was man Eurer edlen Gräfin alles angetan hat?«

Seine Augenbrauen senkten sich und verwandelten seine Augen in schmale Schlitze. Ich sah das Zornesfunkein darin; aber wenigstens stieg er nun ab. Das Pferd, von seiner Last befreit, versuchte, auf der Hinterhand hochzusteigen, und der Pole wurde ein paar Schritte weit von ihm mitgerissen, bis er es wieder mit den Vorderbeinen auf den Boden gezwungen hatte. Einer der Knappen, die vorhin die Stechpuppe ruhig gestellt hatten, lief durch die Pfützen auf ihn zu und nahm ihm die Zügel ab. Es fiel ihm noch schwerer als Moniwid, das Tier in die Richtung davonzuzerren, in der er es haben wollte.

Albert Moniwid marschierte mit brüsken Schritten zu mir zurück. Als er vor mir stand, wies er hinter sich.

»Die Turniere sind nicht mehr weit, und wir müssen unsere Pferde einreiten. Von den so genannten bayrischen Rittern wird nicht mehr viel übrig bleiben, wenn wir in die Planken gehen.«

Ich verzog achtlos den Mund, und er sah sich genötigt, noch etwas hinzuzufügen: »Ich habe gehört, Herzog Christoph der Starke wird bei den Turnieren kämpfen. Er ist ein ganz und gar gottloser, aufgeblasener Popanz. Ich habe mir vorgenommen, ihn in Grund und Boden zu rennen; Ihr stört mich bei meinen Übungen.«

»Herr Moniwid, wenn wir den Mörder nicht fassen, wird es keine Hochzeit und kein Turnier geben. Ihr wolltet dafür sorgen; erinnert Ihr Euch?«

»Pah«, winkte er ab. »Dann werde ich ihn auf dem Schlachtfeld treffen, und die Waffen werden scharf sein. Umso besser.«

»Wollt Ihr nun hören, was ich Euch zu sagen habe?«

»In Gottes Namen; sprecht, Herr Kaufmann.«

»Die Dame wurde erdrosselt, bis sie offensichtlich das Bewusstsein verlor; sodann wurde ihr das Genick gebrochen. Danach bediente sich der Täter irgendeines Werkzeuges, damit die

Tat nach einer Vergewaltigung aussah. Tatsächlich hat eine solche niemals stattgefunden.« Es hörte sich nicht richtig an; ich wollte hinzufügen: Jedenfalls nicht in dem üblichen Sinne, aber an seinem Gesicht konnte ich erkennen, dass er verstanden hatte. Er schwieg eine lange Weile, nachdem ich zu Ende gesprochen hatte, und währenddessen schien er mein Gesicht scharf zu mustern. Seine Wangenmuskeln zuckten dabei, und über seine Züge huschten Gedanken wie finstere Schatten.

Nach einigen Momenten erkannte ich, dass er nicht ob der neuen Details sprachlos war; sein Schweigen hatte einen viel profaneren Grund. Er versuchte, sich darüber klar zu werden, ob ich ihm nicht einen Bären aufband. Ich konnte förmlich den inneren Kampf sehen, den er mit sich ausfocht. Es brauchte eine geraume Zeit, bis er sich zu dem Entschluss durchrang, dass ich die Wahrheit gesagt hatte.

»Was hat das zu bedeuten?«, fragte er rau.

»Herr Moniwid«, sagte ich ruhig. »Es ist kein Zufall, dass die Nichte des Königs auf diese Art und Weise ums Leben gebracht wurde. Jemand versucht, die Hochzeit Eurer Prinzessin mit unserem Herzogssohn zu verhindern.«

»Warum sollte jemand ...?«, rief er laut, und alle Köpfe fuhren zu uns herum. Ich fühlte mich merkwürdig schwindlig, als ich es ausgesprochen hatte. Es war nicht über mich gekommen wie eine Erleuchtung. Seitdem ich heute Morgen aufgewacht war und meine Sinne wieder in ruhigeren Bahnen verliefen, fraß dieser Gedanke an mir. Moniwid zog die Luft mit einem scharfen Geräusch durch die Nase ein und fauchte dann zwischen zusammengebissenen Zähnen: »Warum sollte jemand das wollen? Ihr habt den Verstand verloren.«

»Ihr sagtet selbst, dass Ihr nichts dagegen hättet, wenn die Hochzeit abgesagt würde«, erinnerte ich ihn. Er starrte mir ins Gesicht; plötzlich packte er mich und schob mich mit derselben erstaunlichen Leichtigkeit wie schon in der Kirche vor sich her in einen schattigen Winkel des Hofes. Als wir dort angelangt waren, brachte er sein Gesicht so nah wie möglich an das meine und zischte erstickt: »Wenn Ihr damit andeuten wollt, ich hätte womöglich mit diesem Mord zu tun ...«

»Das will ich nicht, um Himmels willen«, sagte ich und machte meinen Arm los. »Tatsächlich kam ich nur her, um Euch klar zu machen, dass die Sachlage keineswegs so einfach ist, wie wir bisher dachten.«

Er schnaubte aus. Mit einem heftigen Kopfschütteln beruhigte er sich wieder.

»Was erwartet Ihr jetzt von mir?«, fragte er.

»Dass Ihr die Frist verlängert, die Ihr uns gegeben habt.«

»Weshalb sollte ich dies tun?«

»Weshalb?«, rief ich verblüfft. »Die Ausgangsvoraussetzungen für den ganzen Fall haben sich geändert!«

»Inwiefern? Die Gräfin Jagiello wurde ermordet.«

»Aber aus gänzlich unterschiedlichen Motiven ...«

»Die Motive«, sagte er unwirsch, »die Motive sind nebensächlich. Es kann sich gut um ein Hirngespinst handeln, das Euch befallen hat; sollte es sich aber so verhalten, wie ihr mir geschildert habt, ist die Ungeheuerlichkeit doppelt groß, die einer Eurer Landsleute begangen hat.«

Sein Sticheln hatte den Erfolg, dass ich meine Argumentation vergaß.

»Warum sollte es denn nicht einer von Euren Landsleuten gewesen sein?«, erwiderte ich ärgerlich. »Wenn alle hier so denken wie Ihr, scheint es mir sogar recht wahrscheinlich, dass der Täter in diesen Mauern zu finden ist.«

»Das ist eine Frechheit ...«, knurrte er.

Ich ermahnte mich zur Ruhe. »Bitte«, sagte ich drängend und breitete die Hände aus. »Es hat keinen Sinn, uns zu streiten. Ich entschuldige mich für meine Worte. Aber bitte denkt nach und lasst einmal die Ressentiments beiseite: Die Möglichkeit, dass der Mörder einer von Euch ist, ist mindestens genauso groß wie die, dass er einer von uns ist. Auf beiden Seiten gibt es wohl Vorbehalte gegen diese Verbindung. Setzt den Termin aus, den Ihr uns gestellt habt. Ich verspreche Euch, dass uns an der Aufklärung des Verbrechens ebenso viel gelegen ist wie Euch. Was habt Ihr davon, uns einem solchen Druck auszusetzen? Wer so arbeitet, macht Fehler, und ich nehme an, dass wir beide dies gerade vermeiden wollen. Wenn wir genügend Zeit haben, kann ich Vertraute finden, die mir helfen werden; im Moment bin ich ganz alleine. Ich kann mich in Ruhe zuerst bei Euren Leuten umhören und dann in der Stadt. Ich bin sicher, wir werden den Mörder einkreisen und zur Strecke bringen.«

Er dachte nicht einmal über meine Worte nach. »Der Termin bleibt«, sagte er hart.

»Warum denn? Bis die Hochzeit vorüber ist und Ihr nach Hause aufbrecht, um Euren König vom Tod seiner Nichte in Kenntnis zu setzen, vergehen noch drei oder vier Wochen. Ich glaube nicht, dass der Prinzessin das Verschwinden ihrer Base auffallen wird; sie hat genügend mit den Feierlichkeiten zu tun, sobald die Hochzeit erst einmal ...«

»Der Termin bleibt«, wiederholte er. Ich unterbrach mich und schaute in sein Gesicht. Was ich sah, ließ mich wissen, dass weitere Worte keinen Sinn hatten. Er hatte uns die Daumenschrauben angelegt, und er genoss es zu sehen, wie sie uns peinigten. Schließlich erwachte mein eigener Stolz.

»Also gut«, sagte ich. »Wie sieht es mit einer Befragung Eures Gefolges aus?«

»Der Schuldige ist nicht hier«, knurrte er hartnäckig.

»Bei Gott«, sagte ich nun genauso hart wie er, »jetzt habe ich genug. Ich schmeiße Euch den ganzen Kram vor die Füße. Ich habe Euer Edeldämchen hinter meinem Haus beerdigt, wie es sich gebührt; ich lasse sie wieder ausgraben und hier mitten auf Eurem von Pferdemist stinkenden Hof abladen, und dann macht mit ihr, was Ihr wollt. Und Ihr könnt sicher sein, dass ich und der Notarius und wenn es sein muss auch der Kanzler schon vor Herzog Ludwig und dem Kaiser stehen, während Ihr noch darüber nachdenkt, an welchem ihrer Gliedmaßen ihr sie auf den Friedhof schleifen sollt. Und was der Herzog und der Kaiser über Eure Rolle in dieser ganzen leidigen Angelegenheit erfahren, wird nicht sonderlich viel Positives enthalten.« Ich atmete schwer, als ich geendet hatte; noch während ich sprach, war meine Wut immer größer geworden. Am liebsten hätte ich ihn in diesem Moment ins Gesicht geschlagen.

»Man kann Euch leicht aus der Reserve locken«, sagte Moniwid nüchtern. »Das ist mir schon in der Kirche aufgefallen.«

»Leichter, als Euch zur Zusammenarbeit zu bewegen«, keuchte ich.

»Ihr sollt Euren Willen in dieser Sache haben«, erwiderte er nach einer kurzen Pause. »Fragt meine Leute, aber tut es so, dass nichts über die ganze Geschichte herauskommt. Ich habe das Verschwinden der Gräfin Jagiello damit erklärt, dass die Prinzessin sie sofort zu sich befohlen habe. Ich denke, mein Gefolge hat es mir abgekauft.«

»Ihr setzt mich in Erstaunen, Herr Moniwid«, sagte ich nicht ohne Sarkasmus.

Diesmal zuckte er nur mit den Schultern. »Schließt daraus nicht, dass ich mit Eurer Person oder Euren Landsleuten einverstanden bin. Ich mag es nur, wenn einer sich wacker schlägt.«

»Ich habe schon verstanden«, sagte ich.

Er musterte mich nochmals eindringlich, dann gab er sich einen Ruck.

»Wollt Ihr sogleich anfangen?«, fragte er.

»Nein; ich muss mich noch mit Hanns Altdorfer und dem Richter besprechen. Ich komme nach dem Mittag wieder. Bis dahin solltet Ihr Eurem Gefolge erklären, dass ich ein Landshuter Kaufmann bin, der ein paar Handelsbande knüpfen will.«

»Derlei ist verboten, bevor der Hochzeitstross eintrifft«, erinnerte er mich. »Alle Pfeffersäcke in der Stadt halten sich daran.«

»Ich weiß. Ich bin eben ein wenig ehrgeiziger als meine Zunftgenossen; zumindest könnt Ihr es so darlegen. Das würde auch erklären, warum ich Euch jetzt aufgesucht habe.«

»Ihr hattet es Euch schon zurechtgelegt, nicht wahr?«

Ich hob die Hände, und er grinste widerwillig.

»Einverstanden«, brummte er.

Ich nickte, und wir trennten uns wortlos. Ich war schon aus dem Schatten wieder hinaus in das Sonnenlicht getreten, als er mir nachrief: »He, Herr Kaufmann!«

Ich drehte mich um. Er stand am Rand der Schattenfläche und hatte beide Fäuste in die Hüften gestemmt.

»Der Termin bleibt, hört Ihr?«, rief er fast fröhlich. »Der Termin bleibt.«

Ich nickte nochmals und holte mein Pferd.

»Um Gottes willen«, flüsterte Hanns Altdorfer, und seine schlaksige Gestalt, die er in seinen unbequemen Stuhl gefaltet hatte, sackte zusammen. »Bist du dir sicher, dass die Folgerung des jungen Mannes stimmt?«

»Natürlich; ich habe alles selbst nachgeprüft«, knurrte ich. »Was für eine Frage, Hanns! Wie soll ich mir sicher sein? Habe ich in solchen Dingen Erfahrung? Ich glaube ihm einfach; warum sollte er mir eine solche Lüge erzählen?«

Er zuckte mit den Schultern und machte ein unglückliches Gesicht.

»Kannst du dir vorstellen, was das zu bedeuten hat?«, flüsterte er.

»Im Augenblick kann ich mir noch nicht einmal recht vorstellen, was der Täter für Gründe hatte.«

»Aber warum diese ... diese ...«

»Schlächterei?«, vollendete ich für ihn. »Vielleicht war es nur ein Verrückter.«

Ich konnte ihm ansehen, dass er innerlich erschauerte. Sein Gesicht war für ein paar Momente ein offenes Buch, als er sich vorzustellen versuchte, was den Täter getrieben haben mochte. Ich beschloss, ihm den Gedanken nahe zu bringen, mit dem ich heute Morgen erwacht war.

»Hast du dir schon einmal überlegt, dass es auch ein gezielter Versuch sein kann, die Hochzeit zum Scheitern zu bringen?«, fragte ich. Er riss die Augen auf.

»Denk nur an die Reaktion Moniwids; wer weiß, wie viele von den Polen so denken wie er. Und wie viele Landshuter.«

»Aber eine solche Tat zu begehen, um die Hochzeit zu behindern ...«

»Es lohnt sich doch«, sagte ich gelassener, als ich mich fühlte. »Selbst wenn die Hochzeit dadurch nicht verhindert wird, dürfte es die Beziehungen zwischen Kasimir von Polen und Herzog Ludwig deutlich verschlechtern. Moniwid hat gesagt, die Tote sei äußerst beliebt bei Hofe gewesen. In der Politik muss man manchmal in kleinen Schritten planen.«

»Es graust mich, wenn ich dich so reden höre«, warf er mir vor. Ich zuckte mit den Schultern. Er griff mit den Händen vor sich in die Luft, als müsste er den nächsten Gedanken einfangen.

»Aber warum hat der Täter dann nicht selbst ... Du weißt, was ich meine; warum hat er sie nicht selbst ... berührt?«, brachte er hervor. Ich kehrte die Handflächen nach oben. Ich wusste es nicht.

»Und wie brachte er die Gräfin dazu, des Nachts in die Kirche zu kommen? Woher wusste er überhaupt, wer sie war?«, ergänzte ich.

»Das ist einfach«, sagte Altdorfer, ohne lange nachzudenken. »Er kannte sie.« Dann verstummte er und sah mich betroffen an.

»Und sie ihn«, sagte ich. »Was darauf hindeutet, dass der Täter unter den Polen zu finden ist.«

»Großer Gott. Hast du schon mit Moniwid gesprochen?«

»Ich komme gerade von ihm. Er hat mir erlaubt, mich unter seinen Leuten umzuhören.«

Er konnte sich nicht verkneifen, die nächste Frage zu stellen. »Glaubst du, er hat selbst etwas damit zu tun?«

»Ich weiß es nicht«, sagte ich ehrlich. »Wenn, dann traut er mir entweder so gut wie gar nichts zu, oder er hofft, auf diese Weise jeden Hinweis auf seine Person zerstreuen zu können.«

»Ich glaube«, sagte Altdorfer dumpf, »wir sollten sofort den Kanzler und den Richter informieren.«

Ich nickte langsam.

»Und sie warnen«, setzte ich hinzu.

Er starrte mich an. Seine Augenbrauen zogen sich zusammen.

»Was meinst du damit?«

»Wer auch immer der Täter war: Er liegt sicher auf der Lauer und wartet auf den Aufruhr, der nach dem Fund der Toten in der Stadt ausbrechen sollte. Mittlerweile dürfte ihm klar sein, dass seine Absicht durchkreuzt wurde. Entweder er versucht es ein zweites Mal, oder er versucht, die Verschleierung des Mordes ungeschehen zu machen.«

Altdorfer kniff die Augen zusammen und massierte seinen Hals.

»Du denkst, wir sind in Gefahr.«

»Ich halte es für möglich.«

»Um Gottes willen«, stieß er nochmals hervor. »Du sagst das, als würde es dich nichts angehen.«

Ich schnaubte unlustig. Tatsächlich hatte ich seit dem Morgen an nichts anderes mehr gedacht.

»Wir müssen ihn so schnell wie möglich finden«, sagte Altdorfer mit unsicherer Stimme.

»Ja«, erwiderte ich. »Jetzt haben wir nicht mehr nur Albert Moniwids Drohung als Motivation.«

Wir verließen Hanns Altdorfers Amtsstube und suchten den Richter auf. Es war ein vergeblicher Weg: Einer seiner Schreiber teilte uns mit, Girigel sei noch am Allerheiligentag abends nach Burghausen gerufen worden. Er habe jedoch eine Nachricht für den Stadtkämmerer hinterlassen.

Altdorfer nahm das versiegelte Schreiben entgegen und trug es zu einem Fenster. Während er las, blickte ich ihm über die Schulter. Es waren nur ein paar hastige Zeilen in einer eckigen Handschrift darauf geworfen, die besagten, dass Richter Girigel hoffe, so schnell wie möglich nach Landshut zurückkehren zu können, und dass wir ihn derweilen über die Fortschritte unterrichten möchten; seine Brieftauben stünden uns zur Verfügung. Er hatte unverbindlich formuliert – wir würden das Schreiben zur Not als Legitimation vorweisen können, wenn wir seine Brieftauben wirklich benötigten. Altdorfer rollte es zusammen und wollte es einstecken. Nach einem Moment des Zögerns streckte er es jedoch mir entgegen.

»Du wirst es eher brauchen als ich«, murmelte er.

Der Kanzler war ebenso wenig zu erreichen. Nachdem Hanns Altdorfer seinen Namen genannt hatte, führte uns ein Knecht zu seiner Frau, und wir erfuhren, dass der Kanzler in den nächsten Tagen in Eching weilen würde, um die Formalitäten für die letzte Rast der polnischen Prinzessin zu klären. Er ließe uns ausrichten, dass er uns viel Glück für die geschäftliche Transaktion wünsche und bedauere, uns derzeit nicht mit seinem Rat weiterhelfen zu können. Er hatte nicht einmal seine Frau in den Fall eingeweiht. Wir verabschiedeten uns von ihr und kehrten zum Rathaus zurück.

Im Stadtzentrum hatte sich mittlerweile ein staunenswertes

Spektakel entwickelt; die breite Altstadt war erfüllt von menschlichem und tierischem Lärm. Ich blieb abrupt stehen, um zu schauen, und Hanns Altdorfer, der unbeeindruckt weitergegangen war, drehte sich zu mir um und lächelte dann. Er sagte etwas, das ich auf Anhieb nicht verstehen konnte, aber seine Geste und die Bewegung seiner Lippen verrieten mir, was er gemeint hatte: »Jetzt geht es los.«

Eine lange Reihe von Bauernkarren zog sich vom Spitaler Tor bis zum Rathaus herauf; ihre hohen, teilweise mit Eisen beschlagenen Räder ratterten erbärmlich über das bucklige Pflaster. Sie bewegten sich im Schritttempo voran, von mächtigen, im Gedränge unruhig werdenden Ochsen gezogen, denen die Pfiffe und die schnalzenden Peitschen der Wagenlenker im Nacken saßen. Die Wagen reihten sich dicht an dicht, und wo sich eine Lücke zwischen ihnen auftat, wurde sie von einer Schar schnatternder Gänse, kleineren Herden wild ausschlagender Lämmer und aneinander gebundener Kälber ausgefüllt. Sie hatten ihre eigenen Treiber, die mit lauten Rufen und gellendem Pfeifen dafür sorgten, dass die Tiere sich in die richtige Richtung bewegten; da und dort sprangen große dunkle Hunde um die Herden herum und sorgten mit eifrigem Schnappen und heiserem Bellen ebenfalls für Disziplin. Der Treck bewegte sich zäh und stockend voran, kam immer wieder zum Stehen, wenn ein Ochsengespann die Nerven verlor und die Hufe in den Boden stemmte oder ein paar Gänse aus dem Zug ausbrachen, und bog in einer steten Reihe hinter dem Rathaus in die Steckengasse ab. Dutzende von Bürgern standen an der Straße wie ein Empfangskomitee, johlten und klatschten und lachten, und die Scharen von Wappnern, die den Treck links und rechts begleiteten, leisteten mit gebrüllten Befehlen und Flüchen ihren eigenen Beitrag zum allgemeinen Lärm. Das Pflaster war schlüpfrig von den Exkrementen der Tiere, und besonders den aufgeregten Gänsen zog es immer einmal wieder die Füße weg, was von den Umstehenden mit erfreutem Hohngelächter quittiert wurde. Als sich das Gelächter weiter hinten zu einem Beifallssturm steigerte und dazwischen eine Serie von ganz und gar gotteslästerlichen Flüchen zu hören war, wusste ich, dass dort einer der Wappner das Schicksal der Gänse geteilt hatte.

Hanns Altdorfer kam zu mir zurück und wies auf den Treck.
»Sie sind pünktlich«, rief er mir ins Ohr.
»Weshalb? Was ist das?«
»Das sind die Vorräte für die Hochzeit. Rentmeister Hohenecker hat den Beginn ihrer Anlieferung für den heutigen Tag angefordert. Erstaunlich, dass alles so reibungslos abläuft.«
»Wo kommen sie her?«
»Aus dem ganzen Umland. Jedes Landgericht wurde angewiesen, Hühner, Gänse, Lämmer, Spansauen, Kälber und Eier nach Landshut zu liefern. Die Landrichter und Kastner hatten in ihren jeweiligen Bezirken dafür zu sorgen, dass die herzoglichen Bauern und die Stiftsklöster, deren Vogt unser Herzog ist, die angeforderten Vorräte bereitstellten.«
Die Leute begannen in der Enge zu drängeln, damit ihnen nichts entging. Ich erhielt einen sanften Stoß in die Seite und sah eine magere Frau mit blassem Gesicht, die sich mit einem Bündel an der Brust an mir vorbeidrückte: offensichtlich ein vor nicht allzu langer Zeit geborenes Kind. Zwei weitere Kinder hingen an ihrem Rockzipfel und gafften mit offenen Mündern und laufenden Rotznasen zu den Erwachsenen nach oben. Ich zwinkerte ihnen unbeholfen zu, aber sie zeigten keine Reaktion. Man verlernt den Umgang mit Kindern, wenn die eigenen schon so lange aus dem Hause sind.
»Wo werden die Tiere hingebracht?«, fragte ich den Stadtkämmerer. »Zu den Zehrgaden hinter Peter Oberndorfers Haus in der Steckengasse, wo die Vorräte eingelagert werden; wir haben dort Ställe und auch die Küchen aufbauen lassen. Kennst du die Fleischbänke hinter dem Rathaus? Man musste sie aufbrechen, um genug Platz zu schaffen und die Anrichten nach vorne heraus stellen zu können. Was dort keinen Platz findet, kommt in die Vorratskammern im Brothaus und im Weinhaus, und der Rentmeister hat selbst den Stadel von Wolfgang Leutgeb angemietet, um alles unterzubringen. Die beiden Küchenmeister wetzen sicher gerade ihre Messer.«
»Das müssen hunderte von Gänsen und Lämmern sein; von den Kälbern gar nicht zu reden.«
»Jedes Gericht hat fünfhundert Gänse und Lämmer zu stellen;

dazu alle Spansauen, die in der Zeit anfallen, sowie alle schlachtreifen Kälber. Und das ist nur, was heute anzuliefern ist. Die Landrichter kaufen daneben bei allen Klöstern, Pfarrhöfen und Sedelhöfen an Kapaunen ein, was sie nur bekommen können. Die Jäger und Fischmeister des Herzogs haben Wildbret und Fische zu liefern; seit Tagen sind die Wälder nicht mehr sicher, die Kerle schießen ihre Bolzen in alles, was sich bewegt. Und die Seen um München und der Chiemsee werden vermutlich bald leer gefischt sein.«

Er unterbrach sich. Die Zuschauer begannen zu jubeln und zu pfeifen, und wir versuchten den Grund ihrer erneuten Belustigung zu erspähen. Ein Zugochse war so eng in die Steckengasse eingebogen, dass der voll beladene Wagen mit der Seite an eine Hausecke prallte und die Bohlen, die als Seitenwand dienten, herabfielen. Einige Büschel Stroh und mit ihnen hunderte von Eiern rutschten aus dem Wagen und auf den Boden. Was nicht zerbrach und als unappetitlicher Matsch zwischen den Pflastersteinen herumschwamm, wurde von den Umstehenden eilends eingesammelt; die Wappner, die sich die Bäuche hielten vor Lachen, schritten viel zu spät ein. Der Wagenlenker jammerte lauthals, bis er außer Sicht war, und der Treck bewegte sich wieder weiter.

»Ich wette, dieser Ochse steckt noch im Verlauf der Hochzeit am Spieß«, sagte ich.

»Wahrscheinlich. Wenngleich ihn die Fürsten und Herrschaften zu zäh finden würden; für sie sind zartere Bissen gerichtet. Er kommt aus dem Volk und wird wohl zum Volk zurückkehren.«

»Welches sein zähes Fleisch mit Schwarzbrot verzehren und mit billigem bayrischen Wein hinunterspülen wird, während die edlen Damen und Herren süßes Weißbrot essen und ihre Gaumen mit Muskateller und Malvasier benetzen«, vollendete ich boshaft. Altdorfer erlaubte sich ein Grinsen. Nach einem kurzen Moment wurde er wieder ernst.

»Lass uns weiterarbeiten«, sagte er. »Du siehst ja, was hier los ist. Irgendjemand muss sich auch noch um die Holzversorgung kümmern. Der Kanzler hat schon zwei Holzmeister bestellen lassen, und ich muss mit ihnen über einen geeigneten Stapelplatz sprechen. Sie möchten das Holz in der Freyung aufschichten; ich fürchte, der Platz dort wird nicht ausreichen. Aber zuerst möchte ich mich noch mit dir beraten.«

»Du hast Recht, Hanns«, seufzte ich. »Wir können uns keinen Fehler erlauben. Wenn wir versagen, sind hier eindeutig zu viele Gänse angeliefert worden.«

Bis wir das Rathaus betraten, hatte sich Hanns Altdorfers Freude über den reibungslosen Beginn der Hochzeitsvorbereitungen wieder gelegt. Er war zugleich aufgebracht und mutlos, als wir uns in sein Zimmer begaben.

»Der Kanzler und der Richter haben uns im Stich gelassen, findest du nicht auch?«, brummte er, nachdem er die Tür hinter sich geschlossen hatte. »Wir stehen mit dem Fall ganz allein da.«

»Wir brauchen sie nicht«, sagte ich. »Wenn sie nicht in Landshut sind, kann ihnen auch nichts zustoßen. Betrachte es einmal von der Seite.«

Er lachte freudlos auf.

»Wenn das so ist, sollte ich mir auch irgendwo anders etwas Dringendes zu tun suchen«, keuchte er. »Am besten in Ägypten.«

Ich erwiderte nichts, und er sah mich ernst an und erklärte: »Das war nur so dahingesagt. Ich lasse dich nicht hängen; schließlich habe ich dich in die ganze Sache verwickelt.«

Ich hätte gerne abgewinkt und geprahlt, dass ich ihn nicht brauche und dass es das Beste sei, wenn er die Stadt ebenfalls verließe. Aber ich schwieg; ich wusste, dass ich seine Hilfe noch benötigen würde.

»Was geschieht nun?«, fragte er schließlich.

»Ich weiß nicht«, sagte ich. »Ich denke darüber nach, was ich vor fünfzehn Jahren getan hätte.«

»Und was ist das?«

»Wir verfolgen die Spur weiter, die wir bisher haben«, erklärte ich, ohne mir meiner Sache ganz sicher zu sein. »Wir haben Gäste aus der Umgebung des polnischen Hofes in der herzoglichen Stadtresidenz; der Täter kann sich darunter befinden. Wir haben weiterhin den polnischen Botschafter mit seinem Gefolge im Haus Walthers vom Feld, den wir nicht außer Acht lassen dürfen. Befinden sich sonst in irgendeinem Quartier in der Stadt Polen?«

Altdorfer bückte sich unter seinen Tisch, ohne mir zu antworten. Er kam mit einer großen pergamentenen Rolle wieder zum Vorschein und hielt sie in die Höhe.

»Der Häuserplan«, sagte er. »Ich habe alle Quartiernehmer eingezeichnet, um den Überblick zu behalten.« Er wischte die Federn und den Sandstreuer auf dem Tisch beiseite und breitete den Plan aus.

Es war ein Stadtplan, in dem alle Häuser und Anwesen in der Stadt in Parzellen eingezeichnet waren; die offiziellen Behausungen außerhalb der Stadtmauern, die nicht von Pfahlbürgern errichtet worden waren, fanden sich ebenfalls darin. Jemand hatte mit schwarzer Tusche in jede Parzelle den Namen des Besitzers geschrieben; ich fand Hanns Altdorfers Namen dort, wo sein Haus stand, und ich entdeckte ebenfalls die Namen Löw und Oberndorf er und etliche andere, die mir bekannt waren. Der Stadtkämmerer schien die Beschriftung ständig zu erneuern: Bei einigen der Namen konnte man erkennen, dass sie über einer Stelle standen, an der man einen anderen Namen ausgekratzt hatte. Ich sah wieder hoch und stellte fest, dass Hanns Altdorfer ein selbstzufriedenes Gesicht machte.

»Ich nehme an, der Plan ist auf dem neuesten Stand«, sagte ich, um ihm eine Freude zu machen. Er nickte mit Nachdruck.

»Er stammt noch aus den Zeiten des Stadtkämmerers Pätzinger, vor mehr als zehn Jahren. Ich habe damals schon als einer seiner Schreiber mit diesem Plan gearbeitet.«

»Was bedeuten die in rot eingetragenen Namen neben denen der eigentlichen Besitzer?«

»Das«, erklärte er stolz, »sind die Namen der Gäste oder Delegationen, die für die Hochzeit dort untergebracht sind.«

Ich nickte und betrachtete den Plan wieder. Unter den roten Namen waren besonders viele ausgekratzte Stellen; scheinbar war es nicht leicht, eine endgültige Belegung vorzunehmen. Ich befeuchtete einen Finger und tupfte leicht an einen der Namen; die Tusche war sicher noch keine zwei Tage alt.

»Sieh her«, sagte Hanns Altdorfer und wies auf die Stelle, an der die Stadtresidenz Herzog Ludwigs eingezeichnet war: Ich sah in Schwarz den Namen Ludvicus Dux und daneben, in Rot, in schlichter Stilisierung den Adler des polnischen Wappens. »Hier logiert die Delegation von Albert Moniwid.«

Ich fuhr mit dem Finger über die Karte, bis ich das Haus Walthers vom Feld erreichte; auch hier war wieder der kleine rote Adler zu sehen. Ich warf einen Blick aus dem Augenwinkel zu Hanns Altdorfer, aber er wartete nicht auf mein Lob, sondern suchte bereits nach weiteren Eintragungen mit dem gekritzelten Wappen.

»Ich mache nicht alle Einträge selbst«, sagte er entschuldigend. »Eigentlich ist der Stellvertreter von Richter Girigel, Wilhelm Trennbeck, mit der Zuweisung der Logis befasst, und ich habe mit ihm vereinbart, dass er jede neue Information sofort an meine Schreiber weitergibt, die diesen Plan vervollständigen.«

Er bewegte den Finger in einer Schlangenlinie zwischen den beiden Häuserreihen der Altstadt hin und her und fuhr vom Judentor bis zur Heilig-Geist-Kirche langsam alle Einträge ab. »Hier ist nichts«, murmelte er.

Ich folgte seiner planmäßigen Suche unwillkürlich mit den Augen, aber schon gegenüber dem Rathaus stieß ich auf einen weiteren Namen, der mir auffiel.

»Fridericus Rex«, sagte ich erstaunt. »Soll das bedeuten, dass der Kaiser schon in der Stadt ist?«

»Nein«, sagte er. »Wir haben seinen Namen nur schon eingetragen, weil es sicher ist, dass er dieses Quartier erhalten wird. Sieh her: Bei meinem Haus und beim Haus von Peter Oberndorfer steht ebenfalls schon, dass der Bräutigam und die Braut dort logieren werden. An diesen Zuweisungen wird sich nichts mehr ändern.«

»Das ist das herzogliche Zollhaus, in dem der Kaiser wohnen wird.«

»Richtig. Der Herzog hat Order gegeben, es für die Bequemlichkeit des Kaisers einzurichten.«

»Ich kann mich erinnern, dass du gesagt hast, der Kaiser sei nicht auf der Burg untergebracht.«

»Zu wenig Platz. Und zu nahe an Herzog Ludwig; die beiden sind nicht unbedingt Freunde, wenn sie auch längst keine Feinde mehr sind. Wahrscheinlich wollte der Kaiser einen Ort, an dem er sich sicher fühlen konnte.«

Mittlerweile hatte Altdorfer in seiner systematischen Art die Neustadt und die Freyung nach polnischen Logiergästen untersucht, ohne fündig zu werden. Er umrundete die Stadtmauer mit dem Finger und sah dann zu mir auf.

»Nichts«, erklärte er. »Sieh ruhig nochmals selbst darüber, aber ich denke, es gibt im Moment keine weiteren polnischen Gäste in der Stadt.«

»Was ist mit der Ländgasse zwischen der Altstadt und dem Fluss?«

»Die Häuser dort wurden als mögliches Quartier nicht in Betracht gezogen«, sagte er. »Es gibt nur im unteren Drittel Wohnhäuser; der Rest bis zum Ländtor hinauf sind Stadel und Lagerhäuser. Du siehst keine einzige rote Eintragung dort.«

Ich deutete auf eine Parzelle in der östlichen Häuserzeile der Ländgasse.

»Hier ist euch ein Fehler unterlaufen«, bemerkte ich. »Ein Name wurde ausgekratzt, aber kein neuer eingetragen.«

Er schüttelte den Kopf.

»Das ist richtig«, brummte er. »Das Haus steht leer.«

»Es steht leer? Wem gehört es denn?«

»Soweit ich weiß, dem Herzog. Es wurde vor langer Zeit von seinem Vater konfisziert, aber er hat niemals etwas damit angefangen.« Er zuckte mit den Schultern, und ich hatte den Eindruck, dass er noch etwas mehr dazu sagen wollte, es sich aber verkniff. »Es verfällt; schade darum«, sagte er nur.

Er richtete sich seufzend aus seiner gebückten Haltung auf und begann, die Karte einzurollen. Er verstaute sie vorsichtig wieder unter seinem Tisch.

»Zwei Möglichkeiten«, erklärte er. »Der Täter steckt entweder bei Albert Moniwid oder beim Botschafter.«

»Das vereinfacht die Sache«, sagte ich mit falscher Fröhlichkeit. »Es hätten auch zwanzig verschiedene Möglichkeiten zu Tage kommen können. So kann ich heute noch anfangen, mich bei Moniwid und dem Botschafter ein wenig umzuhören.«

Altdorfer schniefte nur. Bevor er sich zu einer Antwort aufraffen konnte, öffnete sich jedoch die Tür, und einer seiner Schreiber streckte den Kopf herein. Altdorfer sah ihn ungnädig an.

»Verzeihung, Exzellenz«, sagte der Schreiber demütig. »Hier ist der herzogliche Futtermeister Pammberger, der Euch sprechen will.«

»Ich habe keine Zeit!«, rief Altdorfer. »Der Futtermeister soll ein anderes Mal wiederkommen.«

Der Schreiber machte ein verzweifeltes Gesicht, und ich wusste, dass er selbst schon vergeblich versucht hatte, den Besucher loszuwerden. Er wollte etwas einwenden, aber offensichtlich hatte auch der ungebetene Gast draußen in der Schreibstube des Stadtkämmerers ablehnende Antwort vernommen. Er polterte mit tiefer Stimme:

»Keine Zeit? Das wäre ja noch schöner.«

Er drängte sich an dem Schreiber vorbei zur Tür herein, ein schwerer Mann mit langen grauen Haaren, dessen Beine in mächtigen, kotigen Stiefeln steckten und der den Geruch von Heu und Pferden mitbrachte. Er ignorierte mich vollkommen, baute sich mit der selbstbewussten Arroganz eines herzoglichen Beamten neben dem Tisch Altdorfers auf und grollte: »Ich habe ein Problem, und Ihr werdet mir zuhören, Notarius.«

Die Hofbeamten des Herzogs, mächtige und einflussreiche Männer, waren während der Zeit der Hochzeitsvorbereitungen mit weit reichenden Sonderbefugnissen ausgestattet worden. Das Selbstverständnis eines Stadtbeamten wie des Kämmerers musste diese Maßnahme hart treffen; dazu brauchte es nicht das großspurige Auftreten eines jener Amtsinhaber. Ein Mann wie Hanns Altdorfer war es sicherlich gewohnt, dass die herzoglichen Beamten grob mit ihm umsprangen; aber zu anderen Zeiten gab es Stellen, bei denen man sich über einen Amtsinhaber beschweren konnte, wenn er seine Grenzen überschritt. Während der Vorbereitungen zur Hochzeit allerdings gab es vermutlich keine Grenzen für die Hofbeamten. Altdorfer starrte den Futtermeister gequält an.

»Ich habe einen Gast«, sagte er.

»Für den Ihr anscheinend genügend Zeit übrig habt. Also habt Ihr diese auch für mich.«

Altdorfer verdrehte die Augen und gab auf.

»Dann sprecht, in Gottes Namen.«

»Es handelt sich um die Pferde der Eingeladenen«, sagte der Futtermeister. »Wir werden sie nicht alle in der Stadt unterbringen. Bei etwa sechstausend Stück ist die Kapazität aller Stadel und Hinterhöfe erschöpft, selbst wenn wir die Ackerbürger im Bereich der Stadt, die Pächterhöfe im Habran und die Ställe des Zisterzienserinnenklosters mit benutzen. Wir rechnen aber mit etwa zehntausend Pferden.«

»Das ist nicht meine Angelegenheit«, stieß Altdorfer hervor. »Der Stellvertreter des Stadtrichters kümmert sich um die Unterbringung der Gäste und ihrer Pferde. Fragt Herrn Trennbeck.«

»Wenn er aufzufinden wäre, jederzeit«, rief der Futtermeister. »Leider scheint es, als hätte er sich versteckt.«

»Richtig«, stöhnte Altdorfer. »Der Kanzler hat ihn schon vor ein paar Tagen nach Eching gesandt, um dort die Unterstellmöglichkeiten für den letzten Aufenthalt des polnischen Hochzeitszuges auszukundschaften.«

»Und nun?«

Hanns Altdorfer zuckte mit den Achseln. Ich folgte dem Gespräch nur mit halbem Interesse und wartete auf eine Möglichkeit, mich zu verabschieden. Der Stadtkämmerer kratzte sich heftig am Kopf und sagte dann zögernd: »Soweit ich weiß, hat man sich mit diesem Problem schon auseinander gesetzt. In den Einladungen wurde die zu erwartende Anzahl der Pferde abgefragt und die Gäste angewiesen, nur die persönlichen Reittiere mit zur Stadt zu nehmen. Tross und Wagenpferde sollten in den Pachthöfen draußen auf dem Land bleiben.«

»Schön, dass man mir das auch einmal sagt«, knurrte der Futtermeister.

»Vielleicht solltet Ihr mit den herzoglichen Schreibern sprechen, wenn Ihr diese denn finden könnt, Herr Pammberger«, sagte Altdorfer mit einem so unüblichen Anflug von Sarkasmus, dass ich aufhorchte. Pammberger brummte etwas, das niemand weiter hinterfragte. Scheinbar fühlte er sich im Augenblick geschlagen. Nach einem Moment wandte er sich wieder an Hanns Altdorfer.

»Wo befinden sich diese Pachthöfe genau, Kämmerer?«, fragte er.

»So eingehend bin ich nicht informiert. Es ist eigentlich die Aufgabe von Wilhelm Trennbeck.«

»Nun gut«, brummte der Futtermeister. »Wenn sich jemand des Problems bewusst ist, hat es keine solche Eile mehr. Ich dachte nur, es hätte sich noch niemand darüber Gedanken gemacht.«

»Dann wünsche ich Euch noch einen schönen Tag«, sagte Hanns Altdorfer.

Der Futtermeister überhörte die Verabschiedung, ohne mit der Wimper zu zucken. »Das Futter im Hauptkasten des Herzogs dürfte reichen«, murmelte er mehr zu sich selbst als zu uns. »Dafür ist ebenfalls gesorgt. Die Frage ist nur noch, wie wir es in der gebotenen Schnelligkeit auf die Straße hinunterbekommen. Die Vorräte liegen im ersten Stock.«

»Lasst es von kräftigen Kerlen in geschlossene Wagen schaufeln«, schlug Hanns Altdorfer vor, aber Pammberger schüttelte den Kopf.

»Die Fenster sind zu klein«, sagte er. »Nein, ich denke, wir werden Löcher in die Wand schlagen und das Futter über eiserne Röhren herausgleiten lassen.«

»Dann tut das«, sagte Altdorfer ungeduldig.

»Tut das!«, rief der Futtermeister. »Tut das!, sagt er. Dazu muss ich mich erst wieder mit den Kanzlern abstimmen oder mit dem Hofkastner oder mit wem auch immer. So einfach ist das nicht; das Gebäude ist ja ganz neu.«

»Ja«, sagte der Stadtkämmerer beinahe mitleidig. »Das ist nun Euer Problem.«

Der Futtermeister warf die Hände in die Luft und wandte sich ab. »Wo ist Richter Trennbeck gleich?«, fragte er, schon im Gehen.

»In Eching, ein paar Meilen flussaufwärts.«

»Ich weiß, wo Eching ist«, sagte Pammberger knapp. Er griff

nach der Tür; er war schon halb draußen, als ihm die Grundregeln der Höflichkeit wieder einfielen und er sich kurz vor uns verneigte, bevor er nach draußen verschwand. Noch im Schließen der Tür hörten wir ihn murmeln: »Hufeisen und Nägel. Hoffentlich haben die Hufschmiede genügend auf Vorrat gelegt.« Er schloss die Tür mit einem lauten Knall. Wir hörten seine schweren Stiefel über den Boden der Stube poltern, und gleich darauf steckte der Schreiber seinen Kopf wieder herein und flüsterte: »Entschuldigung.«

»Schon gut. Ich bin seiner auch nicht Herr geworden«, sagte Altdorfer und winkte ab. Er schüttelte den Kopf und sah mich an. Fast erwartete ich, dass er als Nächstes mich mit dem gleichen irritierten Tonfall fragen würde, was er für mich tun könne. Ich streckte ihm die Hand entgegen.

»Ich mache mich wieder an die Arbeit«, sagte ich. »Vielleicht hat ja Pammberger den Mord begangen, dann überlasse ich dir die Genugtuung, ihn zu verhaften.«

»Mach keine Scherze«, erwiderte er düster, und ich ließ ihn allein.

4

Aus den Schänken in der Altstadt drang der Geruch nach gebratenem Fisch, Kohlrabi und das saure Essigaroma von Sülzgerichten auf die Straße, und mein Magen erinnerte sich daran, dass ich das letzte Mal im Morgengrauen etwas zu mir genommen hatte. In der Altstadt trieb sich eine Menge Volk herum; es war der Tag nach Allerheiligen, Allerseelen, und viele Bauern nutzten die Gelegenheit, auch heute ihre Pachthöfe zu vernachlässigen und in der Stadt zu gaffen. Kleine Gruppen von Kindern bettelten vor den Bürgerhäusern in der Hoffnung, noch ein paar von gestern übrig gebliebene Seelenwecken zu ergattern. Es fehlten nur die Stände, um den Eindruck eines Markttages komplett zu machen; aber aufgrund des Feiertags oder wegen der Hochzeitsvorbereitungen schien der Stadtrat keine Erlaubnis gegeben zu haben, heute Markt abzuhalten.

Es stellte sich als kein leichtes Unterfangen heraus, die polnische Delegation in Herzog Ludwigs Stadtresidenz zu befragen. Nicht, dass sie sich widerwillig oder gar feindselig gezeigt hätten; sie brachten mir im Gegenteil die herablassende Freundlichkeit entgegen, die ein Adliger, und sei er noch so klein, verarmt und unbedeutend, einem Bürgerlichen gegenüber an den Tag legt. Es war nur so, dass sie sich den ganzen Tag über als äußerst beschäftigt gaben und zwischen Turnierübungen, Leibesertüchtigungen und der Pflege der Pferde kaum Zeit fanden, sich mit mir zu befassen. Außerdem war kaum einer von ihnen einer anderen Sprache als des Polnischen mächtig, und Albert Moniwid musste mir als Übersetzer vom Lateinischen ins Polnische und zurück dienen; ein Dienst, den er nicht ohne deutlich zur Schau getragenem Spott erledigte. Ich war nicht mehr so erstaunt über die sprachliche Ungelenkheit der polnischen Ritter, als ich erfuhr, dass auch die Prinzessin nur polnisch sprach.

Ich hatte während meiner Dienste für Bischof Peter mehr als einmal Menschen ausgehorcht, von denen ich annahm, sie eines Verbrechens überführen zu können. Ich war erstaunt, dass ich kaum etwas von den Kniffen verlernt hatte; und ich fühlte mich wie ein Mann, der nach langer Untätigkeit seine Glieder zum ersten Mal wieder bewegt und feststellt, dass seine Muskeln noch ihren Dienst verrichten.

Alles, was ich sagte und hörte, ging jedoch durch den Filter Albert Moniwid. Ich war bemüht, die Mimik und Körpersprache der Befragten mit dem zu vergleichen, was Moniwid mir in der lateinischen Übersetzung präsentierte, und ab und zu flocht ich in meine eigenen Sätze Bemerkungen ein, die meinem Gegenüber bei wahrheitsgemäßer Übersetzung bestimmte Reaktionen entlocken mussten. Soweit es sich hierüber nachprüfen ließ, übertrug Moniwid wortgetreu; aber wer vermochte zu sagen, ob er diese kleinen Fußangeln nicht durchschaute und sie übersetzte, anderes jedoch ausließ oder veränderte? Ich biss die Zähne zusammen und hoffte, dass ich es schon bemerken würde, wenn jemand etwas zu verbergen hatte, oder dass Moniwid mit der Zeit unachtsam werden und sich in seinen eventuellen Lügen verstricken würde.

Ich erfuhr manchen Klatsch über die Hochzeit und deren Hauptpersonen, wie sie sich aus polnischer Sicht darstellten; man konnte den Polen nicht vorwerfen, dass sie mit ihren Ansichten hinter dem Berg hielten. Von mehreren der Ritter wurde mit einiger Bitterkeit erwähnt, dass ihre Prinzessin erst die dritte Wahl für den jungen Herzog gewesen war und dass es edlere (wenn auch nicht so reiche, was die polnischen Recken ebenfalls erbitterte) Anwärter auf die Hand der jungen Frau gegeben habe. Von einer der Frauen, die die Delegation in größerer Zahl begleiteten und die ein bewundernswertes Selbstbewusstsein an den Tag legten, ob sie nun die Gattin eines der Herren waren oder als alleinstehende Edeldame mit einem kleinen Schwarm Zofen in des Herzog Residenz logierten, erhielt ich unabhängig davon eine fantastische Erklärung für die Heiratspolitik König Kasimirs: Ohne vor Albert Moniwid ein Blatt vor den Mund zu nehmen, erwähnte sie verächtlich, die Prinzessin sei wohl kaum mehr eine *virgo intacta* (dies war Moniwids lateinische Umschreibung für einen vermutlich viel stärkeren polnischen Ausdruck) und es dürfe niemanden verwundern, wenn sie zur Unzeit einen Nachkommen auf die Welt bringe. Dass die finanzielle Lage des gesamten polnischen Königreichs hinreichend prekär sein musste, erklärte sich mir durch einige schadenfrohe Bemerkungen, wonach König Kasimir den bayrischen Gesandten die Bezahlung der Mitgift auf Raten in den Ehevertrag diktiert hatte – dies ganz entgegen den Anweisungen, die die herzogliche Delegation erhalten hatte und die deshalb vor Angst schlotternd sich der Unterstützung durch die polnische Königin versichert hatte, welche immerhin eine Base Herzog Ludwigs war. Außerdem wurde mir klar, dass die Polen einen ingrimmigen Ehrgeiz hegten, bei den zu erwartenden Turnieren die bayrischen Ritter von den Pferden zu rennen; beinahe jeder Zweite sprach davon, und wie es schien, konzentrierte sich ihr Ehrgeiz auf Herzog Christoph den Starken, den Bruder des Herzogs Albrecht von München, dessen Triumphe in vielen Turnieren die Münder der Männer und die Herzen der übrig gebliebenen Jungfrauen füllten. Ich war mit der Zeit geneigt zu glauben, dass die gesamte Delegation aus den unbezähmbarsten Raufbolden unter der polnischen Ritterschaft bestand, ihren Anführer mit eingeschlossen. Die Respektlosigkeit, mit der sie sowohl von ihrem als auch von meinem Souverän sprachen, schien mir diese Annahme noch zu unterstützen und auch, dass sie dabei vor Moniwid keine Scheu an den Tag legten. Ich begann zu vermuten, dass man sie nur deshalb nach Landshut vorausgeschickt hatte, damit sie als Begleitung des Brautzuges in den vielen Städten, durch den dieser zog, keinen Unsinn anstellen konnten.

Was sich mir nicht offenbarte, war, ob sich der Täter unter den von mir Befragten befand. Ich erfuhr zwischen den Zeilen einige Einzelheiten über die tote Gräfin; zum Beispiel, dass sie sich mit Moniwid über seine Kompetenzen als Anführer der Delegation gestritten hatte. Aber es erschien mir trotzdem nicht wahrscheinlich, dass er der Täter war; ich mochte ihn nicht, aber ich war sicher, dass Moniwid nicht fähig gewesen wäre, einen Mord auszuführen – und noch weniger auf diese Art und Weise.

Als ich mich von Moniwid verabschiedete, hielt er die Zügel meines Pferdes fest.

»Was werdet Ihr als Nächstes tun?«, fragte er.

»Nachdenken«, antwortete ich knapp.

»Beeilt Euch damit«, knurrte er und gab die Zügel meines Pferdes frei. »Ihr habt nur noch elf Tage Zeit.« Ich konnte mich nicht zurückhalten und sagte: »Zwölf Tage mit heute.«

»Natürlich«, erwiderte er und wandte sich ab. »Ich hatte vergessen, dass Ihr gut rechnen könnt.«

Ich hatte den gesamten Nachmittag des Donnerstag mit der polnischen Delegation verbracht, ohne auch nur den kleinsten Hinweis zu erhalten. Als ich die herzogliche Residenz beim Einbruch der Dämmerung verließ, war ich wütend und voll Sorge. Der Eingang zur Ländgasse lag dem Tor der Residenz direkt gegenüber, und ich ritt hindurch, um mir den Umweg über die Altstadt zu sparen. Die Hufe meines Pferdes klangen dumpf auf dem festgetretenen Erdreich in der Gasse. Hier, in ihrem oberen Drittel, war es stockduster. Ich erinnerte mich, dass Hanns Altdorfer gesagt hatte, erst in der unteren Hälfte stünden Wohnhäuser. Ich sah an den Stadeln hoch, die sich links und rechts über die Gasse lehnten. Jedes Haus stand abweisend, die Fenster blind, die Türen unbewegt. Die dunklen Eingänge der Tordurchfahrten, deren Torflügel offen standen, und der kleinen Gassen zu beiden Seiten gähnten menschenleer. Als ich die ersten Fackeln vor mir sah, die an der Ecke brannten, an der die kleine Seitengasse an Sebastian Löws Haus vorbei zur Altstadt führte, fiel mir das unbewohnte Haus ein, über dessen Schicksal Altdorfer so merkwürdig ausweichend gesprochen hatte, aber ich wusste nicht, wo in der dunklen Straße hinter mir das Gebäude liegen mochte. Ich versuchte, es aus meinen Gedanken zu verdrängen, aber es wollte nicht vollständig verschwinden. Es war das einzige Haus weit und breit, das nicht einem Bürger oder wenigstens einem Gast als Behausung diente.

Bei der kleinen Seitengasse bog ich schließlich doch wieder

zur Altstadt ab, um ins Licht zu kommen. Es trafen noch immer vereinzelte Transportkarren mit Vorräten ein, aber das Gros schien für heute erledigt zu sein. Ich kam an zwei Wappnern vorbei, die von einem Offizier ihre Anweisungen für morgen erhielten: Man erwartete die Ankunft von etlichen hundert Ochsen und Schafen auf Flößen, und die beiden sollten mit einer kleinen Mannschaft das Ländtor sowie die kleinen Flößertore besetzen, um etwaige während der Nacht ankommende Lieferungen sofort in Empfang nehmen zu können.

Ich hoffte, dass der polnische Botschafter im Haus des Holländers anwesend war; ich hatte ihn mir für den morgigen Tag vorgenommen. Unwillkürlich stellte ich mir auf dem Ritt nach Hause die Frage: Und danach? Ich wusste nicht, was ich danach tun sollte. Mein Plan endete mit der Hoffnung, unter den Polen einen Verdächtigen auszumachen. Ich erwartete den kommenden Tag voller Angst und Ungeduld, während ich mich eine lange Weile schlaflos auf meinem Lager herumwälzte.

Am Morgen erinnerte ich mich, dass ich Sebastian Löw noch den Betrag schuldete, mit dem er den Totengräber bezahlt hatte, und ich steckte etwas Geld ein, bevor ich mich auf den Weg zum polnischen Botschafter machte. Ich traf auf einen womöglich noch größeren Trubel als am gestrigen Tag. Die Spiegelgasse, in der sich das Haus des holländischen Kaufmanns befand und die Alt- und Neustadt miteinander verband, lag am entgegengesetzten Ende der Altstadt, und ich sah mich gezwungen, in die Neustadt auszuweichen, wenn ich vorankommen wollte.

Zwei Wappner bewachten den Eingang zum Logis des polnischen Botschafters. Ich sah mit Erleichterung, dass es sich um Hiesige handelte, mit denen ich mich wenigstens verständigen konnte. Einer von ihnen führte mich und mein Pferd in einen kleinen Innenhof, der von dem weitläufigen Haus umschlossen wurde, und übergab mich einem polnischen Dienstboten des Botschafters. Der Dienstbote war ein älterer Mann, der bayrisch sprach und sich davon beeindrucken ließ, dass ich vermeintlich im Auftrag des Landshuter Bürgerrates vorsprach. Er brachte mich ohne langen Aufenthalt zu seinem Herrn und stellte mich vor.

»Der Rat Priamus, mein Herr«, sagte er dann zu mir und zog sich zurück.

Priamus war ungeachtet seines klassischen Namens keine stattliche Erscheinung; klein und aufgeschwemmt, sah man seinem Körper und vor allem seinen rot geäderten Augen seine Laster an. Er nickte mir halb ungeduldig, halb neugierig zu und bot mir einen Sitzplatz an einem wuchtigen Tisch an. Ein Zinnkrug mit mehreren Bechern stand auf einem Tablett in der Mitte des Tisches; ein Becher befand sich vor dem Stuhl, in dem der Pole saß. Eine zittrige Tröpfchenspur auf der Tischplatte, die sich von dort bis zum Standort des Kruges zog, verriet, dass dieser heute schon mehrere Gänge vom und zum Becher zurückgelegt hatte. Priamus beugte sich ächzend über den Tisch, schnappte einen zweiten Becher und stellte ihn vor mir ab. Ungefragt schenkte er mir ein. Ich roch den aufsteigenden Weinduft; es war nicht gerade ein billiger Krätzer.

»Was kann ich für Euch tun?« Er sprach mit einem leichten Akzent, der ebenso davon herrühren konnte, dass er bereits etliche Worte verschliff.

»Ihr sprecht unsere Sprache sehr gut«, sagte ich. Er nickte nur, ohne zu zeigen, ob er sich über das Kompliment freute. Ich holte Atem und begann ihm die Geschichte zu erzählen, die ich mir für ihn zurechtgelegt hatte.

»In Wahrheit«, begann ich, »spreche ich nicht stellvertretend für alle Landshuter Bürger, sondern ...«

Er zog eine Augenbraue hoch. In seinen Augen stand plötzlich Misstrauen, und er ließ mich nicht ausreden.

»Wollt Ihr mir etwas verkaufen?«, fragte er barsch. »Habt Ihr Euch deswegen eingeschlichen?«

»Nein«, erwiderte ich. »Es geht mir vielmehr um Folgendes: Nicht alle Bürger sind der Ansicht, dass die Verbindung des jungen Herzogs mit Eurer Prinzessin eine glückliche Idee ist, und so ...«

»Wieso?«, schnappte er.

»Nun, der junge Herzog ...«, ich lachte und tat so, als wolle ich ihm etwas Vertrauliches mitteilen, »wisst Ihr, der junge Herzog ist ein wenig – wie sagt man: ungestüm; ja, und er liebt die Jagd und die Turniere über alles und widmet eine Menge Zeit nur ...«

»Wollt Ihr damit andeuten, er würde die Prinzessin vernachlässigen, wenn er sie erst einmal geheiratet hätte?«

Seine Art, mich ständig zu unterbrechen, machte mich nervös. Ich hatte das Gefühl, dass ich die Kontrolle über das Gespräch verlor.

»Also, etliche Bürger sind der Ansicht, dass ...«

Er stellte seinen Becher so hart auf den Tisch zurück, dass ein wenig Wein herausschwappte. Seine Wangen röteten sich.

»Wie heißen die undankbaren Burschen, die Euch geschickt haben?«

»Was?«, stotterte ich.

»Hört einmal«, zischte er und stach mit seinem Zeigefinger auf mich ein. »Euer Herzog Ludwig ist der beste Herrscher, den sich ein Mann wünschen kann. Seht her, was er aus Eurer Stadt gemacht hat; seht her, wie freigebig er Euch zu der Hochzeit seines Sohnes einlädt und alle Bürger freihält. Da wollt Ihr zu mir kommen und den jungen Herzog schlecht machen, damit ich meinem König Schauermärchen berichte, wie es seiner Tochter wohl in Zukunft ergehen wird? Ich halte das für eine Unverschämtheit!«

Ich schüttelte den Kopf und wollte etwas sagen, aber er ließ mich nicht zu Wort kommen. Ärgerlich nahm er einen Schluck Wein und sprach weiter, noch bevor ich Atem holen konnte.

»Steckt Ihr vielleicht mit den Ungarn unter einer Decke? Genügt es Mathias Corvinus nicht, dass er widerrechtlich in unser Land eingedrungen ist und die Grafschaften im Süden verwüstet hat? Will er mit Intrigen gegen König Kasimir vorgehen, jetzt, nachdem er den Waffenstillstandsvertrag mit ihm unterzeichnet hat?« Er schnaubte empört.

Ich versuchte, mit seinen Gedanken Schritt zu halten, aber es gelang mir nicht.

»Sprecht Ihr von König Matthias von Ungarn ...?«, fragte ich.

»Tut bloß nicht so unschuldig!«, fuhr er mich an. »Wenn Ihr Euch zu seinem Knecht gemacht habt, wisst Ihr so gut wie ich, wozu dieser Bauernlümmel fähig ist. Er ist wütend, weil König Kasimir seinen Herrschaftsanspruch über Ungarn auch beim Kaiser durchgesetzt hat, und klammert sich daran, dass die Katholischen ihn, Matthias, zum König gewählt haben. Daneben bildet er sich ein, die Krone Böhmens gehöre ihm, obwohl der älteste Sohn unseres Königs auf den Thron gewählt wurde. Und außerdem kocht er vor Zorn darüber, dass Königin Elisabeth ständig seine Werbung um die Prinzessin Jadwiga ausgeschlagen hat.«

»Er hat um die Hand der Prinzessin ...?«

»Mehrfach; mehrfach! Aber er ist es nicht wert, die Hand einer Königstochter zu erhalten, dieser Furchenzieher. Dabei ist er ganz versessen auf sie, seit er sie zum ersten Mal gesehen hat. Das kann ich mir schon vorstellen!« Er lachte freudlos. »Wie es ihm gefallen würde, seine schwieligen Pfoten auf ihren unschuldigen Leib zu legen.« Er schenkte sich aufgebracht nach. Meinen Becher ignorierte er betont; er hätte auch nichts eingießen können. Ich hatte noch keinen Schluck getrunken. Ich hatte ihm vielmehr atemlos zugehört. Als er schwieg, sagte ich: »Es ist nicht so, wie Ihr denkt«, um ihn zum Weiterreden zu animieren.

»Es ist ganz genauso, wie ich denke. Matthias weiß genau, dass er gegen eine Verbindung König Kasimirs mit dem Herzog Ludwig und damit mit dem Reich keine Chance hat – noch dazu, da er auch in Ungarn selbst mit einer Opposition zu kämpfen hat, die lieber König Kasimirs zweiten Sohn als ihn auf dem Thron sähe. Er hat den Waffenstillstand nur unterzeichnet, weil er uns militärisch nicht gewachsen ist; und unter seinem Schutz sieht er jetzt eine günstige Gelegenheit, die Achse zwischen König Kasimir und dem Reich zu zerstören, indem er die Hochzeit zwischen der Prinzessin und dem jungen Herzog zu verhindern versucht.« Er hob eine Hand und ballte sie zur Faust. »Man sollte ihm eine Tracht Prügel verabreichen, wie es sich für einen Bauern gehört.« Er holte seinen Blick aus den Niederungen der polnischen Politik zurück und fokussierte seine roten Äuglein wieder auf mich. Ich erkannte, dass es ihm mittlerweile Mühe bereitete.

»Euch sollte man auch eine Tracht verabreichen; Euch und den feinen Herren, die Euch zu mir geschickt haben. Ich lasse mich nicht von Euch aufwiegeln, weder gegen meinen König noch gegen Euren Herzog, den ich als feinen Mann kennen gelernt habe. Verschwindet aus meinem Haus.«

Er stand auf und warf sich in eine drohende Pose. Sie verfehlte ihre Wirkung, da er viel kleiner war als ich und sich mit beiden Händen an der Tischkante festhalten musste. Ich ging dennoch ohne ein weiteres Wort. Wäre ich der gewesen, für den ich mich ausgegeben hatte, hätte ich über sein Pathos gelacht. So aber konnte ich nicht verhehlen, dass mich seine Loyalität beeindruckte. Er war ein Trunkenbold, und er mochte hinter den Weibern her sein, aber in seiner Ergebenheit den Herren gegenüber, denen er zu dienen sich verpflichtet hatte, bewies er eine gewisse Würde, die anderen Männern mit größerer Sittenstrenge fehlte. Ich verließ sein Haus und ritt durch die Spiegelgasse weiter zur Altstadt hinüber. Ich musste mich erneut mit Hanns Altdorfer absprechen.

Die Altstadt war noch immer ein einziger Tumult, und ich versuchte, mein Pferd bei den Wappnern am Ländtor unterzustellen, aber die Männer weigerten sich, darauf aufzupassen; sie hatten alle Hände voll zu tun, um die Scharen von Ochsen und Schafen in die richtigen Bahnen zu leiten, die mittlerweile auf den ersten Flößen vor der Stadtmauer landeten. Ich ritt zur Altstadt hinauf und versuchte mein Glück ebenso vergeblich bei der Baustelle und beim Rathaus. Es gab vor vielen Häusern Pfosten und kleine Vordächer, unter die man sein Pferd stellen konnte, aber es schien mir nicht ratsam, mein Reittier ohne Bewachung zurückzulassen. Eine Menge Gesindel trieb sich in der Stadt herum, zurzeit noch verstärkt durch die Attraktivität der bevorstehenden Hochzeitsfeiern, und so mancher Gutgläubige fand sein Pferd ohne Zaum und Sattel wieder – oder Zaum und Sattel ohne Pferd. Schließlich sah ich mich gezwungen, den Gaul in die Obhut eines Gasthauses zu geben, dessen Wirt mit unschuldiger Miene sechs Pfennig bis zum Abend veranschlagte, Heu und Stroh nicht inbegriffen, und verlangte, ich müsse das Pferd bis zum Abendläuten wieder entfernt haben, weil er zu diesem Zeitpunkt eine Menge Gäste erwarte. Ich zahlte zähneknirschend und beschloss, diesen Posten dem herzoglichen Kanzler gesondert in Rechnung zu stellen, um ihm zu zeigen, wie sehr die Prunksucht seines Herrn die Landshuter Wirte verdarb. Danach machte ich mich auf den Weg zu Sebastian Löw, um zuerst meine Schulden zu bezahlen.

Die Altstadt war in der Zwischenzeit buchstäblich zu einem gefährlichen Pflaster geworden; über den getrockneten Dung von gestern legte sich als Schmierschicht der Kot der Ochsen und Schafe, die vom Ländtor her und der Ländgasse quer über die Straße zu den Fleischbänken getrieben wurden. Ich balancierte vorsichtig hinüber und wartete eine Pause im Viehtrieb ab, um mich zu Löws Haus hindurchzuzwängen. Wie auch schon gestern stand eine Menge Volks Spalier und beobachtete die Bemühungen von Wappnern und Viehtreibern, ihre Neugier ungetrübt von dem beißenden Gestank der Ausdünstungen und der dicken Schichten aus antrocknendem Kot.

Es hatte sich wohl herausgestellt, dass die kleinen Flößertore in der Stadtmauer zu eng für die mächtigen Leiber der Schlachtochsen waren; man trieb sie deshalb kurzentschlossen durch das Ländtor und an der Baustelle der Kirche vorbei die Altstadt hinunter. Durch die Bauhütten und das herumliegende Material wurde der Weg dort jedoch zu einem Nadelöhr, und ich konnte mir vorstellen, dass der mächtige Hans Stethaimer nicht gewillt war, wegen der Tiere seine Baustelle aufzuräumen. Um den Viehtrieb nicht deshalb ins Stocken geraten zu lassen, verlegte man einen Teil der Strecke auch durch die Ländgasse; ich sah durch die Gasse von weitem die Rücken der Zuschauer, die sich am Weg entlang aufgestellt hatten.

Als ich die Eingangstür zu Löws Haus öffnete, rannte ich beinahe in einen alten Mann mit einem groben Kittel, der sich dahinter aufgehalten hatte. Er sah mich erwartungsvoll an.

»Ich möchte zu Sebastian Löw«, sagte ich.

»Der Herr ist drüben in der Gasse und schaut dem Viehtrieb zu.«

»Ist sein Sohn zu sprechen?«

»Er hält sich irgendwo in der Stadt auf. Kann ich Euch zur Herrin führen?«

»Nein, danke. Wo, sagtest du, ist Herr Löw?«

»In der Ländgasse. Er ist eben losgegangen. Ich nehme an, Ihr werdet ihn gleich in der Nähe des Gasseneingangs finden.«

Ich nickte und verließ das Haus. Einen kurzen Moment überlegte ich, ob ich die Bezahlung nicht auf morgen verschieben und mich zuerst mit Altdorfer treffen sollte, doch ein Blick zurück in die Altstadt sagte mir, dass es im Moment sinnlos war, sie durchqueren zu wollen. Ich machte mich auf die Suche nach dem Apotheker.

Er stand nicht weit von der Einmündung in die Ländgasse entfernt und versuchte, über die Köpfe der von ihm Stehenden zu spähen. Ich sprach ihn an, und er machte einen kleinen Sprung.

»Ihr seid es, Herr Bernward«, stieß er hervor. »Ihr habt mich erschreckt.«

»Das tut mir Leid«, erwiderte ich. »Seid Ihr so schreckhaft?«

»In letzter Zeit schon«, sagte er. Dann breitete sich ein freundliches Lächeln über sein rundes Gesicht aus.

»Was kann ich für Euch tun?«

»Nichts«, erklärte ich. »Ich tue etwas für Euch. Zuerst möchte ich Euch sagen, dass Euer Sohn seine Arbeit gut gemacht hat.«

Er erlaubte sich, vor Stolz zu erstrahlen.

»Hat er Euch die Urkunde ausgestellt?«

Ich dachte an das wertlose Stück Papier, das ich in meiner Kleidertruhe verstaut hatte, und sagte: »Ja. Sie wird mir gute Dienste leisten.«

Er nickte. Sein Lächeln verschob sich um ein paar Grade von Stolz zu Anteilnahme. Es war überraschend, wie offen sein Mienenspiel seine Gefühlslage ausdrückte. Ich revidierte meinen Eindruck von unserem ersten Treffen, dass seine Kunden sich durch seine fröhliche Stimme verspottet fühlen mussten, nochmals; wer ihm länger als ein paar Augenblicke ins Gesicht sah, würde bedenkenlos jedes Mittel in sich hineinstopfen, das der

Apotheker einem empfahl. Er strahlte Aufrichtigkeit aus, wie ein Holzfeuer Wärme abgibt.

»Ihr habt mit den Eltern des jungen Mädchens noch nicht gesprochen?«

»Nein. Ich fand noch – ah, nicht den Mut dazu.«

»Ich kann es Euch nicht verdenken. Eine schwierige Aufgabe wartet auf Euch. Zögert nicht, meinen Sohn zu Hilfe zu nehmen, Herr Bernward; die Gegenwart eines Medicus kann bei derartigen Gesprächen manchmal Wunder wirken.«

»Ich werde daran denken; vielen Dank«, erwiderte ich.

Er zuckte mit den Schultern, als wäre es eine Selbstverständlichkeit. Ich räusperte mich und sagte: »Ich bin Euch noch schuldig, was Ihr dem Totengräber gegeben habt.«

»Einen halben Gulden. Es tut mir Leid; er ließ nicht mit sich handeln.«

»Macht Euch keine Sorgen. Er war seinen Preis wert.« Ich händigte ihm das Geld aus, und er steckte es in die Tasche, ohne nachzuzählen. Dann zog er die Nase hoch und sah einen Moment den vorbeiziehenden Tieren zu, und über seine Miene wechselten rasch freundlicher Spott, Faszination und der Gesichtsausdruck eines Menschen, dem der Geruch von frischen Exkrementen in die Nasenlöcher gestiegen ist.

»Seid Ihr geschäftlich hier?«, fragte er, als er sich wieder zu mir umwandte und mit dem Daumen auf den Viehtreck zeigte.

»Ich habe nach Euch gesucht«, antwortete ich. »Ich wollte meine Schulden begleichen.«

»Das hätte aber keine Eile gehabt«, entgegnete er beinahe verlegen. Ich klopfte ihm leicht auf die Schulter, und er lächelte. Er deutete wieder auf die vorbeiziehenden Tiere mit ihren Treibern.

»Eine ganze Menge Vieh, nicht wahr?«, sagte er. »Ihr hättet es gestern sehen sollen, als das Gros der Vorräte aus den umliegenden Landgerichten durch die Stadt zog. Wahrscheinlich sind die ganzen Höfe in der Umgebung so ausgeplündert wie nach einem Kreuzzug. Die Tiere hier stammen sogar aus Ungarn.«

»Ich kann es mir vorstellen«, erwiderte ich. »Was führt Euch hier heraus? Nur die Neugier?«

»Nein«, lachte er. »Wenn ich wollte, könnte ich von den Fenstern meines Vorratsspeichers das Ganze viel besser überblicken, und das, ohne im Gestank zu stehen. Ich warte auf einen der Flößer; ich habe ihm aufgetragen, mir eine Ladung ungarisches Rosenöl für das Konfekt mitzubringen.«

»Ich dachte, die Flößer transportieren nur das Vieh her.«

Er zwinkerte mir zu.

»Eine Ladung Rosenöl nimmt kaum Platz weg«, sagte er. »Nicht ein Schaf muss dafür seinen Platz räumen. Ein unproblematisches Zusatzgeschäft für den Besitzer des Floßes.«

»Und auch für den Auftraggeber, der dadurch einen niedrigen Transportpreis erzielt«, grinste ich, und er grinste zurück. Beinahe hörte ich ihn denken: Das habe ich nur von Euch gelernt.

»Wo trefft Ihr Euren Flößer?«

»An der Lände, jenseits der Stadtmauer. Ich muss warten, bis das ganze Vieh entladen ist; vorher hat er bestimmt keine Zeit, sich um mein Anliegen zu kümmern. Wollt Ihr mir noch ein wenig Gesellschaft leisten?«

»Gern«, sagte ich. Ich wusste, dass ich so schnell wie möglich mit dem Stadtkämmerer sprechen musste, aber die unkomplizierte Freundlichkeit des Apothekers tat mir gut. Ich dachte: Eine halbe Stunde Verzug kann auch nicht schaden, und lehnte mich bequem gegen die Hausmauer in meinem Rücken.

Wir schwiegen eine Weile und sahen dem Strom von Ochsen und Schafen zu, die mit von der Floßfahrt noch unsicheren Beinen an uns vorbeitrabten. Die scharfen kleinen Hufe der Schafe hatten das Erdreich in der Gasse mittlerweile aufgerissen, und die schweren Tritte der Ochsen vermischten den Lehm und den herabgefallenen Kot zu einem zähen, übel riechenden Brei. Angesichts dessen konnte ich mir denken, dass die meisten der in der Altstadt wohnenden Patrizier die Umleitung nicht ungern sahen; das Pflaster auf der Straße war schon verschmutzt genug. Vielleicht hatten sie Hans Stethaimers Weigerung, für den Viehtreck Platz zu machen, mit einigen kleinen Gaben den Rücken gestärkt.

»Kennt Ihr das Haus da drüben?«, fragte Löw unvermittelt. Ich sah hoch; er deutete auf ein Gebäude weiter oben in der Ländgasse.

»Nein«, sagte ich.

»Es steht schon seit ewigen Zeiten leer«, erklärte er.

Ich horchte auf; dies war das Haus, von dem Altdorfer gesprochen und das ich gestern übersehen hatte.

»Was ist damit?«, fragte ich vorsichtig.

Er dämpfte plötzlich seine Stimme und beugte sich zu mir herüber; ich musste mich bücken, um ihn verstehen zu können. Er sagte: »Wisst Ihr, ich bin kein leichtgläubiger Mann. Ich weiß, dass man bestimmte Pilze und Kräuter einnehmen kann, um Dinge zu sehen, die andere Menschen nicht sehen können – schöne und schreckliche Dinge. Aber es sind Dinge, die aus den Giften in diesen Pflanzen entstehen, weil sie das Gehirn des Menschen durcheinander bringen, und nicht etwa Dinge, die es in Wirklichkeit gibt. Ich weiß auch, dass die Irrlichter in den Sümpfen nicht die Seelen von Ertrunkenen sind, sondern aus Gasblasen entstehen, die sich entzünden, wenn die Luft schwül und kurz vor einem Gewitter ist. Und ich weiß, dass die meisten der alten Weiblein, die man im Fränkischen und Hessischen als Hexen verbrannt hat, im Grunde nichts Verwerflicheres taten als ich selbst und vom Satan so wenig verbuhlt worden sind wie die reinste Jungfrau in irgendeinem Kloster. Und deshalb habe ich auch gelacht, wenn aufgeregte alte Jungfern oder halb betrunkene Flößer meinen Vater aufsuchten, um ihm zu erzählen, sie hätten gespenstische Lichter in diesem alten Haus dort drüben gesehen. Meister Löw, sagten sie, die Seelen der Toten gehen dort um und finden keine Ruhe. Mein Vater war freundlich und gab ihnen beruhigende Kräuter mit, doch wenn sie den Laden wieder verlassen hatten, drehte er sich zu mir um und sagte ernst: Sebastian, höre auf zu lachen; das sind arme Menschen, denen ihre Angst und ihr Geisterglaube Dinge vorgaukeln, die gar nicht vorhanden sind. Die Seelen der Toten sind im Fegefeuer und büßen dort ihre Zeit ab – sie haben in alten Häusern nichts verloren.«

Er fuhr sich mit der Hand über den Mund, als müsse er nachdenken, ob er überhaupt weitersprechen sollte. Dann schluckte er und sagte: »Und nun habe ich selbst flackernde Lichter in diesem verfluchten Haus gesehen, spät in der Nacht, und so etwas wie hohle Stimmen gehört. Deshalb bin ich so schreckhaft.«

Ich starrte ihn mit weit aufgerissenen Augen an; ich konnte nicht verhindern, dass mir eine Gänsehaut den Rücken hinunterlief, wenn auch aus anderen Gründen als jenen, die sichtbar die letzten verbliebenen Haare in Sebastian Löws Nacken aufstellten.

»Wann war das?«, fragte ich scharf.

»Gestern.«

»Was habt Ihr unternommen?«

»Ich? Nichts. Ich werde es künftig tunlichst vermeiden, bei Nacht an dem Haus vorbeizugehen, das ist alles. Ich fürchte, dass ich zu viele Jahre in den Ausdünstungen meiner Arzneien und Kräuter verbracht habe und dass auch mein Hirn beginnt, mir Dinge vorzugaukeln.«

»Habt Ihr von jemand anderem gehört, der die gleichen Beobachtungen gemacht hat?«

»Nicht, dass ich wüsste. Warum fragt Ihr so eindringlich nach?«

Ich zuckte zurück; ich hatte mich von meiner Aufregung mitreißen lassen. Löw musterte mich halb erwartungsvoll, halb misstrauisch. Ich suchte nach einer unverfänglichen Antwort.

»Das Haus steht doch nahe am Fluss«, stotterte ich schließlich. »Der ganze Untergrund war früher ein Sumpf. Ich habe einmal gehört, dass sich auch dort jene Gase bilden können, von denen Ihr als Irrlichter gesprochen habt. Ich habe nach einer Erklärung gesucht, deshalb wollte ich wissen, ob auch andere Menschen solche Erscheinungen hatten.«

Er entspannte sich und begann wieder zu lächeln. Plötzlich wurde mir klar, dass er befürchtet hatte, ich würde ihn für vollkommen verrückt halten.

»Schon möglich«, sagte er. »Dazu müsste man das Innere des Hauses einmal genau untersuchen, aber mich persönlich bringen keine zehn Pferde dort hinein; Vernunft hin oder her. In einem habt Ihr ohnehin Unrecht: Der Untergrund besteht nicht aus ehemaligem Sumpf, sondern aus Kies. Und von Gasen, die sich in Kies bilden, habe ich noch nie etwas gehört.«

Ich sagte gleichmütig: »Dann ist es etwas anderes, das sich mit natürlichen Dingen erklären lässt. An Geister, die mit hohlen Stimmen reden, mag ich jedenfalls nicht glauben.«

»Ich auch nicht«, lachte er, aber es klang nicht überzeugend. »Vor allem aber will ich nicht einen meiner Nachbarn fragen, ob er des Nachts Stimmen gehört hat, wenn Ihr mich versteht.«

Er wandte sich wieder dem Viehtrieb zu, aber mein Interesse daran war erloschen. Ich versuchte die Bedeutung dessen zu verstehen, was er mir gesagt hatte. Erst als Löw sich zu mir umdrehte und mir ins Gesicht sah, merkte ich wieder auf.

Seit einigen Minuten war kein Tier mehr vorbeigetrieben worden, und es schien, als sei die Verladeaktion fürs Erste beendet. Die Menschen begannen sich wieder zu zerstreuen. Löw schüttelte sich, wie um seine alte Fassung wiederzuerlangen, und hielt mir dann die ausgestreckte Hand hin.

»Ich muss meinen Flößer aufsuchen«, sagte er und erwiderte meinen Händedruck mit seinen weichen Fingern. »Ich hoffe, Ihr haltet mich jetzt nicht für unzurechnungsfähig.«

»Mein Verwalter schwört Stein und Bein, er habe einmal den Teufel an einem Wegkreuz um den Leichnam eines Gehenkten tanzen sehen«, sagte ich. »Und ich halte ihn für so vernünftig, dass ich immer wieder mein Geschäft in seine Hände lege.«

Er lächelte mich verwirrt an; sichtlich wusste er nicht, ob dies nun eine positive oder eine negative Antwort war.

»Nun denn«, sagte er und zog seine Hand zurück. »Gott behüte Euch.«

»Gott befohlen«, erwiderte ich, und er marschierte mit schnellen kleinen Schritten durch den Matsch in der Gasse davon.

Ich ließ ihm Zeit; ihm und den anderen, die sich noch in der Gasse befanden. Es dauerte nicht lange, dann lag sie wieder verlassen da, jetzt noch mehr als sonst gemieden wegen des Morasts, in den sich der Untergrund verwandelt hatte. Ich sprang hinüber auf die andere Seite der Gasse und wanderte zu dem verlassenen Gebäude hinauf. Es war ein großes, auf den ersten Blick ansehnliches Bürgerhaus im oberen Teil der Ländgasse. Von seinem Tor aus konnte man bereits den Fuß des Torturmes sehen, der das Ländtor bewachte, und den Eingang zum Lager der Polen. Ein Mauerbogen überspannte eine breite Zufahrt, die mit einer doppelflügligen Tür versehen war. Ich trat näher und rüttelte an einem der Türflügel; sie waren fest geschlossen, und als ich die Hand zurückzog, hatte ich den Schlick vermodernden Holzes an meiner Handfläche. Ich betrachtete den Verputz. Aus der Nähe konnte man erkennen, dass er schäbig und bröckelig war. Ich zupfte an einer hervorstehenden Ecke; ein handtellergroßer Fladen löste sich und fiel zu Boden. Ich zerrieb ihn nachdenklich mit dem Fuß und schaute an der Fassade entlang nach oben. Die Farbe war überall verblichen, und wo sich das Wasser hatte sammeln und ablaufen können, hatte es lange, moosige Streifen gebildet, die wie missgünstige Bärte von den Ecken und Kanten nach unten hingen. Die Fensterscheiben in den oberen Stockwerken waren heil; im Erdgeschoss waren sie eingeworfen. Kinder, für die es eine Mutprobe bedeutete, in einem verlassenen Haus etwas zu zerstören. Das Haus sah so unbewohnt aus, wie es nur sein konnte. Es schien Kälte auszustrahlen, und obwohl es zwischen anderen Gebäuden stand, wirkte es einsam wie die verlassene Kate eines Einsiedlers. Dann machte mich etwas stutzig.

Ich trat wieder auf die Straße zurück, um besser sehen zu können. Die von der Sonne beschienenen Fassaden der gegenüberliegenden Häuser spiegelten sich in den unversehrten Scheiben. Ich drehte mich um; was direkt gegenüberlag, waren Lagerhäuser und Stadel; die Wohnhäuser begannen erst wieder unterhalb der Wirtschaftsgebäude. Ich hielt die Hand über die Augen und betrachtete eines der Fenster im oberen Stockwerk.

Ich konnte es zuerst nicht richtig erkennen. Das Glas spiegelte, und das Fenster war von innen mit einer Decke verhängt. Aber von meinem neuen Standpunkt aus war es deutlich zu sehen. Die Decke war an einer Seite ein wenig zurückgezogen, ganz, als hätte jemand einmal durch das Fenster gespäht und sie nicht wieder richtig zurechtgerückt. Durch den so entstandenen Spalt konnte man ohne Schwierigkeit einen Teil der Fensterbank sehen. Eine brennende Kerze stand darauf.

»Ist es nicht schade, wenn ein Haus so verkommt?«, fragte eine weibliche Stimme neben mir, und ich fuhr herum.

Ich wusste nicht, wie sie so lautlos neben mir erschienen war. Sie trug einen Mantel aus blauem Atlas, auf dessen dunkler Oberfläche ein Granatapfelmuster schimmerte, und darunter ein Kleid aus dunkelgrünem Damast, dessen Rock sich weit um ihre Beine bauschte und mit einem breiten Rand von schwarzem Pelz abgenäht war. Schwarz war auch das gefältelte Tuch in ihrem Dekolleté. Die Taille war tiefer gesetzt, als es der Mode entsprach, und ihr silberverzierter Gürtel ließ erkennen, dass sie beinahe zu schlank war. Die Spitzen von hohen, schmalen Schuhen, die bereits vom Schmutz der Gasse überzogen waren, ragten unter dem langen Rock hervor. Als ich den Blick hob, sah ich in ein Paar glänzend dunkler Augen, in denen sich der Streifen Himmel hinter den Fassaden spiegelte, eine entschlossene Nase und die Schatten von Fältchen um die Mundwinkel, die sich bei einem Lächeln sicherlich in kleine Grübchen verwandelten und die in vorteilhafterem Licht kaum zu sehen gewesen wären. Ihr Haar war in der Art der polnischen Edeldamen aufgesteckt. Es war von einem matten Blond, das seltsam mit den dunklen Augen kontrastierte. Sie war nur unwesentlich kleiner als ich. Sie hielt ihren Oberkörper mit beiden Armen umfasst und spähte mir mit verengten Lidern ins Gesicht, als wäre sie ein ganz klein wenig kurzsichtig.

Ich bemühte mich, nicht zu zeigen, dass mich ihr plötzliches Erscheinen erschreckt hatte. Ich starrte sie an, und sie gab meinen Blick ruhig zurück. Die Ruhe wollte nicht zu den rastlosen Bewegungen ihrer Hände passen, mit denen sie ihre Oberarme knetete. War sie aus dem alten Haus gekommen? Ich musste mich ermahnen, nicht zu der brennenden Kerze hinaufzuschauen.

»Das Haus«, sagte sie. »Es wäre ein schönes Wohnhaus, aber es zerfällt. Bald wird es nur noch eine Ruine sein.« Ihre Stimme war sanft und tief, und erst jetzt bemerkte ich den Akzent: Sie dehnte die Vokale länger, als es richtig gewesen wäre.

»Niemand scheint es zu wollen«, sagte ich verwirrt.

Sie zuckte mit den Schultern. Ich fand meine Geistesgegenwart wieder und machte ein paar Schritte von dem Haus weg die Gasse hinunter, und zu meiner Verblüffung folgte sie mir.

»Wenn das so ist, sollte es der Stadtkämmerer den Armen als Behausung zuweisen. Ich habe gesehen, dass Familien draußen vor den Toren in selbst gezimmerten Bretterbuden hausen«, erklärte sie.

»Die Leute vor der Stadt sind keine Bürger«, sagte ich. »Niemanden schert es, wie sie leben. Sie gehören nicht zur Stadt.«

»Ich dachte, es seien – wie sagt man bei Euch: Pfahlbürger?«

»Ihr meint: Ausbürger; die Menschen, die auf dem Lande wohnen, aber sich der Stadt verpflichten, um ihrer Pflichten gegenüber ihren Landherren ledig zu werden. Diese Menschen hausen gewöhnlich nicht außerhalb der Stadtmauern und leben von den Abfällen, die dort heruntergeworfen werden, sondern bearbeiten redlich ihr Land und liefern ihre Produkte in die Stadt. Was Ihr gesehen habt, ist land- und besitzloses Gesindel, um das sich niemand kümmert.«

Sie schniefte unzufrieden.

»Auch bei uns ist das so«, erwiderte sie. »Es ist kurzsichtig. Wenn man sich um die Armen besser bemühen würde, müssten sie nicht vom Betteln und vom Straßenraub leben, und die Stadt wäre sicherer. Letztendlich würde das den Behörden sogar Geld sparen.«

»›Bei uns‹«, sagte ich. »Wo ist das?«

Sie lächelte plötzlich, aber es war ein gezwungenes Lächeln, das zu viele Zähne zeigte.

»Ich gehöre zur Vorausdelegation des Hochzeitszuges«, erklärte sie. Ich betrachtete sie aufmerksam; sie erstaunte mich nicht nur aufgrund ihrer Sprachkenntnisse. Sie war mir nicht aufgefallen, als ich gestern mit den Polen gesprochen hatte, und es konnte durchaus sein, dass sie mich belog. Ich sah zum zweiten Mal auf ihre Hände hinunter. Sie waren noch immer so rastlos wie zu Beginn.

»Ich habe Euch gestern gesehen, als Ihr mit den anderen Mitgliedern der Gruppe gesprochen habt«, fuhr sie fort.

»Ich habe Euch nicht gesehen. Und dabei dachte ich, Herr Moniwid hätte mir jeden seiner Begleiter vorgestellt.«

»Ich bin nur eine Bedienstete«, sagte sie bescheiden. Diesmal war ich sicher, dass sie mich belog. Was ich von ihrem Kleid sah, war zu teuer für eine Zofe; desgleichen die Schuhe, deren Leder unter dem dunklen Stoff des Mantels schimmerte.

»Ich bin erstaunt, dass Ihr Euch die Mühe gemacht habt, die Herren anzusprechen«, sagte sie wie nebenher. »War Euch nicht klar, dass mit ihnen keine Geschäfte zu machen sind?«

Mit dieser Aussage hatte ich nicht gerechnet.

»Was meint Ihr?«, fragte ich überrascht.

»Dass die Herren nur von geringem Adel sind, mit notorisch schlecht gefüllten Beuteln«, erläuterte sie. »Ich halte die Idee für naiv, mit ihnen ins Geschäft kommen zu wollen.«

»Ihr seid sehr offen«, brachte ich hervor, und sie errötete. Sie senkte den Kopf, aber ich hatte den Eindruck, dass sie sich bewusst zu dieser Demutsgeste zwang. Wenn sie tatsächlich eine Zofe war, dann war sie die selbstbewussteste Zofe, die ich jemals gesehen hatte.

»Verzeihung«, murmelte sie. »Es liegt an der fremden Sprache. Ich wollte Euch nicht beleidigen.« Sie sah mir wieder in die Augen.

»Euer Einfall war aber trotzdem – nicht zu Ende gedacht«, sagte sie dann mit leichtem Zögern. »Umso mehr, wenn man bedenkt, welches Risiko Ihr damit eingegangen seid.«

Ich versteifte mich unwillkürlich und konnte einen schnellen Blick zu dem alten Haus ein paar Dutzend Schritte weiter die Gasse hinauf nicht unterdrücken. Es stand so unberührt da wie vorhin; niemand spähte aus einem Fenster oder lungerte in einer offenen Tür, bereit, sich auf mich zu stürzen.

»Wie darf ich das verstehen?«, sagte ich. Es war offensichtlich, dass ihr meine Reaktion nicht entgangen war. Plötzlich begann ich mich unter ihrer intensiven Musterung unwohl zu fühlen.

Ihre Miene war unbewegt, aber die Stimme angespannt, als sie sagte: »Liegt nicht eine Strafe darauf, vor der Ankunft der Hochzeitsgesellschaft heimlich Handelsgeschäfte mit den Delegationsmitgliedern anzuknüpfen?«

»Nun ...«, sagte ich, aber sie fuhr fort: »Besonders, wenn man dies unter Umgehung der Zunft zu tun versucht. Oder täusche ich mich in meiner Annahme, und Euch hat die Zunft ausgesandt?«

»Nein«, stotterte ich. »Die Zunft hat damit nichts zu tun ...«

Sie sah mich mit einem Ausdruck an, in dem ich nur Misstrauen lesen konnte.

»Dann kann ich nicht verstehen, weshalb Ihr das Risiko einer hohen Geldstrafe eingegangen seid für eine so kleine Gewinnchance. Für einen Kaufmann scheint Ihr nicht viel von Eurem Geschäft zu verstehen.«

Ich öffnete den Mund, ohne etwas herauszubringen. Ihre Hände waren jetzt ruhig, aber ich sah, dass sie sie fest um ihre Ellbogen geklammert hatte. Sie kniff die Augen zusammen, dann überraschte sie mich plötzlich mit einem breiten Lächeln, das nicht echter wirkte als ihr erstes, aber nach ihrer misstrauischen Miene völlig unerwartet kam. Sie senkte den Kopf erneut, ohne jedoch die Augen von mir zu lassen.

»Ich habe mich wohl wieder anders ausgedrückt, als ich es eigentlich wollte«, sagte sie halblaut. »Ich muss Euch erneut um Verzeihung bitten.«

Ich besann mich und sagte: »Man hat mir mitgeteilt, die Nichte Eures Königs befände sich unter der Delegation. Sie war es, mit der ich Geschäfte machen wollte.«

Sie schnaubte.

»Das hört sich vernünftiger an. Aber fürchtet Ihr das Verbot nicht?« Ich setzte mein strahlendstes Lächeln auf. Vermutlich kam es bei ihr ebenso falsch an wie ihres bei mir.

»Ihr werdet mich doch nicht verraten, oder?«, fragte ich sie. »Wäre es umgekehrt, würde ich mir für Euch jedenfalls die Zunge herausreißen lassen.«

Wenn ich gehofft hatte, damit ihr Misstrauen zu zerstreuen, hatte ich mich geirrt. Sie zog die Schultern hoch, und ihre Miene verfinsterte sich jäh.

»Ich habe nichts Unrechtes getan«, rief sie.

»Ich wollte Euch nichts nachsagen«, sagte ich und hob abwehrend die Hände.

»Wie sollte ich auch etwas gegen Eure Gesetze anstellen?«,

fragte sie ruhiger. »Ich tue nur, was meine Herrin mir aufträgt.«

Aus einem Einfall heraus fragte ich: »Hat sie Euch beauftragt, mich anzusprechen?«

Sie antwortete nicht. Stattdessen zog sie den Mantel um ihre Schultern und sagte: »Ich muss gehen. Es tut mir Leid, dass ich so harsch mit Euch gesprochen habe. Manchmal fallen mir die richtigen Worte nicht ein.«

Ich rief: »Wer ist Eure Herrin?«

Sie wandte sich zum Gehen, aber dann drehte sie sich doch nochmals um. Jetzt lächelte sie zum ersten Mal, ohne sich dazu zwingen zu müssen. Scheinbar amüsierte sie sich selbst über ihre Antwort.

»Die Gräfin Jagiello; die Nichte von König Kasimir«, erklärte sie. Ich war so überrascht, dass ich für einen Moment vergaß, meiner Rolle treu zu bleiben.

»Wenn sie zurückkommt«, sagte ich dann hastig, als sie mir wieder einfiel, »würdet Ihr ihr ausrichten, dass ich sie sprechen möchte? Sie wurde wohl zur Prinzessin gerufen, habe ich erfahren, um ihr seelischen Beistand zu geben.«

Sie sah mir wieder in die Augen.

»Wenn sie zurückkommt«, sagte sie ruhig, »werde ich ihr es ausrichten.«

Ich sah ihr bestürzt hinterher, als sie mit hastigen Schritten die Gasse hinaufeilte. Wenn ich ihren Blick und ihren Tonfall richtig gedeutet hatte, hatte sie eine ganz andere Antwort auf der Zunge gehabt: Wenn du glaubst, was man dir über den Aufenthaltsort der Gräfin erzählt hat, bist du ein noch größerer Narr, als ich angenommen habe.

Ich gab mich nicht der Täuschung hin, dass dies ein zufälliges Gespräch gewesen war. Sie hatte die Begegnung mit mir gesucht, und sie hatte versucht, mich auszuhorchen; ihre Anspannung hatte sie verraten. Ich dachte an ihre glänzenden Augen und die Grübchen um ihre Mundwinkel, und der Gedanke, sie könnte in die Ermordung der Gräfin verwickelt sein, begann mir zu missfallen. Ich wusste, dass sie kein einziges wahres Wort über sich selbst gesagt hatte; ebenso wie ich, und ich nahm an, dass ihr das durchaus bewusst war. Aber was war der Grund für ihren Auftritt?

Ich wusste noch nicht einmal ihren Namen. Ich hob die Hand und wollte ihr hinterherrufen, aber dann senkte ich sie wieder und schloss den Mund. Ich beobachtete, wie ihre Gestalt um die leichte Krümmung verschwand, die die Gasse hinter dem alten Haus beschrieb. Verwirrt wandte ich mich ab.

Ich stapfte in die Altstadt zurück, in der sich das Treiben mittlerweile beruhigt hatte, um Hanns Altdorfer über die Kerze in dem verlassenen Haus Bescheid zu geben und danach mein Pferd zu holen. Er war nicht in seiner Amtsstube zu finden, aber ich bat einen seiner Schreiber auszurichten, dass ich den Stadtkämmerer morgen Früh wieder aufsuchen wolle. Als ich das Rathaus verließ, fühlte ich mich beinahe erleichtert, meinem Freund nicht begegnet zu sein; es gab noch etliches, worüber ich in Ruhe nachdenken musste. Ich holte mein Pferd, zankte mit dem Wirt, der noch einmal zwei Pfennige für Heu wollte, das mein Gaul angeblich gefressen hatte, aber ich konnte lauter schreien als er, und nachdem schon ein paar Gäste den Kopf zur Wirtsstube herausstreckten, gab er nach und erließ mir jede weitere Zahlung. Ursprünglich hatte ich bei ihm einen Bissen essen wollen; ich unterließ es und ritt mit knurrendem Magen und leichtem Schwindelgefühl davon.

Vor dem Spitaler Tor war ein kleiner Menschenauflauf. Als ich näher kam, sah ich, dass einem großen Holzkarren auf dem höllischen Katzenkopfpflaster ein Rad abgesprungen sein musste: Seine hoch aufgepackte Ladung aus wenigstens mannsstarken Ästen und Stämmen hatte sich selbstständig gemacht und blockierte in einem gewaltigen wirren Haufen die Tordurchfahrt. Die drei Holzknechte, die die Ladung begleitet hatten, kletterten dazwischen mit hochroten Köpfen umher und versuchten nervös, wenigstens eine schmale Gasse frei zu räumen. Der Wachführer der Torwache feuerte sie mit fantasievollen Beschimpfungen an, die der gaffenden Menge ab und zu ein schadenfrohes Gelächter entlockten.

Es war klar, dass die Räumungsarbeiten noch eine Weile in Anspruch nehmen würden. Ich trieb mein Pferd an den Stadeln und Malztennen vor der Heilig-Geist-Kirche vorbei in die Neustadt hinüber und verließ die Stadt durch das Kapuzinertor, das nur eine Viertelmeile weiter flussabwärts lag. Es war ein Umweg, denn das kleine Wehr über die Isar, das hinter dem Kapuzinertor lag, führte nur zu den Bleichmühlen auf der Flussinsel und war für alle Passanten außer den Tuchmachern und Färbern gesperrt; ich musste daher an der Stadtmauer entlang wieder flussaufwärts reiten, um zum Inneren Isartor und der ersten der beiden Brücken zu gelangen. Aber ich hatte den Eindruck, dass ich auf diese Weise immer noch schneller war, als wenn ich auf die Erledigung der Sisyphusarbeit am Spitaler Tor gewartet hätte.

Das Wehr, das einen Teil des Isarwassers aus dem südlichen Flussarm durch den Bleichgraben in den nördlichen Flussarm umleitete, war wie der Graben selbst auf Anforderung der Tuchmachergilde erstellt worden. Das Wasser, das durch den Graben lief, betrieb die Bleichmühlen, deren Klopfen man an den Tagen vor einem Wetterumschwung bis zu meinem Hof hinaus hören konnte. Im Allgemeinen war das diesseitige Flussufer immer mit ein paar johlenden jungen Burschen besetzt; nicht wenige Frauen arbeiteten als Bleicherinnen in den Mühlen, und an warmen Tagen schlugen und drehten sie die Tuche in großen Zubern am jenseitigen Flussufer, während ihre triefend nassen Schürzen eng an ihren Körpern klebten und mehr enthüllten als verbargen. Ich hatte aufgrund der schlechten Witterung nicht erwartet, dass sich jemand am Flussufer aufhalten würde; umso erstaunter war ich, wenigstens zwei Dutzend Menschen vorzufinden, die sich am Wasser drängten und die Hälse ausrenkten; selbst ein paar von den Torwachen waren darunter. Sie wichen auseinander, als sie die Hufe meines Pferdes hörten, und mein Gaul betrat von selbst die Gasse, die sie bildeten. Auf seinem Rücken hatte ich einen Ehrenplatz, um das Geschehen zu beobachten.

Das Wehr war im Wesentlichen eine gerade Reihe aus mächtigen Holzpfählen, die in Abständen in den Flussboden getrieben waren. An ihnen waren Bohlen befestigt, die das Wasser in den

Bleichgraben umleiteten, und ein wackliger Steg, der über die Wehrkrone zur Flussinsel hinüber führte. Je nach Wasserstand mussten Bohlen hinzugefügt oder weggenommen werden, um die Menge des abgeleiteten Wassers zu kontrollieren. Es war eine Aufgabe, die einige Erfahrung verlangte: Besonders im Frühjahr konnten sich die Wassermengen, die der Fluss transportierte, rasch ändern, und wenn man die Änderungen nicht im Ansatz erkannte und so schnell wie möglich handelte, konnte von einem katastrophalen Rückstau, einem Bruch des Wehrs bis zu einem kurzfristigen dramatischen Sinken des Wasserspiegels hinter dem Wehr alles passieren. Im Wasser treibende Äste und sonstiges Bruchholz waren eine weitere Gefahr, die sofort beseitigt werden musste, wollte man nicht Schäden an der Konstruktion des Wehrs riskieren. Die Tuchmacher hatten aus diesen Gründen eine ständige Wache auf dem Wehr postiert, ein kleines Häuflein kräftiger Männer, die mit ihrem Hiersein ganz nebenbei auch noch verhinderten, dass Unbefugte das Wehr benutzten, um auf die Insel zu gelangen.

Zwei dieser Männer waren im Augenblick damit beschäftigt, eine Schlinge um einen Gegenstand zu werfen, den der Wasserdruck gegen das Wehr presste. Sie stießen mit langen Stangen hinab, um die Schlinge fachgerecht befestigen zu können; man konnte es dumpf poltern hören, wenn das Treibgut sich herumdrehte und wieder gegen die Bohlen schlug. Plötzlich kam der Gegenstand einen Augenblick an die Wasseroberfläche und rollte herum, und ich erkannte, dass es ein menschlicher Körper war. Während ich noch schockiert den Bemühungen zusah, die Wasserleiche zu bergen, wurde mir klar, dass sich die Zuschauer ihretwegen hier eingefunden hatten – die Beseitigung eines ausgerissenen Baumstammes hätte sicherlich keinen Hund hinter dem Ofen hervorgelockt.

Schließlich gelang es, die Schlinge so festzumachen, dass ihr Sitz den Anforderungen der beiden Wehrhüter entsprach. Sie packten das Hanfseil zu zweit und zogen die Leiche am Wehr entlang auf das diesseitige Ufer zu. Das Wasser wurde rasch seichter, je näher sie dem Ufer kamen; bald lief der aufgeschwemmte Körper aufgrund und widersetzte sich allen Bemühungen, dem Zug des Seils zu folgen. Die beiden Männer fluchten und machten Anstalten, in das Wasser hineinzuwaten; zögernd folgten ihnen ein paar jüngere Zuschauer, und gemeinsam gelang es ihnen, die Leiche bald schleifend, bald rollend über den Kies an Land zu bringen. Die Menschen wichen zurück, als sie völlig im Freien lag, nur um gleich darauf einen noch dichteren Ring darum zu schließen. Ich auf meinem Gaul behielt trotzdem mühelos den Überblick, wenn ich auch nicht besonders begierig darauf war.

Es handelte sich um einen Mann, wenngleich nur die Kleidung diesen Umstand verriet und nicht sein Gesicht; soweit man ein Gesicht nennen konnte, was sich zwischen einem nassen Schopf dunkler Haare und dem Kragen seines Kittels befand. Er musste schon seit mehreren Tagen im Wasser gelegen haben, und die Fische hatten sich an dem gütlich getan, wozu ihnen die Kleider den Zugang nicht verwehrten. Die Wehrhüter hatten ihn auf den Rücken gelegt, und seine Arme standen steif und halb abgewinkelt in die Höhe, als wolle er sein Erstaunen darüber ausdrücken, dass man ihn aus dem Wasser gezogen hatte. Das Wasser rann in kleinen Bächen an ihm herab.

Die Empfindsameren unter den Zuschauern wandten die Köpfe ab oder machten das Kreuzzeichen; die jungen Männer, die den Wehrhütern geholfen hatten, wischten sich die Hände an ihren Hosenbeinen ab und versuchten, ihren Ekel vor dem aufgedunsenen Leib zu verbergen. Alle standen tatenlos um die Leiche herum und starrten auf sie hinab; wenn die Fische seine Augen nicht schon aufgefressen hätten und der Tote wundersamerweise wieder zum Leben erwacht wäre, hätten ihn die vielen Gesichter vermutlich sofort wieder zu Tode erschreckt.

Die Torwachen erinnerten sich ihrer Pflicht und drängten nach vorne, um die Zuschauer zurückzuschieben. Einer lief zum Tor zurück und kam gleich darauf in Begleitung seines Wachführers wieder zum Ufer.

»Den hier haben sie eben aus dem Wasser gezogen«, hörte ich ihn sagen.

Der Wachführer betrachtete die Leiche mit ausdruckslosem Gesicht.

»Weiß jemand, wer es ist?«, fragte er leise.

»So würde ihn doch nicht einmal seine eigene Mutter wiedererkennen.«

»Durchsucht ihn«, befahl der Wachführer.

Seine Männer sahen sich unangenehm berührt an. Es war klar, dass sich keiner darum riss, dem Toten in die Taschen zu fassen. Schließlich ermannte sich einer von ihnen, legte seinen Spieß nieder und kniete sich neben der Leiche auf den Boden. Er starrte einen Moment lang in das zerstörte Gesicht, und ich war froh, dass ich weit genug entfernt war, um von den Details verschont zu bleiben. Er schluckte und tastete den Körper vorsichtig ab. Ich hatte fast erwartet, dass das aufgeschwemmte Fleisch nachgeben und einen fauligen Geruch verströmen würde, der in Sekundenschnelle alle Gaffer vertriebe, aber es geschah nichts dergleichen. Die tastenden Hände des Wappners erreichten den Rock, der von den aufgequollenen Schenkeln zurückgeschlagen war, und strichen ihn glatt. Sie fanden zwei Taschen und fuhren hinein, aber die Taschen waren leer. Sichtlich erleichtert, erhob sich der Wappner und trat so rasch zurück, dass niemand auf den Gedanken kommen konnte, ihn zu gründlicherer Suche anzuspornen.

»Nichts«, meldete er.

»Dreht ihn um«, befahl der Wachführer ungerührt.

Nach einigem Hin und Her bohrten sie ihre Spieße unter dem Toten in den Kies und benutzten sie als Hebel, um den Körper herumzuwuchten. Die Männer, die als Wache auf dem Wehr arbeiteten, beobachteten sie amüsiert. Sichtlich waren sie den Umgang mit Wasserleichen gewöhnt, aber da niemand sie zur Hilfe aufforderte, hielten sie sich im Hintergrund und hatten ihren Spaß an den bleichen Gesichtern der Wappner. Der Tote drehte sich steif und widerwillig auf die Seite, zögerte einen Moment und plumpste dann auf den Bauch, die Arme eingestemmt, als würde er im nächsten Moment einen Liegestütz machen. Die Sehnen und Muskeln gaben unter dem Gewicht des Körpers nach, und die Arme bogen sich zur Seite, bis er flach auf dem Gesicht lag. Eine Lache breitete sich unter ihm aus und versickerte rasch zwischen den Steinen.

Einer der Zuschauer deutete auf den Hinterkopf des Toten. Das Haar war nass und lag eng am Schädel an. Man konnte deutlich die große Delle knapp über der Stelle sehen, an der der Kopf in das Genick überging.

Der Wachführer trat selbst neben den Toten und beugte sich zu ihm hinunter. Mit einem zögernden Finger strich er über die eingedrückte Stelle.

»Was ist das?«, hörte ich ihn murmeln.

»Das wird von seinem Aufprall auf das Wehr verursacht worden sein«, sagte einer der Wappner. Ich blickte unwillkürlich zu den Wehrwächtern hinüber und sah, wie einer von ihnen stumm den Kopf schüttelte. Auch für meine Augen sah es nicht so aus, als wäre die Verletzung durch die Konstruktion des Wehrs entstanden. Wäre die Strömung stark genug gewesen, um ihn mit einer solchen Wucht gegen die Pfosten zu schmettern, hätte sie vermutlich das halbe Wehr davongerissen.

Der Wachführer zuckte mit den Schultern. Er brummte etwas Unverständliches. Ich dachte plötzlich an den Sohn des Sebastian Löw. Ein weiteres Objekt, an dem er seinen Scharfsinn unter Beweis hätte stellen können.

Der Gürtel, den der Tote um den Leib trug, hatte dem Druck des aufgeschwemmten Gewebes standgehalten; er lag wie der Einschnitt einer tiefen Schlucht zwischen den Fleischmassen, die den Stoff seiner Kleidung an Rücken und Hintern spannten. Der Wachführer fasste um den Körper herum und strich den hochgezerrten Rock nach unten; ein kleiner Lederbeutel kam zum Vorschein. Die Menge, die bisher eher stumm den Bemühungen zugesehen hatte, stieß einen einheitlichen Seufzer aus.

Der Wachführer öffnete den Beutel und holte ein paar Tonscherben und ein regelmäßiges, zweifingerdickes Stäbchen daraus hervor. Er starrte beides an, ohne einen Ton zu sagen oder den Eindruck zu machen, dass er sehr viel schlauer daraus wurde. Zuletzt legte er sie neben dem Toten in den Kies.

»So, wie er aussieht, liegt er nicht erst seit gestern im Wasser«, sagte er. Er hob den Kopf und wandte sich an die Männer, die das Wehr überwachten. »Wie kommt es, dass ihr ihn erst jetzt herausgeholt habt?«

»Weil er gerade erst angetrieben wurde«, sagte einer von ihnen herablassend.

»Merkwürdig«, brummte der Wachführer.

»Was ist daran so merkwürdig?«, erwiderte der Wehrwächter. »Wer weiß, wo der Kerl ins Wasser gefallen ist.«

»Der Fluss ist lang«, rief eine Stimme aus der Menge.

»Er ist hier in Landshut ins Wasser gefallen«, sagte der Wachführer.

Der Wehrwächter sah plötzlich interessiert aus.

»Wie kommst du darauf?«, fragte er.

Der Wachführer hob das Stäbchen vom Boden auf und hielt es in die Höhe.

»Das hier ist ein Siegel, wie es ein Schreiber bei sich trägt. Es trägt das Landshuter Wappen.«

Der Wehrwächter schlenderte heran und ging auf der anderen Seite des Toten in die Hocke. Er nahm das Stäbchen und betrachtete es mit zusammengekniffenen Augen, bevor er es dem Wachführer zurückgab.

»Wenn er hier ins Wasser gefallen ist«, sagte er langsam und nachdenklich, »kann er sich höchstens irgendwo verfangen haben und dort ein paar Tage hängen geblieben sein. Seit heute Morgen ist der Wasserspiegel wegen der Regenfälle in den Bergen stark angestiegen; vielleicht wurde er davon losgerissen.«

Der Wachführer verzog das Gesicht.

»Warum nicht?«, sagte der Wehrwächter. »Selbst der herzogliche Fischweiher ist über sein Ufer getreten; sein Wasser fließt in die Isar hinein.«

»Woher willst du denn das wissen?«

»Weil man's mir gesagt hat«, brummte der Wächter und zwinkerte mit einem Auge. »Und weil man seit heute Morgen vor unserem Wehr prächtige Hechte aus dem Wasser angeln kann.«

»Ich denke, wir sollten dem Stadtrichter Bescheid geben«, sagte der Wachführer und richtete sich ächzend auf. »Soll er sich um den Kerl kümmern.«

Er steckte das Siegel in seine Tasche und stapfte zurück zum Tor. Ich hörte, wie er im Vorbeigehen zu einem seiner Männer sagte: »Treibt mir die Leute auseinander«, und die Wappner begannen, die Zuschauer mit waagrecht vor den Körper gehaltenen Spießen zurückzudrängen. Einer von ihnen pflanzte sich breitbeinig vor dem Toten auf; allerdings drehte er ihm den Rücken zu. Die Menschen ließen sich davonschieben, wandten sich schließlich ab und kehrten in die Stadt zurück. Auch ich zerrte mein Pferd vom Ufer weg. Ich war nachdenklich. Es war anscheinend niemandem aufgefallen: Der Tote trug keine Schuhe, und um einen seiner bloßen Knöchel lag tief im Fleisch versunken ein Rest der Schlinge, mit der seine Füße zusammengebunden gewesen waren.

Während des Ritts nach Hause tauchte ständig das Bild vor meinen Augen auf, wie sie den Ertrunkenen über den flachen Uferkies aus dem Wasser herausgerollt und geschleift hatten, als sei er ein seltsamer, gestrandeter Fisch – oder mehr noch, als sei er ein kompakter Haufen Abfall, der endlich beiseite geräumt wurde, weil er die Augen beleidigte. Er hatte ein seltsames Pathos besessen, wie er da auf dem Rücken lag, seine zu Pratzen auf geschwemmten Hände mit jener halb erstaunten Geste erhoben und sein Gesicht vom Wasser und den scharfen Zähnen der Fische zu einer Monstrosität verformt, die weniger erschrocken als traurig machte und die keinen Hinweis mehr darauf zuließ, ob die Züge hässlich oder fein gewesen waren, und die jegliche Individualität leugnete. Wie hatte der eine der Stadtknechte gesagt? Nicht einmal seine Mutter würde ihn so wiedererkennen.

Der Gedanke, dass der Körper ein unwichtiges, pathetisches Ding war, wenn die Seele ihn verlassen hatte und das Fleisch nicht mehr beschützen konnte, war mir nicht neu. Zu oft war ich in den ersten Monaten nach Marias Tod schreiend aufgewacht, wenn ich mit schrecklicher Realität davon geträumt hatte, wie ihr Leib verfiel; und nicht nur einmal konnte ich mich nur zähneknirschend davon abhalten, mitten in der Nacht zu den beiden Gräbern hinauszutaumeln und stöhnend und schluchzend die Erde beiseite zu scharren, um sie und das Kind davor zu bewahren.

Doch mehr noch als all diese Überlegungen kreiste der Anblick der Schlinge in meinem Kopf herum, deren Rest sich noch tief im Fleisch eingegraben um den Knöchel des Ertrunkenen befunden hatte. Ich war mir sicher, dass seine Füße zusammengebunden gewesen waren. Hatte man ihn erhängt? Aber wie war er dann ins Wasser gelangt? Wenn er ein Verbrechen begangen hätte, wäre er je nach Strenge des jeweiligen Gerichts am Galgen hängen gelassen worden, bis die Raben ihn von der Schlinge gepickt hätten, oder seine Angehörigen hätten ihn nach drei Tagen abnehmen und verscharren dürfen; in den Fluss wäre sein Leichnam aber keinesfalls geworfen worden. Zudem hätte sich das Siegel und die Tonscherben, von denen ich annahm, dass sie zu einem Gefäß für seinen Tintenstein, einen Lappen und ein oder zwei Federn gehört hatten, nicht mehr in seiner Tasche befunden.

Ich dachte an die beinahe unbedeutend wirkende Delle in seinem Hinterkopf. Vielleicht war er überfallen und totgeschlagen und seine Leiche danach in den Fluss gestoßen worden; die Füße konnten sie ihm zusammengebunden haben, weil sie ihn vorher eine Strecke weit befördern mussten. Aber Räuber hätten nicht nur seine Schuhe gestohlen, sondern seine Taschen ebenfalls leer geräumt, wenngleich sie das Siegel vermutlich fortgeworfen hätten: sicher hätten sie es nicht zurück in die Tasche gesteckt. Vielleicht war er auch nur im Vollrausch ins Wasser gerollt und ertrunken, und das Seil hatte sich später um seine Knöchel gewickelt; es lag genug Abfall und Zeug auf dem Grund des Flusses.

Ich vergaß den Toten wieder, denn zu Hause überfiel mich der Verwalter mit der Frage, ob ich wegen der ausbleibenden Stofflieferung etwas herausbekommen habe, und ich erschrak; weniger aufgrund der Tatsache, dass die Lieferung noch immer auf sich warten ließ, sondern weil ich nicht mehr daran gedacht hatte. Ich habe ein Geschäft, dachte ich grimmig, und ich sollte mich eigentlich auch damit befassen. Ich sagte kurz, dass ich mich auf jeden Fall morgen darum kümmern werde, und beendete das Thema. Mein Verwalter leistete mir daraufhin beim Essen Gesellschaft, ohne noch irgendein geschäftliches Gespräch anzufangen. Er war zu taktvoll, um mich zu fragen, ob man schon etwas über den Mörder wisse, und da wir sonst kein gemeinsames Gesprächsthema hatten, verlief das Essen schweigend. Ich ging früh zu Bett und wälzte mich lange Zeit schlaflos darin herum. Zum ersten Mal seit langen Jahren hatte ich das Gefühl wieder, das mich während meiner Dienstzeit für Bischof Peter ständig begleitet hatte: Das Gefühl, in einen wirbelnden Strudel zu blicken und zu erkennen, dass sich darin Muster ausmachen ließen; zu ahnen, dass man nur den richtigen Blickwinkel finden musste, um die Muster entschlüsseln zu können; und zu wissen, dass man in der Lage war, diesen Blick zu tun. Es war ein Gefühl der Rastlosigkeit, das einen atemlos machte und zugleich mit Freude erfüllte. Wahrscheinlich war es nicht mehr als das: Jagdfieber.

Ich dachte an die Ereignisse, die zu meinem Bruch mit Bischof Peter geführt hatten; die Ereignisse während des mehrjährigen Krieges zwischen Herzog Ludwig und dem Markgrafen Albrecht von Brandenburg, die mich regelmäßig als Albtraum heimsuchten. Während all der Zeit hatte ich vermieden, mich bewusst mit ihnen zu befassen; der Gedanke daran würde nur die Gewissheit meiner verzweifelten Ohnmacht und meines Versagens auslösen. Jetzt, zu wach, um dösen oder gar schlafen zu können, und meine Sinne in dem gleichen fiebrigen Aufruhr, in dem sie sich damals die ganze Zeit befunden hatten, konnte ich es jedoch nicht verhindern. Ich starrte in die Dunkelheit und erinnerte mich, ohne es wirklich zu wollen, und ich war beinahe erstaunt, wie leicht es war, wenn die Erinnerung nicht in die surreale Welt eines Albtraums verpackt war.

Die politischen Wirren nahmen ihren Anfang auf dem Türkentag zu Regensburg im Jahre des Herrn 1455, als die deutschen Fürsten versuchten, der Tatenlosigkeit Kaiser Friedrichs mit der Wahl eines der ihren zum König entgegenzutreten. Schon dort verfeindeten sich Herzog Ludwig von Niederbayern und Markgraf Albrecht Achilles von Brandenburg, die einstigen Jugendfreunde, wegen der Aufstellung des Kandidaten ernsthaft miteinander. Bis zum Jahr 1459 hatten sie es vermocht, den Großteil der deutschen Fürsten in zwei Lager zu spalten. Selbst Kaiser Friedrich ergriff Partei: Auf der Seite des Markgrafen mischte er sich in die Streitigkeiten ein. Jedem musste klar sein, dass eine kriegerische Auseinandersetzung jetzt nur noch eine Frage der Zeit war.

Im Frühsommer 1459 verhängte der Kaiser über Ludwig die Reichsacht und betraute Markgraf Albrecht mit der Vollstreckung der Acht. Der Krieg ging in die erste Runde.

Zu diesem Zeitpunkt hatten weder der Bischof noch ich mit den Kriegshandlungen selbst zu tun. Der Bischof weilte die längste Zeit des Jahres in Rom, um sich mit den Plänen von Papst Pius herumzuschlagen, einen Kreuzzug gegen die Türken ins Leben zu rufen; und ich selbst führte einen Teil meiner weltlichen Geschäfte in Augsburg, vollauf damit und mit dem Versuch beschäftigt, meinem fünfjährigen Sohn Daniel das Lesen beizubringen. Das Kriegsgeschehen war ein weit entferntes Rumoren, das sich nachteilig oder vorteilig auf die Handelsgeschäfte des Bischofs auswirkte, meine Sphäre aber ansonsten nicht berührte. Herzog Ludwig geriet ins Hintertreffen und bot Verhandlungen an, während derer er einen halbwegs ehrenhaften Friedensschluss für sich erwirken konnte. Es dauerte jedoch nicht lange, bis ihm aufging, dass er trotz alledem von Markgraf Albrecht vermittels einiger missverständlich formulierter Paragrafen hereingelegt worden war.

Der Krieg brach im Frühjahr 1460 erneut aus, noch während die päpstlichen Legaten in der halben christlichen Welt Frieden und Einheit gegenüber den Türken predigten. Diesmal erhielt Ludwig die Unterstützung seitens König Georgs von Böhmen, und der eingekreiste Markgraf bot nun seinerseits Friedensverhandlungen an. Papst Pius, in Dingen weltlicher Macht von großer Weitsicht, beauftragte Bischof Peter von Augsburg, die Entwicklung der Angelegenheit weiter im Auge zu behalten, und stattete ihn mit großen Vollmachten aus. Sein Ziel war, seinen Namen in den Chroniken mit einem Sieg über die Türken zu verzieren, und er wusste, dass mit einem in sich zerstrittenen Reich dieser Sieg nicht zu erringen war.

Pius hatte richtig gedacht; die Sache war weder für die beiden streitbaren Fürsten Albrecht und Ludwig bereinigt noch für den Kaiser, der seine Stellung durch Ludwigs Bündnis mit Böhmen aufs Äußerste gefährdet sah. Nach einigen verhältnismäßig ruhigen Monaten überschlugen sich die Ereignisse wieder, als Herzog Ludwig den mit dem Kaiser in Fehde stehenden österreichischen Erzherzog mit Truppen unterstützte. Friedrich ergriff die Gelegenheit beim Schopf (angesichts seines ansonsten sprichwörtlichen Zauderns möglicherweise eindringlich beraten durch Markgraf Albrecht) und erklärte den Reichskrieg gegen den Landshuter. Papst Pius schlug sich auf die Seite Ludwigs, der Bischof und ich begannen mit den ersten Verhandlungen, aber der Krieg hatte sich mit der ihm eigenen Logik zum dritten Mal in Bewegung gesetzt und war bereit, Städte, Dörfer und Menschenleben zu verschlingen.

Im Herbst 1462 belagerte Herzog Ludwig die Stadt Ansbach; das heißt, er beobachtete sie aus der Ferne. Er wagte nicht, einen festen Ring um die Stadt zu legen, der das wirtschaftliche Leben darin zum Erlöschen gebracht hätte. Vielmehr hatte er ein Feldlager in kurzer Entfernung zur Stadt aufbauen lassen, nahe genug, dass man von den Wach- und Kirchtürmen die Staubwolke sehen konnte, die darüber in der Luft schwebte, und vermied es ansonsten tunlich, die Ansbacher zu belästigen. Vielleicht hoffte er, durch seine stumme, drohende Anwesenheit die Ansbacher so weit zu verunsichern, dass sie ihm eine gewaltfreie Kapitulation anboten. Zu diesem Zeitpunkt hatte sich der Krieg schon wieder festgefahren, und der Bischof und ich folgten abwechselnd dem Tross Herzog Ludwigs und dem des Markgrafen Albrecht; der Bischof wusste, dass unter diesen Umständen, mit der Drohung des nahenden Winters, die Gelegenheit günstig war, einen Waffenstillstand oder gar einen neuerlichen Frieden zu schließen.

Wir bezogen Quartier im Haus eines Landadligen, der sich mit den Erträgen seiner Pächter ein Auskommen gestaltete, das ihm und seiner Familie gerade das Überleben sicherte, ohne ihm Wohlstand zu bescheren, aber auch ohne ihn besorgt in die Zukunft blicken zu lassen. Mit unserer Ankunft und damit dem Beginn des Krieges verwandelte sich seine Sorglosigkeit rasch in Düsternis: Er war nicht reich und nicht gebildet, aber er hatte Augen und Ohren, die weit geöffnet waren, und diese hatten die

Nachrichten wohl empfangen, die über die Brandschatzungen und Plünderungen der Söldner beider Kriegsgegner im Umlauf waren. So unglücklich er aber auch darüber war, dass die Kämpfe nun in seine Nähe gekommen waren, so glücklich schätzte er sich doch, uns zu beherbergen. Bischof Peter war ein mächtiger Kirchenfürst, und in seiner (und meiner unbedeutenden) Gegenwart fühlte der Mann sich und seine Familie sicher.

Ich mochte das Quartier. Ansbach lag für einen guten Reiter nicht mehr als eine lange Tagesreise von Augsburg entfernt, mit der Erhebung des Ries als einzigem bedeutenden Weghindernis zwischen hier und dort, und die Möglichkeit, im Zweifelsfall meine Familie relativ schnell erreichen zu können, beruhigte mich. Ich hatte meine Frau und meine Kinder schon seit Wochen nicht mehr zu Gesicht bekommen; aber obwohl ich wusste, dass es mir der Bischof in diesem Stadium der Geschehnisse niemals erlauben würde, mich für mindestens zwei Tage von ihm zu entfernen, beruhigte mich der Gedanke doch, dass es wenigstens denkbar war, zu ihnen zu gelangen.

Ich mochte das Quartier auch noch aus anderen, viel unmittelbareren Gründen. Die Familie des Landadligen bestand aus zwei Töchtern und einem alten Mann, der der Oheim des Landadligen war; die Mutter der Mädchen war vor wenigen Jahren verstorben. Das ältere der beiden Mädchen erinnerte mich an meine älteste Tochter Sabina; sie war zwar um viele Jahre älter, aber sie besaß die gleiche Unbekümmertheit und hatte sich jenes kindliche Maß an Freude und Überschwang bewahrt, das auch Sabina zu Eigen war. Sie war angenehm; es machte Freude, sich mit ihr zu unterhalten, und ihre Ansichten glichen in vielem meinen eigenen Gedanken. Wenn ich sie ansah, hatte ich das Gefühl, Sabinas Zukunft zu sehen, und diese Erwartung machte mir Freude. Sie kümmerte sich zusammen mit dem alten Mann um den Haushalt und um ihre jüngere Schwester. Da es der Bischof für unter seiner Würde hielt, sich mit ihr abzugeben, blieb es mir überlassen, mich mit ihr auf die Bedingungen unseres Hierbleibens zu verständigen, und es wurde ein beständiger Ideenaustausch daraus. Sie war begierig zu lernen; sie war noch nie von ihrem heimatlichen Hof fortgekommen und brannte vor Neugierde auf andere Menschen, andere Gegenden und Städte. Sie betrachtete mich bald als einen Freund, ungeachtet des Altersunterschiedes zwischen uns; und sogar ihre Schwester schien mich zu mögen, wenn auch nur aus dem Grund, dass der bärbeißige und ständig übel gelaunte Bischof wenigstens in meiner Gegenwart ab und zu auftaute und ein Lächeln sehen ließ. Ich war gern in ihrer Nähe, ich sah gern ihr Gesicht, ich hörte gern ihre Stimme und fühlte eine seltsame Art von Befriedigung in ihrer Gegenwart, als würde ich mich inmitten meiner eigenen Familie befinden, die ich ansonsten schmerzlich vermisste.

Der Bischof und ich hielten uns beinahe täglich bei Herzog Ludwig auf, der die Kampfhandlungen satt hatte und seine größte Chance, die Front seiner Gegner zu durchbrechen, auf dem Verhandlungswege sah. Zuweilen begleitete uns der Landadlige in das Kriegslager, um seine Neugier zu befriedigen oder um sich wichtig zu machen. Er trieb sich zumeist den ganzen Tag bei den Rittern oder bei den Offizieren der Söldner herum, und auf dem Heimweg glühte er gewöhnlich vor Begeisterung darüber, welches rege Kommen und Gehen unter den kriegerischen Truppen herrschte und wie die Befehlshaber dennoch alles unter Kontrolle hatten. Mehr als einmal drückte der Bischof danach mir gegenüber seine Befürchtung aus, dass die Offiziere ihre das Plündern gewohnten Soldaten bei weitem nicht so sehr im Griff hatten, wie unser einfältiger Gastgeber es vermutete.

»Dieser Tor sollte sich lieber Gedanken machen, wie er seine Familie von hier wegbringt«, sagte er. »Der Winter steht vor der Tür, die Landsknechte wie die Ritter schlafen im Dreck und haben Hunger, und die Lagerhuren sind entweder zu alt oder zu hässlich, um sie auf die Dauer zu befriedigen.«

Seine Worte erfüllten mich mit klammer Sorge, und ich nahm die ältere Tochter eines Abends zur Seite und teilte ihr die Befürchtungen des Bischofs mit; aber sie lachte und sagte halb im Scherz: »Wie sollte ich mich in Eurer Nähe ängstigen?«, und ich war geschmeichelt genug, dass ich meine Ängste für dieses Mal vergaß und auch den Umstand, dass ihr in ihrem Zustand naiver Unbekümmertheit das wirkliche Ausmaß der Gefahr, die ihr und ihrer Schwester drohte, nicht im Mindesten bewusst war.

»Wenn die Leute hier so gefährdet sind«, sagte ich einmal zum Bischof, »warum versuchen wir dann nicht, die Verhandlungen so schnell wie möglich zu Ende zu bringen, damit die Truppen aus der Gegend abziehen?«

»Es wäre unklug, die Geschehnisse forcieren zu wollen. Unser Vorteil besteht darin abzuwarten, bis sich eine Konstellation ergibt, an der wir einhaken können.«

»Können wir selbst denn gar nichts tun?«

»Wir könnten eine ganze Menge tun, mein Sohn. Aber wer weiß, ob es das Richtige wäre? Glaube mir, es ist immer besser, so lange zu warten, bis man die Richtung klar erkennen kann, in der man sich zu bewegen hat. Und du wirst zugeben, dass man bei diesen Verhältnissen, wie sie zwischen den Kriegsgegnern herrschen, froh sein muss, auch nur den Punkt klar zu erkennen, an dem man steht.«

An einem Tag im Oktober – es hatte seit einer Woche ununterbrochen geregnet, und der Schlamm im Feldlager des Herzogs war so tief, dass es möglich schien, ein ganzes Pferd aufrecht darin zu versenken – befanden wir uns in gedrückter Stimmung auf dem Heimweg; nur unser Gastgeber war aufgekratzt. Er saß auf einem neuen Pferd; sein altes hatte er bei einem der böhmischen Offiziere eingetauscht, und wenn er auch sonst von nichts etwas verstand – Pferdekenntnis besaß er. Er war nicht schlecht bei dem Tausch gefahren und saß voller Selbstzufriedenheit fröhlich schnatternd auf dem Rücken seines neuen Gauls. Der Bischof war schweigsam und machte ein grimmiges Gesicht. Der Feldpriester hatte ihn zuvor zu zwei Männern geführt, die man an einem Baum unweit des Lagers aufgeknüpft hatte: Sie waren schuldig befunden worden, Vorräte der Truppe gestohlen zu haben.

»Wenn sie schon Diebe mit dem Tod bestrafen, sind die Verhältnisse schlechter, als ich angenommen habe«, hatte der Bischof dumpf gesagt, während wir mit gesenkten Häuptern zu Füßen der Baumelnden gestanden hatten und der Priester ein Gebet gemurmelt hatte. »Wer weiß, was sich sonst noch alles zugetragen hat, von dem wir nur nichts mitbekommen haben.«

Unser Gastgeber sah die dünne Rauchfahne als Erster, die sich über dem geduckten Schatten eines Waldstücks in den grauen Abendhimmel erhob. Sein Plaudern erstarb, und er starrte den Rauch an und danach den Bischof. Die gute Laune verließ sein Gesicht und enthüllte die nackte Panik. Dann kam das Lächeln wieder, als wollte er sich selbst einreden, dass nichts passiert sei; zuletzt verschwand es vollkommen, als er sah, wie sich das finstere Gesicht des Bischofs noch mehr verschloss. Er wurde bleich und schwankte. »Mein Gott«, flüsterte er. »Jesus, Maria und Josef.«

Er schrie auf und hieb seinem Gaul die Fersen in die Weichen; das Tier machte einen Satz und preschte los. Ich spürte, wie sich mein Magen schmerzhaft verkrampfte, und ich starrte den Bischof nicht weniger Hilfe suchend an als unser Gastgeber. Er zog die Mundwinkel nach unten und sah böse hinter dem davonsprengenden Mann her.

»Ich habe es ja gesagt«, murmelte er. Sein Kopf ruckte zu mir herum, und an dem plötzlichen Erstaunen in seinem Gesicht konnte ich ermessen, wie schreckensbleich ich selbst sein musste. Ich hatte Mühe, meine Zügel festzuhalten. Die Umgebung ertrank in einer körperlichen Woge der Angst, die selbst den Bischof ansteckte.

»Komm, mein Sohn«, flüsterte er und trieb sein Pferd an.

Unser Gastgeber war längst im Haus, als wir seinen kleinen Hof erreichten. Zwei der vielen Hunde, die das Gut bewacht hatten, lagen zerhauen in Blutlachen gleich hinter dem Tor, von den anderen war nichts zu sehen. Das neue Pferd schnupperte angewidert an den Kadavern und trottete ungebunden im Hof herum. Die Hälfte des Hauses, die als Stall gedient hatte, war ausgebrannt; dass das Feuer nicht auch auf den Wohntrakt übergegriffen hatte, war nur dem nassen Wetter zu verdanken. Vor dem verkohlten Stalltor schwammen weitere Blutlachen; ein paar nasse Kügelchen ausgerissenen Schaffells rollten im leisen Wind hin und her. Die Eingangstür des Wohntraktes war eingetreten und lag zerbrochen zur Hälfte drinnen, zur Hälfte draußen. Der alte Mann schien noch versucht zu haben, die Plünderer aufzuhalten. Er lag mit eingeschlagenem Schädel unter den Trümmern der Haustür. Neben der Türöffnung an der Außenwand des Hauses war ein dunkler Fleck geronnenen Blutes, als hätte jemand etwas Lebendiges gepackt und mit aller Macht dagegen geschmettert.

All das war nicht das Schlimmste. Das Schlimmste waren die heiseren Schreie, die aus dem Inneren des Hauses drangen und die völlig ohne jede Artikulation den wilden Schmerz dessen herausschrien, der neben den Leichen seiner Kinder auf dem Boden kniete. Ich glitt vom Rücken des Pferdes und wollte in das Haus hineinlaufen, aber der Bischof brachte seinen Gaul mit einem Sprung zwischen mich und die gähnende Eingangstür.

»Bleib hier, mein Sohn«, rief er scharf.

»Sie sind tot!«, schrie ich und sah zu ihm auf. Ich konnte nur seinen Umriss gegen den dämmrigen Himmel ausmachen: Die Tränen strömten aus meinen Augen und trübten meine Sicht.

»Sie sind *seine* Familie«, erwiderte er.

Ich spürte, wie mich die Kraft verließ; im nächsten Moment hockte ich auf dem Boden und versuchte, das heiße Würgen in meiner Kehle zu unterdrücken. Es gelang mir nicht: Ich saß mit dem Hintern im Dreck und schluchzte.

Undeutlich sah ich, wie der Bischof abstieg und sich neben mich stellte. Ich versuchte, sein Gesicht zu erkennen, aber meine Augen verweigerten ihren Dienst. Er setzte an, etwas zu sagen, aber es dauerte einen Moment, bis seine Stimme klar war. Aus dem Haus drangen noch immer die gepeinigten Schreie unseres Gastgebers.

»Es ist unsere Schuld«, knurrte der Bischof. »Wir haben zu lange abgewartet. Und wir haben noch Glück gehabt, dass wir nicht selbst hier gewesen sind.«

Ich hörte ihn kaum; ich erinnerte mich, wie sie gesagt hatte, in meiner Gegenwart brauche sie sich nicht zu ängstigen. Ich wollte nicht daran denken, was der Mann, dessen Schreie wir bis hierher hörten, dort drinnen vorgefunden hatte. Ich senkte den Kopf, und die Tränen fielen in meinen Schoß.

5

Am Samstagmorgen erreichte mich ein Bote; ein erschöpfter Reiter, dem das Unbehagen deutlich ins Gesicht geschrieben stand. Er begrüßte mich mit vertrautem Respekt: Er war einer der Angestellten meines Geschäfts, Jörg Tannberger, dessen älterer Bruder ein Bekannter des Stadtkämmerers war und als Ordonnanz am Hof des Herzogs diente. Tannberger war derjenige, der den Transport meiner Leinenlieferung zu überwachen hatte und gleichzeitig als mein Vertreter bei Walther vom Feld auftrat; es war sein erster größerer Auftrag, und ich hatte ihn damit betraut, weil ich der Ansicht gewesen war, dass die Aufgabe unkompliziert genug war und er außerdem unter den Fittichen des Holländers stand. Ich war zuerst erleichtert, als ich ihn zur Tür hereintreten sah, denn ich dachte, er sei zusammen mit dem Warentransport in Landshut eingetroffen; aber dann bemerkte ich sein düsteres Gesicht und den Schmutz, der von einem langen Ritt ohne Pausen stammte, und das Essen schmeckte mir plötzlich fad. Er war nass vom Regen, der in der Nacht eingesetzt hatte und seitdem ununterbrochen fiel, und ich hieß ihn am Feuer Platz nehmen; er bedankte sich, wischte sich über sein Gesicht, wo seine Hände braune Spuren hinterließen, und nahm dankbar eine Schüssel mit warmer Suppe an.

»Schlechte Nachrichten, Herr«, sagte er, noch bevor er etwas zu sich nahm. Ich warf meinem Verwalter einen raschen Blick zu; dieser hatte sich nach vorn gebeugt und starrte den Boten voller Erwartung an. Sein Gesichtsausdruck wechselte von Spannung zu Bestürzung. »Die Stofflieferung kommt nur zum Teil. Der Treck mit der Seide für die Hofkleidung, den der Holländer beaufsichtigt, ist unterwegs. Sie haben sich gestern in Innsbruck in Marsch gesetzt; sie dürften im Laufe des heutigen Tages Kufstein erreichen und dort auf den herzoglichen Pfleger treffen. Aber die Lieferung Zwilch für die Tischwäsche sitzt noch in Innsbruck fest.«

Die ganze Zeit über hatte ich darauf gewartet, dass die Schwierigkeiten noch größer würden; jetzt war der Moment gekommen. Ich war nicht überrascht. Ich schüttelte den Kopf und sagte ruhig: »Erzähle der Reihe nach.«

Er schniefte und holte tief Luft. Als er die Suppenschüssel neben dem Kaminfeuer abstellte, sah ich, wie seine Hände zitterten. Er war übernächtigt und aufgeregt und voller Angst, weil sein erstes Geschäft sich in ein Fiasko verwandelt hatte. Er war nicht dumm; er wusste, dass es grundsätzlich eine einfache Aufgabe gewesen war, und er wusste auch, dass ein hübscher Batzen Geld darin steckte.

»Wie Ihr mir aufgetragen habt, habe ich mich Herrn vom Feld als Schreiber angedient«, sagte er. »Er war sehr dankbar für Eure Großzügigkeit. Dass ich auf Eure eigene Rechnung noch Leinwand einkaufen sollte, erfreute ihn hingegen weniger, und er war einige Tage lang nicht gut auf mich zu sprechen. Als er jedoch merkte, dass ich besser italienisch spreche als sein eigener Gehilfe, war ich wieder in seiner Gnade. Es war nicht schwierig, die Samt- und Seidenstoffe in Venedig zu bekommen. Ihr glaubt nicht, über welche Verbindungen dieser Holländer verfügt; selbst beim Dogen wurde er empfangen, und er nahm mich in den Palast mit. Dort stellte ich fest, dass er selbst ausgezeichnet italienisch spricht. Ich nehme an, er hielt es nur für unter seiner Würde, mit den Krämern und Tuchfärbern zu reden. Der Doge sprach ein paar Minuten mit ihm und versicherte ihm, dass die venezianische Kaufmannsgilde über seinen Auftrag sehr erfreut sei und alles tun werde, um ihm die besten Stoffe zu liefern. Es war allerdings leicht festzustellen, dass die venezianischen Händler die Preise für die Stoffe extrem erhöht haben. Es hieß, man habe alle anderen Aufträge ablehnen müssen, um das große Kontingent an braunem, weißem und grauem Samt herzustellen, und dadurch erhöhte Kosten gehabt.«

»Diese Gauner«, sagte ich beinahe amüsiert. »Sie wollten nur den Umstand ausnützen, dass Herzog Ludwig seinen ganzen Hofstaat einheitlich in seinen Hoffarben einkleiden will.«

»Sie jammerten außerdem, das Angebot sei sehr knapp, weil einige Lagerhäuser überschwemmt und viele Ballen ruiniert worden wären, aber ich hörte, wie Herr vom Feld zu einem seiner Gehilfen sagte, er hätte erst in diesem Sommer Venedig besucht, und die Kanäle wären fast ausgetrocknet gewesen. Ich glaube, die Venezianer haben nur zu gut gewusst, dass wir ihnen ausgeliefert waren.«

»Habt ihr das Fondaco Tedesci nicht eingeschaltet?«

»Die deutsche Zunftniederlassung? Nein, Herr. Sie sind dem Holländer dort nicht grün, weil er sie bei der Anknüpfung des Handels übergangen hat, um bessere Bedingungen zu erzielen. Er dachte, mit seinen eigenen Verbindungen würde er besser abschneiden, als wenn er den Zunftmeistern dort ein paar Prozente abtreten müsste. Vielleicht haben sie auch die venezianischen Händler aufgehetzt.«

»Er hatte sich aber verrechnet«, sagte ich und machte mich darauf gefasst, gleich zu hören, mein Gewinn wäre zusätzlich zu der Lieferverzögerung auch noch ins Bodenlose abgesunken.

»Nicht ganz, Herr. Wie gesagt, er hat dort sehr gute Verbindungen. Aber es war ein hartes Feilschen, und es zog sich viel länger hin als ursprünglich geplant. Ich musste ihm wegen meiner Sprachkenntnisse die meiste Zeit assistieren und kam kaum dazu, mich um das Leinengeschäft zu kümmern. Gott sei Dank gibt es so viele Leinenweber in Venedig, dass sie sich nicht alle absprechen und die Preise erhöhen konnten, und so musste ich nicht viel herumlaufen. Ich habe zu Eurer Zufriedenheit abschließen können, Herr.«

»Bis auf die Tatsache, dass die Lieferung nicht ankommt«, brummte ich, und er verzog wieder das Gesicht.

»Zuerst wollte ich die Leinwand zusammen mit der Seidenlieferung transportieren lassen, aber der Herr vom Feld wollte es mir nicht erlauben. Er sagte, wenn dieses Geschäft auf Eure Rechnung ginge, so müsste ich den Rücktransport auf Eure Rechnung organisieren. Also stellte ich eigene Wagenlenker an; sie durften aber bei der großen Karawane bleiben und in ihrem Schutz reisen. Wir zogen ohne Zwischenfälle bis zum Fuß der Berge. Dort, am Anfang des Brennerpasses, trafen wir auf einen anderen großen Treck. Es stellte sich heraus, dass es der von Herrn Halterspiel war, der eine Samtlieferung aus Florenz nach Landshut transportierte. Es war ihm ähnlich ergangen wie uns in Venedig, nur dass Herr Halterspiel sein Problem mithilfe der dort ansässigen deutschen Kaufleute löste. Wir legten die Karawanen zusammen, um besseren Schutz vor den Wegelagerern am Brennerpass zu haben, aber das Wetter war während der ganzen Überquerung so schlecht, dass keiner von den Buben sich blicken ließ. Die Schwierigkeiten begannen erst in Innsbruck, als wir alle glaubten, das Schlimmste läge schon hinter uns. Wir verbrachten dort ein paar Tage, um die Pferde und Zugochsen zu schonen. Während dieser Zeit muss jemand den beiden Karawanenführern erzählt haben, dass Türkenbanden die Gegend unsicher machen.«

»Lächerlich«, entfuhr es mir. »Die Türken sind wohl schon in der Steiermark gesehen worden, aber doch nicht am Inn.«

»Wie auch immer«, sagte er achselzuckend. »Die Karawanenführer verlangten eine Sonderzahlung wegen der Türkengefahr, und die Herren Halterspiel und vom Feld argumentierten sich mit ihnen die Köpfe heiß. Die Wagenlenker und die Ochsentreiber wollten nicht nachgeben. Ich bin beinahe verzweifelt, Herr; es war zum Wahnsinnigwerden, wenn man den Gesprächen beiwohnte. Die Kerle waren stur wie die Ochsen, die ihre verdammten Karren die Berge hochzogen, und dabei so ängstlich wegen der Türken wie ein Haufen alter Weiber.«

Aus der Ecke, in der die alten Frauen meines Gesindes saßen, erhob sich aufgebrachter Protest. Ich brachte ihn mit einer Handbewegung zum Schweigen.

»Nach einigem Verhandeln einigten sich die Karawanenführer und die beiden Herren auf die Hälfte des geforderten Preises, und die Ochsentreiber luden die Wagen wieder auf. Gestern Morgen brachen sie auf.«

Ich wusste, was kommen würde. Ich sagte: »Ohne die Wagen mit der Leinwand.«

Er sah auf und rang beinahe die Hände.

»Herr, Ihr habt mir keinen Ermessensspielraum gegeben, was die Entlohnung der Wagenführer angeht. Ich konnte auf ihre Forderungen nicht eingehen. Beinahe hätte ich sie so weit gehabt, dass sie auf das Versprechen hin, Ihr würdet Euch die Sache bei der Ablieferung anhören, weitergezogen wären. Aber sie wollten ein Versprechen, das weiter ging als das: Sie wollten hören, dass Ihr Ihnen bei der Ablieferung *zahlen* würdet, was sie verlangen. Dies konnte ich ihnen nicht zusagen. Als zuletzt der Großteil der Karawane weg war, hatte ich überhaupt keine Chance mehr. Um allein weiterzuziehen, fehlte ihnen der Mut; sie hätten es nicht für noch so viel Geld getan. Es tut mir Leid, Herr. Aber ich hatte keine andere Möglichkeit.«

Es entsprach nicht ganz meinen Gefühlen, als ich sagte: »Schon gut. Es ist nicht dein Fehler.«

Tatsächlich hätte ich ihm ins Gesicht springen mögen. Aber ich zeigte ihm meinen Ärger nicht. Ich hatte die Situation falsch eingeschätzt, und wenn Tannberger sich tatsächlich so schwerfällig betragen hätte, wie ich im ersten Unmut dachte, wäre die Leinwand noch immer auf den Webrahmen der venezianischen Händler. Es war mir klar, dass es ganz allein meine Schuld war. Ich hatte ihm zu wenig Spielraum gelassen. Ich biss die Zähne zusammen und fragte: »Wo ist die Lieferung jetzt?«

»In einem Lager in Innsbruck. Als sie erkannten, dass ich ihnen keine Zugeständnisse machen konnte, brachen die Wagenführer gestern Mittag auf zurück nach Venedig. Ich suchte den ganzen Nachmittag noch nach Fuhrleuten in Innsbruck, die bereit wären, die Lieferung zu übernehmen; aber anscheinend war mein Problem bereits überall bekannt, denn die dortigen Kärrner wussten um ihren Vorteil und verlangten ebenfalls viel zu hohe Preise. Am Abend brach ich schließlich auf und ritt die ganze Nacht durch, um Euch Bescheid zu sagen.«

Ich lehnte mich zurück und schwieg eine lange Weile. Zuletzt sagte ich: »Ich danke dir. Iss etwas und leg dich hin. Ich muss nachdenken.«

Der Bote nickte und schlich mit gesenktem Kopf aus der Stube. Das übrige Gesinde nahm seinen Abgang zum Anlass, ebenfalls so leise wie möglich zu verschwinden.

»Ein großes Unglück«, sagte der Verwalter vorsichtig.

Ich stieß den Atem aus. »Das kann man wohl sagen.«

»Was sollen wir jetzt tun?«

»Ich weiß es nicht.« Ich war verärgert; gerade jetzt konnte ich ein Problem dieser Art am allerwenigsten gebrauchen. Mein Gehirn war leer. Es machte mir sogar Mühe, mir die in einem Lagerhaus in Innsbruck lagernden Stoffballen vorzustellen. »Ich weiß es nicht«, seufzte ich nochmals.

»Zumindest kommt die Seidenlieferung einigermaßen rechtzeitig an. Darin steckt das größte Kapital«, sagte mein Verwalter. Ich rief ärgerlich: »Ich habe fast hundertfünfzig Gulden in die Leinwand investiert. Glaubst du, ich will diesen Batzen einfach abschreiben?«

»Natürlich nicht. Ich wollte Euch nur vor Augen führen, dass nicht alles verloren ist.« Er breitete die Hände aus, wie ein erschrockener Hund einem anderen seine Kehle darbietet.

»Schon gut«, sagte ich. »Ich wollte dich nicht anschreien.« Er winkte ab; wie immer versuchte er mich nicht nur zu verstehen, sondern auch, mir zu verzeihen.

»Selbst wenn wir gewillt sind, diesen Halsabschneidern in Innsbruck zu zahlen, was sie verlangen, bekommen wir niemals mehr rechtzeitig eine Karawane zusammengestellt. Wir brauchen mindestens zehn Wagen, wenn mich nicht alles täuscht.«

»Das schätze ich auch«, brummte der Verwalter. »Wir können den Boten nochmals genauer fragen.«

»Was nützt es schon? Es würde mindestens eine Woche dauern, bis wir die Lieferung hier in Landshut haben. Bis dahin hat Meister Krel aus Nürnberg sein Zeug zweimal hierher geschafft.«

»Wir können noch froh sein, dass wir die Stoffe nicht aus Ungarn geliefert bekommen«, sagte der Verwalter. »Den Landweg vom Schwarzen Meer über Pest und Pressburg her haben die Türken vollständig unsicher gemacht. Wenngleich auch das kein großer Trost ist«, fügte er hastig an, um nicht einen weiteren Ausbruch meinerseits zu provozieren. Aber ich war weit davon entfernt, wieder aufzufahren. Ich starrte ihn überrascht an. In meinem gelähmten Gehirn war plötzlich eine Idee entstanden; nein, nicht eine Idee, sondern eher ein Fünkchen, ein kleiner Schimmer, der eine Idee ankündigte. Ich bemühte mich krampfhaft, ihn nicht zu verlieren. Was hatten seine Worte in mir geweckt? Welche Assoziation ließ sich mit seinem unzulänglichen Versuch, mich zu trösten, verbinden?

Ungarn.

Ungarische Ochsen und Schafe.

Ich hörte die Stimme von Sebastian Löw: Ein unproblematisches Zusatzgeschäft für den Besitzer des Floßes, nicht wahr?

– den Besitzer des Floßes.

Ich keuchte auf, als mir die Lösung beinahe wie ein vollständiger Plan vor Augen stand. Ich beugte mich nach vorne und packte ihn an den Oberarmen, und er zuckte so erschrocken zurück, dass er beinahe von der Sitzbank gefallen wäre.

»Aus Ungarn!«, rief ich. »Ungarisches Rosenöl. Ungarische Ochsen und Schafe!«

Sein Gesicht zog sich in einer Maske des Nichtbegreifens zusammen.

»Ich verstehe nicht ...«, stammelte er.

»Gestern«, sagte ich und zwang mich zur Ruhe. Ich ließ seine Arme los und ballte die Hände nervös zu Fäusten. »Gestern sah ich, wie von den Floßländen hunderte von Ochsen und Schafen zu den Fleischbänken getrieben wurden. Ein Zuschauer sagte mir, die Tiere stammten aus Ungarn.«

»Und?«

»Verstehst du denn nicht?«, rief ich. »Sie haben die Tiere mit den Flößen hergebracht. Vermutlich hätte es viel zu lange gedauert, sie aus der ungarischen Tiefebene über Mähren und das böhmische Reich nach Bayern her zu treiben; sie haben sie einfach auf Flöße verladen und die Donau und die Isar hochgetreidelt.«

Er starrte mich an und versuchte, meinem Gedankengang zu folgen. Es dauerte nicht lange; mit einem Mal begann er breit zu lächeln.

»Ihr meint, wir lassen die Stoffe auch auf Flöße verladen ...«

»Richtig! Wie lange braucht man von Innsbruck zum Isaroberlauf mit Transportwagen? Das dürften um die vierzig Meilen sein, über den Pass – höchstens zwei Tage. Und mit dem Floß bis nach Landshut? Man braucht die Flöße in dieser Richtung nur mit dem Fluss treiben zu lassen. In vierundzwanzig Stunden lassen sich bestimmt die hundert Meilen von Scharnitz bis nach Landshut zurücklegen. Nochmals zwei Tage. In spätestens vier Tagen haben wir die Stoffe hier; wenn die Näherinnen, die du angestellt hast, fleißig arbeiten, werden sie noch rechtzeitig fertig. Die Prinzessin trifft nochmal sechs Tage danach ein.«

»Meister Krel aus Nürnberg wird schneller liefern können, fürchte ich«, sagte mein Verwalter. Ich kniff die Augen zusammen und lächelte böse.

»Wahrscheinlich«, sagte ich. »Er war von Anfang an eine ernst zu nehmende Konkurrenz bei diesem Geschäft. Aber zurzeit habe ich die besseren Beziehungen. Wenn ich zusichern kann, dass alles zur rechten Zeit bereitsteht, werde ich den Auftrag bekommen.«

»Wenn Ihr meint ...«

Ich nickte; ich dachte an den Kanzler. Ich hatte kaum jemals gute Beziehungen irgendwohin gehabt, und wenn, hatte ich mich immer gescheut, diese zu benutzen. Jetzt schien einmal eine wirkliche Gelegenheit dazu gekommen zu sein. Ich lachte auf.

»Verlass dich drauf«, sagte ich.

»Das größte Problem wird dann wohl sein, die Flößer zu beauftragen.«

»Ich glaube nicht«, sagte ich. »Nach dieser Ochsen- und Schafelieferung befinden sich eine Menge von ihnen unten am Fluss; sie werden froh sein, einen neuen Auftrag zu erhalten. Flöße und Floßbesitzer, bei denen man die Gefährte mieten kann, dürfte es dann genügend im Gebirge geben.«

»Wir werden eine ganze Menge Flöße brauchen. Eines fasst doch kaum mehr Ladung als ein Ochsenkarren.«

»Na und? Schlimmstenfalls kaufen wir die Flöße auf und verkaufen hier in Landshut das Holz. Ich sehe eher ein Problem, die Leute rechtzeitig zum Oberlauf der Isar zu bringen.«

»Sie könnten mit mehreren unserer Pferde losreiten und die Tiere wechseln, sobald eines müde wird. Wenn sich Ochsen auf den Flößen transportieren lassen, tun es Pferde auch; sie könnten die Gäule auf den Flößen wieder zurückbringen.«

»Gut. Wie bekommen wir die Stoffe rechtzeitig dorthin, wo die Flöße ablegen? Die Wegstrecke ist nicht weit – nur dauert es einige Zeit, eine Karawane zusammenzustellen.«

Ich dachte eine Weile darüber nach.

»Hol mir Jörg Tannberger«, sagte ich schließlich. »Er kann uns weiterhelfen.«

Tatsächlich war er so begierig darauf, seinen vermeintlichen Fehler wieder gutzumachen, dass er darum bat, sofort wieder losreiten zu dürfen, um in Innsbruck alles vorzubereiten.

»Bist du nicht zu erschöpft?«, fragte ich ihn.

»Nein, Herr!«, rief er. »Ich kann mich bei der Rückfahrt auf dem Floß ausruhen. Bitte lasst mich gehen.«

»Ich habe vermutlich keine andere Wahl«, brummte ich. »Bis sich jemand anderer in Innsbruck zurechtfindet, vergeht zu viel Zeit. Du kennst dich dort schon aus.«

»Sicher, Herr. Ich danke Euch«, sagte er eifrig.

Ich sah die tiefen Ringe unter seinen Augen und dass er seine schmutzigen Kleider noch nicht einmal abgelegt hatte, aber ich kannte den Zustand, in dem er sich befand. Er brannte darauf, seine Scharte auszuwetzen. Ich sagte: »Du bist der Ansicht, dass du den Transport von Innsbruck das Inntal aufwärts schnell genug auf die Beine stellen kannst?«

»In dieser Richtung hat noch niemand einen Türken auch nur von weitem gesehen. Es wird nicht einmal mehr kosten als den üblichen Preis. Und für eine Fahrt von zwei Tagen bedarf es keiner großen Vorbereitungen; ein Treck ist in wenigen Stunden abmarschbereit. Wir müssen den Pass südlich von Scharnitz überwinden, da wird es sogar besser sein, mit so wenig Zuladung wie möglich zu fahren.«

»Dann lass dir für mehrere Männer Essen richten und besorge dir Pferde. Ich reite zur Stadt und treibe ein paar Flößer auf. Komm mir so bald wie möglich nach; wir treffen uns bei der Floßlände.«

Er verneigte sich und verschwand. Ich blieb noch einen Moment sitzen und schaute meinen Verwalter an. Plötzlich hatte ich das Gefühl, ich sollte ihn damit beauftragen, die Flößer unten am Fluss auszusuchen und auf den Weg zu schicken. Ich öffnete den Mund und schloss ihn wieder; es war ein zu großes Risiko. Alles hing jetzt davon ab, wie schnell gute und willige Männer aufzutreiben waren. Ich musste es selbst erledigen. Ich richtete mich auf und sagte: »Ich reite sogleich los. Du weißt, was du zu tun hast.«

Er nickte und erwiderte: »Ich lasse hier alles für die Abreise richten.«

Ich wusste so gut wie er, dass diese Aufgabe eine Arbeit für die Küche und den Pferdeknecht war und nicht für meine rechte Hand. Ich hatte ein schlechtes Gewissen, aber ich konnte mich nicht dazu bringen, das Geschäft jetzt aus der Hand zu geben. Es wäre das Vernünftigste gewesen, besonders in Anbetracht der Tatsache, dass die Aufklärung eines Mordfalles auf mich wartete. Und hatte ich diese Art von Arbeit nicht immer gehasst? Einen Handel zu organisieren? Aber ich konnte mir nicht vorstellen, meinen Verwalter damit zu betrauen; ich wusste, wie schwierig die Aufgabe war.

Das Gesicht des Verwalters war undurchdringlich, als er mich am Hoftor verabschiedete, und ich konnte nur raten, was in ihm vorging. Ich packte die Zügel, sprang auf mein Pferd und sprengte davon.

Es waren noch genügend Flößer auf dem kiesigen Schwemmlandstück vor der Stadtmauer, dass ich doppelt so viel Leinwand hätte nach Landshut transportieren können. Sie saßen und standen um die Reste eines Feuers herum, das sie in der Nähe der Stadtmauer entzündet hatten; man konnte diejenigen, die aus Landshut waren und in den kleinen Häusern entlang der Stadtmauer lebten, nicht unterscheiden von den Auswärtigen, denn beide Gruppen waren unrasiert und verdreckt, und ich hätte die achtlos herumgeworfenen Knochen und die schräg im Kies liegenden Bierfässer nicht sehen müssen, um zu wissen, dass sie die Nacht hindurch gefeiert hatten. Ich war nicht gerade glücklich über den verkaterten Anblick, den die meisten von ihnen boten: Wie viele würden sich unter diesen Umständen für einen Auftrag entscheiden, der eine Menge Arbeit versprach? Mein Pferd kam auf dem losen Kies ins Stolpern, und ich stieg ab und zerrte es hinter mir her auf die Ansammlung zu.

Als ich näher gekommen war, bemerkte ich, dass einige der

Männer sich um einen weiteren Mann gruppierten, der so aussah, als hätte er die Nacht auf anständige Weise verbracht. Ich hörte ihn reden und erkannte, dass es einer der vom Stadtkämmerer mit dem Ankauf des Holzes Beauftragten sein musste: Er verhandelte den Preis für die schweren Baumstämme, aus denen die Flöße zusammengebunden waren. Die Antworten, die die Flößer mit rauen Stimmen gaben, waren vernünftig genug. Vielleicht fühlten sie sich nicht so unausgeschlafen und elend, wie einige von ihnen aussahen.

Nachdem sie ihren Handel mit dem Holzbeauftragten abgeschlossen hatten, wandten sie sich mir zu. Es schien, dass sie einen Dreierrat gebildet hatten, der für die Gruppe sprach, solange sie hier vor den Toren der Stadt beisammen waren. Sie grüßten mich mit freundlicher Aufmerksamkeit, als ich mich vorstellte.

»Wären einige von Euch an einem Auftrag interessiert?«, fragte ich, und sie sahen sich an und scharten sich dann um mich.

Zuerst waren die Flößer nicht sonderlich begeistert; vermutlich hatten sie damit gerechnet, einen kleineren Auftrag zu erhalten, der sie lediglich ein paar Meilen flussab- oder -aufwärts führen würde. Als ich ihnen auseinander legte, worum es ging, schüttelten sie die Köpfe und winkten ab.

»Seht einmal«, sagte einer der von ihnen gewählten Sprecher, während wir auf Holzklötzen um das wieder aufflackernde Feuer saßen und ein paar der Männer die letzten Schlucke schalen Bieres kreisen ließen. »Wenn es stimmt, was man hört, werden zu dieser Hochzeit alle Bürger der Stadt kostenlos mit Speisen und Getränken versorgt; was bedeutet, dass auch die Ärmsten unter uns einmal die Gelegenheit erhalten, sich die Bäuche voll zu schlagen und sogar noch etwas mit nach Hause zu bringen. Wir Landshuter Flößer haben die Erlaubnis erhalten, unsere auswärtigen Kameraden zu beherbergen, damit auch ihnen die Großzügigkeit des Herzogs zuteil wird. Keiner will sich das entgehen lassen; darum will keiner zu einer Mission aufbrechen, die ihn vielleicht nicht rechtzeitig zurückbringt.«

»Sie wird ihn rechtzeitig zurückbringen!«, rief ich. »Nur dann hat die ganze Sache überhaupt Sinn. Versteht Ihr das nicht?«

»Das Risiko ist zu groß. So eine Freigebigkeit wie bei dieser Hochzeit erfährt man nur einmal im Leben.«

Ich stöhnte. Als ich mir aufgeregt durch die Haare fuhr, fiel mein Blick auf die im Wasser schaukelnden Flöße. Ich fragte: »Haben die auswärtigen Flößer schon alle ihr Holz verkauft?«

»Nein, noch nicht. Der Holzmeister des Herzogs hat uns mitteilen lassen, dass die Stapelplätze vorerst voll sind und das Holz reichen wird. Ich wage das zu bezweifeln, aber er lässt sich nicht umstimmen.«

»Wie wäre es«, sagte ich, »wenn ich anbiete, dass ich jedem auswärtigen Flößer, der meine Fuhre übernimmt, das Holz zu verkaufen versuche, und ihm vom Gewinn – sagen wir, achtzig Prozent übergebe? Wie wird der Gewinn üblicherweise aufgeteilt? Sechzig zu vierzig?«

»Das hört sich nobel an«, sagte der Sprecher. Er beriet sich eine Weile mit seinen beiden Kollegen, dann rief er die versammelten Flößer zu sich und unterbreitete ihnen meinen Vorschlag. Die hageren, bärtigen Gesichter der Männer wurden nun nachdenklich, und ein paar warfen mir lange Blicke zu, als wollten sie ermessen, inwiefern ich in der Lage war, mein Angebot auch einzulösen. Einige nickten schließlich, aber die Mehrzahl hatte immer noch ein Problem, und diese stimmten die Zaudernden wieder um. Der Sprecher der Flößer wandte sich wieder mir zu.

»Was hattet Ihr Euch als Entlohnung für die Fuhre gedacht?«

»Den üblichen Fuhrlohn, was sonst?«

»Das ist lächerlich.«

»Wieso ist das lächerlich?«, fuhr ich auf. »Ich besorge Euch einen Auftrag, mit dem Ihr Geld verdienen könnt, anstatt tagelang hier im Kies zu liegen und auf den Beginn der Hochzeitsfeierlichkeiten zu warten, ohne auch nur einen halben Pfennig einzunehmen. Ich garantiere Euch, dass Ihr rechtzeitig zurück sein werdet, weil auch das ganze Gelingen *meines* Handel davon abhängt. Und«, ich erhob meine Stimme noch lauter, aber es hatten mir ohnehin schon fast alle zugehört, »und zusätzlich biete ich Euch an, während Eurer Abwesenheit Eure im Wasser verschimmelnden Holzbalken zu verkaufen und Euch fast den gesamten Gewinn davon zu übergeben, obwohl ich die ganze Arbeit damit haben werde.«

Sie steckten die Köpfe wieder zusammen und berieten sich aufs Neue, und wiederum war ich gezwungen, der trägen Prozedur hilflos zuzusehen. Die Zeit brannte mir unter den Nägeln, und ich war so überrascht von der Halsstarrigkeit der Flößer, dass ich die in Geschäftsangelegenheiten übliche Diplomatie völlig vergessen hatte. Womöglich hatte ich es mir mit ihnen jetzt vollends verdorben. Ich verdrehte die Augen, während ich mit schmerzendem Gesäß auf dem Holzstumpen saß und ihre Diskussion verfolgte, und ich konnte mir nicht helfen, aber der Gedanke, aufzuspringen und zu rufen: Vergesst die ganze Geschichte! und meine hundertfünfzig Gulden in den Wind zu schreiben, stieg immer stärker in mir hoch. Ich war beinahe erstaunt über meine eigene Resignation; sonst war ich zäher.

Endlich waren sie zu einem Ergebnis gekommen. Das Stimmengewirr flaute wieder ab.

»Einige der Männer sind aus der Scharnitzer Gegend«, sagte der Sprecher der Flößer. »Sie haben sich bereit erklärt, die Fuhre zu übernehmen; sie sagen, sie wären am besten in der Lage, den Transport so schnell wie möglich abzuwickeln, weil sie die Leute am Ausgangsort kennen und notfalls schnell Hilfe rekrutieren können.«

Ich schloss die Augen und sagte: »Ihre Kinder und Kindeskinder sollen vor Gesundheit strotzen.«

Der Sprecher ließ sich nicht beeindrucken; mit ruhiger Stimme fuhr er fort: »Sie bestehen allerdings darauf, dass Ihr ihnen die Entlohnung sofort auszahlt.«

Ich öffnete die Augen wieder und starrte ihn bestürzt an. Er gab meinen Blick fest zurück, und ich sah, dass sich viele Augenpaare auf mein Gesicht gerichtet hatten. Ich sagte eisig: »Man bezahlt den Fährmann nicht, bevor man übergesetzt hat.«

»Dies ist aber eine ganz besondere Fuhre«, erwiderte der Sprecher und lächelte.

Ich sah von ihm zu den anderen, zu denjenigen, die mich mit brennenden Augen musterten. Kaum einer schlug den Blick nieder. Ich atmete ein und wieder aus; ich wusste, wann ich geschlagen war.

»Also gut. Ich bin einverstanden.«

Der Sprecher der Flößer grinste; er spuckte kräftig in seine rechte Hand und hielt sie mir hin, und ich tat es ihm nach und schlug ein. Auch ich grinste; dann kam mir schlagartig etwas zu Bewusstsein, und meine Freude verflog. Ich ließ seine Hand los und suchte unter meinem Wams herum, aber ich wusste, dass ich nicht finden würde, was ich suchte. Ich hatte keine Veranlassung gesehen, mehr als ein paar Pfennige einzustecken.

»Ich habe nicht so viel Geld bei mir«, sagte ich.

Ein paar der Umstehenden verzogen die Gesichter, und einer zischte hörbar. Der Sprecher der Flößer schüttelte den Kopf.

»Es gibt kein neues Angebot«, sagte er fest. »Die Bezahlung im Voraus, oder Ihr könnt den Handel vergessen.«

Ich biss die Zähne zusammen und erwiderte: »Mein Hof ist eine ganze Strecke weit vor der Stadt. Ich muss eigens dorthin zurückreiten.«

»Dann leiht Euch in der Stadt Geld.«

Ich schnaubte unlustig; ich hatte noch nicht daran gedacht. Sebastian Löw kam mir in den Sinn, doch zu ihm zu gehen war mir peinlich. Andererseits war der Weg zu meinem Hof und wieder hierher zurück zu lang; sie mochten es sich nochmals anders überlegen, während ich weg war, oder wieder mit der Sauferei beginnen und dann unbrauchbar sein.

In die Gruppe der Flößer kam plötzlich Bewegung, und mir wurde bewusst, dass sie alle mit einem seltsamen Gesichtsausdruck über meine Schulter spähten. Ich dachte: Tannberger ist schon angekommen; aber er hätte mit den Pferden mehr Lärm gemacht. Ich drehte mich um.

»Guten Morgen«, sagte sie mit ihrer sanften Stimme und neigte mir lächelnd den Kopf zu.

»Was wollt Ihr schon wieder?«, entfuhr es mir. Ich hörte, wie ein paar der Männer in meinem Rücken albern zu kichern begannen.

»Ich wollte ein wenig an die frische Luft«, sagte sie unschuldig. Ihre Nervosität von unserer ersten Begegnung schien geschwunden zu sein. Sie verzog die Lippen zu einer amüsierten Schnute. »Ich ahnte nicht, dass sie durch all die Feilscherei mittlerweile so zäh geworden ist.«

»Wie lange steht Ihr denn schon hinter mir?«

»Wenn Ihr damit andeuten wollt, ich hätte Euch belauscht, so scheint diesmal Ihr mich beleidigen zu wollen. Man konnte Euch mit den Männern hier bis hinter die Stadtmauer streiten hören.«

Sie hatte ihr Haar nicht hochgesteckt; es legte sich in einer widerspenstigen Welle um ihre Schultern, und obwohl es nicht den reichen Glanz hatte, der zu einer solchen Kaskade langen Haares gewöhnlich gehört, stand es ihr doch besser als die strengen Zöpfe, die sie gestern um ihren Kopf gewunden hatte. Sie trug wieder ihren dunkelblauen Mantel, den sie in der Art einer Schaube vorne geöffnet hatte; diesmal lag zusätzlich ein schwerer Chaperon um ihre Schultern, dessen Rand mit Goldstickereien abgesetzt war. Ihr Kleid war heute von goldfarbenem Brokat mit einem Blütenmuster und einem weiten Ausschnitt; das Tuch darin war aus blauem Taft. Ich wandte mich wieder an den Sprecher der Flößer, aber meine absichtliche Unhöflichkeit schien sie nicht im Mindesten zu veranlassen, sich zurückzuziehen. Sie stellte sich neben mich, als wäre es die natürlichste Sache der Welt. Unruhe über ihr plötzliches Erscheinen stieg in mir hoch und brachte mich aus dem Konzept. Ich musste mich zwingen, auf den Mann vor mir zu achten.

»Was ist nun?«, fragte der Flößer.

»Es dauert zu lange, das Geld zu holen«, rief ich. »Ich gebe Euch mein Ehrenwort; wenn Ihr wollt, unterzeichne ich Euch auch ein Papier.«

»Wer, glaubt Ihr, kann das von den Männern hier lesen?«, brummte er. »Zahlt im Voraus, wie ich gesagt habe.«

Ich knirschte mit den Zähnen und warf meiner ungewollten Begleiterin einen Blick zu. Sie hob die Augenbrauen und sagte halblaut zu mir: »Lasst es sein, mein Freund. Die Fuhrleute drüben in der Stadt haben inzwischen zugesagt, ohne irgendetwas im Voraus zu verlangen.«

Der Sprecher der Flößer und ich riefen gleichzeitig: »Was!?«

Sie richtete den Blick auf den Flößer und lächelte ihn freundlich an. »Wir würden natürlich den Auftrag lieber Euch erteilen«, erklärte sie. »Wenn es darum geht, die Zuverlässigkeit der Flussfahrer mit derjenigen der Fuhrleute zu vergleichen ...«

»Das will ich meinen«, grollte er und blickte mich finster und gleichzeitig geschmeichelt an.

»Wisst Ihr«, sagte sie, als wäre es ihr eben erst eingefallen, »zuerst wollten die Fuhrleute auch einen Teil der Bezahlung im Voraus; aber ihr Sprecher – ich habe den Namen vergessen ...«

»Herbert Wagner«, unterbrach der Flößer, »ein feister Mensch mit einem Vollbart und einer eingefetteten Glatze.«

»Das kann sein«, erklärte sie. »Die Namen in Eurer Sprache sind schwer zu behalten. Nun, auf jeden Fall wurde er angesichts dieses Ansinnens seiner Männer wütend. Er sagte ...«

Sie verstummte und senkte den Kopf. Als wollte sie ihre nächsten Worte bei sich behalten, hielt sie sich die Hand vor den Mund. Von meinem Standpunkt aus konnte ich sehen, dass sie amüsiert die Lippen spitzte.

»Was hat er gesagt, dieser Wegelagerer?«, fragte der Sprecher der Flößer voll dunkler Vorahnung.

»Dass nur die Gauner von Flussschiffern die Bezahlung im Voraus verlangen würden, weil sie wüssten, dass die Hälfte ihrer Flöße ohnehin untergeht«, sagte sie hastig. »Es tut mir Leid: Ihr habt gewollt, dass ich das sage.«

Er weitete die Augen und starrte aufgebracht von ihr zu mir. Ich besaß so viel Geistesgegenwart, mit den Schultern zu zucken. Die Flößer hinter ihm begannen laut zu murren und die Fäuste zu ballen.

»Es ist nichts Ehrloses dabei, wenn man den Lohn vorab verlangt – unter diesen Auftragsbedingungen!«, rief der Sprecher der Flößer anklagend.

»Selbstverständlich nicht«, sagte sie, und wie sie es sagte, hörte es sich wie das genaue Gegenteil davon an. Er kniff ein Auge zusammen.

»Also gut!«, knurrte er dann und sah mich wütend an. »Die Hälfte des Lohns vorab. Was sagt Ihr dazu?«

Ich starrte ihn an.

»Ihr habt die Aussage der Fuhrleute gehört«, sagte ich dann

wie im Traum und sah aus dem Augenwinkel, wie die junge Frau neben mir lächelte.

Er stampfte mit dem Fuß auf und ballte die Hände ebenfalls zu Fäusten. Die Flößer hinter ihm riefen durcheinander; ich hörte einen davon sagen: »Gib schon nach!«

Er biss sich auf die Lippen und funkelte die Männer zornig an. Aber seine Schultern sanken herab; er wusste, dass er verloren hatte. Er drehte sich wieder um.

»Ihr seid ein zäher Geschäftspartner«, sagte er zu mir, aber der Blick, den er der Frau neben mir zuwarf, verriet, für wen das Kompliment eigentlich gedacht war. Sie lachte hell auf, kramte in der kleinen Tasche an ihrem Gürtel und holte ein paar glänzende Münzen daraus hervor. Bevor ich einschreiten konnte, hielt sie sie dem Flößer entgegen.

»Betrachtet das als Spende für die Gilde«, sagte sie. »Bestimmt gibt es Waisen, die auf Eure Unterstützung angewiesen sind.«

Ich spürte, wie es heiß in mir emporstieg. Sie hatte mich mit all ihrer Raffinesse übertölpelt wie einen kleinen Jungen; ebenso den Sprecher der Flößer, der die Münzen mit einem verlegenen Grinsen entgegennahm. Was immer sie von mir wollte; nun stand ich zumindest in ihrer Schuld. Ich funkelte sie an, und sie wurde ernst und trat ein paar Schritte beiseite. Sie öffnete den Mund, aber was sie sagte, wurde von dröhnendem Getrappel auf der hölzernen Isarbrücke verschluckt. Ich drehte mich um und sah eine Gruppe von mehreren Pferden mit zwei Reitern über die Brücke sprengen und auf die Kiesbank heruntertraben. Einer der beiden Reiter war Jörg Tannberger. Ich warf der jungen Frau noch einen Blick zu, dann eilte ich ihm entgegen. Sie folgte mir zögernd nach.

Ich hob die Hand, und Tannberger hielt an. Er warf meiner Begleiterin einen erstaunten Blick zu, dann beugte er sich eifrig über den Rücken seines Pferdes zu mir herunter.

»Ich – *wir* – haben uns mit den Flößern einigen können«, sagte ich grimmig. »Die Kerle lagern dort drüben. Geh du schon vor und erkläre ihnen im Einzelnen, worum es geht. Von mir haben sie nur einen Überblick bekommen.«

Er fragte nicht, was ich in der Zwischenzeit zu tun gedachte. Er nickte nur knapp und trieb seine kleine Herde wieder an. Ich sah ihm hinterher. Sein Verhalten gefiel mir; er hatte sogar den Pferdeknecht mitgenommen, um mit seinem halben Dutzend Pferde ohne Verzögerungen zur Floßlände zu kommen. Ich selbst hätte es nicht besser machen können.

Ich drehte mich mit einem Ruck zu der jungen Frau um, die die Hände vor dem Schoß übereinander gelegt hatte und mich ruhig ansah.

»Wer seid Ihr?«, fragte ich heftig.

»Mein Name ist Jana Dlugosz«, erwiderte sie. »Euer Name ist ...«

»Wie mein Name lautet, weiß ich«, unterbrach ich sie unwirsch. »Was seid Ihr?«

»Ich bin die Zofe von Gräfin Jagiello.«

»Hört auf damit«, brummte ich. »Ihr gebt beileibe nicht das Bild einer Zofe ab.«

»Wenn es danach ginge«, sagte sie fröhlich, »wäret auch Ihr nicht, was Ihr seid, denn Ihr gebt manchmal beileibe nicht das Bild eines Kaufmanns ab.«

Ich schluckte es, aber es weckte meinen Zorn.

»Warum habt Ihr Euch vorhin eingemischt?«, zischte ich.

»Hätte ich es nicht tun sollen? Es hat sich doch alles zum Guten für Euch gewandt.«

Ich brachte mein Gesicht in die Nähe des ihren. Ich roch den leichten Duft von frischen Äpfeln, der ihr Parfüm zu sein schien, aber ich beschloss, mich nicht davon beeindrucken zu lassen.

»Ihr seid nicht, was Ihr zu sein vorgebt«, sagte ich leise. »Ich weiß nicht, was Ihr vorhabt, und ich weiß vor allem nicht, warum Ihr Euch für mich interessiert.«

»Natürlich wisst Ihr es«, erwiderte sie scharf. Ich zuckte zurück.

Sie seufzte und schien einen Moment nachzudenken. Etwas veränderte sich in ihrem Gesicht, als sei sie zu einem Schluss gekommen. Sie nickte.

»Ich will es Euch so erklären«, sagte sie. »Ihr habt vorgegeben, mit meinen Landsmännern in der Vorausdelegation Geschäfte abschließen zu wollen, entgegen einem Verbot, das von Eurer Stadt erlassen wurde. Kein Kaufmann, der seine fünf Sinne beieinander hat, würde jedoch auf die Idee kommen, mit einem Haufen verschuldeter Raufbolde in Rüstungen Handelsbeziehungen anzuknüpfen. Als ich Euch darauf ansprach, habt Ihr Euch in die Ausrede geflüchtet, Ihr hättet eigentlich mit der Gräfin Jagiello in Verbindung treten wollen; immerhin der Nichte von König Kasimir. Ich sage Euch nun, dass ich auch das für eine Lüge halte. Ich möchte wissen, was Ihr wirklich sucht.«

Mein Herz begann schneller zu schlagen. Ich krächzte: »Ihr redet Unsinn!«

Sie ließ sich nicht beirren.

»Denn«, fuhr sie fort und hob einen Finger, »wenn Ihr als Kaufmann auch nur einen Federstrich in Euren Rechnungsbüchern wert seid, hättet Ihr Euch erkundigt, wie die Verbindungen der Gräfin zum Königshaus und zu ihrem Oheim sind, um festzustellen, ob sich wenigstens mit ihr ein Geschäft lohnt und wie es Eure Chancen verbessern könnte, mit dem Hof selbst in Kontakt zu treten. Ihr hättet nicht bloß auf den Rat Albert Moniwids und seiner Streithähne gehört – und dann wäre Euch unweigerlich zur Kenntnis gelangt, dass zwischen der Gräfin und der Prinzessin nur gegenseitige Verachtung besteht –, und dann hättet ihr das Märchen nicht geglaubt, Prinzessin Jadwiga habe nach ihrer Cousine geschickt. Sie würde lieber Kröten schlucken, als sich in irgendeinem Fall an die Gräfin zu wenden.«

Ich sah sie bestürzt an. Wenn Moniwids Ausrede so leicht zu durchschauen war, warum hatte er sie dann gewählt? Oder war die Frage anders zu stellen: Wenn die Ausrede nicht leicht zu durchschauen war, weshalb wusste dann die junge Frau vor mir darüber Bescheid? Als hätte sie meine Gedanken gelesen, sagte sie: »Als Zofe der Gräfin ist mir dieser Umstand natürlich bekannt.«

Es war, als würde mich der Teufel selbst drängen; aber ich musste herausfinden, was sie noch alles wusste. Ich fragte: »Und wo befindet sich Eurer geschätzten Meinung nach die Gräfin dann?«

Ich hielt meine Ungeduld nur mühsam im Zaum, während sie an ihrer Unterlippe kaute.

»Das weiß ich auch nicht«, sagte sie dann, und zu meiner Enttäuschung klang es ehrlich. Sie lächelte plötzlich: »Vielleicht hat sie einen Liebsten in der Stadt oder auf der Burg?«

»Was wollt Ihr damit sagen?«

Sie zuckte mit den Schultern.

»Nichts«, sagte sie. »Nur ein ganz leises Gerücht.«

»Nennt das Gerücht auch Namen und Adressen?«

Sie legte die Stirn in Falten und sah mich von unten herauf an.

»Nun frage ich mich aber doch, warum Ihr Euch trotz allem, was ich Euch mitgeteilt habe, noch immer für die Gräfin interessiert«, sagte sie.

Ich biss die Zähne aufeinander.

»Reine Neugier«, sagte ich lahm. »Als Kaufmann muss man alles wissen.«

»Wie ich bereits gesagt habe«, erwiderte sie und sah mich nachdenklich an. Ich verfluchte mich für meine Tölpelhaftigkeit und dafür, dass dieses Frauenzimmer offensichtlich schneller denken konnte als ich.

»Ich habe jetzt zu tun«, sagte ich barsch und zeigte mit dem Daumen über meine Schulter hinweg. Ich darf sie nicht aus den Augen verlieren, dachte ich gleichzeitig. Ich muss herausfinden, welche Rolle sie spielt. »Ich wäre Euch dankbar, wenn wir dieses Gespräch ein andermal fortführen könnten.«

»Jederzeit«, sagte sie und betrachtete mich noch immer mit jenem merkwürdig nachdenklichen Gesichtsausdruck, als würde sie gerade versuchen, ihrem Bild von mir einen anderen Anstrich zu geben. »Ihr wisst ja, wo Ihr mich finden könnt«, setzte sie zerstreut hinzu. Sie schüttelte den Kopf, und ihre Augen klärten sich plötzlich auf. Mit einer überraschend offenen Geste hielt sie mir die Hand hin. Ich ergriff sie verblüfft, und sie drückte kräftig zu.

»Auf Wiedersehen«, sagte sie und drehte sich um. Sie schritt zielstrebig über den Kies davon.

Ich spürte, dass ich Kopfschmerzen bekam. Als ich mir mit der Hand über das Gesicht fuhr, roch ich einen Hauch ihres Apfelparfüms. Es roch bestürzend nach Sommer an diesem grauen, kalten Novembertag hier am Fluss, und ich fühlte einen plötzlichen Schmerz, von dem ich nicht wusste, woher er kam.

Es wurde schließlich Nachmittag, bis Tannbergers Gruppe endlich aufbrechen konnte. Ich sah dem Häuflein Männer und Ersatzpferden zu, das mit schnellem Trab durch das Ländtor in die Stadt hinein verschwand, und wusste, dass eine lange Nacht vor ihnen lag und nochmals ein anstrengender halber Tag, ehe sie auch nur Scharnitz erreichten. Jörg Tannberger würde von dort weiterreiten und hoffentlich am Abend in Innsbruck eintreffen, um den Transport der vielen Dutzend Leinwandballen bis zum Mittag des folgenden Tages zu organisieren. Mir wurde das Herz eng, als ich daran dachte, welche Aufgaben noch zu bewältigen waren, bis die Lieferung heil in Landshut einträfe; meine Finger und Zehen juckten, so sehr drängte es mich, den Handel selbst zu retten, und so sehr widerstrebte es mir, die ganze Verantwortung nun dem jungen Mann überlassen zu müssen. Ich seufzte und wandte mich ab, als der letzte Reiter hinter den wuchtigen Flankentürmen des Tores verschwand. Ich konnte nichts mehr tun. Ich wünschte mir, nach Hause zurückzukehren und mich in der Stube vor das Feuer zu setzen, um nachzudenken und mich beruhigen zu können. Doch das war nicht alles, und ich wusste es nur zu gut: Was ich mir eigentlich wünschte, war, nach Hause zu kommen und Maria zu erzählen, was geschehen war. Ich wünschte mir, das Lachen Marias zu hören und ihre Stimme, wie sie sagte: Wenn du alles getan hast, dann vergiss es, bis es wieder so weit ist, dass du etwas tun kannst; und völlig unvermittelt ertappte ich mich dabei, wie ich mich suchend auf der Kiesbank umblickte, ob Jana Dlugosz noch zu sehen wäre. Ich stellte mir vor, dass sie in etwa das Gleiche sagen würde. Ich starrte einen Moment verwirrt zu Boden.

Als ich den Kopf wieder hob, blickte ich die Mauer an, hinter der sich die Stadt duckte. Unwillkürlich suchte ich nach dem Dach des leer stehenden Hauses, aber ich konnte es im Gewirr der Schindeln nicht entdecken. Ich dachte an die verhängten

Fenster und die Kerze, die man auf einer Fensterbank hatte stehen lassen; an die Stimmen, die Sebastian Löw gehört haben wollte. Ich war durchaus nicht der Meinung, dass er sich diese Dinge eingebildet hatte.

Jemand bewohnte das Gebäude, ohne dass der Stadtkämmerer davon wusste; oder sollte ich sagen, jemand verbarg sich darin? Gestern hatte ich vorgehabt, Hanns Altdorfer danach zu fragen. Heute dachte ich anders darüber: Altdorfer hätte ein paar Büttel in das Haus geschickt, und diese hätten womöglich nur die Spuren eines nächtlichen Liebeslagers gefunden oder diejenigen verschreckt, die sich tatsächlich darin versteckten. Keines dieser Ergebnisse wollte ich erreichen. Ich musste mehr darüber in Erfahrung bringen, bevor ich mich wieder an den Stadtkämmerer wandte.

Ich weiß nicht genau, was ich mir vorgestellt hatte, als ich den Plan fasste, das alte Haus zu beobachten; vermutlich eine überwältigende Entdeckung, einen buckligen, vernarbten Riesen mit Mörderhänden und blutunterlaufenen Augen, der aus dem Haustor schlurfte und dem noch das Blut der Ermordeten von den Krallen troff – etwas in dieser Art. Natürlich geschah nichts dergleichen, kein Riese und auch kein normaler Sterblicher ließen sich im oder um das Haus blicken, sooft ich auch meine Runden darum zog: von der Ländgasse durch das Ländtor hinaus zum Landeplatz der Flößer vor der Stadtmauer und von dort durch eines der kleinen Flößertore wieder zurück in die Ländgasse, um die Runde von neuem zu beginnen. Die Männer an den Flößen schenkten mir keine Beachtung; nachdem ein Teil von ihnen in meinem Auftrag davongeritten war, beschäftigten sich die meisten der Übriggebliebenen damit, ihrem Rausch vom Vorabend neue Nahrung zuzuführen. Einige legten jedoch wieder ab und stakten in die Mitte des flachen Isarbetts hinaus, um sich flussabwärts unter der Holzbrücke beim Spital treiben zu lassen, wo sie außer Sicht gerieten. Ich legte hier und dort Pausen ein, um nicht allzu oft an dem alten Haus vorbeizukommen. Einmal besuchte ich mein Pferd, das ich eingedenk der gestrigen Erfahrung bei den Flößern gelassen hatte, und fütterte es mit einer holzigen kleinen Rübe, die gestern von einem der Vorratskarren gefallen und im Rinnstein der allgemeinen Aufmerksamkeit entgangen sein musste. Aber sooft ich mich aus der Nähe des Hauses entfernte, plagte mich der Gedanke, gerade jetzt in diesem Moment würde etwas Wichtiges geschehen, und ich eilte voller Unruhe an meinen Beobachtungsort zurück.

Ich trieb dieses Spiel mit wachsendem Unmut und sinkender Begeisterung, bis ein leichter Nieselregen einsetzte, der das schwächer werdende Licht des Nachmittags vollends in eine kalte, unfreundliche Dämmerung verwandelte. Ich begann zu frieren; als der Regen stärker wurde und länger anhielt, verwandelte sich der Boden in der Gasse in eine knöcheltiefe Mischung aus Kot und Lehm, und meine Schritte verursachten unangenehm saugende Geräusche. Mehr als einmal hatte ich das Gefühl, die Stiefel würden mir von den Füßen gezogen. Vorher war ab und zu noch jemand durch die Gasse gekommen; jetzt war ich ganz alleine, und endlich wurde mir klar, wie sehr ich auffallen musste, wenn ich weiter meine Runden zog. Ich beschloss, meine Wache für diesen Tag aufzugeben, wenn auch mit einem Gefühl der Versäumnis: Mit einsetzender Dunkelheit hätte es durchaus sein können, dass sich ein Licht hinter den verhängten Fenstern entzündet und mir die allerletzte Gewissheit gegeben hätte, dass sich jemand in dem verfallenden Gebäude herumtrieb, der dort nicht hingehörte. Aber nachdem sich die ganzen Stunden über nichts geregt hatte, war ich unsicher geworden. Je mehr ich darüber nachdachte, desto mehr schien mir die brennende Kerze gestern wie eine Täuschung der Augen oder eine Spiegelung im Fensterglas, und ich ritt unbefriedigt nach Hause, ohne den Stadtkämmerer aufzusuchen.

Ich nahm meine Runden am Sonntagmorgen wieder auf, diesmal in der Menge der morgendlichen Kirchenbesucher versteckt, die in jeglicher Richtung durch die Gasse zogen. Das Wetter war nun schon den zweiten Tag schlecht, mit einzelnen nieselnden Regenfällen und einer feuchten Kälte, die einem den Atem vor dem Mund stehen ließ, wenn man tief genug ausatmete. Ich kannte diese Witterung mittlerweile gut genug. Sie würde lange anhalten und den üblichen Unmut der Landshuter Bürger wecken: Jeden November klagten sie über die trübselige, neblige Feuchtigkeit, die sie nun fast ein halbes Jahr einhüllen würde, und fragten sich, womit sie diese Unbill verdient hätten.

Infolge der tief hängenden Wolkendecke wurde es zu keiner Stunde richtiggehend Tag. Vor allem das Schwemmlandstück vor der Stadtmauer, auf dem die Flößer lagerten, schien sich unter dem düsteren Licht zu ducken, in dem sich Menschen und Bauwerke nur verschwommen abbildeten und das flackernde Feuer am Flussufer einen grellen goldfarbenen Punkt darstellte. Ich hatte mir etwas zu essen in einen Beutel eingesteckt, und ich stand am Flussufer vor der Stadtmauer und kaute hungrig an einem Kanten Brot, während das Licht noch düsterer wurde und sich schließlich von Grau zu Blau färbte. Ich war überrascht, als ich die Vesperglocken hörte; der Tag war leise und unbemerkt zwischen meinen Fingern zerronnen, wie es solche zwielichtigen Herbsttage an sich haben.

Ich fühlte mich ratlos. Ich war mir mittlerweile beinahe sicher, dass meine Runden tagsüber vergebene Liebesmüh darstellten; wenn sich jemand blicken ließ, dann vermutlich zur Nachtzeit. Andererseits sah ich keine Möglichkeit, nachts unauffällig einem Menschen zu folgen, der etwa das Haus verließ; tagsüber wäre es eine leichte Übung gewesen. Ich wusste nicht, wie ich diesem Dilemma begegnen sollte. Wie oft, wenn man nicht weiß, wie man weitermachen soll, setzt man seine bisherige Tätigkeit fort und hofft, der Heilige Geist möge dabei über einen kommen – und so tat auch ich das Gleiche: Ich beschloss, noch eine letzte Runde zu drehen, bevor ich mich nach Hause zurückbegab.

Ich hatte die Front des Hauses vorhin erst passiert, bevor ich nach draußen vor die Stadtmauer getreten war; daher marschierte ich zunächst in die Altstadt, um etwas Zeit verstreichen zu lassen. Die Gasse, in der Sebastian Löws Apotheke lag, war düster. Das unruhige Licht der Fackeln, die an der Fassade des Rathauses drüben in der Altstadt steckten, warf matte Flecken und graufarbene Schatten herein und störte eher, als es half. Ich schritt hindurch und hörte meine Tritte an den Häuserwänden widerhallen. Als vorne eine gedrungene Gestalt wie ein Schattenriss auftauchte, stockte ich unwillkürlich, aber es war nur ein Stadtknecht, der neugierig in die Gasse hereinspähte und auf meinen Gruß mit einem gelassenen Kopfnicken reagierte. Ich drückte mich an ihm vorbei in die Altstadt hinaus und war aus keinem bestimmten Grunde froh, die Gasse hinter mir gelassen zu haben.

Ich wandte mich südwärts, in Richtung der Baustelle. Als ich am herzoglichen Zollhaus vorüberkam, sah ich, dass dessen Türen weit offen waren; zwei Männer standen mit einer Fackel gleich hinter dem Eingang und blickten mir entgegen. Einer der beiden machte ein finsteres Gesicht; der andere schien mir vage bekannt, aber erst, als ich näher herangekommen war, erkannte ich Wilhelm Trennbeck, den Stellvertreter des Stadtrichters. Sein Begleiter bewegte sich nicht, sondern starrte nur weiter düster vor sich hin. Gestern Nachmittag hatte ich Lärm und Klopfen aus dem ersten Stock des Zollhauses und seines Nachbargebäudes gehört und einen der müßig herumstehenden Gaffer gefragt, was dort vor sich gehe. Ich hatte erfahren, dass man Türen in die Trennwand zwischen den beiden Gebäuden brach, um Platz für einen Speisesaal für die geladenen Fürsten zu schaffen, und dass dies dem Besitzer des dem Zollhaus benachbarten Gebäudes, dem Herrn Contzen von Asch, trotz einer ansehnlichen Entschädigungssumme nicht recht gefallen wollte. Ich nahm an, dass der schlecht gelaunte Mann Contzen von Asch selbst war; aber ich drehte mich nicht um, auch nicht, als die Stimmen der beiden sich plötzlich erhoben wie im Streit. Ich wusste, dass Ähnliches auch im Haus von Hanns Altdorfer passierte, in welchem das Brautgemach eingerichtet wurde: Man brach eine Tür vom Tanzsaal des Rathauses in den Raum, der das Brautgemach beherbergen sollte, um den ungehinderten Zugang vom Brauttanz zum Beilager zu gewährleisten.

Ich nahm die zweite, weiter südlich liegende Gasse, über die man von der Altstadt aus dic Ländgasse erreichen konnte. Sie führte in einer weiten Rechtskrümmung von der Altstadt fort und an den Fronten einiger Stadel vorüber, deren Ladebalken wie leere Galgen von den Dachfirsten ragten. Sie war ebenso ausgestorben wie die Gasse, in der Sebastian Löws Apotheke lag, und noch um einiges trüber. Ich stolperte durch den aufgeweichten Lehmboden und versuchte, mich von den Rändern der Gasse fern zu halten. Wie kleine, unregelmäßige Bäche flossen die Fäkalien unten an den Hausmauern entlang; ich hatte kein Verlangen danach, dass sich zu dem klebrigen Lehm auch noch Kot und verfaulende Essensreste an meine Stiefel hefteten. Es war gar nicht so einfach, dem Dreck auszuweichen: Die Hauswände standen eng zueinander, und in dem aufgewühlten Boden suchten sich die flüssigen Bestandteile der Jauche ihren eigenen Weg. Als ich endlich in die Ländgasse hinaustrat, war ich erleichtert. Ich blickte in den Himmel, der sanft und tiefgrau über den Hausdächern lag. Es roch nach Rauch und nassem Lehm. Der Duft des Abendmahls, das überall gekocht wurde, vermochte nicht bis hierher vorzudringen, auch nicht das Scheppern aus dem einen oder anderen Kellerfenster, hinter dem eine Küche arbeitete. Ich hörte nichts außer einem gelegentlichen gedämpften Ruf aus der Altstadt und das leise Gezeter der Möwen und Krähen draußen am Flussufer. Ich wandte den Blick vom Himmel ab, dann wanderte ich wieder an dem alten Haus vorüber und versuchte, nicht zu auffällig in die blinden Fensterscheiben zu starren.

Es gab mehrere Möglichkeiten, sich eine Weile auf unverdächtige Weise in der Nähe eines Hauses aufzuhalten. Ich hatte sie im Laufe der letzten beiden Tage alle ausprobiert: Man konnte einen zufällig des Weges kommenden Menschen aufhalten und sich als Ortsfremder ausgeben, der um einige Auskünfte bat; man konnte gerade vor dem zu beobachtenden Haus ein Problem mit seinen Schuhen (mit dem Mantel, der Mütze, dem Gürtel, als Berittener: mit allen möglichen Utensilien an und um das Pferd) bekommen und anhalten müssen; man konnte mit weit ausholenden Armbewegungen so tun, als würde man Häuser zählen und die Ergebnisse auf eine imaginäre Tafel kritzeln; man konnte an einem der benachbarten Stadel klopfen, als suche man jemanden, und hoffen, dass einem für eine lange Weile niemand öffnen würde. Wichtig war, dass man nicht immer die gleiche Erscheinung bot, und so hatte ich meinen Mantel entweder angezogen oder als Umhang um die Schultern gehängt oder lose im Arm (man musste nur aufpassen, dass man mit der jeweils herrschenden Witterung konform ging) oder gar das Innenfutter nach außen gewendet, was ihm ein völlig neues Aussehen und Farbe gab. Mit der Zeit war ich so damit beschäftigt, meinen jeweiligen Aufenthalt vor dem alten Haus deutlich sichtbar zu erklären, dass meine Konzentration sich eher auf meine wechselnden Verstellungen als auf das Haus selbst richtete. Dies und wohl auch meine mittlerweile eingetretene Erschöpfung mochten daran schuld sein, dass ich den Mann erst nach einigen Momenten erblickte.

Den Mann, der im ersten Stock des Hauses in einem der Fenster stand und finster auf mich herabblickte.

Ich hatte die ganze Zeit überlegt, was ich tun würde, sollte ich unverhofft auf einen der mysteriösen Hausbewohner stoßen. Ich würde mit einem nachlässigen Kopfnicken grüßen, an ihm vorbeigehen, mir sein Aussehen und seine Kleidung einprägen, in die nächste Seitengasse huschen und ihm dann mit weitem Abstand folgen. Ich würde mir jedes Haus und jeden Menschen merken, bei dem der Verfolgte vorsprach, und mit diesem Wissen Hanns Altdorfer versorgen, damit er entweder weitere Erkenntnisse abwarten oder mit einem großen Aufgebot an Stadtknechten zuschlagen und Verhaftungen vornehmen konnte.

All das war meinem Gehirn jetzt völlig entschwunden. Ich sah die dunkle Gestalt im Fenster stehen, vage erleuchtet von einer kleinen Lichtquelle, die sich hinter ihr im Zimmer befinden musste, und prallte vor Schrecken zurück; fast wäre ich gestolpert. Erst später wurde mir klar, dass er sich so aufgestellt hatte, dass ich ihn sehen musste; er hatte sogar noch dafür gesorgt, dass ein wenig Licht auf ihn fiel. Ich stand im Schmutz der Gasse, mein Herz klopfte so wild, dass es mich in der Kehle würgte, und ich starrte gebannt zu dem Fenster empor, ohne mich noch zu regen.

Ich weiß nicht, wie viel Zeit so verging: Ich in der finsteren Gassenschlucht, reglos, starr vor Schreck und Überraschung, mit offenem Mund nach oben gaffend, und er oben hinter der blinden Fensterscheibe und der zerbröckelnden Mauer, schweigend, eine massige Gestalt, die sich vom helleren Hintergrund des beleuchteten Zimmers abhob wie ein Schatten, der jeden Moment dunkle Schwingen entfalten und sich auf mich herabstürzen würde. Dann kehrten Leben und Verstand in mich zurück, und ich tat, was ich für das Nächstliegende hielt: Ich räusperte mich, spuckte auf den Boden und begann, mit lallender Stimme ein Trinklied zu grölen; ich tat, als könne ich mich nur mühsam auf den Beinen halten, und torkelte die Gasse hinunter, ohne mich noch einmal umzublicken, bis ich die nächste Stichgasse zu einem der Flößertore erreichte. Dort stolperte ich hinein, prallte gegen eine Hausmauer und lehnte mich dagegen. Mein Herz wollte fast zerspringen, und meine Hände zitterten. Mir war so übel, dass ich mich hätte übergeben können, aber mein Magen war leer, und ich würgte nur trocken. Plötzlich merkte ich, dass mein Körper nass von Schweiß war.

Als ich zu frieren begann, stieß ich mich wieder von der Hausmauer ab und spähte zurück in die Ländgasse hinein. Von hier war die Front des Hauses nicht zu sehen, aber man konnte die Gasse bis zu ihm hin überblicken. Ich versicherte mich, dass niemand in der Gasse stand und nach mir Ausschau hielt. Ich zog den Kopf zurück und atmete auf. Ich spürte mein Herz noch immer in der Kehle, aber mein Atem hatte sich wieder beruhigt. Ich fühlte Erleichterung, dass mir niemand auf den Fersen war, und zugleich dachte ich erbittert: Ich habe es verdorben. Im Nachhinein erschien mir meine Verstellung als Betrunkener so lächerlich, dass ich am liebsten meinen Kopf gegen die Wand geschlagen hätte.

Ich schlich nach draußen vor die Stadtmauer, um mein Pferd zu holen; mein Hirn war leer. Ich sagte mir: Es war zu dunkel in der Gasse; er hat dein Gesicht nicht gesehen und von deiner Gestalt bestenfalls einen vagen Umriss. Aber ich wusste selbst, dass es leeres Geschwätz war. Der Mann im Fenster hatte auf mich gewartet; er hatte gewusst, dass ich über kurz oder lang nochmals vorbeikommen würde, und das hieß, er hatte gewusst, dass ich das Haus beobachtete. Während all der Zeit, in der ich mir eingebildet hatte, ihn zu belauern, hatten seine Augen auf mich herabgestarrt.

Die Flößer winkten, als ich mein Pferd losband, und riefen mir etwas zu, aber ich ignorierte sie. Ich fühlte mich schlecht. Das Pferd stolperte durch den Kies, flussaufwärts am Ufer der Isar entlang, bis ich das Ländtor erreichte. Die Wappner dort wiesen mich ab, und ich musste bis zum Judentor reiten, an den herzoglichen Fischweihern vorbei und die steile Böschung hoch, die zur Straße hinaufführte. Die Torwachen dort ließen mich ein. Ich ritt durch die einsame, dunkel liegende Altstadt, passierte ohne Zwischenfall das Spitaler und das Innere Isartor, ritt mit weit hallendem Hufgeräusch über die erste der beiden Holzbrücken, von der aus man den kleinen Lichtpunkt des Flößerfeuers über das Wasser tanzen sah, und durchquerte das provisorische Gerüst des Äußeren Isartors. Ich wurde von einem Wappner aufgehalten und ausgefragt, doch ich erregte keinerlei Aufsehen. Schließlich stand ich an der Stelle, wo das Terrain gleich hinter dem Tor in die weite Flussniederung überging, in der das Kloster der Zisterzienserinnen und die kleine Pfahlsiedlung darum lagen. Das Gelände war dunkel, und es war keine Menschenseele zu erblicken. Ich fühlte, wie ein Kribbeln meinen Rücken hinunterlief. Ich wandte mich um, aber der Wappner hatte das Tor bereits geschlossen. Es dauerte einen Moment, bis ich den Impuls unterdrückt hatte, dagegen zu schlagen und wieder Einlass zu fordern.

War es schon in der Stadt nicht ratsam, allein in den verlassenen, nachtdunklen Straßen umherzuspazieren, so galt dies erst recht für eine Pfahlsiedlung außerhalb der Stadtmauern, für die nicht einmal die Gesetze der Stadt galten. Ich hatte mir bislang darüber noch niemals Gedanken gemacht. Ich war ein bulliger Mann, an den sich so schnell kein Gesindel herangewagt hätte, und ich wirkte sicherlich verteidigungsbereiter, als ich es in Wirklichkeit war. Durch mein Pferd hatte ich einen zusätzlichen Vorteil sowohl im Kampf als auch auf der Flucht – wäre in meinem Pferd nur etwas mehr von einem Streitross und etwas weniger von einem Ackergaul gewesen. Aber auch das konnte man nicht sofort erkennen. Dennoch sah ich mich mit argwöhnischen Blicken um, ehe ich weiterritt. Die schweigende, düstere Gestalt im Fenster, die so offensichtlich auf mein

Erscheinen gewartet hatte, hatte mein Gleichgewicht ins Wanken gebracht.

Das Pferd setzte vorsichtig einen Schritt vor den anderen, während es mich den sanften Abhang hinab und den ersten Häusern entgegentrug. Es hielt den Kopf gesenkt, als könnte es so den Boden besser sehen, und ich verfluchte mich dafür, nicht an eine Fackel gedacht zu haben. Ich hing über seinen Nacken gebeugt und spähte voraus, um auf ein Stolpern des Gauls vorbereitet zu sein. Plötzlich stoppte das Pferd, und ich geriet ins Schwanken. Ich richtete mich auf und sah, dass sich mehrere Gestalten in unseren Weg stellten.

Es war eine merkwürdige Situation: Ich sah die Männer, aber ich könnte heute noch nicht sagen, wie viele es eigentlich waren; ihr plötzliches Auftauchen aus dem Dunkeln war wie ein Schock. Ich erblickte sie, und mein Magen zog sich zusammen wie eine Faust, das Blut schoss mir aus dem Hirn, und meine Oberschenkel wurden so weich, dass ich ohne die Unterstützung meines Sattels vom Pferd gefallen wäre. Die Männer traten einen Schritt auf mich zu. Das Pferd warf den Kopf zur Seite, machte einen Satz zurück und blieb daraufhin wieder stehen, den Hals nach hinten gereckt. Ich drehte mich wie in Trance um und sah dort eine weitere Gestalt, die mit verschränkten Armen mitten auf dem Weg stand. Mein Pferd schnaubte und war dann still; die Metallteile an seinem Zaum klinkerten noch einen Augenblick nach. Ich hob die rechte Hand vom Sattelrand und schloss sie um den Zügel und merkte, dass keine Kraft in meinen Fingern war. Ich dachte unzusammenhängend: Nun ist es so weit.

Einer der Männer trat einen weiteren Schritt nach vorne. Eine Armlänge von meinem Pferd entfernt blieb er stehen und sagte deutlich: »Gott zum Gruße, Herr.«

Ich wollte etwas erwidern und brachte nichts hervor. Er wartete einen Moment, dann fuhr er fort: »Hättet Ihr etwas dagegen, Euch einen Moment mit uns zu unterhalten?«

Er stand allein vor seinen Kameraden. Ich dachte: Jetzt kannst du ihn niederreiten und in wilder Flucht davongaloppieren, und meine Hand zuckte am Zügel, ohne etwas zu bewirken. Der Mann schien meine Gedanken gelesen zu haben. Er fasste mit beiden Händen die Zügel gleich hinter dem Beißstück, und der Augenblick war vertan. Das Pferd schnaubte widerwillig, aber er ließ nicht los, und es fügte sich in sein Schicksal.

»Worüber?«, krächzte ich.

»Vielleicht über Eure Absichten?«, sagte er leichthin. Er hatte einen zähen Dialekt, den ich erst vor kurzem gehört hatte, aber mein Gehirn drehte sich zu sehr im Kreis, als dass ich diesen Gedanken hätte festhalten können.

»Wie meint Ihr das?«, fragte ich.

»Steigt doch ab, Herr, dann können wir uns besser unterhalten. Meint Ihr nicht?«

»Den Teufel werde ich tun«, stieß ich hervor. Ich hoffte, dass er nicht merkte, wie meine Stimme fast in meinem Hals erstickte.

Er machte eine knappe Kopfbewegung, und seine Begleiter rückten näher. Ich blickte mich um; ich war von einem lockeren Ring umgeben. Ich hörte das Blut in meinen Ohren rauschen. Meine Handflächen juckten plötzlich unerträglich.

»Es ist unhöflich, wenn Ihr auf dem Pferd sitzen bleibt«, sagte er mit unerschütterlicher Ruhe. Ich schüttelte den Kopf.

»Bleibt, wo Ihr seid«, keuchte ich, »wenn Ihr nicht wollt, dass mein Gaul Euch die Gesichter zertritt.«

Der Mann vor mir lachte amüsiert. Plötzlich zog er die Zügel nach unten, und das Pferd musste den Kopf vor ihm beugen.

»Ich habe Euren Gaul in der Hand, seht Ihr?«, sagte er. »Wenn er etwas tut, dann das, was ich will. Steigt ab.«

Ich sah zu ihm hinunter. Ich hätte gerne gesagt: Holt mich herunter, wenn Ihr könnt!; aber ich wusste nur zu gut, dass es ohne weiteres in ihrer Macht stand, mich aus dem Sattel zu holen. Ich hatte Angst davor abzusteigen, und ich hatte noch viel mehr Angst davor, gewaltsam vom Pferd gezerrt zu werden. Ich bewegte meine Beine. Meine Glieder waren steif.

»Also gut«, sagte ich.

Es kostete mich Kraft, auf den Boden hinunterzukommen. Als ich stand, hämmerte mein Herz so gewaltig, dass es mich schmerzte.

»Nun?«, sagte ich und blinzelte; ich rechnete jeden Moment

damit, dass sie sich auf mich stürzen würden. Aber alle blieben an ihren Plätzen. Der Mann, der die Zügel meines Pferdes hielt, schien eine Weile nachdenken zu müssen.

»Wie ist Euer Name, Herr?«, fragte er schließlich.

Ich antwortete: »Wie ist Eurer?«

Er lachte wieder, und es schien, als würde er verständnisvoll nicken. Dann sagte er scharf: »Euer Name ist Peter Bernward. Ihr seid Kaufmann. Wo ist Euer Geschäft?«

Ich wiederholte stur:

»Wie ist Euer Name?«

»Mein Name ist Wohlbefinden!«, zischte er so plötzlich, dass ich zusammenzuckte und das Pferd einen kleinen Sprung zur Seite machte. »Falls Ihr mir sagt, was ich wissen will. Im anderen Fall heiße ich Unbehagen. Äußerstes Unbehagen.«

Ich wünschte, mir würde irgendeine freche Antwort einfallen; aber alles, was mir durch den Kopf ging, war: Lasst mich in Frieden.

»Fragen wir andersherum«, sagte der Mann. »Ist Euer Geschäft in der Nähe des herzoglichen Zollhauses?«

Als ich nichts erwiderte, sagte er: »Das war doch eine einfache Frage. Wollt Ihr sie mir nicht beantworten?«

»Geht zum Teufel.«

Er grunzte unzufrieden. Ohne jede Vorwarnung ließ er plötzlich die Zügel los, sprang auf mich zu und packte mich vorne am Mantel. Er war ebenso groß und mindestens ebenso schwer wie ich. Er zog mich zu sich heran; ich ruderte erschrocken um Gleichgewicht. Er brachte sein Gesicht vor meines und brüllte mit voller Lautstärke: »Antwortet!«

Ich zuckte zusammen und sackte gegen seinen Oberkörper. Die Angst und der plötzliche Schrecken über seine Reaktion ließen meine Eingeweide rumoren. Nicht weit entfernt begann ein Hund zu bellen.

»Nicht so laut«, zischte einer der anderen Männer.

Er schüttelte mich, und ich gewann so viel Kraft zurück, dass ich wieder alleine stehen konnte. Ich hielt noch immer seine Oberarme umspannt. Unter dem groben Stoff seiner Jacke konnte ich spüren, wie seine Muskeln bebten.

– *Er hat Angst.*

Er hat Angst. Plötzlich konnte ich wieder atmen. Ich holte Luft.

»Ihr habt mich erschreckt«, sagte ich so ruhig ich konnte, und meine Stimme klang fast normal.

Er ließ mich los und trat wieder einen Schritt zurück. Sein Gesicht verschmolz mit der Dunkelheit. Ich hatte es versäumt, mir seine Gesichtszüge einzuprägen. Er fuhr sich mit dem Ärmel über die Nase und packte die Zügel meines Pferdes aufs Neue.

»Sprecht, dann passiert so etwas nicht mehr«, knurrte er.

»Mein Geschäft ist nicht in der Nähe des herzoglichen Zollhauses«, sagte ich.

»Wo arbeitet Ihr dann?«

»Überall. Ich kaufe und verkaufe leer stehende Häuser.«

»Was?«, keuchte er. »Wollt Ihr mich auf den Arm nehmen?«

»Durchaus nicht.«

Ich sah, wie er den Kopf schüttelte und einen Blick zu einem der anderen Männer sandte. Ich folgte seiner Kopfbewegung, aber ich konnte den anderen noch weniger erkennen als ihn. In meinem Mund formten sich bereits die nächsten Sätze, die ich vorbringen wollte; ich musste mich krampfhaft daran hindern, sie hervorzusprudeln.

»Nun werdet Ihr mir sicher sagen, was Ihr von mir wollt?«, fragte ich und bemühte mich, so viel Sicherheit wie möglich in den Klang meiner Stimme zu legen. Im Moment war er zu verblüfft; das und die Erkenntnis, dass er ebensolche Angst hatte wie ich, gab mir die Oberhand. Meine Furcht war nicht weniger geworden, aber nun gelang es mir, sie zu beherrschen.

»Ich stelle die Fragen«, rief er aufgebracht.

»Im Moment nicht mehr ...«, sagte ich und hätte mir gleich danach auf die Zunge beißen mögen. Er trat wieder auf mich zu und hob die Hand. Es gelang mir, nicht zurückzuzucken.

»Halt's Maul!«, schrie er.

»Sprich doch leise, um Gottes willen!«, drängte einer der Männer. Er fuhr herum und breitete beide Hände aus.

»Warum denn!?«, zischte er. »Denkst du, es kommen gleich die braven Bürger herausgerannt, um nachzusehen, ob sie jemandem helfen können? Du kannst hier die ganze Nacht liegen und vor Schmerzen schreien, und sie werden dir höchstens einen Schuh an den Kopf werfen, damit du das Maul hältst. Was glaubst du, wo du hier bist?«

Er ließ die Arme sinken und schnaubte angewidert; er drehte mir noch immer halb den Rücken zu. Ich stieß ein »Jesus, steh mir bei!« hervor, hob den Fuß und trat ihm mit aller Kraft ins Kreuz. Der Stoß ließ mich gegen die Flanke meines Pferdes taumeln; er aber flog förmlich nach vorne, riss beide Arme hoch, prallte in zwei seiner Gesellen und riss sie mit um. Ich wirbelte zu meinem Pferd herum; ich merkte nicht, dass ich einen gellenden Schrei ausstieß. Das Pferd stieg vor Schrecken mit den Vorderbeinen in die Höhe. Irgendwie kam ich halb in den Sattel und strampelte mit den Beinen nach den Steigbügeln. Das Pferd fiel mit den Vorderhufen wieder zur Erde zurück, und ich wurde nach vorne geworfen, quetschte mir mit einem Ruck die Hoden an der Sattelkante, dass es wie ein glühendes Schwert in meine Eingeweide fuhr; ich hing über dem Hals meines Gauls, er warf den Kopf zurück und stieß gegen meine Stirn, aber der Schmerz in meinen Lenden ließ mich alles andere vergessen. Ich holte Atem und brüllte dem Pferd so laut ich konnte ins Ohr: »Lauf!«

Es wieherte und stieg erneut in die Höhe. Ich rutschte in den Sattel zurück und saß auf einmal so darin, wie es sich gehörte. Undeutlich nahm ich wahr, wie zwei oder drei Männer auf mich zuliefen, aber die wirbelnden Hufe des Pferdes hielten sie auf Distanz. Einem gelang es, nach den Zügeln zu fassen, aber ich riss sie ihm mit einem Ruck wieder aus der Hand. Mein Gaul drehte sich wie verrückt einmal um sich selbst, ich spürte einen Aufprall und sah, wie noch einer der Angreifer zu Boden stürzte, und dann ging der Gaul durch, sprengte mitten durch zwei Männer, die links und rechts davongeschleudert wurden und sich auf dem Boden überschlugen, und wir waren beide frei. Ich ließ die Zügel schießen und krümmte mich vor Schmerzen, während mich der wilde Galopp im Sattel umherschleuderte.

Ich hörte, wie mir jemand in wilder Wut hinterherschrie: »Wir kriegen dich, Pfeffersack, wir kriegen dich!«; aber ich drehte mich nicht um, und das wütende Gebrüll wurde schnell leiser und verstummte schließlich. Meine Eingeweide revoltierten, mir war zum Erbrechen übel, und jeder Schrittwechsel des Pferdes fuhr mir mit einem wühlenden Ruck durch den Leib, aber ich ließ dem Gaul die Zügel, und er lief und lief, bis er vor dem geschlossenen Tor meines Hofs Halt machte und mit zitternden Beinen stehen blieb. Ich rutschte aus dem Sattel und fiel neben dem Pferd zu Boden, wo ich ausgestreckt liegen blieb, bis ich wieder zu Atem kam und das quälende Pochen in meinem Unterleib verebbte.

Als ich wieder ruhig atmen konnte, lag ich noch immer mit dem Rücken auf dem kalten Erdreich und konnte mich nicht bewegen, weil mich die Angst in ihren Krallen hatte. Wie sie aus dem Dunkel aufgetaucht waren. Wie sie mir die Zügel meines Pferdes aus der Hand genommen hatten; wie sie mich in ihrer Gewalt gehabt hatten. Wie sie mir ungerührt gedroht hatten. Ich wünschte mir mit aller Kraft, dass ich dergleichen nicht wieder erleben musste – ja, dass ich es gar nicht einmal erlebt hatte, dass ich träumte und binnen kurzem in meinem Bett aufwachen würde. Ich hatte schon von Überfällen gehört, sowohl auf Handelskarawanen als auch auf Einzelne, doch ich selbst war immer davon verschont geblieben. Es war eine Sache, die den anderen passierte; niemals einem selbst. Ich blieb ausgestreckt auf der Erde liegen, und es schien mir die einzige Stellung zu sein, in der ich das Wanken meiner aus dem Gleichgewicht geratenen Welt nicht spürte. Dann aber begann ich die Kälte zu fühlen, die durch meine Kleider kroch, und die Feuchtigkeit, die an meine Haut drang. Meine Glieder begannen zu schmerzen; ich kroch mühsam auf die Knie, umfasste ein Vorderbein meines Pferdes und zog mich daran in die Höhe.

Das Tor war nicht versperrt, die Flügel nur geschlossen. Ich schob einen davon auf und zerrte das Pferd hinter mir in den Hof hinein. Noch während ich das Tor schloss, hörte ich das leise Traben von krallenbewehrten Hundepfoten auf dem festgestampften Boden innerhalb meines Hofes, und ich drehte mich um. Zwei der vier Hunde, die auf dem Hof mit durchgefüttert wurden, standen hinter mir und blickten schwanzwedelnd und mit heraushängenden Zungen zu mir auf. Mein Verwalter hatte sich die Mühe gemacht, sie abzurichten: Einen Fremden hätten sie verbellt und mit entblößten Gebissen in Schach gehalten, bis der gesamte Haushalt zusammengelaufen wäre. Ich hatte seine Bemühungen immer belächelt; nun plötzlich hatte ich das starke Bedürfnis, die Hunde zu küssen, und ich kniete mich schwerfällig auf den Boden. Die beiden kamen auf mich zugetrottet und schmiegten sich in meine ausgebreiteten Arme, und ich klopfte ihnen auf die sehnigen Rücken und streichelte ihr Fell, roch den dumpfen, säuerlichen Hundegeruch, der von ihren Körpern ausging, und fühlte, dass sie mir ein wenig Sicherheit zurückgaben.

Ich hatte erwartet, dass ich nicht würde schlafen können; stattdessen lag ich wie bewusstlos in meinem Bett, bis mich der Lärm meines erwachenden Haushalts im Morgengrauen weckte. Während des Essens war ich schweigsam; ich hörte weder, was um mich herum gesprochen wurde, noch gab ich selbst einen Kommentar ab.

Die Männer, die mich gestern

– überfallen?

hatten. War es tatsächlich ein Überfall gewesen? Nicht, dass ich es für unmöglich hielt, dass Straßenräuber mit süffisantem Spott um ein Gespräch bitten würden. Wer den Knüppel in der Hand hält, kann sich einen gesunden Humor leisten. Was mich stutzig machte, war die Tatsache, dass sie meinen Namen gekannt hatten. Strauchdieben wäre er nicht nur unbekannt, sondern zudem in höchstem Maße egal gewesen; es zählte, was im Beutel drin war, nicht, was darauf stand. Also waren es keine Strauchdiebe gewesen – wenigstens keine gewöhnlichen.

Wenn sie meinen Namen herausgefunden hatten, konnte es sich nur um eine Frage der Zeit handeln, bis sie auch wussten, wo ich lebte. Was würden sie dann tun? Meinen Hof belagern? Sei nicht albern, sagte ich mir. Selbst wenn sie auf eine derartige Idee kommen, du hast genug kräftige und ergebene Männer, um dich von einem Ende der Altstadt zum anderen durch eine Schar von Stadtknechten zu schlagen. Aber der Gedanke, in meinem eigenen Heim plötzlich zur Zielscheibe dunkler Absichten zu werden, war äußerst beunruhigend. Jedoch war es wahrscheinlicher, dass sie mir irgendwo auflauern würden; eine Variante, die mich noch heftiger beunruhigte. Sollte ich in Zukunft nur noch in Begleitung erwachsener Männer meinen Hof verlassen oder nur noch im hellen Tageslicht? Verlassene Gassen und Plätze meiden? Und selbst wenn: Auch im dichtesten Gedränge konnte man ein Messer zwischen die Rippen bekommen, wenn der Täter nur kaltblütig genug war.

Ein drittes Szenario tauchte in meinem Geist auf: Ein Attentäter, der sich lautlos auf den Hof schlich, in das Haus und in meine Kammer, und mir die Kehle durchschnitt, um wieder ungesehen zu verschwinden, vorbei an den vergifteten (erschlagenen, erdolchten) Hunden, während ich ebenso lautlos in meinem Bettkasten verröchelte und mein Blut gemächlich aus dem Türspalt auf den Boden tropfte. Ich schüttelte mich und verschüttete etwas Suppe, die eine der alten Frauen mit vorwurfsvollem Blick und einem Kanten Brot auftunkte.

Was hatten sie von mir gewollt? Die Frage ließ sich nur im Zusammenhang mit einer anderen beantworten. Wer hatte sie geschickt?

Ich dachte an eine dunkle Gestalt, die hinter einem Fenster stand und den Kerzenschein auslöschte.

Nach dem Frühstück brach ich auf und besuchte Hanns Altdorfer. Die Stadt war still, ohne den Bauernmarkt leblos; die Geschäfte würden nach dem morgendlichen Kirchgang öffnen, und dieser hatte eben erst begonnen. Das Rathaus war unverschlossen. Der Wappner, der neben der Tür an der Mauer lehnte, schien eher dekorativen Zwecken denn als Wächter zu dienen: er beantwortete meine Frage nach dem Stadtkämmerer mit einem bejahenden Brummen und zuckte nicht einmal, als ich die Tür aufstieß und ins Innere des Hauses vordrang. Die Schreibstube war leer, die Schreiber noch bei ihren Familien oder in der Kirche. Zum ersten Mal fiel mir der provisorische Schlafplatz in einer Ecke des weiten Raumes auf. Ich trat näher heran und erkannte den Mantel meines Freundes auf der Strohmatratze; dafür, dass dies nun für längere Zeit seine Schlafstätte sein würde, war sie äußerst spartanisch eingerichtet. Ich kannte Hanns

Altdorfer: Er würde es noch nicht einmal bemerken, dass er nicht besser schlief als ein Knecht. Ich schüttelte den Kopf und drückte an die Tür seines Arbeitszimmers. Zu meinem Erstaunen war sie verschlossen; ich klopfte dagegen und bekam keine Antwort.

Als ich zurücktrat, vernahm ich Stimmen aus dem Obergeschoss. Ich stieg die breite Treppe hinauf und stolperte an ihrem oberen Ende in Bretter, Vorhangstangen und eine Menge Schutt hinein. Die Stimmen, die ich gehört hatte, waren aus einer offenen Doppeltür gekommen. Ich kletterte über die herumliegenden Teile und trat ein. Es war der Ratsherrensaal; aber nicht einmal sein Erbauer hätte ihn wiedererkannt.

Er war nun größer; man hatte Wände herausgenommen. Im hinteren Teil fehlte ein großes Stück in der Außenwand, und Teile eines Gerüsts waren durch die Öffnung zu sehen. Dort, wo ich stand, verkleideten Bahnen aus rotem Samt die Wände. An den Seitenwänden und der Wand mit der Öffnung fehlte die Verkleidung. Man würde sie vermutlich anbringen, wenn die Arbeiten dort abgeschlossen waren. Inmitten des Raumes standen zwei Männer: Hanns Altdorfer und Wilhelm Trennbeck. Bei meinem Eintreten drehten sie sich um und sahen mich fragend an.

»Der Wächter hat mich hereingelassen«, sagte ich.

Altdorfer verdrehte die Augen und schnaubte.

»Wahrscheinlich hat er dich für den Zimmermann gehalten«, sagte er. »Wir haben ihn herbestellt.«

Er wandte sich zu Trennbeck um und fragte: »Kennt Ihr den Kaufmann Peter Bernward, Richter?«

Trennbeck schüttelte den Kopf, und ich trat näher und drückte ihm die Hand. Er war breit gebaut, aber nicht füllig; er machte den Eindruck eines sehnigen Menschen, dem die Arbeit mit den Händen nicht unbekannt war. Sein Gesicht war lang und kantig, mit einem vorspringenden, blau schimmernden Kinn. Als er lächelte, entblößte er eine Reihe großer, gut gepflegter Zähne, mit denen er hätte Nüsse knacken können. Ebenso strahlend wie sein Gebiss waren seine Augen: ein helles Blau mit einem dunklen Rand um die Iris, das selbst von seinen im düsteren Raum geweiteten Pupillen nicht beeinträchtigt wurde. Ich hatte auf Anhieb das Gefühl, dass er mir als Richter in einem Streitfall lieber gewesen wäre als der kleine, verkrüppelte Girigel.

Er ließ meine Hand los und sagte: »Ich freue mich, Euch kennen zu lernen. Habt Ihr auch mit den Hochzeitsvorbereitungen zu tun?«

»Nur am Rande«, sagte Hanns Altdorfer hastig, und ich setzte hinzu: »Ich bin an der Stofflieferung des Herrn vom Feld beteiligt.« Der Stellvertreter des Stadtrichters nickte.

»Es gab Schwierigkeiten, nicht wahr?«

»Ja. Der Treck wurde in Innsbruck aufgehalten.«

»Mittlerweile befindet er sich irgendwo zwischen Rosenheim und Landshut«, sagte er. »Der Pfleger des Herzogs zu Kufstein, Christoph Paumgartner, hat Nachricht bringen lassen, dass er die Lieferung gestern entgegengenommen und den Holländer ausbezahlt hat. Wir haben schon dringend darauf gewartet.« Er drehte sich um und wies auf die unverkleideten Wände des großen Saales. »Seht Ihr, wir konnten nicht weitermachen mit dem Ausschlagen der Wände. Nur dort vorn, wo der Kaiser und die Fürsten sitzen sollen, sind wir schon fertig.«

Ich warf Altdorfer einen raschen Blick zu. Er trat vor Ungeduld von einem Fuß auf den anderen und sah mich drängend an.

»Was wird das hier?«, fragte ich den Richter. »Ich dachte, der Speisesaal sei drüben im Zollhaus?«

»Wir bauen hier den Tanzsaal auf«, sagte er. »Der Ratsherrensaal erwies sich jedoch als zu klein. Wir lassen dort draußen einen neuen Aufgang errichten, damit man vom Innenhof direkt heraufgelangen kann. Die Treppe, die Ihr gerade heraufgekommen seid, wird verschlagen.«

»Ein hübsches Stück Arbeit, das noch vor Euch liegt.«

»Das ist richtig«, seufzte er. »Hier greift mir wenigstens der Herr Stadtkämmerer unter die Arme. Aber drüben beim Zollhaus, wo wir den Speisesaal errichten, muss ich mich mit dem Eigentümer des Nachbarhauses herumschlagen, der mir Knüppel zwischen die Beine wirft, wo er nur kann.«

»Ich sah Euch gestern, wie Ihr mit ihm diskutiert habt«, sagte ich lächelnd. »Ich hatte zufällig in der Stadt zu tun.«

»Diskutiert?«, dehnte der Richter. »Dann seid Ihr aber in einem frühen Stadium des Gesprächs vorbeigekommen. Der Herr von Asch hat uns die Zimmer im ersten Stock seines Gebäudes zur Verfügung gestellt, aber dass wir Türöffnungen vom Zollhaus zu seinen Räumen brechen müssen, wurde ihm angeblich niemals mitgeteilt. Jetzt beklagt er sich, dass er weder schlafen noch arbeiten könne und seine Töchter von den Handwerkern belästigt würden.«

Er hob die Hände und lächelte ebenfalls. Ich sah, dass er dunkle Schatten unter den Augen hatte, aber ich sah auch, dass er die Aufregung und die Hetze genoss.

»Ich glaube, ich werde einmal zu ihm hinübergehen«, sagte er. »Mittlerweile dürfte er von der Messe zurück sein. Vielleicht hat er den Heiligen Geist in sich und ist friedlicher Stimmung. Wenn der Zimmermann eintrifft, schickt einfach nach mir, Herr Stadtkämmerer. Es hat mich gefreut, Euch kennen zu lernen, Herr Bernward.«

Ich drückte ihm die Hand zum Abschied und sah ihm zu, wie er durch die Wandöffnung hinaustrat und die provisorischen Treppen hinunterkletterte. Als er außer Reichweite war, drehte ich mich zu Hanns Altdorfer um.

»Er redet und redet!«, stöhnte er. »Dabei verbrenne ich vor Ungeduld. Was hast du bisher herausgefunden, Peter?«

»Jemand hat mich gefunden«, sagte ich düster.

Er zog die Brauen zusammen.

»Wie darf ich das verstehen?«

»Hanns«, sagte ich und nahm ihn beim Arm, »ich bin gestern überfallen worden.«

»Was?«

»Mehrere Kerle; frag mich nicht, wie viele es genau waren. Wenn ich nicht mein Pferd so erschreckt hätte, dass es durchging, hätten sie mir wohl die Haut abgezogen.«

»Straßenräuber?«, fragte er, obwohl ich ihm vom Gesicht ablesen konnte, dass er selbst nicht daran glaubte.

»Nein; ich bin sicher, dass sie nicht an mein Geld wollten.«

Er starrte mich entgeistert an; er war merklich blasser geworden.

»Komm mit nach unten«, sagte er. »Dort können wir uns besser unterhalten.«

Drunten schloss er die Tür zu seiner Stube auf. Es war kalt im Rathaus, und die große Maueröffnung im Obergeschoss machte es nicht besser. Er warf seinen Mantel über, ließ sich schwer in einen Stuhl fallen und sah mich fragend an.

»Hanns«, sagte ich, »erinnerst du dich an das alte Haus in der Ländgasse? Das unbewohnt ist und seit langer Zeit leer steht?«

»Was ist damit?«, fragte er misstrauisch.

»Einer der Nachbarn hat Gespenster darin gehört«, fing ich an und stockte, weil der Stadtkämmerer die Augen aufriss. »Ich habe nachgesehen«, fuhr ich fort, »Gespenster habe ich keine gefunden; wer darin umgeht, ist aus Fleisch und Blut.«

»Würdest du dich etwas genauer ausdrücken?«, würgte er.

»Lass mich von vorne anfangen.« Er nickte, und ich beugte mich seufzend nach vorne.

»Ich habe die letzten beiden Tage damit zugebracht, die Polen auszuhorchen; zuerst Moniwids Leute, dann den polnischen Gesandten. Danach hatte ich ein Treffen mit dem Apotheker Löw, dem ich Geld schuldete; er erzählte mir beiläufig, er habe Stimmen in einem alten Haus in seiner Nachbarschaft gehört. Es handelt sich um das Haus, das in deinem Plan als leer stehend gekennzeichnet ist. Ich habe es gestern und den Tag davor beobachtet. Es versteckt sich jemand darin.«

»Beobachtet? Warum?«

Ich zuckte mit den Schultern.

»Aus Neugier, zuerst. Weil es mir schon auf deinem Plan aufgefallen war. Ich fand es merkwürdig, dass es leer stand. Und als ich es zum ersten Mal aufsuchte, sah ich eine brennende Kerze in einem der oberen Fenster.«

Er schüttelte ungläubig den Kopf, und ich sagte: »Ich habe beim polnischen Gesandten ein paar Dinge erfahren, die es mir gar nicht so abwegig erscheinen lassen, dass sich jemand in dem alten Gebäude versteckt.« Ich machte unwillkürlich eine Pause, aber Altdorfer regte sich nicht.

»Der Rat Priamus glaubt, dass eine Verschwörung im Gange ist«, sagte ich dann. »Jedoch nicht gegen Herzog Ludwig – gegen König Kasimir. König Matthias von Ungarn liegt im Krieg gegen Polen, der nur durch einen unsicheren Waffenstillstand stillsteht.«

»Glaubst du, der Mord wurde deswegen ...«, flüsterte er.

»Ich weiß noch nicht, was ich glaube«, erwiderte ich. »Der polnische Rat behauptet, Matthias sitze unrechtmäßig auf dem ungarischen Thron, weil Kaiser Friedrich die ungarische Krone König Kasimir zugesprochen habe; daneben versuche er sich auch noch Böhmen anzueignen, auf dessen Thron Kasimirs ältester Sohn sitzt. Und nicht zuletzt scheint Matthias ein Auge auf die Prinzessin geworfen zu haben, wurde aber wohl mehrfach ziemlich schnöde abgewiesen. Ich weiß nicht, ob das alles Grund genug ist, mit einem Mord die Hochzeit ins Wanken zu bringen. Aber ich weiß, dass ich letztens zu dir sagte, wer immer den Mord begangen habe, würde sich möglicherweise ein zweites Opfer suchen. Erinnerst du dich?«

»Natürlich«, sagte er ohne Begeisterung.

»Nun«, fuhr ich fort, »sieht es so aus, als würde sich jemand in einem leer stehenden alten Haus verstecken, das nur einen Steinwurf weit weg ist von der Unterkunft Kaiser Friedrichs. Jemand, der möglicherweise ein zweites Opfer sucht. Kannst du mir folgen?« Er ächzte.

»Sie verüben einen Anschlag auf den Kaiser und schieben ihn König Kasimir in die Schuhe. Ob er gelingt oder nicht, ein Großteil des Reichs wird dem Polen daraufhin den Krieg erklären.«

»Und Mathias Corvinus wird sich auf der richtigen Seite zu finden wissen«, ergänzte ich.

Altdorfer schloss die Augen und verbarg das Gesicht in seinen Händen.

»Reckels Geist«, sagte er dumpf. »Man hätte das Haus damals abreißen sollen, wie es die Gesetze vorschreiben; es entwickelt sich nur Unglück darin.«

»Was willst du damit sagen?«

Er nahm die Hände herunter und sah mich an. Er wirkte noch müder und blasser als bei meinem Eintreten.

»Das alte Haus«, sagte er. »Es gehörte Dietrich Reckel, dem Baumeister.«

Ich zuckte mit den Schultern.

»Hat er die Martinskirche geplant?«, fragte ich. Altdorfer schnaubte. »Nein«, sagte er. »Er hat einen Aufstand gegen Herzog Ludwigs Vater angezettelt und das größte Blutgericht entfacht, das die Stadt jemals erlebt hat.«

Ich starrte ihn überrascht an.

»Wann war das?«, brachte ich hervor. »Vor zweihundert Jahren?«

»Vor fünfundsechzig«, sagte er, und beinahe huschte ein Lächeln über sein Gesicht. »Das ist kein Märchen, Peter.«

»Ich habe niemals davon gehört«, erklärte ich. Er zuckte mit den Schultern und ging nicht näher darauf ein. Vielleicht wollte er nicht sagen, dass es möglicherweise daran lag, dass ich mich anfangs nur um meine Familie und später nur um mein Geschäft gekümmert hatte, ohne mich sonderlich in der Stadt zu engagieren.

»Womöglich haben sich heute wieder Verschwörer dort eingenistet«, sagte ich. »Das erscheint mir nicht unpassend.«

Er schniefte und wischte sich mit dem Ärmel über die Nase. Ich sah, dass seine Hand zur Faust geballt war.

»Der Überfall auf dich ...?«, fragte er.

»Man hat mich entdeckt, als ich das Haus beobachtete«, sagte ich. »Wahrscheinlich wussten sie schon die ganze Zeit über, dass ich um ihr Versteck herumstrich. Sie hatten sogar genug Zeit, um meinen Namen auszuspionieren. Der Himmel weiß, wie ihnen das gelungen sein mag; Gott sei Dank wussten sie weiter nichts über mich, oder sie hätten mich wohl zu Hause überfallen.«

»Was machen wir jetzt?«, überlegte er. »Willst du eine Wache? Ich könnte ein paar Wappner von ihren momentanen Aufgaben abziehen.«

Ich schüttelte den Kopf. Ich hatte genügend Männer, die mir beistehen konnten. Und ich konnte selbst auf mich aufpassen. Im Tageslicht war es leichter, tapfer zu sein, dachte ich.

»Wann wird der Kaiser erwartet?«, fragte ich.

»In etwa einer Woche. Man hat die Herren von Stain und von Rechberg dem Kaiser nach Nördlingen entgegengesandt, um das herauszufinden. Er wollte gestern in Nördlingen ausreiten und über Neuburg, Ingolstadt und Mainburg nach Landshut kommen.«

Ich nickte.

»Eine Woche. So viel Zeit haben wir noch. Moniwids Vorgabe war gnädiger.«

Altdorfer fuhr sich mit den Händen über das Gesicht.

»Peter«, sagte er drängend, »was sollen wir tun? Der Richter ist noch immer in Burghausen, und auch der Kanzler hat die Stadt wieder verlassen. Es hat sich herausgestellt, dass der Kaiser wohl am gleichen Tag wie der Brautzug in Ingolstadt eintreffen wird. Man will alles tun, um das zu verhindern, sonst reichen die Quartiere nicht aus. Die beiden herzoglichen Räte sollen ihn überreden, auf dem schnellsten Wege nach Landshut zu kommen. Außerdem kommen noch der Graf von Württemberg, der Herzog von Vorderösterreich, der Kurfürst von Brandenburg und was weiß ich wer noch alles über Ingolstadt. Das sind über dreieinhalbtausend Menschen, den Brautzug noch gar nicht mit eingerechnet. Das Weiterkommen auf den Straßen, die Übernachtungsmöglichkeiten, das alles will koordiniert sein.«

Ich fühlte mich für einen Moment versucht zu erwidern, dass die ganzen Vorbereitungen möglicherweise vergeblich waren. Stattdessen sagte ich: »Ich werde nachdenken«, und stand auf. »Ich bin noch eine Weile in der Stadt. Kann ich das Pferd in der Obhut deiner Wappner lassen?«

»Selbstverständlich.«

Er begleitete mich zur Tür und blieb darin stehen, während ich davonschritt. Ich drehte mich noch einmal nach ihm um; er stand bewegungslos im gefältelten Spitzbogen, der das Eingangsportal zum Rathaus umrahmte, und wirkte in all seiner Hagerkeit gebückt und verlassen. Ich wandte mich wieder um und drängte mich durch die Menschen, die vom Kirchgang zurückkamen und ihre Geschäfte öffneten. Seine Verlassenheit wirkte ansteckend. Plötzlich sehnte ich mich nach Maria.

Ich hatte bereits nachgedacht und war zu dem Ergebnis gekommen, dass das alte Haus im Licht der neuen Ereignisse umso mehr unter ständige Beobachtung gestellt werden musste. Ich selbst konnte es nicht mehr tun; ich musste jemanden damit beauftragen. Dazu bestanden mehrere Möglichkeiten. Eine war, einen der jungen Tunichtgute dafür einzuspannen, die die Gastwirtschaften und Schänken bevölkerten – aber wie hätte ich wissen können, wer darunter halbwegs vertrauenswürdig war? Ich hätte mich auch an Sebastian Löw wenden können (wieder einmal), doch dessen Interesse an den Vorgängen im alten Haus war schon durch seine vermeintlichen Gespenstererscheinungen zu nachhaltig geweckt, als dass ich mich bei ihm nach einem Spitzel hätte erkundigen können, ohne ihn vollends misstrauisch zu machen. Der Totengräber, den Löw mir vermittelt hatte, fiel gleichermaßen aus. Zuerst war er mein Hauptfavorit gewesen, bis mir klar wurde, wie merkwürdig es gewirkt hätte, wenn er sich in der Stadt herumgetrieben hätte; außerdem war es mehr als fraglich, ob er an dem Auftrag interessiert wäre. Der Sohn des Sebastian Löw? Er wohnte in der Nähe und konnte das Haus im Auge behalten, ohne Verdacht zu erregen. Aber abgesehen davon, dass auch er mein Ansinnen mit aller Wahrscheinlichkeit ablehnen würde, war er zu impulsiv und ehrlich, um einen guten Spion abzugeben.

Es musste jemand sein, der wenig genug Bekannte und Freunde in der Stadt hatte, sodass er nicht in Versuchung käme zu plaudern. Gleichzeitig durfte er nicht auffallen, wenn er sich in der Nähe des Hauses herumtrieb; sein Aufenthalt dort musste plausibel sein. Nicht zuletzt musste er auch an meinem Angebot interessiert sein, die zu erwartende Belohnung musste ihn also locken. Ich war sicher, dass ich jemanden finden würde, auf den die drei Kriterien einigermaßen zutrafen; es gab jedoch ein viertes Kriterium, das mir von allen am wichtigsten schien: Er musste zuverlässig sein. Wie sollte ich diese Tatsache feststellen können?

Dann fielen mir die Flößer ein, die vor den Toren der Stadt am Flussufer kampierten. Die Auswärtigen unter ihnen erfüllten die ersten drei Kriterien: Sie waren in der Stadt fremd; sie fielen nicht sonderlich auf, wenn sie ab und zu in der Ländgasse auftauchten; und sie waren auf Geld scharf, weil sie die Tage bis zum Fest mit großer Wahrscheinlichkeit ohne einen Fährauftrag vertrödelten. Was die Zuverlässigkeit anging, so war mir durch den Auftrag über den Transport der Leinwand wenigstens der Sprecher der Flößer gewogen: Er mochte mir einen Mann nennen, auf den ich mich verlassen konnte.

Die Erinnerung an die Verhandlungen mit den Flößern ließ mich auch wieder an Jana Dlugosz denken. Ich würde einen Teil meiner Aufmerksamkeit auf ihre Person richten müssen; was sie bisher über sich ausgesagt hatte, war widersprüchlich genug, um auch sie in Verdacht geraten zu lassen. Ich dachte an das fröhliche Funkeln in ihren Augen und daran, wie sich die Grübchen in ihren Wangen vertieften, wenn sie amüsiert lächelte. Ich schüttelte den Kopf und verschob es auf später.

Das Häuflein der Flößer war merklich kleiner geworden; vermutlich hatten sich angesichts des feuchtkühlen Wetters alle Einheimischen in ihre Häuser verdrückt. Ich grüßte das halbe Dutzend verbliebener Männer, die eine verblichene Plane zum Schutz vor der Witterung an eisernen Haken in der Stadtmauer befestigt hatten und mit zwei aufrecht in den Kies gesteckten Stangen abspannten. Ich hatte mir die Gesichter der Flößer nicht gemerkt, und ich konnte nicht sagen, ob ich einen davon hätte wiedererkennen sollen. Es war unerheblich; sie erkannten mich. Die Eifrigkeit, mit der sie aufsprangen und meinen Gruß erwiderten, ließ mich vermuten, dass sie sich mittlerweile dafür ohrfeigten, meinen Auftrag ihren Kameraden überlassen zu haben.

»Ich möchte gerne mit Eurem Sprecher reden«, sagte ich. »Ist es noch der Mann, mit dem ich neulich verhandelt habe, oder habt Ihr einen neuen gewählt?«

»Nein, Steckenhauser ist noch immer unser Sprecher«, erwiderte einer. »Er ist bei seiner Familie. Soll ihn jemand holen?«

»Ich bitte darum.«

Sie diskutierten kurz, dann rannte einer von ihnen in leichtem Trab los. Sie hätten mich auch zu seinem Haus führen können, aber darauf kamen sie nicht. Ich stand halb verlegen unter ihnen, während wir auf die Rückkehr des Boten und die Ankunft Steckenhausers warteten, und wünschte mir, ich hätte etwas gehabt, was ich ihnen hätte anbieten können – einen Schluck Wein oder wenigstens etwas frisches Wasser. Ich lächelte sie an, und sie lächelten unbeholfen zurück, sichtlich bestrebt, einen guten Eindruck zu machen. Sie standen ebenso befangen wie ich unter der Plane herum und ließen ihre Arme pendeln, weil sie nicht wussten, wohin sie die Hände stecken sollten.

»Es tut mir Leid, dass das Wetter so schlecht ist«, sagte ich schließlich.

Sie winkten großzügig ab; sie waren die Nässe gewohnt.

»Wenn die Hochzeit stattfindet, werdet Ihr sicherlich die Belohnung für Euer Ausharren erhalten«, fuhr ich angestrengt fort.

Sie nickten begeistert. Die Belohnung würden sie sich holen, darauf war Verlass.

Ich beugte mich unter der Plane nach draußen und kniff die Augen zusammen, um in den Himmel zu spähen. Er war mit einer konturlosen hellen Schicht aus Wolken überzogen, die keinerlei farbliche Abstufung erkennen ließ und aus der sanfter Nieselregen zur Erde geweht wurde. Die Flößer taten es mir nach, starrten ebenfalls mit kritischem Gesicht unter ihrer ärmlichen Deckung hervor und musterten den Himmel mit fachmännischen Blicken.

»Das ändert sich so schnell nicht«, sagte ein älterer Mann, der die allgemeine Wetterlage in Landshut rasch erfasst hatte. An sein Gesicht konnte ich mich vage erinnern.

»Während der Hochzeit wird bestimmt die Sonne scheinen«, sagte ich.

»Da ist es mir dann egal«, sagte er gelassen, und seine Kumpane lachten.

Endlich kam der Bote zurück, in Begleitung des Mannes, mit dem ich gestern verhandelt hatte. Er reichte mir die Hand zum Gruß.

»Herr Bernward«, sagte er. »Was können wir diesmal für Euch tun?« Ich legte ihm die Hand auf die Schulter und schob ihn sanft unter der Plane heraus zum Flussufer hin. Zuerst dachte ich, die anderen würden uns folgen, aber dann blieben sie zurück und blickten uns gespannt hinterher.

»Ich hätte noch einen Dienst für einen Eurer Männer«, sagte ich.

»Ihr werdet feststellen, dass sie alle froh sind, ein wenig Geld verdienen zu können.«

»Ich werde nicht geizig sein«, versprach ich. »Allerdings ist der Auftrag, den ich habe, auf den ersten Blick ein wenig merkwürdig.«

Er antwortete nicht, aber seine Brauen zogen sich zusammen.

»Ich möchte, dass er ein bestimmtes Haus in der Nähe überwacht und sich alle Bewegungen darin merkt«, sagte ich.

Er machte ein verständnisloses Gesicht, und ich sah mich gezwungen anzufügen: »Es ist eine geschäftliche Sache, wenn Ihr versteht.«

Er verstand nicht, aber er wagte auch nicht nachzufragen.

»Um welches Haus handelt es sich?«, fragte er schließlich.

»Ihr müsstet es kennen. Es heißt Reckel-Haus.«

»Ich kenne es«, sagte er. »Dort geht es nicht mit rechten Dingen zu.«

Ich wusste nicht, wie ich darauf reagieren sollte. Vielleicht war es ein Fehler gewesen, das Haus zu erwähnen. Ich dachte an Hanns Altdorfers Gesicht; er war unangenehm berührt gewesen, dass das ehemalige Haus des Baumeisters und Anführers einer Bürgerrevolte seinem dahinmodernden Vergessen entrissen werden sollte.

Ich sagte vorsichtig: »Wie meint Ihr das?«

»Nun, Lichter, Stimmen – was weiß ich. Die alten Weiber zerreißen sich immer wieder einmal das Maul darüber. Jedenfalls hat noch keiner lange darin gewohnt. Wisst Ihr, was ich glaube?«

»Nein.«

»Ich glaube, dass die Lichter von Liebespaaren kommen, die sich in die verlassenen Räume schleichen, um dort heimlich ...« Er kniff ein Auge zusammen und stieß mich leicht mit dem Ellbogen an. »Ihr könnt es Euch ja denken.«

Sicher dachte er jetzt, auch bei meinem »Geschäft« würde es sich darum handeln. Ich ließ ihn in seinem Glauben.

»Könnt Ihr mir einen zuverlässigen Mann empfehlen?«, fragte ich.

»Den grauen Bertold«, sagte er, ohne lange nachzudenken. »Er ist einer meiner beiden Sprecherkollegen. Er ist nicht von hier, aber auf ihn ist Verlass. Ich kenne ihn von früher her.«

»Gut«, erwiderte ich. »Ich werde mich täglich zu einem bestimmten Zeitpunkt hier mit ihm treffen.«

»Soll ich ihn holen?«

»Bitte.«

Er schritt über den Kies davon; einen Augenblick später kam er mit dem älteren Mann zurück, der die Bemerkung über das Wetter gemacht hatte. Ich setzte ein freundliches Lächeln auf, als die beiden Männer vor mir standen, und begann meine Geschichte aufs Neue.

Bis ich mich endlich wieder bei Hanns Altdorfer einfand, war es bereits Nachmittag. Der Nieselregen hatte alle, die sich vielleicht noch vor der Abendmesse die Beine vertreten hatten wollen, in ihre Behausungen verscheucht. Die Fackeln an den Hauswänden kämpften lustlos gegen die Nässe an, die sich über das holprige Pflaster senkte. Mein Pferd stand noch da, wo ich es verlassen hatte, mit hängendem Kopf dem Regen ergeben. Die Wachen vor dem Rathauseingang waren auf zwei verstärkt worden; einer davon streichelte dem Pferd über die Flanke, während sich der andere so weit wie möglich in den Bogen über der Eingangstür drückte, um dem Regen zu entgehen. Als ich mich ihnen näherte, versperrten sie mir mit gekreuzten Spießen den Durchgang. Ich wandte mich an denjenigen, den ich von heute Morgen kannte.

»Lasst mich ein«, sagte ich. »Ich war bereits heute Morgen hier. Ich bin ein Freund des Stadtkämmerers. Dies ist mein Pferd.«

»Stimmt«, sagte er. Er zeigte entschieden mehr Elan als heute Früh; vielleicht weckte die weite, einsame Straße und die hereinbrechende Dämmerung ein Gefühl des Misstrauens. Unwillkürlich dachte ich an den gestrigen Abend. Würden sie mir heute nochmals auflauern?

Er ließ mich passieren. Der zweite Wächter war ein junger Mann, dessen Gesicht unter dem Helm das eines kleinen Buben war und dessen Nase in der Kälte lief. Er hatte bereits davor resigniert, und ein kleiner, zäher Tropfen hing ihm an der Nasenspitze. Ich hatte plötzlich das Bedürfnis, ihm einen Kanten Brot in die Hand zu drücken, damit er das Pferd füttern konnte: Er war es, der meinen Gaul gestreichelt hatte. Ich nickte ihm zu und trat durch die Tür in das Rathaus.

Hanns Altdorfer studierte im Schein einer Kerze seinen Plan.

»Ich wollte noch einmal bei dir vorbeikommen, bevor ich nach Hause reite«, sagte ich.

Er hatte seinen Mantel angezogen und vorne zugeknöpft; auf seinem Kopf saß ein Barett. Er sah auf und lächelte.

»Gibt es etwas Neues?«

»Nichts Besonderes. Ich habe einen Mann gedungen, um das alte Haus weiter zu überwachen. Bei dir?«

»Der Zimmermann hat versprochen, mit den Arbeiten rechtzeitig fertig zu sein. Außerdem hat Trennbeck sich wieder mit dem alten von Asch gestritten. Und ich erlebte den Auftritt eines Propheten.«

»Eines was?«

»Eines Verrückten«, sagte er. »Er ist bekannt in der Stadt; sie nennen ihn den Heiligen Rochus.« Altdorfer kurbelte mit der Hand vor seiner Stirn.

Ich schnaubte belustigt.

»Woher hat er diesen Namen?«

»Er ist ein alter Mann, der sich von Abfällen ernährt und auf der Straße oder in den Auwäldern um die Stadt herum lebt. Bevor er den Verstand verlor, war er Medicus; nicht einmal ein schlechter, habe ich mir sagen lassen. Er gehörte zum Tross der Leibärzte von Herzog Heinrich, dem Vater von Herzog Ludwig. Während der Pest vor fünfundzwanzig Jahren hat er nicht nur einen Großteil seiner Familie verloren, sondern auch noch seinen hochwohlgeborenen Patienten Heinrich. Er konnte nicht verschmerzen, dass seine Künste völlig belanglos waren gegen den Schwarzen Tod. Seitdem ist er von Jahr zu Jahr verrückter geworden.«

»Und was hat er dir erzählt?«

»Er kam hier hereingeplatzt und erklärte mir, dass die Hochzeit zum Scheitern verurteilt sei. Du kannst dir vorstellen, wie sehr ich erschrak, das zu hören; bis mir klar wurde, worauf er hinauswollte. Er sieht die Wiederkehr der Pest voraus. Das tut er jedes Jahr.«

»Wie ist er denn hier hereingekommen?«

»Er kommt überall hinein. Im Grunde ist er harmlos, aber wenn man ihn aufzuhalten versucht, zieht man seinen heiligen Zorn auf sich, und es kann passieren, dass er einem den halben Tag auf Schritt und Tritt nachläuft und einen wüst beschimpft. In dieser Beziehung ist er hartnäckig; deshalb gewährt man ihm für gewöhnlich dort Eintritt, wo er hinwill. Er plaudert ein bisschen, dann geht er friedlich wieder. Es ist die bessere Lösung, anstatt ständig mit ihm zu streiten.«

Ich lächelte, und er schüttelte mit komischer Verzweiflung den Kopf.

»Und – kommt die Pest nun?«, fragte ich ihn.

Er zuckte mit den Schultern.

»So wie jedes Jahr«, sagte er resigniert. Er rückte seinen Mantel zurecht.

»Was sitzt du in dieser Aufmachung herum? Gehst du noch aus?«

»Ich wollte in die Abendmesse gehen«, erwiderte er. »Ich bin den ganzen Sonntag nicht zur Kirche gekommen und wollte es heute nachholen. Begleitest du mich?«

»Ich hatte vor, auf dem schnellsten Weg nach Hause zu reiten. Ich will nicht wieder bei völliger Dunkelheit unterwegs sein. Seit gestern bin ich ein wenig nervös, um die Wahrheit zu sagen.«

»Ich habe keine rechte Lust, alleine in die Andacht zu gehen. Komm doch mit.«

»Ich verzichte«, erwiderte ich mit einem schiefen Lächeln.

Altdorfer erhob sich und schüttelte den Kopf. »Man möchte nicht glauben, dass dieser Heide einmal ein eifriger Diener der Kirche war.«

»Laiendiener«, sagte ich. Er nickte und lächelte schwach. Mit zwei angefeuchteten Fingern löschte er die Kerze aus.

»Gehen wir«, meinte er und stapfte aus dem Raum. Unter dem Eingangsportal blieb er stehen und spähte mit zusammengekniffenen Augen in den Regen.

»Es ist noch recht hell«, sagte er über die Schulter zu mir. »Du könntest mich wenigstens ein paar Schritte begleiten.«

»Also gut«, seufzte ich und dachte daran, dass ich, sollte die Dunkelheit mich einholen, immer noch einen Umweg über das Ländtor und das weite Flutland der Pfettrach machen konnte, um mich meinem Hof von hinten zu nähern. Kaum jemand würde vermuten, dass ich diesen Weg nähme; er führte an ein paar verstreut liegenden Pachthöfen vorbei und durch nur teilweise trockengelegtes Marschland. Niemand war dort freiwillig bei Nacht unterwegs; man wollte Irrlichter gesehen haben, die die Reisenden in den Sumpf lockten. Irrlichter jedoch waren das, was mir im Augenblick die geringste Sorge bereitete.

Ich sagte zu den Wachen: »Ich lasse das Pferd hier; ich komme gleich zurück und hole es ab.« Sie nickten gleichmütig.

Altdorfer wünschte den Wappnern eine gute Nacht und setzte sich in Bewegung. Vom Rathaus führte die Grasgasse direkt hinüber zur Neustadt, die schon bei Tage deutlich weniger belebt war als die Altstadt und jetzt, bei hereinbrechender Dunkelheit und dieser Witterung, weit, düster und verlassen dalag. Hinter der herzoglichen Münze am Südende der Neustadt erhob sich die steile Flanke des Lenghart, bekrönt vom Burgsöller und den Maueranlagen, die sich bis herunter zu den Gebäuden des Franziskanerklosters zogen; sonst ein massiger Schatten, der sich über den Bürgerhäusern in die Höhe reckte, jetzt unsichtbar hinter den feinen Schleiern des allgegenwärtigen Nieselregens.

Noch auf der Höhe der Fleischbänke hinter dem Rathaus hatte uns eine Gruppe von Männern überholt, die eiligen Schrittes ebenfalls zur Neustadt strebten und uns hastig grüßten; ich hörte, wie einer von ihnen sich laut ärgerte, dass sie die Kirche vor Messbeginn nicht mehr erreichen würden. Altdorfer nahm diesen Umstand gelassen hin. Ich hatte den Eindruck, dass er froh war, sich an der frischen Luft bewegen zu können. Als wir in die Neustadt kamen, war die Gruppe bereits verschwunden, vermutlich angespornt durch die Befürchtung, in der Kirche nur mehr die Plätze zu bekommen, an denen es sich weder bequem stehen noch unbemerkt dösen ließ.

Im Gegensatz zur Altstadt war die Neustadt nicht gepflastert.

Der festgetretene Boden wies bereits die ersten Furchen und weichen Stellen auf; bald würde er sich, wie jeden Herbst, in knöcheltiefen Schlamm verwandeln, den nur ein selten auftretender Frost zu knochenbrecherischen Formen erstarren ließ und der sich erst im Verlauf des darauf folgenden Frühlings langsam und widerwillig wieder ebnete. Wir marschierten über die Straße und in die breite Gasse zwischen Lagerhäusern und Stadeln hinein, die zugleich die Zufahrt zum Kloster der Dominikaner bildete. An dem freien Platz, der vor dem Kloster lag, öffneten sich mehrere Gassen in alle Himmelsrichtungen; eine davon führte auch zur Kirche des heiligen Jobst, die sich inmitten der großzügigen Freyung erhob. Der Weg über das Dominikanerkloster war die kürzeste Verbindung vom Rathaus zur Kirche.

Sie hatten ihren Überfall gut geplant; wahrscheinlich waren sie mir schon gefolgt, als ich mich zu Hanns Altdorfer ins Rathaus begeben hatte. Da sie unser Ziel nicht gekannt hatten, waren sie hinter uns hergelaufen, bis ihnen klar wurde, dass wir zur Kirche strebten, hatten uns bei den Fleischbänken überholt und sich in der Neustadt getrennt, um beide möglichen Wege zur Kirche – den über das Dominikanerkloster und den über das Südende der Neustadt und das Franziskanerkloster – abzuriegeln. Es sprach für ihre Geschicklichkeit, dass weder Hanns noch ich etwas ahnten von ihrem Hinterhalt. Die Gruppe, die uns überholt hatte, hatten wir völlig arglos betrachtet; besonders ich, der ich mit einem weiteren Überfall gerechnet hatte, erwartete sie weder um diese Zeit noch an diesem Ort. Im Gegenteil – innerhalb der Stadtmauern und zudem in Begleitung des Stadtkämmerers fühlte ich mich trügerisch sicher.

Wir machten es ihnen leicht, uns zu überfallen: Die Messe hatte bereits begonnen, die Straßen waren leer, und wir nahmen den Weg zwischen den finsteren Lagerhäusern. Der Boden in der Gasse war von den schweren Lastkarren, die von und zum Kloster und den Stadeln fuhren, zerwühlt und tief gefurcht, und in der Dunkelheit mochte ihn kaum jemand gehen; üblicherweise nahm man den Umweg über das Franziskanerkloster in Kauf. Sie hatten die finsterste Stelle in der Gasse gefunden, sich dort in den dunklen Tordurchfahrten der Lagerhäuser versteckt und besaßen genug Geduld abzuwarten, bis wir uns in ihrer unmittelbaren Nähe befanden, durch die Krümmung der Gassenführung sowohl den Blicken von der Neustadt als auch denen vom Kloster her entzogen. Dann schlugen sie rasch und geplant zu.

Ich hörte die hastigen Schritte hinter mir, und ich spürte die körperliche Annäherung eines Menschen mit einer plötzlichen Dringlichkeit, die mir einen Schauer den Rücken hinuntersandte. Der Aufprall traf mich, als ich mich schon halb herumgedreht hatte: Der Mann rannte mit voller Wucht in mich hinein. Ich spürte keinen Schmerz, eher einen Schock, als habe jemand eine Tür direkt vor meinem Gesicht zugeschlagen. Ich verlor den Boden unter den Füßen, hatte das unwirkliche Gefühl zu fliegen, noch während der Anblick des auf mich zustürmenden Mannes wie in meine Augen eingebrannt war, und stürzte zu Boden.

Die Wucht des Zusammenstoßes ließ meinen Angreifer taumeln. Er stolperte in meine Richtung, brachte die Füße übereinander, dann fing er sich und nutzte den eigenen Vorwärtsschwung, um sich auf mich zu werfen. Ich lag ohne Regung am Boden, atemlos durch den wuchtigen Sturz, und erst, als ich sein Gewicht plötzlich auf meinem Körper spürte und seinen Versuch, mit dem Bein meine Knie auf der Erde festzunageln, erwachte ich aus der Überraschung. Die Dinge verloren ihre seltsame Trägheit. Auf einmal war mir klar, dass ich unsere unbekannten Feinde bei weitem unterschätzt hatte.

Er richtete sich halb auf und holte mit einer Faust weit aus. Meine Hände hoben sich vor mein Gesicht, aber darauf hatte er gewartet: Er schlug mich unterhalb der Rippen in die Seite, zweimal, dreimal hintereinander, so schnell es ging. Die Stelle wurde mit dem ersten Schlag gefühllos, beim zweiten begann sie zu glühen, und der dritte Schlag war, als hätte jemand mit aller Kraft in eine offene Wunde geschlagen. Ich keuchte und versuchte, einen weiteren Treffer dort unten abzuwehren, worauf er mir mit derselben Leichtigkeit zwei Schläge ins Gesicht versetzte, die meine linke Gesichtshälfte in eine pochende Zone des Schmerzes verwandelten. Ich spürte, wie mir das Wasser in die Augen trat. Zuerst war ich zu erschrocken gewesen, um Angst zu fühlen; jetzt richtete sich mein Denken schlagartig nur noch darauf aus, weitere Faustschläge abzuwehren. Ich fürchtete nicht um mein Leben. Ich hatte keine derart abstrakten Gedanken. Ich war eine Ansammlung bloßliegender Nervenenden, die an zwei Stellen vor Schmerz bebten, und ich hatte das einzige Ziel, jeglichen weiteren Schmerz von diesen Stellen abzuhalten. Er hob die Faust nochmals, und auf irgendeine Weise gelang es mir, einen Arm nach oben zu bringen und den herabzuckenden Schlag von meinem Gesicht abzuwehren: Er traf die Seite meines Unterarms und schrammte daran entlang, und der Schmerz schoss mir bis in die Fingerkuppen.

Er rief nicht und schrie nicht. Er keuchte nur laut vor Aufregung und Konzentration. Mit einer raschen Bewegung drückte er meinen erhobenen Arm zur Seite. Sein Knie rutschte über mein Schienbein, als er sich besser abstützte. Ich schielte voller Panik auf seine rechte Faust und fuchtelte mit beiden Händen vor meinem Gesicht hin und her. Sein Knie rutschte noch weiter ab, bis er breitbeinig über mir kniete. Plötzlich griff er mit der linken Hand nach meinem Hals und drückte mit erstaunlicher Kraft zu, presste mir den Atem so vollständig ab, dass ich nicht einmal mehr ein Keuchen zu Stande brachte. Ich konnte sein Gesicht in der Dunkelheit nicht sehen, aber ich wusste, dass es blass sein und der Mund weit offen stehen und die Augen zusammengekniffene Schlitze sein würden, in denen die Mordlust funkelte. Ich stieß ihn mit meinem freigewordenen Knie in den Unterleib, zwischen die Beine, und es war ein Ruck, den ich bis in meine eigenen Zähne herauf spürte, und wenn ich überhaupt einen Wunsch hatte in diesem Moment, dann den, dass ich so hart zustoßen möge, dass ihm seine Hoden zerplatzten. Wenn ich Luft gehabt hätte, hätte ich gekreischt.

Seine erste Reaktion war, meinen Hals noch fester zu umklammern. Der Druck schoss mir bis in die Augenwinkel und ließ meine Augen schmerzhaft hervortreten. Dann erschlaffte seine Hand, und er gab seinen ersten Laut von sich: ein dumpfes Grollen, das mehr aus seinem Bauch als aus seiner Kehle zu stammen schien. Er fiel steif zur Seite, rollte sich zusammen und stieß das Grollen erneut aus, ein lang anhaltendes, finsteres, schmerzerfülltes Geräusch, das mit einem Seufzen endete. Dann begann er, stoßweise zu keuchen und zu winseln und sich neben mir im Schmutz zu krümmen. Er hatte jedes Interesse an mir verloren.

Ich blieb auf dem Rücken liegen und starrte blind in die Finsternis, bis mir klar wurde, dass die nächste logische Reaktion meine Flucht sein musste. Ich raffte mich auf, bis ich auf allen vieren kniete, den klopfenden Schmerz in meiner Seite und in der linken Gesichtshälfte ein Gefühl, als wäre alles Fleisch dort geschwollen und aufgeplatzt. Meine Oberschenkel hatten ihre Kraft verloren; als ich versuchte, noch weiter hochzukommen, sackte ich wieder zurück. Ich dachte: Um Gottes willen, lauf davon, und meine Beine strampelten erneut im Dreck, und ich kam schwankend in die Höhe und stieß gegen eine Mauer, die mir eine unerwartete Stütze gewährte.

Dann geschahen mehrere Dinge gleichzeitig.

Das Licht von Fackeln und das Geräusch rennender Füße näherte sich aus der Altstadt, und ich hörte über dem Klingen in meinen Ohren heisere Rufe. Zugleich fiel mir Hanns Altdorfer ein, und diesmal schoss die Panik beinahe noch schärfer in mich als vorhin, während ich mich des Hagels aus Faustschlägen erwehrt hatte. Ich sah ihn keine Mannslänge von mir entfernt. Sie hatten es nicht vermocht, ihn zu Boden zu stoßen – vielleicht hatte seine schlaksige Gestalt den Aufprall besser gedämpft als mein eigener schwerer Körper. Er hatte sein Barett verloren und versuchte, die beiden Männer, die auf ihn einschlugen, mit ungezielten Fußtritten abzuwehren. Er sah nicht auf, und auch er gab außer einem scharfen Keuchen keinen Ton von sich; er sprang vor und zurück, einer der Angreifer fiel plötzlich nach vorne, ob von der Unebenheit des Bodens oder von einem Tritt Altdorfers war nicht auszumachen, und der andere stolperte über seinen Genossen und stürzte dem Stadtkämmerer in die Arme. Ich stieß mich von der Wand ab, um ihm beizustehen; die Fackeln bogen um die Ecke, ich sah das Blinken von Lanzen und Schwertklingen und hörte wilde Rufe. Ich blieb wie angewurzelt stehen. Mein erster Gedanke war: Sie sind bewaffnet. Wir sind erledigt. Meine Beine wollten nachgeben.

Die beiden Männer, mit denen Hanns Altdorfer kämpfte, warfen sich herum. Der zu Boden Gefallene stolperte wild in die Höhe und versuchte zu fliehen, aber aus der Gruppe der Neuankömmlinge setzte ihm einer nach und verfolgte ihn laut fluchend. Der andere Mann zerrte an Altdorfers Armen und versuchte sich loszureißen. Ich sah, wie der Stadtkämmerer ihn festzuhalten versuchte. Ich hörte mich erschrocken rufen: »Lass ihn laufen!«

Der Mann kämpfte eine Hand frei, schlug nach Altdorfers Gesicht, aber dieser bog den Kopf weit genug nach hinten, um ihm auszuweichen. Die Männer mit den Fackeln sprangen auf die Kämpfenden zu, um sie

– niederzuhauen

auseinander zu zerren, und der Festgehaltene hob die Faust erneut, im Licht der Fackeln blitzte die Klinge eines Messers auf, das Aufblinken gleichzeitig mit einem vielstimmigen Aufschrei des Entsetzens, Faust und Messer fuhren herab, und Altdorfer taumelte zurück und stürzte schwer zu Boden.

Ich schrie: »Nein!!«

Der Angreifer fuhr herum, die Hand mit dem Messer vorgestreckt. Zwei, drei Schwerter erhoben sich zugleich, eine Klinge zuckte nach unten, und das Messer fiel auf den Boden, und eine weitere schlug zu, und eine Hand folgte dem Messer nach. Wenn nicht alles laut durcheinander gerufen hätte, wäre vielleicht das entsetzliche Geräusch zu hören gewesen, mit dem mehrere Spieße durch Gewand, Haut, Fleisch und Knochen drangen; so sah ich nur, wie der dritte der Angreifer einen Augenblick an den Spießen hing, als wäre er eine Puppe und die Lanzen nur dazu da, um ihm eine aufrechte Haltung zu verleihen, dann wurden die Spieße ruckartig zurückgerissen, und er taumelte dem Ruck hinterher und fiel den Männern mit den Fackeln lautlos vor die Füße.

Es war, als wäre er auf eine geheimnisvolle Weise mit mir verbunden gewesen. Ich sah ihn stürzen, und dann sah ich nichts mehr. Schwach spürte ich, dass ich ebenfalls zusammensackte, und ich hörte noch, wie einer der Neuankömmlinge rief: »Schnell, helft ihm.«

Dann versagte auch mein Gehör und mit ihm mein Gleichgewichtsgefühl, und ich hatte keinen Körper mehr und schwebte in einem schmerzfreien, erinnerungsfreien Raum.

Mein erster bewusster Eindruck danach war der mehrerer Gesichter unter matt blinkenden Helmen, die mich angespannt musterten, und ein Tätscheln auf meiner verletzten Wange, das zuerst lästig war und dann, als ich vollkommen erwachte, einen scharfen Schmerz in mein Gehirn sandte. Ich hob einen Arm und schob die tätschelnde Hand schwach zur Seite. Die linke Hälfte meines Unterleibs begann zu schmerzen; dann wurde mir von der Bewegung übel, und ich würgte. Das Innere meines Halses brannte wie Feuer. Mit einem Schlag wusste ich wieder, wo ich mich befand und was geschehen war.

»Wie geht es Euch, Herr?«

Ich lallte: »Wo ist der Stadtkämmerer?«

Jemand schob die um mich stehenden Männer beiseite und drängte sich zu mir durch: Es war Hanns Altdorfer.

»Ich bin in Ordnung«, sagte er ruhig.

»Hanns«, krächzte ich. In diesem Moment hätte ich weinen mögen. »Ich dachte, er hätte dich umgebracht.«

»Er hat mich nur geritzt«, sagte er. »Erinnerst du dich, wie kalt es im Rathaus war wegen der Treppenöffnung im Tanzsaal? Ich hatte so viele Jacken und Wämser übereinander an und darüber noch den Mantel, dass der Stoß fast vollständig abgefangen wurde.«

Er lächelte, aber er war unnatürlich blass. Im Fackelschein glänzte ein feines Netz aus Schweißtropfen auf seiner Stirn, und seine Augen waren weit.

»Ohne das«, sagte er und hob einen Fetzen seines Mantels hoch, »hätte er mich abgestochen.«

Ich schloss die Augen und ließ mich zurücksinken. Langsam verging das Gefühl der Übelkeit; ich atmete tief ein und roch den beißend harzigen Geruch der Fackeln. Die Kälte des Erdbodens drang durch meine Kleidung, und das Liegen wurde mir unangenehm. Ich öffnete die Augen wieder und richtete mich auf. Als ich saß, begann meine linke Gesichtshälfte zu pochen. Ich versuchte, auf die Beine zu kommen, und ein paar Hände griffen zu und zogen mich in die Höhe. Ich schwankte, aber ich blieb stehen. Durch das Aufstehen hatte sich die Wunde auf meiner Wange wieder geöffnet, ein scharfer Stich inmitten des betäubenden Pochens, und ich spürte, wie mir ein dünner Blutfaden die Backe hinunterlief. Ich griff nach oben und wischte ihn weg, und die Bewegung brachte mich erneut aus dem Gleichgewicht. Einer der Männer griff zu und stützte mich. Erst jetzt fiel mir auf, dass er und seine Kumpane einheitlich gestreifte Wämser trugen.

»Wer sind diese Männer?«, fragte ich Altdorfer.

»Wappner«, sagte der Stadtkämmerer. »Stadtknechte.«

»Was für ein glücklicher *Zufall,* dass sie in der Nähe waren.«

»Es war kein Zufall«, sagte Altdorfer.

Einer der Männer stellte sich neben Altdorfer und nahm seinen Helm ab. Er schien der Anführer der Truppe zu sein. Er lächelte grimmig.

»Kein Zufall?«, echote ich.

Der Wappner ergriff das Wort.

»Nein«, sagte er. »Wir handeln im Auftrag des Kanzlers.«

»Doktor Mair?« Ich wandte mich an Hanns Altdorfer. »Was hat das zu bedeuten?«

Der Stadtkämmerer hatte sich abgewandt und beobachtete, was neben der Mauer des Lagerhauses vor sich ging. Die Wappner hatten den Mann, der mich angegriffen hatte, unsanft auf die Beine gestellt. Er krümmte sich noch immer, aber er schien sich so weit erholt zu haben, dass er wieder atmen konnte. Sie lehnten ihn gegen die Mauer und leuchteten ihm mit einer Fackel ins Gesicht; selbst von hier aus konnte ich sehen, dass er leichenblass war und ihm Blut aus dem Mund lief – er hatte sich auf die Zunge gebissen. Bei jedem Ausatmen war ein kurzes Ächzen zu hören, und er stützte sich mit beiden Händen auf die Oberschenkel. Dabei starrte er verbissen nach unten und ließ das Blut auf den Boden tropfen. Derjenige der Angreifer, der zu fliehen versucht hatte, wurde ebenfalls unsanft herbeigezerrt und gegen die Wand gedrückt. Er hatte eine Schürfwunde im Gesicht und sah betäubt und verängstigt aus.

Altdorfer hatte seine Aufmerksamkeit auf den dritten der Männer gerichtet, jenen, der den Dolch gegen ihn gezogen hatte. Die Wappner packten ihn an den Beinen und schleiften ihn zur Hausmauer, neben die anderen, die sich bemühten, den Toten nicht anzublicken. Als sie ihn davonzerrten, wanderte auch der Fackelschein seiner Träger mit ihm, und die Schatten bemächtigten sich der Stelle, an der er zusammengebrochen war. Bevor das Licht den Platz endgültig verließ, konnte man die dunkelglänzenden Blutlachen sehen, die sich in den Furchen gesammelt hatten, und ein unsägliches, abgetrenntes totes Ding, das wie ein Häufchen Dreck in einer eigenen Blutlache lag. Ich sah weg, als einer der Wappner sich bückte und die Hand mit spitzen Fingern aufhob; ich richtete den Blick auf den Toten, der jetzt ausgestreckt mit dem Gesicht nach oben neben der Hausmauer lag, das ganze Vorderteil seines Wamses zerrissen und schwarz vor Blut. Der Stadtknecht trat hinzu und legte ihm die abgehackte Hand auf die Brust. Dann bückte er sich, fuhr dem Toten über das Gesicht und schloss die weit aufgerissenen Augen. Ich war froh, als die Männer von der Leiche zurücktraten und auch das Fackellicht mitnahmen, sodass nur noch ein dunkler Körper im Schatten an der Hausmauer zu erkennen war. Ich sah zu Hanns Altdorfer. Er schluckte trocken, und seine Hände zitterten. Als er sich zu mir umdrehte, stand sein Mund offen, und sein Gesicht war verzerrt. Die Wirkung des Schocks klang offensichtlich ab.

Altdorfer machte eine Geste zu dem Anführer der Wappner. »Erklärt es ihm«, sagte er rau. »Ich glaube, mir wird übel.«

Er trat einige Schritte beiseite und setzte sich dann hart auf den Boden, als hätten seine Beine plötzlich nachgegeben. Er blieb so sitzen, mit angezogenen Knien, zwischen denen seine Hände baumelten, und gesenktem Kopf. Der Führer der Stadtknechte blickte ihn besorgt an.

»Er braucht etwas zu trinken«, sagte er und nestelte einen Beutel vom Gürtel, dem er eine krumme Steingutflasche entnahm. Er entkorkte sie, zögerte einen Moment, dann hielt er sie mir hin. Ich packte sie und sog kräftig an ihrem Hals; der Schnaps brannte mit dem Geschmack fauler Weintrauben meine Kehle hinunter und schmerzte in meinem wunden Hals. Die Tränen stiegen mir in die Augen, aber mein Kopf wurde kurzzeitig klar. Der Wappner winkte einem seiner Männer und übergab ihm die Flasche; ich sah, wie dieser sich zu Altdorfer bückte und ihm die Flasche vor das Gesicht hielt, aber der Stadtkämmerer schüttelte den Kopf.

Ich fragte: »Was hat der Kanzler mit Eurem Auftauchen zu tun?« Der Anführer der Wappner zuckte mit den Schultern.

»Er hat uns beauftragt, auf den Herrn Notarius Acht zu geben.«

»Wusste der Stadtkämmerer denn davon?«, fragte ich fassungslos.

»Nein. Ich habe es ihm eben erklärt. Um ihn nicht nervös zu machen, sollten wir so weit wie möglich darauf schauen, dass er uns nicht bemerkt. Das ist heute natürlich hinfällig geworden.«

»Wozu denn das alles?«

»Ich weiß nicht. Ich nehme an, dass der Herr Kanzler großen Wert auf die Gesundheit des Herrn Notarius legt.«

Natürlich; es war vollkommen klar. Hanns Altdorfer trug zusammen mit dem Kanzler die Verantwortung für die Hochzeitsvorbereitungen. Ich fragte mich, ob der Kanzler erst nach dem Mord an der polnischen Gräfin daran gedacht hatte, Altdorfer heimlich bewachen zu lassen; aber im Grunde genommen war der Zeitpunkt gleichgültig. Seine Umsicht hatte uns heute vermutlich das Leben gerettet. Die Ironie an der Geschichte war, dass der Überfall mit Sicherheit nicht dem Stadtkämmerer, sondern mir gegolten hatte. Ich schauderte. Hätte ich meinen Freund nicht zur Kirche begleitet, wäre ich aller Wahrscheinlichkeit nach jetzt bereits ein toter Mann. Es ist nicht leicht, sich mit dem Gedanken abzufinden, dass man gerade dem Tod entronnen ist; noch weniger leicht ist es, wenn man erfährt, dass man diesen Umstand nur einem Irrtum verdankt. Ich schloss die Augen und atmete tief ein und aus. Am liebsten hätte ich mich neben Altdorfer auf den Boden gesetzt.

»Wie seid Ihr so schnell hierher gekommen?«, fragte ich nach einer Weile.

»Wir haben das Rathaus beobachtet«, erwiderte er. »Im Normalfall sind immer einer oder zwei von uns dem Stadtkämmerer unauffällig gefolgt, wenn er sich irgendwo hinbegab. Das war auch heute der Fall. Wir waren anfangs beruhigt, weil wir Euch in seiner Begleitung sahen. Dann stellten wir fest, dass Euch eine Gruppe von sechs Männern in einem gewissen Abstand folgte. Ich sandte zwei Männer dieser Gruppe hinterher. Sie kamen bald zurück und berichteten, dass die Kerle Euch überholt und sich in der Neustadt getrennt hätten, umso schnell wie möglich beide Zugänge zur Freyung abzuriegeln. Da war mir klar, dass sie nichts Gutes im Schilde führten, und ich trommelte alle verfügbaren Männer zusammen und folgte Euch nach.«

»Habt Ihr die anderen erwischt?«

»Ich habe es gar nicht erst versucht. Ich wollte kein Risiko eingehen und bin mit all meinen Leuten Euch nachgelaufen. Ich nehme an, sie werden inzwischen über alle Berge sein.«

Ich nickte langsam; es hätte mir besser gefallen, wenn auch die übrigen Strolche den Wappnern in die Hände gefallen wären.

»Kann ich die Gefangenen etwas fragen?«

Er breitete gleichgültig die Hände aus.

»Wenn Ihr Euch etwas davon versprecht ...«

Ich nahm eine der Fackeln und schritt zu den Männern. Als ich mich ihnen näherte, begann meine Hand zu zittern, aber ich unterdrückte die Reaktion und leuchtete ihnen ins Gesicht; ich betrachtete selbst die Züge des Toten. Keiner der drei schien der Mann zu sein, der sich gestern als der Anführer der Strauchdiebe hervorgetan hatte. Ihre Gesichter waren mir unbekannt, aber das bedeutete nichts; ich hatte gestern keinen der anderen Männer genau angesehen. Ich versuchte, in ihren Augen ein Zeichen des Erkennens zu lesen, aber der eine hielt den Blick stur zu Boden gerichtet, und der andere starrte mir nur voller Panik ins Gesicht. Er zitterte beinahe ebenso stark wie ich selbst. Er war jung, höchstens so alt wie mein Sohn Daniel.

»Wer hat euch geschickt?«, fragte ich ihn.

Er antwortete nicht. Sein Mund arbeitete, und seine Augen zuckten hin und her, aber außer seinem stoßweisen Atem kam ihm nichts über die Lippen. Der Anführer der Wappner trat neben mich und leuchtete ihm mit einer zweiten Fackel ins Gesicht. Die Augen des jungen Mannes irrten von mir ab und hefteten sich mit noch größerer Furcht auf ihn.

»Wer hat euch geschickt?«, wiederholte ich.

Ich erhielt keine Antwort. Der Anführer der Wappner wandte sich an mich und sagte gelassen: »Ich glaube nicht, dass Ihr damit weiterkommt.« Er wandte sich ab. Im nächsten Moment wirbelte er herum, stieß die Fackel dem jungen Burschen ins Gesicht und brüllte: »Wer hat dich geschickt, du Bastard!?«

Der Bursche zuckte zurück und stieß sich den Hinterkopf heftig an der Mauer. Ein Winseln entrang sich ihm, und seine Lippen fingen noch heftiger an zu zittern. Plötzlich rann ihm ein Speichelfaden den Mundwinkel hinunter. Der andere der Männer regte sich, fasste zu ihm hinüber und legte ihm eine Hand auf den Arm. Dann hob er das Gesicht und starrte mir mit funkelndem Hass in dic Augen. Auch er sagte kein Wort.

»Das hab ich gerne«, knurrte der Anführer der Wappner. »Ehrbare Männer aus dem Dunkel heraus überfallen und sich dann vor Angst in die Hose machen.«

Er wies verächtlich auf die Oberschenkel des jungen Burschen, und seine Männer drängten sich vor und lachten rau. Im Schritt seiner schmutzigen Hose breitete sich ein nasser Fleck aus.

»Schafft mir die Kerle aus den Augen«, sagte er zu seinen Männern. »Dann bringen wir den Stadtkämmerer und den Herrn nach Hause.«

6

Ich hatte mir genügend Feinde gemacht während meiner Tätigkeit für Bischof Peter, und es hatten der eine oder andere die Faust gegen mich geschüttelt. Niemals jedoch hatte mich jemand umbringen wollen. Der Zwischenfall am Sonntag hatte mich erschreckt; jetzt aber war mein Gleichgewicht nachhaltig gestört. Ich lag wach in meinem Bett; schlaflos, schaudernd und halb betrunken. Gleich nach Marias Tod hatte ich gedacht, nichts würde mich mehr wirklich erschüttern können; und an manchen Tagen war mir schon danach gewesen, als wollte ich den willkommen heißen, der mich von meinem Leben erlöste. Doch die Zeit hatte das ihre getan und jener Kreatur wieder Stärke gegeben, die sich mit beiden Händen an ihre Existenz klammerte und rief: Ich will leben. Ich hatte ihren Ruf schon lange nicht mehr so deutlich vernommen wie heute. Der große Schnitter hatte nicht genügend aufgepasst, und Hanns Altdorfer und ich waren dem Schwung seiner Sichel entgangen.

Am Dienstagmorgen erwachte ich erst, als die Sonne schon hoch am Himmel stand und meine Schlafkammer in helles Licht getaucht war. Ich konnte mich nicht entsinnen, wann ich eingeschlafen war. Meine Glieder schmerzten, als hätte ich am Vortag lange und hart körperlich gearbeitet. Ich taumelte, noch halb im Schlaf befangen, in die Stube, um den Verwalter dafür auszuschelten, dass er mich nicht geweckt hatte; er saß am Tisch, hatte Wasser, Milch, eine unangetastete Schale mit geröstetem Getreide und ein paar Scheiben weißes Brot um sich herum ausgebreitet und lächelte mich an.

»Setzt Euch zum Essen, Herr«, sagte er und wies auf die Speisen.

»Warum hast du mich nicht geweckt?«, brummte ich.

»Ich hatte das Gefühl, Ihr wart sehr erschöpft.«

»Ich war auch sehr betrunken von dem Glühwein, den du mir gestern eingeflößt hast«, sagte ich.

Er war bestürzt gewesen, als mich ein Trupp von fünf Wappnern gestern Abend nach Hause gebracht hatte; und noch bestürzter zu hören, dass der Stadtkämmerer und ich Opfer eines Überfalls geworden waren. Er nahm mich in Empfang, setzte mich, der ich noch immer ab und zu am ganzen Körper erschauerte und wortlos in düsteren Gedanken versunken war, in die Stube ans Feuer, ließ einen Topf mit Wein erhitzen und gesellte sich zu mir. Während ich den gewürzten Wein mit durstigen Schlucken trank, ereiferte er sich über die Verhältnisse in der Stadt, in der die Zahl der Strauchdiebe in den Straßen von der Zahl der frei herumlaufenden Schweine und Kühe kaum mehr übertroffen wurde; ich hörte ihm kaum zu, aber ich wusste, dass es seine Art war, mich zu trösten. Obwohl der Sinn des Gesprächs zumeist unverstanden an meinen Ohren vorbeitrieb, beruhigte mich der Fluss seiner Worte. Zuletzt taumelte ich angetrunken in meine Schlafkammer, vor dem Feuer beinahe im Sitzen eingeschlummert.

Ich hockte mich neben ihn an den Tisch und trank ein paar Schluck Wasser. Nachdem ich das getan hatte, erschien es mir möglich, etwas feste Nahrung zu mir zu nehmen, und ich schaufelte mit wachsendem Hunger den gerösteten Weizen in mich hinein. Die körperlichen Beschwerden vergingen mit dem Essen, und ich begann mich wieder besser zu fühlen.

»Hast du schon etwas bezüglich des Verkaufs des Flößerholzes erreicht?«, fragte ich ihn mit vollem Mund.

»Ich wollte mich heute darum kümmern.«

»Ich lasse dir freie Hand damit«, sagte ich. »Tu, was du für nötig hältst. Du brauchst dich nicht eigens mit mir abzustimmen.«

Wenn er erstaunt war, zeigte er es nicht.

»Vielen Dank«, sagte er.

Ich nickte. Es war keine großartige Aufgabe, und er wusste es ebenso gut wie ich. Was zählte, war die Geste dahinter.

»Euer Gesicht sieht schlimm aus«, befand er. »Was werdet Ihr unternehmen wegen der Kerle, die Euch angegriffen haben?«

»Ich muss mit dem Stadtkämmerer darüber sprechen«, erwiderte ich vorsichtig. »Ich denke, dass man sie mittlerweile verhört hat.«

»Reitet Ihr in die Stadt?«

»Sobald ich mit dem Essen fertig bin.«

Er stand auf.

»Ich lasse Euer Pferd richten«, sagte er und verschwand.

Hanns Altdorfer saß mit finsterem Gesicht in seiner Arbeitsstube im Rathaus; er begrüßte mich mit einem Kopfnicken. Im Kamin brannte ein Feuer, und es war im Vergleich zu den vergangenen Tagen relativ warm im Raum. Er trug nur ein leichtes Wams aus Leinen am Oberkörper. Um sich vor der Zugluft zu schützen, hatte er seinen Sessel mit Schaffellen verkleidet.

»Du lieber Gott, wie sieht dein Gesicht aus!«, fuhr er auf.

»Wie geht es dir?«, fragte ich.

Er zog mühsam mit der rechten Hand sein Wams auseinander und zeigte mir einen gut handspannenlangen Schnitt, der sich von seinem Schlüsselbein nach unten zur Brust zog. Die Wundränder waren gerötet und geschwollen, der Schnitt selbst kaum verkrustet. Die Wunde glänzte von einer Heilsalbe.

»Er hat mich doch schlimmer erwischt, als ich zuerst dachte«, sagte er. »Ich habe heute Morgen einen Apotheker aufgesucht. In der Wunde war Schmutz, und die Klinge hat ein paar Stofffetzen abgerissen und tief in den Schnitt hineingedrückt. Ich musste sie mir säubern lassen.«

»Und jetzt ...«

»... tut mir die ganze linke Seite weh«, vollendete er missmutig. »Wenn ich schwere Stoffe trage, scheuern sie, und die Wunde brennt wie die Hölle. Deshalb kann ich nur dies lächerliche Wams anziehen. Ich friere wie ein nasser Hund.«

»Trink etwas Glühwein«, sagte ich. »Mein Verwalter hat mich gestern damit ertränkt.«

Er schnaubte und wies auf einen hölzernen Becher.

»Da«, sagte er. »Leider kann ich nicht viel genug trinken, um warm zu werden. Ich muss einen klaren Kopf behalten.«

Ich hob mit einer bedauernden Geste die Arme. Er lächelte plötzlich und sagte: »Ich jammere und klage; dabei kann ich wohl froh sein, dass ich nicht tot bin.«

Ich ließ mich schwer auf eine Bank fallen und nickte. Er starrte ins Feuer und rieb sich geistesabwesend mit der rechten Hand über die schmerzende Stelle.

»Hanns«, sagte ich nach längerem Schweigen, »die Kerle hatten es auf mich abgesehen. Du warst nur ein zufälliges Opfer.«

»Wenn das eine Entschuldigung werden soll«, sagte er und hob den Kopf, »dann denk daran, dass ich dich gebeten habe, mich zu begleiten. Und dass dies alles nicht passiert wäre, wenn ich dich nicht in diese Geschichte hineingezogen hätte.«

Ich nickte langsam.

»Ich bin froh, dass dir nichts geschehen ist«, sagte ich. Er gab meinen Blick zurück und zog die Augenbrauen hoch, ohne mir zu antworten.

»Das Glück an der ganzen Sache ist, dass wir jetzt Gefangene haben«, sagte ich. »Wir müssen die Kerle schnellstens verhören lassen.«

»Richter Girigel kümmert sich bereits darum.«

»Tatsächlich?«, sagte ich verblüfft. »Ich dachte, er sei in Burghausen?«

»Ich habe ihn gestern Abend noch benachrichtigen lassen; mit einer seiner Brieftauben. Vor ein paar Minuten fand sich seine Antwort an einer anderen Taube in seinem Taubenschlag.«

»Was hat er geschrieben?«

»Er sei sehr betroffen und bedauere den Vorfall. Er habe bereits Anweisungen gegeben, einen seiner Vertrauten nach Landshut zu schicken und mit der Befragung zu beginnen.«

»Ich hoffe, er hält uns auf dem Laufenden.«

»Bestimmt. Ich habe ihm ein schlechtes Gewissen eingeredet.«

»Ein schlechtes Gewissen? Was hätte er schon tun können, wenn er in Landshut gewesen wäre?«

»Das meine ich nicht«, sagte er und lächelte. »Ich habe ihm im Scherz geschrieben, er solle sich für seine Landsleute schämen. Wir konnten wenigstens erfahren, dass die Leute, die uns überfallen haben, aus Ingolstadt stammen. Der Richter auch.«

Ich musste plötzlich ebenfalls lächeln und schüttelte den Kopf. »Als die Kerle mich am Sonntagabend ansprachen«, sagte ich, »bemerkte ich ihren Dialekt. Er kam mir bekannt vor; ich habe die ganze Zeit darüber nachgedacht, weshalb. Natürlich; sie sprachen wie der Richter.«

»Mir ist noch etwas anderes aufgefallen.« Altdorfer wurde wieder ernst. »Kommst du nicht darauf?«

»Bezüglich Ingolstadt?«

Er nickte. »Du weißt, welche unguten Erinnerungen Landshut und Ingolstadt verbinden«, sagte er.

»Der Krieg zwischen Herzog Ludwig dem Bärtigen von Ingolstadt und seinem Sohn! Hat nicht Herzog Heinrich damals den Sohn unterstützt?«, rief ich.

»So ist es«, knurrte Altdorfer. »Ludwigs des Bärtigen Sohn, den sie Ludwig den Höckrigen nannten; in Frankreich geboren, von seiner Mutter zu Fuß bis nach Ingolstadt getragen und durch den langen Transport in der Kraxe für sein Leben verkrüppelt.«

Ich konnte mich an den Konflikt erinnern, der ursprünglich durch die ungerechte Aufteilung des Herzogtums Straubing an die damaligen drei Wittelsbacher Herzöge ausgelöst worden war; ich war zu jener Zeit ein Lehrling in den Diensten eines Augsburger Kaufherrn gewesen, und ich wusste noch gut, dass er nach dem Ende der Auseinandersetzungen, die nicht nur Ludwig den Bärtigen und seinen Sohn, sondern über Jahrzehnte hinweg alle drei Wittelsbacher Linien, Landshut, München und Ingolstadt beschäftigt hatte, zu mir sagte: Gott sei Dank hat Heinrich von Landshut jetzt die größte Macht in Bayern; seine Führung macht das Land, das ihm gehört, für einen Kaufmann zu einem Rosengarten.

»Wenn ich mich recht entsinne, hat sich Ludwig der Höckrige gegen die Verachtung, die ihm sein Vater entgegenbrachte, und gegen die geplante Enterbung aufgelehnt und ihn – ich weiß nicht mehr, wann – gefangen genommen«, sagte ich.

»Richtig«, erwiderte Altdorfer. »Danach hat er zwei Jahre regiert, bevor er ebenfalls verstarb. Sein Vater wurde an Herzog Heinrich ausgeliefert und starb vier Jahre nach seiner Gefangennahme im Kerker von Burghausen, von der Welt verachtet und von Gott und der Kirche verlassen. Die Länder der Ingolstädter aber fielen Herzog Heinrich zu, als sich ihm deren Landstände unterwarfen.«

»Gegen den Willen der Münchner Herzöge«, sagte ich grimmig, »und gegen den Willen der unehelichen Söhne von Ludwig dem Bärtigen. Du nimmst an, dass noch immer Ressentiments aus jener Zeit gegen Landshut vorherrschen und König Matthias von Ungarn sich einiger rachsüchtiger Querköpfe bedient, um seine Ziele zu erreichen.«

»Es ist nur eine Vermutung«, erklärte er. »Da Herzog Heinrich von Landshut schon bald nach Ludwig dem Bärtigen starb, konnte man an ihm keine Vergeltung mehr üben. Heinrichs Sohn Ludwig der Reiche war aber bis auf die Zeit, während der er mit Albrecht Achilles die Klingen kreuzte, niemals so verwundbar wie sein jähzorniger Vater. Vielleicht haben sie erst jetzt eine Möglichkeit gesehen, sich zu rächen.«

»Es hat nur einen Haken«, sagte ich. »Das Ganze ist vor dreißig Jahren passiert.«

»Warum? Hass ist eine Flamme, die lange brennt.«

Ich zuckte mit den Schultern.

»Im Moment ist es noch nicht einmal von großem Belang«, sagte ich. »Wir müssen warten, bis der Beauftragte des Richters eintrifft.«

»Was wirst du in der Zwischenzeit unternehmen?«

»Ich statte dem Haus des Dietrich Reckel einen Besuch ab«, antwortete ich grimmig.

Er wäre beinahe aufgesprungen; im letzten Moment hielt ihn seine schmerzende Seite davon ab. Mit verzerrtem Gesicht sank er wieder in seinen Sessel zurück.

»Bist du verrückt geworden?«, rief er. »Du begibst dich in die Höhle des Löwen. Ich bin nicht damit einverstanden. Es ist viel zu riskant. Du spazierst ihnen ja direkt ins Messer!«

»Man wollte mir zweimal ans Leder; ich habe das Gefühl, dass ich jetzt etwas unternehmen muss. Wenn unsere Vermutung falsch ist und die Überfälle nichts mit den geheimnisvollen Bewohnern des Hauses zu tun haben, droht mir vermutlich keine Gefahr«, sagte ich. »Und wenn doch: Einer der Spitzbuben ist tot, und die anderen beiden liegen in Ketten. Wie sollen sie mir noch gefährlich werden?«

Ich verschwieg, dass es mindestens drei weitere Kerle gab. Ich wollte nicht mit ihm diskutieren; ich hatte das Gefühl, dass mein Entschluss richtig war. Ich wollte es mir nicht womöglich noch ausreden lassen.

»Ich begleite dich«, rief er.

»Das kommt nicht infrage«, sagte ich fest. Er betrachtete mich unglücklich.

»Nimm einen Wappner mit. Am besten zwei.«

»Dieses Angebot nehme ich an. Sie können das Tor aufbrechen, wenn mir niemand aufmacht.«

Er bückte sich mühsam und öffnete eine Truhe, die neben seinem Tisch stand. Ich hörte, wie er darin herumkramte. Das Klirren von Eisen war zu hören. Als er wieder auftauchte, hielt er einen massiven Schlüssel in der Hand.

»Dieser hier öffnet dir die Türen leichter«, sagte er und legte ihn auf den Tisch. »Das Schloss vor dem Tor hat die Stadt anbringen lassen.«

Ich nahm ihn und lächelte.

»Bald wissen wir mehr.«

Das Schloss, das das Tor in der Mauer abriegelte, ließ sich nur schwer bewegen; der Schlüssel kreischte und widersetzte sich anfangs allen Bemühungen, bevor er sich doch drehen ließ. Die beiden Büttel standen auf der gegenüberliegenden Seite der Gasse und behielten die Hausfassade im Auge. Ich hatte sie angewiesen, dort, gut sichtbar, auf mich zu warten. Ich hatte nicht vor, sie mit ins Haus hineinzunehmen; je weniger sie erfuhren, desto weniger konnten sie herumtratschen. Ganz abgesehen davon erwartete ich nicht, weiter als bis in den Hof zu kommen. Wenn die Bewohner des Hauses ihr Hoftor überwachten, musste es ihnen ein Leichtes sein, mich noch draußen abzufangen.

Als ich unbeschadet über den Hof bis zur Haustüre kam, die schief in den Angeln hing, wusste ich, dass das Haus leer war.

Ich spürte eine merkwürdige Mischung aus Erleichterung und Bedauern, als ich mir diesen Umstand klar machte. Ausgeflogen, dachte ich, dir wird nichts passieren. Zugleich fragte ich mich, wie es nun weitergehen mochte.

Ich legte den Kopf in den Nacken und sah nach oben. Hier, vom Inneren des abgeschlossenen Hofes aus, machte das Haus einen noch verwahrlosteren Eindruck. Die Fenster waren hier größer, der Stuck um sie herum prunkvoller; aber die hölzernen Rahmen waren zerborsten und hingen schief in den Fensterlöchern, und das weit über die Außenmauer hinausgezogene Dach wies so viele fehlende Schindeln auf, dass es wirkte wie der Kiefer eines Totenschädels, der aus zu vielen Zahnlücken grinst. Der Hof war größtenteils gepflastert, wie auch der sichtbare Teil des Hausganges, ein erblindetes, grobflächiges Mosaik aus Steinfliesen, die kalt und grau den Himmel widerzuspiegeln schienen. Eine Ecke war von der Pflasterung ausgespart geblieben, aber die Kräuter, die dort früher einmal gezogen worden waren, hatten sich längst in gelblich-trockenes, zerzaustes Gras verwandelt. Ich dachte: Hanns Altdorfer, du hast dieses Haus noch niemals aus dieser Position gesehen; sonst würdest du nicht mit dem Gedanken spielen, notfalls hier einige Hochzeitsgäste einzuquartieren.

Ich drückte die Tür auf. Sie schleifte über den Fliesenboden und zirkelte einen Halbkreis durch die Grassamen und verwelkenden Blätter, die der Wind hereingeweht hatte. Als ich das Laub mit dem Fuß beiseite schob, konnte ich erkennen, dass der Halbkreis auch in den Boden geritzt war, ein heller, unregelmäßiger Strich in der altbackenen Schmutzschicht und auf den Fliesen. Die Tür war kürzlich benutzt worden.

Während meiner Zeit als Assistent des Bischofs hatte ich viele leer stehende Häuser gesehen: Bauernhäuser, aus denen der Krieg die Bewohner vertrieben hatte, und Pächterhütten, bei denen eine drückende Schuldenlast das Gleiche getan hatte. Einige waren planmäßig verlassen worden und nur mehr aufrecht stehende Hüllen, aus denen verbitterte Hände alles losgerissen hatten, was sich wegtragen und auf irgendeine Weise verwerten ließ. Andere standen noch voll kargem Mobiliar, mit in die Ecke geschobenen Tischen, umgefallenen Stühlen und aufgebrochenen Truhen, in denen verblassende Kleider Modergeruch in die Luft sandten. Bei manchen hatte ich ein schlechtes Gewissen verspürt, während ich für meinen Herrn eine Bestandsaufnahme machte; bei vielen war ich voll Mitleid gewesen für die einstigen Bewohner, die jetzt heimatlos waren.

Bei keinem jedoch hatte ich ein ähnliches Gefühl der Beklemmung gefühlt wie hier, während ich die breite, gerade nach oben führende Treppe hinaufstieg, die direkt hinter der Tür ins Dunkle führte. Obwohl ich sicher war, dass sich außer mir niemand im Haus befand, spürte ich, dass ich in einen Bereich eindrang, in dem ich nicht willkommen war. Ich hatte eine deutliche Erinnerung an die Gestalt, die als ein dunkler Schatten vor einer kleinen Kerze im Fenster gestanden und schweigend auf mich herabgeblickt hatte, und merkwürdigerweise erfüllte mich diese Erinnerung mit größerer Beklommenheit als diejenige an die beiden Überfälle. Ich legte die letzten Treppenstufen in völliger Finsternis zurück, mit einem Schauder, der mir mit jedem Schritt über den Rücken lief. Ich musste den Drang bekämpfen, schnell zu laufen wie ein kleiner Junge, der aus einem finsteren Keller flüchtet, weil er den Todesschrei einer Maus gehört hat, der die Katze das Rückgrat zerbricht. Die Treppe endete an einem Absatz; zwei weitere Schritte brachten mich zu einer Wand. Ich fuhr mit den Fingerspitzen daran entlang, und noch während meine Augen sich langsam an das schlechte Licht gewöhnten und ich begann, vage Umrisse zu sehen, stießen meine Finger auf einen Türstock. Die Tür war geschlossen, aber ich fand die Klinke, ein dünnes Winkeleisen mit einem rauen Griff, und öffnete die Tür.

Es war nicht viel heller dahinter. Ein großer Raum, vollkommen leer geräumt und mit einem Holzboden versehen, dessen Planken sich in der Feuchtigkeit an beiden Seiten aufbogen und in der Stille überlaut knarrten, sobald man sich bewegte. An einer Seite konnte ich deutlich die lichten Umrisse sehen, wo die Fenster mit Decken verhängt waren. Ich durchquerte den Raum, stolperte über die rissigen Kanten der Holzplanken und packte die Decke vor dem nächstliegenden Fenster. Sie war ohne Befestigung über eine altersschwache Vorhangstange gehängt worden: Als ich zu heftig daran zog, flatterte sie mit einem Schwall aus Modergeruch und Staub auf mich herab. Das Nachmittagslicht drang herein und blendete mich. Ich musste für einen Moment die Augen schließen. Als ich sie wieder öffnete, sah ich durch die schmutzblinden Scheiben in die Gasse hinab. Die beiden Wappner standen gelangweilt an der Mauer des gegenüberliegenden Gebäudes, ohne mich zu bemerken. Ich wusste, dass ich in demselben Fenster stand wie der düstere Schatten, der mich von hier aus beobachtet hatte.

Ich drehte mich um und betrachtete den Raum. Im Grunde hatte ich nichts Besonderes erwartet, und er bot auch keinen besonderen Anblick. Das dürre Laub vieler Herbstfälle, das der Wind und die kriechende Zugluft bis hier herauf transportiert hatten, war in einer Ecke zusammengeschoben worden. Bestimmt ein halbes Dutzend herabgebrannter Kerzenstummel war zu sehen, kalt in den erstarrten Pfützen aus Unschlitt stehend. Ich bückte mich und löste einen davon von den Brettern: Der Docht war noch intakt, aber mehr als ein paar Minuten Licht würde sie nicht mehr geben. Man hatte sie lange brennen lassen. Was einmal als Tapete die Wände eines reichen Bürgerhauses bedeckt hatte, war verblasst, verschimmelt und in Ecken und Kanten aufgeplatzt wie die rissige Borke eines sterbenden Baumes; von der Decke und vom Boden krochen an den Außenwänden runde, schwarze Flecken aufeinander zu wie Geschwüre. Es roch nach dem Laubhaufen in der Ecke, nach der Erinnerung an brennende Kerzen und nach nassen Backsteinwänden, und es war beinahe noch kälter in dem großen Raum als draußen im Freien.

Ich klopfte an die Fensterscheibe, bis die beiden Stadtknechte auf mich aufmerksam wurden. Ich krümmte einen Finger, und sie nickten. Der Größere der beiden lehnte sich wieder an die Mauer, während der Kleinere über die Gasse schritt und durch das Hoftor verschwand. Gleich darauf hörte ich seine Schritte die Treppe heraufkommen.

»Ich bin hier«, rief ich laut, und er trat über die Schwelle und sah sich mit zusammengekniffenen Augen um.

»Könnt Ihr mir die Kerze hier anzünden?«, fragte ich.

Er nickte und nahm mir den Stummel ab. In seinem Lederbeutel fanden sich Feuersteine und eine Lunte, und er schlug fachmännisch ein paar Funken in sie hinein, bis sie genügend glomm, um den Kerzendocht damit zu entzünden. Er hielt die Kerze hoch und betrachtete sie prüfend.

»Die macht es nicht mehr lange«, sagte er.

»Wir brauchen sie nur kurze Zeit«, erwiderte ich.

Ich hob die Decke vom Boden auf und warf sie wieder über die Vorhangstange. Ich glaubte nicht, dass die Leute, die hier gehaust hatten, noch einmal zurückkehren würden, aber ich hatte das Gefühl, ich sollte wieder in Ordnung bringen, was ich gestört hatte. Zusammen verließen wir den Raum und öffneten nacheinander alle anderen Türen im Obergeschoss. Der Anblick unterschied sich in nichts von dem im großen Zimmer; nur die Kerzenstummel fehlten. In einem der Zimmer schnüffelte der Stadtknecht plötzlich und zog die Nase hoch; dann sagte er: »Hier riecht es nach Parfüm.«

Ich konnte keinen besonderen Geruch wahrnehmen und wollte seine Feststellung mit einer Handbewegung abtun, dann erinnerte ich mich an die letzte Begegnung mit Jana Dlugosz. Der Duft nach frischen Äpfeln, der mich an Sommer und lange zurückliegende, fröhliche Zeiten erinnert hatte und der ihr Parfüm gewesen war. Ich schnupperte angestrengt, aber ich hatte keine Nase dafür.

»Wonach riecht es denn?«, fragte ich ihn.

Er zuckte mit den Schultern.

»Nach irgendwas. Frisches Obst«, sagte er. Ich biss die Zähne zusammen. Es gibt eine Menge frisches Obst, sagte ich mir und fragte mich im selben Moment, warum ich mir so sehr wünschte, dass er nicht den Duft von Jana Dlugosz' Parfüm wahrgenommen hatte. Er sagte nichts mehr dazu, und ich ließ die Sache auf sich beruhen.

Das Obergeschoss hatte die Wohnräume des Hausherren beherbergt; das Erdgeschoss, zu dem wir danach hinunterstiegen, diente vermutlich der Unterkunft seines Gesindes, der Küche und der Stube. Die Fenster waren hier nicht verhängt; der Steinboden knirschte von den Splittern der eingeworfenen Fensterscheiben, und das Laub war dichter und überall verstreut. Wir fanden keine Anzeichen, dass sich jemand im Erdgeschoss aufgehalten hatte. Ich seufzte und sah auf den Unschlittstumpen nieder, den ich in der Hand hatte. Mit der Durchsuchung des Hauses hatte ich nur das Eingeständnis verzögert, dass ich für den Augenblick nicht mehr weiterwusste.

»Gehen wir«, sagte ich.

»Wollt Ihr den Keller nicht untersuchen?«, fragte der Wappner. Ich sah ihn überrascht an.

»Den Keller?«

»In der hinteren Ecke des Hofes habe ich eine niedrige Tür gesehen. Ich schätze, dass sie in einen Vorratskeller hinabführt.«

»Zeigt sie mir.«

Er trat vor mir ins Freie hinaus, und ich zog mit dem gleichen Gefühl, das mich oben genötigt hatte, die Decke wieder an ihren Platz zu hängen, die Tür hinter uns zu. Ich folgte ihm zu der bezeichneten Stelle: Wie ein niedriger Buckel erhob sich ein moosbewachsener Ziegelhaufen in der Hofecke, an einer Seite mit einer Tür versehen, die massiv wirkte und so klein war, dass man sich tief bücken musste, um hindurchzugelangen. Der Riegel steckte in der Öse, und in der Öse hing ein verrostetes Schloss. Der Bügel stand offen. Es war zu schwer, sonst wäre es im leichten Wind hin und her gebaumelt.

Ich streckte die Hand aus und zog das Schloss herunter. Der Wappner packte den Riegel und öffnete die Tür.

Was hatte ich erwartet? Eine weitere zerschundene Leiche? Weil ich bereits eine Leiche in einer ähnlichen Gruft erblickt hatte? Oder den dunklen Schatten im Fenster, jetzt zusammengekauert hinter der Tür, die eher ein Verschlag war, mit funkelnden Augen ins Licht starrend? Ich spürte eine plötzliche, unselige Erregung, als der Stadtknecht die Klappe öffnete, und ich zuckte beinahe zurück, als mir der dumpfe Erdgeruch eines unbelüfteten Kellers ins Gesicht schlug.

Der Stadtknecht streckte den Kopf in die Öffnung. Ich hielt

den Atem an. Nach einem Moment sagte er: »Könnt Ihr mit der Kerze einmal hereinleuchten?«

Ich gab ihm den kleinen Stummel, und er kroch halb in die Kelleröffnung hinein und spähte herum.

»Nichts zu sehen«, sagte er. Seine Stimme klang hohl ins Freie. »Wollt Ihr selbst einmal nachsehen?«

Er rappelte sich umständlich hoch und machte mir Platz. Ich nahm ihm die Kerze ab. Ihr Licht bewirkte nicht viel: Ich sah ein paar Stufen aus Backsteinen, die nach unten führten, und einen kleinen Raum, dessen Decke kaum hoch genug war, um darin aufrecht stehen zu können. Der Boden bestand aus unebener, schlecht gestampfter Erde, aus der die hellen Punkte der Flusskiesel leuchteten. Am liebsten hätte ich über das Gefühl gelacht, das mich beim Öffnen des Kellers befallen hatte.

Ich kam wieder ins Freie und sagte: »Nichts Neues. Machen wir die Tür wieder zu und verschwinden wir.«

Er schob den Riegel in die Öse und hängte das Schloss ein, dann sah er mich nachdenklich an. Ich konnte beinahe erkennen, wie er die Frage zurückdrängte, wonach ich eigentlich gesucht hatte.

»Ob dies hier einmal als Familiengruft geplant gewesen war?«, fragte er schließlich.

»Ich kenne das Haus nicht besser als Ihr«, sagte ich erstaunt. »Weshalb fragt Ihr?«

»Wo ich lebe, bin ich Maurergeselle«, erwiderte er. »Wir haben schon mehrmals Grüfte ausgebaut oder ausgebessert. Der Anblick dieses Lochs hier hat mich daran erinnert.«

»Inwiefern?«

»Wisst Ihr, manchmal muss der Totengräber die früher vergrabenen Särge wieder ausgraben, um sie anders zu legen und Platz zu schaffen für die Neuankömmlinge. In der Regel gräbt er dazu den Boden einmal um, damit die verstreuten Überreste eines früher Begrabenen aufgesammelt und neu bestattet werden können. Der Boden – sieht danach genauso aus wie der dort unten.«

Ich starrte ihn an.

»Mich wundert nur«, fuhr er fort, »wie man dort eine Gruft

anlegen konnte. Draußen fließt doch gleich der Fluss vorbei. Der Teufel soll mich holen, wenn man tief genug graben kann, um Platz für einen Sarg zu haben, ohne dass man auf das Grundwasser stößt.«

Es gab ein weiteres flussseitig gelegenes Wohngebäude in diesem Teil der Gasse; ein Lagerhaus und ein alter, offensichtlich aufgegebener Schuppen befanden sich zwischen ihm und dem Haus des Dietrich Reckel. Ich hatte es niemals beachtet und auch keinen Gedanken daran verschwendet, ob es bewohnt war oder leerstand. Jetzt allerdings, als wir daran vorbeimarschierten, sah ich eine kleine Gruppe vor der offenen Tür stehen und neugierig zu uns herüberspähen. Es waren drei Menschen, ein sehr alter Mann und zwei Frauen, und als wir auf gleicher Höhe mit ihnen waren, sprach mich der alte Mann an.

»Ist etwas nicht in Ordnung?«, fragte er. Er hatte eine helle, raue Greisenstimme, die nicht recht zu seinem schweren Körperbau passen mochte und die man dennoch recht oft an massigen Menschen hört. Er sprach die hiesige Ausfärbung der bayrischen Sprache, aber es klang bemüht, als wäre er lange weg gewesen und könne sich nur noch mit Mühe wieder dareinfinden.

»Wie kommt Ihr darauf?«, fragte ich vorsichtig zurück. Ich warf einen raschen Blick auf meine zwei behelmten Begleiter, aber ihre Gesichter waren ausdruckslos. Sie würden nur reden, wenn sie etwas gefragt wurden.

»Ihr wart doch drüben in dem leer stehenden Haus, nicht wahr?«

»Und wenn?«

Er lachte plötzlich.

»Entschuldigt«, sagte er. »Ich vergesse die einfachsten Formen der Höflichkeit. Mein Name ist Leutgeb; ich wohne hier mit meiner Familie.«

Die beiden Frauen nickten mir zu, und ich reichte ihm die Hand.

»Peter Bernward von Säldental«, sagte ich.

»Ich freue mich«, sagte er. »Bitte verzeiht meine Aufdringlichkeit, aber das Haus dort drüben steht schon seit Jahrzehnten leer, und wenn jemand sich plötzlich dafür interessiert, wird man neugierig.« Ich sah ihn einen Moment lang schweigend an, während ich mir meine Antwort überlegte. Er wirkte alt genug, um den Schatten des Sensenmannes schon an seinen Fersen zu spüren, aber seine Augen waren wach und musterten mich mit einem unangenehm stechenden Blick. Es konnte an der wasserblauen Farbe seiner Iris liegen, oder daran, dass er kurzsichtig war und die Augen zusammenkneifen musste, um mich sehen zu können. Er war sehr groß, fast eine Handspanne größer als ich; womöglich machte es mich auch nur nervös, zu ihm aufschauen zu müssen, ich, der ich es gewohnt war, fast alle anderen wenn schon nicht an Größe, dann wenigstens an Bulligkeit zu überragen.

Oder lag es an der überlegten Art, in der er seine Worte setzte, und an seinem Lächeln, das seine Augen nicht zu erreichen schien? Er seufzte und sah die Gasse hinauf und hinab.

»Wisst Ihr«, sagte er, und es klang leichthin, »es ist mir immer wieder ein Gräuel, wenn ich daran denke, wie es dasteht und verfällt. Was könnte man daraus machen! Es ist ein schönes Haus, und es ist eine Schande, dass es der Witterung so preisgegeben wird. Ich war längere Zeit auf Reisen und bin erst vor wenigen Tagen wieder zurückgekommen, um die Hochzeit des jungen Prinzen zu erleben. Die ganze Zeit über habe ich nicht daran gedacht, wie es sozusagen in meiner Nachbarschaft verfault; als ich heimkam, habe ich jedoch wieder angefangen, mich darüber zu ärgern.«

»Warum kauft Ihr es nicht?«, fragte ich spontan. Er hob eine Hand und winkte abwehrend.

»Nein, nein, ein Haus reicht völlig aus für mich und meine Familie.« Einer der Wappner gähnte unterdrückt und stieg von einem Fuß auf den anderen. Ich nahm den willkommenen Anlass und sagte: »Ich glaube, wir müssen weiter. Wir haben noch einiges vor.«

»Soll es abgerissen werden?«, fragte er und deutete auf das alte Haus. Er war hartnäckig wie eine Filzlaus.

»Nein«, sagte ich widerwillig. »Wir haben es uns nur angesehen.«

»Wollt Ihr es kaufen?«

»Ebenso wenig wie Ihr.«

»So. Ich dachte schon, Ihr seid vielleicht ein Kaufmann, der für einen Kunden auf der Suche nach einem Wohnhaus ist.«

»Wie kommt Ihr denn darauf?«

»Warum solltet Ihr wohl sonst ein leer stehendes Haus ansehen?«, fragte er, und ich hatte für einen erschreckenden Moment das Gefühl, dass das Lächeln sein Gesicht verlassen hatte und mühsam beherrschte Wut in seinen Zügen zu lesen war. Er hob die Augenbrauen, und in einer komischen Pantomime hoben sich seine Schultern mit, und das Lächeln legte seine Züge wieder in viele Falten.

»Wenn Ihr es unbedingt wissen müsst«, sagte ich angespannt, »ich arbeite für den Stadtkämmerer, der nach freistehenden Unterkünften für die Unterbringung der Hochzeitsgäste sucht.« Ich vermied es angestrengt, mich nach den beiden Stadtknechten umzublicken. Was würden ihre Gesichter zeigen? Aber sie machten keine Bewegung, die etwa verraten hätte, dass diese Aussage sie überraschte. Ich übersah jedoch nicht, dass der alte Mann einen schnellen Blick zu meinen Begleitern hinüberwarf, wie um gerade eine solche Reaktion abzuschätzen.

»Jetzt habe ich Euch verärgert«, sagte er und schob die Lippen vor wie ein gescholtenes Kind. »Verzeiht mir.«

»Schon gut«, erwiderte ich. »Wir müssen nun los. Gott behüte Euch.«

Er verzog einen Mundwinkel, bis ein saugendes Geräusch zu hören war, und legte die Stirn in Falten. Er machte den Eindruck, als versuchte er mir etwas mitzuteilen, was nicht recht herauswollte.

»Ich habe Euch vorhin angelogen«, murmelte er schließlich. »Tatsächlich würde mich das Haus schon interessieren. Aber man munkelt, dass es darin umgeht.«

»Wie bitte?«

»Geister«, sagte er dumpf. »Verlorene Seelen, die nach dem Leben dürsten. Es schaudert mich, wenn ich nur daran denke.

Das ist der Grund, warum ich es nicht längst schon gekauft habe: Ich fürchte mich. Es wäre wahrscheinlich ein großes Unglück, ein verfluchtes Haus zu kaufen.«

»Ich habe noch nichts davon gehört«, sagte ich knapp.

»Und ich dachte, Ihr hättet es vielleicht deswegen untersucht. Weil man Euch erzählt hat, man hätte Stimmen gehört und Lichter gesehen.«

»Wer sollte so etwas erzählen?«

Er wies die Gasse hinab, wo ein ganzes Stück weiter unten das Haus des Sebastian Löw den Anfang der Wohngebäude machte.

»Die Nachbarn; der Apotheker, die Flößer, was weiß ich. Ich bin schon oft angesprochen worden, ob ich nicht Angst um mich und meine Familie hätte – so nahe an diesem Geisterhaus zu wohnen.«

»Ihr habt ja welche, wie Ihr selbst sagtet.«

Er lächelte wieder und drohte beinahe scherzhaft mit dem Finger.

»Hier nicht«, sagte er. »Hier nicht. Dieses Haus hier hat mein Vater erbaut, und ich habe als kleiner Junge in allen Räumen gespielt. Warum sollte ich hier Angst haben. Nein. Dort drüben – das ist etwas anderes. Dort würde ich mich ängstigen.«

»Es hat uns niemand angesprochen«, sagte ich, um die Begegnung zu beenden. »Und meinetwegen können sich die Geister dort gegenseitig auf die Zehen treten, solange sie nur genug Platz machen für die Gäste, die wir dort unterbringen möchten.«

Er lehnte sich zurück. Sein Lächeln wurde breiter

– und seine Augen noch ein wenig kälter?

und er sagte: »Nun, nichts für ungut, Herr Meinhard.«

»Bernward«, sagte ich unwillkürlich.

»Ach, entschuldigt«, sagte er und blickte mir intensiv in die Augen. »Wie konnte ich Euren Namen vergessen?«

»Macht nichts«, brummte ich. »Lebt wohl, Herr Leutgeb.«

»Lebt wohl«, antwortete er. Er blieb mit den beiden Frauen vor seiner Tür stehen, als wir weitergingen. Ich sah mich nicht mehr um, bis wir in die untere Gasse einbogen und aus seinem

Sichtfeld verschwanden, aber ich spürte die ganze Zeit über seinen brennenden Blick in meinem Rücken, und ich wusste ganz genau: Wenn ich mich umgedreht hätte, bevor wir die Ländgasse verließen, wäre er noch immer vor der Tür seines Hauses gestanden, die Hände vor seinem Bauch gefaltet und die breiten Schultern vom Alter nach vorne gekrümmt, und seine hellen Augen hätten unter dem vorspringenden Felsmassiv seiner gefurchten Stirn hervor Blitze nach mir geschleudert.

Plötzlich wünschte ich, ich hätte besser auf seine Worte geachtet, anstatt seine Gesichtszüge zu studieren und auf das allzu perfekt wirkende Bayrisch, das er sprach. Mir schien, als hätte nicht alles, was er gesagt hatte, dem Bild entsprochen, das er hatte darstellen wollen. Ich versuchte, alle Gedanken aus meinem Kopf zu verbannen, um den Wortlaut seiner Rede wieder zu erinnern, aber es war vergeblich. Sie war an mein Ohr, aber nicht an mein Gehirn gedrungen. Ich gab es auf. Vielleicht hatte es mich nur befremdet, dass er scheinbar keine Notiz von meinem in allen Farben prangenden Gesicht genommen hatte.

Ich suchte zur vereinbarten Stunde meinen Spitzel, den Flößer, auf. Wenn die Bewohner das Haus irgendwann seit gestern Nachmittag aufgegeben hatten, musste er es bemerkt haben. Aber er hatte niemanden gesehen, der es verließ, und niemanden, der hineingegangen war. Wohin waren die Leute verschwunden?

»Da Ihr mich fragt, nehme ich an, dass Eure Tochter nicht zu Hause ist«, sagte er, und ich starrte ihn einen Augenblick völlig verwirrt an und hatte keine Ahnung, wovon er sprach.

»Entschuldigt«, sagte er, als er meine Verwirrung bemerkte. »Ich habe mir sagen lassen, dass sich in dem alten Gebäude wohl manchmal Liebespaare treffen, und da Ihr nicht sagen wolltet, weswegen Ihr einen Wächter vor dem Haus braucht, habe ich mir selbst Gedanken gemacht. Ich nehme also an, es handelt sich um Eure Tochter.«

»Nein«, stieß ich heftig hervor, noch immer zu überrascht, um klar zu denken.

»Das tut mir Leid«, sagte er und zögerte dann einen winzigen Augenblick. »Etwa Eure Frau?«

Ich glotzte ihn entgeistert an; ich machte den Mund auf, ohne ein Wort hervorzubringen. Plötzlich wurde er rot und schlug die Augen nieder.

»Ich bin ein alter Mann«, erklärte er. »Ich bin es gewohnt, ehrlich zu sein. Ich wollte Euch jedoch nicht verletzen.« Er wischte sich mit dem Ärmel über die Nase und sah mir dann wieder in die Augen. »Wie auch immer, ich muss wissen, woran ich bin. Wisst Ihr, ich glaube nicht, dass ich zu Eurer Zufriedenheit arbeiten kann, wenn ich keine Ahnung davon habe, was eigentlich vorgeht.«

Ich musste dem alten Flößer etwas antworten.

»Es ist mein Mündel«, sagte ich widerwillig und wusste nicht, wie ich darauf gekommen war. Vielleicht wollte ich nicht, dass meine Töchter oder meine verstorbene Frau in diese Angelegenheit gezogen wurden; obwohl keine davon noch in meiner Nähe weilte.

»Wie sieht sie aus?«, fragte er.

Ich griff mir an die Stirn und brachte eine Beschreibung zusammen, von der ich hoffte, dass sie auf niemanden zutraf.

Er nickte.

»Ich werde aufpassen. Verlasst Euch auf mich. Und ich hoffe, dass Euer Gesicht bald verheilt. Seid Ihr gestürzt?«

Ich verließ ihn, noch immer verwirrt. Es machte mir beinahe Mühe, die Gedanken an den alten Mann beiseite zu schieben, aber ich hatte an Wichtigeres zu denken. Er würde auf das Haus aufpassen, das war alles, was zählte. Trotzdem war ich wütend, auf ihn und auch auf mich selbst, und aus keinem anderen Grund als dem, dass sowohl seine Neugier als auch seine Offenheit mich vollkommen überrascht hatten.

Und ich war wütend darauf, wie sich die Dinge entwickelt hatten. Ich war mir sicher, dass das alte Haus und seine geheimnisvollen Insassen den Schlüssel zu dem Mord besaßen; aber wie es schien, waren sie mir davongeflogen wie eine Fliege, die man erwischt zu haben, deren Summen in der Faust man zu hören glaubt, und wenn man die Faust öffnet, stellt man fest, dass sie die ganze Zeit über leer war.

Als ich an Sebastian Löws Haus vorüberkam, blieb ich aus einem Einfall heraus stehen und öffnete die Tür. Ich klopfte an sein Apothekerzimmer. Er öffnete selbst die Tür.

»Herr Bernward«, sagte er. »Ich freue mich über Euren Besuch.«

Dann musterte er mich eingehend. Seine Miene verdüsterte sich.

»Was ist Euch denn zugestoßen?«, fragte er und wies auf meine zerschundene Wange.

Ich dachte an die Frage des Flößers. »Ich bin vom Pferd gefallen«, log ich.

Er grinste plötzlich fröhlich.

»Habt Ihr einen Geschäftsabschluss zu sehr gefeiert?«

»So etwas Ähnliches«, sagte ich. »Wollt Ihr vielleicht versuchen, mir eine Salbe dafür zu verkaufen?«

»Ich werde Euch im Gegenteil etwas zu trinken anbieten«, sagte er und zog mich am Ärmel in sein duftendes Reich. »Was haltet Ihr von einem gut abgelagerten Birnenschnaps?«

»Ich will Euch keine Umstände machen«, wehrte ich ab.

»Ach was. Das ist eine Medizin. Danach werdet Ihr Euch drei Tage lang an mich erinnern, zumindest jedes Mal, wenn Ihr auf den Abtritt rennen müsst.«

Ich sah ihn bestürzt an, und sein Gesicht verzog sich zu einer komischen Grimasse aus Heiterkeit und Bedauern.

»Ein Scherz«, sagte er hastig. »Wirklich nur ein Scherz. Entschuldigt.«

»Ich muss mich entschuldigen. Ich bin ein wenig schwerfällig. Ich denke über etwas nach.«

»Etwas, wobei ich Euch helfen kann?«, fragte er gespannt. Er reckte sich, bis er in ein höher gelegenes Fach in einem seiner Regale fassen konnte; seine Hand kam mit einer dunklen Flasche wieder zum Vorschein.

Ich nickte.

»Was sagt Euch der Name Leutgeb?«, fragte ich. Er musste nicht lange überlegen.

»Das Haus weiter oben zwischen den Stadeln gehört der Familie von Wolfgang Leutgeb. Sie bewohnt es schon seit drei Generationen.«

In einem anderen Fach fand er zwei Gläser, die er mit dem Jackenärmel putzte. Er hielt sie gegen das spärliche Licht, das durch das Fenster fiel, und war mit ihrem Aussehen zufrieden. Aus der Flasche schenkte er eine hell goldfarbene Flüssigkeit in die Gläser und reichte mir eines.

»Auf Euer Wohl«, sagte er.

Wir tranken. Er hatte wirklich nur einen Scherz gemacht, als er mir die Folgen des Genusses eines von ihm gebrauten Schnapses beschrieben hatte. Der Alkohol lief samten und ölig meine Kehle hinunter und hinterließ einen angenehmen scharfen Geschmack nach gärenden Birnen, als wäre ein Sonnentag darin eingefangen.

»Ich bin dem alten Leutgeb begegnet«, erzählte ich. »Er machte einen merkwürdigen Eindruck auf mich.«

»Das würde mich nicht wundern«, erwiderte er, und ich konnte erkennen, dass er ein Grinsen unterdrückte. »Wenn er nicht schläft oder den Stadtrat mit seinen Nörgeleien belästigt, hängt er am Schnapsfass. Prosit.«

Er trank den Rest seines Glases leer und schenkte sich und mir nach, bevor ich es verhindern konnte. Dann verkorkte er die Flasche und stellte sie wieder beiseite, als wollte er eine weitere Versuchung verhindern.

»Ich hatte nicht das Gefühl, einen Säufer vor mir zu haben.«

»Tatsächlich? Ich dachte immer, man sähe es ihm im Dunkeln an. Aber vielleicht habe ich als Apotheker einen Blick für solche Dinge.«

»Weswegen trinkt er? Wisst Ihr es?«

Er hob die Schultern und sah einen Augenblick ins Leere.

»Es gibt viele Gründe, die einen Mann dem Schnaps zutreiben«, sagte er. »Und was für den einen ausreichend erscheint, wäre für den anderen lächerlich. Ich nehme an, dass das Unglück seiner Sippe auf ihm lastet.«

»Welches Unglück denn?«

Er blickte mich an und lächelte schwach.

»Christian Leutgeb war einer der Rädelsführer des Bürgeraufstands vor sechzig Jahren. Er war der Bruder von Wolfgang Leutgebs Großvater. Der Herzog ließ damals sein ganzes Hab und Gut pfänden, seine Familie vertreiben; er selbst wurde verstümmelt und hingerichtet. Etliche Jahre danach hat man sein Haus der Familie seines Bruders zurückgegeben. Dieser hat den Namen Leutgeb wieder zu einem geachteten Begriff in der Stadt Landshut gemacht; aber er hat niemals auch nur versucht, die vertriebenen Überreste von seines Bruders Familie zu finden und zu unterstützen. Er hat sie gnadenlos verkommen lassen, wo immer sie sich auch hingeflüchtet haben mögen. Dieser Makel hat schon an Wolfgangs Vater gezehrt, der ein stiller, nachdenklicher Mensch gewesen ist, und seinen Sohn scheint er vollends aufzufressen. Es ist schon erstaunlich, dass sich immer diejenigen ein schlechtes Gewissen machen, die gar nichts dafür können.«

»Ihr habt mir geholfen«, sagte ich und stürzte den zweiten Schnaps hinunter. Ich drückte ihm das leere Glas in die Hand. »Ich danke Euch. Auch für Eure Gastfreundschaft.«

»Jederzeit wieder«, sagte er mit einem Achselzucken.

Ich verließ sein Haus; aber anstatt in die Altstadt zurückzukehren, begab ich mich wieder in die Ländgasse. Mein Herz begann lauter zu schlagen, als ich den Weg zu Reckels altem Haus einschlug. Wie immer befanden sich kaum Menschen in der Gasse; der aufgeweichte Boden vertrieb die meisten Passanten in die gepflasterte Altstadt. Ich ging langsam an den beiden Häusern vorbei: zuerst an der intakten Fassade des Wolfgang Leutgeb, dann an den blinden Fensterscheiben im Haus des Dietrich Reckel. Mein Gefühl sagte mir, dass es noch immer genauso leer war wie vorhin, aber ich konnte mich nicht dazu bringen, davor anzuhalten. Es stand leer, doch ich hatte den dumpfen Verdacht, dass sich irgendwo jemand verbarg und mich scharf beobachtete. Sie mochten untergetaucht sein; verschwunden waren sie nicht.

Ich erstattete Hanns Altdorfer Bericht. Während ich ihm von dem leeren Haus und meiner beunruhigenden Begegnung mit dem alten Leutgeb erzählte, kam mir der Gedanke, dass es geraten sein mochte, auch Albert Moniwid von den bisherigen Ereignissen zu berichten. Aber dann dachte ich daran, wie er voller

Spott darüber herziehen würde, dass man uns überfallen hatte. Ich konnte dieses Erlebnis aus meinem Bericht herauslassen; aber dann wäre es ein kläglicher Rest gewesen, den ich zu erzählen gehabt hätte, und Moniwid hätte vermutlich einmal mehr den Verdacht gehegt, dass wir in der Angelegenheit gar nichts tun wollten. Es gab keine greifbaren Ergebnisse, und all die halben Ahnungen und Vermutungen würden ihn weder beruhigen noch von unserer Kompetenz überzeugen. Die Gefahr, dass es ihm zu dumm würde und er einfach mit erhobenem Finger zu seinem König liefe, ohne sich um unsere Abmachung zu kümmern, war zu hoch. Ich beschloss abzuwarten, was Richter Girigel aus den beiden Festgenommenen herausholen würde.

Der Beauftragte des Richters tauchte an diesem Tag nicht mehr auf. Als es bereits kurz vor der Dämmerung war und ich zum Aufbruch drängte, schickte Hanns Altdorfer einen seiner Schreiber zum Gericht; aber dieser kam mit der lapidaren Botschaft zurück, es sei niemand aus Burghausen dort eingetroffen. Ich verabschiedete mich von dem Stadtkämmerer, dem ich den halben Tag Gesellschaft geleistet und der dafür sein karges Mahl aus Brot und Milch mit mir geteilt hatte, und ritt nach Hause.

Der Verwalter wartete zu Hause auf mich.

»Die Seidenstoffe sind eingetroffen!«, rief er mir entgegen, als ich die Stube betrat und das Geschnatter des Gesindes leiser wurde.

»Wann?«, fragte ich überrascht.

»Heute im Laufe des Tages. Ich habe sie einlagern und sofort mit den Näharbeiten beginnen lassen.«

»Sehr gut«, sagte ich. »Was ist mit der Bezahlung?«

»Herr Walther vom Feld hat Euren Anteil persönlich hierher begleitet. Er wartete eine Weile auf Euch, weil er noch mit Euch sprechen wollte. Ich habe ihm gesagt, dass Ihr Euch in den nächsten Tagen mit ihm in Verbindung setzen würdet.«

»Hat er dir Schwierigkeiten gemacht?«

»Nein, es gab keine Probleme. Ich habe die Lieferung entgegengenommen, zwei der Näherinnen holen lassen, während ich ihm einen Schluck Wein anbot, und dann die Ballen vor seinen Augen mit den beiden Frauen geprüft. Zuletzt habe ich ihm einen Schuldschein über den Wert der Lieferung mit Eurem Siegel abgestempelt.«

»Ich hätte es nicht besser machen können«, entfuhr es mir beinahe gegen meinen Willen. Er lächelte geschmeichelt.

»Ich bemerkte, dass wir durch die späte Anlieferung erhöhte Kosten hätten, an denen er sich sicherlich durch einen Nachlass beteiligen wolle«, fuhr er betont beiläufig fort. »Er antwortete, dass er dafür den Jörg Tannberger zu sich genommen hätte, und ich sagte, Tannberger habe uns schon mitgeteilt, welch wertvolle Dienste er für den Herrn vom Feld geleistet habe. Daraufhin wurde er zuerst ärgerlich.«

»Und dann?«

»Dann lachte er und sagte: ›Wie der Herr, so das G'scherr.‹«

Ich schwieg einen Moment lang, verblüfft, wie elegant er sich mit dem holländischen Kaufmann geschlagen hatte.

Er legte das Schweigen falsch aus, denn er fügte hastig an: »Ich dachte, es wäre in Eurem Sinn. Dadurch könnt Ihr mit ihm über ein paar Prozente verhandeln.«

Ich zwang mir ein Lächeln auf die Lippen. Ich war nicht ärgerlich auf ihn, nur zu sehr erstaunt. Ich hatte ihm diese Beweglichkeit nicht zugetraut. Schließlich streckte ich eine Hand aus, und er schlug zögernd ein.

»Die Bemerkung des Holländers betrachte ich als Kompliment«, sagte ich. »Für *mich*.«

Er errötete. Ich hatte ihn noch nie erröten sehen. Ich hatte ihn auch noch niemals derartig gelobt. Als ich mich umsah, bemerkte ich, dass das ganze Gesinde mit großen Augen auf unsere verschränkten Hände blickte, und ich drückte noch einmal demonstrativ zu und klopfte ihm mit der anderen Hand auf die Schulter.

»Wie wäre es, wenn du die Verhandlungen mit dem Holländer zu Ende führtest?«

Er zögerte nicht zuzugreifen. In den ganzen Jahren hatte ich ihn kaum jemals wirklich Verantwortung übernehmen lassen.

»Natürlich; ich werde Euch nicht enttäuschen, Herr«, versicherte er rasch.

Er stand auf und gab dem Gesinde ein Zeichen, und sie wünschten mir eine gute Nacht und verließen die Stube. Zwei ältere Frauen blieben zurück und räumten das Geschirr ab. Der Verwalter griff mit zu und folgte ihnen hinaus, während ich allein in der Stube zurückblieb und überlegte, ob ich mich nicht doch selbst mit den Verhandlungen hätte beschäftigen sollen und mich gleichzeitig fragte, warum es mir immer so schwer fiel, Vertrauen zu meinen Angestellten zu haben. Oder zu sonst jemandem.

Am folgenden Morgen hatte ich die Einkaufsverhandlungen mit dem holländischen Kaufmann wieder verdrängt. Ich fand langsam in meine alte Gewohnheit zurück, mit dem Essen am Morgen zu warten, bis das Gesinde die Stube verlassen hatte; so betrat ich den Raum, als sie gerade nach draußen drängten. Als ich im Bett gelegen hatte, war ihre Unterhaltung bis in meine Schlafstube herübergedrungen: Sie klang deutlich ungezwungener als während der letzten Tage, in denen ich mich zu ihnen gesellt hatte. Vermutlich waren sie dankbar, dass ich sie wieder in Frieden ließ. Sie grüßten mich höflich, und ich trat beiseite; sie schoben sich aus der Tür und verschwanden in den verschiedenen Stuben und Kammern im Haus, um nach ihren Schuhen und ihren Werkzeugen zu suchen. Ich setzte mich und grübelte darüber nach, wie ich weiter vorgehen sollte. Seit dem zweiten Überfall schleppte ich den Gedanken mit mir herum, dem Kanzler einen Boten zu senden und ihn davon zu überzeugen, die Hochzeit nochmals zu verschieben, um nicht das Leben des Kaisers zu gefährden. Ich war mir sicher, dass auch Hanns Altdorfer daran dachte und nur wartete, bis ich diesen Vorschlag aussprach. Aber es war ein gewaltiger Schritt, und noch schien es mir zu früh, ihn zu tun. Offensichtlich teilte Richter Girigel meine Meinung, sonst hätte er in seinem Antwortschreiben auf Altdorfers eilige Botschaft selbst einen derartigen Vorschlag gemacht. Es sah so aus, als läge die Angelegenheit weiterhin in meiner Hand. Ich wusste nicht, ob ich darüber froh sein sollte.

Ich hörte das Gesinde draußen mit ihren Holzschuhen poltern und ihre gedämpften Stimmen. Plötzlich wurde das Gemurmel lauter. Sie riefen durcheinander, als wäre jemand eingetroffen, mit dessen Erscheinen sie keinesfalls gerechnet hatten. Ich dachte: Tannberger ist wieder zurück; aber es war nicht möglich, dass die Flöße schon in Landshut angekommen waren. Dann dachte ich: Er ist ohne die Flöße zurückgekommen; er hat seine Aufgabe nicht bewältigt. Ich zuckte zusammen, als jemand ungestüm die Tür aufriss, doch der Ankömmling war nicht Jörg Tannberger, sondern Daniel, mein Sohn. Er stand mit verlegenem Lächeln auf der Schwelle.

Ich fuhr voller Verblüffung auf und stieß an den Tisch; mein halb voller Becher mit Milch geriet ins Schwanken und vergoss einen großen Schluck auf die Tischplatte.

»Daniel«, rief ich überrascht.

Er deutete auf den Tisch, auf dem die Milch schwamm, und sagte fröhlich: »Ist das Schreck oder die Freude, mich wiederzusehen, Vater?«

»Die Freude, du Dummkopf«, entgegnete ich heftig. Ich stand noch immer in einer lächerlichen Pose hinter dem Tisch eingeklemmt; ich ließ mich auf die Bank zurücksinken. »Daniel«, sagte ich dann zärtlich. »Wie schön, dich zu sehen.«

Er trat an den Tisch und ließ die Tür hinter sich zufallen. Als er mir die Hand reichte, kniff er die Augen zusammen.

»Ich freue mich auch, Vater. Aber was ist mit Eurem Gesicht geschehen? Hattet Ihr einen Unfall?«

»Nichts Schlimmes«, sagte ich. »Setz dich doch.«

Er setzte sich neben mich und sah sich in der Stube um, als wäre er vor Jahren zuletzt hier gewesen. Ich betrachtete ihn und spürte plötzliche Verlegenheit. Wie in den meisten Fällen wusste ich nicht, welche Worte ich wählen sollte; bei jedem seiner Besuche fühlte ich eine anfängliche Entfremdung, die immer stärker zu werden schien und mich beklommen machte.

»Bist du hungrig?«, brachte ich schließlich hervor.

Er fuhr mit einem Finger durch die Milchlache und sah mich von der Seite her an.

»Bevor Ihr alles verschüttet ...«, sagte er gedehnt.

»Mehr als das gibt es nicht«, brummte ich und wies auf die weiße Pfütze. Er lachte, und ich fasste zu ihm hinüber und umarmte ihn. Er klopfte mir auf die Schulter und umarmte mich ebenso heftig.

Jedes Mal, wenn wir uns sahen, schien er mir breiter und kräftiger geworden zu sein. Die Arbeit am Dom forderte seine Kräfte, und ich konnte sehen, wie zerschunden seine Hände und seine Unterarme waren. Sein Körper war mit dicken Muskelsträngen bepackt. Er war noch nie von zarter oder schlanker Statur gewesen; er ging nach mir, mit breiten Schultern, breiten Hüften und stämmigen Beinen. Anders als bei mir war an ihm noch kein überflüssiger Speck zu finden, und die Muskeln bewegten sich dicht unter seiner Haut, als er sich aus meinem Griff befreite. Er lächelte mir fröhlich ins Gesicht. Seine Züge hatte er von Maria geerbt: fein geschwungene Augenbrauen, dunkle Augen und eine gerade Nase unter einem ungebärdigen Haarschopf. Wahrscheinlich liefen ihm die Mörtelweiber und die Brotverkäuferinnen auf der Baustelle in Scharen hinterher. Er würde es nicht einmal zu schätzen wissen; er hatte diverse Liebchen gehabt, solange er noch hier im Haus gewohnt hatte, aber er war jeder Einzelnen treu gewesen, und jede Trennung hatte ihn mindestens ebenso sehr mitgenommen wie das jeweilige Mädchen. Ich wusste nicht einmal, ob er zurzeit wieder ein Mädchen hatte. Ich verspürte einen Stich: Ich sah ihn viel zu selten.

»Solltet Ihr in Eurer Kammer doch noch etwas mehr finden als einen Schluck verschüttete Milch«, sagte er, »könnt Ihr Euch darauf verlassen, dass ich es vertilgen werde.«

Ich rief eine Küchenmagd herein. Sie wischte den Tisch sauber und streichelte Daniels Wange.

»Der junge Herr«, sagte sie strahlend, und Daniel lächelte ihr so schmelzend zu, dass ihre alten Bäckchen rot erglühten. Ich schüttelte den Kopf, und er schnitt mir eine Grimasse, die bedeutete: Ich kann auch nichts dafür.

Ich sah schweigend zu, wie er aß. So überraschend, wie er eben aufgetaucht war, kam er immer; er meldete sich niemals an. Ich wusste, dass er nur kam, wenn er nichts auf der Baustelle zu tun hatte oder wenn ihn das Heimweh zu arg drückte, und es tat mir doppelt weh, wenn wir bei einer dieser seltenen Gelegenheiten nach kurzer Zeit miteinander stritten. Aber es geschah beinahe zwangsläufig, dass wir auf ein Thema kamen, zu dem wir unterschiedliche Ansichten hegten, und sooft ich mir auch vorsagte, diesmal nachsichtig zu reagieren, wenn er mir eine seiner unausgegorenen Ideen präsentierte, so selten gelang es mir. Die Freude über sein Erscheinen verdunkelte sich, als ich daran dachte.

»Hast du heute am Dom nichts zu tun?«, fragte ich ihn.

»Die Arbeiten wurden für einen oder zwei Tage eingestellt«, erwiderte er mit vollem Mund. »Stethaimer hat alle seine Gesellen heute nach Sonnenaufgang zusammengerufen, um es uns mitzuteilen, und bis ich es wieder meinen eigenen Gehilfen weitergesagt hatte, verging einige Zeit. Danach beschloss ich, die Gelegenheit zu nutzen und Euch zu besuchen.«

Ich nickte; vorsichtig und mit einem unguten Gefühl fragte ich: »Weshalb wird nicht gearbeitet?« Hatten sie noch etwas in der Kirche gefunden, das nicht ans Tageslicht hätte kommen sollen?

»Der Bischof von Salzburg besichtigt heute die Baustelle«, sagte Daniel mit einer wegwerfenden Handbewegung. »Er ist wohl gestern oder vorgestern in der Stadt angekommen und will die Kirche sehen, in der er den jungen Herzog trauen soll.«

Ich lehnte mich erleichtert zurück.

»Und dabei kann man euch nicht gebrauchen.« Er zuckte mit den Schultern.

»Wahrscheinlich haben sie Angst, jemand könnte ihm einen Stein auf den Kopf fallen lassen; ihm und den anderen Pfaffen.«

»Wer ist denn noch außer ihm angekommen?«

»Wen Ihr Euch vorstellen könnt: der Bischof von Chiemsee, von Passau, von Freising«, er begann, sie an den Fingern aufzuzählen, »von Bamberg, von Eichstätt – habe ich einen vergessen? Richtig, den Bischof von Augsburg.«

Er blinzelte mich schelmisch an, als ich unwillkürlich zusammenzuckte. Aber Bischof Peter war schon seit Jahren tot, und sein Nachfolger wusste so wenig von mir wie ich von ihm.

»Du weißt gut Bescheid«, sagte ich.

»Was Wunder! Jeder Einzelne von ihnen ist in den letzten Tagen auf der Baustelle erschienen und hat geistreiche Bemerkungen losgelassen. Stethaimer ist vor jedem von ihnen auf dem Boden gekrochen.«

Ich schnaubte; aber ich konnte der Versuchung widerstehen, ihn darauf hinzuweisen, dass das Gehabe des Baumeisters von größeren politischen Erwägungen diktiert wurde. Er schob den Teller von sich und wischte sich mit dem Ärmel über den Mund. Dann klopfte er sich auf den Bauch.

»Ich platze gleich«, stöhnte er. Er wandte mir das Gesicht zu, den Kopf bequem an die Wand gelehnt, und studierte mich einen Augenblick.

»Wie geht es Euch, Vater? Ihr seht müde aus.«

»Ich hatte ein paar Schwierigkeiten in letzter Zeit.«

»Geschäftlich?«

»Unter anderem.«

Er schüttelte den Kopf.

»Warum lasst Ihr den Hof nicht einmal für eine Weile allein?«

»Brauchst du einen Handlanger?«

»Nein«, lachte er. »An ungelernten Arbeitskräften gibt es genug, seit die Stadt vor lauter Hochzeitsgästen aus den Nähten platzt. Aber Ihr könntet einmal Sabina oder Maria besuchen ...«

»Was sollen sie mit ihrem alten Vater?«, sagte ich und dachte daran, wie sehr vor allem Sabina ihrer Mutter ähnelte. Ich liebte meine beiden Töchter; aber als sie aus dem Haus waren, wurde es mir plötzlich leichter ums Herz – ich hatte zu oft in freudigem Schrecken den Atem angehalten, wenn ich in Gedanken versunken auf dem Hof herumwandelte und dabei auf meine älteste Tochter stieß, wie sie mit dem Gesinde sprach oder die Tiere fütterte und Maria von der Ferne aufs Haar glich. Es war auf die Dauer anstrengend, mit der Inkarnation meiner toten Frau unter einem Dach zu leben.

»Habt Ihr von ihnen in letzter Zeit gehört?«, fragte Daniel.

»Sie schreiben regelmäßig«, antwortete ich. »Sabina hat vor ein paar Wochen eine Tochter auf die Welt gebracht.«

»Und Maria?«

Ich zuckte mit den Schultern.

»Sie ist wohl glücklich drüben in Augsburg. Ihr Mann arbeitet jetzt als Fernkaufmann für die Hochstetter, und sie ist viel allein; aber sie schreibt, es mangele ihr an nichts.«

»Ob sie mich noch zum Onkel machen wird?«

Ich hatte die Frage geahnt. Ich hasste die Antwort darauf.

»Ich weiß es nicht, Daniel. Ich glaube, sie hat Angst davor, Kinder auf die Welt zu bringen. Du weißt, wie verstört sie war, als Mutter ...«

Er nickte, als meine Stimme leiser wurde.

»Ich werde demnächst versuchen, ihnen auch einen Brief zu schreiben. Wenngleich ich geschickter darin wäre, den Text in einen Stein zu ritzen.«

Er lächelte schief in dem Versuch, ein anderes Thema anzuschneiden. Ich seufzte und zwang mich dazu, wieder eine fröhliche Miene aufzusetzen.

»Was gibt es Neues auf der Baustelle?«

Er holte Atem; ich wusste, er war jetzt in seinem Element. Hans Stethaimer hielt große Stücke auf ihn, und einer der Gründe dafür war Daniels ungebrochene Begeisterung für das Bauwerk. Man hatte es begonnen, als mein Vater, Daniels Großvater, den er nie kennen gelernt hatte, gerade laufen konnte, und über drei Generationen hinweg daran gebaut. Daniel würde vermutlich in meinem Alter sein, wenn der Turm als letztes Teil des Doms vollendet wäre, und es faszinierte ihn, an einem Werk teilzunehmen, dessen Fertigstellung sich über mehrere Generationen hinweg vollzog. Schon als wir uns in Landshut ansiedelten, hatte er bettelnd und flehend so lange vor der Haustür gestanden, bis wir ihn auf den Wagen luden und zur Stadt hinein mitnahmen: ein kleiner, stämmiger Junge, der mit laufender Nase und offenem Mund die gewaltige Baustelle besichtigte, vollkommen verzaubert von dem ameisenhaften Gewühl, das sich darauf entfaltete. Man konnte ihn getrost in sicherer Entfernung zu den Bauarbeiten abstellen und alleine lassen, um Geschäfte zu erledigen: Er bewegte sich nicht vom Fleck, bis man wieder zurückkam, und selbst auf dem Wagen drehte er den Kopf noch nach hinten, bis er nichts mehr von der Kirche erblicken konnte. Dann überfiel er einen mit Fragen und löcherte das Gesinde, wenn Maria oder ich oder auch Hanns Altdorfer nicht in der Lage waren, ihm die gewünschten Antworten zu geben. Es war mein Fehler gewesen, diese Leidenschaft nicht genügend zur Kenntnis genommen zu haben; der Tag, an dem er mir mitteilte, er habe eine Stelle als Steinmetzlehrling auf der Baustelle angenommen, wäre nicht so schmerzlich für uns beide verlaufen, hätte ich meine Augen und mein Herz weit genug für ihn geöffnet.

»Es geht drunter und drüber«, sagte er, und sein Grinsen ließ keinen Zweifel daran, dass ihm das Chaos von Herzen zusagte. »Der Hochaltar ist noch nicht so weit, dass die Trauungszeremonie davor stattfinden könnte, das Chorhaus ist ein wirrer Haufen aus Ziegeln und Brettern, und es gibt noch so viele nicht aufgefüllte Gruben im Kirchenschiff, dass erst letzte Woche ein altes Weiblein mit einer Fuhre Mörtel in eine hineingefallen ist und alles verschüttete. Stethaimer war so wütend, dass er sie am liebsten als Füllmaterial in der Grube gelassen hätte.«

Ich dachte mit Schaudern: Eine ähnliche Idee hat auch ein anderer gehabt; aber Daniel bemerkte nicht, wie ich zusammenzuckte, und erzählte unbekümmert weiter: »Hanns Altdorfer setzt den Baumeister noch zusätzlich unter Druck, weil es in der Kirche angeblich aussieht wie in einem Schweinestall. Jeden zweiten Tag taucht er auf der Baustelle auf und rechnet Stethaimer vor, wie viele Tage ihm noch bleiben bis zur Ankunft der Braut.«

Ich vergaß Daniels makabre Bemerkung und lächelte unwillkürlich. Daniel sagte: »Ich habe mich mit dem Stadtkämmerer schon eine Ewigkeit nicht mehr unterhalten.«

Als kleiner Junge hatte er ihn als seinen Oheim angesehen; als junger Mann schien es sich nicht mehr zu schicken, Hanns Altdorfer so zu bezeichnen. »Ich finde es schade; ich mochte ihn sehr gern. Trefft Ihr ihn noch zuweilen, Vater?«

»Wir sind nach wie vor Freunde geblieben«, erwiderte ich ruhig, und sein Gesicht nahm für einen winzigen Augenblick einen merkwürdigen Ausdruck an, als würde es ihn erleichtern, dass ich von Altdorfer als einem Freund sprach. Der Ausdruck verging, aber ich hatte ihn gesehen. Es war nicht wegen des Stadtkämmerers; es war die Tatsache, dass ich überhaupt jemanden meinen Freund nannte. Machte er sich Gedanken über meine Art zu leben? Mein eigener Sohn?

Er holte kurz Luft und schüttelte gleichzeitig belustigt den Kopf.

»Ich hätte gedacht, der Baumeister wäre zäher; aber wie es scheint, haben ihn die vielen Besuche des Stadtkämmerers mürbe gemacht. Er hat vermutlich Angst, man könnte ihn beschuldigen, den Bau zu verzögern. Er hat sich vor ein paar Wochen mit allen geschworenen Meistern zusammengesetzt und für die Dauer der Hochzeitsvorbereitungen die Landshuter Zunftordnung überarbeitet. Bislang war es so, dass kein Meister, Geselle oder Lehrling von Georgi bis Jakobi eine Arbeit auf dem Land annehmen durfte; er musste der Stadt ständig zur Verfügung stehen. Nun hat er diese Zeitspanne noch nachträglich bis nach Martini ausgedehnt, damit keine Arbeitskraft der Kirche verloren geht. Jeder Meister hat außerdem die Erlaubnis erhalten, bis zur Ankunft der Braut so viele Gesellen, Hilfskräfte und Träger anzuwerben, wie er für nötig hält, und es ist egal, ob sie Fremde oder Einheimische sind. Damit die Arbeiten schneller vorangehen, darf auch jeder Meister einen oder zwei Gesellen für selbstständige Arbeiten empfehlen, damit diese ihre eigenen Gruppen von Hilfsarbeitern beschäftigen können.«

Er lächelte und strich sich über den Bauch.

»Ihr könnt mir gratulieren«, sagte er stolz. »Ich gehöre auch zu jenen Selbstständigen.«

»Dann gratuliere ich«, sagte ich und lächelte.

»Ich beaufsichtige jetzt eine Gruppe von vier Steinhauern«, erklärte er. »Natürlich nur, bis die Hochzeit vorüber ist.«

»Gibt es denn in Landshut noch Männer, die etwas vom Bauhandwerk verstehen und nicht schon lange am Dom arbeiten?«, fragte ich.

»Kaum«, lachte er. »Wir haben schon Leute aus dem halben Herzogtum angeworben, und es sind nicht gerade die Allerneusten darunter. Stellt Euch vor, Vater: Unter den fremden Wappnern gibt es ein halbes Dutzend Maurer, die uns bereits angesprochen haben, sie würden lieber auf der Baustelle arbeiten, anstatt die Tore zu bewachen, aber der herzogliche Hauptmann lässt sie nicht gehen. Auf der anderen Seite laufen in der Kirche jede Menge Galgenvögel herum, die besser bei den Stadtknechten aufgehoben wären, und schleppen uns die Ziegel hinterher.«

»Das ist das Übliche«, bemerkte ich. Er hörte kaum hin.

»Ab und zu sind auch ein paar gute Leute darunter«, fuhr er fort. »Ein Freund hat in seiner Gruppe einen jungen Kerl, der schon als Steinmetz gearbeitet hat und der sich recht geschickt anstellt.«

»Aus deinem Mund ist das wohl ein Lob.«

Er nickte mit unbewusster Herablassung. Wenn ich ihn ansah, wusste ich, wie ich selbst in solchen Momenten aussah; wir besaßen auf unseren unterschiedlichen Wissensgebieten beide die Arroganz des Experten.

Dann machte er ein nachdenkliches Gesicht.

»Allerdings ist er ein merkwürdiger Kauz«, sagte er. »In den Arbeitspausen geht er herum und fragt nach alten Geschichten oder gibt selbst welche zum Besten. Sein bevorzugtes Thema ist der Bürgeraufstand in Landshut. Ich wusste gar nicht, dass einmal einer stattgefunden hat.«

»Ich auch nicht«, sagte ich zerstreut. »Ich habe erst in den letzten Tagen etwas darüber gehört.«

»Ich hatte noch gar nichts davon gehört. Jedenfalls, der Kerl erzählt jedem, der es hören will, wie ungnädig der damalige Herzog mit den Aufständischen umgesprungen ist. Das Blut muss ja in Strömen geflossen sein.«

»Er spricht so über den Aufstand?«, fragte ich nun doch interessiert. »Ich dachte, er sei nicht aus Landshut.«

»Ist er auch nicht. Aber er hetzt die Leute ständig damit auf, wie ungerecht und grausam damals alles abgelaufen sei.«

Ich beugte mich nach vorne. Plötzlich fühlte ich mich beunruhigt. »Er wiegelt die Leute auf?«

»Es lässt sich keiner aufhetzen«, besänftigte er mich. »Die meisten lachen über ihn; aber er hat eine Art, die Geschehnisse immer wieder anzusprechen, dass unter den Gesellen selbst schon bald kein anderer Gesprächsstoff mehr möglich ist.« Er seufzte; ihm selbst war das Thema sichtlich egal.

»Woher stammt der Kerl?«, fragte ich hastig.

Er breitete die Hände aus.

»Woher soll ich das wissen?«, sagte er. »Aus Bayern, jedenfalls. Ich selbst habe ein paar Helfer aus Italien und Polen ...«

»Daniel«, drängte ich. »Aus welcher Stadt?«

Seine Brauen krausten sich, und er schloss die Augen, als er nachdachte.

»Er hat es einmal erwähnt, weil ihn jemand seiner Sprache wegen aufzog. Aber ich weiß es nicht mehr, Vater.«

Ich holte Atem und fragte: »Kommt er aus Ingolstadt?«

»Richtig!«, rief Daniel. »Hat es etwas zu bedeuten, dass Ihr so genau nachfragt?«

Ich antwortete ihm nicht.

»Vater?«

Ich sah zu Daniel und dachte: Ich darf ihn nicht hineinziehen. Es reicht, wenn sie es auf mich abgesehen haben.

»Es hat mit etwas zu tun, an dem ich arbeite«, sagte ich unwillig. »Ich würde es bevorzugen, wenn du mich nicht weiter fragtest.«

»Weshalb denn?«

Ich sah ihn starr an.

»Weil ich dich nicht belügen möchte.«

Seine Augen weiteten sich, und sein Unterkiefer sackte herab. Ich hob die Hand, um seine nächsten Worte abzuwehren.

»Lass uns das Thema nicht vertiefen, einverstanden?«

Er lehnte sich zurück und machte ein verdrossenes Gesicht. Seine Stirn legte sich in Falten. In einer unbewussten Geste kreuzte er die Arme vor der Brust, aber schließlich nickte er.

»Wenn Ihr meint ...«, murmelte er unzufrieden.

»Nur eines noch, Daniel: Kannst du mich mit dem Mann zusammenbringen?«

»Was?«, rief er erstaunt.

»Ich muss mit ihm sprechen.«

»Er wird nicht da sein«, sagte er verwirrt. »Heute haben alle Arbeiter frei, wie ich bereits sagte.«

»Morgen?«

Er zuckte mit den Schultern.

»Sicherlich«, sagte er. »Ich muss Euch vorher nur bei Hans

Stethaimer anmelden; er hat es nicht gerne, wenn er nicht in allen Einzelheiten weiß, was auf der Baustelle vorgeht.«

»Ich komme im Laufe des Vormittags vorbei«, versprach ich. Er zuckte nochmals mit den Achseln. Für einen Moment entstand Schweigen zwischen uns, ein Schweigen, wie es sich immer wieder einmal über uns legte; aber diesmal bemerkte ich es nicht. Ich war so aufgeregt, dass ich am liebsten aufgesprungen und hin und her gelaufen wäre. Ich durfte es nicht, wenn ich Daniel nicht misstrauisch machen wollte. Und wenn ich ihn misstrauisch machte, konnte es sein, dass er anfing, hinter mir herzuschnuppern. Es war das Letzte, was ich riskieren wollte; ich hatte das abgründige Gefühl, dass der Tod seine Ernte noch nicht beendet hatte.

Schließlich ergriff Daniel wieder das Wort und erzählte weiter über die Schwierigkeiten auf der Baustelle, und ich hörte ihm mit halber Aufmerksamkeit zu. Als er sich zuletzt verabschiedete, war ich beinahe froh, nun in Ruhe nachdenken zu können. Er war zu Fuß herausgekommen, und ich sah zu, wie er durch mein Tor ins Freie ging und seine Gestalt über den kleinen Weg durch die Wiesen schmäler und schmäler wurde, bis sie mit dem Novembergrau verschmolz. Wir hatten uns dieses Mal nicht gestritten. Ich wusste, dass es nur daran lag, dass ich die meiste Zeit kaum auf das gehört hatte, was er sprach.

7

Mein Spitzel erwartete mich an unserem Treffpunkt. Er schien unruhig, und ich sah, dass ihm etwas auf der Zunge lag. Er starrte mich nach einem knappen Gruß mit einem Blick an, der halb ärgerlich und halb unsicher war, dann sagte er stockend: »Seid Ihr sicher, dass Ihr mir vertraut?«

»Wie kommt Ihr denn darauf, dass es nicht so sein könnte?«

Er seufzte; es war ihm anzusehen, dass er überlegte, ob er sich seine Ehrlichkeit ein zweites Mal leisten konnte. Er sah auf seine Fußspitzen und trat von einem Bein aufs andere.

»Weil noch jemand anderer das Haus beobachtet«, sprudelte er schließlich hervor. »Habt Ihr diesen Mann angestellt?«

»Was sagt Ihr da?«, rief ich.

»Wenn Ihr mit mir nicht zufrieden seid, bitte ich Euch, mir zu sagen, was ich falsch gemacht habe ...«, begann er, aber ich unterbrach ihn aufgeregt.

»Was soll das bedeuten?«, drängte ich hastig. »Schnell, sprecht.«

Er starrte mich an und blinzelte. Scheinbar kam ihm zu Bewusstsein, dass er die falschen Schlüsse gezogen hatte.

»Ich weiß nicht«, stammelte er. »Er ist mir aufgefallen, weil ich sein Gesicht immer wieder in der Gasse sah, und mittlerweile weiß ich, dass auch er das Haus beobachtet.«

Ich sah in an, ohne ihn zu sehen. Ich bemühte mich krampfhaft, meine Aufregung zu unterdrücken.

»Seltsam«, brummte ich.

»Zuerst dachte ich mir, vielleicht haben die Verwandten des jungen Mannes ihn geschickt«, sagte er eifrig.

Ich fragte ihn einmal mehr überrascht: »Welchen jungen Mannes?«

»Na, Euer Mündel trifft sich doch mit einem jungen Mann, nehme ich an.«

»Ja, ja«, stieß ich hervor. »Natürlich.«

»Seht Ihr, ich bin dem anderen gestern Abend ein wenig hinterhergeschlichen«, gestand er mit einer Miene, als erwarte er auch dafür sofortige Schelte. »Ich habe gesehen, wie er sich mit einem zweiten Mann besprach, und ich nehme an, es handelt sich dabei um seinen Auftraggeber.« Ich horchte auf.

»Wie sah er aus?«, erkundigte ich mich.

»Ich sah ihn nur von weitem – und von hinten.«

»Groß? Klein? Welche Kleidung trug er?«

Er zuckte mit den Schultern.

»Normale Größe, würde ich sagen. An seiner Kleidung ist mir nichts Besonderes aufgefallen.«

Ich sah ihn an; er selbst war klein und mager und in ausgeblichenes Zeug gekleidet. Ich wusste, dass man auf seinen Maßstab nicht viel Wert legen konnte.

»Kennt Ihr den Mann?«, fragte er neugierig.

»Anhand dieser Beschreibung sicher nicht«, erwiderte ich beißender, als ich beabsichtigt hatte. Er machte sich nichts daraus.

»Wisst Ihr«, sagte er eifrig, »ich habe mir gedacht, es könnte ja sein, dass die Familie des jungen Mannes ebenso wenig mit der Entwicklung der Dinge einverstanden ist wie Ihr.« Er schaute in mein Gesicht, stutzte, zog wieder den falschen Schluss und stieß hervor: »Bei allem schuldigen Respekt, Herr! Euer Mündel ist sicherlich eine feine junge Dame; aber der junge Mann ist vielleicht auch ein aufrechter Kerl. Ich meine, möglicherweise wäre ein Gespräch zwischen den Parteien angebracht ...« Er verstummte.

Ich versuchte zu lächeln. Ich ahnte, dass ich so finster ausgesehen hatte wie immer, wenn ich angestrengt über etwas nachdachte.

»Schon gut«, sagte ich. »Ich bin nicht beleidigt.«

Er rieb nervös die Handflächen aneinander und versuchte ebenfalls zu lächeln. Er schniefte und sagte dann entschlossen: »Wenn Ihr es wünscht, spreche ich ihn an.«

»Nein«, rief ich.

»Warum nicht?«

»Weil ... weil ich nicht will, dass man von Euch erfährt.«

Er sah mich betreten an, und ich fragte ihn voll düsterer Ahnung:

»Hat er Euch etwa schon entdeckt?«

»Nein, ich glaube nicht«, sagte er hastig. »Aber ich fürchte, dass es nur noch eine Frage der Zeit ist; wenn ich in der Lage war, ihn zu entdecken, wird es ihm bei mir nicht anders ergehen.«

Ich schwieg verdrossen.

»Wir treffen uns morgen wieder«, erklärte ich dann. »Vielleicht geschieht heute Abend noch etwas. Bleibt auf Eurem Posten.«

Er nickte, sichtlich unzufrieden, dass er sich nicht als Friedensstifter betätigen konnte. Ich klopfte ihm leicht auf die Schulter und ging. Ich sollte ihn nicht mehr lebend wiedersehen.

Ich stolperte zurück in die Altstadt, tief in Gedanken versunken. Der alte Flößer hatte in einem Punkt mehr als Recht: Es war an der Zeit, ein Gespräch zu führen. Ein Gespräch mit dem Beauftragten des Richters, der die Gefangenen verhören sollte, um herauszufinden, welche Aussagen sie gemacht hatten – und sollte er noch immer nicht eingetroffen sein, musste ich mich selbst mit den beiden Überlebenden des Überfalls auseinander setzen. Es mochte sein, dass ich sie zum Sprechen ermuntern musste. Ich konnte nicht behaupten, dass dieser Gedanke mich mit freudiger Erwartung erfüllte. Wenn ich ehrlich sein wollte, hatte er mich auch bisher davon abgehalten, diese Unterredung selbst zu suchen. Sie hatten nicht gesprochen, als sie verletzt und verängstigt vor den Spießen der Stadtknechte gestanden hatten; sie hatten nach zwei Nächten im Kerker nicht gesprochen, oder der Stadtkämmerer hätte es erfahren – und ich fürchtete, sie würden nun erst recht nicht sprechen. Das nahe liegende Mittel, ihnen die Zungen zu lösen, aber war, es mit Gewalt zu versuchen. Das bedeutete: die Folter. Ich wand mich bei dem Gedanken daran; ich wollte nicht dafür verantwortlich sein, dass man Menschen marterte, um ihnen ein Geständnis zu entreißen. Ein anderer Teil von mir sagte roh: Was kümmert's dich? Die Burschen wollten dir ans Leder! Aber ich konnte keine Befriedigung empfinden angesichts der Vorstellung, dass man einem Mann die Glieder gewaltsam streckte oder die Fußsohlen über glühenden Kohlen röstete. Ich hatte die Begegnung mit der Folter während meiner Zeit mit

Bischof Peter immer zu vermeiden versucht. Manchmal war es mir nicht gelungen. Ich schlug den Weg zum Stadtgericht ein.

»Ich erwarte einen Beauftragten des Richters«, erklärte ich einem der Schreiber. »Er müsste aus Burghausen kommen. Ist er bereits eingetroffen?«

»Bei uns hat sich niemand gemeldet.«

Ich seufzte. Worauf wartete der Mann? Aber das Wetter war schon seit Tagen schlecht, und es brauchte nur einer der kleinen Flüsse über das Ufer getreten sein, um die Straße von Burghausen nach Landshut unpassierbar zu machen. Ich vermutete, dass der Richter in diesem Fall eine weitere Taube geschickt hätte; doch es konnte gut sein, dass sein Bote zwischen zwei Hochwassern gefangen war, die ihm sowohl den Her- als auch den Rückweg abschnitten, und der Richter ebenso uninformiert war wie wir. Nicht zuletzt konnte auch einer der herzoglichen Jäger aus Versehen eine eventuell geschickte Taube abgeschossen haben; Hanns Altdorfer hatte deutlich genug erklärt, dass die Wälder rund um Landshut von Bolzen und Pfeilen schwirrten.

Ich konnte jedoch nicht viel länger warten. Ich musste es selbst versuchen.

»Mein Name ist Peter Bernward«, sagte ich zu dem Schreiber. »Der Stadtkämmerer und ich wurden am Montagabend von ein paar Männern überfallen. Zwei davon wurden von den Wappnern festgenommen.«

Der Mann nickte und betrachtete mich mit neuem Interesse.

»Ihr seid das«, sagte er. »Ich habe schon davon gehört.«

»Ist es möglich, mit den Gefangenen zu sprechen?«, fragte ich vorsichtig.

»Die Festgenommenen sind aber nicht hier«, erklärte er.

Ich schaute ihn verblüfft an.

»Wo sind sie dann?«

»In Burghausen.«

»Warum in aller Welt habt Ihr sie nach Burghausen gebracht?«

Er sah mich einen Moment lang nachdenklich an, als wäre er erstaunt über meine Unwissenheit. Später kam mir der Gedanke, dass er selbst einen Grund zu finden suchte, weshalb man die beiden Männer nicht in Landshut eingekerkert hatte.

»Um das Gefängnis für die zu erwartenden Übertretungen während der Hochzeit freizuhalten«, sagte er schließlich.

»Wer hat das angeordnet?«, rief ich laut.

»Es gibt einen Befehl vom herzoglichen Rat.«

»Seit wann?«

»Soweit ich informiert bin, gilt diese Anordnung seit der Hochzeit Herzog Ludwigs.«

Ich schloss die Augen.

»Kennt der Richter diesen Befehl?«

»Er hat zurzeit viel um die Ohren«, erwiderte der Schreiber, als wolle er seinen Herrn verteidigen. »Weshalb? War es ein Fehler, die Gefangenen nach Burghausen zu verlegen?«

»Ich hätte dringend mit ihnen sprechen müssen!«, knirschte ich. »Und Richter Girigel wollte eigens deswegen einen Mann nach Landshut senden.«

Der Schreiber machte ein nachdenkliches Gesicht und sagte endlich würdevoll: »Ich hätte Euch ohnehin keinen Zutritt zum Kerker gewähren dürfen.«

Ich diskutierte nicht mit ihm darüber; es machte keinerlei Sinn. Ich dankte ihm düster und ging. Der Gedanke plagte mich, dass ich zu spät gekommen war. Ich hätte die beiden Männer nicht mehr aus den Augen lassen sollen. Meine einzige Hoffnung war jetzt der Gehilfe, von dem Daniel gesprochen hatte. Selbst wenn seine Spießgesellen untergetaucht waren, mochte er auf der Baustelle zurückgeblieben sein, um die Entwicklungen weiter zu beobachten. Er war im Großen und Ganzen unauffällig. Ich hoffte, er wäre zurückgeblieben; *ich* hätte ihn zurückgelassen.

Ich besuchte die Baustelle, aber sie war verwaist bis auf eine langsam den Platz abschreitende Patrouille aus zwei Wappnern, die mich nicht beachteten. Daniel hatte Recht gehabt; ich konnte frühestens morgen hoffen, mit dem jungen Mann zu sprechen. Ich kehrte um und ging mein Pferd holen. An der Einmündung zum Ländtor blieb ich unschlüssig stehen und überlegte, ob ich Jana Dlugosz aufsuchen sollte; aber ich hätte es nicht tun können, ohne auf Albert Moniwid zu stoßen, und ihm wollte ich unbedingt ausweichen. Ich informierte Hanns Altdorfer, den ich an seinem üblichen Platz im Rathaus fand, und wünschte mir hinterher, ich hätte es nicht getan, denn die Nachricht schien ihn zu entsetzen, und es gelang mir weder ihn noch mich selbst aufzuheitern. Ich ritt nach Hause. Die Hälfte unserer Frist war bereits verstrichen, und wir hatten noch nichts erreicht.

Am Donnerstagmorgen fand ich mich so früh wie möglich in der Stadt ein, um die Baustelle aufzusuchen. Als ich am Rathaus vorbeiritt, öffnete sich ein Fenster, und Hanns Altdorfer winkte heraus und rief mir etwas zu. Ich kehrte um, band mein Pferd fest und betrat das Gebäude. Um diese Stunde war noch keiner der Schreiber anwesend, nur vom oberen Stockwerk hörte ich die Geräusche der Arbeiter, die mit dem Umbau des Ratsherrensaals beschäftigt waren. Hanns Altdorfer entließ zwei Stadtknechte, als ich eben zu ihm eintreten wollte. Er blickte ihnen mit einem verdrossenen Gesichtsausdruck hinterher, dann bot er mir mit einer brüsken Handbewegung einen Platz an.

»Was gibt es?«, fragte ich. »Ich bin in Eile.«

»Ich wollte dich unterrichten, dass ich gestern Abend nur mit Mühe die Ratsherren davon abbringen konnte, die Stadttore vor der Prinzessin zu schließen.«

»Was?«

»Ich weiß nicht, was sie sich davon versprochen haben. Wir haben bis in die Nacht gestritten; vor allem Contzen von Asch hat sich mit seinem großen Mundwerk hervorgetan.«

Ich schüttelte verständnislos den Kopf.

»Hoffentlich wird das nicht ruchbar. Wenn es Moniwid erfährt, ist der Teufel los.«

»Ich weiß. Ich bin froh, dass sie schließlich auf die Vernunft gehört und sich zum Nachgeben haben bewegen lassen.«

Ich dachte an die Tote und an das leer stehende alte Haus.

»Glaubst du, wir haben es hier mit einer Verschwörung zu tun, in die noch ein paar der reichen Bürger verstrickt sind?«

Er verzog den Mund und hob die Schultern.

»Kaum«, sagte er dann. »Wenn ich mich nicht irre, war die gestrige Aktion nur der Ausdruck überschätzten Bürgerstolzes, den ein paar aufgeblasene Streitgockel angefacht haben.«

Ich schmunzelte unwillkürlich. Seine Empörung amüsierte mich trotz meiner Ungeduld, zur Baustelle zu gelangen.

»Das ist die richtige Aufgabe für dich«, sagte ich. »Den überschäumenden Bürgerstolz zu dämpfen.«

Er schnaubte angewidert.

»Glaub das nur nicht. Ich habe offenen Mundes gestanden vor so viel Sturheit. Vermutlich haben sie mir nur zugestimmt, weil sie mich bedauerten.«

Ich lachte und schüttelte den Kopf.

»Wer waren denn die Rädelsführer?«

»Die sattsam bekannten Querköpfe: von Asch, der alte Kettner, Heinz Moosburger ... schon ihre Großväter haben damals beim Aufstand auf die eine oder andre Weise mitgemacht. Streitsüchtigkeit scheint sich zu vererben.«

»Wolfgang Leutgeb?«, fragte ich aus einer plötzlichen Eingebung heraus.

»Der ist leider nicht in der Stadt; er hätte wohl noch am ehesten Partei für den Herzog ergriffen.«

»Ich habe vorgestern mit ihm gesprochen«, sagte ich befremdet. Altdorfer hob die Augenbrauen.

»Ich habe nach ihm schicken lassen, und es hieß, er sei geschäftlich unterwegs. Vielleicht hat man ihn auch nur nicht aus seinem Rausch aufwecken können.« Er wischte die Bemerkung mit einer Handbewegung beiseite.

»Das war alles, was ich dir sagen wollte. Nein, noch etwas: Einer deiner Angestellten hat einen Boten zu mir gesandt. Er sollte dir ausrichten, dass deine Flöße angekommen sind, und suchte dich bei mir. Ich wollte den Boten zu dir hinaussenden, aber er sagte mir, dass die Nachricht bereits dorthin unterwegs sei. Wen immer du beauftragt hast, er scheint ein umsichtiger Mann zu sein.«

Ich sprang auf und rief verblüfft: »Was? Meine Flöße?«

»Ja, die Flöße mit der Stofflieferung aus Innsbruck. Das war es wohl, was er mich dir mitzuteilen bat.«

»Hanns«, sagte ich erregt, »du musst mich entschuldigen. Ich muss zur Floßlände.«

Er zuckte mit den Schultern, und ich rannte hinaus.

An der Floßlände hatte sich eine große Menschenmenge eingefunden, um das Schauspiel zu beobachten. Ich drängte mich hindurch, und man machte mir unwillig Platz. Durch meine Größe konnte ich über die Köpfe der Menge hinweg zum Wasser hinunter sehen. Fünf oder sechs gewaltige Flöße hingen in einem weiten Bogen bis fast zum anderen Ufer hinüber in die Strömung des Flusses hinein. Ich erreichte das Flussufer, wo die Menschen Platz für die landenden Flößer ausgespart hatten, und blieb atemlos stehen.

Die Flöße waren mit langen Ketten aneinander gehängt; vermutlich, um sie besser an Land ziehen zu können. Vielleicht war dies auch die Art, wie sie den Fluss herunterfuhren: zusammengefesselt, damit keines verloren gehen konnte. Es war eine schwierige Aufgabe, die störrischen, hoch beladenen Fahrzeuge aus der Strömung zu zerren und ins seichte Wasser zu bugsieren. Die Flößer hatten ein Dutzend oder mehr Taue an Land geworfen, und an jedem Ende standen ein oder zwei Männer und stemmten sich in den Kiesboden ein; die Taue waren an den Flößen festgemacht und spannten sich oder klatschten mit knallenden Lauten ins Wasser, je nachdem, wohin die Strömung die einzelnen Flöße zog. Sie brachten eines nach dem anderen aus der Fahrrinne heraus; sobald sie ein Floß im seichten Wasser hatten, wateten ein paar von ihnen hinein und luden sich die Stoffballen auf die Schultern, um sie an Land zu tragen. Andere hielten das Floß mit langen Stangen und Haken an einem Ende fest. Sowie die Ballen fast zur Gänze abgeladen waren, begannen sie damit, die verschnürten Stämme der Flöße auseinanderzubinden und die einzelnen Stämme an Land zu rollen. Ich wusste, dass sie nur ein oder zwei Flöße intakt lassen würden, um schnell ein Transportmittel zur Hand zu haben. Sie waren erstaunlich geschickt darin und arbeiteten schnell. Ich sah, dass nicht nur die Männer, die Tannberger mitgenommen harte, sich mit dem Entladen der Flöße beschäftigten, sondern auch ihre Kameraden, die in Landshut zurückgeblieben waren. Sie spornten sich gegenseitig mit Rufen und heiseren Liedern an, und diejenigen, die auf den Flößen geblieben waren, um sie im Fall eines Losreißens weiter unten wieder an Land steuern zu können, antworteten ihnen mit Gelächter und Flüchen. Selbst aus der Menge der Zuschauer ertönten Rufe und Pfiffe. Die Flöße trieben auseinander, bis die Ketten, die sie verbanden, straff waren, dann stakten die Flößer sie wieder zueinander, sodass sich die Ketten ins Wasser senkten. Danach wiederholte sich das Schauspiel. Das Wasser hinter den Flößen färbte sich hellbraun.

Hart am Wasser begann der Berg von entladenen Stoffballen zu wachsen. Ich trat näher und wurde von einem Wappner aufgehalten, der um die Ballen herumkam.

»Tretet zurück«, schrie er über den Lärm. »Das ist der Besitz von Peter Bernward.«

»Ich bin Peter Bernward!«, rief ich zurück und musste gleichzeitig lachen. »Wer hat Euch beauftragt, auf den Stoff aufzupassen?«

»Wenn Ihr Peter Bernward seid, wisst Ihr seinen Namen«, sagte er schlau.

»Jörg Tannberger?«

Er nickte und trat einen Schritt zurück. Seine bauernschlaue Vorsicht amüsierte mich; noch mehr aber amüsierte mich der Betrieb, mit dem meine Stofflieferung entladen wurde. Amüsierte? Nein, ich freute mich so darüber, dass ich laut zu lachen begann, noch während ich den Arbeiten zusah.

»Wo ist Tannberger?«, rief ich dem Wappner zu.

»Er ist gleich nach Ankunft der Flöße fortgeritten, um Transportkarren zu holen«, schrie er. »Er müsste bald zurück sein.«

Ich nickte und wandte mich ab, um die Ballen zu prüfen. Tannberger hatte die Stoffe in dichtes Tuch einwickeln und zum Teil Leder darum festbinden lassen, um sie vor dem Wasser zu schützen. Plötzlich tat es mir Leid, dass ich ihn nicht persönlich in Landshut hatte willkommen heißen können. Ich wischte mir die nassen Hände an den Hosenbeinen ab, legte den Kopf in den Nacken und schloss die Augen. Er hatte es geschafft. Ich begann, den Lärm um die Ausladestelle zu genießen.

Dann stieß eine Frau einen spitzen Schrei aus, und das Singen und Rufen verstummte nach und nach. Ich öffnete verwirrt die Augen und sah mich um, aber ich erblickte es erst, nachdem nochmals jemand in meiner Nähe aufschrie und auf das Wasser hinaus zeigte.

Die Strömung hatte die Flöße wieder auseinander gezerrt, und die Spannung hatte die schwere Kette vom Flussboden hochgezogen. Sie war schmutzig; Algen und Wassergras hingen triefend von ihren Gliedern und tanzten mit den Schwingungen der Kette auf und ab. Dazwischen hing der schlaffe, nasse Körper eines Menschen. Ich sah ihn, und in diesem Moment fiel er durch die Bewegungen der Kette ins Wasser zurück und versank. Ein paar Männer auf den Flößen stachen sofort mit den Stangen hinterher, und andere stürzten sich vom Land aus ins Wasser. Sie hatten ihn in Sekundenschnelle herausgezogen; anders als das würdelose Gezerre um den Toten vom Bleichwehr. Zwei der Flößer hoben ihn aus dem seichten Wasser und trugen ihn an Land. Sie legten ihn vorsichtig auf den Rücken und sahen sich betreten um. Einer bückte sich und pflückte Schmutz von seinem Gesicht.

Mein Herz setzte aus und pumpte dann Eis in meinen Körper. Es war mein Spitzel, und er war so tot wie ein Büschel Tang.

Nicht lange danach stand ich mit Hanns Altdorfer vor dem Versammlungshaus der Flößer und Fischer am oberen Ende der Ländgasse. Man hatte die Leiche in einer Ecke des engen Beratungsraums aufgebahrt. Ein Kreis von Männern mit langen Gesichtern stand um sie herum und starrte sie an; beinahe alle von ihnen trieften noch vor Nässe von der Entladeaktion. Ich dachte flüchtig daran, dass meine Stoffe mittlerweile bereits auf die Transportkarren geladen wurden, die Jörg Tannberger beschafft hatte, aber ich konnte keine Freude mehr darüber empfinden. Die Männer drehten sich nach unserem Eintreten zu uns um. Hanns Altdorfer blieb einen Moment auf der Schwelle stehen, aber ich eilte ohne Zögern auf die Bahre zu. Die Männer wichen zur Seite, und plötzlich fand ich mich Auge in Auge mit dem Sprecher der Flößer wieder. Er sah mich mit einer Mischung aus Verwirrung und Zorn an, als wollte er sagen: Dafür bist du verantwortlich; ich weiß nur nicht wie. Ich öffnete den Mund, um etwas zu sagen, aber er wandte den Blick nach unten, und ich folgte ihm unwillkürlich und sah dem Toten ins Gesicht. Es war von leuchtender Blässe; die Bartstoppeln stachen scharf von der weißen Haut ab. Sonst hatten Tod und Wasser keine deutlichen Beschädigungen in seinen Zügen angerichtet. Jemand hatte kleine Münzen auf die Augen gelegt, damit die Lider geschlossen blieben. Als ich ihn zum letzten Mal gesehen hatte, wollte er sich als Friedensstifter zwischen den Familien zweier vermeintlicher Liebender betätigen.

Der Sprecher sagte mit erstickter Stimme: »Gott sei seiner Seele gnädig.«

Ich stützte mich schwer auf die Bahre und atmete tief ein und aus. Undeutlich spürte ich, wie Hanns Altdorfer neben mich trat.

»Wer ist der Mann?«, fragte er leise.

Ich sah auf und begegnete dem verwundeten Blick des Sprechers der Flößer. Ich biss die Zähne zusammen und drehte mich zu Hanns um. Ich sah ihm eindringlich in die Augen und sagte: »Er hat einen kleinen Dienst für mich verrichtet.«

Der Stadtkämmerer verstand genug, um nicht weiter nachzufragen. Sein Blick irrte ab und traf ebenfalls das Gesicht des toten Mannes. Er schüttelte kaum merklich den Kopf.

»Hatte er Familie?«, hörte ich mich fragen.

Der Sprecher der Flößer nickte.

»Die Zunft wird sich ihrer annehmen. Wenn Ihr für sie etwas spenden wollt ...«

Ich antwortete nicht sofort, und er setzte stockend hinzu: »Es ist Eure Entscheidung. Ich möchte nicht, dass Ihr Euch verantwortlich fühlt für seinen Tod. Ihr seid sicherlich schuldlos.« Er sah mir in die Augen, und sein Blick strafte seine Worte Lügen. Er war sich nicht im Mindesten sicher, dass ich für den Tod seines Kameraden nicht verantwortlich war; aber er konnte sich keinen Umstand denken, der meine Schuld bewiesen hätte. Ich selbst glaubte es besser zu wissen, aber ich schwieg. Nach einem Moment dieses Schweigens sah er sich gezwungen, weiterzusprechen.

»Er war schon alt«, sagte er abwesend. »Ich habe gehört, wie er des Nachts hustete. Vielleicht hat ihn ein Schlag getroffen.« Er warf mir einen erneuten Blick zu, der bewies, dass er selbst nicht an seine Worte glaubte.

»Ertrunken«, murmelte Hanns Altdorfer. Ich sah, wie sich ein paar der bleichen Gesichter um uns herum verschlossen. Ich dachte bei mir: Ein Mann, der sein ganzes Leben auf dem Wasser zugebracht hat, ertrinkt nicht so leicht. Nicht einmal, wenn er so besoffen ist wie ein ganzer Trupp Landsknechte. Ich sog heftig die Luft ein und drehte mich abrupt um. Ich hatte den dringenden Wunsch, den düsteren Raum zu verlassen. Dann sah ich die Füße, die nackt und mit blauen Zehennägeln aus der Hose ragten. Ich trat nochmals auf den Toten zu und sah sie mir näher an. Unwillkürlich folgte mir der Blick des Sprechers.

Ich fasste vorsichtig an die ausgefranste Öffnung eines Hosenbeins und schob den nassen Stoff über das Schienbein zurück. Knapp über den Knöcheln war die Haut an der Außenseite des Beins wund gescheuert und aufgerissen. Die Stelle war so weiß wie der übrige Körper, weil das Wasser alles Blut herausgewaschen hatte, aber man konnte die Verletzung doch deutlich sehen. Ich schob das andere Hosenbein hoch und sah die gleichen Aufschürfungen auf der dort außen liegenden Seite. Ich biss die Zähne zusammen und blickte hoch.

Der Sprecher der Flößer sah mich fragend an. Als ich nichts sagte, wanderte sein Blick zwischen den Füßen des Toten und mir hin und her. Ich nickte ihm zu.

»Ich werde mich wieder an Euch wenden«, sagte ich, ohne mein Verhalten zu erklären. Er nickte langsam und ratlos, mit schmalen Lippen und ohne jede Freundlichkeit in seinen Zügen. Ich schritt eilig hinaus, Hanns Altdorfer im Gefolge. Das Licht draußen war düster und neblig, aber es blendete mich dennoch. Ich kniff die Augen zusammen und blinzelte. Ich spürte eine Übelkeit, dass ich mich hätte übergeben mögen, aber es war eine Übelkeit, die aus meiner Seele kam und nicht aus meinem Bauch. Der Mann war tot; ohne mich würde er noch leben.

»Ich hatte ihn beauftragt, das Reckel-Haus zu beobachten«, erklärte ich Altdorfer. »Noch gestern teilte er mir mit, dass er einen weiteren Beobachter entdeckt habe. Heute ist er tot.«

»Was hast du an seinen Beinen gesehen?«

»Die Spuren eines Stricks, den das Wasser oder die Kette der Flöße heruntergezerrt haben. Ein Strick, mit dem seine Beine zusammengebunden waren.«

»Glaubst du, man hat ihn ...?«

»Ertränkt«, sagte ich. »So wie sie damals dieses Bürgermädchen in Straubing ertränkt haben, weil der Sohn des Herzogs sie heimlich geheiratet hatte. Das glaube ich. Aber warum? Was hat er gesehen oder gehört, das sein Todesurteil besiegelte?« Ich hieb mir mit der Faust in die andere Hand. »Wenn ich ihn nicht angeworben hätte, wäre er noch am Leben.«

Altdorfer sah mich an. Ich erwartete, dass er sagen würde: Du kannst nichts dafür; aber stattdessen fragte er: »Weißt du, wer der andere Beobachter ist?«

»Ich habe nicht die geringste Ahnung.«

Hanns Altdorfer schüttelte den Kopf, diesmal deutlicher. Er seufzte. »Mir wird bange«, sagte er schlicht. »Als wir die Tote in der Kirche fanden, machte ich mir Sorgen. Jetzt habe ich wirkliche Angst.«

Ich blickte ihn an. Ich dachte nach; über das blasse Gesicht des Toten im Versammlungsraum des Zunfthauses schob sich unvermittelt ein anderes Gesicht, aufgeschwemmt und entstellt. Über die blinkenden Münzen auf den Lidern schoben sich leer gefressene Augenhöhlen. Ich sah Knöchel, in deren aufgedunsenes Fleisch tiefe Rillen gegraben waren.

»Um Gottes willen«, stieß ich hervor.

»Was hast du?«

Ich dachte an einen weiteren Strick um zwei Fußgelenke; an eine unscheinbare Delle unter einem Wirbel nassen, schwarzen Haares.

»Peter?«

»Der Mann, den sie am Freitag aus dem Wasser gezogen haben. Ich war zufällig bei der Bergung dabei.«

»Ich habe davon gehört.«

»Ich sah eine Schlinge um seine Beine, mit der man ihn wahrscheinlich gefesselt hatte. Und dass sein Schädel eingeschlagen war und die Männer am Wehr der Vermutung, diese Verletzung sei durch sein Anschwemmen ans Wehr geschehen, nicht viel Glauben geschenkt haben.«

Er hob die Schultern, aber der Blick in seinen Augen zeigte eher Entsetzen als Nichtbegreifen. Mir wurde klar, dass er trotz seines dicken Mantels fröstelte.

»Der Tote ist mir anfangs immer wieder im Kopf umgegangen«, sagte ich. »Aber dann habe ich ihn vergessen. Er war tot, und ich kannte ihn nicht, und sein Tod schien mir keinerlei Bedeutung für mich zu haben. Jetzt allerdings ...«

Ich drehte mich zu Hanns herum und klopfte ihm mit der Faust auf die Brust.

»Hat sich denn schon ein Angehöriger gemeldet?«

»Nicht dass ich wüsste; jedenfalls nicht bei mir. Vielleicht bei Hauptmann Seis auf der Burg.«

Ich dachte an das Siegel und die zerbrochenen Tonscherben, die der Stadtknecht in der Ledertasche des Toten gefunden hatte.

»Vermisst jemand einen Schreiber?«, fragte ich.

Er riss die Augen auf.

»Wieso denn?«, rief er.

»Der Tote hatte ein Siegel bei sich wie ein Schreiber.«

»Niemand hat mich darauf angesprochen«, sagte er. »Ich habe das noch gar nicht gewusst; ich wusste nur, dass man einen Ertrunkenen aus dem Wasser gefischt hat.« Er machte ein ärgerliches Gesicht, als ob er sich jetzt über die Schlamperei der Stadtwache mehr entrüstete als über die Todesfälle selbst.

»Wir sollten uns die Sache näher ansehen«, sagte ich. »*Ich* hätte mir die Sache schon viel früher näher ansehen sollen. Begleitest du mich zum Kapuzinertor? Ich muss mit den Torwächtern sprechen.«

Er nickte.

»Wenn du mir auf dem Weg dorthin mitteilst, worauf du eigentlich aus bist ... Ich fühle mich mehr und mehr im Dunkeln.«

»Ich auch«, murmelte ich so leise, dass er es nicht hörte. Er drehte sich zum Eingang des Zunfthauses um und schniefte. Ich starrte gleich ihm auf die geschlossenen Türflügel. Ich schauderte bei dem Gedanken an den toten Mann, der dahinter aufgebahrt lag.

Der Wappner, der müßig vor dem Eingang in die untere Turmkammer lümmelte, richtete sich auf, als er uns herankommen sah und schließlich den Stadtkämmerer erkannte. Er trat uns in den

Weg und grüßte höflich. Ich sah ihm in die Augen und erkannte, dass er vor Schreck und Nervosität beinahe schielte. Das schlechte Gewissen strahlte von ihm aus, aber ich hielt mich nicht mit den Gedanken auf, was daran schuld sein mochte. Vielleicht war er kurz davor gewesen einzudösen, und wir hatten ihn aufgeschreckt.

Altdorfer grüßte zurück und blieb stehen, aber ich ließ mich nicht aufhalten. Ich murmelte eine Frage nach der Anwesenheit des Wachführers und wartete nicht erst auf die Antwort. Ich war in Eile und sorgte mich darum, was ich noch alles sträflich unterlassen haben mochte, und ich hatte keine Zeit für Höflichkeiten. Altdorfer folgte mir auf dem Fuß, und der junge Stadtknecht flatterte uns unglücklich hinterher, als ich auf die Tür zutrat und sie entschlossen öffnete.

Es waren drei Männer in der engen, dunklen Stube, und sie fuhren erschrocken auseinander, als das Licht von der Türöffnung auf sie fiel. Eine junge Frau mit schmutzigen Haaren streifte hastig ihren Rock über die Oberschenkel hinunter und versuchte, mit dem schäbigen Vorderteil ihres Kleids ihre nackten Brüste zu bedecken. Sie hatten eine Dirne bei sich in der Turmkammer. Einer der Männer warf einen Blick voll lodernden Zorns auf uns; ich erkannte ihn als den Offizier, der auch bei der Bergung des Toten am Freitag vor Ort gewesen war. Bevor er etwas sagen konnte, piepste der junge Kerl, den sie draußen als Aufpasser abgestellt hatten: »Der Herr Stadtkämmerer ist hier!«

Der Wachführer zog so hart die Nase hinauf, dass es sich anhörte, als ob er knurrte. Sein Gesicht lief feuerrot an. Er schluckte, dann machte er eine knappe Verneigung. Die anderen beiden Männer versuchten, in den Boden zu sinken; das Mädchen drückte sich in die Ecke und warf einen halb ängstlichen, halb ärgerlichen Blick zu uns herüber. Wir hatten ihr soeben ein Geschäft verpatzt.

»Was ist denn hier los?«, fragte Hanns Altdorfer scharf.

Die beiden einfachen Wappner räusperten sich, während ihr Anführer es vorzog, den Blick in die Ferne zu richten und sich die Antwort zu ersparen. Ich drehte mich halb zu Altdorfer um und sagte: »Es ist schon in Ordnung, Hanns.«

Altdorfer zuckte unzufrieden mit den Schultern, erwiderte aber nichts mehr. Ich deutete auf die Dirne und sagte: »Verschwinde hier.«

Sie zog die Oberlippe verächtlich hoch, raffte sich aber auf und schritt wie eine Königin an uns vorbei. Als sie an mir vorbeikam, ließ sie das Oberteil ihres Kleides sinken und streifte mit einer bloßen Brust meinen Unterarm, dann kicherte sie höhnisch und lief nach draußen. Ich drehte mich nicht nach ihr um.

»Ihr habt am Montag einen Toten aus der Isar geborgen, draußen beim Bleichwehr«, sagte ich zu dem Wachführer.

Er sah mich vorsichtig an und sagte: »Das ist richtig, Herr.« Er fragte nicht, woher ich dies wüsste oder wie ich dazu käme, ihm Fragen zu stellen; vermutlich war er noch zu erschrocken von seiner eben erfolgten Blamage.

»Wo ist die Leiche jetzt?«

Er zog seine Augenbrauen erstaunt hoch.

»Wir haben sie verscharren lassen«, erwiderte er. Ich schnaubte verärgert; ich war tatsächlich zu spät. Ich wandte mich zu Hanns Altdorfer um und sagte resigniert: »Ich hätte mich gleich darum kümmern müssen.«

»Sie fing schon an zu stinken«, sagte der Wachführer zur Entschuldigung.

»Der Tote hatte eine Ledertasche, die Ihr untersucht habt. Was fandet Ihr darin?«

»Ein Siegel und einige Tonscherben.«

»Sonst nichts?«

»Nein.«

Ich fragte: »Hatte der Tote nicht einen eingeschlagenen Schädel und einen Strick um die Füße?«

»Das stimmt. Die Wunde an seinem Kopf sahen wir gleich; die Schlinge erst später. Sie war zu sehr in sein Fleisch eingesunken.«

Aus dem Augenwinkel sah ich, wie Altdorfer angeekelt den Kopf zur Seite wandte.

»Was glaubt Ihr, hat das zu bedeuten?«, fragte ich. Der Wachführer zuckte gleichmütig mit den Schultern.

»Er wird mit dem Kopf irgendwo angeschlagen sein, als er

den Fluss heruntertrieb«, erwiderte er. »Wir haben uns keine Gedanken darüber gemacht.«

»Und die Schlinge?«

Er verzog das Gesicht und antwortete nichts. Er hatte es nicht als seine Aufgabe angesehen, sich um den Zustand einer Wasserleiche, die man zufällig aus dem Fluss geborgen hatte, Gedanken zu machen.

Ich nickte langsam.

»Darf ich das Siegel sehen?«, erkundigte ich mich dann.

Jetzt wurde er misstrauisch. Er machte schmale Augen und musterte mich zum ersten Mal eingehend; die Fragerei wurde ihm zu viel.

»Seid Ihr ein Angehöriger?«, fragte er.

»Ihr sollt antworten, nicht Fragen stellen!«, bellte Altdorfer.

»Ein Partner, dessen Geschäft ich mitführe, vermisst einen seiner Schreiber«, sagte ich glatt.

Der Wachführer brummte etwas, aber scheinbar war er zufrieden.

Er drehte sich zu einem seiner Männer um.

»Haben wir das Zeug des Toten noch da?«

Sie nickten eifrig, noch immer verwirrt von dem Schreck, der sie aus ihrer lüsternen Beschäftigung gerissen hatte, und bestrebt, den schlechten Eindruck wieder wettzumachen. Einer bückte sich zu einer verschlossenen Truhe, deren Schlüssel sinnigerweise auf einem Brett gleich darüber lag, öffnete sie und förderte nach einigem Kramen einen leinernen Beutel zu Tage, den er auf den Tisch legte. Der Wachführer nestelte das Band auf und schüttete den Inhalt heraus; Münzen, ein paar grünspanüberzogene billige Schmuckstücke und sonstiger Kleinkram, den man bei ihnen abgegeben oder den sie selbst gefunden und behalten hatten, rollten auf die Tischplatte. Das Siegel war darunter. Ich hob es auf und zeigte es Hanns Altdorfer.

Er hielt die Siegelfläche ins Licht und betrachtete sie. Seine Brauen zogen sich zusammen. Er warf mir einen raschen Blick zu, dann sah er sich um. Als er nicht fand, wonach er suchte, trat er nach draußen. Ich folgte ihm überrascht. Er suchte den Boden ab, kniete sich neben der Turmmauer am Rand der Straße nieder und fegte mit der Hand ein paar Steinchen von einer kleinen Fläche glatten, festgetretenen Lehmbodens. Mit der anderen Hand hob er das Siegel und rammte es fest in den Lehm. Ein schwacher Abdruck war zu erkennen, nicht besonders deutlich, aber für den Stadtkämmerer genügte er. Er sah zu mir auf und holte tief Luft. Er machte den Mund auf, aber ich schüttelte leicht den Kopf; er schloss ihn wieder und erhob sich. In seinem Gesicht arbeitete es. Er packte das Siegel fester.

»Wir nehmen es mit«, erklärte er den umstehenden Wappnern.

Der Anführer nickte ohne Widerspruch. Er wusste, dass er es nicht hätte behalten dürfen.

»Natürlich«, sagte er; dann drückte und drückte er und brachte schließlich heraus: »Wegen vorhin, Herr; ich bitte Euch zu verstehen ...«

Hanns Altdorfer sah ihn mit neu erwachendem Ärger an. Ich kam ihm zuvor.

»Es ist in Ordnung«, erwiderte ich rasch, und auch Altdorfer rang sich dazu durch zu sagen: »Lasst Euch ja nicht mehr erwischen.«

Er drehte sich ohne Gruß um und stapfte davon; bei seiner sonstigen Höflichkeit ein deutliches Zeichen seines Zorns, und diesmal trottete ich ihm hinterdrein. Außer Hörweite der Wappner sagte ich: »Du kennst das Siegel, nicht wahr?«

Er schnaubte und nickte.

»Es ist das des Richters«, sagte er.

Was hatte ich erwartet? Ich wusste es nicht – aber nicht das, so viel war sicher. Ich fragte: »Was jetzt?«

»Verdammt, dass der Richter in Burghausen festsitzt. Ich muss unbedingt mit ihm sprechen. Ich möchte wissen, warum er mir nichts davon gesagt hat, dass einer seiner Schreiber fehlt.«

Ich gab ihm keine Antwort. Mir wurde klar, dass ich damit gerechnet hatte, dass uns eine nähere Untersuchung des Toten oder seiner Hinterlassenschaft weiterhelfen würde; stattdessen standen wir vor einer neuen Ungereimtheit. Ich fühlte mich wie vor den Kopf geschlagen. Altdorfer betrachtete mich und sagte:

»Du hast fest geglaubt, der Tote würde uns weiterbringen, nicht wahr?«

Ich nickte stumm. Er seufzte.

»Ich glaubte es beinahe auch schon. Du warst sehr überzeugend.«

»Das Gefühl, dass er wichtig wäre, kam über mich wie eine Eingebung«, sagte ich. »Ich wäre besser bei dem geblieben, was man sehen kann, anstatt einem Gefühl nachzulaufen.«

Altdorfer schniefte und sagte nichts mehr. Wir gingen eine Weile schweigend nebeneinander her, durch die ruhige Neustadt, an deren nördlichem Ende der Geruch der Malztennen zwischen den Hausfassaden lag und im Nieselregen von klebriger Süße war wie verrottendes Heu. Wir waren schon fast an der Einmündung der Rosgasse, an der nur noch der Name an die dichten Bestände von Schilf und Rosgras erinnerte, die vor der Stadterweiterung hier gewuchert hatten, als Altdorfer plötzlich sagte: »In Wahrheit bist du nicht überzeugt davon, dass der tote Schreiber für uns keine Rolle spielt; habe ich Recht?«

»Ja«, antwortete ich widerwillig. »Aber ich kann ihn nirgends unterbringen. Ich weiß noch nicht einmal, ob es uns geholfen hätte, wenn der Leichnam noch hier gelegen hätte, mit einem Schild um den Hals, wie und warum er ums Leben gekommen ist.«

Altdorfer wog das Siegel in der Hand.

»Vielleicht sollten wir mit den Schreibern des Richters sprechen«, überlegte er und fügte in einem Anfall von Sarkasmus hinzu: »Jedenfalls mit denen, die noch am Leben sind.«

»Später«, sagte ich. »Ich habe genug Zeit vertan mit dieser unglücklichen Wasserleiche; ich muss zur Baustelle.«

Er zuckte mit den Schultern und sah mich unschlüssig an. Ich klopfte ihm auf die Schulter und verließ ihn, am Anfang der Grasgasse stehend, die zum Rathaus hin führte. Er blickte mit gerunzelter Stirn auf das Siegel nieder, das er in seiner Hand hielt, und machte ein Gesicht, als könne es sich plötzlich in einen Hundekötel verwandeln.

Ich marschierte bis zur Pfarrgasse, die an der Pfarrschule vorbei zur Baustelle der Kirche führte; ich war überrascht, als ich sie von einigen Dutzend Menschen bevölkert sah, die wie ich in Richtung

Altstadt strebten. Meine überreizte Fantasie veranlasste mich sofort zu dem Gedanken: Es ist wieder etwas passiert!, aber die Leute unterhielten sich und schienen es nicht besonders eilig zu haben. Man hatte eher den Eindruck, dass es dort, wo sie hinwollten, etwas zu sehen gäbe, das nicht unbedingt von eminenter Wichtigkeit war, das man aber dennoch nicht versäumen sollte. Ich überholte die meisten von ihnen auf dem Weg zur Kirche; als ich um die Ecke bog, hinter der sich der Kirchhof erstreckte und dahinter der gewaltige Rundbogen des Chorhauses erhob, wurde mir klar, dass wir alle dasselbe Ziel hatten: die Baustelle des Domes.

Es waren nicht so viele Menschen, dass man es für einen Aufstand hätte halten können; allenfalls ein- oder zweihundert, und sie unterhielten sich friedlich und wandten nur ab und zu den Kopf und streckten die Hälse, um zur Kirche hinübersehen zu können. Weder auf dem Dach noch auf dem Turmgerüst noch sonst irgendwo auf der Baustelle sah ich auch nur einen Arbeiter. Ganz offensichtlich wurde auch heute nicht gearbeitet; nur die Zuschauer waren anwesend. Sie standen oder gingen in dem engen Platz zwischen den Häusern und Bauhütten und der wuchtigen Fassade des Langschiffs umher. Ich drängte mich durch sie hindurch, um zur Kirche selbst zu gelangen, und stand plötzlich vor dem quer gehaltenen Spieß eines Wappners, der mich am Weitergehen hinderte. Ich sah mich um: Zusammen mit seinen Kameraden bildete er einen engen Ring um die Baustelle und ließ niemanden passieren.

»Die Baustelle darf nicht betreten werden«, sagte er nicht unfreundlich.

»Ich möchte mit einem der Steinmetze sprechen«, erwiderte ich. »Er ist mein Sohn.«

Er zuckte mit den Schultern.

»Er ist nicht da.«

»Woher wollt Ihr das wissen?«

»Heute wird nicht gearbeitet«, beschied er mich.

»Dann möchte ich zu Meister Stethaimer«, hörte ich mich sagen. Im gleichen Moment dachte ich: Ich weiß gar nicht mehr, wie der Baumeister aussieht; ich habe ihn nur ein einziges Mal gesehen. Jemand wird ihn mir vorstellen müssen.

Der Wappner zeigte erste Anzeichen von Ungeduld.

»Heute nicht«, sagte er bestimmt.

»Was ist denn passiert?«

»Nichts.«

Ich sah mich hilflos um; ein Mann mit einem feinen Mantel, der in meiner Nähe stand, beugte sich zu mir herüber und sagte: »Der Herzog wird angeblich mit seinem Hofstaat die Baustelle besuchen; deshalb lassen sie keinen durch.«

»Der Herzog? Herzog Ludwig?«

»Mit seinem Sohn, dem jungen Prinzen, und Bischof Bernhard von Salzburg.«

»Und was machen all die Leute hier?«, fragte ich und wies auf die Umherstehenden.

»Wir sehen sie uns an«, sagte er mit einem erstaunten Unterton, als wäre meine Frage von ausgesuchter Torheit. »Was macht Ihr denn hier?«

»Ich habe etwas auf der Baustelle zu erledigen.« Er grinste plötzlich.

»Heute nicht«, wiederholte er fröhlich die Ablehnung, mit der mich schon der Wappner bedacht hatte. Er wandte sich ab, und ich trat wieder auf den Mann mit dem Spieß zu.

»Ich habe etwas Dringendes mit Hans Stethaimer zu besprechen«, sagte ich erneut. »Ich bitte euch, mich zu ihm vorzulassen.« Mit einer Hand fischte ich ein paar Pfennige aus der Tasche und ließ sie in sein Wams gleiten. Er warf seinen Kameraden links und rechts neben sich verstohlene Blicke zu und wechselte unschlüssig den Griff an seinem Spieß.

»Wir dürfen niemanden durchlassen, bis der Herzog die Baustelle wieder verlassen hat«, erklärte er mir.

»Der Herzog ist ja noch gar nicht angekommen«, gab ich ihm zu bedenken.

Er überlegte, ohne den Spieß zur Seite zu nehmen. Ich wartete voller Ungeduld; wenn ich noch ein paar kleinere Münzen gehabt hätte, hätte ich seinem Denkprozess ein wenig nachgeholfen. Plötzlich schritt eine Gruppe von Männern aus dem östlichen Eingangsportal ins Freie und sah sich um; einige von ihnen trugen lederne Schürzen. Zwischen ihnen stand eine gebeugte

Gestalt mit fein geschmücktem Wams, und entgegen allen Erwartungen erkannte ich sein Gesicht auf Anhieb wieder. Es brauchte nicht die neben mir stehenden Leute, die mit den Fingern auf ihn zeigten und zu tuscheln anfingen.

»Dort ist der Baumeister«, sagte ich und wies auf die Gruppe. »Nun lasst mich bitte zu ihm durch.«

Der Wappner konnte sich noch immer nicht entschließen, den Weg freizugeben; der Widerstreit seiner Gefühle spiegelte sich deutlich in seinem Gesicht. Stethaimer stieg mit seinen Begleitern die wenigen Stufen auf den Platz herunter und setzte sich zum westlichen Portal hin in Marsch, direkt in unsere Richtung. Ein paar der weiter hinten stehenden Zuschauer drängten sich heran, um festzustellen, ob es sich bei ihm und seinen Männern nicht vielleicht schon um einen der erwarteten Würdenträger handle, und ich erhielt ein paar Stöße in den Rücken.

Ich holte Luft und rief: »Herr Stethaimer!«

Er drehte sich um und suchte mit den Blicken nach mir. Ich hob eine Hand und winkte ihm zu, und er kniff die Augen zusammen. Ich seufzte; er versuchte, mich zu erkennen. Da er mich nur ein einziges Mal gesehen hatte, und das vor mehreren Jahren, würde er im nächsten Moment mit den Schultern zucken und weitergehen. Einen der Landshuter Kaufleute und reichen Bürger hätte er wohl auf Anhieb erkannt; sie überschlugen sich mit ihren Gunstbeweisen ihm gegenüber und mit Einladungen zu gewaltigen Menüs. Ich war in den vergangenen Jahren noch nicht einmal oft genug in die Nähe der Baustelle gekommen, um mir das Gesicht des Baumeisters seit unserer ersten und letzten Begegnung genügend einzuprägen. Ich hob die Hand erneut und bedeutete ihm, zu mir zu kommen.

»Ich muss Euch sprechen!«, rief ich.

Ich erhielt noch ein paar Stöße in den Rücken, als sich weitere Zuschauer herandrängten, um zu erfahren, was vor sich ginge. Die mir zunächst standen, starrten mich voll stummer Neugier an. Ärger ergriff mich.

»Nun kommt doch schon!«, sagte ich laut, als Stethaimer noch immer zögerte.

Unwillkürlich trat er die paar Schritte auf mich zu.

»Was wollt Ihr von mir?«, fragte er ungeduldig.

»Ich muss ein paar Dinge mit Euch besprechen. Dringend«, sagte ich.

Der Baumeister starrte mich unwirsch an. Ich sah Schatten unter seinen Augen und ein aufgeregtes Zucken um seine Lider. Er war nervös. Seine wenigen grauen Haare standen vom Kopf ab wie ein verblasster, lückenhafter Hahnenkamm, und seine Stimme klang schrill und hastig. Er taxierte mich kurz. Ich konnte sehen, dass er sich über mich wunderte; meiner Kleidung nach war ich keiner der üblichen Bittsteller und Arbeitssuchenden. Einen Moment lang zögerte er, aber seine Nervosität gewann die Oberhand.

»Ich habe jetzt keine Zeit; der Herzog wird jeden Moment kommen«, stieß er hervor. Er wandte sich brüsk ab und wollte gehen.

»Erinnert Ihr Euch nicht mehr an mich?«, fragte ich ihn.

Er drehte sich wieder um und schüttelte den Kopf. »Ich bedaure«, sagte er.

»Ich bin Peter Bernward. Mein Sohn Daniel ist einer Eurer Gesellen.« Ich hatte ein merkwürdiges Gefühl dabei, mich mit dem Namen meines Sohnes auszuweisen. Eigentlich hätte es umgekehrt sein sollen. Es wäre umgekehrt gewesen, wenn ich mich öfter in der Stadt hätte blicken lassen.

Das Gesicht des Baumeisters hellte sich auf.

»Ich freue mich«, sagte er. »Wenn ich mich auch nicht mehr an Euch erinnern konnte. Wir sind uns begegnet, als Ihr Euren Sohn bei mir angemeldet und den Lehrpfennig bezahlt habt, nicht wahr?«

»So ist es. Kann ich ein paar Minuten Eurer Zeit beanspruchen?«

»Herzog Ludwig besucht die Baustelle«, erwiderte er unentschlossen.

»Ich weiß. Es dauert nur ein paar Augenblicke.«

»Also gut«, seufzte er. Er stemmte die Hände in die Hüften und sah mich erwartungsvoll an. Ich verdrehte innerlich die Augen.

»Können wir uns vielleicht ein paar Schritte beiseite begeben?«, fragte ich.

Stethaimer zuckte zusammen und machte ein schuldbewusstes Gesicht.

»Entschuldigt«, murmelte er. »Ich bin schon ganz verwirrt. Natürlich.« Er tippte dem Wappner auf die Schulter, und dieser stellte den Spieß senkrecht und ließ mich an sich vorbeischlüpfen. Ich trat an die Außenmauer der Kirche; Stethaimer folgte mir.

»Gerade jetzt muss der Herzog auftauchen«, stöhnte er, als wolle er mir sein aufgebrachtes Verhalten erklären. »Wir sind mit allen Arbeiten im Verzug, und er hält uns noch zusätzlich auf.«

Ich lächelte verständnisvoll und hatte das Gefühl, ich müsse etwas zu seiner Klage bemerken.

»Mein Sohn hat mir erzählt, dass die Arbeiten bereits gestern ruhen mussten.«

»Es stimmt; gestern war der Bischof von Salzburg auf der Baustelle – ohne den Herzog; er war wohl ans Bett gefesselt. Da er sich heute angeblich besser fühlt, wollte er es sich nicht nehmen lassen, Bischof Bernhard nochmals persönlich herzuführen. Dann sind da noch die anderen hohen Herren Prälaten, die mir ständig zwischen den Füßen herumlaufen und alle halb verrückt machen.«

Ich lächelte wieder und wollte zum Zweck meines Besuches kommen, aber sein Ärger hatte sich noch nicht genügend Luft gemacht.

»Und es sind alles erfahrene Baumeister«, sagte er mit beißendem Sarkasmus. »Ihr glaubt nicht, was für Spezialisten unter den Bischofsmützen stecken; ein jeder hat schon mindestens eine doppelt so große Kirche wie diese hier gebaut.«

Stethaimer machte eine verächtliche Geste, und ich dachte daran, wie sehr Daniel sich in seiner Beurteilung des Baumeisters getäuscht hatte.

»Hat mein Sohn mit Euch gesprochen?«, fragte ich ihn endlich. Er schüttelte erstaunt den Kopf.

»Worüber?«

Ich seufzte. Offenbar hatte ich Daniel zu gründlich eingeredet, dass die Angelegenheit nebensächlich sei.

»Er hat mir von einem Mann auf Eurer Baustelle erzählt, mit dem ich unbedingt sprechen möchte«, sagte ich. »Er wollte Euch darauf hinweisen.«

»Ich habe mit Eurem Sohn schon länger nicht mehr gesprochen«, erwiderte er. »Er ist zu gut, als dass man ihn oft beaufsichtigen oder anleiten müsse. Aber es ist kein Problem. Wie heißt der Mann, mit dem Ihr reden wollt?«

»Ich weiß leider seinen Namen nicht«, sagte ich zähneknirschend.

»Dann ist es doch ein Problem«, entgegnete er betroffen.

»Vielleicht können wir meinen Sohn hinzuziehen?«

»Ich habe allen Gesellen und Arbeitern freigegeben; ich weiß nicht, wo er sich aufhält. Nur die Meister sind auf der Baustelle geblieben.«

»Einer der Meister könnte ihn kennen, wenn ich ihn beschreibe«, schlug ich vor. Er zuckte mit den Schultern.

»Fragen wir sie«, sagte er. »Aber beeilt Euch.«

Tatsächlich war der Mann einem der Steinmetze ein Begriff, nachdem ich seine Eigenarten und seine vermutliche Heimatstadt angesprochen hatte.

»Ich habe ihn bei einem meiner Gesellen als Gehilfen angestellt; ein geschickter Mensch«, meinte er.

»Könnt Ihr mich mit ihm zusammenbringen?«

»Ich fürchte, nein«, sagte er gelassen. »Er arbeitet nicht mehr hier.«

»Seit wann?«, ächzte ich.

Er sah nach oben, um nachzudenken. Im selben Moment ging eine Bewegung durch die Zuschauer, die außerhalb des Kordons der Wappner auf den Herzog und seine Begleitung warteten; wie ein Windstoß durch hohes Gras fährt, wandten sich alle ihre Köpfe der Altstadt zu, und ein Raunen wurde hörbar. Stethaimer drehte sich um. Sein Gesicht verschloss sich.

»Der Herzog kommt«, sagte er. »Ihr müsst gehen.«

Es war niemand zu sehen; aber irgendwo weiter vorne klatschte plötzlich jemand in die Hände, und ein anderer rief etwas, und in Sekundenschnelle klatschte über die Hälfte der Wartenden oder schrie fröhlich durcheinander. Stethaimer wandte sich ab und machte eine fahrige Abschiedsgeste. Seine Meister scharten sich um ihn, mit einem Mal ebenso nervös wie der Baumeister selbst; der eine oder andere zerrte an seiner Lederschürze oder strich sich die Haare glatt.

Ich setzte den Männern einen Schritt nach und fasste meinen Gesprächspartner am Arm.

»Wann hat er die Baustelle verlassen?«, fragte ich drängend. »Bitte sagt es mir.«

Er rechnete im Gehen mit den Fingern nach und bewegte dabei die Lippen.

»Am Dienstag kam er nicht mehr zur Arbeit«, sagte er dann. »Deshalb ließ ich ihn von der Lohnliste streichen.«

»Hat sich niemand danach erkundigt, ob ihm etwas zugestoßen ist?«

»Er hat keine Anschrift hinterlassen, unter der wir ihn in der Stadt ausfindig machen konnten. Den Zunftschreibern war er auch nicht bekannt.« Er zuckte mit den Schultern. »Unter normalen Umständen hätten wir ihn gar nicht eingestellt, aber bei all dem Gesindel, das hier bei uns vorspricht, war er ein echter Lichtblick.«

»Also weiß niemand, was aus ihm geworden ist.«

Er zuckte nochmals mit den Schultern. Es war Antwort genug. Als ich nichts mehr darauf sagte, wandte er sich endgültig ab und ließ mich stehen. Ich trat auf die Wappner zu, und der mir zunächst Stehende hob seinen Spieß halb in die Höhe und ließ mich darunter durch wieder auf die andere Seite treten. Die Leute dort rückten unwillig beiseite; sie hatten diesen Platz mit vielen Püffen und Ellbogenstößen bezahlt, und nun kam ich und machte ihn ihnen streitig. Dennoch pöbelte mich niemand an: Der Umstand, dass ich von *innerhalb* der Absperrung gekommen war, verschaffte mir einen ungewissen Respekt. Ich drehte mich um und sah Stethaimer und seinen Männern nachdenklich hinterher, die sich am westlichen Seitenportal aufstellten und auf den Herzog und seine Begleiter warteten. Stethaimer strich sich mit den Handflächen über sein Wams.

Herzog Ludwig näherte sich um das ausladende Gerüst des Turmes herum; wie eine Welle in einem Teich lief ihm der Jubel in der Zuschauermenge ein paar Schritte voraus. Sie applaudierten nicht, weil er der Herzog und der Stadtherr war oder weil sie ihn ganz besonders geliebt hätten; sie hätten auch einem Tanzbären zugejubelt, den ein Vagant um die Ecke führte. Er und sein Gefolge stellten lediglich eine willkommene Abwechslung dar. Ich versuchte, mich nach draußen zu drängen, aber jetzt schoben sich die hinten Stehenden nach vorne und verkeilten die Menge so sehr, dass an ein Durchkommen nicht zu denken war. Es bereitete mir schon Mühe, mich so weit umzudrehen, dass ich dem Kirchenbau wieder das Gesicht zuwandte. Wohl oder übel blieb ich an vorderster Front der Zuschauer stehen; es war ein schwacher Trost, dass ich von meinem Standort aus einen vorzüglichen Blick auf das Geschehen hatte.

Der Herzog konnte nicht aus eigenen Kräften gehen oder stehen; insofern war der Vergleich mit einem Tanzbären noch nicht einmal weit hergeholt. Wie ein türkischer Potentat ließ er seinen massigen Körper in einer Sänfte herumtragen; das Podagra hatte ihn in seinem schmerzhaften Griff. Ludwig führte die kleine Prozession an. Hinter seiner Sänfte befand sich mindestens ein Dutzend vornehm gekleideter Herren mit festen Wamsen, ausladenden Hüten und eng anliegenden, zweifarbigen Beinlingen, sowie zwei in das Weiß ehrwürdiger Prälaten gekleidete Männer mit hohen, goldglitzernden Bischofsmützen. Ich kniff die Augen zusammen, um sie besser sehen zu können. Ich kannte keinen der beiden Kirchenmänner; sie waren mittelgroße, rundliche Herren mit gesunder Gesichtsfarbe und roten Apfelbäckchen, die demonstrativ beeindruckt von der Konstruktion und der Wucht des Kirchenbaus, den sie alle mindestens schon dreimal besichtigt hatten, bald hierhin, bald dorthin deuteten und die Köpfe in die Nacken legten, bis ihre Tiaren ins Wanken gerieten. Der junge Herzog Georg ging hinter ihnen. Er winkte ein paarmal, als er seinen Namen aus der Menge rufen hörte, aber die Geste schien mir halbherzig, und sein hübsches Gesicht unter den langen Locken war eher verschlossen und trotzig. Auch der Kanzler, der schweigend zwischen den aufgeputzten Höflingen herschritt und sich in seinem dunklen Mantel auffallend von den bunt gekleideten Männern abhob, machte ein finsteres Gesicht. Er sah nicht links und nicht rechts und erblickte mich nicht, obwohl er so nahe an meinem Platz vorbeiging, dass ich ihn mit einem Steinwurf hätte treffen können, ohne dabei besonders auszuholen. Ich war mir sicher, dass er, selbst wenn er aufgeblickt und mich erkannt hätte, nicht mit der Wimper gezuckt hätte. Er schien tief in Gedanken versunken und ungehalten darüber zu sein, dass man ihn mit dieser Repräsentationspflicht von seinen Aufgaben abhielt. Sein Anblick munterte mich dennoch auf; wenn er wieder zurück war, konnte ich ihn später vielleicht sprechen.

Die von Hans Stethaimer geleitete Gruppe und die Prozession des Herzogs trafen vor dem westlichen Seitenportal der Kirche zusammen; der Baumeister und seine Männer beugten das Knie, erhielten ein freundliches Winken von Herzog Ludwig und einen Segen, den die zwei beeindruckten Bischöfe mit inbrünstigen Gesten erteilten, und ohne lange zu zögern, verschwanden beide Gruppen in der Kirche. Die Flügel des Portals schlossen sich dumpf, zwei Wappner stellten sich breitbeinig davor auf, und das Schauspiel war vorüber, noch bevor es richtig begonnen hatte.

Es dauerte noch eine geraume Weile, ehe sich die Menge wieder zerstreute und ich endlich ohne Schwierigkeiten meinen unwillkommenen Ausblick aufgeben konnte. Wir waren am Montagabend überfallen worden, und am Dienstagmorgen war der neue Hilfsarbeiter nicht mehr auf der Baustelle aufgetaucht. Ich dachte an das Gesicht des jungen Mannes, der zusammen mit seinem finsteren Gesellen den Eingriff der Wappner überlebt hatte. Es war vor panischer Angst verzerrt gewesen, als der Truppführer der Stadtknechte ihn anschrie. Er hatte nichts gesagt; hätte er es getan, wären die Worte sicherlich mit der Klangfärbung des Ingolstädter Dialekts herausgekommen. Ich nickte freudlos; ich war mir sicher, dass ich dem Meister Hans Stethaimers hätte sagen können, wo sich sein spurlos verschwundener Arbeiter befand.

8

Altdorfer war in seinem Arbeitszimmer und empfing mich mit den Worten: »Schade, dass du nicht ein paar Minuten früher gekommen bist.«

Er grinste, schien aber nicht wirklich amüsiert zu sein.

»Weshalb?«

»Ich hatte gerade Besuch von einem deiner besten Freunde«, sagte er und trommelte dabei mit der Hand auf seinen Tisch. »Er spricht nur polnisch und Latein.«

»Albert Moniwid«, stieß ich hervor.

»Derselbe.«

Ich verdrehte die Augen.

»Was wollte er?«

»Er war auf der Suche nach einem Prügelknaben. Er sagt, er hat seit einer Woche nichts mehr von dir gehört, weiß nicht, wie er dich erreichen kann, weiß nicht, was du schon alles herausgefunden hast, weiß nicht, ob er nicht am besten gleich zu seinem König rennen und alles erzählen soll ...«

»... und weiß nicht, wem er als Erstem die Ohren abreißen möchte«, vollendete ich. Hanns Altdorfer lächelte dünn.

»Peter«, sagte er besorgt und beugte sich nach vorne, »ich will dir keinen Ratschlag geben; aber bedenke bitte: Dieser Mann hat uns in der Hand.«

Ich seufzte.

»Was hätte ich ihm denn mitteilen sollen? Wir wissen so gut wie gar nichts. Warum, denkst du, scheue ich vor einer Begegnung mit Moniwid zurück? Wenn ich das auf den Tisch lege, was wir uns zusammengereimt haben, lacht er sich halb tot und lässt die Hochzeit platzen wie eine zu fest aufgepumpte Schweinsblase.«

Der Stadtkämmerer schloss die Augen. Er wirkte erschöpfter denn je.

»Was war auf der Baustelle?«, fragte er nach einer Weile.

Ich winkte ab.

»Daniel hatte mir erzählt, auf dem Bau sei ein neuer Hilfsarbeiter, der versuche, die Leute aufzuwiegeln, und zudem aus Ingolstadt stamme. Ich wollte mir den Mann einmal ansehen.«

»Und?«

»Er ist seit Dienstagmorgen nicht mehr zur Arbeit erschienen. Ich bin sicher, er war an dem Überfall auf uns beteiligt. Erinnerst du dich an den jungen Kerl, der sich vor Angst in die Hosen gemacht hat?«

»Nicht wirklich«, sagte Altdorfer und rieb sich unbewusst über die verletzte Stelle auf seiner Brust.

»Lass uns zusammen zum Gericht gehen und mit jemandem wegen des toten Schreibers sprechen«, schlug ich vor.

Wilhelm Trennbeck saß in der Arbeitsstube des Richters und zermarterte sich über dutzenden von Listen den Kopf. Einer der Schreiber war bei ihm und bemühte sich zu helfen. Trennbeck sah kaum auf, als wir den Raum betraten.

Hanns Altdorfer gab ihm das Siegel des Toten und sagte: »Wie es aussieht, ist dies ein richterliches Siegel.«

Trennbeck musterte das Siegel, dann musterte er den Stadtkämmerer. In seinen Augen stand deutlich die Abneigung dagegen zu lesen, jetzt bei seiner Arbeit gestört zu werden. Schließlich lehnte er sich zurück, wie um sich körperlich von seinen Listen zu distanzieren, damit er klarer denken könne. Er nickte.

»Woher habt Ihr es?«, fragte er.

»Es befand sich im Besitz eines Toten, der am Freitag aus der Isar geborgen wurde«, sagte Altdorfer, und Trennbeck und der Schreiber wechselten einen überraschten Blick. »Ist vielleicht einer Eurer Schreiber abgängig?«

Trennbeck zuckte mit den Schultern.

»Ich kümmere mich seit Tagen nur noch um die Unterbringung der Gäste«, meinte er entschuldigend. »Ich habe den Überblick ein wenig verloren, was hier in der Stadt vor sich geht.«

Er wandte sich an den Schreiber und sah ihn fragend an, und dieser nickte.

»Ernst Wechsler«, sagte er ruhig. »Der Herr Stadtrichter hat ihn beurlaubt.«

Ich horchte auf. Trennbeck gab dem Schreiber das Siegel weiter, und dieser bückte sich, um aus einem Täschchen auf dem Boden einen ledernen Lappen hervorzuholen. Der Lappen war feucht; ein paar flache Lehmtäfelchen waren darin eingewickelt, wie man sie für Urkunden und Geschäftsabschlüsse verwendet, wenn man Papier sparen will: Man kratzt das Datum hinein, und die beiden Partner siegeln ihren Abdruck direkt in den Lehm. Es ist nichts weiter als eine Bekräftigung des Händedrucks. Der Schreiber packte das Siegel und hämmerte es in eines der Täfelchen hinein; dann musterte er den schwachen Abdruck eingehend. Er zeigte mit dem Finger auf eine Stelle unterhalb des Stadtwappens.

»Das ist sein Siegel«, erklärte er. »Er hatte eines mit seinen Initialen darauf.«

»Wozu soll denn das gut sein?«, entfuhr es Altdorfer, aber der Schreiber zuckte nur mit den Schultern. Er hatte einen merkwürdigen Gesichtsausdruck, als hätte er gern mehr gesagt, könne sich aber nicht recht dazu entschließen.

Trennbeck nahm das Siegel wieder an sich und studierte ebenfalls den Abdruck im feuchten Lehm. Danach heftete er den Blick auf den Stadtkämmerer.

»Ihr habt gesagt, ein Toter hätte es bei sich gehabt?«

»Er wurde beim Bleichwehr angeschwemmt. Die Besatzung des Kapuzinertors nahm sich seiner an und ließ ihn begraben, nachdem sich niemand gemeldet hatte.« Altdorfer schilderte meinen Anteil an der Entdeckung der Leiche und fuhr fort: »Ich nehme deshalb an, es handelt sich bei dem Toten um Euren Schreiber.«

Trennbeck sah vage betroffen aus; er machte den Eindruck eines Menschen, der vom Tod eines anderen hört, den er zwar kannte, der ihm aber nichts bedeutet hat.

Der Schreiber zögerte einen Augenblick und fragte dann: »Habt Ihr eine Beschreibung des Toten?«

Altdorfer wies auf mich, und ich antwortete: »Ich will Euch lieber nicht beschreiben, wie er aussah, als sie ihn aus dem Wasser gezogen hatten. Sein Haar scheint dunkel oder schwarz gewesen zu sein, und ich glaube, er war eher hoch gewachsen. Alles andere war unkenntlich.«

Er atmete tief ein und wandte sich an Richter Trennbeck. »Es könnte Wechsler gewesen sein.«

»Kennt Ihr Angehörige oder Freunde des Toten, die wir benachrichtigen müssen?«

Der Schreiber sah von ihm zu uns, und ich dachte erneut, jenen merkwürdigen Gesichtsausdruck an ihm zu wahrzunehmen. Ich konnte ihn nicht deuten; sah er aus, als versuchte er, seine *Befriedigung* zu unterdrücken?

»Nein«, beschied er schließlich.

Trennbeck schwieg eine Weile. Er sah ins Leere; mir schien, dass er den Tod des Schreibers schon wieder halb aus seinen Gedanken verdrängt hatte.

»Habt Ihr Nachricht von Richter Girigel?«, fragte ich in die Stille hinein.

Trennbeck fand in die Gegenwart zurück. Er seufzte.

»Nein«, sagte er. »Ich wusste nicht einmal, dass er nicht in Landshut ist; ich erfuhr es gerade erst heute.«

»Ich muss dringend mit ihm sprechen«, sagte ich.

»Ich auch, das könnt Ihr mir glauben.«

Er sah auf die Tischplatte nieder und auf das Siegel, das noch immer auf seinen Listen lag. Er nahm es mit einem geistesabwesenden Ausdruck in die Hand und drehte es hin und her.

»Was ist mit dem Mann passiert?«, fragte er zögernd.

»Er ist wohl ins Wasser gefallen und ertrunken«, sagte ich rasch.

Trennbeck schüttelte den Kopf. Er wandte sich an den Schreiber, der mit zusammengekniffenen Augen auf den Tisch starrte und mit dem Finger unbewusst die Linien des Siegelabdrucks in dem Lehmtäfelchen nachzeichnete.

»Er war beurlaubt, sagtet Ihr?«

Der Schreiber nickte langsam, ohne den Blick zu heben.

»Ja. Der Herr Richter hatte ihm ein paar Tage gegeben.«

»Das ist ja eine schöne Art, seine freien Tage zu beenden: ins Wasser zu fallen und zu ersaufen. Armer Teufel«, meinte Trennbeck. Ich hatte nochmals den Eindruck, dem Schreiber läge etwas auf der Zunge.

»Ich werde Richter Girigel benachrichtigen, sobald er zurück ist«, sagte Trennbeck und drehte das Siegel unschlüssig hin und her. Seine Augen suchten den Tisch ab, als ob er einen freien Platz suche, wo er es ablegen könne. Hanns Altdorfer streckte die Hand danach aus, und er reichte es dem Stadtkämmerer zurück. »Kann ich sonst noch etwas für Euch tun, meine Herren?«

Altdorfer sah mich an, und ich schüttelte den Kopf. Der Stadtkämmerer lächelte und sagte: »Nein, wir wollten Euch nur unterrichten. Wir bedauern, Euch aufgehalten zu haben.«

»Halb so schlimm«, erwiderte der Richter. »Ich muss ohnehin nochmals aufbrechen und nach Moosburg reiten; ich hätte diese Arbeit hier auf keinen Fall beenden können.« Er schnippte nachlässig mit dem Handrücken über die Listen. »Danke für die Nachricht.«

Draußen auf der Straße blieb Hanns Altdorfer stehen und fuhr sich über die Stirn.

»Wir sind genauso weit wie vorher«, seufzte er.

»Das würde ich nicht unbedingt meinen«, widersprach ich.

»Wie kommst du darauf?«

»Hast du den Schreiber während unseres Gesprächs beobachtet?«

»Nein; weshalb?«

»Ich hatte das starke Gefühl, er wollte mehr sagen, als er sich in Gegenwart von Richter Trennbeck traute.«

»Was? Was hätte er denn sagen sollen?«

Ich zuckte mit den Schultern.

»Was weiß ich. Vielleicht weiß er doch mehr über seinen toten Genossen, als er zugegeben hat.«

»Und warum sollte er das verschweigen?«

Ich zuckte nochmals mit den Schultern.

»Es gibt alle möglichen Gründe: Vielleicht hat er Dreck am Stecken, oder die beiden haben zusammen etwas ausgefressen, das der Richter nicht hören darf; oder es geht ganz einfach nur darum, dass er vor seinem Herrn nicht den Mund aufmachen will.«

»Und was hast du nun vor?«

»Ich warte, bis Trennbeck wegreitet, dann rede ich nochmals mit dem Burschen.«

»Ich weiß nicht, ob uns diese ganze Angelegenheit überhaupt weiterbringt«, seufzte Altdorfer.

Ich hätte ihm darauf antworten können, dass all meine anderen Fährten ausgetrocknet waren; aber das traf die Sachlage nur ungenügend. Der Anblick des Schreibers, der vor lauter Anstrengung, seine Zunge zu bezähmen, beinahe gezappelt hätte, hatte meine Aufmerksamkeit geweckt.

»Ich bin der Meinung, dass es nichts schaden kann«, sagte ich nur.

Altdorfer ließ die Schultern sinken und sah unzufrieden aus. Er zwang sich zu fragen: »Willst du, dass ich dir Gesellschaft leiste?«

»Ich will sogar, dass du verschwindest, Hanns. Du hast eine Menge Arbeit, und ich glaube nicht, dass der Schreiber in deiner Gegenwart gesprächiger ist. Wenn ihn einer zum Reden bringen kann, dann nur ich allein.«

Er sah es ein, ohne lange Widerstand zu leisten. Mit einem Gruß verabschiedete er sich, und ich bezog auf der gegenüberliegenden Straßenseite Posten. Ich dachte darüber nach, was ich tun würde, wenn ich auch hier nicht weiterkam oder Informationen erhielt, die mit meiner Aufgabe absolut nichts zu tun hatten. Ich konnte wieder selbst damit anfangen, das Haus zu überwachen; ich konnte auch mit einer neuerlichen Eskorte nochmals darin herumstöbern. Aber ich versprach mir weder etwas von dem einen noch von dem anderen.

Nach einer Weile begann ich mich unbehaglich und wie ein Idiot zu fühlen, während ich darauf wartete, dass Richter Trennbeck sich endlich wieder auf den Weg machte. Ich sah, dass die Vorratskarren, die heute nochmals in großer Zahl eintroffen waren, die Stadt wieder verließen, und ich wusste, dass ich schon eine ganze Weile hier stand. Vermutlich war die Warterei ohnehin vergebens, aber ich konnte mich noch nicht entschließen aufzugeben.

Zuletzt hätte ich beinahe den Augenblick verpasst, in dem Richter Trennbeck das Gebäude verließ, ein Pferd bestieg und langsam davontrabte. Ich geduldete mich, bis er außer Sichtweite war, dann betrat ich die Schreibstube von neuem.

Trennbeck hatte den Schreiber in Girigels Stube zurückgelassen; offenbar hatte er ihm aufgetragen, seine Listen zu vervollständigen. Die beiden anderen Männer in der Schreibstube winkten mich mit dem Kopf hinein, und ich betrat den kleinen Raum ein zweites Mal. Der Schreiber sah auf; als er mich erblickte, schien er aufrichtig erstaunt. Dann wurden seine Augen schmal.

»Kann ich noch etwas für Euch tun?«, fragte er.

Mir war klar, dass es schwierig sein würde. Wenn er etwas wusste, was er vorhin nicht gesagt hatte, würde er auch jetzt nicht einfach drauflosplappern. Es mochte ihn zwar ersticken, wenn er es zurückhielt; aber er würde nicht so vertrauensselig sein, einem Fremden sein Herz auszuschütten. Er kannte mich nicht, und er hatte keine Ahnung, weshalb ich mich für seinen toten Genossen interessierte.

Es kam auf jeden Fall darauf an, ihn nicht glauben zu lassen, ich wolle ihm selbst etwas am Zeug flicken. Ich überlegte scharf, wie ich das Gespräch beginnen könnte. Wie sich nach ein paar Momenten herausstellte, war meine Vorsicht jedoch vollkommen überflüssig.

»Ich wollte Euch doch noch etwas fragen«, sagte ich und lächelte so breit ich konnte. »Mir ist etwas aufgefallen.«

Er verengte die Augen noch stärker, und sein Gesicht spannte sich an.

»Und was wäre das?«

»Wenn ich Richter Trennbeck so ansehe, nehme ich an, dass wegen der Hochzeitsvorbereitungen eine ganze Menge zu tun ist.«

Ich beendete meinen Satz, und als ich nicht gleich weitersprach, sah er sich genötigt zu nicken. Ich bemerkte das Glitzern in seinen Augen und wusste, ihm wurde klar, worauf ich hinauswollte. Aber er hielt sich bedeckt und erwiderte nichts.

»In diesem Zusammenhang«, fuhr ich fort, »erscheint es mir seltsam, dass Richter Girigel einen seiner Männer gerade zu dieser Zeit beurlaubt.«

Ich hatte erwartet, er würde mir mit seiner Antwort ausweichen, um nicht die Entscheidungen des Richters zu kritisieren. Tatsächlich starrte er mich einen langen Moment lang durchdringend an. Seine Hand auf dem Papierstapel machte kleine Gesten, eine unbewusste Pantomime, als wolle er jemanden zu etwas überreden.

Dann lachte er plötzlich böse auf und sprudelte danach förmlich über. Hatte ich vorhin Befriedigung zu bemerken geglaubt, als er vom Tod seines Kameraden erfuhr? Ich hatte mich geirrt: Er war *hocherfreut* darüber.

»Nicht, wenn es keinen großen Unterschied macht, ob der Mann anwesend ist oder nicht«, schnaubte er aufgebracht.

»Wie darf ich das verstehen?«

»Dieser Wechsler«, sagte er und beugte sich über den Tisch zu mir herüber, »hat nicht viel getaugt. Jedenfalls nicht als Schreiber.«

»Tatsächlich?«

»Ihr dürft es mir glauben. Seine Rechenkünste waren nicht besser als die eines dieser dressierten Pferde, denen man das Ergebnis vorher eingebleut hat; und wenn er etwas schreiben sollte, war es jedes Mal ein Tagewerk. Ich glaube, er hatte seine Qualitäten ganz woanders.«

»Und wo?«

Er deutete nach unten, zwischen seine Beine.

»Da«, rief er. »Jeder Weiberrock lief ihm hinterher; er hielt sich für den schönsten Mann in der Stadt. Ihr hättet ihn an manchem Morgen sehen sollen, wenn er mit einer im Heu gewesen war: noch immer besoffen wie ein Schwein, mit rot unterlaufenen Augen, aber kein Makel in seinen Haaren oder seinem Gesicht. Weiß der Teufel, wie er es angestellt hat – dabei war er der Älteste von uns allen. Wahrscheinlich hat er sich die Haare mit Tinte gefärbt und sein Gesicht über Nacht in Milch getunkt. Die Weiber haben jedenfalls reihenweise die Beine breit gemacht; und er hat es immer wieder genüsslich erzählt. Ich denke, er hat jede gekriegt, die er haben wollte, und es gab keine, die ihm nicht gefallen hätte.«

Ich hörte ihm beinahe amüsiert zu. Er war ein magerer, unansehnlicher Kerl mit großen Ohren und einer großen Nase. Welche Mängel der Tote auch sonst noch gehabt haben mochte, sein Erfolg bei Frauen wurde ihm nicht gerade als einer der kleinsten angerechnet. Vielleicht hatte er sich an einem Mädchen vergriffen, das mein ergrimmter Gesprächspartner auch gerne gehabt hätte; und vielleicht hatte sie sich für den schönsten Mann der Stadt besser erwärmt als für seinen großohrigen Kameraden.

»Das kann doch wohl nicht der Grund gewesen sein, warum ihn der Richter hier geduldet hat«, bemerkte ich, um das Gespräch weiter in Gang zu halten. Auch das war nicht nötig; er hatte nur kurz Luft geholt und pflügte danach mit unverminderter Vehemenz weiter. Auch einem schlechteren Menschenkenner als mir wäre aufgefallen, dass er seit langer Zeit darauf brannte, jemandem sein Leid zu klagen.

»Ich hoffe, das Wasser hat ihn noch viel schlimmer zugerichtet, als Ihr es angedeutet habt«, murmelte er. »Wisst Ihr, nicht nur, dass er den ganzen Tag mit seinen Weibergeschichten prahlte und so langsam arbeitete, dass es einem vorkam, er stehle dem lieben Gott die Zeit. Nein – wann immer es eine besonders leichte oder angenehme Arbeit zu tun gab, gelang es ihm, damit beauftragt zu werden; wann immer man sich ein paar Pfennige verdienen konnte, indem man eine oder zwei Wochen in einem Landgericht aushalf, bekam er die Erlaubnis hinzugehen; und wenn dann irgendein armer Teufel enteignet wurde oder ohne Erben starb und einen Haufen Geld hinterließ, erhielt er einen ebenso großen Anteil wie wir anderen Schreiber – und das, obwohl wir ständig seine Arbeit für ihn mit erledigt haben. Er durfte sogar mit den Brautwerbern nach Lentschiza, als einer der Schreiber von Doktor Mauerkircher hier in der Stadt krank wurde; und er sprach weder polnisch noch gut genug Latein! Würde Euch da nicht auch die Galle platzen?«

»Natürlich«, sagte ich. »Ich frage mich nur, weshalb Richter

Girigel ihn so bevorzugte. Habt Ihr ihn denn nicht wissen lassen, dass Ernst Wechsler ein Versager war?«

»Glaubt Ihr, einen Herrn wie den Richter würde unsere Meinung interessieren?«, brummte der Schreiber. »Es ist ja nicht so, dass er sich Wechsler gegenüber besonders freundlich gezeigt hätte. Er hat nur die Augen vor seinen Schwächen verschlossen. Ich weiß nicht, weshalb er so einen Narren an ihm gefressen hatte; es ging schon so, als ich hier als Schreiber anfing, und das ist bereits ein paar Jahre her.«

»Vielleicht ist es Richter Girigel einfach nicht aufgefallen. Wenn Ihr seine Arbeit zu Ende gebracht habt, wie sollte er dann bemerken, dass Wechsler nichts taugte?«

Er zog eine Schnute und prustete verächtlich. Ich wusste selbst, dass mein Einwand töricht war; aus eigener Erfahrung war mir klar, dass ein Mann, der eine Gruppe von Helfern angestellt hat, nach kürzester Zeit sehr wohl weiß, wo die Starken und wo die Schwachen unter seinen Leuten sitzen.

Ich überlegte, ob ich ihm sagen sollte, dass man seinen ungeliebten Kameraden womöglich umgebracht hatte, aber dann entschied ich mich dagegen. Seine Zunge saß zu locker. Für mich war dies von Vorteil; zugleich aber stieß es mich ab, wie er sein Gift verspritzte. Ich hätte ihn nicht bei mir als einen meiner Schreiber haben wollen.

»So ist das wohl im Leben«, erklärte ich unverbindlich. Er winkte ab.

»Wir anderen mussten immer wieder für ihn in die Bresche springen«, führte er weiter aus. »Selbst am Feiertag war einer von uns anwesend, um dem Richter zu helfen.«

»Weshalb war er denn beurlaubt worden?«, fragte ich.

»Ich weiß es nicht. Angeblich musste er etwas Privates erledigen. Womöglich brauchte er ein paar Arzneien, weil er einer Schlampe ein Kind gemacht hatte.«

»Das hätte er doch auch von hier aus erledigen können.«

»Was weiß ich«, sagte er missmutig. »Vielleicht musste er nach Ingolstadt.«

Ich dachte, ich hätte nicht richtig gehört.

»Wohin?«, stieß ich hervor. »Nach Ingolstadt?«

»Sagte ich das nicht? Er kam von daher. Der Richter hat ihn damals nach Landshut mitgebracht; er war wohl schon dort sein Gehilfe.«

»Aus Ingolstadt«, flüsterte ich.

»Richtig. Stellt Euch vor: Wechsler hat am Vorabend seines Urlaubs zu uns nicht einmal gesagt, dass er ein paar Tage nicht hier sei. Er hat es wohl mit dem Richter erst nach der Arbeit besprochen. Ein anderer Schreiber musste Wechslers Dienst übernehmen.«

»Seinen Dienst?«

»Ja; am Tag vor Allerheiligen. Ich sagte Euch doch, dass einer von uns am Feiertag für ihn in die Bresche springen musste.«

»Am Allerheiligentag!?«

»Am Mittwoch; richtig. Wir haben ihn am Dienstagabend zum letzten Mal gesehen.«

»Das ist bemerkenswert«, stammelte ich. Ich war mit einem Mal so aufgeregt, dass ich meine Hände nicht stillhalten konnte. Seit ich vor dem Zunfthaus der Flößer gestanden und unvermittelt das verunstaltete Gesicht des Toten aus dem Bleichwehr vor mir gesehen hatte, war ich mir sicher gewesen, dass sein Tod keinen Zufall darstellte; wenn ich mir auch noch immer nicht vorstellen konnte, wo die Verbindung war. Ich hätte den Schreiber beinahe gebeten, mir alles nochmals zu erzählen; so unwirklich kam es mir mit einem Mal vor, was er mir berichtet hatte. Aber ich wusste, dass ich mich nicht verhört hatte, und ich wusste, dass ich nicht weiter in ihn dringen durfte. Ich konnte ihm ansehen, dass er den meisten Ärger losgeworden war, von dem er sich hatte befreien wollen. Hätte ich nochmals nachgefragt, wäre sein Misstrauen erwacht.

Er fuhr sich mit der Hand über das Gesicht, als hätte sein langer Ausbruch ihn erschöpft. Es gab nichts mehr zu sagen; ich verließ ihn, bevor ich seine Reue mit anzusehen hatte, dass er einem Fremden gegenüber sein Herz ausgeschüttet hatte.

Ich benutzte den Heimweg, um nachzudenken, aber es kam nichts dabei heraus außer dem Gefühl, eine Menge Fäden in der Hand zu halten und nicht zu wissen, wohin sie führten oder wie sie miteinander verknüpft waren. Ich fühlte mich wie ein Mann auf dem Jahrmarkt, dem ein Gaukler das Kunststück vorführt, vor seinen Augen einen kleinen Kieselstein unter einer von drei Nussschalen verschwinden zu lassen. Wo liegt der Stein, verehrter Herr? Ihr müsst es doch wissen; Ihr seid ihm die ganze Zeit über mit den Blicken gefolgt. Wann habt Ihr ihn aus den Augen verloren?

Jemand wartete zu Hause in der Stube auf mich, mit dem ich nicht gerechnet hatte. Als ich die Tür öffnete, gefolgt von meinem Verwalter, der mir hastig von den Fortschritten bei der Verarbeitung der Seidenstoffe und des von Jörg Tannberger mühsam hergeschafften Leinens berichtete, stand der Sohn von Sebastian Löw von der Bank auf und blieb linkisch stehen.

»Der junge Herr ist heute Nachmittag gekommen und hat seitdem auf Euch gewartet«, erklärte der Verwalter.

Ich starrte den jungen Mann an und hatte plötzlich ein lähmendes Gefühl in den Beinen.

»Kann ich Euch sprechen, Herr Bernward?«, fragte der junge Löw atemlos.

»Würdest du uns ein paar Momente alleine lassen?«, bat ich den Verwalter. Ich hätte gerne noch eine Erklärung hinzugefügt, aber es fiel mir nichts Plausibles ein. An seinem Blick erkannte ich, dass er irritiert war, aber er folgte meiner Bitte und schloss leise die Tür hinter sich. Ich ging zum Tisch und ließ mich schwer auf die Bank fallen.

»Setzt Euch«, sagte ich, und er kam zu mir herüber und nahm neben mir Platz.

Es dauerte einen Augenblick, bis er sprach. Während dieser Zeit musterte ich sein Gesicht, und meine Erregung nahm zu. Er war bestürzt; mehr als das: Er war fassungslos. Sein Antlitz war bleich, seine Lippen zitterten, und seine Augen irrten unstet umher. Ich brauchte nicht mehr auf seine Hände sehen, die einander umkrampften und umschlangen, als wollten sie sich gegenseitig Mut abringen. Seine Aufregung teilte sich mir mit, und ich spürte, dass auch mein Herz zu klopfen begonnen hatte. Er machte den Eindruck eines Mannes, der

– etwas gesehen hatte.

»Herr Bernward«, sagte er und räusperte sich und begann nochmals von vorne. »Herr Bernward, erinnert Ihr Euch, dass Ihr mir sagtet, der Mörder jener Unglücklichen, die wir hinten in Eurem Hof begraben haben, sei gefasst und warte in Burghausen auf sein Urteil?«

Ich nickte. Er atmete schwer, bevor er wieder zu sprechen anfing. »Das war nicht die Wahrheit, habe ich Recht?«

Ich hätte rufen können: Wie kommt Ihr denn darauf?

Aber ich sagte: »Ja.«

Seine Hände wechselten die Stellung und umklammerten einander erneut.

»Zuerst habe ich Euch geglaubt«, erklärte er. »Ich war zu schockiert über das, was ich entdeckt und was Ihr mir erzählt hattet. Auf dem Rückweg aber fing ich an, über alles nachzudenken, und kam zu dem Schluss, dass Euer Verhalten nicht Eurer Aussage entsprach.«

Ich musste über seine behutsame Wortwahl beinahe lächeln; obwohl ich erschrocken war über das, was er sagte.

»Als ich zu Hause war, hatte ich mir die feste Meinung gebildet, dass der Täter noch frei herumlief; und mehr noch, ich begann zu vermuten, dass Ihr verzweifelt versuchtet, nicht nur zu klären, weshalb der Mord geschehen war, sondern auch, den Mörder zu finden.«

Er wartete auf meine Antwort; als ich stumm blieb, redete er seufzend weiter.

»Ich hätte gerne mit meinem Vater darüber gesprochen, aber ich wagte es nicht. Nicht, dass es mir an Vertrauen fehlte – ich wollte ihn nur nicht in die Sache verwickeln und womöglich in Gefahr bringen. Denn dass die ganze Angelegenheit gefährlich war, das glaubte ich Euch ohne weiteres Nachdenken. Ich überlegte, was Ihr weiter tun würdet und was ich an Eurer Stelle tun würde. Dann erzählte mein Vater beiläufig, er habe Euch in der Stadt getroffen, als die Tiere von den Flößen getrieben wurden, und er habe sich darüber gewundert, da Ihr in dem Ruf stündet, kaum jemals die Stadt aufzusuchen. Kurz darauf sah ich Euch zufällig unten bei den Flößern stehen und mit ihnen verhandeln.«

Er seufzte nochmals und gestand dann: »Wisst Ihr, danach habe ich Euch beobachtet. Ich bin Euch nachgeschlichen.«

Er ließ den Kopf hängen und schaute zu Boden. Ich war für ein paar Augenblicke zu erstaunt, um sprechen zu können.

»Nachgeschlichen?«, echote ich schließlich. »Wohin?«

»Nicht weit; ich habe bald bemerkt, dass Ihr Euch für das leer stehende Haus in der Ländgasse interessiert. Nachdem meine Aufmerksamkeit erst einmal geweckt war, fielt Ihr mir immer wieder auf, als Ihr durch die Gasse kamt.«

Ich schüttelte den Kopf. Und ich hatte mir etwas darauf eingebildet, wie unauffällig ich vorgegangen war. Es war kein Wunder, dass mich auch die Leute in dem Haus schließlich entdeckt hatten.

»Seit wann habt Ihr mich beobachtet?«

»Seit Samstag«, sagte er. »Am Montag vermisste ich Euch; ich dachte schon, Ihr wärt auf etwas gestoßen. Ich wartete den ganzen Tag auf Euch, aber Ihr kamt nicht zum Vorschein. Ich behielt die meiste Zeit über das Haus im Auge, weil ich hoffte, vielleicht auch etwas zu entdecken.«

»Und? Habt Ihr etwas entdeckt?«

»Keine Menschenseele. Ich hätte beinahe aufgehört, mich um die Angelegenheit zu kümmern, weil ich glaubte, Ihr hättet sie zum Abschluss gebracht.« Er breitete die Hände aus und sah mir drängend ins Gesicht. »Es war ja nicht so, dass ich Euch aus Neugier hinterhergeschlichen wäre. Es war ...«

Er brach ab und suchte nach den richtigen Worten. »... es war – ich wollte wissen, was aus der ganzen Sache wird. Ich hatte das Gefühl, dass Ihr vielleicht – nun ...«

»... Hilfe brauchen würdet?«, vollendete ich aufs Geratewohl. Er nickte und wandte wieder den Blick ab.

»Ihr saht an dem Tag, an dem ich die Tote untersuchte, so aus, als hättet Ihr ein Gespenst gesehen«, murmelte er kaum hörbar. Ich konnte mir vorstellen, dass es schwierig war für ihn, über die Lippen zu bringen, was er eigentlich sagen wollte. Ich war so alt wie sein Vater und ein beinahe Fremder für ihn; und was er meinte, war, dass ich ihm Leid getan hatte. Er war ein junger Student der Medizin und ich ein alter, reicher Kaufmann mit einem eigenen Hof und einem Dutzend Gehilfen, und er hatte meine Hilflosigkeit gesehen und mich bedauert. Ich wusste nicht, was ich ihm darauf antworten sollte. Vage dachte ich, dass er sein Mitleid früher oder später würde abstreifen müssen, wenn er als Arzt nicht verzweifeln wollte.

Er schwieg so lange, dass ich dachte, er hätte nichts mehr zu sagen. Aber seine Beichte war noch nicht vollendet.

»Nach einer Weile sah ich Euch wieder mit zwei Wappnern, wie Ihr das Haus untersuchtet. Das war das letzte Mal, dass ich Euch in der Gasse sah. Danach kam ich dahinter, dass Ihr die Beobachtung des alten Hauses nicht aufgegeben hattet; Ihr hattet nur jemand anderen damit beauftragt – einen der Flößer. Ich begann folgerichtig damit, nun ihn zu überwachen.«

Ich nickte und sagte grimmig: »Dieser Mann ist jetzt tot.«

Zu meiner Bestürzung erwiderte er nur: »Ich weiß.«

»Ihr wisst ...?«

»Ich habe gesehen, wie er umgebracht wurde«, sagte er; es klang nicht so ruhig, wie er es wahrscheinlich hatte sagen wollen. Mir wurde klar, dass all seine bisherigen Aussagen, so überraschend sie auch gewesen sein mochten, nur die Einleitung zu der Geschichte darstellten, die er mir eigentlich erzählen wollte.

»Sprecht«, drängte ich, und er nickte unglücklich und fuhr fort: »In der Nacht von Dienstag auf Mittwoch kam ich spät von einem Krankenbesuch nach Hause. Ihr wisst ja, dass mein Vater meine Dienste recht freizügig anpreist. Ich ging rasch durch die Gasse und sah mich immer wieder um, weil die Straßen nachts nicht sicher sind. Aus diesem Grund fielen mir auch die drei Männer auf, die sich von oben her durch die Gasse auf mich zubewegten. Ich behielt sie im Auge, misstrauisch, was sie vorhätten. Zwei von ihnen waren stämmige Kerle, und sie lachten und schwankten so deutlich von einer Gassenseite zur anderen, dass ich wusste, ihre Räusche waren nur gespielt. Den dritten schleppten sie gar zwischen sich herum, als ob er nicht mehr alleine gehen könne. Ich führe immer einen kurzen Dolch bei mir, und ich umfasste seinen Griff fester, als die drei sich näherten. Ich war nicht mehr weit von zu Hause entfernt, und ich war entschlossen, mein Heil in der Flucht zu suchen; sollten sie mich allerdings verfolgen, wollte ich ihnen meinen Pelz so teuer wie möglich verkaufen.«

Er machte ein Gesicht, das mich zweifeln ließ, ob er den Dolch jemals benützt hätte. Er schien es selbst zu bezweifeln, denn er machte eine resignierte Handbewegung.

»Wir begegneten uns, jeder auf seiner Seite der Gasse, ein wenig unterhalb des Leutgeb-Hauses. Sie taten so, als würden sie mir keinen Blick gönnen; ich hingegen starrte zu ihnen hinüber, um auf jedes noch so kleine Anzeichen von Angriffslust gefasst zu sein. Dann sah ich dem dritten Mann ins Gesicht, und ich erkannte den Flößer, den Ihr als Spitzel angestellt hattet. Er hatte die Augen halb geschlossen und den Mund offen. Als Einziger der drei war er wirklich nicht bei Sinnen.«

»War er betrunken?«, warf ich hastig ein. Er zuckte mit den Schultern.

»Betrunken; oder halb betäubt, wie durch einen festen Schlag auf den Kopf. Die beiden, die ihn voranzerrten, grinsten und grölten ein paar Reime, aber auch einem Idioten wäre aufgefallen, dass sie es nur mit halber Lautstärke taten. Sie hatten nicht die geringste Absicht, irgendjemanden in der Gasse aufzuwecken, und sie waren nicht betrunkener als ich selbst. Wir gingen aneinander vorbei, ohne dass etwas geschehen wäre. Ich drehte mich nach ihnen um, und ich erschrak, als mir auffiel, dass die Beine des Flößers an den Knöcheln zusammengebunden waren. Ich kam bis zur Haustür meines Vaters; die ganze Zeit über dachte ich nach, was diese Komödie zu bedeuten hatte. Schließlich legte ich meine Tasche ab und trat wieder auf die Gasse hinaus, um den Männern nachzuschleichen. Meine Angst hatte sich gelegt, als ich Euren Spitzel erkannte; ich weiß, das war unvernünftig, aber so verhielt es sich nun einmal. Ich folgte ihnen vorsichtig, aber sie drehten sich nicht um. Sobald sie sich allein dachten, fiel die Komödie von ihnen ab, und sie schritten zielbewusst und hastig voran, den Flößer in ihrer Mitte halb tragend, halb schleifend. Fast schon am Ende der Gasse, wandten sie sich nach rechts und verschwanden zwischen zwei Häusern. Ich ließ ein paar Sekunden verstreichen, bevor ich ihnen folgte; ich wusste nicht, ob sie nicht etwa gleich hinter der Ecke auf mich warteten. Aber sie hatten noch immer keinen Verdacht geschöpft. Ich sah eine hellere Öffnung im dunklen Schatten der Stadtmauer – eines der Flößertore. Ich huschte mit klopfendem Herzen näher. Sie hatten offenbar einen Schlüssel dazu; sie hatten es ordentlich aufgesperrt und waren ins Freie gegangen. Vielleicht hatte der Flößer einen Schlüssel besessen.«

»Nein«, warf ich ein. »Er war nicht aus Landshut. Sie mussten den Schlüssel von jemand anderem haben; oder sie gehörten selbst zu den Landshuter Flößern.«

Er zuckte mit den Schultern und setzte seinen Bericht fort. Die Anspannung war jetzt ein wenig von ihm gewichen; seine Hände lagen flach auf dem Tisch, und nur seine Finger zuckten noch leicht, als die Erinnerung an die Szene, die er beobachtet hatte, ihn einholte.

»Ich wagte es nicht, ihnen durch das offene Tor zu folgen. Aber es war leicht, an den Türbohlen hochzuklettern, um auf den Kranz der Stadtmauer zu gelangen. Ich hoffte, von dort sehen zu können, wohin sie sich gewandt hatten. Es war dunkel draußen; man konnte keine Gesichter erkennen, aber die drei Gestalten waren deutlich zu unterscheiden; zudem hörte ich ihre Schritte im Kies. Ich hörte auch das Lachen, das vom Lager der Flößer flussabwärts herüberwehte: Es waren nur noch ein paar Stimmen, und sie waren heiser vom Singen und Plärren. Die zwei Männer mit dem Flößer in ihrer Mitte wandten sich flussaufwärts, aber sie gingen nicht allzu weit weg. Ich sah, wie sie stehen blieben und diskutierten, dann wandten sie sich zielstrebig zum Fluss. Das Wasser war schwarz in der Dunkelheit, wie ein dicker Strich aus Tinte. Sie wateten hinein, bis sie vielleicht knietief im Wasser standen.«

Er schluckte und sah mich mit weiten Augen an. Seine Finger zuckten jetzt schneller; eine Hand ballte sich plötzlich zur Faust.

»Sie hatten sich als dunkle Figuren vor dem Kies abgezeichnet«, sagte er. »Vor dem Hintergrund des Wasser waren sie jedoch kaum mehr zu sehen; nur wenn sie sich bewegten, konnte man ahnen, wo sie waren und was sie taten. Ich hörte das Platschen ihrer Schritte im Wasser und das Gurgeln, mit dem der Fluss um ihre Beine strich. Das Platschen wurde lauter, und ich sah Wasser hochspritzen. Plötzlich wurde mir klar, was sie taten: Sie zwangen den Mann in ihrer Mitte auf die Knie und versuchten, seinen Kopf unter Wasser zu drücken. Wahrscheinlich kam er durch die Kälte des Flusses wieder zu sich und begann sich zu wehren, aber er hatte nie eine Chance. Ich hörte ihn nicht schreien; ich nehme an, sie hatten seinen Kopf schon unter die Wellen gedrückt, als er endlich vollends bei Bewusstsein war. Was ich hörte, war das Zappeln seiner Beine, mit denen er vergeblich um sein Leben strampelte. Ich hörte die beiden Männer keuchen und unterdrückt fluchen, und ab und zu hörte ich ein krampfhaftes, gurgelndes Atemholen, wenn er den Kopf doch kurz ins Freie brachte. Sie überwältigten ihn aber jedes Mal wieder. Es dauerte lange; sie taumelten im Wasser hin und her, wenn er ihrem Griff zu entgleiten drohte, und einmal fiel einer der zwei der Länge nach ins Wasser, aber er kam so schnell auf die Beine zurück, dass der Flößer keine Gelegenheit zur Flucht hatte. Sie schlugen ihn nicht, und sie traten nicht auf ihn ein; was immer ihr Ziel war, sein Tod sollte auch bei einer näheren Untersuchung so aussehen, als sei er schlicht und einfach ertrunken. Schließlich wurden die Geräusche schwächer; es war wie bei einem Fisch, den man ins seichte Wasser geschleudert hat: Das Platschen brach ab, lebte wieder für einen Moment auf, erstarb nochmals und endete schließlich in einem letzten krampfhaften Aufbäumen. Ich konnte sehen, wie sie sich aufrichteten und den Leichnam vom Ufer weg ins tiefere Wasser stießen. Einer hielt ihn fest, und sie banden die Fessel los. Sie blieben noch einen Moment lang im Wasser stehen, um sich zu vergewissern, dass der Fluss ihn auch mitnahm, dann stapften sie langsam zurück. Ich erwachte wie aus einer Erstarrung; ich ließ mich einfach von der Mauerkrone fallen, plumpste auf den Boden wie ein Sack, rappelte mich auf und lief zurück nach Hause ...«, er wischte sich zitternd über den Mund, »... und da spie ich mir die Seele aus dem Leib. Heute Morgen erfuhr ich durch den Klatsch in der Apotheke, dass die Flößer ihren Kameraden gefunden hätten. Als ich das mitbekam, fiel mir wieder ein, dass ich während der ganzen Zeit, in der die beiden Kerle den armen Teufel ertränkten, das Lachen und Singen von ihrem Lagerplatz hörte.«

»Mein Gott!«, flüsterte ich, als er endlich schwieg.

Er schnaubte; als er die Finger spreizte und ein ironisches Lächeln versuchte, wurde mir klar, dass er seine Erzählung noch nicht beendet hatte. Er sah auf seine Hände hinab und umfasste die eine mit der anderen, um sie ruhig zu halten.

»Noch etwas beschäftigt mich«, sagte er. »Als die Kerle mit ihrer Arbeit fertig waren, kamen sie direkt auf mich zu. Ich hatte solche Angst, dass sie mich entdecken würden, deshalb sprang ich einfach von der Mauer, ohne mich noch darum zu kümmern, was draußen vor sich ging. Und doch glaube ich, dass ich aus dem Augenwinkel gesehen habe, wie jemand zum Wasser hinunterhuschte, nachdem die Mörder schon beinahe zurück beim Tor waren.«

»Jemand?«, dehnte ich mit einem dumpfen Gefühl im Bauch.

»Jemand«, wiederholte er. »Ich weiß nicht, ob die Gestalt der Auftraggeber der beiden war, der sich davon überzeugen wollte, dass sie ihre Aufgabe zu Ende gebracht hatten, oder ob es sich um jemanden handelte, der wie ich die Szene beobachtet hatte und nun versuchte, dem armen Kerl zu helfen. Zu helfen«, stieß er hervor.

»Anders als ich, der ich die Hosen voll hatte.« Er spie die Worte ärgerlich aus.

»Ihr konntet nicht erkennen, wer dieser Jemand war?«, fragte ich.

»Nein«, seufzte er. »Aber ich sah lange Haare und eine schlanke Gestalt, und der Teufel soll mich holen, wenn es sich nicht um eine Frau gehandelt hat.«

Ich fühlte, dass mir das Blut aus dem Gesicht wich. Plötzlich waren meine Hände eiskalt.

»Ihr habt nicht gesehen, was – *sie* – letztendlich getan hat?«, keuchte ich.

Er schüttelte den Kopf.

»Zu dem Zeitpunkt war es mir auch egal«, gestand er. »Ich hatte nur den Gedanken, mich so schnell wie möglich in Sicherheit zu bringen. Ich wusste nicht, dass die seltsamen Geschehnisse dieser Nacht noch lange nicht zu Ende waren.«

»Was meint Ihr damit?«, fragte ich ihn, aber meine Gedanken

kreisten um seine vorherigen Worte. Eine Frau. Eine schlanke Gestalt.

So gut wie alle Frauen haben langes Haar, sagte ich zu mir selbst. Und die meisten Männer dazu. Ebenso wie eine schlanke Gestalt.

Aber ich wusste, dass es kein Mann gewesen war. Und ich wusste, dass es nicht irgendeine Frau gewesen war.

Jana Dlugosz.

Die Zofe der toten Gräfin.

– Oder wer immer sie sonst sein mochte.

»Ihr könnt Euch denken, dass meine Nachtruhe nach diesem Erlebnis gestört war«, sagte Löw, aber seine Absicht misslang, es ironisch klingen zu lassen. »Deshalb hörte ich auch die gedämpften, aufgeregten Geräusche von der Straße eine oder zwei Stunden später. Ich schlafe in einem eigenen Zimmer, wenn ich in Landshut auf Besuch bin; es ist ein ehemaliges Zimmer für Knechte oder Dienstmägde, und es hat ein Fenster auf die Ländgasse hinaus. Ich öffnete es vorsichtig und spähte hinaus; es ist im zweiten Stock, und wenn man sich vornüberbeugt, kann man bis zum Tor des alten Reckel-Hauses sehen. Es war eine Abteilung Wappner, fünf oder sechs Männer. Sie waren jedoch nicht bei dem alten Haus, sondern ein wenig weiter unten, beim Haus des Wolfgang Leutgeb. Sie zerrten drei Männer heraus und verhafteten sie.«

»Verhafteten sie? Beim Haus des Leutgeb?«, fragte ich verblüfft.

»Ich hatte es nicht von Anfang an mitbekommen. Ich nehme jedoch an, sie pumperten gegen die Tür, und als ihnen jemand endlich öffnete, rannten sie hinein und stellten das Haus auf den Kopf. Drinnen schepperte und klirrte es, als müssten sie Gewalt anwenden, um der Männer habhaft zu werden. Ich sah Fackelschein aus den Fenstern, und obwohl sich die Wappner bemühten, möglichst leise vorzugehen, hörte ich sie doch fluchen und schimpfen und von Zimmer zu Zimmer hasten. Die ganze Zeit über standen zwei Frauen in Nachtgewändern auf der Gasse und rangen die Hände und flehten die Wappner an, die vor der Tür geblieben waren; aber diese hatten ihre Befehle und beachteten die Frauen nicht. Sie hielten sie nur fest, sodass sie ihnen nicht dazwischenkommen konnten. Als sie die Verhafteten endlich auf der Straße hatten, konnte ich erkennen, dass diese sich vehement gewehrt haben mussten. Alle drei bluteten aus Platzwunden, und auch zwei oder drei der Wappner hielten sich irgendwelche Körperteile, wohin sie getreten oder geschlagen worden waren. Sie stießen die zwei Frauen zurück ins Haus, nahmen die Verhafteten in die Mitte und marschierten so schnell wie möglich ab. Es dauerte keine fünf Minuten, und der Spuk war vorbei. In gewisser Weise erinnerte mich der Vorgang an das, was mein Vater mir über die Ereignisse damals beim Bürgeraufstand erzählt hat«, setzte er hinzu. Er schüttelte verwirrt den Kopf.

»Die Männer, die verhaftet wurden«, fragte ich, »waren das dieselben, die den Flößer umgebracht haben?«

»Ich konnte es nicht erkennen. Warum glaubt Ihr das?«

»Es war nur eine Vermutung«, sagte ich und zuckte mit den Schultern. Wenn sie es nicht waren, dachte ich, gibt es tatsächlich noch eine dritte Partei in diesem Spiel. Ist Jana eines ihrer Mitglieder?

»Ich möchte wissen, was der alte Leutgeb zu dieser Angelegenheit sagen wird«, brummte der junge Löw. »Man verhaftet nicht einfach Gäste in seinem Haus.«

»War er denn nicht zugegen?«

»Nein, er ist überhaupt nicht in Landshut. Er hält sich in Wildbad auf, um ein Magenleiden zu kurieren.«

»Das kann nicht sein«, sagte ich. »Ich habe noch vor ein paar Tagen mit ihm gesprochen.«

Löw sah mich scharf an und runzelte die Stirn.

»Ich selbst habe den alten Leutgeb nach Wildbad gesandt; er gehört auch zu denjenigen, denen mein Vater meine Dienste in Aussicht zu stellen pflegt.«

»Ich habe noch mit Eurem Vater über Leutgeb gesprochen und dass ich ihn kennen gelernt hätte. Er schien es nicht verwunderlich zu finden.«

Er zuckte mit den Schultern.

»Ich halte meinen Vater nicht über jeden meiner Patienten auf dem Laufenden.«

Ich ließ mich zurücksinken und versuchte, meine Verblüffung zu überwinden. Ich konnte nicht glauben, was der junge Mann mir erzählte. Nein: Ich *konnte* es durchaus glauben; ich *wollte* es nur nicht.

»Wolfgang Leutgeb«, sagte ich. »Ein großer, schwerer Mann, größer als ich, mit Schultern, die einmal breit gewesen sind und jetzt heruntersinken; helle, blaue Augen und eine vorspringende Stirn mit tiefen Falten.«

Löw grinste plötzlich über das ganze Gesicht.

»Soll das ein Scherz sein, Herr Bernward?«

»Wieso?«, stieß ich hervor.

»Weil Ihr mir gerade das Gegenteil geschildert habt. Wolfgang Leutgeb ist klein, leicht, von gekrümmter Gestalt; ich möchte sagen, er wiegt gerade halb so viel wie Ihr. Sein Magen bringt ihn langsam um; und da er versucht, die Schmerzen mit Wein zu betäuben, beschleunigt er seinen Untergang nur.«

Er sah mich durchdringend an, aber ich konnte seinen Blick nicht erwidern. Ich war so fassungslos, dass ich nur in die Ferne starrte. Ich zweifelte nicht daran, dass er mir die Wahrheit gesagt hatte.

»Mit wem zum Teufel habe ich dann gesprochen?«, rief ich.

»Die Beschreibung sagt mir leider nichts«, erwiderte Löw.

»Er hat sich mit dem Namen Leutgeb vorgestellt und mich eingehend darüber ausgefragt, was ich in dem alten Haus des Dietrich Reckel zu suchen hatte.«

»Wolfgang Leutgeb war es jedenfalls nicht. Vielleicht hat er einen Sohn?«

»Der Mann war so alt, dass er beinahe *mein* Vater sein könnte.«

»Leutgeb hat jedenfalls keinen Bruder; so viel weiß ich sicher.«

Ich schwieg darauf, und auch er hatte nichts mehr zu sagen. Ich starrte weiterhin ins Leere und versuchte, mir über das Gehörte klar zu werden. Wer immer der Mann gewesen war, der mich angesprochen hatte: Die Wappner hatten ihn entweder nicht im Haus vorgefunden, oder er war nicht von Belang für sie. Aber wer im Haus des Wolfgang Leutgeb war überhaupt von Belang?

Dem Aufgebot der Wappner nach zu schließen, hatten entweder der Stadtkämmerer oder Richter Trennbeck die Verhaftung angeordnet; und Hanns Altdorfer konnte es nicht gewesen sein. Es konnte sich durchaus um einen Zufall handeln und die Polizeiaktion aus Gründen stattgefunden haben, die nichts mit dem Fall zu tun hatten. Warum aber glaubte ich nicht daran? Mein ganzes Gefühl war dagegen. Ich war mir beinahe sicher, dass auch Richter Trennbeck die Verhaftung nicht befohlen hatte. War es Richter Girigels Werk? Womöglich waren die Gefangenen doch bei ihm eingetroffen; sein Beauftragter mochte auf sie gestoßen sein und sie nach Burghausen gebracht haben. Hatte er aus den beiden etwas herausgefoltert? Wenn ja, war seine Tüchtigkeit bemerkenswert: Er hatte keine Zeit verloren. Vielleicht war die gesamte Angelegenheit nun endlich erledigt.

– Außer, dass es nicht so einfach war.

Die Verhaftung hatte gestern Nacht stattgefunden; heute Morgen aber hatte laut Aussage von Wilhelm Trennbeck und seinem Schreiber noch immer keine Nachricht aus Burghausen vorgelegen.

»Warum erzählt Ihr mir das alles?«, fragte ich.

Löw schaute von der Tischplatte auf und sah mir ins Gesicht.

»Ich dachte, Euch damit weiterzuhelfen«, sagte er schlicht.

»Ihr habt es«, erwiderte ich. »Und Ihr habt Euch selbst in große Gefahr gebracht.«

Er machte eine abwehrende Handbewegung.

»Was werdet Ihr jetzt tun?«, forschte er.

»Ich weiß es nicht«, sagte ich seufzend. »Zuallererst: Euch danken für Euren Besuch. Und Euch bitten, die Angelegenheit nicht mehr weiterzuverfolgen.«

Er zögerte einen Moment, und ich setzte hinzu: »Im Sinne Eurer eigenen Gesundheit. Und um Eures Vaters willen.«

Er nickte schwer.

»Tatsächlich macht mir die Sache Angst«, gestand er freimütig. »Seit ich den Mord im Fluss beobachtet habe, sehe ich die Szene immer wieder vor mir. Ich habe noch niemals gesehen, wie ein Mensch umgebracht wird. Ich habe schon manchen sterben sehen, aber getötet zu werden ... Ich wäre froh, wenn mir diese Erfahrung erspart geblieben wäre.«

»Dann bemüht Euch, sie zu vergessen«, sagte ich.

»Und was ist mit Euch?«

»Ich werde weiter versuchen, den Knoten zu entwirren. Ich wünschte, ich wäre Alexander und hätte ein scharfes Schwert.«

Er lächelte dünn.

»Wenn Ihr mich braucht ...«, bot er an. »Ich habe wenigstens ein Skalpell.«

»Nein, Herr Löw«, erwiderte ich scharf. »Ihr habt mir zweimal mehr geholfen, als jeder andere mir in diesem Fall weitergeholfen hat. Begebt Euch jetzt bitte aus der Gefahr.«

»Ich tue nichts lieber als das«, sagte er. »Aber es verursacht mir ein schlechtes Gewissen, Euch alleine zu lassen.«

Das war eine Aussage, die ich schon lange nicht mehr gehört hatte. Plötzlich dachte ich an Daniel, der sogar vergessen hatte, Hans Stethaimer auf meinen Besuch vorzubereiten. Ich dachte: Ich könnte weiß Gott Hilfe brauchen; zumindest jemanden, der mir beim Denken hilft. Aber ich wage es nicht, mein Freund. Es wurde bereits einer ermordet, den ich als Helfer angestellt hatte.

»Eine Frage noch«, sagte ich. »Ihr habt gesagt, es wurden drei Männer aus dem Haus geführt, und zwei Frauen versuchten, die Verhaftung zu verhindern. Der Mann, mit dem ich sprach, war in Begleitung zweier Frauen. Seid Ihr sicher, dass meine Beschreibung nicht wenigstens auf einen der Verhafteten zutrifft?«

Er dachte nach.

»Ganz sicher bin ich nicht«, sagte er zögernd. »Ich würde aber meinen, dass ich einen alten, schwer gebauten Mann auf die Entfernung und im Fackellicht erkannt hätte.«

Ich zuckte mit den Schultern. Ich hatte selbst nicht daran geglaubt, dass man meinen unbekannten Gesprächspartner verhaftet habe. Aus irgendeinem Grund hatte ich nicht den Eindruck, dass er sich wie ein Vöglein würde fangen lassen, wer immer er war.

Löw stand auf und machte Anstalten, mich wieder zu verlassen. Ich begleitete ihn nach draußen, wo er sein Pferd angebunden hatte. Mittlerweile war es dunkel geworden, aber er schlug mein Angebot aus, ihm zwei meiner Knechte zu seinem Schutz mitzugeben.

»Ihr haltet Euch jetzt aus der Sache heraus, versprecht Ihr mir das?«, drang ich in ihn.

Er nickte.

»Wenn Ihr mir erzählt, was daraus geworden ist.«

»Wenn mir die Klärung der Angelegenheit nicht gelingt, werdet Ihr es noch früh genug merken«, brummte ich, und er schnaubte unlustig.

»Viel Glück«, sagte er.

Er drückte mir die Hand und bestieg das Pferd. Ich sah zu ihm hinauf und wollte ihn mit einem Gruß auf die Reise senden, als mir noch etwas einfiel.

»Seid Ihr sicher, dass Ihr der Einzige seid, der sich Gedanken gemacht hat? Was ist mit dem Totengräber?«

»Wenn er über die Sache nachdenkt und zu demselben Schluss kommt wie ich, wird er es jedenfalls für sich behalten. Er wird allerdings auch nicht zu Euch kommen, so wie ich. Ihr könnt ihm trotzdem vertrauen. Mein Vater kennt ihn schon seit vielen Jahren. Er ist zwar nur ein Totengräber, mit dem sich ein angesehener Bürger der Stadt nicht zeigen darf, aber er ist ein besserer Mensch als viele der hier ansässigen Patrizier.«

»Das glaube ich Euch unbesehen.«

Er verabschiedete sich und ritt in die Dunkelheit hinaus. Ich sah ihm hinterher, bis ihn die Nacht verschlang, und dachte mit Neid daran, dass er jetzt nach Hause ritt zu seiner Familie und vielleicht noch mit seinem Vater ein Gläschen Schnaps in der nach allen wunderlichen Essenzen duftenden Apotheke trank. Ich hatte Daniels Besuch schon hinter mir, und es würde eine Weile dauern, bis er ihn wiederholte; und keinesfalls würde dabei zwischen uns mehr herrschen als eine gespannte Atmosphäre.

Ich schüttelte meine Gedanken ab – sie führten mich nur in eine düstere Stimmung. So kehrte ich ins Haus zurück und setzte mich wieder in die Stube. Eine der Küchenmägde näherte sich scheu und fragte, ob ich etwas zu essen wünsche, nachdem mein Gast jetzt gegangen sei. Ich bemerkte, dass ich tatsächlich hungrig war, und bat sie um etwas Brot und Wein. Wie zu erwarten gewesen war, bereitete sie mir stattdessen eine vollständige Mahlzeit zu, die ich nichtsdestotrotz verschlang.

Nach dem Essen verliefen meine Gedanken in ruhigeren Bahnen. Ich dachte an Jana Dlugosz, die noch immer eines der losen Enden in dieser Geschichte darstellte. Aber den Gedanken, was wäre, wenn sie tatsächlich mit dem Mord an meinem Spitzel zu tun hätte, vermochte ich nicht weiter zu verfolgen. Mein ganzes Selbst sträubte sich dagegen. Ich ging zu Bett und träumte, dass sie vor dem Richtblock auf dem Boden kniete und mit ihren dunklen Augen zu ihrem Scharfrichter aufsah. Der Scharfrichter war ich, und ich sah, dass sich der Himmel in ihren Augen spiegelte, und ich hob das Schwert in die Höhe und zerschmetterte es auf dem harten Steinpflaster in tausend Stücke.

9

Als ich am nächsten Morgen an die Tür des Leutgebschen Hauses schlug und dem Widerhall des Klopfens in das Innere des Hauses hinein nachhorchte, hatte ich das seltsame Gefühl, auch dieses Gebäude würde leer stehen. Ich hatte bereits ergebnislos versucht, die Tür zu öffnen, und als mir auf mein erstes Klopfen niemand aufmachte, zögerte ich eine Weile, bevor ich es nochmals versuchte. Ich sah an der Straße auf und ab, aber wie üblich verirrte sich kaum ein Passant in die Gasse. Von der Altstadt her drang der Lärm der Zimmerer, die die Planken und die Tribünen für das Stechen vor dem Rathaus vorbereiteten.

Ich hörte das gedämpfte Geräusch von Schritten, als ich es gerade zum dritten Mal versuchen wollte. In der Tür gab es keine Klappe, die man hätte öffnen können, um den Besucher vorab in Augenschein zu nehmen; man musste sie einen Spaltbreit aufmachen und durch den Schlitz hinausspähen. Ich konnte mir vorstellen, wie die Wappner vorgestern Nacht sofort dagegen gedrückt und denjenigen, der die Tür geöffnet hatte, in den Hausflur zurückgeschoben hatten. Ich war aufgeregt genug, um das Gleiche zu versuchen, aber ich beherrschte mich. Ich starrte das verwitterte Holz der Eingangstür an; ich hatte das Gefühl, heute schärfer sehen zu können als üblich. Mein Atem ging schnell.

Es war eine ältere Dame, die durch den Spalt herausspähte; ich hatte sie bereits in der Begleitung des alten Mannes gesehen. Sie musterte mich mit der herablassenden Distanz desjenigen, der aus einer Haustür heraus einen unbekannten Besucher ansieht und mit der Möglichkeit rechnet, dieser könne ihn im nächsten Moment anbetteln. Nach einem Augenblick erkannte ich, dass die Herablassung nur eine Maske war. Ihre Augen und ihre Hände, die sich um das Türblatt klammerten, verrieten mehr als deutlich, dass sie Angst hatte.

»Was wollt Ihr?« Ihre Stimme klang rau.

Ich dachte: Vergiss nicht, dass diese Menschen versucht haben, dich umzubringen; sie haben den Flößer ermordet. Flüchtig dachte ich auch daran, dass ich vielleicht doch den jungen Löw hätte mitnehmen sollen oder Hanns Altdorfer oder einen Stadtbüttel. Ich sah der Frau in die Augen, und ihre Furcht teilte sich mir mit.

»Ich möchte gerne mit Wolfgang Leutgeb sprechen.«

»Herr Leutgeb ist nicht zugegen«, erwiderte sie, ohne dass ihre Anspannung nachgelassen hätte.

Mit dieser Antwort hatte ich gerechnet. Ich schluckte trocken und sagte laut: »Wir kennen uns. Mein Name ist Peter Bernward.«

Sie zuckte nicht mit der Wimper, als ich meinen Namen nannte. Der Blick ihrer Augen veränderte sich nicht.

»Und?«

»Der Name ist wichtig.«

»Herr Leutgeb ist trotzdem nicht anwesend. Es tut mir Leid«, sagte sie knapp und machte Anstalten, die Tür zu schließen. Ich drückte mit der Hand dagegen, und ihre Augen weiteten sich überrascht. Sie schob, ich drückte, dann zischte sie: »Nehmt Eure Hand weg. Was fällt Euch ein?«

»Das ist genau wie mit den Wappnern vorgestern Nacht, nicht wahr?«, rief ich, und diesmal hatte ich die Genugtuung, dass sie zurückzuckte.

»Was meint Ihr damit?«, flüsterte sie. Für den Augenblick war ihr Widerstand gebrochen. Ich ließ die Hand an der Tür, aber ich war unschlüssig, wie ich weiter vorgehen sollte. Nach allem, was ich wusste, konnte es gut möglich sein, dass mir im nächsten Moment ein schwerer Stein aus einem der oberen Fenster auf den Kopf fiel. Ich versuchte nicht nach oben zu blicken.

Dann hörte ich eine andere Stimme, die ebenso hell wie schneidend war.

»Lass ihn herein, Agnes.« Ich kannte die Stimme.

Die Tür öffnete sich ganz, und ich sah seine massige Gestalt im Dunkel des Hausflurs stehen. Die Treppe ins Obergeschoss schwang sich hinter ihm in die Höhe und umrahmte ihn mit dem hellen Licht aus dem Innenhof. Ich konnte sein Gesicht nicht erkennen.

»Kommt schon«, sagte er ungeduldig.

Ich zögerte. Links und rechts hinter der Tür konnte sich ein halbes Dutzend bewaffneter Kerle verstecken. Plötzlich hörte ich meinen Herzschlag ganz laut in meinen Ohren. Es war heller Tag, von der Altstadt war noch immer das Hämmern der Bauleute zu hören, aber der Anblick des dunklen Flurs mit dem wartenden Schatten darin löschte die alltäglichen Geräusche vollkommen aus. Wir hätten ganz alleine auf der Welt sein können, er und ich.

Ich trat über die Schwelle und machte einen vorsichtigen Schritt ins Hausinnere hinein. Er bewegte sich nicht vom Fleck; mein Missbehagen war dennoch so deutlich, dass ich es körperlich spürte. Auf einmal hatte ich Angst vor meinem eigenen Mut. Er stand weit hinten im Flur, sodass das Licht aus der offenen Haustür sein Gesicht nicht erreichen konnte. Ich ging noch einen Schritt weiter.

Die Haustür fiel zu und löschte das wenige Licht beinahe vollkommen aus. Ein grober Arm packte mich um den Hals, und ich spürte die harte, kalte Berührung einer Messerspitze an meiner Kehle. Ich dachte einen panischen Moment lang: Es war doch ein Fehler!, dann fiel die Panik von mir ab und wich einer tiefen Ruhe. Es hatte unwiderruflich begonnen. Mein Kopf war plötzlich leicht.

»Vor dem Rathaus steht einer meiner Männer und wartet auf mich«, sagte ich ruhig. »Wenn ich in einer halben Stunde nicht wieder bei ihm bin, alarmiert er die ganze Stadt.«

Der Mann, der mich von hinten umklammert hielt, rührte sich nicht; noch immer drückte die Spitze des Messers gegen meine Kehle. Auch der Mann am Fuß der Treppe machte keine Bewegung. Ich spürte, wie sich der Speichel in meinem Mund sammelte, aber ich unterdrückte den Schluckreflex.

»Wer seid Ihr wirklich?«, flüsterte der düstere Schatten zuletzt.

»Ich bin der, der ich sagte. Anders als Ihr habe ich mich mit meinem richtigen Namen vorgestellt.«

Er antwortete nicht; er schien angestrengt nachdenken zu müssen. Mit einem Kopfnicken hätte er meinen Tod veranlassen können – ich baute darauf, dass er es nicht tun würde. Alles, was er über mich wusste, waren ein paar Daten zu meiner Person und dass ich hinter ihm her war. Wenn er sich denken konnte, dass es wegen des Mordes an der Polin war, dann musste er sich fragen, wieso ich darüber Bescheid wusste. Außerdem stand er unter Druck: Man hatte einige von seinen Männern verhaftet, sie gar aus seinem Unterschlupf gezerrt; mindestens einer war bereits tot. Er wusste nicht, ob ich dafür verantwortlich war und welche Macht hinter mir stand. Ich war ein Kaufmann; ich passte ebenso wenig in sein Bild der Ereignisse, wie er in meines passte. Er war irritiert. Er musste sich näher mit mir befassen, besonders, da schon zwei Anschläge gegen mich fehlgeschlagen waren. Ich neige nicht zum Heldentum, aber dieser Umstand war mir am Abend vorher so klar geworden, dass ich beschloss, meinen Hals dafür zu riskieren. Ich war mir beinahe sicher gewesen, dass ich ihn nicht verlieren würde; und ich hatte immer noch meinen Knecht, der mit unseren beiden Pferden vor dem Rathaus stand und den Auftrag hatte, im Falle meines Ausbleibens Hanns Altdorfer und die gesamte Stadtwache zu Leutgebs Haus zu führen.

»Lass ihn los«, befahl er unvermittelt dem Mann, der mich festhielt. Ich hörte, wie dieser enttäuscht schnaubte. Die Messerspitze blieb noch einen Augenblick länger an meinem Hals, dann löste er seinen Griff und stieß mich von sich. Ich taumelte ein paar Schritte in den Gang hinein und drehte mich um. Er war ebenfalls nur ein Schatten in der Düsternis, eine breite Gestalt neben der schmalen Figur der Frau, die sich gegen die Tür drängte.

»Johannes«, bat sie flehentlich, und der Mann, der mich festgehalten hatte, rief: »Du weißt doch, was er uns angetan hat. Wie kannst du ihn davonkommen lassen?«

»Er ist ja noch nicht davongekommen«, brummte der Mann am Fuß der Treppe. Ich hatte das Gefühl, dass er mich eingehend von Kopf bis Fuß musterte. »Außerdem hast du gehört, was er über seinen Helfer gesagt hat.«

»Wer weiß, ob es den überhaupt gibt.«

»Wir können ja abwarten und sehen, was passiert«, schlug ich vor. Ich wusste, dass ich im Moment die Oberhand hatte; mein Kopf war noch immer leicht, und ich hätte lächeln mögen.

Sie schwiegen daraufhin. Ich versuchte den Mann mit dem Messer im Auge zu behalten, aber er bewegte sich nicht von der Stelle. Im oberen Stockwerk schlug eine Tür, und ich hörte Schritte. Ich spähte zur Treppe hinauf: Die junge Frau, die ich bereits gesehen hatte, stand oben und schlug sich erschrocken die Hand vor den Mund. Das Oberlicht aus dem weiten Treppenhaus fiel über ihre Haare, ihr Gesicht und ihr Kleid. Ihre Augen waren weit.

Der Schatten unten an der Treppe bewegte sich und trat auf mich zu; aus dem Augenwinkel sah ich, dass der Bursche mit dem Messer eine beunruhigte Bewegung in meine Richtung machte, als fürchte er, ich könne plötzlich eine Waffe zücken. Als der alte Mann bei mir angekommen war, konnte ich ihm ins Gesicht sehen.

»Guten Morgen, Herr Leutgeb«, sagte ich.

Er schnaubte und musterte mich nochmals eindringlich. »Das ist nicht mein Name.«

»Welcher ist es dann?«

Er zögerte; ich sah, dass er einen schnellen Blick zu den beiden Gestalten im Gang warf. Ich war mir sicher, dass beide den Kopf schüttelten. Er wandte sich wieder mir zu und forschte in meinem Gesicht.

»Ich kann Euch jederzeit töten lassen, ist Euch das klar?«, fragte er.

Ich zuckte mit den Schultern.

»In einer knappen halben Stunde müsst Ihr Euch darüber entschieden haben«, sagte ich. »So lange dauert es nämlich noch, bis mein Gehilfe im Rathaus Alarm schlägt.«

Er lächelte, aber es war keine Wärme darin. Er zog nur die Lippen von den Zähnen zurück. Ich konnte die gleiche mühsam unterdrückte Wut in seinen Zügen lesen wie vor ein paar Tagen, als er mich gefragt hatte, was ich in dem leer stehenden Haus zu suchen habe.

Ich wusste, dass die Zeit auch gegen mich arbeitete. Ich musste ihn reizen.

»Wenn Ihr mich tötet«, sagte ich, »werdet Ihr mich dann ertränken oder mich erwürgen und danach den Hals umdrehen?«

Seine Augen weiteten sich. Ich dachte, er würde mich packen, aber dann sah ich, dass für einen kleinen Moment der Hass in seinem Gesicht von totalem Unverständnis abgelöst wurde. Er schüttelte den Kopf.

»Was redet Ihr da?«, platzte er heraus.

Ich sah ihn an. Meine Selbstsicherheit schwand plötzlich dahin. Ich behaupte nicht, dass ich ein außergewöhnlich guter Menschenkenner bin, aber die Jahre in geschäftlichen Verhandlungen haben meinen Blick für Gesichtsausdrücke geschärft, und was ich in diesem kleinen Moment in seinem Gesicht sah, brachte meinen Plan ins Wanken. Ich hatte vorgehabt, ihn mit meinem Wissen zu konfrontieren und zu hören, was er dazu zu sagen hatte. Jetzt musste ich erkennen, dass er nicht die leiseste Ahnung hatte, wovon ich sprach.

Ich hörte ihn wie von weitem sagen: »Ich beginne zu glauben, dass wir uns eingehend unterhalten müssen«, und mich selbst hörte ich sagen: »Deswegen bin ich hergekommen.«

»Was ist mit Eurem Helfer drüben vor dem Rathaus? Wenn es ihn denn gibt.«

»Es gibt ihn«, erwiderte ich.

»Ihr solltet zu ihm gehen und ihn benachrichtigen; danach kehrt Ihr wieder hierher zurück.«

Ich musste plötzlich lächeln.

»Einer von Euch begleitet mich«, sagte ich entschlossen.

Er kniff die Augen zusammen.

»Ihr wollt Euch versichern, dass wir Euch nachher noch einlassen.«

»Ich will mich versichern, dass nachher noch jemand da ist, der mich einlassen kann.«

»Konrad wird Euch begleiten.«

Er wies auf den Mann mit dem Messer; dieser trat einen Schritt auf uns zu und bleckte die Zähne in meine Richtung. Sein Messer steckte er in den Gürtel zurück. Ich wandte mich an meinen Gesprächspartner.

»Seht Ihr«, sagte ich, »es wäre mir doch lieber, wenn *ich* mir meine Begleitung aussuchen könnte.«

Er knurrte: »Und wer sollte das sein?«

»Vielleicht die junge Frau da oben?« Ich zeigte die Treppe hinauf, wo die Frau noch immer stand und auf uns herunterblickte. Als ich sie erwähnte, zuckte sie zurück und schüttelte beinahe panisch den Kopf.

Er atmete tief ein, und es war deutlich zu sehen, dass er versuchte, sich zu beherrschen. Seine Stimme klang heiser, als er sagte: »Das kommt nicht infrage.«

Ich verschränkte die Arme.

»In diesem Fall warte ich hier ab. Ihr könnt ja versuchen, mich zum Rathaus zu prügeln.«

Er krallte die Hände vor meinem Gesicht zu Fäusten zusammen und zischte erstickt: »Ihr macht uns allzu deutlich klar, dass Ihr uns in der Hand zu haben glaubt.«

»Ich habe keine andere Wahl«, sagte ich grimmig. »Mir gefällt auch nicht, was ich hier tue; aber mein Vertrauen zu Euch reicht nicht so weit, als dass ich Euch einfach hier zurücklassen würde.«

»Dann gehe ich selbst mit«, entschied er.

Die junge Frau am oberen Treppenende rief entsetzt: »Nein, Vater!«, und auch der Mann namens Konrad und die ältere Frau an der Tür protestierten.

»Ich begleite ihn«, sagte die Frau auf der Treppe zuletzt. Ihre Stimme klang entschlossen.

Ich war erstaunt. Gewiss, sie konnten mir eine Komödie vorspielen, aber ich glaubte nicht daran. Plötzlich fühlte ich mich versucht zu sagen: In diesem Fall will ich mich mit Konrad begnügen; aber vielleicht war es genau das, was sie hören wollten. Ich biss die Zähne zusammen und sagte stattdessen: »Gehen wir.«

Sie kam nach kurzem Zögern die Treppe herunter und stellte sich neben ihren Vater. Sie sah mich an und wandte dann den Blick ab, aber ich erkannte, dass sie mir am liebsten das Gesicht zerkratzt hätte.

»Ich werde meinen Knecht natürlich nicht einfach nach Hause

senden«, sagte ich zu dem alten Mann. »Ich verlängere nur die Frist.«

»Wie lange?«, schnappte er.

Ich bemühte mich zu lächeln.

»Ihr werdet es früh genug erfahren.«

Er zuckte mit den Schultern. Es schien, als habe er nicht wirklich etwas anderes erwartet.

»Lasst ihn hinaus«, sagte er, und die alte Dame öffnete mir die Tür. Sie sah mich nicht an, als ich mit meiner Begleitung auf die Gasse hinaustrat. Ich war geblendet vom hellen Licht, und mit dem ersten Atemzug strömte die beißend feuchte Nebelluft und der Geruch von Rauch und faulendem Stroh in meine Nase. Trotzdem tat ich einen tiefen Atemzug; ich hatte das Gefühl, aus einer Gruft entkommen zu sein. Die Tür fiel hinter mir zu, und ich fuhr entsetzt herum, beinahe sicher, dass die junge Frau wieder ins Haus zurückgesprungen wäre, aber sie stand neben mir und blickte auf den Boden.

Als ich mich ihr zuwandte, bemerkte ich plötzlich den schwachen Duft nach Nelken und Südfrüchten, der von ihr ausging; mein Herz machte einen Sprung.

»Ich mag Euer Parfüm«, murmelte ich unwillkürlich. Sie sah mich befremdet an, dann zogen sich ihre Brauen zusammen, als dächte sie, ich wolle sie auf eine besonders plumpe Art verspotten. Ich achtete nicht darauf. Dieser Duft war es, den der Wappner in dem alten Haus wahrgenommen hatte; nicht der Hauch von Jana Dlugosz' zartem Apfelparfüm, und aus keinem besonderen Grund erfüllte mich dieser Gedanke mit Freude und Erleichterung.

Sie machte keine Bewegung, bis ich sie zu gehen aufforderte; dann schritt sie schweigend neben mir her. Sie hielt ihr Gesicht noch immer gegen den Boden gerichtet; vielleicht, um mich nicht ansehen zu müssen, vielleicht, um nicht von anderen gesehen zu werden. Sie hatte protestiert, als ihr Vater mit mir gehen wollte: Fürchtete sie, dass man ihn in der Stadt kannte? Wahrscheinlich fürchtete sie nur, dass ich ihn zu den Stadtbehörden schleppen würde, wenn er erst einmal in meiner Gewalt war. Ich wusste noch immer nicht seinen Namen; er hieß nicht Leutgeb, so viel war sicher.

»Wie ist Euer Name?«

Sie schüttelte den Kopf, ohne mich anzusehen, und sagte zwischen den Zähnen: »Ich will nicht mit Euch reden.«

Ich hatte nichts anderes erwartet, und es machte mir nichts aus. Nach und nach wurde mir bewusst, dass ich mit einer einzigen verrückten Tat so weit vorwärts gekommen war wie an all den anderen Tagen zusammen nicht. Ich schmunzelte, und meine Begleiterin hob den Kopf und sah mich für einen kurzen Augenblick an, bevor sie den Blick wieder senkte.

Mein Knecht stand vor dem Rathaus und trat von einem Bein aufs andere, während er sich die Augen nach mir ausspähte. Ich winkte ihm über die Straße hinweg zu, und er winkte mit einer Begeisterung zurück, dass ich seine Erleichterung über die Entfernung hinweg spürte. Ich stürzte ihn in einen erneuten Kummer, als ich ihm leise mitteilte, die neue Frist würde nun eine Stunde betragen; er hatte gehofft, er könne mit mir wieder zurückkehren. Ich vergewisserte mich, dass die junge Frau nicht hören konnte, was ich mit dem Knecht vereinbarte. Sie stand abseits, als hätte sie mich einfach in der Stadt getroffen und warte nun ab, welche Verabredungen ich treffen würde, bevor ich mich wieder dem Gespräch mit ihr zuwenden würde; aber ich sah die Anspannung, die sie in der Nähe der beiden Wappner vor der Rathaustür befiel. Ich klopfte dem Knecht auf die Schulter und kehrte mit ihr zusammen wieder in die Ländgasse und zum Haus des Wolfgang Leutgeb zurück.

Diesmal erwartete mich Konrad an der Tür. Er schien beschlossen zu haben, mir ab sofort mit kühler Abneigung zu begegnen, denn er wandte sich ohne ein Wort ab und führte mich die Treppe hoch ins erste Obergeschoss. Ich sah mich um nach der jungen Frau, die unten an der Treppe stehen blieb und uns nachblickte, bis wir den Treppenabsatz erreichten und uns nach rechts wandten.

Das Haus war gebaut wie eines der Laubenhäuser vorne in der Altstadt, mit einem Lichthof in seinem Zentrum, um den sich das Treppenhaus wand. Wir machten vor einer schweren Holztür Halt, und Konrad schob den Riegel auf und öffnete sie vor mir. Ich trat ein, und er schloss die Tür hinter meinem Rücken.

Der alte Mann saß hinter einem Arbeitstisch, der in einem sonst völlig kahlen Raum stand. Das einzige Fenster ging zu einem der kleinen Gässchen hinaus, die zu einem Flößertor führten, und die nächste Hausmauer war so nahe, dass ein Mann mit langen Armen zum Fenster hinausgreifen und sie hätte berühren können. Eine Kerze brannte auf dem Schreibtisch und gab mehr Licht, als vom Fenster hereinfallen konnte. Ich sah mich unwillkürlich um; die Wände waren weiß gekalkt, und in einer Ecke war ein dunkler Herrgottswinkel mit einem einfachen Kruzifix aus Holz. Ansonsten besaß das Zimmer keinen Wandschmuck und auch keine Verzierungen an der hohen Decke. Es war einfach ein Raum mit einem Tisch darin, und selbst ich hätte es als Strafe empfunden, hier arbeiten zu müssen.

»Dies ist das Arbeitszimmer von Wolfgang Leutgeb«, sagte der alte Mann, als hätte er meine Gedanken auf meinem Gesicht abgelesen. »Ich habe die Erlaubnis, es zu benutzen.«

»Ihr seid ein Nachkomme von Christian Leutgeb«, sagte ich aus einer Eingebung heraus und wusste im selben Moment, dass es falsch war. Er schüttelte den Kopf und lächelte zum ersten Mal wirklich. Als er sich zurücklehnte, wurde mir klar, dass sich die Sachlage aus irgendwelchen Gründen wieder umgekehrt hatte; er hatte den Vorteil wieder auf seiner Seite, oder zumindest hatte er diesen Eindruck, und das war es, was zählte. Er war ruhig und gelassen.

»Setzt Euch«, sagte er beinahe freundlich und zeigte mit der Hand auf einen niedrigen Hocker, der vor dem Arbeitstisch stand. Ich sah auf ihn hinab und dachte: Wenigstens bist du noch auf vertrautem Gebiet; so werden manchmal auch Geschäftsverhandlungen geführt. Ich verzichtete auf die Sitzgelegenheit, auf der ich mich nur unbequem hätte niederlassen können, und trat so nahe an den Schreibtisch heran, dass er zu mir hochblicken musste. Ich sah, dass das Lächeln von seinem Gesicht verschwand; aber dann verlosch der missmutige Gesichtsausdruck, als er die Situation durchschaute. Er dachte nur einen kleinen Moment nach, dann stand er auf und trat zum Fenster. Er lehnte sich mit einer Schulter dagegen und sah mich erwartungsvoll an. Er wollte, dass ich den Anfang machte, aber ich war unschlüssig, was ich zu ihm sagen sollte. Ich war mir bewusst, dass er von sich aus nichts preisgeben würde: Ohne dass wir es ausgesprochen hätten, war mir klar, worauf er abzielte. Er wollte ein Geschäft; zunächst Information gegen Information. Er wollte erfahren, was ich von ihm und seinen Leuten wollte; was ich gegen sie in der Hand hatte und worauf meine Handlungen abzielten. Dann würde er antworten, und es würde ihm freistehen, die Wahrheit zu sagen oder gelassen zu lügen.

Ich hätte mich wieder verabschieden und binnen einer Stunde mit einem Trupp Wappner zurückkommen können, auf die Gefahr hin, dass er und der Rest seiner Leute in der Zwischenzeit verschwunden waren. Ich hätte mich nicht auf sein Spiel einzulassen brauchen; er mochte mich unsicher gemacht haben, doch noch immer hatte ich die Trümpfe in der Hand. Aber der Ausdruck in seinem Gesicht, als ich ihn gefragt hatte, wie er mich vom Leben zum Tode zu befördern gedenke, hatte mich zutiefst nachdenklich gemacht; ebenso das Verhalten seines Kameraden und der jungen Frau, die ihn Vater genannt hatte. Plötzlich hielt ich es für möglich, dass ich mich in all meinen Schlussfolgerungen getäuscht hatte.

Und nicht zuletzt wollte ich wissen, wer er wirklich war.

Ich dachte an meinen Knecht, der womöglich meine einzige Garantie war, dass ich meinen Vorstoß hierher überleben würde. Ich hielt sie noch immer für gut genug, um das Risiko fortzusetzen.

Ich atmete tief ein und sagte: »Ihr kennt meinen Namen bereits; ich möchte jetzt gern den Euren erfahren.«

Er lächelte und schüttelte den Kopf.

»Eröffnet mir alles, was Ihr über uns wisst«, verlangte er. Ich war nicht überrascht.

»Ich könnte Euch anlügen«, sagte ich.

»Ich ebenso.«

Ich dachte: Auf diese Art können wir uns im Kreise drehen, bis die Stunde abgelaufen ist. Mir war klar, dass ich nachgeben musste – er würde es nie tun.

»Ich werde Euch sagen, was mich hierher geführt hat.« Er dachte einen Moment nach, dann nickte er.

»Am Morgen des Allerheiligentages«, begann ich ruhig, »wurde die übel zugerichtete Leiche einer polnischen Edeldame gefunden; wie sich herausstellte, die Nichte von König Kasimir. Um keinen Skandal zu verursachen, beauftragte der Kanzler des Herzogs mich mit der Aufklärung des Falles. Er wollte unter allen Umständen vermeiden, dass Informationen darüber publik würden. Im Zuge meiner Nachforschungen wurde ich auf das leer stehende Haus drüben aufmerksam und entdeckte, dass jemand heimlich darin Unterschlupf gefunden hatte: Ihr und Eure Leute. Die Nähe zum herzoglichen Zollhaus, in dem der Kaiser logieren wird, machte mich nervös. Ich beobachtete Euch, bis ich jemandem auffiel – ich nehme an, Ihr wart es selbst. Ich wurde zweimal überfallen und bin nur mit knapper Not mit dem Leben davongekommen. Ich setzte einen Spitzel auf das Haus an, einen Flößer; dieser Mann wurde vorgestern im Fluss ertränkt. Ein weiterer Mann kam bereits vor einer Woche oder mehr zu Tode; auch seine Leiche wurde im Fluss gefunden.«

Ich endete; ich hatte nicht vor, ihm noch mehr zu erzählen. Hanns Altdorfers Beteiligung, die Aktionen des jungen Löw – er brauchte nichts davon zu wissen. Ich beobachtete seine Reaktion, aber er lehnte nur bewegungslos am Fenster und sah mich an.

»Ich mache Euch für alle diese Morde verantwortlich«, sagte ich.

»Erklärt mir gütigst, welche Motive ich dafür haben soll.«

»Vielleicht will ich das von Euch hören?«

»Für dieses Vielleicht geht Ihr ein großes Risiko ein.«

Ich sagte ungeduldig: »Lenkt nicht ab. Nun seid Ihr an der Reihe.«

Er lachte leise, ohne seine Haltung zu verändern.

»Habt Ihr gelogen?«, fragte er.

»Nein.«

»Dann werde ich auch nicht lügen«, erklärte er leichthin. »Aber ich warne Euch – es wird Euch so vorkommen.«

»Das könnt Ihr getrost mir überlassen.«

»Ich wollte es nur gesagt haben.« Ganz unmotiviert streckte er seine rechte Hand aus, und ich war so überrascht, dass ich sie ergriff und schüttelte. Hinterher wurde mir klar, dass die Geste zu seinem überreichen Repertoire an theatralischen Ausdrucksmöglichkeiten gehörte.

»Erlaubt mir, mich vorzustellen, Herr Peter Bernward von Säldental«, sagte er. »Ich bin Johannes Reckel; der Sohn von Dietrich Reckel, dem Baumeister.«

Ich hörte Lärm von der kleinen Seitengasse hereinkommen; eine Gruppe von Männern bewegte sich vom oder zu dem kleinen Flößertor und unterhielt sich lautstark, und die eng beieinander stehenden Wände vervielfachten den Lärm und leiteten ihn geradewegs nach oben. Einer von ihnen machte eine Bemerkung, und die anderen brüllten erheitert: Die Gasse schien vor Lachen explodieren zu wollen. Ich hörte, wie jemand das Tor aufschloss und die Männer gut gelaunt hindurchscheuchte, dann hörte ich, wie es wieder zugeschlagen wurde. Es war wieder still in Wolfgang Leutgebs erbärmlich kahler Zelle von einem Arbeitszimmer; so still, dass ich vom Erdgeschoss das Scheppern von Töpfen vernehmen konnte: Jemand bereitete ein Essen zu. Es waren diese Geräusche, die mir verrieten, dass ich nicht träumte. Ich versuchte, meine Augen auf die massige Gestalt vor mir zu fokussieren.

Der alte Mann musste über siebzig sein. Was wollte er in Landshut? Späte Rache? Die ihm zwei grässliche Morde wert war – und ihn zum Werkzeug von Mathias Corvinus machte? Plötzlich wurde mir klar, dass auch mein Leben in seiner Hand möglicherweise weniger wert war, als ich ursprünglich gedacht hatte. Er war kein Söldner – er hatte einen Grund zu hassen.

»Warum habt Ihr sie ermordet?«, flüsterte ich.

Diesmal lächelte er nicht.

»Ihr befindet Euch im Irrtum. Ich habe es nicht getan«, sagte er.

»Dann war es einer Eurer famosen Totschläger. Was macht es für einen Unterschied?«

Er schüttelte nachdrücklich den Kopf.

»Ich bin an all den Toden, die Ihr aufgezählt habt, gänzlich unschuldig.«

»Ich dachte, Ihr wolltet nicht lügen?«, rief ich mit beißendem

Sarkasmus; mein Zorn auf ihn wurde nur größer durch die Tatsache, dass ich fast bereit war, ihm zu glauben. Es war wie vorhin am Fuß der Treppe: Er strömte Wut aus, aber seine Wut schien gerecht, und er strömte etwas aus, das deutlich sagte: Ich habe es nicht nötig zu lügen.

»Ich werde es Euch erklären«, seufzte er. »Vielleicht bin ich Euch doch mehr schuldig als nur meinen Namen.«

Ich nickte stumm, und er drehte sich von mir weg und sah zum Fenster hinaus. Das Tageslicht war nur in einem schmalen Streifen des Himmels sichtbar, der zwischen den beiden Häuserwänden links und rechts der Gasse aufschien. Es war ein enger, lang gestreckter Lichtstreif, aber er fing sich in seinen Augen. Sie blitzten in seinem dunklen Gesicht auf. Er sprach zum Fenster hin, doch ich konnte seine Worte mühelos verstehen. Ich wusste, dass er nicht zu mir sprach; er sprach zu seiner eigenen Vergangenheit, und seine Geschichte überbrückte die Jahre, die sein Alter ihm aufgebürdet hatte, und rührte an eine Wunde, die niemals geheilt war. Sie war nur verschorft; unter der Kruste schwärte und eiterte sie weiter und ließ ihn seit sechzig Jahren nicht zur Ruhe kommen. Er *wollte* reden, und als er sich durch die Präliminarien gearbeitet hatte, die seine Geheimnistuerei, sein Misstrauen und seine Vorsicht ihm aufgebürdet hatten, gewann seine schneidend helle Stimme an Fluss. Es war nicht angenehm, ihr bei einer längeren Geschichte zuzuhören; aber es war auch nicht angenehm, was er zu berichten hatte. Ich hörte ihm zu und sah, dass seine Augen trocken blieben, doch ich konnte die Tränen aus seiner Stimme heraushören.

»Es gibt keinen Grund, Euch die Geschichte nicht zu erzählen«, sagte er. »Sie hat mehr Schaden angerichtet dadurch, dass niemand sie erfahren hat. Es ist die Geschichte, wie ein jähzorniger Herrscher sich an seinen rechtschaffenen Bürgern gerächt hat.« Er legte die Stirn an das Fensterglas und spähte blicklos auf den Gassenboden fünf Meter unter uns hinab.

»Wart Ihr damals mit dabei?«, fragte ich. Ich wusste, dass er vom Aufstand sprach. Ich hatte beinahe erwartet, dass er seinen Bericht damit beginnen würde. Es war nur logisch: Die ganze Angelegenheit hatte damit begonnen.

»Das interessiert Euch, nicht wahr?«

»Natürlich.«

»Erinnert Ihr Euch an ein einschneidendes Erlebnis, das Ihr hattet, als Ihr zehn Jahre alt wart? Ich nehme an, es würde Euch nach kurzem Nachdenken eines einfallen: Eine jüngere Schwester oder ein Bruder, die am Fieber starben; oder jemand vergiftete Euren Hund; oder Ihr wart mit Eurem Vater auf dem Markt und gerietet in eine Hinrichtung, und Euer Vater konnte Euch nicht schnell genug die Hand vor die Augen halten, als das Rad auf den Hals des Verbrechers niederfiel. Wenn Ihr es hervorruft, werdet Ihr bemerken, dass Eure Erinnerung Euch wie ein Traum vorkommt: Es gibt keine Menschen, keine Häuser, keine Welt um das Vorkommnis herum – wie auf der Bühne eines Gauklers könnt Ihr nur die handelnden Personen erblicken und nicht, was um sie herum vorgeht. Wenn Ihr genauer nachdenkt, werdet Ihr feststellen, dass das Erlebnis selbst unwirklich erscheint und Euch das Gesicht des verstorbenen Geschwisterchens nicht mehr präsent ist oder wie der Hund geheißen hat oder das Aufseufzen, mit dem die Menge den Streich des Scharfrichters quittierte.« Er wandte sich nicht vom Fenster ab; er warf nur einen kurzen Blick zu mir herüber und presste danach seine Stirn wieder an die Scheibe. Es interessierte ihn nicht, ob er tatsächlich eine Erinnerung in mir geweckt hatte; er hatte das Bild nur gewählt, um mir den Unterschied zu erklären.

»Bei dem Erlebnis, an das ich mich aus meinem zehnten Lebensjahr erinnere, verhält es sich genau umgekehrt. Ich weiß noch, wie die Judensynagoge ausgesehen hat, an deren Stelle jetzt der Zehntstadel des Herzogs steht; ich kann mich an das lächerliche Bild erinnern, das der Neubau des Martinsdoms zu der Zeit abgab: Wie sich der Altarraum des neuen Doms über der alten Kirche erhob und rund um das alte Kirchenschiff bereits die Gräben für das Fundament des neuen Langhauses ausgehoben waren, sodass man nur über hölzerne Stege das Innere der Kirche erreichen konnte. Wo heute die Stadtresidenz des Herzogs liegt, befanden sich kleine Hütten von Flößern und Fischern; man hatte gerade begonnen, sie niederzureißen, damit der Herzog seine Stadtwohnung errichten konnte. Hier in der Ländgasse waren die meisten Stadel noch Wohnhäuser, und der Fluss jenseits der Stadtmauer lief näher an der Stadt entlang: Er änderte seinen Lauf erst später, als die Kiesaushübe für die Kirche und des Herzogs Residenz ihn in ein anderes Bett zwangen. Ich erinnere mich sogar noch an die Gerüche. Sie waren nicht sehr viel anders als heute: die dumpfe moosige Ausdünstung des Flusses an einem kalten Morgen, der beißende Rauch der Torffeuer, der Geruch nach frischem Holz und Steinstaub, der vom Kirchenbau herüberwehte, wenn der Wind richtig stand ...«

Seine Stimme verklang, als seien ihm seine Gedanken leise davongelaufen, und er sah schweigend auf die gegenüberliegende Hausmauer. Ich hütete mich, ihn zu stören. Nach einer Weile fing er wieder von alleine an.

»Ich wünschte mir schon oft, es verhielte sich nicht so; ich wünschte mir, dass die Erinnerungen eine nach der anderen verblassen und zuletzt nur noch die leere Bühne eines Gauklers zurücklassen würden, auf der sich ein paar Personen wie im Traum bewegen und scheinbar nichts mit der Wirklichkeit zu tun haben.« Er griff nach oben und hämmerte gegen seine Schläfe. »Aber es ist hier, als wäre es eingebrannt. Ich erinnere mich niemals nur an einen Teil davon. Es ersteht alles komplett vor meinen Augen und würgt mich wieder vor Grauen, als wäre ich noch immer der zehnjährige Knabe. Versteht Ihr das?«

Ich nickte, und er wandte den Kopf lange genug vom Fenster ab, um mir dabei zuzusehen. Er nickte ebenfalls; danach schwieg er lange genug, dass meine eigene Erinnerung an die Dinge wach werden konnte, die meinen persönlichen Albtraum darstellten, und sie war ebenso komplett wie die seine. Vielleicht hatte seine lange Einleitung dazu geführt: Ich hörte seine Worte, aber ich spürte meine eigene Hilflosigkeit wieder wie damals, als ich die toten Körper der Kinder unter dem Laken gesehen hatte, und irgendwo auf dem langen Weg seiner Geschichte vermischten seine Erinnerungen sich mit meinen, bis ich die Tränen auch hinter meinen Augen spürte und weinen wollte über das, was man ihm angetan hatte.

»Ich war dabei«, sagte er. »Von Anfang bis zum Ende war ich dabei. Ich ließ meinen Vater damals keinen Schritt weit aus den

Augen, und so kam es, dass ich Zehnjähriger das ganze grausige Ende des Landshuter Bürgeraufstands aus einem Blickpunkt erlebte, als wäre ich einer der kirchlichen Würdenträger in den geschnitzten Kolonnaden des Chorgestühls während der Wandlung: Ich war mitten darin.«

»Wie kam das zu Stande?«, fragte ich ihn, und er schnaubte.

»Das ist eine Geschichte für sich«, erwiderte er. »Mein Vater war bereits ein alter Mann gewesen, als er mich zeugte; alt jedenfalls für meine Mutter, die zwanzig Jahre jünger war als er. Er war ein ernster, verschlossener Mann, und zu jener Zeit war er noch verschlossener denn je – seine Verstrickung in die Vorbereitungen zu dem geplanten Aufstand nagten an ihm, und dass man Hans Krumenauer statt seiner damit beauftragt hatte, den Dom zu bauen, und nach dessen Weggang einen Meister Hans aus Burghausen kommen ließ, demütigte ihn schon seit langem. Meine Mutter hingegen pflegte durchs Haus zu tanzen und am Abend in der Stube zu singen. Sie konnte ihn nicht erreichen, um ihre Fröhlichkeit mit ihm zu teilen, und er konnte ihr nicht erklären, wie wichtig ihm die Ernsthaftigkeit war, mit der er sein Leben bestritt. Er verachtete sie nicht; er tat alles für sie. Vielleicht fühlte sie sich in einem goldenen Käfig, oder vielleicht hatte sie nach einiger Zeit den Eindruck, er wolle ihre Zuneigung kaufen; vielleicht hatte ihre Heirat aber auch nur ganz einfach die Liebe nicht hervorgebracht, wie es im Allgemeinen der Fall sein soll. Jedenfalls nahm sie sich einen Liebhaber, der ihrem Naturell entsprach und der ihre Bedürfnisse befriedigen konnte. Mein Vater wusste darüber nicht Bescheid; es wäre nichts Seltsames daran gewesen, wenn er es gewusst hätte – viele Eheleute hielten es so –, aber es wurde ihm niemals klar. Auch von den Freunden der Familie kam meiner Mutter niemand auf die Schliche. Schließlich war ich es, ihr Sohn, dem die ganze Wahrheit aufging, doch zu diesem Zeitpunkt war es schon zu spät. Ich denke, ich habe einiges von der Nachdenklichkeit meines Vaters geerbt, und ich benutzte mein Gehirn, um die kleinen Anzeichen der ehelichen Missverhältnisse meiner Eltern zu durchforschen, bis ich von selbst auf die Lösung kam. Habe ich erwähnt, dass ich all die Schrecklichkeiten vielleicht hätte verhindern können, wenn ich meinem Vater nur gesagt hätte, was ich wusste? Ich tat es nicht. Wie soll ein zehnjähriger Junge seinem Vater erklären, dass seine Mutter sich einen jungen Stutzer als Geliebten hält? Nun, wie auch immer: ich verstand mich auch vor dieser Entdeckung nicht gut mit meiner Mutter; was ich immer gewusst hatte, war, dass sie meinen Vater nicht liebte, ja, nicht einmal respektierte. Daher wich ich meinem Vater kaum jemals von der Seite, wohl um ihm so zu beweisen, dass wenigstens einer aus seiner Familie ihm seine ganze Zuneigung entgegenbrachte. Vermutlich hungerte er danach: er schickte mich niemals weg, obwohl manche seiner Freunde ihn dazu drängten. ›Kinder plappern‹, sagten sie. ›Willst du riskieren, dass er uns die Meute des Herzogs auf den Hals hetzt?‹ Mein Vater pflegte stets zu antworten: ›Mein Sohn plappert nicht‹, und er setzte sich jedes Mal damit durch.«

»Habt Ihr jemals ›geplappert‹?«, fragte ich.

»Dreimal in meinem Leben«, antwortete er. »Das erste Mal, als ich meine Frau heiratete und ihr alles aus meiner Vergangenheit erzählen wollte; das zweite Mal vor meinen Freunden, von denen Ihr einige bereits kennen gelernt habt; das dritte Mal – heute.«

Er schien es als ein Kompliment zu meinen; es mutete mich merkwürdig an, dass er es mir erteilte – letztlich musste er mich noch immer für seinen Feind halten. Seine ganze Offenheit überraschte mich. Es mochte sein, dass die Wirrnisse innerhalb seiner Familie zu der Geschichte gehörten, die ihn letztlich hierher gebracht hatte, aber ich bezweifelte, dass ich an seiner Stelle darüber so offen gesprochen hätte.

»Was wisst Ihr über den Bürgeraufstand?«, fragte er.

»Nicht viel; nur, dass er stattfand und dass der Herzog recht übel mit den Aufständischen umgesprungen sein muss.«

Er schüttelte den Kopf; er schien fast ärgerlich zu sein, dass ich so wenig Ahnung hatte.

»Dann muss ich Euch die Vorgeschichte erklären«, brummte er. »Ich glaube, wir setzen uns; es wird ein wenig Zeit in Anspruch nehmen.«

So gelang es ihm schließlich doch, mich auf den niedrigen

Hocker zu setzen und auf mich herunterzublicken; aber ich war mir sicher, dass er es diesmal ohne Hintergedanken tat. Er war trotz allem ein alter Mann, und er hatte das Stehen satt. Als er in Leutgebs Stuhl saß, ließ er sich darin zusammensinken, bis er nur noch die vorderste Kante der Sitzfläche mit seinem Hintern berührte; seine langen Beine streckte er links und rechts aus. Er schien es für eine bequeme Stellung zu halten.

»Natürlich waren mir die Zusammenhänge damals nicht klar; ich habe nachgeforscht und nachgelesen und mit einigen der Überlebenden gesprochen, damit ich mir ein Bild machen konnte. Es stellt sich so dar, dass Herzog Heinrich, der zunächst die von seinen Vorgängern der Stadt gewährten Rechte bestätigte und zum Teil sogar erweiterte, plötzlich eine entgegengesetzte Politik wählte und sich weigerte, die Stadtfreiheit mit einem Freibrief zu gewährleisten. Zugleich brach er über verschiedene Kleinigkeiten Streitereien mit dem Stadtrat vom Zaun. Die Männer um meinen Vater vermuteten damals, es sei auf den Einfluss zurückzuführen, den seine Vormünder über den Herzog hatten: Zu jener Zeit war er noch ein Jüngling von gerade fünfzehn Jahren. Bald war es ein polizeilicher Übergriff innerhalb seines Rechtsgebiets, der Heinrich sauer aufstieß; bald waren es unrechtmäßige Pfändungen seines Besitzes. Nach einer Weile nahmen die Klagen einen handfesteren Charakter an: Dass die Stadtsteuer seit Jahren nicht mehr bezahlt worden sei, dass man dem Herzog die jährliche Gerichtsabgabe verweigere und dass sich unter dem Einfluss der Stadträte seine Münze so verschlechtert habe, dass ihm hoher Schaden daraus entstanden sei. Vielleicht hatten diejenigen recht, die glaubten, die von Heinrichs Vorfahren und von seinem eigenen Hofstaat verschwendeten Gelder sollten jetzt von der Stadt erpresst werden.«

Er wischte mit einer seiner weit ausholenden Armbewegungen über die Tischplatte, als wollte er Platz machen für ein anderes Argument.

»Mein Vater war der Ansicht, dass es Heinrich um politische Ziele gehe. ›Er wollte und will noch immer unsere Bestrebungen nach Selbstständigkeit zurückdrängen‹, sagte er. ›Unsere Privilegien sind ihm beim Ausbau seiner Macht hinderlich.‹ Aber er setzte sich mit seiner Anschauung nicht durch; die Mehrheit der Männer unterstellte dem Herzog und seinen Beratern Geldgier. Sie riefen wild durcheinander, wie ich es schon bei mehreren Gelegenheiten erlebt hatte, und nannten bald den herzoglichen Kanzler, bald den Herzog selbst einen Teufel und steigerten sich in Tagträume hinein, wie sie die Vormünder des Herzogs vor sich her durch die Stadt treiben würden: demnächst, bald, in ein paar Wochen, noch vor der Auferstehung Christi – so tasteten sie sich gedanklich und verbal an den Tag heran, an dem sie alle Farbe bekennen und endgültig ihre Seite in dem Konflikt würden wählen müssen. Letztendlich spielte es wohl keine Rolle, welche Ziele sie Heinrich unterstellten. Nur manchmal denke ich daran, dass ihre lauten Beschimpfungen und Drohungen vielleicht auch ihre Unsicherheit ausdrückten, ob sie sich zu einem offenen Aufstand durchringen sollten oder nicht, und ich schaudere, wenn ich mir vorstelle, dass sie nur sehnsüchtig darauf warteten, dass einer aufstand und rief: ›Seid ihr alle verrückt geworden? Das können wir niemals wagen!‹ Es stand aber niemand auf, und so nahm das ganze Verhängnis seinen Lauf, ohne dass einer von ihnen dies wirklich wollte. Christian Leutgeb, der Bruder von Wolfgang Leutgebs Großvater, war die eine Ausnahme unter ihnen. Leutgeb wusste, was er wollte, und wenn es nur Rache war dafür, dass man ihn so weit gedemütigt hatte, einen Urfehdebrief zu unterzeichnen, in dem er in vielen Einzelheiten versprechen musste, seinen Bürgerstolz im Zaum zu halten. Er hatte genügend Charisma, dass sie ihm hinterherliefen. Und doch: Es hätte nur einer zu sagen brauchen: ›Tut es nicht!‹, und sie wären das Risiko nicht eingegangen. Ich hätte aufstehen sollen, ich, ein zehnjähriger Knirps: Ich hätte ihnen möglicherweise allen das Leben retten können.«

Er sagte es emotionslos; es war ein Gedanke, mit dem er sich schon so lange auseinander gesetzt hatte, dass er ihn nicht mehr erregte. Er hatte ihn wohl in den langen Jahren immer wieder aufgegriffen und herumgedreht und von allen Seiten begutachtet und sich gesagt: Ich hatte es in der Hand, und ich habe versagt. Schließlich war der Gedanke geworden wie ein glatt polierter Kieselstein in seiner Seele: Die Kanten und Ecken waren abgeschliffen vom vielen Herumwenden, und er tat nicht mehr weh – man spürte nur noch ab und zu sein Gewicht.

»Sie hätten nicht auf Euch gehört«, entgegnete ich, aber er beachtete meinen Einwand nicht. Er hatte mir seine Gedanken nicht offenbart, weil er auf einen Trost hoffte; sie gehörten nur zu seiner Geschichte, und er wollte sie vollständig erzählen.

»Zuletzt drohte der Rat dem Herzog damit, sich wegen seiner Beschwerden an den Kaiser zu wenden und die Überprüfung durch das Hofgericht zu verlangen«, fuhr er fort. »Das war im Herbst 1408; ein herrlicher Herbst, der einen mehr als entschädigte für den Tod des Sommers und der manchen sagen ließ, dass er getrost auf den Sommer verzichten könne, wenn nur jeder Herbst so wäre ... Die treibende Kraft war Christian Leutgeb. Er und mein Vater waren Freunde; sie waren wie Feuer und Wasser, aber sie schienen einander zu ergänzen, und ich glaube, dass sie sich näher standen als Brüder. Mein Vater erbaute sogar Christian Leutgebs Haus: das Haus, in dem wir hier sitzen. Leutgeb hatte in den Jahren seit 1405 gewaltigen Einfluss im Rat gewonnen; er war vom äußeren in den inneren Kreis übergewechselt und setzte seinen Stolz darein, die Geschicke der Stadt maßgeblich bestimmen zu können. Ich hatte mich vor ihm immer gefürchtet: Er war laut und hochfahrend und hielt niemals mit seiner Meinung hinter dem Berg – leider war es ihm aber auch nicht gegeben, diese Meinung auf diplomatischem Wege auszudrücken, und so wirkte er öfter beleidigend als offenherzig. Mit seinem Bruder hatte er sich bereits vor Jahren vollständig überworfen. Vielleicht dachte er, er habe ein Recht darauf, herablassend und grob zu sein: Er hatte sein eigenes Vermögen eingesetzt, um den Rat und natürlich auch seine eigene Position darin zu stärken, und sich so sehr damit verschuldet, dass er ständig auf Kredit lebte – allerdings ohne dass er es sich dadurch wesentlich schlechter gehen ließ als vorher. Einmal hörte ich, wie meine Mutter im Scherz zu meinem Vater sagte: ›Passt nur auf den Leutgeb auf, damit er nicht zu Schaden kommt, bevor er Euch seine Schulden zurückgezahlt hat. Wir wären sonst ruiniert.‹ Kennt Ihr Contzen von Asch?«, fragte Reckel unvermittelt.

»Dem Namen nach«, sagte ich. »Er besitzt das Haus neben dem herzoglichen Zollhaus und macht dem Stadtkämmerer Schwierigkeiten wegen des Mauerdurchbruchs im ersten Obergeschoss.«

»Davon weiß ich nichts«, erklärte er und zuckte mit den Schultern. »Sein Großvater – Martin von Asch – war der zweite Mann hinter der ganzen Angelegenheit, wenn Ihr so wollt. Er war der Vater meiner Mutter; Contzen von Asch ist mein Vetter. Er besaß nicht weniger Feuer als Leutgeb, aber er war von Natur aus ein höflicher, ruhiger Mensch. Wo Leutgeb jemanden mit der Gewalt seiner Stimme überzeugte, tat Asch dies durch ruhige Freundlichkeit. Selbst zu Kindern war er immer ruhig und nahm sich viel Zeit, ihnen alles zu erklären – ich mochte ihn sehr gerne. Ich möchte sogar sagen, Asch war das Gehirn hinter der Aktion – Leutgeb aber war ihre Seele. Nun, jedenfalls gehörte Martin von Asch zu denjenigen, die der Zorn des jungen Herzogs als Erste traf. Kaum war Heinrich die Drohung unterbreitet worden, dass die Räte sich mit einer Beschwerde an Kaiser Ruprecht wenden wollten, als er schon im Handstreich deren Rädelsführer verhaften ließ. Heinrich Eberlein, der ein Jahr nach dem Aufstand starb, erzählte kurz nach der Verhaftungswelle, was passiert war. Er war fett und so nervös wie ein Huhn, aber er hatte einen wachen Sinn, und wenn man ihn während irgendeiner unangenehmen Situation herumflattern sah, mochte man nicht glauben, dass er dennoch jede Einzelheit davon mitbekommen hatte und später sogar bewerten konnte, wenn er sich wieder beruhigt hatte. Er sagte, die Wappner hätten sie am Abend aus der Stube herausgezerrt und in die damalige Stadtresidenz des Herzogs geschleppt; ihn, Leutgeb, Martin von Asch, Friedrich Pelchinger und noch etliche andere, bestimmt mehr als ein Dutzend Männer. Die Residenz war schwerer bewacht als die Schatzkammer des Papstes, sagte er; sie flimmerte im Schein der Fackeln, die von den Wachen hochgehalten wurden. Sie wurden dazu genötigt, sich in einer Reihe aufzustellen. Kanzler Apfenthaler schritt auf sie zu und sagte: ›Ein stattliches Aufgebot, Durchlaucht. Fast jedes brave Ratsmitglied ist vertreten, und dabei haben wir noch gar nicht einmal alle von ihnen erwischt.‹ Der Herzog saß hinter einem Tisch, den man ins Freie gebracht hatte, und machte ein finsteres Gesicht. Er war entweder wütend auf die Gefangenen oder aufgebracht wegen der Umstände, die hier gemacht wurden. Er sagte nichts. Was dann folgte, beschrieb Eberlein als eine so erbärmliche Komödie, dass man jeden Gauklertrupp, der sie aufgeführt hätte, mit faulen Äpfeln aus der Stadt vertrieben hätte. Sie wussten über die Vermögensverhältnisse jedes einzelnen der Gefangenen Bescheid, und ohne Ansehen der Person wurden sie einer nach dem anderen unterrichtet, dass ihre Habe gepfändet sei und sie das Recht verwirkt hätten, in der Stadt zu leben. Würden sie oder ihre Familien drei Tage nach diesem Schuldspruch noch in der Stadt angetroffen, hätten sie schlimmere Strafen zu vergegenwärtigen. Einige fluchten, einige weinten, aber sie beugten sich.«

Ich schüttelte den Kopf, und er betrachtete mich aus seinen scharfen hellen Augen.

»Was hättet Ihr getan?«, fragte er mich. »Euch widersetzt?«

»Wahrscheinlich«, antwortete ich. Er lächelte freudlos.

»Man hatte diese Männer mit Waffengewalt aus ihren Häusern gezerrt, zum Teil durch die halbe Stadt geschleift und saß jetzt ganz öffentlich in einer Farce über sie zu Gericht. Niemand war ihnen zu Hilfe gekommen, und jedem saß der Gedanke im Nacken, dass das, was ihnen passiert war, ebenso gut auch ihren Frauen und Kindern zustoßen konnte – ihren Familien, für die sie verantwortlich waren. Hat man Euch schon einmal abends durch Eure Heimatstadt mit Fußtritten vor sich hergetrieben, während Ihr saht, wie die rechtschaffenen Bürger rundherum schnell die Fensterläden schlossen, anstatt Euch zu befreien; und habt Ihr Euch ausgemalt, wie es sein würde, wenn die rauen Tritte und derben Fäuste stattdessen Eure Frau oder Eure Töchter misshandeln würden?«

Ich schwieg, und er sagte hart: »Ihr hättet Euch genauso wenig gegen das Urteil gesträubt wie all die anderen; Ihr wärt ebenso froh gewesen, unverletzt davonzukommen. Eberlein erzählte, dass es ihnen seltsamerweise nicht klar gewesen zu sein schien, wie weit Christian Leutgeb in die Sache verwickelt war. Sie erkannten Martin von Aschs Rolle richtig, aber Leutgeb war ihnen irgendwie aus den Augen geraten. Sie sprachen kein Verbannungsurteil über ihn aus; stattdessen musste er den Urfehdebrief unterschreiben und sich mit einer horrenden Summe loskaufen. Damals war es mir noch nicht so klar gewesen, aber heute glaube ich, dass ihnen Leutgeb keineswegs durch die Finger geschlüpft war: Sie wussten nur zu genau über seine Vermögensverhältnisse Bescheid und dass er nichts an finanziellen Werten besaß, was man hätte einziehen können. Es war klüger, ihn in der Stadt zu lassen, zu beobachten und erst dann zuzuschlagen, wenn es sich für den Herzog und seine Gesellen wieder lohnte. Die Summe, mit der er sich loskaufen sollte, würde ihm jemand einstweilen vorstrecken, davon gingen sie aus. Auch Heinrich Eberlein entging der Verbannung und unterschrieb die Urfehde; er sagte: ›Der Herr hat sich meiner erbarmt, als ich mit schlotternden Knien vor dem Kanzler stand‹, aber ich denke, sie nahmen ihn einfach nicht ernst genug, als dass sie ihn der Verbannung unterworfen hätten. Nach dieser Aktion säuberten sie den inneren und äußeren Rat systematisch. Zuletzt war es Weihnachten geworden, und zwei Dutzend Bürger waren der Stadt verwiesen. Die Geburt Christi im Jahre 1408 wurde in Landshut mit schreckgeweiteten Augen begangen.«

»Der Herzog dachte danach, die Sache sei ausgestanden«, mutmaßte ich.

Er nickte schwer; anstatt etwas zu sagen, hustete er plötzlich und klopfte sich mit der Hand auf die Brust.

»Ich bekomme einen wunden Hals vom Reden«, sagte er und stand auf. Er streckte seine Beine, ging zur Tür und öffnete sie einen Spalt. Er wechselte ein paar Worte mit jemandem, und mir wurde klar, dass dieser Jemand die ganze Zeit über draußen gestanden hatte. Man hatte uns – man hatte *mich* – überwacht. Reckel war ein vorsichtiger alter Fuchs.

Als er wieder zum Tisch zurückkam und sich setzte, fuhr er nahtlos zu erzählen fort.

»Der Herzog war im Irrtum. Er hatte dem Patriziat der Stadt einen schweren Schlag versetzt, das ist wahr, aber er hatte nicht damit gerechnet, dass sich der Widerstand in der Bürgergemeinde fortsetzen würde. Er hatte dem Stadtrat den Mut abgekauft, aber er rechnete niemals damit, dass die Handwerkerzünfte die Fackel des Widerstandes danach ergreifen würden. Es dauerte fast ein Jahr, bis sie es wagten, die Köpfe hochzustrecken, aber sie taten es.«

»Wie kam es dazu?«, fragte ich.

»Wie es dazu kam, dass sich noch Männer fanden, die die Opposition fortführten?«, fragte Reckel, und ich nickte.

»Ich kann nur raten«, sagte er. »Ich denke, Christian Leutgeb verstand es, den beinahe gelöschten Funken nochmals anzufachen. Er hatte hartnäckige Argumente: Vorher war es um eher abstrakte Dinge gegangen, die Verteilung gesellschaftlicher Macht, politisches Kalkül und Ähnliches – jetzt aber standen die Bürger plötzlich vor der Situation, dass der Herzog mitten in ihre Gemeinde gegriffen und die Menschen gnadenlos herausgerissen hatte, die ihm nicht zur Nase standen. Vorher hatte er die ehrgeizigen Patrizier an ihrem Machthunger gepackt; jetzt packte er die einfachen Bürger an ihrem gerechten Zorn. Außerdem hatte er im Handstreich auch die Rechte der Zünfte eingeschränkt, und wenn es schon nicht der Gerechtigkeit wegen war, dass sie mittaten, so doch aus Wut über die Beschneidung ihres Wirkungskreises. Mein Vater, der der ersten Aktion völlig entgangen war – ein Umstand, den niemand von uns so recht fassen konnte, ich fuhr noch Wochen nach Weihnachten entsetzt zusammen, wenn jemand nach Einbruch der Dunkelheit gegen unsere Tür pochte –, geriet jetzt unter dem Einfluss von Christian Leutgeb tiefer in die Verschwörung hinein. Leutgeb vermisste die Ruhe und Besonnenheit Martin von Aschs, und es war klar, dass er meinen Vater als dessen Nachfolger ansah. Ihre Freundschaft und die Tatsache, dass von Asch der Schwiegervater meines Vaters war, taten ein Übriges, um ihn in dieser Ansicht zu bestärken.«

Reckel räusperte sich und zog ein Gesicht, das klar machte, dass er Leutgebs Haltung noch heute verurteilte.

»So bedacht und überlegt mein Vater sonst war, in dieser Hinsicht hatte er einen blinden Fleck: Seine Freundschaft zu Leutgeb war unerschütterlich, und es wurde ihm niemals klar, wie sehr ihn dieser in seiner brennenden Leidenschaft ins Verderben zog. Meine Mutter konnte ihm keinen Rat geben; sie durchschaute die Situation ebenso wenig, wenn auch aus anderen Gründen, und ich bin mir sicher, dass es ihr niemals vollends klar war, was sich im Kreis der Verschwörer überhaupt abspielte und worum es den Männern ging. Ihre Gedanken waren beim Tanz, beim Gesang und bei ihrem Liebhaber. Vielleicht wäre es besser gewesen, wenn mein Vater bei der ersten Verhaftungswelle mit dabei gewesen wäre, dann hätte sie die Gefahr ernst genommen, in die er sich begab und in die er uns hineinzog; so aber hielt sie die Treffen und geflüsterten Unterhaltungen und halblauten Drohungen gegen den Herzog für eine der üblichen Männerdummheiten, hinter der der laute Christian Leutgeb steckte – gegen den sie im Übrigen eine ebenso starke Abneigung gefasst hatte wie ich. Der Umstand, dass man ihren Vater verbannt hatte, erschütterte sie ebenfalls nicht tief genug. Sie passte mit ihrem leichtherzigen Wesen ebenso wenig zu ihm wie zu ihrem Mann, und zwischen ihnen war niemals viel Verständnis oder gar Liebe gewesen. Sie gab sehr viel auf den äußeren Glanz, und da man ihren Vater wegen einiger missglückter Geschäfte hinter seinem Rücken verspottete, hatte sie ihn zu verachten begonnen. Ich zuletzt war ein Kind, noch nicht einmal ein Knabe, und ich erkannte die Situation ebenso wenig wie meine Mutter.«

Er schauderte plötzlich und zog die Schultern hoch, als ob ihn friere. Er sah mich wieder mit einem der durchdringenden Blicke aus seinen hellen Augen an.

»Aber ich war der Einzige, der den dunklen Schatten des Sensenmannes sehen konnte«, sagte er dumpf. »Seinen Schatten, der mächtig ausholte und mit seinem Streich auf unser Haus, unsere Familie und unser Leben zielte. Ich erkannte ihn nicht als den, der er war; doch ich spürte die Grabeskälte, die schon von ihm ausging, und ich lebte nach kurzer Zeit in einer namenlosen, lähmenden, schrecklichen Angst, die mir den Schlaf raubte und mich so reizbar und aufbrausend machte, dass ich jedermann zur Last wurde. Selbst meine Mutter, die mir trotz meiner Abneigung gegen sie immer mit Liebe begegnet war, wandte sich irritiert von mir ab, und meinem Vater begann zu seinen anderen Nöten auch noch die Sorge um mich die Stirn zu furchen.«

»Habt Ihr mit niemandem gesprochen?«, fragte ich. Er schüttelte den Kopf.

»Sehr bald redeten die Männer davon, dass man die Verbannten zurückholen solle«, sagte er. »Natürlich war es Christian Leutgebs Idee. Er schwärmte davon, dass die ganze Stadt sich ihnen danach anschließen würde wie ein Mann. Er hatte herausgefunden, wo sich einige der Familien aufhielten, und vertraute darauf, dass diese den Plan an die anderen weitergeben würden. ›Wenn es sich unter den Verbannten herumspricht, dann wird es auch bis zum Herzog vordringen‹, murmelte Heinrich Eberlein. Niemand hörte auf ihn, denn in diesem Moment begann Christian Leutgeb mit lauter Stimme zu erklären, welchen Plan er sich schon zurechtgelegt habe, um das Wort von der Rückkehr zu verbreiten. Niemand außer mir; ich saß neben ihm in einer Ecke, wie ich es meistens tat, weil ich mich in der Nähe seines robusten Körpers geborgen fühlte, und seine leisen Worte ließen meinen Mund vor Furcht austrocknen. Er brauchte mir nicht zu erklären, was die Konsequenz dessen war, was er befürchtete: Er hatte kaum geendet, als ich schon zu hören glaubte, wie harte Fäuste gegen unsere Tür pochten und meinen Vater aus dem Hause schleiften.«

»Habt Ihr denn nicht wenigstens hinterher versucht, auf Euren Vater Einfluss zu nehmen?«

»Nein«, sagte er kurz. »Er war mein Vater; ich wäre niemals auf die Idee gekommen, ihm einen Rat zu erteilen.«

»Was geschah danach?«

Er beugte sich nach vorne und legte die Hände flach auf den Tisch. Als er zu sprechen ansetzen wollte, öffnete sich die Tür, und die junge Frau schob sich herein mit einem Krug und zwei Bechern. Sie stellte sie wortlos ab; Reckel streckte eine Hand aus und fuhr ihr sanft über den Arm. Sie lächelte ihn an. Mir schenkte sie einen kalten Blick, dann verließ sie das Zimmer ebenso schweigend, wie sie gekommen war. Reckel seufzte, packte den Krug und schenkte in beide Becher ein. Der Duft von gewürztem Wein verbreitete sich. Er schob mir einen Becher zu, hob den seinen auf und trank einen tiefen Schluck. Ich zögerte; ich fragte mich, was er mit dieser Geste bezweckte. Aber es war nichts dahinter außer der Höflichkeit des Gastgebers, und ganz gewiss hatte es nichts mit plötzlicher Sympathie für mich zu tun. Der Umstand, dass er nicht gewartet hatte, bis ich trank, bewies es mir zur Genüge. Ich führte den Becher zum Mund und trank ebenfalls. Der Wein war mir zu süß.

»Ich werde es kurz machen«, sagte der alte Mann. »Leutgeb verließ die Stadt und war zwei oder drei Wochen unterwegs. Auf dieser Reise schien er mit den wichtigsten der Verbannten zusammengetroffen zu sein, denn als er wiederkehrte und sich zu meinem Vater in die Stube setzte, strahlte er über das ganze Gesicht und sagte nur: ›Sie kommen zurück, Dietrich. Sie kommen.‹

›Wann?‹ fragte mein Vater. Ich erinnere mich, dass sein Antlitz blass war.

›In der Nacht auf den Karfreitag.‹

Danach wurden nicht mehr viele Gespräche geführt; sie hielten es in diesem Stadium für äußerst gefährlich zusammenzukommen. Außerdem gab es nichts mehr zu bereden. Leutgeb hatte die Situation abgesteckt, und obwohl man den meisten Gesichtern ansehen konnte, dass er sie überrollt hatte, begehrte dennoch keiner gegen den Plan auf. Noch nicht einmal Heinrich Eberlein opponierte dagegen, obwohl er bei jedem der selten gewordenen Treffen krank war vor Angst. Ich möchte nicht wissen, ob nicht auch ein paar von den anderen in der Kirche Kerzen anzündeten und beteten, Leutgeb möge der Schlag treffen oder der Herzog ihn letztlich doch aus der Stadt verbannen; oder es möge endlich jemand den Mut finden, aufzustehen und zu sagen: Hören wir endlich auf damit! Wenn es so war, erhörte sie der Herr nicht.«

Ich sah auf, aber er bemerkte es nicht; sein Blick war wieder in die Ferne gerichtet, als könne er in einer der Zimmerecken ein Fresko sehen, das die Ereignisse von damals mit schrecklicher Deutlichkeit darstellte.

»Mein Vater zog sich immer mehr in sich selbst zurück und brannte in seiner privaten Hölle: Sollte er der Verschwörung ein

Ende machen und ewig als Versager und Feigling gebrandmarkt werden? Sollte er der Sicherheit seiner Familie den Vorrang geben?«

Ich wollte etwas einwenden und verbiss es mir; aber er bemerkte es und holte seinen Blick aus der Zimmerecke zurück und heftete ihn auf mich.

»Was?«, fragte er. »Wundert Ihr Euch, warum er sich diese Frage überhaupt stellte?«

»Um ehrlich zu sein: ja. Ich hätte die Sicherheit meiner Familie niemals aufs Spiel gesetzt.«

»Habt Ihr nicht vorhin gesagt, Ihr hättet Euch dem demütigenden Strafgericht des Herzogs und seines Kanzlers widersetzt?«, fragte er spöttisch. »Ihr habt im ersten Augenblick nur an Euren verletzten Stolz gedacht, habe ich Recht? Jetzt stellt Euch meinen Vater vor, der von seiner Frau zurückgestoßen wird, dessen Familienleben nicht die Urkunde wert ist, auf der es gesiegelt ist, und dem man die öffentliche Schande angetan hat, für das größte Bauprojekt der Stadt einen anderen Baumeister zu benennen. Wie sollte er nicht zweifeln, was zu tun war?«

Er wartete nicht ab, ob ich eine Antwort formulieren wollte. Er trank einen weiteren Schluck Wein und rollte ihn in seinem Mund hin und her; unwillkürlich nahm ich ebenfalls einen Schluck, obwohl mir die Schwere des Weins widerstand. Dann sprach er weiter.

»Mein Vater saß tagelang in der dunklen Stube und dachte nach. Ich selbst hockte tagelang auf dem Dachboden und zermarterte mir ebenfalls das Gehirn. Wart Ihr auf dem Dachboden?«, fragte er unvermittelt.

»Was?«

»Der Dachboden. Wart Ihr auf dem Dachboden meines Hauses?«

»Nein; ich kam nur bis ins erste Obergeschoss.«

Er nickte langsam, als würde es ihn befriedigen.

»Der Dachboden war damals wie ein Weltreich für einen kleinen Jungen, wenn er von so nachdenklicher und träumerischer Natur war wie ich. Heute ist er verrottet und übersät von Vogel- und Mäusedreck, und der Bretterboden ist nicht sicher, aber damals war er eine weite, hohe Halle, unter deren First sich die kühne Konstruktion der Dachbalken schwang. Er war als Trockenboden und Speicher gedacht, aber es gab niemals so viel zu speichern in unserem Haus, dass er zur Gänze voll gewesen wäre. Es fanden sich immer geräumige Flecken zwischen den Arbeitsgeräten meines Vaters, zwischen alten Decken, Truhen und Getreidesäcken, Flächen, auf denen man sich ausstrecken und den Staubgeruch und den Duft des Harzes aufnehmen konnte. Wenn ich Hunger bekam, schnitt ich mir mit meinem kleinen Messer eine dünne Scheibe Räucherfleisch von den Zenterlingen ab, die dort oben aufgehängt waren, und obwohl die Küchenmägde bestimmt errieten, welches Mäuschen sich an den Vorräten gütlich getan hatte, verrieten sie mich doch nie.«

Er lächelte beinahe friedlich, aber es hielt nicht lange vor.

»Zu jener Zeit benutzte ich den Speicher, um der Realität zu entfliehen. Ich hatte gerade entdeckt, dass meine Mutter es mit einem Speichellecker von Herzog Heinrichs Hof trieb, und ich lag dort oben und vergaß für Tage die geplante Verschwörung und wünschte abwechselnd meiner Mutter, ihrem Liebhaber und mir selbst den Tod.«

»Das ist ja unglaublich«, stieß ich verblüfft hervor. »Ein Höfling des Herzogs. Seid Ihr Euch sicher?«

»Natürlich bin ich mir sicher«, brummte er heiser. »Ich weiß sogar seinen Namen; ich werde ihn niemals vergessen: Ulrich Ebran von Wildenberg. Ich weiß nicht, was er im Gefolge des Herzogs zu suchen hatte: Vielleicht hielt er den aufgeblasenen Rittern den Hintern hin, damit sie ihre Stiefel daran abputzen konnten.«

Ich war schockiert, ihn plötzlich so sprechen zu hören; sein Hass nach über sechzig Jahren war ungebrochen. Er atmete tief ein und beruhigte sich mühsam.

»Wie hatte Eure Mutter diesen Mann kennen gelernt?«

»Das habe ich niemals herausbekommen. Manchmal neige ich dazu zu glauben, nicht sie habe ihn, sondern er sie gefunden. Vielleicht hat der Herzog oder eher sein Kanzler ihn auf meine Mutter angesetzt; dass sie nicht wenigstens einen unbestimmten Verdacht gegen meinen Vater gehegt haben sollen, scheint mir fast unglaubwürdig. Andererseits war meine Mutter eine Schönheit und überstrahlte jede Gesellschaft mit ihrer Anmut und ihrer Fröhlichkeit. Jedenfalls lag ich auf dem Dachboden, weinte in meine Ellbeuge hinein, hasste meine Mutter aus tiefstem Herzen und fragte mich, ob und wie ich es meinem Vater beibringen sollte. Nach einiger Zeit klang der Schock ab, und ich besann mich wieder auf die geplante Verschwörung, und ich bekam wirkliche Todesangst.«

»Der Höfling«, rief ich. »Wenn er etwas erfahren sollte ...«

»Exakt«, sagte er wie ein Lehrer, der sich über eine unerwartet kluge Antwort eines seiner Schüler freut. »Ich wusste, er würde nicht zögern, die Pläne dem Herzog zu verraten; er hatte gar keine Veranlassung dazu, die Verschwörer zu decken. Und ich wusste, dass meine Mutter naiv genug sein konnte, ihm davon zu erzählen. Sie wusste nicht alles, aber sie wusste genug, dass ein halbwegs intelligenter Zuhörer sich den Rest zusammenreimen konnte.«

»Was passierte?«, flüsterte ich.

»Sie war noch naiver, als ich dachte«, sagte er zornig.

Ich starrte ihn an, und er lehnte sich zurück und strich sich mit der Hand über den Schädel.

»Ich brachte es nicht übers Herz, meinem Vater davon zu erzählen«, erklärte er. »Ich hatte eine einigermaßen zutreffende Vorstellung, was passieren konnte, aber ich fand keine Worte, um meinen Vater aufzuklären. Ich war erst zehn Jahre alt und vielleicht reif für mein Alter, aber ich war noch ein Kind.«

Seine Stimme klang plötzlich gequält, aber er rang sich die Kraft ab weiterzusprechen.

»Ich wusste noch nicht einmal, was genau es bedeutete, dass meine Mutter einen anderen Mann zu sich in die Kammer ließ; mir war nur klar, dass sie auf irgendeine Weise meinen Vater, meine Familie, *mich selbst* betrog. Ich erwog wieder und wieder, zu meinem Vater zu gehen und ihm zu sagen: ›Mutter hat einen anderen Mann.‹ Aber ich war sicher, dass ich bei dem Versuch vor Scham sterben würde, und wenn nicht ich, dann mein Vater, und so wälzte ich mich stöhnend auf dem Dachboden zwischen den Getreidesäcken hin und her und brannte ebenfalls. Am

Nachmittag des Gründonnerstags trafen sich die Männer zum ersten Mal seit mindestens drei Wochen wieder bei meinem Vater. Ich war diesmal nicht zugelassen worden, aber ich wusste einen Platz in der Küche, von dem aus man jedes Wort hören konnte, das in der Stube gesprochen wurde. Leutgeb erklärte, dass diejenigen der Verbannten, die zurückkommen wollten, sich nach Einbruch der Dunkelheit an einer bestimmten Stelle außerhalb der Stadtmauer einfinden würden. Die kräftigsten unter den Anwesenden sollten sie innerhalb der Mauer mit Leitern und Seilen erwarten und ihnen zur Stadt hereinhelfen. Ich war alleine in der Küche; Vater hatte das Gesinde fortgeschickt, um das Treffen ungestört stattfinden zu lassen. Es war warm dort, und die Stille, in der ich angestrengt zuhörte, schläferte mich ein. Ich schrak hoch, als ich Bewegungen und Stimmen hörte, und als ich zwischen all dem aufgeregten Geschnatter die Stimme meines Großvaters vernahm, wusste ich, dass ich längere Zeit geschlafen hatte: Sie hatten die Verbannten bereits zur Stadt hereingeholt, und sie befanden sich alle in der Stube im Haus meines Vaters. Ich kann Euch die Angst nicht beschreiben, die ich fühlte. Als stünde es schwarz auf weiß vor mir, wusste ich plötzlich, dass die Verschwörung in einer Katastrophe enden würde. Ich wusste, dass der Tod unsichtbar zwischen den Männern in der Stube stand, nur durch eine Mauer von mir getrennt. Ich spürte, wie sich all meine Haare aufstellten. Kennt Ihr ein solches Angstgefühl, dass Ihr nicht stillstehen könnt? Man muss sich bewegen; es ist wie bei unerträglichen Zahnschmerzen, aber wenn man im Griff dieser Angst ist, wünscht man sich, es wären stattdessen Zahnschmerzen, und meinetwegen zehnmal so schlimme. Ich streife durch das ruhige Haus, ohne etwas von meiner Umgebung zu sehen, durch helle und durch dunkle Zimmer, mit weit aufgerissenen Augen und leise stöhnend, die Angst lässt meinen Magen revoltieren und meine Blase jucken. Ich weiß nicht, wie viel Zeit vergeht; bald weiß ich nicht einmal mehr, weshalb ich diese Angst verspüre. Sie ist allmächtig, sie ist ausschließlich, und ich weine, ohne zu schluchzen, und gehe, ohne zu stolpern, ein totenblasses Kind, in dessen Ohren das namenlose Entsetzen gellt. Als ich wieder zu mir komme, stehe ich vor der Tür zur

Küche und sehe meine Mutter mit dem fremden Mann, von dem ich weiß, dass sie ihn mehr liebt als meinen Vater. Sie haben mich nicht kommen gehört. Ich sehe, wie der Mann sein Ohr an die Stelle hält, die meine Mutter ihm gezeigt hat, und wie seine Augen sich weiten von dem, was er da hört. Es ist die Stelle, an der vorhin mein eigenes Ohr gelegen hat. Ich sehe, wie meine Mutter unbekümmert lacht, und weiß, dass sie zu ihm gesagt hat: Nun höre dir einmal den Unsinn an, den mein Mann dort drinnen immer wieder veranstaltet, damit wir beide kräftig darüber lachen können!, und ich sehe, ohne es zu sehen, wie ihre Hand auf seinem Hintern liegt, der sich klein und muskulös in seiner lächerlichen engen Hose abzeichnet, und diesen liebkost.«

Er fuhr sich mit der Hand so hart durch sein Haar, dass die Strähnen nachher wild zu Berge standen. Er sah mich mit funkelnden Augen und verzerrtem Gesicht an; in diesem Moment wirkte er, als wäre er hochgradig verrückt. Ich wusste, dass er es nicht war; nur seine Seele ergab sich in diesem Moment dem alles erstickenden Zorn.

»Ebran riss sich von der Mauer los und starrte meine Mutter an. Sein Mund arbeitete, aber seine Augen begannen zu leuchten wie die eines kleinen Hündchens, das unter den Abfällen der großen Hunde plötzlich einen fetten Brocken Fleisch gefunden hat. Er stürmte aus der Küche, rannte mich über den Haufen, dass ich zu Boden fiel und er selbst an die gegenüberliegende Wand prallte; er fuhr herum, erblickte mich, kicherte einmal, als könne er nicht fassen, was sich ihm soeben dargeboten hatte, und floh mit fliegenden Armen und Beinen aus dem Haus. Ich lag auf dem Boden, halb benommen und mit dem bleiernen Geschmack meines eigenen Blutes im Mund; mir war kaum bewusst, dass ich aus der Nase und aus einer aufgeplatzten Stelle in meiner Unterlippe blutete. Meine Mutter stand in der Tür und blickte auf mich herab, ihr Gesicht eine Maske des totalen Unverständnisses, und dann lächelte sie. Ich werde dieses Lächeln niemals vergessen; es war so blöde, so hirnlos, als wolle sie mich und vor allem sich selbst davon überzeugen, dass eigentlich nichts passiert war, obwohl ihr schon zu dämmern begann, dass sie eine gewaltige, himmelschreiende Dummheit begangen hatte. Versteht Ihr, mir wurde alles klar, während mir das Blut auf das Hemd tropfte und ich nach oben in Mutters fassungsloses Gesicht sah: Ebran würde auf dem schnellsten Weg zu der Gaststätte rennen, in der sein Pferd angebunden war, würde aufspringen und es antreiben, bis er die Burg oben auf dem Berg erreicht hätte; dort würde er noch im Burghof ›Aufstand‹ und ›Revolution‹ kreischen, bis alles zusammengelaufen wäre, und dann keuchend und in abgehackten Worten berichten, was er soeben gehört hatte. Sagte ich vorhin, er habe ausgesehen wie ein kleiner Hund, der einen fetten Brocken findet? Er packte den Brocken mit den Zähnen und schleifte ihn zu den großen Hunden und bot ihn ihnen zum Fressen an, damit sie ihn einmal statt zu beißen ableckten. Ich rappelte mich auf, stieß die Arme meiner Mutter beiseite, die mir aufhelfen wollte, und rannte gegen die Tür der Stube. Sie war verschlossen, und mein Aufprall warf mich wieder zu Boden, aber ich hörte, wie sie drinnen erschreckt auffuhren. Ich schrie nach meinem Vater. Plötzlich wurde die Tür aufgerissen, und er stürzte heraus, im Gesicht so bleich, dass ich dachte, er sei bereits tot, und sein Leichnam würde auf mich zufallen. Ich kreischte. Er fiel neben mir auf die Knie und schüttelte mich wie ein Wilder.

›Was ist los?‹ rief er. ›Was fehlt dir?‹

Ich blickte mich wild um. Ich sah meine Mutter, die ebenfalls vor die Tür zur Stube gekommen war, und ich sah meinen Großvater, der neben Christian Leutgeb stand und nach draußen spähte. Ich sah, wie die Augen meiner Mutter immer weiter wurden, als sie ihren Vater erkannte, ihn und einige der anderen Verbannten, die sich aus der Stube drängten. Ich glaube, dass ihr in diesem Moment klar wurde, was wirklich in den letzten Wochen vorgefallen war. Mein Vater sah von mir zu ihr und zurück, ohne zu begreifen, was geschehen war, und selbst Christian Leutgeb schien so verwirrt, dass er keinen klaren Gedanken fassen konnte. Mutter keuchte auf und stürzte davon, ohne ein Wort zu sagen, sie rannte mit *klappernden Schuhen* die Treppe hinauf. Sie schrie nicht, sie weinte nicht, sie flüchtete in *völliger Lautlosigkeit,* und wir hörten, wie ihre Schritte über den Boden im ersten Obergeschoss *polterten* und wie die Tür ihres

Zimmers aufgerissen und wieder zugeschlagen wurde. Vater blickte ihr verständnislos nach. Zuletzt wandte er sich wieder an mich.

›Was ist passiert, Sohn?‹, fragte er.

›Der Mann‹, blubberte ich. ›Der Mann weiß alles.‹

›Welcher Mann, zum Teufel?‹, rief Leutgeb, und ich zuckte vor seiner Stimme zurück. Ich sah in meines Vaters Augen, ich saugte mich förmlich in seinen Blick hinein.

›Der Mann!‹, schrie ich und begann zu weinen. ›Mutters Mann.‹

Ich sah nicht, was danach passierte; ich konnte nichts mehr sehen, weil die Tränen wie Ströme aus meinen Augen rannen und ich so stark schluchzte, dass es mich schüttelte und ich zu ersticken glaubte. Mein Vater drückte mich an sich, und ich weinte Rotz und Wasser auf sein Wams. Ich weiß nicht, wie lange es dauerte, bis ihnen klar wurde, was ich gemeint hatte. Jemand zerrte mich aus den Armen meines Vaters, ich wollte nicht loslassen, aber meine Finger waren zu schwach, und mein Vater selbst bog sie auf und streckte mich von sich. Jemand anderer drückte mich an sich, ich roch den herben Geruch von Heinz Eberleins schweißgebadetem runden Körper und wand mich wie ein Verrückter, um zu meinem Vater zurückzugelangen. Eberlein wehrte meine schwachen Fäuste ab, mit denen ich versuchte, ihn ins Gesicht zu schlagen, und zog mich nach draußen. Er brachte mich aus dem Haus, aus der Gasse, und in weniger als einer Stunde aus der Stadt. Das Letzte, was ich von meinem Vater sah, war sein tief gefurchtes Gesicht, mit dem er voller Entsetzen Christian Leutgeb anblickte.«

Er sank langsam zurück, und ich hörte ein sanftes Klopfen: die Stuhlbeine, die zurück auf den Boden prallten. Er sah mich ausdruckslos an.

»Wohin hat Eberlein Euch gebracht?«, fragte ich.

»Er hatte Verwandte in Ingolstadt, die seine Familie und mich aufnahmen. Es stellte sich heraus, dass er der Einzige gewesen war, der vorgesorgt hatte: Er war ängstlicher oder schlauer als alle anderen gewesen. Seine Frau und seine Kinder, sogar seine greise Mutter befanden sich bereits bei den Verwandten, dazu der klägliche Rest seines Vermögens, den er zwei Jahre vorher hatte retten können.«

»Nach Ingolstadt«, flüsterte ich.

»Es war eine sichere Zuflucht. Herzog Heinrich und Herzog Ludwig der Bärtige waren verfeindet.«

»Was ist mit den Aufständischen passiert?«

Er schnaubte resigniert.

»Es dauerte lange, bis ich alle Einzelheiten herausgefunden hatte«, sagte er. »Als ihnen klar geworden war, dass ich mit meinen Worten hatte sagen wollen, meine Mutter habe einen Liebhaber und dieser wisse Bescheid, konnten sie sich nicht einigen, ob dies eine Gefahr darstellte, und wenn, wie groß sie war. Wie sollten sie auch ahnen, dass meine Mutter einen Höfling vom Herzogshof zum Galan hatte. Nach einigem Hin und Her entschloss sich mein Vater, zusammen mit Martin von Asch meine Mutter zu befragen, aber sie öffnete ihnen die Tür nicht. Sie wussten nicht, ob sie sie eintreten sollten; sie taten es nicht. Vielleicht war mein Vater dagegen; vielleicht ließ ihn das plötzliche Bewusstsein, dass seine Schande noch größer war als angenommen, nicht mehr klar denken. Sie stürzten unverrichteter Dinge die Treppe wieder hinab. Er und mein Großvater plädierten dafür, die Sache sofort zu beenden und die Verbannten wieder nach draußen zu schaffen, aber Leutgeb und die meisten der Verbannten waren dagegen. Sie waren der Ansicht, dass sie sofort Unterstützung aus der Stadt bekommen würden, sollte der Herzog etwas gegen sie unternehmen, und abgesehen davon, wie hätte der Herzog es erfahren sollen? Der Liebhaber meiner Mutter war wahrscheinlich ein Maurergeselle oder etwas Ähnliches, der in wildem Entsetzen davongestürmt war und sich in irgendeinem Loch verkrochen hatte. Sie begannen darüber zu streiten, nehme ich an; sie vertrödelten die ganze Zeit, die ihnen zur Flucht geblieben wäre. Schließlich spalteten sie sich in zwei Lager, von denen das eine, kleinere, von meinem Vater und meinem Großvater angeführt wurde; sie beschlossen, sofort aus der Stadt zu fliehen. Leutgebs Fraktion wollte die Bürger wecken und auf die Burg marschieren. Sie kamen beide nicht mehr dazu, ihre Pläne umzusetzen. Der Herzog und seine Berater hatten so schnell reagiert, wie es ihnen möglich war. Leutgeb und seine Männer kamen kaum bis in die Altstadt, als ihnen ein Haufen Wappner entgegenrannte. Sie kehrten voller Entsetzen um und flüchteten sich zurück ins Haus meines Vaters, die Wappner auf den Fersen. Dann begann das Schlachten.«

Er räusperte sich und biss sich auf die Lippen. Es schien ihn Kraft zu kosten, seine Stimme noch immer ruhig zu halten.

»Der Herzog war noch nicht einmal mit dabei; später erfuhr ich, dass ihn seine Kanzler sofort zur Abreise genötigt hatten. Andere würden es Flucht nennen. Sie dachten ganz richtig, wenn der Aufstand Erfolg hätte, wäre es gut, wenn Heinrich weit genug entfernt von seinem wütenden Volk sei; wenn sie ihn aber niederknüppeln konnten, wäre es ebenso gut, wenn der Herzog nachher angeben könne, er sei nicht dabei gewesen und wisse von nichts und verurteile die Todesfälle aus ganzem Herzen. Wenn Euch die Geschichte der Stadt einigermaßen bekannt ist, wisst Ihr, dass er genau das später getan hat. Leutgeb scheint zumindest persönliche Tapferkeit bewiesen zu haben. Er zog sein Messer und warf sich den Angreifern entgegen, aber sie prügelten ihn sofort zu Boden, wo er besinnungslos liegen blieb. Ein paar der anderen Aufständischen, vor allem die jüngeren unter ihnen, entrissen den Wappnern ihre Spieße oder hatten selbst Dolche und Schwerter einstecken, aber es war, als ob sich ein Bauernhaufen gegen einen Trupp Landsknechte erhoben hätte. Die Wappner waren gut ausgebildet. Schon nach Sekunden floss das erste Blut: auf Seiten der Aufständischen. Sie stachen und schlugen und hackten auf die Bürger ein, bis die wenigen Überlebenden sich ergaben oder ohnmächtig auf den Boden sanken. Es dauerte vielleicht ein paar Minuten. Danach war alles wieder ruhig.«

»Euer Vater?«, fragte ich. »Was war mit ihm?«

»Letztendlich hat er doch noch die Tür zum Zimmer meiner Mutter eingetreten. Sie war schon besinnungslos, als er sie fand – sie schwamm in ihrem eigenen Blut. Sie hatte sich mit einen kleinen Messer die Adern geöffnet. Er taumelte die Treppe hinunter, blutverschmiert und mit dem Messer in der Hand, das er ihrem schwächer werdenden Griff entwunden hatte, und lief auf die Straße hinaus. Zu diesem Zeitpunkt war das Morden schon vorbei; aber als die Wappner ihn so aus der Tür kommen sahen, dachten sie, es ginge noch einmal von vorne los.« Er lachte böse. »Mein Vater hat sie vermutlich nicht einmal gesehen; wenn er etwas sah, dann den Anblick seiner Frau, die in ihrem von Blut triefenden Bett lag und dem Tode entgegenröchelte. Er hielt das Messer ausgestreckt in der Hand, und einer der Wappner hieb ihm mit dem Schwert in die Kniekehle, dass er vornübersackte, und ein weiterer schlug mit der Klinge nach seinem Kopf und enthauptete ihn sauberer, als es jeder Scharfrichter gekonnt hätte. Er war der vorletzte Tote dieses Aufstands, wenn man annehmen will, dass meine Mutter im Augenblick seines Todes bereits verstorben war.«

»Wer war der Letzte?«, fragte ich leise.

Er sah mich an. Er hatte sich wieder in der Gewalt und sagte ruhig: »Christian Leutgeb. Sie zerrten ihn auf die Burg, zusammen mit den anderen Überlebenden. Sie saßen noch in der Nacht über sie zu Gericht, während unten in der Stadt ein mächtiges Aufgebot an Bütteln patrouillierte und jeden Gedanken an weiteren Widerstand im Keim erstickte. Leutgeb wurde von allen anderen Beschuldigten der Führung des Aufstandes angeklagt; er und Martin von Asch, den sie nicht gekriegt hatten. Sie versuchten, seinen Aufenthaltsort aus Leutgeb herauszubekommen, indem sie ihn folterten und schließlich die Augen eindrückten, aber Leutgeb wusste es nicht. Seine eigene Beteiligung an der Angelegenheit gestand er schreiend und flehend, sie sollten endlich ein Ende mit ihm machen. Sie taten es ohne Verzug und richteten ihn mit dem Schwert auf der Burgwiese. Meinen Großvater fanden sie erst am nächsten Tag. Er lag im Zimmer meiner toten Mutter, deren Leichnam sie bei dieser Gelegenheit ebenfalls fanden. Er war tot; er war schon ein sehr alter Mann gewesen, und vermutlich hatte ihn der Schlag getroffen.«

»Was geschah mit Euch? Hat man nach Euch und Eberlein suchen lassen?«

Er zuckte mit den Schultern.

»Mit Sicherheit. Ebran wusste zumindest, dass es mich gab. Aber in Ingolstadt waren wir außerhalb der Reichweite des Herzogs. Ich bin in Ingolstadt aufgewachsen; mithilfe von Eberleins Familie gründete ich eine eigene Existenz. Er hatte gute Verbindungen zu den Tuchmachern in Florenz, und ich übernahm diese Verbindungen und baute sie aus, bis ich mich selbst als Tuchhändler etablierte. Danach schuf ich mir eine eigene Familie. Die Männer, die mich hierher begleitet haben, gehören dort zu meinen Freunden.«

»Und Eure Tochter ...«

»Sie ist meine jüngste Tochter«, sagte er sanft. »Meine anderen Kinder sind bereits verheiratet. Sie bestand darauf, mich zu begleiten. Niemand konnte es ihr ausreden.«

»Dann ist die ältere Frau Eure Gattin?«

»Nein; sie ist Agnes Leutgeb, die Frau von Wolfgang Leutgeb.«

»Wie kommen sie und ihr Mann ins Spiel?«

»Ich bin nicht das erste Mal zurück in Landshut«, erklärte er zu meiner Überraschung. »Sie haben mir und meinen Freunden jedes Mal Zuflucht gewährt. Wolfgang Leutgeb verzehrt sich in Selbstvorwürfen, weil sein Großvater nie einen Finger krumm machte, um die Familie seines Bruders Christian zu finden und ihr zu helfen.«

»Habt Ihr nach ihnen gesucht?«

»Als ich dazu in der Lage war, war jede Spur verloschen«, antwortete er so endgültig, dass ich wusste, ich würde nicht mehr darüber erfahren. Ich atmete tief ein und aus. Ich hatte mit einem Mal Kopfschmerzen.

»Niemand hat mir die Geschichte erzählt«, sagte ich schließlich.

»Verständlich«, erwiderte Reckel. »Wer es überlebt hatte, versuchte es schnellstens zu vergessen; und kein Chronist des Herzogs war scharf darauf, die näheren Umstände genau zu skizzieren.«

»Aber nicht alle haben es vergessen«, begehrte ich auf. »Die Ratsversammlung konnte letztens nur mit Mühe davon überzeugt werden, der Prinzessin die Tore aufzumachen. Glaubt Ihr nicht daran, dass das eine späte Vergeltung darstellt?«

»Vergeltung?«, schnaubte er. »Von wem? Keiner im Rat hat

das Morden miterlebt; was sollte es sie kümmern, was vor sechzig Jahren geschehen ist. Und wozu auch? Die Stadt und ihre Bürger haben all ihre Rechte wieder, und das Blut, das an Heinrichs Händen klebte, haben er und sein fetter Sohn Ludwig mit Wein und Bier wieder abgewaschen.«

»Dann seid Ihr der Einzige weit und breit, der es nicht vergessen hat«, sagte ich.

»So ist es. Ich habe es nicht vergessen.«

Er sah mich noch immer unverwandt an und ließ den Satz einwirken. Er musste wissen, dass er meine nächste Aussage damit geradezu herausforderte; ich kam mir beinahe lächerlich vor, sie auszusprechen.

»Dann ist es nur logisch, Euch des Mordes an der polnischen Gräfin zu verdächtigen.«

Er lächelte, ohne dass seine Lippen sich nennenswert verzogen.

»So dumm seid Ihr doch nicht, das weiterhin anzunehmen«, erklärte er.

»Und weshalb nicht? Ist es denn nicht Euer Ziel, an Herzog Ludwig Rache zu nehmen?«

»Mein Ziel hat mit Rache nicht das Geringste zu tun«, sagte er hart. »Glaubt Ihr nicht, dass ich in sechzig Jahren genügend Zeit gehabt hätte, in irgendeiner Weise Vergeltung zu üben? Ich bin ein reicher Mann, Herr Bernward, und ich war schon wohlhabend, als Herzog Heinrich noch am Leben war. Ich hätte leicht ein paar Mörder dingen können, die ihm auflauerten: ihm selbst, damals, und nicht heute seinem mittlerweile todkranken Sohn oder seinem aufgeblasenen Enkel. Warum hätte ich Euch die ganze Geschichte des Aufstandes erzählen sollen, wenn ich der von Euch gesuchte Mörder wäre?«

»Weil ich Euch in der Hand habe.«

Jetzt lächelte er wirklich.

»Nicht halb so fest, wie Ihr gerne möchtet. Erinnert Ihr Euch? Mein Vater war Baumeister. In den zwei Jahren zwischen dem ersten Vergeltungsakt des Herzogs und dem Aufstand baute er einen Verbindungsgang zwischen unserem und Christian Leutgebs Haus. Er verläuft zwischen den Mauern der Hinterhöfe und der Stadtmauer, und auf halber Strecke ist ein unauffälliges Dach angebracht, unter dem die Stadtmauer so weit ausgehöhlt wurde, dass ein paar starke Pickelschläge ein Loch hineinbrechen können, groß genug, um ins Freie und zur Isar zu gelangen. Eine kurze Strecke zu einem von Gott geschaffenen Fluchtweg. Wenn sie am Karfreitag nicht so überrumpelt worden wären, hätten fast alle fliehen können. Was denkt Ihr wohl, wie Heinrich Eberlein und ich entkommen sind?«

Ich kniff die Augen zusammen; er konnte versuchen, mich in die Irre zu führen, aber ich glaubte es nicht. Ich glaubte, dass er die Wahrheit sprach. Ich war noch nicht einmal sonderlich überrascht darüber.

»Warum habt Ihr Euch dann auf meine ... Erpressung eingelassen?«

»Mit Eurem ersten Ultimatum habt Ihr mich überrascht. Eine halbe Stunde Zeit wäre zu wenig gewesen, um flüchten zu können. Nur zu diesem Zeitpunkt hattet Ihr wirklich Macht über uns. Die Stunde, die wir hier nun fast verplaudert haben – Euer zweites Ultimatum – hätte uns dagegen leicht gereicht, uns alle abzusetzen.«

»Dann verstehe ich nicht, warum Ihr noch hier seid.«

»Weil ich unschuldig bin«, sagte er großartig und hob die Hände. Er übertrieb zu stark.

»Hört mir auf damit«, rief ich ungehalten.

»Also gut«, sagte er gelassen. »Der wahre Grund ist, dass ich mit Euch ein Geschäft machen will.«

»Ein Geschäft?«

»Ja. Ich möchte, dass Ihr meine Freunde aus dem Kerker befreit.«

»Das ist ja lächerlich«, prustete ich. »Was würdet Ihr mir denn dafür bieten?«

»Den Mörder«, sagte er. »Ich kenne ihn.«

10

»Wer ist es?«, keuchte ich.

Er schüttelte den Kopf. »Seid Ihr verrückt? Befreit meine Männer, dann reden wir weiter.«

»Wie soll ich das anstellen, zum Teufel?«, brauste ich auf.

Er zuckte mit den Schultern.

»Ihr habt doch Verbindungen zu den Stadtbehörden. Wie sonst hätte man ausgerechnet Euch damit beauftragt, den Fall aufzuklären?«

Ich holte Atem, aber ich blieb stumm. Wie hätte ich ihm erklären sollen, was Hanns Altdorfer dazu bewogen hatte, dem Kanzler meinen Namen zu nennen?

Ich schloss den Mund wieder, und er sagte: »Seht Ihr?«

»Wenn Ihr mir den Namen nicht nennt, ist das geradeso, als hättet Ihr den Mord selbst begangen«, sagte ich. Er lachte amüsiert.

»Hört schon auf«, erwiderte er. »Das ist unter Eurer Würde.«

»Doch«, beharrte ich. »Ihr seid verantwortlich für alles Unheil, das aus dieser Tat entstehen wird.«

So plötzlich, dass ich erschrak, fuhr er aus seinem Stuhl hoch und beugte sich weit über den Tisch zu mir herüber. Er packte mich vorne am Mantel und zog mich zu sich heran.

»Für nichts bin ich verantwortlich; außer für die Sicherheit meiner Freunde«, flüsterte er heiser. »Denkt einmal an Eure eigenen Verantwortlichkeiten. Habt Ihr mir nicht gesagt, man hätte Euren Spitzel umgebracht? Habt Ihr ihn denn nicht in den Tod gesandt?«

Ich gewann meine Fassung wieder; zuerst hatte ich ihm nur erschrocken ins Gesicht gestarrt. Ich packte ihn am Handgelenk und zerrte seine Hand von mir weg.

»Gut, reden wir davon«, knurrte ich, ohne seine Hand loszulassen. »Wie ist es mit den Leuten, die Ihr mir auf den Hals gehetzt habt, um mich zu beseitigen? Einer starb vor meinen Augen: Wer ist für seinen Tod verantwortlich?«

Ich hatte einen schlechten Geschmack im Mund, trotz des Zorns, der nach dem Schreck in mir hochgekocht war. Wir konnten hier tagelang sitzen und uns die gegenseitigen Verantwortlichkeiten vorrechnen, ohne etwas zu erreichen. Ich sah ihm trotzig ins Gesicht und erschrak aufs Neue: Die Röte in seinem Gesicht wich einer Unheil verkündenden Blässe, und zum ersten Mal zeigten die hellen Augen unter seinen dichten Brauen einen anderen Ausdruck als den des Zorns: Sie füllten sich plötzlich mit den Tränen, die all seine schmerzvolle Erinnerung nicht hatte hervorrufen können.

Er stützte sich noch immer mit der einen Hand auf die Tischplatte, während die andere in meinem Griff war. Ich spürte, wie sie leblos wurde; ich lockerte den Griff, und er ließ sich langsam wieder zurücksinken.

»Ihr habt einen meiner Freunde ... umgebracht?«, flüsterte er.

»Die Wappner«, sagte ich sanfter als beabsichtigt. »Er stach auf den Stadtkämmerer ein und drohte danach mit dem Messer gegen die Stadtknechte.«

»Mein Gott«, sagte er und schloss die Augen. »Das habe ich noch gar nicht gewusst. Konrad und seine Gruppe kamen nicht nahe genug an die Wappner heran, die Euch zu Hilfe geeilt waren, um alles erkennen zu können.«

»Die beiden Überlebenden sitzen im Kerker von Burghausen«, fuhr ich fort. Ich dachte: Jetzt hast du ihn endlich da, wo du ihn haben wolltest. Gib ihm den Rest. Ich betrachtete den alten Mann, der mir völlig erschüttert gegenübersaß und dem das Wasser in den Augen stand.

»Ich bin mir nicht sicher, ob sie nicht ebenfalls bereits tot sind«, zwang ich mich zu sagen. »Man hat sie mit Sicherheit gefoltert; warum, glaubt Ihr, haben die Wappner Euch in diesem Haus ausfindig gemacht und noch weitere Männer verhaftet?«

Als ich die Folter erwähnte, zuckte er nochmals zusammen. Eine Träne trat über den Rand seines Lides und rann über seine faltige Wange nach unten. Er hob den Blick und sah mich an.

»Ich dachte, Ihr hättet ...«, murmelte er.

»Euch die Wappner auf den Pelz geschickt? Ich wusste noch nicht einmal, dass Ihr mit alldem zu tun hattet; ich hielt Euch für Wolfgang Leutgeb, richtig?«

»Warum habt Ihr mich dann aufgesucht?«

»Weil ich annahm, Ihr hättet meinen Spitzel umgebracht – so wie Ihr versucht habt, mich umbringen zu lassen.« Ich teilte ihm nichts von Löws letzter Beobachtung mit und von meinem Verdacht, es handle sich dabei um Jana Dlugosz. Vielleicht hoffte ich, er würde die Sache mit ihr auf irgendeine Weise aufklären. Aber er schüttelte den Kopf. Ich wusste, dass er alt war: Jetzt sah er zum ersten Mal auch so aus. Er war ein Greis, dessen Lebenskraft zum großen Teil nur noch aus Zorn und Hass bestand.

»Ich habe Euren Beauftragten nicht auf dem Gewissen, und ich wollte niemals Euren Tod«, sagte er kaum hörbar. »Ich hielt Euch für einen Handlanger von ... Ich wollte Euch nur einen Denkzettel geben; Euch ein wenig Angst einjagen, damit Ihr uns in Ruhe lasst. Die Dinge sind mir offensichtlich entglitten.«

»Für wessen Handlanger hieltet Ihr mich?«, fragte ich, aber er schüttelte nur nochmals den Kopf.

»Geht jetzt«, sagte er. »Die Stunde dürfte schon beinahe vorüber sein. Kommt morgen wieder.«

»Aber nein!«, rief ich. »Ich habe nicht mehr viel Zeit, um den Fall aufzuklären. Sagt mir wenigstens den Namen des Mörders.«

»Nein«, sagte er fest. »Er ist die einzige Garantie, dass Ihr mir helfen werdet, meine Freunde zu befreien.«

»Euch helfen? Aber ich brauche doch Eure Hilfe!«, stieß ich unwillkürlich hervor. Das hatte ich nicht sagen wollen. Ich biss mir auf die Zunge, aber er reagierte nicht darauf.

»Geht«, sagte er und bedeckte die Augen mit einer Hand. »Wenn meine Freunde vor mir stehen, erfahrt Ihr den Namen.«

Ich wusste, dass ich ihn nicht dazu veranlassen konnte, gegen seinen Willen zu reden. Ein Gedanke stieg in mir auf, und ich hörte mich garstig sagen, noch bevor ich meine Worte aufhalten konnte: »Vielleicht brauche ich nur abzuwarten, was die Folter der Männer ergibt, die man vorgestern verhaftet hat.«

Er murmelte, ohne die Augen zu öffnen:

»Sie wissen den Namen nicht. Ich wusste ihn ebenfalls nicht –

ich wusste noch nicht einmal, worauf Ihr aus wart, bis Ihr es mir vorhin sagtet.« Jetzt öffnete er doch die Augen und sah mich wieder an.

»Ihr könnt natürlich mich verhaften lassen, aber ich schwöre Euch, dass Ihr auch unter der Folter nichts aus mir herausbringen werdet.« Seine Stimme war hart, und ich musterte ihn und wusste, wenn ich ihm nichts glauben konnte, so doch dies.

In meinem Rücken hörte ich die Tür, und ich drehte mich um und sah Konrad ins Zimmer treten.

»Die Stunde ist fast um, Johannes«, sagte er besorgt. Dann sah ich, wie sich sein Gesicht vor Schreck verzog. »Was ist los mit dir?«, rief er.

Reckel winkte ab.

»Es ist schon in Ordnung«, beschwichtigte er müde. »Begleite ihn hinaus.«

Ich fuhr herum und sagte beschwörend: »Den Namen! Ich bitte Euch, Herr Reckel. Sagt mir den Namen jetzt. Ich schwöre Euch, dass ich versuchen werde, Eure Männer zu befreien.«

»Nein.« Er stand auf und ging um den Tisch herum, um das Zimmer zu verlassen, und ich spürte, wie sich Konrad mir von hinten näherte und mich grob am Arm packte. Ich sprang ebenfalls auf, stieß den jungen Mann zurück und rief: »Was ist, wenn Ihr in der Zwischenzeit flüchtet!?«

Er sagte ohne die geringste Spur von Ironie und ohne stehen zu bleiben: »Ich schwöre Euch, dass ich versuchen werde, es nicht zu tun.« Ich fühlte, wie mir der Schweiß am ganzen Körper ausbrach. Ich durfte ihn nicht gehen lassen. Ich durfte ihn nicht zum Nachdenken kommen lassen. Ich durfte

– mir meine einzige Chance nicht entgehen lassen!

»Ich kann in einer halben Stunde wieder hier sein mit einem ganzen Trupp Wappner!«, rief ich, nur um ihn aufzuhalten. Aus dem Augenwinkel sah ich, wie Konrad erstarrte. Reckel blieb stehen, aber er drehte sich nicht um.

»Ihr wisst, dass es keinen Sinn machen würde. Auch wenn Ihr meiner habhaft werdet – Ihr werdet nichts von mir erfahren.« Er setzte sich wieder in Bewegung und trat zur Tür.

»Vielleicht lügt Ihr mich nur an, und Ihr wisst den Namen gar nicht!«, schrie ich. Jetzt drehte er sich doch um. Ich sah, dass sein Gesicht noch immer totenbleich war.

»Vielleicht habt Ihr mich auch nur angelogen«, sagte er. »Wir müssen uns eben vertrauen; ich Euch und Ihr mir. Für mich hängt das Leben meiner Freunde davon ab. Was für Euch davon abhängt, müsst Ihr selbst entscheiden.«

»Vertrauen?«, kreischte ich. »Euch vertrauen? Ich vertraue noch nicht einmal meinen eigenen Leuten.«

»Ja«, sagte er und verschwand durch die Tür. »Das dachte ich mir bereits.«

Ich fürchtete, keine Luft mehr zu bekommen, während ich hinüber zur Altstadt schritt, um meinen Knecht davon abzuhalten, die Wappner zu alarmieren. Mein Herz schlug so schmerzhaft, dass ich seine Schläge bis in meine Schläfen zu spüren glaubte. Ich ging schneller und schneller, ohne es zu merken, und zuletzt rannte ich mit wehendem Mantel über die breite gepflasterte Straße und langte atemlos bei meinem Knecht an. Ich sandte ihn nach Hause, und er war sichtlich froh, seiner Aufgabe und meiner aufgeregten Gegenwart endlich zu entgehen.

Vor Hanns Altdorfers Arbeitszimmer hielten mich seine Schreiber auf.

»Ihr könnt nicht hinein«, sagten sie. »Der Richter ist bei ihm.«

»Der Richter?«, rief ich. »Richter Girigel?«

»Nein«, hörte ich zu meiner Enttäuschung. »Richter Trennbeck.«

Im ersten Augenblick wollte ich sie ignorieren und zum Stadtkämmerer hineinstürmen, aber dann besann ich mich eines Besseren. Vielleicht war es ganz gut, ein paar Augenblicke abzuwarten und meine Gedanken zu sammeln; wenn Reckel die Wahrheit gesagt hatte, kam es auf ein paar Minuten oder gar Stunden nicht mehr an, denn ich würde den Namen des Gesuchten frühestens morgen erfahren. Wenn er gelogen hatte und zu fliehen beabsichtigte, würde ich ihn nur aufhalten können, wenn ich ihm sogleich die Wappner auf den Hals schickte: Ich hätte ihn dann wohl in Gewahrsam, und ich könnte ihm vielleicht die Tat anhängen, aber die Wahrheit würde ich niemals erfahren. Ich stellte zum wiederholten Male fest, dass ich seiner Aussage glauben wollte, er sei am Tod der polnischen Gräfin unschuldig.

Nach einer geraumen Weile führte Altdorfer den Richter aus seinem Zimmer heraus und verabschiedete ihn. Trennbeck wirkte aufgebracht; er stapfte eilig aus dem Raum, ohne sich noch einmal umzusehen. Als der Stadtkämmerer mich erblickte, hellte sich sein Gesicht auf.

»Peter«, sagte er überrascht. »Warum wartest du hier? Wärst du doch hereingekommen.«

Ich winkte ab. »Ich wollte Euch nicht stören.«

Er schüttelte mir die Hand, drängte mich in seine kleine Stube hinein und ließ sich schwer hinter seinem Tisch in den Stuhl fallen.

»Du hättest nicht gestört«, sagte er. »Vielleicht hättest du uns sogar geholfen nachzudenken. Wir wissen nun definitiv, dass Kaiser Friedrich am Sonntag hier in Landshut eintreffen wird, und wie es heißt, befindet sich der türkische Kaiser auch in seinem Gefolge.«

»Die Türken haben keinen Kaiser«, erwiderte ich unwillkürlich.

»Was weiß ich; jedenfalls scheint es sich um einen hohen Würdenträger des türkischen Reichs zu handeln, wenn er sich in Begleitung von Kaiser Friedrich befindet. Niemand hat etwas davon gewusst; wir waren gezwungen, schnellstens ein passendes Quartier für ihn zu finden. Trennbeck hat alle Teufel aus der Hölle heraufgeflucht, als er es erfuhr.«

»Ich dachte, der Herzog hat einen reitenden Boten beim Kaiser, der ihn über alles informiert?«

»Ja, aber in all der Verwirrung, die herrschte, als die herzoglichen Räte erfuhren, der Kaiser und der Brautzug könnten versehentlich in Ingolstadt aufeinander treffen und dann die Quartiere nicht ausreichen, ist diese Nachricht wohl untergegangen.«

Ich zuckte mit den Schultern.

»Habt Ihr nun ein Quartier für den Mohren?«

»Noch nicht. Trennbeck ist um seine Aufgabe nicht zu beneiden – umso weniger, als er gestern erfahren hat, dass er der Kurfürstin von Sachsen während der Hochzeit als Ordonnanz aufwarten darf. Was kann ich für dich tun, Peter?«

Ich musste vorsichtig sein. Wenn ich ihm zu viel verriet, würde er eine Abteilung Wappner zu Leutgebs Haus senden und Johannes Reckel festnehmen lassen. Er war kein Narr und gewiss niemand, der gerne das Verhängnis über jemanden brachte, aber in seinem Zustand und unter dem Zeitdruck, in dem er stand, würde er nicht lange zögern. Er hatte Reckel nicht gesehen und ihn nicht sprechen gehört. Ich mochte sein Freund sein, aber er war auch für die Stadt und ihre Bürger verantwortlich, und ich konnte nicht verlangen, dass er mir bedingungslos vertraute. Ich an seiner Stelle hätte es nicht getan.

»Ich weiß, wie wir an den Mörder kommen«, sagte ich.

Er schluckte hart und machte eine plötzliche fahrige Bewegung über die Pergamente und Holztafeln auf seinem Tisch hinweg.

»Bist du sicher?«, stieß er hervor.

»Nein«, erwiderte ich. »Aber es scheint viel versprechend zu sein.«

Als ich schwieg, fragte er ungeduldig: »Und?«

»Es gibt nur ein Problem«, sagte ich.

»Welches?«

»Die Männer, die mir helfen könnten, liegen hier in der Schergenstube.«

»Was? Wie kommt das?«

»Man hat sie vorgestern Nacht verhaftet.«

»Wieso weiß ich nichts davon?«, rief er aufgebracht und knurrte gleich danach: »Das war sicherlich wieder so eine Eigenmächtigkeit von Hauptmann Seis auf der Burg; er glaubt neuerdings, alle Wappner in Landshut stünden unter seinem Befehl. Ich muss den Kanzler bitten, ihn zurückzupfeifen. Weswegen wurden die Kerle verhaftet?«

»Ich weiß es nicht«, log ich.

»Was haben sie denn getan?«

»Auch das weiß ich nicht.«

Er schüttelte den Kopf. Einen Augenblick lang musterte er

mich erstaunt. Ich erkannte, dass er sich fragte, ob ich im Fieber redete.

»Glaube mir einfach«, sagte ich eindringlich.

»Wie bist du denn auf die Kerle gekommen?«, fragte er nach einer längeren Pause. »Wer sind sie überhaupt?«

»Fremde«, erklärte ich. »Aber man hat mir gesagt, sie könnten etwas gesehen haben.«

»Wer hat das gesagt? Und was sollen sie gesehen haben?«

»Hanns«, stöhnte ich. »Ich weiß es doch nicht. Ich habe einfach meine Ohren offen gehalten. Und es ist der einzige Hinweis, den wir haben.«

»Du hast mir noch nichts davon erzählt.«

»Weil ich es erst seit gestern weiß.«

Er sah mich weiterhin mit seinem nachdenklich erstaunten Blick an. Unbewusst griff er nach etwas, das auf dem Tisch lag, und drehte es in seinen Fingern hin und her. Es war das richterliche Siegel von Ernst Wechsler.

»Ist der Richter schon zurück?«, fragte ich ihn, und er zuckte zusammen.

»Wie? Nein, aber es ist eine weitere Brieftaube eingetroffen; er schreibt, er habe ziemlichen Ärger in Burghausen und außerdem wären die Straßen im Moment kaum passierbar. Mehr stand nicht in seinem Brief. Er scheint stark unter Druck zu stehen.«

Er holte tief Atem und ließ ihn mit einem Seufzer wieder entweichen.

»Bist du wirklich überzeugt, dass du auf der richtigen Spur bist? Wir haben kaum mehr Zeit für Fehler.«

»Ich habe keine andere Spur«, wiederholte ich.

Er legte das Siegel wieder beiseite und beugte sich zu mir herüber.

»Es ist eine Verzweiflungstat, nicht wahr?«, fragte er. »Du greifst nach jedem Strohhalm.«

Ich erwiderte nichts, und er seufzte nochmals.

»Ich hätte dich nicht mit hineinziehen sollen«, sagte er traurig. »Es tut mir Leid; du hast keine Chance. Wir werden den Mord niemals aufklären, und das Unheil wird seinen Lauf nehmen.«

»Was ist denn los?«, fragte ich ihn. »Warum gibst du jetzt auf?«

»Es wächst alles über mich hinaus«, gestand er und stützte den Kopf in beide Hände. »Ich habe seit Tagen kaum geschlafen. Trennbeck hat mir eben erzählt, dass seine Frau nicht mehr mit ihm spricht und seine Kinder ihn merkwürdig ansehen, weil er kaum noch zu Hause ist und wenn, sie nur mehr anschreit. Heute Morgen habe ich deinen Sohn getroffen und ...«

»Du hast Daniel getroffen?«

»Er hat eigentlich mich getroffen. Er wartete vor dem Rathaus auf mich. Ich hätte ihn beinahe nicht wiedererkannt: Er ist ein Mann geworden. Er fragte mich, ob ich wüsste, was mir dir los sei; er hätte dich besucht und du wärst ihm seltsam und verstört vorgekommen.«

»Er fand es nur seltsam, dass wir uns nicht gestritten haben«, brummte ich, aber es gab mir einen neuerlichen Stich. Wie auch immer – ich hätte Daniel nicht zugetraut, dass er sich bei Hanns Altdorfer nach meinem Befinden erkundigen würde.

»Ich konnte ihm ja nicht gut sagen, was dich bedrückt; die Wahrheit nicht und noch nicht einmal die Version der Geschichte, die du deinen Bediensteten erzählt hast. Ich habe gesagt, ich wüsste nicht, was dir fehle, und er zog ab. Ich glaube nicht, dass er es mir abgenommen hat.«

Ich schüttelte den Kopf.

»Erstaunlich«, sagte ich.

»Was?«

»Dass Daniel sich Sorgen um mich macht.«

»Er ist dein Sohn, Peter.«

»Er hat nur seine Kirche im Sinn.«

Jetzt schüttelte Altdorfer den Kopf.

»Er ist nur so unfähig wie du, jemandem seine Liebe zu schenken oder auch nur zu vertrauen.«

»Was sagst du da?«

»Nach Marias Tod hast du dich zurückgezogen. Du wolltest nie wieder jemanden anderen lieben, weil du befürchtest hast, er würde dich auf ebenso schmerzliche Weise auch wieder verlassen. Mit Daniel ist es genauso.«

Ich starrte ihn sprachlos an. Ich hatte alles erwartet, nur das nicht. Das Gespräch nahm eine Wendung, die mir nicht gefiel. Trotzdem konnte ich den leisen Vorwurf, den ich aus seiner Stimme hörte, nicht ignorieren.

»Ich hatte ... dich«, sagte ich leise. »Und meine Knechte. Mein Geschäft. Meinen Verwalter.«

Altdorfer sah mich traurig an.

»Wie oft haben wir uns in den letzten Jahren gesehen? Einmal im Jahr? Und das, obwohl du nur eine halbe Stunde außerhalb der Stadt lebst.«

»Tatsächlich?«, fragte ich. Aber ich wusste, dass er Recht hatte. Wie erstaunt war ich gewesen, als ich ihn in der Kirche gesehen hatte, in der Nacht vor Allerheiligen. Ich hatte sein müdes Aussehen seiner Arbeit zugeschrieben, aber es war nur das Alter gewesen, das seit unserer letzten Begegnung an ihm gearbeitet hatte. Ich hatte wohl erwartet, er sähe noch immer aus wie in den Tagen vor Marias Tod; und mir wurde klar, wie viel Zeit seither vergangen war, ohne dass ich meine Umwelt bewusst wahrgenommen hatte. Ich hatte die Zeit vergeudet.

Plötzlich wollte ich nichts mehr darüber hören.

»Wir müssen uns um dringendere Dinge kümmern«, sagte ich.

»Wie du willst«, seufzte Altdorfer nach einer kleinen Pause. »Nun – was hast du vor?«

»Ich möchte, dass du die Verhafteten auf freien Fuß setzt.«

»Ich weiß noch nicht einmal, wer sie sind und was sie verbrochen haben – und trotzdem verlangst du von mir, ich soll sie freilassen?«

»Ja. Es ist wichtig.«

»Du solltest es vergessen«, sagte er.

»Hanns, ich muss mit diesen Leuten sprechen.«

»Ich kann dir einen Passierschein für das Gefängnis geben«, sagte er. »Dann kannst du mit ihnen sprechen.«

»Sie werden nicht reden. Ich muss sie freibekommen.«

Er schüttelte nachdrücklich den Kopf.

»Das ist absurd.«

Auch das hätte ich wissen müssen, dachte ich mir. Seine Gesinnung war zu aufrecht, als dass er sich auf eine solche Geschichte eingelassen hätte.

»Hanns«, sagte ich nochmals eindringlich, »bitte; verlass dich darauf, dass ich nichts Unrechtes tue. Du kennst mich doch.«

Er presste die Kiefer aufeinander, dass seine Wangenmuskeln hervortraten. Sein Blick ging durch mich hindurch, bevor er ihn zurückholte und wieder auf mich richtete.

»Ich könnte es nicht einmal, selbst wenn ich wollte. Wenn die Verhaftung auf Befehl von Hauptmann Seis vorgenommen wurde, hat diese Befugnis nur der Stadtoberrichter. Er ist Beamter des Herzogs; ich bin jedoch ein Bediensteter der Stadt.«

Ich biss mir auf die Lippen. Daran hatte ich nicht gedacht. Und Richter Girigel war nicht in Landshut.

Ich öffnete den Mund und wollte sagen: Richter Trennbeck kann die Erlaubnis erteilen; aber Trennbeck wusste noch nicht einmal über den Fall Bescheid. Girigel hatte ihn nicht eingeweiht. Für einen Moment war ich wie vor den Kopf geschlagen; diesen Umstand hätte ich berücksichtigen müssen. Der Stadtkämmerer war machtlos. Man hätte sich nun über die Prozedur der Festnahme streiten können, die auf dem Gebiet der Stadt erfolgt war, aber dazu fehlte mir die Zeit. Ich fühlte plötzlich, wie mir der Schweiß ausbrach und mein Gesicht rot anlief. Ich hatte einen groben Fehler gemacht; nicht den ersten, diesen aber zu einer Zeit, in der ich mir, wie Altdorfer gesagt hatte, keinen mehr leisten konnte.

Ich wusste, dass es keinen Sinn hatte, Reckel mit dem Passierschein zu kommen. Er würde nur sprechen, wenn seine Freunde vor ihm standen, oder schweigen. Ich schaute hilflos auf Altdorfers Tisch hin und her, als würde mir von dort etwas zu Hilfe kommen, und sah das Siegel. Ein Gedanke sprang mich förmlich an.

»Also gut«, entschied ich. »Lass einen deiner Schreiber den Passierschein anfertigen.«

»Wann besuchst du die Männer?«

»Noch heute.«

»Soll ich mitkommen?«

»Sie werden erst recht nicht reden, wenn der Stadtkämmerer dabeisteht«, sagte ich, und er verzog das Gesicht. Dann nickte er langsam.

»Damit hast du vielleicht Recht.«

»Ich setze dich darüber in Kenntnis, was ich erfahren habe«, versprach ich.

»Was ist, wenn es nicht von Bedeutung ist?«

»Dann weiß ich nicht mehr weiter«, sagte ich einfach. Er zuckte zusammen, dann erhob er sich eilig und verließ den Raum, um mit einem seiner Schreiber zu sprechen. Ich wartete, bis er draußen war, dann huschte ich um seinen Tisch herum. Unter seinen Papieren war eine kleine Truhe vergraben; ich öffnete sie und nahm des Stadtkämmerers Siegel heraus. Das Siegel des toten Schreibers nahm ich an mich und legte Altdorfers eigenes an dessen Stelle. Sie sahen sich nicht sehr ähnlich; Altdorfers Siegel war größer und aus hellerem Holz, aber für eine Weile würde es seinen Zweck tun. Und selbst wenn Altdorfer den Verlust des richterlichen Siegels bemerkte, würde er lange nicht auf den Gedanken kommen, dass ich es genommen haben könnte. Ich steckte es in meine Manteltasche und setzte mich wieder. Mein Herz klopfte bis zu meinem Hals. Als ich die Hand aus der Tasche nahm, hätte ich das Siegel beinahe wieder mit herausgezogen; ich zitterte zu stark.

Altdorfer kam erst nach etlichen Augenblicken wieder; er hielt ein Pergament in der Hand und blies darauf, bevor er es mir reichte.

»Ich habe den Passierschein gleich ausstellen lassen«, sagte er.

Ich dankte ihm und brach auf; ich hatte es auf einmal eilig, aus seiner Nähe zu verschwinden. Ich fühlte mich, als hätte ich ihm ins Gesicht geschlagen.

Zumindest besaß ich nun den Erlaubnisschein, mit den Gefangenen zu sprechen. Ich würde sie aufsuchen, ihnen ihre Situation klar machen und ihnen erklären, dass ich versuchen wolle, sie aus dem Gefängnis herauszuholen. Natürlich würde ich sie fragen, ob sie mir den Namen des Gesuchten verraten könnten, obgleich ich nicht damit rechnete, dass sie tatsächlich dazu in der Lage waren. In dieser Hinsicht hatte Reckel bestimmt nicht gelogen. Ich wollte mir die Chance dennoch nicht entgehen lassen; die andere Alternative war, in der Weise von dem gestohlenen

Siegel Gebrauch zu machen, die mir in den Sinn gekommen war, als Altdorfer das Zimmer verlassen hatte, und davor schreckte ich noch zurück. Aber ich wusste, dass ich es tun würde, wenn mir nichts anderes übrig blieb.

Ich würde mich in eine stille Ecke setzen, dem Passierschein einen Absatz anfügen, in dem stünde, der Kaufmann Peter Bernward habe Vollmacht, die Freilassung der Gefangenen anzuordnen, und würde es mit dem Siegel des Toten gültig machen. Es bedeutete, meinen Freund Altdorfer und auch Richter Girigel aufs Übelste zu hintergehen, aber ich hoffte, diese Handlungsweise würde mich zu dem Ziel führen, an dem wir alle interessiert waren.

Ich seufzte; meine Nackenhaare stellten sich auf, als ich daran dachte. Ich brauchte mir noch nicht einmal vorzusagen, was mir geschehen würde, wenn die Wappner hinter meine Fälschung kamen; wer Gott lästerte, verlor seine Zunge, wer aber die Obrigkeit vorführte, seine rechte Hand. Die Strafe bedrückte mich nicht einmal so sehr. Ich dachte an das Gesicht Hanns Altdorfers, würde er davon erfahren.

Es gab anderes, an das ich denken musste. Ich hatte die Zeit auf der Bank vor Altdorfers Amtszimmer nicht untätig zugebracht; mir war klar geworden, dass ich die Männer nicht einfach auf freien Fuß setzen durfte, ohne eine Verhandlungsoption zu behalten.

Drei Gefangene lagen in der Schergenstube der Landshuter Wappner. Ich würde nur zwei davon befreien und zu Johannes Reckel bringen.

Ich befühlte das gestohlene Siegel in meiner Tasche und machte mich auf den Weg zum Landshuter Stadtgefängnis.

Unter normalen Umständen befand sich die Schergenstube gleich unterhalb des Rathauses. Die Umbauarbeiten und die Vorbereitungen zur Hochzeit hatten es jedoch ratsam erscheinen lassen, sie von dort zu verlegen; desgleichen der Gedanke an die Sicherheit der Gäste. Ich kannte die Überlegungen nicht, die dahinter steckten, aber man hatte sich dafür entschieden, in der

Freyung eine Schergenstube zu eröffnen, in einem der größeren Häuser neben der Kirche, in dem auch eine Abteilung auswärtiger Wappner untergebracht war.

Ich wurde recht ungnädig von den Wappnern behandelt, bis ich das Schreiben des Stadtkämmerers aus der Tasche zog und es ihnen unter die Nasen hielt. Sie hatten gedacht, ich sei einer der üblichen Angehörigen, der seinen wegen Trunkenheit festgenommenen Sohn oder einen des Diebstahls von Hochzeitsverpflegung überführten Knecht auslösen wolle. Hanns Altdorfers Siegel nötigte ihnen ein wenig mehr Respekt ab, und sie brachten mich vor ihren Wachführer, der in einer kleinen Stube mit tanzendem Federkiel etwas in eine Liste kritzelte.

»Ich möchte mit den Gefangen sprechen, die vorgestern Nacht hier eingeliefert wurden«, sagte ich und zeigte ihm das Schreiben vor. Er las es sorgfältig durch, bevor er es mir wieder zurückgab. Ich sah es mit Besorgnis; er würde nicht so leicht zu täuschen sein. Er warf mir einen Blick zu und grinste.

»Habt Ihr gedacht, ich könne es nicht lesen?«, fragte er.

»Ich habe mir gar keine Gedanken darüber gemacht«, erwiderte ich überrascht.

»Ich bin Schreiber dort, wo ich herkomme«, sagte er. Ausgerechnet hier mussten sie einen hinsetzen, der in seiner Heimatstadt als Schreiber arbeitete.

»Meinen Glückwunsch«, sagte ich. Er zuckte mit den Schultern.

»Wie heißen die Burschen?«, fragte er.

»Ich weiß die Namen nicht.«

Er hob die Augenbrauen.

»Und weshalb wollt Ihr sie dann besuchen?«

»Steht etwas darüber in dem Schreiben des Stadtkämmerers?«, fragte ich zurück.

Er stutzte und streckte instinktiv die Hand danach aus, bevor er den Kopf schüttelte.

»Nicht dass ich wüsste«, sagte er zögernd.

»Dann«, knurrte ich, »könnt Ihr Euch vielleicht denken, dass es Euch auch nichts angeht, warum ich sie sprechen will.«

Sein Unterkiefer klappte herab, und er starrte mich entgeistert an. Ich funkelte ihn an und bemühte mich, ihn nicht merken zu lassen, dass ich meiner Sache gar nicht so sicher war.

»Macht schon«, sagte ich grob. »Bringt mich zu ihnen.«

Er setzte sich hart auf seinen unbequemen Schemel und begann in seinen Listen zu blättern. Während er es tat, lief sein Gesicht rot an. Ich sah, dass er sich über meinen Tonfall zu ärgern begann, aber jetzt wagte er nicht mehr, dagegen aufzubegehren. Nach einer Weile sah er hoch und bemühte sich, mit normaler Stimme zu sprechen:

»Sie sind nicht hier.«

»Was soll das heißen?«, stieß ich hervor, noch bevor mir die volle Bedeutung seiner Worte klar wurde. »Wo sind sie denn?«

Er spähte in seine Aufzeichnungen, dann sagte er: »Sie wurden nach Burghausen verbracht.«

Ich dachte aufgebracht: Zum zweiten Mal holt man mir die Gefangenen vor der Nase weg. Das darf nicht wahr sein. Es darf nicht wahr sein.

»Wer hat das angeordnet?«, hörte ich mich fragen.

»Der Stadtoberrichter Meinhard Girigel.«

»Was soll das?«, platzte ich heraus. »Der Richter ist überhaupt nicht in der Stadt.«

Er zuckte mit den Schultern.

»Gestern«, erklärte er mit herablassender Ungeduld, »suchte uns ein Mann auf, der sagte, man habe ihn benachrichtigt, dass ein paar gefährliche Übeltäter gefangen worden seien. Er sei deswegen eigens aus Burghausen nach Landshut gekommen. Er konnte sich zufrieden stellend als Abgesandter von Richter Girigel ausweisen.«

Ich schüttelte den Kopf. Ich konnte es immer noch nicht fassen. »Was hat er daraufhin getan?«, fragte ich.

»Er hat einen Transport zusammengestellt und die Überführung der Männer nach Burghausen veranlasst. Er hatte noch einen Begleiter bei sich, der ihm die Burschen bezeigen konnte, und wir haben sie in Ketten gelegt und ihm mitgegeben.«

Ich lehnte mich gegen die Wand und hatte kurzzeitig das Gefühl, dass sich mein Magen umdrehte. Der Richter. Er zerstört alles, dachte ich. Warum hat er sich denn nicht mit uns abgesprochen? Warum hat er seinen Beauftragten nicht bei Hanns Altdorfer vorbeigeschickt? Die Antwort darauf kannte ich nicht; es sei denn, die verstreichende Zeit und seine Hilflosigkeit in Burghausen hatten ihn sein Vertrauen zu uns verlieren lassen und er dachte, er könne – er *müsse* den Fall selbst aufklären. Vielleicht hatte auch sein Beauftragter den Stadtkämmerer nicht angetroffen und auf eigene Faust gehandelt. Ich schüttelte erneut den Kopf.

Der Wappner hielt mir ein Pergament hin.

»Hier hat er gesiegelt, wenn Ihr es mir nicht glaubt.« Er konnte die Schadenfreude in seiner Stimme nicht unterdrücken.

»Ist schon gut«, sagte ich.

»Warum reitet Ihr nicht nach Burghausen?«, schlug er hämisch vor. »Sie sind gestern nachmittags aufgebrochen; wahrscheinlich sind sie noch gar nicht lange dort eingetroffen. Vor morgen wird die Folter kaum beginnen.«

Er betrachtete mich regungslos. Ich wusste nicht, wofür er mich letztlich hielt; ich nehme an, für einen Freund oder Verwandten der Delinquenten, der besonders gute Beziehungen zum Rat der Stadt besaß. Es machte ihm Freude, es mir zu geben, besonders nachdem ich ihn so gedemütigt hatte. »Sie sollen einen recht humorlosen Henker dort haben, habe ich gehört«, setzte er hinzu.

Ich faltete Hanns Altdorfers Schreiben zusammen und steckte es wieder zurück in den Mantel. Ohne ihn noch einmal anzusehen, machte ich kehrt und verließ das Gebäude. Ich stand wieder am Anfang; oder nein, noch schlimmer: Ich sah das Ziel vor Augen, aber jemand hatte es gerade aus meiner Reichweite gerückt.

Ich konnte nach Burghausen reiten, wie der Wappner mir gesagt hatte. Richtig; aber bis ich den Richter überzeugt hätte, dass er sie mir überlassen sollte, und mit den Männern wieder hier war, vergingen mindestens drei Tage.

Es gab keine andere Wahl für mich, als es wenigstens zu versuchen. Aber ich brauchte jemanden, der mich begleitete; jemanden, dessen Beisein Richter Girigel vielleicht überzeugen würde, sich auf meine Bedingungen einzulassen. Hanns Altdorfer fiel aus; er wäre unterwegs vor Sorge gestorben, dass in der Stadt etwas Unvorhergesehenes passieren könne.

Nein, es war Zeit, sich an jemanden zu wenden, den ich schon zu lange vernachlässigt hatte. Ich setzte mich mit tauben Beinen in Bewegung, in Richtung des herzoglichen Stadtpalastes, in dem die polnische Delegation untergebracht war. Es gab dort zwei Dinge für mich zu tun: Albert Moniwid zu überreden, mich nach Burghausen zu begleiten, und mit Jana Dlugosz zu sprechen. Ich atmete tief und fühlte die Ohnmacht in meinen Beinen. Das Siegel des toten Schreibers lag schwer und nutzlos in meiner Tasche.

Landshuter Wappner standen vor dem geschlossenen Tor zur Stadtresidenz und sahen mich neugierig an, als ich keuchend vor ihnen stehen blieb. Ich war fast die ganze Strecke gerannt. Ich deutete auf das Tor und sagte: »Ich möchte hinein.«

»Und was wollt Ihr dort drin?«, fragte einer der beiden Männer.

»Ich muss mit dem Anführer der polnischen Delegation sprechen.«

»Da seid Ihr hier an der falschen Stelle.«

»Wollt Ihr mich auf den Arm nehmen?«, polterte ich.

Der Wappner zuckte zusammen und sagte dann in höflicherem Ton:

»Es ist niemand dort drin. Sie sind alle in Richtung Eching aufgebrochen, um die verschiedenen Plätze zu testen, an denen sie sich zur Aufmunterung des Hochzeitszuges entlang der Strecke Stechen liefern wollen.«

»Alle?«, rief ich. »Auch die Frauen? Auch die Dienstboten?«

Er zuckte mit den Schultern.

»Ich weiß nur, dass man uns befohlen hat, hier aufzupassen, weil die Residenz bis heute Nacht leer steht.«

»Habt Ihr nachgesehen, ob sich noch jemand dort drin aufhält?«, fragte ich atemlos. Er sah mich an, als hätte ich soeben polnisch mit ihm gesprochen.

»Natürlich nicht«, erwiderte er würdevoll.

»Dann steht sie also vielleicht doch nicht leer ...«

Er wandte sich um und umklammerte den Riegel des Tores. Er rüttelte daran.

»Seht Ihr«, sagte er. »Es ist verschlossen.« Er holte einen klobigen Schlüssel aus dem Inneren seines Gürtels und hielt ihn mir vor das Gesicht. »Und das ist der Schlüssel dazu. Ich selbst habe abgeschlossen. Wenn sich noch jemand in der Residenz aufgehalten hat, ist er jedenfalls bis zur Rückkehr der Delegation eingeschlossen. Und ich glaube kaum, dass jemand das gerne hätte. Ich sage Euch, sie sind alle ausgeflogen.«

Ich nickte und wandte mich ab. Ich wusste nicht mehr, was ich tun sollte. Ich holte mein Pferd und ritt nach Hause.

Sie kam kurz nach mir auf dem Hof an. Ich saß im Dunkel der Stube und sah der Dämmerung zu, wie sie den Raum erfüllte, als die Hunde anschlugen und zwei meiner Dienstboten nach draußen liefen, um nachzusehen. Sie kamen mit einem verlegenen Grinsen zurück und baten mich, vor die Tür zu gehen. Ich folgte ihrer Bitte fühllos.

Sie stand mitten auf dem Hof, als wolle sie jederzeit die Möglichkeit haben, durch das Tor hinaus und in die Dämmerung hinein zu flüchten. Ihr Mantel war geschlossen, und die Kapuze des Chaperons war über ihren Kopf gezogen; sie streifte sie nach hinten, als ich vor die Tür trat. Die Hunde hatten sich neben den offenen Flügeln des Tores niedergelassen und betrachteten sie misstrauisch. Ich war zu erstaunt, um etwas sagen zu können.

»Ich möchte mit Euch sprechen«, sagte sie übergangslos.

»Das ist ja nichts Neues«, hörte ich mich sagen. Sie lächelte nicht.

»Darf ich hineinkommen?«

Ich trat beiseite und machte eine auffordernde Geste. Sie zögerte so lange, dass ich dachte, sie würde es sich wieder anders überlegen, aber dann kam sie mit den für sie üblichen hastigen Schritten auf mich zu und drückte sich an mir vorbei in die Halle herein. Sie sah sich suchend um, bevor sie mir einen Blick zuwarf. Ich sah, dass ihre Haare wirr waren und ihr Mantel zerdrückt. Diesmal roch ich keinen frischen Duft nach Äpfeln.

»Die Stube ist dort drüben«, sagte ich. Sie wartete, bis ich die Tür öffnete, dann trat sie hinein. Es war dunkel, und es brannte kein Feuer. Der blaue Mantel ließ sie mit der Finsternis verschmelzen, nur ihr Haar schimmerte matt. Ich schloss die Tür, und sie drehte sich um und sah mich an. Selbst jetzt glänzten ihre Augen von irgendeinem schwachen Licht, das vom Hof durch die dicken Fensterscheiben hereingeworfen wurde. Ich konnte hören, wie ihr Kleid von ihrem hastigen Atem raschelte.

Jemand klopfte an die Tür und brachte beim Eintreten den warmen Schein einer Kerze mit sich. Es war meine Haushälterin. Ohne ein Wort setzte sie mit geübter Geschicklichkeit das Feuer im Kamin in Gang und stellte die Kerze auf dem Tisch ab. Sie nickte mir und ihr zu und verschwand lautlos wieder durch die Tür. Ich hatte plötzlich das Gefühl, als sei einer meiner surrealen Träume zum Leben erwacht.

Als die Flammen nach oben flackerten, erschauerte sie und trat zum Feuer. Sie streckte beide Hände danach aus und bewegte die Finger. Ich stellte mich neben sie und fasste nach der Kapuze des Chaperons; sie schnürte ihn vorne auf und ließ mich ihn von ihren Schultern ziehen. Ich legte ihn auf die Bank und streckte die Hände nach dem Kragen ihres Mantels aus. Sie wand sich heraus, ohne mich anzusehen. Sie trug nochmals das goldene Kleid, und selbst ich als Mann konnte erkennen, dass der Brokat fleckig und rau war, als sei er nass geworden. Auch der Atlas des Mantels war klamm und feucht; ich hielt ihn ausgebreitet vor das Feuer.

Sie sah mich von der Seite her an. Ihre Augen schimmerten jetzt von flüssigem Gold. Ich sah, dass sie tiefe Schatten darunter hatte, und die Grübchen um ihre Mundwinkel waren stärker ausgeprägt denn je.

»Ich bin keine Zofe«, sagte sie schließlich.

Ich nickte. Ich war auf alles gefasst. Wenn sie wie Johannes Reckel versucht hätte, Information gegen Information zu tauschen, hätte ich ohne zu zögern eingewilligt.

»Meinem Vater gehört ein Handelshaus in Krakau, etwa so groß wie Eures«, fuhr sie fort. »Es trägt seinen Namen. Aber er ist ein alter Mann und kaum noch in der Lage, die Geschäfte zu führen.«

»Ihr führt sie für ihn.« Ich wunderte mich nicht einmal, dass ich nicht schon eher darauf gekommen war. »Ich hätte es mir denken müssen; Ihr habt es mit jedem zweiten Satz zu erkennen gegeben.«

»Habe ich mich so schlecht verstellt?«, fragte sie.

»Nein«, sagte ich und merkte, dass ich lächelte. »Aber ich habe schlecht hingesehen.«

»Kaum jemand weiß davon; auf jeden Fall keiner unserer Handelspartner«, erklärte sie. »Niemand würde einer Frau etwas abkaufen. Vater hat noch genug Kraft, die Verhandlungen zu führen, aber der Kopf dahinter bin ich.«

»Habt Ihr keinen Verwalter?«

»Wir hatten einen. Er war gut. Aber er wollte nicht unter den Befehlen einer Frau arbeiten.«

»Euer Vater gab doch die Befehle.«

»Aber ich dachte sie mir aus.«

Ich nickte. Im Schein des aufflackernden Feuers spielten ihre Wangenmuskeln. Ich fühlte keine Ungeduld mehr. Sie würde ihre Geschichte so erzählen, wie sie musste, und ich war damit zufrieden.

»Als ich von der Hochzeit erfuhr, plante ich, den Zug zu begleiten, um Handelsbeziehungen mit Euren Kaufleuten zu knüpfen. Vater meinte, niemand würde mich jemals mitnehmen. Aber er ließ seine Beziehungen zum Königshof spielen, und schließlich erklärte sich Gräfin Jagiello gegen eine Beteiligung an meinen Abschlüssen bereit, mich als ihre Zofe mitzunehmen.«

»Kein schlechtes Geschäft.«

»Ich musste nicht für sie arbeiten«, sagte sie rasch. »Tatsächlich habe ich sie die meiste Zeit nicht zu Gesicht bekommen.«

Sie schwieg und starrte ins Feuer. Sie hatte immer noch ihre Hände danach ausgestreckt, als ob sie alle Wärme aufnehmen wollte, die die Flammen abgaben.

»Was geschah in Landshut?«, fragte ich sanft.

Sie warf mir wieder einen ihrer raschen Blicke zu.

»Es war leicht für mich, mich in der Stadt zu bewegen«, erklärte sie. »Vater hatte darauf bestanden, dass ich als Kind nicht nur Latein und Griechisch lernte. Um Cicero zu lesen, brauchst du Latein, hatte er einmal gesagt. Um dir die Muße zu erkaufen,

Cicero zu lesen, brauchst du Deutsch. In dieser Sprache wird gehandelt und Geld verdient. Ich hatte gehofft, die Landshuter Kaufleute wären nicht so verbohrt wie in meiner Heimat und würden auch mit einer Frau Geschäfte machen. Also begann ich sie heimlich aufzusuchen.«

»Entgegen dem herrschenden Verbot«, sagte ich.

»Entgegen dem herrschenden Verbot«, bestätigte sie. »Die meisten Eurer Landsleute hatte ich richtig eingeschätzt. Sie waren entweder freidenkend oder geldgierig genug, um sowohl über mein Geschlecht als auch über das Risiko hinwegzusehen. Vielleicht dachten sie, sie könnten mich leicht über den Tisch ziehen – eine Frau, die sich im Handeln versucht.«

Sie lächelte spöttisch, aber das Lächeln verlor sich wieder.

»Sie haben sich vermutlich getäuscht«, sagte ich. Sie nickte und zuckte gleichzeitig die Schultern.

»Lasst mich raten«, sagte ich dann. »Als ich bei der Delegation erschien und meine Fragen stellte, dachtet Ihr, ich sei ein Abgesandter der Zunft, der Euch nachspionierte.«

Sie senkte den Kopf.

»Ich dachte, meine Aktivitäten seien bekannt geworden«, murmelte sie. »Aus Euren Fragen glaubte ich zu schließen, die Zunft wüsste, dass jemand aus der Delegation sich strafbar gemacht hatte, aber nicht, wer dieser Jemand war. Deshalb sprach ich Euch in der Gasse an. Ich wollte herausfinden, wie viel Ihr wusstet.«

»Und die Begegnung am Fluss? Wo Ihr mir gezeigt habt, dass Ihr mehr vom Feilschen versteht als ich? Lasst mich nicht vergessen, Euch noch das Geld zu geben, das ich Euch schulde«, fügte ich in einem Versuch zu scherzen an. Ihre Lippen spitzten sich leicht in der ihr eigenen Miene der Amüsiertheit. Sie sah wieder vom Feuer hoch und mir ins Gesicht.

»Ich war noch immer nicht schlau aus Euch geworden; ich hatte begonnen, Euch zu beobachten«, sagte sie. »Dabei war mir aufgefallen, dass Ihr immer wieder um das alte Haus in der Gasse entlang der Stadtmauer herumschlicht; Ihr hattet später sogar einen Mann angeheuert, der das Gebäude während Eurer Abwesenheit bewachte. Ich wusste, wenn ich mich dort in der

Gegend aufhielt, würde ich Euch immer wieder zu Gesicht bekommen.«

»Seid Ihr jemals in das Haus eingedrungen?«, fragte ich. Sie schüttelte den Kopf.

»Ich versuchte es. Aber das Eingangstor war zu gut verschlossen. So blieb ich nur in seiner Nähe, solange ich konnte.«

»Deshalb wart Ihr auch so schnell auf der Kiesbank.«

»Wie gesagt, man hörte Euch mit den Flößern bis hinter die Stadtmauer streiten«, lächelte sie.

»Wollt Ihr etwas trinken oder essen?«, fragte ich sie. Sie dachte nach und nickte dann.

»Mir ist kalt«, sagte sie. »Für einen warmen Schluck wäre ich Euch dankbar.«

Ich nickte und verließ den Raum. Vor der Stube blieb ich stehen und starrte in die von ein paar Kerzen erleuchtete Haushalle. Wollte ich ihr glauben? Ich wusste es noch nicht. Ich marschierte in die Küche und ließ Wein auf das Feuer stellen und würzen. Als ich zurückkam, hatte sie sich den Stuhl an den Kamin gezogen und hielt ihre Füße in die Nähe der Flammen. An der Art, wie sie sich selbstverständlich auf den Stuhl des Hausherrn gesetzt hatte, erkannte ich, dass zumindest ihre Geschichte über ihre Verhältnisse zu Hause nicht erfunden war.

»Man wird gleich etwas Glühwein bringen.« Sie sagte: »Danke«, und schwieg dann.

Ich setzte mich auf die Bank und betrachtete ihren Rücken. Ihr Kleid war zerknittert, als hätte sie es schon längere Zeit getragen. Ihr Haar war einmal nass geworden, und danach hatte sie sich keine Mühe gegeben, es zu ordnen oder zu trocknen.

»Was führt Euch diesmal zu mir?«, stellte ich schließlich die Frage, die mir am meisten auf der Zunge brannte.

»Ein Mord«, sagte sie nach langem Zögern. Ich erstarrte. Ich war froh, dass ich hinter ihr saß und sie mein Gesicht nicht sehen konnte.

»Der Mann, den ihr beauftragt hattet, das Haus zu überwachen«, fuhr sie fort. »Er wurde ermordet.«

»Ich weiß«, sagte ich ruhig.

Sie machte eine halbe Bewegung, als wollte sie sich zu mir

umdrehen, aber dann blieb sie doch so sitzen, wie sie war, ihr Gesicht dem Feuer zugewandt.

»Ihr seid zwar ein Kaufmann«, sagte sie. »Aber es waren keine kaufmännischen Zwecke, die Euch zur Delegation geführt haben.«

»Sondern?«, fragte ich, als sie schwieg, um mir eine Antwort zu ermöglichen. Sie seufzte.

»Sondern die Suche nach der Gräfin Jagiello«, sagte sie. »Dachtet Ihr, ich hätte es mir nicht schon längst zusammengereimt? Ihr merkwürdiges Verschwinden, Euer Interesse an ihr, die durchsichtige Erklärung, die Albert Moniwid abgab ... Was hat sie angestellt?«

»Wie kommt Ihr darauf, dass sie etwas angestellt haben könnte?«, fragte ich vorsichtig.

Nun drehte sie sich doch um. Sie rückte den Stuhl herum, bis er mit der Lehne vor dem Feuer stand, aber das massive Holzteil schirmte ihren Rücken vor der Wärme ab. Kurz entschlossen drehte sie den Stuhl weiter herum, bis sie seitlich darauf saß. Sie umschlang die Lehne mit einem Arm und beugte sich zu mir in die Dunkelheit vor. »Weil es jemandem einen Mord an einem alten Mann wert war«, rief sie. »Ein Mord, den ich mit angesehen habe.«

»Ich weiß«, sagte ich nochmals.

Ihre Augen weiteten sich. Zum ersten Mal hatte ich sie wirklich aus der Fassung gebracht.

»Ihr wisst ...«, echote sie fassungslos.

»Es gibt noch einen Zeugen für den Mord«, erklärte ich ihr. »Er hat mir gesagt, er habe Euch gesehen.«

»Ich habe niemanden bemerkt«, sagte sie verwirrt. Ich zuckte mit den Schultern. Innerlich war ich gespannter, als ich mich gab. Wie würde sie den Vorfall schildern? Ich wartete beinahe ängstlich darauf, dass ihre Erzählung zu stocken begänne, da sie nicht wissen konnte, über welche Informationen ich verfügte; mir war klar, es würde bedeuten, dass sie log.

Aber sie stotterte nicht. Sie sagte: »Ich steckte schon seit der Schließung des Stadttores hinter einem großen Haufen Treibholz draußen auf der Kiesbank. Ich hatte ein Messer mitgenommen, um mich für den Fall zu schützen, dass irgendein Kerl mich entdecken würde. Mein Plan war, den alten Flößer anzusprechen und zu bestechen, damit er mir verriet, was er wusste. Ich hatte festgestellt, dass er immer wieder zum Wasser herunterkam, um daraus zu trinken oder sich für ein paar Minuten auf dem Kies auszustrecken.«

»Warum?«, fragte ich. »Warum interessiertet Ihr Euch dafür, was er tat oder wusste?«

Sie antwortete nicht sogleich.

»Ich wollte wissen, was Euch wirklich bewegte. Und ich wollte wissen, was mit der Gräfin geschehen war. Ich kannte sie kaum, aber sie hatte mir ermöglicht, hierher zu kommen, und ich fühlte mich dafür verantwortlich, ihrem Verschwinden hinterherzuspüren.«

Ich antwortete nicht darauf, und nach einer Weile nahm sie den Faden ihrer Erzählung wieder auf.

»Als das kleine Tor aufging, kamen statt des alten Mannes die beiden Kerle, die ihn mit sich schleppten. Ich konnte mir keinen Reim darauf machen, bis ich sah, dass sie ihn zum Wasser schleiften und dort ertränkten.« Ihre Stimme zitterte plötzlich und verrutschte ein paar Töne nach oben.

»Ich bin kein Feigling!«, rief sie. »Aber was hätte ich tun können? Ich umklammerte den Griff meines Messers, ohne es zu wagen, aus meiner Deckung hervorzustürzen. Vielleicht hätte ich sie verscheuchen können. Aber ich traute mich nicht. Ich schloss die Augen und hörte, wie sie ihn ersäuften.«

»Sie hätten sich nicht verscheuchen lassen«, sagte ich. »Wenn Ihr hervorgekommen wärt, hättet Ihr dasselbe Ende genommen wie der arme Teufel.«

»Das könnt Ihr nicht wissen«, sagte sie nur halb beruhigt. Sie schniefte und fuhr sich mit der Hand über das Gesicht. Es lag im Gegenlicht des Feuers, und ich konnte nicht erkennen, ob sie geweint hatte.

»Als sie weg waren, stolperte ich heraus und rannte zum Wasser hinunter. Ich dachte, ich könnte ihn vielleicht an Land ziehen; ich dachte, er sei vielleicht noch nicht tot. Aber sie hatten ihn zu weit nach draußen geschoben, und seine Kleider waren voll Wasser. Ich watete hinein, doch ich konnte ihn nicht erreichen. Ich sah seine Gestalt als einen dunklen Schatten, der sich träge mit der leichten Strömung von mir wegbewegte und bald darauf versank.«

Ich sah unwillkürlich auf ihre Beine hinunter. Sie trug noch immer ihre schmalen, spitzen Schuhe, aber das Leder war jetzt endgültig ruiniert. Sie ließ die Stuhllehne los und schlang beide Arme um ihren Oberkörper.

Plötzlich wusste ich, dass das einzig Richtige gewesen wäre, sie in den Arm zu nehmen und ihr über den Rücken zu streichen. Ich stand auf, aber ich stellte mich nur neben ihren Stuhl und ließ die Hand auf der Lehne ruhen. Mein Herz schlug schneller, aber es pumpte Wärme in meinen Körper. Sie sah zu mir auf, und ich konnte die verfärbten Streifen sehen, wo sie sich mit schmutzigen Händen durch das Gesicht gewischt hatte. Ich ging neben dem Stuhl in die Hocke. Es war mir auf einmal unangenehm, auf sie hinunterzusehen.

»Ihr wart sehr tapfer, Jana«, sagte ich. »Kaum ein Mann hätte gewagt, was Ihr gewagt habt. Tatsächlich ist einer weggelaufen, anstatt auf den Gedanken zu kommen nachzusehen, ob der alte Mann noch lebte.«

Sie sah mich zweifelnd an. Ich zuckte mit den Schultern und versuchte ein Lächeln. Es spiegelte sich halbherzig auf ihrem Gesicht wider.

»Ich habe heute nach Euch gesucht«, sagte ich. »Die Stadtresidenz des Herzogs war leer.«

»Ich weiß«, sagte sie. »Sie sind fast alle heute Morgen nach Eching hinaus geritten, mit allen Dienstboten, damit sie sich nicht um Essen und Trinken zu kümmern brauchten. Ich hielt mich versteckt.«

»Weshalb?«, fragte ich. »Wovor musstet Ihr Euch verstecken?«

»Vor den Mördern«, flüsterte sie. Meine Nackenhaare stellten sich auf.

»Weshalb?«, wiederholte ich scharf.

»Ich habe zu viel Krach gemacht, als ich ins Wasser hineinlief«, sagte sie. »Die Männer hörten mich und kamen zurück. Ich rannte davon, so schnell ich konnte, aber sie verfolgten mich. Ich hatte noch mein Messer, aber das Zutrauen darin verloren. Ich lief nur und lief, an der Stadtmauer entlang, bis ich zu den Teichen kam und die Böschung zum südlichen Stadttor hinauflief. Irgendwann müssen sie aufgehört haben, mich zu verfolgen. Die Wachen am Stadttor ließen mich ein, nachdem ihnen klar wurde, dass ich zur Delegation gehöre.«

»Und um mir dies zu erzählen, seid Ihr herausgekommen?«, fragte ich erstaunt. Sie schüttelte den Kopf. Dann nickte sie.

»Was soll das bedeuten?«, fragte ich.

»Ich bin herausgekommen, um es Euch zu erzählen«, sagte sie stockend. »Ich wollte Euch warnen. Aber nicht nur das. Ich wollte ... ich hatte Angst um Euch.«

Ich kniff die Augen zusammen.

»Angst ... um mich?«

Sie spielte mit ihren Wangenmuskeln, dann streckte sie die Hand aus und fuhr mir mit einem Finger über den Ärmel. Ich hielt den Atem an. Sie ließ die Hand wieder fallen, als sei sie erschrocken über ihre Tat.

»Ich dachte, sie würden Euch auch ermorden«, sagte sie heiser.

»Deshalb seid Ihr von der Stadt hier heraus ... Wie seid Ihr hierher gekommen? Etwa gelaufen?«

»Die anderen haben alle Pferde mitgenommen«, antwortete sie.

Ich sah sie an. Ich hockte noch immer vor ihr auf dem Boden, mein Gesicht ein wenig unterhalb des ihren. Sie streckte die Hand erneut aus, zuckte zurück und hob sie dann wieder. Sie streckte einen Finger aus und berührte mich sanft an der Nasenspitze. Ich starrte in ihre Augen und ertrank in ihrem Glanz. Sie waren nicht voller Tränen; ich hatte es auch nicht erwartet. Wie im Traum nahm ich ihren Finger in die Faust und hielt ihn fest, als sie versuchte, ihn zurückzuziehen. Sie gab nach, ohne den Blick von mir zu nehmen.

»Die Gräfin ist tot«, sagte ich in die Stille hinein. Sie schluckte.

»Ich habe es mir gedacht«, flüsterte sie. »Und Ihr ...«

»Ich bin, was ich immer gesagt habe«, erwiderte ich. »Ein Kaufmann. Der Stadtkämmerer ist mein Freund; er hat mich gebeten, ihren Tod aufzuklären, ohne dass ein Skandal daraus wird. Sie wurde ermordet, Jana, und wenn Ihr die Details dieses Mordes kennen würdet, könntet Ihr den Stadtkämmerer verstehen.«

»Wisst Ihr, wer der Mörder ist?«

»Heute hätte ich es beinahe erfahren«, sagte ich resigniert.

»Sind es die beiden Kerle, die auch den Flößer umgebracht haben?«

»Sie haben jedenfalls irgendetwas damit zu tun. Aber ich glaube nicht, dass sie es waren.«

Sie seufzte tief und schloss die Augen.

»Ich bin müde«, sagte sie und lehnte sich zurück.

»Ich lasse Euch ein Bad richten«, sagte ich. Ich stand auf und ließ ihre Hand los. Sie hatte es nicht eilig, sie zurückzuziehen. Sie schlug die Augen auf und ließ mich ein Funkeln ihres Spotts sehen.

»Rieche ich so streng?«, fragte sie. Ich lächelte.

»Noch viel schlimmer«, erwiderte ich. Sie lächelte ebenfalls und schloss die Augen wieder.

»Dann lasst das Bad richten, bevor hier noch das Feuer ausgeht«, sagte sie.

Das Bad war ein gewaltiger hölzerner Zuber in einem der hinteren Räume, der zuzeiten als Lagerraum diente. Jetzt stand er leer, und meine Mägde hatten den Zuber in die Mitte des Raums geschleift, mindestens fünf Dutzend Kerzen um ihn herum platziert und den Zuber mit heißem Wasser gefüllt, dessen Dunst den ganzen Raum vernebelte und ihn zusammen mit der Wärme der Kerzen in eine Waschküche verwandelte.

Als ich in die Stube zurückkam, war sie auf dem Stuhl eingenickt. Ich ließ sie schlafen, setzte mich auf die Bank und betrachtete sie, bis eine der Mägde hereinkam und berichtete, das Bad sei bereitet. Jana erwachte, warf einen verwirrten Blick um sich und schien sich dann zu erinnern, wo sie war; sie lächelte mir zu und folgte der Dienstmagd hinaus. Ich blieb in der Stube sitzen und versuchte festzustellen, was Maria von dieser Situation halten würde, aber Maria war im Moment nur eine Erinnerung, die mich nicht mit Schmerz, sondern mit Liebe erfüllte, und wenn ich sonst nichts für sie gefühlt hätte, dann wäre ich Jana wenigstens für diesen friedvollen Augenblick dankbar gewesen. Ich stand auf und marschierte zur Badestube.

Sie hatte den Kopf auf den Rand des Zubers gelegt und die Augen geschlossen. Sie hielt sich mit beiden Armen an der Umfassung fest, und ich sah ihre Haut durch den Wasserdunst schimmern. Mantel, Kleid und Unterkleid lagen in einem unordentlichen Haufen auf einem Schemel vor dem Zuber. Ich erkannte zu meiner Verblüffung, dass sie nackt badete. Als sie die Tür hörte, öffnete sie die Augen und sah mich an. Ein Schatten huschte über ihr Gesicht, und unwillkürlich tauchte sie tiefer in das Wasser.

»Ich glaube nicht, dass es sich gehört, ins Zimmer zu kommen, wenn eine Dame badet«, sagte sie argwöhnisch. Ich zuckte mit den Schultern.

»Normalerweise zieht man sein Unterkleid nicht aus, wenn man badet«, sagte ich. »Dann ist es auch kein Problem, zu einer Dame ins Bad zu kommen.«

Sie sah mich überrascht an, dann lachte sie plötzlich.

»Tatsächlich?«, meinte sie. »Und man hat mir immer gesagt, die Deutschen wären ein so reinliches Volk, weil sie so oft baden. Aber wenn man dazu die Kleider anbehält ...«

Ich bückte mich und raffte ihr Kleiderbündel zusammen. Als ich mich aufrichtete und den Raum wieder verlassen wollte, rief sie: »Wo geht Ihr denn damit hin?«

Ich drehte mich um.

»Das sind doch Eure Kleider, oder?«, fragte ich. »Ich lasse sie zur Wäsche bringen.«

Ihr Gesicht nahm einen verletzten Ausdruck an.

»Legt sie wieder hin«, sagte sie entschieden. Sie bewegte sich langsam durch das Wasser, bis sie sich mit dem Oberkörper ganz an den Rand drängte, der mir zugewandt war. Nur ihr Kopf sah oben über den Zuber heraus.

»Ihr habt Euch die ganze Zeit über höflich und distanziert mir gegenüber verhalten«, sagte sie langsam. »Ich dachte, Ihr wärt ein kalter und abweisender Mann.«

»Manchmal bin ich das wohl.«

»Und jetzt glaubt Ihr, nur weil ich zu Euch herausgekommen bin, um Euch zu warnen, dass Ihr die Situation nützen könnt. Ihr kommt hier herein und nehmt meine Kleider weg. Was habt Ihr als Nächstes vor? Bietet Ihr mir Euer Bett an?«

Ich starrte sie an und wusste auf einmal, dass ich mit dieser Möglichkeit gespielt hatte. Ich war zu verwirrt, um etwas darauf zu antworten.

»Vielleicht zieht Ihr die falschen Schlüsse aus meinem Verhalten«, sagte sie.

»Vielleicht tue ich das«, erwiderte ich ruhig und legte den Kleiderhaufen wieder ab. »Dennoch sind Eure Sachen nass und schmutzig. Ich werde sehen, ob ich unter den Kleidern meiner Frau etwas Passendes für Euch finde.«

Ihre Augenbrauen zogen sich zusammen.

»Eure Frau«, sagte sie leise. »Ich verstehe. Sie ist nicht anwesend. Ihr dachtet, ich könne womöglich für diese Nacht als Lückenbüßerin herhalten.«

»Ich dachte gar nichts«, sagte ich verärgert. »Meine Frau ist seit sieben Jahren tot.«

Sie kaute ein bisschen daran herum, aber sie war zu verletzt, um nachzugeben.

»Habt Ihr gedacht, mich damit dankbar zu stimmen?«, fragte sie mit rauer Stimme. »Meine Kleider reinigen zu lassen und mir dafür die Eurer Frau zu geben?«

»Zum Teufel mit den Kleidern!«, explodierte ich. »Wenn ich noch einmal etwas von Euren Kleidern höre, lasse ich sie auf der Stelle verbrennen.«

»Ihr braucht doch nicht gleich so zornig zu werden«, sagte sie.

»Ihr seid es, die mich zornig macht«, klagte ich sie an.

Sie senkte den Kopf und legte die Stirn auf den Rand des Zubers.

»Ich bin für niemanden ein Gewinn«, murmelte sie in das Wasser hinein.

Ich holte tief Atem.

»Ich glaube, der Wein ist schon lange heiß«, sagte ich und drehte mich um. »Ich werde einen Becher für Euch holen.«

Der Wein füllte einen kleinen Kessel, der über dem Feuer in der Küche hing, und verteilte sein Aroma nach Nelken, Zimt und Alkohol im Raum. Zwei Mägde saßen in einer Ecke und scheuerten den Ruß von Kochtöpfen. Als ich in die Küche kam, sprangen sie auf. Ich versuchte, den Kessel vom Haken zu angeln, aber der Griff war zu heiß, und ich verbrannte mir die Finger. Eines der Mädchen lächelte scheu, griff an mir vorbei und holte den Kessel herunter, ohne auch nur das Gesicht zu verziehen. Sie goss den Wein in zwei hölzerne Becher. Der Duft stieg mir in die Nase, und plötzlich hatte ich das Verlangen, sofort einen Schluck davon zu trinken. Ich stürzte einen Becher hinunter und spürte, wie sich die Wärme schlagartig in meinen Eingeweiden verbreitete und in mein Gesicht stieg. Die Magd schenkte den Becher nach, und ich nahm beide mit spitzen Fingern und trug sie zum Bad nach hinten.

Es war leer. Das Wasser war ruhig, und ein paar von den Kerzen waren ausgegangen. Der Kleiderstapel auf dem Schemel war verschwunden. Ich stand da und starrte auf die Pfütze, die sich an der Stelle gesammelt hatte, wo sie aus dem Zuber geklettert war. Ich machte ein paar Schritte auf den Zuber zu und stellte die beiden Becher auf dem Schemel ab.

Die Tür hinter mir öffnete sich erneut, und ich drehte mich um. Sie stand mit ihrem nassen Haar in der Türöffnung, in eine dicke Decke gewickelt und die Zehen wegen der Kälte des Bodens einziehend. Der Glanz der Kerzen spiegelte sich in ihren Augen.

»Ich habe meine Kleider in das Wäschelager gebracht«, sagte sie. »Eure Haushälterin hat mir gezeigt, wo es ist.«

Sie ließ die Tür zufallen und machte ein paar zögernde Schritte in meine Richtung. Ich bückte mich nach den Bechern und hielt ihr einen davon entgegen. Ich sah, dass meine Hände zitterten. Sie wand einen Arm aus der Decke heraus und ergriff den Becher. Sie nahm einen tiefen Schluck und gab ihn mir zurück.

Ihr Gesicht hatte Farbe bekommen vom heißen Wasser des Bades; die blauen Schatten unter ihren Augen waren fast verschwunden. Ihre Hand war dennoch eiskalt, als sie vorsichtig über mein Gesicht streichelte; nur die Fingerspitzen waren warm, wo sie den heißen Becher gehalten hatte. Ihre Augen waren halb geschlossen.

»Mir ist kalt«, flüsterte sie und trat von einem Fuß auf den anderen.

»Geht zurück ins heiße Wasser«, sagte ich rau. »Ich lasse derweil die Stube für Euch aufheizen und ein paar heiße Steine in Decken wickeln.« Ich wollte mich abwenden, aber sie nahm die Hand nicht von meinem Gesicht. Ich blieb stehen.

»Nein«, sagte sie kaum hörbar. »Kommt mit mir ins Bad.«

Sie trat zurück und ließ die Decke zu Boden fallen. Ich schluckte. An ihrer verkrampften Haltung erkannte ich, dass sie dies noch niemals getan hatte; dennoch blieb sie ruhig stehen und sah mich aufmerksam an. Ihr Körper war schlanker, als es dem allgemeinen Geschmack entsprach, und auf ihrem flachen Bauch zeichneten sich Muskelstränge ab. Ihre Schultern waren gerade, und ihre Brüste waren klein und fest. Ich spürte, wie mein Körper wieder von Taubheit ergriffen wurde.

»Auf diese Art zu baden ist viel angenehmer«, sagte sie, aber es klang nicht so leichthin, wie sie es gerne gehabt hätte. Sie stieg aus der Decke heraus, die sich um ihre Füße gewickelt hatte, und kletterte in die Wanne. Ich beobachtete sie, ohne mich zu bewegen. Dann stellte ich wie in Trance einen Fuß auf den Schemel, zog den zweiten nach und stieg ebenfalls ins Wasser, ohne auch nur meine Stiefel auszuziehen. Mein Kopf, meine Hände, alles brannte. Sie sah mir mit großen Augen zu und begann zu kichern.

Ich streckte die Hände nach ihr aus, und sie stieß sich vom Rand des Zubers ab und kam langsam in meine Arme. Ich legte beide Hände um ihr Gesicht und ließ sie langsam daran heruntergleiten, um ihren Hals, ihren Nacken, ihre Schultern. Ich spürte ihren zähen Bizeps an den Oberarmen, und dann spürte ich mit den Handballen die sanften Schwellungen an ihrem Brustkorb, wo ihre Brüste begannen. Sie seufzte leise und begann zu zittern. Dann drückte sie sich an mich, als wollte sie verhindern, dass ich diese Berührung wiederholte. Ich legte die Hände flach auf ihren Rücken, hob sie ein wenig aus dem Wasser und küsste sie auf den Mund. Ihre Lippen öffneten sich zögernd, dann ihre Zähne, dann spürte ich die Süße ihrer Zunge, die vorsichtig vor meinen Berührungen zurückschreckte.

Ich hatte das Bedürfnis, ihren Namen auszusprechen.

»Jana«, sagte ich erstickt.

»Bitte«, sagte sie. »Tu mir nicht weh. Sei vorsichtig.«

Ich umfasste ihre Schultern und hielt sie von mir weg.

»Ist es für dich ... das erste Mal?«, fragte ich verblüfft.

Sie wäre nicht sie gewesen, wenn sie verschämt nach unten geblickt hätte. Sie sah mir in die Augen und sagte einfach: »Ja.«

»Aber ...«, sagte ich, »du bist doch ... ich meine ...«

»Ich bin kein junges Mädchen mehr«, vollendete sie sachlich. »Nein. Ich bin zweiunddreißig. Ich hatte noch niemals einen Geliebten.«

»Aber das kann ich gar nicht glauben!«, rief ich.

»Warum nicht? Sieh mich an. Meine Haare sind stumpf, meine Augen zu groß, meine Nase zu lang, meine Lippen zu schmal, und ...«

Ich zog sie wieder an mich heran.

»Deine Haare«, murmelte ich, »sind wie das Gold eines Weizenfeldes kurz vor der Ernte, wenn der Wind hindurchfährt und die Ähren sich bewegen wie ein stürmischer See; deine Augen spiegeln den Himmel selbst an trüben Tagen wider; deine Nase ist gerade wie die einer klassischen Statue, und jeder Mann, der deine Lippen ansieht und sie nicht küssen will, ist ein Narr.«

»... und«, vollendete sie unbeirrt, aber lächelnd, »vor meiner scharfen Zunge hat sich noch jeder Jüngling in Sicherheit gebracht.«

»Ich bin kein Jüngling«, sagte ich. »Ich bin sechsundvierzig und habe die letzten sieben Jahre im Schatten verbracht. Es wird Zeit, dass mir jemand zeigt, wo die Sonne scheint.«

Sie schloss die Augen und atmete tief durch.

»Ich glaube, ich liebe dich«, sagte sie.

»Seit wann?«, fragte ich belustigt.

»Ich weiß nicht«, lachte sie. »Vielleicht seit dem Gespräch am Fluss, als du mit offenem Mund zugehört hast, wie ich dir ein paar Gulden gespart habe.«

Sie wurde wieder ernst und begann, vorsichtig an den Bändern meines Wamses zu zerren.

»Ich weiß jetzt, dass ihr Deutschen am liebsten in einer Rüstung badet«, sagte sie sanft. »Lass mich dir zeigen, dass es auch anders geht.«

Zu sagen, es war wie ein Traum, würde es nur unzutreffend beschreiben; es war eher wie ein Rauschzustand, in dem sämtliche Sinne aufs Höchste geschärft waren und für uns doch nichts zu existieren schien außer einer kleinen Blase, in der Jana und ich mich befanden. Die kleine Blase war unsere gesamte Welt. Ich spürte, wie sie mein Wams aufschnürte und unter Wasser weiter daran nach unten tastete, bis sie den Gürtel erreichte. Ihre Finger konnten den Haken nicht aus der Öse lösen, und ich half ihr dabei; der Gürtel löste sich und schwebte sanft nach unten. Ich konnte fühlen, wie er sich um meine Füße ringelte, aber ich fühlte nicht, ob die Luft an meinem Oberkörper warm oder kalt war, nachdem sie mir das triefende Wams über den Kopf gezogen und auf den Boden vor dem Zuber geworfen hatte. Ihre Blicke brannten sich in meine Augen, während ich mich aus dem Hemd wand. Sie stand einen Schritt vor mir, das Wasser, das von meinen Bewegungen aufgerührt war, schwappte um ihre Schultern; sie hatte den Mund halb geöffnet und ließ kein Auge von mir. Ich zog die Schlaufe am Bund meiner Hose auf, und das Gewicht des nassen Stoffes zog sie nach unten. Wie ich aus den Stiefeln kam, weiß ich nicht mehr. Jana lächelte, hob einen Arm und schob das Hemd, das ich einfach hatte ins Wasser fallen lassen und das nun zwischen uns trieb, beiseite. Sie trat einen Schritt auf mich zu und stand dicht vor mir, und trotz des Wassers glaubte ich die Hitze zu spüren, die von ihrem Körper ausging. Die Muskeln in meinen Oberschenkeln begannen zu beben.

Ich beugte mich nach vorne und küsste sie auf die Stirn, aber sie hob ihr Gesicht und suchte mit ihren Lippen nach meinem Mund. Die Begierde des Kusses fuhr mir durch den Leib, und ich hob die Arme, um ihren Körper zu berühren. Ihre Hand legte sich vorher auf meine Brust, und ich hielt inne. Sie zögerte, strich mit den Fingern nach unten, bis ihre Fingerspitzen meinen

Magen berührten, noch immer unsicher. Ich legte die Hände um ihre Taille. Vielleicht spürte sie, dass auch meine Finger zitterten. Sie löste sich von meinem Mund, warf den Kopf zurück, und während sie mich mit ihrem intensiven Blick ansah, strichen ihre Finger noch weiter abwärts, bis sich meine Bauchmuskeln unter der federleichten Berührung wie in einem Krampf verhärteten und sie ihre Hand um den schmerzenden Pol des Verlangens in meinem Schoß legte. Ich hörte mich seufzen, und sie schloss die Augen. Ohne ihre Hand wegzunehmen, drückte sie sich an mich, und ich umfing ihre Schultern und presste sie in meine Arme, küsste sie erneut, küsste ihr Gesicht, ihre Augen, ihren Mund. Sie öffnete die Lippen, aber diesmal kam ich ihr zuvor.

»Ich liebe dich, Jana«, flüsterte ich heiser, und nachdem ich es ausgesprochen hatte: »Ich liebe dich, ich liebe dich«, als könne ich nicht mehr damit aufhören. Sie drängte sich in meine Arme, ihre Brustwarzen zwei harte Knospen in den sanften Berührungen ihrer Brüste, ihr flacher Bauch gegen meinen gepresst und ihr Schamhügel ein lange vermisstes Gefühl des Verlangens an meinen Lenden. Ich wollte sie, aber es erschien mir nicht richtig, mit ihr an diesem Ort zu bleiben; ich liebte sie, und ich konnte mir nur einen Platz denken, der dazu geeignet war, es ihr und vor allem mir selbst zu beweisen. Ich trat auf den Schemel im Inneren des Zubers und hob sie aus dem Wasser; sie schien mir so leicht wie ein kleiner Vogel zu sein. Ich folgte ihr und hüllte sie in eine Decke, aber sie wickelte sich wieder aus und legte sie auch um meine Schultern. Plötzlich sahen wir uns ins Gesicht und fingen an zu lachen. Tropfend nass und dicht aneinander gedrängt, humpelten wir aus dem Badezimmer, über die Steinfliesen der Halle und in meine Schlafkammer, zu zweit unter der Decke, die sowohl ihren Körper als auch meine Erregung nur unzureichend verhüllte. Ich weiß nicht mehr, ob uns jemand aus meinem Gesinde während dieses kurzen Weges begegnete. Es war mir auch vollkommen egal. Wir platzten in meine Schlafkammer, und ich dankte der Vorsehung dafür, dass ich zu Beginn der regnerischen Tage angeordnet hatte, dass auch hier ein kleines Kaminfeuer anzuzünden wäre; das Feuer war das einzige

Licht in dem Raum, und sein roter Widerschein ließ ihn wärmer erscheinen, als er war. Wir warfen die Decke zu Boden und standen vor dem Kamin, betrachteten uns gegenseitig, als hätten wir uns noch nie zuvor erblickt. Ich war es nicht gewöhnt, mich splitternackt von einer Frau betrachten zu lassen, und doch fühlte ich keine Verlegenheit vor Janas ruhiger Musterung; ich selbst trank den Anblick ihres Körpers förmlich in mich hinein. Ich schielte zum Bettkasten, und sie lachte hell auf. Ich umfasste ihre Schultern und zog sie mit mir.

Es war nicht leicht, sie zu lieben; trotz ihrer unbefangenen Art und ihres Verlangens hatte sie Angst. Sie wusste nicht, was ich von ihr erwartete – was *jeglicher Mann* von ihr erwartete – und ich war selbst viel zu erregt, um ihr die Gewissheit zu geben, dass es nichts sei, was ihre Kräfte überstieg. Ich küsste sie, und sie küsste mich wieder; ich umfasste ihre Brust, und sie drängte mir ihren Oberkörper entgegen; aber als ich mit der Hand zu ihrem Schoß fuhr, versteifte sie sich, und es hätte nicht noch des Zurückschreckens ihrer Hand von meinem eigenen Schoß bedurft, um mir ihre Unsicherheit zu zeigen. Plötzlich besann ich mich auf das, was Maria mich gelehrt hatte: Zärtlichkeit und Geduld, und die Berührung von Fingerspitzen. Ich zog die Decke, die ich in meiner Hast fortgeschoben hatte, wieder über sie und nahm die Hände von ihrem Körper fort. Im Licht des Feuers, das zu den offenen Türen des Bettkastens hereinfiel, sah ich sie ihre Augen öffnen und mich anblicken.

»Es tut mir Leid«, sagte sie langsam. »Ich bin ungeschickt ...«

Ich schüttelte den Kopf und lächelte. Die unmittelbare Erregung wich von mir und machte einem Gefühl süßer Wärme in meinem Bauch Platz. Ich stützte den Kopf auf eine Hand und sagte: »›Ich kam gegangen zu der Au, wo meine Freundin war, und wurd' empfangen. Teure Frau, sie macht' mich selig immerdar.‹«

Ihre Brauen zogen sich zusammen; unwillkürlich fragte sie: »Was ist denn das?«

»Ein Liebesgedicht«, erwiderte ich.

»Von dir?«

»Nein. Von einem Mann, der schon vor dreihundert Jahren gelebt hat und dessen Verse über die Liebe die Zeiten überdauerten.«

»Es ist schön«, sagte sie.

»Es geht noch weiter«, erklärte ich. »Und küsst' sie mich? Wohl tausend Stund' – seht nur, wie rot ist mir der Mund.« Ich grinste, und sie lachte fröhlich.

Ich beugte mich über sie und sah ihr in die Augen.

»Und küsst' sie mich?«, murmelte ich. Sie blickte mich an.

»Wohl tausend Stund'«, sagte sie und öffnete die Lippen.

Dieses Mal war es nicht mehr schwer. Als hätte Jana ein Tor für mich aufgestoßen, kam die Erinnerung wieder zurück; und obwohl mich die Erregung aufs Neue mit sich forttrug, vergaß ich nicht mehr, was ich einst gewusst hatte. Ich strich mit den Fingerspitzen sanft über ihren Hals, ihr Schlüsselbein; ich fuhr mit dem Finger in das Tal zwischen ihren Brüsten, zeichnete ihre Rundung nach und streichelte leise ihre Schultern. Ihre Lippen saugten an meinem Mund; ich liebkoste die zarte Haut unter ihren Ohren und fuhr wieder herab zu der Schwellung ihrer Brüste. Als ich bis zu ihrem Nabel vorstieß, begann sie heftiger zu atmen, und noch heftiger, als sie die Berührung meiner Männlichkeit an ihrer Seite verspürte. Das Blut stieg ihr in die Wangen; sie löste sich von meinen Lippen und vergrub ihr Gesicht an meinem Hals, und als sich ihr Körper an meinen presste und ihre Hitze sich auf mich übertrug, versank die Enge des Bettkastens, die Kühle außerhalb der Decken, alles versank, so wie es früher geschehen war, wenn ich mit Maria beisammen war. Ich atmete ihren Duft, fuhr mit beiden Händen die Bewegungen ihrer Gliedmaßen nach, küsste ihre Hände und ihre Brüste, und als ich endlich in sie eindrang und die Hitze ihres Schoßes mich umfing, stöhnte sie laut und umklammerte mich mit Armen und Beinen, während ihr Körper zuckte und sich verkrampfte und der Schmerz meines Eindringens in einer heißen Welle der Lust unterging. Sie trug auch mich mit sich davon: Ich drückte sie an mich und presste mich so tief in sie hinein, wie ich konnte, und noch im letzten Aufbäumen ihres Leibes verschwamm ihr Gesicht vor meinen Augen, und ich fühlte alle Dämme brechen und zuckte und keuchte und verströmte mich in sie.

Als ihre Züge wieder Gestalt annahmen, sah ich die Tränen in ihren Augen, aber erst als sie den Arm hob und über mein Gesicht wischte, erkannte ich, dass auch ich geweint hatte.

Lange Zeit danach lag ich wach in meinem Bett und fühlte die Berührung ihrer nackten Haut an meiner Seite. Sie schlief unruhig und zuckte im Traum, aber sie wachte nicht davon auf. Ich dachte an Maria. Mein Entschluss, das Bad zu verlassen und mit Jana in diesen Raum, in dieses Bett zu gehen, das so viele Erinnerungen an Maria und mich beherbergte, war aus meinem Herzen gekommen. Hatte ich mich damit an der Erinnerung an meine Frau vergangen? Aber ich spürte die Liebe zu Maria noch immer so stark in mir wie zu allen Zeiten; die Liebe zu Jana hatte sie nicht verdrängt, und sie störte auch nicht meine Gefühle für die junge Frau. Sie war einfach da, eingeschlossen in meine Erinnerungen und meine Träume wie in goldenen Bernstein, und sie quälte mich nicht mehr. Vor allem in der Zeit gleich nach Marias Tod hatte ich mir manchmal gewünscht, ich hätte sie nicht so sehr geliebt, damit ich jetzt nicht so sehr leiden müsste, doch nun war ich froh über diese Liebe. Sie hatte mir die größte Erfüllung gegeben, die ich gekannt hatte, und zugleich den größten Schmerz, aber beides gehörte zu mir und machte das aus, was ich war. Ich akzeptierte sie mit beiden Facetten, wie es sich gehörte, und sie stärkte mich und machte mich bereit für diese neue Erfahrung, diese neue Liebe, derer ich soeben teilhaftig geworden war. Ich drehte mich um und versuchte, Janas Gesicht zu sehen, doch es war zu dunkel im Bettkasten.

Ich dachte: Maria, ich liebe dich noch immer.

Und ich dachte: Jana, ich liebe dich.

Am Samstagmorgen waren die polnischen Wachen wieder vor dem Tor der Stadtresidenz aufgezogen. Es war wie beim ersten Mal: Die Wachen ließen mich nur nach längerem Hin und Her eintreten. Diesmal fanden keine Übungen im Innenhof der Residenz statt; er war verwaist, und die zerschundene Stechpuppe stak einsam auf ihrem Pfahl wie eine aufwändige Vogelscheuche an einem Ort, an den sich niemals Vögel verirren würden. Der Wächter brachte mich ins Innere des Wohnhauses, führte mich eine Treppe hoch und ließ mich schließlich vor einer Tür stehen, hinter der er verschwand. Ich wartete eine Weile, in der zwei der polnischen Ritter, mit denen ich bereits zu tun gehabt hatte, an mir vorbeimarschierten und die Treppe hinunterstiegen. Ich nickte ihnen zu, und sie nickten gleichmütig zurück, warfen mir aber noch im Hinuntergehen Blicke über die Schulter zu.

Als ich in das Zimmer eintreten durfte, erkannte ich den Grund für die merkwürdige Stimmung unter den Polen. Albert Moniwid lag mit grimmigem Gesicht in einem Bett, das man an eine Wand geschoben hatte, und starrte mir verbissen entgegen. Sein rechter Arm lag auf seiner Brust, mit Lederriemen an den Körper geschnürt. Er machte keinen seiner groben Scherze, als er mich erblickte, und ich wusste, es ging ihm nicht gut. Er nickte dem Wächter zu, und dieser verbeugte sich und verließ den Raum.

»Der Kaufmann«, sagte Moniwid heiser. »Was wollt Ihr?«

»Was ist mit Euch passiert?«

»Ein kleiner Unfall gestern während eines Übungsstechens. Nichts Ernstes«, antwortete er. Ich sah ihm in die Augen und wusste, dass er log. Er hatte dunkle Schatten um die Lider, und auf seiner Stirn standen Schweißperlen. Selbst sein gewaltiger Schnauzbart schien erschöpft herabzuhängen.

Ich empfand keine Befriedigung bei seinem Anblick. Er hatte mich mit seinem erbarmungslosen Spott bis aufs Blut gereizt, aber jetzt brauchte ich ihn.

»Hat die Stechpuppe wieder nach Euch geschlagen?«, fragte ich ihn.

Er sagte zwischen den Zähnen: »Nein.«

»Was ist es dann?«

»Was wollt Ihr von mir, zum Teufel?«, rief er.

»Interessiert es Euch, wie weit ich mit meinen Ermittlungen gekommen bin?«

Er machte eine ruckartige Bewegung und verzog das Gesicht.

Unbewusst fasste er mit der linken Hand nach seiner rechten Schulter und drückte vorsichtig dagegen. Er schloss die Augen und atmete schneller.

»Und – wie weit seid Ihr?«, fragte er lustlos.

»Morgen weiß ich, wer den Mord begangen hat«, sagte ich. Wenn ich einen unhörbaren Paukenschlag erwartet hatte, wurde ich enttäuscht. Er öffnete die Augen und sah mir ins Gesicht.

»Warum nicht schon heute?«, erkundigte er sich nach einer kleinen Pause.

»Ich muss zuvor noch mit jemandem sprechen, der den Mörder kennt«, erklärte ich.

»Und was wollt Ihr dann von mir?«

»Ich möchte, dass Ihr mich dazu nach Burghausen begleitet«, sagte ich.

Er biss die Zähne zusammen und funkelte aus seiner jammervollen Position zu mir herauf.

»Das ist unmöglich«, sagte er dann.

»Weshalb?«

»Ich bin verletzt.«

»Ich dachte, es sei nichts Ernstes.«

Ich konnte ihm ansehen, wie er wütend wurde. Es ging mit der für ihn üblichen Geschwindigkeit; auf seinen Wangen brannten plötzlich zwei rote Flecken.

»Ist es auch nicht!«, bellte er. »Ich kann mich nur nicht bewegen!«

»Was ist Euch denn zugestoßen?«

Er drehte den Kopf zur Seite, als ob er sich seiner Schwäche schäme. »Meine Schulter ist ausgerenkt«, murmelte er.

Ich konnte nicht behaupten, dass ich ihn bedauerte; dazu mochte ich ihn zu wenig. Aber ich wusste, welche Schmerzen er ausstand. Ich erinnerte mich daran, wie sehr er sich danach verzehrte, gegen die bayerischen Ritter im Turnier anzutreten, und ich wusste, dass zu seinen Schmerzen die Furcht kam, bis dahin nicht zu genesen. Trat er aber nicht an, würde es niemanden interessieren, wie der Grund dafür lautete – dafür hatte er überall seinen Mund zu weit aufgerissen. Man würde ihn ganz einfach der Feigheit zeihen.

»Ihr müsst sie wieder einrenken lassen«, sagte ich, ohne nachzudenken. Er hob den Blick wieder und sah mich starr an.

»Das ist bereits geschehen«, sagte er kaum hörbar.

»Und?«

»Die Schmerzen sind nicht besser geworden.«

»Was sagt Euer Arzt dazu?«

Er lachte, aber er hörte gleich wieder damit auf und fasste erneut an seine Schulter.

»In dieser Delegation findet Ihr die kräftigsten Ritter des polnischen Königreichs, aber keinen einzigen Arzt«, sagte er.

»Wer hat Euch dann die Schulter gerichtet?«

»Mein Knappe.«

»Lieber Himmel«, sagte ich unwillkürlich. »Schickt doch nach einem der Ärzte des Herzogs.«

»Damit überall unter den Bayern bekannt wird, dass ich mich verletzt habe? Habt Ihr sonst noch einen guten Einfall, Ihr Tölpel?«

Ich spürte, wie sich auch in mir die Wut wieder regte. Ich wollte entgegnen: Nun sagt mir einmal, wer von uns beiden im Bett liegt, und dann zeigt mir, wer der Tölpel ist, aber ich beherrschte mich.

»Wie lange liegt Ihr da schon?«, fragte ich ihn.

»Seit gestern Abend.«

»Ich nehme an, Ihr habt eine schlaflose Nacht hinter Euch?«

Er nickte. Plötzlich sagte er, und es klang wie eine resignierte Klage: »Ihr seid daran schuld, Kaufmann. Ich hörte nichts von Euch, und so bin ich auf die Suche nach Euch gegangen; als ich schließlich von Eurem Freund, dem Stadtkämmerer, ohne etwas erreicht zu haben, zurückkam, war ich so wütend, dass ich beim Rennen nicht genügend aufpasste. Meine Lanze verfing sich in der Rüstung meines Partners, ich bekam die Hand nicht mehr aus dem Trichter, und so renkte ich mir die Schulter aus.«

»Glaubt Ihr, Ihr habt Euch etwas gebrochen?«

»Woher soll ich das wissen?«

Ich rief betroffen: »Moniwid, ich brauche Euch. Ich stehe kurz davor, den Fall abzuschließen. Ich brauche jetzt Eure Hilfe.«

»Ich wusste doch, dass Ihr nicht damit fertig würdet«, sagte er in einem schwachen Abglanz seines bissigen Spotts. Ich reagierte nicht, und er fügte hinzu: »Auf mich müsst Ihr verzichten. Es ist ja Euer Fall, nicht meiner.«

Ich blickte auf ihn hinunter und dachte verzweifelt: Ich kann die Gefangenen nicht alleine zurückbringen. Ich brauche dich, und wenn du mir noch so zuwider bist. Aber was soll ich tun? Deine Schulter heilen? Einen Arzt besorgen?

– Einen Arzt besorgen.

»Ich kann Euch helfen«, sagte ich plötzlich wie aus einer Eingebung heraus.

»Wie wollt Ihr das anstellen?«

»Ich lasse einen Arzt für Euch holen ...«

»Das kommt nicht infrage«, knurrte er. »Habt Ihr mir vorhin nicht zugehört?«

»Es ist kein Arzt aus dem Hofstaat des Herzogs. Es ist der Sohn eines Mannes in der Stadt, den ich kenne. Er ist nur zu Besuch hier; er studiert Medizin in Innsbruck.«

»Ein Student ...«, begann er empört, aber ich schnitt ihm das Wort ab.

»Allemal besser als Euer Knappe, meint Ihr nicht?«

»Ich will ihn nicht«, brummte er wie ein kleines Kind.

Ich öffnete den Mund, aber er ließ mich nicht sprechen. Er ballte die linke Faust und sagte heftig: »Was bekümmert Ihr Euch überhaupt so sehr um meine Gesundheit? Glaubt Ihr im Ernst, ich würde Euch helfen, Euren Mordfall aufzuklären? Wenn Ihr mir den Täter nicht liefert, stelle ich mich hin und mache diesen Skandal öffentlich.«

»Wenn Ihr denn stehen könnt«, erwiderte ich, und er bleckte die Zähne vor Ärger und stieß etwas Polnisches hervor. Ich hatte ihn wieder einmal so weit gebracht; ich seufzte und bemühte mich, meine Wut auf seine arrogante Starrköpfigkeit zu bezwingen.

»Es ist keinem gedient, wenn wir uns streiten«, sagte ich. Er murmelte: »Geht zum Teufel.«

»Hört«, versuchte ich es noch einmal. »Ich bin ein Kaufmann, stimmt's?«

»Ein Pfeffersack«, sagte er boshaft. Ich ging nicht darauf ein.

»Ein Kaufmann hat immer ein Geschäft vorzuschlagen, habe ich Recht? Nun, ich habe ein Geschäft für Euch.«

Er verdrehte die Augen. Ich dachte an das, was Jana in einem solchen Fall gesagt hätte, und fuhr listig fort: »Ich besorge Euch den Arzt, und er wird schweigen und Euch ermöglichen, an den Turnieren teilzunehmen.« Sein Gesicht wurde plötzlich lang; vor Ärger hatte er nicht mehr an das Stechen gedacht. Seine Augen schlossen sich zu schmalen Schlitzen. »Im Gegenzug dazu begleitet Ihr mich.«

»Ich könnte mir jederzeit einen beliebigen Arzt kommen lassen«, entgegnete er ebenso trotzig wie zusammenhanglos. Ich hob die Hände und ließ sie heftig auf meine Oberschenkel fallen.

»Erspart uns doch die ganze Zeremonie!«, rief ich aufgebracht. »Ich habe es satt, dauernd mit Euch feilschen zu müssen. Ihr wisst genau, dass ich Euch ein gutes Angebot gemacht habe; und was wollt Ihr mehr als mein Geständnis, dass ich Eure Hilfe brauche. Ich kann Euch den Mörder liefern! Ist es nicht das, was Ihr von mir verlangt habt? Also steigt endlich von Eurem hohen Ross und sagt mir, ob Ihr mit mir zusammenarbeitet oder nicht.«

Er sah mich so an, als wolle er sagen: Na also. Nach einem Augenblick grinste er mühsam.

»Bringt mir den Arzt.«

»Warum muss ich mich nur immer halb entleiben vor Ärger, damit Ihr einsichtig werdet!?«, schrie ich.

Er hob die Augenbrauen und spitzte den Mund, und ich wehrte ihn mit beiden Händen ab und rief: »Schon gut: Weil Euch der Mut eines Einzelnen gefällt, ich weiß. Selbst wenn Ihr ihn dazu bis aufs Blut peinigen müsst.«

Er nickte und deutete mit dem Finger auf die Tür.

»Holt die Wache herein«, sagte er.

Ich wandte mich von ihm ab und schritt zur Tür; ich fühlte mich so erschöpft wie immer nach einem Gespräch mit ihm. Ich öffnete sie und winkte den Mann herein, der mich heraufgebracht hatte. Moniwid erklärte ihm etwas auf Polnisch, und der Mann eilte aus dem Zimmer.

»Ich habe ihm gesagt, er soll einen meiner Männer rufen, der etwas Latein versteht. Ihr werdet ihm erklären, wo der Arzt wohnt, und er wird ihn holen. In der Zwischenzeit erzählt Ihr mir, was Ihr bisher herausgefunden habt.«

Ich nickte; damit war ich einverstanden. Er ließ den Kopf mit einem Seufzer zurücksinken und massierte wieder vorsichtig die schmerzende Schulter.

»Wenn der Arzt mich kuriert hat, werde ich Euch sagen, ob ich Eure Geschichte glaube oder nicht.«

Ich wollte mich gegen seine Unverschämtheit wehren, aber ich hatte im Grunde nichts anderes erwartet. Ich atmete durch. Einmal sollst du nicht das letzte Wort behalten, dachte ich und sagte: »Wenn er Euch kuriert hat und Ihr Euch wohl fühlt, werde ich Euch sagen, dass er in Wirklichkeit ein Bader ist, der sonst nur kranke Pferde behandelt.«

Er verzog das Gesicht und schwieg eine Weile, während der er mich verdrossen ansah. Ich dachte, ich hätte ihn zum Verstummen gebracht, und einige Sekunden lang kaute er missmutig auf seinem Bart herum. Dann brummte er plötzlich so leise, dass ich es kaum hörte: »Danach wird er auch einen Maulesel zu seinen Patienten zählen können.«

Verblüfft sagte ich: »Wie bitte?«, aber er winkte nur ab und sagte nichts mehr, bis sein Bote kam.

Als ich Moniwid erzählte, was bisher geschehen war, ließ ich weder den Tod des Flößers und die merkwürdigen Umstände der Entdeckung seiner Leiche aus noch das Engagement des jungen Löw. Als ich die Rede auf den alten Reckel brachte, begann er den Kopf zu schütteln – offensichtlich glaubte er, er werde auf den Arm genommen. Ich beendete meine Erzählung, ohne mich davon beeinflussen zu lassen, aber sein skeptisches Gesicht verleitete mich doch dazu, ihn zu fragen: »Ihr glaubt mir nicht, oder?«

Er sagte: »Wir haben vereinbart, dass ich es Euch sage, nachdem Euer famoser Arzt mich kuriert hat.«

»Ihr braucht es mir nicht mehr zu sagen«, erklärte ich unwillig. »Euer Gesicht spricht Bände.«

Er antwortete nichts, und ich hatte auch nichts mehr zu sagen. Nach einer Weile trat ich ans Fenster und sah auf den Innenhof hinaus, in dem noch immer die verlassene Gestalt der Stechpuppe hing. Von hier oben konnte ich deutlich die Spuren sehen, die die Pferdehufe um die Puppe herum in den Boden gerissen hatten, ein lang gestreckter Bogen wie ein umgekehrtes U. Regenwasser schwamm in den größeren Trittspuren und spiegelte den grauen Himmel lustlos wider. Ich spürte, wie mich Müdigkeit überkam; ich wünschte mir, ich könnte den Polen verlassen und zu meinem Hof zurückkehren, um Janas Gesicht zu sehen. Ich dachte daran, mit welch überraschender Gleichmütigkeit mein Gesinde reagiert hatte, als ich ihnen Jana an diesem Morgen vorgestellt und erklärt hatte, sie würde so lange auf dem Hof bleiben, wie sie selbst es wünschte. Nur mein Verwalter war verwirrt, aber wie immer versuchte er es zu verbergen und sich meinen Sinnenswandlungen anzupassen. Ich erinnerte mich, wie sie ihn gebeten hatte, ihr den ganzen Hof zu zeigen, ganz so, als wäre er dazu besser in der Lage als ich. Unwillkürlich schmunzelte ich wieder über sein geschmeicheltes Gesicht, als ich zwei Gestalten sah, die sich durch den Eingang bewegten und den Hof überquerten. Ich presste das Gesicht an das bucklige Glas der Scheibe. Der eine war der polnische Bote. Der andere war Sebastian Löw.

»Kommt jemand?«, fragte Moniwid. »Kommt der Arzt?«

»Ich weiß nicht«, murmelte ich und fühlte eine leichte Beklemmung. »Der Bote hat seinen Vater mitgebracht.«

»Seinen Vater? Was soll ich mit seinem Vater, bei allen Heiligen? Ihm das Zipperlein aus den Beinen prügeln?«

»Seid still«, sagte ich und versuchte, das Gesicht des alten Löw zu erkennen. Er hielt den Kopf gesenkt, und das Glas war zu schlecht, als dass ich mehr als einen verzerrten Umriss seiner Gestalt wahrgenommen hätte. Dennoch wuchs die Beklemmung in mir, und als sie aus meinen Sichtfeld gerieten und durch die Eingangstür traten, hatte ich ein flaues Gefühl in meinem Magen. Natürlich konnte es sein, dass Löw nur mitkam, um seinen Sohn zu entschuldigen und nachzusehen, welch lukrativen Auftrag ich für ihn aufgetan hatte, aber ich glaubte nicht daran. Was ich von seiner Gestalt gesehen hatte, strahlte Angst aus. »Ich fürchte, es ist etwas Unvorhergesehenes geschehen«, sagte ich rau.

Sebastian Löw kam gleichzeitig mit dem Boten zur Tür herein. Noch während er sich hastig im Raum umsah, wurde mir klar, dass mich mein schlechtes Gefühl nicht getäuscht hatte. Sein Wams war unordentlich zusammengerafft und seine spärlichen Haare zerrauft, und die Angst trat mit ihm in den Raum. Mir wurde kalt.

Er erblickte mich, und seine Augen traten hervor. Er sprang auf mich zu, ohne Moniwid auch nur anzusehen.

»Herr Bernward«, keuchte er. »Herr Bernward.«

Er neigte sich vornüber. Ich erschrak und dachte, er würde vor mir zusammenbrechen, und instinktiv streckte ich meine Arme aus, aber er packte mich nur an den Schultern und starrte mir mit weiten Augen ins Gesicht. Seine runden Wangen waren bleich, und ich sah mit Entsetzen, wie blau seine Lippen waren. In seinen Mundwinkeln klebte angetrockneter Speichel wie Schimmel.

»Um Himmels willen«, rief ich. »Was ist denn passiert, Herr Löw?«

»Oh, ich danke Gott, dass Ihr den Mann geschickt habt, Herr Bernward«, stammelte er. »Ich danke Gott; ich weiß nicht mehr, was ich tun soll. Ich bin so froh, Euch zu sehen.«

»Was ist denn los, zum Teufel?«, bellte Moniwid von seinem Bett her. Ich fasste nach oben und löste Löws Hände von meinen Schultern. Er umklammerte meine Handgelenke mit seinen weichen Fingern. Ich spürte, wie er zitterte.

»Daniel«, brachte er hervor. Ich erstarrte.

»Daniel?«, rief ich und befreite mich aus seinem Griff. »Mein Sohn? Was ist mit ihm?«

Er glotzte verständnislos. Dann veränderte sich der Blick in seinen Augen, als ob ihm etwas klar würde, und ich sah, wie sich sein Brustkorb einmal von einem tiefen Atemzug hob und senkte. Es war eine ungeheure Anstrengung.

»Euer Sohn?«, fragte er. »Ihr habt einen Sohn namens Daniel?«

»Ja, um Gottes willen!«

»Der Name meines Sohnes lautet ebenfalls Daniel«, erklärte er beinahe würdevoll, und jetzt war die Reihe an mir zu glotzen. »Wir hielten es für sinnig. Daniel und Löw – Ihr wisst schon, der Prophet ...«

Ich fühlte, wie mich ein irres Lachen in der Kehle kitzelte.

»Dann meint Ihr ...«, begann ich.

»Meinen Sohn«, unterbrach er und schluckte hart. »Daniel Löw.«

»Was ist mit ihm?«

»Er ist seit zwei Tagen verschwunden.«

»Verschwunden? Was soll das heißen?«, fragte ich blöde. »Er war vorgestern Abend noch bei mir.«

»Ich weiß«, rief er verzweifelt. »Ich habe schon einen Bediensteten zu Euch geschickt heute Morgen, weil ich hoffte, er würde sich vielleicht noch auf Eurem Hof aufhalten.«

»Er ist einige Zeit nach der Vesper weggeritten«, murmelte ich. Er nickte.

»Er kam nie zu Hause an«, stöhnte er. Die Panik begann wieder, ihn zu übermannen, und er fing an, wild den Kopf zu schütteln. »Das hat er noch niemals getan«, ächzte er und hob eine Faust zum Mund. »Es ist ihm etwas zugestoßen. Großer Gott, ich weiß, dass ihm etwas zugestoßen ist.« Zu meiner Bestürzung füllten sich seine Augen mit Tränen, und er machte nicht einmal den Versuch, sie zurückzuhalten. Er riss mit den Zähnen an seinen Fingerknöcheln und stöhnte dumpf: »Lieber Gott, lieber Gott, lieber Gott.« Dann fing er an zu schluchzen.

Ich führte ihn zu dem Stuhl hinter Moniwids blankem Arbeitstisch. Er ließ sich hineinfallen, als hätten seine Beine keine Kraft mehr. Aus dem Augenwinkel sah ich, wie Moniwid uns einen wütenden Blick zuwarf.

»Was fehlt ihm denn, zum Teufel nochmal?«, grollte er. Mir wurde bewusst, dass wir bayrisch gesprochen hatten; der Pole hatte kein Wort verstanden. Er musterte den schluchzenden Löw voller Verachtung.

»Sein Sohn ist spurlos verschwunden«, erklärte ich.

»Und was habe ich damit zu tun?«

»Sein Sohn ist der Arzt, den ich für Euch holen wollte«, brauste ich auf. »Stellt Euch doch nicht so hölzern an!«

Löw schaute auf und richtete seinen tränenblinden Blick auf den polnischen Ritter. Er schniefte krampfhaft und fuhr sich mit der Hand über die Augen.

»Entschuldigt«, flüsterte er. Er besaß so viel Geistesgegenwart, dass er Latein sprach. »Ihr seid der Anführer der polnischen Ritter, nicht wahr? Entschuldigt, Herr. Es ist nur – mein Sohn ...«

»Es ist schon gut«, sagte Moniwid erstaunlich sanft.

Löw sah zu mir hoch.

»Was soll ich jetzt tun?«, fragte er hilflos.

»Ist sein Pferd zurückgekehrt?«, erkundigte ich mich.

»Nein. Vielleicht ist er in die Sümpfe geraten und mit ihm ertrunken«, stammelte er. »Oder Banditen haben ihn erschlagen und beraubt; oder ...«

»Hört auf!«, fuhr ich ihn an. »Ihr macht Euch ja selbst verrückt.«

Unerwartet erhielt ich Unterstützung; Moniwid sagte in seiner groben Art vom Bett her, als ob er den alten Apotheker trösten wollte: »Das wäre das erste Pferd, das in einem Sumpf ersäuft.«

Ich starrte ihn an, aber er verzog keine Miene. Ich wandte mich wieder an Löw.

»Und wenn er wirklich Banditen in die Hände gefallen wäre, hättet Ihr jetzt eine Lösegeldforderung auf dem Tisch.« Zusammen mit einem seiner Finger oder einem Ohr, dachte ich, aber ich konnte es mir verkneifen weiterzusprechen.

»Ich habe versucht, den Stadtrichter zu erreichen«, murmelte Löw. »Wie es heißt, befindet er sich nicht in Landshut. Sein Stellvertreter ist unterwegs, um Quartier für den Kaiser zu machen, und hat keine Zeit. Nicht einmal der Stadtkämmerer wollte mich empfangen.«

»Was wolltet Ihr von ihnen?«, fragte ich.

»Ich wollte, dass man mir Wappner gibt, um nach meinem Sohn zu suchen«, sagte er. »Aber niemand hat mich auch nur angehört.«

»Sie sind alle im Hochzeitsfieber«, brummte Moniwid verächtlich. »Was ist mit Euren eigenen Leuten?«, erkundigte ich mich.

»Ich habe zwei Knechte, die mir beim Sammeln der Kräuter helfen«, sagte er resigniert. »Der eine ist ein alter Mann, der andere sein Enkel, der ein Idiot ist und nicht einmal sprechen kann, aber ein Auge für Heilkräuter hat. Die anderen sind Küchenhilfen und Mägde, die meiner Frau zur Hand gehen.«

Ich verzog das Gesicht, ohne etwas zu sagen. Er fasste plötzlich wieder nach mir und hielt meine Hand fest.

»Ihr werdet mir doch helfen, Herr Bernward, nicht wahr? Jetzt, da ich weiß, dass Ihr auch einen Sohn habt ...«

Ich hatte befürchtet, dass er mich darum bitten würde. Ich schloss die Augen und dachte: Wie soll ich mich auch noch darum kümmern?

»Ich kann Euch ein paar Männer geben ...«, sagte ich zögernd.

»Ich weiß doch nicht, wohin ich sie schicken soll!«, klagte er. »Ich kann nicht einmal mehr klar denken. Bitte; Ihr müsst die Suche nach ihm organisieren.«

»Herr Löw ...«, begann ich verzweifelt.

»Bitte!«, rief er und riss an meiner Hand. »Bitte! Um Christi willen, helft mir!«

Ich starrte ihn an und sagte mir im Stillen: Da hast du's. Er hat dir geholfen, und nun musst du ihm helfen. Du hättest seine Dienste doch mit Gold aufwiegen sollen, dann wärst du dieser Verpflichtung jetzt ledig. Aber es war der Kaufmann Peter Bernward, der so sprach, und ich schämte mich dafür.

Andererseits war das Letzte, das ich mir leisten konnte, mich jetzt in einer langwierigen Suchaktion nach einem Vermissten zu verzetteln.

– Es ist nicht ein Vermisster. Es ist der Sohn des Mannes, der vor dir sitzt und vor Angst weint; es ist der junge Mann, der sich selbst bedenkenlos in Gefahr begeben hat, weil du ihm in deiner Hilflosigkeit Leid getan hast.

»Moniwid«, rief ich. »Eure Ritter müssen ausschwärmen und alles nach dem jungen Mann absuchen. Ihr seid der Mann, der eine solche Aktion leiten kann.«

»Wie käme ich denn dazu?«, empörte er sich.

Ich trat rasch auf sein Bett zu und beugte mich über ihn. Für einen Moment war er verunsichert und starrte mich erschrocken an; dann irrte sein Blick ab und suchte nach seinem Boten, aber dieser hatte schon lange den Raum verlassen. Wir waren allein. Er biss die Zähne zusammen und funkelte mich an, als erwarte er, ich würde ihm an die Gurgel fahren, aber ich zischte nur: »Der Sohn dieses Mannes hat mich in diesem Fall weiter vorangebracht als jeder andere, sogar weiter als meine eigenen Überlegungen.«

Ich streckte eine Hand aus und tippte ihm hart auf die Brust, und es war mir egal, ob seine Schulter höllisch schmerzte oder nicht. »Jetzt ist er verschwunden, und der Teufel soll mich holen, wenn es nichts damit zu tun hat, dass er sich in den Fall eingemischt hat. Dieser Fall aber ist auch Euer Fall, und wenn Ihr tausendmal sagt, er ginge nur mich und die Bürger dieser Stadt etwas an; und der Teufel soll *Euch* holen, wenn Ihr Euch aus der Verantwortung für Daniel Löw herausstehlen wollt.«

Er war sprachlos; halbwegs in meiner Rede hatte er nach meinem Finger gegriffen und mich daran gehindert, weiter auf seine Brust zu tippen, und jetzt hielt er meine Hand noch immer fest und gaffte zu mir nach oben. Ich hörte Löw schniefen; ich wusste nicht, ob ihm klar geworden war, wovon ich sprach, und es kümmerte mich auch nicht. Ich dachte daran, wie der junge Löw den Mord an meinem Spitzel geschildert hatte, und es überlief mich eiskalt. Wenn er denselben Kerlen in die Hände gefallen war, mochte er bereits tot sein, ebenso ertränkt wie ein junger Hund. O Gott, dachte ich, lass es nicht wahr sein. Nein, dachte ich dann, nein: Ein einzelner Spion, dessen Deckung auffliegt, ist erledigt; wenn aber noch ein zweiter auftaucht, empfiehlt es sich, ihn am Leben zu lassen und etwas genauer nachzufragen. Wir haben noch eine kleine Chance; wir dürfen nur keine Zeit verlieren.

Zugleich damit kam ein weiterer Gedanke in mir hoch: Reckel konnte dafür nicht verantwortlich sein. Seine Männer befanden sich alle bis auf einen im Gewahrsam des Richters.

»Was fällt Euch denn ein?«, protestierte Moniwid lahm.

»Gebt mir Euer Ehrenwort!«, verlangte ich.

Moniwid schüttelte den Kopf.

»Ihr spielt mir eine Komödie vor«, sagte er trotzig. »Ihr habt keine Ahnung, wer den Mord begangen hat, und es gibt auch keinen geheimnisvollen Alleswisser in irgendeinem Schlupfwinkel, der reden wird, wenn Ihr seine Männer aus dem Kerker befreit. Ihr wollt mich mit der Suche nach einem Kerl ablenken, den es gar nicht gibt, und bis ich mich umsehe, ist die Hochzeit vollzogen, und der Mord wird niemals gesühnt.«

»Ich bezweifle, dass ich Euch davon abhalten könnte, rechtzeitig mit dem Finger auf uns zu deuten«, sagte ich wütend.

»Worauf Ihr Euch verlassen könnt«, erwiderte er trocken. Ich schnaubte.

»Und was nun?«, stieß ich hervor.

»Ich will Euch etwas sagen«, erklärte er. »Ich mache jetzt Euch ein Angebot; aber nur, weil Ihr es seid. Ihr bringt diesen geheimnisvollen Mann zu mir und überredet ihn dazu, mir den Namen des Mörders zu nennen. Wenn es mir plausibel erscheint und eine Möglichkeit besteht, den Burschen zu fassen, werde ich Euch helfen, den jungen Mann zu suchen.«

»Reckel wird erst reden, wenn seine Leute befreit sind«, stöhnte ich. »Das habe ich Euch doch erklärt. Bis ich seine Leute aus dem Kerker in Burghausen befreit habe, vergeht zu viel Zeit. Wir können uns das nicht leisten.«

»Dann muss er eben ohne seine Leute reden«, sagte Moniwid lakonisch.

»Wie soll ich denn das anstellen?«, rief ich.

»Das ist Eure Sache.«

Ich knirschte mit den Zähnen. Am liebsten hätte ich ihn ... Ich ballte die Hände zu Fäusten und schlug damit gegen die Wand hinter seinem Bett. Er sah mir ausdruckslos dabei zu. Ich ließ die Fäuste sinken und keuchte erschöpft.

Löw meldete sich zu Wort.

»Herr Bernward, was hat das alles zu bedeuten? Was wisst Ihr über meinen Sohn?«

Ich wandte mich von Moniwid ab und kniete mich neben seinem Stuhl auf den Boden. Ich war im Knien ebenso groß wie er im Sitzen. Ich sagte auf Bayrisch: »Herr Löw, Euer Sohn ist in einen Fall verwickelt, der von äußerster Tragweite ist und sehr kompliziert.«

»Ich will es gar nicht genau wissen«, meinte er müde. »Erklärt mir nur eines: Ihr glaubt, mein Sohn ist in Lebensgefahr, nicht wahr?«

»Ja«, sagte ich einfach. Er kämpfte die Tränen zurück, aber er wurde noch eine Spur blasser, wenn dies möglich war.

»Glaubt Ihr, dass er noch lebt?«, hauchte er. Ich holte Atem, und er setzte hinzu: »Sagt mir um Gottes willen die Wahrheit.«

»Ja«, erwiderte ich nochmals. »Aber wir haben nicht mehr viel Zeit.« Sein Blick schweifte ab und richtete sich in die Ferne. Er atmete so schwer, als hätte er einen ganzen Tag bis zur Erschöpfung gearbeitet.

»Was passiert jetzt?«, murmelte er von weither.

»Herr Moniwid würde seine Leute auf die Suche schicken; vielleicht finden sie eine Spur. Aber er stellt eine Bedingung.«

»Welche?«

»Ich muss ihm den Mörder der Nichte des polnischen Königs ausliefern«, sagte ich. Er zuckte nicht einmal zusammen. Die Aussage bedeutete ihm nichts.

»Könnt Ihr das?«, fragte er wie im Traum.

»Nein. Aber ich kenne einen Mann, der es möglicherweise kann.«

»Und was werdet Ihr jetzt tun?«

»Ich werde zu diesem Mann gehen und ihn zum Reden bewegen«, sagte ich grimmig. Er nickte langsam. Er bedankte sich nicht. Ich stand auf und warf noch einen Blick auf ihn hinunter. Er saß leblos im Stuhl, und ich musste unwillkürlich an die Stechpuppe draußen im Hof denken. Für den Augenblick hatte er seine Grenze erreicht; es hätte mich nicht gewundert, wenn er in den nächsten Minuten eingeschlafen wäre. Ich dachte an seine Familie, die nun auch auf ihn wartete, und hoffte, dass er ihnen gesagt hatte, wohin er sich begeben würde.

»Ich versuche, Reckel zu holen«, sagte ich zu Moniwid.

»Ihr solltet Euch besser um den Mord kümmern als um diesen armen Teufel dort«, sagte er garstig. »Ihr habt nur noch ein paar Tage.«

»Wie es aussieht, kümmere ich mich um beides gleichzeitig«, entgegnete ich. Ich trat zur Tür und öffnete sie. Er rief mir hinterher: »Was ist mit ihm?« Er deutete auf Löws zusammengesunkene Gestalt. »Wollt Ihr ihn etwa hier lassen?«

»Natürlich«, erwiderte ich.

»Was soll ich denn zum Henker mit ihm anfangen?«

»Gebt ihm etwas zu essen, wenn er hungrig ist«, sagte ich und verließ den Raum.

Das Tageslicht begann bereits zu schwinden, als ich in den Hof hinausstolperte, und ich war überrascht, dass der Tag schon wieder vorüber sein sollte. In Moniwids Zimmer hatte ich gar nicht wahrgenommen, wie die Helligkeit den Raum verließ und dem Zwielicht des späten Nachmittags Platz machte, und nun stellte ich fest, dass mir ein weiterer Tag zwischen den Händen zerronnen war. Ich dachte an Daniel Löw und hastete die Gasse hinauf zu Wolfgang Leutgebs Haus.

Ich fühlte mich bei weitem nicht so ruhig, wie ich mich drinnen vor Moniwid und Löw gegeben hatte. Im Gegenteil – ich spürte eine würgende Angst um den Sohn des Apothekers, die mich atemlos machte. Ich dachte: Du darfst nicht zulassen, dass diesem jungen Mann etwas zustößt; es *kann nicht sein,* dass ihm etwas passiert; aber ich wusste aus eigener Erfahrung, wie dünn die Decke der Normalität über dem Chaos von Tod und Zerstörung ist, das darunter lauert, und dass die, die verschont bleiben, es dem reinen Zufall zu verdanken haben. Ich wusste nicht, ob ich mit Gott sprach oder mit mir selbst, während ich über den aufgeweichten Boden lief, ich wusste nur, dass in dem Moment, in dem ich erfahren hatte, dass der junge Löw verschwunden war, eine Furcht mich gepackt hatte, die kaum größer gewesen wäre, hätte es sich um meinen eigenen Sohn gehandelt.

Und ich wusste, dass ich, indem ich jetzt versuchte, Reckel zum Reden zu zwingen, möglicherweise alles verdarb. Er würde sich nicht unter Druck setzen lassen.

Herr, sende mir eine andere Idee.

Aber der Herr hatte selbst keinen besseren Einfall, oder er schwieg, wie er damals nach Marias Tod geschwiegen hatte.

Ich wusste noch nicht einmal, ob es sich lohnte. Löw mochte längst tot sein,

– auf keinen Fall, er lebt, er lebt!

und ich verärgerte oder verschreckte Reckel so sehr, dass er Hals über Kopf aus Landshut floh und mir endgültig jede Möglichkeit nahm, den Mörder zu finden und vielleicht den Kaiser, die Stadt oder das Herzogtum zu retten oder wenigstens die Hochzeit. Aber ich sah keine andere Chance, als es zu versuchen. Ich sagte mir, wenn wir nur schnell genug wären, könnten wir den Sohn des Apothekers retten.

Aber selbst wenn Reckel bereit ist, mit dir zusammenzuarbeiten, dachte ich, so löst das nur einen kleinen Teil des Problems. Moniwid mochte ihm glauben; er mochte sogar seine Ritter ausschwärmen lassen und jeden Busch rund um die Stadt untersuchen; Löw aber war seit zwei Nächten verschwunden, und der Himmel mochte wissen, wo er sich jetzt befand. Selbst in unmittelbarer Nähe zur Stadt gab es so viele Verstecke in den Auwäldern, dass man ein Rudel von Schweißhunden gebraucht hätte, um auch nur eine verirrte Kuh zu finden. Wenn er gefesselt irgendwo in einem Dickicht lag, konnte man fünfzig Fuß entfernt vorübergehen, ohne ihn zu bemerken.

Einen Aspekt hatte ich immer vor mir hergeschoben: Was, wenn der junge Mann ohne jede Fremdeinwirkung einfach im Sumpf ertrunken war? Niemals, dachte ich, niemals, ein so sinnloser Tod, ein so idiotischer Tod ist nicht für ihn vorbestimmt, und außerdem – warum hätte er des Nachts durch die Sümpfe reiten sollen? Es gab keinen Grund dafür; außer dem, dass er Angst hatte vor etwaigen Verfolgern, so wie ich selbst vor ein paar Tagen den Umweg über die Sümpfe vorgezogen hatte. Moniwid hatte zwar bemerkt, dass kein Gaul im Moor ertrinken würde, und Löws Reittier war nicht zurückgekommen – aber wer garantierte, dass das Pferd, wäre Löw herabgefallen, sofort nach Hause liefe? Es konnte gleichwohl im Wald umherstapfen und nach Futter suchen.

Vielleicht war er auch gerade eben zu Hause angekommen.

Ich malte mir aus, er habe in der Stadt ein Liebchen, und nach dem Besuch bei mir und vor allem nach seiner Zeugenschaft des Mordes sei er bei ihr aufgekreuzt, um für sein Erlebnis Trost zu suchen. Ein junger Mann, der seinem Mädchen gegenüber einmal nicht kühl und herablassend, sondern trostbedürftig und hilflos erscheint, ein junges Mädchen, das rettungslos in diesen jungen Mann verliebt ist und plötzlich erkennt, dass er gar nicht so grob ist, wie er sich sonst gibt – welche bessere Konstellation kann man sich für ein unverhofftes Schäferstündchen wünschen? Der Gedanke an die wartende Familie daheim mochte einem dabei schon einmal aus dem Kopf entschwinden, selbst wenn man so gewissenhaft war wie Daniel Löw. Und wenn die Eltern des Mädchens in die Hochzeitsvorbereitungen involviert waren, konnte es auch sein, dass sie ihre Aufsicht über ihre Tochter lockerten und ihr zärtliches Zusammensein mit einem jungen Verehrer nicht auffiel.

Der Gedanke war plötzlich so stark, so befreiend, dass ich fast *wusste*, es verhielt sich eben so. Ich konnte mich nur mit Mühe davon abhalten, an Leutgebs Haus vorbei zu Löws Apotheke zu laufen. Aber es war absurd. Man konnte sich vorstellen, dass eine geheime Liebelei eine Nacht lang unentdeckt blieb, aber zwei Nächte hintereinander? Und was geschah während der Tage? Schliefen die Liebenden erschöpft in irgendeiner geheimen Kammer? Zuletzt stellte ich mir vor, wie mich die vor Angst gelähmte Familie des Apothekers anstarren würde, wenn ich die Tür aufriss und fragte, ob Daniel schon nach Hause gekommen sei. Ich wandte mich um und schlug mit aller Kraft gegen die Haustüre Leutgebs.

Die Zeit verstrich, ohne dass sich etwas regte oder mir jemand öffnete. Ich trat zurück und schaute nach oben. Im ersten Moment registrierte ich nur, dass etwas anders war als sonst, dann bemerkte ich, dass man Läden vor die Fenster im ersten Stock gestellt hatte, und mein Herz krampfte sich zusammen. Das Haus machte plötzlich einen so unbelebten Eindruck, dass es ebenso gut hätte verfallen sein können wie das Haus Dietrich Reckels ein paar Dutzend Fuß weiter.

Mit dem Einbruch der Dämmerung war es kalt geworden;

dennoch begann ich jetzt zu schwitzen. Konnte es sein, dass ich mich so getäuscht hatte? Dass ich einen so ungeheuerlichen Fehler begangen hatte?

Mein nüchterner Verstand sagte: So weit kommt man, wenn man einem Fremden vertraut. Er hat sich aus dem Staub gemacht.

Ich hob eine kraftlose Faust und ließ sie gegen die Tür fallen. Mir war nach einer Stütze, und ich lehnte mich dagegen. Ich war so entsetzt, dass mein Gehirn völlig leer war; ich erkannte, dass ich dem alten Mann mehr vertraut hatte, als mir selbst klar gewesen war.

Dann hörte ich das Scharren und Schnappen eines Riegels, die Tür öffnete sich, und Konrad schaute heraus. Ich sah ihn an, unfähig, ein Wort zu sagen.

»Kommt schon herein«, sagte er barsch.

Ich folgte ihm wie auf Stelzen; er verschloss die Tür sorgfältig hinter mir und blieb dort stehen. Es war wie bei meinem Besuch gestern Morgen: Reckel stand am Fuß der Treppe und schaute mir entgegen. Diesmal trug er eine Kerze, die die Hälfte seines verwitterten Gesichts beleuchtete; selbst unfreiwillig neigte er zu dramatischen Posen.

»Was wünscht Ihr nun?«, fragte er.

»Es ist etwas passiert«, stammelte ich. Er musterte mich unbewegt, aber ich sah, dass sich seine Hand um das untere Ende der Kerze spannte. Mir wurde bewusst, dass ich kaum Erleichterung spürte, ihn zu sehen. Wenn ich in diesem Moment überhaupt etwas empfand, dann grenzenlose Müdigkeit.

»Mit unseren Freunden?«, zischte Konrad an meinem Ohr. »Mit unseren Freunden ist etwas passiert?«

»Nein«, sagte ich, »nein.« Ich machte ein paar Schritte auf Reckel zu, ohne dass er oder Konrad mich aufgehalten hätten. Ich schaute ihm ins Gesicht; seine Züge waren so gespannt, dass seine Zähne zwischen den Lippen zu sehen waren.

»Bitte«, hörte ich mich sagen. »Ihr müsst mich noch einmal anhören.«

Seine Gesichtszüge veränderten sich nicht. Er starrte mich eine lange Weile an, in der er zu ermessen schien, ob ich verrückt geworden war oder ihn hereinlegen wollte oder ob er einfach träumte. Dass seine Leute noch immer im Gefängnis saßen und ich meinen Part unserer Vereinbarung noch nicht erfüllt hatte, musste ihm mittlerweile klar geworden sein. Er erkannte meine Not; er kniff seine Augen zu schmalen Schlitzen zusammen, dann machte er mit dem Kopf eine Bewegung zur Treppe.

»Gehen wir nach oben«, sagte er und drehte sich um, ohne zu warten, ob ich ihm folgte. »Ich habe lange überlegt, ob ich Euch öffnen soll oder nicht.«

»Die Läden«, stotterte ich. »Ich dachte, Ihr hättet Euch davongemacht.«

»Und ich dachte, Ihr wolltet mich in eine Falle locken.«

»Denkt Ihr das jetzt nicht mehr?«

Er blieb auf halber Höhe stehen und schaute mich nochmals an, als ob er nicht wagte, seinem Urteil aufs erste Mal zu trauen. Dann erklärte er mit unbewusster Arroganz: »Ich denke, dass Ihr mich im Moment dringender denn je braucht.«

Seine Worte erfüllten mich mit Kälte; ich hörte nichts außer Berechnung in ihnen. Ich dachte: Er hat den jungen Löw tatsächlich als Geisel genommen. Als er sich abwandte und die Treppe weiter nach oben stieg, erfüllte mich wilde Lust, ihn zu packen und auf ihn einzuschlagen.

Er stellte die alte Konstellation wieder her: Ich saß auf dem Hocker, er hinter dem Tisch in Wolfgang Leutgebs Arbeitszimmer. Er schwieg wiederum, bis ich einen Anfang gefunden hatte.

»Einer meiner Freunde hat einen Sohn«, sagte ich mühsam. »Er weiß über den Mordfall Bescheid. Ich verdanke ihm einiges, und er ist der einzige männliche Erbe meines Freundes. Der junge Mann ist gestern nicht nach Hause zurückgekehrt.«

Er sah mich an und antwortete nach einer kleinen Pause: »Was habe ich damit zu schaffen?«

»Auch er hat eine Weile Euer Haus beobachtet, ohne dass ich davon wusste.«

Er regte sich nicht; nur der Blick seiner Augen wurde durchdringender.

»Möglicherweise ist er Euch auch aufgefallen, so wie ich«, sagte ich garstig.

»Ihr meint, ich hätte ihm jemanden auf den Pelz gehetzt«, folgerte er nüchtern.

»Ich will mich nicht wieder mit Euch im Kreise herumdrehen. Habt Ihr es getan, oder haltet Ihr ihn irgendwo gefangen? Antwortet mir.«

»Warum sollte ich so etwas tun?«, fragte er ruhig.

»Vielleicht, um eine Geisel zu haben, damit ich Eure Männer auch wirklich aus dem Verlies heraushole.«

Er lächelte müde. Er war nicht einmal beleidigt.

»Natürlich«, sagte er, »natürlich müsst Ihr so denken. Jetzt erst verstehe ich. Aber Eure Überlegungen sind falsch. Ich habe den jungen Mann nicht. Ich wusste nicht einmal, dass es ihn gibt.«

»Seid Ihr sicher, dass Euch nicht nach einem Druckmittel mir gegenüber gelüstete?«

»Woher hätte ich wissen sollen, dass der Mann Euch freundschaftlich verbunden ist, wenn ich ihn denn bemerkt hätte? Und dann«, er lächelte fein, »wozu brauchte ich ein Druckmittel gegen Euch? Schließlich seid Ihr zu *mir* gekommen, nicht wahr?«

Ich biss die Zähne aufeinander und sagte nichts. Er wandte den Blick ab und fuhr fort: »Es liegt mir daran, meine Freunde so schnell wie möglich zu befreien. Ihr seid dazu in der Lage, und Ihr tut es, weil ich etwas besitze, das Ihr dringend haben möchtet: den Namen des Mörders, den Ihr sucht. Warum sollte ich mich denn in das Risiko begeben, einen Bürger dieser Stadt zu entführen? Ich habe es nicht nötig.«

»Aber wer sollte sonst ein Interesse daran haben, den jungen Mann aus dem Verkehr zu ziehen?«

»Ich kann es mir schon denken«, sagte er.

»Wer, in Gottes Namen?«

»Wo sind meine Freunde?«, fragte er zurück.

Ich ließ mich zusammensinken.

»Warum?«, rief ich. »Warum er? Könnt Ihr Euch das auch denken?«

»Aus demselben Grund, aus dem Ihr auch mich seiner Entführung verdächtigt habt: Er ist jemandem aufgefallen, wie er mein Haus beobachtete.«

Die Gelassenheit, mit der er meine eigenen Befürchtungen aussprach, erschreckte mich umso mehr.

»Wie der ... Flößer?«, flüsterte ich.

Er nickte langsam. Ich hatte das Gefühl, mich übergeben zu müssen.

»Der Flößer ist tot«, stieß ich hervor.

»Richtig«, sagte er mitleidlos.

Plötzlich wollte ich ihn treffen. Ich sagte heiser: »Macht Euch das nicht Angst? Zu wissen, dass sich noch jemand für die ganze Geschichte interessiert, dem ein Menschenleben nichts bedeutet? Auch nicht Eures oder das Eurer Tochter?«

»Warum glaubt Ihr, bin ich so vorsichtig?«, fragte er gereizt. »Und wer sagt Euch, dass *noch jemand* im Spiel ist?«

»Ich verstehe nicht«, sagte ich verblüfft. Er zuckte mit den Schultern.

»Ich habe Euch schon zu viel offenbart«, erwiderte er. »Holt meine Freunde aus dem Gefängnis.«

Es war ihm nicht beizukommen. Er war ein Meister darin, den Dialog so zu führen, wie er wollte; und im Moment wollte er, dass ich nichts erfuhr, bevor seine Leute frei vor ihm standen. Ich kehrte resigniert zum Anfang zurück.

»Ihr habt ihn wirklich nicht in Eurer Gewalt?«, fragte ich. Er schüttelte den Kopf.

Ich holte tief Atem und stieß die Luft wieder aus. In meinem Magen war ein Zittern der Erschöpfung und der Angst.

»Würdet Ihr mir helfen, den jungen Mann zu finden?«

»Welchen Grund hätte ich dafür?«

»Er hat Euch nichts getan.«

Er antwortete nur mit einem weiteren Schulterzucken. Ich sprach weiter: »Der Anführer der polnischen Delegation in Landshut wäre bereit, seine Männer ausschwärmen zu lassen und nach ihm zu suchen.« Er grunzte verächtlich, als ob er sagen wollte: Was würde das schon bewirken!, aber ich fuhr fort: »Er tut es allerdings nur unter der Bedingung, dass ich ihm den Mörder benenne. Er glaubt, ich will ihn hintergehen; er hält das Ganze für ein Possenspiel, das ich erfunden habe, weil ich den Fall nicht aufklären kann.«

»Ihr wollt, dass ich Euch den Namen sage, ohne dass Ihr Euer Versprechen zuerst erfüllt habt.«

»Ja.«

»Ihr verschwendet Eure Zeit«, sagte er böse.

Ich verlegte mich aufs Bitten. »Ich schwöre Euch bei allem, was mir heilig ist, dass ich ...«

»Spart Euch Eure Schwüre«, winkte er ab. »Ihr kennt meine Bedingungen.«

»Es geht um ein Menschenleben«, beschwor ich ihn. »Bedeutet es Euch so wenig?«

»Vielleicht bin ich genauso misstrauisch wie Euer polnischer Freund?«

»Ich kann Euch den Vater des jungen Mannes bringen«, rief ich hitzig. »Seht ihn Euch an, dann werdet Ihr wissen, ob es eine Posse ist oder nicht!«

»Wen wollt Ihr noch alles hier hereinschleppen?«, erkundigte er sich bissig. »Zwölf Mönche, die Eure Glaubwürdigkeit bezeugen?«

»Bitte«, sagte ich.

Er schüttelte stumm den Kopf.

Ich fasste in meine Tasche und zog den zerknitterten Schein heraus. Ich wusste, dass er der letzte Trumpf war, den ich in der Hand hatte; das Papier schien mir so schwer, dass meine Hand zitterte. Ich legte es vor ihn auf den Tisch und strich es mühsam glatt.

»Was ist das?«, fragte er.

»Lest es.«

Er überflog es; als er fertig war, huschten widersprüchliche Gefühlsregungen über sein Gesicht. Er blickte auf und sagte erregt: »Das ist ein Erlaubnisschein, mit Gefangenen zu sprechen und nötigenfalls ihre Freilassung anzuordnen.«

»Ich weiß. Ich habe ihn selbst gefälscht. Seht Ihr das richterliche Siegel?«

»Habt Ihr mit ihnen gesprochen? Wie geht es ihnen?«

»Nein!«, schrie ich auf. »Sie sind nicht hier. Man hat sie allesamt nach Burghausen gebracht, wo der Folterknecht auf sie wartet!«

Er holte aus und schlug mit einer Faust auf den Tisch. Sein Gesicht lief dunkelrot an.

»Das ist Eure Schuld!«, brüllte er so laut er konnte. »Warum habt Ihr Euch eingemischt!? Wir hatten von Anfang an nichts mit Euch zu schaffen!«

»Was habt Ihr dann überhaupt hier zu schaffen?«, schrie ich zurück. »Verratet es mir doch endlich!«

Er fuhr sich mit der Hand über das ganze Gesicht. Er drückte so hart auf, dass seine Finger weiße Spuren auf seiner Haut hinterließen.

»Nein«, murmelte er. »Nein.«

»Reckel!«, rief ich. »Die ersten beiden Eurer Freunde wurden bereits der peinlichen Befragung unterzogen; geht Euch das nicht ein? Ihr könnt es den anderen ersparen.«

»Ich kann es nicht«, flüsterte er. »Außer, Ihr befreit sie.«

»Warum könnt Ihr es nicht, zum Teufel nochmal? Glaubt Ihr denn, dass der Richter etwas anderes von ihnen will als den Namen des Mörders?«

»Ihr wisst nichts«, murmelte er.

Ich verdrehte die Augen und versuchte mich zu beherrschen. Ich packte den Zettel und hielt ihn vor sein Gesicht.

»Das hier«, sagte ich erstickt, »ist der Freibrief für Eure Freunde.« Ich fasste nochmals in meine Tasche und holte das Siegel hervor. Ich hielt es hoch. »Und das hier«, fuhr ich fort, »hat ihn besiegelt ...«

Er heftete seine Augen darauf.

»Was ist das?«

»Ein richterliches Siegel«, sagte ich. »Sein Abdruck ist auf dem Schreiben. Es ist echt.«

»Dafür wollt Ihr den Namen?«

»Ja. Und zwar jetzt. Vor Albert Moniwid.«

Sein Gesicht verzerrte sich so sehr, dass ich einen Moment lang glaubte, er würde einen Schlaganfall erleiden. Selbst seine Augen traten hervor. Ich hörte ein dumpfes Stöhnen aus seiner Brust.

»Erst meine Männer«, flüsterte er.

»Niemals!«, schrie ich. »Wir haben keine Zeit.«

»Ich kann Euch nicht vertrauen!«, schrie er zurück.

»Aber Ihr verlangt, dass ich Euch vertraue! Ihr macht Euch lächerlich! Gebt mir den Namen, und ich bemühe mich morgen um die Freilassung Eurer Freunde.«

»Ihr werdet mich hintergehen.«

»Dann kommt mit nach Burghausen und seht mir dabei zu, wie ich sie aus dem Kerker hole.«

»Ich kann nicht«, ächzte er. »Ich kann nicht.«

Ich konnte ihn nicht begreifen. Der Brief lag noch immer vor seinen Augen. Er fixierte ihn, als wäre er mit Honig bestrichen und er hätte seit Wochen nichts zu essen erhalten, aber er fasste ihn nicht einmal an. Dachte er an den Verrat seiner Mutter? Ich wusste, dass er keinen Grund hatte, jemandem zu vertrauen; aber führte sein Misstrauen so weit, dass er nicht mehr sehen konnte, was auf dem Spiel stand?

»Was ist nun?«, fragte ich fassungslos.

»Beeilt Euch mit der Freilassung meiner Freunde«, sagte er. »Dann reden wir wieder.«

Ich schloss die Augen. In meinem Mund war ein Geschmack wie von Blut. Ich griff wie im Traum über den Tisch und nahm das Schreiben in die Hand.

»Ihr widert mich an«, sagte ich.

»Ihr wisst nicht, wovon Ihr redet«, sagte er. »Ihr wisst nicht, weshalb ich hier bin.«

»Natürlich nicht«, höhnte ich. »Ihr wollt es mir ja nicht sagen.«

»Es ist von größter Wichtigkeit für mich. Ich muss vorsichtig sein.«

Ich sprang auf. Die ganze Zeit über hatte ich eine grausame Wut mühsam unterdrückt, eine Wut, die ihre Finger um etwas legen und es zerdrücken wollte, nur damit der Druck nachließ. Mit einem Mal fühlte ich, wie mich der Zorn überschwemmte. Ich zerknüllte das gefälschte Schreiben und warf es ihm ins Gesicht.

»Für Leutgeb war der Aufstand von größter Wichtigkeit«, keuchte ich. »Euren Vater hat er das Leben gekostet.«

»Was wollt Ihr damit sagen?«, zischte er.

»Was wohl!«, schrie ich in höchster Lautstärke. »Dass Ihr diesen Sessel in diesem Arbeitszimmer in diesem Haus mit größerer Berechtigung ausfüllt als sein eigentlicher Eigentümer!«

Seine Augen weiteten sich, aber ich sah nicht, ob sein Gesicht erblasste. Ich drehte mich um und stürmte aus dem Zimmer. Meine Wut verrauchte, wie sie gekommen war. Ich stolperte die Treppe hinunter. Ich hatte es verdorben; ich hatte alles verdorben. Ich würde seine Unterstützung nicht bekommen, um Daniel Löw zu finden, ich würde den Namen des Mörders nicht bekommen. Ich konnte hinüber zum Rathaus laufen und die Wappner auf ihn hetzen, und vielleicht würde er doch reden, wenn man ihn auf die Streckbank schnallte oder das Bein seiner Tochter in den Stiefel steckte; vielleicht würde niemand einen Anschlag auf den Kaiser verüben, vielleicht würde die Hochzeit zwischen dem jungen Herzog und der polnischen Prinzessin stattfinden, aber Daniel Löw würde mit Sicherheit so tot sein, wie es der Flößer bereits war, und ich würde Reckels Schreie und die seiner Freunde nachts in meinen Träumen hören. Ich riss die Tür auf und stürzte in die einbrechende Nacht hinaus, und vor Wut und Enttäuschung revoltierte mein Magen so sehr, dass ich würgte und husten musste und mich gegen die Mauer lehnte, weil meine Beine nachgaben. Ich sah mich um und sah nichts. Ein Windstoß kam auf und fuhr durch die Gasse. Er roch nach Nebel und Feuchtigkeit wie ein offenes Grab auf einem verlassenen Totenacker. Plötzlich begann es zu regnen, kein feiner Nieselregen wie üblich, sondern der Beginn eines kräftigen, ausdauernden Landregens. Ich senkte den Kopf und schloss die Augen und spürte, wie mir die Regentropfen auf die Schultern trommelten.

11

Als ich aufsah, stand Johannes Reckel vor mir. Ich hatte ihn nicht herauskommen hören. Er war barhäuptig und trug das Wams, das er auch im Hause angehabt hatte. Sein Gesicht war so bleich, dass die Augen darin wie Löcher und seine grauen Haare matt und schmutzig wirkten.

Er sagte: »Etwas möchte ich von Euch wissen.«

»Bitte«, erwiderte ich kraftlos.

»Ihr sagtet, Ihr würdet nicht einmal Euren eigenen Leuten vertrauen. Woher kommt diese Einstellung?«

Ich dachte daran, was Hanns Altdorfer über mein Leben und über den Tod Marias gesagt hatte. Ich dachte an die Töchter des Landadligen. Ich dachte an das Vertrauen, das sie alle in mich gesetzt hatten. Ich wollte sagen: Der Dank für zu viel Vertrauen ist der Tod. Doch dann dachte ich an Jana und wollte sagen: Es stimmt nicht mehr, was ich ausgesagt habe.

»Ich habe versucht, Euch zu vertrauen«, gab ich stattdessen zur Antwort.

»Es ist Euch schwer gefallen.«

Ich nickte. Ich wollte nichts weiter dazu sagen. Ich wusste nicht, was ich ihm auf seine Frage hätte antworten sollen. Nach einer Weile fragte ich: »Warum vertraut *Ihr* niemandem?«

Er sagte geistesabwesend: »Eines Tages sprach mein Vater mit meiner Mutter. Er wusste noch nicht, was Christian Leutgeb geplant hatte, aber er ahnte, dass es ein Spiel mit dem Feuer würde. Er sagte zu ihr: ›Susanne, ich habe draußen unter dem Vorratskeller im Hof so viel von unserem Vermögen in Münzen vergraben, wie ich zu Geld machen konnte. Sollte mir etwas zustoßen, möchte ich, dass du es für Johannes verwendest.‹ Sie lachte und fragte, was um alles in der Welt ihm zustoßen solle. ›Ich habe noch niemals solchen Unsinn gehört: sein Geld zu vergraben‹, prustete sie. ›Und das ausgerechnet von einem so trockenen

Mann wie dir. Haben wir vielleicht Krieg, oder müssen wir eine Belagerung der Stadt befürchten?‹ Mein Vater starrte sie nur an. ›Vergiss es nicht‹, sagte er eindringlich. ›Es ist eine immense Summe. Sie wird es dir und unserem Sohn ermöglichen, überall eine neue Existenz aufzubauen.‹ Nachdem sie eine Weile in sein ernstes Gesicht geschaut hatte, wurde auch sie ernst. ›Draußen unter dem Vorratskeller‹, sagte sie. Er nickte, und sie nickte ebenfalls. Danach sprachen sie nicht mehr davon.«

Ich blinzelte in den Regen und schaute zu ihm hoch. Er sah geradewegs auf mich herunter, ohne sich um das Wasser zu kümmern, das seine Haare gegen den Schädel geklatscht hatte und nun fein von seiner Stirn herunterperlte. Die Schultern seines Wamses färbten sich langsam dunkel.

»Mein Vater hatte sich nicht gescheut, vor mir zu sprechen«, fuhr er fort. »Während er sie informierte, war ich mit im Raum. Als während des Aufstandes meine Eltern zu Tode kamen und Heinz Eberlein mich fortschaffte, war ich vollkommen außer Stande, ihm zu sagen, wie viel Geld dort vergraben läge; bis ich endlich zu mir fand und Worte darüber machen konnte, waren Wochen vergangen. Eberlein weigerte sich beharrlich, nach Landshut zurückzukehren oder auch nur jemanden damit zu beauftragen, sich um das Geld zu kümmern, wie sehr ich ihn auch bestürmte. Er hatte genug gesehen, um für den kurzen Rest seines Lebens nie wieder etwas von Landshut, dem Aufstand und den Geschehnissen darum herum hören zu wollen; er begann schon zu verfallen und krank zu werden, als ob er mit meiner Rettung seinen Daseinszweck endgültig erfüllt hätte und nun abtreten könne. Ich aber war nur ein Kind, und es war fragwürdig, ob ich überhaupt wusste, wovon ich sprach. Ich musste lange warten, bis ich mich wieder darum kümmern konnte. Der Zorn des Herzogs verrauchte langsam, und als es endlich so weit war, dass ich mich heimlich nach Landshut wagen konnte, ohne im Fall meines Ergreifens den sofortigen Tod befürchten zu müssen, war ich bereits ein junger Mann. Ich stand kurz davor zu heiraten, und es war meine feste Absicht, das Geld meines Vaters zu holen, um damit zu schaffen, wofür es gedacht war: meine Existenz. Ich hatte während der ganzen vergangenen Jahre von der Mildtätigkeit der

Verwandten Eberleins gelebt, und wenngleich sie es mich nie spüren ließen, so hatte sich in mir doch das heiße Verlangen gebildet, endlich auf eigenen Füßen stehen zu können.«

Er wischte sich den Regen aus den Augen und blickte an der Fassade des Hauses in die Höhe.

»Ich nahm Kontakt mit den Leutgebs auf; ich weiß nicht einmal mehr, warum: Ich hatte Christian Leutgeb gehasst, und sein Name verursachte mir noch immer eine Gänsehaut. Vielleicht dachte ich, es sei nur recht und billig, wenn mich die Familie seines Bruders bei meiner Absicht unterstützen würde. Christians Bruder war zu diesem Zeitpunkt bereits verstorben; sein Sohn, der mir persönlich nicht bekannt war, kannte nichtsdestotrotz meinen Namen. Er schämte sich zu Tode für die Habsucht und die Mitleidlosigkeit seines Vaters, und er nahm mich heimlich in seinem Haus auf, damit ich mich um meine Angelegenheit kümmern konnte. Das Haus meines Vaters stand leer; es war die einfachste Sache der Welt. Noch in der Nacht meiner Ankunft kroch ich durch den Gang, der die beiden Häuser verband, brach das Schloss zum Vorratskeller auf, kletterte hinein und zündete eine Kerze an.«

Ich wusste auf einmal, wovon er sprach.

»Der Vorratskeller liegt in einer Ecke des Hofes unter einem kleinen Schutzhäuschen«, sagte ich bestürzt. »Ein paar Stufen führen hinunter.«

Er nickte.

»Ihr habt ihn gesehen«, sagte er. »Ich sah ihn damals so, wie Ihr es vermutlich getan habt. Der Boden bestand aus gestampfter Erde, die mit Kieselsteinen aus dem Fluss durchsetzt war; in einer Ecke war der Grund aufgewühlt, ein verrostetes Beil lag noch daneben, mit dem man ihn aufgehackt hatte. Ich fiel auf die Knie und begann, die aufgebrochene Erde nochmals zu durchwühlen. Ich weiß nicht mehr, was ich dabei fühlte; ich denke, ich habe laut geweint. Ich grub, bis meine Fingernägel blutig waren, und fand schließlich insgesamt ein halbes Dutzend Münzen. Es hatte damals schnell gehen müssen; er hatte sie vermutlich in der Hast übersehen. Sonst fand ich nichts. Das Geld meines Vaters war verschwunden.«

»Er?«, fragte ich.

»Ebran; der Geliebte meiner Mutter. Er wusste von dem Geld und kam nach der Niederschlagung des Aufstandes noch einmal in unser Haus, um es sich zu holen. Wahrscheinlich hielt sie es zu guter Letzt doch für eine der Schrullen meines Vaters und erzählte ihrem Galan von dem vergrabenen Geld.«

»Seitdem habt Ihr Euch nur noch auf Euch selbst verlassen«, sagte ich.

»Könnt Ihr mir das verdenken? Noch nicht einmal die Männer, die ich mitgebracht habe, sind über alles informiert. Sie wissen nur das Nötigste.«

»Und was macht Ihr nun wieder hier in Landshut?«

Ich erwartete nicht, dass er es mir sagen würde. Andererseits konnte ich es mir fast denken.

»Ich bin immer noch auf der Suche nach dem Geld.«

»Nach so vielen Jahren«, stieß ich hervor. »Was bringt Euch darauf, dass Ihr es doch hier finden könnt? Leben Nachkommen Ebrans in Landshut?«

Er schüttelte den Kopf.

»Er hatte keine Nachkommen«, sagte er. »Zumindest keine, von denen er zu wissen schien. Er hat wohl viel gesät, aber niemals geerntet.«

»Woher wollt Ihr das wissen?«

»Ich habe mich erkundigt«, sagte er einfach.

»Und es geht Euch nur um das Geld?«, fragte ich nochmals.

»Es geht um das Erbe meines Vaters«, berichtigte er mich. »Das ist ein Unterschied.«

Ich dachte: Es ist kein Unterschied; Geld ist Geld. Aber ich sagte es nicht. Ich konnte nicht garantieren, dass ich in seiner Lage nicht ähnlich gedacht hätte.

»Wie seid Ihr dann darauf gekommen, nochmals Euer Glück in Landshut zu versuchen?«, fragte ich.

»Ihr werdet es erfahren.«

»Ihr wollt reden?«, flüsterte ich.

Er sah durch mich hindurch, und ich dachte fast, er würde mir nicht mehr antworten, so lange ließ er sich Zeit mit seiner Erwiderung. Dann holte er seinen Blick zurück und richtete ihn auf mich. Ich weiß nicht, welche Gedanken ihm durch den Kopf gegangen sein mögen während dieser Augenblicke und auch davor, als ich ihn in höchster Erregung verlassen hatte; sicher ist nur, dass er mich betrachtete, als würde er mich zum ersten Mal richtig sehen.

»Ja«, sagte er einfach. »Bringt mich zu Euren Freunden.«

Er ging alleine mit; er bestand nicht einmal darauf, Konrad mitzunehmen. So wie er war, mit durchnässtem Wams und wirren Haaren, begleitete er mich durch den Regen und die mittlerweile vollkommene Dunkelheit zurück zur Stadtresidenz des Herzogs. Als wir an seinem alten Haus vorbeikamen, musterte er mit Interesse, was in der Finsternis davon zu sehen war; während des gesamten Weges drehte er den Kopf von einer Seite zur anderen und sog den Anblick der vor dem nachtgrauen Himmel in die Höhe ragenden Giebel und Fassaden in sich auf. So wie er mich plötzlich richtig wahrgenommen zu haben schien, so schien er auch die umgebenden Häuser erstmals zu sehen. Aber seine Attitüde war nicht die eines Staunenden, der unverhofft erwacht war und sich an einem Ort befand, an dem zu erwachen er nicht erwartet hatte; eher machte er den Eindruck eines Mannes, der sich zu wochenlangen Exerzitien in einem dunklen Kloster eingeschlossen hat und der nach der Beendigung seiner Übungen wieder ins Freie tritt und befriedigt feststellt, dass alles genauso hoch und weit und beeindruckend ist, wie er es sich während seiner Abwesenheit immer vorgestellt hat.

Ich fühlte mich weder aufgeregt noch erfreut angesichts seiner Ankündigung; nur eine aushöhlende Erschöpfung hatte sich in mir breit gemacht. Ich musste mich zwingen, an Daniel Löw zu denken, damit meine Aufmerksamkeit wieder erwachte; ich hatte wirklich schon geglaubt, dass nun alles vorüber sei.

Reckel sagte den ganzen Weg über nichts; ebenso wenig, als wir die Treppe zu Moniwids Zimmer erklommen. Er drehte nur auch hier den Kopf herum, umso viel von dem fackelerleuchteten Inneren der herzoglichen Residenz zu sehen wie möglich. Wenn es ihm bewusst war, wohin ich ihn geführt hatte, erwähnte er es mit keinem Wort und auch keiner Geste. Ich konnte nicht umhin, ihn faszinierend zu finden: Er hatte sich zuletzt entschlossen, von allen Menschen ausgerechnet mir zu vertrauen, und er tat es nun rückhaltlos. Ich bat ihn, vor der Tür zu warten, und schlüpfte allein in das Zimmer.

Löw war eingeschlafen, wie ich es mir beinahe gedacht hatte. Er saß in sich zusammengesunken in dem Stuhl, in den ich ihn genötigt hatte. Er hätte ein friedliches Bild abgeben müssen, aber sein Gesicht war grau trotz des Lichtschimmers der Kerze, die vor ihm auf dem Tisch brannte, und in ihrem Blaken sah ich, dass er im Schlaf weinte. Moniwid lag im Bett und starrte gegen die Decke; am Boden vor seinem Bett stand ein Krug Wein mit zwei Bechern. Einer davon war leer; er hatte tatsächlich an Löw gedacht und einen Becher für ihn mitbringen lassen, aber der Apotheker hatte die zähnebleckende Gastfreundschaft des Polen nicht genutzt. Den anderen Becher hielt Moniwid in einer Hand und drehte ihn gedankenverloren hin und her. Bei meinem Eintreten blickte er zur Tür. Ich sah, dass sich seine Schmerzen kaum gebessert hatten.

»Was ist nun!«, krächzte er.

»Ich habe den Mann bei mir, der alles aufklären kann«, sagte ich. Seine Wangenmuskeln zuckten.

»Er ist natürlich ein von Euch bezahlter Komödiant«, erklärte er.

Gegen meinen Willen musste ich lächeln.

»Ich möchte, dass Ihr mir etwas versprecht«, sagte ich.

»Auf gar keinen Fall.«

»Wie geht es Eurer Schulter?«, fragte ich. Er verzog wütend das Gesicht.

»Was soll ich Euch versprechen?«, knurrte er.

»Dass Ihr dem Mann, den ich Euch gebracht habe, freies Geleit zusichert, ganz gleich, was er Euch erzählen wird; und dass Ihr kein Wort über ihn und sein Hiersein jemand anderem gegenüber verliert außer mir und dem alten Mann dort.«

Er zog eine Augenbraue hoch, aber er sagte nicht sofort etwas. Schließlich brummte er: »Damit er mir jeglichen Bären aufbinden kann und ich keinerlei Möglichkeit habe, seine Geschichte nachprüfen zu lassen.«

»Nein«, sagte ich. »Damit sein Vertrauen in mich auch gerechtfertigt ist.«

»Ist es denn eine so große Gefahr, Euch zu vertrauen?«, höhnte er.

Ich hätte am liebsten gesagt: Solange Ihr mit im Spiel seid, ja. Aber ich beherrschte mich.

»Für ihn bedeutet jedes Vertrauen eine große Gefahr.«

Es brachte ihn zum Nachdenken. Wie mir schien, konnte er sich in eine solche Lage hineinversetzen. Endlich sagte er: »Ich verspreche es.«

»Und dass Ihr danach mit allen Kräften nach dem Sohn dieses armen Kerls dort drüben suchen lasst.«

»Seid Ihr bald fertig mit Euren Zusatzwünschen?«, fragte er böse.

»Das ist nur die Bestätigung eines alten Wunsches.«

»Also gut«, knurrte er. »Auch das verspreche ich.«

Ich holte Atem und wandte mich zur Tür.

»Wollt Ihr ihn nicht aufwecken?«, erkundigte sich Moniwid und zeigte mit dem Daumen auf den schlafenden Löw. Ich schüttelte den Kopf.

»Die ganze Geschichte geht ihn nichts an; sein Sohn ist nur durch unglückliche Umstände hineingeraten, und es ist besser für ihn, wenn er so wenig wie möglich weiß.«

Ich wollte hinausgehen, aber er hielt mich nochmals auf.

»Ihr seid so ruhig«, sagte er misstrauisch. »So habe ich Euch in der ganzen letzten Zeit noch nicht erlebt. Wisst Ihr den Namen des Mörders schon?«

»Nein«, sagte ich. »Ich höre ihn nicht eher als Ihr.«

Seine Augen weiteten sich, und ich drehte mich um und verließ das Zimmer.

Reckel stand ein paar Schritte entfernt und schaute durch eine schmale Scharte ins Freie hinaus. Ich gesellte mich zu ihm, und er trat beiseite, als wolle er mich auch hindurchsehen lassen. Unwillkürlich tat ich es, aber es war nichts zu sehen außer der verregneten Finsternis eines unbeleuchteten Stücks Innenhof.

»Dort drin warten Albert Moniwid, der Anführer der polnischen Delegation, zu welcher die Ermordete gehörte, und der Vater des jungen Mannes, der verschwunden ist«, erklärte ich. »Letzterer ist vor Erschöpfung eingeschlafen, aber das soll uns nicht bekümmern. Es ist wichtig, dass Moniwid und ich hören, was Ihr uns mitteilen wollt.«

Er nickte und stapfte ohne jedes Zögern an mir vorbei zu Moniwids Zimmer. Ich folgte ihm mit klammen Beinen. Die Erregung hatte mich doch wieder gepackt.

Er hatte nicht nur Courage, sondern auch Stil. Nachdem ihm Moniwid bei seinen ersten Worten polternd dazwischengefahren war, dass er Latein sprechen solle, weil er sonst nicht verstehen könne, entschuldigte er sich in einer Sprache, die ich für Polnisch hielt, weil ihm Moniwid im gleichen Idiom verblüfft darauf antwortete. Danach wechselte er mühelos zu Latein. Er sagte über sich selbst nur das Nötigste; seinen Namen, der dem Polen nichts bedeutete, und dass er in der Stadt sei, um nach dem Erbe seines Vaters zu suchen, aber er tat es so formvollendet, dass nicht einmal der missmutige Moniwid etwas an seiner Vorstellung auszusetzen hatte.

»Nachdem ich entdeckt hatte, dass das Versteck unter dem Vorratskeller leer war, konzentrierte ich meine Nachforschungen auf Ulrich Ebran. Ich war mir sicher, dass er das Geld entfernt hatte. Ich konnte ihn im Tross des Herzogs ausmachen, aber es ergab sich niemals eine Gelegenheit, seiner habhaft zu werden; und ich hätte ihn nur zu gerne in die Hände bekommen. Nach seiner Aufdeckung der Bürgerverschwörung hatte er eine Weile einen hohen Rang im Ansehen Herzog Heinrichs innegehabt, aber durch den Sinneswandel des Herzogs gegenüber den Bürgern und auch durch Ebrans Mangel an weiteren hervorragenden Taten rutschte er wieder weiter und weiter in der Gunst Heinrichs zurück, bis er schließlich dort angelangt war, wo er angefangen hatte: Als kleiner, unbedeutender Höfling, der mit seinen bunten Gewändern und seinem hübschen Gesicht die eine oder andere Edeldame oder Bürgerstochter ins Heu bekam, sonst aber nichts tat, um dem Herrn sein Verweilen in diesem Leben zu rechtfertigen. Dieser Prozess dauerte einige Zeit, aber letztendlich kam der Tag, an dem es mir möglich schien, ihm aufzulauern und ihn in einem kühnen Handstreich zu entführen, ohne dass allzu viel Aufhebens um sein Verschwinden gemacht würde.«

»Ihr habt ihn in die Hände bekommen, und er hatte das Geld nicht mehr«, sagte ich, aber er schüttelte den Kopf.

»Meine Vorbereitungen waren beinahe abgeschlossen, da verließ er den Hof Herzog Heinrichs und begab sich in den Dienst Ludwigs des Bärtigen.«

»Nach Ingolstadt?«, rief ich. »Direkt an Euren Wohnort?«

»Es nützte mir nichts«, erklärte er. »Ich hätte es wagen können, ihn aus Landshut zu entführen, aber vom Hof Ludwigs, in dessen Stadt ich Zuflucht gefunden hatte? Noch während ich mit meinem Schicksal haderte, brach zwischen Ludwig dem Bärtigen und seinem Sohn Ludwig dem Höckrigen der schon lange schwelende Konflikt aus, und die Ereignisse zwangen mich, für eine Weile meinen Blick auf meine Geschäfte zu richten, um nicht meines Besitzes beraubt zu werden. Als ich alles so weit geregelt hatte, dass es nicht mehr meiner ständigen Konzentration bedurfte, hatte der Teufel selbst Ulrich Ebran schon eingeholt. Ich war zu spät gekommen.«

»Er war tot?«, fragte ich. Reckel schnaubte und zeigte zum ersten Mal während des Verlaufs seiner Erinnerungen so etwas wie Befriedigung.

»Es hatte sich herausgestellt, dass Ebran insgeheim mit dem Höckrigen paktiert hatte. Ich weiß nicht, aus welchem Antrieb heraus; sicherlich dachte er, er könne sich dadurch einen Anteil an dessen französischem Thronschatz sichern. Er blieb jedoch in der Nähe des Herzogs, anstatt Ingolstadt zu verlassen. Vielleicht hielt er sich für schlau genug, dem Sohn des Bärtigen als Spion dienen zu können. Es fand sich, dass er nicht schlau genug war. Die Beamten Ludwigs des Bärtigen hatten ihn wohl schon seit einiger Zeit im Visier gehabt; sie ließen ihn in den Kerker werfen und, da er nicht geneigt war zu gestehen, der peinlichen Befragung unterziehen.«

»Woher wisst Ihr das?«, erkundigte ich mich ungläubig.

»Es ist nicht nur der Henker, der die Befragung durchführt«, sagte er dumpf. »Seine Knechte freuen sich, wenn man sie zu ein paar Gläsern Wein einlädt; sie haben recht wenig Gesellschaft.«

»Hattet Ihr keine Angst vor der Ächtung, wenn bekannt würde, dass Ihr Euch mit Henkersknechten abgebt?«

»Ich war vorsichtig genug.«

Ich warf einen Blick zu Moniwid, ob ihn das Geständnis Reckels abstoßen würde; aber zu meinem Erstaunen schien er der Geschichte des alten Mannes eine gewisse Spannung abzugewinnen. Er betrachtete ihn konzentriert und ungeduldig, als ob er auf den Weitergang der Erzählung warte.

»Ihr wisst, wie die Befragung durchgeführt wird«, sagte Reckel. »Im ersten Anlauf werdet Ihr durch die Kammer geführt, und der Henker erklärt Euch die Anwendung und die Wirkungsweise der Geräte. Ein Advocatus begleitet Euch, für den Fall, dass diese Demonstration ein Geständnis bewirken könnte. Danach verwahrt man Euch im Kerker, welcher üblicherweise unterhalb des Befragungsraumes liegt und ein großes Loch in der Decke hat, durch welches Ihr die Vorgänge dort genauestens mithören könnt. In Zeiten wie damals, wo der Sohn sich gegen den Vater erhebt, ist der Kerker voll mit Menschen, und Ihr dürft erwarten, während Eures Aufenthalts allerhand geboten zu bekommen. Danach gibt man Euch erneut die Möglichkeit, Euer Gewissen zu erleichtern; nutzt Ihr diese Gelegenheit nicht, verfallt Ihr selbst der Folter, wenn auch in einem ersten, abgeschwächten Grad, sodass kaum dauerhafte körperliche Schäden davongetragen werden. Solltet Ihr hierbei gestehen, müsst Ihr das Geständnis außerhalb des Befragungsraumes und in einem genügenden zeitlichen Abstand zu der Befragung wiederholen. Wenn Ihr es Euch bis dahin wieder anders überlegt habt, führt man Euch zur Befragung zurück. Ich habe noch selten gehört, dass es sich nach dieser Runde nochmals jemand anders überlegt hätte. Und selbst wenn, steht Ihr noch für einen dritten Lauf zur Verfügung. Ich will Euch nicht im Einzelnen schildern, mit welchen Kunstgriffen der Henker und seine Knechte dafür sorgen, dass Ihr garantiert nicht ein drittes Mal in Eurem Geständnis wankelmütig werdet.«

Er hatte so sarkastisch gesprochen, dass es einem kalt den Rücken hinunterlief. Ich wusste aber, dass er dabei an seine eigenen Freunde dachte, denen die Folter drohte. Vermutlich war es seine Art, mit diesem Gedanken fertig zu werden.

»Ebran war schon nach seiner Führung durch die Geräte zu jeglicher Kooperation bereit, wie man mir erzählte«, fuhr Reckel fort. »Er legte ein umfassendes Geständnis ab. Um ihm die rechtsgültige Wiederholung desselben nach einem genügend langen Zwischenraum zu ermöglichen, wurde er für die Nacht in den Kerker zurückgebracht.«

»Seid Ihr sicher?«, fragte ich nach. »Er war doch von Adel, wenn auch von niedrigem. Adlige sind von der Folter ausgenommen.«

Er zuckte mit den Schultern.

»Man verdächtigte ihn als Spion«, entgegnete er lapidar. »Und Ludwig der Bärtige war nicht als zaghafter Herrscher bekannt. Scheinbar zerrte der Kerkeraufenthalt so sehr an Ebrans Nerven, dass er noch während der Nacht nach dem Advocatus verlangte. Dieser hatte jedoch keinerlei Lust dazu, ihn aufzusuchen. Nur einer seiner Schreiber fand sich bereit, Ebran anzuhören, und besuchte ihn alleine; wegen der vorgeschrittenen Zeit war auch niemand sonst willens, ihn zu begleiten. Um die Angelegenheit rechtens zu machen, stattete der Advocatus seinen Helfer mit weit reichenden Vollmachten aus. Es war vielleicht nicht üblich, aber der Schreiber hatte studiert und war als ehrgeizig und zuverlässig bekannt, und außerdem herrschte Krieg. Niemand konnte mir sagen, was der Gefangene in dieser Nacht noch alles gestand. Die Henkersknechte jedenfalls glaubten, es sei genug gewesen, um den Advocatus oder seinen Assistenten auf den Gedanken zu bringen, dass Ebran die schlimmsten Sünden noch für sich behalten habe. Man ordnete sofort eine verschärfte Befragung an.«

Ich schluckte.

»Was kam dabei heraus?«

»Nicht mehr sehr viel. Die Henkersknechte waren der Ansicht, die Angst und der Schmerz hätten Ebran den Verstand verlieren lassen. Er beschuldigte während der Befragung den Advocatus und seinen Schreiber der fantastischsten Vergehen, jedenfalls solange er noch artikuliert sprechen konnte: Von der Bestechlichkeit bis zur Gotteslästerung warf er ihnen alles vor. Man vertrat die Meinung, dass der Teufel selbst aus dem Gefangenen spreche, und ließ die Befragung fortsetzen, um den Dämon zu vertreiben und der gepeinigten Seele ein Geständnis zu ermöglichen; es wurde ein Priester geholt, der die Sache genauso sah. Allerdings hatte niemand bedacht, dass Ebrans Gesundheit durch den Wein und die vielen Weiber angegriffen war; und er war kein junger Mann mehr. Während des Verhörs ereilte ihn sein Schicksal.«

»Was?«

»Er starb. Angeblich haben die Henkersknechte mehrmals darauf hingewiesen, dass diese Gefahr bestehe, aber die Folter wurde unbarmherzig fortgesetzt.«

Ich fragte unwillkürlich: »Wer war der Advocatus?«

Reckel verzog das Gesicht zu einem halben Lächeln.

»Das ist eine gute Frage«, sagte er. »Ich stellte sie mir auch; und ich fragte mich noch, was Ebran wohl erzählt haben mochte in der Nacht im Kerker, ohne Zeugen außer den Ratten und den anderen unseligen Gefangenen, die zu sehr mit ihrem eigenen Leid beschäftigt waren, um noch dem Unglück anderer zuzuhören.«

»Ihr meint, er hätte ihm ...«

»Richtig. Ebran war von niederem Adel, aber er war nicht verarmt. Für seine Leidenschaften, den Wein und die Frauen, genügten ihm sein Status und seine hübsche Larve. Er hatte von meines Vaters Geld vermutlich kaum etwas ausgegeben; vielleicht wollte er es sich aufheben für eine Zeit, in der sein Status nicht mehr viel wert und sein hübsches Gesicht von den Ausschweifungen zerfressen wäre. Ich nahm an, er hatte dem Schreiber einen Teil davon für seine Freilassung angeboten. Und ich nehme an, dieser willigte zum Schein ein, ließ sich das Versteck des Geldes erklären, prüfte sein Vorhandensein nach und gab die Order, Ebran zu Tode zu foltern. Er hatte keine Lust, seinen Ruf durch die unmotivierte Freilassung des Gefangenen in Verruf zu bringen, und er hatte wohl auch keine Lust, das Geld zu teilen.«

Löw stöhnte und zuckte im Schlaf. Reckel, der sich halb auf den Tisch gesetzt hatte, drehte sich zu ihm um und betrachtete ihn. Er kniff die Augen zusammen und kratzte sich dann am Kopf. Wenn er Mitleid mit dem Apotheker empfand, zeigte er es nicht.

»Langsam«, sagte ich. »Zumindest der Advocatus und sein Helfer mussten miteinander teilen.«

»Lasst mich nur erzählen«, erwiderte Reckel. »Es dauerte eine lange Zeit, bis ich alle Informationen zusammengefügt hatte; das meiste erfuhr ich erst hinterher und mit einem großen zeitlichen Abstand zu den Geschehnissen. Ich lavierte meinen Tuchhandel durch die Kriegsereignisse. Als Ludwig der Bärtige das Spiel verloren hatte und in die Gefangenschaft seines Sohnes geriet, brach das Gemeinwesen in Ingolstadt für einige Zeit völlig zusammen, und ich hatte alle Hände voll zu tun, meine Familie und meinen Wohlstand einigermaßen unbeschadet über die Zeit zu bringen. Zwei Jahre nach der Gefangennahme Ludwigs starb sein Sohn, und sowohl der Gefangene als auch die Stadt wurden Herzog Heinrich ausgeliefert. Ich lebte lange Zeit in der Furcht, er könne von mir erfahren und sich an den Namen erinnern. Als ich mich endlich wieder hervorwagte, war Heinrich verstorben, angeblich an der Pest, und ich konnte wieder etwas leichter atmen. Zumindest, bis ich alle Einzelheiten wusste; ich wollte nicht glauben, was ich erfuhr. Ich hatte sieben Jahre gewartet; und ich war zu spät gekommen.«

Unerwarteterweise meldete sich Moniwid zu Wort.

»Ihr habt eine unglaubliche Geduld gezeigt. Sieben Jahre zu warten und sich um andere Dinge zu kümmern, bevor Ihr wieder die Spur aufnahmt.«

»Ich hatte bereits einmal meine gesamte Familie und all mein Hab und Gut verloren«, sagte Reckel leidenschaftslos. »Ich wollte unter keinen Umständen noch einmal etwas riskieren. Ich haderte monatelang mit dem Schicksal. Ich sagte mir, dass all meine Suche eitel und von Gott nicht gewollt sei. Er, der Ausdauer belohnt, hatte mich zweimal kurz vor dem Ziel scheitern lassen. Vielleicht wollte er, dass ich Ebran vergab und nicht länger nach dem Geld meines Vaters verlangte.«

»Glaubtet Ihr das?«, erkundigte ich mich zweifelnd. Reckel lächelte fein und sah mich an.

»Eine ganze Weile glaubte ich, es zu glauben«, sagte er gelassen. »Dann klang der Schock ab.«

»Was tatet Ihr daraufhin?«

»Was wohl!«, knurrte Moniwid. »Er suchte nach dem Advocatus.«

»Genau das«, bestätigte Reckel. »Es war nicht leicht; durch

die Zeit der Wirrnisse und des Herrschaftswechsels war es beinahe unmöglich geworden, die Bewegungen einzelner Menschen nachzuvollziehen. Nach dem Ende der Auseinandersetzungen begann zudem eine Phase des Aufschwungs, an die sich ein halbwegs guter Kaufmann, wie ich einer geworden war, anhängen musste, wollte er nicht ins Hintertreffen geraten. Der Amtsantritt Herzog Ludwigs des Reichen und mit ihm die Vertreibung der jüdischen Kaufleute aus Landshut eröffnete mir und meinen Zunftkollegen ganz neue Märkte und bedeutete für manchen vor allem die Rettung vor dem Ruin, denn sie hatten sich bei den Juden bedenkenlos Geld geborgt und steckten bis zum Hals in Rückzahlungsverpflichtungen, denen sie nun nicht mehr nachzukommen brauchten. Ich selbst bedauerte die Austreibung der jüdischen Händler und Geldverleiher, obwohl auch ich auf einen Schlag etlicher meiner Schulden ledig wurde. Es waren viele ehrliche und aufrechte Männer und Frauen unter ihnen gewesen, und der Handel mit ihnen war immer zu beiderseitigem Vorteil gewesen. Viele von den Ingolstädter Kaufleuten gingen nach Landshut«, fuhr Reckel fort. »Sie nannten die Stadt ein Rosengärtchen des Verdienstes und schwärmten davon, welche Möglichkeiten sich ihnen dort eröffneten. Ich wurde oft gefragt, warum ich nicht auch mein Glück dort versuchte; ich habe den wahren Grund niemals genannt. Ich konzentrierte mich auf den Handel mit den Münchnern. Die ganze Zeit über wies ich meine Boten an, die Augen und Ohren offen zu halten nach dem Verbleib jenes Advocatus, der für Ebrans Tod verantwortlich war. Sie hatten schließlich Erfolg und hinterbrachten mir seine Adresse.«

»Habt Ihr ihn aufgesucht?«

»Ja«, sagte er. »Er lebte in einer heruntergekommenen Hütte am Rande Münchens; nur der Himmel weiß, wie es ihn dorthin verschlagen hatte. Er war ein Beamter Herzog Ludwigs des Bärtigen gewesen, und nach dem Amtsantritt Herzog Heinrichs hatte man ihn zum Teufel gejagt. Ich sah ihn und wusste, dass er das Geld nicht haben konnte. Er hätte nicht so erbärmlich gehaust. Sein Geist war getrübt, obwohl er noch kein alter Mann war; er war jünger als ich. Nur an Ebrans Tod konnte er sich erinnern, weil er sich lange darüber Gewissensbisse gemacht hatte. Wie sich herausstellte, hatte nicht er, sondern sein Assistent die erneute Folter angeordnet, ohne dass er davon informiert worden wäre. Er sagte, er hätte es zu verhindern gewusst, und ich glaubte ihm.«

»Der Schreiber«, sagte ich. »Wusste er, was aus ihm geworden war?«

»Nein«, antwortete er. »Der Advocatus erklärte mir, dass er, als er vom Tod Ebrans erfuhr – und das war wohl gleich am Tag nach dessen Ableben –, seinen Schreiber aufsuchen wollte und dessen Zimmer leer fand. Er hatte ihn niemals wiedergesehen.«

»Also ...«

»Also war dieser im Besitz meines Erbes«, vollendete Reckel.

»Ihr wart wieder am Anfang«, murmelte ich, aber Reckel schüttelte den Kopf.

»Ich war am Ende«, sagte er. »Es war mir schwer genug gefallen, den Advocatus ausfindig zu machen; aber einen unbekannten Schreiber, der sich wahrscheinlich absichtlich vor der Welt versteckte? Ich hatte nur seinen Namen und seine Beschreibung. Es war ein Ding der Unmöglichkeit. Bis ich vor etwa einem Jahr zufällig wieder etwas von ihm hörte. Er war in Landshut und war wohl die ganze Zeit über hier gewesen.«

»Das kann ich kaum glauben«, warf ich ein. »So weit sind Landshut und Ingolstadt nicht auseinander; Ihr hättet eher von ihm hören müssen.«

»Es war nur natürlich. Ich hatte fast keinerlei Handelsbeziehungen nach Landshut geknüpft, bis auf ein paar Geldgeschäfte mit den Juden. Kaum einer meiner Männer fand sich jemals hier ein, und ich selbst sah erst recht keine Veranlassung dazu. Wie hätte ich ihn dann auffinden können? Ich rechnete ja nicht einmal damit, dass er sich überhaupt noch im Herzogtum befände. Ich wusste, dass es meine letzte Chance war zu erfahren, was mit dem Erbe meines Vaters geschehen war. Ich nahm einige der Dienstboten mit, denen ich am meisten vertraute, und suchte Wolfgang Leutgeb auf. Ich hatte vor längerer Zeit einmal versucht, einen Briefwechsel mit ihm aufzunehmen, um auch ihn um Hilfe bei meiner Suche zu bitten, aber er war zu sehr seinem schlechten Gewissen und dem Wein ergeben, als dass er mir hätte helfen können. Er hatte Angst, meine Freunde und mich zu beherbergen, und so nahmen wir mein altes Haus in Beschlag. Es sah verfallen genug aus, dass ich wusste, niemand würde es in der nächsten Zeit von Interesse finden.«

Er runzelte die Stirn, und ich erkannte, dass ihn der fortgeschrittene Verfall seines Elternhauses betrübt hatte. Dann schloss er die Augen und fuhr fort: »Ich begann zu beobachten. Ich wollte mir Zeit lassen mit der Konfrontation; zu viele Jahre waren seither vergangen, und er hatte keine Ahnung, dass ich ihn verfolgte. Ohne große Schwierigkeiten schleuste ich meine Männer da und dort ein; einen auf der Baustelle, einen als Pferdeknecht bei einem reichen Patrizier in der Stadt, ein paar als Gehilfen und Arbeiter bei den Stadtbehörden. Durch die Hochzeitsvorbereitungen waren Arbeitskräfte überall gefragt. Ich hieß sie, sich ein wenig umzuhorchen; ich wusste, dass der eine oder andere plaudern würde, aber ich hatte ihnen wenig genug mitgeteilt, als dass es für mich hätte gefährlich werden können. Plötzlich stellte ich fest, dass ich meinerseits beobachtet wurde.«

Er öffnete die Augen und sah mich an. Natürlich meinte er mich, aber diesmal war in seinem Blick kein Vorwurf zu erkennen.

»Ich dachte, er habe mich entdeckt. Ich wusste nicht, inwiefern er sich über die Geschichte des Geldes informiert hatte, das er sich von Ebran erschlichen hatte, aber ich musste damit rechnen, dass er über mich Bescheid wusste. Ich kannte seine Skrupellosigkeit aus dem Mord an Ebran, und ich begann, um meine und um die Gesundheit meiner Helfer zu fürchten. Wie Ihr wisst, befindet sich auch meine jüngste Tochter bei mir. Ich war für sie und für all die anderen verantwortlich. Ich sah Euch, Peter Bernward, wie Ihr mein Haus observiertet. Es war nicht schwer festzustellen, wer Ihr wart; ich ließ Euch meinerseits beobachten. Euren Namen erfuhr ich letztlich durch die Flößer, mit denen Ihr vor ein paar Tagen verhandelt habt. Leider erfuhr ich nicht mehr, denn sie wurden misstrauisch. Ich befürchtete schon, sie würden Euch erzählen, dass ich nach Euch gefragt hätte, aber wie es scheint, vergaßen sie es wieder.«

»Sie kamen nicht dazu«, knurrte ich. »Sie riefen mir einmal hinterher, aber ich habe ihnen nicht zugehört.«

»Eure Absichten kannte ich nicht«, fuhr Reckel fort. »Ich

dachte, Ihr würdet mit dem Verfolgten unter einer Decke stecken.«

»Das war es, wofür Ihr mich gehalten habt: für seinen Handlanger«, sagte ich.

»So ist es. Ich beschloss nach langem Hin und Her, Euch Angst einzujagen. Konrad und die anderen lauerten Euch auf dem Heimweg auf.«

Ich sagte: »Ihr wolltet mich beseitigen lassen ...«, aber er unterbrach mich sofort.

»Nein«, rief er heftig. »Ich wollte, dass sie Euch Furcht einflößten, damit Ihr Euch wenigstens für ein paar Tage zurückhieltet. In dieser Zeit hoffte ich, meine Angelegenheiten endgültig klären zu können. Aber Ihr entkamt und fügtet den Männern etliche blaue Flecken zu, und sie waren daraufhin von Zorn auf Euch erfüllt. Sie bestanden darauf, Euch nochmals abzufangen, und ich ließ sie gewähren. Wisst Ihr, darüber mache ich mir die größten Vorwürfe. Ich wollte es nicht. Ich musste in der Zwischenzeit nicht einmal mehr befürchten, dass mein Versteck ausgehoben würde, denn Wolfgang Leutgeb hatte die Stadt verlassen, und seine Frau bewies mehr Courage als er und gewährte uns bedenkenlos Logis. Ich hatte sogar gewagt, Euch zu konfrontieren. Da ich wusste, wie wenig Ihr die Bürger der Stadt kanntet, sah ich es als ungefährlich an, mich als Wolfgang Leutgeb auszugeben. Ich dachte, wenn Ihr auch den Mann nicht kenntet, so würdet Ihr es doch merken, wenn einem Haus der falsche Name zugeordnet würde.«

»Ihr habt mich vollkommen getäuscht«, sagte ich.

Moniwid rief plötzlich unfreundlich: »Was hat dies alles mit dem Mord zu tun? Ich habe Euch nun weiß Gott geduldig zugehört, aber es wäre mir recht, wenn Ihr einmal auf den Punkt kommen würdet.«

Ich sah zu ihm hinüber. Seine Augen glänzten, und er massierte seine Schulter unablässig. Es schien, dass seine Schmerzen größer geworden waren. Aus einem Einfall heraus wandte ich mich an Sebastian Löw, der vor wenigen Augenblicken erschrocken aufgewacht war und seitdem Reckel zerstreut zugehört hatte. Dabei zupfte er unablässig mit zitternden Fingern am Kragen seines Wamses.

»Habt Ihr in Eurer Apotheke ein schmerzstillendes Mittel?«, fragte ich ihn. Er schreckte auf.

»Gegen Schmerzen?«, stotterte er. »Natürlich. Warum?«

»Würdet Ihr für Herrn Moniwid etwas davon holen?«

Er sah Moniwid an, und es war klar zu erkennen, dass er Schwierigkeiten damit hatte, seine Person zuzuordnen. In seinem Erschöpfungsschlaf schien ihm die Gegenwart abhanden gekommen zu sein. Er stand unschlüssig auf und richtete seinen Blick dann auf mich.

»Ihr steht hier herum«, klagte er plötzlich. »Was ist mit Daniel? Ihr wolltet mir helfen.«

»Wir helfen Euch doch. Geht und holt das Mittel, bitte. Der Mann, der Euch abgeholt hat, wird Euch hin und zurück begleiten.«

Er starrte mir flehentlich ins Gesicht, aber er befolgte meinen Wunsch. Er war an einem Punkt angelangt, an dem seine eigene Initiative völlig zusammengebrochen war; vermutlich war er geradezu froh, wenn ihm jemand sagte, was er als Nächstes zu tun hatte. Er schniefte unglücklich und verschwand.

Reckel sagte: »Ich komme gleich auf den Punkt. Seht Ihr, nach einigen Tagen hatten meine Leute eine gewisse Routine darin, den Mann zu beobachten; er geriet ihnen kaum jemals aus den Augen. Als Ihr mir mitteiltet, die polnische Gräfin wäre am Allerheiligenmorgen ermordet in der Martinskirche aufgefunden worden, wusste ich, dass nur er der Mörder sein konnte; und glaubt nicht, dass diese Erkenntnis mich sonderlich überraschte. Ich konnte mich erinnern, dass einer meiner Männer mir gemeldet hatte, er habe ihn spätnachts mit einer Frau in die Baustelle gehen und nach langer Zeit alleine wieder herauskommen sehen. Er hatte sich nichts dabei gedacht, denn der Bau hat viele mögliche Ausgänge, und er nahm an, es handle sich um ein heimliches Stelldichein, und sie hätte die Baustelle über einen anderen Weg wieder verlassen.«

Das war es; und es war so einfach, dass ich am liebsten gelacht hätte. Ich versuchte es, und es hörte sich in dem still gewordenen Zimmer so fehl am Platz an, dass ich mit einem Misslaut verstummte. Moniwid starrte Reckel mit zusammengekniffenen

Augen und gesträubten Brauen an und sagte nichts. Der alte Mann lehnte weiterhin an der Tischplatte und gab Moniwids Blick ruhig und mit verschränkten Armen zurück. Nach meinem fehlgeschlagenen Lachen breitete sich plötzlich eine große Leere in mir aus; meine Gedanken liefen einen Augenblick lang ungelenkt durch mein Gehirn, und ich dachte absurderweise: Jetzt würde ich gerne etwas essen. Ich riss mich zusammen und zwang mich wieder zur Konzentration.

– *Das war es.*

Ich wusste auf einmal, wen Reckel verfolgt hatte; ich dachte an sein Gesicht und seinen vor Nässe triefenden Körper, an die Schlinge um seine Knöchel. Ich dachte: Zuletzt hat der alte Mann ihn doch noch eingeholt und den Mord an Ebran an ihm gerächt. Welche Ironie; Ebran war der Mann, dem Reckel den Tod wahrscheinlich am meisten von allen gewünscht hatte. Es war nicht verwunderlich, dass er nicht darüber hatte reden wollen. Ich wartete, ob Reckel weitersprechen würde, aber er schwieg. Vielleicht wollte er, dass ich es für ihn aussprach.

Ich holte Atem und sagte laut: »Herr Moniwid, dank Herrn Reckels Erklärungen kann auch ich Euch sagen, wer der Mörder der Gräfin ist. Ich muss Euch jedoch mitteilen, dass er der irdischen Gerechtigkeit bereits entzogen ist. Wir werden niemals erfahren, weshalb er sie umgebracht hat und warum er das tat, was er mit ihr getan hatte. Er steht selbst bereits vor seinem Herrn; vor einer Woche haben ihn die Wappner ertrunken aus dem Fluss gezogen. Sein Name war Ernst Wechsler; er war einer der richterlichen Schreiber hier in Landshut.«

Ich sah Moniwids Gesicht zucken, aber er kam nie zu Wort. Reckel fuhr auf.

»Was redet Ihr da für einen Unsinn?«, rief er kopfschüttelnd. »Der Mann, von dem ich spreche, ist der Stadtoberrichter. Er heißt Meinrad Girigel.«

Was tut man, wenn man etwas erfährt, bei dem gleichzeitig zwei Stimmen in einem aufschreien; die eine ruft: Mein Gott, ja, das ist es!, während die andere schreit: Das kann nicht sein? Ich kann es nicht beschreiben; ich kann nicht einmal sagen, dass ich es einfach nicht glaubte, denn ich glaubte es sofort und vollständig. Ich könnte sagen, ich war überrascht, aber nicht einmal das trifft zu; als ich Richter Girigels Namen hörte, dachte ich nur: Genau. Gleichzeitig aber vollführte mein Körper das ganze Ritual eines Menschen, der völlig aus dem Gleichgewicht geworfen ist; ich keuchte und sprang in die Höhe und rief: »Ihr seid verrückt!«

»Völlig verrückt«, brummte Moniwid in einem Moment kaum glaublicher Einigkeit.

Reckel zuckte mit den Schultern.

»Was für einen Grund sollte ich haben, Euch eine derartige Geschichte zu erzählen, wenn sie nicht wahr wäre«, sagte er.

»Weil er Euch damit beauftragt hat!«, rief Moniwid und zeigte mit seinem gesunden Arm empört auf mich. »Wie ich es mir dachte: Ihr seid nur ein Komödiant, den dieser Kaufmann von der Straße geholt hat, um mich zu betrügen.«

»Herr Moniwid«, sagte ich müde. »Wenn das der Fall wäre, würde ich ihm dann aufgetragen haben, eine Geschichte zu erzählen, die so verrückt klingt, dass niemand sie glauben mag?«

Moniwid setzte an und schloss den Mund im selben Augenblick wieder. Er funkelte wütend zu mir herüber, aber im Moment wusste er keine Antwort. Ich wandte mich von ihm ab und sah zu Reckel, der in seiner entspannten Haltung auf dem Tisch saß. Ich blickte in seine Augen, die er ruhig und offen auf mich gerichtet hatte. Es war, als ob sich alles mit einem Ruck zusammengefügt hätte. Ich hörte mir selbst zu, während ich wie im Traum sprach: »Die Männer, die uns überfallen haben, wurden unter der Folter gesprächig. Weil Ihr sie nicht in alles eingeweiht habt, konnten sie nur Euren letzten Aufenthaltsort verraten: Euer altes Haus. Girigel ließ es bewachen; da sich dafür kein offizieller Grund finden ließ, nehme ich an, er heuerte irgendwelche Strolche an, die er für ihre Dienste bezahlte. Einer dieser Kerle ist dem alten Flößer aufgefallen, nicht der junge Löw, wie ich zuerst dachte. Die Strolche fanden heraus, dass Ihr im Hause der Leutgebs Unterschlupf gefunden hattet. Sie gaben dem Richter Bescheid; wahrscheinlich mit einer Brieftaube. Dieser beauftragte sie, weiterhin in der Nähe zu bleiben.« Ich schüttelte den Kopf und sagte grimmig: »Der alte Flößer hielt sie für Spitzel der Familie eines jungen Mannes, mit dem sich mein erdichtetes Mündel traf; das war die Ausrede, mit der ich ihn zur Bewachung Eures alten Hauses beauftragt hatte. Er wollte zwischen mir und dem Liebhaber meines Mündels vermitteln – er hatte es mir selbst vorgeschlagen, aber ich verbot es ihm. Vermutlich setzte er sich darüber hinweg in der Hoffnung, auf eigene Faust Frieden zwischen einem alten verbohrten Kerl und einem verliebten jungen Mann zu stiften und einer zarten Liebe zum Leben zu verhelfen. Er ging auf die Kerle zu und eröffnete ihnen, was ich ihm eingeblasen hatte. Sie jedoch nahmen an, er gehöre zu Euch und wolle sie mit einer plumpen Geschichte einwickeln; und da sie nicht wussten, was sie mit ihm anstellen sollten, und fürchteten, er könne ihre Pläne zunichte machen, beseitigten sie ihn. Sie informierten den Richter, und diesem blieb nichts anderes übrig, als so schnell wie möglich loszuschlagen und Euch zu verhaften.«

»Er wusste nichts von mir«, unterbrach Reckel. »Die Wappner haben mich nicht gesucht; sie haben lediglich alle Männer aufgegriffen, die sie in Leutgebs Haus finden konnten und die nicht zu Leutgebs Dienerschaft gehörten. Konrad und ich konnten ihnen mit Mühe entkommen. Wir versteckten uns in dem getarnten Durchgang entlang der Stadtmauer. Sie haben sich noch nicht einmal um meine Tochter bemüht.«

Ich schnaubte, aber es war nicht aus Verachtung.

»Eure Männer, die mich und den Stadtkämmerer überfielen«, sagte ich. »Sie haben dem Richter verraten, was er aus ihnen herauspresste; aber es war nur die halbe Wahrheit. Sie haben weder Euch noch Eure Tochter ans Messer geliefert. Es ist ihnen gelungen, dies trotz der Marter für sich zu behalten.« Ich dachte an den jungen Mann, der mit durchnässter Hose an der Mauer gestanden war und zitternd von einem zum anderen geblickt hatte. »Ihr könnt stolz auf solche Freunde sein«, sagte ich heiser. »Sie haben zu Euch gehalten, obwohl Ihr ihnen noch nicht einmal alles erzählt hattet.«

Reckel nickte nur. Ich fasste in meine Tasche und holte das Siegel des toten Schreibers heraus. Ich hielt es in die Höhe.

»Darum seid Ihr nicht auf mein Angebot eingegangen, den gefälschten Erlaubnisschein zu benützen«, sagte ich.

Er nickte.

»Er hätte Euch nichts genützt. Allenfalls hätte man Euch auch noch ergriffen.«

Ich schüttelte den Kopf, aber ich war mir selbst nicht mehr sicher.

»Der Richter hat Angst«, sagte Reckel. »Er weiß, dass ihm jemand auf den Fersen ist, aber er weiß nicht, wer, und er weiß nicht, weshalb.« Er schüttelte sich und senkte den Kopf. »Er wird versuchen, es nun aus denjenigen meiner Freunde herauszuholen, die er in Leutgebs Haus verhaftet hat.«

»Aus diesem Grund hat er sich auch um ihren Abtransport bemüht, ohne sich mit den Stadtbehörden abzustimmen«, erklärte ich. »Der Anführer der Wappner auf der Burg wiederum hatte keine Veranlassung, an seinen Anordnungen etwas merkwürdig zu finden oder sie dem Stadtkämmerer mitzuteilen. Und Daniel Löw«, fuhr ich betroffen fort. »Er hat die Schurken beobachtet, die den Flößer umgebracht haben. Auf irgendeine Art und Weise muss er sich dabei verraten haben; vielleicht hat er etwas verloren, als er von seinem Ausguck auf der Stadtmauer sprang, oder er hat sich zu ungeschickt angestellt und sich blicken lassen. Sie verfolgten ihn, um sich über seine Ziele klar zu werden; als ihnen dies nicht gelang, fingen sie ihn nach seinem Besuch bei mir ab und verschleppten ihn.«

»Dann ist er ebenso in Burghausen wie meine Männer«, sagte Reckel und sah mich mit einem merkwürdigen Gesichtsausdruck an. Ich brauchte einen Moment, bis ich ihn deuten konnte. Er besagte: Jetzt ziehen wir beide an einem Strick.

Moniwid mischte sich wieder ein.

»Das ist alles barer Unsinn«, sagte er unwirsch. »Ich habe jetzt die Nase voll von Euch, Kaufmann. Nehmt Euren Freund und verschwindet. Vielleicht könnt Ihr Euch bis zum Eintreffen des Hochzeitszuges noch eine bessere Geschichte ausdenken. Ihr wisst ja, was sonst passiert.«

Ich wollte ihn schon an sein Versprechen, uns zu helfen, erinnern, bis mir dämmerte, dass seine Hilfe nicht mehr vonnöten war. Wir hätten Daniel Löw nicht finden können, und wenn wir tausend Mann durch die Wälder und Sümpfe rund um Landshut geschickt hätten. Ich ließ die Hände sinken und spürte, wie plötzlich ein breites Grinsen mein Gesicht verzog.

»Wie Ihr wünscht«, sagte ich, und er sah mich misstrauisch an, ob ich etwas Neues ausheckte oder auch nur eine bösartige Bemerkung machen würde. Aber ich drehte mich nur zu Reckel um und nickte ihm zu, und er erhob sich langsam. Als er stand und mit einem entschlossenen Ruck den Tisch beiseite schob, wurde mir vollends klar, dass wir nun Verbündete waren. Ich hätte darüber beunruhigt sein sollen; stattdessen fühlte ich mich mit einem Mal so sicher wie seit Beginn dieser Affäre nicht mehr.

Reckel verlor kein Wort über Moniwid; er mochte sich über ihn und seine Halsstarrigkeit wundern, aber im Grunde war der Pole für ihn bedeutungslos. Wir verließen das Zimmer und warteten am Fuß der Treppe auf Sebastian Löws Rückkehr. Von der offenen Tür drang das Rauschen des Regens herein. Wir sprachen nicht. Reckel sah mit zusammengekniffenen Augen in die Dunkelheit hinaus und zog schnüffelnd die Nase hoch. Auch ich roch es; den schweren, erdigen Geruch aus den Mooren vor der Stadtmauer, der durch den Regen aufstieg. Das Wetter würde umschlagen.

Zuletzt drängte sich doch etwas auf meine Zunge; ich fragte: »Warum hat er sie getötet?«

Reckel wandte sich mit ehrlichem Erstaunen zu mir um.

»Ich habe keine Ahnung«, sagte er. »Ich dachte, Ihr wüsstet es.«

»Wenn ich gewusst hätte, warum die Polin umgebracht wurde, wäre ich auch früher oder später auf den Mörder gekommen«, sagte ich.

Reckel machte eine gleichgültige Geste.

»Könnt Ihr Euch vorstellen, dass mich diese Frage nicht im Geringsten interessiert?

Ich räusperte mich. Wenn ich gedacht hatte, Reckel könne auch dieses Rätsel aufklären, hatte er mich jedenfalls enttäuscht. Ich dachte an Daniel Löw und fühlte mich aufs Neue beklommen.

»Wenn sie merken, dass ihnen der Sohn des Apothekers noch weniger nützt als Eure Leute, werden sie ihn sofort beiseite schaffen«, sagte ich dumpf.

»Ich bin mir nicht sicher«, wandte Reckel ein. »Wenn Girigel herausfindet, dass er nichts weiß, gibt es keinen Grund, ihn umzubringen. Ich fürchte nur, dass er wie meine Männer der Folter unterzogen wird, bis ihm jemand glaubt.«

»Er muss ihn dennoch beseitigen«, widersprach ich und fühlte ein kaltes Grausen dabei. »Er kann es sich nicht leisten, ihn freizulassen, nachdem Löw seine Machenschaften weitestgehend kennen gelernt hat.«

»Wir müssen also handeln, bevor Girigel dieser Umstand klar wird.«

»Ja«, sagte ich. »Wenn es nicht schon zu spät ist. Löw ist vor zwei Tagen verschleppt worden. Er dürfte mittlerweile in Burghausen angekommen sein.«

»Wo meine Männer schon lange gefoltert werden«, sagte Reckel erstickt.

Sebastian Löw kam kurze Zeit später durch die Nässe hereingetrottet; der polnische Ritter marschierte mit ausdruckslosem Gesicht hinter ihm her und stieg nach seinem Eintritt die Treppe hoch, ohne mehr zu tun als uns zuzunicken. Löws Gesicht war anzusehen, dass er die Gelähmtheit des Schlafes endgültig abgeschüttelt und zur Wirklichkeit zurückgefunden hatte; er machte den Eindruck, als sei ihm diese Wirklichkeit nicht besonders willkommen. Er trug ein Fläschchen mit sich.

»Was ist?«, fragte er. »Soll ich es dem polnischen Herren nicht hinaufbringen?«

»Nein«, antwortete ich. »Er hat es sich anders überlegt.« Ich sah aus dem Augenwinkel, wie Reckels Kopf herumfuhr, aber ich bemühte mich, nicht darauf zu reagieren. Ich wusste, dass ich Moniwid zu guter Letzt noch brauchte: *Er* musste überzeugt werden, dass der Richter der gesuchte Mörder war, und es war gut zu wissen, dass ich mit Löws Medizin ein Lockmittel für seine Kooperation in den Händen hatte. Es war ein kleiner und gemeiner Gedanke, aber er verschaffte mir einen Vorteil, und wir konnten dringend ein paar Vorteile auf unserer Seite gebrauchen.

»Gebt es mir«, sagte ich zu Löw. »Ich verwahre es einstweilen.«

Er überreichte mir das Fläschchen widerstandslos. Ich steckte es ein. Für einen Moment sprach keiner von uns dreien. Löw sah von einem zum anderen, dann blieb sein Blick an mir hängen.

»Ich dachte, der Herr solle uns helfen, Daniel zu finden?«, flüsterte er. »Was wird jetzt? Weigert er sich, sein Versprechen einzulösen?«

Ich wusste plötzlich, dass ich Löw seine unmittelbare Angst nehmen konnte; es wäre ein Akt der Gnade. Ich zauberte ein Lächeln auf mein Gesicht – das tausendste falsche Lächeln, seit dieser Fall begonnen hatte – und sagte: »Wie geht es Eurer Familie, Herr Löw?«

»Wie wohl?«, sagte er resigniert.

»Geht heim und macht ihnen eine Freude. Sagt ihnen, wir haben Daniels Befreiung bereits veranlasst.«

Es war beschämend zu sehen, wie er auf meine Lüge reagierte; selbst, wenn es eine gnädige Lüge war. Sein Unterkiefer sackte herab, und in Sekundenschnelle schwammen seine Augen in Tränen. Er ächzte, dann stammelte er: »Wie habt Ihr das gemacht? Wo ist er? Geht es ihm gut?«

»Es war alles ein Missverständnis. Er ist in Burghausen«, sagte ich und warf einen Blick zu Reckel hinüber, der mich scharf musterte, aber keinerlei Anstalten machte, mich zu verraten. »Aufgrund eines Irrtums hat man ihn verhaftet. Ich denke, er wird so schnell wie möglich wieder freigelassen werden.«

»Was?!«, stieß er hervor. »Verhaftet? Woher wollt Ihr das wissen?«

»Ich habe es gesehen«, sagte Reckel unvermittelt. »Ich wusste nicht, dass es Euer Sohn war. Ich bin darauf aufmerksam gemacht worden, während Ihr in Eurer Apotheke wart.«

Löw stieß plötzlich ein keuchendes Lachen hervor. Seine Augen schlossen sich.

»Daniel«, sagte er. Es war das aufrichtigste Dankgebet, das ich jemals gehört hatte.

»Geht nach Hause«, drängte ich ihn. »Sagt es Eurer Familie.«

»Was macht Ihr?«

»Ich schreibe einen Brief nach Burghausen an Richter Girigel, um ihn über den Irrtum aufzuklären«, sagte ich. »Ihr wisst vielleicht, dass ich ihn gut kenne.«

Er streckte beide Hände nach mir aus, und ich erwartete, dass er mich jeden Moment zu umarmen versuchen würde. Stattdessen wirbelte er auf einmal herum und rannte mit wedelnden Armen in die Dunkelheit hinaus. Der Regen verschluckte ihn sofort, aber wir hörten seine hastigen Schritte über den Hof und zum Tor hinaus durch die Pfützen patschen; ein rundlicher, kleiner Mann, der wie ein Junge nach Hause lief und seinem Gott voller Inbrunst dafür dankte, dass er ihm seine Gnade gezeigt hatte. Ich zog die Nase hoch und wandte mich zu Reckel um.

»Ihr wolltet ihm die Angst nehmen«, sagte er.

»Ich wollte ihn vor allen Dingen loswerden«, erwiderte ich. Reckel lächelte und schüttelte den Kopf.

»Ihr seid ein besserer Christ, als Ihr selber denkt«, sagte er.

»Sagt das nicht«, widersprach ich. »Ihr wisst noch nicht, was ich vorhabe.«

»Und was ist das?«

»Richter Girigel wird tatsächlich einen Brief erhalten«, sagte ich. »Aber nicht ich werde ihn schreiben. Ihr werdet es tun.«

Er starrte mich an. Er war brillant; er durchschaute meinen Plan sofort.

»Ich soll mich ihm offenbaren und ihn damit nach Landshut locken«, sagte er. »Und ihn damit erpressen, alles ans Licht zu bringen, wenn er seinen Gefangenen etwas antut: seine Verstrickung in den Tod Ebrans und vor allem den Mord an der Polin.«

»So ist es«, sagte ich.

Er dachte eine lange Weile darüber nach. Ich sah ihm zu, während sein Blick in die Ferne gerichtet war und seine rechte Hand geistesabwesend an seinem Ohr zupfte. Ich dachte, ich könne ermessen, wie schwer es ihm fallen musste, sich zu dieser Entscheidung durchzuringen. Alles, was er in seinem Leben für richtig erachtet hatte, wurde dadurch auf den Kopf gestellt: Er offenbarte sein Wissen, seine Herkunft, seine Person, Dinge, deren Geheimhaltung ihm sechzig Jahre lang das Leben gerettet hatten. Schließlich kehrte er in die Gegenwart zurück und sah mir ins Gesicht.

»Ich sehe keine andere Möglichkeit«, sagte er. Ich nickte.

»Es rettet Euren Freunden und Daniel Löw das Leben«, erwiderte ich.

»Gehen wir zurück zum Haus von Wolfgang Leutgeb«, sagte er. »Wir wollen keine Zeit verlieren.«

»Nein«, widersprach ich. »Gehen wir wieder nach oben zu Albert Moniwid. Er muss den Brief sehen und lesen. Wenn der Richter wirklich hierher kommt und damit seine Schuld eingesteht, muss er davon überzeugt werden, nicht wir. Er muss jetzt vom Anfang bis zum Ende in alles mit einbezogen werden.«

»Der Gedanke gefällt Euch nicht.«

»Nein«, erwiderte ich. »Ganz und gar nicht. Moniwid ist ein aufgeblasener Narr, dem es einen teuflischen Spaß macht, uns Knüppel zwischen die Beine zu werfen.«

Reckel zuckte mit den Schultern.

»Außerdem verbirgt er etwas«, sagte er und ging gelassen die Treppe hinauf.

Es war keine leichte Aufgabe, Moniwid davon zu überzeugen, dass der Brief in seiner Gegenwart geschrieben, von ihm gelesen und auch vor seinen Augen gesiegelt werden musste. Es gelang mir schließlich, ihn mithilfe der schmerzstillenden Medizin Sebastian Löws zu überreden: Ich schlug ihm einen weiteren Handel zwischen uns vor, seine Aufmerksamkeit gegen einen tiefen Schluck aus dem Fläschchen, und da ihm diese Schliche mittlerweile bekannt vorkamen, gestattete er sich sogar ein halb amüsiertes Grinsen, bevor er einwilligte. Er wies uns darauf hin, dass dies nicht bedeute, dass er unseren Auftritt nicht weiterhin für eine Posse halte; er wolle nur sehen, wie weit wir damit gehen würden.

Seine Sicherheit verflog, als Reckel sich ohne Umschweife setzte und mit fliegendem Federkiel zu schreiben begann. Er zog die Stirn kraus, während er Reckels wenige Zeilen nach dem Trocknen der Tinte überflog, und als er zuletzt aufsah, schien er nun keineswegs mehr davon überzeugt zu sein, dass wir ihn zum Narren halten wollten. Ich siegelte das Schreiben mit einem anonymen Klecks Siegellack, und er wälzte sich aus dem Bett – das Mittel des Apothekers schien zu wirken – und sah mir dabei sogar mit einer gewissen Spannung zu. Ich beobachtete ihn genau, nachdem Reckel seine Bemerkung getan hatte, Moniwid würde uns noch etwas verschweigen, aber ich konnte keinen Hinweis darauf feststellen. Vielleicht hatte Reckel sich getäuscht, und die barsche Art des Polen hatte ihn zu einem Trugschluss verleitet. Moniwid beugte sich über meine Schulter, während ich den heißen Lack auf das Pergament tropfen ließ, und war für ein paar Momente beeindruckt genug, dass er nichts mehr sagte. Es sollte jedoch nicht lange dauern, bis er wieder Oberwasser bekam.

»Wie wollt Ihr die Botschaft so schnell nach Burghausen bringen?«, fragte Reckel. Ich hatte mir darüber schon meine Gedanken gemacht.

»So, wie er all seine anderen Botschaften hin- und hergebracht hat: mit einer Brieftaube.«

Reckel sah mich betroffen an.

»Tauben fliegen nachts nicht«, erwiderte er. »Wusstet Ihr das nicht?«

»Was sagt Ihr da?«

»Das weiß selbst ein Kind!«, knurrte Moniwid. »Womit habt Ihr denn Eure geschäftlichen Botschaften versandt, Kaufmann? Mit Eulen? Seid Ihr sicher, dass Ihr nicht schon lange bankrott seid und es nur noch nicht wisst?«

Ich wollte aufbegehren, aber es machte keinen Sinn. Er hatte Recht. Ich hatte einen Fehler gemacht. Für Momente war mein Kopf völlig leer.

»Dann schicken wir einen Boten«, stammelte ich.

»Und wen stellt Ihr Euch vor?«, fragte Reckel.

»Wie wäre es mit Konrad?«

»Völlig ausgeschlossen«, sagte er bestimmt. »Ich werde nicht auch noch ihn ins Feuer schicken.«

»Er würde es bestimmt ohne Zögern tun«, rief ich.

»Er schon«, erklärte Reckel. »Ich aber nicht.«

Ich wandte mich an Moniwid, aber er schüttelte den Kopf. Sein Grinsen war jetzt wieder deutlicher zu sehen.

»Denkt nicht einmal daran«, sagte er.

»Habt Ihr niemanden unter Eurem Gesinde, den Ihr losschicken könnt?«, fragte Reckel und sah mich an. »Niemand, dem Ihr – *vertraut*?«

Ich starrte zurück und merkte, wie ein Name in mir Gestalt annahm. Jemand, an den ich in den letzten Tagen überhaupt nicht mehr gedacht hatte; dem ich noch nicht einmal für seinen Einsatz betreffs meiner Tuchlieferung gedankt hatte. Hatte ich so viel Vertrauen zu ihm? Aber die Frage lautete ganz anders: Hatte ich eine Wahl?

»Doch«, sagte ich bestimmt. »Jörg Tannberger.«

»Benachrichtigt ihn«, sagte Reckel.

In späteren Jahren habe ich mich oft gefragt, ob es dieser Abend gewesen war, der meinen Weg zurück ans Licht endgültig freiräumte. Die Liebe zu Jana hatte mich aus der Vereisung aufwachen lassen, die ich selbst geschaffen hatte, und mir gezeigt, dass es niemals zu spät ist, einen Fehler zu korrigieren und in einer anderen Richtung weiterzugehen. Jetzt aber sah ich, dass ich nicht allein auf diesem schwierigen Pfad war; noch jemand kämpfte sich an meiner Seite zum Leben zurück, dessen Erstarrung noch viel länger gedauert hatte, nämlich sein ganzes Leben: Johannes Reckel. Auch das wurde mir erst später bewusst, und unter den vielen Dingen, die ich an dem alten Mann bewunderte, war dieser Umstand nicht der geringste. Erst am Abend seines Lebens fand er wieder zu der Würde zurück, die einem Mann wie ihm anstand, und er trat ohne zu zögern an, um sich seiner Vergangenheit zu stellen.

Reckel hatte Richter Girigel in seinem Brief für die Nacht vom Sonntag auf Montag nach Landshut bestellt; es war die früheste Möglichkeit für den Richter, die Stadt zu erreichen, und es war in unserer Absicht gelegen, ihn nicht zum Nachdenken kommen zu lassen. Er musste reiten, so schnell er konnte, um den Termin einigermaßen zu halten. Mein Gedanke war gewesen, das Treffen auf meinem Hof stattfinden zu lassen, aber Reckel redete mir mein Vorhaben aus. Er war der Ansicht, mein Name dürfe nicht ins Spiel kommen, um den Richter nicht misstrauisch zu machen. Er musste weiterhin denken, dass er die Sache noch immer in den Griff bekommen könne, oder er würde nicht nach Landshut kommen. Ich fügte mich schließlich seinem Wunsch, den Richter in die Baustelle der Martinskirche zu bestellen. Es mochte sein, dass er das Treffen dorthin verlegte, weil mit der Vergabe des Bauauftrags an einen anderen der Niedergang seines Vaters begonnen hatte und er hoffte, mit dem Abschluss seiner langen Suche nach Dietrich Reckels Hinterlassenschaft in der Kirche den Kreis zu schließen. Ich widersprach ihm nicht lange; auch für den Mordfall schloss sich damit ein Kreis, und ich empfand es als eine Art von Gerechtigkeit, dass der Richter dort zum Geständnis gezwungen werden sollte, wo er die Tat begangen hatte. Ich lud Johannes Reckel ein, mit seiner Tochter und seinem verbliebenen Helfer die Nacht auf meinem Hof zu verbringen, aber er lehnte ab. Er gab keinen Grund dafür an; vielleicht fühlte auch er, dass unsere beiden Schicksale plötzlich näher miteinander verbunden waren, als wir gewahr wurden, und wollte diese Nähe nicht noch ermutigen. Nach allem, was passiert war, hatte er keinen Grund, neben meiner Unterstützung auch noch meine Freundschaft zu suchen. Ich ritt allein nach Hause zurück, die Botschaft an den Richter in der Tasche. Die Stadt war leer, aber ich konnte Abfall und ein paar Scherben auf dem Kopfsteinpflaster entdecken, und ich dachte flüchtig daran, dass die Bürger und Bauern heute Martini gefeiert hatten. Martin war der Schutzheilige der Stadt; vielleicht hatte er heute bei uns gesessen und hatte auf das Geschehen eingewirkt. Auf der zweiten der beiden Isarbrücken zog ich Ernst Wechslers Siegel aus der Tasche und warf es ins Wasser.

Tannberger ritt kaum eine Stunde nach meiner Rückkehr auf meinen Hof los, das Schreiben in der Tasche, ohne zu wissen, was darin stand. Er war stolz darauf, dass ich ihn nochmals für eine Mission ausersehen hatte, und ebenso erfreut wie peinlich berührt darüber, dass ich mich bei ihm für meine Undankbarkeit entschuldigte und ihn für seinen Erfolg mit der Stofflieferung vor allen anderen lobte. Er fragte nicht einmal nach, warum es so wichtig war, dass die Botschaft den Richter in Burghausen so schnell wie möglich erreichte. Ich setzte mich zu Jana in die Stube, wo ich feststellte, dass ihre Gegenwart schon seit den wenigen Stunden, in denen sie sich auf dem Hof aufhielt, die Verlegenheit meines Gesindes weggefegt hatte. Beim Essen herrschte ein Lärm wie schon lange nicht mehr. Schweigsamer als sonst war hingegen der Verwalter, der Janas Hiersein sichtlich noch immer nicht mit meinen Erzählungen der letzten Tage in Einklang bringen konnte. Ich konnte ihm nicht helfen; er würde warten müssen, bis ich ihm alles erklärte. Nach dem Essen ging ich zu Bett, und Jana folgte mir mit der gleichen zögernden Scheu wie gestern, als wüsste sie nicht, ob es das Richtige sei, was sie tue. Sie blieb mitten im Raum stehen und sagte: »Wenn dir meine Anwesenheit hier peinlich ist, kannst du es ruhig sagen. Ich würde die Wahrheit jedenfalls deiner verschlossenen Art vorziehen.«

Ich sah auf und sagte: »Jana, wenn du weggehst, reite ich dir persönlich hinterher und trage dich wieder zurück.«

»Du wirst mich nirgends halten können, wo ich nicht bleiben will«, antwortete sie. Ich nickte.

»Ich weiß. Und du wirst mich nicht von dem Platz fern halten können, an dem du dich aufhältst.«

Plötzlich lächelte sie und setzte sich neben mich auf das Bett. Sie lehnte sich an meine Schulter und rieb ihr Gesicht am Stoff meines Wamses.

»Du glaubst, dass morgen die Entscheidung fällt, und das bedrückt dich«, sagte sie nach einer Weile hellsichtig. »Was macht dir dabei zu schaffen? Freust du dich nicht, dass es endlich zu Ende geht?«

»Es sind noch immer so viele Unwägbarkeiten vorhanden«, erklärte ich seufzend. »Ich weiß nicht, ob ich dort in der Kirche alles in den Griff bekomme.«

Sie richtete sich auf und sah mich mit zusammengezogenen Augenbrauen an.

»Du willst selbst vor Ort sein?«, fragte sie.

»Natürlich. War dir das nicht klar?«

Sie schüttelte den Kopf. Für eine lange Minute schien sie nur nachzudenken, ob sie die Gedanken, die über ihr Gesicht huschten, aussprechen sollte. Schließlich erwiderte sie nur: »Du bist alt genug geworden, ohne dass *ich* auf dich Acht gegeben hätte. Ich möchte dich nur bitten, dass auch *du* auf dich aufpasst.«

»Wenn dir so viel daran liegt ...«, sagte ich halb im Scherz.

Sie lächelte schief und nickte, ohne dabei meinen Blick loszulassen.

Es war unsere zweite Nacht, aber diesmal liebten wir uns nicht. Ich hatte das Gefühl, dass mein Körper im Fieber brannte, aber es war nicht das Fieber nach ihr, das mich verzehrte. Ich wusste, ich hätte weder ihr noch mir Vergnügen bereiten können, und so ließ ich es sein. Vielleicht war es ein Fehler; aber aus der Art, wie sie sich nach einem Moment der Verblüffung an mich drängte und nach wenigen Augenblicken in meinem Arm einschlief, schloss ich, dass es vielleicht doch keiner gewesen war.

Ich lauschte ihren Atemzügen und fand lange keinen Schlaf.

Am folgenden Tag war Albert Moniwid davon zu überzeugen, dass er in der Kirche dabei sein müsse, wenn der Richter auftauchte und damit quasi sein Geständnis ablegte. Moniwid sträubte sich, bis ich sagte: »Wenn Ihr nicht dabei seid, werdet Ihr mir jemals glauben, dass er tatsächlich der Mörder ist?«

Er verzog das Gesicht. Der Brief und der leichte Rauschzustand, in dem er sich dank des Schmerzmittels befand, schienen seine Sturheit ein wenig erschüttert zu haben, denn er antwortete: »Ich denke schon. Ihr habt mich überzeugt mit Eurer Hartnäckigkeit.«

Ich schüttelte den Kopf.

»Ich will Euch trotzdem mit dabeihaben.«

»Traut Ihr meinem Wort nicht?«

»Hätte ich irgendeinen Anlass dazu?«

Er brummte zornig, ergab sich aber schließlich meinem Wunsch. Ich vereinbarte mit ihm, dass ich ihn nach der Abendmesse abholen und zur Kirche begleiten würde, und er willigte mit saurer Miene ein.

Ich konnte es kaum erwarten, bis es Abend wurde. Der Tag zog sich unendlich hin. Ich brachte Jana zurück zur Residenz, damit sie ihre Sachen zusammenpacken und zu mir hinausschaffen konnte, und begab mich danach wieder in die Stadt hinein. Ich hielt es auch in ihrer Gegenwart nicht auf meinem Hof aus, und sie besaß genug Einfühlungsvermögen, um mich ohne lange

Widerrede gehen zu lassen. Es war Sonntag, und ich wanderte ruhelos im feinen Nieselregen in der Stadt umher und roch den Duft nach gebratenem Fleisch, der sich durch die Straßen zog. Ich mied das Rathaus mit dem Stadtkämmerer darin; ich war gespannt wie eine Harfensaite und nicht in der Lage, Altdorfer zu schildern, was ich getan und erfahren hatte und was ich noch zu tun beabsichtigte. Ich wusste, dass er in seinem Arbeitszimmer auf und ab schreiten würde und in den Pausen zwischen seinen Tätigkeiten für die Hochzeit an mich denken und sich fragen würde, warum in aller Welt ich mich nicht bei ihm meldete. Ich hielt es für möglich, dass er sich sogar Sorgen machte, ob mir nicht zuletzt doch etwas zugestoßen war, doch ich konnte mich nicht überwinden, mit ihm zu sprechen. Der letzte Teil dieses Falles war meine Aufgabe mehr als alles andere, und ich konnte nicht zu ihm gehen. Ich strich zwischen den Häusern umher wie ein hungriger Kater, fand mich mit einem Mal vor der Tür des Leutgebschen Hauses wieder und ging fort, ohne daran zu klopfen. Ich schaute eine Weile den polnischen Rittern bei ihren Übungen zu, die sie lustlos im Regen vollführten, und ich blickte zu dem offenen Fenster des Arbeitszimmers hoch, von dem aus Moniwid ihre Bemühungen verfolgte. Er konnte seinen rechten Arm bereits wieder ein wenig besser bewegen. Offenbar wirkte das Schmerzmittel noch immer, oder er hatte sich an den Schmerz gewöhnt. Als er mich vor dem offenen Tor stehen und hereinspähen sah, winkte er mir mit der linken Hand zu, und ich war so überrascht über diese Geste der Vertrautheit, dass ich fast zu hoffen begann, Daniel Löw möge ihn nach seiner glücklichen Rückkehr tatsächlich kurieren.

Wenn er noch lebt, dachte ich dann, und noch alle seine Gliedmaßen funktionieren, und der Gedanke trieb mich wieder von der Stelle, zurück in die Stadt. Eine Weile stand ich neben der Baustelle, aber es wurde mir merkwürdig, wenn ich daran dachte, was sich heute Nacht hier abspielen würde, und ich verließ auch diesen Posten wieder. Ich fand einen öffentlichen Abtritt und erleichterte meine brennende Blase, doch ein paar Minuten danach hatte ich das Gefühl, ich müsse mich schon wieder erleichtern. Ich seufzte und setzte mich in eine Wirtschaft, wo ich einen Becher schales Bier trank, aber auch dort hielt ich es nicht lange aus. Ich trieb mich umher und verfluchte die Langsamkeit der Zeit, und als es endlich doch dämmerte und die Dunkelheit den halb fertigen Dom einhüllte, war ich geradezu überrascht und körperlich so erschöpft, als hätte ich den ganzen Tag ein Feld umgegraben.

Albert Moniwid begleitete mich schweigsam, nachdem ich ihn abgeholt hatte. Er hatte sich mühsam ein Schwert umgeschnallt und die Scheide in die Reichweite seiner linken Hand gerückt; ich sah es an, und er bemerkte meinen Blick, aber er sagte nichts dazu. Vielleicht fühlte er sich wegen seiner Verletzung ohne Waffen hilflos. Wir betraten die nachtdunkle Kirche, ohne eine Fackel zu entzünden. Die Arbeiter hatten einen breiten Gang von einem der Seitenportale zum Chorhaus hin freigeräumt und selbst den Boden so weit gesäubert, dass man sich darauf bewegen konnte, ohne über irgendetwas zu stürzen. Links und rechts davon, zwischen und unter den hohen Säulen, lagen die Steine und Bretter in halbwegs ordentlichen Haufen. Altdorfers Ermahnungen hatten Wirkung gezeigt.

Ich rief leise Reckels Namen, und er meldete sich aus der Nähe des Altarraumes. Dieser öffnete sich in einem weiten Viertelkreis in das Chorhaus hinein; ein paar Stufen führten auf die Erhöhung hinauf, wo Stethaimer noch den Tabernakel aufstellen lassen musste. Reckel saß auf den Stufen und schaute uns entgegen.

»Ich möchte, dass Ihr Euch verborgen haltet«, sagte er zur Begrüßung.

»Wieso?«, zischte Moniwid.

Reckel blickte mich an. Ich sah undeutlich, dass er eine Kerze in einer abgedunkelten Laterne neben sich stehen hatte. Der Lichtschein des brennenden Dochtes zeichnete sanft die Umrisse der kleinen Belüftungsöffnungen nach, die sich in den Klappen befanden. Reckel selbst war eine massige, dunkle Figur auf den Stufen zum Altarraum.

»Ich habe ihn fünfundzwanzig Jahre verfolgt«, sagte er leise. »Ich habe ein Recht darauf, ihn alleine zu treffen.«

Moniwid knurrte etwas, aber ich sagte rasch: »Wir verbergen

uns hinter einem der Holzstapel und hören jedes Wort mit, das Ihr wechselt.«

»Ihr könnt sicher sein, dass Ihr zu hören bekommt, wozu Ihr gekommen seid«, erklärte Reckel.

Moniwid war nicht überzeugt und murmelte unzufrieden vor sich hin.

»Ich verstecke mich nicht«, brummte er.

»Das ist kein Verstecken, sondern ein Auf-die-Lauer-Legen«, sagte Reckel. »Wenn der Richter Euch oder Herrn Bernward sieht, wird er niemals sprechen.«

»Ich dachte, wenn er kommt, wäre das schon Geständnis genug?«, fragte Moniwid ätzend.

»Für Herrn Bernward schon«, sagte Reckel gelassen. »Für Euch vermutlich nicht.«

Der Pole verstummte. Bei seinen Wortgefechten mit mir hatte er niemals so schnell klein beigegeben.

»Kommt«, sagte ich und zupfte ihn am Ärmel. »Legen wir uns auf die Lauer, bevor der Richter noch kommt und uns alle hier beisammen sieht.«

Es wurde eine erneute Geduldsprobe. Nach kurzer Zeit begann ich auf dem kalten Boden zu frieren, aber ich wagte nicht, mich mehr als nötig herumzurollen. Bald wurde der Drang in mir übermächtig, mich zu bewegen, und ich streckte meine Beine hierhin und dorthin aus, bis Moniwid mich ungnädig anzischte. Er selbst fing nach einer Weile an, seine Schulter wieder zu massieren, aber er klagte nicht. Er zog mühsam das Fläschchen des Apothekers aus der Tasche und nahm einen kleinen Schluck. Es roch nach Kräutern und Alkohol; vielleicht war es nur ein Schnaps, aber Moniwid hörte wenige Minuten nach dem Genuss des Mittels auf, seine Schulter zu bearbeiten, und wurde ruhiger. Ich verlagerte meine Aufmerksamkeit auf Reckel, den ich von meiner Position aus zwischen einem Stapel Holz und einer säuberlich aufeinander geschichteten Steinpyramide hervor undeutlich sehen konnte. Er saß bewegungslos in der Dunkelheit neben seiner Laterne. Nach allem, was ich sah, konnte er ebenso gut eingeschlafen sein. Ich zischte seinen Namen, und er drehte den Kopf herum und sagte leise: »Seid ruhig.«

Ich zog mich wieder zurück. Moniwid warf mir einen Blick zu, und ich zuckte mit den Schultern. Er schnitt eine Grimasse und blickte schweigend zu Boden. Ich verlegte mich darauf, ihn zu beobachten. Bald sah ich, wie sein Kopf immer wieder nach unten nickte und dann rasch hochzuckte. Ich beugte mich ein wenig vor und sah aus der Nähe, dass seine Augenlider flatterten; plötzlich zuckte er so stark zusammen, dass die Zöpfe an seinen Schläfen tanzten.

»Schlaft mir nur nicht ein«, flüsterte ich halbwegs belustigt.

»Es ist das verdammte Mittel«, murmelte er undeutlich. »Es macht einen müde.«

Ich wollte etwas sagen, aber dann hörte ich das Geräusch einer vorsichtig geöffneten Tür weiter vorne. Jemand machte ein Seitenportal auf. Ich hätte beinahe aufgeschrien, aber ich riss mich zusammen. Moniwids Kopf fuhr herum; er schien mit einem Schlag wieder hellwach geworden zu sein. Ich reckte mich hinter unserer Deckung hervor und versuchte, Reckel zu erkennen. Seine Haltung hatte sich kaum geändert, aber er wirkte jetzt angespannt. Er drehte sich nicht zu uns herum. Ich sah, dass seine linke Hand auf der Klappe der Laterne ruhte.

Von vorne näherten sich langsame Schritte. Nach einigen Augenblicken wurde mir klar, dass es mindestens zwei waren, die die Kirche betreten hatten. Ich blickte Moniwid betroffen an, aber der Pole horchte nur konzentriert. Ich wagte nicht mehr, über den Stapel hinwegzublicken; ich versuchte an der Seite entlangzuspähen, aber das Baumaterial raubte mir die Sicht. Trotzdem konnte ich erkennen, dass die Ankömmlinge wenigstens eine Fackel dabeihatten: Ihr Lichtschein tanzte über die klobigen Formen. Ich hörte sie halblaut miteinander murmeln; einer von ihnen lachte unterdrückt. Sie bogen um die Ecke, die durch den freigeräumten Weg vom Portal zum Chorraum bestimmt wurde, und näherten sich dem Altar. Ich hörte das scharfe Klacken, mit dem Reckel die Klappe von seiner Laterne zurückschnellen ließ, und aus der Richtung der Ankömmlinge einen zweifachen, erschrockenen Seufzer. Ich konnte nicht mehr länger an mich halten und lugte vorsichtig nach draußen; Moniwid tauchte neben mir auf und tat es mir gleich. Er war mir so nahe, dass ich den

Alkoholgeruch des Schmerzmittels in seinem Atem riechen konnte.

Reckel saß noch immer auf der Treppe, halb von seiner Laterne beleuchtet. Durch die Hälfte der Kirche von ihm getrennt, standen zwei halbwüchsige Jungen mit einer Fackel mitten auf dem Weg und klammerten sich in ihrem ersten Schreck aneinander. Ich verdrehte die Augen und hörte Moniwid neben mir die Luft ausstoßen. Es waren irgendwelche Spaßvögel, die sich einen Scherz in der halb fertig gestellten Kirche erlauben wollten.

Reckel ließ die Klappe zurückfallen und tauchte sich selbst wieder zurück ins Dunkel.

»Macht, dass ihr wegkommt«, grollte er mit unbeeindruckter Stimme. Die beiden Tunichtgute stammelten etwas und nahmen schleunigst Reißaus. In ihrem Schrecken ließen sie selbst die Fackel fallen. Reckel stand nach kurzem Zögern auf, ging zu ihr und trat sie aus. Den rauchenden Stumpen warf er zwischen die Bretterstapel.

»Hoffentlich haben sie den Richter nicht vertrieben«, hörte ich mich sagen. Moniwid erwiderte etwas Polnisches darauf; es hörte sich nicht an wie eine Schmeichelei. Er ließ sich ächzend hinter unsere Deckung zurücksinken. Ich beobachtete, wie Reckel sich wieder niederließ, dann duckte ich mich auch hinter den Bretterstapel zurück. Der nächste Ankömmling kam ein paar Minuten später und wesentlich leiser. Es war der Richter, und er war in Begleitung zweier kräftiger Männer.

Er war so schnell und unbemerkt gekommen, dass sowohl Moniwid als auch ich von seinem Erscheinen völlig überrascht wurden. Wir kauerten hinter den Brettern, als wir plötzlich das Zurückschnappen von Johannes Reckels Laternendeckel hörten und seine Stimme schneidend sagte: »Ich bin hier.«

Moniwid blickte überrascht auf. Er machte Anstalten, hinter der Deckung hochzuschnellen, aber ich packte ihn an seinem gesunden Arm und zog ihn wieder nach unten. Ich schüttelte heftig den Kopf. Er biss die Zähne zusammen und bleckte sie in meine Richtung, aber er versuchte nicht, sich meinem Griff zu entwinden. Mit eingezogenen Köpfen und kaum zu atmen wagend, hörten wir die Stimme des Richters: »Warum sprecht Ihr Latein?«

Reckel sagte etwas auf Polnisch und fuhr dann auf Latein fort: »Ich kann Eure Sprache nicht sprechen. Deshalb habe ich Euch auch auf Latein geschrieben.«

»Aber Ihr schriebt, Ihr wärt der Sohn von Dietrich Reckel.«

»Das ist richtig. Ich bin in Böhmen aufgewachsen.«

Girigel brummte etwas, das ich nicht verstand. Scheinbar gab er sich damit zufrieden. Ich verging vor Anspannung, wenigstens einen Blick nach draußen werfen zu können, wagte aber keine Bewegung zu machen. Ich stellte mir vor, wie sie vor dem Chorraum standen, durch ein paar Schritte voneinander getrennt, die hünenhafte Gestalt Johannes Reckels und davor der dunkle, kleine, verkrüppelte Richter. Reckels Gesicht würde durch seine Laterne halb erleuchtet sein. Girigel hatte nicht einmal eine Fackel dabei. Ich hörte ein paar Schritte scharren.

»Wer sind die beiden Männer?«, fragte Reckel.

»Freunde.«

»Seit wann?«, fragte Reckel ironisch. »Seit Allerheiligen?«

Girigel ließ sich nicht beirren.

»Was wollt Ihr von mir?«

»Das habe ich Euch in meinem Brief geschrieben.«

»Ihr habt mir einige schwer wiegende Anschuldigungen an den Kopf geworfen, mit denen Ihr bei den hiesigen Stadtbehörden zu hausieren beabsichtigt.«

»So ist es.«

»Es ist Euch natürlich klar, dass keine davon zutrifft.«

»Natürlich«, sagte Reckel. »Ihr seid auch nur deswegen so schnell nach Landshut gekommen, weil die Nächte hier so lau sind.« Girigel schwieg einen Moment. Ich glaubte fast hören zu können, wie sich die Gedanken hinter seinem schiefen Gesicht jagten.

»Ich bin gekommen, weil mich der Fall mit der getöteten polnischen Gräfin im Moment stark beschäftigt«, sagte er dann. »Ich erhoffte mir von Euch einige Aufschlüsse darüber.«

Ich stöhnte innerlich; er war gerissener, als ich gedacht hatte. Unwillkürlich sah ich zu Moniwid hinüber, der mich beinahe fröhlich angrinste. Ich hatte den Eindruck, es würde ihm Spaß machen, wenn wir mit dem Richter Schiffbruch erlitten.

»Und was erhoffen sich die beiden Herren in Eurer Begleitung?«, fragte Reckel.

»Sie sind meine Freunde, wie ich bereits sagte«, erklärte der Richter kühl.

»Nun gut; wenden wir uns dem anderen Thema meines Briefes zu. Wo habt Ihr das Geld meines Vaters gelassen?«

»Ihr sprecht Eure weiteren Vorwürfe an«, erwiderte Girigel. »Ich muss Euch gestehen, dass ich darüber nicht das Geringste weiß.« Ich stellte mir vor, dass Reckel gemessen nickte. Plötzlich sagte er scharf und laut: »Meine Männer haben Euch gesehen, wie Ihr aus dieser Kirche kamt; allein. Hinein gingt Ihr mit der Frau, welche später tot aufgefunden wurde.«

»Lächerlich«, spie Girigel wütend hervor. »Ich weiß nicht, warum ich mir diesen Unsinn anhöre.«

»Weil ich sonst meine Geschichte überall verbreite«, erklärte Reckel gelassen.

»Meine Freunde könnten Euch zum Schweigen bringen«, sagte Girigel eisig.

»Warum sollten sie das, wo Ihr doch unschuldig seid.«

»Nehmen wir einmal an, Ihr hättet Recht«, sagte Girigel nach einer langen Pause. »Wie habe ich denn die Polin umgebracht?«

»Ihr seid ein Krüppel«, sagte Reckel erbarmungslos. »Ihr habt sie gewürgt, aber Ihr hattet nicht die Kraft, die Arbeit so zu Ende zu bringen. Deshalb habt Ihr abgewartet, bis sie die Besinnung verlor, und Ihr dann den Hals umgedreht wie einer Henne.«

Moniwid zuckte zusammen, aber er beherrschte sich. Ich warf ihm einen besorgten Seitenblick zu.

»Und dann?«, fragte der Richter mit rauer Stimme.

»Dann seid Ihr wieder zu Euch gekommen und habt erkannt, was Ihr angerichtet habt. Die Nichte des Polenkönigs lag tot zu Euren Füßen; nicht irgendeine Schlampe. Diesen Todesfall würde man gründlich untersuchen. Daher habt Ihr sie so zugerichtet, dass jeder auf die falsche Fährte kommen musste: ein Mord aus Lust, eine Vergewaltigung. Ihr geht am Stock, Richter. Ich wette, dieser Stock hat eine große Rolle bei Eurer anschließenden Arbeit gespielt.«

Ich spürte, wie es mich bei diesen gefühllosen Worten würgte. So hatte ich mir die Geschehnisse noch gar nicht ausgemalt. Ich wünschte plötzlich, nichts mehr zu hören.

»Ihr konntet die Leiche nicht verschwinden lassen«, erklärte Reckel mit provozierender Stimme. »Wie sehr müsst Ihr Euren lahmen Arm verflucht haben; aber sie lag in diesem tiefen Loch, aus dem Ihr selbst nur mit Mühe herauskamt. Also wart Ihr zu dieser blutigen Komödie gezwungen.«

Die Stille, die daraufhin eintrat, war beängstigend. Beinahe wäre ich aufgesprungen und nach vorne geeilt. Ich glaubte fast, ich könne Girigels raschen Atem hören.

»Woher wisst Ihr das alles?«, fragte der Richter zuletzt, und seine Stimme hörte sich krank an. »Steckt Ihr mit diesem Bernward unter einer Decke?«

Ich schrak zusammen, aber Reckel sagte mit der allergrößten Aufrichtigkeit: »Wer ist das?«

»Unwichtig«, stieß Girigel hervor. Ich konnte ihn regelrecht denken hören: Bernward, dieser Idiot, den uns Altdorfer aufgeschwatzt hat. Ich habe mich gleich darauf verlassen, dass er nichts herausfinden würde.

»Ihr gebt es also zu?«, fragte Reckel.

Girigel antwortete nicht. Ich hörte ein leises Klopfen, das ich mir nicht erklären konnte, bis mir klar wurde, dass er mit seinem Stock auf den Boden schlug.

»Was habt Ihr nun vor?«, fragte er.

»Ich denke, ich werde Euch dem Herzog und seinen Schergen ausliefern«, sagte Reckel.

»Ich könnte Euch für einen Sinneswandel reich belohnen«, erklärte Girigel zögernd.

»Richter!«, sagte Reckel plötzlich und spie das Wort voller Verachtung heraus. Zum ersten Mal erhob er seine Stimme. »Mit welchem Geld wollt Ihr mir denn das Maul stopfen? Mit meinem eigenen? Ich bin Euch ein halbes Menschenalter hinterhergerannt, weil Ihr das Erbteil meines Vaters an Euch gebracht habt. Ihr habt einen Mann zu Tode foltern lassen, weil Euch die Geldgier geblendet hat. Ihr habt die Nichte des Polenkönigs umgebracht und nichts verabscheut, um die Nachforschungen auf die falsche Spur zu lenken; Ihr habt meine Freunde entführt und auf die Folter gespannt, obwohl Ihr wusstet, dass das Verbrechen, für das Ihr sie foltern ließet, eigentlich Ihr begangen habt. Was habt Ihr dabei erfahren? Dass sie Euch beobachtet haben? Dass sie Euch seit Tagen nicht mehr aus den Augen gelassen haben? Warum, Richter, warum?«

Jetzt begann er zu schreien: die Wut trug ihn mit sich fort. »Habt Ihr Euch das gefragt, und sie konnten es Euch nicht sagen, selbst als Ihr ihnen die Glieder ausgerissen habt? Habt Ihr's mit der Angst zu tun bekommen, Richter? Konntet Ihr nicht mehr richtig schlafen? Habt Ihr Euch gefragt, in welches Wespennest Ihr da getreten seid? Ich hoffe, dass Ihr vor Angst in Eurem Bett geweint habt, Richter, bevor Ihr den Beschluss fasstet, auch den Rest meiner Männer zu verhaften. Ich bin sicher, Ihr habt Eure Werkzeuge auch schon an ihnen ausprobiert! Und jener Unschuldige, den Eure Freunde hier in der Isar ertränkt haben und denen Ihr dazu noch den Schlüssel zu einem der Tore in der Stadtmauer ausgehändigt habt? Er ist wieder nach oben gekommen, Richter, er hat mit seinem toten Finger auf Euch gezeigt. Was habt Ihr mit dem Apothekerssohn gemacht, den sie daraufhin in die Finger bekamen? Fressen an ihm auch schon die Fische, oder verbrennt man gerade seine Fußsohlen drüben in Burghausen? Ihr seid eine Zecke, *Richter* Girigel! Was habt Ihr mit meinem Geld getan? Euch diese Stellung erkauft? Freunde erschmiert? Ihr widerlicher, lächerlicher kleiner Zwerg. Ich habe mein Leben damit vertan, Euch hinterherzurennen, und da wollt Ihr mich kaufen mit Geld, das von Rechts wegen mir gehört? Nein, Freundchen, vergesst es. Ich bin nur aus einem Grund hier: Ich will sehen, wie Euch der Henkersstrick die Augen aus dem Gesicht treibt!«

Er keuchte; am Ende hatte seine Stimme sich überschlagen. Ich war erschüttert, aber gleichzeitig dachte ich: Wenn man das nicht bis nach draußen gehört hat, dann weiß ich nicht. Ich erwartete, dass jeden Moment ein Aufgebot Wappner hereinstürmen würde, aber es blieb alles still. Die Kirche war groß, und sie fing den Schall auf ihre Weise.

Zwischen Reckels heftigen Atemzügen hörte ich den Richter erstickt fragen: »Woher wisst Ihr das alles? Seid Ihr der Teufel?«

»Ich bin Euer persönlicher Teufel!«, keuchte Reckel. »Ich werde Eure Seele ins Feuer hängen und beobachten, wie sie verschmort.«

Ich hatte erwartet, dass Girigel sich aufraffen und empört verteidigen würde; ich hatte erwartet, dass er seine Begleiter auf Reckel hetzen würde. Selbst Moniwid schien auf so etwas zu warten; ich sah, wie seine Linke nervös den Schwertgriff umklammerte. Zu meiner Überraschung begann er stattdessen zu wimmern.

»Es hat mir kein Glück gebracht«, greinte er. »Euer Geld hat mir kein Glück gebracht. Schon als dieser unselige Ebran es noch besaß, klebte Blut daran. Er war kaum unter der Erde, da trat einer der Henkersknechte auf mich zu und erklärte mir, dass er von allem wisse, was ich getan hatte. Er war mir nachgeschlichen, als ich in jener Nacht in den Kerker ging und das Geständnis dieses Spitzels anhörte. Ich wollte ihm von dem Geld geben, aber er lehnte es ab. Er sagte, er sei noch zu jung; er würde es nur sinnlos ausgeben. Ich sah ihn mir an, und er war tatsächlich noch ein halbes Kind. Was tut ein Kind unter den Henkersknechten? Ich fragte ihn, was er von mir wolle, und er verlangte, dass ich ihm Lesen und Schreiben beibringe und ihn als meinen Schreiber aufnehmen würde; das würde sein Leben sichern, sagte er. Andernfalls würde er mich beim Advocatus anzeigen, und dieser hasste mich ohnehin, weil ich besser war als er. Was sollte ich tun? Ich nahm ihn als meinen Schreiber an, und er war der miserabelste Schreiber, den die Welt jemals gesehen hat; trotzdem musste ich ihn immer mit mir nehmen. Nach Herzog Ludwigs Tod kam Herzog Heinrich in Ingolstadt an die Macht, und weil Ebran für seine Seite spioniert hatte, hatte der Schurke mich vollends in der Hand. Er erpresste mich; er nutzte meine Zwangslage aus. Ich wagte nicht einmal, das Geld anzufassen. Ich habe es heute noch so, wie ich es damals nach den Angaben des Spitzels fand. Ich kann es Euch zeigen; Ihr werdet alles zurückerhalten. Ich machte mich schon lächerlich damit, dass ich ihn fortwährend protegierte. Zuletzt zwang er mich gar, ihn nach Polen mitzusenden. Er hatte einer Schlampe ein Kind angehängt und wollte verschwinden, während ich die Sache bereinigte. Und was tut er dort drüben? Eines dieser Weiber macht die Beine für ihn breit, und er verliert sich selbst aus den Augen, weil sie von Adel ist und sich trotzdem von ihm bespringen lässt; er erzählt ihr alles, und sie beschließen, mich gemeinsam um alles zu erpressen, was ich habe. Sie hat mich auch erpresst, versteht Ihr?«, rief er. »Sie war die größte Schlampe, die jemals am polnischen Königshof herumgelaufen ist, und wenn sie eines noch geiler machte als ein kräftiger Mann, dann Geld. Deshalb habe ich sie umgebracht! Sie verlangte zu viel! Ich musste sie beseitigen.«

Ich starrte ungläubig dorthin, wo Moniwids Gesicht ein heller Fleck in der Dunkelheit war. Er gab den Blick nicht zurück. Nun wusste ich, was er verschwiegen hatte. Hätte ich nur etwas auf Janas Gerücht gegeben. Ich spürte, wie die Wut in mir hochkochte. Natürlich hatte die Gräfin einen Liebhaber gehabt; und es war ihm die ganze Zeit über klar gewesen. Er mochte sogar gewusst haben, dass er ein Schreiber des Richters war, wenn ihm auch der Name unbekannt gewesen war. Vielleicht hatte er es deswegen verschwiegen: Er hatte sich dafür geschämt. Hätte ich es eher gewusst – vielleicht hätte der Flößer nicht zu sterben brauchen. Ich knirschte mit den Zähnen und hörte weiter zu.

»Sie lachte mich aus, als ich sie bat, von mir abzulassen. Sie sagte, Wechsler hätte ebenfalls diese lächerlichen Skrupel gehabt. Sie würde sich aber nicht mit Almosen abspeisen lassen. Ich war wie von Sinnen; ich stieß sie zu Boden und umklammerte ihren Hals. Sie trat um sich und versuchte zu kreischen, und ich umklammerte ihren Hals immer fester. Sie war kräftig; plötzlich rollten wir in die Grube hinunter, und ich fiel auf sie. Jetzt hatte sie sich verletzt und wehrte sich nur noch schwach, und ich hielt ihre Arme nieder und drückte ihr die Luft ab. Meine Hand erlahmte, aber ihr Herz schlug noch immer. Ich fasste sie um den Kopf und brach ihr das Genick. Danach ...«

»... tatet Ihr, was Ihr getan habt«, vollendete Reckel. Vielleicht hatte auch er kein Verlangen danach, die restlichen Details aus des Richters Mund zu hören.

»Könnt Ihr das nicht verstehen?«, heulte Girigel. »Sie hat mein Blut gesaugt, sie und dieser Wechsler!«

»Was ist mit ihm geworden?«

»Er war zu diesem Zeitpunkt bereits tot«, sagte Girigel erschöpft. »Ich kaufte diese beiden Burschen hier schon vor Allerheiligen aus dem Kerker heraus, in den ich sie selbst vor Wochen hatte werfen lassen, und trug ihnen auf, ihn so schnell wie möglich zu beseitigen. Meinen anderen Schreibern teilte ich mit, ich hätte ihn beurlaubt.«

Das Schweigen, das darauf folgte, war lang. Alles, was zu hören war, war das Scharren auf dem Boden, wenn die Männer vorne ihren Standort wechselten. Ich spürte, wie Moniwid mich anblickte. Ich drehte mich zu ihm um und funkelte ihn zornig an. Er zuckte mit den Schultern. Ich musste an mich halten, um ihn nicht lauthals zu verfluchen.

»Ihr seid widerlich«, sagte Reckel schließlich klar und deutlich. Der Richter zog die Nase hoch.

»Und nun?«, fragte er gefasst.

Ich hörte das Ächzen, mit dem Reckel sich erhob.

»Nun«, sagte er, »hat sich einer meiner größten Wünsche erfüllt: Euch einmal von Angesicht zu sehen und Euch dort hineinzusagen, wie sehr ich Euch verachte. Nun mögen andere kommen, ihre eigenen Wünsche zu erfüllen.«

Es war das Stichwort für Moniwid und mich, wenn es jemals ein Stichwort gab. Ich bekämpfte den Schwindel und richtete mich hinter dem Bretterstapel auf, Moniwid neben mir.

Die vier Männer standen nahe beieinander. Reckel und Girigel sahen sich gegenseitig ins Gesicht, und Reckels Laterne beleuchtete Girigels blasse Züge. Bei dem Geräusch, das unser Aufstehen machte, fuhr der Richter herum. Reckel hielt die Laterne in unsere Richtung, damit er uns erkennen konnte. Bevor der Schatten darüberlief, sah ich in Girigels Gesicht den entsetztesten Ausdruck, den ich jemals an einem lebenden Menschen gesehen habe.

»Guten Abend, Richter«, sagte ich.

Ich hörte ihn aufschreien; so schreit ein wilder Eber, bevor er auf die Jäger losgeht, die ihn umzingelt haben. Es gab ein paar hastige Geräusche, das Licht geriet ins Schwanken und fiel zu Boden, und

Moniwid stieß mich beiseite und stürzte nach vorne. Er versuchte, mit der Linken sein Schwert zu ziehen, aber er bekam es nicht aus der Scheide, und als er es endlich heraußen hatte, stieß er mit der rechten Schulter gegen einen Stein und keuchte vor Schmerz auf. Bis er eine Kampfposition gefunden hatte, war es zu spät.

Einer von Girigels Begleitern hielt den alten Reckel umklammert. Er drückte etwas gegen seinen Hals. Als Girigel sich bückte und die Laterne aufhob, blinkte es kurz auf: Es war die Klinge eines langen Messers. Girigel hielt das Licht in Reckels Gesicht, damit wir die Aussichtslosigkeit der Situation sahen. Moniwid machte eine unschlüssige Bewegung.

»Lasst es bleiben«, sagte ich scharf. »Ihr habt keine Chance.«

Er drehte sich zu mir um und fauchte mich an. Ich erwartete fast, er würde Reckels Leben aufs Spiel setzen, um des Richters habhaft zu werden, aber er tat es doch nicht. Langsam ließ er das Schwert sinken.

»Gut«, sagte Girigel rau. Er wandte sich mir zu.

»Habt Ihr das eingefädelt, Herr Bernward?«

Ich nickte.

»Ihr erstaunt mich«, sagte er.

»Ich erstaune mich selbst immer wieder«, erwiderte ich.

»Ihr habt alles gehört, nehme ich an.«

Ich nickte wieder. Er nickte ebenfalls. Dann trat er einen Schritt auf mich zu.

»Wenn ich der Schurke wäre, als den Euer Freund hier mich hingestellt hätte, müsste ich Euch alle drei auf der Stelle töten«, knirschte er so leise, dass nur ich es hören konnte. Er atmete so schwer, dass seine Stimme beinahe erstickte. Ich konnte sehen, dass seine Unterlippe, ja sein ganzes Gesicht vor Wut zitterte. Plötzlich schwang er seinen Stock in die Höhe.

»Vielleicht tue ich es noch«, krächzte er.

Seine Bewegung war ein weiteres Stichwort. Ich hörte einen lauten Aufschrei: »Nein!«, und jemand sprang hinter einem anderen Bretterstapel im Hintergrund der Kirche hervor und hastete auf uns zu. Ich fuhr herum; selbst der Richter wirbelte verblüfft um seine eigene Achse, den Stock noch immer erhoben, und verlor beinahe das Gleichgewicht.

Moniwid fluchte laut in seiner eigenen Sprache. Ich rief: »Jana, nicht!«

Der zweite der beiden Totschläger fing sie ohne Mühe ab und presste ihr die Arme gegen den Leib. Sie trat um sich.

»Ist dir etwas passiert?«, rief sie mir zu.

Ich hatte das Gefühl, als würde mir der Boden unter den Füßen weggezogen. Ich taumelte. Auf das Gesicht des Richters stahl sich ein breites Grinsen.

»Nein«, sagte ich schwach. »Ach, Jana, warum bist du mir nachgekommen?«

»Ich hatte das Gefühl, dass dieses eine Mal doch jemand anders auf dich aufpassen sollte«, murmelte sie. Sie trat noch einmal gegen das Schienbein des Mannes, der sie festhielt. Sie sah sich um, und ich erkannte, dass ihr die Situation klar wurde. Ihr Körper erschlaffte, ohne dass ihr Überwältiger seinen Griff gelockert hätte. Reckel betrachtete sie interessiert und richtete dann seinen Blick auf mich. Er sagte kein Wort.

»Wenn hier noch jemand versteckt ist«, schrie der Richter plötzlich mit sich überschlagender Stimme, »soll er jetzt hervorkommen!«

Ich dachte: Wenn jetzt auch noch Hanns Altdorfer hinter einem Haufen Steine hervorkommt, fange ich an zu lachen. Aber es regte sich niemand mehr. Altdorfer wusste von nichts und war vernünftig genug gewesen, mir nicht hinterherzuschnuppern.

Der Richter ließ die Schultern sinken und wandte sich an mich.

»Mir liegt nichts daran, die Hochzeit scheitern zu lassen«, sagte er ernsthaft. »Was glaubt Ihr, warum ich in jener Nacht den Kanzler wegen der Gerichtsvollmachten ansprach? Ich wusste, dass die Dokumente im Rathaus waren; ich lockte den Kämmerer in die Kirche, damit er die Leiche fand. Ich hoffte allerdings, er würde sie ohne großes Aufhebens verschwinden lassen.«

»Dazu ist Hanns Altdorfer zu ehrlich«, sagte ich. »Aber das konntet Ihr Euch nicht vorstellen. Jetzt weiß ich auch, warum Ihr nach unserem Gespräch vor der Kirche so darauf drängtet, noch einmal in die Grube hinabzusteigen. Ihr wolltet sichergehen, dass all Eure Spuren verwischt würden. Altdorfer hat Euch dabei sogar noch geholfen.«

»Wenn es nach mir ginge, hätte sie niemals zu sterben brauchen. Sie zwang mich dazu.« Girigel sah Moniwid an und fuhr fort: »Ihr wisst jetzt, wer es getan hat. Für Euch liegt kein Grund mehr vor, die Hochzeit zum Scheitern zu bringen; Eure Wünsche sind erfüllt worden. Ihr lasst mich und meine Begleiter ziehen. Wenn wir weit genug entfernt sind von der Stadt, lassen wir den alten Mann und die Frau frei.«

Ich hörte mich seufzen. Vorhin, als er jammernd versucht hatte, Reckels Verständnis für seine Tat zu erringen, hatte ihn die Schwäche übermannt; jetzt war sein Selbstbewusstsein zurückgekehrt. Ich sah zu Reckel hinüber. Er gab meinen Blick zurück. Ich wusste, was er dachte: Nun wird sich zeigen, ob sich mein Vertrauen gelohnt hat. Ich wandte die Augen ab und sah zu Jana hinüber, die meinen Blick ebenso wie Reckel schweigend erwiderte. Ich dachte an Richter Girigels Verkrüppelung. Wir konnten noch gewinnen: Moniwid war trotz seiner Verletzung ein kampferprobter Mann, und Girigel war kein Gegner. Es stand zwei gegen zwei: Girigels Totschläger gegen Moniwid und mich. Ich war mir sicher, dass ihre Loyalität zu dem Richter nur so weit reichte, wie seine Geldbörse freigebig gewesen war; wenn wir einen überwältigten, würde der andere Reißaus nehmen. Wir konnten es schaffen; aber Reckel und Jana würden danach mit durchschnittenen Kehlen auf dem Boden liegen.

Ich sagte: »Herr Moniwid, er hat Recht. Was Ihr von uns wolltet, haben wir vollbracht. Hier steht der Mörder vor Euch und hat gestanden. Lasst ihn ziehen und die göttliche Gerechtigkeit sich um ihn kümmern.«

»Was soll das?«, rief er. »Wir hauen ihn und seine Spitzbuben in Stücke.«

Girigel lächelte nur spöttisch auf Moniwids gesunkenes Schwert nieder. Der Pole errötete, dass es selbst in der dunklen Kirche zu sehen war.

»Wir werden jetzt gehen«, sagte der Richter auf Bayrisch. Seine beiden Helfer nickten und begannen, sich von uns zu lösen. Reckel stolperte im Griff des einen mühsam rückwärts. Girigel machte eine Kopfbewegung, und der andere schob Jana dem Richter entgegen und warf ihm gleichzeitig ein Messer zu. Girigel fing es mit seiner gesunden Hand mühelos auf, umklammerte Jana von hinten und drückte ihr die Messerspitze gegen das Herz; weiter konnte er nicht hinaufreichen. Moniwid hob das Schwert und machte einen Schritt auf ihn zu, und derjenige, der das Messer an Reckels Kehle hielt, drückte es ein wenig stärker gegen seinen Hals. Ich erwartete, Blut zu sehen, aber dazu war die Klinge zu stumpf. Reckel schluckte und ließ kein Auge von mir.

Ich fühlte, wie ich plötzlich von Müdigkeit erfasst wurde. Gerade eben noch war ich zum Zerreißen angespannt gewesen; jetzt schien mir, als brauchte ich nichts so nötig wie einen Stuhl, um mich zu setzen. Ich legte die Hand auf Moniwids linken Arm und sagte zu Richter Girigel: »Lasst Gnade walten.«

Er lächelte verkrampft.

»Dieselbe Gnade, die Ihr auch mir gewähren wolltet?«

»Geht mir aus den Augen«, rief ich.

Girigel warf einen Blick zu Reckel hinüber und dann zurück zu mir. Er schien beinahe überrascht zu sein, dass er so leicht davonkommen sollte. Er nickte mir hinter Janas Rücken zu.

»Die Gefangenen in Burghausen könnt Ihr selbst abholen. Diese beiden hier lassen wir laufen, sobald es für uns ungefährlich ist. Irgendjemand wird sie wieder zurück in die Stadt mitnehmen. Ich habe kein Verlangen danach, noch ein paar Leben auf dem Gewissen zu haben.«

»Ein Wort aus Eurem Mund ist nicht viel wert«, sagte ich, und es schien ihn zu treffen.

»Ich habe doch erklärt, dass ich keine Wahl hatte«, flüsterte er. »Habt Ihr nicht zugehört? Und wen habe ich letztlich beseitigt? Einen Ehebrecher, der sich mit dem Blut seiner Geliebten einen Batzen Geld erschlichen hat, eine Hure und einen Parasiten.«

Ich öffnete den Mund, und er wehrte mich ab.

»Leiert mir jetzt nur nicht das sechste Gebot herab«, sagte er scharf. »Ihr könnt mir nicht weismachen, dass Ihr so christlich denkt.«

»Maßt Euch nicht an, meine Gedanken zu kennen«, sagte ich angewidert. »Außerdem schreit das Blut der Gefolterten und des ertränkten Flößers zum Himmel. Sie waren keine Parasiten.«

Girigel biss die Zähne zusammen.

»Ihr seid auch nur ein sentimentaler Idiot«, sagte er.

»Und Ihr seid verdammt«, erwiderte ich und hörte mich selbst voller Erstaunen das sagen, was Bischof Peter in dieser Situation gesagt hätte: »Gott sei Eurer armen Seele gnädig.«

Er sagte nichts mehr. Mit einem Kopfnicken bedeutete er seinen Helfern zu gehen. Der Mann, der den alten Reckel festhielt, ging zuerst; er ging rückwärts und zerrte Reckel als Schild vor sich her, während er ihm noch immer das Messer an den Hals presste. Girigel mit Jana als Geisel ging als Nächster; den Abschluss machte der zweite Schurke. Auch sie bewegten sich rückwärts, die Gesichter uns zugewandt. Wir folgten ihnen vorsichtig. Ich bückte mich und hob die Laterne auf, die Girigel auf den Boden geworfen hatte; die Kerze war umgefallen, aber sie brannte noch, und ich richtete sie auf und leuchtete ihnen hinterher. Ich nahm an, dass sie Pferde dabeihatten, die vor dem Kirchenportal standen. Es machte keinen Sinn, ihnen bis nach draußen nachzulaufen, aber ich brachte es nicht über mich, bewegungslos hier drinnen zu verharren. Auch Moniwid setzte sich ohne Aufforderung in Bewegung und schritt mit gesträubtem Bart und zornfunkelnden Augen hinter ihnen her.

Sie hatten einen Stein auf die Schwelle des Kirchenportals gelegt, damit die Tür nicht ganz zufallen konnte; sie wollten sich auf ihrem Fluchtweg nicht behindern. In der Reihenfolge, in der sie aufgebrochen waren, traten sie ins Freie, ohne noch ein Wort an uns zu richten. Nur ihre Blicke ruhten auf uns und besonders auf Moniwids Linker, mit der er das Schwert umkrampfte. Ich hielt die Laterne hoch und starrte in Janas Angesicht. Ihre glänzenden dunklen Augen waren ohne zu blinzeln auf mich gerichtet. Ich sah zu Reckel hinüber. Er hatte die Augen geschlossen und wirkte gefasst. Meine Müdigkeit war noch immer überwältigend. Ich dachte: Wir lassen ihn laufen; er hat vier Menschenleben auf dem Gewissen, und wir lassen ihn laufen. Er hat einen alten Mann, der mir gegen sein Gefühl vertraut hat, und die Frau, die ich liebe, in der Gewalt. Aber es weckte nicht einmal Zorn in mir.

Hinter der Kirchentür trat lautlos ein Schatten hervor und hob etwas in die Höhe. Es sauste mit einem dumpfen Schlag auf den Kopf des Mannes herab, der den alten Reckel mit sich zerrte. Er hatte nicht die geringste Chance; er zuckte, und das Messer flog aus seiner Hand und wirbelte scheppernd über die Stufen hinunter auf den Pflasterboden. Der Schatten schlug nochmals zu, und der Mann, der schon ins Taumeln geraten war, fiel wie ein Sack zu Boden. Reckel wand sich los, stolperte beiseite und stand plötzlich neben dem Schatten.

Es war so schnell gegangen, dass ich noch nicht einmal Zeit gefunden hatte, einen Ruf auszustoßen. Selbst Moniwid, dessen Reaktion die einer Schlange war, starrte einen lähmenden Moment begriffslos auf die Szene. Girigel fuhr herum und nahm das Messer von Janas Herzen; sie sprang gleichzeitig aus seiner Reichweite und fuhr ihm mit beiden Händen durch das Gesicht. Er schrie auf und verlor das Messer, und sie versetzte ihm einen Tritt. Er stolperte nach hinten und stand plötzlich klein und wehrlos vor Reckel und dem Schatten, die sich beide über ihm erhoben und so absurd groß und wuchtig erschienen wie zwei steinerne Dämonen, die vom Traufrand der Kirche herabgesprungen waren.

Dann reagierte Moniwid. Er schwang das Schwert und sprang auf den zweiten der Totschläger zu, und dieser stieß einen erschreckten Schrei aus und hob den Arm vor das Gesicht. Moniwid schlug zu, aber seine Linke hatte nicht genügend Kraft: Der Streich prallte von der dicken Ledermanschette ab, die der Bursche um den Unterarm trug. Er fiel auf die Knie und begann zu kreischen, und Moniwid hob den Fuß und trat ihn vor die Brust, dass er hintenüber flog und mit dem Rücken gegen die Seitenwand des Portalbogens prallte. Der Pole setzte ihm hinterher und hob das Schwert erneut, und das Kreischen verstummte, und der Mann starrte mit weit aufgerissenem Mund und Augen zu ihm empor, beide Arme kraftlos zum Himmel gereckt. Moniwid brüllte auf, aber er ließ das Schwert nicht niedersausen. Wie ein Racheengel stand er mit geschwungener Klinge über dem Mann. Es hatte nicht mehr als ein paar Momente gedauert. Ich wirbelte zu Richter Girigel herum.

In einer grotesken Parodie der eben erlebten Szene kniete er auf dem Boden, und der Schatten schwang mit beiden Armen einen mächtigen Holzprügel über seinem Kopf. Ich erkannte jetzt, dass es Konrad war; und ich sah, dass er den Blick nicht auf den Richter, sondern auf Reckel gerichtet hatte. Ich sah Reckel an, und er sah mich an. Ich erkannte, dass er nicht wie Moniwid zögern würde.

»Nein!«, keuchte ich kraftlos.

Reckel sah mir noch einen Augenblick länger in die Augen, dann wandte er den Blick ab und nickte Konrad zu. Der Prügel zuckte herab.

Es brauchte ein paar Schläge, bis das Leben aus Girigels verkrüppeltem Körper gewichen war. Zuletzt hörte sein Leib auf, unter den Schlägen zu zucken, und Konrad warf den Prügel beiseite und bückte sich, um dem Richter an den Hals zu fassen.

»Er ist hin«, sagte er. Seine Aussage war ebenso grausam wie passend: Es hätte auch ein Hund sein können, den er erschlagen hatte.

Ich hörte, wie Jana hinter mir würgte und etwas auf Polnisch flüsterte. Ich starrte Reckel mit weit aufgerissenen Augen an.

»Das war ...«, brachte ich hervor. »Das war ... Mord!«

Reckel schüttelte den Kopf.

»Das war vorauseilende Gerechtigkeit«, sagte er gelassen. »Wenn man ihn geschnappt hätte – und man hätte ihn früher oder später geschnappt –, hätten sie ihn zu Tode gerädert; und ein Henker, der einen ehemaligen Richter in die Finger bekommt, würde niemals den ersten Streich gegen den Hals führen. Wenn Ihr so wollt, habe ich Gnade gezeigt.«

»Ihr seid anmaßend«, stieß ich hervor. »Es steht Euch nicht zu, das Urteil zu vollstrecken.«

Er zuckte mit den Schultern.

»Wenn nicht mir, wem sonst?«, fragte er. Ich wandte mich ab. Ich fürchtete, wenn er weitersprach, würde ich seinen Standpunkt noch verstehen. Jana stand mit hängenden Armen da und sah mich an, und ich nahm sie in die Arme. Ich spürte, wie sie versuchte, ihr Zittern zu unterdrücken.

Moniwid trat neben mich. Er hatte sein Schwert eingesteckt

und hielt mit der linken Hand den Oberarm des übrig gebliebenen Helfers des Richters umklammert. Dieser starrte mit wilden Augen auf den Leichnam des Richters und auf den bewegungslosen Körper seines Kameraden. Moniwid widmete Jana keinen Blick. Er deutete mit dem Kopf auf den am Boden liegenden Schurken.

»Was ist mit ihm?«, fragte er auf Latein.

Reckel nickte Konrad zu, und dieser bückte sich erneut und fühlte nach dem Herzschlag des Burschen. Er sah nach oben und sagte: »Er lebt. Es wird nur eine Weile dauern, bis er zu sich kommt.«

Moniwid schien ihn verstanden zu haben. Er schob mir seinen Gefangenen zu. Er wehrte sich nicht und versuchte auch nicht zu flüchten; sein Widerstand war bis auf weiteres gebrochen.

»Den werdet Ihr brauchen, damit er die Aussage des Richters bestätigt«, sagte er. »Ihn und seinen Kameraden.«

Reckel sagte unvermittelt: »Wir werden nun aufbrechen. In Kürze werden die ersten Leute hier eintreffen, die der Lärm geweckt hat.«

Konrad entgegnete: »Keine Angst, Johannes; die guten Bürger hier kümmern sich um ihre eigenen Angelegenheiten«, gerade wie er es getan hatte, als er und seine Leute mich vor der Stadtmauer überfallen hatten. Ich schüttelte meine Lähmung ab.

»Wo wollt Ihr hin?«

»Nach Hause.«

»Zu Leutgebs Haus?«

»Nein«, sagte er schlicht. »Nach Hause.«

»Aber ... Landshut ist Euer Zuhause.«

Er schüttelte den Kopf.

»Landshut ist nur eine Erinnerung, die mir mein Leben vergiftet hat«, sagte er.

Ich deutete auf den Leichnam des Richters und fragte: »Und Euer Geld? Wo hat er es versteckt?«

Er hob die Schultern.

»Ich weiß es nicht«, erwiderte er.

»Er ist tot. Wie wollt Ihr es nun jemals herausfinden?«

»Ich will es nicht mehr herausfinden«, erklärte er mit ruhiger Stimme.

»Was!?«

Er wischte sich die Hände an seinem Wams ab. Es dauerte einen Moment, bis er antwortete:

»Ihr habt gehört, was der Richter gesagt hat: Es ist Blutgeld. Es hat niemandem jemals Glück gebracht: meiner Mutter nicht, Ebran nicht, dem Richter nicht. Und mir, der ich es nicht einmal besaß, hat es das Leben verdorben. Der Schatten von Gier und Niedertracht liegt darauf. Ich habe erkannt, dass ich nicht anders war als Ebran und nicht anders als Girigel. Ich schäme mich dafür. Ich will es nicht mehr haben; das ist mir heute Nacht klar geworden.«

»Euer ganzes Leben habt Ihr mit der Suche danach verbracht«, sagte ich.

»Ich weiß. Und ich habe Gott zu danken, dass ich noch am Leben bin. Allen anderen hat es den Tod gebracht. Es soll bleiben, wo es ist – hoffentlich hundert Fuß tief in einem Brunnenschacht vergraben.«

Ich antwortete nichts mehr darauf. Unwillkürlich sah ich auf Girigels Leiche hinab, die zusammengesunken auf dem hellen Marmorboden des Kirchenportals lag wie eine schwarze Pfütze. Konrad hatte gezielt zugeschlagen; es war kein Blut zu sehen. Als ich aufschaute, stieg Reckel bereits die Treppenstufen hinunter.

»Bleibt hier!«, rief ich. »Ich brauche Euch als Zeugen.«

Er deutete über die Schulter zurück.

»Ihr habt zwei Zeugen«, sagte er, ohne sich umzudrehen. »Außerdem Euch selbst, die Dame und den polnischen Ritter.«

»Reckel«, sagte ich leise. »Was habt Ihr denn nun vor?«

Er blieb stehen und drehte sich doch um. Konrad, der ihm bereits vorausgegangen war, kehrte um und stellte sich an seine Seite. Er stieß mit dem Fuß gegen das Messer, das der eine der beiden Schurken verloren hatte, und bückte sich danach. Nach einem Augenblick des Zögerns steckte er es ein.

Reckel sagte mit fröhlicher Stimme:

»Ich reite nach Burghausen und befreie meine Männer und den Sohn des Apothekers.« Er fasste hinüber zu Konrad und zog etwas Zerknittertes aus dessen Wams. Er zeigte es mir. Es war der gefälschte Passierschein, den ich ihm ins Gesicht geworfen hatte. Er hatte ihn zu sich genommen und aufbewahrt. Plötzlich musste ich lächeln.

»Ihr habt gern eine Hintertür offen«, sagte ich. Er nickte und klopfte Konrad auf die Schulter.

»Ich rechnete damit, dass der Richter versuchen würde, einen von uns als Geisel zu nehmen. Deshalb postierte ich Konrad schon am frühen Abend vor dem Kirchenportal, um einen Trumpf in der Hinterhand zu haben.«

»Und das Schreiben?«, fragte ich. »In ein paar Tagen wären Eure Männer von alleine freigekommen, und es besteht jetzt keine Gefahr mehr, dass sie weiter gefoltert würden. Habt Ihr mir zuletzt doch nicht vertraut?«

»Doch«, sagte er ernst und steckte das Schreiben wieder ein. »In der Kirche habe ich Euch mein Leben anvertraut. Mein Leben; nicht das meiner Freunde. Das war mir zu wertvoll. Aus diesem Grund habe ich Konrad auch das Schreiben gegeben. Wäre mir etwas zugestoßen, hätte er versucht, sie zu befreien.«

»Ich verstehe«, sagte ich. Ich hätte verletzt sein sollen, aber ich war es nicht.

»Ich hoffte, Ihr würdet es verstehen.« sagte er. »Lebt wohl.«

»Lebt wohl«, erwiderte ich. Reckel sagte etwas auf Polnisch zu Albert Moniwid, und dieser antwortete ihm. Er schlug Konrad nochmals auf die Schulter, und die beiden Männer drehten sich um und marschierten davon. Als sie um die Ecke in die Altstadt einbogen, tauchten sie in den Lichtkreis einer Fackel ein, die an einer Hauswand steckte. Reckels weißer Haarschopf leuchtete auf. Als Knabe von zehn Jahren war er in die Verbannung gestoßen worden und hatte sein Leben in der Dunkelheit der Rache verbracht. Jetzt war er ein alter Mann und ging freiwillig dorthin zurück, wohin man ihn verstoßen hatte. Er hatte ein Menschenleben auf dem Gewissen. Ich erinnerte mich daran, wie sehr ich mir damals gewünscht hatte, die Mörder der Kinder des Landadligen eigenhändig zu bestrafen, und wusste, dass ich es niemals vollbracht hätte. Ganz gleich, was er über des Richters schrecklichen Tod auf dem Richtplatz gesagt hatte und über die Gnade seines schnellen Todes unter Konrads gezielten Hieben, so war doch er es, an dessen Händen das Blut Girigels klebte. Das Blut der Täter damals wäre ebenso an meinen Händen gewesen. Plötzlich wusste ich, dass es nicht die Gespenster der Mädchen gewesen waren, die mich in meinen Albträumen heimsuchten, sondern mein eigener unerfüllter Wunsch nach Rache, dem ich doch niemals hätte nachgeben können. Ich sah Reckel um die Ecke verschwinden. Ich wusste nicht, ob es recht oder unrecht war, was er getan hatte. Aber ich wusste, dass er dem gefolgt war, was er für das Richtige hielt. Vielleicht hatte Gott ihn als Werkzeug benutzt, um an Richter Girigel Vergeltung zu üben; vielleicht war der Tod des Richters auch nur der zwangsläufige Schluss einer Geschichte, die sechzig Jahre vorher ihren Anfang genommen hatte. Wenn es so war, hatte Reckel die Bürde erkannt, die für ihn vorbestimmt war, und die Verantwortung für das Ende dieser Geschichte übernommen. Soweit ich wusste, war er ihr letzter Überlebender: Derjenige, dessen Aufgabe es war, das letzte Kapitel zu beschließen.

– Ich wusste nicht, ob es recht oder unrecht war, was er getan hatte.

Aber ich wusste, dass ich ihn so in Erinnerung behalten würde: Das Licht, das sein weißes Haar aufleuchten ließ, während seine Gestalt in der Nacht verschwand.

12

Konrad sollte wiederum Recht behalten; niemand kümmerte sich um uns, und niemand suchte den Bau auf, um dort nach dem Rechten zu sehen. Wir zerrten den Leichnam des Richters zurück ins Innere der Kirche und schleiften auch seinen besinnungslosen Helfer mit hinein, der bei dieser Prozedur erwachte. Er war viel zu benommen, um weiteren Widerstand zu leisten. Ich fesselte ihn und seinen Kumpan mit den Lederriemen ihrer Wickelgamaschen an den toten Richter, und sie saßen schweigend und mit grauen Gesichtern neben dessen stiller Gestalt und ließen die Köpfe hängen. Ich brachte Jana zur herzoglichen Stadtresidenz, dann ging ich ins Rathaus und weckte Altdorfer; zusammen holten wir den Kanzler und kehrten zurück in die Kirche. Es war die Konstellation wie zu Anfang der Geschehnisse; nur die Leiche der Polin fehlte, aber sie wurde durch den toten Richter ersetzt. Moniwid erklärte, dass seiner Forderung Genüge getan sei, und wenn ich von seiner Person noch Widerstand erwartet hatte, wurde ich enttäuscht. Vielleicht schämte er sich: Dass er es uns so schwer gemacht hatte, dass er uns über den Ruf der Toten angelogen hatte, dass er uns behandelt hatte wie Dreck. Ich weiß es nicht; ich weiß auch nicht, warum er von solcher Ablehnung gegen uns erfüllt gewesen war. Er war ein widersprüchlicher Mensch, und später dachte ich mehr als einmal, dass seine seltsame Haartracht und sein wilder Bart womöglich nur dazu gedient hatten, sein Gesicht und seine Seele dahinter zu verstecken.

Der Kanzler ließ die Leiche des Richters fortschaffen und die beiden Totschläger nach Burghausen bringen. Es ging ihnen, wie es den Kleinen immer geht: Um die Verwicklung des Richters, der immerhin ein hoher Beamter des Herzogs gewesen war, zu vertuschen, wurden sie seiner Verbrechen angeklagt. Sie trugen die Schuld ihres Herrn und auch seine Strafe dafür, und der Henker verfuhr mit ihnen so, wie es Reckel für Richter Girigel selbst prophezeit hatte. In einem schnellen, nichtöffentlichen Verfahren wurden sie abgeurteilt, unter dem Beifall der Menge etliche Wochen nach der Hochzeit in Burghausen gerädert, aufs Rad geflochten und ihre sterbenden Körper dem Volk vorgestellt. Die Gnade, dass der Henker das Rad zu Anfang oder wenigstens zum Schluss auf ihren Nacken hätte fallen lassen, wurde ihnen nicht zuteil. Die Gründe für das Todesurteil wurden niemals bekannt gemacht, und soweit ich weiß, fragte aus der Menge der Schaulustigen auch niemand danach. Dass das Urteil in Burghausen vollzogen wurde, machte jede Verbindung zur Hochzeit des jungen Herzogs in Landshut unmöglich.

Daniel Löw war, anders als den zuletzt Verhafteten aus dem Kreis von Reckels Freunden, nichts geschehen. Er war zu spät nach Burghausen gebracht worden, als dass sich die Angst und der Zorn des Richters noch an seiner Person hätten entladen können. Wohl lag er im Kerker und hörte das Flehen der Unglücklichen durch das Loch in der Decke, das in den Verhörraum führte, aber der Vorfall hinterließ nicht viele Spuren an ihm; er war eine zu optimistische Natur, um darüber in Trübsinn zu verfallen, und vielleicht half ihm auch die Tatsache darüber hinweg, dass er diejenigen Männer Johannes Reckels, die nicht reisefähig waren, weitestgehend gesundpflegte. Sie verdankten den Umstand, dass ihnen die Folter keine bleibenden körperlichen Schäden zugefügt hatte, seiner umsichtigen und rastlosen Pflege.

Albert Moniwid musste der Arm nochmals ausgerenkt werden; auch das wurde von Daniel Löw veranlasst. Der Knappe hatte in seinem ungeschickten Versuch, seinen Herrn zu kurieren, eine Ader eingeklemmt. Es dauerte einige Tage, bis er den rechten Arm wieder vollends gebrauchen konnte, und die Prozedur des erneuten Aus- und Wiedereinrenkens war eine ganz spezielle Tortur für ihn, die ihm die schadenfrohe Hälfte meiner Seele von Herzen gönnte. Nachdem das Schlimmste überstanden war, ritt er der Prinzessin entgegen und meldete das Ableben der Gräfin Jagiello. Wie sich zeigte – und was ich als letzte Demütigung empfand, die mir Hanns Altdorfer vergebens auszureden versuchte –, war der ganze Hochzeitszug über ihren Tod eher erleichtert als entsetzt: Sie war als Intrigantin und als die Hure, als die sie Richter Girigel geschildert hatte, am Königshof eher gehasst als geachtet gewesen. Das fehlende Mitleid mochte aber auch daran liegen, dass Moniwid die Umstände ihres Todes nur äußerst verzerrt wiedergab, als brächte er es selbst nicht übers Herz, sowohl die Niedertracht der Rolle, die sie selbst dabei gespielt hatte, als auch die niederträchtige Art und Weise ihres Todes genau zu schildern. Wie auch immer: Wahrscheinlich war die Hochzeit niemals in Gefahr gewesen. Sie hätte wohl sogar stattgefunden, wenn man König Kasimir in Polen seine tote Nichte direkt vor die Füße geworfen hätte. Die Bedrohung für Kaiser Friedrich letztlich war ohnehin niemals vorhanden gewesen.

Am Dienstag nach dem Tod des Richters kam der Hochzeitszug in Eching an; er wurde auf Geheiß von Herzog Ludwig von sieben der geachtetsten Fürsten des Umlandes mit jeweils hundert Begleitern und etlichen Hundert Landsknechten empfangen und nach Landshut eskortiert. Dort auf der Wiese jenseits der herzoglichen Fischweiher warteten der Kaiser, Herzog Ludwig und sein Sohn und die kirchlichen Würdenträger auf ihn und geleiteten den polnischen König und die Prinzessin mit Trompeten, Pauken und Pfeifen zur Stadt herein. Das junge Paar wurde in Sankt Martin getraut, und wie es heißt, weinte die Prinzessin während der ganzen Zeremonie bitterlich. Das eheliche Beilager fand noch in derselben Nacht im Beisein des Herzogs, des Sohns von Kaiser Friedrich, dem späteren Kaiser Maximilian, und etlichen anderen Herren statt.

Die ganzen nächsten Tage über hielt der Herzog die Stadt, seine Gäste und alle Bürger frei. Die Adligen lieferten sich Rennen über die Planken in der Stadt, wobei sich die polnischen Ritter als ungestüme Raufbolde zu erkennen gaben und danach dürsteten, die bayrischen Streiter auf den Boden zu schicken. Albert Moniwid traf mit Herzog Christoph dem Starken zusammen, ganz wie er es gewünscht hatte, aber sein Rennen nahm einen unglücklichen Anfang und ein unglückliches Ende. Als beide auf die Bahn gingen, verlangte Moniwid, Herzog Christoph möge absteigen und sich untersuchen lassen, damit er keinen heimlichen Vorteil habe. Der Herzog tat es wutschnaubend und wurde an allen möglichen Körperteilen gründlichst untersucht; selbst seinem Pferd blieb die Prozedur nicht erspart. Danach ließ ihn Moniwid wieder aufsteigen und bat ihn, die Bahn auf und ab zu reiten. Christoph tat auch dies, worauf Moniwid erneut der Gedanke kam, der Bayer könne sich einen illegalen Vorteil verschafft haben, und ihn wieder absteigen ließ. Herzog Christoph begann so laut zu toben, dass die ganze Altstadt widerhallte. Als sie endlich aufeinander losritten, zerbrach Moniwids Spieß, und er stürzte vom Pferd; der Anprall riss selbst Moniwids Gaul zu Boden. Als dieser wieder auf die Beine kam, wandte sich Herzog Christoph um, um sich aus dem Gewirr von Spießen, Zügeln und um sich schlagenden Beinen zu befreien, und sein Pferd stieß das Moniwids erneut um, wobei es diesmal direkt auf den Polen fiel. Man musste ihn vom Platz tragen; ich nehme an, so hatte er sich sein Zusammentreffen mit dem Bayern nicht vorgestellt.

Am Freitag war die Hochzeit vorüber, und es dauerte wiederum ein paar Tage, bis alle Gäste aus der Stadt abgereist waren. Einen Kaufmann interessieren natürlich in erster Linie die Kosten, und so ließ ich mir Einblick in die Aufstellung geben, die man darüber für die Nachwelt angefertigt hatte. Ich konnte selbst nicht glauben, dass man so viel Geld für eine Hochzeit ausgegeben hatte: Es waren sechzigtausend Gulden. Man hätte die Häuser der halben Stadt dafür kaufen können. Sie hatten über dreihundert Ochsen, fast ebenso viele Schweine, mehr als dreitausend Schafe und Lämmer, fünfhundert Kälber, siebenhundert Spansauen, elftausend Gänse und vierzigtausend Hühner verzehrt; daneben zweihunderttausend Eier, zweihundert Zentner Schmalz, vierzehn Zentner Flussfische und ungezählte Mengen an Getreide, Zwiebeln und Gemüse. Um die Speisen zu würzen, verbrauchten sie unter anderem eineinhalb Zentner Safran, dreihundert Pfund Pfeffer, fünfhundert Pfund Zucker und nochmals sechshundert Pfund anderer Gewürze, und ich konnte mir schon denken, dass Sebastian Löws abführendes Konfekt reichlichen Zuspruch erhielt.

Ich war bei den meisten der Feierlichkeiten als Zuschauer dabei; der Kanzler sorgte dafür. Es war wohl seine Art, mir zusätzlichen Dank abzustatten zu der reichen Summe, die er mir schon aufgedrängt hatte. Ich fühlte mich seltsam fröhlich, sodass ich mit wahrer Freude daran teilnahm. Ich hätte selbst mit Albert Moniwid geplaudert, so leicht war mir ums Herz, aber besonders nach seinem unglücklichen Rennen wich er den meisten Leuten aus und verkroch sich in seiner Behausung. Er nahm nicht einmal mehr seinen Platz an der Hochzeitstafel ein. Mit dem ersten Tross, der Landshut in Richtung Polen verließ, zog er davon. Ich habe gehört, dass er nicht mehr bis zurück an den Königshof gelangte. Der Treck hatte sich irgendwo in Schwaben mit der Pest angesteckt, und um Weihnachten des Jahres 1475 verstarben Moniwid und ein Großteil der polnischen Gesandtschaft in einem verdreckten, heruntergekommenen Zeltlager vor den Toren der Stadt Kolo an der Seuche.

Wir hatten die Hochzeit zwischen Herzog Georg und der polnischen Prinzessin Jadwiga gerettet. Die Hauptbeteiligten daran, nämlich der Bräutigam und die Braut, waren jedoch nicht in der Lage, aus diesem Umstand ihr Glück zu gestalten. Als hätten sich die Ereignisse davor doch noch auf eine geheimnisvolle Art und Weise auf ihre Zukunft ausgewirkt, verlebten sie ihre Jahre getrennt voneinander; die Herzogin in offener Verbannung auf der düsteren Burg in Burghausen, der Herzog auf der Jagd, auf Turnieren oder in den Betten von Huren, wenn er nicht versuchte, glücklos Politik zu machen.

Jana Dlugosz war während der Hochzeitsfeierlichkeiten meine Begleiterin. Die kleinen Geschäftsbeziehungen, die sie heimlich geknüpft hatte, blühten jetzt auf; vielleicht lag es daran, dass sie sich in meiner Begleitung zeigte und ich wiederum für alle Welt sichtbar von Kanzler Martin Mair geehrt wurde. Wahrscheinlich jedoch nicht – sie brauchte meine Hilfe nicht, und ich konnte mich des Verdachts nicht erwehren, dass sie ihre Geschäfte ohne mich besser abschloss als mit mir. Ich habe niemals behauptet, dass ich ein *ausgezeichneter* Kaufmann wäre. Sie verließ den polnischen Tross und mietete sich in einer Herberge in der Stadt ein, die auf wundersame Weise (und auf entsprechenden Druck von Seiten des Kanzlers) plötzlich noch ein freies

Zimmer fand. Ich weiß nicht genau, warum sie das tat; womöglich wollte sie mir und sich selbst damit zeigen, dass sie noch immer so unabhängig war wie zuvor. Es war die einzige schlechte Transaktion, die ich sie begehen sah: Sie verbrachte fast jeden Tag und jede Nacht bei mir auf dem Hof, und das Geld für die Kammer war zum Fenster hinausgeworfen. Ein paar Tage nach dem Ende der Hochzeit bot ihr einer der Kaufleute ein lukratives Geschäft mit Seidenstoffen in Ulm an, und sie machte sich reisefertig. Ich half ihr mit ein paar Dienstboten, ihre Unterkunft in der Stadt zu räumen.

»Wann wirst du zurückkommen?«, fragte ich sie. Sie lächelte und zuckte mit den Schultern.

»Ich weiß nicht, wie lange die Verhandlungen dauern. Nicht vor Weihnachten, nehme ich an.«

»Es tut mir weh, ohne dich zu sein.«

»Bitte versuche nicht, mich anzubinden«, sagte sie ernst. »Ich habe Geschäfte, um die ich mich kümmern muss; ich habe auch noch das Handelshaus und meinen Vater in Krakau.«

»Wirst du überhaupt zurückkehren?«, fragte ich.

Sie legte den Mantel, den sie zusammengelegt hatte, zur Seite und kam durch das Zimmer auf mich zu.

»Nach Hause?«, sagte sie. »Natürlich werde ich nach Hause zurückkehren.«

»Dein Zuhause ist in Krakau«, sagte ich mit schmerzender Kehle. Sie schüttelte den Kopf.

»Mein Zuhause ist da, wo mein Herz ist«, sagte sie. »Und mein Herz wird immer da sein, wo du bist.«

Ich kehrte auf meinen Hof zurück und ordnete meine Geschäfte. Es dauerte eine ganze Weile, bis mir bewusst wurde, dass es nicht mehr das war, was ich wollte. Als es mir klar geworden war, bat ich Hanns Altdorfer und Sebastian Löw zu mir heraus. Der Stadtkämmerer hielt urkundlich fest, dass ich Sebastian Löw zu meinem Partner ernannte und meinen Verwalter damit beauftragte, während der Zeit meiner Abwesenheit die Geschäfte für mich zu führen. Sebastian Löw verpflichtete sich, neben der Verantwortung für seine Hälfte des Geschäftes auch die Verantwortung für mein Gesinde und vor allem für

Jörg Tannberger zu übernehmen, dessen Förderung er vorantreiben sollte. Danach ließ ich alles für meine Abreise vorbereiten.

An dem Tag, an dem mein Reitpferd und zwei Packesel vor dem großen Hoftor standen, wanderte ich mit Hanns Altdorfer zu den drei Gräbern hinter der Holunderhecke. Ich legte drei kleine Sträuße mit Blumen auf die Gräber; einen für mein namenloses Kind, einen für die polnische Gräfin, einen für Maria. Als ich mich aufrichtete, sah ich die Tränen in Hanns Altdorfers Augen.

»Pass mir auf sie auf«, sagte ich sanft.

Er nickte.

»Mir ist noch immer nicht klar, warum du ihr hinterherreisen willst«, sagte er. »Sie hat doch gesagt, sie würde zurückkommen.«

»Mir ist es auch nicht klar«, erwiderte ich und dachte an Janas Bitte, sie nicht anzubinden. Ich dachte: Wenn ich sie hier nicht anbinden kann, so kann ich sie doch auf ihren Zügen begleiten. Wenn zwei Menschen zusammenkommen, gibt immer einer davon irgendetwas auf. Warum sollte ich es nicht sein, der etwas aufgab? Ich hatte meine Erinnerungen, meine Liebe zu Maria und meine Liebe zu Jana. Wozu brauchte ich das Geld und das Geschäft? »Mir ist nur klar, dass ich nicht hier bleiben will.«

Er wies auf die Gräber.

»Ich dachte, das ist dein Zuhause.«

– Mein Zuhause ist da, wo mein Herz ist. Ein Teil meines Herzens wird immer hier sein, geliebte Maria.

»Das sind nur Gräber«, sagte ich. Ich nickte zu Marias Grab und dem Grab des Kindes. »Ihre Seelen habe ich bei mir.«

»Wenn ich es nicht besser wüsste, würde ich denken, du fliehst.«

»Vielleicht tue ich das«, rief ich fröhlich. »Ich fliehe vor sieben Jahren Trauer und Einsamkeit.«

»Was wirst du tun?«

»Leben«, sagte ich. »Und lieben. Ich habe viel verlernt. Ich will es mir wieder aneignen, bevor es zu spät ist.«

»Dafür ist es niemals zu spät«, erklärte er.

Ich dachte plötzlich an die massige Gestalt Johannes Reckels, wie sie in den Lichtkreis der Fackel schritt, bevor die Dunkelheit des eben erst begonnenen Tages sie verschluckte.

Ich holte tief Atem und nickte.

Nachwort

Dies ist ein Werk der Fiktion. Und wie alle Fiktionen ist sie nicht immer ganz korrekt mit den tatsächlichen Geschehnissen und Personen umgesprungen, die ihr zu Grunde liegen. Ich möchte deshalb an dieser Stelle den Kaufmann Peter Bernward verlassen und mich der historischen Fakten annehmen, die ich da und dort ein wenig beugen musste, um sie in den Fluss der Geschichte einzupassen.

Betrachten wir zunächst die geschichtlich belegten Personen, die eine Rolle spielen. Da gibt es Hanns Altdorfer, der im November 1475 tatsächlich die Stelle des Stadtkämmerers innehatte und sein Wohnhaus neben dem Rathaus für die Unterkunft des Hochzeitspaares räumen musste. Ich weiß nicht, wie er wirklich ausgesehen hat, und ich nehme an, dass er in Wahrheit ein verheirateter Mann mit Familie war anstatt des arbeitswütigen Junggesellen, als den ich ihn dargestellt habe. Er war ein Mitglied des vielköpfigen Komitees, das unter Leitung der Kanzler Mair und Alber die Hochzeit zu organisieren hatte, und in dieser Funktion für die Koordinierung der stadteigenen Wappner zuständig. Ich habe ihm vielleicht ein paar zusätzliche Aufgaben angedichtet, aber wer weiß, was der wirkliche Stadtkämmerer damals noch an Arbeiten erledigte, um die Hochzeit gelingen zu lassen.

Doktor Martin Mair, der Kanzler, dessen Anteil an der Fürstenhochzeit ich auch im Roman wahrheitsgetreu zu schildern versucht habe (und dabei, betrachtet man die tatsächliche historische Gestalt und ihren enormen Wirkungskreis, wahrscheinlich noch untertrieb), hat sich nicht nur in den Geschichtsbüchern verewigt. Seine Person ist sogar Bestandteil der Festspiele, die regelmäßig zur Feier der Fürstenhochzeit zu Landshut aufgeführt werden; man kann seine schwergewichtige Gestalt neben der Sänfte ausmachen, in der Herzog Ludwig seiner Gichtanfälle wegen getragen wird.

Richter Wilhelm Trennbeck, der Mann, der für die Unterbringung der Gäste zuständig war und zugleich der »alten Frau von Sachsen« bei der Hochzeitstafel die Aufwartung machen durfte, war im November 1475 der eigentliche Stadtoberrichter; Meinrad Girigel ist eine fiktive Person, der er der Handlung zuliebe seine Stellung kurzfristig abgetreten hat. (Zumindest lässt sich kein Meinrad Girigel in der Abfolge der Landshuter Stadtoberrichter finden, aber das kann auch damit zusammenhängen, dass man aufgrund seiner Verbrechen seinen Namen aus den Chroniken tilgte ...)

Albert Moniwid, der undurchsichtige litauische Edelmann, taucht in den Schilderungen der Fürstenhochzeit immer wieder auf; belegt sind sein großer Einfluss am polnischen Hof, sein schillernder Auftritt in Wittenberg mit dem perlengeschmückten Pferd und sein unentschuldigtes Fernbleiben von der Hochzeitstafel. Belegt ist auch sein Pesttod zusammen mit einem Großteil des Hochzeitstrosses vor den Toren der Stadt Kolo. Was dazwischen liegt, habe ich entweder erfunden oder den Handlungen anderer, namenloser polnischer Hochzeitsgäste entnommen und ihm zugeschrieben.

Ebenfalls der historischen Wirklichkeit entspricht die Person des Baumeisters der Martinskirche, Hans Stethaimer. Hier scheiden sich allerdings die Geister, da sich aufgrund der mittelalterlichen Tradition, die Person des Architekten bedeutend geringer einzuschätzen als sein Werk, widersprüchliche Angaben finden. Mancher setzt Hans Stethaimer mit dem Meister Hans von Burghausen gleich, der als der eigentliche Baumeister der Martinskirche gilt, aber es lassen sich auch Dokumente finden, die in der chronologischen Abfolge Namen wie Hans Krumenauer, Hans Steinmetz von Burghausen, Stephan Krumenauer und schließlich Hans Stethaimer aufzählen. Ich habe diese ungenaue Faktenlage benutzt, den klingenden Namen Stethaimer in meine Geschichte einzubeziehen, und bitte die versierteren Kenner der Landshuter Historie sicherheitshalber vorab dafür um Verzeihung. Einigen anderen im Roman vorkommenden historischen Nebencharakteren wie zum Beispiel Walther vom Feld, Wolfgang Leutgeb und Contzen von Asch habe ich Rollen in meinem

Roman zugewiesen, die sie in Wirklichkeit nicht genau so spielten.

Unrecht habe ich womöglich Ulrich Ebran von Wildenberg mit seiner charakterlichen Schilderung getan, der sich in verschiedenen Aufzeichnungen als Liebhaber von Susanne Reckel (oder Röckl) findet, jener unglücklichen Frau, die den Bürgeraufstand der Osterfeiertage 1410 verraten haben soll. Es gab das Geschlecht derer von Wildenberg, und die Nennung des Namens in späteren Chroniken belegt, dass mit Ulrich Ebran die Familie keineswegs ausstarb – oder ausschließlich aus opportunistischen Schürzenjägern bestand. Bei seiner Schilderung habe ich mich im Wesentlichen an seine Charakterisierung in dem Theaterstück »Der Bürgeraufruhr zu Landshut« von Anton Nagel angelehnt. Schließlich braucht jede Kriminalgeschichte ein paar Bösewichte, und Ulrich Ebran von Wildenberg, der in Anton Nagels Stück zuletzt von seinem Komplizen Mang schmählich eine hohe Mauer hinabgestürzt wird, bot sich dafür an. Auch an ihn, sollte es ihn wirklich gegeben haben, richte ich meine Bitte um Vergebung.

Womit uns die Schilderung der im Wesentlichen historisch belegten Personen zu dem führt, was Johannes Reckel (im übrigen ein fiktiver Charakter) sein Leben lang verfolgt hat: der Bürgeraufstand in Landshut und mit ihm der Beginn der Geschichte der drei reichen Herzöge.

Die Stadt Landshut hatte am Ende des vierzehnten Jahrhunderts eine erstaunliche Rechtsstellung erreicht; sie besaß die volle Stadtfreiheit, das Recht der Gesetzgebung und die Polizeigewalt innerhalb ihrer Grenzen. Neben diesen politischen Rechten hatten die Bürger der Stadt auch das nötige Geld; der Neubau der Martinskirche belegt dies eindrucksvoll. Die Finanzkraft des Bürgerstandes im Deutschen Reich war im Übrigen ganz allgemein beeindruckend: Die Notwendigkeit einer Kleiderordnung, die von den eifersüchtigen Adligen und Klerikern für die prunkvoll und selbstbewusst auftretenden Patrizier verfasst wurde, legt hierfür weiteres Zeugnis ab.

Mit seinem Amtsantritt als Jüngling, der unter Vormundschaft stand, hoffte Herzog Heinrich, die von seinen Vorgängern verschuldete Leere in seiner Schatzkammer auszugleichen. Er nahm Geld von den Bürgern auf und gewährte ihnen im Gegenzug weitere Rechte; nur die Bestätigung aller Stadtfreiheiten verweigerte er.

Sein Vorgehen muss aus seiner Sicht nur verständlich sein; er hatte die Aufgabe, das Land finanziell zu sanieren, und die Konzentration aller Macht in seinen Händen, der der Freiheitswille der Bürger entgegenstand, war für ihn nicht nur ein natürliches, sondern auch vollkommen legitimes Ansinnen.

Im Jahre 1408 kollidierten die verschiedenen Interessen des Herzogs und seiner Bürger zum ersten Mal gewaltsam; auf die Drohung des Stadtrats, sich bei Kaiser Ruprecht über ihn zu beschweren, ließ Heinrich in einem Gewaltstreich die angesehensten Bürger verhaften. Die Einflussreichsten unter ihnen, Mitglieder sowohl des äußeren als auch des inneren Rates, verloren ihr Vermögen und mussten die Stadt verlassen.

Nach diesem Schlag gegen das Patriziat wurde die Opposition jedoch in den Zünften und der Gemeinde fortgesetzt. Eine geplante Verschwörung, die mit der Festsetzung des Herzogs und einiger seiner hohen Beamten enden sollte, wurde jedoch verraten und mit beinahe biblischer Strenge niedergeschlagen. Das Strafgericht um Ostern 1410 umfasste etwa fünfzig Familien und verübte Hinrichtungen, Blendungen, Landesverweise und Vermögenseinzüge. Die zu Tode erschrockenen Bürger unterwarfen sich in allen Wünschen ihrem Herzog, änderten ihre Stadtverfassung, unterstellten sie dem Herzog und kamen demütig seinen Auflagen nach. Von dem städtischen Selbstverständnis blieb nichts mehr erhalten.

Im Übrigen scheint es, als ob *beide* Seiten das jeweilige Vorgehen bedauert hätten. Wie es heißt, hat Herzog Heinrich als Sühne für sein Blutgericht die Kirche Heilig Blut auf dem heutigen Hofberg errichten lassen.

In dem uns überlieferten Bild wird Herzog Heinrich überwiegend negativ dargestellt. Seine Härte gegen die Aufständischen, sein Geiz und seine Auseinandersetzungen mit Ludwig dem Bärtigen von Ingolstadt stehen in allen Berichten im Vordergrund. Auf einem zeitgenössischen Porträt in einem Fenster der Kirche in Jenkofen sieht man ihn, drei Jahre vor seinem Tod, in voller Rüstung niederknien: Ein Mann mit langem gelockten Haupthaar, gefurchter Stirn und markanten Gesichtszügen, dem man es zutraut, seinem Wahlspruch »Wolt got« selbst des Öfteren kräftig nachgeholfen zu haben.

Am 30. Juli 1450 erlag Herzog Heinrich in Landshut der Pest und überließ die Regierungsgewalt seinem Sohn Ludwig, damals bereits ein erwachsener Mann von dreiunddreißig Jahren. Auch er begann sein Amt mit einer Gewaltmaßnahme, indem er die jüdischen Bewohner Landshuts zuerst zwangsbesteuerte und dann aus dem Land verwies. Er versöhnte sich mit seinem Münchner Vetter Albrecht, dem sich sein Vater Heinrich entfremdet hatte, brach aber gleichzeitig Feindseligkeiten mit seinem fränkischen Nachbarn Markgraf Albrecht Achilles vom Zaun. Beide unterstützen die auf dem Türkentag zu Regensburg 1455 geborene Idee, wegen der politischen Untätigkeit Kaiser Friedrichs einen deutschen König zu wählen, wurden sich aber uneins bei der Auswahl des Kandidaten. 1460 brach der Krieg zwischen den beiden Fraktionen aus, der sich bald zum Reichskrieg gegen Ludwig ausweiten sollte und erst 1463 im Frieden von Prag zu einem Ende gebracht werden konnte.

In der Folgezeit entwickelte sich Ludwig zu einem klügeren Herrscher. Er vermittelte zwischen den Münchner Herzögen Albrecht und Christoph, erwirkte dic Gnade des Kaisers durch die Herausgabe wertvoller Kleinodien und gründete schließlich mit der Universität Ingolstadt eine der ersten deutschen Universitäten nach Wien, Heidelberg und Leipzig.

Die gefestigte Stellung seines Landes und wohl auch sein großer Reichtum veranlassten Ludwig danach, eine passende Braut für seinen 1455 geborenen Sohn Georg zu suchen. Die Tochter König Georgs von Böhmen stand zur Wahl, ebenso die Tochter Kaiser Friedrichs, aber beide wurden aufgrund politischer Rücksichtsmaßnahmen wieder fallen gelassen. Im Frühling des Jahres 1474 schließlich sandte der Herzog eine Abordnung zu König Kasimir von Polen, der ebenfalls auf der Suche nach einem Bräutigam für seine Tochter Jadwiga war. Die beiden Herrscher nahmen die Verhandlungen auf, und schon im Herbst 1474 zog eine Gesandtschaft von Landshut nach Polen, um mit kostbaren Geschenken die Hochzeit zu beschließen.

Polen war der mächtigste Staat in Osteuropa, dessen Gebiet sich von Litauen bis in die Ukraine erstreckte. Für König Kasimir, innenpolitisch durch die Anhänger der Lehre des Jan Hus und außenpolitisch durch den von den katholischen Adligen Ungarns gegen den Willen des Kaisers zum König gewählten Matthias Corvinus bedrängt und in finanziellen Schwierigkeiten, war die Werbung um seine Tochter willkommen. Herzog Ludwig war ein mächtiger Verbündeter, dem er bereits in der Vergangenheit seine Freundschaft bewiesen hatte, und er konnte im Fall einer Verbindung Jadwigas mit Georg zumindest auf dessen Wohlwollen gegenüber seiner weiteren Westpolitik hoffen. Nachdem sich die Parteien einig geworden waren, musste nur noch ein Hinderungsgrund beseitigt werden: Die Brautleute waren, da Jadwigas Mutter und Georgs Vater Base und Vetter waren, miteinander verwandt. Ein päpstlicher Dispens, durch ein großzügiges Geldgeschenk in die Schatulle des Vatikans erleichtert (eine Summe, die angeblich einen Teil des Grundstocks für den prachtvollen Neubau der Peterskirche darstellte), schaffte das Problem aus der Welt.

Am 29. Dezember 1474 verlobten sich Jadwiga von Polen und Georg von Landshut. Die Mitgift der polnischen Prinzessin sollte zweiunddreißigtausend Gulden betragen; nach heutigem Geld eine Summe von etwa zehn bis fünfzehn Millionen Mark. Die beiden Brautleute hatten sich noch nicht einmal gesehen.

Wir haben dank der Emsigkeit verschiedener Chronisten mehrere eingehende Berichte über die Hochzeit, die eines der rauschendsten Feste der damaligen Zeit darstellte – einer Zeit, die an solchen Ereignissen nicht arm war und in der nicht nur Fürsten, sondern auch reiche Kaufleute wie die Hochstetter in Augsburg für ihre Vermählungsfeiern Summen ausgaben, die uns heute nur noch fassungsloses Staunen abnötigen. Was die Hochzeit Herzog Georgs angeht, beschreibt uns Peter Bernward einige der Dinge, die für Speisen und Getränke benötigt wurden; tatsächlich umfasste die letztendliche Abrechnung viel mehr Posten. Neben den Aufwendungen für die Gesandtschaften und Geldgeschenke ist dort peinlich genau aufgeführt, welche Summen aufgewendet wurden für: Hofgewänder, Handwerker, Kleinodien, Küchenvorräte, Getränke, Pferdefutter, Turniergeschenke, Spielleute und Arzneien. Die Beträge summieren sich zu der fast unvorstellbaren Zahl von sechzigtausend Gulden; heute ein Vermögen von fünfundzwanzig Millionen Mark.

Erwähnt man diese Summe, sollte man die uns überlieferte Anekdote nicht vergessen, derzufolge Kaiser Friedrich, sichtlich geblendet durch den Aufwand der Hochzeit, seinen ehemaligen Feind Ludwig um einen Kredit bat, der die Höhe der polnischen Mitgift hatte. Ludwig lehnte die großartige Gelegenheit ab, den deutschen Kaiser in seine Schuld zu bekommen; offensichtlich hatte die Höhe der Ausgaben auch an seinem immensen Reichtum gezehrt. Man sollte auch nicht außer Acht lassen, dass Herzog Georg letztlich sein ganzes Leben lang vergebens auf die Bezahlung der Mitgift seiner Frau wartete.

Der gemeinsame Lebensweg des jungen Paares begann glanzvoll, endete aber düster. Von den männlichen Nachkommen, die die Herzogin auf die Welt brachte, überlebte keiner, und Jadwiga verlebte ihre Tage in Abgeschiedenheit auf der finsteren Herzogsburg in Burghausen. Niemand weiß, ob sie der deutschen Sprache jemals mächtig wurde, und so ist anzunehmen, dass sie inmitten ihrer Dienerinnen und Edelfräulein ein Leben von erdrückender Einsamkeit führte. Herzog Georg betätigte sich als glückloser Politiker oder – mit größerem Erfolg – als Waidmann und Schürzenjäger. Von dem anfänglichen guten Einvernehmen, das Berichten zufolge zwischen den Eheleuten geherrscht haben muss, war spätestens zwölf Jahre später nichts mehr zu spüren.

Im Jahre 1502 verstarb Herzogin Jadwiga, fünfundvierzig Jahre alt und den Tod sicherlich als Erlösung betrachtend. Herzog Georg folgte ihr ein gutes Jahr später, seine Leber von seinem unsteten Leben zerfressen. Da ihre Ehe keine Söhne hervorgebracht hatte, setzte Georg seinen Schwiegersohn Ruprecht von der Pfalz auf den Herzogsthron. Dies war jedoch gegen die Erbschaftstradition des Hauses Wittelsbach, derzufolge nur ein direkter männlicher Nachkomme den Thron besteigen konnte. Die Auseinandersetzungen führten zum Landshuter Erbfolgekrieg, den die Landshuter Seite verlor. Ruprecht starb im Verlauf des Krieges an der Ruhr, seine Frau Elisabeth, die Tochter Georgs und Jadwigas, erlag vier Wochen später sechsundzwanzigjährig derselben Krankheit.

Landshut aber sank nach dem verlorenen Krieg zur Bedeutungslosigkeit herab.

Übrigens – nicht nur im vorliegenden Roman, sondern auch in Wirklichkeit fuhr der Tod in Landshut eine Ernte ein, die in unmittelbarem Zusammenhang mit den Hochzeitsfeierlichkeiten steht: Am Freitag, dem letzten Tag der Hochzeitsfeier, wurde im Burggarten die Leiche von Pankraz Hochholdinger, dem Kastner zu Dingolfing, gefunden. Der herzogliche Beamte hatte sich aus Furcht vor der Abrechnung mit seinem Herrn erhängt. Ob es Grund für diese Furcht gab und der Kastner allzu plump in seine eigene Tasche gewirtschaftet hatte oder nur unfähig gewesen war, das Geld des Herzogs zu verwalten, ist nicht überliefert.

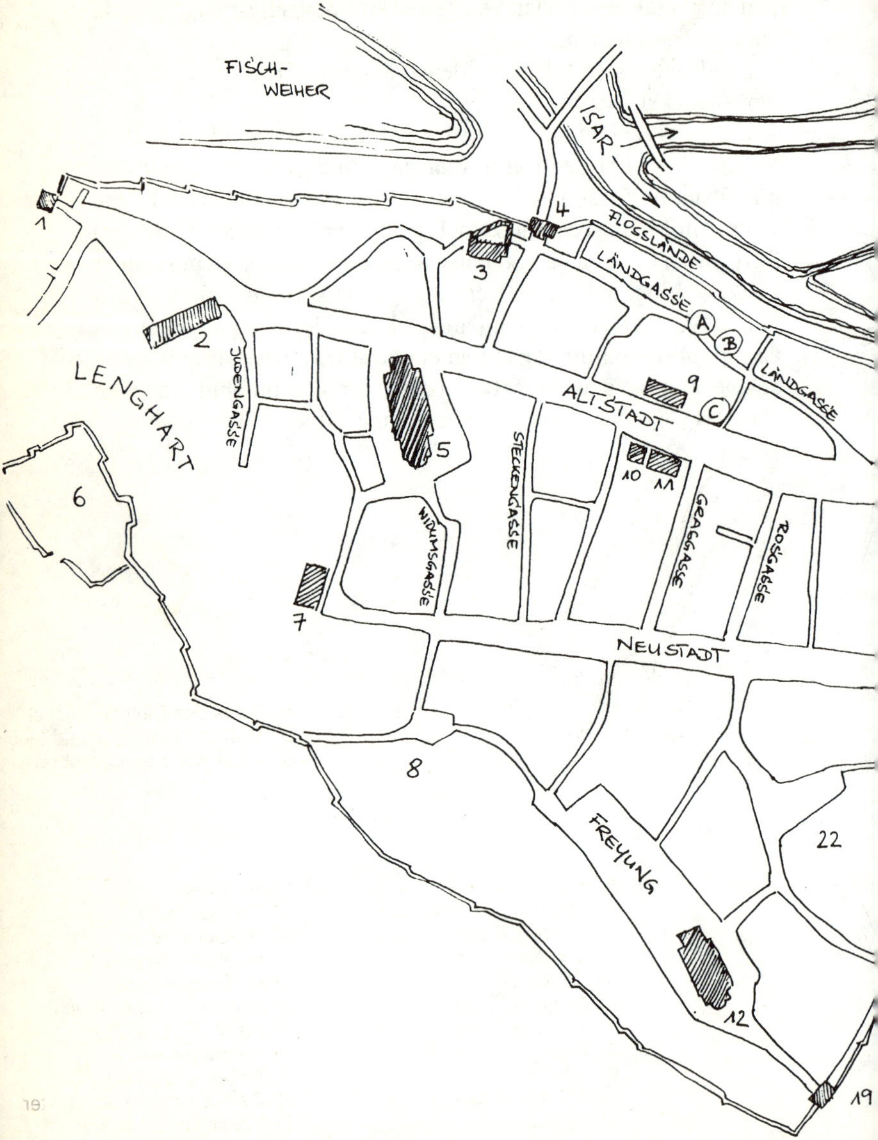
FISCH-
WEIHER
ISAR
FLOSSLÄNDE
LÄNDGASSE
LÄNDGASSE
A
B
C
ALTSTADT
NEUSTADT
FREYUNG
LENGHART
JUDENGASSE
STECKENGASSE
WIDUMSGASSE
GRAGGASSE
ROSSGASSE
1
2
3
4
5
6
7
8
9
10
11
12
19
22

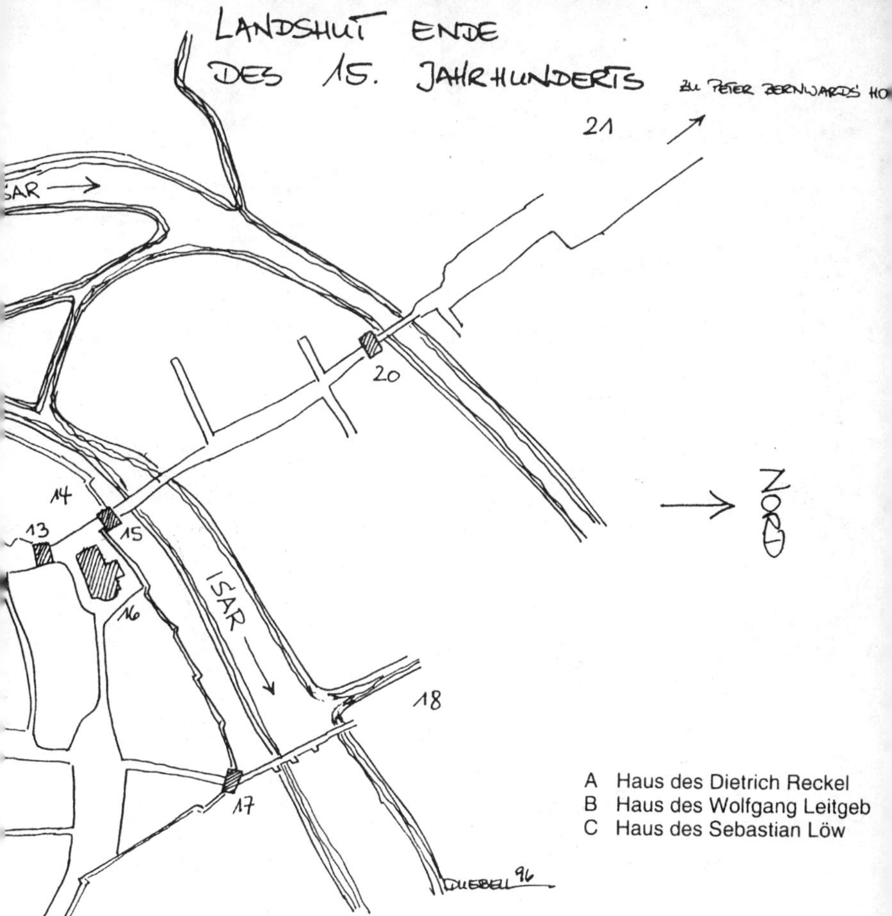

1 Münchner Tor
2 Herzogl. Zehntkasten
3 Herzogl. Stadtresidenz
4 Ländtor
5 St. Martin
6 Burg Trausnitz
7 Herzogl. Münze
8 Franziskaner-Kloster
9 Zollhaus
10 Haus H. Altdorfers
11 Rathaus
12 St. Jobst
13 Spitaler Turm
14 Hl.-Geist-Spital
15 Inneres Isartor
16 Hl.-Geist-Kirche
17 Zerrertor (Kapuzinertor)
18 Bleich-/Tuchmühlen
19 Haerainer Tor
20 Äußeres Isartor
21 Zisterzienserinnen-Kloster
22 Dominikaner-Kloster

RICHARD DÜBELL

Der Jahrtausendkaiser

ROMAN

BASTEI
LÜBBE
STARS

Danke:
Für die ersten und besten Anregungen zu diesem Buch: meiner Frau Michaela; für unerschrockenes Probelesen: Sabine Stangl; für die Informationen über Köln: Annette Beltermann vom Stadtarchiv Köln; für ergiebige Diskussionen über geschichtliche Wahrheiten: Gabi Henzler und Rüdiger Chmiel; für die immer freundschaftliche und kreative Unterstützung: Heike Mayer, Sabine Jaenicke und ihren Kolleginnen vom nymphenburger Verlag; und nicht zuletzt für ihre Freundschaft und ihr stetes Interesse an meiner Arbeit: Rudi Heilmeier, Martin Fehrer, Heidi Haimerl und meinem Bruder Joe.

Für das Kind aus Apulien:
Heiliger, Teufel und das Staunen der Welt

INHALT

Schattenfall

Diese Zeit ist viel sündhafter als jede andere vergangene Zeit, und es glauben viele Menschen, dass der Antichrist komme und das Ende der Welt nahe bevorstehe.

Roger Bacon,
Compendium philosophiae

Das Ende der Welt

Der Mann stank.

Der Mann war ein Prophet.

Er gehörte zu jener Sorte von heiligen Männern, die das Recht beanspruchen, sich weder die Finger- noch die Fußnägel zu beschneiden, sich den Kopf nicht zu scheren und Wasser nur in seiner trinkbaren Form zu akzeptieren. Er war auf dem Marktplatz aufgetaucht, ohne dass jemand hätte sagen können, wie er durch das Tor gekommen war; er mochte von einem Engel des Herrn in einer unbeobachteten Ecke abgestellt worden sein – oder die Nacht an einer Hausecke in der Kotrinne verbracht haben, wo ihn die Nachtwache für einen besonders großen Misthaufen gehalten und übersehen hatte. Seinem Geruch nach hatte die zweite Theorie etwas für sich. Er stand neben dem Verkaufskarren eines Bauern und hatte eine kleine Menschenmenge um sich versammelt. Der Bauer wusste nicht, ob er sich über die Aufmerksamkeit freuen sollte, die der Prophet erzeugte, oder ob er ihn seines zum Himmel aufsteigenden Gestanks wegen verjagen sollte.

»Der Himmel tut sich auf«, schrie der Prophet, »und ein weißes Ross zeigt sich; auf dem Ross aber sitzt der König der Treue und der Wahrhaftigkeit, und er wird Krieg führen gegen alles Unrecht, gegen das Tier und seinen falschen Propheten und gegen die siebenköpfige Hure, die sich am Blut der Heiligen labt. Feuer flammt in den Augen des Königs; er führt die Heere des Himmels an, um die Völker zu schlagen; er gießt den Zorn Gottes über die Sünder. Die Vögel schwingen sich aus den Wolken herab und fressen das Fleisch der Heerführer, der falschen Könige und der Helden, fressen das Fleisch der Pferde und ihrer Reiter, fressen das Fleisch der Freien und der Sklaven, der Großen und der Kleinen, und des Gejammers wird kein Ende sein.«

Dein Fleisch werden sie zuletzt fressen, dachte der Bauer.

Wenn ihnen gar nichts anderes mehr übrig bleibt. Er verzog den Mund, aber noch während er seinen Gedanken zu Ende dachte, kam ihm in den Sinn, dass der Mann neben seinem Karren tatsächlich ein vom Herrn gesandter Bote sein könnte. *Der Herr hört meine Gedanken*, erschrak er. *Ich lästere den Gesandten des Herrn.* Er bekreuzigte sich und schickte ein rasches Stoßgebet an die gütige Mutter Gottes, dass seine Blasphemie unbestraft bleiben möge.

Der Prophet zerrte die Fetzen seines Obergewandes beiseite und offenbarte einen eingefallenen Brustkorb; mit beiden Fäusten schlug er sich dagegen. Die zuvorderst Stehenden wichen sicherheitshalber ein paar Schritte zurück. »Nackt und bloß stehe ich unter euch und bezeuge, was ich gesehen habe. Die Menschen werden sich die Haut in Fetzen reißen und sich peitschen, bis das Blut ihnen über den Leib rinnt. Die Pharisäer werden auf diejenigen zeigen, die anders als sie sind und rufen: Ihretwegen ist Gott erzürnt!, und sie werden ihnen die Knochen zerschlagen, weil sie nicht sehen, dass Gottes Zorn sich gegen sie selbst richtet. Zuletzt werden sie diejenigen packen, die ihnen die Wahrheit verkünden, und auf ihren Plätzen den Tieren zum Fraß vorwerfen. Dann wird der Drache sich erheben, weil er das Blut der Unschuldigen riecht, und seine Scharen um sich sammeln für das letzte Gefecht. Unwetter werden sich zusammenbrauen, und mit Blitz und Donner wird ein gewaltiges Beben kommen und alle Städte auslöschen, die der Hure dienen.«

Er holte pfeifend Atem und legte sein Gesicht plötzlich in verklärte Falten. »Der König aber«, fuhr er fast entzückt fort, »der König der Wahrhaftigkeit, der Mann mit dem Richterschwert, der Herrscher der Endzeit: Er wird den Drachen überwältigen und ihn in den Abgrund stoßen und dort binden für tausend Jahre; dann aber wird er sich umdrehen, und es wird ein Thron bereitstehen. Der sich auf den Thron setzt, wird die Herrschaft antreten über die Auferstandenen und diejenigen, die sich nicht der Gefolgschaft des Tieres verschrieben haben, und er wird herrschen für tausend Jahre, und alle Menschen werden Priester Gottes und Christi sein.«

»Genau! Es lebe Kaiser Frederico!«, brüllte ein Mann in der

Nähe des Bauern. Einige Gesichter wandten sich ihm überrascht zu. Der Mann trug eine Tunika mit einem Wappen, das dem Bauern vage bekannt erschien, über einem ledernen Hemd; seine Beine steckten in hohen Stiefeln. Zwei weitere Männer in der gleichen Aufmachung standen neben ihm. Auf den zweiten Blick fiel dem Bauern auf, dass sie kurze, leere Scheiden an den Gürteln hängen hatten. Das Marktgesetz verbot das Tragen von Waffen auf dem Markt.

»Sei still, Fulcher. Was soll denn das?«, sagte einer seiner Gefährten. Fulcher grinste über das ganze Gesicht. »Wir feuern die Leute mal ein wenig an. Mach mit, Rasso! Du auch, Liutfried.« Jetzt erinnerte sich der Bauer, wem das Wappen gehörte: dem kaiserlichen Kanzler und Großhofrichter, der sich seit einigen Tagen in Köln aufhielt. Die drei schienen zu seinem Tross zu gehören.

Rasso grinste nach kurzem Zögern ebenfalls. Als Fulcher den Mund öffnete, stieß er die Faust in die Luft und fiel mit ein: »Es lebe Kaiser Frederico!«

Die Menge blieb stumm. »Was ist denn, ihr Stockfische?«, rief Fulcher lachend. »Lassen wir den Kaiser hochleben!«

Liutfried verzog das Gesicht. »Seht Euch mal die Burschen da drüben an«, sagte er halblaut.

Der Bauer sah mit hinüber: auf vier Männer mit den Mänteln und Stöcken von Pilgern. Die Mäntel sahen neu und teuer aus und keinesfalls so, als hätten sie eine strapaziöse Reise hinter sich. Er sah, wie sie Rasso, Fulcher und Liutfried missbilligend musterten und untereinander Blicke austauschten. Von den anderen Marktbesuchern rief einer plötzlich: »Willst du uns ankündigen, was geschehen wird, oder erzählst du uns nur den Albtraum, den du hattest, als du einmal in dein eigenes Hemd hineingerochen hast?«

Der Prophet achtete weder auf den Rufer noch auf das Gelächter, das sich erhob. Er starrte um sich und schien sich zu sammeln. »Rettet euch!«, schrie er dann mit höchster Lautstärke, sodass einige zusammenzuckten. »Hört auf, die Hure anzubeten, die sich betrunken auf dem scharlachfarbenen Tier windet. Die Zeit ist fast abgelaufen, die euch noch bleibt. Das tausendjährige Reich steht vor der Tür!«

Ein Großteil der Menge verließ den Propheten kopfschüttelnd; einige wenige blieben zurück und betrachteten die zerlumpte Gestalt, manche mit furchtsamen Gesichtern, manche mit fröhlichem Grinsen. Der Bauer wählte eine kleine holzige Rübe aus seiner Ladung aus, um sie dem Propheten auszuhändigen, wenn dieser zu betteln anfinge; aber der Prophet stand nur um Atem ringend auf seinem Platz. Die vier Männer mit den Pilgermänteln begannen erregt zu diskutieren; schließlich wandten sie sich an die Menschen, die zurückgeblieben waren, und schienen sie zu befragen. Die meisten der Befragten zuckten mit den Schultern und winkten ab. Fulcher, Rasso und Liutfried, die ein paar Schritte beiseite getreten waren, beobachteten sie misstrauisch. Zuletzt stellte sich einer der Pilger neben den Propheten, ohne auf dessen Geruch zu achten, und hob beide Hände.

»Brüder und Schwestern«, rief er. »Hört nicht auf diesen Menschen; er selbst ist ein falscher Prophet. Hört nicht auf diesen Verführer, der euch glauben machen will, er habe den Beginn des Zeitalters unseres Herrn heraufdämmern sehen. In Wahrheit ist es Satan, den er ankündigen will, und er will die Ketten sprengen, die ihn für sieben mal sieben Generationen in den Abgrund fesseln: Satan, der als finsterer König wiederkehrt und dessen Verkünder, der Antichrist, schon jetzt Krieg führt gegen die christlichen Städte und den Heiligen Vater in Rom, sich mit schwarzen Heiden, Zauberern und Hexen umgibt und unheilige Experimente an gläubigen Märtyrern durchführt, bis deren Blut zum Himmel schreit.«

Als der Bauer sah, wie sich der Pilger nach seiner Rede vorsichtig umblickte, wohl weil er Würfe mit faulem Obst befürchtete, wurde ihm klar, dass dieser seine kleine Rede nicht zum ersten Mal auf einem öffentlichen Platz gehalten hatte – und dass ihm in anderen Städten bei dieser Gelegenheit schon manches um die Ohren geflogen war. Wenn schon die Routine, mit der er sich Aufmerksamkeit verschafft hatte, dafür sprach, dann noch mehr, dass er weder einen roten Kopf bekam noch zu stottern anfing, so wie es dem Bauern erging, wenn er seinem Grundherrn erklären sollte, wie hoch der Ernteertrag der letzten Saison gewesen war. Nun, es flog kein faules Obst. Den Gesichtern der Zuhörer war zu entnehmen, dass sie den einen Redner ebenso wenig ernst nahmen wie den anderen. Die drei aus dem Tross des Kanzlers bildeten allerdings eine Ausnahme. Tatsächlich wollte es scheinen, als habe der Redner ganz speziell zu ihnen gesprochen, um sie zu reizen. Sie hatten die Fäuste geballt; Fulchers Gesicht war rot vor Zorn.

»Geht fort und reinigt euch von euren Sünden, denn Gott der Herr sieht auf euch, und die sind ihm ein Graus, die ihr Gehör dem Auswurf der Unterwelt leihen. Glaubt an Papst Innozenz, den Heiligen Vater; der Erlöser selbst hat ihn mit dem weißen Mantel bekleidet, ihm Vollkommenheit verliehen und ihn auf den heiligen Stuhl gesetzt. Dient dem Heiligen Vater, welcher der rechtmäßige Herr ist über den Geist und den Körper, welcher der Herr ist über das Buch und das Zepter und sich im Besitz der Wahrheit befindet. Dient ihm, denn selbst die Könige und Kaiser und die Fürsten dieser Welt dienen ihm.«

Der Pilger gestikulierte zu seinen Begleitern, und zwei von ihnen gesellten sich zu ihm und dem Propheten. Sie wechselten ein paar Worte, woraufhin die beiden Neuankömmlinge den Propheten an den Armen nahmen, ohne sich von seinem Körpergeruch irritieren zu lassen. Der Prophet schien von der erwiesenen Aufmerksamkeit nur milde bewegt. Seine Botschaft gesprochen, wirkte er leer wie ein ausgetrunkener Ziegenschlauch, der matt in einer Ecke lehnt und darauf wartet, wieder gefüllt zu werden. Der Pilger, der die Rede gehalten hatte, wandte sich dem Propheten zu.

»Komm mit uns, mein Sohn«, sagte er laut genug, dass die Umstehenden es hören konnten. »Wir werden dafür sorgen, dass sich gute Mönche in der Nähe deiner annehmen. Dein Geist ist verwirrt; du bist ein armes Kind Gottes.«

»Ich dachte, er sei ein falscher Prophet«, rief Fulcher plötzlich. Er trat nach vorn und baute sich vor dem Propheten und seinen neuen Freunden auf. »Oder hast du schon vergessen, was du gesagt hast?« Er stemmte die Fäuste in die Hüften und wandte sich an die Menge. »So ist es mit den Päpstlichen. Sie lügen uns so oft an, dass sie selbst schon nicht mehr wissen, was sie wann gesagt haben.« Die Menge antwortete ihm mit vorsichtigem Gelächter. Rasso und Liutfried sahen sich an und gesellten sich dann an Fulchers Seite.

Der Pilger reagierte nicht. Seine Aufmerksamkeit galt dem Propheten. »Du wirst hier nicht mehr sprechen«, erklärte er. »Folge uns.«

»Auf dem Marktplatz darf jeder sprechen«, ließ sich ein Rufer aus der Menge vernehmen.

»Das ist richtig«, antwortete Fulcher laut. »Ob er nun nach Schafbock stinkt oder nach Weihrauch.«

Erneutes Gelächter erhob sich. Die drei Pilger rund um den Propheten herum machten verkniffene Gesichter; auch der vierte, der noch in der Menge stand, verzog seine Miene, aber es schien eher aus Besorgnis denn aus Missmut. Sie hatten sich wohl leichteres Spiel in einer Stadt erwartet, deren Herr ein Bischof war. Stattdessen stellten sich ihnen drei Kaiserliche entgegen, und auch die Menge schien durchaus nicht geneigt, sich auf ihre Seite zu schlagen. Sie konnten jetzt nicht mehr zurück; sie mussten irgendetwas tun. Der Sprecher der Pilger machte eine Kopfbewegung, und seine Begleiter zogen den Propheten mit sich. Dieser folgte schlurfend, ohne sich zu sträuben. Der vierte Pilger versuchte die Menschen auseinander zu schieben, um einen Durchlass für seine Freunde zu schaffen, aber Fulcher und seine Kameraden stellten sich ihnen sofort in den Weg.

»Lass ihn los!«, sagte Fulcher mit gefährlich ruhiger Stimme.

»Er hat ein Recht, dort oben zu stehen«, ließ sich wieder die beifällige Stimme aus der Menge vernehmen – sichtlich kein Freund von Papst Innozenz und seinen Anhängern. Wahrscheinlich nicht einmal ein Kölner Bürger. »Auf dem Marktplatz gelten eigene Gesetze!«

Der Besitzer des Karrens zu seiner Linken schlenderte an dem Bauern vorbei, um sich ebenfalls zu der Menge zu gesellen und den Aufruhr aus nächster Nähe zu genießen. Der Bauer erkannte eine Chance, suchte zwei faulige Rüben aus seinem Haufen heraus und näherte sich unauffällig dem Nachbarkarren, um sie dort gegen zwei einwandfreie einzutauschen, solange deren Eigentümer nicht darauf achtete. Er schob die zwei frischen Rüben unter sein Hemd, als er plötzlich zwei Bewaffnete auf sich zulaufen sah. Er erstarrte vor Furcht. Ertappt als Dieb; überführt vor den Augen der Menge. Er wusste, dass die zwei mit ihren Spießen und Schwertern und einheitlichen Wämsern Ratsbüttel waren, und er sah sich in ihrem rohen Griff davongezerrt und in ein Verlies geworfen, während eine johlende Menge seinen Karren plünderte; er sah sich, wie er wieder zurück auf den Marktplatz taumelte, der jetzt ein Richtplatz war und wo der Scharfrichter mit seinen Knechten auf ihn wartete, um ihm das rechte Ohr mit einem glühenden Messer abzuschneiden. *Das ist die Strafe für einen Dieb. Das ist die Strafe für deine Blasphemie. Maria hat mich nicht erhört.* Er stöhnte vor Angst und verlor die geraubten Rüben, die unter den Karren seines Nachbarn kollerten. Die Bewaffneten kamen mit hastigen Schritten auf ihn zu, packten ihn und stießen ihn beiseite, sodass er den Rüben unter den Karren hinein nachfolgte. Sie drängten den Ring der Zuhörer auseinander. Aus seiner neuen Warte unterhalb des Nachbarkarrens betrachtete der Bauer ungläubig die Geschehnisse.

Die zwei Büttel stellten sich zwischen die Pilger und Fulchers Gruppe.

»Was ist hier los?«, knurrte der eine der Büttel und versuchte gleichzeitig die Sprecher beider Parteien mit Blicken aufzuspießen. »Geht auseinander und stört den Marktverlauf nicht.«

»Wir müssen diesen kranken Menschen vom Marktplatz entfernen!« – »Sie wollen dem Propheten das Reden verbieten!«, riefen die selbst ernannten Sprecher gleichzeitig. Der Büttel griff die Bemerkung Fulchers heraus.

»Auf dem Markt darf er sprechen, solange er will«, sagte der Büttel. Er schien Schwierigkeiten zu haben, aus beiden Parteien diejenige herauszufinden, der die Sympathie des Stadtherrn galt. Im Moment jedenfalls unterstützte er die falsche.

»Ja, er muss uns noch von der Hure erzählen«, rief eine Stimme aus dem Zuhörerkreis. Mehr Menschen als zuvor standen jetzt um die kleine Gruppe herum; sie bildeten ein größeres Publikum, als der Prophet allein jemals hätte aufbieten können. Der zweite Büttel wandte sich um und knurrte die Menge an.

»Jener dort verbreitet Lügen und verblendet die Herzen der Menschen«, erwiderte der Sprecher der Pilger mit Würde.

»Von dir kann er jedenfalls noch was lernen«, rief Rasso.

Der erste Büttel achtete nicht auf ihre Worte, sondern schritt auf den Propheten zu, um ihn aus dem Griff der beiden Pilger zu befreien. Er blieb sofort wieder stehen, als er in die Dunstglocke des Propheten geriet.

»Lasst ihn los, habe ich gesagt«, rief er und gestikulierte mit seinem Spieß. Dann deutete er auf den Sprecher. »Du kommst mit uns«, sagte er. »Du wirst dich vor dem Rat verantworten.«

Der Sprecher der Pilger kniff die Augen zusammen und schien wütend zu werden, sagte dann aber hoheitsvoll: »Wir sind im Auftrag des Heiligen Vaters unterwegs. Wir verantworten uns nur vor ihm oder vor Gott.«

Der Büttel zuckte zurück und musterte ihn unentschlossen. Der zweite Büttel kaute auf seiner Unterlippe und wartete darauf, was sein Kamerad tun würde. Dieser schien endlich zu begreifen, wie er seine Sympathien zu verteilen hatte. Er wandte sich an Fulcher. »Verschwindet von hier«, sagte er. Fulchers Miene verfinsterte sich noch mehr.

»Was soll das auf einmal?«, rief er. »Hast du nicht gerade selbst gesagt, dass jeder hier sprechen darf?«

»Diese Herren reisen im Auftrag des Heiligen Vaters. Sie wissen schon, was sie tun. Verschwindet jetzt von hier, oder muss ich euch Beine machen?«

Fulcher und seine Kameraden wechselten einen Blick. Dann traten sie dichter zusammen und stellten sich drohend vor dem ersten Büttel auf. Die Menge seufzte unbestimmt auf, sie hatte erwartet, dass die drei nachgeben würden. Dass sie es nicht taten, war unerwartet. Es war ungewöhnlich. Es roch nach Ärger. Die Menge drängte ein wenig näher heran.

Der Büttel versuchte Fulcher beiseite zu stoßen, doch es gelang ihm nicht, und er schrie zornig: »Aus dem Weg, oder wir sperren euch ins Loch!«

Die drei Kaiserlichen sahen sich ein zweites Mal an, dann trat Fulcher noch näher heran. Er brachte sein Gesicht dicht vor das Gesicht des Büttels, fletschte die Zähne und sagte leise: »Versuch's, und ich brech' dich in der Mitte entzwei.«

Der Büttel hob seinen Spieß und stieß Fulcher das eisenbeschuhte untere Ende ins Gesicht; Fulcher fiel zu Boden, presste beide Hände auf seinen Mund und krümmte sich stöhnend. Rasso und Liutfried starrten ihn überrascht an. Der Büttel hob den Spieß zum zweiten Mal.

Das Bild erstarrte; zwei Gruppen, die einander gegenüberstanden: Fulchers Gruppe auf der einen Seite, deren Anführer bereits auf dem Boden lag, und die zahlenmäßig überlegenen Pilger, auf deren Seite sich die Büttel geschlagen hatten, auf der anderen. Der Prophet, einen Schritt abseits, gehörte bereits nicht mehr dazu, obwohl das Ganze seinetwegen entstanden war. Die Dinge hatten sich verselbstständigt. Es hatte sich etwas entwickelt, womit keiner von ihnen gerechnet hatte.

»Erschlag ihn«, rief plötzlich eine heisere Stimme aus der Menge.

Der Büttel drehte den Kopf und spähte zu den Zurufern hin; der Spieß schwebte noch immer in der Luft.

»Erschlag ihn!«

Liutfried tat plötzlich einen Schritt nach vorn – *tu es nicht*, dachte der Bauer – und fasste nach dem Wams des Büttels; nein, fasste nach dem kurzen Schwert, das vom Gürtel des Büttels hing, oder bekam versehentlich dessen Griff in die Hände. Der Büttel stieß Liutfried heftig zurück; dieser stolperte nach hinten über den auf dem Boden liegenden Fulcher. Wonach immer er gegriffen hatte, er hielt sich daran fest und zog das Schwert halb aus der Scheide.

»Pass auf!«, rief der zweite Büttel.

Der Büttel wirbelte den kurzen Spieß einmal herum; die schwarze Spitze zeigte plötzlich nach vorn. Liutfried riss das Schwert ganz aus der Scheide und setzte sich schwer auf seinen Hosenboden, die Waffe nach vorn gestreckt.

Der Spieß durchdrang die Tunika direkt unter dem Brustbein. Liutfried gab keinen Laut von sich; nur aus der Menge ertönte ein schriller Schrei, der ebenso von Schreck wie von Entzücken künden konnte. Der Büttel riss den Spieß wieder heraus und rief. »Um Gottes willen!«

Liutfried neigte sich langsam zur Seite. Der Bauer unter dem Wagen starrte ihn mit weit aufgerissenen Augen an; ohne es zu bemerken, biss er sich auf die Knöchel einer Faust. Liutfried verlor das Schwert, das er noch immer in der ausgestreckten Hand hielt. Es fiel scheppernd zu Boden. Er hustete schwach und sank endgültig auf die Erde. Der Büttel beobachtete es wie erstarrt.

Der zweite Büttel bückte sich nach dem Schwert. Er schlug es seinem Kameraden grob vor den Leib, der daraufhin zusammenzuckte und ihn wild anblickte.

»Los, nimm es und lauf zum Magistrat!«, herrschte er ihn an. »Wir müssen die Sauerei melden.« Der erste Büttel schüttelte sich, als würde er aus einer Lähmung erwachen, schob das Schwert zurück in die Scheide und verschwand eilig zwischen den Marktständen; sein zurückgebliebener Kamerad nahm seinen Spieß quer und stellte sich zwischen die Menge und die Verletzten auf dem Boden. Er blickte sich nicht zu ihnen um. Sein Gesicht war bleicher als zuvor. Rasso sank neben seinen Gefährten auf die Knie. Liutfried machte eine schwache Armbewegung, und Rasso umfasste seine Schultern und legte sich seinen Kopf auf die Knie. Liutfried hustete stärker und sprühte ein paar Blutstropfen auf die dunkle Stelle, die sich langsam auf der Vorderseite seines Wamses bildete. Die Menge begann plötzlich, sich zu bewegen. Sie zerstreute sich, unter ihnen die päpstlichen Reisenden, ganz still, ganz blass und bemüht, kein weiteres Aufsehen mehr zu erregen. Einige blieben zurück, um zu sehen, was mit den beiden Verletzten weiter geschehen würde, und einer trat sogar auf Fulcher zu und versuchte ihn aufzurichten. Fulcher schüttelte seine Hand barsch ab und krümmte sich wieder auf dem Boden zusammen; Blut tropfte zwischen seinen Fingern hervor. Von der Seite, auf der das Rathaus lag, näherten sich Schritte von mehreren Paaren Stiefel; weitere Büttel, die der Bericht des Vorfalls alarmiert hatte. Sie drängten sich um die Gruppe am Boden und entzogen sie den Blicken der letzten Neugierigen. Nach kurzer Zeit führten sie Rasso und Fulcher weg; der sterbende Liutfried wurde rasch auf zwei über Kreuz gelegte Spieße gelegt und ebenfalls abtransportiert.

Der Bauer kroch unter dem Karren seines Nachbarn hervor und versuchte, nicht auf die Blutspritzer auf dem festgetrampelten Erdboden zu sehen. Der Prophet stand noch immer neben seinem Karren und starrte ins Leere. Plötzlich nahm er eine der Rüben und biss hinein, ohne die Erde von ihr abzuwischen. Erschüttert ließ es der Bauer geschehen. Der Prophet steckte die Rübe unter seine Lumpen und verschwand mit geistesabwesendem Blick in der Menge und aus unserer Geschichte.

Ein Kardinalsproblem

Das Gut Raimunds von Siebeneich lag in dem flachen Tal der Erft, eine halbe Tagesreise westlich von Köln: eine von hölzernen Palisaden umfriedete Ansammlung von Häusern und Schuppen, die sich um Wiesen, Kräuter- und Obstgarten gruppierten und zwischen denen das *praesidium principale* und der *donjon* trotzig und steinern herausragten. Um dieses Zentrum herum lagen Ländereien in einem Umfang, wie ihn sich ein Graf nicht besser hätte wünschen können; Ländereien, die kluges Wirtschaften vermehrt hatte und die ihren Ausgangspunkt in einem Geschenk Kaiser Friedrich Rotbarts an Raimunds Urgroßvater besaßen, da dieser während des Rotbarts Gefangennahme im Krieg gegen die Stadt Susa mit ihm die Kleider getauscht hatte, damit der Kaiser aus der Geiselhaft entfliehen konnte. In Friedenszeiten waren sowohl das Tor der äußeren Umfriedung als auch das ins Innere der Burg tagsüber geöffnet, bewacht zwar, aber dennoch so einladend, dass es die freundliche Herrschaft seines Besitzers widerzuspiegeln schien. Für die Pächter des Gutes im Wirtschaftshof und in den verstreuten Dörfern bedeutete das offene Tor eine tägliche Mahnung, für das Wohlergehen des Herrn zu beten; sie hatten schon andere Herrschaften erlebt.

Durch diese offen stehenden Tore trabte einen Tag nach dem Auftritt des Propheten auf dem Marktplatz, auf einem schweren, wertvollen Pferd sitzend und mit den behandschuhten Händen sowohl einen geistigen als auch einen durchaus weltlichen Segen in Form kleiner Geldmünzen um sich verteilend, ein in fließenden Purpur gekleideter Reiter. Der Reiter war allein, was ungewöhnlich war, und die Nennung seines Namens veranlasste den Wachführer am inneren Tor, selbst die Zügel des Pferdes entgegenzunehmen und den Reiter zum Haupthaus zu führen, was noch ungewöhnlicher war. Wenige Zeit später wurde Philipp, der die Ankunft des Reiters nicht gesehen hatte, in die private Kammer seines Herrn gerufen.

Philipp, ehemaliger Novize und Kopist im Zisterzienserkloster Sankt Peter und jetzt, in seinem fünfundzwanzigsten Lebensjahr, Raimunds Truchsess, war ein mittelgroßer Mann, der kräftiger und stämmiger wirkte, als er war. Er trug sein Haar nach der aktuellen Mode so kurz, dass man die Stellen sehen konnte, an denen es vorzeitig zurückwich, und offenbarte unter einer hohen Stirn ein spitzbübisches Gesicht mit dunkelblauen, lebhaften Augen. Es waren die Augen, die an seinem Gesicht zuerst auffielen und die im Zorn ebenso funkelten wie vor Ausgelassenheit; es mochte an seinem kleinen, verschmitzten Mund liegen, dass dem Betrachter die Ausgelassenheit zu überwiegen schien. Auf den zweiten Blick fielen die Kerben an seinen Nasenflügeln und um seine Mundwinkel auf. Sie vertieften sich, wenn er lachte, aber sie waren nicht vom Lachen entstanden. Er bewegte die Schultern beim Gehen, als wäre er in Eile und würde stets über zu wenig Zeit verfügen. Er war jung für sein Amt auf dem Gut, aber das Gesinde und die Dienstboten gehorchten ihm blind. Dieser Umstand lag daran, dass er jedem der Männer und auch den Frauen mit einem Scherz zu begegnen pflegte und selbst sein Spott, zumeist gutmütiger Natur, dank seines jungenhaften Grinsens bei demjenigen das meiste Lachen auslöste, über den er ihn ausgoss. Das Gesinde mochte ihn und wäre für ihn durchs Feuer gegangen, was er, hätte man es ihm gesagt, mit einem ungläubigen Schnauben abgetan hätte.

Philipp war nicht erstaunt, dass Raimund ihn in seiner privaten Kammer im ersten Geschoss des Palas anstatt in der Aula erwartete. Als sein Kämmerer und Truchsess gehörte er dem engsten Zirkel des Gefolges an und hatte Zutritt auch zu den wenigen intimen Bereichen des Herrn. Was ihn jedoch erstaunte, war die Anwesenheit des Besuchs in der Kammer.

Der Frühsommer hatte nach dem langen Regiment des Winters mit warmen Sonnentagen Einzug gehalten, und die Truhen, auf denen Philipps Herr und sein Gast saßen, waren vom leise flackernden Kaminfeuer weggerückt. Die beiden Männer hatten sich direkt unter die Fensteröffnung gesetzt, die durch einen

Rundbogen den Blick ins Freie erlaubte. Die Sonne sickerte durch die Öffnung in den Raum, ein breiter Strahl aus Licht und Wärme, der sich im räucherigen Halbdunkel des übrigen Raums deutlich abzeichnete und um die Gestalten der beiden Männer einen gleißenden Lichtsaum wob. Philipp, der von der Helle draußen gekommen war, kniff die Augen zusammen und blieb hinter dem Vorhang stehen, der die Kammer des Herrn vom Saal trennte. Er hustete höflich.

»Philipp«, sagte Raimund, »komm näher; wir haben etwas mit dir zu besprechen.«

Philipp trat in die Kammer und wusch sich die Hände in der Schüssel, die gleich hinter dem Eingang stand. Dann schritt er zu den beiden Truhen und neigte den Kopf. Der Besucher nickte ihm zu. Er mochte etwa das Alter von Philipps Herrn haben; die strenge Mönchsfrisur ließ ihn älter erscheinen, aber seine Haut war frisch und die Augen hell und lebendig. Um die Nasenwurzel und in seinen Augenwinkeln saßen Runzeln, als habe er sein Leben damit zugebracht, etwas mit misstrauischer Miene zu mustern. Er betrachtete Philipp mit einer hochgezogenen Braue und einem breiten Lächeln. Seine Hände, glitzernd im Sonnenlicht vor Brillanten, lagen auf seinen Schenkeln. Der hoch gewachsene Körper ruhte in sich selbst und in der Gewissheit der Machtfülle, die seine Haltung ausdrückte. Es bedurfte nicht mehr des teuren Purpurmantels, der neben ihm auf der Truhe lag, oder des schwarzen Rocks mit silbergefassten Säumen, um zu zeigen, dass der Besucher ein Mann war, der im Allgemeinen erhielt, was er begehrte.

Raimund sagte: »Philipp, dies ist Kardinal Giovanni da Uzzano aus Florenz, ein sehr guter Freund aus den Zeiten des Pilgerzugs ins Heilige Land«, und Philipp beugte das Knie und empfing einen Segen aus der mit schweren Ringen gepanzerten Hand. Er blieb mit gesenktem Haupt auf dem Boden knien, bis der Kardinal ihn aufforderte, wieder aufzustehen.

»Dein Herr hat mir viel Gutes über dich berichtet, mein Sohn«, sagte der Kardinal mit einem schweren Akzent, der ob seiner sonstigen vollkommenen Erscheinung erstaunlich wirkte; hinter jeder Wortendung schien er noch einen Vokal anzuhängen, als versuche er unbewusst, die südliche Wortmelodie in die harte nordische Sprache zu bringen. »Du wirst mir – und der Kirche – einen sehr guten Dienst erweisen können.«

Philipp senkte die Brauen, um das misstrauische Funkeln in seinen Augen zu verbergen. Der Kirche zu dienen bedeutete in seinen Augen, die Kutte zu tragen und Mitgliedschaft in einer Gemeinschaft zu heucheln, die ihn schon in seiner Novizenzeit nicht aufgenommen hatte. Es war kein Bild, das freundliche Gefühle in ihm weckte. Er wusste außerdem, dass er das Begehren des Kardinals kaum würde ablehnen können, da es in Raimunds Gegenwart und mit dessen Billigung ausgesprochen worden war. Er senkte den Kopf und trat von einem Fuß auf den anderen, ohne etwas zu erwidern.

»Was weißt du von den Zügen ins Heilige Land?«, fragte der Kardinal.

»Was man so weiß«, brummte Philipp. »Kaiser Frederico hat sein Heer vor die Tore Jerusalems geführt und es erobert, ohne einen Tropfen Christenblutes zu vergießen. Und das, obwohl sich die Christen in Palästina und sogar«, er überlegte, ob er weitersprechen sollte, aber er sprach nur das aus, was sein Herr ihm erzählt hatte, »der Heilige Vater gegen ihn stellten.«

»Ach, ach«, seufzte der Kardinal, »das ist die übliche grobe Verallgemeinerung. Nun, die Christenheit hat insgesamt sechs Züge ins Heilige Land durchgeführt, wovon allerdings zwei die närrischen Unternehmungen irregeleiteter Kinder waren, die auf ihrem Weg entweder von Wölfen gefressen oder in die Sklaverei verkauft wurden. Die anderen vier waren mehr oder weniger erfolgreich, haben es aber nicht vermocht, die Heilige Stadt Jerusalem, das Zentrum der Welt, der Christenheit auf Dauer zu sichern. Das hat auch der Zug des Ketzers Frederico nicht vermocht; aber sein Unternehmen ist das einzige, das von einem absolut schändlichen Friedensschluss mit dem Sultan von Ägypten gekrönt wurde – einem Erzheiden, der das Blut der Christen aus ihren Hirnschalen trank und dessen Hurenhofhaltung der Ketzer auch noch übernommen hat. Das muss man berücksichtigen, wenn man davon spricht, dass der Heilige Vater diesen Pilgerzug nicht anerkannte.«

»Was in letzter Konsequenz den Aufstand der Palästina-Christen, einen Krieg in ganz Vorderasien, die Plünderung Jerusalems, das der Kaiser in seinem Vertrag friedlich erhalten hatte, und den Fall der Heiligen Stadt an die türkischen Heiden zur Folge hatte«, sagte Raimund und gönnte dem Kardinal ein spöttisches Lächeln. Der Kardinal antwortete mit einem Blick aus dem Augenwinkel und grinste dann breit, als habe er mit seinen Ausführungen nur einer lästigen Pflicht genügt und wäre nun wieder der Privatmann, der sich eine eigene Meinung erlaubte. Sein Schulterzucken wirkte, als wollte er sagen: *So etwas passiert, wenn man die Sache Anfängern überlässt. Du und ich, wir hätten die Geschichte anders zu Ende gebracht*. Er wandte sich wieder an Philipp. »Dein Herr und ich, wir haben den Ketzerkaiser auf dem Pilgerzug begleitet und sowohl die Weigerung der Christen in Palästina, sein Heer zu verstärken, als auch die darauf folgenden Verhandlungen mit dem Sultan al-Kamil erlebt. Zugegeben, ohne Fredericos Erfolg bei den Verhandlungen wären wir alle miteinander unter den Schwertern der Heiden umgekommen. Aber die meisten von uns«, und er ließ den Satz einen Augenblick in der Luft hängen, sodass man sich fragen konnte, ob er und Philipps Herr zu diesen meisten gehört hatten oder zu einer anders denkenden Minderheit, »die meisten von uns hätten den Tod im Krieg gegen die Heiden dieser schändlichen Rückkehr vorgezogen. Und es gibt einige, die dieser unselige Zug zudem noch persönlich ins Unglück gestürzt hat. Hier in der Nähe lebt einer jener ehrbaren Männer, denen daraus nur Böses erwachsen ist, und es ist unsere Pflicht, ihm zu helfen.«

»Der Mann hat aber Geduld«, bemerkte Philipp. »Der Zug gegen die Heiden ist fünfzehn Jahre her.«

»Gottes Mühlen mahlen langsam«, erklärte der Kardinal unbewegt. »Und du sollst Gottes Müller sein.«

»Ich fühle mich geehrt«, sagte Philipp mit ebenso unbewegtem Gesicht. Er wandte sich an seinen Herrn. »Kennt Ihr den Mann, oder kenne ich ihn? Wenn er wohlhabend ist, sollten wir seinen Namen zumindest gehört haben.«

Philipps Herr schüttelte den Kopf. »Mir persönlich sagt der Name nichts: Radolf Vacillarius.«

»Er ist auch nicht sehr wohlhabend, fürchte ich«, seufzte der Kardinal. »Weder an Vermögen noch an Verbündeten.«

Raimund zuckte mit den Schultern. »Ich kenne den Besitz. Bisher dachte ich allerdings, es sei ein Lehen des Herzogs, aber Giovanni hat mich eines Besseren belehrt.«

»Es gehörte bis vor gut zwanzig Jahren zum Herzogtum Niederlothringen«, erklärte der Kardinal. »Damals hat der Herzog es mit dem Bischof von Köln gegen ein anderes Stück Land eingetauscht. Der Besitz beinhaltet ein Dorf mit dessen Feldern, einen Anteil an einem dichten Wald und Anteile an einer Erzmine im Nordosten Kölns. Ein befestigtes Haus steht darauf, in dem Radolf wohnt – zum Bau einer Burg erteilte der König nie die Erlaubnis.«

Der Kardinal schwieg, als erachte er die restlichen Details der Besitzverhältnisse für nicht erwähnenswert. Nach einer Weile räusperte sich Philipp und fragte: »Was genau erwartet Ihr von mir, Exzellenz?«

»Es ist recht einfach. Bei der Hochzeit Herrn Radolfs mit seinem Weib gingen Teile ihrer Ansprüche an den Erzvorkommen, die ihrer Familie gehörten, als Mitgift an Herrn Radolf über. Während seiner Abwesenheit im Heiligen Land nützte die Familie seines Weibes die Gelegenheit, diese Mitgift für nichtig erklären zu lassen. Da das Land, welches zu seinem Besitz gehört, nicht besonders fruchtbar ist und auch keine große Ausdehnung besitzt, versiegte damit die einzige nennenswerte Einkommensquelle Radolfs. Wäre er nicht jenem unseligen Zug zum Heiligen Land gefolgt, hätte ihn die Familie seines Weibes niemals übervorteilen können.«

»Er hätte nach seiner Rückkehr Einspruch gegen die Besitzansprüche erheben können«, sagte Philipp. Der Kardinal lächelte.

»Herr Radolf war an Körper und Seele krank, als er zurückkam; ein Wrack, das sein Gesinde und seine Familie kaum erkannten. Es dauerte lange, bis er sich erholt hatte und so weit war, den Kampf gegen die Betrüger aufzunehmen.«

»Sicherlich nicht so lange, als dass sich seine Rechtsansprüche nicht mehr hätten nachvollziehen lassen«, widersprach

Philipp hartnäckig. Sein Herr hob eine Augenbraue, aber er schmunzelte.

Der Kardinal seufzte und machte ein bedauerndes Geräusch mit der Zunge.

»Liebe«, sagte er und verdrehte die Augen. »Soweit man es mir erzählt hat, hat Herr Radolf während des Kreuzzugs nicht den wohlfeilen Weibern nachgestellt, die dem Heerzug folgten, sondern Gedichte für sein Weib verfasst.« Er lächelte kalt. »Man mag ihn einen Narren heißen, der die Ehe mit der Liebe verwechselt, aber es ist nun einmal passiert; und Radolf war ein zu treuer Diener des Kreuzes und wackerer Krieger, als dass man es zulassen dürfte, dass sein kleiner Charakterfehler sich derartig rächt.«

Raimund lachte und sagte: »Ist es nicht die Absicht der Kirche, dass in einer Ehe die Liebe aus der Pflicht erwachsen soll?«

»Die Liebe«, rief der Kardinal und warf beide Arme in die Luft, »aber doch nicht die Blindheit.« Er wandte sich wieder Philipp zu und fuhr fort: »Aus Liebe zu seinem Weib hat Herr Radolf keine rechtlichen Schritte gegen ihre Familie unternommen. Er hat wohl versucht, sich gütlich mit ihnen zu einigen, letztlich jedoch nichts erreicht. Ich glaube, er hat auch darauf gewartet, dass ihm ein männlicher Erbe beschert würde; ohne ihm zu nahe treten zu wollen, schätze ich ihn doch so ein, dass ihm ohne einen Sohn der rechte Antrieb dazu fehlte, um für sein Recht und das Erbrecht seiner Nachfahren zu streiten. Wie dem auch sei, sein Weib ist letzten Winter heimgerufen worden, und nun hat er sich aufgerafft und mich gebeten, wenigstens zu Gunsten seiner Tochter Recht zu schaffen.«

»Die Tochter kann nur mit Zustimmung des Lehnsherrn in die Erbfolge eintreten.«

»Das ist das zweite Problem. Das erste ist, den richtigen Umfang des Erbes wiederherzustellen.«

»Das erste Problem ist auch weitaus größer«, sagte Philipp. »Wenn Radolf keine Verbündeten hat, wird er schwerlich sechs Standesgenossen finden, die seinen Besitzanspruch mit einem Schwur bekräftigen. Und wenn die Frau nicht mehr am Leben ist, dann existiert auch kein Zeuge mehr, der zu Gunsten Herrn Radolfs aussagt.«

Der Kardinal nickte schwer und warf Philipps Herrn einen Blick zu, der eine gewisse Achtung ausdrückte; oder war es Genugtuung? Philipp, sonst für ausgesprochenes und auch unausgesprochenes Lob empfänglich, hatte plötzlich das entwürdigende Gefühl, ein Kunststück vollbracht zu haben, das man von ihm erwartete. Er biss sich auf die Zunge, um nicht eine unpassende Bemerkung zu machen. »Die Aussage eines Weibes hätte natürlich kaum irgendeine Bedeutung«, sagte der Kardinal, »zumindest nicht in rechtlicher Hinsicht. Da sie jedoch gegen die Interessen ihrer eigenen Familie gerichtet gewesen wäre, hätte sie den Ansprüchen Radolfs zumindest mehr Gewicht verliehen.«

»Und nun ...«, sagte Philipp.

»Und nun ...«, sagte der Kardinal.

»... wird es sehr schwer sein, ohne schriftliche Beweise der Mitgift die Behauptungen des Herrn Radolf zu stützen«, vollendete Philipp zwischen den Zähnen. Giovanni da Uzzano hob beide Augenbrauen und lächelte zufrieden. Er wartete darauf, dass Philipp aussprach, was er ihm schon in den Mund gelegt hatte.

»In diesem Fall«, seufzte Philipp und erlaubte sich ein humorloses Grinsen, »wäre es geraten, wenn sich doch wundersamerweise Schriftstücke zu Gunsten Radolfs finden würden.«

»Meinst du, es wäre dir möglich, ein solches Wunder zu erbringen und entsprechende Schriftstücke zu ... *finden*?«, fragte der Kardinal.

»Wenn man mir genügend Zeit für die *Suche* lässt ...«, erwiderte Philipp gedehnt.

»Ich sehe, du hast verstanden«, sagte der Kardinal. »Du wirst Zeit bekommen; nicht allzu viel, denn Radolf ist ungeduldig, aber ich bin überzeugt, du wirst damit zurechtkommen. Die Dokumente müssen nur auf den ersten Augenschein überzeugen, da ich davon ausgehe, dass die Dokumente der Gegenpartei auch nur auf den ersten Blick überzeugend wirken und sie es kaum auf eine eingehende Prüfung ankommen lassen werden. Wenn doch, kann ich deine Schriftstücke mit einigen Gutachten stützen, die von ehrlichen Mönchen verfasst werden. Deine Arbeit sollte allerdings so gut sein, dass sie damit echt wirkt, denn weitere Unterstützung kann ich nicht bieten. Ich will nicht, dass ich selbst mit dieser Geschichte in Verbindung gebracht werde. Wenn du also schlampige Arbeit lieferst, die nicht standhält, wird die Strafe in erster Linie dich und Radolf treffen.«

»Ich glaube, Ihr braucht meinen Truchsess nicht zu ängstigen«, sagte Raimund und schien zum ersten Mal unwillig. Der Kardinal beugte den Kopf und lächelte friedlich.

»Natürlich nicht«, erklärte er.

»Ich habe Euch voll und ganz verstanden, Exzellenz«, sagte Philipp.

»Dann kann ich mich auf dich verlassen?«

»Selbstverständlich, Exzellenz.«

Giovanni da Uzzano wandte sich an Philipps Herrn und strahlte.

»Euer Truchsess ist ein verständiger Bursche; wie schön, dass der Herr auch einem Mann aus dem Volk ein funktionierendes Gehirn gegeben hat. Ich habe weiß Gott dümmere Männer gesehen, die ihrem Namen einen Titel voransetzen konnten. Jener da würde auch dem Sohn eines Ritters alle Ehre machen.«

Philipp schwieg zu der Lobrede des Kardinals. Er schwieg auch zu der Erklärung, die er aufgetischt hatte; er glaubte sie nicht. Er glaubte vielmehr, dass Giovanni da Uzzano aus Gründen, die er nicht nennen wollte, dem verarmten Herrn Radolf Vacillarius einen Gefallen tun wollte und diesen dürftig zu tarnen versuchte. *Was kann einen Mann wie den Kardinal dazu bringen, jemandem zu Hilfe zu eilen? Eine nicht unerhebliche Bestechungssumme*, dachte Philipp; *vielleicht hat Rudolf sich bereit erklärt, ein Testament zu verfassen, das seine Ausbeutungsrechte an den Erzvorkommen der Kirche überschreibt. Wenn es sich lohnt, darum zu streiten, lohnt es sicherlich auch als Mittel einer Bestechung, die einem alten Pilgerfahrer ein angenehmes Alter ermöglicht – und zum Teufel mit der einzigen Tochter, oder besser: ins Kloster mit ihr.*

»Das Beste wird sein, du begibst dich zu Herrn Radolf, sobald du kannst, und besprichst dein Vorgehen mit ihm. Ich werde dir ein Sendschreiben mitgeben, das dich legitimiert. Sicherlich kann er dir wertvolle Hinweise geben, wo du ... nun, *suchen* musst.« Der Kardinal grinste, als würde ihn die kleine Scharade köstlich amüsieren. Philipp verzog mühsam das Gesicht.

»Könnt Ihr mich entbehren, Herr?«, fragte er.

»Ich denke, es wird mir schon gelingen, ohne deine Hilfe die Vorräte zu verschwenden, die du im Speicher und im Vorratskeller aufbewahrst«, sagte Raimund lachend. »Philipp glaubt immer, meine Großzügigkeit bremsen zu müssen. Er hat mir sogar einen Ausgabenplan aufgestellt wie ein Mönch im Kloster.«

»Großzügigkeit schafft Freunde, und die Macht wächst mit der Bereitschaft zu geben«, sagte der Kardinal zu Philipp. »Ein Herr hat besser Schulden und viele Gefährten als ein Vermögen ganz für sich allein.«

»Seine Schulden muss er sich erst mal leisten können«, begann Philipp. Raimund legte ihm die Hand auf die Schulter.

»Wenn ich großzügig sein kann, dann verdanke ich das Philipps Umsicht«, sagte er. »Möchtet Ihr Euch nach dem Ritt aus der Stadt ein wenig frisch machen, Giovanni? Philipp wird für den Abend ein Essen zubereiten lassen; ich habe auch ein paar meiner Gefährten eingeladen. Und lass die Tische und Bänke nach draußen tragen; es ist warm genug, um im Freien zu essen.«

Philipp nickte, während der Kardinal aufstand und seinen Mantel zusammenraffte.

»Wie lange wollt Ihr bleiben, Giovanni?«, fragte Philipps Herr. »Wenn Ihr zwei Tage Zeit habt, kann ich die edlen Herren der Umgebung zu einem größeren Abendmahl einladen.«

»Diese Zeit habe ich nicht, so gerne ich auch Eure Gastfreundschaft missbrauchen würde. Ich werde morgen wieder aufbrechen. Macht meinetwegen keine großen Umstände.« Der Kardinal bedachte Philipp mit einem Lächeln. »Wir könnten zusammen reiten; zumindest bis nach Köln«, schlug er vor. »Radolfs Besitz liegt weit jenseits der Stadt, zwischen der Sülz und der Agger.« Seine Zunge sträubte sich ein wenig bei den für ihn fremden Namen. »Ich werde dir den Weg noch genauer erläutern.«

»Ich war erst gestern in der Stadt«, sagte Philipp, wenig begeistert. »Ist es so eilig mit meinem Aufbruch?« Er warf Raimund einen kurzen Blick zu.

Dem Kardinal war der Blick nicht entgangen. Anstatt Philipp zu antworten, wandte er sich zu dessen Herrn um und sagte achselzuckend: »Der Mann hat schon sehr lange gewartet, nicht wahr? Einmal sollte mit der Warterei Schluss sein.«

»Ich habe schon verstanden«, seufzte Philipp. »Es gibt ohnehin noch einige Dinge, die zu erledigen sind; es waren gestern nicht alle Händler eingetroffen, mit denen ich Geschäfte abgeschlossen hatte.«

Raimund nickte, und Giovanni breitete die Arme aus wie jemand, der sich freut, dass die besseren Argumente eine Diskussion entschieden haben. Philipp rief den Kammerdiener und trug ihm auf, für den Kardinal ein Bad zu bereiten. Während Giovanni da Uzzano dem Diener nach draußen folgte, schob Philipp die Truhen wieder vor das Feuer. Sein Herr stand vor dem Fenster und blickte nachdenklich nach draußen. Philipp wusste, dass er ihm noch etwas mitzuteilen hatte; er richtete sich auf und blieb mitten im Raum stehen.

»Was hältst du davon?«, fragte Raimund, ohne sich zu ihm umzuwenden.

Philipp setzte seine Worte vorsichtig; es hatte kaum eine Gelegenheit gegeben, bei der er mit seinem Herrn nicht einer Meinung gewesen wäre, und die Situation war ungewohnt für ihn.

»Ich wollte, Ihr hättet einen anderen für des Kardinals kleine Fingerübung gefunden«, sagte er schließlich. »Ich habe nicht unbedingt schreiben gelernt, um Urkunden zu fälschen.«

»Was hast du gegen Giovannis Auftrag?«

»Es ist nicht rechtens, was ich für ihn tun soll.«

»Du hast auch für mich schon Ähnliches getan, erinnerst du dich?«

»Das war etwas anderes. Ihr wolltet verhindern, dass eine Hand voll rechtschaffener Bauern unter den Einfluss eines nichtsnutzigen Grundherrn geriet.«

»Vielleicht wundert es dich, dass ich Giovanni einen Gefallen tun will?«

»Das auch. Bisher habt Ihr Euch immer neutral verhalten – was meines Erachtens Euer Ansehen in beiden Lagern nur erhöht hat. Sie lassen Euch beide in Ruhe, nur um zu verhindern, dass Ihr Euch auf die Seite des anderen schlagt.«

»Es geht mir nicht um die Kirche. Es geht mir darum, etwas für Giovanni zu tun – einen sehr teuren Freund. Tatsächlich ist es sogar so, dass ich dich vorgeschlagen habe.«

»Weshalb?«

Raimund wandte sich wieder ab und sah zum Fenster hinaus. Er verschränkte die Arme über dem Oberkörper und seufzte.

»Die Freundschaft zu Giovanni ist nicht der einzige Grund«, gestand er schließlich. »Ich kannte Katharina, Radolfs Weib. Ich kannte sie besser als manch andere Frau, und ich ... Ich wusste weder, wen sie geheiratet hatte, noch war mir Radolfs Name bekannt, als ich ihn hörte. Ich wusste nicht einmal, dass sie sich in meiner Nähe befand, bis Giovanni mir die Sachlage erklärte und ihren Namen nannte. Vollkommen aus den Augen verloren; aus den Augen, aber niemals aus dem Herzen ... Nur durch ihren Tod zu erfahren, dass sie ein ganzes Leben lang lediglich zwei Tagesreisen entfernt lebte ...«, Raimund schüttelte den Kopf und schwieg.

»Es tut mir Leid, Herr«, sagte Philipp betreten und fühlte sich so idiotisch wie jemand, der sich bei einem Schwerverletzten über einen Splitter in seinem Finger beklagt hat.

»Es war nicht Gottes Wille, dass aus uns ein Paar wurde«, sagte Raimund. »Es ist mir jedoch ein Trost zu hören, dass Radolf sie liebte – allen zynischen Worten Giovannis zum Trotz. Ich kann ihn sogar verstehen; ein Leben des öffentlichen Zölibats und der heimlichen Mätressen lässt einen Mann die Liebe sicher mit anderen Augen sehen ... Nun ist wenigstens die Gelegenheit da, Katharinas Mann und ihrer Tochter zu helfen. Und ich wollte, dass du derjenige bist, aus dessen Händen diese Hilfe kommt.«

»Ich werde mein Bestes tun, Herr.«

»Vielleicht denkst du, dass es einem Mann, der eine eigene Familie besaß und sie an den Tod verloren hat, nicht gut ansteht, der Erinnerung an eine Frau nachzuhängen, die nicht einmal die seine war. Ich jedoch bin dankbar für diese Erinnerung. Als meine Frau und meine Söhne noch lebten, war sie etwas, das meine

Liebe zu meiner Familie noch vertiefte; und nachdem sie tot waren, hatte ich wenigstens eine gute Erinnerung, die ich der bösen entgegensetzen konnte.«

Philipp schwieg. Er fühlte sich unbehaglich, wenn jemand sein Herz vor ihm öffnete; und wenn es sein Herr war, zu dem er aufsah, fühlte er sich noch unbehaglicher als sonst. Raimund wandte sich endgültig von der Fensteröffnung ab und kam durch den kleinen Raum auf ihn zu. Er sah ihm ernst ins Gesicht.

»Ich möchte, dass du auf dich Acht gibst, Philipp«, sagte er. »Ich habe dich zwar in die Geschichte verwickelt, aber ich will nicht, dass du an ihr Schaden nimmst.«

»Ich habe schon schwierigere Dinge gemeistert«, erklärte Philipp und rang sich ein breites Lächeln ab.

»Ich weiß, dass du deine Sache gut machen wirst; im Kloster gehörtest du zu den besten Schreibern und Kopisten. Ungeachtet dessen hatte Giovanni nicht ganz Unrecht mit seinen Unkenrufen.« Er machte eine unbestimmte Handbewegung zum Fenster hinaus. »Die Sache scheint ihm zwar wichtig zu sein; wichtig genug, um dafür dem Konzil fern zu bleiben, das der Papst seit gestern in Lyon einberufen hat. Aber dennoch wird er die Verantwortung nicht auf sich nehmen, wenn etwas schief geht.«

»Mir ist klar, dass ich auf einem dünnen Ast sitze.«

»Ja. Und du weißt auch, was für dich auf dem Spiel stehen kann. Erinnere dich an den Gerichtsfall bei Graf Till letztes Jahr, bei dem es ebenfalls um die unrechtmäßige Aneignung von Besitztümern ging. Ich trug das rote Richtergewand, und du hast für mich geschrieben.«

»Ihr meint den Fall, bei dem ein Freisasse die Grenzmarkierung seines Nachbarn versetzt hatte.«

»Richtig. Wenn ein Mann sich das Land oder die Besitztümer eines anderen Mannes aneignet, der nicht zu seiner Herrschaft oder seiner Familie gehört, muss die öffentliche Ordnung angerufen werden: Der Fall kann nicht mehr in der eigenen Gerichtsbarkeit verbleiben. In der vorliegenden Geschichte ist es ebenso: Radolf will sich das durch Urkunden – ob sie nun gefälscht sind oder nicht – festgeschriebene Recht auf die Erzmine der Familie seiner Frau aneignen, und das überschreitet die Gerichtsbarkeit seines Lehnsherrn, also der Kirche – oder Giovanni da Uzzanos, wenn du so willst. Er kann weder ihn noch dich decken, selbst wenn er wollte.«

»Der Freisasse wurde lebendig begraben«, sagte Philipp mit trockenem Mund. »Und danach sein Herz mit dem Pflug entzweigeschnitten.«

»Ein durchaus gewöhnliches Urteil«, erwiderte Raimund. Er wandte sich ab und sah wieder zum Fenster hinaus. Philipp schickte sich an, den Raum zu verlassen, da hob Raimund noch einmal seine Stimme. Er sprach zum Fenster hinaus, als ob das, was er sagte, gefährlich sei und er es nicht innerhalb seiner eigenen Wände haben wollte.

»Dieses Konzil zu Lyon«, sagte er, »wird nicht das Ergebnis bringen, auf das alle hoffen. Der Kaiser hat sich in allen Fragen, in denen er und Papst Innozenz sich bekämpfen, unterworfen. Viele sagen, er hat es aus Müdigkeit getan, etliche, weil ihm der Friede mittlerweile als das höchste Gut erscheine, und ein paar sagen auch, es sei reine Taktik, um den Papst ins Unrecht zu setzen. Jedenfalls sieht es so aus, als bliebe Innozenz nichts anderes übrig, als den Bann über dem Kaiser aufzuheben und dies auf dem Konzil zu verkünden. Das ist es, was alle erwarten. Das ist nicht, was *ich* erwarte.«

»Was erwartet Ihr denn?«

»Ich weiß es nicht. Ich weiß nur, dass wir an der Schwelle zu schlimmeren Zeiten stehen, als wir sie bisher erlebt haben. Der Papst hat sich mit dem Konzilsaufruf in Zugzwang gebracht. Er muss etwas tun. Wenn er den Bann nicht löst, gibt es nur einen anderen Weg: Er setzt den Kaiser ab.«

»Er setzt ihn ab?«, wiederholte Philipp.

»Und öffnet damit dem Chaos Tür und Tor; es sei denn, er hat etwas in der Hinterhand, mit dem er ein für alle Mal seinen Machtanspruch untermauern kann. Ansonsten wird er das Reich und damit die gesamte Christenheit in einen endlosen Bruderkrieg stürzen. Die Allianzen unter den Fürsten werden heute nur durch zwei Dinge zusammengehalten: Die Päpstlichen eint der Hass auf den Kaiser, die Kaiserlichen der Hass auf den Papst. Wenn Innozenz den Päpstlichen ihren Fixpunkt wegnimmt, werden sie sich über kurz oder lang ihrer eigenen Zwiste erinnern und übereinander herfallen. Und die Kaiserlichen, denen er den Führer genommen hat, werden auf die einschlagen, die das überlebt haben.«

»Aber die Christenheit kann nicht ohne ihr Oberhaupt sein – noch dazu jetzt. Ich habe gehört, dass Bischof Otto von Freising geschrieben hat, das Jüngste Gericht sei bald zu erwarten. In ein paar Städten ist schon die Tanzwut ausgebrochen, wie damals in Judäa, bevor der Erlöser geboren wurde. Die Menschen glauben, der Anbruch einer neuen Zeit stehe bevor.«

»Ja«, sagte Raimund und nickte schwer. Sein Blick ging noch immer zum Fenster hinaus. »Und das Ende von allem, woran wir geglaubt haben.«

Während Philipp sich mit der Organisation des Abendmahls beschäftigte, trafen Raimunds Gefährten mit den Boten ein, die ihnen die Einladungen überbracht hatten. Einer der Boten war auf Thomas, den Kaplan des Gutes gestoßen, der sich auf dem Rückweg von einem der kleinen Weiler befand, auf denen sich kein eigener Priester aufhielt, und hatte ihn auf seinem Pferd zurücktransportiert. Philipp hatte keinerlei persönliche Beziehungen zu den Lehnsrittern seines Herrn, die ihn als dessen rechte Hand akzeptierten, es sich jedoch anmerken ließen, dass sie ihn für einen Gemeinen hielten. Mit dem Kaplan allerdings verband ihn eine gegenseitige Achtung, die nicht nur aus der Tatsache resultierte, dass Thomas und er die gleiche klösterliche Vergangenheit besaßen. Philipp fühlte sich von der konsequenten Ernsthaftigkeit angezogen, mit welcher der Kaplan seine Aufgaben erfüllte, während Thomas wiederum die scheinbare Leichtigkeit bewunderte, die Philipp ausstrahlte. Der Kaplan kam den Weg zum Palas hochgeritten, auf der Hinterhand des Pferdes auf und ab geworfen und sich mit einem schmerzlich verzogenen Gesicht am Wams seines Vordermannes festkrallend, während er zugleich versuchte, mit der anderen Hand die anstößige Nacktheit seiner Beine zu bedecken, die seine hochgerutschte Kutte freigab. Er ließ sich vom Pferd gleiten, schüttelte seine langen

Gliedmaßen, fragte Philipp, welcher Ehre sie den Besuch eines Kardinals zu verdanken hätten, erhielt zur Antwort, dieser wäre auf der Suche nach einem neuen Papst und dass der Kaplan eine reelle Chance gehabt hätte, wenn er nicht halb nackt in der Gegend herumgeritten wäre, und eilte lachend ins Haus, um den Besuch zu begrüßen.

Die Dämmerung brach bereits herein, als das Essen auf die neben dem Eingang zum Palas aufgebauten Tische und Bänke gestellt wurde: Wein, gebratene Fische mit gebackenem Obst, eine Hand voll Drosseln aus einem der Fangnetze, weißes Brot und klumpige Kuchen mit Rosinen. Es war ein einfaches Mahl, da es an der Zeit gefehlt hatte, Fleisch zu beschaffen, Teigwaren vorzubereiten oder auch nur einen Musikanten zu finden und auf das Gut zu bringen. Dennoch schien es dem Kardinal zu munden. Er teilte seinen Becher freizügig mit Philipps Herrn und gab auch das Messer, das Philipp ausschließlich für ihn gedacht hatte, weiter. Er überbot Raimund in Erzählungen, welche Abenteuer sie auf dem Pilgerzug gemeistert hätten: die Seekrankheit, welche sie beide und fast das gesamte Heer auf der Überfahrt befiel und die den Kaiser so schlimm erwischte, dass er auf See wieder kehrtmachte und nach Hause fuhr (was ihm den Bannfluch des Papstes einbrachte); die Beschwerden am entgegengesetzten Körperende, welchen die Pilgerfahrer dann im Heiligen Land auf Grund des dortigen Essens ausgesetzt gewesen waren, während sie darauf warteten, dass der Kaiser genas und ihnen endlich nachfolgte; und nicht zuletzt die Nachstellungen der mannstollen Schönheiten, denen sie zu entkommen suchten (hier kreischten die Gattinnen der drei Ritter am lautesten). Kaplan Thomas, der an Philipps Seite am Herrentisch saß, hörte ihm lächelnd zu; schließlich wandte er sich an Philipp und sagte leise: »Ich habe noch selten einen Menschen gesehen, der so nervös war.«

»In der Stadt beginnen sie mit dem Schmuck des Doms«, erzählte eine der Gattinnen der Lehnsritter. »Der erste Pilgerstrom wird erwartet, der die Reliquien der Heiligen Drei Könige besuchen will. Werdet Ihr sie auch aufsuchen, Exzellenz?«

»Ich bedaure: eilige Geschäfte. Es ist eines der erhebendsten

Erlebnisse, die Gebeine der drei Weisen zu sehen. Gesegnet die, welche das Glück haben.«

»Es kommt jedes Jahr zu Wunderheilungen«, sagte eine andere Dame mit wohligem Entzücken.

»Bei dem Reliquienreichtum, den die Kirchen der Stadt aufweisen, bin ich doch erstaunt, dass nirgendwo Überbleibsel von Kaiser Karl dem Großen enthalten sind«, konstatierte ihr Gatte. »Ich bin der Ansicht, man sollte etwas von ihm hier aufbewahren – Köln ist die größte Stadt in allen deutschen Herzogtümern und Karolus Magnus der größte Kaiser, der die Christenheit jemals führte.«

»Der größte Kaiser? Wer sagt denn so etwas?«, fragte der Kardinal aufgeräumt.

»Man hört es allerorten. Am Hof des Kaisers wird wohl von nichts anderem gesprochen.« Der Ritter lächelte. »Nicht, dass ich selbst dort gewesen wäre.« Er erntete fröhliches Gelächter.

»Wer weiß, was alles in jenem Labyrinth dort unten in Apulien gesprochen wird, das der ...«, Giovanni da Uzzano machte eine deutliche Pause, »... *Kaiser* seinen Hof nennt.«

»Karl der Große ist sogar heilig gesprochen. Viele Menschen beten zu ihm.«

»Das ist er nicht«, erwiderte der Kardinal bestimmt. Alle Köpfe wandten sich ihm jetzt zu. Der Kardinal lächelte. Raimund beobachtete die Szene mit undurchdringlichem Gesichtsausdruck.

»Kaiser Friedrich Rotbart hat ihn seinerzeit heilig sprechen lassen«, widersprach der Ritter, der das Gesprächsthema aufgebracht hatte. »Er hat einen Schrein anfertigen und die Gebeine umbetten lassen.«

»Und wer behauptet das nun wieder?«

»Ich kann Euch keinen Namen nennen«, erklärte der Ritter mit kaum verhohlener Ungeduld.

Der Kardinal schnaubte unwillig. Er überlegte einen Moment, dann setzte er sein Lächeln wieder auf und sagte: »Ihr wisst so gut wie ich, dass kein Kaiser einen Mann zum Heiligen machen kann; diese Macht besitzt einzig und allein der Papst in Rom!«

»Verzeiht, Exzellenz, aber es war ein Papst, der Karl heilig gesprochen hat.«

Der Kardinal lächelte noch immer, wie ein Vater auf seine Kinder herablächelt, die ihm eine intelligente Frage gestellt haben und dennoch vollkommen auf dem Holzweg sind. Er faltete gar die Hände.

»Ich will versuchen, die Geschichten, die überall herumerzählt werden, zu erläutern. Friedrich Rotbart hatte damals einen Papst eingesetzt, nachdem ihm der von Gott gesandte Stellvertreter Christi nicht mehr gefallen hatte. Ist das richtig?« Er wartete das Nicken der Gäste nicht ab, sondern fuhr fort: »Sollte es nun tatsächlich so sein, dass dieser *Papst* irgendeinen früheren Kaiser heilig gesprochen hat – was man bezweifeln darf, aber darüber will ich mich nicht auslassen –, sollte es also nun so sein, dann wäre die Heiligsprechung gleichwohl ungültig, da sie von einem Gegenpapst ausgesprochen wurde.«

»Karolus Magnus war nicht *irgendein* Kaiser«, sagte der Gesprächspartner des Kardinals. Sein Lächeln fiel entschieden angestrengter aus als das Giovanni da Uzzanos. »Er war der größte Führer der Christenheit. Er hat sich selbst zum Kaiser gekrönt und so bewiesen, dass kein Mensch auf Erden höher steht als er. Der Kaiser erhält seine Würde allein von Gott.«

Der Kardinal setzte zu einer Erwiderung an, doch Raimund kam ihm zuvor. Er klopfte scharf auf den Tisch und warf seinem Gefährten einen langen Blick zu. Dieser presste die Lippen zusammen und sagte dann langsam: »Ich wollte Euch natürlich mit meinen Ausführungen nicht beleidigen, Exzellenz.«

»Vor allem wollen wir hier nicht den Streit zwischen dem Kaiser und dem Papst fortsetzen«, sagte Raimund deutlich. Giovanni da Uzzano legte ihm die Hand auf den Arm und lächelte wieder so entspannt wie eh und je. »Ich weiß, dass ihr Herren von den Geschichten um Karolus Magnus und seine Taten begeistert seid; das ist verzeihlich«, sagte er. »Seid jedoch versichert, dass sich viele Sagen um eine solche Person ranken, welche eher in den Bereich der Erfindung als der Überlieferung zu weisen sind; und dass andererseits vieles noch der Aufklärung harrt, was zu seinen Zeiten getan und gelassen wurde. Es sollte mich nicht wundern, wenn am Ende ein ganz anderer Mann dabei herauskäme.«

Die Gefährten Raimunds, durch dessen unzweideutige Worte gewarnt, zuckten nur mit den Schultern. Der Kardinal schien den Zwischenfall als unbedeutend abzutun. Er bat einen der Tischgenossen um das Messer und schnitt einem weiteren Fisch Kopf und Schwanzflossen ab. Während er das Fleisch vorsichtig von den Gräten schälte, fiel ihm eine Geschichte ein, in welcher die Kutte des seligen Abts des Klosters von Cluny, ein paar zu Scherzen aufgelegte Novizen und eine lebendige Bachforelle eine Rolle spielten. Als er sie mit seinem schweren Akzent und seiner davon ungeschmälerten Begabung für das Erzählen merkwürdiger Anekdoten beendet hatte, lachte selbst derjenige der Ritter, der sich die Diskussion mit ihm geliefert hatte. »Ich habe etwas Seltsames erlebt«, sagte Thomas in der danach entstehenden Gesprächspause zu Philipp. »Auf meiner Reise durch das Besitztum von Herrn Raimund bin ich auch in jenem Dorf gewesen, das im Norden direkt jenseits der Besitzgrenze auf dem Grund der Herren von Eller liegt. Ich wusste, dass der alte Mönch, den sie dort als Priester hatten, vor einiger Zeit verstorben war, und ich wollte nachsehen, ob sie geistlichen Beistands bedürften. Ich fand jedoch, dass dort ein neuer Priester saß, den der Bischof auf Bitte des Grafen eingesetzt hat.«

»Was ist daran seltsam?«, erwiderte Philipp, der das Dorf flüchtig kannte. »Immerhin ist es eine größere Ansiedlung mit vielen Feldern drum herum. Sie haben dort eine eigene Kapelle; da können sie sich auch einen eigenen Priester halten.«

»Seltsam ist, was ich dort erlebt habe; es ist eine Geschichte, die mich beunruhigt und ...«

»Bruder Thomas«, rief Philipps Herr und machte ein amüsiertes Gesicht, als der Kaplan zusammenzuckte und herumfuhr, »was hast du da mit Philipp zu flüstern? Erzählst du ihm die Beichtgeheimnisse der Bauernmädchen?«

»Es ist leider keine Geschichte, bei der man lachen könnte«, entgegnete Thomas ernst. Philipp hob den Kopf. Hatte er den Worten bislang nur mit halbem Ohr gelauscht, so horchte er nun auf. Er sah, wie Raimund die Augen zusammenkniff, der Kardinal, an dem die Worte des Kaplans vorbeigegangen sein mussten, beschäftigte sich hingegen mit den Resten seines Fischs und schien für kurze Zeit geistesabwesend.

»Ich habe eine Frau gesehen, die man für drei Tage und drei Nächte zum Pfahl verurteilt hat«, sagte Thomas langsam. Die Gefolgsmänner des Herrn blickten auf, während ihre Frauen keine große Neugierde an den Tag legten; sie zupften an ihren Gewändern herum und warteten darauf, dass sich das Gespräch wieder Dingen zuwenden würde, bei denen sie mitreden konnten.

»Wo?«, fragte einer der Ritter scharf.

»Auf dem Besitz der Herren von Eller; beruhigt Euch, meine Herren, niemand hat Euch Eure Gerichtsbarkeit streitig gemacht.«

»Wenn das der Fall ist, dann weiß ich nicht, was du daran so bemerkenswert findest«, sagte Raimund.

»Es ist die Begründung für das Urteil. Im Regelfall ist der Schandpfahl die Strafe für üble Nachrede, Verleumdung der Nachbarn, böse Worte gegen den Herrn oder für Gotteslästerung«, erklärte der Kaplan. »In diesem Fall jedoch hängt das Urteil mit einem Gottesgericht zusammen, das von einem Priester einberufen wurde. Die Frau hat von einem durchziehenden Händler erzählt, der ihr angeblich von Geißlern im Land und vom nahen Kommen des Herrn berichtete. Dafür hat der Priester sie als Ketzerin hingestellt, ihr eine eiserne Maske aufsetzen lassen, damit sie nicht sprechen kann, und wartet darauf, dass Gott sie während dieser drei Tage und drei Nächte niederstreckt oder ihre Unschuld beweist.«

Die Herren und Damen zuckten mit den Schultern, es war ihnen deutlich anzusehen, dass sie der Empörung des Kaplans nicht recht zu folgen vermochten. Allein auf den Kardinal schien die Schilderung Eindruck zu machen: In die ungewisse Stille, die nach der Rede des Kaplans folgte, polterte sein Messer auf den Tisch. Er starrte Thomas mit gesträubten Augenbrauen an. Der Kaplan sah ihm ins Gesicht; der Kardinal erwiderte den Blick mit blitzenden Augen. Sein Mund war nur eine dünne, weiße Linie.

Thomas sagte: »Die gerichtliche Untersuchung der Ketzerei

ist allein dem Bischof vorbehalten; die Bestrafung oder die Einberufung eines Gottesgerichts obliegt der weltlichen Gerichtsbarkeit, und es ist dazu ein ordentliches Inquisitionsgericht mit Notaren und Gerichtsdienern vonnöten – ganz abgesehen von der Tatsache, dass Kaiser Frederico nichts von Gottesgerichten hält und sie verboten hat. Stattdessen wurde ein Dorfgericht eingesetzt, und da sich keinerlei Zeugen für ihre Schuld fanden, das Gottesurteil angerufen. Was hier aber als Gottesurteil hingestellt wird, ist für mich Folter, und ich frage Euch in aller Demut, Exzellenz: Wenn selbst die päpstliche Inquisition in den letzten zwanzig Jahren ohne sie ausgekommen ist, darf sie dann von einem Dorfpriester angemaßt werden, und wenn er noch so sehr vom Glauben an die Richtigkeit seines Tuns durchdrungen ist? Die Verurteilte wurde am Pflock angebunden und muss dort die ganze Zeit ohne Schutz vor der Witterung ausharren.«

Der Kardinal erhob sich langsam. Seine Augen hatten das überraschte Funkeln verloren und schienen jetzt durch die Versammelten hindurchzublicken. Zwischen seinen Brauen stand eine Falte.

»Wer hat diese Geschichte von den Geißlern erzählt?«, fragte er.

»Ein fahrender Händler.«

»Ist es eine große Gruppe, oder sind es nur wenige?«

»Ich weiß es nicht«, erwiderte der Kaplan befremdet.

»Und du weißt auch nicht, wo sie sich befinden?«

Thomas zuckte mit den Schultern und starrte den Kardinal an, als hätte er Mühe, seine Worte zu verstehen. Philipp blickte zu Boden; das überraschte Nichtbegreifen des Kaplans tat ihm beinahe weh.

»Ein durchziehender Händler, der von Dorf zu Dorf wandert, ist zu finden«, murmelte der Kardinal. Plötzlich fuhr er herum und wandte sich an Philipps Herrn. »Ich habe noch zu arbeiten«, sagte er. »Könnt Ihr mir Feder und Pergament bringen lassen?«

»Sicherlich.«

»Ich danke Euch«, sagte der Kardinal und stapfte mit großen Schritten davon. Als sei es ihm in letzter Sekunde eingefallen, drehte er sich innerhalb des Palasteinganges um, verbeugte sich hastig und rief: »Ich danke für die Gesellschaft. Der Herr behüte Euch.« Er war im Palas verschwunden, noch bevor jemand antworten konnte.

Thomas starrte ihm verwirrt hinterher. Die Ritter tauschten Blicke untereinander; dann sagte einer von ihnen laut: »Habt ihr schon gehört, dass die englischen Gecken sich neuerdings die Haare färben und sich Schleifen in ihre Locken binden?«

Als Philipp am nächsten Morgen aufbrach, war der Kardinal bereits fort; abgereist noch vor dem Morgengrauen und ohne seine Abmachung einzuhalten, zusammen mit Philipp in die Stadt zu reiten. Seine Geschäfte schienen eiliger gewesen zu sein, als sie sich am Vortag dargestellt hatten, oder etwas in der Geschichte des Kaplans hatte sie beschleunigt. Man hatte Philipp nicht einmal geweckt, um das Fortkommen des Kardinals zu überwachen. Wie es schien, hatte dieser noch gestern Abend seinen Gaul satteln und zur Abreise vorbereiten lassen. Er hatte seine Schlafkammer heimlich verlassen wie ein Mann in großer Eile. Philipp wartete auf einen Kommentar seines Herrn zu diesem Verhalten, der nicht kam. Schließlich wandte er sich seiner eigenen Abreise zu. Er nahm sich zwei Männer, Seifrid und Galbert, als Begleiter, um eventuell getätigte Einkäufe wieder zurücktransportieren zu lassen. Sie strahlten über die ganze Breite ihrer Gesichter, als sie erfuhren, dass sie Philipp auf den Markt begleiten durften, und malten den Zurückbleibenden unter dem Gesinde die zu erwartende Aufregung eines Markttages in glühenden Farben, während sie sich reisefertig machten. In ihrer Begleitung verließ Philipp das Gut kurze Zeit später, von ihrer Begeisterung nicht angesteckt, sondern widerwillig seiner Aufgabe entgegensehend.

Der Markt hatte die Ankunft der Bauern, die üblicherweise im frühen Morgengrauen vor den Toren der Stadt standen, den Arbeitsbeginn der Handwerker nur wenig später und den in der Regel ganz zuletzt erfolgenden Aufbau der Stände der Fernkaufleute bereits überstanden und befand sich auf dem Höhepunkt seiner Hektik, als Philipp mit den beiden Knechten in Köln eintraf. Der typische Geruch des Marktes hing bereits über der Menge: die Ausdünstungen der Zugochsen, der schwere Erdgeruch der Rüben, an denen noch der Boden haftete, die Exkremente, die Tier und Mensch gleichermaßen fallen ließen (die einen mehr, die anderen weniger öffentlich), der Staub, den die Füße der Marktbewohner aufwirbelten. Mit dem Geruch stiegen auch die Stimmen der Feilschenden auf, die sich um den Preis der Waren stritten, untermalt vom Brüllen der Zugochsen und begleitet vom monotonen Piepen der Küken, die eng zusammengedrängt in Holzkisten durcheinander wimmelten. Die Marktschreier, die entweder für ihre eigenen Waren oder die Leistungen anderer warben und sich gegenseitig mit anzüglichen Spaßen zu überbieten suchten, schrien sich die Kehlen wund, während sich Bettelmönche mit demütiger Beharrlichkeit durch die Menge schoben und leise Dankgebete murmelten für die Gaben, die sie erhielten. Mit ebensolcher Beharrlichkeit schoben sich auch Beutelschneider durch die Menge; was ihnen in die Hände fiel, wurde nicht von Danksagungen begleitet. Die Handwerker, die entweder innerhalb ihrer Häuser oder einfach an einer Hausecke auf dem Boden ihrer Arbeit nachgingen, hatten ebenfalls ihre Mittel und Wege, auf sich aufmerksam zu machen. Die Schuhmacher klopften Lederflecken auf ihren kleinen Ambossen flach, die Schnurmacher und Seildreher ließen die zu dünnen Zöpfen geflochtenen Schnurpeitschen knallen, die Steinmetze hämmerten auf ihr Rohmaterial ein, die Töpfer befestigten Schnurren an ihren Töpferscheiben. Die Korbflechter, in Ermangelung eines Werkstücks, mit dem sich genügend Krach erzeugen ließ, sangen. Die Schmiede – es waren wenige, die sich innerhalb peinlich gefügter Grenzen die Stadtviertel untereinander aufteilten – hatten es nicht nötig, sich den Blicken des Volkes darzustellen; der Schmied konnte es sich leisten, stolz im Halbdunkel seiner feuerflackernden Höhle auf seine Kundschaft zu warten. Das feste Wissen jedes Kunden, dass jeder zweite Schmied mit dem Teufel im Bund war und die damit verbundene Ehrfurcht rechtfertigte diese herablassende Zurückgezogenheit – das und die Tatsache, dass das Klingen seiner Hämmer auch über die Distanz hinweg mühelos allen Lärm übertönte, den die minderen Handwerker veranstalten konnten. Am leichtesten von allen hatten es die Bader und Doktoren, denn den Krach, der die Aufmerksamkeit auf sie lenken sollte, verursachten ihre Kunden selbst, wenn sie an den Haken hingen, die eine sehnige Hand in ihren faulen Zahn getrieben hatte. Dazwischen konnte man vom Wasser her das Geklopfe der Wassermühlen vernehmen, die zu dutzenden im Rhein schwammen, das Pochen der Eisenhämmer und das laute Knarren der Mahlwerke. Verhältnismäßig schweigsam inmitten all dieses Tuns waren nur die Fernkaufleute, die an den Seiten von Altem Markt und Heumarkt, unter steinernen Arkaden oder unter großen Zeltdächern, ihre Waren aufgebaut hatten: Salz und Gewürze, getrocknete und eingelegte Fische, Zucker, Zimt und Safran, Töpfereien, Schnitzereien, Webprodukte, Seidenstoffe, Eschenholz und Damaszener Stahl. Sie schienen sich für ihresgleichen mehr zu interessieren als für die Bürger, die vor ihren Waren standen und mit bedenklichem Gesichtsausdruck ihre Geldbeutel in der Hand wogen.

Doch auf geheimnisvolle Weise schienen die auf dem Markt versammelten Menschen der dunklen Wolken gewahr zu werden, die die Propheten am Horizont aufsteigen sahen. Inmitten des Lärms und des Treibens gab es Augenblicke der Beklommenheit, als würden alle gleichzeitig einhalten und auf das befangene Schlagen ihrer Herzen hören. Selbstverständlich entstanden diese Pausen nicht wirklich; aber jeder, der mit demselben Gefühl der Bedrückung ob des ungewissen Ausgangs des Kampfes zwischen Kaiser und Papst Teil der Menge war, hatte das Gefühl, sie wahrzunehmen. Dies galt für die Anbieter wie für die Kunden, die die Produkte prüften, wogen, berochen, bedrückten und endlich kauften oder liegen ließen, und es galt für die Büttel, die um den Markt herumschlichen und auf eine Gelegenheit hofften, ihre schweren Spieße auf hitzige Köpfe herabfallen zu lassen. Es gab mehr Streit als gewöhnlich, mehr wütende Flüche als gewöhnlich, mehr Käufe, die rückgängig gemacht statt getätigt wurden. Die weiter Herumgekommenen in der Menge erkannten, dass diese schwebende, lastende Stimmung nicht allein auf

Köln beschränkt war, sondern sich überall im Reich breit zu machen schien. Die Christenheit wartete, dass endlich eine Entscheidung fiele; und die wenigen, die Muße genug hatten, sich darum zu kümmern, welches Jahr man wohl schrieb, beteten zu Gott, er möge ihnen zum Anbruch seines neuen Zeitalters ein Zeichen senden, wem sie zu folgen hatten.

Philipp schob sich durch die Menschen mit jenem leicht schlurfenden Gang, den ihm die viel zu großen Klostersandalen seiner Jugendzeit angewöhnt hatten, und mit schlenkernden Händen, für die er keinen Platz mehr fand, seitdem er die Kutte mit ihren weiten Ärmellöchern für immer ausgezogen hatte. Seifrid und Galbert folgten ihm mit neugierigen Augen und Ohren.

Auf den Straßen drängten sich noch mehr Menschen als zwei Tage zuvor. Ein weiterer Schub Kaufleute war angekommen, zusammen mit hunderten von Pilgern, die mit den ersten Schiffen rheinabwärts in Köln eingetroffen waren, um die Gebeine der Heiligen Drei Könige, der heiligen Ursula und ihrer elftausend Jungfrauen oder des heiligen Gereon zu sehen. Der Verkehr stockte immer wieder, wenn beladene Maultiere von Holzkohlenträgern aufgehalten wurden oder wenn die Menschenmasse versuchte, dem gigantischen Ladenschild einer Herberge oder eines Handwerkers auszuweichen oder um die Abfallhaufen vor den Häusern drängelte. In den engen Gassen, von den Fachwerkwänden der Häuser und den wenigen Steinmauern beengt, wogte der Lärm hin und her, Schimpfworte, Lachen, die Schreie der Ausrufer, laute Gespräche und das Fluchen derjenigen, die in der Müllrinne standen und denen der Kot oben zu den Schuhen hineinlief. Zwischen den gut gekleideten Kaufherren und den abgerissenen Pilgern stolzierten die Mitglieder der Herrenfamilien, wandelten die Deutschritter und die Johanniter mit ihren schweren Mänteln. Wo man stehen bleiben musste, weil nichts mehr vorwärts ging, stellte man sich eng zusammen, um sich gegenseitig die Börsen vor den Händen der Schnapphähne zu schützen, und tauschte Neuigkeiten aus. Wenn es keine Neuigkeiten gab, kommentierte man die altbekannten Tatsachen.

»Eben hab' ich zwei Kerle sagen hören, vor zwei Tagen hätten sie einen abgestochen auf dem Markt«, sagte Galbert nach einer Weile zu Philipp. »Du warst doch hier. Hast du das mitgekriegt?«

Philipp wandte sich um. »Allerdings«, sagte er. Galbert sah in sein Gesicht und zog die Augenbrauen zusammen.

»Und?«, fragte er.

»Was ›und?‹. Nichts ›und‹. Der Mann lag im Sterben, als ihn die Büttel abtransportierten.«

»Was hat er denn getan?«

Philipp dachte daran, wie der Kaiserliche das Schwert des Büttels zu fassen bekommen und bei seinem Sturz auf den Boden aus der Scheide gezogen hatte.

»Er hat sich dämlich angestellt, das war alles«, seufzte er. Galbert schüttelte den Kopf.

»Das reicht schon dafür, dass man abgestochen wird?«, fragte er mit halbem Unglauben. »Schlimme Zeiten sind das.«

»Dafür hat es schon immer gereicht«, knurrte Philipp. »Passt jetzt auf, ob ihr den Flandrischen irgendwo seht. Er hat die Stoffe für unseren Herrn dabei.«

Galbert und Seifrid tauschten einen wortlosen Blick und ließen Philipp in Ruhe. Dieser stapfte ihnen missmutig voran. Galberts Geplapper hatte das unwillkommene Bild wieder hervorgerufen. Als sie an der Stelle vorbeikamen, an der es geschehen war, waren nicht einmal mehr die dunklen Blutflecken zu sehen. Der Tod war nichts Ungewöhnliches, und wenn man auch nicht auf Schritt und Tritt über eine Leiche stolperte, so war man doch darauf gefasst, ihm gegenüberzutreten: In einem abgelegenen Bauernhaus lagen die fliegenübersäten Körper der Pächter, die aus Versehen etwas Giftiges gegessen hatten; ein Bauer bat den Herrn um Hilfe, weil eines seiner Kinder oder seine Frau bei der Geburt eines weiteren Kindes umgekommen war; ein Erschlagener verrottete mehrere Tage neben der Straße, bis ihn die Bewohner des nächstgelegenen Hauses wegschafften, weil sein Geruch zu streng wurde. Nach Überschwemmungen trieben die aufgeblähten Körper der Ertrunkenen den Fluss herunter und verfingen sich in den Netzen der fluchenden Fischer. Zuletzt hingen die verurteilten Diebe von den Galgen, ihre Schultern bekleckst von den Krähen, die auf ihren gesenkten Köpfen balancierten.

All das war Philipp nicht fremd; dennoch hatte er niemals zuvor gesehen, wie ein Mensch vor seinen Augen tödlich verletzt wurde. Es lag ein Unterschied darin, einen Toten zu sehen oder Augenzeuge seines Sterbens zu sein. Etwas gänzlich anderes war es zudem, den Gedanken nicht loszuwerden, man hätte das Sterben verhindern können. Er erinnerte sich, dass ein Mann neben ihm plötzlich halblaut gesagt hatte: Nun ist es so weit; die Ratten kriechen aus ihren Löchern. Was immer er damit gemeint hatte.

Der flandrische Händler schien spätestens gestern in Köln angekommen zu sein. Philipp entdeckte seinen Stand in der Nähe des Durchlasses vom Alten Markt zum Heumarkt an einem Platz, der auf den ersten Blick zugig und schattig und schlecht für das Geschäft wirkte und auf den zweiten Blick offenbarte, dass jedermann auf dem Weg von einem Platz zum anderen sich daran vorbeiquetschen musste und dadurch bei der Ware stehen blieb. Philipp grinste trotz seiner schlechten Laune und winkte den beiden Männern, ihm zu folgen.

Meister Rasmus begrüßte ihn mit der überschwänglichen Freundlichkeit des Händlers, der einen höheren als den vereinbarten Preis herausschlagen will. Nachdem sie das Geschäft abgewickelt hatten – Leinen und Wolltuche als Ersatz für die Stoffe, die für die Pfingstgewänder des Gesindes verbraucht worden waren – und Seifrid und Galbert zur Herberge »Der Kaiserelefant« zurückgeeilt waren, um die dort untergestellten Packtiere zu holen, nahm der Händler Philipp beiseite.

»Seht Ihr meinen Knecht dort drüben?«, rollte er in seinem schweren Akzent. »Könnt Ihr ihn nicht gebrauchen?«

»Was kann er denn?«

»Oh, alles«, versicherte Rasmus.

»Beeindruckend. Warum versucht er nicht, Kaiser zu werden?«

Rasmus hob die Hände und ließ sie wieder fallen.

»Also gut, er kann nicht *alles*«, seufzte er. »Aber er kennt sich gut mit Pferden aus. He, Lambert, komm einmal hier zu uns herüber.«

Der Knecht, der mit gesenktem Kopf Stoffballen umgepackt hatte, sah auf, eine stämmige Gestalt mit kurz geschorenen Haaren, dessen Wangen die Furchen mangelhafter Ernährung zeigten und auf dessen Stirn die schlecht verheilte Narbe eines Huftritts saß. Seine Hände hingen knorrig und steif an seinen Seiten herab. Sein Gesicht war schwerlidrig und aufgeschunden von einer ungewohnten, ungeschickt ausgeführten Rasur. Er kletterte über die Stoffballen hinweg und trat auf sie zu.

»Das ist Meister Philipp, der Truchsess von Herrn Raimund von Siebeneich«, erklärte Rasmus.

»Mich nennt man Lambert mit der Blesse«, sagte der Knecht mürrisch. Philipp nickte und versuchte, nicht zu auffällig die Narbe auf der Stirn des Mannes anzusehen. Lambert deutete mit einer steifen Bewegung darauf und sagte: »Das war ein Huftritt.«

»Wie geht's dem Pferd?«, fragte Philipp. »War es danach lahm?«

Lambert starrte ihn an. »Es war ein Esel«, sagte er schließlich schwerfällig.

Philipp grinste freundlich. »Es kann auch nur einem Esel einfallen, gegen einen solchen Holzschädel zu treten.« Er klopfte Lambert auf die Schulter und zwinkerte ihm zu. »Nichts für ungut, mein Freund. Meister Rasmus hat mir deine Dienste angeboten.«

»Ich bleibe für einige Wochen in der Stadt und benötige ihn nicht mehr«, erklärte Rasmus. »Nicht, dass Ihr meint, ich sei nicht zufrieden mit ihm.«

»Natürlich seid Ihr zufrieden mit ihm: ein Mann, der Pferde mit seinem Schädel beschlägt«, versetzte Philipp. Rasmus lachte. Lambert beteiligte sich nicht daran.

»Es heißt, du kannst mit Pferden umgehen. Auf dem Gut meines Herrn benötigen wir keinen Pferdeknecht mehr. Aber du kannst als Zinsbauer ein kleines Stück Land bewirtschaften. Wir hatten im letzten Jahr ziemliche Verluste. Was hältst du davon? Es ist keine leichte Arbeit, und manchmal ist sie gefährlich. Aber mein Herr ist gnädig und nachsichtig.«

»Ist mir recht«, erklärte Lambert gleichmütig.

»Da wirst du aber keine Pferde zu sehen bekommen.« Lambert zuckte mit den Schultern.

»Warum bleibst du nicht hier in der Stadt? Sicherlich könntest du dich irgendwo als Rossknecht verdingen; vielleicht sogar bei einem anderen Händler, der die Stadt schnell wieder verlassen will.«

»Nein, ich will raus aus der Stadt«, brummte Lambert.

»Das hört man selten. Weißt du nicht, dass es heißt: Stadtluft macht frei?«

»Das ist nicht wichtig.«

Philipp zog die Brauen in die Höhe und sah Lambert erstaunt an.

Der Händler fragte: »Wollt Ihr ihn haben?«

»Warum seid Ihr nur so erpicht darauf, ihn loszuwerden?«, fragte Philipp misstrauisch.

»Bin ich nicht. Lambert hat mir wirklich gut gedient. Und da er mir schon drei Tage vor Köln in den Ohren lag, dass er nicht in die Stadt wolle, möchte ich ihm ermöglichen, sie so schnell wie möglich wieder zu verlassen. Das bin ich ihm zumindest schuldig als sein Brotherr.«

Lambert sah Philipp an; dieser meinte in seinem unbeweglichen Gesicht etwas Drängendes zu sehen. »Was hast du gegen die Stadt?«, fragte er langsam.

»Sie macht mir Angst.« Es klang ehrlicher als alles andere, was Lambert gesagt hatte. Philipp seufzte. Er wusste, dass das Gut ein paar Zinsbauern in seinen Dienst nehmen konnte: Zwei Männer waren im Winter in einen Teich eingebrochen und erfroren, einer hatte sich bei Rodungsarbeiten verletzt und war am Fieber gestorben, drei oder vier Katen standen vollkommen leer, und ein kleineres Stück Land von etwa einer halben Manse wurde seit über einem Jahr von der Witwe des Zinsbauern mit ihren Schwestern und Kindern allein bewirtschaftet. Irgendetwas sagte ihm, dass Lambert nicht der beste Griff sein mochte. Aber er war kräftig und arbeitswillig, wenn man Rasmus Glauben schenken wollte, und außerdem starrten sowohl der Händler als auch Lambert ihn an und warteten auf seine Entscheidung. Er hätte sie gerne auf morgen vertröstet, doch morgen war er bereits auf dem

Weg zu Radolf Vacillarius. »Also gut, ich nehme dich«, sagte Philipp.

Lambert nickte und streckte ihm die Hände gefaltet entgegen. Philipp blickte überrascht darauf nieder.

»Ich bin nicht der Herr«, sagte er. »Ich bin nur sein Truchsess.«

»Es muss seine Ordnung haben«, beharrte Lambert.

Philipp seufzte und umfing Lamberts Hände. »Dies tue ich, um vor Zeugen kundzutun, dass du dich meinem Herrn anvertraut hast«, erklärte er. »Die eigentliche *commendatio* wird mein Herr selbst durchführen.«

Lambert zog seine Hände zurück und nickte erneut. Philipp musterte ihn verstohlen. Er hatte erlebt, dass Männer weinten und Frauen mit blassen Gesichtern die Kinnbacken zusammenpressten, wenn ihre finanzielle Situation sie in die Abhängigkeit zwang. Was er jedoch noch nicht gesehen hatte, war die Gleichmütigkeit, mit der Lambert sein freiwillig erwähltes Schicksal auf sich nahm.

»Ist dir klar, dass du dich in die Abhängigkeit begeben hast?«, fragte er. »Von nun an kannst du nur noch entscheiden, ob du auf die Latrine gehen musst oder nicht.«

»Das bedeutet nichts.«

»Die Freiheit ist dir nicht wichtig; die Abhängigkeit bedeutet dir nichts«, wiederholte Philipp. »Du bist ein seltsamer Vogel.«

Lambert vollführte seine Lieblingsgeste: Er zuckte mit den Schultern.

»Ich habe ihn hier in Köln in meine Dienste genommen«, erklärte Rasmus. »Ich lasse die Urkunden noch heute abändern.«

»Wir treffen uns im Rathaus«, sagte Philipp. »Ich werde für meinen Herrn siegeln.« Er wandte sich an Lambert. »Kennst du den ›Kaiserelefanten‹?«

»Ja.«

»Entweder dort oder auf dem Weg von dort nach hier triffst du auf zwei Männer aus dem Gesinde meines Herrn. Sie heißen Seifrid und Galbert, ein älterer Mann mit langem grauen Haar und ein junger Bursche mit einem Gesicht voller Sommersprossen. Schließ dich ihnen an; du kannst ihnen helfen, die Packtiere zu beladen. Sie bringen dich noch heute zu deinem neuen Herrn hinaus.«

»Begleitest du mich nicht?«, fragte Lambert.

»Nein, ich muss woanders hin. Wenn dir etwas unklar ist, lass es dir von Galbert erläutern. Und komm ja nicht auf den Gedanken, die Beine in die Hand zu nehmen. Du weißt, welche Strafen es für davongelaufene Abhängige gibt.«

»Ich lauf schon nicht weg«, sagte Lambert heftig. »Ich hab' mich deinem Herrn ja freiwillig verkauft, oder nicht?« Philipp starrte ihn an, von Lamberts Ausbruch überrascht. Er erkannte plötzlich, was ihn die ganze Zeit über gestört hatte: Er konnte Lamberts halb geduckte, halb hochfahrende Art nicht ausstehen. Und er fühlte sich gestört durch die respektlose Anrede Lamberts. Am liebsten hätte er den Wechsel rückgängig gemacht, aber damit hätte er das Gesicht verloren. Er fluchte unwillig in sich hinein. »Also geh jetzt«, sagte er dann.

Lambert nickte und sah den Händler an.

»Nur zu«, rief dieser und wedelte mit der Hand. »Du bist in gute Hände gekommen. Ich freue mich für dich.«

Lambert senkte den Kopf und trottete los. Rasmus sah ihm hinterher, dann wandte er seine Aufmerksamkeit wieder Philipp zu.

»Wenn der Kerl ein faules Ei ist, habt Ihr einen guten Kunden verloren«, drohte Philipp. Rasmus schüttelte den Kopf.

»Ich stehe zu dem, was ich über ihn gesagt habe«, erklärte er.

»Was wisst Ihr über ihn?«

»Er hat mir erzählt, sein Vater sei ein Vollbauer, der einen Hof ein gutes Stück rheinabwärts bewirtschafte. Er sei der dritte oder vierte Sohn, ohne Aussichten auf das Erbe. Deshalb sei er im Streit davongegangen und habe sein Glück in der Stadt versucht.«

»Vor der er sich jetzt fürchtet. Glaubt Ihr, er hat hier etwas ausgefressen?«

»Er war weder dem Schöffenkollegium noch in der Richerzeche bekannt. Daher halte ich ihn für sauber – jedenfalls, was Köln betrifft.«

»Und was haltet Ihr von seinen Angaben? Glaubt Ihr sie?«

»Mein lieber Meister Philipp, Ihr wisst doch selbst: Wie soll ein Mensch das überprüfen können? Man muss eben nach seinem gesunden Verstand urteilen, ob einer das Herz auf dem rechten Fleck hat oder nicht. Kann ich sonst noch etwas für Euch tun?«

»Im Moment sind die Vorratskammern wieder voll«, erwiderte Philipp. »Doch bis Ihr im Herbst wiederkehrt, ist sicherlich wieder der eine oder andere Bedarf vorhanden.«

»Na gut, dann betrachten wir unseren Handel als abgeschlossen, sobald Eure Männer die Stoffe abgeholt haben. Das müssen wir feiern. Ich lade Euch in das beste Badehaus ein, das ich in der Stadt kenne.«

»Eure Großzügigkeit macht mich misstrauisch. Habt Ihr mich irgendwie übervorteilt, ohne dass ich es gemerkt habe?«

»Keineswegs. Aber ich war seit letzten Herbst nicht mehr hier in der Stadt und bin gestern erst angekommen. Ich bin voller Straßenstaub, und mich dürstet nach Wein und Entspannung. Was gibt es Schöneres als einen gemütlichen Besuch im Badehaus, heißes Wasser, eine Bartschur, jemanden, der einem die Läuse aus den Haaren klaubt, und danach essen und trinken, bis einem der Bauch steht? Außerdem bin ich durstig nach Neuigkeiten. Ihr seid der Truchsess eines einflussreichen Mannes. Wer könnte sie mir besser liefern als Ihr?«

Philipp seufzte. Er hatte keine große Lust, dem Kaufmann Rede und Antwort zu stehen. Am liebsten hätte er abgelehnt.

»Was ist?«, fragte Rasmus. »Seit wann muss man bei einer Einladung so lange überlegen?«

»Also gut.«

»Seid Ihr im ›Kaiserelefanten‹? Ich hole Euch dort ab, sobald das Wasser heiß ist. Und passt auf, wenn man Euch alte Kameen vom Hof Karls des Großen andrehen will.« Philipp drehte sich noch einmal um.

»Was ist damit?«

»Es ist zurzeit große Mode, die Dinger zu fälschen.« Rasmus zwinkerte. »Der große Karolus steht nicht nur beim Kaiser hoch im Kurs.«

Minstrel

Das Packen der Stoffballen ging schneller vonstatten, als Philipp erwartet hatte; Lambert, der auf dem Weg zum »Kaiserelefanten« auf Seifrid und Galbert gestoßen war, half mit, und wenigstens dabei stellte er sich nicht ungeschickter an, als zu erwarten gewesen wäre. Philipp verabschiedete sich von ihnen und Rasmus und machte sich selbst auf zum »Kaiserelefanten«. Als er an der Stelle vorüberkam, an welcher der Prophet seinen Auftritt gehabt hatte und das Grüppchen diskutierender Menschen erblickte, die sich über den Vorfall unterhielten, blieb er unwillkürlich in ein paar Schritten Entfernung stehen und hörte, wie sich das Ereignis in ihren Schilderungen aufblähte. Offensichtlich waren unter den Diskutierenden auch solche, die keine Augenzeugen gewesen waren, und diesen wurde der Auftritt mit Begeisterung wiedergekäut. Philipp lauschte der gewaltig übertriebenen Erzählung.

»Die Leute freuen sich über alles, was ihren Mitmenschen zustößt, nicht wahr?«, sagte plötzlich eine Stimme neben ihm. Philipp wandte sich ihr überrascht zu. Sein Gesicht war vom Gehörten und von seinen Gedanken über seine eigene Rolle finster, und es gelang ihm nicht sofort, diesen Ausdruck fortzuwischen. Der Mann, der ihn angesprochen hatte, trat einen Schritt zurück.

»Ich wollte Euch nicht belästigen«, sagte er. Es war der Mann, der gesagt hatte, dass die Ratten aus ihren Löchern kröchen. Philipp starrte ihn einen Moment lang an. Er hatte sich das Gesicht nicht gemerkt, aber er erkannte die Stimme und den Akzent darin wieder.

»Schon gut«, brummte er und wandte sich ab.

»Ob einem der Wein oder das Blut aufs Hemd rinnt, ist vollkommen egal«, fuhr der Mann fort. »Hauptsache, es rinnt und man kann dabei zusehen, ohne selbst etwas abzubekommen.«

Philipp drehte sich wieder um; der Mann hatte eine helle Gesichtshaut und vom Wein gerötete Augen, aber er lächelte höflich und verbeugte sich leicht, als er Philipp jetzt ansah. Das Lächeln schob ein Netz feiner Falten in das spitze Gesicht und machte es fröhlich. Die Verbeugung brachte ihn jedoch aus dem Gleichgewicht, und er stolperte und stieß gegen einen der Marktgänger. Der Angerempelte rief wütend: »Pass auf, wo du hintrittst, du besoffenes Schwein!« und stieß den Betrunkenen grob zu Boden; Philipp streckte einen Arm aus und half dem Mann auf.

Der Mann winkte mit dem freien Arm eine Entschuldigung in die vorbeidrängenden Menschen und stellte sich an Philipps Seite. Mit betrunkener Würde klopfte er sich den Staub aus den Kleidern.

»Ich schätze, Euch ist das Gleichgewicht ein wenig abhanden gekommen«, bemerkte Philipp.

Der Mann nickte. »Danke vielmals«, sagte er höflich.

»Ihr seid nicht von hier.«

Der Mann schüttelte den Kopf und deutete mit vagen Bewegungen nach Westen. Bei all dem verließ das Lächeln sein Gesicht nicht, und seine Augen schienen Philipp hinter dem Schleier der Betrunkenheit hervor freundlich zu mustern.

»Und ich bin nicht nüchtern«, stellte er fest. »Ich hätte mehr Wasser in den Wein gießen sollen.« Er lachte. »Aber es gibt Gelegenheiten, an denen man nicht schnell genug betrunken werden kann.«

Er drehte sich um, wobei er wieder aus dem Gleichgewicht geriet, und versuchte, vor den stehen gebliebenen Marktbesuchern eine beschwichtigende Geste zu vollführen.

»Verzeihung«, sagte er laut. »Es geht vorüber. Ich habe nur zu wenig Wasser in den Wein getan. Nichts Schlimmes. Es geht vorüber.« Den letzten Satz schien er eher zu sich selbst zu sprechen, und sein Gesicht verlor das Lächeln.

Es wurde Philipp bewusst, dass sie sich in einem kleinen Kreis der Aufmerksamkeit befanden, wie er sich vor zwei Tagen um den Propheten gebildet hatte. »Am besten, Ihr lasst es in einer ruhigen Ecke vorübergehen«, sagte er zu dem Betrunkenen. Er nickte ihm zu und wandte sich zum Gehen.

»Ihr wart sehr freundlich«, sagte der Betrunkene. »Ich möchte Euch nochmals danken für Euer Mitgefühl.«

Philipp blieb gegen seinen Willen stehen. »Schlaft lieber Euren Rausch aus«, sagte er. »Warum geht Ihr nicht zum Tor hinaus und sucht Euch ein schattiges Plätzchen unter einem Baum, wo niemand auf Euch treten kann?«

»Ich halte Euch auf«, sagte der Betrunkene. »Entschuldigt; ich wollte Euch nicht lästig fallen.« Er trat zurück und lächelte scheu. »Ich wünsche Euch noch einen schönen Tag.«

Philipp holte Atem, um zu sagen, dass er nicht unhöflich sein wolle, aber etwas Dringendes zu erledigen habe; doch er schwieg. Er wusste, der Betrunkene würde es als Ausrede auffassen. Er würde keinen Augenblick lang glauben, dass Philipp von etwas anderem bewegt wurde als von Abscheu gegenüber seiner Person. Philipp wandte sich endgültig zum Gehen. Er wünschte sich, er wäre souveräner mit der Situation umgegangen. Noch während er davonschritt, fragte er sich, weshalb es ihm ein schlechtes Gefühl bereitete, den Mann verletzt zu haben; er war nur ein Fremder, den er nicht kannte, am helllichten Tag betrunken, und es war nicht anzunehmen, dass er ihn wiedersehen würde. Vielleicht war es nur seine scheue, höfliche Art und sein Lächeln. Er drehte sich um. Die Menge hatte den Betrunkenen bereits verschluckt.

Auf dem Weg zum »Kaiserelefanten« wurde Philipp mehrfach aufgehalten: von den Angeboten mancher Händler, zu deren Ständen er trat, von Knäueln von Menschen, die sich an anderen Ständen zusammenballten; von einer Gruppe Jongleure, die er aus sicherem Abstand beobachtete und Zeuge nicht nur ihrer Darbietungen, sondern auch der Kunststücke von drei Beutelschneidern wurde, die geschickt zusammenarbeiteten und einige der Gaffer um ihre Börsen erleichterten. Dass seine Gedanken sich erneut um den Vorfall mit dem Propheten drehten, merkte er erst, als er einen Mann in eine Lücke treten und theatralisch seinen Kapuzenmantel abwerfen sah. Er erwartete eine neue apokalyptische Vision und die Explosion von Gewalt hinterher, doch nichts geschah. Der Mann faltete den Mantel unter dem Arm zusammen, wischte sich den Schweiß von der Stirn und schritt weiter. Als aus einer anderen Richtung wütendes Gebrüll zu vernehmen war, fuhr er herum. Einer der Bestohlenen hatte einen der Beutelschneider erwischt, und während dessen Genossen ihr Heil in einer unauffälligen Flucht suchten, wurde der Gefasste gepackt, festgehalten und mit Faustschlägen und Fußtritten traktiert, bis die Büttel kamen und die Menschen beiseite schoben und das blutende, panisch zuckende Bündel davonschleppten, das der Beutelschneider gewesen war. Der Bestohlene folgte ihnen mit grimmigem Lächeln, seine Börse wie eine Trophäe vor sich hertragend.

Philipp wandte sich ab. Auf einmal hatte er genug vom Marktplatz. Sein Weg führte ihn in den Vorhof des Doms, aber auch dort stießen und drängten die Menschen einander, kauften und verkauften und stahlen, und er hielt nicht einmal an, als er sah, wie ein Rudel von Gassenjungen einem schlafenden Betrunkenen neben dem Brunnen beim Hohen Gericht mit vielem Gekicher den Beutel leerten und ihn statt der Münzen vorsichtig mit Steinen füllten. Obwohl so die prompte Strafe über einen kam, der dumm genug war, sich mitten in der Stadt schlafen zu legen, fühlte er keine Schadenfreude. Der Betrunkene war der Mann, der ihn vorhin angesprochen hatte. Alles, was er spürte, war das schlechte Gefühl, dass die Reizbarkeit und die Gewaltbereitschaft in der Stadt plötzlich das Maß seiner Toleranz überschritten hatten; dass die stoßenden, schiebenden, fluchenden Bürger alle miteinander auf einen Mahlstrom zudrängelten, den sie sahen und doch nicht wahrhaben wollten und der sein Zentrum in den beiden sich in unversöhnlichem Hass gegenüberstehenden Führern der Christenheit hatte, um die Gewalt, Betrug und Hinterlist strudelten. Vielleicht hatte der Prophet auf seine Weise nicht ganz Unrecht mit seinen Verkündigungen.

Hinter den Marktständen flatterten große Raben herab und schritten durch die Gassen der Stadt, als wäre sie bereits ihr Eigentum.

Rasmus hatte sein Versprechen gehalten und Philipp nach dem Abflauen der Markttätigkeit abgeholt. Philipp, nachdenklich über einem Becher Wein in der leeren Trinkstube der Herberge brütend, war ihm dafür fast dankbar. Der Bader begrüßte die beiden überschwänglich, warf den Pfennigen, die Rasmus ihm aushändigte, nur einen oberflächlichen Blick zu und gab den Weg in den Auskleideraum frei. Das Badehaus war schwach besucht. Rasmus und Philipp teilten sich einen Zuber mit heißem Wasser und ein Brett mit gebratenen Fleischstückchen, das zwischen ihnen im Wasser schwamm. Der Zuber stand weitab von den anderen Badeplätzen in einer halbdunklen, kaum einsehbaren Ecke des großen Raums, was Philipp erst zu Bewusstsein kam, als der mit einem ledernen Schurz bekleidete Badeknecht eine bewegliche Stellwand heranschleppte und sie damit abschirmte. Danach öffnete sich eine niedrige Tür in der hölzernen Wandverkleidung, und zu Rasmus' breitem Grinsen schlüpften zwei Frauen in dünnen Kleidern herein.

»Rasmus ...«, begann Philipp.

»Still. Ich kenne den Bader schon seit Ewigkeiten. Glaubt Ihr vielleicht, wir sind die Einzigen, denen er diesen Dienst gewährt? Von hier läuft ein überdachter Gang bis hinüber zu den Winkelhäusern bei der Mauer.« Er winkte eines der beiden Mädchen zu sich heran. »Was glaubt Ihr, warum ich dieses Haus für eines der besten in der Stadt halte?«

»Wenn der Magistrat davon erfährt, treiben sie den Bader mit Ruten aus der Stadt. Und wir stehen über Nacht am Pfahl ...«

»Die Mitglieder des Magistrats baden hier ebenso wie alle anderen Männer, die auf sich halten – und das seit Jahren. Denkt Ihr, das Haus gäbe es noch, wenn der Bader ein unvorsichtiger Mann wäre?«

Philipp schüttelte den Kopf. Das Mädchen, das Rasmus zu sich herangewunken hatte, war von draller Gestalt, um sie nicht fett zu nennen; ihre Brüste schienen sich durch den dünnen Stoff ihres Kittels zu drängen. In der feuchtheißen Luft schmiegte sich das Gewebe auch an ihre anderen Rundungen und verhüllte nur notdürftig, was ohnehin zum Vorzeigen gedacht war. Philipp beobachtete nachdenklich, wie Rasmus strahlend ihre Brüste, ihren Bauch und ihr umfangreiches Hinterteil streichelte, als sie sich an den Zuber herandrückte.

»Worauf wartet Ihr?«, sagte Rasmus und winkte gönnerhaft. »Seid mein Gast.«

Das andere Mädchen war eine schlanke, dunkle, hochmütig aussehende Schönheit, ein blasses Gesicht mit vollen roten Lippen, schmalen Wangen, großen dunklen Augen und ausgestattet mit einer erstaunlich ausgeprägten Oberarmmuskulatur. Sie entsprach genau Philipps Typ; und er spürte, wie die ursprüngliche Peinlichkeit der Situation sich plötzlich in Erregung verwandelte. Gleich nach seinem Austritt aus dem Kloster war er zwei- oder dreimal in ein Frauenhaus gegangen, um seine mangelnden Erfahrungen mit dem weiblichen Geschlecht nachzuholen; aber heute war es das erste Mal, dass es auf Einladung und ausdrücklichen Wunsch eines anderen geschah. Der Gedanke daran verwirrte ihn, aber seine Erregung vermochte er nicht zu besiegen. Er lächelte das Mädchen freundlich an und erhielt ein Lächeln als Antwort, bei dem sie die Mundwinkel herabzog und ihre Augen kalt blieben. Ihr Äußeres gefiel ihm, wie ihn ihre deutlich zur Schau getragene Verachtung abstieß; dennoch erhitzte sie ihn, während sie sich über den Rand des Zubers beugte und mit beiden Händen und einem harten Stück Seife unter Wasser herumfuhrwerkte, um sein mittlerweile geschwollenes Glied zu reinigen. Auch an ihrem Körper klebte der nasse Kittel wie eine zweite Haut. Er fand diesen Anblick bei weitem aufreizender als den, den Rasmus' Liebchen bot – selbst in Anbetracht der Tatsache, dass dieses sich gar nicht hochmütig, sondern fröhlich kichernd unter den Zärtlichkeiten des Händlers wand, und ihre deutlich sichtbaren Brustwarzen verkündeten, dass sie die Hände Rasmus' durchaus genoss. Philipp, der mit einer Hand vorsichtig die ihm über den Rand des Zubers entgegengereckten Brüste seiner Bademagd streichelte, konnte dergleichen Erregung an dieser Stelle nicht feststellen.

Als er Rasmus schließlich über eine mit einem Vorhang abgehängte Treppe ins Obergeschoss des Badehauses folgte, wo sich zu seinem Erstaunen eine Reihe von ebenfalls mit Vorhängen abgehängten Räumen befand, war seine Freude mit der dunklen Hübschlerin nur kurz. Er ging äußerst vorsichtig mit ihr um, nachdem er die blauen Flecke auf ihren Schenkeln gesehen hatte, die von groben oder brutalen Freiern stammten. Zu dieser Sorte wollte er auf keinen Fall gehören. Ob seine Zartheit auf das Mädchen Eindruck machte, war nicht festzustellen. Sie hockte sich neben ihn und bearbeitete sein hochgerecktes Glied mit ihren kräftigen Händen, und obwohl ihn das aus dem benachbarten Liebesgeviert dringende Gestöhne und Geschnaufe Rasmus' störte, stieg seine Hitze doch unter ihren Bewegungen unaufhaltsam, und die Gäule gingen ihm durch, kaum dass sie sich den Kittel hochgezogen, auf den Rücken gelegt und ihn hineingelassen hatte. Sie schlüpfte mit ihrem herablassenden Blick hinaus und war verschwunden, noch während er keuchend auf den Decken lag und mit Beschämung, Ärger und einem schlechten Gewissen gleichermaßen kämpfte.

Als er an Rasmus' Liebesnest vorbei nach unten schlich, hörte er lautes Kichern, Stöhnen und Keuchen. Scheinbar ging das kräftige Bademädchen ihrer Tätigkeit mit mehr Motivation nach als Philipps gewesenes Liebchen. Er seufzte und sagte sich mit schwachem Zynismus, dass Rasmus eigentlich einen Teil des Geldes zurückfordern sollte. Er wickelte sich die feuchte Decke enger um seine Hüften und wurde vom Badeknecht mit unbewegtem Gesicht in die Trinkstube gewiesen, wo er zu seinem Verdruss eine ganze Weile auf Rasmus warten musste.

»Was hört man denn in Eurer Stadt vom Kampf zwischen Kaiser und Papst um die Führung der christlichen Seelen?«, fragte Rasmus, als er endlich mit einem breiten Grinsen Philipp gegenübersaß. Noch bevor dieser etwas erwidern konnte, beantwortete Rasmus seine Frage selbst.

»Ich stelle es mir so vor: Der Kaiser möchte die Stadt gern auf seiner Seite haben, der Bischof von Köln ist natürlich gegen ihn und will die Macht des Klerus keinesfalls schmälern lassen, und die Räte schließlich sind gegen alle beide und würden die Stadt am liebsten selbst beherrschen.« Er lächelte genießerisch. »So hacken sie einander im Kleinen wie im Großen die Augen aus.«

»Woraufhin Ihr damit anfangt, Blindenstöcke zu verkaufen«, sagte Philipp.

»Damit könnte ich jetzt auch schon anfangen, so blind, wie die Hälfte der Christenheit ist«, brummte Rasmus ernüchtert.

»Sich dem Diktat dieses skrupellosen Machtmenschen auf dem Thron des Petrus zu unterwerfen und gegen den Mann Front zu machen, der wirklich die Macht dazu hat, uns den Weg in ein Paradies auf Erden zu ebnen.« Er sah sich vorsichtig unter den in der Trinkstube sitzenden halb nackten Männern um, die warmen Wein in sich hineinschlürften und sich halblaut unterhielten. Ohne seine Stimme sonderlich zu dämpfen, fuhr er fort: »Ich spreche natürlich von Kaiser Frederico. Ich mache kein Hehl daraus, dass er meine Sympathien hat. Man sagt ihm nach, er sei ein Heide, ein Ketzer und der Teufel in einer Person, aber die Wahrheit ist doch nur, dass er seinen Kopf zum Denken benutzt anstatt die Kniescheiben, auf denen die Kleriker herumrutschen und den Herrn inbrünstig bitten, für sie zu denken. Es heißt, dass ein neues Zeitalter vor der Tür steht und der Jahrtausendkaiser uns dorthin führen wird. Ich kann's nicht sagen, weil ich nicht dabei war, als Kaiser Otto damals ausgerechnet hat, wie lange die Welt schon besteht, seit Gott der Herr Himmel und Wasser geteilt hat. Aber ich will es glauben, weil ich gehört habe, dass auch der Kaiser daran glaubt. Und wenn es stimmt, dann kann nur einer der Jahrtausendkaiser sein: Kaiser Frederico.«

»Warum gerade er?«

Rasmus riss die Augen auf.

»Warum er? Weil der Kaiser von Gott persönlich eingesetzt ist, um die Christen zu führen; und weil, wenn es jemals ein Beispiel für diese These gab, unser jetziger Kaiser dieses Beispiel ist.«

»Der Papst behauptet auch, er sei von Gott eingesetzt.«

»Der Papst wird von einem Haufen eitler, stinkreicher alter Böcke gewählt, die während der Wahl die ganze Zeit über sabbernd daran denken, welche saftige Jungfrau sie demnächst besteigen wollen.«

»Lieber Himmel. Ihr habt ein gefährliches Mundwerk.«

Rasmus tat, als habe er Philipps Warnung nicht gehört.

»Rechtmäßigerweise wird der Papst vom Kaiser eingesetzt und der Kaiser von Gott. Als Zeichen dafür setzt der Kaiser sich selbst die Krone auf. So gehört es sich und nicht anders. Und es gibt einen, auf dessen Beispiel sich unser Kaiser stützen kann:

Karolus Magnus, den größten Kaiser, den das Reich jemals hatte.« Er kniff ein Auge zu, um seine Aussage zu unterstreichen. »Das steht sogar geschrieben. Von des Karolus' Biografen eigener Hand. Und daran glaube ich fest.«

»Das solltet Ihr lieber nicht an Bischof Konrads Ohren dringen lassen. Er würde Euch mit Freuden von diesem Glauben befreien; samt Eurem Kopf.«

»Ach, ich bin zu klein, um ihm aufzufallen.«

»Vorgestern waren ein paar Männer auf dem Markt, die waren noch kleiner als Ihr: Knechte aus dem Tross des Kanzlers. Nachdem sie ihre Gedanken öffentlich klargelegt hatten, lag einer von ihnen tot auf dem Boden, und einem war der Kiefer zerschmettert. Und ihre Gedanken unterschieden sich gar nicht mal so sehr von den Euren.«

»Ich habe schon davon gehört. Eure Ratsbüttel haben sich auf die Seite der Päpstlichen geschlagen.«

»Der Rat weiß, was für ihn gesund ist.«

»Eine elende Situation. So ist es in vielen Städten. Die Stimmung ist gereizt, und viele haben Angst, auch wenn sie es sich noch nicht anmerken lassen. Man erkennt es an den Augen der Leute. Sie heben sie kaum, wenn sie mit einem sprechen, und sie haben es eilig, aus der Gegenwart von Fremden zu verschwinden – als ob sie fürchten, zu dem falschen Mann ein falsches Wort zu sagen. Am Geschäft merkt man es natürlich auch; es läuft schlechter als gewöhnlich. Aber ich denke, dass bald eine Entscheidung fallen wird.«

Das wird sie, dachte Philipp und erinnerte sich an die düsteren Worte seines Herrn. *In Lyon.* Gleichzeitig wurde ihm klar, dass dies die einzige Information war, die seine Einladung in das Badehaus einigermaßen gerechtfertigt hätte. Aus keinem bestimmten Grund hielt er sie zurück; es sei denn, dass es die Beklommenheit war, die der Anblick des zum Fenster hinaus sprechenden Raimund in ihm geweckt hatte. Rasmus schien es nicht übel zu nehmen. Er plauderte, trotz seiner harten Worte gut gelaunt, weiter über die Idiotie der Zerwürfnisse zwischen den Großen der Welt, die seine Handelswege unsicher machten und seinen Gewinn schmälerten, über die Qualität der Badehäuser in den unterschiedlichen Städten, die er auf seinen Reisen besuchte, und über seine Pläne, eine zarte Witwe zu beglücken, die ihm an seinem Stand schöne Augen gemacht hatte. Am Ende war es so, dass Rasmus für sein Geld keinerlei Informationen erhalten, aber eine Menge davon gegeben hatte. Für den Händler mochte es in Ordnung sein. Manche Leute waren glücklich, wenn sie sich nur lange genug reden hörten.

Die Kaufleute pflegten nach der Abendandacht im »Kaiserelefanten« zu essen, wenn sie nicht – wie Rasmus – über besondere Beziehungen in der Stadt verfügten und verschiedene Anlaufplätze kannten. Der »Kaiserelefant« stand am Nordende des Heumarkts und verfügte über eine geräumige Küche, in der die Bediensteten mehrerer Männer gleichzeitig das Essen für ihre Herren zubereiten konnten. Der Wirt kannte das Gleichgewicht zwischen Geschäftssinn und Freigebigkeit und auf welche Person welches davon anzuwenden war, und als er die Herberge vor Jahren übernommen hatte, war ihm klar gewesen, dass nur eine Investition in eine vernünftige Trinkstube, Ställe für die Pferde und eine sachgerechte Bewirtung den Erfolg seines Hauses garantierten. Dieses Wissen, seine kühle Kalkulationsfähigkeit und die Bereitschaft, für seine Ziele auch eine größere Anleihe bei den Juden aufzunehmen, hatte ihm, dem unbekannten Neuzugezogenen, die Bekanntschaft Raimunds von Siebeneich, dessen Fürsprache bei einem jüdischen Geldverleiher und, nachdem er die Herberge erfolgreich einige Zeit geführt hatte, sogar die Bürgerschaft eingebracht. Zugleich hatte sie ihm einen stillen Teilhaber und Geschäftspartner beschert: Raimund, der nur unter der Bedingung für den Wirt gebürgt hatte, dass er einen nicht zu knappen Anteil an dessen Erfolg bekäme. Auch Raimund besaß Geschäftssinn und Kalkulationsfähigkeit. Philipp kannte den Wirt gut, denn er war in den Anfangszeiten dessen Erfolges auf Raimunds Gut gekommen; und Raimund hatte ihn dem Wirt vorgestellt und diesen darauf hingewiesen, dass Philipp als sein Vertreter zu gelten habe, wenn er in der Stadt sei. Dies bedeutete, dass der Wirt nach Philipps Eintreten persönlich bei einem seiner Gäste vorsprach und darum bat, dass man den neuen Gast gegen geringes Entgelt am Essen teilhaben lassen wolle, während Philipp selbst wie ein Herr im Hintergrund stand und vor Stolz und Verlegenheit gleichermaßen auf den Fußballen wippte.

Er fand Aufnahme bei zwei englischen Händlern, die gemeinsam reisten und die zusammen kaum genügend Sprachkenntnisse aufbrachten, um eine Unterhaltung mit ihm zu führen. Es saß ein weiterer Mann neben ihm, der sich schon von den Engländern abgewandt hatte und mit einem Gast am Nebentisch sprach: Philipp lauschte gelangweilt ihrem Gespräch, ohne es zu wollen und ohne sich darauf zu konzentrieren.

»Ich halte es für einen schönen Zufall, dass Ihr ebenfalls in den Süden hinunter wollt, um die dortigen Märkte zu besuchen«, sagte der Mann an Philipps Tisch. »Wenn Ihr es wünscht, können wir uns gerne zusammentun. Eure Leute und meine würden gemeinsam ein hübsches Häuflein abgeben, an das sich keine Gesetzlosen heranwagen, und ich habe zwei oder drei Packtiere frei, die ich Euch leihen könnte. Ich habe sogar eine vernünftige Landkarte mit römischen Meilenskizzen, von Rom aus gemessen; nicht diesen Mist, den man in den Klöstern kriegen kann, mit Jerusalem als Mittelpunkt und allen anderen Orten da, wo sie der Zeichner gern gesehen hätte, statt da, wo sie wirklich liegen.«

Der andere Mann musterte den Sprecher misstrauisch, und dieser nickte.

»Ihr habt Recht, mir nicht zu trauen; meine Erfahrung ist, dass man eher auf Gesindel denn auf ehrliche Leute trifft. Aber Ihr könnt Euch gern beim Wirt nach mir erkundigen – er wird mir den besten Leumund ausstellen.«

»Ich wollte Euch nicht zu nahe treten«, erklärte der zweite Mann.

»Habt Ihr nicht getan. Euer Misstrauen zeigt mir nur, dass Ihr ein wertvoller Reisegefährte wärt.«

»Es ist schade«, sagte der zweite Mann. »König Konrad tut zu wenig, um die Straßen sicher zu halten. Er ist eher in die Händel seines Vaters mit dem Papst verstrickt, als sich um sein Land zu kümmern.«

»Da pflichte ich Euch bei. Der Kaiser schlägt sich mit dem Klerus und zieht seine Söhne in den Konflikt mit hinein. Wenn er sich nur wieder auf das Vorbild des großen Karl besinnen würde; dieser hat seinerzeit nicht gezögert, die sächsischen Heiden niederzuwerfen, die den Handel in seinem Reich störten.«

Der zweite Mann schwieg einen Moment, als wisse er mit den Worten von Philipps Tischnachbarn wenig anzufangen; der Mann an Philipps Tisch sagte: »Karl der Große, Karolus Magnus ... Habt Ihr nicht von ihm gehört?«

»Na ja, wer hätte nicht von ihm gehört. Ich habe nie viel darauf gegeben.«

»Ich habe oft im Süden des Reichs zu tun, in Apulien, woher Kaiser Frederico stammt. Dort erzählt man viel von Karl dem Großen: ein genialer Feldherr, ein mächtiger Herrscher, ein würdiger Kaiser und das Vorbild Fredericos wie seines Großvaters, Kaiser Rotbart.«

»Was ich weiß«, sagte der zweite Mann, »ist, er habe die Sachsen missioniert, weil er das Christentum in allen Winkeln des Reichs verbreiten wollte.«

Der erste Mann grinste verächtlich.

»Das hat man ihm angedichtet. Ich bin der Meinung, er hatte nur das Ziel, das Reich zu vergrößern und die Handelsstraßen zu sichern. Glaubt Ihr wirklich, so ein Mann zieht los, um am anderen Ende seines großen Reiches ein paar halbwilde Stämme zu verhauen, bloß weil diese sich vor einem Baum niederwerfen statt vor einem geschnitzten Holzkreuz?«

»Ihr bezeugt nicht gerade großen Respekt vor der Kirche«, sagte der zweite Mann lächelnd, aber mit vorsichtigem Blick. Der andere zuckte mit den Schultern.

»Ich bin Kaufmann, kein Mönch«, sagte er. »Und ich habe es nicht nötig, ein Blatt vor den Mund zu nehmen. Ich glaube, dass Karl nicht der Mann war, sich von kirchlichen Belangen in der Welt herumsenden zu lassen. Er wollte den Handel in seinem Reich sicherstellen, und die Sachsen waren ihm zu aufrührerisch; da hat er sie über die Klinge springen lassen. Wärt Ihr und ich damals schon auf der Welt gewesen, hätten wir ihm sicher aus vollem Herzen zugestimmt.«

»Das mag sein«, erwiderte der zweite Mann. »Wer es wagt, den Handel zu gefährden, der die Lebensgrundlage aller Menschen in den Städten ist, hat es verdient, kräftig zurechtgestutzt zu werden.«

Philipps Gedanken drifteten von der Unterhaltung der beiden Händler fort und wanderten ziellos umher. Nach dem Essen, das die Engländer bereitwillig mit ihm geteilt hatten (und das allen üblen Nachreden gegen die Kochkünste der Engländer zum Trotz nicht schlecht geschmeckt hatte), fühlte er sich warm und müde. Er dachte an den Nachmittag und spürte eine matte Erregung; die Verachtung, die ihm entgegengebracht worden war, bereits verschwommen in seinem Gedächtnis, erinnerte er sich mehr an den schlanken, schönen Körper seiner Hübschlerin und weniger an die Dürftigkeit des Geschlechtsaktes, den er mit ihr praktiziert hatte. Als plötzlich im Hintergrund des dunklen, von mehreren offenen Feuern verräucherten Raumes ein Tumult losbrach, war er zuerst zu faul, aufzustehen und nachzusehen, was passiert sein mochte. Dann erhob er sich doch zusammen mit ein paar anderen Männern und drängte sich nach hinten, um seine Neugier zu stillen. Er musste feststellen, dass er nicht über die Köpfe der vor ihm Stehenden hinwegblicken konnte, aber einige der Zuschauer fühlten sich bemüßigt, die Informationen nach hinten weiterzutragen.

»Ein betrunkener Franke«, sagte einer. »Er saß schon hier, bevor die Messe losging, und hat gesungen.«

»Er ist ein Sänger, aber er hat so miserabel Musik gemacht, dass der Wirt ihm nichts dafür geben will«, erklärte ein zweiter.

»Nein, der Wirt wollte ihm das Singen verbieten, aber er ließ sich nicht abhalten.«

»Jedenfalls hat er eine ganze Menge Wein getrunken und kann ihn nicht bezahlen.« Der Mann, der diese Information besaß, drehte sich halb zu Philipp um und grinste ihn hämisch an. Er hatte Essensreste zwischen den Zähnen und einen fettglänzenden Mund. »Er sagt, man hätte ihn bestohlen, ohne dass er es bemerkte.«

Philipp sah ihm betroffen ins Gesicht und drängte sich weiter vor. Die ersten Zuschauer kehrten bereits wieder an ihre Plätze zurück, und so war es Philipp leicht, ins Zentrum der Aufmerksamkeit zu gelangen.

»Sänger«, knurrte der Wirt, »du hast ein halbes Dutzend Becher Wein getrunken! Hast du geglaubt, ich habe etwas zu verschenken, als du hier hereingekommen bist mit deinen Kieselsteinen im Beutel? Bestohlen! Dass ich nicht lache. Wenn einem der Beutel gestohlen wird, dann gleich ganz; wer hat wohl schon davon gehört, dass sich ein Beutelschneider die Mühe macht, den Inhalt auszutauschen?«

»Der Mann hat Recht«, seufzte Philipp. Der Wirt drehte sich erstaunt um.

»Woher wollt Ihr das wissen, Meister Philipp?«

»Ich kenne ihn«, sagte Philipp. »Ich werde für das aufkommen, was er getrunken hat.«

Der Wirt musterte ihn prüfend, aber letztlich war es ihm egal, wer bezahlte. Philipp sah auf den Sänger hinunter.

»Ich danke Euch«, sagte der Sänger. »Wie es scheint, wird dieser Satz ein fester Bestandteil unserer Unterhaltung.«

»Ich hatte Euch doch geraten, Euch vor den Toren der Stadt niederzulegen. Wisst Ihr nicht, dass es der Gipfel des Leichtsinns ist, in den Straßen einzuschlafen?«

»Ich hatte ... gewartet«, entgegnete der Sänger. »Gewartet. Dabei muss ich eingenickt sein.« Er schüttelte den Kopf, als wollte er ihn klären. Seine Augen waren rot gerändert und geschwollen, und er musste blinzeln, um Philipp ansehen zu können. Ansonsten wirkte er noch immer nicht mehr als ein wenig angeheitert. »Setzt Euch doch zu mir. Ein Sitzplatz ist das Wenigste, was ich Euch dafür anbieten kann, dass Ihr mir für einige Zeit Geld *leiht.*«

Philipp zögerte. »Ihr braucht mir das Geld nicht zurückzugeben. Fühlt Euch eingeladen.«

»Es war keine Lüge«, sagte der Sänger. »Man hat mir tatsächlich den Beutel geleert.«

»Ich weiß.«

»Setzt Euch«, sagte der Sänger ein zweites Mal, ohne auf Philipps Geständnis einzugehen, und Philipp nahm zögernd ihm gegenüber am Tisch Platz. Ein Betrunkener war nicht die Gesellschaft, die er sich ausgesucht hätte. Die Herbergsgänger in der Nähe beobachteten ihn neugierig. Er überspielte seine Unentschlossenheit wie immer: Er setzte sich auf die Sitzbank, legte die Hände auf den Tisch, verschränkte die Finger ineinander und starrte einen Mann, der ihn dabei angaffte, so lange an, bis dieser woanders hinblickte.

Der Sänger lächelte ihn an. Plötzlich streckte er eine Hand über den Tisch und hielt sie Philipp entgegen.

»Ihr könnt mich Minstrel nennen«, sagte er. »Ihr seid Meister Philipp, wenn ich recht verstanden habe?«

Philipp nickte und schüttelte die dargebotene Hand.

»Ich hatte sieben Becher Wein«, sagte Minstrel. »Die Glückszahl war gerade ausgetrunken, als ich feststellte, womit man meinen Beutel gefüllt hat. Ich überlegte eine Weile, was ich tun sollte, bis der Wirt kam und mir noch einen Becher einschenken wollte. Als ich ablehnte, begehrte er mein Geld zu sehen. Ich konnte ihm den Gefallen nicht tun, und er wurde wütend.« Er seufzte, aber das Lächeln verließ sein Gesicht nicht. »Wenn Ihr mir noch Geld genug für zwei weitere Becher leihen würdet, könnte ich Euch einladen und mit Euch auf unsere Bekanntschaft trinken.«

Philipp zog die Brauen zusammen und sah den Sänger argwöhnisch an, und Minstrel fügte hinzu. »Dies ist kein billiger Versuch, Euch anzupumpen. Morgen treffe ich einen Mann, der mich bei Euch auslösen wird. Wenn Ihr wollt, schreibe ich Euch einen Schuldschein.«

»Es ist schon gut«, wehrte Philipp ab und zog seine Börse heraus.

Er stellte zu seinem eigenen Erstaunen fest, dass er dem Sänger glaubte. Der Wirt kam mit misstrauischem Gesicht an den Tisch, und Philipp bestellte zwei Becher Wein.

»Ich habe gesehen, wie Ihr hereingekommen seid«, sagte Minstrel. »Ich hoffte, dass Ihr mich auch sehen würdet und ich Euch fragen könnte, ob Ihr mir Geld leihen würdet, aber Ihr seid zum Wirt gegangen und habt Euch den Engländern vorstellen lassen.«

»Warum habt Ihr mich nicht gerufen?«

»Ich wusste Euren Namen nicht.«

»Ihr hättet aufstehen und winken können«, sagte Philipp ruhig.

Minstrel senkte den Blick und drehte den Becher auf der Tischplatte.

»Ich wollte es tun, aber es war mir ... peinlich, glaube ich. In diesem Moment erschien es mir weniger peinlich, dem Wirt meinen leeren Beutel zu zeigen und um Kredit nachzufragen.«

»Das verstehe ich nicht. Der Wirt ist ein Fremder und außerdem ein Geschäftsmann; es musste Euch doch klar sein, dass er ablehnen würde.«

»Ja«, sagte Minstrel. »Er hatte die Freiheit, meine Bitte auszuschlagen.«

Philipp sah dem Sänger in die Augen. Erstaunt wurde ihm klar, dass er an Minstrels Stelle ebenso gehandelt hätte. Gib mir nur etwas, wenn du es freiwillig gibst; biete mir Freundschaft statt schöner Worte. Es gab lediglich einen kleinen Unterschied zwischen ihnen: Minstrel war von freundlicher Ehrlichkeit, wo Philipp sich mit einem Scherz über seine Gefühle hinweggeholfen hätte.

Minstrel wandte den Blick ab und zuckte mit den Schultern. »Vielleicht sollte ich mit dem Trinken aufhören«, sagte er. Er nippte vorsichtig an seinem Wein, als wolle er beweisen, dass der Alkohol ihm tatsächlich nichts bedeutete.

»Vielleicht wisst Ihr selbst am besten, was Ihr tun solltet und was nicht«, erklärte Philipp. Minstrel lächelte erneut sein seltsam-warmes Lächeln.

»Ihr seid mehr als anständig, Meister Philipp. Dabei sehe ich, dass Ihr Euch Eurer Sache nicht sicher seid und nicht wisst, ob Ihr gehen oder bleiben sollt. Ich habe Euch auf dem Marktplatz beobachtet, als die zwei Mann aus dem Tross des Kanzlers verletzt wurden. Ihr habt gezögert, aber Ihr wart der Einzige, der schließlich zu dem mit dem zerschmetterten Kiefer trat und ihm helfen wollte. Jetzt helft Ihr mir. Warum steht Ihr nicht auf und lasst mich hier einfach sitzen zusammen mit meinem Rausch?«

»Vielleicht möchte ich von Euch erfahren, wie Ihr das mit den Ratten gemeint habt, die aus ihren Löchern kriechen?«

Minstrel sah ihm in die Augen; sein offener Blick veranlasste

Philipp dazu, noch etwas hinzuzufügen. »Vielleicht möchte ich aber bloß vermeiden, dass man auch Euch den Kiefer bricht.« Er stellte fest, dass es ehrlich gemeint war.

»Was habt Ihr auf dem Markt getan?«, fragte Minstrel nach einer Weile.

»Ein paar Einkäufe erledigt.«

»Für Euer Geschäft?«

»Wie kommt Ihr darauf, dass ich ein Geschäft haben könnte?«

Minstrel zuckte mit den Schultern.

»Ihr seht weder wie ein Bauer noch wie ein Handwerker aus; und einem Bürger dieser Stadt würde es kaum einfallen, sein Abendessen abends in der Schänke zu suchen.«

»Ich habe im Auftrag meines Herrn eingekauft«, erklärte Philipp.

»Ihr allein? Was stellt Ihr denn auf dem Hof Eures Herrn dar, wenn ich fragen darf?«

»Ich bin der Truchsess«, sagte Philipp und versuchte, sich seinen Stolz darauf nicht anmerken zu lassen. »Ohne mich müssten sie alle mit den Schafen auf die Weide, um dort zu äsen.«

»Was bedeutet das?«

»Es gibt auf jedem größeren Hof ein paar Leute, die für den Erhalt des täglichen Lebens verantwortlich sind. Da ist der Butigler, der für die Lagerhaltung, die Bäckereien und die Töpferwaren zuständig ist. Dieser untersteht dem Kämmerer, der sich um die persönlichen Besitztümer des Herrn kümmert. Der Kämmerer wiederum untersteht dem Truchsess; ebenso wie die Köche, die Pferdeknechte und die Hausdiener. Der Truchsess selbst ist für das Wohlergehen des Herrn und für seine und die Ernährung aller auf dem Hof verantwortlich. Der Truchsess bin ich; und auf unserem Hof der Kämmerer gleich dazu.«

»Euer Herr setzt bemerkenswertes Vertrauen in Euch; es gibt nicht viele in Eurem Alter, die solch ein Amt bekleiden.«

Philipp machte ein unbewegliches Gesicht, doch er genoss Minstrels Lob.

»Was habt Ihr nun für Euren Herrn eingekauft? Einen fetten Kapaun? Zarte Singvögel, deren Federn noch vom Netz des Vogelfängers zerrauft sind?«

Philipp schüttelte den Kopf. »Einen Bauern und Stoffe.«

»Eine merkwürdige Mischung. Ich bin erstaunt, was man bei Euch auf dem Markt alles feilbietet.«

Philipp lächelte. »Der Bauer war schon ein wenig angeknackst; nur die Stoffe sind erstklassig. Nun, ernsthaft, der Händler, mit dem ich das Stoffgeschäft abwickelte, hat mir seinen Knecht angeboten. Dieser hat zugestimmt, als Zinsbauer einen Pachthof für meinen Herrn zu bewirtschaften. Also habe ich ihn eingekauft und zu meinem Herrn hinausgeschickt.«

»Damit hat er sich in die Leibeigenschaft begeben, nicht wahr? Ausgerechnet als Zinsbauer. Warum hat er das wohl getan? Als Knecht eines Händlers hätte er ein leichteres Leben gehabt.«

Philipp verdrehte die Augen, »Eine schwierige Frage; ich habe sie mir auch schon gestellt. Tatsache ist, dass er die Stadt unbedingt verlassen wollte, und das so schnell wie möglich. Außerdem hat er gesagt, die persönliche Freiheit eines Menschen spiele keine Rolle.«

»Ah, der Prophet«, sagte Minstrel und wiegte den Kopf. »Er hat den Propheten gehört. Es ist gefährlich, auf solche Reden zu achten; es ist Gott nicht gefällig und schon gar nicht seinen Dienern auf Erden.«

Philipp beugte sich nach vorn.

»Der Prophet?«, fragte er. »Was hat der Prophet damit zu tun?«

»Ist es Euch nicht klar, was Euren Mann antreibt? Er glaubt, dass die Welt bald endet. Danach werden die Herren Knechte sein, und die Geknechteten werden von ihrem Joch erlöst. Und selbst wenn beim Ende der Welt alles zum Teufel geht, dann hat er wenigstens die letzten Jahre seines Lebens verbracht, ohne sich anzustrengen. Ihr werdet feststellen, Meister Philipp, dass Ihr kein Arbeitstier für Euren Herrn eingekauft habt, wenn ich mich nicht sehr irre. Eher einen Faulpelz.«

Philipp sah Minstrel an, während in seinem Kopf der unschöne Gedanke aufstieg, dass Lambert mit der Blesse ihn gründlich zum Narren gehalten hatte.

»Ich nehme an, mit den Ratten habt Ihr dann seinesgleichen gemeint.«

Minstrel blickte ihn nachdenklich an. Der Wirt kam mit einem Krug vorbei und schenkte nach. Minstrel hatte seinen Becher bereits geleert; Philipp hatte von seinem kaum gekostet.

»Alle sind sie Ratten«, sagte Minstrel langsam, ohne zu erklären, ob er mit seiner Antwort auf Philipps Frage einging oder seinen eigenen Gedanken nachhing. »Sie verbreiten ihre Lügen wie eine Krankheit.«

»Sprecht Ihr jetzt vom Propheten? Diese Gestalten erscheinen immer einmal wieder. Man darf sie nicht ernst nehmen.«

»Der Prophet«, sagte Minstrel, ohne auf seine Worte zu achten. »Die Büttel. Die Fürsten. Die Päpste und die Kaiser. Sie sind alle gleich.« Er packte seinen Becher und leerte ihn mit einem Zug. Das leichte Lächeln hatte jetzt einem Ausdruck der Bitterkeit Platz gemacht, und mit diesem Gesichtsausdruck und seinem hastigen Trinken wirkte er plötzlich nicht mehr leicht beschwipst, sondern wie jemand, der versucht, etwas zu ertränken, und dabei immer betrunkener, aber keineswegs weniger bitter wird. Minstrel schien darüber nachzudenken, in welche Worte er seine Gedanken kleiden sollte und vor allem, wie viele davon preiszugeben ratsam war; Philipp konnte es an der Falte zwischen seinen Brauen erkennen, und er erkannte auch, dass der Drang, sich zu äußern, in Minstrel stärker war als seine Unschlüssigkeit. Der Sänger war kein verschlossener Mann. Philipp beobachtete ihn erwartungsvoll.

»Euch muss doch klar sein, dass jene Pilger im Auftrag des Heiligen Vaters den Propheten nicht deshalb am Reden hindern wollten, um den Zuhörern seinen Mundgeruch zu ersparen«, sagte Minstrel.

»Weshalb dann?«

»Es war eine Hetzpredigt gegen den Kaiser. Der Papst hat die Losung ausgegeben, dass jeder, der einer derartigen Tirade zuhört, fünfzig Tage Fegefeuer erlassen bekommt. Seitdem laufen die Pfaffen in ihrer Selbstlosigkeit herum und hetzen, damit ihren Schäfchen ein paar Tage der himmlischen Rachsucht erspart bleiben. Und weil an manchen Orten die Hunde, die die Schäfchen bewachen, darüber wütend werden, müssen sie vorsichtig formulieren.«

»Ich habe das nicht als Hetzpredigt erkannt.«

»Weil man den Mann zu früh aufgehalten hat. Seine Freunde hätten den Propheten weggeführt, und er hätte an seiner Stelle weiter gepredigt. Die Kaiserlichen sind ihm dazwischengekommen. Nun, sie haben ja ihren Lohn dafür erhalten, stimmt's?« Minstrel verzog den Mund und lächelte bitter. »Wie habt Ihr die Voraussage des Propheten empfunden?«, fragte er dann.

»Blutrünstig. Den Leuten schienen die Details zu gefallen.«

»Er sieht eine Zeit heraufziehen, die von solchen Details voll sein wird. Ich weiß nicht, ob er wirklich Gesichte hat oder nur eins und eins zusammengezählt hat und über dem Ergebnis vor Schreck verrückt geworden ist. Tatsache ist, dass wir uns auf etwas zubewegen, was nicht weniger schlimm sein wird als alles, was er erzählt hat; wie ein Schiff, das auf einen Mahlstrom zugerissen wird. Und unser Schiff hat nicht einmal einen Steuermann; oder besser gesagt, es hat zwei, die sich nicht einig sind, was auf das Gleiche herauskommt. Wenn wir als Passagiere wüssten, welcher von beiden der Gute und welcher der Schlechte ist, könnten wir den Schlechten über Bord werfen, aber wir wissen es nicht, oder? Wer, glaubt Ihr, ist das Tier mit den sieben Köpfen, von dem der Prophet gesprochen hat? Das ist das alte Rom, erbaut auf sieben Hügeln. Sie sagen, der Kaiser habe die Verderbtheit des alten Rom geerbt, ein neuer Imperator Nero, dessen Wiederkunft sie seit fünfhundert Generationen fürchten.« Minstrel lachte. »Dabei haben sie vergessen, dass sie selbst jetzt Rom verkörpern. Wer weiß, ob das Tier nicht schon längst auf einem purpurnen Thron sitzt? Nur, dass dieser in der Engelsburg steht.«

Philipp sagte mit bemühtem Lächeln: »Eure Rede lässt mir zwar die Hosen erzittern, aber verstehen kann ich sie nicht.«

Minstrel seufzte. Inzwischen hatte der Wirt, von Philipps ausbleibendem Widerstand motiviert, einen vollen Weinkrug auf den Tisch gestellt, und Minstrel hatte sich zum wiederholten Male nachgeschenkt. Er war nun ziemlich betrunken; in jenem Stadium, das einem Beobachter fast wieder klar erscheint. Was jedoch noch immer durchhielt, war seine Stimme, der nichts anzumerken war.

»Der Papst hat nicht nur verfügt, dass jeder, der einer Hetzpredigt zuhört, in der Gnade Gottes ist und seine zukünftigen Höllenstrafen verringert«, erklärte Minstrel. »Wer gar das Schwert gegen den Kaiser erhebt, kann eines vollen Ablasses gewiss sein.«

»Warum unternimmt der Kaiser nichts dagegen?«, fragte Philipp.

»Vielleicht misst er diesen Reden keine große Bedeutung bei.«

»Aber die Priester sind es doch, die den Willen des Volkes steuern. Wenn sie es gegen den Kaiser aufhetzen, wie kann er dem keine Bedeutung beimessen?«

»Ich bin erstaunt über Euren klaren Blick, was die Funktion des Klerus betrifft«, sagte Minstrel amüsiert.

»Ich war bis zur Adoleszenz ein Novize im Kloster«, erklärte Philipp. »Ich habe einige Lektionen genossen, die sich mit dem Selbstbewusstsein der Kirche befassten.«

»Lektionen, die ohne Zweifel auch Eure Kameraden gehört haben; und dennoch bin ich sicher, dass sie sie anders interpretiert hätten.«

»Es waren Lektionen, die von der Einheit und der Gemeinschaftlichkeit der Wissenden erzählten und wie diese sie dazu bestimmten, die Schafe zu leiten, die das wankelmütige Volk darstellten. Vielleicht habe ich sie anders verstanden, weil ich die Gemeinschaftlichkeit nicht spüren konnte.« Philipp war zum zweiten Mal erstaunt über die Offenheit, die Minstrels Gegenwart in ihm auslöste.

»Anders zu denken als die anderen ist nicht zwangsläufig etwas Schlechtes«, sagte Minstrel. »Zuweilen verhindert es, dass einem der Geist verklebt wird.« Es klang, als habe er alle Erfahrung der Welt darin, anders zu denken. »Was nun Eure Sorge um des Kaisers Empfinden für das Volk angeht – wieso glaubt Ihr, den Kaiser müsse es interessieren, was das Volk denkt? Es ist nicht das Volk, das ihn wählt.«

»Aber es kann ihm doch nicht egal sein, wenn das Volk belogen wird.«

»Daran ist es selbst schuld«, sagte Minstrel. »Das Volk kann leicht betrogen werden, da es sich für so abgeklärt hält, niemandem etwas zu glauben und über den feinen Reden der Herren zu stehen, die es ohnehin nicht versteht. In Wahrheit ist die Abgeklärtheit nur der Mangel an Interesse, und demjenigen, dem es gelingt, sich für sie interessant zu machen, glauben sie zuletzt doch unbesehen alles.«

»Und was ist mit den Fürsten? Die Priester werden doch auch vor ihren Ohren gegen den Kaiser hetzen.«

»Das ist wahr. Nur ist es bei den Fürsten anders, denn sie glauben in erster Linie nur an sich selbst und ihren persönlichen Vorteil, und sie werden demjenigen die Treue halten, von dem sie sich den größten Vorteil versprechen. Solange das der Kaiser ist, muss er über die Bemühungen der Pfaffen nicht besorgt sein.« Minstrel verstummte plötzlich, als wäre da doch etwas, über das der Kaiser sehr wohl besorgt sein müsse, aber er sprach es nicht aus. Sein Gesicht war nachdenklich. »Kennt Ihr die Geschichte von der Zauberin, die eine Truhe besaß, deren Inhalt niemand kannte – nicht einmal sie selbst? Eines Tages hielt sie es nicht mehr aus und öffnete die Truhe. Es stellte sich heraus, dass sie mit dem Bösen der Welt gefüllt war: mit Krankheiten, Pestilenz, mit Eifersucht und Gier, mit Mord und Habsucht. Es gibt viele solcher Truhen; manchmal findet jemand eine davon und macht sie auf, und die Teufel spazieren heraus.«

»Ich verstehe nicht, was Ihr damit meint«, sagte Philipp, aber Minstrel hatte den Blick auf die Tischplatte gerichtet und murmelte: »Die Teufel sind schon unter uns. Sie haben sich nicht die Gestalt von Ungeheuern gegeben, so einfältig sind sie nicht. Es kämpfen nicht Könige gegen Drachen, sondern die Drachen kämpfen gegeneinander, und wer immer gewinnt, frisst die auf, die den Kampf überlebt haben.« Er sah Philipp an.

»Mein Freund, sie sind längst unter uns, und ihre Klauen sind Betrug und ihre Zähne sind Lügen. Sie haben uns geraubt, was wir gewusst haben, und jetzt wollen sie uns das rauben, woran wir glauben. Die Drachen hocken in ihren Höhlen und senden ihre Knechte, die ihnen ihre Seelen verkauft haben, in alle Himmelsrichtungen aus. Aber ich hole mir meine Seele wieder zurück. Ich hole sie mir wieder zurück.«

Sein Kopf sank auf den Tisch, und er schlief ein.

Nicht weit entfernt vom »Kaiserelefanten« stand, zwischen Neugassentor und Drachenpforte und einen Steinwurf vom Palast des Erzbischofs entfernt, eine Herberge mit dem nahe liegenden Namen »Zum Drachen«. Die Herberge besaß keinerlei Ess- oder Trinkstube, dafür aber eine ganze Anzahl von Stallungen und in ihrem oberen Stockwerk einen geräumigen Schlafraum mit einer Anzahl Einzelpritschen und einem großen Bett für mindestens zwei Dutzend Schlafende. Pritschen und Bett waren mit Farnkraut gepolstert, das anders als das üblicherweise verwendete Stroh das Ungeziefer fern hielt, und der Wirt hielt ein knappes Dutzend schwerer Decken auf Vorrat, die er gegen Aufpreis an diejenigen Ruhesuchenden vermietete, deren Reisemantel zu dünn oder zu nass war oder die keinen Reisemantel, aber eine genügend gefüllte Börse besaßen. Die Decken rochen streng nach Rauch und rohem Speck, denn der Wirt hängte sie nach dem Gebrauch zusammen mit dem Räucherfleisch über die Trockensparren, um auch aus ihnen ein etwa vom vorigen Benutzer übergewandertes Ungeziefer zu vertreiben. Diese Tatsache und die farngepolsterten Schlafstätten hatten dem Wirt einen hohen Ruf in der Stadt verschafft, und nicht jeder Reisende oder Übernachtungsgast konnte es sich leisten, die Dienste des Wirtes in Anspruch zu nehmen.

Raimund hatte, noch aus den Zeiten, in denen er sich öfter in der Stadt aufgehalten hatte, die einzige Kammer der Herberge gemietet, und wenn Philipp in seinem Auftrag in der Stadt war, stand sie ihm für seine Nachtruhe zur Verfügung. Die Kammer war nichts anderes als ein Bretterverschlag am einen Ende des Schlafsaals, dessen Zugang mit Decken abgehängt war.

Philipp genoss die Zurückgezogenheit der Räumlichkeit; und zugleich fühlte er sich darin unwohl. Unwohl, weil ihm der Gedanke noch immer nicht geläufig war, ab und an einen Raum für sich selbst zu haben, in den er sich zurückziehen konnte. Weder hatte er im Kloster etwas Derartiges besessen, noch stand es ihm auf dem Gut zur Verfügung. Im Kloster hatte es wohl reiche Söhne gegeben, die *privitas* genossen und deren Väter für dieses Vorrecht aufkamen; aber sie waren niemals ganz in der Gemeinschaft aufgegangen. Sie hatten an den Messen, Speisungen, Vorlesungen und Arbeiten teilgenommen, die das wache Leben des Mönchs erfüllten. Aber die nächtlichen Rituale, die unschuldigen und die lüsternen Spiele der heranwachsenden Knaben, die mehr als die Gebete des Abtes und die Ordensregeln dafür sorgten, dass schon die Novizen sich als Teil der Gemeinschaft fühlten, in der sie als Mönche später eingebettet sein würden, teilten sie nicht.

Philipp, der seine Eltern, die ihn an der Klosterpforte abgegeben hatten, nicht kannte, hatte im gemeinsamen *dormitorium* genächtigt und war dennoch ebenso wenig wie die reichen Novizen ein Teil der Gemeinschaft geworden. Vielleicht lag darin der Hauptgrund, warum es ihm neben der Wohltat der eigenen privaten Sphäre Unbehagen bereitete, diese zu genießen: Weil er sich sein ganzes Leben lang neben den anderen stehend empfunden hatte und der Besitz dieses Zimmers – wenn auch wenige Male im Jahr und nur für kurze Zeit – ihn daran erinnerte, wie vergeblich er sich während seiner Klosterzeit nach einem solchen eigenen Raum gesehnt hatte, um der erdrückenden Enge einer Gemeinsamkeit zu entgehen, zu der er niemals gehört hatte.

Philipp lag wach auf der Pritsche in der Kammer und lauschte den Geräuschen der Schläfer draußen im großen Saal. Der Saal war nahezu voll; der Markt war einer der ersten des Jahres gewesen, der auch die Händler in die Stadt führte, nachdem der Winter unverhältnismäßig lange regiert hatte und der Frühling erst weit nach Ostern endgültig hatte Fuß fassen können. Philipp, der sich nach dem Dunkelwerden in der Herberge eingefunden hatte, war erstaunt gewesen, über wie viele Säcke und Packtaschen und Kleiderbündel er sich seinen Weg in seinen Raum hatte tasten müssen, verfolgt von den alarmierten Rufen der von seinen Bewegungen geweckten Schläfer, die ihn im ersten Schreck für einen Dieb hielten.

Philipp dachte über Minstrel nach. Um es genauer zu sagen: Er dachte über Freundschaft nach. Betrachtete man Philipps bisheriges Leben, hatte es seit dem Verlassen des Klosters eine atemberaubende Wende zum Besseren genommen: seine Stellung auf dem Hof seines Herrn, das Vertrauen, das er genoss, die Freiheit, mit der er sich bewegen konnte. Gewiss, Philipps Herr benahm sich mehr als freundschaftlich in seiner Großzügigkeit und seinem Vertrauen ihm gegenüber, aber abgesehen von all dem war und blieb er sein Herr. Die Männer und Frauen, die auf dem Hof arbeiteten, begegneten ihm mit freundlichem Respekt – aber Philipp war sich niemals sicher, ob ihre Freundlichkeit nicht einfach darauf beruhte, dass er die rechte Hand des Herrn war. In der Stadt gab es weder Mann noch Weib, die sich für ihn außerhalb geschäftlicher Verbindungen interessierten. Minstrel war anders.

Minstrel war ein Trinker, und er war stolz, ohne arrogant zu sein, besaß die vollendeten Manieren eines höfischen Minnesängers und eine Offenheit, die klarstellte, dass er kein Mann der Kompromisse war. Er besaß Würde; das war es, was ihn am besten charakterisierte. Er war unglücklich und allein und hatte sich offensichtlich dem Wein ergeben, aber er besaß Würde. Es war etwas, was ihn über die übrigen Plappermäuler, Windbeutel und Schöntuer stellte, die sich einem anbiederten. Man hatte das Gefühl, dass es eine Auszeichnung war, wenn er einem vertraute; und es schien, als vertraue er Philipp.

Immerhin hast du seinen Wein bezahlt und ihm zuletzt auch noch zu einer Schlafstätte verholfen, dachte Philipp sarkastisch, aber er wusste selbst, dass sein Sarkasmus nicht zutraf. Minstrel hatte seine Hilfe nicht erbeten und nicht mit ihr gerechnet. Genauso wenig wie um Hilfe buhlte er um Philipps Freundschaft.

Freundschaft ist nichts weiter als eine zusätzliche Verbindlichkeit, dachte Philipp schließlich, schon an der Schwelle zum Schlaf, ein Akt, mit dem man sich an den erwählten Führer einer Gruppe oder an deren Mitglieder bindet. Es mochte an dem Gefühl liegen, das sein Aufenthalt in diesem exklusiven Raum in der Herberge jedes Mal wieder in ihm wachrief. Seine Zeit im Kloster stand ihm deutlicher vor Augen als sonst, und er erinnerte sich dunkel an ein Erlebnis mit anderen Novizen, an deren Gunst ihm damals gelegen war. Es hieß, man müsse einen Akt ähnlich der *commendatio* vollführen, um in ihren Zirkel aufgenommen zu werden. Der Akt bestand darin, während der Nachtruhe leise aus dem Schlafsaal der Novizen zu schleichen und sich in der Latrine zu treffen, wo von ihm verlangt wurde, das Novizengewand zu lüften und sein Geschlechtsteil zu präsentieren. Es war ein langer Weg, den er hinter den beiden Knaben herschlich; das Licht brannte die ganze Nacht im *dormitorium* und raubte ihnen den Schutz der Dunkelheit, und sie mussten an dem Mönch vorbei, der in der Mitte des Schlafsaales lag und auf die Novizen zu achten hatte. Der Wächter schlief den Schlaf des Gerechten, doch kaum waren sie an ihm vorbei, stieg die Angst vor der von ihm erwarteten Tat, als sie sich der Latrine näherten und endlich in ihrer hintersten Ecke Aufstellung nahmen. Er erinnerte sich an sein unerträglich klopfendes Herz und an den Schock, den er fühlte, als er sich seiner Erregung bewusst wurde. Sein Glied füllte sich plötzlich schmerzhaft mit Blut, und er präsentierte es (nachdem er mit Zögern und Zaudern und vollkommen vergeblich versucht hatte, das Abklingen der Erregung abzuwarten) schaudernd und nahezu ohnmächtig vor Scham und Aufregung. Einen Moment lang nur, einen kurzen Augenblick, bevor die Scham übermächtig wurde und er das Vorderteil des Gewandes mit beiden Händen krampfhaft nach unten zog. Sie konnten ihn nicht dazu überreden, sich noch einmal zu zeigen. Der Akt, die *commendatio*, war nur zum Teil erfüllt, und ebenfalls nur zum Teil erfüllte sich die Freundschaft, an der ihm schon nichts mehr gelegen war, Sekunden bevor er das Gewand aufgehoben hatte.

Philipp schlief ein. Er träumte; aber anstatt von jenem Erlebnis zu träumen, erschien ihm die Truhe, von der der Sänger gesprochen hatte. Er trat hinzu und sah, dass das Schloss der Truhe bereits geöffnet war; der Deckel sprang auf, und er sah einen Rattenkönig in der Truhe hocken, die vielfach verschlungenen und verknäuelten Schwänze wie ein zuckendes Nest fleischfarbener Schlangen. Dutzende von schwarzen Augenpaaren funkelten ihn an, und die Tiere öffneten die Mäuler und sagten mit der Stimme des Propheten: »Wir sind die Herren der Hinterlist«

Am nächsten Morgen waren die Erinnerungen an seine Klosterzeit ebenso wie der Traum verblasst.

Als Philipp sich anzog und dabei missmutig an seine bevorstehende Arbeit bei Radolf Vacillarius dachte, hörte er Schritte, die sich seinem Geviert näherten, und gleich darauf ein Räuspern. Die Decke wurde beiseite gezogen, und Minstrel trat in den Raum. Er wirkte nicht blasser als gestern während des Tages; nur seine tief liegenden Augen zeigten, dass ihm der Alkohol zu schaffen machte. Er war so nüchtern, wie ein Mann am frühen Morgen nur sein konnte. »Ich fürchte, ich habe mich gestern Abend Euch gegenüber nicht besonders aufmerksam benommen«, sagte er.

»Der Wein hatte Euch überwältigt. Ihr seid eingeschlafen.«

»Aufgewacht bin ich in dem Zimmer oberhalb der Gaststube, in dem der Wirt mit seiner Familie schlief.«

»Er hatte dort ein Bett frei, und ich habe ihn gebeten, es Euch zu geben.«

»Ich nehme an, ihr habt Eure Bitte mit genügend Pfennigen untermauert.«

Philipp zuckte mit den Schultern.

»Sein Haus ist eine eingetragene Herberge, und er hat das Recht, dieses Bett zu vermieten. Tatsächlich war es nur ein Glücksfall, dass es frei war und er es Euch für die Nacht zur Verfügung stellen konnte.«

Er machte eine einladende Geste, und Minstrel trat auf das Bett zu. Er setzte sich, bückte sich ächzend zu der Wasserschale, die davor auf dem Boden stand, und wusch sich die Hände. Mit gebeugtem Rücken und Händen, die über die Schüssel baumelten und dort abtropften, blieb er sitzen und seufzte.

»Den Grund dafür kann ich Euch nennen«, sagte er. Aus der Nähe wirkte er noch spitzer als sonst. Er lächelte Philipp müde an. Neben dem Lager stand eine Schale mit Kardamomsamen auf dem Boden, die Philipp am Morgen zu kauen pflegte, um den schlechten Atem abzutöten; Minstrel fasste hinein und schob sich einige davon in den Mund.

»Die Frau des Wirts hat ein kleines Kind geboren«, sagte er. »Vor nicht länger als drei Wochen. Es schlief mit in demselben Raum. Wenn es denn schlief.«

Philipp runzelte die Brauen.

»Versteht Ihr«, sagte Minstrel und breitete die Hände aus. »Ich bin nicht undankbar, ganz und gar nicht. Ohne Euch hätte ich im Rinnstein übernachten müssen, und zweifellos hätte mir der erste dahergelaufene Vagabund das Fell über die Ohren gezogen. Es ist nur ...«

»... dass Euch das Kind die ganze Nacht über wach gehalten hat«, vollendete Philipp mit spöttischem Grinsen.

Minstrel strich sich durch sein wirres Haar und sagte: »Die Frau des Wirts war noch erschöpft vom Wochenbett und hatte den Schlaf einer Toten, und der Wirt selbst scheint taub zu sein.«

»Das heißt, Ihr musstet den Wirt aufwecken, damit er das Kind zum Schlafen brachte«, lachte Philipp.

»Das heißt«, sagte Minstrel resigniert, »dass ich zweimal selbst aufstand und den kleinen Wurm auf meinen Armen wiegte, bis er sich beruhigt hatte, weil weder seine Mutter noch sein Rabenvater erwachten.«

Philipp begann schallend zu lachen. Als er sich beruhigt hatte, sagte Minstrel: »Das dritte Mal wurde ich von der Tochter des Wirts aus dem Schlaf gerüttelt, die mich bat, das Kind nochmals zu beruhigen, weil sie selbst auch nicht schlafen könne. ›Weck deinen völlig tauben Vater‹, knurrte ich, ›es ist sein verdammtes Kind.‹ Sie sah mich von unten herauf an und sagte: ›Aber Herr, bei Euch wird es viel schneller ruhig.‹«

Philipp brach lachend auf dem Lager zusammen. Minstrel schaute auf ihn hinab und machte ein säuerliches Gesicht. Der übermütige Funke, der in seinen Augen tanzte, strafte seine Miene jedoch Lügen. Zuletzt zog er ein abgeschabtes, vielfach benutztes Pergament aus seinem Wams und hielt es Philipp hin.

»Was ist das?«, fragte Philipp und wischte sich die Tränen aus den Augen.

»Ein Schuldschein«, erklärte Minstrel. »Ihr habt meinen Wein und mein Lager bezahlt, und ich habe den Wirt gefragt, wie viel Ihr für mich ausgelegt habt. Der Schuldschein lautet über diesen Betrag.«

Philipp faltete das Pergament auseinander und spähte hinein. Was einmal darauf gestanden hatte, war mit Bimsstein abgerieben worden, und die ursprünglichen Buchstaben waren Schatten zwischen den jetzigen Worten. Minstrel hatte in geschwungener fränkischer Schrift einen Text aufgesetzt, der seine Worte bestätigte.

»Ihr habt nichts zu verschenken«, sagte Minstrel. »Also nötigt Euch keinen Widerspruch ab. Was ihr für mich getan habt, hätte kein Zweiter getan, und es tut Eurer Freundestat keinen Abbruch, wenn ich Euch das Geld wiedergebe, das ich Euch schulde. Für mich ist es zugleich eine Möglichkeit, mein schlechtes Gewissen zu beruhigen und Euch nochmals Dank zu sagen.«

Philipp nickte und steckte den Schuldschein ein.

»Was werdet Ihr nun tun?«, fragte er.

»Ich habe nach dem Mittagläuten ein Treffen mit einem ... wichtigen Mann. Ich werde ihn bitten, mir Eure Auslagen zu ersetzen. Sobald ich das Geld habe, komme ich hierher und händige es Euch aus.«

»Und bis dahin?«

»Bis dahin werde ich Euren gestrigen Rat befolgen und mich irgendwo außerhalb der Stadt schlafen legen. Ich fühle mich ein wenig erschöpft.«

»Warum nehmt Ihr nicht das Lager hier?«, fragte Philipp. Minstrel sah ihn an.

»Mein Herr bezahlt diesen Raum«, erklärte Philipp. »Wenn ich in der Stadt bin, steht er mir zur Verfügung. Er hat niemals gesagt, dass ich das Lager nicht jemandem anbieten dürfe, den ich kenne. Wenn es Euch Sorgen bereitet, könnt Ihr mir ja einen weiteren Schuldschein ausstellen.«

Minstrel schwieg, und Philipp erwartete die Frage, weshalb er ihm nochmals helfen wolle. Zuletzt senkte der Sänger stumm den Blick.

»Ich nehme Euer Angebot an«, sagte Minstrel.

»Gut.«

Philipp bückte sich und schnürte die Lederriemen um seine Waden. Minstrel sah ihm von der Seite her zu, dann wandte er sich um und betrachtete den Raum. In ihr Schweigen klangen die Geräusche, die von den anderen Schläfern jenseits der Kammer kamen und die sich wie Philipp auf den Tag vorbereiteten: das Rascheln von Kleidung, Husten und Räuspern, die klinkernden Geräusche von Taschenverschlüssen und Gürtelschnallen und das alberne Kichern, das auf einen unverständlichen Scherz folgte.

»Woher wusstet Ihr, wo Ihr mich finden würdet?«, fragte Philipp.

»Vom Wirt des Gasthauses, in dem wir uns gestern trafen. Er schickte mich hierher; der hiesige Wirt schließlich zeigte mir den Weg zu Eurer Schlafkammer. Euer Herr scheint tatsächlich viel für Euch übrig zu haben.«

Philipp stand auf, um in sein Wams zu schlüpfen. »Die Schatten kriechen heran«, sagte Minstrel. Philipp fuhr herum.

»Was meint Ihr?«

»Die Dunkelheit nähert sich, und Ihr wisst es, Meister Philipp; habe ich Recht?«

Philipp fühlte, wie sein Herz heftig zu schlagen begann. Der Raum schien plötzlich finsterer geworden zu sein.

»Ich glaube nicht, was der Prophet voraussagt«, sagte Philipp heftig. »Das Ende der Zeiten ist noch nicht gekommen.«

»Es ist das Ende der Unschuld«, sagte Minstrel, »das gekommen ist. Wir haben einen Weg gefunden, sogar Gott zu betrügen.«

»Was wollt Ihr nur mit diesen dunklen Reden sagen?«, rief Philipp. »Die Truhe, aus der jemand das Böse befreit hat; die Teufel, die bereits unter uns sind; und dass Ihr Eure Seele verkauft hättet.«

Minstrel lächelte verloren; er fuhr sich mit der Hand über das Gesicht und schien seine Bemerkung zu bereuen. »Vergesst es«, sagte er. »Wenn alles gut geht, werdet Ihr nie erfahren, was damit gemeint ist.«

»Wem habt Ihr Eure Seele verkauft?«, drängte Philipp. »Habt ihr Euch einem Dämon verschrieben?«

»Viel schlimmer«, seufzte Minstrel. »Ich habe mich dem Herrn der Hinterlist verdingt.«

Die abschließenden Gespräche über die neuen Bestellungen mit Rasmus, dessen Geschäftstüchtigkeit ihr gestriger gemeinsamer Besuch des Badehauses keinen Abbruch tat, zogen sich eine

Weile hin, und als sie beendet waren, bestand Rasmus auf einem neuerlichen Besuch der Örtlichkeit. Philipp konnte ihn nur mit Mühe abwehren. Danach stellte ihn Rasmus einem befreundeten Händler vor, der am nächsten Tag nach Nürnberg aufbrechen wollte und dessen Karawane sich Philipp für einen Teil der Strecke zu Radolf hinaus anschließen konnte, damit er so wenig wie möglich allein und ungeschützt reisen müsse. Als er am späten Nachmittag zu der Herberge zurückkehrte, stand der Wirt bereits mit zwei Bütteln vor der Tür und drang klagend auf ihn ein. Einer der Büttel war der Wachführer der Rotte, die für die Einhaltung der Ordnung in den Herbergen und Badehäusern zuständig war. Philipp kannte ihn; sein Name war Rutger, ein junger Mann in Philipps Alter, der zwischen seinem Neid auf Philipps bessere Stellung und der Anmaßung seiner eigenen Machtbefugnisse, zwischen Bequemlichkeit und Arbeitseifer, zwischen Arroganz und Servilität hin und her schwankte. In seinen ausgeglichenen Tagen war er ein zuverlässiger Wachführer und in seinen freien Stunden ein zum Spott aufgelegter, aufgekratzter Saufkumpan. Rutger hatte sich die Sachlage bereits zurechtgelegt: Wie es schien, hatte Minstrel die Zeit zwischen Philipps Aufbruch und dem Mittagläuten, während derer sich niemand im Schlafsaal aufgehalten hatte, dazu genutzt, sich heimlich davonzustehlen. Zuvor jedoch hatte er das Lager aus Farnkräutern heruntergerissen und durchwühlt und alles umgeworfen und zerschlagen, was sich zerstören ließ.

»Einen ordinären Dieb habt Ihr mir ins Haus gebracht, Meister Philipp«, sagte der Wirt anklagend. »Jetzt könnt Ihr diese Nacht noch nicht einmal hier schlafen.« Philipp machte keine seiner üblichen scherzhaften Bemerkungen; er gab seine Aussage für Rutger ab, der ihn halb teilnahmsvoll, halb spöttisch betrachtete, bezahlte den Schaden schweigend mit dem Geld, das ihm Raimund für seine Einkäufe mitgegeben hatte, und ging zurück zur Unterkunft der Händlerkarawane, um die Nacht vor ihrem gemeinsamen Aufbruch mit ihnen zusammen zu verbringen.

Während Philipp in der Stadt seinen Aufbruch vorbereitete, von ebenso viel pochendem Zorn auf Minstrels Tat wie auf seine eigene Gutgläubigkeit erfüllt, traf eine kleine Gruppe Reisender vor der Ehrenpforte ein: ein fränkischer Geistlicher, in dessen Begleitung sich drei Frauen befanden, von denen wiederum eine die Kopfbedeckung und den Schleier einer verheirateten Frau trug, während die beiden anderen sichtlich ihre Mägde waren. Die Torwachen ließen sie ohne großes Aufheben passieren. Sie konnten nicht viel Schaden anrichten; wahrscheinlich waren sie ohnehin nur in der Stadt, um die Reliquien zu bewundern, bevor die Pilgersaison in vollem Schwange war. Die Frau sah vornehm gekleidet genug aus, um sich die Reise noch vor allen regulären Pilgern leisten zu können. Als sie ihnen das Gesicht zuwandte und lächelnd mit einem fränkischen Akzent dankte, waren sie erstaunt, dass sie es riskiert hatte, mit dieser kleinen, nutzlosen Eskorte bis hierher zu reisen. Sie war von einer selbstbewusst wirkenden Schönheit, so viel unter der Haube mit dem breiten Kinnschleier zu sehen war, und das Haar, das in ihren Nacken fiel, glänzte im abendlichen Sonnenlicht mit einem überwältigenden Herbstrot. Die Torwachen waren sich einig, dass es töricht von einer Frau ihres Aussehens war, so unbewacht zu reisen; ihr Gesicht allein hätte jedem Wegelagerer das Wasser im Mund zusammenlaufen lassen, ungeachtet aller möglichen Reichtümer, die bei ihr zu holen sein konnten. Die Torwachen sahen ihr kopfschüttelnd nach und hingen kurzfristig eigenen Gedanken nach, in denen die Frau, eine einsame Straße und sie selbst in der Gestalt eines raubeinigen, zu allem entschlossenen Wegelagerers eine Rolle spielten. Natürlich konnten sie nicht wissen, dass Aude Cantat, deren Reichtum sich gerade so weit erstreckte, dass sie die zwei alten Frauen und den Kaplan als ihre Reisebegleiter entlohnen konnte, erst ein paar Meilen vor der Stadt die Männerkleidung ausgezogen hatte, in der sie (zur Missbilligung des Kaplans, der sich jedoch nicht hatte durchsetzen können) die restliche Reise getan hatte – dem Aussehen nach ein zierlicher junger Mann mit einem Geistlichen und zwei alten Weibern als Gefährten, die zu überfallen sich für keinen Wegelagerer lohnte.

Zwischenspiel

Der Tag war schlimmer als die Nacht.

Agnes war sicher gewesen, die Nacht nicht zu überleben. Aber sie war auch sicher gewesen, den kurzen Prozess, die Urteilsverkündung und ihre Fesselung an den Schandpflock nicht zu überleben; und danach atmete sie noch immer. Tatsächlich hatte die Nacht etwas Tröstliches. Die Hitze des Tages ging mit der Sonne und mit ihr das grelle Licht, das sie in ihrer Hilflosigkeit und Schande dem Auge des Herrn preisgab. In der Dunkelheit schienen die Häuser näher an sie heranzurücken, ihre kompakten Schatten wie Leiber von freundlichen Tieren, die sich um sie scharten. Gewiss, es gab die Stimmen der wilden Bestien, die sich nachts in den Wäldern tummelten oder über die Felder der Menschen liefen. Der grelle Todesschrei eines kleinen Lebewesens, das seinem Verfolger ausgeliefert war, klang nicht weniger erschreckend als das blutdürstige Heulen des Jägers, der seine Beute in seinen Tatzen weiß. Einmal schwang sich ein Nachtvogel scheinbar direkt über ihr aus der Luft, in einem Sekundenbruchteil ein finsterer Umriss vor dem Sternenhintergrund des Himmels, im nächsten ein Rauschen und Knattern von Federn und das schmerzhafte Fiepen einer Maus, in deren Leib sich die erbarmungslosen Fänge bohrten. Sie wollte schreien. Ihre Zunge zuckte, aber die Klammern hielten sie fest und trieben scharfe Nadeln der Pein in sie, und es wurde nicht mehr als ein abgehacktes Keuchen daraus. Der Tod der Maus spielte sich direkt vor ihren Füßen ab, und sie wusste, dass der Teufel in jenem Nachtvogel war, denn wie hätte das Tier sonst die kleine Maus sehen können, die sich unmittelbar vor ihr befand und die sie selbst doch nicht gesehen hatte. Das Fiepen brach unvermittelt ab, und der Vogel erhob sich in einem Wirbel aus Federn und Staub wieder; er war niemals richtig auf der Erde gelandet. Agnes umklammerte die Kette, die ihre Hände an den Pflock fesselte, ihr Herzschlag rasend; es war ihr fast übel vor Schreck. Es gab all diese Vorkommnisse, und trotzdem hatte die Nacht etwas Tröstliches. Zum einen gelang es ihr, trotz der unbequemen Stellung, zu der sie gezwungen war, mit dem Rücken an den Schandpflock gelehnt, immer wieder einzunicken, sodass es Zeiten gab, in denen ihr Bewusstsein nicht ständig mit dem Schmerz und der Scham kämpfte. Zum anderen, und das war das Wichtigere, wusste sie, dass Menschen um sie herum waren, dass ihre Nachbarn, ihre Leidensgenossen, ihre Familie in den Häusern um sie herum schliefen. Sie hörte sie nicht, sie sah bis auf die kurze Zeit, in der sie von den Feldern zurückgekommen waren und aßen, keinerlei Lichtschein, aber sie wusste, dass sie da waren, und dieser Umstand tröstete sie. Sie empfand diesen Trost nicht als merkwürdig, obwohl ihr vollkommen klar war, dass das Dorf sich gegen sie gewandt hatte. Es reichte aus, dass Menschen in ihrer Nähe waren; sie fühlte sich sogar wieder wie ein Teil der Gemeinschaft, die sie so sichtbar ausgestoßen hatte.

Es war ihr klar, dass sie etwas getan hatte, was den Herrn und seine Gläubigen zutiefst erzürnt hatte; aber es war ihr nur klar, weil man es ihr gesagt hatte. Wenn man jedoch näher darüber nachdachte, schien es immer weniger klar zu werden, und man gelangte an einen Punkt, an dem als einziger Schluss blieb, dass man eigentlich gar nichts getan hatte. Da aber ein unschuldiger Mensch nicht vom Priester und den Ältesten verurteilt würde, musste sie doch etwas getan haben. An diesem Punkt begann die Gedankenkette zumeist von neuem, wenn sie nicht durch ein äußeres Ereignis wie den Tod der Maus vor ihren Füßen, den Steinwurf eines Kindes oder den Guss aus dem Wassereimer, den der Priester ihr gegen den Durst verabreichte, unterbrochen wurde.

Dies war geschehen: Es gab einen Händler, der in unregelmäßigen Abständen durch das Dorf kam. Er war ein fröhlicher Mann, klein und dicklich, dem man nicht zutraute, dass er die Strapazen des Händlerlebens auf sich nahm; er selbst jedoch genoss es und verstand es, sich dort Erleichterungen zu verschaffen, wo es ihm möglich war. So trug er stets einen dicken Pilgermantel, der ihm die Hitze und die Kälte gleichermaßen vom Leib zu halten vermochte, eine lederne Haube, über die sich ein flacher Kranz aus geflochtenem Stroh gegen die Sonne stülpen ließ, weiche, herrlich eingefettete Stiefel aus Kalbsleder, die seine Füße auf jedem seiner Schritte geradezu umschmeichelten, und einen Ziegenlederschlauch mit Wein, aus dem er sich bediente, wenn ihm die Reise zu einsam wurde. Die Dorfbewohner hatten sich an ihn gewöhnt und pflegten ihm auf seinen Wegen zur und von der Stadt einen zusätzlichen Verdienst zu bescheren. Der Händler war nicht dumm; er verlangte anständige Preise und hatte anständige Ware dafür zu bieten, und da er wusste, wie selten die Bauern Geld in die Hand bekamen, war er im Gegensatz zu den meisten seiner Zunftgenossen auch nicht abgeneigt, Speckschwarten oder Brot als Bezahlung zu nehmen. Er hatte wache Augen und erkannte während seines Aufenthalts auf dem Hinweg zur Stadt, was die Dörfler benötigten und was er folglich auf dem Rückweg feilbieten müsste. Was ihn jedoch in den Augen der Dörfler am unentbehrlichsten machte, war sein unerschöpflicher Vorrat an Neuigkeiten: aus der Stadt, aus den benachbarten Grafschaften, aus den Herzogtümern. Er ging freizügig mit seinen Geschichten um und erzählte sie mit lauter Stimme, während er mitten auf der Straße seine Waren feilbot, die ein Esel in zwei Tragkörben durch die Welt schleppte. Wenn es zu wenig Neuigkeiten gab, begann er wieder von vorne zu erzählen, wenn er am Ende angelangt war, und wenn es überhaupt keine Neuigkeiten gab, erfand er welche. Die Bauern nahmen die Wiederholungen wie die Erfindungen mit der gleichen ruhigen Neugier hin, mit dem Bewusstsein, dass ohnehin nichts von Belang war, das sich außerhalb ihres Dorfes abspielte. Er war ein verlässlicher Bote und Transporteur von Nachrichten wie Gütern gleichermaßen, ein Mann mit seinem Esel, der in kurzer Zeit zu einem festen Bestandteil des dörflichen Lebens geworden war, obwohl niemand auch nur seinen Namen kannte. Ein Abgesandter und Dämon des Satans, der das Gift der Ketzerei in die Ohren der Unschuldigen streute, wenn es nach dem neuen Priester ging.

Agnes konnte sich nicht mehr daran erinnern, wie es gekommen war, dass sie vollkommen allein auf den Händler gestoßen war. Es mochte sein, dass sie vom Feld ins Dorf zurückgelaufen war, um Wasser aus dem Brunnen zu holen, oder es hatte sich jemand verletzt, und sie suchte nach den passenden Kräutern hinter ihrem Haus: Wie es auch immer war, sie lief ins Dorf und sah den Händler mit seinem Esel unschlüssig im Dorf stehen und sich am Kopfe kratzen.

»Du bist zu spät«, keuchte sie und blieb vor ihm stehen. »Es sind alle auf dem Feld. Du musst bis zum Abend warten.«

»Ich kann nicht warten«, erwiderte der Händler. »Mein Esel ist lahm, deshalb bin ich erst jetzt eingetroffen. Ich muss jedoch schnell in die Stadt weiter; morgen beginnt dort der erste große Markt des Jahres, und ich muss mir beim Rat die Erlaubnis holen zu verkaufen.«

»Bleib doch, bis alle vom Feld zurückkommen. Wir haben schon auf dich gewartet.«

Der Händler schüttelte den Kopf und lächelte.

»Ich muss mich beeilen. Ich komme wieder vorbei, wenn der Markt zu Ende ist. Außerdem habe ich etwas gesehen, was ich unbedingt dem Stadtrat erzählen muss; wenn er davon erfährt, gibt er mir die Erlaubnis vielleicht etwas billiger, und ich möchte vermeiden, dass mir jemand zuvorkommt.«

»Was ist es denn so Wichtiges, das du gesehen hast?«, fragte Agnes.

Der Händler trat einen Schritt auf sie zu, sah sich unwillkürlich um und raunte dann: »Von euch kommt ohnehin niemand in die Stadt, also kann ich es dir ja erzählen. Es ziehen Geißler durchs Land.«

»Was sind Geißler?«

Der Händler stutzte nur einen Moment über Agnes' Frage. »Fromme Leute, die sich öffentlich peitschen, um die Leiden des Herrn an sich selbst zu erfahren.«

»Warum tun sie das?«

Die Augen des Händlers blitzten auf.

»Sie sagen, das Ende der Zeiten sei gekommen. Sie kündigen die Wiederkehr des Herrn an. Das Jüngste Gericht; den Untergang der Welt.«

»Wenn die Welt untergeht, warum hast du es da noch eilig, zur Stadt zu kommen?«, fragte Agnes unbeeindruckt. Der Händler warf beide Arme in die Höhe und machte ein begeistertes Gesicht.

»Weil es in der Stadt immer ein paar Verrückte gibt, die solche Geschichten glauben und ihr gesamtes Hab und Gut verkaufen, um in einem Kloster Buße zu tun. So billig wie von diesen Unglücklichen kann man nie mehr etwas erstehen. Was meinst du, in welchen Massen die Leute an die Klosterpforten hämmern werden, wenn ihnen die ehrwürdigen Geißler erklären, dass das Ende der Welt bevorsteht? Deshalb drängt es mich, zur Stadt zu kommen. Wenn ich der Erste bin, der die Nachricht verbreitet, habe ich die besten Kaufaussichten.«

Der Händler zog weiter, und Agnes erledigte, was immer sie in das Dorf zurückgeführt hatte. Doch die Geschichte von den frommen Männern, die sich die Rücken blutig schlugen, um auf das Leiden Christi und seine baldige Wiederkehr hinzuweisen, und der nahende Untergang der Welt beschäftigten ihre Gedanken den ganzen Tag über. Sie beschäftigten sie in solchem Maß, dass sie in der Nacht, während sie die Geräusche der Schweine hinter der Holzwand hörte und den ruhigen Atem ihrer Kinder, zu ihrem Mann sagte: »Ich habe heute den Händler getroffen. Er sagt, dass Männer umherziehen, die sich geißeln wie unser Erlöser und das Ende der Welt voraussagen.«

»Was?«, brummte der Mann unwirsch, der schon halb in den Dämmerschlaf der Erschöpfung gesunken war und erschrocken daraus emporfuhr.

»Die Welt geht unter. Der Herr kehrt zurück, um über die Menschen zu richten.«

»Unsinn, Weib. Wir haben gerade die Saat ausgebracht, und das Getreide fängt zu sprießen an. Wie sollte die Welt untergehen, wenn alles noch so wunderbar wächst? Glaubst du, Gott lässt alles neu erstehen, wenn er doch nur alles beenden will?«

»Ich weiß nicht, Mann. Es soll ja noch nicht gleich geschehen; vielleicht erst im Winter oder im nächsten Jahr. Der Händler hat es nicht so genau gesagt.«

»Was für ein Blödsinn. Schlaf jetzt, ich habe den ganzen Tag gearbeitet und bin müde.«

»Aber es geht um unser Seelenheil«, protestierte Agnes.

»Willst du, dass wir oder unsere Kinder in die Hölle verbannt werden? Vielleicht sollten wir dem Priester das Geld geben, das wir gespart haben, damit er für uns beten lässt?« Agnes' Mann fuhr so vehement in die Höhe, dass die Kinder im Schlaf zuckten und selbst die Schweine erschrocken quiekten.

»Komm ja nicht nochmal auf so einen Gedanken!«, rief er. »Wenn du schon nicht damit aufhören kannst, dann sprich von mir aus mit den Weibern im Dorf darüber oder mit dem Pfaffen; aber wenn du ihm etwas von dem Geld sagst, schlag' ich dich grün und blau.«

»Ich sag' schon nichts«, murmelte Agnes, ohne der Drohung viel Gewicht beizumessen. Ihre Gedanken waren bereits wieder bei den Menschen, die durch das Land zogen und sich zur Ehre des Herrn und seiner Wiederkehr blutig schlugen. Zuletzt schlummerte sie ein mit dem beruhigenden Vorsatz, den Priester zu fragen. Er würde ihr erklären, was es mit all diesen Dingen auf sich hatte. Er würde Agnes mit offenen Armen empfangen und dem Dorf erklären, dass er stolz auf sie sei, weil sie sich mit solch frommen Dingen beschäftige. Sie lächelte im Einschlafen; sie freute sich darauf.

Es stellte sich heraus, dass der Priester sich nicht freute.

Er hörte sich ihre Geschichte an, während er immer blasser und sein Mund ein weißer Strich in seinem Gesicht wurde. Zuletzt sprang er auf und streckte einen Finger gegen Agnes aus und zischte erstickt: »Schweig, Weib. Deine Rede ist Häresie.«

Und ehe sie verstand, was geschehen war, stürmte er aus der kleinen Hütte neben der Kapelle, die er sein Zuhause nannte, rannte zur Kapellentür, nahm einen Stock auf und schlug mit aller Kraft dagegen. Die Dörfler strömten erschrocken zusammen, und Agnes wurde vom Priester am Arm aus seinem Haus gezerrt und vor die versammelten Bauern gestoßen.

»Dieses Weib spricht mit der Zunge der Ketzer!«, schrie der Priester. »Wir haben eine Abgesandte Satans zwischen uns; eine Dienerin Luzifers.«

Agnes nahm das finstere Gesicht ihres Mannes zwischen den anderen Dörflern wahr. Während sich die restlichen einander zuwandten und erregte Laute von sich gaben, verschlossen sich seine Züge. Er schwieg, während einer der Männer fragte: »Wer sagt das?«

»Sie selbst sagt es«, rief der Priester und richtete sich auf. »Mit ihrem eigenen Mund hat sie mir erklärt, dass demnächst die Welt untergehen wird!«

Die Dörfler sahen sich an. Agnes' Mann schüttelte den Kopf und ließ die Schultern hängen.

»Ich sage, ihr gehört der Prozess gemacht!«, geiferte der Priester.

»Wir müssen aufs Feld, Vater«, widersprach einer der Männer.

»Wenn ihr die Überführung eines Ketzers behindert, behindert ihr die Rechtsprechung der Kirche«, donnerte der Priester. »Und ihr macht euch verdächtig, mit ihr unter einer Decke zu stecken.«

Die Dörfler bewegten sich unruhig und wichen dem Blick des Priesters aus. Er starrte sie mit brennenden Augen an; als niemand einen weiteren Einwand hatte, sagte er leise: »Nun?«

»Wir müssen dem Herrn Bescheid geben«, seufzte der Dorfälteste. »Er muss Recht sprechen.«

»Der Herr ist zu beschäftigt«, entgegnete der Priester. »Er wird sich nicht darum kümmern können.«

»Wir müssen auf ihn warten«, rief der Älteste. »Er ist unser Richter. Wenn wir uns seine Hoheit anmaßen, wird er uns bestrafen.«

»Ich werde es ihm erklären«, beruhigte ihn der Priester. »Er wird verstehen, dass es sich um einen Notfall handelt.« Die Männer sahen ihn zweifelnd an.

»Wer ist wessen Diener?«, fuhr der Priester auf. »Haben die Heiligen Väter nicht gesagt, dass selbst die Kaiser und Könige das Knie vor der Kirche zu beugen haben? Wie wird es da wohl mit den Grafen und Rittern sein?«

Die Männer zuckten zurück, und der Priester erkannte, dass er ihre Angst und ihre Loyalität zu ihrem Herrn nicht überfordern durfte.

»Wir werden das Dorfgericht abhalten«, sagte er daher nur. »Während ihr euch bereitmacht, werde ich eine Nachricht an den Herrn schreiben und ihm dies mitteilen. Derjenige von euch, der am schnellsten laufen kann, soll sie ihm überbringen. Wenn er nicht mit meiner Entscheidung einverstanden ist, kann er selbst hierher kommen und seinen Spruch fällen.«

»Wenn Ihr meint«, brummte der Dorfälteste.

Die Felder und die Saat würden heute warten müssen. Als die Männer damit begannen, Bänke vor der Kapelle aufzustellen, auf denen sich die Ältesten zum Dorfgericht setzen konnten, machte niemand mehr Anstalten, zur Arbeit zu gehen. Männer, Frauen und Kinder drückten sich in der Nähe der Kapelle herum, um den Arbeiten zuzusehen, vor allem aber, um Agnes zu betrachten.

Ihr plötzliches Schicksal, von den meisten ebenso wenig verstanden wie von ihr selbst, machte sie interessant, wie ein seltsames Tier oder eher wie eine Missgeburt, die auf dem Markt ausgestellt wurde. Die ersten Finger deuteten auf sie, die Frauen tuschelten erregt untereinander und mit ihren Männern, und die Mienen der Zuschauer wurden mit jeder Minute verschlossener.

Die Ersten spuckten vor ihr aus, und als ein paar Frauen den ersten und den letzten Finger der rechten Hand abspreizten und gegen sie richteten, begann ihr Herz voller Angst zu schlagen. Sie reckte sich und suchte wild nach dem Gesicht ihres Mannes und ihren Kindern in den Umstehenden, aber sie konnte sie nicht erblicken. Sie wusste nicht, dass ihr Mann aufs Feld gegangen war und dort den Boden wie ein Berserker mit der Hacke bearbeitete, voller glühendem Zorn gegen sie, weil sie sich mit ihrer Unbedachtheit in eine Situation gebracht hatte, die er zuletzt würde ausbaden müssen: mehr Arbeit, mehr Ärger mit den Kindern, nichts Warmes zu essen und niemand, der ihn in der kalten Nacht wärmte.

Eine Stunde nachdem Agnes an die Tür des Priesters geklopft hatte, saß das Dorfgericht über das Schicksal der Bäuerin Agnes. Die Angeklagte kniete auf dem Boden vor den Ältesten, während der Priester zwischen ihnen auf und ab schritt. Das Publikum saß in einigen Schritten Abstand auf der Straße: das gesamte Dorf, abzüglich der Kinder, die irgendwo unter der Obhut einer alten Frau in einem Haus eingeschlossen waren, und abzüglich Agnes' Familie. Wenn sie von jemandem vermisst wurde, machte er oder sie keine Bemerkung dazu.

Der Älteste räusperte sich und sagte unsicher: »Agnes, dir wird vorgeworfen, dass du ketzerische Reden führst und die Zukunft vorausdeutest. Willst du dich dazu äußern?«

»Ich habe nur weitergesagt, was der Händler erzählt hat«, stieß Agnes hervor.

»Daran kann ich eigentlich nichts Verwerfliches erkennen«, erklärte der Älteste in einem lahmen Versuch, die Verhandlung rasch zu beenden.

»Der Händler«, sagte der Priester rasch und fühlte sich wie ein Fechter, der seinen ersten Streich austeilt. Er hatte die kühnen Kreuzfahrer immer bewundert, die sich mannhaft gegen die heidnischen Riesen im Heiligen Land behauptet hatten: Klinge gegen Klinge, ein rascher Ausfall, das erste Blut – Bewegungen, die er mit seinem Bruder zusammen gelernt hatte, bis sie alt genug waren, um für ihr Schicksal vorbereitet zu werden. Sein nur um ein Jahr älterer Bruder war auf die Ritterfahrt gegangen, um später das Erbe des Vaters zu übernehmen. Für ihn war das Kloster geblieben. »Ist der Händler etwa jener Mann, der wie durch ein Wunder immer dann im Dorf auftaucht, wenn ihr etwas benötigt, der immer das mit sich führt, was ihr gerade für eure Arbeit braucht, und der in Begleitung eines Esels ist, aus dessen Taschen all das kommt, was ihr euch wünscht?« Er drehte sich um und wandte sich an das Publikum, und die Männer und Frauen nickten. Selbst Agnes nickte verwirrt.

»Und haltet ihr es für normal, dass jener Mann und sein Tier immer genau wissen, was ihr braucht?«

Darüber hatte noch niemand nachgedacht. Als sie es jetzt taten, erschien es ihnen in der Tat merkwürdig. Es war praktisch, aber wenn man es aus der Nähe betrachtete ... Der Priester wusste um die Gedankengänge seiner Herde. Er beobachtete die Männer, die das Dorfgericht bildeten, scharf, und es dauerte nicht lange, bis einer von ihnen rief: »Woher weiß er jedes Mal, was er mitbringen muss?« Das Gemurmel der Zuschauer zeigte, dass auch diese darüber nachgedacht hatten.

»Ja, woher weiß er es?«, rief der Priester. »Woher, wenn er nicht eure Gedanken liest und dem Geflüster lauscht, das ihm die Wiesel außerhalb des Dorfes hinterbreiten? Woher, wenn er nicht ein Zauberer und ein Satansdiener ist?«

»Ein Zauberer!« Die Ältesten riefen erregt durcheinander. Unter den Zuschauern sprangen ein paar auf und zischten. Als die ersten sich bekreuzigten, rief der Priester triumphierend: »Und wie nennt man jene, die die bösen Einflüsterungen der Zauberer weiterverbreiten? Wie nennt man jene, die sich den Gesetzen der Kirche widersetzen, die die Gesetze unseres Herrn Jesus Christus sind; wie nennt man jene, die sich gegen die Religion und damit gegen Gott vergehen?«

»Das sind Ketzer!«, riefen Richter und Zuschauer im Chor.

»Jawohl!«, schrie der Priester und drehte sich zu Agnes um und deutete mit theatralisch ausgestreckter Hand auf sie. »Ketzerin! Ketzerin!«

»Ich wollte Euch doch nur fragen, was ich tun soll!«, schrie Agnes in höchster Not. »Ich habe nichts Böses getan!«

»Sie leugnet. Braucht es noch eines stärkeren Beweises als ihre Halsstarrigkeit, dass sie ganz und gar verloren ist? Ihr habt eine Schlange an eurem Busen genährt; ihr solltet Gott danken, dass er mich zu euch gesandt hat, um die üble Saat auszureißen.«

Der Dorfälteste schüttelte den Kopf und machte ein finsteres Gesicht. Als er Agnes ansah, war die Unsicherheit aus seinem Blick verschwunden.

»Schickt einen Boten in die Stadt!«, krächzte er. »Er soll die Büttel holen, damit sie verhaftet wird.«

»Nein«, sagte der Priester, »habt ihr nicht gehört, dass sie gerade geleugnet hat? Sie darf nur abgeführt werden, wenn ihre Schuld erwiesen ist; und wenn auch ihr und ich es alle wissen, so muss es doch vor dem Gesetz bewiesen werden. Es braucht zwei Zeugen, die ihre Schuld beurkunden können. Ich selbst kann nicht als Zeuge auftreten, da ich der Ankläger sein werde. Sonst hat aber niemand ihre Rede gehört.«

»Was sollen wir tun?«

»Es gibt eine Möglichkeit«, sagte der Priester schlau. »Der heilige Bernhard hat sie uns aufgezeigt, und ein Konzil hat sie als rechtmäßig erklärt. Wir werden den Herrn selbst urteilen lassen.«

»Ein Gottesurteil.« Den Dörflern liefen Schauer über den Rücken. Zu denken, dass der Herr selbst in ihre Mitte herabsteigen würde, um über die Schuld ihrer Nachbarin Agnes zu richten.

Der Älteste machte ein zweifelndes Gesicht. Er war schon ein- oder zweimal in seinem Leben in der Stadt gewesen und hatte daher einen weiteren Horizont als die anderen. Er hatte Dinge gehört und sich gemerkt.

»Unser höchster Herr, der allergnädigste Herr Kaiser, hat Gottesurteile verboten«, sagte er zaghaft.

»Ha!«, schrie der Priester und sprang geradezu auf und ab vor Zorn. »Weil er selbst ein Ketzer ist, darum! Er steht unter dem Kirchenbann. Er ist nicht euer höchster Herr; er ist nur ein Satansdiener. Euer höchster Herr ist die Kirche, und die Kirche sagt: Gott soll richten!«

»Ja, sie soll dem Gottesgericht übergeben werden!«, schrien die Dörfler.

»Stellt einen Pflock in der Mitte der Straße auf!«, rief der Priester.

»Lasst sie uns dort anketten und drei Tage und drei Nächte am Pflock stehen lassen. Niemand darf sich ihr nähern außer meiner Person, und niemand darf ihr zu essen geben; Wasser wird sie zweimal am Tag von mir erhalten. Und damit ihre ketzerischen Reden nicht das Dorf vergiften, werden wir ihre Zunge fesseln! Wenn der Herr sie nach diesen drei Tagen und drei Nächten am Leben lässt, dann soll sie ungeschoren das Dorf verlassen und niemals wieder hierher zurückkommen.«

»So sei es«, sagte der Dorfälteste.

»Tochter Satans«, sagte der Priester zu Agnes, die mit entsetzten Augen den Reden zugehört hatte und sich nun dem Priester zuwandte, wie ein Hase sich dem Wolf stellt, »du wirst den restlichen Tag in deinem Haus verbringen. Weder dein Mann noch deine Kinder dürfen zu dir sprechen. Zwei Männer werden vor dem Haus Wache halten, damit der Teufel dich nicht holen kann, und ich werde ein Kreuz auf die Tür zeichnen, damit alle Dämonen abgeschreckt werden, dir zu Hilfe zu eilen. Heute bei Sonnenuntergang wird das Gottesurteil beginnen.«

Die Richter nickten und machten Anstalten aufzustehen. Einer jedoch fragte nachdenklich: »Und was ist, wenn sie Recht hat? Wenn die Welt wirklich untergeht?«

Der Priester ballte die Fäuste, aber dann sagte er ruhig: »Glaubt ihr, wenn die Wiederkunft des Herrn bevorstünde, dass die Heilige Kirche euch nicht an der Hand nehmen und in die ewige Seligkeit führen würde? Glaubt ihr, sie ließe euch allein, ohne Gelegenheit, eure Sünden zu bereuen, bevor der Herr sein Gericht beginnt? Glaubt ihr vielleicht, die Kirche würde es euch nicht *sagen*, wenn dieser Tag kommt? Oder glaubt ihr gar, sie *weiß* es nicht?« Die Ältesten schüttelten betreten die Köpfe und traten auseinander, ohne noch einmal zu widersprechen; der Ring der Zuschauer löste sich mit ihnen auf. Agnes ging in Begleitung der Männer, die als Wache ausersehen waren, zurück zu ihrem Haus. Wenn der Wirbel, der in ihrem Kopf kreiste und jeden klaren Gedanken verhinderte, schwächer gewesen wäre, hätte sie den Abstand bemerkt, den die beiden zu ihr hielten: Sie hatten sie in ihrer Mitte, aber sie waren auf mehr als Armeslänge von ihr entfernt, als hätten sie Angst, ihre Schande könne sie anstecken. Gestern hatten sie noch gemeinsam auf den Feldern gearbeitet.

Der Priester schritt auf den Mann zu, der zuweilen Schmiedearbeiten ausführte, und erklärte ihm, wie er die Fessel für Agnes' Zunge anfertigen müsse.

Es dauerte eine Weile, bis der Gelegenheitsschmied den eisernen Knebel fertig hatte; seine Erfahrung darin, Instrumente zu schmieden, die zum Schaden der Menschen eingesetzt werden können, war gleich null, und trotz der eingehenden Beschreibung des Priesters bedurfte es mehrerer Anfänge. Mit seinem Ergebnis war er nun einigermaßen zufrieden. Seine Verdrossenheit darüber, dass für den Knebel der größte Teil der mühsam gesammelten Eisenvorräte verbraucht wurde, legte sich allerdings nicht. In der Zwischenzeit, ungesehen vom Schmied, ungesehen von den Dörflern, die nach dem Ende des Prozesses doch noch auf die Felder ausgeschwärmt waren, und natürlich ungesehen von Agnes, die in ihrem Haus hockte, zu betäubt, um auch nur weinen zu können, suchte Kaplan Thomas das Dorf auf. Der Priester, der ihn nicht nur für einen Bruder im Glauben, sondern auch im Geiste hielt, unterbreitete ihm das Geschehnis und erläuterte ihm den Sinn des frisch in die Erde geschlagenen Pflocks am Straßenrand. Der Kaplan machte sich daraufhin wieder auf den langen Rückweg, um seinem Herrn zu berichten und diesen dazu zu bewegen, etwas für die seines Erachtens nach vollkommen unschuldige Bäuerin zu tun – wie sich herausstellen sollte, nicht mit dem gewünschten Ergebnis.

Gegen Abend versammelten sich die Dörfler um Agnes' Haus; früher als sonst waren sie von den Feldern zurückgekehrt, mit dem sicheren Instinkt, der auch eine Schar von Raben rechtzeitig an die Stelle führt, an der ein Kalb stirbt. Diesmal war Agnes' Mann unter ihnen; aber Agnes sah ihn nicht, als sie aus dem Haus geführt und zu dem Pflock geleitet wurde, der nicht allzu weit entfernt aus dem Boden ragte. Der Dorfälteste fesselte ihre Hände mit einem starken Lederband und befestigte dieses wiederum mit einer kurzen Kette an einem Ring, der in den Pflock getrieben worden war. Die Kette war lang genug, dass Agnes sich mit dem Rücken gegen den Pflock setzen konnte; zum Liegen reichte sie nicht.

Nachdem dies getan war, ließ der Priester den Knebel bringen. Auf den ersten Blick sah er aus wie der plumpe Entwurf zu einer Kaiserkrone. Ein rundgebogenes Metallband trug einen hohen Bügel, der an zwei gegenüberliegenden Seiten an dem Band befestigt war. Der eine Trick des Knebels waren die Scharniere, die es erlaubten, den Bügel und das Band so zu öffnen, dass der Knebel eng an den Kopf angepasst werden konnte. Der zweite Trick war die Klammer, die in das Rund des Metallbandes hineinragte. Da niemand wusste, wie der Knebel zu bedienen war, blieb es dem Schmied vorbehalten, ihn Agnes aufzusetzen. Er öffnete die Verschlüsse, presste Agnes die Kinnbacken zusammen, bis sie den Mund auftat, und schob dann die Spange hinein, an deren Ende die Klammer saß. Danach griff er durch die Spange, packte ihre Zunge und zog sie durch die ringförmige Öffnung der Klammern, rammte die Spange weiter nach hinten, sodass Agnes ihre Zunge nicht mehr herausziehen konnte, und während ihr Tränen des Schmerzes aus den Augen und ein dünner Blutfaden von dem durchtrennten Zungenbändchen aus dem Mund lief (von dem sich der Priester mit einem gemurmelten Gebet abwandte – die Kirche scheut das Blut), drehte der Schmied die Zwinge zusammen, die ihre Zunge in den eisernen Griff der Klammer nahm und nicht mehr losließ. Zuletzt schloss er die Rückseite des Metallbands um ihren Hinterkopf, zog den Bügel über ihren Scheitel und befestigte ihn am Verschluss des Metallbands.

Der Priester forderte die Dorfgemeinde auf niederzuknien und beschwor Gottes Gnade auf die arme Sünderin herab und betete darum, dass ihr Leib vernichtet und ihre Seele befreit werden möge, wenn sie sich der ihr zur Last gelegten Verbrechen schuldig gemacht habe. Wenn nicht, Herr, dann verzeih uns unseren Eifer, mit dem wir Dir gedient haben und mit dem wir einer Unschuldigen Schmerz zugefügt haben, und zeige uns Deine Gnade und Deine Allmacht daran, wie Du sie am Leben lassest. Amen.

Danach begann Agnes' Nacht am Schandpflock.

Ein Mensch erträgt nur so und so viel Schrecken, dann stumpft sein Bewusstsein ab. Wenn das geschieht, wird der Geist wieder aufnahmefähig für die anderen Wahrnehmungen, die der Körper macht, bis der Schrecken eine höhere Dimension erreicht. In Agnes' Fall war dieses Zwischenspiel, diese Atempause zwischen dem einen Schrecken und dem folgenden, hauptsächlich eine Wahrnehmung von Kälte und Schmerz. Nach einer Weile trat die Angst vor den Kreaturen der Nacht, die um sie herumschlichen, in den Hintergrund. Keines der Wesen kam nahe genug an sie heran, dass sie tatsächlich in Gefahr gewesen wäre, und keines der Wesen war etwas anderes als ein Tier, das sie am Tage furchtlos mit der Spitzhacke erschlagen hätte. Aber es war nicht die Feststellung, dass die Kreaturen ihr nichts zu Leide taten, die ihre Angst abklingen ließ, denn sie rechnete ständig damit, dass sie jeden Moment über sie herfallen und ihr das Fleisch in Fetzen aus dem Körper reißen würden; es war die Tatsache, dass die

Angst so lange auf dieser Stufe verharrte, bis Agnes' Geist sich auf eine andere Wahrnehmung zu konzentrieren begann.

Es war kühl in der Nacht im Freien, und Agnes' Kittel war vor Furcht nass geschwitzt. Sie begann zu frösteln, dann zu frieren. Sie konnte sich am Fuß des Pflocks zusammenkauern und die Beine an den Körper ziehen, aber die Kette erlaubte ihr nicht, die Arme vor den Oberkörper zu pressen, und so gelang es ihr nicht, sich selbst zu wärmen. Sie war Kälte gewöhnt: das Arbeiten bei Regen und Schnee auf den Feldern, in nichts als den Kittel gehüllt oder ein umgedrehtes Schaffell, wenn das Wetter unerträglich war, barfuß in Schneepfützen stehend und die kalte Erde mit bloßen Händen aufbrechend. Aber auf dem Feld konnte sie sich bewegen, musste sie sich bewegen, und wenn die Kälte auch biss, konnte sie sich doch durch das kreisende warme Blut in ihren Adern davor schützen. Am Pflock schien ihr Blut nicht zu kreisen, und die Kälte fraß sich in ihre Knochen. Ihre Füße waren als Erstes taub. Den Füßen folgten die gefesselten Hände. Zuletzt schien ihr gesamter Körper zu erstarren, bis die Kälte so groß war, dass sie Schmerz bereitete und ihr auch die kleinen Schlafpausen unmöglich machte.

Sie saß gegen den Pflock gelehnt und starrte blind in die Finsternis. Sie hatte aufgehört zu weinen; sie brauchte ihre Kraft nötiger, als sie in Tränen zu vergeuden.

Es gab nur eine heiße Stelle an ihrem Leib: im Inneren ihres Mundes, wo die Klammer ihren Gaumen und ihre Zunge wund scheuerte. Die Klammer war nicht so fest, dass ihre Zunge tatsächlich eingeklemmt gewesen wäre; dazu war der Muskel zu beweglich. Aber sie war weit genug nach hinten geschoben, sodass sie die Zunge nicht daraus befreien konnte. So lange sie genügend Speichel hergestellt hatte, war die Wunde nicht so schlimm gewesen. Ihr Mund bildete von allein eine feuchte Schutzschicht zwischen der empfindlichen Haut und den groben Metallteilen, und der Speichel beruhigte die Stellen, die aufgerissen worden waren, als der Schmied den Knebel angebracht hatte. Aber die Spange, an der die Klammer saß, ragte von außen in ihren Mund hinein, und sie konnte die Lippen nicht schließen. Früh in der Nacht war ihre Mundhöhle bereits vollkommen ausgetrocknet, während der Speichel, der in ihren Wangentaschen hergestellt wurde, völlig nutzlos aus ihren Mundwinkeln tropfte. Fast am unerträglichsten aber war der Schmerz in ihrem Nacken, der von der unnatürlich aufrechten Haltung hervorgerufen wurde, in welche der Knebel ihren Kopf zwang. Das Ziehen wanderte ihren Nacken hinunter in die Schultern, die stachen, als würde jemand mit einer stumpfen Nadel in ihnen bohren, zwischen ihre Schulterblätter, bis ihr gesamter Rücken so sehr spannte, dass selbst das Atmen schmerzhaft war. Mit fortlaufender Nacht sandte der Schmerz Fühler in ihren Kopf selbst hinauf, bis sich zwei Nester an der Stelle gebildet hatten, wo der Nacken in den Kopf überging und dort dröhnend pochten; die Kopfschmerzen ließen ihre Augen noch mehr zuschwellen, als ihre Tränen es bereits getan hatten.

Kälte und Schmerz brachten den Morgen heran, der sich mit einem fahlen Band am östlichen Himmel ankündigte und die Geräusche der Nacht durch das Singen der Vögel ablöste. Agnes zitterte jetzt unablässig in ihrem feuchten Kittel. Das Kommen des Morgens mit seinem Hauch noch stärkerer Kälte, aber auch seinem Versprechen eines neuen Anfangs löste eine plötzliche Gefühlswallung in Agnes aus. Sie wusste, dass ihr noch zwei weitere Nächte und drei ganze Tage bevorstanden. Verzweifelt wünschte sie sich, dass sie sterben könnte. Sie erinnerte sich nicht mehr daran, dass der Priester Gott bereits angerufen hatte, sie zu vernichten. Sie war noch nicht nahe genug an die wirkliche Todesangst herangekommen, als dass sie vor diesem Gedanken zurückgezuckt wäre, und sie hatte sich nicht klar gemacht, dass der Tod das Ende ihrer Existenz bedeutete. Im Moment sehnte sie sich ausschließlich nach dem Ende ihres Martyriums.

Die Menschen im Dorf erwachten, verließen ihre Häuser und gingen auf die Felder, um dort ihrer Arbeit nachzugehen. Sie schlichen um sie herum, scheue Seitenblicke werfend. Sie dachten nicht weit genug, um sich darüber zu wundern, dass Gott, wenn er die Absicht gehabt hätte, Agnes zu töten (und damit ihre Schuld zu beweisen), gezögert hatte, sie bereits in der ersten Nacht zu vernichten; wie sie auch nicht darüber nachdachten, warum es überhaupt nötig war, Agnes unter freiem Himmel anzupflocken und ihr die Maske aufzusetzen. Sie hatten gelernt, dass Gott alles sieht und alles weiß und jederzeit in das Leben der Menschen eingreifen kann, wenn Ihn daran etwas stört, aber ihr Geist war nicht frei genug, sich Gedanken zu machen, weshalb Gott dann nicht Agnes einfach ohne großes Aufhebens vernichtet hatte, als Er ihrer Häresie ansichtig wurde. Dass es geschehen würde, darüber bestand in keinem der Dörfler, der an Agnes vorüber zur Feldarbeit ging, der geringste Zweifel. Es mochte Heilige geben, die ein Gottesurteil überstanden und damit ihre Unschuld bewiesen hatten – aber bei Heiligen geschah der Weg durch das Leid, damit Gott sie vor den Augen der Menschen erhöhte. Agnes war keine Heilige, demzufolge musste sie nicht erhöht werden, und demzufolge würde sie auch das Gottesgericht nicht überstehen. Gewöhnliche Menschen waren entweder unschuldig, dann wurden sie nicht erst verurteilt, oder schuldig, und dann überlebten sie Gottes Strafgericht nicht. Im Bewusstsein all dessen hatten sie gut geschlafen.

Agnes folgte dem Gehen der Menschen stieren Blicks. Der Steinwurf traf sie, ohne sie wirklich zu schmerzen. Das nächste Gefühl erwachte erst, als sie den Priester mit einem hölzernen Eimer auf sich zukommen sah. Sie erinnerte sich an seine Anweisungen, wer mit ihr Umgang pflegen durfte, und erinnerte sich daran, zu welchen Anlässen der Priester dies tun würde. Schlagartig erwachte in ihr ein überwältigender, schmerzhafter, brennender Durst; oder besser: Das Gespür für diesen Durst erwachte, denn der Durst selbst war schon die halbe Nacht da gewesen, ohne dass sie sich seiner bewusst geworden wäre. Wie mit der Angst kann der Geist des Menschen auch nur eine bestimmte Dimension von Schmerzen verarbeiten, und wenn diese Grenze überschritten ist, selektiert die Wahrnehmung bestimmte Dinge aus. Vielleicht selektiert sie die schlimmsten Dinge aus; vielleicht liegt darin eine Art Gnade. Für Agnes jedenfalls war es eine Gnade, dass sie den Durst nicht verspürt hatte: Denn was sie jetzt verspürte, war ein so entsetzlicher, grausamer Bedarf an Tränkung, dass es scheinbar endlos dauerte, bis der Priester sich ihr auch nur genähert hatte. Sie krächzte und fügte dem Feuer des Durstes das Feuer des Schmerzes in ihrem Mund hinzu. Sie versuchte sich aufzurappeln, um schneller an das Wasser zu kommen, das in dem hölzernen Eimer schwappte. Wäre der Priester sich der blinden Not bewusst gewesen, die von ihr Besitz ergriffen hatte, wäre es ihm ein Einfaches gewesen, ihren Untergang zu beschleunigen. Er hätte das Wasser nur vor ihr auf den Boden zu gießen brauchen; vermutlich wäre sie von diesem Anblick verrückt geworden. Agnes schaffte es nur, sich aufrecht auf den Boden zu knien; sie streckte die Hände aus, bis sie von der Kette zurückgehalten wurden, und wimmerte dem hölzernen Eimer entgegen.

Der Priester verzog bei ihrem Anblick das Gesicht. Er trat näher heran, überzeugt, dass der üble Geruch der Hölle und eines geschundenen menschlichen Leibs von ihr ausdünsten würde, zusammen mit den Exkrementen, in denen sie sich gewälzt hatte. Er war erstaunt, dass er nichts dergleichen wahrnahm; alles, was er roch, war der schwache saure Geruch der Panik, der sich die Nacht über in ihre Haut, ihr Haar und ihren Kittel eingeschwitzt hatte. Einige Worte kamen ihm in den Sinn, die er an sie hätte richten können, aber er schwieg. Er sah auf sie hinunter, auf die halb geschlossenen, geschwollenen Augen, das verkrustete Gesicht und das getrocknete Blut und sah mit Grausen, dass sich ein zäher Speichelfaden von ihrem Kinn zu ihrem Schlüsselbein hinabzog. *Mein Werk*, dachte er mit unbestimmtem Schuldbewusstsein. *Mein Werk.* Sie stöhnte und reckte die Hände flehentlich nach ihm aus.

»Heb den Kopf, Ketzerin«, herrschte er sie voller Ekel an, und das schlechte Gewissen, das sich in ihm gemeldet hatte, verlieh seinen Worten noch eine gesonderte Portion Grobheit. Agnes legte den Kopf in den Nacken und öffnete den Mund so weit, wie ihre aufgerissenen Lippen und ihre verkrampften Kiefer dies erlaubten. Der Priester hob den Eimer. Er wusste, er hätte den Inhalt langsam in ihrem Mund laufen lassen sollen, mit vielen Pausen, damit sie nicht daran erstickte oder sich erbrach, aber plötzlich hielt er den Anblick des Leids nicht mehr aus. *Mein Werk*, dachte er nochmals, *das Werk der Barmherzigkeit und Gottesfurcht*. Was hatten die Männer gedacht, die den Heiland an die Römer auslieferten? *Es gibt größere Wichtigkeiten als dieses eine Weib*, dachte er, *größere Bestimmungen und vor allem größeres Geschehen als das Leiden dieses dumpfen, unwichtigen Sandkorns von einem Menschenkind.* Aber hatten das die Männer nicht auch gedacht, die den geschundenen Leib des Erlösers an das Kreuz nagelten? Er goss den Eimer mit einem Schwung in Agnes' Gesicht und lief wie von Furien gehetzt davon; hinter sich hörte er das Keuchen und Gurgeln, mit dem die Ketzerin versuchte, etwas von dem Wasser in dem Mund zu bekommen, damit der grausame Durst gestillt werde.

Die wenige Flüssigkeit, die Agnes in die Mundhöhle gelaufen war, weckte nur den Bedarf nach mehr. In ihren Handflächen, die sie bittend erhoben hatte, war ein kleiner Schluck gefangen; mit aufgerissenen Augen sah sie zu, wie er nutzlos zwischen ihren Fingern versickerte. Schließlich sank sie resigniert in sich zusammen. Sie saß in der Pfütze, die sich um sie herum gebildet hatte, und weinte mit rauen, trockenen Lauten. Das Weinen hatte etwas Gutes: Es erschöpfte sie so sehr, dass sie zuletzt einschlief, den Schmerzen und dem Durst zum Trotz. Die Sonne schien mittlerweile auf sie herab und hatte die Kälte vertrieben, und so zogen ihr überforderter Geist und ihr zerschundener Körper einander in ihrer verzweifelten Umklammerung hinab, in einen tiefen, traumlosen Schlaf, der eher eine Ohnmacht war und in dem ihr die Gnade zuteil wurde, kein Leid mehr zu verspüren.

Als sie erwachte, benötigte sie einige Minuten, um zu realisieren, wo sie war. Sie hatte keine Idee, wie viel Zeit seit dem Besuch des Priesters vergangen sein mochte. Die Sonne schien von einem Punkt in der Nähe des Zenits. Sie blinzelte hinauf und fühlte den Schwindel, der sie ergriff. Sie war schutzlos in der Sonne gelegen, aber der Schwindel kam nicht von daher: Sie hatte auch schutzlos in der Sonne gearbeitet, und ihr Körper war daran gewöhnt. Der Schwindel, den sie nun verspürte, war leicht, er schien in ihren Eingeweiden statt in ihrem Kopf zu kreisen, und er drehte sich, bis sich ein Zentrum herauszubilden schien. Das Zentrum lag in ihrem Magen. Sie hatte seit ihrer Verurteilung gestern Abend nichts gegessen, und den ganzen Tag davor ebenso wenig. Der Hunger wühlte in ihr. Bis jetzt hatte sie ihn nicht verspürt; vielleicht hatte ihn der Durst aufgeweckt. Sie beschäftigte sich mit dem Wühlen in ihren Därmen, weil es ein Schmerz war, den sie kannte und den sie zu bekämpfen wusste; es hatte in der Vergangenheit genügend Jahre gegeben, in denen der Winter länger gedauert hatte oder der Herbst früher gekommen war, sodass die Vorräte nicht ausreichten und sie in den letzten Wochen des Winters, bevor die ersten Kräuter und Beeren erschienen, gehungert hatten. Der Hunger war ihr fast willkommen, er war wie ein alter Gefährte, den man in der Fremde trifft, und den man zwar niemals geliebt hat, aber der eine starke Verbindung zu früheren, glücklicheren Zeiten herstellt.

Schließlich tauchte die Gestalt des Priesters auf. Er stand zwischen den Häusern und schien sie von der Ferne zu betrachten. Sie musterte seine Gestalt mit schmerzenden Augen. So wie sie zu Anfang keinen Hass gegen ihn verspürt hatte, so spürte sie auch jetzt keinen; das einzige Gefühl, das sie ihm nach wie vor entgegenbrachte, war eine vage Ehrfurcht. Die Kutte des Priesters schlug im Wind, und sein Skapulier bewegte sich um seine Schultern, als wären dort Flügel, mit denen er schlug, ohne jemals fliegen zu können. Plötzlich drehte er sich um und schritt davon. Agnes wusste, dass die Kapelle mit dem kleinen Haus daneben kurz hinter den nächsten Häusern lag; als der Priester nicht abbog, sondern weiter auf der Straße ausschritt, bis ihn eine Ecke verdeckte, war ihr klar, dass auch er das Dorf verließ.

Eine Weile später wurde ihr bewusst, dass sie vollkommen allein war. Der Wind, der mit heftigen Stößen durch das Dorf fuhr und das trübe Wetter mit sich brachte, das Philipp einen Tag später zu Radolf Vacillarius begleiten sollte, trieb den Straßenstaub vor sich her. Agnes hörte das Prasseln, mit dem die Körnchen gegen die Dächer der Häuser prallten; sie hörte auch das Rascheln der trockenen Strohbüschel, die hier und da um die Ecken gewälzt wurden, und das Wispern der Garben, mit denen die Dächer abgedeckt waren. Sie hörte das laute Schnaufen eines Schweins und das hohe Trällern der Lerchen, die in der Luft über den Feldern auf und ab fuhren. Sie hörte jedoch kein einziges menschliches Geräusch, noch nicht einmal den Gesang von den Feldern. Der Wind mochte ihn schlucken, sodass er ihr Ohr nicht erreichte; sie wusste es nicht. Sie hätte der letzte lebende

Mensch auf Erden sein können. An diesem Punkt überfiel sie eine gähnende, so große und namenlose Furcht, dass weder Schmerz noch Durst noch Hunger dagegen bestehen konnten. Sie war ganz allein. Nicht einmal mehr Feinde umgaben sie. Die Atempause war vorüber; die Furcht hatte eine neue Qualität erreicht. Nicht lange danach kamen die Reiter. Es waren seit undenklichen Zeiten keine Reiter mehr in das Dorf gekommen, abgesehen von den Besuchen des Herrn, wenn er die Ernte überprüfte oder wenn jemand gestorben war, aber der Herr pflegte sich anzukündigen, damit die Dörfler alles für ihn bereithätten. Außer ihm gab es als Besucher nur noch den Händler, und dieser ging zu Fuß. Agnes hörte die Hufe ihrer Pferde von weitem, noch bevor sie ihrer ansichtig wurde. Jeder Tritt schien auf ihr Herz zu fallen; sie fürchtete ihr Erscheinen mit der instinktiven Angst des Tieres, zu dem ihre Strafe sie reduziert hatte. Sie kamen aus der Richtung, in der die Kapelle lag, als seien sie direkt aus ihr hervorgetreten. Sie waren zu dritt. Agnes starrte ihnen gelähmt entgegen.

Die drei Reiter lenkten ihre Pferde auf sie zu, bis sie dicht vor ihr standen und ihre Schatten auf sie fielen. Aus ihrer zusammengekauerten Stellung sah sie zu ihnen empor. Die Sonne blendete sie; sie konnte ihre Gesichter nicht erkennen. Vielleicht hatten sie keine Gesichter. Vielleicht schien das grelle Licht nicht vom Himmel, sondern aus ihren Augen und von ihren Häuptern.

»Was für ein merkwürdiger Vogel«, sagte einer der Reiter.

»Ich würde sagen, er ist nach unten aus seinem Käfig herausgewachsen.«

»Ist das diejenige, die uns angekündigt wurde?«

»Ich nehme es an. Oder hast du noch anderswo einen derartigen Jammer erblickt?«

»Sie ist ja nur eine Bäuerin.«

»Der Teufel verbirgt sich in jeder Gestalt. Lass dich nicht von ihrem Äußeren täuschen.«

Die Reiter schwiegen. Agnes röchelte vor Angst und gab ein unartikuliertes Stöhnen von sich. Das Gleißen umgab die Reiter und ließ Tränen in ihre Augen treten. Eines der Pferde tänzelte unruhig und stampfte auf den Boden; es ragte riesengroß wie ein Drache vor ihr auf und schnaubte. Agnes wollte es scheinen, als schnaubte es Feuer.

»Die Dorfbewohner sind wohl alle auf den Feldern.«

»Wie man es uns angekündigt hat.«

In einen der Reiter kam plötzlich Bewegung. Er stieg von seinem Pferd ab und näherte sich ihr. Dicht vor ihr blieb er stehen, bückte sich und starrte ihr ins Gesicht. Sie konnte sein Antlitz nicht erkennen; das grelle Licht malte bunte Kreise vor ihre Augen. Alles was sie sah, war eine breite Gestalt.

»Da wir mit ihr allein sind, sollten wir vielleicht vorher unser Vergnügen mit ihr haben«, schlug einer der anderen Reiter vor. »Sie scheint noch nicht so alt und hässlich zu sein, wie die Dorfweiber es für gewöhnlich sind.«

»So weit man es unter dem nassen Kittel erkennen kann, hat sie prächtige Euter«, stimmte der zweite zu.

»Jetzt ist Schluss«, sagte der abgestiegene Reiter zornig. Er richtete sich auf. »Es ist wichtig, dass uns niemand sieht. Jeden Moment kann eine von diesen Dorfschlampen zurückkehren, um Wasser zu holen oder mit einem Balg niederzukommen. Wir tun unsere Arbeit und machen uns wieder aus dem Staub.«

»Es war nicht so gemeint. Ich habe nur Spaß gemacht.«

»Überleg dir lieber, wie wir es hinter uns bringen wollen.«

»Wie schon: Wir stechen sie ab.«

»Ausgezeichnete Idee. Die Racheengel Gottes steigen hernieder, und es fällt ihnen nichts Besseres ein, als sie aufzuspießen wie ein Schwein.«

Die beiden Reiter, die noch auf ihren Pferden saßen, schwiegen einen Moment, bevor sie weitere Vorschläge machten. Agnes vermochte kaum, auf ihre Worte zu lauschen. Die Angst gellte in ihren Ohren. Ihre Augen starrten weiß aus ihrem schmutzigen Gesicht und huschten von einer der Gestalten zur anderen. Sie gurgelte etwas, ohne dass die Männer sie beachteten.

»Wir könnten sie erdrosseln.«

»Das geht nicht; die Maske ist im Weg.«

»Dann holen wir uns einen Prügel und erschlagen sie.«

»Ihr seid alle beide Idioten«, bellte der Reiter, der auf dem Boden stand. »Hört zu: ›Die Reden der Ketzer sind wie Staub im Munde, und ersticken sollen sie an ihren Worten.‹ Was fällt euch dabei ein?«

»Ja, die heilige Mutter Kirche findet drastische Worte«, kicherte der eine der beiden Reiter.

»Das ist die Strafe, die für sie vorgezeichnet ist«, sagte der andere.

»So ist es«, erklärte der Reiter, der nicht mehr auf seinem Pferd saß. »Steigt ab und schaufelt ein paar Hand voll Dreck zusammen. Zwei halten sie fest, und der dritte gießt ihr den Dreck in den Hals, bis sie daran erstickt ist. Das wird den Bauern jeden Zweifel daran nehmen, dass das göttliche Gericht am Werk war.«

So geschah es.

Drei Tage später wurde in einem anderen Dorf ein Mann vom Fluss an Land geworfen. Die Hütejungen, die ihn fanden, rannten Hals über Kopf nach Hause und alarmierten die Erwachsenen, aber auch diese konnten nichts mehr für ihn tun. Er war seit mindestens drei Tagen im Wasser gewesen, und er war so tot, wie er nur sein konnte. Da ihn niemand kannte und niemand wusste, ob er nicht etwa selbst den Tod gesucht hatte, beerdigten sie ihn am Ufer des Flusses in ungeweihter Erde, hart an der Stelle, wo sie ihn gefunden hatten. Es war schweißtreibende Arbeit, denn das Ufer war steinig, und niemand fand etwas daran auszusetzen, dass die zwei Männer, die das Grab aushoben, der Leiche die weichen Kalbslederstiefel auszogen, um sie für sich zu behalten. Der Mann würde sie ohnehin nicht mehr brauchen.

Das Reich der Hexe

Leben stirbt, und Tod wird leben – stets beginnt das Ende neu.

Petrus Damiani,
Hymnen und Sequenzen

Herzlich willkommen

Während seiner Reise mit dem lärmenden und zäh vorankommenden Händlertreck wechselten Philipps Gedanken ständig zwischen seinem Auftrag und dem gestrigen Erlebnis hin und her, so sehr er sich auch bemühte, sich auf die Arbeit für Radolf Vacillarius zu konzentrieren. Letzten Endes kam er nicht weiter als bis zur Feststellung, dass er den Auftrag hasste und – abgesehen von einigen vagen Ideen, wie sich die Dokumente zu Radolfs Gunsten fälschen ließen – weder einen funktionierenden Plan zu seiner Durchführung noch den rechten Glauben an seine Ausführbarkeit besaß. Wäre er weniger wütend wegen gestern gewesen, hätte er vermutlich größeres Unbehagen über seine bevorstehende Arbeit verspürt.

Als er sich an einer Straßenkreuzung vom Treck löste, war sein Ärger zu stark geworden, um andere Gedanken als die an Minstrel zuzulassen. Er schenkte dem dichten Wald, der sich bald nach der Straßenkreuzung erhob und Philipp in der Regel zu erhöhter Wachsamkeit veranlasst hätte, keine Aufmerksamkeit. Er siedete buchstäblich vor Zorn.

Zuerst, gestern Abend, war er wie erstarrt gewesen vor Überraschung. Zurückzukommen in die Herberge und Minstrel in einen Frosch verwandelt wiederzufinden hätte ihn weniger unvorbereitet getroffen als die Situation, die der Sänger hinterlassen hatte. Der Sänger hatte nichts gestohlen, was von Wert gewesen wäre; tatsächlich hatte er überhaupt nichts gestohlen, aber das lag nicht an einer etwaigen Zurückhaltung seinerseits, sondern daran, dass Philipp nichts in der Kammer gelassen hatte, was des Stehlens wert gewesen wäre. Nicht, dass der Sänger nicht nach Wertsachen gesucht hätte, o nein: Das Lager hatte ausgesehen, als hätten zwanzig durstige Mongolen mit ihren Schwertern darin nach einem versteckten Eimer Pferdemilch gesucht, und in seiner Wut darüber, dass er nichts gefunden hatte, hatte Minstrel noch an der kargen Einrichtung beschädigt, was zu beschädigen gewesen war. Seine Wut, ja; wie groß sie auch gewesen sein mochte, sie erreichte nicht einen Bruchteil der Wut, die Philipp in seinem Bauch verspürte. Am Morgen, nach einer größtenteils durchwachten Nacht, sah die Sache jedoch nochmals anders aus: Der Zorn auf Minstrel war schal geworden, und stattdessen richtete sich Philipps Unmut jetzt gegen sich selbst. So naiv zu sein, einem völlig Fremden zu vertrauen, nur weil – *er das Gefühl der Freundschaft geweckt hatte?* Nur weil er höfliche Manieren und trotz seiner Sauferei einen Anstrich von Würde besessen hatte. Er ballte seine Hand wütend in seinem Wams und fand dabei den Schuldschein Minstrels. Er fuhr langsam mit einem Finger über das glatte Pergament. *Geschickt gemacht, Sänger-Säufer-Dieb. Ich bin auch auf diesen Trick hereingefallen.* Er zerknüllte den Schein wütend in seiner Tasche.

So haderte Philipp mit sich selbst, bis er aus dem Wald heraus in eine Welt steiniger, karg bebauter Felder ritt, in deren Mitte sich der Schmutzfleck eines Dorfes erhob und seine Gedanken in eine gänzlich andere Richtung zwang.

Das Dorf lag unter dem bleiernen Himmel wie ein Friedhof, die ergrauten Dächer geduckt gegen den scharfen Ostwind, der den Winter wieder zurückzubringen schien, reglos im schwindenden Tageslicht. Die Männer und Frauen, die verloren am jenseitigen Ende des Dorfes auf der Straße standen, schienen ebenso wenig hierher zu gehören wie die Besucher eines Totenackers zwischen die Grüfte. Hinter den erbärmlichen Häusern ragte der Turm des Herrensitzes auf: wie ein Kirchturm, der sich über Grabstätten erhebt. Philipp zügelte sein Pferd und ließ es im Schritt weitergehen. Die meisten der Dorfbewohner wandten sich um, als sie ihn kommen hörten, aber keiner verließ seinen Platz.

Die Häuser waren links und rechts der schmalen Straße verstreut, ohne ein Zentrum zu besitzen; das Dorf war nicht mehr als eine Spur zwischen den Feldern, die auf den Herrensitz zuführte. Die Bauwerke waren niedrige Hütten, deren steile Dächer an allen Seiten bis fast zum Boden führten, fensterlos, schmucklos, die Grassoden der Dächer so grau wie das Flechtwerk zwischen den senkrechten Pfosten, welches die Häuserwände bildete, und so grau wie der Schlick, mit dem das Flechtwerk verschmiert war. Ein wenig zurückgesetzt von der Straße duckte sich ein Lagergebäude in das hohe Gras, der massiveren Holzbauweise nach ein Werk des Grundherrn, in dem seine Hintersassen seinen Anteil an der Ernte einlagerten. Das grobe hölzerne Tor war mit einem Riegel und einem Schloss versehen. Philipp erkannte Zeichen gegen Unheil und den bösen Blick: In halber Höhe hing ein totes Käuzchen am Tor, mit ausgebreiteten Schwingen angenagelt wie eine Karikatur des Gekreuzigten, und auf der Front zeichnete sich schwach ein Kruzifix aus Ruß auf dem rauen, silbergrau verwitterten Holz ab. Der Wind fuhr mit einzelnen Stößen durch die Doppelreihe aus abweisenden, abergläubischen, furchterstarrten Katen wie stockender Atem. Es gab jedoch nicht nur den üblichen Aberglauben; die Angst im Dorf besaß ein eindeutiges Zentrum. Vertrocknete Knoblauchketten, bleich gewordene Sträuße vom Mispelstrauch über den Eingangstüren, Hühnereier in Wandnischen und in den Gärten: Fenchel, Farn, Johanneskraut – Schutzmaßnahmen gegen eine Hexe.

Die Dorfbewohner hatten sich vor einer der Katen versammelt; sie schienen auf den ersten Blick nur aus alten Leuten und Kindern zu bestehen, erschreckend wenigen Kindern. Dann entpuppten sich die alten Leute als die Eltern der Kinder, die meisten in Philipps Alter oder darunter, aber mit vorzeitig gealterten Gesichtern, krummen Rücken und schwierigen, zerschundenen Händen und Füßen, alte Leute tatsächlich an Körper und Geist, die zwei Drittel ihres Lebens bereits hinter sich hatten und vom letzten Drittel nur Mühsal und Plage erwarten durften. Die Kinder waren erstaunlich ernst und still; und wenn auch in ihren Gesichtern noch nichts von dem vorzeitigen Alter zu sehen war, das die tägliche Mühsal darin eingraben würde, so erweckten ihre verschlossenen Züge doch den Eindruck, als wäre es ihnen bereits vollkommen klar, welchem Geschick sie entgegengingen. Plötzlich wusste Philipp, was sich hier zutrug. In dem Haus war jemand gestorben, und die Dorfbewohner warteten darauf, dass ihr Grundherr sich aus der Hinterlassenschaft nahm, was ihm gefiel, bevor auch sie sich ihr Teil holen konnten.

Ein Mann stand direkt neben der Tür; er hatte die Arme verschränkt, und als Einziger starrte er nicht in das dunkle Innere des Hauses hinein, sondern die Straße hinunter, als wäre ihm, was er dort sah, wichtiger als die Vorgänge im Haus. Vielleicht war es das auch; vielleicht sah er dort die Tote, die im Haus auf dem Bett lag, als sie noch am Leben war und an ihrem Hochzeitstag über die Straße auf ihn zukam, um ihn zum einzigen Tag in ihrem weiteren Leben zu führen, der nicht von Arbeit und Buckelei bestimmt war. Philipp seufzte; so gewöhnlich der Vorgang war, so sehr berührte er ihn jedes Mal wieder aufs Neue. Eine junge Frau wurde schwanger, arbeitete bis zuletzt auf dem Feld und gebar dort zwischen Sämlingen, Strohgarben oder auf der nackten Scholle ein Kind; oder, wie in diesem Fall, brach zusammen, wurde nach Hause getragen und starb bei dem Versuch, das Kind auf die Welt zu bringen. Der Dorfälteste kam, vielleicht noch der Priester, der einen überflüssigen Satz murmelte, und spätestens am nächsten Tag der Grundherr, der über das Verderben eines seiner Besitztümer ungehalten war und nachsah, ob er in der Hinterlassenschaft der Toten etwas finden würde, was seine Investitionen in diesen jetzt nutzlosen, kalten Leib wenigstens zum Teil rechtfertigte. Fand er nichts, konnte es sein, dass er das Kind mitnahm. Der Ehemann, jetzt der Witwer, stand währenddessen mit steinernem Gesicht außerhalb des Hauses und versuchte die Fassung zu bewahren und zu begreifen, warum gerade in sein Leben der Tod eingetreten war. Man hörte kein Kinderweinen aus dem Haus. Auch das Kind hatte den Versuch nicht überlebt, auf die Welt zu kommen.

Die Gestalten der Zuschauer spannten sich, und Philipp, der befangen sein Pferd angehalten hatte, blickte wieder zur Öffnung des Hauses. Eine junge Frau bückte sich unter dem Türsturz durch und kniff die Augen gegen das Licht zusammen. Eine ältere Frau folgte ihr, bereits so krumm geworden, dass sie ohne weiteres durch die Tür passte. Während die alte Frau in eine leidlich bessere Version der Kittelschürzen gekleidet war, die auch die Dorfbewohnerinnen besaßen, trug die junge Frau ein langes Kleid aus grünem Leinen. Das Kleid war um die Hüfte mit einem schmalen Stoffgürtel mit Rankenmuster gerafft, über den das lose fallende Oberteil hing. Dieses war hochgeschlossen und hatte keine Ärmel; die weiten Armlöcher waren mit schwarzem Samt eingefasst. Das Hemd, das die junge Frau darunter trug und dessen Ärmel bis an ihre Fingerknöchel reichten, war von hellblauer, verblichener Farbe. Ihre gesamte Kleidung hatte bereits bessere Zeiten gesehen, von den abgestoßenen Rändern des Rocks, die ein gutes Stück auf den Boden aufstießen, bis zu dem grünen Stoffring, der ihre dunklen Haare festhielt und wie eine Krone auf ihrer Stirn lag; dennoch lagen Welten zwischen ihrer und der Kleidung der Dorfbewohnerinnen. Die junge Frau blickte sich um und wartete, bis ein Mann das Haus verließ, der wiederum in die Tracht der Bauern gekleidet war und offensichtlich den Dorfältesten vorstellte. Sie trat auf den Mann zu, der neben der Eingangstür stand, nickte ihm zu und schritt dann wortlos zwischen den Zuschauern hindurch, die alte Frau auf den Fersen. Erst jetzt fiel Philipp auf, dass die Alte ein steifes kleines Röckchen trug, die Bekleidung eines Kleinkindes, die hier offenbar nicht mehr nötig war und die das Gefallen der jungen Frau gefunden hatte. Überrascht wurde Philipp klar, dass es sich um Radolf Vacillarius' Tochter handeln musste. Die junge Frau sah auf, erblickte ihn auf seinem Pferd sitzend und kam auf ihn zu.

Sie war von blasser, fast weißer Hautfarbe; ein feines, schmales Gesicht mit gerader Nase und vollen Lippen, in dem zwei dunkle Augen brannten. Unwillkürlich fragte sich Philipp, ob ihre Mutter so ausgesehen hatte in den Tagen, in denen sein Herr sie verehrt hatte. Dann erwiderte er den Blick aus den dunklen Augen und dachte nichts mehr dergleichen. Er sah, dass die dunkle Augenfarbe ein tiefes Braun war, mit indigoblauen Flecken durchsetzt, Augen wie die farbigen Fenster einer reichen Kathedrale, durch die das Dämmerlicht des vergehenden Abends einen Moment lang scheint. Es war schwer, die Pupillen in diesen Augen auszumachen, und ebenso schwer, ihrem Blick eine Richtung zu geben; unfokussiert, traumverloren, versunken, schien er fern und traurig zugleich. Philipp blieb wie ein Tölpel auf dem Rücken des Pferdes, bis sie fast vor ihm stand und ungeduldig zu ihm emporblickte.

Sein schlechtes Benehmen durchfuhr ihn wie ein Blitz, und er sprang linkisch herab. Sie war ein gutes Stück kleiner als er, obwohl er selbst nicht zu den Größten zählte, und von zarter Gestalt. Verwirrt bemerkte er, dass sie jünger war, als er gedacht hatte. Sie mochte die Schwelle zur Mannbarkeit erst ein paar Jahre überschritten haben: ein Mädchen von vielleicht siebzehn Jahren.

»Wer seid Ihr?«, fragte sie. »Ihr gehört nicht in das Dorf.«

»Nein«, stotterte Philipp. »Euer ... der Herr erwartet mich. Mein Name ist Philipp.«

Sie machte schmale Augen und musterte ihn misstrauisch. »Macht ihr Scherze? Mein Vater erwartet niemanden; es geht ihm nicht gut.«

»Vielleicht hat er es Euch nur nicht weitergesagt, meine Dame?«

»Mein Vater hat keine Geheimnisse vor mir!«, rief sie und stampfte mit dem Fuß auf. »Ihr müsst wieder zurückgehen. Sofort.«

»Ich bin ja noch gar nicht angekommen«, sagte Philipp und machte ein unschuldiges Gesicht. »Euer Haus ist doch dort drüben am Ende des Dorfes.«

Sie funkelte ihn wütend an. Philipp machte eine beschwichtigende Geste. Er hatte die Unsicherheit in ihrem Gesicht gesehen, als sie ihn angefahren hatte.

»Wenn Ihr es wünscht, werde ich natürlich gehen, meine Dame«, sagte er. »Aber bevor Ihr darüber entscheidet, würdet Ihr dies bitte Eurem Vater aushändigen lassen? Ich warte so lange hier oder vor dem Tor Eures Hauses; Ihr könnt mir auch gern einen Eurer Burgmannen schicken, der mich während dieser Zeit bewacht.« Er nestelte an seinem Wams und zog einen zusammengerollten Lederlappen heraus, auf dem ihm der Kardinal eine kurze Empfehlung geschrieben hatte. Sie entrollte ihn und hielt ihn sich vor die Augen; mit Erstaunen wurde ihm klar, dass sie lesen konnte.

»Philipp«, sagte sie, und ihre Stimme verlor ein wenig an

Schärfe und gewann dafür an Herablassung. »Du bist der Truchsess deines Herrn?« Als Fremder hatte er eine mögliche Bedrohung dargestellt; als fremder Dienstbote war er harmlos. Philipp zog die Augenbrauen hoch und machte eine Miene, die amüsiert wirkte. Tatsächlich ärgerte ihn ihre Herablassung. Seit er sie gesehen hatte, war er von dem Wunsch beseelt, Eindruck auf sie zu machen. Sie rollte das Schreiben zusammen und gab es der alten Frau, ohne sich nach ihr umzublicken.

»Du darfst mich bis zum Tor begleiten«, sagte sie. »Ich lasse meinen Vater unterrichten, dass du hier bist.«

Philipp nickte, und sie wandte sich um, ohne ihm noch ein weiteres Wort zu gönnen. Die Dorfbewohner standen vor dem Haus, in dem die tote Frau und das tote Kind lagen, und starrten sie an.

»Ihr könnt hineingehen«, rief sie. »Sie hat mir gegenüber ihre letzte Pflicht erfüllt.« Die Männer und Frauen setzten sich in Bewegung und drängten zur Tür, selbst in diesem Augenblick der Besitzergreifung fremden Guts so leidenschaftslos, wie sie auf der Straße abgewartet hatten. Der Witwer war von seinem Posten neben der Tür verschwunden; entweder zurück in sein Haus oder an einen Ort, an dem er für eine kurze Weile allein sein konnte mit sich und seinen verstörten Gedanken. Das Mädchen eilte in Richtung auf den Dorfausgang davon, die alte Frau wie einen Schatten hinter sich, und Philipp zog sein Pferd am Zügel hinter den beiden her.

»Wie darf ich Euch nennen, Dame?«, fragte er und erwartete nicht wirklich eine Antwort.

»Dionisia«, sagte sie über die Schulter. Dionisia; das Geschenk Gottes. Dame Dionisia. Philipp sprach sich ihren Namen vor, bis sie vor dem Tor zu Radolfs festem Haus ankamen und sie zusammen mit der alten Frau hineinschlüpfte, ohne sich noch einmal nach ihm umzudrehen.

Radolfs Haus, oder besser: sein *dominion*, denn es als festes Haus bezeichnen zu wollen, dafür war es zu groß, und für ein Gut war es wiederum zu gering, Radolfs *dominion* also bestand aus einer künstlich aufgeschütteten, steilen Böschung, durch die an einer dem Dorf zugewandten Stelle eine Lücke gebrochen war. Die Straße endete genau vor dieser Lücke, Planken führten hindurch, unter denen sich ohne Zweifel ein Wasserbecken befand, danach folgte ein Stück mannshoher Steinmauer mit dem Tor darin, und dahinter setzte sich die Straße als eine weniger breit ausgetretene Piste durch den umböschten Bereich fort. Das Haus besaß ein Erdgeschoss, ein Stockwerk und ein steiles Dach und setzte der Straße als Erstes einen niedrigen, schmalen *donjon* entgegen, einen Turm, der sich kaum über das Hausdach erhob und direkt an dessen Vorderseite gebaut war. Später sollte Philipp noch eine kleine Kapelle entdecken, die sich zur Linken des Hauses an die Innenseite der Böschung drückte, einen umzäunten Obstgarten genau hinter dem Haus und ein heruntergekommenes Stallgebäude zu seiner Rechten, dessen Rückwand bereits das jenseitige Ende des umfriedeten Bereichs berührte. Eine Holzpalisade schloss die Böschung nach hinten zu ab; hinter der Palisade erhob sich der dunkle Schatten eines nach beiden Seiten weit in die Landschaft greifenden Waldes. Das *dominion* war ebenso klein und pathetisch wie das Dorf, von dem es lebte, und beide zusammen waren nichts als eine Warze in dem sanften Flusstal, in dem sie standen. Philipp wartete auf die Ankunft eines Burgmanns beim verwaisten Tor und auf eine Nachricht von Radolf Vacillarius und fragte sich, wie groß der Wert der Bestechungssumme wirklich sein mochte, damit der reiche Kardinal sich um die Erhöhung dieses bedeutungslosen Besitztums kümmerte.

Anstelle eines bewaffneten Burgmanns öffnete der Besitzer des *dominion* selbst das Tor und starrte zu Philipp heraus, der neben seinem Pferd hart am Anfang der Planken stand und mit nachdenklich gerümpfter Nase den Dünsten hinterherschnupperte, die aus dem fauligen Wasser unter den Planken in die Höhe stiegen. Obwohl Radolf Vacillarius' Augen blutunterlaufen, obwohl sein Haar zerzaust, sein Gesicht unrasiert und seine Tunika beschmiert war, wusste Philipp auf Anhieb, dass es sich um den Herrn und nicht um einen seiner Burgmannen handelte. Während der kurzen Wartezeit war ihm klar geworden, dass es keine Burgmannen gab, die das Tor bewacht hätten; er hatte es bereits geahnt, als er nur die alte Frau in der Begleitung der Dame Dionisia gesehen hatte. Selbst sein eigener Herr, dem seine Hintersassen und Leibeigenen zulächelten, wenn er sich unter ihnen aufhielt, tat dies nie ohne wenigstens einen seiner bewaffneten Gefährten. Radolf lehnte an dem Torflügel, den er halb geöffnet hatte, und betrachtete Philipp schweigend und mit deutlicher Missbilligung. Ein zweiter Umstand wurde Philipp ebenso rasch klar: Dionisia hatte nicht gelogen, als sie sagte, ihrem Vater sei nicht wohl. Sie hatte lediglich verschwiegen, dass die Unpässlichkeit nicht von einer Krankheit, sondern von einem schweren Weinrausch stammte. Philipp gab den prüfenden Blick Radolfs mit einem zutraulichen Lächeln zurück und versuchte, die in ihm aufsteigende Abneigung gegen den Burgherrn zu unterdrücken.

Radolf schwang den Torflügel zur Gänze auf und stand dann breitbeinig in der halben Öffnung.

»Komm hierher«, sagte er mit heiserer Stimme.

Philipp zögerte einen Moment, dann ließ er die Zügel des Pferdes los und schritt über die Planken. Als er bei Radolf angelangt war, schritt dieser um ihn herum und spähte misstrauisch auf Philipps Hinterkopf.

»Der Kardinal hat dich geschickt? Aber du bist kein Mönch«, grollte er. Philipp schüttelte den Kopf.

Radolf stierte ihn einen Augenblick lang an. Hinter seiner Stirn schien sich plötzlich ein Gedanke zu formen und langsam an die Oberfläche des Weinsumpfs zu schwimmen, der in seinem Kopf schwappte. Seine Augen nahmen einen wachsamen Ausdruck an, und die rote Farbe wich ein wenig aus seinem Gesicht.

»Was tust du hier?«, fragte er und wich einen Schritt zurück. Philipp, der ihn verständnislos beobachtete, bemerkte zu seinem Schrecken, dass Radolfs Hand zum Griff eines Dolchs glitt, der in seinem Gürtel steckte. Er breitete hastig die Arme aus.

»Ich habe ein Empfehlungsschreiben Seiner Exzellenz, das ich Eurer Tochter ausgehändigt habe.«

Radolf kniff die Augen zusammen. Seine Hand zuckte um den Griff des Dolchs, ohne ihn loszulassen. Langsam fasste er mit der anderen Hand nach hinten und zog das Schreiben des Kardinals hervor. Er hielt es in die Höhe und entrollte es.

»Darin steht nichts von dir«, knurrte er.

»Mit der Bezeichnung ›derjenige, der Euren Sorgen abhelfen wird‹, bin aber ich gemeint«, erklärte Philipp. »Ich war selbst dabei, als er die Botschaft verfasste.«

»Was habe ich denn für Sorgen?«

»Keine Angst, der Kardinal hat mir alles erzählt.«

Wenn Philipp gedacht hatte, Radolf mit dieser Versicherung zu beruhigen, dann hatte er sich getäuscht. Der Burgherr wurde noch um eine Spur blasser.

»Was meinst du damit?«, zischte er und brachte seinen Kopf so nahe an Philipps Gesicht, dass dieser den Alkohol in Radolfs Atem riechen konnte und den Speichel spürte, den die schwere Zunge des Burgherrn versprühte.

»Na, dass man Euch um die Mitgift Eurer Frau betrogen hat. Der Kardinal sieht eine Möglichkeit, Euch wieder zu Eurem Recht zu verhelfen.«

Radolf starrte ihn weiterhin an, aber seine Augen weiteten sich zusehends. Plötzlich schloss er sie und schüttelte den Kopf. Auf seinen Wangen brannten zwei rote Flecken. Seine Schultern sanken herab.

»Die Mitgiftsache«, murmelte er. Er öffnete die Augen wieder und blickte in den grauen Himmel, bevor er seine Aufmerksamkeit Philipp zuwandte. »Deshalb bist du hier?«

»Was habt Ihr denn erwartet?«, fragte Philipp misstrauisch.

»Was ich erwartet habe? Nichts; nichts.« Radolf presste die Lippen zusammen und atmete ein. Er schien mehr überrascht als erfreut zu sein, und Philipp fragte sich, was der Kardinal mit seiner Aktion bezwecken mochte. Er hatte angenommen, Radolf wäre dem Kardinal mit seiner Bitte schon seit Monaten in den Ohren gelegen. Offenbar war es nicht so. Radolfs Augen begannen plötzlich zu funkeln. »Meine Mitgift«, sagte er nochmals. »Was hat der Kardinal dir alles erzählt?«

Dass dich die Liebe blind gemacht hat und du ein Versager bist – wenn er es auch mit anderen Worten ausgedrückt hat. »Dass Ihr der Kirche gute Dienste geleistet hättet, dass es Zeit sei, dass er diese Schuld bei Euch einlöse und dass ich Euch mit allen Kräften helfen solle.«

»Und warum ausgerechnet du?«

»Ich wurde ihm empfohlen«, erwiderte Philipp vorsichtig. Radolf runzelte die Brauen, aber die Antwort schien ihm zu genügen. Er überlegte eine Weile, bevor er sagte: »Komm herein und nimm dein Pferd mit; du kannst es im Stall am hinteren Ende des Hofs unterbringen. Einer von den Bauern kommt jeden Abend und kümmert sich um meine Tiere; er wird deines mit versorgen.«

Philipp holte sein Pferd, während Radolf auf ihn wartete. Bis er wieder bei ihm ankam, hatte sich das Verhalten des Burgherrn grundlegend geändert. Statt ihn überrascht und misstrauisch anzustarren, blickte er zu Boden und rieb den Staub mit einem Fuß auseinander. Seine Hände hingen an den Seiten herab und klopften unablässig gegen seine Oberschenkel. Als Philipp vor ihm stand, blickte er zu ihm auf, nickte schroff und ging ihm dann hastig voran.

»Glaubst du daran, dass die Toten zurückkehren können?«, fragte Radolf ihn unvermittelt über die Schulter. Philipp starrte ihn verblüfft an und spürte, wie ein Schauer seinen Rücken hinunterlief.

»Nein«, erwiderte er spröde.

»Gut«, sagte Radolf und schritt weiter voran.

Und so betrat Philipp Radolf Vacillarius' Reich.

Später, nachdem Philipp sein Pferd in den baufälligen Stall gebracht hatte, der sich am jenseitigen Ende des umböschten Grundes gegen eine Holzpalisade lehnte, die ebenso baufällig war und mit grausilbernen, lückenhaften Zähnen gegen den Schatten des Waldes ankämpfte; nachdem er durch das Gras gestapft war, das an allen Stellen emporschoss und mit den Pfaden der sich auf dem Grundstück bewegenden Menschen wirr durchkreuzt war; nachdem er das Gebäude durch den ebenerdigen Eingang des *donjons* betreten hatte, eine Treppe in den ersten Stock hinaufgeklettert war und durch ein enges Tor den Saal des Hauptgebäudes erreicht hatte; nachdem ihm klar geworden war, dass er sich mit Radolf, seiner Tochter und der alten Frau allein innerhalb der befestigten Anlage befand; danach traf Philipp mit dem Burgherrn zusammen, um offiziell empfangen zu werden.

Radolf saß auf einer Truhe vor dem Kamin. Die Truhe wiederum stand auf einem niedrigen Podium aus Holzbrettern, das gerade groß genug war, zwei Menschen aufzunehmen; die Sitzgelegenheit wirkte dadurch erhöht wie der Thronsessel eines Fürsten. Radolf schien die Versicherung, die dieser Platz bedeutete, nämlich dass er der Herr des Hauses war, zu benötigen. War er am Tor unsicher und misstrauisch gewesen, so gab er sich jetzt hochfahrend und beleidigend sarkastisch. Dionisia stand neben Radolf auf dem Platz, der ihrer toten Mutter gehört hatte; ein wenig zu weit weg von ihm vielleicht, sodass sie sich nicht hätten berühren können, aber dies mochte an der Unsicherheit liegen, die sie bei ihrer Rolle empfand. Nach allem, was der Kardinal gesagt hatte, war Radolfs Frau noch nicht allzu lange tot.

»Du siehst noch immer nicht älter und reifer aus als vorhin«, sagte Radolf ohne Einleitung. »Ich hatte mir eingebildet, es hätte vielleicht daran gelegen, dass du außerhalb des Tores standest wie ein Bettler, dass du so klein und unwichtig gewirkt hast; aber ich sehe, dass du innerhalb dieser Mauern auch kein besseres Bild abgibst.«

Philipp schwieg.

»Nichtsdestotrotz hat dich der Kardinal zu mir geschickt, ich bin gespannt; fang an, ...?«

»Er heißt Philipp«, sagte Dionisia.

»Philipp«, sagte Radolf. »Du Freund der Pferde. Und ich hatte gedacht, der Kardinal würde mir einen Freund der Verratenen und Verkauften schicken. Aber vielleicht passt es ganz gut; was war ich mehr als ein Ackergaul, der sich widerstandslos ins Geschirr spannen lässt. Also gut!« Er bückte sich, um einen Becher aufzuheben, der neben der Truhe auf dem Boden stand. Er griff daneben, und als er ihn endlich hatte, balancierte er ihn mit steifem Handgelenk nach oben, bis er ihn endlich an den Mund setzte und mit großen Zügen daraus trank. Er war mehr als nur ein wenig betrunken. Unwillkürlich dachte Philipp an Minstrel, und seine Abneigung gegen Radolf wurde noch ein Stück größer.

Auf seine eigene Art und Weise war Minstrel wenigstens ein eleganter Betrunkener gewesen; Radolf war nur gewöhnlich.

Radolf hob den Becher Philipp entgegen.

»Auf dein Wohl, Philipp, und auf meines und die Zeit meiner Knechtschaft: Lass sie nun zu Ende sein, o Herr.« Er grinste und stellte den Becher wieder zurück. Etwas schwappte heraus und bildete eine kleine Pfütze, als der Becher auf das Podium knallte: Radolf hätte beinahe das Gleichgewicht verloren, als er sich hinabbeugte. »Der Kardinal will mir also meine Mitgift zurückgeben. Was hat er getan? Hat er diese Bastarde enteignen lassen und dir die Besitzurkunden mitgegeben?«

»Die Besitzurkunden an den Eisenminen?«

»Nein, die Besitzurkunden an hundert Pfund Pferdemist«, grollte Radolf. »Natürlich die Dokumente für das Bergwerk. Was denkst du denn, du Tölpel?«

»Nein«, sagte Philipp. Er unterdrückte ein Lächeln und versuchte Radolfs verblüfftes Gesicht nicht zu genießen.

»Was soll das?«, rief Radolf aufgebracht. »Wozu hat er dich dann geschickt? Denkt er vielleicht, ich drücke dir einen Knüppel in die Hand, und dann besetzen wir beide die Mine mit Gewalt?«

»Das ist auch nicht sein Plan«, erklärte Philipp.

»Und wie lautet sein verdammter Plan?«

Philipp warf einen Blick auf Dionisia, aber da sie mit selbstverständlicher Miene neben Radolf stand und dieser keine Anstalten machte, sie wegzuschicken, entschloss er sich, offen zu sprechen.

»Der Kardinal will, dass ich die Familienurkunden fälsche, sodass Ihr Euren Anspruch vor Gericht belegen und ihn so durchsetzen könnt.«

Radolf starrte ihn eine lähmende Sekunde lang sprachlos an. Dann stahl sich ein Grinsen auf sein Gesicht, und plötzlich warf er den Kopf zurück und lachte schallend. Dionisia betrachtete ihn befremdet; sie schoss Philipp einen Blick zu, der gleichzeitig eine Entschuldigung und einen Vorwurf zu enthalten schien.

»Hervorragend!«, keuchte Radolf. »Ich hätte wissen müssen, dass er über mich spottet; es ist mir recht geschehen.« Er setzte sich zurecht und sah Philipp wieder ins Gesicht. Philipp gab den Blick steinern zurück. Radolfs Züge sackten langsam nach unten: Zuerst verschwand das Lächeln aus seinen Augen, dann von seinen Lippen. Seine Brauen senkten sich, aber anstatt dass sein Gesicht wütend wurde, schien es plötzlich resigniert.

»Du solltest gehen«, sagte er tonlos zu Philipp. »Bevor ich dich anstelle des Kardinals in Stücke reiße.«

»Ich bin hier, weil man mich geschickt hat, Euch zu helfen«, platzte Philipp heraus. »Ihr solltet nicht glauben, dass ich mich um diese Aufgabe gerissen habe.«

Radolf starrte ihn düster an und antwortete nicht. Philipp ließ sich von seiner Empörung über Radolfs Abfälligkeiten davonreißen und rief: »Ich bin der Truchsess Raimunds von Siebeneich und habe ein florierendes Gut verlassen, um mich Eurem Problem zu widmen. Ihr habt mich einen Tölpel genannt, über meinen Namen gelacht, mich behandelt wie einen Bettler, der vor Euch im Staub kriecht, und jetzt wollt Ihr mich auch noch bedrohen. Ich bin nicht von Adel, aber ich bin auch kein Niemand, und wenn ihr gerecht urteilen wollt, dann beurteilt mich nach dem, was ich kann, und nicht danach, was Ihr in mir zu sehen beliebt.« Er machte den Mund zu und presste die Lippen aufeinander, damit nicht noch mehr herauskam.

Es war, als hätte er nichts gesagt. Radolf wandte schon bei Philipps ersten Worten den Blick von ihm ab und begann den Kopf zu schütteln. Das Haar fiel ihm ins Gesicht, aber man konnte sehen, dass er wild mit den Kiefern mahlte. Noch während Philipp Atem holte, um sich wieder zu beruhigen, stemmte er sich in die Höhe und stolperte auf den Durchgang zu, der in den *donjon* hinausführte. Beim Hindurchgehen hieb er mit aller Kraft gegen das Mauerwerk; er schien den Schmerz nicht zu spüren. Seine Schritte polterten die Stufen hinunter ins Freie.

»Ich entschuldige mich für meinen Vater«, sagte Dionisia. Philipp riss verblüfft die Augen auf. Er hatte jede andere Reaktion von ihr erwartet.

»Ich bitte aber auch um Verständnis für ihn«, fuhr sie fort. »Heute ist der Todestag meiner Mutter; dieses Datum bringt ihn noch immer aus dem Gleichgewicht.«

»Das wusste ich nicht«, sagte Philipp. »Hätte man es mir gesagt, wäre ich erst später angereist.«

»Früher oder später hätte sich der Tag wiederholt. Er wiederholt sich jeden Monat«, sagte Dionisia ohne Gefühlsregung. »Wir hatten am Morgen eine Gedenkmesse – nur mein Vater und ich, denn es gibt keinen Priester im Dorf – und ein Essen am Mittag. Seitdem hat mein Vater den Weinkrug nicht mehr aus der Hand gegeben.«

»Gewährt Ihr mir für die Nacht Gastfreundschaft?«, fragte Philipp. »Ich kann im Stall bei meinem Pferd schlafen. Morgen werde ich aufbrechen, sobald die Sonne aufgeht.« Dionisia seufzte.

»Natürlich erhaltet Ihr Gastfreiheit unter diesem Dach«, sagte sie. »Und was Euren Aufbruch betrifft, so würde ich damit warten, bis Ihr morgen mit meinem Vater gesprochen habt. Ich bin sicher, bis dahin hat er es sich überlegt und nimmt Euer Angebot an.«

Ich habe kein Angebot zu unterbreiten, dachte Philipp. *Es ist der Kardinal, der ihm einen kleinen Finger reicht, und wenn er nicht danach greifen mag, bin ich darüber nicht böse.* Etwas von seinen Gedanken musste sich in seinen Zügen gespiegelt haben, denn Dionisia lächelte traurig. Sie streckte plötzlich eine Hand aus, und Philipp griff unwillkürlich danach und half ihr von dem Podium. Als sie unten stand, schien sie es nicht eilig zu haben, ihre Hand zurückzuziehen.

»Was müsst Ihr nur für einen Eindruck von uns haben«, sagte sie. »Ich habe Euch draußen so hochfahrend behandelt wie eine Prinzessin, und gleich darauf kündigt Euch mein Vater an, Euch in Stücke zu reißen.« Sie legte den Kopf schief und lächelte zu ihm empor. »Meinen Vater habe ich bereits entschuldigt. Nun komme wohl ich an die Reihe.«

Sie fasste an den Rock ihres Gewandes und deutete einen leichten Knicks an. Ihr Gesicht war dabei spitzbübisch genug, sodass ihre Geste nicht peinlich war, und dennoch so bemüht, dass man ihre Entschuldigung ernst nahm. Langsam stahl sich ein Lächeln auf sein Gesicht, und er verbeugte sich, um ihre Geste zu ehren.

Dionisia hob eine Hand und hielt sie vor Philipps Brust. Er starrte sie einen Augenblick an, bevor ihm einfiel, was er zu tun hatte. Er hob seine Linke und wartete, bis sie ihre rechte Hand leicht darauf gelegt hatte.

»Ich hatte Angst draußen unter den schweigsamen Bauern«, erklärte sie unverblümt. »Deswegen habe ich Euch so kurz abgefertigt. Ich wollte zurück hinter das Tor. Keiner von ihnen hat auch nur ein Wort mit mir gesprochen; nicht der alte Mann, den sie ihren Vorsteher nennen, und erst recht nicht der Mann, dessen Weib gestorben ist. Sie haben mich nur alle beobachtet, als ich das Kleidchen des Kindes an mich nahm, und ich wusste nicht, ob sie mich verabscheuten oder meinen Tod wünschten.« Sie erschauerte und legte ihren freien Arm um ihren Bauch.

»Schweigsamkeit kann auch ein Zeichen von Respekt sein«, sagte Philipp. »Ihr seid die Herrin, und Ihr habt nur Euer Recht in Anspruch genommen. Sie hatten keinen Grund, zornig auf Euch zu sein.«

Dionisia sah ihn zweifelnd an, und er fühlte sich zur Wahrheit genötigt: »Auf der anderen Seite zeugt es nicht eben von Feingefühl, einem Mann, dessen Frau und Kind soeben gestorben sind, noch etwas aus seiner Hinterlassenschaft wegzunehmen, nur weil das Recht des Herrn Euch diesen Schritt erlaubt.«

»Aber sie sind doch alle draußen gestanden und haben gewartet, dass ich mir mein Teil nahm, damit sie sich ihren Teil danach holen konnten. Sie sind nicht besser als ich.«

»Sie sind seine Leute«, erwiderte Philipp. »Ihr gehört nicht dazu.«

»Ebenso wenig wie Ihr.«

»Ich bin vielleicht ein freier Mann, aber von niedriger Geburt wie sie«, sagte Philipp, und Dionisia errötete.

»Ihr seid anders als diese stumpfen Wesen«, erwiderte sie. »Diese stumpfen Wesen haben bereits den Boden bestellt und mit ihrem Brot die Krieger ernährt, als beide Schichten noch gleichberechtigt nebeneinander gelebt haben. Sie können nichts dafür, dass die einen nun als die Herren gelten und sie selbst als Knechte. Sie tun nur das, was sie immer getan haben: Sie ernähren diejenigen, die keine Zeit für den Pflug haben, weil sie ständig das Schwert in ihren Händen führen.«

Dionisia wandte den Blick ab und biss sich auf die Lippen. Er konnte deutlich sehen, dass Zorn und Betroffenheit sich in ihrem Gesicht stritten. Er schüttelte den Kopf und seufzte im Stillen.

»Wieso wagt Ihr es, so zu sprechen?«, flüsterte sie.

»Weil ich in Wirklichkeit der König eines gewaltigen Reiches unter dem Meer bin. Ich warte nur auf den Tag, an dem eine Froschprinzessin mich küsst, damit ich mich wieder in eine Kröte zurückverwandle und in mein Reich heimkehren kann, wo ich den ganzen Tag gebratene Fliegen esse und wohl geformte Meerjungfrauen beobachte.« Dionisia starrte ihn mit einer derartigen Mischung aus Verblüffung und Entsetzen an, dass er sich das Lachen verbeißen musste.

»Vielleicht ist es auch ganz anders«, sagte er und grinste.

»Ihr habt mich verspottet«, sagte sie und entzog ihm ihre Hand. »Zuerst macht Ihr mir Vorwürfe über mein Verhalten den Bauern im Dorf gegenüber, und dann gießt Ihr Euren Spott über mir aus. Ist das die Anmaßung eines einfachen Mannes einer Frau gegenüber? Meinem Vater gegenüber habt Ihr Euch mehr zurückgehalten!«

»Ich wollte Euch nicht beleidigen«, erklärte Philipp betroffen. »Mir lag nur daran, Euch ein wenig aufzuheitern.«

»Warum?«

»Weil ich das Gefühl hatte, Euch mit meinen Worten über die Bauern und die Herren verletzt zu haben. Ich habe es nicht als persönlichen Vorwurf gegen Euch gemeint; ich habe nur ausgesprochen, was jedem der Menschen dort draußen klar ist und woraus sie den kleinen Stolz beziehen, der ihnen zu Eigen ist.«

Sie straffte sich und sah ihm ins Gesicht. Der Widerstreit der Gefühle darin veranlasste ihn hinzuzufügen: »Ich war nur ehrlich mit Euch. Ich dachte, es wäre Euch lieber als Schöntuerei. Ich bedaure aufrichtig, wenn ich mir zu große Freiheiten angemaßt und Euch beleidigt habe.«

Dionisia warf den Kopf zurück; er wusste, dass sie nicht vollkommen ehrlich mit sich selbst war, als sie sagte: »In diesem Fall braucht Ihr Euch nicht zu entschuldigen. Für die Wahrheit braucht sich niemand zu rechtfertigen.«

»Ich werde mich in Zukunft zusammennehmen«, versprach Philipp. Sie lächelte schief und reichte ihm wieder die Hand. Es klang bereits ein wenig wahrheitsgemäßer, als sie sagte: »Dann werde ich Euch ermahnen müssen, offen zu mir zu sein. Kommt jetzt, ich will Euch das Haus zeigen. Ihr sollt wenigstens wissen, wo Ihr Euch aufhaltet.«

»Wo ist Euer Vater hingegangen?«

»Ich denke, er ist auf dem Friedhof hinter der Kapelle. Wir wollen ihn dort nicht stören; aber was schicklich ist, werde ich Euch vorstellen.«

Dionisia führte ihn durch das Haus; durch den Saal, der neben dem Kamin noch eine mit Bretterwänden und Teppichen abgeteilte Ecke besaß, die sie als Radolfs Kammer bezeichnete, die rückwärtige Treppe hinunter in den verwilderten Obstgarten; und zuletzt in die Küche, die zu ebener Erde lag und einen wuchtigen Herd, einen Brunnen und eine Vorratskammer enthielt. Was sie ihm nicht zeigte, sondern nur erklärte, war der Trockenspeicher unter dem Dach; dort lag die Kammer, in der sie mit der alten Frau zusammen schlief. Philipp akzeptierte es: Keiner Frau wäre es eingefallen, allein mit einem fremden Mann in ihre Kammer zu gehen, und kein vernünftiger Mann wäre einer solchen Aufforderung gefolgt. Abgesehen davon hätte er alles akzeptiert, was sie ihm bot, während er sie durch das Haus und den Besitz begleitete wie ein höfischer Galan, jedem Druck ihrer Hand folgend, wenn sie um eine Ecke bog oder die Richtung änderte. Ihre Hand lag leicht auf seiner, und die Berührung machte das Ziehen in seiner Schulter wieder wett, das er bald wegen seines steifen Wamses und wegen seiner unnatürlichen Haltung verspürte.

Nach dem Ende der Tour forderte Dionisia ihn auf, sich sein Lager in der Küche zu bereiten, da dies der wärmste Raum im Gebäude sei, und er gehorchte. Schließlich ließ sie ihn allein, als sich bereits die Düsterkeit des Abends über das Haus legte und die alte Frau schweigend durch die Räume schlurfte, um die Kaminfeuer nachzuschüren und am Fuß der Treppe ein Becken mit glühenden Kohlen abstellte, in dem man Fackeln aus Fett anzünden konnte, wenn man während der Dunkelheit das Treppenhaus benutzen musste. Philipp richtete sich sein Lager in einer Nische neben dem Kamin und dachte daran, dass er Dionisia möglicherweise zu vorschnell beurteilt hatte. Am meisten hatte ihn beeindruckt, wie sie versucht hatte, seine offenen Worte als positiv zu empfinden. Er wusste, dass er sich ihr gegenüber viel mehr herausgenommen hatte, als ihm zustand; er mochte noch so viel über die Beziehungen zwischen den Herren und ihren Knechten philosophieren, letztlich war ihm doch bewusst, dass es diese Unterscheidung gab und dass er zu den Letzteren gehörte. Er dachte an Dionisias erste Worte, die sie draußen im Dorf zu ihm gesprochen hatte, und es fiel ihm auf, dass ihre Anrede jetzt wieder höflich war, noch mehr als das bedeutete die Geste, mit der sie sich von ihm wie von einem Edelmann durch das Gebäude geleiten ließ, dass sie bereit war, ihn tatsächlich zu respektieren. Er seufzte und warf das Stroh auf den Boden, häufte es mit dem Fuß zusammen und legte sich zuletzt darauf. Vielleicht gab es doch einen Grund, Radolf zu vergeben und hier zu bleiben, wenn der Burgherr dies wünschte.

Dass er eingeschlafen war, merkte er erst, als ihn eine zögernde Berührung an der Schulter weckte. Er blinzelte in den unsicheren Lichtschein einer Fackel und das Gesicht eines der Dörfler, das halb von der Fackel beleuchtet wurde.

»Was gibt es denn?«, krächzte er mit steifen Lippen.

»Die Herrin hat mir aufgetragen, Euch zu wecken«, sagte der Mann ruhig. »Wir brauchen Eure Hilfe.«

Philipp starrte ihn an; er schüttelte den Kopf, um seine Gedanken zu klären, fuhr sich mit den Händen durch die Haare, die danach wild zu Berge standen, und kam endlich auf die Beine. In seinem Mund war ein Geschmack wie Blei.

»Hilfe wobei?«, fragte er schließlich und musterte den Mann, der ihn geweckt hatte, mit verkniffenem Gesicht. »Brennt das Haus, oder greifen die Tataren an?«

»Es geht um den Herrn«, sagte der Mann. Philipp seufzte und setzte sich noch immer halb schlaftrunken in Bewegung. Es bedurfte der ersten Schritte, damit sein Gehirn vollends erwachte und damit auch eine gewisse Beunruhigung. Die Worte sickerten in sein Bewusstsein.

»Was ist mit ihm?«, fragte er argwöhnisch.

Der Mann presste die Lippen zusammen und schien nach Worten zu suchen. Philipp packte plötzliche Beklommenheit. In der nächsten Sekunde würde der Mann sagen: Der Herr hat seinem Leben ein Ende gesetzt. Er sah Radolf zusammengekrümmt in einer Lache Blut auf dem Boden der Kapelle liegen, den Knauf und den kleineren Teil der Klinge seines Schwertes aus dem Leib ragend. Er riss die Augen auf und spürte, wie sein Herz einen erschrockenen Sprung tat.

»Ich glaube, er ist sinnlos betrunken«, sagte der Mann. »Verratet ihm nicht, dass ich das gesagt habe.«

»Was redest du da?«, stammelte Philipp.

»Er liegt draußen vor dem Eingang zum Haus und ... nun, am besten seht Ihr es Euch selbst an«, erklärte der Mann. Philipp schloss die Augen und holte Atem; so plötzlich, wie er gekommen war, klang der Schreck ab und ließ ihn in einer gewissen Verlegenheit über seine Reaktion zurück.

»Also dann: nach dir«, sagte er und wies auf den Treppenaufgang. »Du hast die Fackel. Leuchte mir hinaus, und wenn du genau aufpasst, wirst du sehen, wie Philipp der Unerschrockene einen Betrunkenen aufweckt.«

»Oh, er ist wach«, sagte der Mann. »Darum geht es nicht.« Er schritt an Philipp vorbei und stieg die Treppe hinauf, ohne seine Worte näher zu erläutern, und Philipp folgte ihm notgedrungen nach.

»Worum geht es dann?«, rief er.

»Ihr werdet es gleich sehen.«

»Was soll diese Geheimniskrämerei? Was tut er denn da draußen, wenn er nicht seinen Rausch ausschläft?«

»Es ist ein wenig schwer zu beschreiben. Bitte wartet ab, bis Ihr es mit eigenen Augen sehen könnt.«

Philipp stapfte verärgert die Treppe hinauf und durchquerte hinter seinem Führer den Saal, in dem ihn Radolf heute Abend empfangen hatte. Der Mann führte ihn in den *donjon* hinaus und die Treppe dort wieder hinunter. Er bewegte sich mit der Sicherheit dessen, der die Örtlichkeit kennt.

»Wer bist du?«, fragte ihn Philipp schließlich. »Ich habe dich nicht gesehen, als ich angekommen bin.«

»Ich bin der Pferdeknecht. Normalerweise wäre ich nicht mehr hier, aber Euer Pferd musste gestriegelt und gefüttert werden, und ich kam heute etwas später als sonst vom Feld zurück; deshalb bin ich noch da.«

»Bist du aus dem Dorf?«

»Natürlich«, sagte der Mann. Sein Tonfall verriet, dass er genau wusste, was Philipp damit gemeint hatte. Er war nicht verlegen; er erklärte leichthin: »Ich habe Euch gesehen, als wir vor Walters Haus standen und darauf warteten, dass die Herrin wieder herauskam.«

»Warum schläfst du nicht hier, wenn du die Pferde des Herrn versorgst?«, fragte Philipp. Der Mann antwortete ihm nicht; sie waren am Ende der Treppe angelangt und traten in die kühle Nacht hinaus. Die Fackel erleuchtete einen kleinen Teil des Bodens vor dem *donjon* und die liegende Gestalt eines Mannes. Philipp sah ihn und wusste, weshalb der Pferdeknecht ihm keine nähere Auskunft über Radolfs Befindlichkeit gegeben hatte. Der Burgherr lag kichernd auf dem Bauch; er war vollkommen nackt.

Philipp starrte ungläubig auf Radolf hinunter. Dieser schien weder ihn noch den Pferdeknecht bemerkt zu haben; er grinste mit halb geschlossenen Augen und wand sich langsam über den Boden, als versuche er wie eine Schlange auf dem Bauch kriechend vorwärts zu kommen. Statt zu Philipp hochzusehen, stierte Radolf in die Dunkelheit außerhalb des Fackelscheins.

»Komm heran«, murmelte er. »Komm, mein Täubchen. Es geschieht dir nichts. Ich tu dir nichts. Komm schon, es ist kalt. Ich friere.«

»Herr Radolf«, rief Philipp. Radolf zeigte keine Reaktion. Er wand sich und kicherte dabei.

»Wo bleibst du denn?«, rief er. »Warum wärmst du mich nicht? Komm endlich.« Er streckte einen seiner Arme nach der Dunkelheit aus. Philipp spürte, wie sich auf seinem Rücken eine Gänsehaut bildete.

»Was ist dort drüben?«, flüsterte Philipp dem Pferdeknecht zu.

»Der Friedhof«, sagte der Pferdeknecht.

»O mein Gott«, sagte Philipp und nahm dem Pferdeknecht die Fackel ab. Er hielt sie in die Richtung, in die Radolf stierte.

Ein weißes Gesicht schwamm in der Finsternis.

Philipp stieß einen Schrei aus und ließ die Fackel fallen. Sie landete auf dem Boden und flackerte auf und zeigte ein langes grünes Gewand, vor dem sich zwei weiße Hände krampfhaft umschlungen hielten.

»Dionisia«, stöhnte Philipp und bückte sich wieder nach der Fackel. »Ihr habt mich zu Tode erschreckt. Was macht Ihr dort?«

»Ich habe ... auf Euch gewartet«, sagte sie mit zitternden Lippen.

Sie blickte Philipp nicht an; ihre Augen waren auf den nackten Mann auf dem Boden gerichtet.

»Ich brauche dich«, flüsterte Radolf. »Jetzt brauche ich dich noch mehr als zuvor. Komm zu mir; ich werde dir nicht wehtun.«

»Helft dem Knecht, ihn ins Haus zu tragen«, sagte sie tonlos und wandte sich endlich ab. Philipp drehte sich zu dem Pferdeknecht um, der ihn ansah und mit den Schultern zuckte. Philipp rammte die Fackel in den weichen Grasboden neben dem Weg und trat zu Radolf, gemeinsam packten sie ihn an den Armen. Radolf schien sie nicht zu bemerken. Sein Kopf fiel zurück, als sie ihn auf die Seite wandten, und das Murmeln hörte auf. Mit der Plötzlichkeit des Betrunkenen war er eingeschlafen. Sie legten ihn auf den Rücken. Der Pferdeknecht sog die Luft zwischen den Zähnen ein. Philipp hatte es auch gesehen: Das Geschlecht des Burgherrn war erregt und so dick und prall wie ein Pfahl. Mit unangenehmer Deutlichkeit wurde Philipp bewusst, weshalb Radolf sich derart auf dem Boden gewunden hatte.

»Dionisia«, sagte er rau. »Bitte dreht Euch nicht um.«

»Er lag auf dem Rücken, als ich ihn fand«, erwiderte sie undeutlich und als ob sie krampfhaft ein Schluchzen unterdrücken würde. »Es gibt nichts zu sehen, was ich nicht schon gesehen hätte.«

Philipp stöhnte und verdrehte die Augen. »Dann gebt mir bitte das Tuch, das Ihr um die Schultern tragt, damit wir seine Blöße bedecken können.«

Sie schüttelte den Kopf und zog das Tuch fester, als fürchte sie, Philipp könne es ihr wegnehmen.

»Er holt sich noch das Fieber, wenn wir ihn nicht hineinschaffen«, brummte der Pferdeknecht.

Philipp wandte sich ab und griff unter Radolfs Kniekehlen. Gemeinsam hoben sie den schweren Körper vom Boden. Philipp klemmte sich Radolfs Kniegelenke unter die Achseln und hielt seine Beine an der Unterseite der Oberschenkel fest, damit er ihm nicht entschlüpfte. Der Geruch von Radolfs Geschlecht stieg ihm in die Nase, und er verfluchte sich dafür, dem Pferdeknecht die angenehmere Aufgabe überlassen zu haben, Radolfs Oberkörper zu tragen; auch wenn dieser ihn dazu an seine eigene Brust pressen musste wie ein Liebhaber. Als Radolf auf halbem Weg sich zu übergeben begann, nahm er seine Flüche wieder zurück und pries sich als den Glücklicheren von beiden. Sie schleppten ihn mühsam über die Treppe in den ersten Stock des *donjon,* pausierten dort, weil der schlüpfrig gewordene Oberkörper dem Griff des Pferdeknechtes zu entgleiten begann, und vollendeten keuchend den Weg in Radolfs Kammer am Ende des Saals, wo sie den Burgherrn auf sein Lager fallen ließen. Radolf brummte und drehte sich auf die Seite. Schwer atmend sahen sie sich an. Der Pferdeknecht zupfte an seinem besudelten Kittel und machte ein grimmiges Gesicht.

»Weißt du, wo sich Decken finden lassen?«, fragte Philipp. Der Pferdeknecht schüttelte den Kopf.

»In der Truhe neben dem Kamin«, sagte Dionisia vom Eingang der Kammer her. Philipp fuhr herum. Sie stand bleich unter der Decke, die den Eingang verhängte, und hielt ihren Oberkörper mit beiden Armen umschlungen.

»Geht nach oben«, sagte er sanft. »Wir kümmern uns um ihn.«

Sie nickte langsam und schritt aus der Kammer. Im Licht der Fackel, die an der Wand neben dem Kammereingang steckte, sah Philipp, dass ihr Haar aufgelöst war und ihre Augen unnatürlich glitzerten.

Als er sich wieder dem Pferdeknecht zuwandte, stand dieser bereits im Eingang zu Radolfs Kammer. »Ich gehe jetzt«, sagte er. »Ihr kommt ja ohne mich zurecht.«

Philipp machte den Mund auf, aber der Pferdeknecht wartete nicht auf seine Antwort. Er schlüpfte hinaus und verschwand lautlos.

Philipp holte die Decke aus der Truhe und warf sie über Radolfs säuerlich stinkenden Körper. Er dachte daran, das Gesicht und den Oberkörper des Burgherrn zu säubern, aber er brachte es nicht über sich. Schließlich zog er ihm nur die Decke bis über die Schultern, und Radolf griff im Schlaf danach und rollte sich hinein.

Die Geräusche, mit denen in der Küche der neue Tag begrüßt wurde, weckten Philipp zum zweiten Mal. Der Geruch frisch entfachten Kaminfeuers und von erhitzten Kräutern stieg ihm in die Nase. Gähnend richtete er sich aus seiner Ecke auf und starrte in das trübe Halblicht, das durch das Kaminfeuer und eine brennende Öllampe, die an einer langen Kette von der Decke hing, geschaffen wurde. Die alte Frau stapfte in der Küche herum und machte ein finsteres Gesicht; diesmal war ein Mädchen in ihrer Begleitung, das seiner Kleidung nach aus dem Dorf stammen musste. Das Mädchen drehte sich zu Philipp um, als es ihn hörte, und betrachtete ihn gleichmütig; ihr Gesicht war noch nicht so altjung wie die der Erwachsenen ihres Dorfes, aber die Stumpfheit ihres Daseins hatte bereits erste Spuren hineingeprägt. Philipp versuchte, sie anzulächeln, aber ihre Züge zeigten keine Reaktion. Schließlich wandte sie sich ab und ging wieder ihrer Beschäftigung nach.

Philipp seufzte und stand auf. In seinem Wams staken einzelne Strohhalme, und er zupfte sie gewissenhaft heraus. Selbst in seinem Mund schien Stroh zu sein, und er kaute missmutig auf dem schlechten Geschmack herum. Er folgte dem Duft der heißen Kräuter und sah, dass das Mädchen ein Büschel davon auf der Bank liegen hatte, die sich an einer der Seitenwände der Küche entlangzog. In einer tiefen Schüssel schwammen weitere Kräuter in Wasser herum, das so heiß war, dass es dampfte. Philipp zupfte ein paar Minzenblätter aus dem unberührten Kräuterbüschel heraus und steckte sie in den Mund; das Mädchen griff hastig nach dem Rest des Büschels und warf es in das heiße Wasser. Philipp grinste sie mit den Blättern zwischen den Zähnen an.

»Was machst du hier?«, fragte er sie. »Ein Fußbad?«

»Einen Aufguss«, murmelte das Mädchen scheu.

»Hier, das ist für Euch«, krächzte die alte Frau neben ihm. Sie schob ihm eine Schale Wasser zu, und er tauchte dankbar seine Hände hinein und spritzte sich das Wasser ins Gesicht. Er fühlte sich schmutzig und hätte sich gerne gewaschen, aber die Anwesenheit der beiden weiblichen Wesen machte es unmöglich. Er ließ sein Gesicht und sein Haar über der Schüssel abtropfen und schüttelte den Kopf wie ein nasser Hund, um die letzten Tropfen loszuwerden. Als er wieder aufsah, reichte ihm die alte Frau einen weißen Käsebrocken.

»Danke«, sagte Philipp und erntete ein schwaches Lächeln, das weniger ein Lächeln als vielmehr ein verringerter Grad an Missmutigkeit im Gesicht der alten Frau war. Er biss auf den Käse, der in seinem Mund vor Dürre zu zersplittern schien und sofort sämtliche Feuchtigkeit auf seiner Zunge austrocknete. Nach dem frischen Geschmack der Minze lag er in Philipps Mund wie ein Brocken Mörtel.

»Sehr gut«, mummelte Philipp mit vollen Backen und machte, dass er aus der Küche kam.

Das Licht in der Aula im ersten Geschoss war nur geringfügig besser als in der Küche. Durch die Fensteröffnungen konnte der Tag hereindringen, aber es war noch zu früh am Morgen, als dass er den düsteren Saal wirklich erhellt hätte. Das Licht sickerte grau durch die hohen Öffnungen. Schriller Vogelgesang war von draußen zu hören. Philipp ging zögernd an der Decke vorbei, die den Zugang zu Radolfs Kammer verhängte, und trat zu einem der Fenster. Als er den Kopf nach draußen streckte, spürte er die beginnende Wärme des Tages auf seinem Gesicht, die noch nicht bis in das klamme Innere des Hauses vorgedrungen war. Der Vogelgesang war jetzt noch lauter. Er blickte nach rechts und sah die dunkle Mauer des Waldes, die hinter der Hauswand aufragte, noch gestaltlos im Morgendämmer und von einzelnen Nebelschwaden durchzogen. Direkt unter sich sah er die Abfallöffnung der Küche; Philipp ließ das Stückchen Käse auf den kleinen Haufen fallen, der sich dort bereits befand. Die Kapelle, nicht mehr als ein schmuckloser, viereckiger Klotz von der Größe eines Ziegenstalls mit einem weiß gekalkten Kreuz auf den beiden Längswänden, drängte sich gegen die Böschung, die den Hof von außen her umgab. Daneben befand sich ein vielfach begangenes Stückchen Hof, auf dem zwischen niedergetretenen Gräsern die flachen Erdhügel mehrerer Gräber lagen. Einer der Hügel schien noch relativ frisch zu sein; die anderen waren eingesunken und bereits von Gras und Unkraut überwuchert.

Philipp hörte ein Geräusch hinter sich und blickte sich um. Radolf kam gebückt aus seiner Kammer und sah ihn mit einem zusammengekniffenen Auge an. Er war so bleich, dass es selbst im schlechten Licht auffiel; seine unrasierten Wangen hoben sich so deutlich von der fahlen Haut ab, dass sie schmutzig wirkten. Er schlurfte auf Philipp zu und blieb vor ihm stehen. Er hatte die Decke um sich gewickelt, mit der ihn Philipp gestern bedeckt hatte, aber Philipp sah zu seiner Erleichterung, dass er darunter sein Wams trug. Er schien sich auch gewaschen zu haben; statt nach Erbrochenem roch er nur nach schalem Wein.

»Der Freund der Pferde ist noch da«, murmelte er. »Was hat dich aufgehalten?«

Philipp überlegte einen kurzen Augenblick, ob er eine bissige Antwort geben sollte, und entschied sich dagegen.

»Die Nacht«, sagte er wahrheitsgemäß. »Eure Tochter hat mir ein Lager in der Küche angeboten.«

Radolf grunzte und nickte langsam, als wäre es ohne Bedeutung, was Philipp tat. Er zog geräuschvoll die Nase hoch. Bei alledem musterte er Philipp unablässig mit einem starren Blick.

»Ich kann mich noch an das erinnern, was du mir gestern erzählt hast«, sagte er. »Der Kardinal hat dich geschickt. Er ist in meiner Schuld. Sagt er. Und zum Teufel, damit hat er Recht. Aber alles andere ist vollkommener Blödsinn.«

»Was? Die Mitgiftsache?«

»Nein, die Idee, die Dokumente zu fälschen.«

»Es ist der einzige Ausweg, den der Kardinal sieht.«

Radolf schüttelte wütend den Kopf.

»Warum hat er nicht einfach ...?«, knirschte er. »Er hätte doch die Macht dazu ...« Plötzlich wurde sein Gesicht finster. »Er will auf keinen Fall in der Sache mit drinstecken, habe ich Recht?«

Philipp nickte.

»Der verdammte alte Fuchs. So wie er immer war. Gibt dir was, aber nur wenn es keiner merkt und du dir vorher das Bein dafür ausgerissen hast.«

»Ich hatte leider nicht das Vergnügen seiner näheren Bekanntschaft«, erklärte Philipp, den Radolfs wütende Reaktion amüsierte. Darin zumindest erkannte er seine eigene Reaktion auf des Kardinals Anmutung wieder.

»Was ist deine Meinung?«, fragte Radolf nach einer Weile.

»Die wollt Ihr sicher nicht hören.«

»Du bist von der Idee nicht begeistert«, erklärte Radolf mit bemerkenswertem Scharfsinn. Philipp verzichtete auf einen Widerspruch, sondern gab Radolfs Blick nur zurück, ohne zu blinzeln.

»Erzähl mir, wie du es anstellen willst«, sagte Radolf.

Philipp zögerte, unschlüssig, ob Radolf ihn in die Privatheit seiner Kammer führen wollte, aber der Burgherr machte keine Anstalten dazu. Philipp sah an ihm herunter und bemerkte, dass Radolf mit bloßen Füßen auf dem kalten Holzboden stand; er schien es nicht zu bemerken.

»Die Familie Eurer verstorbenen Frau hat die vorliegenden Dokumente so abgeändert, dass Euch keine Rechte mehr auf die Anteile der Erzmine zufallen«, sagte Philipp. »Das ist es, was der Kardinal mir mitgeteilt hat.« Radolf nickte ungeduldig. »Es macht daher keinen Sinn, wenn Ihr mit Dokumenten auftretet, die einfach nur das Gegenteil aussagen. In diesem Fall wäre es klar ersichtlich, dass eine der beiden Seiten Fälschungen vorlegt, und das Gericht wird immer der Partei glauben, die die Unterlagen zuerst vorgelegt hat; also Euren Gegnern.«

»Was soll dieser Unsinn mit dem Gericht?«

»Nur vor einem Gericht könnt Ihr Eure Ansprüche durchsetzen«, erwiderte Philipp erstaunt. »Was habt Ihr geglaubt? Dass Eure Schwäger die Dokumente vergleichen und sagen: Oh, Eure Fälschung sieht viel schöner aus als unsere – Ihr habt gewonnen?«

Radolf biss die Zähne zusammen und stierte finster vor sich hin. Philipp verfluchte seine spöttische Art und wartete darauf, dass Radolf ihn zurechtwies. Radolf seufzte nur und sagte: »Also vor das Gericht. Du machst einem Mann den Weg dornig zu dem, was ihm zusteht, Kardinal.« Er sah Philipp an. »Was muss geschehen, damit das Gericht mir glaubt?«

»Ihr müsst sie mit ihren eigenen Fallstricken fangen. Was Ihr braucht, sind Unterlagen, die die Echtheit der gegnerischen Dokumente noch zusätzlich bestätigen, die Tatsachen jedoch so darstellen, dass Euch ein anderer Vorteil über sie entsteht. Dann haben sie keine Chance, gegen Eure Unterlagen Einspruch zu erheben, weil sie damit gleichzeitig die ihren für nichtig erklären. Ihr aber könnt den neuen Vorteil – über dessen Aussehen man sich beraten müsste – nützen oder ihn gegen Eure ursprünglichen Rechte eintauschen.« Philipp erlaubte sich ein Grinsen. »Stellt es Euch so vor: Wenn ich wüsste, dass ein Fürst sich die Legitimation seiner Herrschaft durch gefälschte Dokumente erschlichen hat, die er von einem fiktiven Würdenträger – sagen wir: einem erfundenen Heiligen, der vor ein paar Generationen gestorben sein soll – ›beglaubigen‹ ließ, würde ich mit einem weiteren Dokument, das auf die Legitimierung Bezug nimmt, eine ebenfalls von diesem Heiligen beglaubigte Schenkung aus dem Vermögen jenes Fürsten zu meinen Gunsten anfertigen. Entweder er zahlt, oder er erklärt seinen Heiligen für nicht existent, was jedoch seine ganze Herrschaft in Frage stellen würde.«

Radolf sah ihn mit entsetzten Augen an. Sein Mund öffnete und schloss sich mehrmals, ohne dass er ein Wort sagte. »Wie kommst du auf eine solche Idee?«, fragte er endlich rau.

Philipp zuckte mit den Schultern und betrachtete Radolf argwöhnisch.

»Es ist nur ein Beispiel unter vielen«, erklärte er. »Ich könnte mir auch etwas anderes ausdenken. Nehmen wir an ...«

»Es ist gut«, unterbrach Radolf und schüttelte den Kopf. »Es ist schon gut.« Er war schon vorher bleich gewesen, aber jetzt sah er krank aus. Als er auf der Treppe ein Geräusch hörte, drehte er sich müde um. Das Mädchen aus der Küche erschien und schleppte einen Eimer mit heißer Flüssigkeit. Der Duft der erhitzten Kräuter stieg daraus auf. Sie sah Radolf fragend an. »Stell es vor meine Kammer«, krächzte er. Das Mädchen stellte den Eimer ab und lief die Treppe wieder hinunter, sichtlich froh, aus Radolfs Gegenwart zu entkommen. Der Burgherr schlurfte auf den Eimer zu. Mit einem Arm winkte er Philipp, ihm zu folgen. Er hob die Decke beiseite und ging in seine Kammer; Philipp nahm den Eimer auf und trat nach ihm ein.

Radolf ließ sich ächzend auf sein Lager fallen. Er wickelte sich aus der Decke und warf sie hinter sich. Seine Hose war bis zu den Knien aufgerollt. Er gestikulierte nach dem Eimer, und Philipp stellte ihn vor seinen Beinen ab. Radolf hob die Füße und stellte sie vorsichtig in das heiße Wasser. Der Kräuterdampf stieg auf und erfüllte die kühle Kammer mit dem angenehmen Geruch eines warmen Frühlingstags. Mit vielem Zurückzucken und Platschen senkte Radolf seine Füße schließlich in das heiße Wasser. Aufseufzend beugte er sich nach vorne und atmete mit geschlossenen Augen den Dampf ein, der ihm entgegenwallte.

»Ich habe verstanden, was du meinst«, sagte er aus dem Dampf hervor.

»Ich muss dazu nur Einsicht in die Unterlagen nehmen, die gegen Euch vorliegen«, erklärte Philipp. Radolf schüttelte den Kopf, ohne die Augen zu öffnen.

»Ich habe sie nicht bei mir.«

»Sicherlich liegen sie irgendwo vor – beim Lehnsherrn der Mine oder in der Kanzlei des Bischofs oder beim Rat der Stadt.«

»Wahrscheinlich«, knurrte Radolf. »Aber wir kommen nicht daran.«

»Weshalb nicht? Man kann Euch doch den Einblick nicht verwehren ...«

»Das ist damals alles sehr unsauber abgelaufen«, erklärte Radolf langsam, als müsse er sich die Details erst Stück für Stück in sein Gedächtnis rufen. »Es sollte mich nicht wundern, wenn sie überhaupt keine derartigen Dokumente angefertigt hätten. Eine Menge Gold hat den Besitzer gewechselt. Ich konnte nichts dagegen unternehmen, da ich außer Landes war.«

»Das macht die Angelegenheit etwas schwierig.«

Radolf lachte unlustig.

»Gibt es noch Unterlagen von Seiten Eurer Frau, die wir verwenden könnten? Vielleicht lässt sich daraus etwas fabrizieren.«

»Die Unterlagen meiner Frau«, sagte Radolf zähneknirschend, »sind verbrannt.«

»Verbrannt?«, echote Philipp fassungslos.

»Es gab ein Feuer in der Kammer meiner Frau«, murmelte Radolf. »Schon vor Jahren. Es war nicht groß; wir konnten es selbst löschen; nur ein paar Truhen, die davon verzehrt wurden. Vielleicht ist eine Ölschale umgestürzt oder etwas Ähnliches. Jedenfalls sind keinerlei Mitgiftdokumente mehr erhalten.«

Philipp schwieg. Er fühlte sich enttäuscht. Er hatte erwartet, dass er über das offensichtliche Ende dieses unliebsamen Auftrags, noch bevor er richtig begonnen hatte, erfreut sein müsste, aber er war es nicht. Erstaunt erkannte er, dass er gerne noch in Dionisias Nähe geblieben wäre. So bissig sie sich bei ihrer ersten Begegnung im Dorf gezeigt hatte, so hilflos und verwundbar war sie ihm gestern Nacht erschienen. Er fragte sich, was sie tun würde, wenn Radolf wieder nackt und erregt vor dem Haus auf dem Boden läge und er nicht da wäre. Radolf schniefte und sah zu Philipp auf. Sein Gesicht war jetzt feucht von Dampf und Schweiß.

»Hat Dionisia dir gestern Nacht noch alles gezeigt, was sie zu zeigen hatte?«, fragte er.

Philipp schüttelte überrascht seine immer konfuser werdenden Gedanken ab.

»Wie meint Ihr das?«, erkundigte er sich argwöhnisch.

»Na, sie hat dir immerhin ein Lager in der Küche angeboten. Ich nehme an, sie hat dir erklärt, wo du alles in meinem Haus finden kannst.« Radolf grinste freudlos zwischen seinen Fingern hindurch.

»Eure Tochter war sehr freundlich«, sagte Philipp in Ermangelung irgendeiner geistreicheren Antwort.

»Sie kann außergewöhnlich ... *freundlich* sein«, murmelte Radolf kryptisch. »Wenn dir das eine Belohnung für deine Arbeit hier ist.«

Er wischte sich mit beiden Händen über das feuchte Gesicht, als würde er damit seinen kurzen Ausflug zu Philipps Wohlergehen wegwischen und wieder zur Sache kommen; Philipp ließ er dabei mit einem Wirbel halb gedachter Vermutungen zurück, die allesamt nicht besonders erfreulich waren und sich weigerten, zu Ende gedacht zu werden.

»Sonst noch eine gute Idee, was die Dokumente betrifft, Pferdefreund?«, brummte Radolf.

»Nein«, sagte Philipp wie betäubt.

»Du kannst zum Morgenmahl bleiben«, sagte Radolf zusammenhanglos. Philipp wandte sich zum Gehen. Der Kräutergeruch wurde ihm plötzlich zu viel. Radolfs Gegenwart wurde ihm zu viel.

»Pack das hier weg«, sagte Radolf und reichte ihm die Decke, in die er sich gewickelt hatte. »Sie gehört in die Truhe dort.«

Beinahe hätte Philipp hervorgestoßen: *Ich weiß; ich hab' sie dort herausgeholt, während du in deiner eigenen Kotze lagst.* Er schluckte es hinunter, öffnete den Deckel der Truhe und faltete die Decke wieder dort hinein, wo er sie gestern Nacht entnommen hatte. Dann verließ er die Kammer. Insgesamt war ihm nach diesem Gespräch nur eines vollkommen klar geworden: dass Radolf sich nicht mehr erinnern konnte, was in der Nacht vorgefallen war. Irgendwie diente diese Entdeckung nicht dazu, Philipps Unruhe zu lindern.

Er stolperte in den Saal hinaus, und als dieser ihm noch zu eng erschien, durch den *donjon* ins Freie. Der Morgen war mittlerweile angebrochen, die Sonne ein heller Ball über den Baumwipfeln des Waldes. Der Himmel im Osten war frei und leuchtete golden, aber im Westen lagen die dichten Wolkenfelder übereinander, die der kalte Wind herangeführt hatte. Es war nur ein Wolkenloch, das der Morgensonne erlaubte, zur Erde durchzudringen, und das goldfarbene Licht, das sie ausstrahlte, ließ die Regenwolken auf der anderen Seite des Firmaments in drohendem Indigo erstrahlen. In der warmen Morgensonne bemerkte Philipp, dass er im Inneren des Hauses gefroren hatte; er streckte die Arme aus und drehte sich um, damit ihn die Sonne überall bescheinen konnte.

Dionisia stand auf dem Weg und betrachtete ihn.

Das hohe, ungepflegte Gras, das den Hof bis zur Böschung bedeckte, funkelte im Licht, das die unzähligen Tautropfen widerspiegelten, und machte es schwierig, sie anzusehen, ohne die Augen zusammenzukneifen. Um ihr Haar lag ein strahlender Lichtsaum und hob ihren Oberkörper wie einen bunten Scherenschnitt aus dem rauchblauen Hintergrund heraus, in dem sich Felder und Bäume außerhalb des befestigten Bereichs verloren. Der lange Rock ihres Kleides verlor sich im Glitzern der Tautropfen. Philipp räusperte sich und ließ die Arme sinken.

»Wolltet Ihr gerade fliegen?«, fragte sie, ohne sich ihm zu nähern. Er hörte, wie sie über ihre eigene Frage lachte.

»Ich bin gelandet«, erwiderte er. »Eben noch saß ich auf dem Dach des Hauses und betrachtete die Tautropfen und sah darunter ein besonders helles Funkeln. Ich flog hinab und sah, dass Ihr es wart.« Er errötete. *Was wirst du als Nächstes tun, Philipp,* dachte er voller Scham; *eine Leier nehmen und Minnesang dichten?*

»Wie ehrlich pflegt Ihr zu sein, wenn Ihr einer Dame schmeichelt?«, fragte sie lächelnd. Philipp seufzte und zuckte mit den Schultern. Sie winkte ihm zu.

»Kommt doch etwas näher, damit wir uns nicht ständig zurufen müssen«, sagte sie. Philipp trottete folgsam über das feuchte Gras und blieb vor ihr stehen. Ihre Wangen waren frisch und leicht gerötet, und sie schien fröhlich zu sein; nur ihre Augen waren bekümmert. Sie sahen sich an. Plötzlich wusste er, dass sie etwas zu der letzten Nacht sagen wollte, und sie wusste, dass er es wusste. Sie sagte nichts, und es schien nicht nötig. Philipp war darüber erleichtert; er wollte die dunklen Gedanken, die ihn in Radolfs Kammer befallen hatten, nicht nochmals durchdenken, während die Morgensonne auf ihn herabschien und alles wirkte, als sei nichts Befremdliches vorgefallen. Doch Dionisia senkte den Kopf und zupfte nervös an ihrem Rock, und seine friedliche Stimmung verging und mit ihr das Einvernehmen, das er plötzlich gespürt hatte.

»Hat man Euch etwas zu essen gegeben?«, fragte sie.

»Ja«, erwiderte er. »Und ich habe eine Einladung zum Morgenmahl.«

»Von meinem Vater?«

Philipp nickte. Dionisia schien sich über seine Aussage zu freuen; sie lächelte ihn an. »Ich habe Euch gleich gesagt, er ist nur halb so schlimm, wie er tut.« Im Licht der gestrigen Nacht schien ihm diese Erklärung deplatziert.

»Habt Ihr noch gut geschlafen?«, erkundigte er sich unwillkürlich und verfluchte sich gleich darauf, denn ihr Gesicht umwölkte sich.

»Ich habe geträumt«, sagte sie abwesend. »Es ist ein Traum, der von Zeit zu Zeit wiederkehrt. Wollt Ihr ihn hören?«

Philipp wusste, dass dem Menschen im Traum das gezeigt wird, woran er im Wachen zuletzt gedacht hat. Woran mochte Dionisia nach dem Anblick ihres Vaters gedacht haben? Er hatte das Gefühl, dass er es lieber nicht wissen wollte.

»Im Traum sitze ich an einem Tisch und warte darauf, dass das Essen ausgeteilt wird. Meine Mutter und mein Vater sitzen neben mir und noch ein weiterer Mann, der der Gast meines Vaters ist. Ich möchte mit meiner Mutter sprechen, aber sie hört mich nicht, da sie mit meinem Vater spricht. Sie sieht nur ihn an, und ich kann sie nicht dazu bewegen, mir ihre Aufmerksamkeit zu schenken. Mein Vater sagt schließlich, dass kleine Mädchen bei Tisch zu schweigen haben. Ich kann mich erinnern, dass er dies tatsächlich immer sagte, wenn ich nicht still sitzen wollte, aber er blinzelte mir dabei immer zu. Ich kann mich auch in meinem Traum stets daran erinnern, aber wenn ich versuche, in sein Gesicht zu sehen, ob er es ernst meint und wütend auf mich ist, gelingt es mir nicht: Eine Kerzenflamme brennt davor, und ich sehe nur seine Gestalt, niemals sein Antlitz. Schließlich wendet sich der zweite Mann mir zu und verspricht, mir zuzuhören. Sein Gesicht kann ich erkennen: Es ist blass, hager und freundlich. Ich mag es, wenn er lächelt. Es ist jedes Mal das gleiche Gesicht, und es kehrt immer wieder, obwohl ich es nicht kenne. Ich weiß nicht, was ich ihm sagen will, denn mir scheint, als ob ich es aussprechen müsste, damit es mir auch klar wird. Aber ich kann es niemals aussprechen: Plötzlich bin ich völlig allein in dem Raum, der ein loderndes Flammenmeer ist, und ich erwache vor Entsetzen.«

Sie sah ihm ins Gesicht. Philipp verzog den Mund und suchte nach einer Antwort. Dionisia wandte entschlossen den Kopf ab und richtete ihren Blick auf den Eingang des *donjon.*

»Das ist mein Traum«, sagte sie kurz. »Jetzt habe ich zu arbeiten; Ihr entschuldigt mich, Philipp.«

Das Morgenmahl verlief schweigsam. Philipp schrieb es Radolfs schlechter Laune zu. Es zeigte sich jedoch, dass dieser die Zeit des Essens damit verbracht hatte nachzudenken. Nachdem die alte Frau den Tisch abgeräumt hatte und gefolgt von Dionisia in die Küche hinuntergetrottet war, lehnte er sich zurück und musterte Philipp aus halb geschlossenen Augen. Seine Zunge fuhr zwischen seinen Zähnen hin und her, während er mit den Fingern in der bereitgestellten Wasserschüssel eher rührte, anstatt sich zu waschen.

Schließlich sagte er: »Ich habe eine Möglichkeit gefunden, wie du mir doch noch von Nutzen sein könntest.« Er räusperte sich. »Da es keine Dokumente mehr gibt, die meine Frau betreffen, fertigst du einfach alle Unterlagen neu an.« Philipp riss die Augen auf »Das ist eine große Aufgabe«, sagte er schließlich. »Es kann Wochen dauern. Ich bezweifle, dass mein Herr mich so lange freigibt.«

»Dann kehrst du immer wieder zu ihm zurück und erledigst deine Aufgaben auf seinem Gut, bleibst ein oder zwei Tage und kommst wieder hierher.«

Philipp verzichtete darauf, Radolf mitzuteilen, welche Strapazen dies für ihn bedeuten würde. Stattdessen sagte er: »Ich dachte, es brennt Euch die Zeit auf den Nägeln.«

»Ich habe nachgedacht«, sagte Radolf und breitete die Arme aus. »Lieber komme ich spät zu meinem Recht als niemals.«

»Der Kardinal hat mich ebenfalls zur Eile angehalten.«

»Der Kardinal«, knurrte Radolf, »hat mir gerade einmal den kleinen Finger gegeben, wo er mir den ganzen Arm schuldet. Es geht ihn überhaupt nichts an, was ich aus seiner so genannten Hilfe mache!«

»Ich bin sicher, er freut sich zu hören, dass Ihr überhaupt etwas damit anfangen könnt«, sagte Philipp. Radolf reagierte nicht auf die Spitze.

»Da du schon sagst, dass es lange dauern wird, bis du die Dokumente angefertigt hast, fängst du am besten gleich an. Was brauchst du für deine Arbeit?«

»Was ich zum Schreiben brauche, habe ich bei mir. Von Euch brauche ich zunächst die Angaben, welche Dokumente Ihr in Eurem Besitz hattet, wie sie aussahen, welche Siegel und Unterschriften darauf waren, wo sich Abschriften befinden könnten, auf die Bezug zu nehmen ist, und natürlich die entsprechenden zeitlichen Angaben, die Eure Gattin betreffen: Jahresangaben, Tagesdaten und so fort.«

»Woher soll ich das wissen?«, rief Radolf.

»Ohne diese Angaben wird alles, was ich anfertige, ziemlich wertlos sein.«

»Wieso?«

»Weil man die Fälschung ohne weiteres aufdecken wird. Vielleicht hat es der Kardinal Euch gegenüber nicht so deutlich ausgedrückt, aber mir selbst hat er klar zu erkennen gegeben, dass er sich nicht einmischen wird. Euer künftiges Glück – und meine persönliche Freiheit und Unversehrtheit – hängen ganz allein von der Qualität der Unterlagen ab, die ich anfertige. Rechnet also nicht damit, dass der Kardinal zu Euren Gunsten eingreift oder gar eine Entscheidung herbeiführt, die nicht durch hieb- und stichfeste Dokumente belegt ist. Sollte die Fälschung auffliegen, wird Seine Exzellenz nicht einmal den kleinen Finger rühren, den Ihr angesprochen habt, um uns zu helfen.«

»Dieser Bastard«, knirschte Radolf.

»Was meint Ihr, wie ich mich fühle?«

Zum ersten Mal, seit er in Radolfs Haus weilte, schien der Burgherr Philipp richtig zu sehen. Er starrte ihm in die Augen, als hoffe er darin etwas zu erkennen.

»Warum tust du das?«, fragte er schließlich. »Welche Macht hat er über dich?«

»Der Kardinal? Keine.«

»Was hat dich dann bewogen, seinen Auftrag anzunehmen? Bezahlt er dich so gut dafür?«

»Niemand hat über Bezahlung gesprochen. Mein Herr hat mich für diesen Auftrag empfohlen und mich gebeten, ihn nicht abzulehnen.«

»Ich kenne deinen Herrn nicht. Warum verzichtet er auf seinen Truchsess, nur um mir zu helfen?«

»Ich kenne seine Gründe nicht«, log Philipp, und Radolf schien seine Lüge zu durchschauen. Etwas wie ein Schatten huschte über sein Gesicht. Philipp hatte den Eindruck, dass es Angst war. Angst davor, dass etwas hinter seinem Rücken geschah, auf das er keinen Einfluss hatte und das er nicht verstehen konnte. Fast schien es, als horche er, ob da eine Stimme wäre, die ihm zuflüsterte: Ratschläge etwa, oder auch Drohungen. Er zog die Schultern hoch.

»Wie du meinst«, sagte er. »Ich werde eine Weile brauchen, bis ich alle Daten beisammen habe. Ich schreibe sie dir auf.«

»Könnt Ihr schreiben?«, fragte Philipp erstaunt. Radolf schnaubte.

»Gut genug«, sagte er und stand auf. »Ich lasse dich holen, wenn ich so weit bin.«

Er verließ die Aula, und Dionisia betrat sie. An der Treppe neben Radolfs Kammer begegneten sie sich. Radolf blieb stehen und nickte ihr unbeholfen zu; Dionisia erwiderte das Nicken, aber es blieb Philipp nicht verborgen, dass sie Radolf unwillkürlich auswich. Radolf verschwand die Treppe hinab.

Philipp war am Tisch stehen geblieben, wie er sich erhoben hatte, als Radolf aufgestanden war. Er trat beiseite, als sich Dionisia näherte. Sie machte sich an den Bänken zu schaffen, und Philipp half ihr, die Essmöbel wieder aus der Mitte des Saales zu entfernen. Er hob die Tischplatte von den Böcken und sah Dionisia fragend an.

»Neben den Kamin«, sagte sie. »Lehnt sie einfach gegen die Mauer.«

Als Philipp die Platte absetzte, sah er, dass ihre Unterseite bemalt war. Er drehte sie um und stellte sie so, dass die Bemalung nicht mehr auf dem Kopf stand. Dann trat er einen Schritt zurück. Die Bemalung bestand aus zwei Tieren auf dunkelrotem Grund: ein Raubvogel, der auf dem Rücken eines Fuchses saß.

Erst nach einem Moment wurde Philipp klar, dass die Malerei etwas wie ein Wappen darstellte. Die Tiere waren fein ausgeführt, mit Spitzlichtern in den Augen und Andeutungen von Schatten dort, wo die Körperrundungen sie gezeichnet hätten. Die Krallen des Raubvogels klammerten sich um den Rücken des Fuchses. Feine Blutspuren zogen sich über das Fell des Tieres, kaum sichtbar im Rot der Behaarung.

»Dies ist das Wappen meines Vaters«, sagte Dionisia, die an seine Seite getreten war.

»Warum hängt es nicht am *donjon*?«

Dionisia zuckte mit den Schultern. »Ich kann mich erinnern, dass es früher draußen hing«, sagte sie stirnrunzelnd. »Als ich noch ein sehr kleines Mädchen war. Vielleicht wurde es von der Witterung zerstört, und mein Vater hat es restauriert und will nicht, dass es nochmals beschädigt wird. Ich habe ihn nie gefragt; jedenfalls ist es schon lange nicht mehr draußen aufgehängt worden. Ich verwende es jetzt als Tischplatte.«

»Euer Vater hat das Bild selbst gemalt?«, fragte Philipp erstaunt.

»Ihr solltet die Bilder sehen, die er mir gemalt hat«, sagte Dionisia. »Kleine Mönche und Päpste, die auf Eseln reiten und von Affen umtanzt werden, während mächtige Buchstaben wie Portale und Mauern um sie herum aufragen; Schlangen, die sich um Bäume ringeln, die wiederum die Füße von anderen Buchstaben sind; Sänger, die sich aus einem Fenster lehnen und einer Dame in einem anderen Fenster ein Ständchen bringen, und die Fenster sind nur die Öffnungen in wieder neuen Buchstaben.«

»Buchillustrationen«, sagte Philipp. »Euer Vater beherrscht die Kunst der Buchillustration. Ist er in einem Kloster aufgewachsen?« *Unsinn*, dachte er gleich darauf selbst. *Niemand, der seine Jugend im Kloster verbracht hat, sitzt als Erwachsener als Burgherr auf einem Gut. Allenfalls als sein Truchsess, und auch das nur mit einer Menge Glück.*

»Ich weiß nicht, wo mein Vater aufgewachsen ist.« Sie zuckte mit den Schultern. »Ich weiß nur, dass ich seine Bilder gemocht habe. Meine Mutter hat mir erzählt, dass ich mich vor ihm fürchtete, als er von der Pilgerfahrt zurückkehrte. Ich erkannte ihn wohl nicht mehr wieder. Erst als er mir die kleinen Bilder malte, fasste ich wieder Zutrauen.«

Philipp sah sie an, ohne darauf zu antworten. Ein Vater, der seiner Tochter ein Fremder war, als er nach dem Kriegszug wieder heimkehrte, und der ihr Vertrauen mit seinen wortlosen Bildchen erringen musste; und ein kleines Mädchen, das sich voller Schrecken an die ständige Gegenwart eines Menschen gewöhnen musste, dem die Mutter plötzlich all die Aufmerksamkeit schenkte, die bisher ihm zuteil geworden war.

»Wollt Ihr mir helfen, die Bänke in den *donjon* hinauszutragen?«, fragte Dionisia. Sie stellten die Bänke an den Wänden links und rechts neben der Treppe auf, die vom Erdgeschoss in das Obergeschoss des *donjon* führte; dort waren sie gestanden, als Philipp das Gebäude zum ersten Mal betreten hatte, deutliche Anzeichen dafür, dass das Leben auf dem Gut einst vielschichtiger gewesen sein musste. Man konnte sich vorstellen, dass die Bewaffneten des Gutes ihre Schwerter und Spieße darauf ablegten, bevor sie vor ihren Herrn traten. In der Decke war eine geöffnete Klappe, eine lange Leiter lag an der Wand, die *donjon* und Halle miteinander verband. Philipp wies darauf.

»Ist das die Leiter zur Plattform des Turms?«, fragte er.

»Ja.«

»Die Klappe ist offen, als hätte jemand Ausschau gehalten.«

Dionisia errötete. »Ich halte oftmals Ausschau«, gestand sie. »Ist das nicht töricht? Wie die edlen Frauen in den Geschichten, die nach einem Ritter ausschauen, der ihnen sein Herz schenkt.« Philipp lauschte mit klopfendem Herzen, als sie mit einem abwesenden Lächeln fortfuhr, ohne ihn anzusehen: »Vielleicht ist der Ritter ja nicht mehr so weit, wie ich dachte.«

Sie drehte sich mit fliegendem Rocksaum herum und sah ihm ins Gesicht. »Habt Ihr eine Möglichkeit gefunden, wie ihr uns helfen könnt?«

»Euer Vater hat mir einen diesbezüglichen Vorschlag gemacht«, stieß Philipp hervor und wagte sich kaum zu fragen, ob die rasche Überleitung von ihrem romantischen Traum zu seiner Aufgabe ein Themenwechsel war oder der Traum mit ihm in Verbindung gebracht werden konnte?

»Lässt er sich durchführen?«

»Um ehrlich zu sein, ich weiß es nicht. Es scheinen keinerlei Unterlagen mehr von Seiten Eurer Mutter zu existieren. Euer Vater hat mir vorgeschlagen, sie alle neu anzufertigen, aber es dürfte ihm schwer fallen, sich an alle wichtigen Daten zu erinnern.«

»Vielleicht hat er sich etwas aufgeschrieben. Ich weiß, dass er lange Zeit damit beschäftigt war, Dinge zu notieren. Er hat dazu immer wieder Seiten aus unseren Büchern gerissen und die ursprüngliche Schrift mit Stein abgerieben, damit er die Blätter wieder benutzen konnte.«

»Er sagte, er wolle mir die wichtigsten Daten aufschreiben. Das klingt nicht danach, als würden sie bereits als Niederschrift existieren. Am wichtigsten sind die Daten der Hochzeit Eurer Eltern. Die Mitgiftdokumente sind der Schlüssel zu der ganzen Angelegenheit. Wenn wir sie entsprechend anfertigen können, haben wir vor Gericht gute Chancen.«

»Leider weiß ich auch nicht allzu viel darüber. Meine Mutter hat mir erzählt, dass sie meinen Vater in einer kleinen Zeremonie hier auf dem Gut heiratete. Mein Vater wusste bereits, dass er dem Kaiser ins Gelobte Land folgen müsste, und es war keine Zeit mehr, ein Fest auszurichten. Ein Priester, den mein Vater kannte, hielt die Zeremonie ab, und zwei Mönche aus dem Kloster der Zisterzienser waren die Zeugen und besorgten die Niederschriften.«

»Meint Ihr das Kloster im Süden der Stadt?«, fragte Philipp erstaunt. »Das letzte, das noch außerhalb der neuen Stadtmauern liegt? Sankt Peter?«

»Gibt es noch weitere Zisterzienserklöster im Umkreis? Ich weiß es nicht.«

Philipp begann plötzlich zu grinsen.

»Warum freut Ihr Euch darüber so sehr?«, fragte Dionisia.

»Ich bin in diesem Kloster aufgewachsen«, sagte Philipp. »Vielleicht kenne ich sogar die Brüder, die bei der Hochzeit Zeugen waren.«

»Ihr wart im Kloster? Warum seid ihr ausgetreten?«

»Das Essen war mir zu schlecht«, sagte Philipp. Dionisia sah ihn entgeistert an.

»Das war ein Scherz«, erklärte er und zuckte mit den Schultern. Nach ein paar Momenten versuchte sie zu lächeln.

»Ich habe Mühe, Eure Scherze zu verstehen«, gestand sie, und Philipp verabschiedete sich, um nicht noch weiter in die Klemme zu geraten.

Danach suchte er vergeblich nach Radolf. Er vermutete ihn im Inneren des Gebäudes, aber außer ihm und Dionisia schien sich nur die alte Frau darin aufzuhalten, die auf den letzten Treppenstufen vor dem Eingang in den Trockenspeicher saß und schlummerte. Zuletzt trat Philipp nach draußen. Aus dem Stall ertönten die Schritte von Pferden und die leisen Geräusche, die ein Mensch erzeugt, der sich dort mit der Pflege der Tiere beschäftigt. Philipp schob die Tür auf und spähte hinein.

Der Pferdeknecht trug eine Garbe Heu unter der Armbeuge und nickte ihm zu. Die Pferde reckten gierig die Hälse nach ihm. Das Licht des Tages fiel nur gedämpft in den Stall; aber es herrschte ein tröstliches Halbdunkel darin, in dem der Geruch der Pferde, der alten Bretter und des Pferdefutters anheimelnd wirkten. Die Pferde, fünf an der Zahl mit Philipps Gaul, traten von einem Bein auf das andere und schienen über die Anwesenheit der beiden Menschen eher erfreut als belästigt zu sein. Eines davon war ein gutes Stück größer als alle anderen, ein Streitross von mächtigem Bau. Es schnaubte nervös und warf den Kopf hoch. Über der Tür gurrten Brieftauben in einem Käfig.

»Immer noch da?«, fragte Philipp.

»*Wieder.*«

»Was hast du getan? In die Furche des Dorfältesten gepinkelt?«

»Man hat mir die Arbeit auf dem Feld erlassen, weil ich mich verletzt habe«, sagte der Pferdeknecht würdevoll und hob seinen linken Arm. Um den Unterarm war eine Binde von undefinierbarer Farbe gewickelt. Angetrocknete Heilerde und gestocktes Blut hatten sie erstarren lassen. »Wir haben eine Hecke niedergelegt«, erklärte er, ohne gefragt worden zu sein. »Ein knorriger Ast hat mir das Fleisch aufgerissen.«

»Hast du Herrn Radolf gesehen?«

Der Pferdeknecht schüttelte den Kopf. Philipp nickte und

wollte wieder ins Freie treten; plötzlich sagte der Pferdeknecht: »Habt ihr die Nacht gut verbracht?«

»Warum fragst du?«

»Heute Morgen kam mir der Gedanke, dass ich Euch vielleicht hätte helfen sollen.«

»Ein praktischer Kopf, der solche Gedanken erst erzeugt, wenn die Arbeit längst getan ist«, bemerkte Philipp trocken. Der Pferdeknecht verzog das Gesicht.

»Ich konnte nicht bleiben«, erklärte er leise. Philipp musterte ihn. Es war erkennbar, dass der Pferdeknecht ein schlechtes Gewissen hatte. Es war auch erkennbar, dass er sich fürchtete; Philipp sah es mit Staunen, umso mehr, da ersichtlich war, dass der Mann sich nicht vor ihm ängstigte. »Kannst du mir etwas beantworten?«, fragte Philipp bedächtig. »Weshalb wohnt Radolf allein auf seinem Gut?«

Der Pferdeknecht drehte den Kopf, als würde ihn etwas am Hals zwicken.

»Er wohnt doch nicht allein: Die junge Herrin ist da, die alte Frau, ab und zu das Küchenmädchen und die Männer, die den Frondienst leisten ...«

»Aber er hat keine Vertrauten. Wo sind seine Burgmannen, die mit ihm im Haus wohnen? Wo ist sein Kämmerer? Sein Knappe?«

Der Pferdeknecht druckste herum.

»Niemand ... wurde ausgewählt«, sagte er schließlich, aber es klang, als habe er sagen wollen: Niemand will sich hier aufhalten.

Philipp nickte. Er verzichtete darauf zu fragen, was nach Ansicht des Pferdeknechts passieren würde, wenn feindliche Kräfte das Haus und das Dorf angriffen.

»Der Herr ist ein guter Herr«, sagte der Pferdeknecht, als sehe er das Bedürfnis, Radolf trotz allem zu verteidigen. »Er füttert seine Pferde nicht auf unseren Weiden und lädt keine Freunde ein, in unseren Häusern die Gastfreiheit zu genießen, er hat auch noch niemals das Recht der ersten Nacht für sich in Anspruch genommen.« Er machte eine Pause. »Sein Vorgänger war in dieser Hinsicht weniger zimperlich.«

»Sein Vorgänger? Ich dachte, Radolf hätte dieses Haus erbaut?«

»Nein, es saß vor ihm ein anderer Herr auf dem Gut.«

»Was ist mit ihm geschehen?«

»Ich glaube, er ist von der Pilgerfahrt gegen die Heiden nicht zurückgekehrt. Ich weiß es nicht genau; ich lebte zu diesem Zeitpunkt noch nicht hier. Meine Familie hat sich erst vor kurzem in einem leer stehenden Haus im Dorf niedergelassen. Wir hatten das Umherziehen satt.«

»Wenn Radolf ein so freundlicher Herr sein soll, wundert es mich, dass sein Gut derartig verlassen ist. Es müsste hier von fröhlichen Leibeigenen, singenden Dienstboten und lustig zechenden Gefährten des Herrn geradezu wimmeln.«

Der Pferdeknecht erwiderte darauf nichts; er zupfte mit seiner verletzten Hand an den Strohhalmen, die aus der Garbe unter seinem anderen Arm herausragten.

»Schmerzt dein Arm noch?«, fragte Philipp.

Der Pferdeknecht nickte.

»Bis deine Kinder alt sind, ist er wieder in Ordnung.«

»Ich glaube nicht«, erwiderte der Pferdeknecht düster.

»Was meinst du damit?«

»Es ist eine böse Wunde.«

»Viele böse Wunden heilen wieder.«

»Ich habe es anders gemeint.«

Philipp hob beide Brauen und sah den Pferdeknecht fragend an. Der finstere Ausdruck in den Augen des Mannes alarmierte ihn. Draußen schob sich die herandrängende Wolkenwand über die Sonne und löschte das goldfarbene Licht im Stall aus.

»Es ist ein Omen«, sagte der Pferdeknecht.

»Natürlich; ein Omen dafür, dass du das nächste Mal besser aufpassen solltest.«

Der Pferdeknecht schüttelte den Kopf, ohne das Gesicht über Philipps Bemerkung zu verziehen. »Gestern habe ich den Herrn in seine Kammer getragen. Heute in aller Frühe reißt mir ein fauliger Ast das Fleisch von den Knochen«, sagte er.

»Soweit ich mich erinnere, hattest du mit beiden Armen zu tun, um Radolf die Treppe hinauf zu transportieren. Wenn dein Unfall schon ein Omen sein soll, dann bestenfalls ein halbes.«

»Vielleicht werde ich den anderen Arm morgen verlieren.«

»Das ist nur ein Zufall«, sagte Philipp unwillig. »Ich habe ihn ebenso wie du getragen, und mir ist nichts geschehen.«

»Die Vorsehung arbeitet nicht immer gleich schnell«, erklärte der Pferdeknecht. Er wandte sich brüsk ab und versuchte, mit dem gesunden Arm Heu in die Krippe zu stopfen, in die die Pferde ihre Nasen steckten. Philipp nahm ihm das Heu aus der Armbeuge und erledigte die Arbeit, während der Pferdeknecht mit verkniffenem Gesicht danebenstand und den steifen Verband befühlte, der seinen aufgeschundenen Arm umfing.

»Danke«, sagte er schließlich.

»Weshalb glaubst du, dass es dir Unglück bringt, Radolf zu berühren?«

»Das habe ich nicht gesagt«, erwiderte der Pferdeknecht vorsichtig.

»Dann musst du eine andere Sprache sprechen als ich.«

»Es hat nichts mit Herrn Radolf zu tun. Wenn es so wäre, müsste ich bereits tot sein. Ich berühre sein Pferd, und ich berühre ihn, wenn ich ihm hinaufhelfe.«

»Und das Omen?«

Der Pferdeknecht seufzte.

»Ihr wisst doch, was er gestern getan hat. Ihr habt es doch selbst gesehen.«

»Ich habe gesehen, dass er betrunken und ... nun ... nackt war. Wenn dir immer gleich der halbe Arm abfällt, sobald du nackte Haut berührst, solltest du dir am besten noch heute einen Platz in einem Kloster suchen.«

»Er hat versucht, *sie* herbeizuholen«, flüsterte der Pferdeknecht.

Nach seinen Worten entstand eine kleine Pause. Mit den Wolken war Wind gekommen, der Wind, den ein Regenschauer vor sich hertreibt und der eine Ahnung von Feuchtigkeit und Kälte mit sich bringt. Philipp konnte hören, wie er vorsichtig an der Stalltür rüttelte. Noch beschützte die Wärme der Pferdeleiber sie vor der Kühle.

»Wer ist *sie*?«, fragte Philipp schließlich.

»Die Herrin«, flüsterte der Pferdeknecht.

»Die Herrin ist tot.«

Der Pferdeknecht erwiderte nichts darauf. Philipp schob sich an ihn heran und sah ihm in die Augen. Der Mann gab den Blick trotzig zurück, aber seine Augenlider flackerten.

»Knoblauch über den Türen«, sagte Philipp. »Gekreuzigte Vögel an der Scheune. Johanneskraut im Garten.«

»Sie war eine Hexe«, stieß der Pferdeknecht hervor. »Sie hat sieben Söhne auf die Welt gebracht, aber alle waren tot, noch bevor sie zu atmen angefangen hatten. Als sie starb, lagen sieben tote Vögel auf dem Weg von ihrer Kammer zu ihrem Grab. Ich weiß, was das bedeutet: Sie hat sie allesamt getötet – mit der Nabelschnur erwürgt. Seit man sie in die Erde gesenkt hat, versiegt der Brunnen.«

Philipp zuckte zurück. Der Pferdeknecht setzte ihm nach. Der Wind warf sich mit der ersten Bö gegen die Tür.

»Sie will wieder heraus aus der Erde«, sagte der Pferdeknecht. »Sie ruft den Herrn, und er antwortet ihr. An jedem neuen Mond nach ihrem Tod streicht er wie ein heulender Wolf um ihr Grab.«

»Er betrinkt sich, weil er um sie trauert.«

»Sie braucht nur noch ein wenig Zeit«, fuhr der Pferdeknecht unbeirrt fort. »Noch ist sie nicht stark genug, um auf die Erde zurückzukehren, aber sie hat ihr Grab bereits verlassen. Ich habe gesehen, wie der Herr in der Nacht den Totenacker nach ihr abgesucht hat. Gestern Nacht hat er sie zurückerwartet. Sie wird zu ihm kommen, um sich zu ihm zu legen und ein weiteres Kind zu empfangen, um die seelenlose Kreatur zu gebären, die nur ein toter Leib erzeugen kann und die des Teufels Diener sein wird. Sie hat ihn verhext. Fragt ihn doch, was er in der Kapelle treibt, zu der er die Tür stets abgeriegelt hat. Er gehört ihr, er ist ihr Ankerstein in die Welt der Lebenden, und wer ihn in der Nacht berührt, in der er auf sie wartet, den hat sie erkannt und wird ihn sich holen.«

Der Pferdeknecht starrte ihn mit weit aufgerissenen Augen an. Der Regen kam über dem Burghof an und senkte sich prasselnd auf das Bretterdach des Stalls. Die Pferde wieherten erschrocken und trampelten vor der Krippe hin und her. Die Tauben flatterten in ihrem Käfig.

»Warum hast du ihn dann überhaupt angefasst, wenn du schon

an diesen Unsinn glaubst?«, schrie Philipp über das Prasseln des Regens. »Warum arbeitest du hier?«

»Weil ich es gestern noch nicht wusste!«, heulte der Pferdeknecht. »Sie haben es mir erst gesagt, als sie mich unter dem Baum hervorzogen.«

Er warf sich herum und drückte die Tür des Stalles auf. Die Nässe peitschte herein und ließ die Pferde noch weiter zurückscheuen. Im dichten Vorhang des Regens war Radolfs Haus ein grauer Schatten und der Burghof eine zuckende Masse aus gepeitschten Grasbüscheln. Der Pferdeknecht rannte in den Regen hinaus, riss das Tor auf und verschwand ins Freie, ohne das Tor wieder hinter sich zu schließen. Der Torflügel schwang träge hin und her und blieb zuletzt offen stehen. Es war das Letzte, was nach dem Regen noch gefehlt hatte, um Radolfs Besitz endgültig wie ein Geisterhaus wirken zu lassen: ein offen stehendes Tor, hinter dem es nichts mehr zu behüten gab.

Der Regen hielt bis Mittag an, ein steter Guss, der an- und abschwoll, als müssten die schweren Wolken, aus denen er kam, zwischendurch Atem schöpfen. Gegen Mittag verebbte das Rauschen. Radolfs Haus wirkte nach dem Regen noch düsterer als zuvor. Der graue Stein war nicht von der Art, die nach einem Guss sauber und rein erschien: Dunkelgraue, fast schwarze Streifen zogen sich daran herab und ließen die Mauern verschmutzt wirken, wie beschmiert von unsauberen Händen.

Als das fade Licht des Nachmittags in eine verfrühte Dämmerung überging, schlenderte Philipp zu dem kleinen Friedhof hinüber, der sich zwischen die Kapelle und den düsteren Saum des Waldes duckte. Die vergangenen Stunden hatte er im Pferdestall zugebracht, wo er das Pferd, das sein Herr ihm mitgegeben hatte, versorgte und schließlich – immerhin mochte der treulose Pferdeknecht aufgrund der Fragen davongelaufen sein, die er ihm gestellt hatte – auch den anderen Tieren Heu vorlegte, ihre Flanken mit dem groben Striegel bearbeitete und die verflochtenen Mähnen und Schweife kämmte. Die Arbeit beruhigte ihn und gab ihm das Gefühl, die erste wertvolle Tätigkeit zu verrichten, seit er von zu Hause aufgebrochen war. Radolfs Pferd schien das schwer gebaute Ross zu sein, mit zotteligem Fell um die starken Fesseln und einer breiten Brust; es ließ sich nur ungern von Philipp striegeln und versuchte ihn mehrmals zu treten, bis er von ihm abließ. Die beiden schlanker gebauten Tiere mit den zu Zöpfen geflochtenen Mähnen gehörten wohl Dionisia, und die unscheinbare, niedrig gebaute Mähre, unter deren Vorfahren zumindest ein Maultier gewesen sein musste, war das Packpferd. Zuletzt verließ Philipp den Stall und sah sich im trüben Zwielicht des späten Nachmittags um. Als er die Gestalt Dionisias um die Ecke des *donjons* verschwinden sah, beschloss er, ihr zu folgen.

Er hatte den Friedhof bisher noch nicht betreten; näher kommend sah er, dass er aus nichts weiter als mehreren halb überwucherten Erdhügeln bestand. Zu einem der Hügel führte eine fast blanke Spur, und Philipp schloss daraus, dass es sich um das Grab von Dionisias Mutter handelte. Das Mädchen stand davor und hatte Philipp noch nicht gesehen. Philipp zählte sieben Erdhügel, sechs davon niedriger und kürzer als der siebte. *Soweit zu den Fabeln des Pferdeknechts*, dachte er, *darunter liegen die Körper von sechs Kleinkindern, nicht von sieben.* Zuletzt sah er die frisch aufgebrochene Stelle in einiger Entfernung zu den alten Gräbern, ein paar Schritte weit in Richtung des Waldsaumes, ein Fleck ausgerissenen Grases und blanker Erde, über den sich keinerlei Hügel erhob. Wenn es ein Grab war, dann keines, das in der Erinnerung der Burgbewohner bleiben sollte.

Philipp hustete höflich, und Dionisia drehte sich um. Sie hatte die Hände vor dem Körper verschränkt und hielt ein Sträußlein nasser Blumen darin: Wiesenblumen, die sie aus dem Garten gepflückt haben mochte. Sie lächelte ihn an, und er lächelte zurück.

»Habt Ihr meinen Vater bereits gesprochen?«, fragte sie.

»Ich habe ihn bis jetzt noch nicht gefunden.«

»Vielleicht ist er ausgeritten.«

»Wenn er dabei nicht einen Packesel verwendet, muss er noch hier sein: Im Stall steht ein Streitross, das mir das seine zu sein scheint.«

Dionisia schnupperte und lachte ihn an.

»Ihr scheint Euch sehr lange im Stall aufgehalten zu haben,

um diese Tatsache festzustellen. Ihr habt den Geruch der Pferde angenommen.«

Philipp zupfte verlegen an seinem Wams.

»Ich habe den Pferdeknecht verjagt«, erklärte er schließlich. »Da musste ich wohl oder übel seine Aufgabe übernehmen.«

»Verjagt?«

»Ich habe ihn so lange über seinen Aberglauben erzählen lassen, bis er sich zuletzt selbst davor zu fürchten begann.«

Dionisia lachte auf.

»Jedes zweite Wort von Euch ist ein Scherz«, sagte sie. Philipp fühlte sich nicht nach Späßen, aber die Unruhe, die die Worte des Pferdeknechts geweckt hatten, war gewichen. Die sanfte Arbeit mit den Pferden war daran schuld; und das Lachen, das Dionisias Gesicht erhellte. Er wies auf das Grab.

»Eure Mutter, nehme ich an?«

Sie nickte und legte die Blumen auf den Erdhügel. Philipp sah, dass dort bereits ein verwelkter Strauß lag. Sie nahm ihn fort und trat ein paar Schritte beiseite, um ihn neben der Mauer der Kapelle zu Boden zu streuen. Dann fasste sie in eine Tasche ihres Kleides und tat etwas Erstaunliches: Sie legte ein Stück trockenen Gebäcks auf das Grab. Als sie sich aufrichtete, begegneten ihre Augen denen Philipps.

»Ich bringe ihr zu essen«, sagte sie. »Und Blumen. Nicht immer, nur wenn ich daran denke. Als sie bereits krank war, freute sie sich darüber.«

Philipp starrte sie an. Ihr Gesicht war völlig frei von Argwohn. Wenn sie es schon öfter getan hatte und der Pferdeknecht sie dabei beobachtet hatte, schien ihm dessen Aberglauben nicht mehr erstaunlich.

»Wie ist sie gestorben?«, fragte er.

»Ich glaube, sie hat den Tod meines letzten Brüderchens nicht verkraftet«, sagte Dionisia nüchtern und wies auf den Erdhügel, der dem Grab ihrer Mutter am nächsten lag. »Es dauerte jeweils sehr lange, bis sie schwanger wurde, und jedes der Kinder starb schon während der Geburt. Ich glaube, zuletzt verließ sie der Mut. Und sie war sehr schwach nach der vorletzten Geburt; es wären Zwillinge gewesen.«

»Sie starb im Kindbett?«

»Nein; die letzte Schwangerschaft liegt schon eine ganze Weile zurück. Aber sie schien danach nicht mehr richtig leben zu wollen, wenn Ihr mich versteht. Sie verwelkte wie eine gepflückte Blume.«

Sie schluckte.

»Es tut mir Leid«, sagte Philipp. »Ich wollte Euren Kummer nicht wecken.«

Sie schniefte und zuckte mit den Schultern. Philipp wandte sich ab und suchte nach einem anderen Thema. Die frisch aufgebrochene Stelle fiel ihm ins Auge.

»Ist kürzlich noch jemand verstorben?«, fragte er. *Sehr taktvoll*, dachte er gleich darauf; *tröste nur immer mit dem einen Tod über den anderen hinweg.*

Dionisia folgte seinem ausgestreckten Finger mit den Augen, aber eine andere Stimme antwortete hinter ihm: »Das ist der verdammte Versuch, einen neuen Brunnen zu graben.«

Philipp drehte sich um. Radolf stand hinter ihm und musterte die aufgebrochene Erde mit gefurchter Stirn und zusammengebissenen Zähnen. Er wirkte erhitzt, aber sein Wams war trocken, und Philipp fragte sich, wo er während des Regens gewesen sein mochte.

»Der alte Brunnen in der Küche versiegt«, erklärte Radolf. »Schon seit Monaten; er tut es langsam, aber sicher. Als ich sah, dass die Alte beim Wasserschöpfen beinahe hineinfiel, so tief musste sie sich darüberbeugen, begann ich damit, einen neuen zu graben.«

»Weshalb trocknet er aus?«, fragte Philipp und bemühte sich, nicht an die Worte des Pferdeknechts zu denken.

»Einen Gulden für den, der es mir sagen kann. Während des letzten Herbstes hat der Fluss seinen Lauf geändert; nicht weit, nur ein paar Hundert Fuß. Vielleicht liegt es daran.«

»Und der neue Brunnen?«

»Ein vergebliches Loch im Boden«, knurrte Radolf.

»Wer hat Euch die Stelle gezeigt? Habt Ihr einen Rutengänger im Dorf?«

»Nein«, sagte Radolf nach einer kleinen Pause. Er sprach fast widerwillig. »Ich habe mir die Stelle selbst ausgesucht.« Dionisia öffnete den Mund, aber Radolf warf ihr einen scharfen Blick zu, und sie schwieg. Sie schürzte die Lippen und blickte trotzig zu Boden. Radolf starrte mit finsterem Blick auf das Grab seiner Frau, auf dem sich die frischen Blumen wie bunte Tränen von der feuchten, dunklen Erde abhoben. Seine Brauen zogen sich zusammen, als er das Stück Kuchen erblickte, und sein Gesicht wurde bleich.

»Was ist das?«, fragte er rau.

»Es ist von mir«, erklärte Dionisia und warf den Kopf in den Nacken.

»Dionisia, sie ist tot!«, flüsterte Radolf erstickt.

»Es heißt, dass auch die Toten der Nahrung bedürfen«, erwiderte sie ungestüm. »Sie war meine Mutter: Wenn es stimmt, will ich sie nicht hungern lassen.«

Radolf antwortete ihr nicht, wenngleich sein Mund arbeitete. Seine Augen zuckten zwischen ihr und dem Grab hin und her.

»Ich habe an die Knochen gedacht, die ich letztens hinter dem Friedhof fand«, fuhr sie leiser fort. »Etwas wurde dort gegessen. Vielleicht war sie es; vielleicht war es einer meiner Brüder.«

»Dionisia!«, schrie Radolf auf und erschauerte. Er schlang nur die Arme um den Körper und drehte sich so brüsk um, dass er fast gestolpert wäre. Dann hetzte er aus der Gegenwart seiner Tochter und der Opfergabe auf dem Grab seiner Frau davon. Philipp und Dionisia folgten ihm langsam. »Was meinen Auftrag betrifft ...«, begann Philipp, als sie ihn auf der Treppe zum *donjon* wieder eingeholt hatten.

»Richtig, dein Auftrag«, erwiderte Radolf heiser. Er schaute ihn einen Augenblick an, ohne etwas zu sehen, dann griff er in sein Wams. Er zog ein altes, vielfach abgeschabtes Pergament hervor.

»Ich habe dir aufgeschrieben, was mir einfiel«, sagte er. »Damit kannst du nach Hause zurückkehren und zu arbeiten beginnen.«

Philipp nahm das Pergament und warf einen Blick darauf. Radolf hatte in hastigen Zeilen ein paar Daten und Namen daraufgeworfen.

»Reicht das?«, fragte er.

»Es reicht zumindest so weit, um mir die Suche nach den Originaldokumenten zu erleichtern.«

»Wofür brauchst du die?«

»Beinahe jede Schreibstube verwendet für ihre Dokumente eine eigene Schrift, um Fälschungen zu vermeiden. Die Unterschiede sind oftmals nicht groß: eine Unterlänge bei diesem Buchstaben, ein Schnörkel bei einem anderen. Wenn man eine Fälschung anfertigen will, die auch vor kritischen Augen Bestand haben soll, braucht man solche Details. Die finde ich nur in den originalen Dokumenten.«

»Ich sage dir doch, dass alles verbrannt ist.«

Philipp warf Dionisia einen kurzen Blick zu. Er wollte Radolf nicht verraten, dass sie mit ihm über Radolfs Dilemma gesprochen hatte. Langsam sagte er: »Es muss noch anderswo Unterlagen geben. Bei den Hochzeitsdokumenten beispielsweise; es hat doch sicherlich Zeugen und einen Priester bei Eurer Hochzeit gegeben.«

»Natürlich hat es das.«

»Vielleicht könnte ich dort einmal nachsehen.«

Radolf starrte ihn so lange an, dass Philipp glaubte, er habe den Sinn seiner Worte nicht verstanden. Aber dann seufzte der Burgherr.

»Die Dokumente, die verbrannten, waren alle Originaldokumente, die irgendwo existierten. Ich hatte sie zusammengetragen – zum Teil gekauft, zum Teil entwendet, ich gebe es zu –, um sie für den Tag bei mir aufzubewahren, an dem meinem Recht Genüge getan würde. Für den heutigen Tag. Es ist alles Asche.«

»Seid Ihr da sicher?«

»Katharina und ich heirateten im Beisein zweier Mönche aus dem Kloster Sankt Peter. Dionisia wurde dort getauft. Sie besaßen alle Dokumente über beide Ereignisse. Ich wusste über ein paar Schwächen des Archivars Bescheid und konnte ihn überreden, sie mir zu geben. Ich wünschte, ich hätte es nicht getan.«

Philipp, der sich an den Archivar nur zu gut erinnern konnte, konnte sich nicht vorstellen, dass dieser freiwillig ein Dokument herausgegeben hätte. Außerdem wusste er um keine seiner Schwächen. Aber vielleicht war das die Stelle gewesen, an der Radolf den Hebel seiner Forderung angesetzt hatte: an einer Schwäche, die so geheim war, dass wirklich niemand davon erfahren durfte. Vom damaligen Standpunkt aus hatte Radolf mit mitleidloser Umsicht gehandelt; vom heutigen Standpunkt aus war er ein Narr gewesen. Alles an diesem Auftrag war Narretei.

»Aber Radolf, habt Ihr im Ernst geglaubt, ich würde mit ein paar dürren Daten glaubwürdige Urkunden anfertigen können?«, stieß er heftig hervor. »Ich brauche die Originalunterlagen oder zumindest Abschriften davon.«

»Wozu denn? Da sie vernichtet sind, kann sie niemand mehr zu einem Vergleich heranziehen.«

»Wir wissen doch nur, dass die Dokumente aus dem Kloster vernichtet sind. Seid Ihr sicher, dass Eure Gegner nicht vielleicht noch Abschriften davon haben? Sie werden ihren Raub damals bestimmt mit allen möglichen Unterlagen abgesichert haben.«

»Unfug«, stieß Radolf barsch hervor.

»Kein Unfug. Ich habe Euch bereits geschildert, was passiert, wenn wir nicht mit größter Sorgfalt arbeiten.«

»Ach was! Arbeite mit den Daten, die ich dir aufgeschrieben habe, oder arbeite gar nicht. Wenn du nicht fähig bist, ein bisschen Fantasie aufzubringen, solltest du besser gehen. Ich werde auch alleine mit dem Gesindel fertig. Kriech zum Kardinal und sag ihm, dass du zu dumm für deine Aufgabe warst.«

»Dumm ist nur der, der sehenden Auges in sein Unglück rennt«, rief Philipp voller Zorn. Radolf reagierte nicht darauf. Er wandte sich ab und stieg ein paar Stufen empor. Sein Rücken wirkte verkrampft, aber er hielt nicht an. »Komm schon, Dionisia!«, bellte er, ohne sich umzudrehen. Dionisia ging langsam an Philipp vorbei. Sie sah ihm stumm ins Gesicht, aber er glaubte in ihren Augen lesen zu können: *Geh nicht. Bleib und hilf uns.* Ohne sich zu beeilen, folgte sie Radolf ins Innere des Hauses hinein.

Philipp blieb draußen stehen, den nutzlosen Pergamentabriss in den Fingern. Er vermeinte nun zu verstehen, warum Radolf so lange gezögert hatte, seine Mitgift zurückzuholen, bis er es beinahe selbst vergessen hatte. Es lag nicht an irgendwelchen Rücksichtnahmen der Familie seiner Frau gegenüber, solange diese noch am Leben war. Dazu war seine Gier auf den Besitz zu offensichtlich. Doch er stand von vornherein auf verlorenem Posten. Und seiner Barschheit nach zu schließen, war es ihm bewusst. Er gab nur die hohle Vorstellung eines sinnlosen Stolzes, wie ein Eber, der, von den Hunden gegen eine Felswand gedrängt, eindrucksvolle Drohgebärden macht. Aber bis Philipp nicht selbst alle Möglichkeiten untersucht hatte, wollte er sich nicht geschlagen geben. Er war es seinem Herrn schuldig. Er war es seinem eigenen Stolz schuldig. Und Dionisias drängenden Augen.

Und vielleicht war er es auch, auf irgendeine geheimnisvolle, nicht ganz ergründbare Weise, Radolf schuldig. Oder seinem überraschenden Mitgefühl mit ihm. Es war Radolfs Gesichtsausdruck gewesen, der auf einmal Philipps Mitleid mit dem Burgherrn geweckt hatte, Radolfs Gesichtsausdruck, als Dionisia von den Mahlzeiten der Toten berichtet hatte. Es war das Gesicht eines Mannes gewesen, der die Verdammnis vor sich sieht. Philipp hatte einen derartigen Ausdruck bereits einmal gesehen: auf dem Gesicht eines Mannes, der des Verrates an seinem Herrn wegen zum Tode verurteilt gewesen war.

Der Verurteilte war zum Tod durch Sturz von einem Felsen verdammt worden: die übliche Strafe für einen Mann, der seinen Herrn verraten hatte. In Ermangelung eines Felsen, der hoch genug gewesen wäre, hatte man ihn von der höchsten Plattform des *donjons* gestoßen. Vielleicht fühlte sich Radolf angesichts seiner Zukunft wie der Verurteilte, der in die sechzig Fuß Tiefe blickte, die sich vor ihm auftat, die Hand des Henkers bereits auf seiner Schulter. Der Priester murmelte ein Gebet und nickte dem Henker zu. Eine Gestalt stürzte schreiend durch die Luft.

Der Aufprall beendete das Schreien.

In dieser Nacht träumte Philipp, dass er am Fuß eines hohen Turms stand und nach oben blickte. Vom Turmkranz blickte Dionisias Gesicht herab. Er wusste, dass er dringend zu ihr nach oben gelangen musste, aber die Tür am Fuß des Turms wurde von einem Mann blockiert, der ihm den Rücken zuwandte. Der Mann war nicht Radolf. Er sprach ihn an, und der Mann drehte sich um und starrte ihn reglos an. Sein Gesicht war Philipp unbekannt; aber mit der Träumen eigenen Klarsichtigkeit wusste er, dass er es schon einmal gesehen hatte und dass er es bereuen würde, wenn er sich nicht schnellstens erinnerte. Über seinem verzweifelten Bemühen erwachte er und lag verwirrt blinzelnd in der Dunkelheit, für eine längere Weile zwischen Realität und Traum verloren.

Radolf träumte, dass er am Rand eines schnell fließenden Gewässers stand. Eine niedrige, steile Böschung, die vom Wasser ausgespült war, führte hinab. Er wusste, dass sich ihm etwas von hinten näherte, aber er konnte sich nicht umdrehen. Ein Tier näherte sich ihm. Das Tier stieß ihn an, und er stürzte die Böschung hinunter. Er hörte sich vor Angst schreien, und seine Eingeweide hoben sich. Er fiel minutenlang, obwohl die Böschung niedrig war, und er fiel ebenso langsam wie unaufhaltsam. Zuletzt berührte er die Wasseroberfläche und wurde sofort von der Strömung davongerissen. Er erwachte schwitzend und mit einem entsetzten Schrei auf den Lippen, den niemand hörte.

Dionisia träumte davon, dass der Saal im Haus ihres Vaters in Flammen stand. Die Flammen lachten. Dionisia erwachte nicht. Der Albtraum war ein alter Bekannter.

Liebe und Betrug

Philipp brach nach dem Morgenmahl auf. Das Wetter hatte sich zum Guten gewandt, und wie es oft im Frühsommer geschieht, war zusammen mit der Sonne auch eine überraschende Hitze gekommen, die jedoch nur verhieß, dass ihr ein heftiges Gewitter nachfolgen würde. Die Luft über den Feldern flimmerte bereits am frühen Vormittag, und Philipp, der wie jeder allein Reisende den Wald fürchtete, war doch froh, schließlich in seinen Schatten einzutauchen. Die Straße war eng und holprig, fast zugewachsen, selten beritten, noch weniger befahren, und zog sich auf diese Weise etliche Meilen unter den Bäumen dahin, bis sie den Wald wieder verließ und zuerst auf die Lichtungen von Köhlern, dann auf die Felder stieß, die bereits zu den Besitzungen diesseits des Rheins gehörten. Der Wald schien dazu beizutragen, dass ein Besucher von Radolfs Besitz sich wie in einer anderen Welt fühlte, die nur einen verwunschenen, wenig bekannten Zugang besaß. Wiederum nach einigen Meilen, etwa der Hälfte der Strecke zwischen Radolfs Haus und der Stadt, wurde die Straße breiter und traf schließlich auf eine Kreuzung, lang vorher angekündigt durch die hochragende Eiche, die dort wuchs und die den glaubenseifrigen Äxten der frühen Missionare entgangen war; ihr heidnischer Zauber aber unschädlich gemacht durch die drei Kruzifixe, die davor aufgestellt waren. Philipp zügelte sein Pferd und schaute unschlüssig der Straße nach, die in Richtung Süden von der Kreuzung wegführte. Sein Ziel, die Stadt und dahinter Raimunds Gut, lagen im Westen. Im Süden lag Sankt Peter, der Ort von Philipps Jugend. Radolf hatte gesagt, es würden sich keine Originaldokumente mehr dort finden, aber Philipp, dessen Bekanntschaft mit dem Archivar nicht nur so dahingesagt gewesen war, glaubte nicht daran. Bruder Fredgar hatte kaum etwas aus der Hand gegeben, ohne davon Abschriften zu machen. Andererseits hätte

Philipp auch gewettet, dass der Archivar keinerlei ausnutzbare Schwäche besaß, und doch schien Radolf eine gefunden zu haben. Er scheute den Umweg ins Kloster, der umsonst sein mochte. Mehr noch aber scheute er davor zurück, auf seine früheren Mitbrüder zu treffen. Er hatte die Brücken verbrannt, die ihn mit seinem früheren Leben verbanden, und die Länder der Erinnerung dahinter so gut wie möglich dazu. Er wusste nicht, was auf diesen verbrannten Feldern gewachsen war; er fürchtete aber, dass es blanke Abneigung war.

Außer einem Grüpplein Bauern, die weit entfernt auf einer der Brachflächen die zweite Mahd des Jahres vornahmen und sich als bewegte Schatten durch das Flimmern hindurch über das Feld mühten, war Philipp allein. Dann sah er das Zucken auf dem Weg, der von der Stadt her führte; das Zucken verwandelte sich in eine undeutlich wabernde Gestalt, die an Größe, aber nicht an Deutlichkeit zunahm. Die dunkle Farbe wich nicht von der Gestalt, als sie sich näherte, ebensowenig das ruckartige Hüpfen, das halb durch die flimmernde Luft und halb durch ihren beschwingten Gang hervorgerufen wurde. Philipp setzte sich in seinem Sattel zurecht und kniff die Augen zusammen.

Als die Gestalt so nahe herangekommen war, dass sie trotz des Gegenlichts den Reiter erkennen konnte, blieb sie stehen und legte überrascht den Kopf schief.

»Hast du dich auf dem Morgenspaziergang verlaufen, Bruder Thomas?«, fragte Philipp.

»Hast du den Weg zu deinem neuen Herrn nicht gefunden, Philipp?«, fragte der Kaplan zurück. Philipp grinste und stieg von seinem Pferd; Thomas kam auf ihn zu und schüttelte ihm die Hand.

»Was tust du hier?«, erkundigte er sich.

»Ich bin auf dem Weg zurück zu unserem Gut.«

»Ist deine Aufgabe schon beendet?«

»Sie fängt grade erst an«, seufzte Philipp. »Wie kommst du hierher so früh am Tag?«

»Ich bin gestern Morgen von Herrn Raimund aufgebrochen und habe im Dominikanerkloster in der Stadt übernachtet. Von da bin ich heute Morgen aufgebrochen.«

»Was hast du so Dringendes zu erledigen? Wohin führt dich dein Weg überhaupt?«

Der Kaplan kniff die Lippen zusammen und machte ein ernstes Gesicht.

»Ich will zum Kloster von Sankt Peter; wegen des Vorfalls in dem Dorf, von dem ich erzählte, als Seine Exzellenz zu Besuch war.«

»Die Frau, die an den Pfahl gestellt wurde? Die Strafe ist doch längst vorbei und die Unglückliche wieder bei ihrer Familie.«

»Ich weiß, dass ich ihr Leid nicht verhindern konnte«, sagte der Kaplan düster. »Ich bin hier, damit so etwas nicht wieder geschieht.«

»Du willst etwas gegen den Dorfpriester unternehmen?«

»Ich will, dass ihm der rechte Weg gezeigt wird, mit dem Glauben umzugehen.«

»Da wärst du wohl besser zum Bischof gegangen«, seufzte Philipp.

Thomas schüttelte energisch den Kopf.

»Ich glaube nicht, dass der Priester die Strafe mit böser Absicht ausgesprochen hat. Ich denke vielmehr, dass er – und das bedauernswerte Weib – die Opfer seines Eifers wurden. Deshalb möchte ich nicht, dass der Bischof ihn bestraft.«

Philipp zuckte mit den Schultern. Mit halbem Interesse fragte er: »Wieso glaubst du, dass der Abt auf den Mann Einfluss nehmen kann?«

»Der Priester stammt aus diesem Kloster. Er war erst kurze Zeit hier und wurde dann in das Dorf geschickt. Wenn der Abt es zugelassen hat, dass sich ein so blindwütiger Fanatismus in diesem Bruder gebildet hat, dann liegt es auch in seiner Verantwortung, diesen Fanatismus wieder zu mildern. Außerdem darf es nicht geschehen, dass noch einmal ein Hirte über das einfache Volk eingesetzt wird, der nicht unterscheiden kann zwischen seiner Verpflichtung für die Schrift und dem Wohl seiner Herde.«

»Warum hat man nicht einen der älteren Mönche ausgewählt anstatt einen Bruder, der das Noviziat gerade beendet hat?«

»Er hat das Noviziat nicht erst seit kurzem beendet. So jung ist er nicht mehr; ich habe ihn im Dorf gesprochen. Ich meinte, dass der Abt ihm vielleicht Zeit hätte lassen sollen, sich einzugewöhnen. Der Bruder kam erst an Ostern aus dem Kloster Cluny hierher.«

»Na, dann wünsche ich dir viel Glück. Ich will dich nicht länger aufhalten; du hast noch eine ganze Strecke vor dir.«

Thomas wischte sich über die Stirn und lächelte müde.

»Bei dieser Hitze lass ich mich gern eine Weile aufhalten. Du reitest nicht zufällig zum Kloster?«

»Warum sollte ich?«

»Du hättest mir Gesellschaft leisten können. Und mir nebenbei einen Platz auf dem Hintern deines Pferdes anbieten.«

»Damit du halb nackt im Kloster ankommst, so wie auf dem Hof? Schäm dich, Bruder Thomas. Sind dort etwa seit neuestem Nonnen untergebracht, denen du deine Beine zeigen willst?«

»Nein«, knurrte der Kaplan. »Wenn ich mit dir unterwegs bin, habe ich das gar nicht nötig. Sobald die Frauen dich sehen, wenden sie sich sofort vor Schreck mir zu.«

»Ja, weil sie wollen, dass du sie mit mir verheiratest.«

Thomas winkte ab.

»Verschwinde jetzt; du hast ohnehin schon einen Sonnenstich«, brummte er.

Philipp nestelte den halb vollen Wasserschlauch los und reichte ihn dem Kaplan. »Nimm ihn«, sagte er. »Ich bin in einem halben Tag zu Hause und werde es aushalten.«

»Danke. Ich habe natürlich wieder vergessen, mich entsprechend auszurüsten.«

»Der Herr ernährt zwar die Vögel auf dem Feld, aber ob er das auch mit den Pfaffen auf der Straße tut, weiß ich nicht. Nun, ich verabschiede mich.« Er vollführte eine elegante Handbewegung, die er einem von Raimunds Gefährten abgeschaut hatte, dann wurde er ernst. »Pass auf dich auf«, sagte er. »Die Straßen sind nicht sicher.«

»Wer tut schon einem einsamen Geistlichen etwas, der nicht einen Ring an seinen Fingern hat?«

»Dennoch.«

Der Kaplan nickte und winkte zum Abschied. Philipp sah einen Moment auf ihn hinunter und dachte unvermittelt an Minstrel.

Wenn ihm der Sänger einen Abschied wie diesen gegönnt hätte, wäre es ihm lieber gewesen. Er fühlte den mittlerweile bekannten Zorn auf Minstrel in sich aufsteigen; er zog sein Pferd herum und wollte es antreiben, als ihn der Kaplan nochmals zurückrief.

»Das muss ich dir noch berichten: Auf dem Gut ist jemand angekommen, der nach dir gefragt hat.«

Minstrel? »Wer ist es?«

»Eine Frau. Der Herr hat sie und ihre Begleitung auf dem Gut untergebracht.«

»Ich wüsste nicht, wer das sein soll«, brummte Philipp.

»Soweit ich weiß, hat sie sich nach dir erkundigt. Der Herr hat ihr Logis gewährt, bis du zurückkommst.«

»Dann passt es ja ganz gut, dass ich nach Hause reite.«

Der Kaplan drohte mit dem Finger, aber er grinste. »Welch verdächtige Eile, Meister Philipp, Was hast du angestellt?«

»Den Harem des Sultans von Cordoba besucht und einen unvergesslichen Eindruck hinterlassen. Seitdem verfolgen mich die Frauen des Sultans um die ganze Welt. Wahrscheinlich ist sie eine davon. Ich muss sie nach Hause schicken, bevor es der Sultan bemerkt und dem Abendland den Heiligen Krieg erklärt.«

»Na, dann gratuliere ich«, erklärte Thomas trocken. »Deine Besucherin ist alt wie der Teufel und zweimal so hässlich.« Er zwinkerte Philipp zu.

»Das ist nur ein Schutzzauber, damit ihr die lüsterne Geistlichkeit nicht nachsteigt«, erwiderte Philipp halbherzig. Seine Gedanken waren bereits bei der Frau. *Ich kenne keine alten Frauen*, dachte er mit einem Anflug von Bitterkeit. *Noch nicht einmal meine eigene Mutter.*

Als Philipp seinen Herrn begrüßt und ihm die bisherigen Entwicklungen in Radolfs Angelegenheit auseinander gelegt hatte, drückte er seine Verwunderung darüber aus, dass eine betagte Besucherin für ihn gekommen sei – zusammen mit der Bemerkung, dass sein Herr ihm zu Hilfe eilen möge, falls sich die Besucherin auf Brautschau befände und Philipp als Gemahl ausgewählt habe. Raimund begann zu lachen.

»Der Kaplan hat dir einen Bären aufgebunden; und einen recht hübschen dazu, möchte ich meinen. Ich lasse sie holen.« Auf einen Wink Raimunds eilte eine der Mägde hinaus.

»Ich habe keine Ahnung, wer diese Frau ist«, erklärte Philipp. »Ich habe auch niemanden eingeladen, hierher zu kommen und Eure Gastfreundschaft zu missbrauchen.«

»Oh, ich fühle mich nicht missbraucht. Sie hat mir im Gegenteil angeboten, für ihren Aufenthalt aufzukommen. Als ich ihr Angebot ablehnte, schlug sie mir vor, sich auf dem Hof nützlich zu machen; sie wolle sich nicht wie eine Almosenempfängerin fühlen. Sie ist eine außergewöhnliche Frau.«

»Wie heißt sie überhaupt? Und was will sie von mir?«

»Ihr Name ist Aude Cantat. Sie kommt aus dem Fränkischen. Sie hat mir erklärt, dass du ihren Gemahl kennst.«

»Ich kenne niemanden, der so heißt.«

»Nun, am besten besprichst du dich mit ihr selbst. Da kommt sie.«

Philipp drehte sich um. Der Kaplan hatte tatsächlich gelogen, als er sie beschrieben hatte; Aude Cantat war weder alt noch hässlich. Sie mochte etwa Philipps Alter haben, vielleicht ein oder zwei Jahre mehr. Und was ihr Aussehen betraf: Schönheit ist immer subjektiv, aber in Philipps subjektivem Blick *war* sie eine Schönheit. Sie besaß die blasse Gesichtshaut aller rothaarigen Menschen, doch ihr Haar war nicht von der rostroten Farbe, wie man sie gewöhnlich findet, sondern von einem tiefen, leuchtenden Herbstrot. Es glänzte in all seiner Üppigkeit und verriet, dass es sorgfältig mit Öl gepflegt wurde. Sie trug es kurz, kürzer als Philipp es zu sehen gewöhnt war. Auf den zweiten Blick konnte man erkennen, dass sie es selbst abgeschnitten hatte: Es drängte hinter dem Schleier, mit dem sie eine einfache helle Kappe unter ihrem Kinn festgebunden hatte, in zwei reichen Wellen hervor und endete abrupt noch oberhalb ihrer Schultern, und wo es endete, machte es den Eindruck, dass sie es einfach gepackt und alles mit einem scharfen Messer abgetrennt hatte. Das kurze Haar tat ihrem Gesicht keinen Abbruch; tatsächlich hob es die scharf geschnittenen Brauen, die hohen Wangenknochen und die gerade Nase hervor. Sie hatte keine Farbe auf ihr

Gesicht gelegt, aber ihre Augen leuchteten hell zwischen dichten, dunklen Wimpern hervor, und dass ihre Lippen blass waren, ließ ihre Züge umso feiner erscheinen. Sie hatte energische Kiefer und ein festes Kinn, und was unter einem bequemen leinenweißen Reisekleid von ihrer Gestalt zu sehen war, schien das Versprechen zu erfüllen, das ihr Antlitz gab. Philipp schluckte. Er hatte die Frau noch nie gesehen. Ihm fiel auf, dass sie allein in den Saal des Wohnhauses gekommen war, ohne eine Dienerin oder wenigstens eine Begleiterin.

»Dies ist Aude Cantat«, sagte Philipps Herr und stellte danach ihn vor. »Der Mann, auf den Ihr gewartet habt, meine Liebe.«

Sie verbeugte sich leicht und sagte mit einem deutlichen fränkischen Akzent: »Es ist ein Vergnügen, Euch kennen zu lernen, Meister Philipp.«

Philipp neigte den Kopf und musterte sie erneut, nachdem seine Überraschung abgeklungen war. Er sagte nichts.

Aude wartete ein paar Momente auf eine Antwort, dann fuhr sie fort: »Mir ist mitgeteilt worden, dass Ihr meinen Gatten kennen gelernt habt. Ich möchte fragen, ob Ihr wisst, wo er sich aufhält.«

Sie wählte ihre Worte langsam und schien bemüht, sie richtig aus der komplizierten Satzstellung der fränkischen Sprache zu übertragen.

»Es tut mir Leid«, sagte Philipp. »Ich habe meinem Herrn bereits mitgeteilt, dass ich Euren Gatten nicht kenne.«

Sie schüttelte verwundert den Kopf.

»Ich habe gefragt in einer Herberge in der Stadt. Der Mann ... der Wirt sagte mir, ihr hättet Euch mit ihm unterhalten.«

»Ich habe mich mit ein paar englischen Kaufleuten unterhalten«, erklärte Philipp. »Ich dachte nicht, dass einer davon Euer Gemahl gewesen sein könnte.«

»Mein Mann ist kein Händler. Er ist ein ... ein Freimann?« Philipp schüttelte den Kopf, »Ihr meint: ein Gefolgsmann?«

»Nein; ich meine damit: Er ist sein eigener Herr.« Sie blickte zu Philipps Herrn. »So wie Ihr. Nur, dass unser Besitz kleiner ist. Viel kleiner. Wir haben nur wenige Bedienstete.« Sie sah wieder Philipp an. »Er handelt nicht mit Waren.«

»Die einzigen Menschen, mit denen ich mich sonst noch im ›Kaiserelefanten‹ unterhalten habe, waren die Händler, die mich ein Stück des Weges mitnahmen, und«, Philipps Gesicht verschloss sich, »der verdammte Sänger. Der Wirt muss sich getäuscht haben.«

»Er sagte, Ihr wart die längste Zeit des Abends mit meinem Gemahl zusammengesessen.«

Philipp warf die Arme in die Luft und sagte ärgerlich: »Ich habe Euch doch erklärt, dass er sich täuschen muss. Der einzige, bei dem ich längere Zeit gesessen bin ...« Er brach ab und fixierte Aude von neuem. Seine Brauen zogen sich zusammen. »Beschreibt mir bitte Euren Gemahl.«

»Er ist groß, größer als Ihr und bestimmt etliche Jahre älter. Sein Haar ist dunkel. Er ist ...«, sie suchte nach dem Wort: »... dünn. Als würde er zu wenig essen.«

Fassungslos sagte Philipp: »Das ist Minstrel.«

»Der Name meines Mannes ist Geoffroi.«

»Zu mir hat er ...« Philipp unterbrach sich, als er spürte, wie der Zorn auf den Sänger erneut in ihm hochstieg. Nun gut, scheinbar war er gar kein Sänger, und offenbar war sein Name auch nicht Minstrel gewesen (was Philipp gleich hätte klar werden sollen, denn es bedeutete nichts anderes als eben das: Sänger). Was blieb, war seine betrügerische Natur. *Hier steht seine Frau; lass dir sofort den Schaden ersetzen, der deinem Herrn entstanden ist*, dachte er. Aber er hielt sich zurück und sagte nichts. Es war eine Sache, einem diebischen Trunkenbold aufzusitzen; den Verlust von seiner Frau einzufordern, die über sein Treiben offensichtlich nicht Bescheid wusste, war etwas anderes. Es gehörte sich nicht, einer Frau die Fehler ihres Mannes vorzuwerfen.

»Zu Euch hat er ...?«, fragte Aude.

»... nichts davon gesagt, wohin er sich wenden wolle«, vollendete Philipp lahm. »Ich kann Euch nicht helfen.«

Aude starrte ihn an und wandte sich dann ab. »Seid Ihr sicher?«, fragte sie. »Ich habe schon in der ganzen Stadt herumgefragt, aber niemand scheint Geoffroi getroffen zu haben; niemand außer Euch. Hat der Wirt mich belogen?«

»Nein, er hat Euch nicht belogen. Ich habe mich mit Eurem Mann unterhalten.«

»Ich verstehe nicht, dass er Euch nicht hat erzählt, wohin er will. Er ist so ... er redet so gerne.« *Das habe ich allerdings gemerkt, und dabei trinkt er gern einen über den Durst.* »Ich kenne ihn. Wenn er glaubt, dass er jemandem vertrauen kann, dann tut er das auch.«

»Vielleicht hat er mir nicht vertraut«, sagte Philipp wütend.

»Dann hätte er sich nicht mit Euch unterhalten. Er ist freundlich, aber er ist kein aufdringlicher Mann.«

Soll ich dir sagen, warum er sich mit mir unterhalten hat, fränkisches Täubchen? Weil ich seine Zeche bezahlt habe.

»Wie es scheint, hat er Euch auch nicht vertraut, sonst hätte er Euch gesagt, was er vorhat.«

Aude sah verletzt aus. »Er *hat* es mir gesagt«, stieß sie hervor. »Er wollte sich hier in dieser Stadt mit einem Freund treffen und etwas besprechen, was ihn schon seit einiger Zeit beschäftigte. Ich bin ihm nachgereist, als er nicht zurückkam in der rechten Zeit.«

»Ich weiß jedenfalls nicht, wo er sich jetzt aufhält«, sagte Philipp unwirsch.

Aude seufzte und ließ die Schultern sinken.

»Nun«, mischte sich Philipps Herr ein, »mein Truchsess ist gerade eben nach Hause zurückgekehrt und sicherlich erschöpft von seinem Ritt. Vielleicht fällt ihm morgen etwas ein, das Eurer Sache dienlicher ist.«

Philipp schüttelte finster den Kopf, aber sein Herr beachtete ihn nicht. Er klatschte in die Hände und rief nach dem Mann, der in Philipps Abwesenheit für die Geschäfte auf dem Gut verantwortlich war.

»Jeder, der in der nächsten Zeit in die Stadt kommt, soll sich ein wenig nach einem Mann umhören, dessen Beschreibung du gleich hören wirst und dessen Name Geoffroi Cantat ist«, sagte Philipps Herr mit einem Seitenblick auf Aude. »Wer auf ihn selbst trifft, soll ihn einladen, zu mir zu kommen.«

Philipps Vertreter nickte. »Schoffra Kantah«, radebrechte er. Philipp hörte zum wiederholten Mal Minstrels Beschreibung, seine hoch gewachsene Gestalt, seine dunklen Haare, sein blasses Antlitz, seine hageren Gesichtszüge. Aude sprach langsam und konzentriert und gab sich Mühe, kein Detail auszulassen; es klang, als würde sie einen Traum rezitieren. Philipp lauschte ihren Worten mit wachsendem Entsetzen. Wie sehr ihre Beschreibung dem Mann aus Dionisias Albtraum ähnelte; dem Mann, dessen Lachen Dionisias Welt in Brand gesteckt hatte!

»Ich hoffe, dass meine Leute etwas über Euren Mann in Erfahrung bringen«, sagte Philipps Herr, nachdem Aude ihre Beschreibung beendet hatte. »Ihr seid selbstverständlich auf meinem Besitz willkommen, Aude Cantat. Bleibt, solange Ihr es wünscht.«

»Ich bin Euch sehr verpflichtet«, erwiderte sie. Mit einem Kopfnicken wandte sie sich von ihm ab und musterte Philipps finsteres Gesicht.

»Ist Euch noch etwas eingefallen?«, fragte sie ihn. »Ihr seht so nachdenklich aus auf einmal.«

Philipp bemerkte zum ersten Mal die Unruhe hinter ihrem selbstbewussten, beherrschten Auftreten. Wenn Minstrel nicht mehr zurückkam, würde sie früher oder später ihren Besitz verlieren oder, sollte er für tot erklärt werden, von jedem tölpelhaften Schlagetot, der sein eigener Herr war, mit Heiratsabsichten verfolgt werden. Sie war zu schön, um auf Dauer unbelästigt zu bleiben. Sie konnte sich entweder neu verheiraten, zu ihren Verwandten zurückkehren oder in ein Kloster eintreten. In allen Fällen würde sie ihre Habe und ihre persönliche Freiheit verlieren. Und nicht zuletzt mochte es sein, dass sie Minstrel liebte und sein Verlust ihr auch das Herz brechen würde. *Sie ist auch nur jemand, dessen Vertrauen dieser Schurke missbraucht hat*, dachte er. *Sie weiß gar nichts über ihn.*

»Nein«, erwiderte er knapp und beschloss im selben Atemzug, ihr nichts über seinen Verdacht betreffs Minstrel zu verraten. *Das ist keine Frauensache*, dachte er. Aber tief in seinem Herzen wusste er, dass er kein Recht hatte, Aude die Wahrheit vorzuenthalten. *Welche Wahrheit?*, fragte er sich. *Dass eine Gestalt aus dem Albtraum eines Mädchens Ähnlichkeit mit deinem Mann hat?*

Aude schritt aus dem Raum, begleitet von dem Mann, dem sie Minstrels Beschreibung gegeben hatte. Als sie wieder allein waren, wandte sich Philipps Herr zu ihm und fragte: »Da du sie nicht kennst und sie dir also nichts angetan haben kann, würde ich zu gerne wissen, was ihr Mann dir getan hat.«

Philipp, den die Hellsichtigkeit seines Herrn, was seine Gefühle anging, kaum mehr überraschte, winkte heftig ab. »Er hat mich hereingelegt, das ist alles. Leider ist Euch dadurch Schaden entstanden. Ich hätte es Euch noch erzählt, aber bis jetzt war keine Zeit dazu.«

»Was ist passiert?«

Philipp schilderte sein Treffen mit Minstrel und den Ausgang ihrer kurzen Bekanntschaft. Seine Stimme war scharf vor Sarkasmus, als er zu schildern versuchte, warum er dem Mann sein Vertrauen geschenkt hatte und es doch nicht erklären konnte. Raimund nickte nachdenklich. »Sie kann nichts für das, was ihr Mann dir angetan hat.«

»Ich weiß«, grollte Philipp.

»Dennoch hast du dich so verhalten, als wolltest du es ihr zur Last legen.«

»Das ist es nicht«, verteidigte sich Philipp aufgebracht. »Es ist nur ...«, er suchte krampfhaft nach einer Ausrede, um seine Grobheit zu bemänteln. »Es ist nur, dass sie sich ehrlos verhält. Es gehört sich nicht für eine Frau, ohne Eskorte zu verreisen und vor einen fremden Herrn zu treten – es sei denn, sie legt es darauf an, verführt zu werden.«

Philipps Herr lächelte nachsichtig.

»Ich habe nicht den Eindruck, dass eine Frau mit ihrem Aussehen es nötig hat, jemanden auf sich aufmerksam zu machen. Eher glaube ich das Gegenteil. Abgesehen davon hatte sie eine Eskorte bis hierher: zwei alte Weiblein von zu Hause und einen aufgeblasenen fränkischen Kaplan.«

»Warum läuft sie dann hier alleine umher?«

»Weil ich den beiden alten Weibern sich auszuruhen befohlen und den Pfaffen nach Hause geschickt habe.«

»Dann sollte sie in ihrer Kammer bleiben, bis ihre Dienerinnen wieder bei Kräften sind.«

»Philipp«, sagte der Herr geduldig, »das ist das erste Mal, dass ich dich davon sprechen höre, was sich schickt und was nicht. Geht es auf Radolfs Besitz so wüst zu, dass du dich innerhalb von zwei Tagen in einen Moralapostel verwandelt hast?«

Philipp schwieg verdrossen.

»Aude sucht nach ihrem Gatten, denn sie fürchtet, dass ihm etwas zugestoßen sein könnte. Das ist ein ehrbares Unterfangen, ganz gleich, was du für Erlebnisse mit dem Kerl hattest. Es gibt nicht viele Frauen, die die Gefahren einer Reise auf sich nehmen würden, um nach ihrem Gatten zu suchen. Ich will es mir nicht anmaßen, ihre Suche zu verzögern. Tatsächlich – und um dein Gewissen bezüglich der Schicklichkeit zu beruhigen – werde ich ihr eine Eskorte anbieten. Die beste und edelste, die mir eingefallen ist.«

»Wen habt Ihr im Sinn?« *Der Kaplan hält sich im Kloster auf und versucht im Nachhinein Gerechtigkeit in einem Fall zu erwirken, der niemanden mehr interessiert.*

»Dich.«

Philipp starrte seinen Herrn mit offenem Mund an.

»Darüber kannst du nicht mehr diskutieren. Ich habe es bereits beschlossen«, warnte dieser.

»Aber ich muss mich doch um Radolf ...«

»Es wird sich bald herausstellen, ob sich Audes Mann noch in der Stadt aufhält oder nicht. Es kostet dich kaum Zeit, wenn du dich ein wenig um sie kümmerst. Und denk daran«, sagte Philipps Herr mit der ihm üblichen Einsicht in die Gedankengänge seines Truchsess, »wenn ihr Mann wirklich ein so übler Kerl ist, wie du es glaubst, ist sie vielleicht ebenso eine Betrogene wie du.«

»Ich füge mich«, brummte Philipp.

»Das freut mich. Nun ruh dich aus und erzähle mir beim Abendmahl, was du bisher bei Radolf Vacillarius erreicht hast.«

Philipp verließ das Wohngebäude, um sich nach seinem Vertreter umzusehen und mit ihm zu besprechen, was während seiner Abwesenheit vorgefallen war; seine Müdigkeit, die er bei der Ankunft auf dem Gut tatsächlich verspürt hatte, war nach dem wieder erwachten Ärger auf Minstrel verflogen. Als er aus der Tür trat, stieß er auf Aude, die dort scheinbar auf ihn gewartet hatte.

»Verzeiht«, sagte sie. »Würdet Ihr mir noch ein paar Augenblicke Eurer Zeit gewähren?«

»Was kann ich für Euch tun?«

Aude ging ein paar Schritte beiseite und bog um die Ecke des Wohnhauses, wo niemand ihre Unterhaltung stören würde. Über dem westlichen Horizont hingen dichte Reihen grober Wolken wie eine gigantische Schafherde, die über den Himmel weideten und die noch nicht da gewesen waren, als Philipp das Gut betreten hatte.

»Es wird einen Sturm geben«, sagte Aude. »Wie sagt man bei Euch: ein Ge-Wetter?«

»Ein Gewitter. Ja, das ist üblich um diese Jahreszeit.«

»Wahrscheinlich regnet es bei uns zu Hause bereits.«

Philipp lächelte fast gegen seinen Willen.

»Ich werde unseren Wetterpropheten holen lassen, wenn Ihr Euch darüber zu unterhalten wünscht«, sagte er. »Ich selbst kann leider nur dann zuverlässig sagen, dass es regnet, wenn es mir bereits auf den Kopf tröpfelt.«

»Ich wünsche mich nicht über das Wetter zu unterhalten«, erklärte sie. »Das wisst Ihr genau.«

»Das habe ich schon befürchtet«, seufzte Philipp.

»Seid Ihr der Mann, mit dem sich Geoffroi hier treffen wollte?«, fragte sie.

»Nein, Ich habe ihn nie vorher gesehen.«

»Ich dachte, das sei der Grund, warum Ihr drinnen im Beisein Eures Herrn so kurz angebunden wart.«

Philipp schüttelte den Kopf. »Wenn ich ihn kennen würde, wüsste mein Herr darüber Bescheid. Ich habe vor ihm keine Geheimnisse.«

»Weshalb wart Ihr dann so schweigsam? Ich sah es doch Eurem Gesicht an, dass Ihr nicht die Hälfte von dem sagtet, was Ihr wisst.«

»Tatsächlich?« Philipp tat, als müsste er seine Gesichtszüge mit der Hand ergründen. »Ich sollte mir einen Eimer überstülpen, bevor ich mich mit Euch unterhalte.«

»Ich bin nicht in der Laune zum Scherzen«, erwiderte sie aufgebracht. »Ich bin tagelang gereist und habe mich in Eurer Stadt herumgetrieben, immer voller Angst, von Gesindel belästigt zu werden, und voller Sorge um meinen Gemahl. Ihr scheint der Einzige zu sein, der mehr über ihn weiß; warum sagt Ihr mir nicht, was Ihr mit ihm zu schaffen hattet? Wenn Ihr mich nicht mögt, kann ich das nicht ändern. Aber Ihr könntet wenigstens um Eurer eigenen Mannesehre willen der Bitte einer Frau um Hilfe nachkommen.«

Philipp ließ die Schultern sinken und schaute zu Boden. Bevor er antworten konnte, fuhr Aude sanfter fort: »Er war betrunken, habe ich Recht? So sehr betrunken, dass er sich nicht mehr wie ein vernünftiger Mensch fortbewegen konnte. Deshalb sagte mir der Wirt, dass er über Euer Erscheinen froh war: Ihr habt ihm geholfen.«

»Man hatte ihm das Geld gestohlen, als er nach dem Markt seinen Rausch ausschlief. Er bemerkte es erst, als er in der Herberge bereits etliche Becher getrunken hatte«, sagte Philipp.

»Ihr habt ihm Geld geliehen.«

Philipp nickte.

»Seht Ihr, ich weiß Bescheid«, sagte sie. »Ich kenne das: Die Männer wollen sich und ihre Torheiten immer gegenseitig vor den Frauen beschützen. Aber ich bin schon einige Jahre seine Frau, und ich kenne seine Fehler. Es tut mir Leid, dass ich Euch vorhin angefahren habe. Ihr habt nur versucht, seine Ehre in Schutz zu nehmen.«

Philipp räusperte sich, ohne ihr zu antworten.

»Hat er Euch das Geld wieder zurückgegeben?«

»Ich habe ihn eingeladen«, brachte Philipp hervor.

»Das ist sehr freundlich von Euch. Ich danke Euch.« Aude lächelte ihn an, aber dann verfinsterte sich ihr Gesicht wieder. »Hat er denn nicht gesagt, was er danach tun wollte? Ohne Geld? Wie weit kommt man denn mit einem leeren Beutel?«

Ein Dieb holt sich sein Geld schon wieder, verlass dich drauf dachte Philipp. Wer weiß, ob die Münzen, die man ihm gestohlen hat, überhaupt die seinen waren.

»Er hat gesagt, er würde sich am nächsten Morgen mit einem Mann treffen, der ihm Geld schulde«, erklärte Philipp.

»Hat er seinen Namen gesagt?«

»Nein.«

Aude schüttelte den Kopf. »Ich greife ständig ins Leere«, murmelte sie.

»Ihr müsstet doch die Freunde Eures Mannes kennen«, platzte Philipp heraus. »Hat er Euch gegenüber denn keinen Namen erwähnt?«

»Nein«, sagte sie und etwas leiser: »Er hat niemals von irgendwelchen Freunden gesprochen.«

Philipp erwiderte nichts darauf, und Aude seufzte und blickte in den Himmel, der schon zu einem Viertel mit Wolken bezogen war. Die Abendsonne war hinter den Wolken verschwunden, aber es wurde nicht kühler.

»Wisst Ihr, er war nicht immer so«, erklärte Aude. »Er hat mit dem Trinken angefangen, als er das erste Mal hier war.«

»Hier? Ihr meint hier in der Stadt?«

»Es ist schon etliche Jahre her. Ich war noch ein Mädchen und wartete darauf, dass er mich würde heiraten, so wie seine und meine Eltern es einander versprochen hatten. Er schob es ständig hinaus und scherzte, dass ich viel zu jung sei für ihn; dabei ist er nur zehn Jahre älter als ich. Ich glaube, er wollte sich noch nicht niederlassen. Seine Eltern waren in der Zwischenzeit gestorben, und er war der einzige Sohn, der das Kindesalter überlebt hatte, also hatten sie ihm ihren Hof vererbt – aber das unstete Leben, das er in den letzten Jahren geführt hatte, übte eine große Verlockung auf ihn aus.«

»Unstetes Leben?«, fragte Philipp. »Als Sänger?«

Aude starrte ihn an, sichtbar aus ihren Gedanken gerissen. »Als Sänger? Wie kommt Ihr darauf?«

»Er hat in der Herberge gesungen«, erklärte Philipp und verfluchte sich gleich darauf dafür, dass er sich wieder ein Detail aus seiner Begegnung mit Minstrel hatte entlocken lassen. Aude schlug die Augen nieder.

»Er hat eine schöne Stimme, aber dass er einmal in der Öffentlichkeit gesungen hätte ... Er muss sehr betrunken gewesen sein.« Sie machte ein verlegenes Gesicht. »Nun, um Eure Frage zu beantworten: Er zog nicht als Sänger umher, sondern als ... ein Mann, der schön schreibt? Ein Kalligraf? Niemand kann so schöne Schriften malen wie er. Man glaubt nicht, dass er es geschrieben hat, wenn man eine Seite sieht, selbst wenn man ihn dabei beobachtet hat. Um seinetwillen habe ich gelernt, die verschiedenen Schriften auseinander zu halten, damit ich seine Arbeit würdigen konnte.«

Philipp schüttelte ungläubig den Kopf »Ich hatte geglaubt, nur in den Klöstern würde kalligrafisch gearbeitet. Ich selbst habe ...«, er brach ab.

»In den Klöstern werden die geistlichen Schriften kopiert und bearbeitet – jedenfalls ist das bei uns so«, erwiderte Aude. »Was aber ist mit den weltlichen Urkunden? Mit Belobigungen, Mitgifturkunden, Besitzüberschreibungen und dergleichen? Jeder, der etwas auf sich hält, möchte bewundernswerte Dokumente der Nachwelt hinterlassen. Etwas notieren kann jeder, aber etwas Dauerhaftes schaffen, das seinen Wert auch über Generationen nicht verliert – dazu bedarf es eines Künstlers. Geoffroi ist ein Künstler. Und als Künstler zog er im Land umher. Er sagte immer, die Arbeit kommt nicht zu einem; man muss ihr nachreisen, dann heißt sie einen willkommen.«

»Und dabei reiste er auch hierher.«

»Ich weiß nicht, wo er überall war; anfangs interessierte mich nicht mehr von ihm außer, dass er mein Ehemann würde, wenn ich das nötige Alter erreicht hätte. Als wir heirateten, wurde er ruhiger. Dann, vor drei oder vier Jahren, teilte er mir mit, er habe eine Botschaft erhalten, dass eine große Aufgabe jenseits der Grenze auf ihn warte.«

»Da ist die Arbeit doch einmal zu ihm gekommen«, sagte Philipp trocken.

»Ja; aber er schien nicht besonders begeistert. Ich hatte das Gefühl, er war beunruhigt. Ich glaube, er hatte schon einmal für diesen Auftraggeber gearbeitet. Vielleicht hatte er eine Arbeit nicht zu seiner Zufriedenheit ausgeführt und wurde nun aufgefordert, sie in Ordnung zu bringen – jedenfalls machte er ein nachdenkliches Gesicht, bevor er davonritt. Er kam erst nach vielen Tagen wieder, wortkarg und still.« Sie stockte und sah Philipp an, und er glaubte, Verletztheit und Verwunderung in ihrem Blick zu bemerken. »Er sagte mir nicht, was passiert war.

Er fing nur an zu trinken. Und schrieb keine einzige Zeile mehr.«

»Ich verstehe«, sagte Philipp. »Ihr denkt, was immer ihm damals hier passiert ist, könnte sich jetzt wiederholen und die ganze Sache noch schlimmer machen.«

Plötzlich entstand ein Szenario vor seinen Augen: Minstrel, der von Radolf angeworben wurde, seine Mitgiftstreitigkeiten auf demselben Weg zu klären, den Kardinal da Uzzano schließlich mit Hilfe Philipps zu beschreiten begann. Doch Minstrels Künste hatten vor dieser heiklen Aufgabe versagt, und er hatte ein unvollendetes Werk hinterlassen. Vielleicht war er geflohen. Nach Jahren spürte Radolf ihn auf und forderte ihn auf, seine Arbeit zu beenden. Minstrel lieferte auch beim zweiten Mal nichts Brauchbares ab, und er kehrte zurück und begann an sich und seiner Kunst zu verzweifeln. Schließlich brach er ein drittes Mal zu Radolf auf – um ihn zu erpressen oder um einen letzten Versuch zu machen, seine Arbeit abzuschließen. Auf einmal war es Philipp klar, wo er wieder auf Minstrel stoßen musste, früher oder später: auf Radolfs Besitz – dort, wohin er sowieso in der nächsten Zeit zurückkehren musste. Er fühlte grimmige Befriedigung bei diesem Gedanken.

»So ist es«, sagte Aude. »Er ist schon lange nicht mehr der Mann, der er war. Ich fürchte um seine Gesundheit.«

Das solltest du, wenn ich ihn erst zu fassen kriege.

»Es bleibt mir nichts übrig, als mich weiterhin umzuhorchen.«

»Ihr solltet vielleicht vorsichtig sein«, erwiderte Philipp und dachte: *Er ist es nicht wert, dass du dich für ihn in Gefahr begibst. Wer weiß, mit welchem Gesindel er sich mittlerweile umgibt.*

»Weshalb?«, fragte sie scharf und kniff die Augen zusammen.

»Na ja, eine Stadt ... eine Stadt ist gefährlich ...«, stotterte Philipp.

»Ich werde Euren Herrn bitten, mir eine ausreichende Eskorte zu gewähren, solange ich mich hier aufhalte. Ich danke Euch für Eure Sorge.«

»Er hat Euch bereits eine Eskorte zugeteilt«, seufzte Philipp.

»Wen?«

»Sie steht vor Euch.«

Aude sah ihn ungläubig an, dann verzog ein Lächeln ihr Gesicht; das erste Lächeln, das sich auch in ihren Augen widerspiegelte.

»Einen besseren Begleiter kann ich mir nicht wünschen«, rief sie. »Den Mann, der meinem Gemahl in einer schwierigen Situation geholfen und der seine Ehre vor seiner Frau bis zuletzt verteidigt hat.«

Wenn du wüsstest, dachte Philipp und sagte: »Lasst uns ins Haus zurückkehren. Das Gewitter wird bald hier sein.«

Nach dem Abendmahl zog Philipp sich mit seinem Herrn in dessen Kammer zurück, um mehr über seine Fortschritte bei Radolf zu berichten.

»Sofern man von Fortschritten sprechen kann«, erklärte Philipp. »Die Dokumente, die seine Frau besessen hat, sind angeblich bei einem Brand vernichtet worden, und woran Radolf sich erinnern kann, ist bestenfalls lückenhaft und lässt sich außerdem nicht belegen. Ich weiß nicht, wo ich ansetzen soll. Man möchte denken, dass über einem, der im Auftrag eines Kardinals handelt, der Geist Gottes schwebt. Aber der hat sich scheinbar verflogen.«

»Du kannst nicht alles neu erfinden«, warnte Raimund. »Ein solches Lügengebäude hält nicht stand.«

»Wem sagt Ihr das.«

»Es gibt noch eine Möglichkeit, wie du an Abschriften der Hochzeits- und Mitgifturkunden gelangen könntest«, sagte Raimund langsam. »Ich erinnere mich, dass ich, als ich zur Pilgerfahrt aufbrach, nicht all meine Ausrüstung selbst finanzieren konnte. Also ging ich zu einem jüdischen Geldverleiher in der Stadt, dessen Namen mir ein Freund genannt hatte. Ich nahm gegen Zins ein Darlehen. Vielleicht stand Radolf damals vor demselben Problem.«

»Was würde mir das weiterhelfen? Dass Radolf gegen die Heiden in den Krieg zog, stellt ja niemand in Abrede.«

»Die Juden verleihen nicht an jeden Hergelaufenen ihr Geld. Sie verlangen ein Faustpfand: zur Not in der Form von Beglaubigungen, Unterlagen, Dokumenten. Immerhin müssen sie sicherstellen, dass der Schuldner ihre Zinsen auch bezahlen kann, und dazu erkundigen sie sich, welchen Besitz der Schuldner vorzuweisen hat.«

Philipp begann zu lächeln.

»Radolfs Mitgiftpapiere. Sie waren das Einzige, was er vorzuweisen hatte.«

»In der Regel geben die Wucherer sich mit Abschriften zufrieden. Vielleicht lassen sie sich noch finden. Man sagt den Juden nach, dass sie sich nicht von ihren alten Sachen trennen können.«

Philipp grinste jetzt. Insgeheim fragte er sich, weshalb es ihm Freude machte, einen Ausweg für Radolf gefunden zu haben, aber es fiel ihm nur Dionisia ein.

»Morgen reite ich in die Stadt und suche die *platea Judeorum* auf.«

»Erkundige dich beim Judenbischof, dem Vorsteher der Judengemeinde. Er kann dir vermutlich am besten weiterhelfen.«

Philipp nickte und stand von der Truhe auf, auf die er sich gesetzt hatte. »Ich danke Euch für Euren Rat«, sagte er.

»Danke lieber meiner Erinnerung an ein Unternehmen, das mir außer einem teuren Darlehen und Strapazen nichts eingebracht hat.«

»Ich hoffe, Ihr habt das Geld, das Ihr Euch damals geliehen habt, nicht mit Zinsen zurückgezahlt?«, fragte Philipp.

»Wegen des Zinserlasses, den der Papst für alle Teilnehmer an der Pilgerfahrt aussprach? Natürlich habe ich meine Zinsen bezahlt; der Jude war gerecht. Er hatte einen anständigen Zinssatz mit mir vereinbart, obwohl er meine Zwangslage erkannte, und so empfand ich es im Gegenzug nur als gerecht, ihm diesen Satz auch zu zahlen.«

»Von den gerechten Juden hat es vermutlich nicht gerade viele gegeben«, sagte Philipp nüchtern. »Ich habe gehört, dass damals Zinssätze von mehr als den erlaubten sechsundachtzig Prozent keine Seltenheit waren.«

»Es gab auch nicht sonderlich viele Gerechte unter den christlichen Schuldnern«, sagte Raimund.

Philipp wandte sich zum Gehen, dann schlug er sich vor die Stirn und drehte sich wieder um. »Das hätte ich beinahe vergessen«, sagte er. »Auf dem Markt habe ich einen Knecht von Rasmus, dem flandrischen Händler, übernommen. Ein Mann namens Lambert mit einer Narbe auf der Stirn.«

Raimund nickte. »Er kam mit Galbert und Seifrid und dem Stoff, den du eingekauft hattest, und bat um die *commendatio*. Ich habe sie ihm gegeben.«

»Was haltet Ihr von ihm?«

»Du hast ihn eingekauft. Was hältst du von ihm?«

»Rasmus sagte, er hielte ihn für unbedenklich. Da auf etlichen Pächterhöfen Männer fehlen und Lambert zu jeder Arbeit bereit war, dachte ich, es wäre eine gute Idee, den Mann in Eure Dienste zu nehmen.«

»Jetzt weiß ich, was Rasmus von ihm hält«, schmunzelte Raimund.

»Warum soll ich um den Busch herumschleichen? Je länger ich mit ihm sprach, desto weniger mochte ich ihn. Ich fürchte, ich habe Euch eine Laus in den Pelz gesetzt. Vielleicht hatte ich an diesem Tag keine so glückliche Hand, was neue Bekanntschaften betrifft.«

»Immer mit der Ruhe. Wenn er seine Arbeit nicht zur Zufriedenheit erledigt, werden wir es spätestens bei der nächsten Ernte erfahren. Solange will ich ihm eine Chance geben.« Raimund musterte Philipp neugierig. »Was hast du an ihm nicht gemocht?«

»Seine hochfahrende Art. Und dass er seine Augen nicht stillhalten kann.«

»Ja«, sagte Raimund, »das habe ich auch bemerkt. Der Kerl hat entsetzliche Angst.«

Die Bewahrer der Vergangenheit

Philipp, der in der Geselligkeit der nächtlichen Aula seines Herrn, umgeben vom Rest des Gesindes auf der großen Strohschütte liegend, merkwürdig schlecht geschlafen hatte, fand sich kurz nach dem Morgengrauen bei den Stallungen ein, um ein Pferd zu holen und in die Stadt zu reiten, erschöpft und schlecht gelaunt. Galbert, dazu ausersehen, ihn in die Stadt zu begleiten und dort auf ihn zu warten, war noch früher aufgestanden und beschäftigte sich mit einem zweiten Pferd anstatt des Maultiers, auf dem er gewöhnlich zu reiten pflegte. Philipp sah den zierlichen Sattel und fragte missmutig: »Für wen sattelst du auf?«

»Die Frau, die beim Herrn zu Besuch ist, wird uns begleiten.«

»Wer hat das angeordnet?«

»Der Herr selbst; noch gestern Nacht.«

Philipp wandte sich verärgert ab. Aude betrat den Stall und nickte ihm zu; als sie sein übellauniges Gesicht sah, zogen sich ihre Augenbrauen zusammen.

»Stimmt etwas nicht?«, fragte sie.

»Ihr wollt mit in die Stadt reiten«, sagte er. Es klang wie ein Vorwurf, nicht wie eine Frage. Aude schloss den Halsausschnitt einer mit großen blauen Rauten gemusterten *gonna*, die sie über ihrem Kleid von gestern trug, mit einer Spange und sagte: »Natürlich; Ihr seid doch mein Begleiter, stimmt es nicht? Ich muss herausfinden, was mit Geoffroi geschehen ist, und das kann ich nur in der Stadt. Wenn Ihr ohnehin dorthin reitet, spart Ihr Euch einen zweiten Weg.«

»Ich habe selbst zu tun in der Stadt. Ich kann mich nicht auch noch um Euch kümmern.«

»Oh, ich kann warten, bis Ihr Euer Geschäft erledigt habt.«

»Das kann lange dauern«, erwiderte Philipp garstig.

»Ich verlange ja nicht mehr, als dass Ihr mich danach zu ein paar Stellen begleitet, von denen ich hoffe, dass mein Mann dort gewesen ist: weitere Herbergen, die Ratsstube der Stadtschöffen, den Markt ...«

»... und noch hundert andere Plätze, vermute ich.«

»Wo sich die Männer eben aufhalten, wenn die Frauen nicht auf sie aufpassen«, sagte Aude spitz.

»Und was wollt Ihr tun, solange ich meine Geschäfte erledige? Die Zügel meines Pferdes halten?«, brummte Philipp und beschloss, nicht auf Audes letzte Aussage einzugehen. »Da werde ich eben Euch begleiten und Euch auf Frauenart die Ohren voll singen, bis Ihr nicht mehr wisst, wo Euer Kopf steht.«

Philipp erkannte, dass sie wütend war. Er seufzte.

»Ihr braucht nicht gleich auf mich loszugehen«, sagte er.

»Nachdem Ihr seid auf mich losgegangen zuerst, soll ich jetzt meinen Mund halten, ist es so? Ihr habt Eure schlechte Laune abreagiert an mir, und – *voilà* – alles ist gut, und es ist Frieden?«, rief sie aufgebracht.

Philipp warf Galbert einen Seitenblick zu; dieser schien eifrig damit beschäftigt, die bereits glänzende Flanke von Audes Pferd zu striegeln.

»He«, sagte Philipp. »Willst du den Gaul blank scheuern? Wenn du hier nichts mehr zu tun hast, dann geh dein verdammtes Maultier holen.«

Galbert grinste, aber er legte den Striegel beiseite und machte eilig, dass er davonkam. Philipp sah ihm ungnädig hinterher.

»Ich wollte Euch nicht den Mund verbieten«, sagte er dann heftig zu Aude. »Es gibt nur nichts mehr über das Thema zu bereden.«

»Es gibt immer dann nichts mehr über etwas zu bereden, wenn den Männern nichts mehr dazu einfällt.«

Philipp schnaubte und stellte fest, dass Aude ihm auf die Nerven ging. Sie mochte eine schöne Frau sein, aber ihr hartnäckiges Verlangen danach, unter allen Umständen das letzte Wort zu behalten, verdross ihn. Er dachte an Dionisia, die ihre aussichtslose Lage mit tapferer Melancholie ertrug, anstatt so zänkisch zu sein wie Minstrels Frau.

»Was wollt Ihr von mir?«, rief er. »Wollt Ihr mir die Kehle

durchschneiden? Hier!« Er deutete zornig auf seinen Hals. »Wenn Ihr kein Messer habt, könnt Ihr es ja mit Eurer scharfen Zunge versuchen.«

Aude sah trotzig an ihm vorbei. Galbert näherte sich mit einem Maultier am Zügel und einem möglichst unbeteiligten Gesicht.

»Reiten wir jetzt los oder nicht?«, fragte sie.

»Ja, wir reiten los.«

Aude stapfte zu ihrem Pferd und fasste in seine Mähne. Philipp machte einen widerwilligen Schritt auf sie zu, um ihr in den Sattel zu helfen, aber sie zog sich alleine hinauf und setzte sich zurecht. Sie zupfte am weiten Rock ihres Kleides. Die ärmellose *gonna*, fußlang mit einem langen Schlitz vorn und hinten, erlaubte ihr, den Leib ihrer schlanken Stute zwischen die Beine zu nehmen, aber das Kleid rutschte dennoch nach oben. Philipp versuchte, den Blick abzuwenden, damit er ihre Fesseln nicht sah. Es waren schlanke Fesseln, die in festen, halbhohen Schuhen steckten. Aude tat so, als habe sie seinen Seitenblick nicht gesehen. Sie sah auf ihn hinunter, noch immer verärgert.

»Da Eure Geschäfte so lange dauern werden, solltet Ihr endlich auch aufsitzen«, forderte sie ihn auf.

Philipp kletterte in den Sattel. Aude lenkte ihr Pferd an ihm vorbei aus dem Stall und trabte voran, ohne sich nach ihm umzusehen. Philipp warf Galbert einen besiegten Blick zu und folgte ihr.

Auf dem Weg zur Stadt verflog sein Zorn auf Aude, und auch ihr schien es ähnlich zu gehen. Nach einer Weile zügelte sie ihr Pferd und wartete, dass Philipp sie einholte. Eine Weile ritten sie schweigend nebeneinander her, während Galbert einige Schritte hinter ihnen blieb und so tat, als würde ihr Gespräch ihn nicht im Mindesten interessieren. Das Gewitter des gestrigen Abends hatte noch verstreute Wolkenfetzen am Himmel zurückgelassen, und die Pferdehufe wirbelten mit dem trocknenden Staub der Straße eine Erinnerung an den Regengeruch der Nacht auf. Aude fuhr sich mit der Hand über ihren Nacken und rückte danach die Kappe mit dem Kinnschleier wieder zurecht. Das helle Licht ließ Philipp erkennen, dass sie blass war und dunkle Schatten unter ihren Augen lagen. Er beugte sich zu ihr hinüber.

»Fühlt Ihr Euch wohl?«, fragte er.

Sie zuckte mit den Schultern. »Ich habe nicht viel geschlafen. Ich musste über Geoffroi nachdenken.« Sie seufzte und rieb sich über den Leib. »Außerdem bin ich hungrig.«

»Habt Ihr vor unserem Aufbruch nichts gegessen?«

»Als ich in den Saal hinunterkam, sagte man mir, Ihr wärt schon zusammen mit – *Galbért*, das ist sein Name, richtig? – aufgebrochen. Ich musste mich beeilen.«

»Das tut mir Leid. Ich habe auch nichts bei mir, was ich Euch anbieten könnte, und ich fürchte, es wird ein langer Tag.« Er drehte sich im Sattel zu Galbert um. »Hast du etwas zu essen eingesteckt?«

»Warum, kracht dir jetzt schon der Magen?«

»Nicht mir, du Dummkopf, sondern Frau Aude.«

»Meine Taschen sind so leer wie ...«

»... wie dein Kopf, das hab' ich mir gedacht«, brummte Philipp. Aude winkte ab.

»Ich habe ein paar Münzen eingesteckt. Vielleicht kann ich auf dem Markt etwas kaufen.« Sie lächelte plötzlich. »Wenn Ihr eine Herberge wisst, in der man sich etwas zu essen zubereiten kann, kann ich für uns kochen. Ich bin keine schlechte Köchin. Dass Geoffroi so dünn ist, liegt nicht an meinem Essen.«

»Ihr kocht das Essen selbst?«

»Zuweilen, wenn ich Lust dazu habe. Es macht mir Spaß.« Philipp schüttelte den Kopf. »Das ist die Arbeit der Küchenmägde«, sagte er belustigt.

»Wer führt im Haus Eures Herrn die Frauengeschäfte? Die Überwachung der Vorratsspeicher und die Erhebung der Abgaben der Bauern? Euer Herr ist nicht verheiratet.«

»Ich selbst«, erklärte Philipp erstaunt.

»Und warum tut Ihr das?«

»Na ja ... weil es sonst niemand macht«, sagte Philipp und fragte sich, worauf sie hinauswollte.

»Ihr könntet ja jemanden damit beauftragen. Eine der Frauen aus dem Gesinde; oder die Gattin eines der Gefährten Eures Herrn bitten, sich darum zu kümmern.«

»Damit gerade dann die Vorräte ausgehen, wenn der Herr seine Gefährten zum Mahl einladen will? Damit den Bauern jedes Mal etwas anderes abverlangt wird, bis sie ganz wirr im Kopf werden? Nein danke«, sagte Philipp und winkte ab. »Da mache ich es lieber selbst.«

»Seht Ihr, da verrichtet Ihr auch eine Tätigkeit, die eigentlich nicht die Eure ist. Ebenso geht es mir mit dem Kochen.«

»Ihr meint damit, dass Ihr das Essen selbst zubereitet, weil Ihr besser kochen könnt als Eure Küchenmägde?«

»Nein«, lachte sie. »Da schließt Ihr von Euch auf andere. Ihr tut Eure Arbeit selbst, weil Ihr glaubt, keiner kann sie so gut wie Ihr erledigen. Ich tue meine Arbeit, weil ich Spaß daran habe.«

Philipp schob die Lippen nach vorn, aber er war nicht wirklich gekränkt. Er sah Aude abschätzend an, und sie gab seinen Blick frei zurück.

»Der Herr erhalte die Einbildungskraft der Männer«, sagte sie fröhlich. »Ich hoffe bloß, Ihr haltet Euch nicht auch noch für prädestiniert, die Kinder der Gefährten Eures Herrn zu erziehen und die schwangeren Dienerinnen zu verheiraten.«

»Nein, das ist mir zu gefährlich. Am Ende wollen die schwangeren Dienerinnen alle mich heiraten.«

Aude lachte und ritt dann ein paar Momente schweigend neben Philipp entlang.

»Ist Euch noch etwas eingefallen?«

»Zu welchem Thema?«

»Zu Geoffroi, Euer Herr sagte, Ihr würdet Euch heute Morgen vielleicht noch an mehr Einzelheiten zu Eurer Begegnung mit ihm erinnern.«

»Das ist leider nicht der Fall.«

»Warum belügt Ihr mich?«, fragte sie sanft. Philipp starrte sie an und merkte, dass er rot wurde.

»Ich lüge nicht«, krächzte er.

Sie seufzte und blickte wieder geradeaus.

Der *vicus* der Judengemeinde lag östlich des Alten Marktes, zwischen der Marspforte und der Judenpforte, und begann hart hinter dem Rathaus. Im Unterschied zu den Judenvierteln anderer

Städte bildete der *vicus* keine eigene kleine Stadt innerhalb der Stadtgrenzen, auch wenn dies von etlichen Patriziern bereits gewünscht und angeregt wurde. Die Mauern und Tore, die in den anderen Städten sowohl dazu dienten, die jüdischen Bewohner des Viertels in ihrem eigenen Bereich zu halten als auch etwaigen christlichen Besuchern von einem Aufenthalt in der Judengemeinde abzuraten, fehlten in Köln. Die Berührung der christlichen mit der jüdischen Einwohnerschaft war auf beiden Seiten zumindest geduldet. Dennoch bewegten sich wenige jüdische Bürger in den christlichen Wohnvierteln und umgekehrt; Erstere hatten die Stätten ihres Verdienstes inmitten ihrer eigenen Leute und sahen kaum einen Anlass, diese zu verlassen, Letztere begaben sich nur in den Bereich der jüdischen Gemeinde, wenn dringende Geschäfte (in der Regel Kreditaufnahmen) sie dorthin führten. So war auf eine ungewisse Weise doch ein Ghetto entstanden, mit einer nicht ganz scharfen und dennoch spürbaren Abgrenzung der beiden Glaubensrichtungen untereinander, und wenn eine der beiden Bürgerschaften davon einen Nachteil hatte, dann waren es die Juden. Ghettomauern bilden auch einen gewissen Schutz, und Tore lassen sich gegen christliche Fanatiker verschließen, solange der Stadtherr geneigt ist, seine Juden zu schützen. In Köln hatte der Stadtherr zwar über die Generationen hinweg seine Hand über das Judenviertel gehalten (motiviert durch die Judenregal, die Gebühr, die die Juden für die Erlaubnis zum Wohnen und Arbeiten innerhalb der Stadtmauern entrichteten und die in die Tasche des Stadtherrn floss), aber ein handfester Schutz wie eine Mauer war nicht vorhanden. So hatte die Judengemeinde die allfälligen Pogrome ebenso erleiden müssen wie andere jüdische Gemeinden in anderen Städten, mit ihrem bisherigen Höhepunkt während der Morde und Plünderungen anlässlich des Aufbruchs des Pilgerheeres von Peter von Amiens vor hundertfünfzig Jahren. Den jüdischen Bürgern, im Allgemeinen fröhlich und aufgeschlossen, eignete deswegen eine gewisse unterschwellige Fähigkeit zum Argwohn, die umso dramatischer zum Vorschein kam, je unruhiger die Zeiten waren. Zeiten, in denen der weltliche und der geistige Führer der Christenheit offen miteinander im Krieg lagen, hatten als besonders unruhig zu gelten. Und diejenigen, die das tausendjährige Reich Christi bereits herandämmern sahen und die Ansicht hegten, dass darin kein Platz war für die angeblichen Mörder des Heilands, würden dafür sorgen, dass sie noch unruhiger würden.

Auch ohne die architektonische Trennung zwischen der *platea Judeorum* und der übrigen Stadt schien es, als würde man eine andere Welt betreten, sobald man, vom Rhein her kommend, durch die Marspforte oder, von Westen wie Philipp und Aude, durch die Judenpforte geritten war. Aude hatte darauf bestanden, ihn zu begleiten, während Galbert sich ohne viel Murren im »Kaiserelefanten« absetzen ließ, wo er dem Wirt um den Bart und den Schankdirnen um ihre drallen Hinterteile gehen würde, um von dem einen ein paar Schluck Wein und von den anderen ein paar zärtliche Gunstbeweise geschenkt zu bekommen. Aude schien über den abrupten Übergang von den christlichen zu den jüdischen Gassen erstaunt zu sein; sie drehte den Kopf mit einer gewissen Aufmerksamkeit hin und her. Das vierte Laterankonzil hatte den Juden vorgeschrieben, einen hohen spitzen Hut zu tragen, um sich von den christlichen Bürgern ihrer Stadt zu unterscheiden, und die weltlichen Herrscher hatten sich den Geboten angeschlossen, indem sie den männlichen Juden zudem untersagten, sich prächtig herauszuputzen. Da sich nur wenige Christen in der Judengemeinde aufhielten, war das Leben in den Gassen demzufolge von den nüchternen, schwarzen Kaftanen und den seltsam anmutenden Kopfbedeckungen bestimmt und wirkte in seiner gepflegten Uniformität ungewohnt im Vergleich zu der bunten, vielfältigen (und unterschiedlich abgerissenen) Kleidung der christlichen Einwohner der Stadt. Die Abfallhaufen in der Mitte der Straße waren niedriger und vereinzelter, als ob die jüdischen Hausbesitzer die Verordnungen der Stadtbehörden, ihren Abfall selbst zu den Sammelgruben zu schaffen, ernster nahmen als die Christen.

Ungewohnt wirkte auch die Stille, in der das Leben im Judenviertel abzulaufen schien. Die Falte zwischen Audes Augenbrauen mochte darauf hindeuten, dass ihr die merkwürdige Stimmung auffiel, während Philipp, der sich schon des Öfteren in der Nähe des *vicus* aufgehalten hatte, wenn er auch noch niemals darin gewesen war, unbefangen durch die Menge ritt. Es fiel ihm jedoch auf, dass er und Aude die einzigen Berittenen innerhalb einer großen Menge von Fußgängern waren. Die Menschen, die dem langsamen Schritt ihrer Pferde mit unbewegten Gesichtern auswichen oder ihnen kurze neugierige Blicke zuwarfen, sahen nicht anders aus als diejenigen außerhalb des Viertels, hatte man sich erst einmal an ihre Kleidung gewöhnt. Der Anteil an schlank gebauten, dunkelhaarigen Männern und zarten, hübschen Frauen mochte im Vergleich zum christlichen Teil der Stadt vielleicht überwiegen und ebenso der Putz der Frauen, der in verschwenderischer Pracht die aufgezwungene Schlichtheit der männlichen Kleidung ausglich, aber ansonsten war die Bevölkerung ebenso bunt gemischt wie anderswo. Philipp sah in die hübschen Gesichter der jungen Frauen und dachte an Dionisia.

»Wohin müssen wir uns wenden?«, fragte Aude.

»An ihren Gemeindevorsteher. Ich brauche ein paar Namen und Adressen von ihm.«

»Wisst Ihr, wo er zu finden ist?«

Philipp schüttelte den Kopf. »In der Nähe des Rathauses, vermute ich. Sie haben dort ein Gemeindezentrum mit einer Synagoge, einem Backhaus, einem Bad und was weiß ich noch alles.« Er beugte sich zu einem Mann in mittlerem Alter, der eben ihren Pferden aus dem Weg gegangen war, hinunter und sprach ihn an.

»Könnt Ihr mir den Weg zu Eurem Gemeindevorsteher zeigen?«

Der Mann blickte ihm ins Gesicht, und Philipp zuckte betroffen vor der Ablehnung zurück, die dem Mann aus den Augen sprach. Als hätte er zu laut geredet, schienen sich gleichzeitig alle anderen Passanten um sie herum umzudrehen und sie anzustarren. Aude lenkte ihr Pferd näher an seines heran und machte ein besorgtes Gesicht.

»Ihr wollt zu Parnes Josef?«, fragte der Mann mit kalter Höflichkeit.

»Wisst Ihr, wo sein Haus steht?«

Der Mann drehte sich zu zwei anderen Juden um, die neben ihn getreten waren und Philipp mit dem gleichen Misstrauen musterten. Sie bewegten in einer beredten Geste die Hände: Wir wissen nicht, was von diesem *gojim* zu halten ist.

Zögernd beschrieb der erste Mann ihm den Weg. »Seid Ihr in offizieller Angelegenheit hier?«, fragte er schließlich.

Was ist eine offizielle Angelegenheit?, dachte Philipp. Er schüttelte den Kopf. »Ich möchte nur ein paar Dokumente einsehen, und ich hoffe, Euer Parnes kann mir weiterhelfen.« Die Augen des Mannes weiteten sich. Er presste die Kiefer zusammen und tauschte mit den beiden anderen Blicke aus. Inzwischen hatten sich weitere Menschen um sie geschart. Philipp spürte, wie die Flanke von Audes Pferd sein Bein berührte. Er wandte sich zu ihr um und wurde gewahr, dass wenigstens zwei Dutzend Menschen um ihre Pferde standen und einen dichten Ring bildeten. Verschlossene Gesichter waren ihnen zugewandt. Die Pferde schnaubten nervös angesichts der vielen Fremden um sie herum. Es wäre ein Leichtes gewesen, ihn und Aude zu packen und von ihren Rücken zu ziehen.

»Ihr werdet nicht willkommen sein«, erklärte der Mann und wandte sich ab. Als hätte er ein Zeichen gegeben, begann sich die Menge zu zerstreuen. Nach wenigen Augenblicken waren Aude und Philipp wieder allein. Philipp atmete aus.

»Was liegt den guten Leuten denn hier im Magen?«, fragte er Aude und probierte einen Scherz: »Hat Euer Pferd einem der Bürger ein paar Äpfel auf den Kopf fallen lassen?« Aude sah ihn ernst an.

»Sie haben Angst«, sagte sie.

»Was? Angst? Das sah mir eher nach Zorn aus.« Er drehte sich um, aber die Menschen um sie herum ignorierten sie wieder. Nur aus den Augenwinkeln sah er, wie ihnen verstohlene Blicke zugeworfen wurden; Augen wurden hastig gesenkt, sobald er sich in ihre Richtung wandte.

»Das ist nur die Wut, hinter der sich die Angst versteckt.« Philipp war nicht in der Laune, ihr zu widersprechen. Sein Herz schlug schneller als zuvor, und seine Unbefangenheit war verflogen. Er verwünschte sich dafür, Aude hierher mitgenommen zu haben. Unwillkürlich wandte er sich zum weit offenen Bogen der Judenpforte um, durch den sie eingetreten waren; die Gasse war leicht gekrümmt, und er war nicht mehr zu sehen, aber der niedrige Torturm ragte hinter den Hausdächern hervor. Es war nicht zu weit entfernt, um umzukehren.

Aude folgte seinem Blick. »Wollt Ihr wieder zurück?«, fragte sie.

Auf irgendeine Weise regte ihre unschuldige Frage Ärger in ihm.

»Nein«, knurrte er. »Ich habe hier ein Geschäft zu erledigen. Gehen wir zum Gemeindevorsteher, bevor sie ihm noch alle möglichen Schauergeschichten über uns erzählen.«

»Das ist schon lange geschehen.«

Sie hatte Recht; als sie das Gemeindezentrum erreichten, stand der Parnes vor der Tür, umgeben von einem Teil des Judenrates. Man hatte offensichtlich einen Boten zu ihm gesandt, noch während Philipp und Aude sich mit der Menge auseinander gesetzt hatten. Der Gemeindevorsteher trug den gelben Hut und einen weiten Mantel, auf dem der gelbe Judenfleck wie ein Fanal leuchtete. So wie er ihn zur Schau trug, wirkte er fast trotzig. Er hatte langes, fast weißes Haar, das an beiden Wangen herabwallte und wie nahtlos in einen ebenfalls weißen Bart überging. Der Bart reichte ihm bis zum Schlüsselbein. Sein Gesicht war finster, aber nicht finsterer als die der sieben Männer, die sich um ihn geschart hatten.

»Was wollt Ihr?«, fragte er.

Philipp, durch Audes Bemerkung über die mögliche Angst der Juden aufmerksam gemacht, versuchte, durch die Ablehnung im Gesicht des Gemeindevorstehers hindurchzublicken. Es schien ihm, dass er wie Aude im Stande war, Furcht dahinter zu entdecken.

Der Gemeindevorsteher sah düster zu ihm hinauf. Philipp stieg vom Pferd, um den Größenunterschied zu beenden. Als er auf dem Boden stand, ließ er die Zügel seines Pferdes los; ein paar der Gemeinderäte kommentierten diese Demonstration mit einem erstaunten Blick. Ein Mann, der die Zügel seines Pferdes fahren lässt, begibt sich in die Hand derer, die ihn umringen. Philipp setzte ein Lächeln auf. Es fiel ihm schwer genug.

»Es muss sich um ein Missverständnis handeln«, sagte er.

»Ich möchte nur einige Eurer Gemeindemitglieder etwas fragen.«

»Was?«

»Ich suche Auskünfte über einen Mann, der vor dem letzten Pilgerzug nach Jerusalem bei einem Eurer Verleiher ein Darlehen genommen hat.«

Die Augen des Gemeindevorstehers verengten sich womöglich noch mehr.

»Wozu?«, fragte er.

»Er hat seine Familiendokumente verloren, und ich hoffe, Abschriften wiederzufinden.«

»Warum fragt Ihr nicht in Euren Kirchen und Klöstern nach?«

»Ich ziehe die Sachkenntnis der jüdischen Bürger vor«, sagte Philipp mit einem treuherzigen Augenaufschlag.

Der Parnes wechselte nachdenkliche Blicke mit seinen Räten. Die Mehrzahl von ihnen hatte ihre Gesichter wieder geglättet und nickte. Der Parnes kaute unentschlossen auf seinem Bart, dann nickte er Philipp zu.

»Kommt herein«, sagte er und deutete auf die offen stehende Tür des Gemeindehauses.

Philipp dankte ihm und trat ein paar Schritte auf Audes Pferd zu.

»Ich glaube, es ist alles in Ordnung«, sagte er leise und grinste erleichtert. »Vielleicht haben wir einen ihrer Bräuche verletzt, als wir so mir nichts dir nichts in ihr Viertel geritten kamen.«

Aude schüttelte den Kopf, schickte sich aber an abzusteigen. Philipp hielt sie auf.

»Es wäre mir lieber, wenn Ihr draußen warten würdet«, sagte er.

Aude riss die Augen auf.

»Weshalb denn?«, fragte sie ungehalten.

»Ich weiß, dass bei den Juden die öffentliche Unterhaltung zwischen den Geschlechtern verboten ist«, erklärte Philipp. »Daher glaube ich nicht, dass der Parnes sehr erbaut wäre, wenn ich Euch in sein Haus mit hineinschleppte, als wäret Ihr ein Mann und hättet alle seine Rechte.«

»Das sagt Ihr mir erst jetzt? Warum habt Ihr mich dann hierher gebracht?«

»Ihr habt Euch an meine Fersen gehängt«, gab Philipp zu bedenken und versuchte nicht zu grinsen. Zu seinem Erstaunen blieb Aude friedlich. »Ich werde mich beeilen«, versprach er. »Und Ihr braucht Euch nicht zu ängstigen. Niemand wird Euch etwas antun.«

Aude machte ein verächtliches Geräusch. Philipp drehte sich nochmals um.

»Tut mir auch bitte den Gefallen, hier nicht herumzulaufen. Es gehört sich nicht für eine Frau, ohne Begleitung unterwegs zu sein. Das gilt im Judenviertel genauso wie außerhalb.«

»Passt nur auf, dass Ihr Euch nicht danebenbenehmt«, zischte Aude wütend.

Philipp konnte seine gute Laune nicht mehr zurückhalten. Er grinste Aude breit an. »Ich bin der Anstand in Person«, sagte er und schlüpfte in das Haus hinein.

Aude seufzte und setzte sich im Sattel zurecht. Ihr Zorn auf Philipp verrauchte ebenso schnell, wie er gekommen war, und machte einer leisen Erheiterung Platz. Sichtlich war ihm erst vor dem Haus des Gemeindevorstehers wieder eingefallen, dass jüdische Männer sich im Umgang mit den Frauen noch unnatürlicher benahmen als der Rest der Welt, und dass er es als Mittel genommen hatte, ihr ihre Hartnäckigkeit heimzuzahlen, belustigte sie eher, als dass sie sich darüber ärgerte. Auf seine Art wirkte seine Rache harmlos und wie ein Spiel, von dem er selbst nicht wusste, dass er es spielte. Die Fähigkeit zur wahren Boshaftigkeit fehlte ihm. Sie dachte, dass er darin in gewisser Weise Geoffroi ähnelte; dem Geoffroi, der er vor langer Zeit einmal gewesen war, bevor er die Arbeit jenseits der Grenze angenommen hatte und verändert davon zurückgekommen war. Nun, um ehrlich zu sein: Auch jener Geoffroi war nicht in Wirklichkeit so gewesen. Woran sie sich erinnerte, war das Wunschbild von Geoffroi Cantat, das sich in ihr geformt hatte, während sie auf die Hochzeit mit ihm wartete, und das er niemals völlig hatte erfüllen können.

Aude verspürte wieder die Sorge um Geoffroi, die sie schon zu spüren begonnen hatte, kaum dass sie verheiratet gewesen waren, und die sie weder jemals hatte benennen noch aus ihren Gedanken verbannen können, sodass sie ein steter Begleiter ihrer Gemeinsamkeit geworden war. Sie erkannte erstaunt, dass sie sich beinahe mit Erleichterung auf die Suche nach ihm gemacht hatte, obwohl die Dauer seines Fortbleibens noch durchaus keinen Anlass zu ernsten Bedenken gegeben hätte. Die Erleichterung rührte daher, dass sich erstmals ein Weg gefunden hatte, ihrer Sorge einen Namen zu geben: Geoffroi ist etwas zugestoßen. Keine Angst ist so schlimm wie die vor etwas, das man nicht benennen kann.

Sie richtete den Blick auf ihre Umgebung. Mittlerweile hatte sie sich an das fremdartige Erscheinungsbild der Menschen im Judenviertel gewöhnt, aber das Gefühl, in eine andere Sphäre inmitten der Normalität einer abendländischen Stadt (*was immer am Treiben in einer Stadt als normal betrachtet werden kann*, spottete sie im Stillen) geraten zu sein, verging nicht. Im Gegenteil – das abweisende Verhalten der Bewohner hatte es noch verstärkt. Selbst die Häuser wirkten beklommen. Sie mochten auf den ersten Blick nicht anders aussehen als außerhalb der Gemeinde, aber ein genaueres Hinsehen verriet ein unterschiedliches Lebensgefühl: Die Enge des Viertels und der Drang seiner Einwohner, ihre Behausungen in der Nähe der zentralen Synagoge zu suchen, hatte dazu geführt, dass die Gebäude noch dichter als draußen zueinander standen und den Eindruck einer Bienenwabe vermittelten, in der jede Biene ihre eigenen Bauvorstellungen verwirklicht hat. Die ständigen Enteignungen und Vertreibungen in der Vergangenheit hatten den Juden jedoch eine achtlose Einstellung zu unbeweglichem Eigentum aufgezwungen, und in dementsprechendem Zustand befanden sich die Bauten. Die Wände waren schief, die Dachschindeln voller Lücken, das Holz des Fachwerks moderte, und an vielen Stellen sah das lehmverbackene Stroh hinter dem Putz hervor. Die Quartiere sahen nicht viel besser aus als in einem Elendsviertel im christlichen Teil der Stadt. *Sie sollten anfangen, die Frauen mitreden zu lassen*, dachte Aude, *dann wären ihre Häuser mehr als baufällige Steinhaufen und Bretterbuden*. Aber sie war ungerecht, und sie wusste es. Die meisten der jüdischen Einwohner würden damit rechnen, wenigstens einmal im Leben aus ihrem Haus vertrieben zu werden, und so machte es keinen Sinn, seinen Stolz dareinzulegen; umso mehr, als ein reiches Haus unausweichlich den Schluss nahe legt, es befände sich ein wohlhabender Bewohner darin, und die Reichtümer der Juden hatten schon immer die Begehrlichkeit ihres Herrn, des Königs, ebenso erweckt wie den Hass des besitzlosen christlichen Pöbels.

Schließlich trat Philipp wieder aus der Tür und stellte sich vor ihr Pferd. Obwohl Aude die Zeit nicht lang geworden war, während sie ihren Gedanken nachhing, fühlte sie sich bemüßigt zu sagen: »Nennt Ihr das vielleicht sich zu beeilen? Ich fürchtete schon, hier Schimmel anzusetzen.«

»Er hat mir die Namen aller Geldverleiher im *vicus* aufgezählt, die vor dem letzten Pilgerzug ihr Geschäft hier führten, und ihre Genealogie, angefangen bei Aschkenaz, von dem die Juden hier allesamt abzustammen glauben«, seufzte Philipp. »Ihr könnt noch froh sein, dass seitdem erst ein paar tausend Jahre vergangen sind.«

»Was wollt Ihr von den Geldverleihern? Muss Euer Herr ein Darlehen aufnehmen?«

»Nein; es geht nicht um meinen Herrn. Einer seiner Freunde ist ein Kardinal, und ich kümmere mich in dessen Auftrag um die Eigentumsdokumente eines Ritters eine Tagesreise von hier entfernt. Ich will versuchen, Abschriften dieser Dokumente bei den Geldverleihern zu finden. Er hat wahrscheinlich für seinen Zug ins Heilige Land Geld geliehen und dafür die Dokumente hinterlegt.«

»Und wie viele Namen hat der Gemeindevorsteher Euch genannt?«

»Acht.«

»Meine Güte. Habt Ihr schon bemerkt, dass es bereits nach dem Mittag ist? Wollt Ihr die alle heute noch aufsuchen?«

»Zwei davon sind mittlerweile gestorben; drei waren durch die Aufhebung der Zinspflicht für die Pilgerfahrer nachher ruiniert und haben die Stadt schon lange verlassen; es bleiben also drei Männer, die ich aufsuchen muss.«

»Das hört sich etwas besser an.«

»Allerdings werde ich die Dokumente erst beim letzten der drei finden, wenn überhaupt«, wandte Philipp ein.

»Woher wollt Ihr das wissen?«

»Weil es mir immer so geht. Wenn der Bäcker aus Versehen einen Stein ins Brot gebacken hat, bin ich garantiert derjenige, der darauf beißt.«

»Pech macht widerstandsfähig«, sagte Aude mitleidlos.

»Ja; und es klebt. Also werdet Ihr an mir kleben bleiben müssen, bis ich meine Geschäfte zu Ende gebracht habe.«

»Ist Euch nun klar geworden, weshalb die Leute hier so ablehnend waren uns gegenüber?«, fragte Aude, als sie nebeneinander in eine der Gassen ritten. Der Verkehr war bei weitem geringer als vorher. Es mochte an der dunklen Enge der Gasse liegen oder daran, dass die meisten Bürger ihre Behausungen aufgesucht hatten, um sich auszuruhen. »Sie haben Angst; das habt Ihr ganz richtig erkannt.«

»Das war mir schon klar. Wovor haben sie Angst?«

Philipp zuckte mit den Schultern.

»Was weiß ich? Vielleicht, dass ihre Häuser zusammenbrechen, wenn die Tritte eines Pferdes den Boden erschüttern. Ehrlich gesagt beschäftigt mich diese Frage auch.«

»Hört doch auf herumzualbern«, sagte Aude. »Haben sie nichts zu Euch gesagt, was sie bedrückt?«

»Nein. Sie waren am Ende unserer Unterhaltung zwar mehr als höflich, aber darüber haben sie nicht gesprochen.«

»Und Ihr habt auch nicht gefragt, nehme ich an.«

»Ich hatte nicht das Gefühl, vor dem Gralskönig zu stehen, als ich mich mit dem Parnes unterhielt«, erklärte Philipp bissig. »Oder hätte ich fragen sollen: Wo drückt der Schuh, edler Parnes Titurel?«

»Der leidende Gralskönig hieß Amfortas«, sagte Aude herablassend. »Titurel war sein Vater. Ihr allerdings würdet einen trefflichen Parzival abgeben.«

»Wie auch immer«, seufzte Philipp friedlich und breitete die Arme aus. »Was glaubt Ihr denn, wovor die guten Leute hier Angst haben?«

»Vor uns.«

»Vor uns beiden? Ich weiß, ich sehe Furcht erregend aus, aber Ihr ...«

»Vor den Christen und ihren Greueltaten«, erwiderte Aude ungeduldig. »Überall in Frankreich hört man von Überfällen und Brandschatzungen auf die Judenviertel; sogar davon, dass christliche Pöbelhaufen die Juden auf offener Straße erschlagen. Vor ein paar Jahren wurden ganze Wagenladungen ihrer Schriften öffentlich verbrannt.«

»Das habe ich allerdings auch gehört.«

»Unser allerchristlichster König hat die Männer dazu aufgerufen, jedem, der Falsches über den christlichen Glauben sagt, das Schwert in den Wanst zu stoßen. Es wird nicht lange dauern, dann wird er die Juden bei uns entweder alle umbringen lassen oder sie zumindest aus dem Land werfen. Natürlich wird er ihnen vorher noch jeglichen Besitz wegnehmen. Und überall tauchen Fanatiker und Prediger auf und führen Hetzreden. Ich habe sogar schon gehört, dass manche aufstehen und ankündigen, das Ende der Zeiten wäre nahe und die Wiederkehr Christi stünde bevor und man müsse die Juden ausrotten, damit Christus nicht seiner Mörder ansichtig würde, wenn er auf die Welt zurückkäme.«

Audes Worte weckten eine Erinnerung in Philipp: der Prophet, der auf dem Marktplatz über das Kommen des Weltuntergangs berichtet hatte, die Pilger, die seine Worte unterbinden wollten. Wäre auch er noch auf die Vernichtung der Juden zu sprechen gekommen, wenn ihm die Pilger die Zeit dazu gelassen hätten?

»Lasst uns die Geldverleiher aufsuchen«, sagte er düster.

Der Gemeindevorsteher hatte Philipp die Häuser beschrieben, in denen die Geldverleiher ihrer Tätigkeit nachgingen; in der Enge des Judenviertels waren sie nicht schwer zu finden. Vor einem Eingang, der mit wenigen Stufen in das vollkommen finstere Innere eines Hauses hinunterführte, dessen Fensteröffnungen mit Sackleinen verhängt waren, befand sich der Stand des ersten Mannes: ein niedriger Tisch mit einer bunten, abgestoßenen Platte, hinter der ein älterer Mann mit dem üblichen gelben Hut und einem dichten Kinnbart stand. Der schwarze Kaftan verhüllte seinen Bauch und ließ ihn imposant erscheinen, wo er nur dickleibig war. Seine Augen waren von einem kahlen Grün unter gekräuselten grauen Augenbrauen; gekräuselt war auch das graue Haar, das unter dem Hut hervor bis in seinen Nacken fiel und über den Ohren in zwei widerspenstigen Büscheln abstand. Er hatte die Hände auf dem Rücken zusammengeschlagen und blickte Philipp und Aude unbewegt entgegen. Ein Knabe stand hinter ihm, barhäuptig, ein Buch in beiden Armen. Er schien gleichzeitig über das Buch und über die wenigen Gegenstände zu wachen, die von einer Stange im Rücken des Geldverleihers baumelten und offensichtlich Faustpfänder waren, deren Zeit abgelaufen war und die zum Verkauf standen. Philipp entdeckte eine Anzahl von Krügen, zwei oder drei mit Nieten geschmückte Gürtel und zu seinem Erstaunen auch ein Schwert samt Gehänge in einer abgetragenen Scheide. Der Junge fasste das Buch fester, als Philipp von seinem Pferd stieg und vor den Tisch trat: Es schien größere Schätze zu beherbergen, als die kümmerliche Ansammlung von Pfandstücken darstellte.

»Yohai ben David?«, fragte Philipp den älteren Mann. Aus der Nähe wirkte er jünger; es war der Bart, der sein Gesicht alt gemacht hatte. Er mochte das Alter von Philipps Herrn besitzen. Der Mann nickte. Philipp fragte sich, ob sein Herr damals bei diesem Mann Geld geliehen hatte und wie er sich dabei gefühlt haben mochte, von einem Gleichaltrigen ein Darlehen aufzunehmen.

»Der Parnes hat mir Euren Namen genannt. Ich benötige eine Auskunft.«

Die Augenbrauen ben Davids zuckten in die Höhe. Er neigte den Kopf zur Seite.

»Die Christen kommen gewöhnlich zu mir, weil sie Geld benötigen«, sagte er trocken. Seine Stimme war voll und rau; sie passte zu seiner Statur.

»Wenn es einmal so weit ist, werde ich mich Eurer erinnern«, versprach Philipp. »Einstweilen reicht es mir, wenn Ihr mir sagt, ob ein bestimmter Mann Geld bei Euch geliehen hat und welche Unterlagen er als Pfand hinterlegte.«

»Woher wisst Ihr, dass er sich an mich wandte?«

»Ich weiß es nicht. Ihr seid eine Möglichkeit von dreien.«

»Dann solltet Ihr die anderen beiden Möglichkeiten vorziehen.«

»Weshalb?«

»Weil es nicht meine Gewohnheit ist, Auskünfte über meine Kunden zu erteilen.«

Philipp starrte ihn einen Augenblick ungläubig an.

»Ihr könntet ihm damit helfen«, brachte er hervor.

»Ich pflege nur mit Darlehen zu helfen.«

»Dann könnt Ihr heute die Gelegenheit ergreifen, Euer Repertoire zu erweitern«, sagte Philipp mit erwachendem Ärger.

»Darauf lege ich keinen Wert.«

Philipp wandte sich unwillkürlich zu Aude um, die auf ihrem Pferd sitzen geblieben war, aber sie zuckte nur mit den Schultern. Er fasste den Geldverleiher genauer ins Auge, aber an seiner Miene hatte sich nichts geändert. Unter seinen autoritären Augenbrauen hervor blickte er Philipp regungslos an.

»Vielleicht werde ich Euch doch nicht in Betracht ziehen, sollte ich mir jemals ein Darlehen nehmen müssen«, sagte Philipp.

»Das steht Euch frei.«

»Wenn es darum geht, dass Ihr fürchtet, Geheimnisse zu verraten«, versuchte Philipp sein Glück noch einmal, »könnt Ihr beruhigt sein. Ich ordne eine Familienangelegenheit für diesen Mann, und ich bin in seine Verhältnisse vollkommen eingeweiht.«

Der Geldverleiher zuckte mit den Schultern, ohne sich dazu zu äußern.

»Ihr könntet mir zumindest sagen, ob er damals bei Euch vorgesprochen hat; wenn er es tat, erspare ich mir wenigstens den Weg zu den anderen beiden Adressen.«

»Wie lautet der Name?«

»Radolf Vacillarius.«

Yohai ben David sah Philipp einen Augenblick schweigend an. Sein Blick verlor sich ins Leere. Philipp hatte den Eindruck, dass sich vor den Augen des Geldverleihers Listen entrollten, die nur er sehen konnte. Der Junge runzelte die Stirn und trat einen Schritt nach vorn. Er hielt das Buch in Reichweite seines Vaters.

»Diesen Namen kenne ich nicht«, sagte ben David und schenkte dem Jungen einen Blick, der diesen erstarren ließ. Er zog das Buch wieder zu sich heran und versuchte, mit der Hausmauer in seinem Rücken zu verschmelzen.

»Seid Ihr sicher?«, fragte Philipp unwillkürlich. Der Geldverleiher richtete seinen vernichtenden Blick auf Philipp.

»Absolut«, sagte er zwischen den Zähnen.

»Der Mann zog als Pilgerfahrer ins Heilige Land.«

Yohai ben David zeigte daraufhin zum ersten Mal eine Art Mienenspiel. Er verzog die Lippen und senkte die Brauen über seine Augen herab.

»Dann kann er ohnehin nicht zu meinen Kunden gehört haben. Geht nun und hört auf, meine Zeit zu verschwenden.«

»Weshalb kann er nicht bei Euch gewesen sein?«, fragte Philipp hartnäckig.

»Weil ich niemals Geld an Christen verliehen habe, die sich mit dem Schwert in der Hand nach Jerusalem aufmachten.«

Philipp sah betroffen zu Boden und verwünschte den Gemeindevorsteher im Stillen. Aber es war sein Fehler; er hatte nach Geldverleihern gefragt, die vor dem letzten Kreuzzug tätig gewesen waren, nicht, wer zu ihren Kunden gezählt hatte.

»Ich lege mein Geld nicht bei Leuten an, die es nur verwenden, um damit zu brandschatzen und zu plündern – und dabei aller Wahrscheinlichkeit nach auch noch ums Leben kommen. Das wäre schlechter Geschäftssinn«, erklärte Yohai ben David mit erstaunlicher Redseligkeit. Er verzog den Mund.

»Unter welchen Umständen verleiht Ihr dann Euer Geld?«

»Hauptsächlich für Hochzeiten. Wenn zwei Menschen heiraten, tun sie das, um sich gemeinsam ein Vermögen zu schaffen. So ist mein Geld günstig angelegt: wenn es sich bei meinen Kunden vermehrt.« Seine finstere Miene schien sich für einen Augenblick aufzuhellen, als er sich im Glanz seiner eigenen Klugheit sonnte. Dann sanken seine Augenbrauen wieder herab.

»Nun wünsche ich Euch noch einen guten Tag«, sagte er und trat demonstrativ von seinem Tisch zurück. Er blickte in die Ferne und machte keine Anstalten mehr, seine Augen auf Philipp zu richten.

»Das war vielleicht ein unfreundlicher Kerl«, knurrte Philipp, als er und Aude außer Hörweite ben Davids waren.

»Er hatte auch nur Angst, wie alle anderen.«

»Wenn sich die Angst bei diesen Leuten immer so äußert, wünschte ich, etwas zu ihrer Aufheiterung tun zu können.«

»Wahrhaft christlich gedacht.«

»Hat Euch schon einmal jemand gesagt, dass Eure Zunge so spitz ist wie der Giftzahn einer Schlange?«, fragte Philipp, weil er sich noch immer über den Geldverleiher ärgerte.

»Mehrfach«, erklärte Aude vergnügt. Philipp seufzte und wusste zum wiederholten Mal nicht, was er ihr antworten sollte.

Der Name des zweiten Geldverleihers lautete Jehuda Meir. Anders als Yohai ben David betrieb er sein Geschäft nicht auf der Straße, sondern vom Inneren seines Hauses aus. Neben einer verschlossenen Tür war ein Mauerdurchbruch geschaffen worden, in dem eine halbhohe, schwere Truhe mit flachem Deckel stand und das Loch in seiner ganzen Breite ausfüllte. Jehuda Meir stand dahinter, in einem Zimmer, das den Eindruck machte, jeder Passant habe durch die Maueröffnung etwas hineingeworfen, das er nicht mehr brauchte. Bei genauerem Hinsehen ergab sich so etwas wie ein Muster in der Unordnung, und wenn es auch nur darin bestand, dass zwischen den Gebrauchsgegenständen, Schriftrollen und Stoffbahnen kleine Wege zu sehen waren, die dem Geldverleiher die Bewegung in seinem chaotischen Reich ermöglichten. Philipp raunte Aude ins Ohr: »Wenn Radolf bei diesem Kerl gewesen ist, dann können wir gleich aufgeben; er kann froh sein, wenn er am Abend noch den Weg in seine Schlafkammer findet.« Er verzog das Gesicht und näherte sich dem Geldverleiher mit der Skepsis, die die Begegnung mit Yohai ben David in ihm geweckt hatte. Jehuda Meir nickte ihm erwartungsvoll zu. Mit beginnender Erleichterung erkannte Philipp, dass dieser Mann nicht von der Atmosphäre der Düsterkeit umfangen war, die seine bisherigen Begegnungen geprägt hatte.

»Ich möchte Euch um eine Auskunft bitten«, begann Philipp sein Verslein von neuem.

Jehuda Meir, der sich äußerlich nicht sehr von seinem Vorgänger unterschied, wenngleich er tatsächlich so alt zu sein schien, wie sein Bart ihn machte, war Philipps Ansinnen gegenüber nichtsdestotrotz aufgeschlossener. Er verlangte von Philipp einige Daten über Radolf Vacillarius, um sich davon zu überzeugen, dass Philipp die Lebensumstände des Burgherrn kannte, und krächzte dann: »Wenn das, was Ihr mir geschildert habt, mit dem übereinstimmt, was sich in meinen Unterlagen befindet, betrachte ich Euch als legitimiert. Dann könnt Ihr Einblick in alles erhalten, was mir vorliegt.«

»So sagt Euch der Name etwas?«, rief Philipp hoffnungsvoll.

»Durchaus nicht. Ich wollte nur klarlegen, wie sich die Dinge verhalten.«

»Gut«, sagte Philipp.

»Wie war der Name nochmal?«

»Radolf Vacillarius.«

»Ah ja.« Der Geldverleiher brummte etwas und blieb hinter seiner Truhe stehen. Nachdem einige Augenblicke vergangen waren, ohne dass er sich geregt hätte, fragte Philipp: »Was ist los?«

»Ich denke nach«, erklärte Jehuda Meir.

»Ob Ihr den Namen nicht doch kennt?«

»Nein; wohin ich die Dokumente gelegt haben könnte.«

»Du liebe Güte«, murmelte Philipp leise. Er sah zu Aude hinüber, die außerhalb Meirs Blickwinkel stand und sich vor Lachen schüttelte.

Der Geldverleiher kraulte sich den Bart und krauste die Stirn. Schließlich leuchteten seine Augen auf. Er hob den Finger und lächelte Philipp an.

»Ah ja!«, rief er. Er schlurfte mit schnellen Schritten zu einem der Haufen und nahm einen Stoß Dokumente, die zwischen zwei hölzernen Deckeln zusammengebunden waren, von seinem Gipfel. Zufrieden lächelnd brachte er ihn zu der Truhe und fädelte die Schnüre auf. Philipp betrachtete ihn erwartungsvoll. Er warf Aude einen zweiten Blick zu, und diese verzog anerkennend den Mund. Jehuda Meir legte den oberen Deckel beiseite und überflog die spärlichen Zeilen auf dem ersten Dokument. Er nickte bedeutungsschwer.

»Ist das eine von Radolfs Abschriften?«, fragte Philipp fassungslos. Meir blickte auf.

»Was?«, sagte er. »Aber nein. Das gehört zu den Dokumenten über die *bar mizwah* meines Neffen Jochanan. Plötzlich ist mir wieder eingefallen, wo ich es hingetan habe.« Er brummte zufrieden, nahm das Pergament und band den Stapel wieder zusammen. Erschüttert beobachtete Philipp, wie er den gebundenen Stoß auf einen ganz anderen Haufen zurücklegte. Als er wieder zur Truhe zurückkam, schenkte er Philipp erneut sein freundliches Lächeln.

»Radolf Vacillarius«, erklärte Philipp hilfreich.

»Natürlich, natürlich«, brummte Meir. »Habt Ihr vielleicht gedacht, ich hätte den Namen vergessen?« Er blickte nachdenklich auf den Deckel der Truhe nieder. Das Dokument über die Aufnahme seines Neffen in die Erwachsenengemeinschaft geriet in sein Blickfeld, und er musterte es mit ungnädigem Erstaunen.

Dann packte er es und legte es auf einen Stoß unterschiedlich großer Dokumente zu seiner Rechten, die nicht gebunden waren. Das Dokument rutschte hinter den Stapel und flatterte in einen dunklen Winkel, ohne dass Meir es bemerkt hätte.

»Also«, sagte er. »Radolf ...?«

Philipp schloss die Augen. »Vacillarius.« Er hörte die erstickten Geräusche, mit denen Aude ihr Gelächter zu dämpfen versuchte, und sagte im Stillen ein paar lateinische Formeln auf.

»Ich hab's«, erklärte Meir. »Radolf Vacillarius. Selbstverständlich.«

Er eilte zu einem der am weitesten entfernten Stapel und kramte dort herum. Undeutlich konnte Philipp sehen, wie er Stöße von Pergamenten und lederne Rollen riskant aufeinander türmte, bis ein wackliger Turm von mehr als einer Elle Höhe entstanden war. Mit einem dünnen, staubigen und an den Kanten eingerissenen Stoß Dokumente kam Meir wieder zum Vorschein. Er schwenkte sie triumphierend und legte sie vor Philipp ab.

»Da!«, sagte er.

Philipp schnürte den Packen auf. Er sah Meir misstrauisch an, aber dieser blickte voller Erwartung auf das Bündel nieder. Plötzliche Erregung begann Philipp zu erfüllen. Er zerrte hastiger an den Knoten. Selbst Aude trat heran und schaute ihm über die Schultern. Endlich gab der Knoten nach; Philipp legte den Deckel beiseite und musterte das zuoberst liegende Schriftstück.

»Das ist ja alles völlig unleserlich«, rief er enttäuscht.

»Arabische Schriftzeichen«, kommentierte Aude.

Meir blickte ihn erwartungsvoll an. »Nicht das, was Ihr gesucht habt?«

»Nein, zum Henker!«, rief Philipp.

»Schade.«

»Warum habt Ihr mir das überhaupt gezeigt?«

»Ich hoffte, es wäre das, wonach Ihr sucht.«

»Wisst Ihr denn selber nicht, was das ist?«

»Ich habe keine Ahnung«, gestand der Geldverleiher.

Philipp hörte, wie Aude schnell ein paar Schritte beiseite trat und erstickt zu prusten begann. Er ließ den dünnen Deckel des Stoßes auf die Truhe fallen.

Im Hintergrund der Stube ertönte ein scharrendes Geräusch. Meir drehte sich um und sah gerade noch, wie sein Turm in sich zusammenstürzte. Er schlug die Hände zusammen.

»Oje!«, rief er und eilte an die Stätte des Unglücks. »Oje!« Er raffte die überall herumliegenden Bündel und Rollen zusammen und verteilte sie auf den nächstliegenden Stapeln. »Das finde ich nie wieder zusammen«, jammerte er. Als er sich endlich wieder umdrehte, waren seine beiden Kunden verschwunden. Er schüttelte verwundert den Kopf und trat wieder an seine Truhe heran. Dass ihre Oberfläche leer war, schien ihn zu verwundern. Er kratzte sich am Kopf und kniff die Augen zusammen. Wo war das Dokument über Jochanans *bar mizwah*?

Die Stube von Benjamin ben Petachya lag abseits, am düsteren Ende eines Seitengässchens, das sich gegenüber von Sankt Laurenz befand. Die Hausmauern, die das Gässchen einrahmten, waren schmucklos, grob und nur da und dort durch Fenster oder Türen aufgelockert, sodass man an der Mauer einer abweisenden Festung entlangzulaufen glaubte. Der Boden bestand aus festgestampftem Erdreich, das stets feucht und weich war, weil die Sonne es niemals lange genug erreichte, um es auszutrocknen. In den Schatten schwammen Pfützen wie stumpf glänzende Augen, die einen unsichtbaren Himmel widerspiegelten. Philipp spähte den Lauf des Gässchens hinauf. Es waren keinerlei Tische oder Stände darin zu sehen und auch keine Menschenseele.

»Hat der Gemeindevorsteher Euch diese Adresse mitgeteilt?«, fragte Aude zweifelnd.

»Leider.«

»Ich dachte, wenn man ein Geschäft hat, will man auch von den Kunden gesehen werden.«

»Kommt darauf an, ob die Kunden beim Geschäftemachen gern gesehen werden.« Sie folgten der Mauer bis zu einer niedrigen Tür, die erstaunlich massiv im verfallenden Putz wirkte. Philipp stieg ab und fasste die Klinke, um einzutreten, bedachte sich eines Besseren und klopfte lautstark gegen die Tür. Nach wenigen Augenblicken öffnete ein mittelgroßer, schlanker Mann, der seinen Judenhut nur in der Hand hielt und Philipp musterte. Das Ergebnis der Musterung schien zu sein, dass er Philipp und seine Begleiterin, für die er kaum einen Blick übrig hatte, als nicht besonders wichtig einstufte. Er machte sich nicht einmal die Mühe, seinen Hut aufzusetzen.

»Bitte?«, fragte er mit mäßigem Interesse.

Philipp brachte eine an die Erfordernisse mittlerweile angepasste Version seines Spruchs zum Besten: dass er Unterlagen über Kredite an einen Teilnehmer des letzten Pilgerzugs suche, dem er bei der Ordnung seiner Familienangelegenheiten helfe und dessen volles Vertrauen er genieße.

»Ein Pilgerfahrer ins Heilige Land?« Der Geldverleiher schüttelte den Kopf. »Ich habe so gut wie nie an diese Leute Geld verliehen. Die Rechtslage bei der Rückforderung war mir zu unsicher.«

Philipp ließ die Schultern sinken. »Das habe ich heute schon einmal gehört.«

»Jeder Mann, der seine Sinne beieinander hat, überlegt es sich zweimal, ob er ein solches Geschäft eingeht.«

»Ihr wart meine letzte Hoffnung«, seufzte Philipp.

»Was ist mit meinen Zunftgenossen? Habt Ihr die schon befragt?«

»Ich war bei allen, die bereits vor der letzten Pilgerfahrt einen Geldverleih besaßen; das heißt bei allen, die sich noch in der Stadt befinden. Mit Euch sind es drei, die noch ihre Tätigkeit aufrechterhalten. Ich hoffte wider alle Vernunft, bei einem von Euch die benötigten Unterlagen zu finden.«

»Da stand die Wahrscheinlichkeit gegen Euch.«

»Ihr habt Recht.« Philipp seufzte. »Könntet Ihr mir wenigstens die Unterlagen über die wenigen Pilgerfahrer zeigen, denen Ihr Geld geliehen habt?«

»Es waren nur zwei, wenn ich mich recht erinnere. Ich glaube nicht, dass ich Euch die Dokumente von Leuten zeigen will, die Euch nichts angehen. Sagt mir den Namen des Mannes, dem Ihr helfen wollt. Ich kann mich entsinnen, wer damals bei mir war.«

Philipp sagte Radolfs Namen. Benjamin ben Petachya schüttelte sofort den Kopf. »Wie ich Euch sagte.«

»Wieso wart Ihr Eurer Sache so sicher?«, fragte Philipp und versuchte, die Gereiztheit in seinen Worten zu unterdrücken. Dass es ihm nicht gelang, sah er daran, wie die Augen des Geldverleihers kühl wurden.

»Weil die beiden Männer, denen ich damals Geld lieh, aufrechte Edelmänner waren, die heute bestimmt keine Hilfe dabei brauchten, ihre Dokumente zusammenzufinden. Beide haben mir mein Geld mit den korrekten Zinsen zurückbezahlt, sobald sie wieder zu Hause waren.«

Philipp starrte ihn an. Zögernd nannte er den Namen seines Herrn. Die Augen des Geldverleihers leuchteten auf.

»Raimund von Siebeneich. Das war einer davon!«, rief er. »Woher kennt Ihr seinen Namen?«

»Er ist mein Herr.«

Ben Petachya schnaubte überrascht. »Er ist aber nicht der Mann, für den Ihr auf der Suche nach den Dokumenten seid.«

»Nein«, sagte Philipp und erklärte die Zusammenhänge aufs Neue. Als er am Ende angekommen war, schüttelte der Geldverleiher den Kopf.

»Entschuldigt, dass ich so wenig hilfsbereit war«, erklärte er.

»Ich kannte Euch nicht. Aber der Name Eures Herrn hat bei mir einen guten Klang.«

»Ihr wart entgegenkommender als all Eure Genossen«, versicherte Philipp und spürte den vertrauten Stich, dass er selbst keinen Namen besaß, der ihm Legitimation war. Es war bei derartigen Gelegenheiten, dass ihm seine Herkunft deutlich bewusst wurde: ein Findelkind, ein ungewolltes Balg, dem seine Eltern nicht einmal einen Namen geben wollten. »Ich werde Euch beim Kaiser empfehlen, wenn ich ihn das nächste Mal sehe«, sagte er gezwungen lächelnd.

Er wandte sich zum Gehen, und auch Aude drehte sich um und fasste ihrem Pferd in die Mähne.

»Wartet!«, rief der Geldverleiher. Philipp blieb stehen. »Vielleicht kann ich Euch doch helfen.«

»Wie?«

Benjamin ben Petachya blickte sich um, als wollte er sichergehen, dass niemand ihn belauschte. »Vielleicht kann ich in den Schriften der anderen Zunftgenossen nachsehen.« Philipp trat einen schnellen Schritt auf den Geldverleiher zu. Fast hätte er ihn an den Armen gepackt. »Was sagt Ihr da?«, stieß er hervor.

»Wir Aschkenasim sind ein Volk, das seine Schriften liebt«, erläuterte der Geldverleiher mit einem traurigen Blick. »Aus unserer Heimat vertrieben und über die gesamte Welt verstreut, haben wir nur unsere Bücher, um unsere Traditionen zu bewahren. Wir wissen um die Macht, die Vergangenheit zu bewahren, welche die Dokumente besitzen, und deshalb bewundern wir sie. Ihr Christen wisst es auch, aber Ihr fürchtet Euch davor, weil die Schriften Dinge von gestern aufzeigen könnten, die Euren Führern heute nicht mehr genehm sind, und deshalb hegt Ihr keine Liebe für die Schriften. Eure eigenen Dokumente schließt Ihr weg und versiegelt sie, als hättet Ihr Angst, der Inhalt könnte herauskommen und Euch bei Euren vielen Erfindungen ertappen, die Ihr ersinnt, nur um Euch nicht mehr danach richten zu müssen, was Ihr niedergeschrieben habt – oder legt sie wie Reliquien auf den Altar und betet sie von der Ferne an, ohne dass Ihr versteht, was darin geschrieben steht. Die Schriften der anderen Völker werden hingegen zerstört, um ihnen ihre eigene Vergangenheit zu nehmen.« Er sah Philipps betretene Miene und fuhr sich mit der Hand über das Gesicht.

»Ich wollte Euch nicht angreifen«, erklärte er. »Wartet einen Augenblick auf mich; ich werde nachsehen, ob ich etwas über Euren Mann finde.«

»Habt Ihr die ganzen Dokumente des Judenviertels gesammelt?«, fragte Philipp unwillkürlich.

Benjamin sah ihn einen Moment lang starr an, ohne etwas zu antworten.

»Wir Juden haben Respekt vor dem Geschriebenen«, sagte er dann. »Respekt vor dem Herrn, der aus uns das Volk des Buches gemacht hat. Auch Ihr seid ein Volk des Buches, aber Ihr seid dabei, Eure Vergangenheit zu vergessen. Wir tun dies nicht; und weil unsere Vergangenheit auch die Eure ist, weil wir, ob wir es wollten oder nicht, unsere Wege gemeinsam zurückgelegt haben, können wir Euch vielleicht Eure eigene Vergangenheit zurückgeben, und dann kann der Hass aufhören, der Euch immer wieder gegen uns wendet.«

Der Geldverleiher machte eine resignierte Geste. »Wir haben viel gemeinsam, und doch behandelt Ihr uns wie eine Krankheit. Wir dürfen nicht die Dienste Eurer Hebammen und Ammen in Anspruch nehmen, und Ihr dürft nicht zu unseren Ärzten gehen, selbst wenn wir die Einzigen sind, die helfen könnten. Wenn ein Christ eine Jüdin heiratet und zu unserem Glauben übertritt, wird er am Pfahl verbrannt. Wenn Euer Papst ins Horn gegen die Muselmanen stößt, fallt Ihr zuerst über die jüdische Bevölkerung in Euren eigenen Städten her. Und in den letzten Jahren häufen sich die Schandtaten, wohin man blickt. In Baden hat man erst vor kurzem ein Massaker unter der jüdischen Bevölkerung verübt unter dem Vorwand, sie hätten einen Mord begangen. In Belitz hat man vor zwei Jahren sämtliche jüdischen Bewohner bei lebendigem Leibe verbrannt, weil sie angeblich Eure Hostie geschändet hätten. Im Süden des Frankenreichs wurden die Juden in den Städten zusammengetrieben und alle, die sich nicht taufen lassen wollten, mit den Pferden zusammengeritten und zertrampelt.«

»Der Papst hat diese Gemetzel verurteilt«, verteidigte sich Philipp.

»Er kann die Toten nicht wieder lebendig machen. Aber ich will Euch Recht geben, es finden sich immer wieder welche unter Euch, die den Idealen gemäß handeln, auf welche Ihr Euren Glauben gründet, und den Verfolgten helfen. Die Schikanen jedoch zeigen sich nicht nur im Großen; auch im Kleinen nehmt Ihr uns die Luft zum Atmen, wo immer Ihr könnt. Wir werden enteignet, wenn wir zu viel besitzen, vertrieben, wenn wir nichts mehr besitzen, und straflos umgebracht, wenn wir auf der Flucht sind. Und seit einigen Jahren verbrennt Ihr auch unsere Bücher. Früher habt Ihr uns wenigstens noch unsere Schriften gelassen.« Ben Petachya erhob seine Stimme. »Wir sind ein Volk ohne Heimat, und unsere Bücher und Dokumente sind alles, was wir haben, um unsere Identität zu bewahren und unsere Erinnerungen lebendig zu halten. Ihr stützt Euren Glauben selbst auf ein Buch und haltet nicht ein, unser Schrifttum zu zerstören.«

Der Geldverleiher schwieg und starrte Philipp an, als würde er von ihm eine Antwort erwarten. Philipp versuchte, seinem Blick nicht auszuweichen. Endlich drehte sich Benjamin ben Petachya um und murmelte: »Wartet hier.« Er schloss die Tür und schob hörbar einen Riegel vor.

»Warum komme ich mir jetzt vor wie der Prügelknabe der Christenheit?«, brummte Philipp.

»Er hat Vertrauen zu Euch gefasst, aber trotzdem lässt er Euch vor der Tür stehen wie einen Hausierer«, sagte Aude nach einer Weile trocken. Philipp wandte sich ab und trat gegen den unebenen Boden.

»Er hat kein Vertrauen gefasst«, sagte er ungehalten. »Er hält mich nur für weniger verbrecherisch als den Rest der Christenheit, weil er meinen Herrn als ehrlich kennen gelernt hat. Zu einer Einladung, seine Sammlung an Schrifttum zu begutachten, reicht das noch lange nicht.« Er kniff die Augen zusammen und musterte die bröckelnde Fassade, die sich ihm sanft entgegenneigte. »Wahrscheinlich ist es sowieso gesünder, draußen zu bleiben.«

»Es hat mir gefallen, als er das mit unserer Vergangenheit erwähnte, die sein Volk uns wiedergeben könne. Es war poetisch.«

»Es war hirnrissig, sonst nichts. Glaubt Ihr vielleicht, die armen Schweine haben eine Chance, wenn sich ein Fürst in den Kopf setzt, sie auszuräuchern? Jedermann wird sich sofort über die Papiere der Juden hermachen. Es könnte ja was über ihn selbst und seine Geldgeschäfte mit ihnen drinstehen.«

»Ihr seid garstig, wenn Ihr so redet.«

»Die Welt ist garstig, nicht ich.«

»Du lieber Himmel«, rief Aude. »Was ist Euch denn plötzlich über die Leber gelaufen?«

»Nichts«, sagte er. »Hoffe ich wenigstens. Ich hätte es gar nicht gerne, wenn etwas da drin umherlaufen würde. Am Ende fällt es noch in meine Galle und ersäuft darin.« Er grinste unfreundlich.

Aude verzog das Gesicht, ohne zu lachen. Sie warf ihm einen nachdenklichen Blick zu, bevor sie sich abwandte. Philipp schwieg verdrießlich. Das Schweigen breitete sich aus, bis es wie ein zäher Lufthauch zwischen ihnen hing. Aude flocht an ein paar Strähnen in der Mähne ihres Pferdes, und Philipp marschierte mit kleinen Schritten vor der geschlossenen Tür des Geldverleihers auf und ab.

»Vermutlich hat er die Unterlagen so gut versteckt, dass er sie selbst nicht mehr findet«, knurrte er schließlich.

»Ich hoffe nur, Ihr stoßt hier auf die Informationen, die Ihr sucht«, erwiderte Aude. »Ich habe auch noch etwas in der Stadt zu erledigen.«

»Sobald er mir die Abschriften von Radolfs Unterlagen bringt, stehe ich Euch zur Verfügung«, sagte Philipp.

Aude nickte.

Schließlich scharrte der Riegel hinter der Tür wieder, und Benjamin ben Petachya bückte sich unter dem Türsturz hindurch. Er hielt eine Rolle in der Hand. Die Rolle war mit einem Lederriemen zusammengebunden und an einem Ende mit bräunlichem Staub bedeckt, als sei sie in einem Tongefäß untergebracht gewesen. Er sah dem Geldverleiher ins Gesicht, und dieser schüttelte den Kopf.

»Euer Mann ist nicht dabei«, sagte er.

Philipp stieß den Atem aus. »Das gibt es nicht«, sagte er ungläubig.

»Seht her.« Ben Petachya knüpfte das Band auf und entrollte das Pergament. Es war umfangreich und eng beschrieben. Zu Philipps Erstaunen waren die Schriftzeichen leserlich; er hatte bereits die eleganten, aber unleserlichen Buchstaben der hebräischen Schrift erwartet. »Hier sind alle Namen aller Männer zusammengefasst, die seit dem Aufruf zur letzten Pilgerfahrt bis zum Friedensschluss des Kaisers mit dem Sultan hier in der Stadt Geld geliehen haben. Wer auf die Fahrt ging, hat hinter seinem Namen ein kleines Schwert – wie dieser Name hier.«

»Ich hielt es für ein Kreuz«, sagte Philipp unwillkürlich.

»Wenn man es nicht genau zeichnet, wird aus dem Kreuz ein Schwert«, erklärte ben Petachya und blickte Philipp scharf an. »Erkennt Ihr die Ironie, die Euren Glauben begleitet?«

»Ich erkenne, dass es nicht allzu viele Pilgerfahrer waren, die bei Euch Geld geliehen haben.«

»Das ist richtig. Es sind auch nicht besonders viele Herren aus der Umgebung dem Aufruf gefolgt. Seht Ihr? Hier ist der Name Eures Herrn.«

Philipp nickte und folgte den Namenskolonnen mit den Augen. Wer immer die Liste geschrieben hatte, hatte über eine klare, gleichmäßige Handschrift verfügt. Es war einfach, die Namen zu überfliegen.

»Seid Ihr sicher, dass diese Liste lückenlos ist?«

»Ja.«

»Haltet Ihr es für möglich, dass Radolf sich in einer anderen Stadt Geld geliehen hat?«

»Die nächste größere Judengemeinde ist in Aachen. Ein weiter Weg, besonders wenn er unnötig ist. Er hätte auch hier ein Darlehen erhalten.«

»Vielleicht nicht. Zumindest einer von Euren Genossen hätte an einen Pilgerfahrer niemals Geld verliehen, wie er mir selbst sagte. Möglicherweise fiel es Radolf schwer, einen Kredit zu bekommen.«

Benjamin ben Petachya lächelte Philipp mitleidig an.

»Er brauchte nur einen anderen Grund anzugeben, das war alles.«

Philipp sah ihm überrascht ins Gesicht. »Wenn er das getan

hätte, wäre ihm der Zinserlass des Papstes nicht zu Gute gekommen. Das wäre eine dumme Idee gewesen.«

»Erstens«, sagte der Geldverleiher, »kann er zu den ehrlichen Christen gehört haben, die auf jeden Fall vorhatten, ihre Zinsen zu bezahlen. Zweitens hätte er im Fall einer Zahlungsunfähigkeit nur vor einem Eurer Gerichte anzugeben brauchen, dass er zur Erlangung des Kredits falsche Angaben machen musste, um von den betrügerischen Juden ein paar Münzen zu bekommen, und man hätte ihm den Zinserlass noch nachträglich anerkannt.« Er bleckte die Zähne. »Nicht, dass ich so etwas nicht schon erlebt hätte.«

Philipp griff mit neu erwachter Hoffnung nach dem Pergament.

»Hier stehen alle Darlehensaufnahmen verzeichnet, egal aus welchem Grund?«, fragte er nochmals.

»Von allen Zunftgenossen, die nicht mehr in der Stadt tätig sind. Ihr braucht Euch nicht die Mühe zu machen, ein zweites Mal darüber zu lesen. Der Name von Radolf Vacillarius steht nirgends auf der Liste.«

»Das verstehe ich nicht«, sagte Philipp fassungslos.

»Weiter kann ich Euch nicht helfen. Ich würde nun gerne wieder an meine Geschäfte zurückkehren.«

»Ich danke Euch für Eure Hilfe«, murmelte Philipp.

»Was wollt Ihr jetzt tun?«, fragte Aude, als sie die enge Gasse verließen, in der das Geräusch von Benjamin ben Petachyas zuschlagender Tür noch widerzuhallen schien.

»Wir besuchen Yohai ben David ein zweites Mal.«

Aude sah ihn erstaunt an. »Er hat Euch doch gesagt, dass er den Namen nicht kennt.«

»Ich habe ihn das Falsche gefragt«, murmelte Philipp. »Radolf ist bei keinem der Geldverleiher bekannt als jemand, der sich für die Teilnahme am Pilgerzug ein Darlehen aufgenommen hätte. Was bedeutet das?«

»Dass er kein Geld geliehen hat; oder dass die Unterlagen der Geldverleiher beklagenswert unvollständig sind.«

»Nein. Habt Ihr nicht gehört, was der Geldverleiher über die verschiedenen Möglichkeiten gesagt hat, ein Darlehen aufzunehmen? Es bedeutet ganz einfach, dass er einen falschen Grund für die Kreditaufnahme angegeben hat! Soweit ich weiß, hat Radolf nicht allzu lange vor dem Beginn der Vorbereitungen zur Pilgerfahrt geheiratet. Ich denke, er hat das Darlehen als Hochzeitsdarlehen aufgenommen. Ihr habt ja gehört, dass zwei von den drei Geldverleihern, die wir befragt haben, nicht daran interessiert waren, an Pilgerfahrer Geld zu leihen – sie hatten keine Lust, wieder ihre Zinsen zu verlieren, so wie die verschiedenen Male davor. Und genau das ist schließlich ja passiert. Vermutlich war Radolf schlau genug, dies in Betracht zu ziehen und den Grund seiner Kreditaufnahme einfach umzuwidmen. Natürlich«, Philipp hämmerte sich mit der Faust gegen die Stirn. »Darauf hätte ich schon viel eher kommen können.«

»Vielleicht hat er auch einfach nur genug Geld besessen und musste keines aufnehmen?«, schlug Aude vor, Philipp schüttelte den Kopf.

»Wenn Ihr sein Gut gesehen hättet, würdet Ihr das nicht sagen. Er hat nicht einmal Torwächter, die auf seinen Besitz aufpassen.«

»Es kann doch sein, dass es ihm früher besser ging.«

»Besser als meinem Herrn, der nicht als armer Mann ins Heilige Land fuhr und dennoch ein Darlehen aufnehmen musste? Wenn das der Fall wäre, hätte Radolf heute nicht so viele Schwierigkeiten. Nein, ich bin sicher, dass er noch nie zu den Wohlhabenden gezählt hat. Selbst der Kardinal hat das erwähnt, als er mir den Auftrag erteilte.«

»Aber der Geldverleiher konnte sich an den Namen nicht erinnern.«

»Weil die einzigen Dokumente, die er zur Sicherheit vorlegen konnte, die Mitgiftdokumente seiner Frau waren. Wenn sich der Verleiher einen Namen gemerkt hat, dann ihren.«

»Es sollte mich schon sehr wundern, wenn der Name einer Frau einem Mann so viel bedeutet, dass er ihn sich über Jahre hinweg einprägt.«

Philipp sah Aude überrascht an, aber ihre Miene war unleserlich.

»Ihr meint wegen der Einstellung der Juden zu Frauen?«

»Darin haben die Juden mit den Christen etwas gemeinsam.«

»Könnten wir das vielleicht zu einer anderen Zeit erörtern?«, stöhnte Philipp.

»Na gut; dann gebe ich Euch etwas anderes zum Nachdenken. Woher nehmt Ihr die Sicherheit, dass Herr Vacillarius sich bei Yohai ben David Geld geliehen hat?«

»Weil die Kunden der anderen Geldverleiher, bei denen er das Darlehen noch hätte aufnehmen können, auf ben Petachyas Liste verzeichnet sind; und dort war Radolf nirgends zu finden.«

»Er könnte ja auch bei dem etwas verwirrten Mann gewesen sein, den wir als Zweites aufsuchten.«

»Das könnte natürlich auch sein«, knurrte Philipp missvergnügt. »In diesem Fall sind die Dokumente besser aufbewahrt als unter der Matratze des Papstes – und ungleich schwerer in die Hand zu bekommen.«

»Ich hoffe, Ihr kommt jetzt endlich zum Ziel. Ich muss Euch nicht ein zweites Mal daran erinnern, dass ich auch noch eine Verpflichtung habe.«

»Wenn wir bei Yohai ben David kein Glück haben, komme ich morgen wieder vorbei und versuche mein Glück bei Jehuda Meir allein«, versprach Philipp.

Sie verließen die Gasse, in der Benjamin ben Petachyas heruntergekommenes Haus lag, und wandten sich zum Gemeindezentrum neben der Synagoge. Die Menge der eilig in die gleiche Richtung hastenden Menschen überraschte Philipp. Er zügelte sein Pferd und blickte sich zu Aude um. Ein paar Männer liefen an ihnen vorbei, ihre spitzkegeligen Hüte in den Händen, und warfen ihnen sowohl zornige als auch ängstliche Blicke zu.

»Es stimmt etwas nicht«, sagte Aude. Sie wies mit dem Kopf auf eine Gruppe junger Männer, die sich in einiger Entfernung zu ihnen aufgestellt hatten und mit den Fingern auf sie zeigten. Philipp wandte sich ihnen zu und sah überrascht, wie zwei von ihnen die Fäuste gegen sie erhoben. Er hörte undeutlich einen aufgebrachten Ruf.

»Was haben sie auf einmal?«, fragte Aude. Philipp verfluchte sich dafür, dass er sich von der Höflichkeit, in die das anfängliche Misstrauen der Juden umgeschlagen war, hatte in Sicherheit wiegen lassen. Es gab Berichte von Christen, die allein in ein Judenviertel geraten und dort erschlagen worden waren. Es gab Zeugenaussagen, wonach die Juden für ihre Rituale Christenblut brauchten. Zumindest zwei der drei Geldverleiher waren freundlich gewesen, aber das konnte auch Täuschung gewesen sein.

»Ich weiß es nicht«, erwiderte er rau. Er beobachtete die jungen Männer, die erregt miteinander debattierten und ihnen immer wieder finstere Blicke zuwarfen. Bis jetzt waren sie noch nicht näher gekommen. Die Menge der Vorüberhastenden wurde spärlicher. Sie verschwanden alle in der Portalsgasse, in die auch Aude und Philipp reiten mussten, wenn sie zum östlichen Ausgang des Judenviertels beim Rathausplatz wollten. Die Juden wussten dies; sie mochten sich hinter der Ecke zusammenrotten und darauf warten, dass die jungen Kerle ihnen die beiden Christen in die Arme trieben. Philipp biss die Zähne zusammen. Yohai ben Davids Stube lag in der Portalsgasse, aber es schien, als sei die Zeit für Auskünfte im Moment vorüber.

»Wir verschieben unseren Höflichkeitsbesuch besser auf einen anderen Termin«, sagte er. »Reiten wir los.«

Er trieb sein Pferd an, und Aude folgte ihm. Philipp betrachtete die steile Falte zwischen ihren Augenbrauen und ihre verschlossene Miene und wusste, dass sie sich Sorgen machte; er wusste auch, dass sie nicht deswegen schreien oder vor Furcht zur Salzsäule erstarren würde. Wenn sie zum Tor hinaus würden flüchten müssen, würde sie wahrscheinlich entschlossener als er jeden in Grund und Boden reiten, der sie aufzuhalten versuchte. Ihr Anblick minderte seine eigene Unruhe beträchtlich.

Die Stimmen der jungen Männer in ihrem Rücken erhoben sich. Es gelang Philipp noch immer nicht, ihre Worte zu verstehen, aber es war ihm klar, dass sie ihnen gefolgt waren. Ihre Pferde schritten langsam weiter. Er fragte sich, ob er sich umdrehen sollte; er wusste nicht, ob sie den Abstand zwischen sich und ihnen nicht etwa verkleinert hatten.

»Sie folgen uns«, raunte Aude. »Inzwischen sind es doppelt so viele wie vorher.«

»Wahrscheinlich wollen sie uns nur zum Abendessen einladen«, erwiderte er.

»Und wir sollen dabei als Hauptgericht herhalten«, sagte Aude und sprach damit seine eigenen Gedanken aus. Er blickte ihr überrascht ins Gesicht und lächelte unwillkürlich. Sie lächelte dünn zurück.

Etwas flog an Philipp vorbei und prallte von der Mauer des nächststehenden Hauses ab. Ein weiterer Stein fiel seinem Pferd klappernd vor die Hufe. Es zuckte zurück und wieherte. Philipp riss erschrocken an den Zügeln; das Pferd fuhr herum und stellte sich einen Augenblick lang auf die Hinterhand. Philipp kämpfte um seinen Halt auf dem Pferderücken.

Die jungen Männer wichen gemeinsam zurück. Sie hatten sich ihnen bis auf wenige Dutzend Schritte genähert. Ein paar von ihnen wogen weitere Wurfgeschosse in den Händen.

Philipps Gaul sank zur Erde zurück und machte einen Satz auf die Männer zu, bevor Philipp die Zügel wieder anziehen konnte. Diejenigen, die noch Steine in den Händen gehalten hatten, schleuderten diese von sich und liefen davon; in Sekundenschnelle schlossen sich ihnen die restlichen an. Sie bogen in die nächste Gasse ein. Philipp hörte sie davonlaufen.

»Nichts wie weg von hier«, keuchte er und wandte sein Pferd wieder um. Aude nickte. Sie schnalzte mit den Zügeln, und ihr Pferd setzte sich mit einem schnellen Trab in Bewegung. Philipp überholte sie. Sie bogen in die Portalsgasse ein, ohne zu wissen, was sie erwartete. Philipp fürchtete einen entsetzten Augenblick lang, dass Seile quer über die Gasse hochschnellen und sie beide von ihren Pferden fegen würden; er verkrampfte sich und war bereit, sich jeden Moment tief über den Hals seines Reittiers zu beugen. Die Pferde rannten um die Ecke.

Eine Menschenansammlung befand sich am jenseitigen Ende der Portalsgasse und bewegte sich erregt durcheinander. Die gesamte Breite der Gasse wurde von ihnen versperrt. Sie blickten alle zu einem Hauseingang hin und gaben keinerlei Geräusch von sich. Niemand wandte sich zu ihnen um. Philipp bemerkte, dass Aude ihr Pferd gezügelt hatte, und brachte auch seines zum Stehen. Die Szene auf dem Marktplatz vor wenigen Tagen erstand in seiner Erinnerung. Er musterte die Menge halb erleichtert, halb bestürzt. In der plötzlichen Stille vernahm er das Krachen und Klirren, das aus der Richtung kam, in der sich die Menschentraube befand. Unwillkürlich ließ er die Zügel locker, und sein Pferd machte einen Schritt nach vorn.

»Wartet«, sagte Aude atemlos. »Was geht da vorne vor sich?«

Die Menge weiter vorn teilte sich an einer Stelle und ließ drei Männer durch, die einheitlich gekleidet waren und Helme trugen. Augenblicke später erkannte Philipp die quer gehaltenen Spieße. Die drei Männer bildeten ein Dreieck, in dessen Zentrum, gefangen durch die Spieße, Yohai ben David nach vorn stolperte. In der Düsternis des späten Nachmittagslichts, das in die Gasse fiel, leuchtete sein gelber Judenhut wie ein Ausruf der Panik. Seine Hände waren vor dem Leib zusammengelegt und gefesselt. Er versuchte sich zum Eingang seines Hauses umzudrehen, aus dem noch immer Geräusche der Verwüstung drangen. Einer der Männer stieß ihn vorwärts.

»Eine Verhaftung«, stieß Philipp hervor. »Sie verhaften den Geldverleiher.«

Er trieb sein Pferd vorwärts, bis die Büttel aufsahen und ihm und Aude entgegenblickten. Ihre Griffe an den Spießen wechselten. Philipp hob vorsichtig eine Hand zum Zeichen, dass sie in friedlicher Absicht kamen. Die Bewaffneten tauschten Blicke untereinander aus.

Vor dem Eingang zu ben Davids Haus lag der bunte Tisch. Jemand hatte ihn umgeworfen; die Platte war geborsten, und eines der Beine stak schief in seiner Halterung. Ebenfalls auf dem Boden lagen die kläglichen Faustpfänder, die ben David ausgestellt hatte. Drei weitere Büttel waren damit beschäftigt, Bücher und Rollen, die ihnen aus dem offenen Eingang entgegengeworfen wurden, in einen Sack zu stecken. Ein zweiter Sack, bereits gefüllt und oben zugebunden, stand an der Hausmauer. Der Junge lehnte neben ihm, kalkweiß im Gesicht und sein Buch noch immer mit beiden Armen umklammernd. Die Menge sah den Bemühungen der Büttel mit finsterer Stummheit zu.

Ein behelmter Kopf streckte sich zur Türöffnung heraus und sagte: »Das ist alles.« Einer der drei Büttel vor dem Haus blickte auf. Er trug statt des Spießes ein kurzes Schwert an der Seite.

»Zerschlagt alle Tonkrüge, die ihr finden könnt. Manchmal verstecken sie darin ihre Pergamente.«

»Rutger«, murmelte Philipp erstaunt, ohne dass ihn jemand gehört hätte.

Der Kopf zog sich zurück, und erneut war dumpfes Klirren und das Zerbrechen von Gegenständen zu hören. Das Jammern einer Frau ertönte dazwischen, auf die niemand zu achten schien. Zuletzt traten zwei Büttel aus der Tür. Einer davon bearbeitete fluchend sein Wams.

»Es war nichts in den Tonkrügen außer Öl«, sagte der andere der Männer. Er wies grinsend mit dem Daumen auf seinen Gesellen. »Und eingelegtem Fisch, der bestialisch stinkt.«

Der Anführer der Büttel nickte. »Gehen wir«, sagte er. Sein Blick fiel auf den Jungen, der ihn mit weit aufgerissenen Augen ansah. »Und vergesst das Buch des Burschen nicht.« Einer der Büttel trat auf den Jungen zu und fasste das Buch. Der Junge ließ es scheinbar geschehen. Als der Büttel daran zu ziehen begann, löste er jedoch seinen Griff nicht. Ohne seinen entsetzten Blick von den Augen des Anführers zu wenden, umklammerte er den Band mit aller Kraft, die die Angst ihm zur Verfügung stellte.

Der Büttel fluchte. »Lass los!«, schrie er laut.

Der Blick des Jungen irrte ab und suchte den von Yohai ben David.

Rutger wandte sich zu dem Geldverleiher um.

»Sag ihm, er soll das Buch loslassen«, knurrte er.

Ben David reagierte nicht. Sein Gesicht war nicht weniger bleich als das des Jungen. Er blinzelte, ohne eine Antwort zu geben.

Rutger machte eine Handbewegung, und der Büttel, der nach dem Buch gegriffen hatte, trat zurück. Er hob seinen Spieß vom Boden auf und drehte ihn so, dass sein unteres Ende nach vorne sah. Er holte aus, um mit dem Eisenfuß zuzustoßen.

»Nein!«, brüllte Philipp.

Die Büttel wirbelten herum; die Menge seufzte laut. Selbst

Aude auf ihrem Pferd zuckte zusammen und starrte Philipp erschrocken an.

»Philipp«, rief der Anführer der Büttel. »Was mischst du dich ein? Was hast du hier zu suchen?« Er lachte plötzlich. »Hat dein Sängerfreund dir so viel gestohlen, dass du dir jetzt Geld leihen musst?« Mit einer Handbewegung brachte er den Büttel dazu, seinen Spieß wieder zu senken.

Philipp sprang vom Pferd. Rutger nahm den Helm ab; sein junges, verschmitztes Gesicht mit kurz geschorenen blonden Haaren kam darunter zum Vorschein. Er lächelte Philipp mit freundlichem Spott an.

»Geschäfte für meinen Herrn«, sagte Philipp atemlos. »Was tust du hier, Rutger? Du bist doch für die Herbergen und die Badestuben in der Stadt zuständig.«

»Das ist richtig; in einer Herberge sah und hörte ein Zeuge, wie jener hier«, er deutete auf den Geldverleiher, »verbotenerweise eine heilige Monstranz erwarb. Er benachrichtigte den Wirt, dieser benachrichtigte die Verwaltung Seiner Exzellenz des Bischofs, und ich wurde in die Herberge und danach hierher gesandt, um mich um den Fall zu kümmern.« Er nickte Philipp zu und wandte sich wieder an seinen Untergebenen. »Was ist nun?«, rief er ungeduldig. »Gibt er das Buch her oder nicht?«

»Das ist mein Buch«, sagte Philipp rasch.

Rutger sah ihn ungläubig an.

»Mein Buch. Besser gesagt, es gehört meinem Herrn. Er hat es vor kurzem erstanden und mich hierher geschickt, um seinen Wert bestimmen zu lassen. Ich hatte das Buch ben David zur Schätzung überlassen und wollte eben wiederkommen, um seine Antwort abzuholen.« Philipp lächelte den Anführer der Büttel an und spürte, wie sich in seinen Handflächen der Schweiß sammelte. »Ich denke, das Buch ist sehr wertvoll, deshalb will er es nicht hergeben. Mein Herr ist sicherlich sehr darauf bedacht, es unbeschädigt wiederzubekommen.«

»Da hast du aber Glück gehabt, mein Junge. Wir haben den Auftrag, sämtliches Schrifttum dieses Schurken mitzunehmen und auf weitere unehrliche Geschäfte zu überprüfen, bevor wir es verbrennen.« Rutger stieß Philipp mit kameradschaftlichem Spott vor den Bauch. »Ich will nicht daran schuld sein, dass dir noch mal etwas abhanden kommt, was deinem Herrn gehört.« Er deutete auf den Jungen. »Nun hol's dir schon, damit ich endlich weitermachen kann.«

Philipp stakte auf tauben Beinen zu dem Jungen hinüber. Er hoffte, dass die kurze Unterhaltung mit Rutger durch die Angst gedrungen war, die in den verzerrten Zügen des Jungen zu lesen war.

»Gib mir das Buch, damit es nicht zu Schaden kommt«, sagte er eindringlich und fasste ebenso wie der Büttel danach. Der Junge ließ es sich widerstandslos abnehmen. Es war nicht zu erkennen, ob er Philipps Finte verstanden hatte oder ob seine Kraft einfach erlahmt war. Philipp trat einen Schritt zurück und sah, dass der Junge zu weinen begann. Er presste die Kiefer aufeinander. Als er sich umdrehte, begegnete er dem Blick des Geldverleihers. Dessen Augen, zwei runde, stumpfe Kreise in seinem bleichen Gesicht, ruhten starr auf Philipp. Philipp nickte ihm unmerklich zu. Ben David nickte nach einem kurzen Zögern ebenso unmerklich zurück.

Mittlerweile war ein Büttel mit einem christlich gekleideten Mann auf Rutger zugetreten. Der Mann straffte sich.

»Zeigt mir den Juden, der die Monstranz gekauft hat«, sagte Rutger. Der Mann hob eine Hand und zeigte ohne zu zögern mit dem Finger auf Yohai ben David.

»Dies ist er.«

Ben David schüttelte heftig den Kopf. Es dauerte einige Augenblicke, bis er die Bewegung wieder unter Kontrolle bringen konnte. Seine Brust hob sich unter einem angestrengten Atemzug. »Vielleicht würdet Ihr ihn endlich anfassen, damit alles seine Rechtmäßigkeit hat«, sagte Rutger beißend.

Der Zeuge schritt auf den Geldverleiher zu, beugte sich über einen der quer gehaltenen Spieße und fasste ihn am Oberarm.

»Das ist der Mann, der die Monstranz erstanden hat«, sagte er hastig. Er blickte dem Geldverleiher nicht in die Augen; er zog seine Hand schnell fort und trat wieder zurück.

»Dieser Mensch lügt«, krächzte Yohai ben David.

Rutger nahm einen ledernen Beutel entgegen und nestelte ihn auf. Er nahm eine goldglänzende Monstranz heraus.

»Hör zu, Jude«, sagte er kalt, »das hier haben meine Männer bei der Durchsuchung deines Hauses gefunden. Leugne also nicht. Oder willst du mir vielleicht erzählen, dass wir es dir dort hineingelegt haben?«

Der Geldverleiher schloss die Augen und mahlte mit den Kiefern. Als er die Augen wieder öffnete, hatte Zorn den Schrecken daraus vertrieben.

»Offensichtlich verhält es sich so, da ich diesen Kelch jetzt zum ersten Mal sehe«, erklärte er.

»Natürlich«, brummte Rutger und verstaute die Monstranz vorsichtig wieder in ihrem Beutel. »In Wahrheit geschehen gar keine Verbrechen außer denen, die wir verüben und die wir dann den anderen Leuten in die Schuhe schieben.« Er grinste und befahl seinen Männern mit einer Geste, sich zu sammeln. Dann wandte er sich zu den Umstehenden und rief laut: »Das Haus des Geldverleihers Yohai ben David ist hiermit beschlagnahmt und darf von keiner Person im Judenviertel betreten werden. Die Personen, die sich noch darin befinden, haben es bis zum Anbruch der Dunkelheit zu verlassen.«

Aus der Menge der Zuschauer protestierte niemand. Die meisten schlugen die Augen nieder und blickten mit stummer Wut zu Boden.

»Was ist mir dir, Philipp? Begleitest du uns?«, fragte Rutger.
»Ich ... ich muss noch jemand anderen im Judenviertel aufsuchen«, stotterte Philipp.

Rutger warf Aude einen Blick zu, der halb anzüglich und halb amüsiert schien, als mache er sich Gedanken, ob Philipp einen weiteren Geldverleiher aufsuchen wolle und was Aude damit zu tun haben könne, dann nickte er ihr zu. Aude, die seinen Gesichtsausdruck richtig interpretiert hatte, warf den Kopf zurück. Rutger grinste und klopfte Philipp auf die Schulter.

»Viel Glück bei deinen Geschäften.« Er brachte seinen Mund an Philipps Ohr und flüsterte: »Und lass keine Leute zu dir in die Kammer, die du nicht kennst.« Rutger lachte laut und befahl seinen Männern, Yohai ben David abzuführen. Er stülpte sich den

Helm über den Kopf und setzte sich an die Spitze seines kleinen Trupps. Die Büttel stapften mit festen Tritten davon; der Geldverleiher in ihrer Mitte begleitete sie widerstandslos. Zwei von ihnen zerrten die Säcke mit den Unterlagen ben Davids hinter sich her. Philipp öffnete die Fäuste und atmete tief aus. Er sah an sich hinunter und bemerkte, dass er das Buch mit der gleichen beschützenden Geste wie der Junge an sich gedrückt hielt.

Die Zuschauer begannen sich zu zerstreuen. Einige von ihnen gingen zu dem Jungen hinüber, der mit der Wand in seinem Rücken auf dem Boden hockte. Er schniefte und wischte sich mit den Händen über die Tränenspuren in seinem Gesicht, aber er nickte zu dem, was ihm leise gesagt wurde. Aus dem Haus ertönte das ziellose Scheppern von jemandem, der versucht, resigniert Ordnung in ein hoffnungsloses Chaos zu bringen, und das unterdrückte Weinen einer Frau.

Philipp marschierte zu dem Jungen hinüber und sah auf ihn hinunter. Nach einem kurzen Augenblick setzte er sich neben ihn auf den Boden und legte ihm das Buch vor die Füße. Der Junge starrte zuerst ihn und dann den Folianten an.

»Würdest du mir erlauben, etwas darin nachzusehen?«, fragte Philipp. Der Junge zuckte mit den Achseln.

Philipp nahm das Buch wieder vom Boden und schlug es auf. Aude sah ihm dabei zu, wie er mit dem Finger flink über die Seiten fuhr und die Einträge musterte. Er murmelte etwas zu dem Jungen, und dieser erwachte weit genug aus seiner Betäubung, um ebenfalls in das Buch hineinzusehen und ihm anscheinend eine Erklärung zu geben, wonach er zu suchen hatte. Philipp befeuchtete mit der beiläufigen Bewegung des Geübten seine Finger und blätterte mehrere Seiten um. Der Junge fasste zu ihm hinüber und schlug noch einige Seiten weiter, dann beugten sie beide die Köpfe über das Buch und lasen die Einträge. Die Unbefangenheit, mit der Philipp Schulter an Schulter mit dem Knaben saß, bewegte Aude, ohne dass ihr recht bewusst wurde, warum. Philipp warf dem Jungen einen Seitenblick zu und brummte eine halblaute Bemerkung; an der Art, wie er den Mund spitzte, erkannte Aude, dass er einen seiner Scherze gemacht hatte. Der Junge verzog tatsächlich die Lippen und lächelte. Philipp klappte das Buch zu und tat so, als brauche er die Schulter des Knaben als Stütze, um vom Boden aufzustehen. Der Junge richtete sich mit ihm zusammen auf. Philipp drückte ihm das Buch in die Hände.

»Du weißt, dass du es zu Benjamin ben Petachya bringen musst, nicht wahr?«, fragte er. Der Junge nickte zögernd und offenbar verwirrt, dass auch Philipp es wusste. Philipp hielt ihm die offene Hand hin, und der Knabe schlug nach einigen Momenten der Unsicherheit ein. Er straffte sich; dass ihm diese erwachsene Geste entgegengebracht wurde, gab ihm für ein paar kleine Augenblicke Sicherheit.

Philipp bestieg sein Pferd. Er nickte Aude zu und trieb es an. Der Junge winkte ihm zu, und er winkte zurück. Er schwieg, bis sie langsam durch die Marspforte hinausgeritten waren. Aude fühlte, wie eine Beklemmung von ihr wich, nachdem sie das Judenviertel verlassen hatten. Dass sie sich im christlichen Teil der Stadt wohler fühlte, erschien ihr plötzlich wie ein Hohn.

»Habt Ihr gefunden, was Ihr wolltet?«, fragte sie.

Philipp wandte sich zu ihr um; sein Gesicht war so finster, dass sie darüber erschrak.

»Der Name von Radolfs Frau war Katharina«, sagte er. »Ich habe ein Darlehen für eine Hochzeit gefunden, bei der ihr Name als der der Braut auftaucht. Ich habe auch einen weiteren kleinen Kredit für die Tauffeierlichkeiten eines neugeborenen Mädchens gefunden, das auf den Namen Dionisia getauft wurde. Radolfs Tochter heißt Dionisia.«

»Dann seid Ihr doch am Ziel«, erwiderte Aude zögernd.

»In beiden Fällen hat Radolf nicht seinen eigenen Namen angegeben. Es ist zwar jedes Mal der gleiche Name, aber er ist falsch. Gottfried von Als. Ich frage mich, warum er das getan hat.«

Während des restlichen Nachmittags begleitete Philipp Aude bei ihrer Suche nach den Spuren ihres Mannes. Sie suchten die Stadtbehörden auf, fragten auf dem Marktplatz, bei den Torwachen und im Pilgerhospiz. Aude drang selbst in das Hospital vor und suchte mit besorgtem Gesicht nach Geoffroi unter den Kranken und Verletzten. Als das Nachmittagslicht allmählich zu schwinden drohte, wusste Philipp, dass Minstrel außer zu ihm zu niemandem Kontakt aufgenommen zu haben schien. Wen immer er zu treffen in der Stadt gewünscht hatte – er hatte ihn verfehlt, oder der Mann hielt sich verborgen, oder es war von vornherein nur eine Geschichte gewesen, die Minstrel sich ausgedacht hatte. Philipp geleitete Aude zum Stift der heiligen Ursula und bat um eine Unterkunft für die Nacht für sie; ein Dienst, den sie schweigend akzeptierte. Die Kameradschaft aus ihrem gemeinsamen Besuch des Judenviertels war verschwunden. Minstrel, der Sänger, der Dieb, der Schurke, Audes Gatte, stand wieder zwischen ihnen.

Um sich im »Drachen« in die Kammer zurückzuziehen, war es noch zu früh, und sich zu Galbert in die laute, rauchige Trinkstube des »Kaiserelefanten« zu setzen, dazu hatte Philipp trotz seines hungrigen Magens keine Lust. Seine Gedanken waren seit dem Nachmittag wie verklebt. Er wollte sich mit den Erkenntnissen befassen, die die Besuche bei den Geldverleihern ihm beschert hatten; stattdessen kreisten sie immer wieder um seine Begegnung mit Minstrel. Er wollte an Dionisia denken, die dunkeläugige, zarte, rehgleiche Dionisia, deren bisheriges Schicksal so verworren, dramatisch und Mitleid erregend war; an ihre Stelle schob sich jedoch immer aufs Neue das entschlossene Gesicht Audes, deren Zukunft in nicht geringem Maß vom Verbleib ihres schurkischen Ehemanns abhing. Ziellos trieb er sich auf dem Marktplatz und den angrenzenden Gassen herum und fand sich plötzlich im Viertel bei der Stadtmauer und vor dem Eingang eines Frauenhauses wieder.

Er fühlte eine vage Versuchung, dort einzukehren und seine Gedanken auf einen ganz anderen Pfad zu führen, um sein Gehirn zu klären. Seine Lenden regten sich träge, und er versuchte den Zweifel von sich zu schieben, ob denn die Freude auf die gezwungene, kalte, verächtliche Lust mit einer der Hübschlerinnen überhaupt eine Freude sein konnte, als ein gewaltiges Lärmen im Inneren des Hauses anhob.

Ein Mann sprang aus dem Eingang hervor, stutzte bei Philipps

Anblick, dann rannte er mit fliegender Hast in Richtung zur Vogtei hinüber. Philipp zögerte, ob er ihm hinterhersetzen sollte, aber das Kreischen der Frauen und dazwischen das Zerbrechen von Möbeln und Gläsern ließ ihn wieder herumfahren. Ein Schwung kräftig geschminkter Frauen quoll aus der offenen Tür und stolperte ein paar Schritte vorwärts.

»Helft uns«, rief eine von ihnen bei Philipps Anblick sofort. »Sie hauen alles kurz und klein.« Eine andere stieß sie grob in die Seite. »Das ist keiner von den Bütteln«, sagte sie mit verächtlich verzogenem Mund. »Otto ist doch grade erst losgelaufen, um sie zu holen.« Zu Philipp gewandt, stieß sie hervor: »Verschwinde lieber von hier, Kleiner, bevor du dir noch eine blutige Nase holst.« Ein lauter Schrei aus dem Inneren des Badehauses unterstrich ihre Worte auf dramatische Weise.

Philipp schwang sich aus dem Sattel und führte sein Pferd am Zügel ein paar Schritte vom Eingang weg, damit es keinen Schaden nahm. Das Toben im Badehaus ließ nicht wesentlich nach. Drei Männer taumelten ins Freie, nackt, hastig zusammengeraffte Kleidungsstücke vor sich haltend; offensichtlich Freier, die durch den Tumult um ihr Vergnügen gebracht worden waren. Sie sahen sich gehetzt um, prallten beim Anblick der draußen versammelten Hübschlerinnen (die ihnen verächtlich nachzischten) und dann bei Philipps Anblick erschrocken zurück und rannten mit schamhaft an ihren Unterleib gepressten Wämsern in die nächste Gasse hinein. Ihre hellen Kehrseiten wackelten im Gleichmaß ihrer panischen Schritte. Philipp sah ihnen nach und grinste bis über beide Ohren.

Mit dem Eintreffen der Büttel, die von einem ungeduldig voranlaufenden Otto hergeführt wurden, scharten sich auch die ersten Nachbarn aus den angrenzenden Gassen zusammen, um etwas über das Spektakel zu erfahren. Die Büttel kamen in Truppstärke, zwölf Männer, die ohne zu zögern in das dunkle Innere des Hauses tauchten und von den Frauen kreischend angefeuert wurden. Schon nach wenigen Augenblicken verstärkte sich der Aufruhr im Inneren erheblich. Die Büttel, angestellt in einer Stadt, in der drei Viertel des Jahres Pilgersaison herrschte und in der die Anzahl der öffentlichen und heimlichen Badehäuser noch die Anzahl der Reliquienschreine übertraf, waren Kummer in jenen Stätten gewöhnt. Sie mischten sich mit erbarmungsloser Präzision in den Kampf. Es dauerte nur kurze Zeit, dann erreichte der Lärm seinen Höhepunkt, bevor er abflaute und endlich Stille zurückließ. Aus dem Inneren des Hauses war ein leises Stöhnen zu hören.

Während die Büttel die Streithähne und jene, die unschuldig in den Konflikt geraten waren, aus dem Haus schafften und draußen in die schwerer und leichter Verletzten sortierten, erfuhr die neugierig herandrängende Menge die ersten Einzelheiten. Es hatten sich, vom Wein angefeuert, plötzlich zwei Gruppen unter den Trinkenden gebildet, deren eine mit der Kürze ihres künftigen Verweilens im Fegefeuer prahlte, so oft hätten sie den Hetzpredigten gegen den Kaiser gelauscht; während die andere weder die Aussicht auf den Ablass noch die Hetzreden selbst besonders lustig fand und für den Kaiser Front machte. Nachdem sich die beiden Lager gebildet hatten, entbrannten sie an der Frage, die auch die beiden Hauptpersonen ihrer Erörterungen ausweglos beschäftigte: Wer war wem untertan, der Kaiser dem Papst oder der Papst dem Kaiser? Die Kaiserlichen hielten dafür, dass das Beispiel von Karolus Magnus, welcher sich selbst gekrönt hatte, deutlich die Vorzugsstellung des Kaisers hervorhob. Die Päpstlichen ziehen sie ob dieser Aussage der Lüge und drohten, man werde schon noch sehen, was die Heerscharen der offiziell mit der Klärung dieser Frage betrauten Schriftgelehrten aus den Archiven hervorholen würden. Wer mit den Gewalttätigkeiten angefangen hatte, ließ sich nicht mehr zweifelsfrei klären. Die Büttel jedoch waren keine Ratsbüttel, sondern handelten im Auftrag des bischöflichen Vogtes, und es war klar zu erkennen, dass sie auf der Seite der päpstlichen Partei standen und die Schuld bei den Kaiserlichen suchten. Das Rudel herbeistürzender Bader wurde von ihnen in Richtung der verletzten Päpstlichen geleitet, während die Kaiserlichen auf ihre Hilfe warten mussten.

Plötzlich richtete sich einer von den angeschlagenen Päpstlichen auf und rief zum Lager der Kaiserlichen hinüber: »Der Ketzer kann die Wahrheit nicht ewig in seinen Archiven verborgen halten. Gott wird ihm seine finsteren Geheimnisse entreißen.«

»Kratz ab!«, schimpften ein paar von den Kaiserlichen zurück, doch angesichts der massiv vor ihnen lauernden Büttel war ihr Kampfgeist gebrochen. Der Päpstliche schien es zu spüren.

»Es nützt ihm gar nichts, dass er Klöster geplündert hat und alle Schätze und Schriften in sein Teufelsreich nach Apulien verbringen ließ. Er hat auf keinen Fall alles in seine Schwefelkrallen bekommen, und was gute Mönche mit ihrem Leben in den Regalen beschützt haben, wird ihm endlich das Genick brechen.«

Die Menge lief langsam wieder auseinander; zur Abwechslung nicht geneigt, in den Streit einzugreifen. Vielleicht war es die drohende Anwesenheit der Büttel, vielleicht war es die Tatsache, dass dieser Ausbruch von Feindseligkeiten nur ein Symptom des Siedens war, unter dem das gesamte Reich sich zusammenzukauern schien wie ein Tier kurz vor dem Sprung und die Bürger sich vor dem abzusehenden Ausbruch des Tieres ängstigten und ihn auf keine Weise beschleunigen wollten. Sie hatten noch Partei ergriffen, als der Prophet den Zorn der beiden Fraktionen kurzfristig in seiner Person akkumuliert hatte; jetzt taten sie es nicht mehr. Die Zeichen wurden zu deutlich. Die Bürger kehrten in ihre Häuser, die Hübschlerinnen zu Lagern und Philipp zu seinem Pferd zurück, während ein weiteres Kontingent Büttel die Kombattanten abführte.

Philipp war nachdenklich. Der Päpstliche hatte etwas gesagt, das einen schon die ganze Zeit nagenden Gedanken wieder an die Oberfläche gebracht hatte. Gute Mönche hatten Unterlagen in ihren Regalen verborgen. Was das für den Kaiser bedeutete, kümmerte Philipp im Moment nur peripher. Was es für Radolf oder besser gesagt für Dionisia bedeuten konnte, war, was ihn interessierte. Gute Mönche hatten Unterlagen in ihren Regalen verborgen.

Er konnte sich gut an die Eigenheiten von Bruder Fredgar, dem Archivar von Sankt Peter, erinnern. Die Dokumente waren sein Augapfel gewesen, und hätte es in seinem Archiv gebrannt, er hätte eher die Bücher gerettet und seine Novizen in den Flammen umkommen lassen als umgekehrt. Was immer Radolf gegen ihn in der Hand gehabt hatte, Fredgar hätte ihm keinesfalls die originalen Dokumente überlassen, und sei ihr Inhalt von noch so marginaler Natur. Er hatte sich Abschriften gemacht und Radolf diese übereignet, was Radolf zweifellos für die Originalunterlagen gehalten haben musste. Philipp brauchte sich nur Einsicht in sie zu verschaffen. Radolf mochte sich ärgern, wenn es ihm klar wurde, dass der Archivar ihn hereingelegt hatte, aber er würde rasch erkennen, dass ihm nun ein Vorteil daraus erwuchs.

Und was Philipps Abneigung dagegen betraf, in das Kloster zurückzukehren: Er dachte an Dionisia und dass sein Gang für sie sein würde und bildete sich ein, dass ihm danach leichter ums Herz war.

Jugendfreunde

Das Kloster Sankt Peter lag im Süden der Stadt, von ihr eine lange Tagesreise flussabwärts entfernt, wenn man ein Pferd oder einen Esel besaß und es nicht eilig hatte, und zwei Tagesmärsche für diejenigen, die zu Fuß dorthin aufbrachen. Es lag am östlichen Rheinufer, etwa in der Mitte zwischen den Besitzen von Raimund von Siebeneich und Radolf Vacillarius. Philipp, der Galbert spät am Morgen aufgetragen hatte, sich an seiner Stelle um Aude zu kümmern, und davongeritten war, ohne sich von ihr zu verabschieden (in der nahe liegenden Annahme, dass sie darauf bestanden hätte, ihn zum Kloster zu begleiten), und der es eilig hatte, erreichte es kurz vor dem Abendläuten. Während der letzten Stunde seiner Reise hatte er den gedrungenen Turm der Klosterkirche als vagen Umriss in den Feldern gesehen und erfreut die kultivierten Äcker betrachtet, die das Kloster weiträumig umgaben. Die Äcker bedeuteten die Anwesenheit von Menschen und die relative Sicherheit vor Strauchdieben.

Jetzt fühlte Philipp das Klopfen seines Herzens, während er sich dem Haupttor in der Westmauer näherte. In den Jahren seit seinem Austritt aus dem Kloster als Jüngling war er nicht mehr zurückgekehrt an diesen Ort, der ihm seine gesamte Kindheit über als Heimat gedient hatte – ungeliebt zwar, aber doch der einzige, den er mit diesem Begriff verbunden hatte, bis er achtzehn Jahre alt geworden war. *Wie werden sie mich empfangen?*, dachte er und war sich nicht mehr ganz so sicher, dass sein Einfall hierher zu kommen gut gewesen war. Es war nichts Illegales an seiner Demission gewesen; sein jetziger Herr, dem Kloster seit Jahren verbunden, war auf ihn aufmerksam geworden und hatte ihm angeboten, ihn aus dem Kloster freizukaufen und ihm eine Stelle an seinem Hof zu verschaffen. Er hatte ihm darüber hinaus nichts zugesichert, aber Philipp hatte die Gelegenheit ergriffen und zur Feier seiner Volljährigkeit den Abt gebeten, das Kloster verlassen zu dürfen. Der Abt verordnete ihm zwei Tage des Betens und Fastens in der Abgeschiedenheit der Kapelle, um seinen Entschluss zu überdenken, und Philipp verbrachte achtundvierzig Stunden in der Hölle seiner eigenen Entschlusslosigkeit, da ihm nach kurzer Zeit bewusst wurde, dass er mit diesem Schritt zu allem Lebewohl sagen würde, was bisher seine Persönlichkeit ausgemacht hatte. Zuletzt kroch er, geschwächt von Hunger und Durst und Schlaflosigkeit, in das Sprechzimmer des Abtes und hörte sich dabei zu, wie er mit brüchiger Stimme seinen Entschluss bekräftigte. Der Abt erteilte ihm seinen Segen, bat ihn, sich auch in der Verderbtheit der Welt nicht vom rechten Pfad abbringen zu lassen, und entließ ihn. Als Philipp vor der Mauer stand und das Tor sich hinter ihm schloss, war er sich sicher, den größten Fehler seines Lebens gemacht zu haben. Er wusste, dass er sich nur hätte umzudrehen und gegen das Tor zu klopfen brauchen, um wieder eingelassen zu werden und erneute Aufnahme zu finden in die Gemeinschaft der Brüder, die er niemals richtig verstanden hatte. Stattdessen wandte er sich ab, schlug die Kapuze seiner Kutte zurück, die sein einziges Eigentum war, und tat den ersten Schritt auf der Straße, die ihn schließlich zum Gut seines neuen Herrn führen würde. Er zog die Kleidungsstücke an, die sein Herr ihm übergab, faltete die Hände und hörte den Spruch, mit dem er in die Schar der Gefährten seines Herrn aufgenommen wurde (erst später wurde ihm klar, dass er nicht in den Leibeigenenstatus übernommen worden war, sondern ebenso viel galt wie die Bewaffneten, die ihm das Tor geöffnet hatten – wenngleich seine Waffen aus Feder und Pergamenten bestehen sollten). In den ersten Tagen war der Griff zur nun fehlenden Kapuze mechanisch, sobald er ins Freie trat, dann verlor sich dieser Mechanismus ebenso wie die gebeugte Haltung und das instinktive Erwachen mitten in der Nacht zur Complet. Was sich hingegen niemals verlor, war das Gefühl, nicht zu wissen, wohin mit den Händen, nachdem er sie nicht mehr in die Ärmel der Kutte stecken konnte. Das Atmen schien auf einmal freier zu sein. Selbst die Haare auf seinem Kopf schienen schneller nachzuwachsen als im Kloster, und nach einem Vierteljahr wusste nur noch er selbst, wo die Tonsur gewesen war. Was ihn jedoch am meisten bewegte, war das Lachen. Zu jeder Tageszeit war aus irgendeiner Ecke des Gutes ein Lachen zu hören: das Lachen von Kindern, die ihre Arbeit noch als Spiel begriffen, das Lachen von Mädchen (sowohl dies als auch ihre Gegenwart hörten schneller auf, ihn zu beunruhigen, als er selbst für möglich gehalten hatte), wenn einer der stolzen Torwächter wie ein Gockel an ihnen vorbeischritt, das Lachen von Männern, die sich einen Scherz zuriefen und sich dabei gegenseitig auf die Schulter klopften. Er saugte diesen im Kloster unbekannten Laut gierig in sich auf; ja, er stellte fest, dass allein das Hören von Gelächter ihn unwillkürlich dazu bewegte mitzulachen, als bräche sich all das Lachen nun Bahn, das achtzehn Jahre unterdrückt worden war. Vielleicht lag es an seiner Freude, mit anderen mitzulachen, dass er auf dem Gut innerhalb kürzester Zeit anerkannt und beliebt war, und vielleicht lag es im Weiteren daran, dass er sich selbst in die Rolle des Spaßmachers hineindrängte. Er war sich dessen kaum bewusst, da er mit den ernsthaften, trockenen Gebräuchen des Klosters auch die wertvolle Kunst verloren hatte, in Ruhe über sich selbst und seine Motive nachzudenken. Stattdessen fühlte er sich bestätigt, wenn sich die Augen der Menschen bei seinem Erscheinen erwartungsvoll auf ihn richteten und er sie in ihrer Erwartung nicht enttäuschte, indem er sie mit seinen ironischen Bemerkungen und Späßen zum Lachen brachte.

Die kleine Sichtluke im Tor tat sich auf und zeigte das Gesicht des Bruder Torwächter.

»Gott sei mit Euch, Fremder«, sagte er. »Sucht Ihr Speisung und Ruhe im Herrn, dann tretet ein.«

»Ich danke Euch«, sagte Philipp.

Die Klappe schloss sich; es öffnete sich der untere Teil des einen Torflügels, in dem sich auch das Sichtfenster befand – das obere Drittel des Tores blieb geschlossen. Beide Flügel würden nur ganz geöffnet werden, wenn jemand vor dem Tor war, den der Torhüter kannte und für den diese Ehrung vorgeschrieben war: der Abt, der Bischof oder ein weltlicher Fürst, der dem Kloster wohl gesinnt war. Philipp überließ einem herbeieilenden

Pferdeknecht sein Tier und folgte der unnötigen Weisung des Torwächters zur Herberge. Er registrierte mit vagem Amüsement, dass er zu der Herberge für Pilger und Arme gewiesen wurde; mit konsequenter Logik hatte der Torhüter aus seiner fehlenden Entourage geschlossen, dass er es nicht mit einem bedeutenden oder vermögenden Mann zu tun hatte.

Der Speisesaal in der Herberge war menschenleer, aber als Philipp sich auf eine der Bänke setzte, kam eine hagere Gestalt aus der Küche hervor und auf ihn zu. Es war ein junger Mann, der etwa Philipps Alter hatte, und mit einem kleinen Sprung seines Herzens merkte Philipp, dass er das Gesicht kannte. Der Mann trug eine Schüssel mit Suppe und einen Kanten Brot und hatte einen tönernen Krug unter den Arm geklemmt. Zweifellos hatte er eine Botschaft des Bruder Torhüter empfangen, dass ein Gast eingetroffen sei. »Du bist ebenso dünn, wie ich dich in Erinnerung habe, Bastulf«, sagte Philipp lächelnd. »Gibst du immer noch die Hälfte des Essens deinem Köter?«

Der Mann starrte ihn mit aufgerissenen Augen und einem ebensolchen Mund an.

»Woher wisst Ihr meinen Namen?«, stotterte er.

»Weil ich mich an ihn erinnert habe. Ich weiß selbst den Namen deines Hundes: Schwarzohr, stimmt's?«

Bastulf sah Philipp mit zusammengekniffenen Augen an. Das Halbdunkel des Speisesaales war nicht hilfreich, aber plötzlich ging doch ein Erkennen durch seine Miene.

»Bruder Philipp!«, rief er und verbesserte sich sofort: »Nein, nicht Bruder ... ich meine ...«

»›Philipp‹ reicht völlig«, erklärte Philipp und erhob sich, um dem Klosterbediensteten die Hand zu reichen. Bastulf schüttelte sie energisch.

»Ich freue mich, dass du dich an mich erinnerst«, sagte Philipp. »Das bringt einem das Herz zum Lachen, wenn man einen solchen Eindruck hinterlassen hat.«

»Weniger deine Person als dein plötzlicher Abgang aus dem Kloster«, erklärte Bastulf trocken. »Du warst einer der besten Skribenten; man hat dich eine Weile im Scriptorium vermisst.«

Philipp zuckte mit den Schultern. »Kannst du dich ein wenig

zu mir setzen?«, fragte er. »Oder lässt dich der Wirt nicht aus den Augen?«

»Beides«, erklärte Bastulf und setzte sich. Philipp zog eine Braue in die Höhe.

»Ich kann mich zu dir setzen, wann immer ich will«, erläuterte Bastulf. »Und der Wirt lässt mich deshalb nicht aus den Augen, weil ich selbst der Wirt bin, und ich lasse niemals die Augen von meiner Person.«

»Du solltest deine Augen öfter einmal auf einen Braten richten, damit deine Person ein wenig deutlicher sichtbar wird«, lachte Philipp und klopfte ihm vor den flachen Bauch. »Ich freue mich für dich. Ich hatte mich schon gefragt, warum du noch immer keine Kutte trägst. Damals hast du uns Novizen immer sehr beneidet.«

»Mein Vater ließ mich nicht gehen«, seufzte Bastulf. »Er sagte, er brauche mich nötiger hier in der Herberge als der Abt im Oratorium. Dann starb er, und ich hatte die Wahl, die Pacht entweder weiterzuführen oder tatsächlich in die Kutte zu schlüpfen. Du siehst ja, welche Wahl ich getroffen habe.«

»Tut es dir Leid?«, fragte Philipp mit ehrlichem Interesse.

»Nein«, sagte Bastulf. »Eigentlich nicht. Ich lebe hier ruhig und in einer heiligen Umgebung, die Brüder mögen mich und beten für mich, die Gäste mögen mich auch und zahlen mir zuweilen mehr, als ich verlange, und dennoch bin ich nicht den Ordensregeln unterworfen – ich bin ein freier Mann.«

»Dann geht es dir also gut?«

»Ich sehe nur so dünn aus«, knurrte Bastulf gut gelaunt. »Es ist nicht so, dass ich am Verhungern wäre. Es geht mir tatsächlich gut, Br... Philipp. Und du selbst?«

»Ich bin der Truchsess des Herrn, der mich damals aus dem Kloster geholt hat.«

Bastulf verzog anerkennend das Gesicht. »Nicht schlecht«, sagte er. Er lehnte sich zurück und betrachtete Philipp. »Du hast ein bisschen Gewicht zugelegt. Aber das passt zu dir; hier im Kloster warst du zu mager. Was mir jedoch noch mehr auffällt, ist deine gute Laune.«

»Wie meinst du das?«

»Ich kann mich nicht erinnern, dass du hier im Kloster zu den Spaßmachern gehört hättest – so wie Bruder Otho oder wie dieser verrückte Irländer. Columban hieß er, genauso wie ihr kriegerischer Heiliger, und darüber platzte er jedes Mal vor Stolz, wenn sein Name genannt wurde. Kannst du dich an ihn erinnern?«

»Ist das nicht der, der einmal während der Osterpredigt des Abtes an eine Säule gelehnt einschlief und im Stehen zu schnarchen begann?«

»Derselbe.«

»Ich kann mich erinnern, dass der Abt seinen Namen laut rief, und als Columban erwachte, sagte er zu ihm: ›Ich weiß, mein Sohn, dass dein Namensgeber die Stütze der irischen Kirche genannt wird, aber glaube mir, die Säulen in dieser Kirche stehen noch gut genug. Du brauchst sie nicht weiter zu stützen.‹«

Bastulf begann zu kichern. »Und was sagte Columban darauf?«

»Columban sagte – du kannst dich sicher noch an seinen schweren Akzent erinnern –, er sagte: ›Ehwwüdikche Abt, wenn diesa Säula das Gewikcht eines Irischmannes auskchält, dann wied diesa Kirkcha bis zum Jüngste Gerikcht stehan.‹«

»Siehst du, das meinte ich damit«, sagte Bastulf plötzlich ernst. »Früher hättest du einen solchen Spaß niemals gemacht.«

»Die Menschen ändern sich«, sagte Philipp nüchtern.

»Draußen vielleicht; hier drinnen nicht. Warte, bis du ein paar von deinen früheren Mitbrüdern triffst. Was führt dich überhaupt hierher?«

»Ich muss etwas im Archiv einsehen.«

»Viel Glück dabei. Ich kann mir nicht vorstellen, dass das so einfach sein wird.«

»Ist Bruder Fredgar noch der Archivar?«

»Nein, er ist vor einem Jahr oder so gestorben.«

»Fredgar ist tot?« Philipp machte ein betroffenes Gesicht. »Ich hatte geglaubt, er würde ewig leben. Wer ist sein Nachfolger?«

»Ein Bruder namens Pio.«

»Wo kommt er her? Aus dem Kloster hier?«

»Nein. Er ist Römer. Er ist noch sehr jung für seinen Posten; mehr weiß ich nicht über ihn.«

Philipp verzog das Gesicht. Nachdenklich brach er ein Stück von dem Brotkanten ab, den Bastulf mitgebracht hatte, und tunkte ihn in die Suppe. »Ich hatte gehofft, Bruder Fredgar wäre noch immer für das Archiv verantwortlich«, murmelte er.

»Was willst du überhaupt einsehen?«, fragte Bastulf.

Philipp überlegte einen Moment. Er kam zu dem Schluss, dass es nicht schaden konnte, wenn er Bastulf einen Teil der Wahrheit enthüllte.

»Mein Herr hat mich gebeten, für einen Ritter die Aktenlage zu klären«, sagte er vorsichtig. »Die Familie seiner Frau hat ihn um ein paar Besitztümer betrogen, indem Dokumente gefälscht wurden. Ich hoffe, hier im Archiv die ursprünglichen Unterlagen zu finden und einzusehen. Er hatte bei seiner Hochzeit zwei Mönche aus dem Kloster als Zeugen, also müssten Abschriften der eigentlichen Mitgiftdokumente hier einlagern.«

»Nun, das ist nichts, was das Kloster selbst betrifft. Vielleicht hast du Glück. Sie werden dich jetzt allerdings nicht mehr in den Klosterbereich selbst vorlassen.«

»Das brauchst du mir nicht zu sagen. Ich müsste einen meiner damaligen Gefährten auffinden.« Er hatte das Wort »Freunde« mit Bedacht vermieden. Er durfte sich trotz des freundschaftlichen Empfangs durch Bastulf nicht der Illusion hingeben, dass er damals im Kloster Freunde unter seinen Brüdern gehabt hätte. *Bastulf hätte mein Freund sein können,* dachte er mit verspäteter Betroffenheit; *aber zwischen seinem Leben und meinem lagen Welten, und ich hatte ihn damals bestenfalls als den Sohn des Herbergpächters bemerkt und nicht als eigenständigen Menschen.*

»Ist Bruder Johannes noch im Kloster?«, fragte er.

»Ich weiß, wen du meinst. Ein großer, knochiger Junge mit tausenden von Sommersprossen und blauen Augen, die das Herz jedes alten Bruders schmelzen lassen konnten.«

»Das ist Johannes«, knurrte Philipp. »Er sah aus wie ein Modell für eine Heiligenfigur. Ihn kannte ich näher.« Johannes war einer der Jungen gewesen, der ihn zu dem Gang in die Latrine überredet hatte; seinerzeit der Rädelsführer jener Aktivitäten. Es war ihm damals schwer gefallen, ihm am nächsten Tag wieder in die Augen zu sehen, aber Johannes hatte so getan, als sei nichts gewesen. Mit einem unguten Gefühl fragte er sich, ob es ihm heute leichter fallen würde, seinem ehemaligen Mitbruder zu begegnen. Aber Bruder Johannes war der Einzige, dem er sich nahe genug gefühlt hatte.

»Es gibt ihn noch. Er hat allerdings nichts mit dem Archiv zu tun.«

Bastulf machte ein verschmitztes Gesicht, sodass Philipp sich gedrängt fühlte nachzufragen: »Und was macht er?«

»Das Gleiche wie du, könnte man sagen. Er ist die rechte Hand des Abtes.«

»Du lieber Himmel«, sagte Philipp und sah, wie Bastulf sich bekreuzigte. Er hatte vergessen, dass einiges im Kloster bereits als Fluchen galt, was draußen zur täglichen Sprache gehörte. Er entschuldigte sich; Bastulf nickte ernsthaft.

»Du kommst in den innersten Bezirk des Klosters hinein, Bastulf«, sagte Philipp. »Kannst du Johannes ausrichten, dass ich ihn sprechen möchte?«

»Es ist schon ziemlich spät; ich weiß nicht, ob es heute noch gehen wird«, erklärte Bastulf, nach einem Blick in Philipps Gesicht setzte er hinzu. »Ich werde es versuchen.«

»Danke.«

Bastulf erhob sich und blickte sich im leeren Speisesaal um. »Ich gehe am besten gleich«, murmelte er. »Iss jetzt deine Suppe, bevor sie vollkommen kalt geworden ist.«

Philipp nickte. Er packte den hölzernen Löffel und tauchte ihn in die Schüssel. Bastulf sah ihm zu, wie er den Löffel in den Mund schob; sichtlich wartete er auf eine Antwort. »Deine Suppe schmeckt gut«, sagte Philipp. »Dein Vater hat schon gewusst, was er tat.«

»Freut mich zu hören«, erwiderte Bastulf, aber sein stolzes Grinsen strafte seine gelassenen Worte Lügen. Er nickte Philipp noch einmal zu und schritt davon.

»Grüße mir deinen Hund«, rief ihm Philipp hinterher. »Ist er immer noch dicker als du?«

»Der Hund ist tot«, sagte Bastulf im Gehen.

»Das tut mir Leid.«

»Ja«, sagte Bastulf und ging durch die Tür hinaus ins Freie. Philipp schüttelte den Kopf und widmete sich wieder seiner Mahlzeit. Die Begegnung mit Bastulf war wie das Wiedersehen zweier guter Bekannter verlaufen. Erst nach einer Weile wurde ihm bewusst, dass er während seiner ganzen Zeit im Kloster niemals auch nur ein Wort mit Bastulf gesprochen hatte.

Er legte ein paar Münzen neben die leere Schüssel, von denen er hoffte, dass Bastulf sie annehmen würde. Dann begab er sich wieder in den Westhof hinaus und schritt ungeduldig darin auf und ab. Er dachte an das bevorstehende Zusammentreffen mit Bruder Johannes. Damals hatte er um Johannes' Freundschaft gebuhlt und gleichzeitig eine vage Angst vor dem virilen, aufgekratzten Novizen empfunden, der (im Gegensatz zu Philipp) sowohl seine Eltern kannte als auch den Betrag, den diese dem Kloster übergeben hatten, damit ihr Sohn dort ausgebildet werde. Zusätzlich zu seinem Charakter mochte es dieser Umstand gewesen sein, der ihn zu so etwas wie einem Führer all jener Jungen gemacht hatte, die vom Klosterbetrieb nicht so sehr verschüchtert waren, dass sie nicht ab und zu eigene Gedanken gehegt hätten. Er wusste, woher er kam, und er wusste, welcher Weg ihm vorgezeichnet war. Wenn er sich dennoch nahtloser in die Gemeinschaft einfügte als zum Beispiel Philipp, lag es daran, dass er diesen Weg auch gehen wollte. Er wusste, was er wollte; Philipp hatte immer nur gewusst, was er nicht wollte. Philipp erkannte, dass er die Unruhe noch immer in sich spürte, wenn er an die bevorstehende Begegnung mit dem Assistenten des Abtes dachte. *Alte Laster sterben schwer,* dachte er spöttisch. *Er hat mir nichts mehr zu sagen; wenn ich will, kann ich ihm ins Gesicht lachen.* Aber er wusste, dass er ihn brauchte, und zusätzlich zu seiner Unruhe fühlte er leisen Ärger darüber, dass er sich gegenüber Bruder Johannes schon wieder in einer unterlegenen Position befand.

Er blickte auf, als er einen hoch gewachsenen Mönch aus dem

Portal des Kirchenvorbaus treten sah, bei dessen Anblick sich die Klosterbediensteten sofort verneigten, bevor sie mit ihrer Arbeit fortfuhren. Der Mönch unterschied sich auf den ersten Blick nicht von allen anderen Brüdern; Philipp jedoch, der die Kutte schon getragen hatte, erkannte auch aus der Ferne, dass das Material seiner Kleidung reiner und leichter war als die üblichen groben Wollstoffe. Der Bruder hatte die Kapuze über den Kopf gezogen, wie es die Regel vorschrieb, und im Abendlicht war sein Gesicht nicht zu sehen; aber statt demütig gebeugt stand er mit deutlichem Selbstbewusstsein im Hof und wandte den Kopf hin und her, als suche oder examiniere er etwas. Er hielt die Hände hinter dem Rücken und wippte ungeduldig auf den Füßen.

Etwas machte »Kssst!« aus der Richtung der Herberge, und Philipp wandte sich um. Bastulf stand im Eingang und deutete auf den neu angekommenen Mönch. Auch dieser hatte das Zischen gehört; der dunkle Schatten, der sein Gesicht unter der Kapuze war, richtete sich auf Philipp, dann gab er sich einen Ruck und schritt auf den Stall zu. Philipp stieß sich von der Wand ab und ertappte sich dabei, wie er mit den Händen über sein Wams fuhr, um es zu ordnen.

Als sie voreinander standen, war es Philipp möglich, in die Kapuze zu spähen. Er musste den Kopf dazu heben; Johannes war größer als er. Das Gesicht des Mönchs hatte sich kaum verändert, seit er ihn zum letzten Mal gesehen hatte; die Sommersprossen machten seine Züge jungenhaft, und der Schutz vor Sonne und Witterung, den die Kapuze und das Leben im Inneren des Klosters gewährte, hatten seine Haut rein und frisch erhalten. Die Augen strahlten selbst im Schatten der Kapuze in ungewöhnlich hellem Blau.

»Philipp«, sagte Johannes; und, als ob er Gedanken lesen könnte: »Der verlorene Sohn macht einen Besuch.«

»Ich hoffte, du würdest so etwas sagen«, erwiderte Philipp. »Ich fürchtete schon, du würdest dich freuen.«

Johannes blinzelte überrascht. Sein Mund formte an einer Entgegnung, ohne dass er sie gefunden hätte.

Philipp lächelte zu ihm hoch. »Du hast etwas aus dir gemacht«, sagte er. »Ich gratuliere dir.«

»Ich kann dem Vater Abt behilflich sein, das ist alles«, erklärte Johannes langsam, als müsse er sich noch immer von den bissigen Worten Philipps erholen. Philipp erkannte die falsche Bescheidenheit dahinter.

»Ohne Zweifel hast du ihm diesen Umstand eindringlich deutlich gemacht«, sagte er.

Johannes senkte den Kopf, bis der Schatten der Kapuze seine Gesichtszüge verbarg. Als er ihn wieder hob und Philipp ansah, wirkte er in sich gefestigter, als er es bis jetzt gewesen war.

»Niemand hegt Groll gegen dich, Philipp«, sagte er. »Ich am allerwenigsten. Es besteht kein Grund, mich anzugreifen.«

Philipp hatte diese Direktheit nicht erwartet; *aber ich hätte sie erwarten sollen,* dachte er, zornig auf sich selbst. Er räusperte sich.

»Deine Begrüßung hörte sich feindselig an.«

»Sie war nicht so gemeint; wenngleich ich dir recht gebe, dass ich meine Worte hätte anders wählen sollen.«

Philipp zuckte mit den Schultern, und Johannes sah ihn einen Augenblick lang schweigend an. Dann tat er etwas Erstaunliches: Er legte Philipp die Hand auf die Schulter und sagte: »Willkommen. Ob du nun innerhalb des Ordens oder außerhalb dein Leben in Gott lebst, zählt nicht; ich betrachte dich nach wie vor als meinen Bruder.«

»Wer sagt dir, dass mein Leben in Gott verläuft?«

»Die Tatsache, dass du hierher gekommen bist, um Hilfe zu suchen.«

Philipp verzog den Mund zu einem schiefen Lächeln. Johannes presste seine Schulter leicht zusammen und nahm seine Hand dann zurück. Er sah ihm offen ins Gesicht.

»Bastulf sagte mir, dass du Dokumente einsehen willst«, fuhr er fort. Philipp sah sich unschlüssig um, und Johannes deutete seinen Blick richtig.

»Lass uns in die Kirche gehen«, schlug er vor. »Es ist jetzt niemand mehr dort, und du kannst mir in Ruhe erzählen, worum es geht.«

Das Innere der Kirche war leer bis auf die Bänke links und rechts des Altars, auf denen die mit Ämtern betrauten Brüder während der Messe saßen, und den Altar selbst. Johannes trat ein paar Schritte in das kühle, hallende Innere des Kirchenschiffs hinein, kniete im Mittelgang nieder und bekreuzigte sich. Philipp fragte sich, ob Johannes ihn in die Kirche geführt hatte, damit er keine Lügen erzählte. Schätzte Johannes seinen Respekt vor den kirchlichen und klösterlichen Riten noch immer so hoch ein, dass er erwartete, der Anblick des Altars würde Philipp zur absoluten Offenheit zwingen? Überrascht erkannte Philipp, dass es sich tatsächlich so verhielt; noch ehe es ihm selbst recht bewusst war, hatte er Johannes die gesamte Geschichte erzählt. Er besaß nur so viel Geistesgegenwart, Dionisia und seine Hoffnungen in Bezug auf ihre Person auszulassen.

Das Gesicht des Mönchs war während seiner Erzählung beinahe unbewegt geblieben. Nun kniff Johannes die Augen zusammen und sagte: »Es ist nicht recht, eine Lüge mit einer anderen ungeschehen machen zu wollen.«

Philipp, der gefürchtet hatte, dass er sich auf Spitzfindigkeiten würde einlassen müssen, erwiderte: »Ich will keine Lüge fabrizieren, sondern die Wahrheit wiederherstellen.«

»Die Wahrheit muss nicht erst hergestellt werden; die Wahrheit ist immer da.«

»Aber in verschiedenen Stadien der Sichtbarkeit.«

»Wer sagt dir denn, dass es das richtige Stadium ist, das du verfolgst?«

Wie schön, dachte Philipp; *da bist du also genau auf das Problem gestoßen, das auch mich beschäftigt, allerdings in bedeutend kürzerer Zeit.*

»Das kann ich nur herausfinden, indem ich die ursprünglichen Dokumente einsehe«, erklärte er.

Johannes nickte langsam; wie es schien, konnte er sich diesem Argument nicht entziehen. »Also gut«, sagte er. »Ich werde dich zum Bruder Archivar begleiten. Natürlich nicht mehr heute. Morgen, nach der Prim. Reicht dir das?«

»Muss es wohl.«

»Wie lange, glaubst du, wird deine Suche dauern?«

»Das kommt darauf an, ob die Unterlagen überhaupt da sind. Wenn nicht – so wie Radolf glaubt –, dann dauert es nur ein paar

Augenblicke. Wenn ich aber Fredgar richtig eingeschätzt habe, wird es zwei oder drei Stunden dauern, bis ich Daten kopiert und Schriftproben angefertigt habe.« Johannes verengte die Augen, während Philipp sprach, aber er erwiderte nichts.

»Was ist?«, fragte Philipp.

»Nichts, nichts. Nun, wenn alles so weit geklärt ist, schlage ich vor, du hältst dich morgen nach der Frühmesse bereit. Ich hole dich ab. Selbstverständlich bist du zur Messe eingeladen.«

»Danke. Die Einladung nehme ich gerne an. Musst du nicht vorher dem Abt Bescheid sagen, dass du mich ins Archiv mitnehmen willst?«

»Der Abt ist nicht im Kloster; er ist auf Reisen.«

»Pech für unseren Kaplan; dann hat er ihn wahrscheinlich gar nicht mehr erreicht.«

»Wer ist das?«

»Bruder Thomas. Er müsste vorgestern hier eingetroffen sein. Ich wollte dich ohnehin fragen, ob er sich noch im Kloster aufhält.«

»Ich habe keine Ahnung. Der Abt ist erst gestern Mittag aufgebrochen. Bei mir hat kein Bruder Thomas vorgesprochen – er scheint ihn also noch angetroffen und uns danach gleich wieder verlassen zu haben. Jedenfalls befindet sich auch kein fremder Mönch dieses Namens unter den Gästen im Inneren des Klosters. Was ist mit ihm?«

»Nichts, ich dachte nur, ich könnte mit ihm sprechen. Er wollte etwas für ihn sehr Bedeutsames hier regeln, und es hätte mich interessiert, was daraus geworden ist.«

Johannes zuckte mit den Schultern und stieß sich von der Säule ab. »Wir sehen uns morgen bei der Messe«, sagte er abschließend. »Ich wünsche dir eine gute Nacht.«

»Danke«, sagte Philipp und wandte sich ebenfalls ab. Er kam nur ein paar Schritte weit, dann rief Johannes ihm nach. »Ich kann dir leider nicht anbieten, im *dormitorium* zu schlafen«, sagte er wie entschuldigend. »Du bist keiner mehr von uns.«

Philipp sah ihn einen Augenblick lang überrascht an. *Das wäre das Letzte, was ich gewollt hätte.* Er fragte sich, ob Johannes mit seinen Worten eine bestimmte Absicht verfolgte. Dachte er,

Philipp würde danach aus Nostalgie wieder der Gemeinschaft beitreten? *Immer auf der Lauer, dem Herrn ein entsprungenes Schäfchen wieder zurückzuholen, der eifrige Bruder Johannes.* Philipp dachte an die Latrinenszene.

»Ich fürchte mich nicht vor Bastulfs Schlafsaal«, sagte er schnell.

Der Prior, der zu Füßen des Altars den demütigen *introitus* anstimmte: *Ich werde eingehen zum Altare Gottes;* der Messdiener, ein Novize, der erwiderte: *Zu Gott, der meiner Jugend Freude gibt;* der Kuss auf den Altar; das *Kyrie eleison;* das *Gloria;* das *Credo;* das *Ave Maria;* die Gebete, Lesestücke, Psalmen und Hymnen, die aus unterschiedlich rauen Kehlen zum Himmel stiegen; *Hoc est corpus meum* und *Hic est sanguis meus; Sursum Corda* und *Habemus ad Dominum; Sanctus, Agnus Dei, Pater noster;* und schließlich *Ite, missa est.* Nichts von den Bedeutungen, die den Handlungen und Worten unterlagen, hatte Philipp vergessen. Der Gottesdienst umfing ihn mit stärkerer Wirkung, als er es seit seinem Austritt aus dem Kloster in allen Kirchen und Kathedralen der Stadt vermocht hatte. Es lag nicht nur an der Andacht, die die Brüder hier demonstrierten und die bei einer Messe außerhalb des Klosters mit ihrem Lachen, Geschäftemachen, Betteleien und ungenierten Unterhaltungen während des Gottesdienstes kaum vorhanden war. Es lag vielmehr daran, dass er hier an dieser Stätte zum ersten Mal in seinem Leben mit dem Ritual bekannt geworden war. Er schlurfte mit den Brüdern und den wenigen Gästen, die noch im Lauf des gestrigen Abends angekommen waren, hinaus in den Westhof, der im Schatten der Gebäude lag und kühl und blau auf den Sonnenaufgang wartete. Die anderen Reisenden, eine kleine Hand voll Pilger und ein finanziell schlecht gestellter Ritter mit übersichtlichem Gefolge, stolperten gähnend zu Bastulfs Herberge hinüber, während sich die Brüder an ihre jeweilige Arbeit begaben. Philipp, noch im Bann des Rituals, blieb stehen und sah wie traumverloren an der Fassade der Kirche empor, bis sich eine Gestalt zu ihm gesellte und nach einigen Augenblicken der gemeinsamen Stille räusperte. Philipp schüttelte seine Gedanken ab und wandte sich um; Johannes sah freundlich auf ihn hinunter.

»Wenn es nicht zu respektlos wäre, würde ich erklären, dass wir alle zuweilen froh sind, wenn unser guter Vater Abt nicht im Kloster weilt«, sagte Johannes leichthin. »Der Prior hält die Messe viel schöner und feierlicher als er.«

»Ich kann ein Geheimnis für mich behalten«, versetzte Philipp. »Besonders ein so wichtiges.«

»Ich bringe dich jetzt ins Archiv«, erklärte Johannes.

»Hast du vom Prior die Erlaubnis erhalten?«

»Ich habe ihn gar nicht gefragt.«

Philipp schwieg einen Moment lang, dann sagte er: »Na, es ist ja dein Kopf, nicht meiner.«

»Alles, was in dieses Kloster hereinkommt oder es verlässt, geht durch meine Hände«, sagte Johannes selbstbewusst. »Ohne mich würde der Puls dieser bescheidenen Klause aufhören zu schlagen. Glaubst du, der Prior würde mir einen Wunsch abschlagen? Noch dazu, wenn es sich darum handelt, einem ehemaligen Mitbruder, der sich zu seiner Zeit um das Archiv verdient gemacht hat, unsere Schriften zu zeigen? Von den wenigen weltlichen Herren, die klug genug sind, um lesen zu können, kommen ja auch immer wieder welche und verlangen das Archiv zu sehen.«

Philipp zuckte mit den Schultern. »Ich dachte, ich würde den Prior noch kennen, aber ich habe ihn noch nie gesehen. Was ist mit Bruder Aimar geschehen, dem damaligen Prior?«

»Er hat seinen Aufgaben entsagt und genießt jetzt die Kontemplation des hohen Alters in einem anderen Kloster.«

»Von den anderen Helfern des Abtes, die während der Messe vorne neben dem Altar stehen durften, kenne ich auch keinen mehr – außer dir. Welcher ist der Archivar?«

»Bruder Pio hat die Messe nicht besucht.« Johannes machte ein verschlossenes Gesicht. »Wahrscheinlich hatte er zu tun. Er ist sehr fleißig.«

Johannes drehte sich um. Ohne Philipp zu fragen, ob er ihm folgen wolle, ging er in die nun leer gewordene Kirche zurück, durch das Atrium hinaus und von dort durch eine Seitentür in das

Vorratsgebäude. Im obersten seiner drei Stockwerke, direkt unter dem Dach, um die trockene Wärme zu nutzen, die dort die meiste Zeit des Jahres über herrschte, befand sich das Archiv. Während Philipp dem Kämmerer folgte, versuchte er sich darüber klar zu werden, welches Motiv Johannes dazu trieb, sich über die Rangfolge im Kloster hinwegzusetzen und Philipp ohne weitere Nachfrage beim Prior in das Archiv mitzunehmen (es sei denn, er wollte ihn beeindrucken, was ihm zum Teil auch gelang). Es wurde ihm deutlich, als sie vor dem jungen Bruder standen, der dem Archivar bei seiner täglichen Arbeit half und der mit unsicherer Miene sagte, Bruder Pio sei bereits vor dem Morgengrauen in einer wichtigen Angelegenheit weggeritten: Johannes hasste den Archivar. »Weggeritten?«, echote er. »Was fällt ihm ein? Weshalb hat er mir nichts davon mitgeteilt?«

»Ich denke, er hat es dem Prior gesagt.«

»Dem Prior, dem Prior! Wenn er sich nach draußen in die Welt begibt, braucht er Geld, um etwas erstehen zu können, oder zumindest Vorräte. Für beides bin ich zuständig; er hätte sich bei mir melden müssen. Wann erwartest du ihn zurück?«

»Er hat gesagt, er käme nicht vor übermorgen zurück.«

»Dieser römische ... Mönch!«, flüsterte Johannes unterdrückt. »Er will sich einfach nicht in die Ordensdisziplin einordnen!«

Der andere warf Philipp einen unsicheren Blick zu. Seine Tonsur war noch zerdrückt vom Schlaf, eine Seite flach an den Schädel gepresst, die andere abstehend. Die Frage, ob Johannes Erlaubnis hatte, Philipp mit in das Archiv zu nehmen, stand klar auf seine Stirn geschrieben; ebenso klar stand dort die Angst vor dem Zorn des Kämmerers. Schließlich entschloss er sich dazu, dem unmittelbaren Druck nachzugeben.

»Kann ich dir helfen?«,fragte er Johannes. »Ich kenne mich im Archiv ebenso gut aus wie Bruder Pio.«

Der Raum, den der Helfer des Archivars aufsperrte, roch nach Hitze, nach Holz und vor allem nach Leder und Pergament. Philipp schloss die Augen und sog den bekannten Geruch ein. Als Skribent hatte er die Kopierstube des Klosters kennen gelernt, aber als junger Novize war er oft im Archiv gewesen. Die Jungen waren leicht genug, um auf die Regale zu klettern und das

Stroh zu erneuern, das im Herbst zwischen die Dachsparren gestopft wurde, um die Wärme im Inneren des Raumes zu halten. Er öffnete die Augen wieder und erblickte die Regalreihen, die dicht an dicht in die Tiefe des Raumes führten.

»Wie werden die Abschriften der Heiratsdokumente aufbewahrt?«, fragte Philipp.

»Nach dem Hochzeitsjahr und dem Namen des Mannes«, erwiderte der Helfer des Archivars.

Johannes schritt mit finsterer Miene an beiden vorbei und schlenderte tiefer in das Archiv hinein. Der Helfer des Archivars folgte ihm mit Blicken und war sich offensichtlich nicht schlüssig, ob er dem Kämmerer folgen oder bei Philipp bleiben sollte. Philipp nannte das Jahr – es war das Jahr, in dem der Zug ins Heilige Land begonnen hatte – und den Namen Radolfs.

»War der Mann ein Teilnehmer des Pilgerzugs?«

»Soweit ich weiß, ja.«

»Dann werden die Unterlagen bei all denen sein, die über die Pilgerfahrer gesondert aufbewahrt werden.« Der Helfer überlegte einen Moment, dann setzte er sich in Bewegung. »Kommt mit. Ich zeige Euch das Regal.« Über die Schulter versetzte er: »Die Pilgerfahrer konnten nichts dafür, dass sie von einem Ketzer angeführt wurden. Ihre Mission war edel. Sie waren von Gott auserwählt.«

Philipp folgte ihm in das Archiv hinein. Sie hatten nicht weit zu gehen; schon bei der vierten Regalreihe bog der Mönch ab und kroch in einen der Gänge hinein. Er rumorte darin herum. Philipp sah sich nach Johannes um. Dieser stand in der entferntesten Ecke des Archivs und betrachtete einen Stapel zusammengerollter Pergamente, ledergefasster Kodizes und zwischen zwei Deckeln gebundener Blätter, der unordentlich auf dem Boden lag. Der Archivar oder sein Helfer hatten den Stapel in einer dunklen Ecke des Archivs aufgebaut; wäre Johannes nicht davorgestanden, wäre der Blick achtlos darüber hinweggeglitten – von der Ferne sah der Stapel nur aus wie ein dunklerer Fleck zwischen den Schatten.

»Bruder Severin«, ertönte die Stimme des Kämmerers. Sie war schneidend genug, dass auch Philipp sich umwandte. Der

Helfer des Archivars kam aus dem Gang heraus; er hielt zwei dicke, in brüchiges Leder gebundene Folianten auf den Armen. Sein Gesicht war beunruhigt. Philipp nahm ihm die Bücher ab, die er sich widerstandslos nehmen ließ. Johannes war bis in die Mitte des Archivs hervorgekommen und deutete hinter sich.

»Was ist das?«, fragte er.

Bruder Severin folgte seinem ausgestreckten Finger. Sein Gesicht hellte sich plötzlich auf. »Das sind Unterlagen, die Bruder Pio vor kurzem hier im Archiv gefunden hat. Ich weiß, was du meinst: Sie sind nicht einsortiert. Wir kamen noch nicht dazu; wir mussten sie erst sichten, um zu wissen, was sie enthalten.«

»Im Archiv *gefunden*?«, fragte Johannes, ohne auf die Worte Severins weiter einzugehen. Er wechselte einen raschen Blick mit Philipp.

»Man muss sie früher einmal übersehen haben; sie lagen unter einer Ansammlung schlecht gebundener Blätter über die Bekehrung der heidnischen Bauern durch irische Wandermönche«, erklärte Bruder Severin. »Bruder Pio stieß darauf, kurz nachdem er seine Stellung hier angetreten hatte. Er arbeitete mehrmals in der Nacht, um sich mit dem Inhalt des Archivs vertraut zu machen, und so fand er die Dokumente.«

»Das ist der Inhalt eines halben Regalfachs«, protestierte Johannes. »Wie kann man so eine Menge Unterlagen einfach übersehen?«

»Bruder Fredgar hatte sehr viele Dokumente zu überblicken«, sagte Severin zögernd.

Johannes schnaubte verächtlich, ohne etwas zu erwidern. Der Helfer des Archivars nutzte das Schweigen, um einen Punkt für sich und den Archivar zu machen. »Was in diesen Dokumenten steht, ist sensationell«, erklärte er hastig. »Wir können uns glücklich schätzen, dass sie gefunden wurden.«

»Eine neue Schenkung irgendeines Kaisers an die Kirche?«, fragte Philipp sarkastisch. Johannes sah ihn missbilligend an.

»Fast«, lächelte Bruder Severin. »Bruder Pio sagte, dieser Fund sei mehr wert als jede Besitzurkunde, denn er wird den Kampf zwischen dem Ketzer und dem Heiligen Vater ein für alle Mal beenden.«

Philipp horchte unwillkürlich auf. »Wenn das richtig ist, wird man diese Dokumente in Gold fassen oder eine neue Religion darauf gründen.« Er wurde sich eines zweiten missbilligenden Blicks von Johannes bewusst. Doch der Kämmerer wandte sich Bruder Severin zu.

»Was steht denn darin?«, fragte er ungeduldig.

»Ich habe sie nicht selbst gelesen; ich weiß nur, was Bruder Pio mir erzählt hat.«

Johannes schüttelte den Kopf. Er wanderte zu dem Stapel zurück; Severin und Philipp mit den beiden dicken Büchern auf den Armen folgten ihm. Aus der Nähe besehen, handelte es sich nicht nur um einen Stapel aus Folianten; ein großer Teil davon bestand aus zylindrischen Tonröhren, die an einem Ende mit einem dicken Wachstuch zugebunden waren. Die Tonröhren waren so dick, dass man sie mit beiden Händen nicht umspannen konnte. Sie würden eine große Anzahl zusammengerollter Pergamente enthalten. Johannes kniete daneben nieder und wandte ein paar der Röhren müßig um. Sie waren zerstoßen und schmutzig.

»Sie sind nicht beschriftet«, sagte er zu Severin. »Weder ist etwas in den Ton geritzt, noch hängt ein Siegel oder Ähnliches daran.«

»Das dürfte auch der Grund sein, weshalb sie nicht katalogisiert sind«, erklärte Severin hilfreich.

Johannes nahm kurz entschlossen zwei der Röhren und klemmte sie sich unter den Arm, nachdem er aufgestanden war. »Ich werde mir die Dokumente sofort ansehen«, sagte er. Er warf Severin einen scharfen Blick zu, aber der Helfer des Archivars protestierte nicht. Er sagte nur: »Ich werde vermerken, dass du sie mitgenommen hast.«

Johannes wandte sich an Philipp, wie um die Diskussion zu beenden: »Hast du deine Unterlagen gefunden?«

Philipp hob die beiden Bände in die Höhe. »Ich weiß es noch nicht. Ich muss das hier erst durchstöbern; das wird eine kleine Weile dauern. Ich kann es hier an Ort und Stelle erledigen. Vielleicht leiht mir der gute Bruder Severin ein Stück Kohle – einen Fetzen Leinen für meine Notizen habe ich bei mir.« Den Klumpen Wachs in seinem Wams, den er unauffällig in eventuell vorhandene Siegel drucken wollte, um diese später kopieren lassen zu können, verschwieg er.

Philipp wartete, bis Severin außer Hörweite war, dann brachte er seinen Mund nahe an Johannes' Ohr und flüsterte: »Hüte diese neuen Dokumente gut. Wenn euer Archivar Recht hat, trägst du etwas in der Hand, mit dem sich die gesamte Geschichte des Christentums neu bestimmen lässt.«

Johannes sah ihn misstrauisch an. »Willst du dich schon wieder lustig machen?«, fragte er verärgert.

»Weiß ich nicht. Ich weiß nur, dass Sankt Peter anscheinend ganz vorn in der Gnade Gottes stehen muss, wenn sich gerade hier so sensationelle Unterlagen finden lassen.«

»Was willst du eigentlich mit deinen Andeutungen sagen, Philipp?«

»Ich kann mir genauso wenig vorstellen, dass Fredgar so einen Fehler gemacht und dutzende von Schriftrollen übersehen hätte, wie ich glaube, dass er Originaldokumente in die schwierige Hand eines heruntergekommenen Ritters gegeben hätte. Du weißt, wie er uns getriezt hat, wenn wir beim Isolieren des Daches auch nur ein Buch verschoben und es nachher nicht wieder ordentlich zurücklegten.«

»Fredgar war ein Säufer«, sagte Johannes hart. Philipp blickte ihn schockiert an.

»Ich habe ihn niemals ...«, begann Philipp und brach wieder ab. *War es das, was Radolf gegen den alten Archivar in der Hand gehabt hat?*

»Als er gestorben war und Pio hier sein Amt antrat, holte er uns nach ein paar Tagen in das Archiv: den Abt, den Prior, den Sakristan, den Kellerer, den Herbergsaufseher und mich. Er zeigte uns eine lose Bodensparre; darin fanden wir ein halbes Dutzend Fässchen mit Wein und Bier. Er sagte niemals ein Wort gegen Fredgar. Er äußerte seine Ansicht, dass irgendjemand die Fässer hier wohl versteckt haben mochte, der einen Überfall von Wikingern oder etwas Ähnliches fürchtete.«

»Damals stand das Kloster noch gar nicht.«

»Natürlich nicht«, brummte Johannes. »Aber er hätte es nicht geschickter anstellen können, Fredgar anzuklagen, ohne jemals das Wort gegen ihn zu erheben.«

Philipp seufzte. »Was habt ihr daraufhin getan?«

»Was wohl – nichts. Bruder Fredgar war tot, und niemand hatte die Absicht, sein Andenken zu beschmutzen. Wir brachten die unangebrochenen Fässer zurück in den Vorratsraum, das war alles.«

»Und daraus schließt du jetzt, dass Fredgar im Rausch die Unterlagen verlegt hat und sich niemals mehr daran erinnerte, wohin sie verschwunden waren.«

»Es ist nicht unwahrscheinlich«, sagte Johannes.

»Es ist auch nicht unwahrscheinlich, dass Bruder Pio sich nur wichtig machen will.«

»Du verurteilst ihn, ohne dass du ihn kennst.«

Philipp grinste. »Und du verurteilst ihn, weil du ihn kennst. Gib dir jetzt bloß keinen Anschein der Nächstenliebe; allein der Name des Archivars lässt dir die Haare zu Berge stehen.«

»Du hast Recht«, murmelte Johannes und ließ den Kopf sinken. »Ich schäme mich dafür. Aber er ist so ... so ... wie eine Schlange. Lächelt den ganzen Tag mit kalten schwarzen Augen.«

»Dann hat er sich ja den richtigen Platz ausgesucht«, sagte Philipp leichthin. Vielleicht lag es an der trockenen Hitze und dem Geruch im Raum, der die Erinnerung wieder hervorbrachte an die vielen Stunden des Kopierens alter Dokumente, an die demütigenden Zurechtweisungen der älteren Mönche, wenn seine Sorgfalt über seiner Müdigkeit nachließ, an den zermürbenden, freundlich lächelnd ausgetragenen Wettkampf unter den Skribenten, wer die schönsten Schriften fertigen konnte. Mit der Erinnerung stieg die Abneigung gegen jene Stunden wieder in ihm auf. »Immerhin hat der Namenspatron dieses Hauses seinen Herrn dreimal verraten.«

»Philipp«, stieß Johannes betroffen hervor. »Das darfst du nicht sagen.«

»Hör doch auf. Sensationelle Dokumente, die unverhofft im Archiv auftauchen. Irgendwelche Geburts- oder Todesdokumente ließe ich mir eingehen, meinetwegen auch eine Abschrift eines griechischen Philosophen – aber Unterlagen, die über das Schicksal des Christentums entscheiden ...«

»Ich rede nicht von den Dokumenten. Ich rede von deiner Bitterkeit.«

»Manchmal kommt sie eben eher zu Wort als meine vergebende Erinnerung.«

»Ich wusste nicht, dass du so gefühlt hast.«

»Ich wusste es auch nicht, bis ich endlich diese Mauern verlassen hatte.«

»Philipp, es kann nicht alles schlecht gewesen sein. Deine Bitterkeit ist nur so groß, weil du von hier geflohen bist, ohne dich mit deinem Schmerz auseinander zu setzen. Damit hast du diese Pflanze wachsen lassen, statt sie auszugraben und zu vernichten.«

»Ich kann mir lebhaft vorstellen, wie ihr reagiert hättet, wenn ich nach einem Jahr wiedergekommen wäre, um euch Vorwürfe an den Kopf zu schmeißen. Ihr hättet mich mitsamt meinem bitteren Pflänzchen an die Luft gesetzt.«

»Ich nicht«, sagte Johannes zu Philipps Überraschung. »Ich hätte dir zugehört.«

»Ach was«, stieß Philipp hervor und winkte ab.

»Ich würde es auch heute noch tun.«

»Du solltest dich lieber mit dem Fund befassen, der die Christenheit insgesamt in den Himmel führen wird«, brummte Philipp und wies auf die Unterlagen in Johannes' Armen. Der Kämmerer starrte ihn eine lange Weile an, scheinbar nicht willens, Philipp mit seiner Änderung des Themas davonkommen zu lassen. Dann näherten sich die Schritte von Bruder Severin, und er presste die Kiefer zusammen und sah zu Boden.

»Ich werde Pio eingehend befragen, wenn er von seinem Ausflug zurück ist«, sagte er und wandte sich zum Gehen. »Mach dich jetzt an deine Arbeit. Ich werde dich vor der Mittagsruhe hier wieder abholen. Reicht dir die Zeit?«

Während Severin nach einigen Momenten unschlüssigen Hin- und Hertretens von Philipps Seite wich und wieder an sein Pult zurückkehrte, an dem er offensichtlich an einer Katalogisierung der archivierten Unterlagen arbeitete – vielleicht fügte er die neu gefundenen Dokumente in die Listen ein –, setzte sich Philipp auf den Boden unter eines der Dachfenster und begann, in den Büchern zu blättern. Die Unterlagen waren mannigfacher Natur: Neben Hochzeitsdokumenten, die eher selten waren, fanden sich Nachlasserklärungen, Dokumente über Klostereintritte und Schenkungen und Akten über die dem Kloster als *oblati* überantworteten zweiten und dritten Söhne reicher Grundherren. Philipp war daran gewöhnt, in derartigen Unterlagen zu blättern; er war ein schneller und sicherer Leser und überdies mit den Eigenheiten der klösterlichen Listenführung vertraut, sodass er in kurzer Zeit beide Bücher beendet hatte. Auf den Namen Radolfs oder seine Hochzeitsunterlagen war er dabei nicht gestoßen.

Severin, den er nach weiteren Bänden befragte, schüttelte den Kopf. Philipp arbeitete daraufhin die Folianten ein zweites Mal durch, aber seine Feder blieb weiterhin untätig. Es gab keinerlei Unterlagen über Radolf Vacillarius, über seine Heirat oder auch nur seinen Zug ins Heilige Land. Er hatte sich in Fredgar getäuscht.

»Kann es sein, dass die Unterlagen über Radolf in einem anderen Kloster aufbewahrt sind; vielleicht dort, wo er ursprünglich hergekommen ist? Ich weiß zwar nicht, an welchem Ort er geboren wurde, aber es kann durchaus sein, dass es weit entfernt von hier war.«

»Das tut nichts zur Sache«, erklärte Severin, der über die weitere Störung durch Philipp nicht unerfreut schien; die Arbeit an den Listen ermüdete ihn offensichtlich. »Es wären dann nur seine Taufunterlagen, die sich an seinem Geburtsort befänden. Da seine Heirat vor Zeugen aus unserem Kloster stattgefunden hat, müssen auch seine Unterlagen hier sein.«

»Ist es möglich, dass man die Dokumente unter dem Namen seiner Frau aufbewahrt hat?«

»Habt Ihr den Namen der Frau gefunden?«

»In den Büchern über die Pilgerfahrer nicht ...«

»Ich verstehe; die Frau wäre ja nicht unter den Pilgerfahrern zu finden. Nun, in diesem Fall stehen die Kodizes, die Ihr braucht, dort.«

Es war eine ebenso vergebliche Arbeit. Zuletzt saß Philipp inmitten der Bände, die sich um ihn herum auftürmten, und war ratlos. Radolf hatte die Originale aus dem Kloster geholt und zugelassen, dass sie verbrannten. Sein Pech. Und Philipp hatte einen alten Säufer bei weitem überschätzt – so wie er sich generell in Säufern zu täuschen schien. Wütend biss er die Zähne zusammen, stand auf und gab dem nächstliegenden Regal einen Tritt.

»Ihr müsst ein paar Angaben falsch verstanden haben«, sagte Severin mit der Unbekümmertheit seiner Jugend.

»Vermutlich«, brummte Philipp, der genau wusste, dass kein derartiger Fehler vorlag. Er fasste unwillkürlich an die Gürteltasche, in der das Pergament Radolfs mit den dürren Daten lag, an die der Burgherr sich erinnert hatte.

»Oder die Unterlagen sind nicht richtig einsortiert; genauso wie die Dokumente, die Bruder Pio gefunden hat. Wenn Ihr ein paar Wochen Zeit habt, kann ich mich für Euch auf eine systematische Suche machen.«

»So viel Zeit habe ich nicht«, erklärte Philipp, und Severin ließ den Kopf hängen.

Philipp starrte die Regalreihen entlang, die sich am Ende des Archivs in der Dunkelheit verloren. Bis jetzt hatte er ausschließlich Fehlschläge angehäuft. Die Dokumente, die Yohai ben David besessen haben mochte, befanden sich in den Händen der Stadtbehörden und waren unerreichbar (wenn sie überhaupt aufgrund Radolfs falscher Namensangaben verwendbar gewesen wären). Die Unterlagen aus dem Kloster waren verschwunden. Radolf hatte es versehentlich vermocht, seine Vergangenheit so sehr zu verschleiern, dass ihm nicht zu helfen war. Er würde zu Radolf reiten und ihm mitteilen müssen, dass er seinen Auftrag nicht erfüllen konnte.

Ohne es zu merken, war Philipp langsam durch das Archiv gegangen, dabei seinen Gedanken nachhängend. Er fand sich an der gegenüberliegenden Stirnwand des Archivs wieder. Vor ihm auf dem Boden lag der fast kniehohe Stapel mit den sensationellen Dokumenten, die Bruder Pio gefunden haben wollte. Er hätte beinahe mit dem Fuß dagegengetreten und hielt sich nur im letzten Augenblick zurück. Sensationell wäre tatsächlich gewesen, wenn er die Heiratsdokumente von Radolf Vacillarius gefunden hätte. Bruder Severin war ihm langsam gefolgt und sagte nun:

»Wollt Ihr einen Blick hineinwerfen? Die Dokumente sind hochinteressant.«

Philipp zögerte; die unvermutet aufgetauchten Unterlagen interessierten ihn keineswegs. Er war wütend wegen seiner fehlgeschlagenen Mission. Severin sah ihn voller Erwartung an, und schließlich nickte er eher, um dem jungen Bruder einen Gefallen zum Dank für seine Hilfsbereitschaft zu erweisen und um die Zeit bis zu Johannes' Wiederkehr herumzubringen. Er ging in die Hocke und fasste nach einer der tönernen Rollen, entschied sich aber dann für einen zwischen zwei harten ledernen Deckeln zusammengebundenen Stoß und schnürte ihn auf. Er fuhr mit der Hand müßig durch die losen Blätter.

Die Pergamente waren unterschiedlich groß, wenn sie auch allesamt ungefähr dieselben Maße besaßen. Einige von ihnen waren dick und steif, andere dünn und fast durchscheinend, so oft waren sie mit Bimsstein bearbeitet worden, um frühere Einträge auszulöschen. Soweit sich aus den Schriftzügen und dem Zustand der Pergamente erkennen ließ, umfasste das Alter der gesamten Dokumente einen Zeitraum von mehreren Generationen. Philipp, der während seiner Zeit im Scriptorium auch die alten Schriften zu entziffern und einzuordnen gelernt hatte, begann damit, sie ihrem Alter entsprechend zu sortieren. Severin sah ihm mit gerunzelter Stirn zu.

»Bringt sie bitte nicht durcheinander«, sagte er. »Bruder Pio hat sie bereits geordnet.«

»Dann hat Bruder Pio ein schlechtes Augenlicht«, sagte Philipp. »Die Minuskeln können einem in der Regel sagen, von wann die Pergamente stammen, abgesehen vom Zustand der Pergamente selbst ...« Er zögerte plötzlich und hielt sich eines der Pergamente vor die Nase.

»Was ist damit? Habt ihr es zerrissen?«, fragte Severin alarmiert.

Philipp richtete sich auf und schritt zur Mitte des Archivs, wo der Lichtstrahl aus einem der Dachfenster einen hellen Fleck auf den Boden malte.

»Wo wollt Ihr hin?«, rief Severin. »Ihr dürft die Ordnung nicht durcheinander bringen.«

Philipp antwortete nicht. Er hielt das Pergament ins Licht und studierte es eingehend. Er war sicher, die Schrift schon einmal gesehen zu haben.

»Was ist mit dem Dokument?«, rief Severin, der ihm nachgelaufen war und ihn jetzt wie ein Huhn umflatterte.

»Das hier ist ... merkwürdig«, brummte Philipp und starrte einen Augenblick ins Leere. »Ich dachte zuerst, es sei ... aber hier im Licht ... Es ist nichts«, sagte er entschlossen und reichte Severin das Blatt zurück, der angesichts dessen Unversehrtheit unverhohlen aufatmete. Er trug es zurück und begann, den auseinander genommenen Stapel wieder zusammenzuraffen. Philipp kniete sich neben ihn auf den Boden, um ihm zu helfen. Schon nach wenigen Augenblicken legte er die Hand auf den Stapel und deutete auf ein Blatt, das Severin in der Hand hielt. »Warum wollt Ihr dieses Blatt hier einsortieren?«, fragte er. »Weil es hier hineingehört«, erklärte Severin steif.

Philipp schüttelte den Kopf. »Es war weiter unten; seht ...« Er fasste nach dem Stapel und pflückte ihn in Windeseile auseinander, um Severin zu demonstrieren, wohin das Blatt gehörte. Der Mönch riss die Augen auf, dann stürzte er sich fast auf den Dokumentenstapel, um Philipp an einem weiteren Umsortieren zu hindern.

»Lasst mich es tun, bitte«, sagte er mühsam beherrscht.

»Wie Ihr wollt«, sagte Philipp und breitete die Hände auseinander.

Severin warf ihm einen Seitenblick zu, und Philipp stand auf und trat ein paar Schritte zurück. Er deutete auf ein leeres Fach in einem der Regale, das in der Dunkelheit zwischen zwei Fenstern lag. »Warum ist hier eine Lücke?«, fragte er.

»Das ist das Fach, in dem Bruder Pio die Dokumente fand«, erklärte Severin. »Seht Ihr, wie dunkel es ist? Man kann Bruder Fredgar wirklich keinen Vorwurf machen, dass er sie übersehen hat.«

Philipp trat näher an das Fach heran und studierte die leere Stelle, so gut es in der Dunkelheit ging. Er fuhr mit dem Finger über den Fachboden und kam mit einer grauschwarzen Fingerkuppe zurück. Selbst im schlechten Licht war die Spur zu sehen, die er in den Staub gezogen hatte. »Habt Ihr nicht gesagt, es wären andere Unterlagen auf den neu gefundenen gelegen?«, fragte er. Severin nickte und deutete auf einen unordentlichen Stapel, der in einem Fach daneben lag.

»Wir haben sie dort hingelegt, um nicht aus den Augen zu verlieren, wohin sie gehören.«

Philipp fasste den Stapel mit spitzen Fingern an; er erwartete halb einen neuerlichen Protest von Seiten Severins, aber diese Papiere waren offensichtlich nicht wichtig genug. Philipp hob den Stapel hoch und drehte ihn um. Die Schmutzspuren aus dem Fachboden waren auf dem untersten Blatt deutlich zu sehen. Er legte den Stapel wieder zurück.

»Ich bewundere die Findigkeit von Bruder Pio«, erklärte er. »Ich hätte diese Unterlagen niemals gefunden, geschweige denn ihre Wichtigkeit erkannt.«

Bruder Severin lächelte, und der Groll, den er eben noch gegen Philipp gehegt hatte, verschwand aus seinem Gesicht. »Er ist ein guter Archivar«, sagte er. »Ich bin stolz, für ihn zu arbeiten.«

»Dann sollten wir auch wieder an die Arbeit gehen. Lasst uns die Taufbücher nochmals durchstöbern. Ich möchte sichergehen, dass wir auch hier nichts übersehen haben.«

Das Ergebnis der zweiten Untersuchung der Taufbücher war vorhersehbar gewesen. Sie hatten sie gerade beendet, als Johannes im Eingang des Archivs erschien. Severin richtete sich auf.

»Lasst die Bücher ruhig liegen«, sagte er zu Philipp. »Ich ordne sie wieder ein.«

»Ihr wart mir eine große Hilfe«, erwiderte Philipp. »Der Herr segne Euch.«

»Geht in Frieden«, sagte Severin.

Philipp schloss sich Johannes an, der wortlos auf ihn gewartet hatte. Gemeinsam schritten sie die Treppe hinunter. Aber anstatt ihn in den Westhof hinauszuführen, öffnete Johannes die Tür zum einsam daliegenden Kreuzgang. Philipp folgte ihm überrascht.

»Warst du erfolgreich?«, fragte Johannes.

Philipp schüttelte den Kopf. Johannes war offensichtlich mit anderen Dingen beschäftigt als Philipps Suche. Er ging ohne anzuhalten weiter und brummte: »Ich schon.«

»Hast du etwas über Bruder Pios sensationelle Unterlagen herausgefunden?«, fragte Philipp. Johannes blickte ihn einen Moment lang unentschlossen an. Schließlich antwortete er: »Es sind Schenkungsurkunden an die Kirche: Gold, Vollmachten, vor allem aber Landschenkungen.

Selbst der Grund, auf dem dieses Kloster steht, ist darin verzeichnet. Er gehörte dem Orden schon, lange bevor das Kloster erbaut wurde.«

»Das ist alles? Ich dachte, Bruder Pio hätte gesagt, es handle sich um mehr als nur um Schenkungsurkunden.«

»Ich habe nur einen Teil der Unterlagen durchgesehen, die ich mitgenommen habe, und diese sind wiederum nur ein Bruchteil des gesamten Fundes.«

»Eine ganz besonders spannende Lektüre steht dir da noch bevor.«

»Eine Reihe der Schenkungen wurde von Kaiser Otto dem Großen durchgeführt«, knurrte Johannes. »Aber es sind auch welche dabei, die von zwei alten fränkischen Herrschern stammen: Pippinus und Karolus Magnus.«

»Der gute alte Karolus. *Augustus.* Augustus *Maximus.* In letzter Zeit stolpert man über ihn, wohin man geht.«

»Sein Vater Pippinus und später auch er haben die Konstantinischen Schenkungen nochmals bestätigt. Das legitimiert den Anspruch der Kirche auf die Ländereien des Kirchenstaats. Ein Teil der Unterlagen handelte davon. Ich fand sogar ein schwierig zu entzifferndes Dokument mit einer ganzen Girlande von Originalsiegeln.«

»Was für ein Glück, dass der große Karolus, vor dessen Erinnerung der halbe Hofstaat des Kaisers im Staub zu liegen scheint, ausgerechnet die Schenkungen von Kaiser Konstantin an die Kirche bestätigt. Da kann der Kaiser wohl nicht mehr hergehen und dem Papst die Rübenäcker streitig machen, die das Reich in zwei Teile zerschneiden – schade für ihn, sonst untermauert er ja fast jedes Wort, das er sagt, mit dem alten Franken.«

Johannes grinste freudlos und strich sich mit der Hand über das Kinn. Er sah aus, als wäre er mit seinen Neuigkeiten noch nicht am Ende.

»Was hast du noch gefunden?«

»Nichts Großartiges. Nur ein kleiner Satz in einem Brief, den ein Schreiber am Hof von Karolus verfasst hat und in dem es um Anordnungen zu den Liedern geht, welche in der Messe zu singen seien. Sieh dir das an.«

Er blickte sich um, als ob er einen Beobachter fürchte, und zog dann ein dünnes Pergament aus der Kutte. Mit dem Finger wies er auf einen Absatz in dem in krausem Latein angefertigten Text. Philipp entzifferte ihn mühsam und blickte Johannes an.

»Wenn ich das richtig verstanden habe«, sagte er, »geht es hier darum, dass ein paar Lieder in der Messe auszutauschen seien, seit Karolus sich zum Kaiser gekrönt hat. Na und?«

»Es heißt: seit Karolus zum Kaiser gekrönt *wurde*.«

»Was willst du für eine Theorie auf diesem Schrieb aufbauen? Du hast doch gesehen, wie weit die Lateinkenntnisse unseres unbekannten, längst zu Staub gewordenen Schreibers waren. Lies nur das hier mal: ›Zusätzlich haben mussten alle lesbaren Laden im Reiche angewiesen sind, ihren Beitrag geleistet zu werden.‹ Was hältst du denn davon?«

»Mag sein, dass du Recht hast. Aber es macht mich trotzdem stutzig. Ich werde sehen, ob ich noch weitere Hinweise dazu finde.«

»Pass nur auf, dass du Bruder Pios Ordnung dabei nicht durcheinander bringst.«

»Philipp«, sagte Johannes drängend, »wie kannst du so unbeteiligt reden? Verstehst du nicht, was dieser Satz bedeuten kann? Alle Kaiser haben ihre Macht bislang auf ihre Vorgänger zurückgeführt, zu guter Letzt bis zum großen Konstantin. Wenn sich erweist, dass unter Konstantins Nachfolgern einer war, der sich nicht selbst gekrönt hat, sondern gekrönt wurde, dann erkennt das die Herrschaft eines anderen über den Thron des Kaisers an. Und wer sollte das anderes sein als der Heilige Stuhl? Wenn es auch noch bei einem Kaiser offenkundig wird, den der Ketzer

Frederico über alles verehrt, dann muss er sich dem Heiligen Vater endlich beugen.«

»Nun, Friede der Christenheit«, sagte Philipp obenhin. »Es wurde auch Zeit.«

»Ja«, sagte Johannes, »und hiermit könnten wir ihn endlich herbeiführen. Schon in diesem Augenblick werden sich alle Kirchengelehrten eifrig auf diesen Fund stürzen.«

»Ein Glück für den Papst. Der Kaiser hat ihn bislang in allen Schlachten besiegt; er sitzt in Lyon und wartet darauf, dass Frederico ihn an den Haaren aus seiner Festung herauszieht.«

Johannes schüttelte den Kopf. »Deine Rede ist wie immer respektlos«, sagte er, aber er lächelte dabei.

»Was bringt dich auf den Gedanken, dass man jetzt schon etwas über diese Schriften erfahren haben könnte?«

»Weil Bruder Pio zu demselben Schluss gekommen ist wie ich, das habe ich Severins Worten entnommen. Und weil ich annehme, dass er das Kloster Hals über Kopf verlassen hat, um dem Vater Abt nachzureisen und ihn zu informieren. Ich habe nachgefragt; tatsächlich hat er nicht einmal den Prior von seinem Weggang informiert. Er hat Severin angelogen, damit dieser nicht misstrauisch wurde.«

»Weshalb dieser Alleingang? Warum hat er niemanden eingeweiht?«

»Das kann ich dir erklären: Bruder Pio ist der jüngste Archivar, den ich jemals gesehen habe; er kann das Noviziat noch nicht lange hinter sich haben. Jemand hat ihn protegiert, und er will dieser Protektion gerecht werden. Wenn er als der alleinige Entdecker und Verbreiter von Dokumenten bekannt wird, die den jahrhundertelangen Streit zwischen Papst und Kaiser beenden können, und das noch zu Gunsten des Heiligen Stuhles, dann ...«

»... heißt der nächste Papst Bruder Pio.« Johannes schnaubte.

»Die Tugenden des Mönchs seien Gottesfurcht, Demut und Bescheidenheit«, zitierte Philipp. »Aber wer ist schon perfekt?«

»Du solltest damit keine Späße machen.«

»Und du solltest noch etwas wissen.«

Johannes wandte ihm den Kopf zu. Sein Gesicht spannte sich.

»Ich habe mir das Regal angesehen, in dem die Dokumente angeblich gefunden wurden. Wie erklärst du dir, dass die Unterseite des Dokumentenstapels über die Missionare, der angeblich ganz oben auf den neu gefundenen Dokumenten lag und diese verdeckte, ebenso schmutzig war wie der Regalboden? Wenn er auf anderen Dokumenten gelegen wäre, hätte er sauber sein müssen.«

Johannes blieb stehen. Sie hatten den Kreuzgang mittlerweile einmal umrundet.

»Was willst du damit andeuten?«, zischte er.

»Dass die Dokumente vielleicht gar nicht hier eingelagert waren. Es gibt nur Bruder Pios Aussage, dass er sie eines Nachts zufällig auffand, oder nicht? Niemand kann das bestätigen. Sie können ebenso gut von draußen kommen.«

»Du meinst, Bruder Pio hat sie von Anfang an hier eingeschmuggelt? Dazu hätte er Helfer haben müssen; das konnte er nicht alleine.«

»Helfer?«, fragte Philipp und lächelte. »Braucht es nicht auch Helfer, um mit einem Pferd aus dem Kloster zu reiten, ohne dass der Kämmerer etwas davon erfährt?«

Johannes zog erregt die Luft ein. Seine Augen funkelten. »Was hätte er davon, diese Dokumente hier hereinzubringen?«, stieß er hervor. Philipp ahmte mit beiden Händen über seinem Kopf eine hohe Kopfbedeckung nach: eine Tiara.

»Und wer hätte sie dann ursprünglich gefunden?«

»Was weiß ich? Vielleicht er selbst, irgendwo in Rom, während er Unterlagen sortierte und sich auf seine Berufung als Archivar vorbereitete. Vielleicht hat er sie gar nicht von draußen, sondern nur von einem anderen Platz aus dem Inneren dieses Klosters? Wie ist Bruder Fredgar gestorben?« Johannes blinzelte ob des plötzlichen Themenwechsels verwirrt. »Er war noch nicht so alt, wenn ich mich recht erinnere.«

»Er ist die Treppe vom Archiv hinuntergefallen. Er war sofort tot.«

»Hinuntergefallen? Nachdem er sie wer weiß wie viele Jahre ohne Unfall passiert hatte?«

»Diese Frage haben sich mehrere hier im Kloster gestellt.

Aber es hatte in den Tagen vorher geregnet, und auf der Treppe waren einige Pfützen, die vom Dach hereingetropft waren oder die jemand mit seiner nassen Kutte ins Innere des Hauses getragen hatte. Zuletzt – nachdem Bruder Pio das Getränkelager Fredgars fand – schrieb es jeder einem Rausch zu.«

»Habt ihr euch nicht einmal überlegt, ob Fredgar wirklich ein Säufer war?«, fragte Philipp und gab sich gleich darauf selbst die Antwort: »Nein – jeder musste es für den Grund seiner ständigen cholerischen Anfälle halten. Dann war es wohl ein Unfall.«

»Natürlich war es das«, sagte Johannes dumpf. »Ich will nicht daran denken, was deine Worte sonst andeuten würden.«

Sie waren vor dem Eingang zum Kreuzgang stehen geblieben, und Johannes trat hindurch und führte ihn wieder hinaus. Von der Glocke des Kirchturms begann das Sextläuten.

»Ich muss dich nun verlassen, Philipp«, sagte Johannes. »Übernachtest du nochmals hier im Kloster?«

»Wenn Bastulf mich lässt; um mich auf den Weg zu Radolf zu machen ist es viel zu spät.«

»Sag ihm, ich hätte dir eine zweite Übernachtung gestattet. Und verabschiede dich morgen von mir, bevor du gehst. Auch wenn du es nicht glaubst: Ich habe mich tatsächlich gefreut, dich wiederzusehen.«

»Ich auch«, sagte Philipp und lächelte. »Ich werde noch ein wenig über das nachdenken, was wir heute besprochen haben.«

»Weshalb interessierst du dich so sehr für diese Angelegenheit? Ich dachte, du hast genügend Probleme, nachdem du deine wichtigen Unterlagen hier nicht gefunden hast.«

»Vielleicht aus alter Verbundenheit?«

Als er während der Mittagsruhe schlaflos im *dormitorium* der Herberge lag und den ruhigen Atemzügen der wenigen anderen Schläfer lauschte, holte er aus seiner Gürteltasche den Fetzen Papier, den Radolf ihm gegeben hatte. Aus seinem Wams fischte er das Pergament, das er unter dem Dachfenster im Archiv betrachtet hatte. Er hatte es Severin entwendet, während er ihn mit dem Sortierungsproblem abgelenkt hatte. Er grinste in das Halbdunkel, gegen das die kleinen Fensteröffnungen in den Wänden ankämpften; es war nützlich gewesen, diesen kleinen Taschenspielertrick zu lernen, den ihm ausgerechnet der Kaplan beigebracht hatte. Den benutze ich, wenn ich Kinder besuche, deren Eltern soeben gestorben sind, hatte der Kaplan gesagt. Ein *joculator* hat ihn mir einmal beigebracht. Man kann Hühnereier damit verschwinden lassen und sie hinter den Ohren der Kinder wieder hervorziehen. Der Grund für Philipps Interesse an den von Bruder Pio aus dem Nichts herbeigezauberten Dokumenten – *ein noch größerer Taschenspielertrick als mein eigener*, dachte Philipp mit widerwilliger Bewunderung – war selbst im Halblicht zu sehen, als er Radolfs Fetzen und das Pergament aus dem Archiv übereinander hielt. Die abgeriebenen Buchstaben auf Radolfs Abriss hatten die gleiche Gestalt wie die auf dem Pergament. Sie hatten das gleiche Alter. Da es nicht anzunehmen war, dass Radolf in seinem Haus zufällig Fetzen von Pergamenten aufbewahrte, die im Alter dem Fund im Klosterarchiv glichen, konnte dies nur bedeuten, dass Radolfs Pergamentabriss tatsächlich aus dem Fund Bruder Pios stammte. Und da Radolf nicht vor kurzem im Kloster gewesen war, musste er ihn schon besessen haben, seit er von Fredgar die Originaldokumente seiner Heirat verlangt hatte.

Vielleicht war es gar nicht Fredgars Säuferei gewesen, die ihn Radolf in die Hände gespielt hatte. Vielleicht war es eher so, dass Fredgar (in seinem Herzen ein Kaisertreuer, wer mochte das wissen?) damals jene Unterlagen gefunden und versteckt hatte, um Schaden vom Kaiser abzuwenden; und Radolf hatte sie durch Zufall entdeckt, als er seine eigenen Dokumente suchte, ein paar Pergamente als Beweis eingesteckt und Fredgar damit erpresst.

Philipp wusste nicht, was die übereinstimmenden Buchstaben bedeuten konnten. Aber es mochte interessant sein, Radolf damit zu konfrontieren, wenn er versuchte, seine Enttäuschung über das Misslingen des Auftrags an Philipp auszulassen. Mit dem beruhigenden Gedanken daran schlief Philipp ein.

Als er wieder erwachte, herrschte reges Treiben im Westhof des Klosters. Der Himmel hatte sich in den letzten Stunden mit einem Schleier bezogen und leuchtete nun in grellem Weiß. Im

Westen war etwas wie eine Verdichtung der Wolken zu ahnen, und die Insekten waren peinlich lästig. Philipp warf dem Himmel einen missmutigen Blick zu, während er über den Hof zum Eingang von Bastulfs Herberge schritt.

Bastulf begrüßte ihn flüchtiger als gestern: Der Herbergsraum war heute beinahe zum Bersten mit Männern gefüllt, und er eilte zwischen den Tischen umher und teilte Suppe aus. Philipp stand in der Tür, bis seine Augen sich an die Düsternis des Raumes gewöhnt hatten, dann spähte er auf der Suche nach einem Sitzplatz umher. Zu seinem Erstaunen entdeckte er ein bekanntes Gesicht: Galbert. Dieser wandte ihm im gleichen Augenblick das Gesicht zu, begann überrascht zu lächeln und erhob sich.

»Hierher, Philipp«, rief er und winkte. Philipp drängte sich durch die Sitzenden und nahm neben ihm Platz.

»Was machst du denn hier, Galbert?«

Galbert verzog das Gesicht zu einem Lächeln, das über den Dingen stehend aussehen sollte und doch nur seinen Stolz bekräftigte. »Ich bin die Eskorte für die fränkische Dame, die auf unserem Hof wohnt, solange du nicht da bist.«

»Aude«, sagte Philipp. »Was um alles in der Welt hat sie vor?«

»Ich glaube, sie sucht nach ihrem Mann, oder nicht?«

»Ich weiß. Ich meine, wieso sucht sie ihn hier? Glaubt sie etwa, dass er unter die Mönche gegangen ist?«

Galbert kicherte. »Ich habe keine Ahnung«, bekannte er. »Ich weiß nur, dass ich, wenn diese Frau mein Weib wäre, auf gar keinen Fall ins Kloster wollte.«

»Wo ist sie jetzt?«

»Drüben, im anderen Flügel der Herberge, der für die Frauen vorbehalten ist.«

»Wie seid ihr hergekommen? Doch nicht allein?«

»Nein, sie hat gestern in der Stadt mit einigen Pilgern verabredet, dass wir uns ihnen anschließen dürften. Heute sind wir in ihrer Begleitung hierher gereist.«

Philipp schüttelte den Kopf. Bastulf näherte sich mit einem Kessel, aus dem die Suppe dampfte, und blickte auf Philipp hinunter.

»Ich sehe, es fängt an, dir hier zu gefallen«, sagte er.

»Daran ist nur deine Suppe schuld, Bastulf. Und ich habe noch ein paar Dinge mit Johannes zu besprechen. Er lässt dir ausrichten, ich könne eine weitere Nacht die Gastfreundschaft des Klosters missbrauchen.«

»Johannes ist noch während der Mittagsruhe weggeritten. Kurz zuvor kam ein Pächter und meldete, dass er einen toten Mann auf seinem Acker gefunden habe, und Johannes ist sofort mit dem Prior und dem Sakristan aufgebrochen, um die Leiche zu sehen und hierher zu bringen.« Bastulf wies mit einer tropfenden Schöpfkelle auf den Tisch. »Du musst dir vorne einen Teller holen. Soll ich die Suppe vielleicht auf den Tisch gießen?«

Galbert schob seinen Teller zu Philipp hinüber. »Nimm meinen«, sagte er. »Seit wir hier eingetroffen sind, bin ich am Essen. Ich platze bald.«

»Du musst ja nicht jedes Mal den Teller hochhalten, wenn ich mit der Suppe komme«, brummte Bastulf. »Die Speisung ist ein Almosen.«

»Du musst ihn ja nicht jedes Mal füllen«, versetzte Galbert schlagfertig.

»Ich werd's mir merken«, erklärte Bastulf und füllte Philipps Teller auf. »Wenn du was übrig lässt, gib es ja nicht diesem Kerl«, warnte er.

Philipp zuckte mit den Schultern. »Ich muss sehen, dass es meinen Leuten gut geht«, sagte er.

»Gehört er vielleicht zu dir?«

»Er gehört zu meinem Herrn und untersteht meiner Aufsicht.«

»Ich dachte, er sei der Diener der schönen Dame.«

»Die Dame wohnt für einige Zeit auf dem Hof meines Herrn.«

Bastulf grinste plötzlich und drohte mit dem Finger. »Und ich soll jetzt glauben, dass es der reine Zufall ist, der euch hier zusammenführt?«

Von einem anderen Tisch rief jemand nach Bastulf, und dieser machte Anstalten, dem Ruf nachzukommen. Philipp hielt ihn auf. »Ich möchte mit ihr sprechen«, sagte er. »Das kann ich mir denken. Aber du darfst nicht so einfach in den Frauentrakt hinübergehen.«

»Wie soll ich es bewerkstelligen?«

»Geh zum Bruder Torhüter. Er lässt dich hinaus. Ich werde ihr ausrichten lassen, dass du mit ihr reden willst, und sie zu dir hinausschicken.«

»Ich danke dir.«

»Ich muss jetzt weiterarbeiten«, sagte Bastulf.

»Eines noch: Wenn Johannes zurück ist, möchte ich ihn nochmals sprechen. Kannst du ihm das von mir bestellen?«

»Was täte ich nicht für dich?«, seufzte Bastulf und schleppte seinen Kessel davon.

»Der Wirt ist ein aufrechter Kerl«, fand Galbert. »Er hat mich schon dreimal ermahnt, nicht so viel zu essen, und gibt mir doch jedes Mal von neuem etwas.«

»Ich weiß.«

»Ist er ein alter Freund von dir, als du noch im Kloster warst?«

»Ja«, erwiderte Philipp. Er löffelte seine Suppe ohne großen Appetit aus, verabschiedete sich von Galbert und ließ sich vom Bruder Torhüter nach draußen befördern.

Das Tor öffnete sich nur wenige Minuten nach Philipp erneut, und Aude trat hindurch. Sie eilte lächelnd auf ihn zu. »Ein unerwartetes Wiedersehen«, sagte sie.

»Was tut Ihr denn hier?«

»Nachdem Ihr Euch davongemacht hattet, habe ich gestern nochmals in der Stadt nach Spuren Geoffrois herumgefragt. Jemand teilte mir mit, er habe sich nach diesem Kloster erkundigt.«

»Was heißt hier: davongemacht?«, erkundigte sich Philipp aufgebracht.

»Sagt man nicht so? Ich meinte damit, Ihr wäret ausgewichen, geflohen oder etwas in der Art.«

»Weshalb hätte ich das tun sollen?« Philipp bekämpfte eine dumpfe Ahnung, als ihr Lächeln eine Spur wehmütiger wurde. »Wollt Ihr mir vorwerfen, ich hätte mein Versprechen nicht gehalten? Ich habe einen ganzen Nachmittag mit Euch in der Stadt verbracht auf der Suche nach Eurem Gatten.«

»Ja, und dabei habt Ihr mich die ganze Zeit über an der Herberge vorbeigeführt, in der Ihr übernachtet habt.«

»Hätte ich Euch vielleicht mein Lager zeigen sollen? Und dies hier, werte Aude Cantat aus der schönen Grafschaft Vermandois, ist das Lager, in dem der berühmte, unvergleichliche Philipp zu nächtigen pflegt, wenn er sich in der Stadt aufhält?«

»Philipp, ich weiß alles«, sagte sie. Philipp verstummte und presste die Lippen zusammen.

»Ich habe mich ein zweites Mal mit dem Wirt unterhalten, in dessen Speisesaal Ihr Geoffroi getroffen habt. Ich fragte ihn, ob er wisse, wohin Geoffroi nach dem Treffen mit Euch gegangen sei. Er verwies mich ganz verdutzt zu jener anderen Herberge, in der Euer Herr eine Kammer besitzt, und wunderte sich, dass Ihr mir nicht davon erzählt hattet. Ob Geoffroi Euch dort nicht mehr hätte angetroffen? Ich begab mich in die andere Herberge. Der dortige Wirt erzählte mir, was vorgefallen war. Er war noch immer wütend.«

Philipp trat gegen den Boden und brummte etwas Unverständliches.

»Warum habt Ihr es mir nicht gesagt?«, fragte sie.

»Es geht nur mich und Minstr ... und Geoffroi etwas an«, erwiderte Philipp trotzig.

»Es geht auch mich etwas an, wenn man annimmt, mein Mann sei ein Trunkenbold, ein Betrüger und ein Dieb«, rief sie scharf.

Philipp schwieg dazu. Sie sah ihn eine Weile an und schien auf eine Erwiderung zu warten. Schließlich senkte sie den Kopf. »Erklärt Ihr mir wenigstens, warum Ihr es mir verschwiegen habt?«

»Es ist Männersache.«

Aude lachte ungläubig. »Wann immer eine Dummheit begangen wird, heißt es: Das ist Männersache«, sagte sie mit ätzendem Spott. »Es war nicht recht von Euch zu schweigen. Auch wenn Eure Gründe wahrscheinlich edler waren, als Ihr wollt zugeben.«

Philipp blickte peinlich berührt auf. Betroffen erkannte er, dass das Aufflammen ihrer Wut nur dazu gedient hatte, ihre Trauer zu bemänteln. Ihre Augen waren feucht.

»Ihr seid ein guter Mensch, Philipp; selbst wenn man Euch verletzt«, sagte sie. »Ihr wolltet schützen die Ehre von Geoffroi, weil man die Fehler eines Mannes nicht vor den Ohren seiner Frau beklagt. Ihr wolltet mich schützen, weil das Ansehen einer Frau vom Betragen Ihres Gemahls abhängt und weil ihr dachtet: Sie hat unter diesem Unhold schon genug zu leiden.«

Philipp wollte protestieren, aber ihre Einsicht in seine Motive war zu scharf. Er bewegte seine Schultern und wünschte, er hätte dieses Gespräch nicht gesucht.

»Geoffroi ist nicht so, wie Ihr denkt«, sagte sie nach einer Weile. »Ich glaube, dass Euer Eindruck von ihm weit falscher ist als meiner. Was immer er getan hat, während Ihr ihn in Eurer Kammer zurückgelassen habt, muss auf einem Missverständnis beruhen.«

Was kann man an einer zerwühlten Kammer groß missverstehen, wollte Philipp sagen. Aber Audes offensichtliches Bemühen, an die Güte in ihrem Mann zu glauben, rührte ihn. Er erwiderte nur: »Ich weiß nicht.«

»Philipp, wenn Ihr noch etwas wisst, bitte sagt es mir«, drängte sie ihn. »Ich bin bis hier heraus geritten, weil ich hoffte, eine Spur von ihm zu finden. Es war vergebens. Er ist niemals hier gewesen. Ihr seid derjenige, der Geoffroi zuletzt gesehen hat. Ich werde noch verrückt vor Sorge, besonders wenn ich höre, was er getan haben soll. Bitte sagt mir alles, was Ihr wisst.« Sie blinzelte eine Träne zurück, aber die Träne war zu groß und lief stattdessen ihre Wange hinunter. Mit einer beinahe wütenden Handbewegung wischte sie sie weg.

»Ihr liebt ihn sehr«, hörte Philipp sich sagen und fühlte einen schmerzlichen Stich wegen Dionisia dabei.

Ein leises Grollen war zu hören, und Aude blickte statt einer Antwort in den Himmel. Philipp tat es ihr gleich. Die Wand im Westen hatte sich weiter verdichtet und eine stumpfe Farbe angenommen, aber es war noch nicht Zeit für das Gewitter. Über der Straße hing eine Staubfahne. Das Grollen wurde lauter und entpuppte sich als das Geräusch von mehreren Pferden, die in schnellem Trab vorwärts getrieben wurden. Hinter ihnen, auf dem Kranz der Mauer, die das Kloster umgab, rief jemand mit heller Stimme in den Westhof hinab: »Es sind der Prior, der Sakristan und der Kämmerer. Macht das Tor auf.«

Philipp verengte die Augen und trat gleichzeitig mit Aude beiseite. Das Tor bewegte sich ächzend und schwang beide Flügel auf. In der Staubfahne waren jetzt die Gestalten von mehreren Reitern erkennbar, die ein reiterloses Pferd mit sich führten. Etwas Großes, Schlaffes hing über dem Rücken des Pferdes und bewegte sich matt zum Rhythmus des Trabs. »Wer ist das?«, fragte Aude.

»Wie Ihr gehört habt: Prior, Sakristan und Kämmerer. Ich kenne den Kämmerer; sein Name ist Johannes. Wir waren beide Novizen im Kloster, aber er ist geblieben, während ich das Kloster verlassen habe. Er hat mich ins Archiv gebracht.«

»Ihr sucht noch immer nach Unterlagen über diesen Radon, stimmt es?«

»Radolf. Aber ich habe nichts Vernünftiges gefunden.«

»Und was nun?«

»Ich werde morgen zu Radolf reiten und ihm mitteilen, dass ich nicht mehr weiter weiß. Voraussichtlich wird er sich auf mich stürzen.«

»Eine beunruhigende Vorstellung.«

»Nicht allzu sehr. Ich habe statt seiner Unterlagen etwas gefunden, das ihn in einem ziemlich schlechten Licht zeigt. Er hat scheinbar den früheren Archivar erpresst. Ich möchte deshalb nachher nochmals mit Johannes sprechen und ihn darüber informieren. Ich brauche ihn als Verbündeten.«

»Wird er zu Euch halten?«

»Er hat eine mächtige Wut auf den jetzigen Archivar und konnte als Novize auch den alten Archivar nicht leiden. Was immer mit dem Archiv zusammenhängt, verursacht ihm Magenschmerzen. Und da Radolf auch mit seinen Pfoten im Archiv herumgemischt hat, wird ihn sein Ärger sicher auf meine Seite bringen.«

»Es ist nicht schön, auf den fortdauernden Ärger eines Menschen zu hoffen.«

»Da habt Ihr Recht«, sagte Philipp, der keinerlei Lust verspürte, sich schon wieder auf einen der vielen Kriegsschauplätze zu begeben, die ihre Bekanntschaft begleiteten. Aude war scheinbar überrascht, dass er ihr nicht widersprach.

Die Reiter hatten das Tor jetzt erreicht und hielten an. Ein paar Mönche liefen nach draußen. Das Geläut der Torglocke setzte plötzlich ein, als wollte es die Ankömmlinge und ihre tote Fracht willkommen heißen. Philipp erkannte die lange Gestalt von Bruder Johannes, der mit steifen Beinen von seinem Pferd sprang und sich den Staub aus der Kutte klopfte. Er hatte Philipp noch keinen Blick zugeworfen. Stattdessen schüttelte er seine Gliedmaßen aus und trat dann auf das Pferd zu, das den Leichnam trug.

Es war Kaplan Thomas.

»Erschlagen«, sagte Johannes, »mit einem Knüppel ins Genick. Wie man einen Hund erschlägt; oder ein angestochenes Schwein.«

Philipp hörte ihm mit halbem Ohr zu. Seine Blicke ruhten auf dem Leichnam, den man auf einem Lager in einer Ecke des Hospizes aufgebahrt hatte. Thomas blickte mit leeren Augen nach oben, eines weiter geöffnet als das andere. In einem Nasenwinkel stand ein getrockneter, brauner Bluthalbmond. Sein Körper lag nackt den Blicken der Mönche ausgesetzt auf der Bettstatt, die Kutte zusammengeknüllt über seiner Scham, aber sein Oberkörper und seine langen Beine waren so unbekleidet, wie der Bruder Apotheker sie gelassen hatte, nachdem er den Leichnam untersucht hatte. Philipp erinnerte sich der Schamhaftigkeit des Kaplans und wünschte sich, jemand möge vortreten und seinem toten Körper die Würde der Kleidung zurückgeben.

Aude war vermutlich wieder in den Frauentrakt der Herberge zurückgekehrt. Er wollte, sie wäre mit ihm ins Hospiz gekommen. Thomas' wächsernes Gesicht starrte unbewegt an die Decke, während der Bruder Apotheker mit unverständlichen Worten seine aufgeschlagenen Knie und seine aufgeschürften Handflächen beschrieb und wie der oder die Mörder den Kaplan seiner Ansicht nach mit dem ersten Knüppelschlag auf die Knie gezwungen und mit dem zweiten sein Genick gebrochen hatten. Philipp wünschte, Thomas würde blinzeln und sich erheben und die ganze Angelegenheit als schlechten Scherz abtun. Der Apotheker beendete seine Erklärung und drückte Thomas die Augen zu. Philipp schluckte und spürte einen heißen Schmerz, der in seine Eingeweide und hinter seine Augen schoss. Thomas war tot.

Johannes berührte Philipps Arm, und Philipp erkannte, dass die anderen Männer sich bereits abgewandt hatten und den Raum verließen. Er folgte dem Kämmerer. Auf halber Strecke wandte er sich nochmals um. Der Bruder Apotheker faltete Thomas' Kutte auseinander und bedeckte seinen Körper damit.

»Er ist vorgestern in das Kloster gekommen, wie du sagtest«, erklärte Johannes. »Er bat darum, vor dem Abt und den wichtigsten Amtsinhabern gehört zu werden. Ich habe die Geschichte nachgeprüft.«

»Ich weiß, was er vorhatte«, sagte Philipp heiser. »Ein Dorfpriester hatte eine seiner Meinung nach ungerechte Verurteilung ausgesprochen, und er wollte verhindern, dass so etwas noch einmal vorkommt.«

»Ich bin mir nicht sicher, ob die Verurteilung wirklich ungerecht war.«

»Was weißt du wohl davon?«

»Der Prior war bei dem Gespräch zugegen und hat es mir geschildert. Sagen wir es so: Die Fakten hatten eine größere Überzeugungskraft als seine Worte. Die Frau, die dem Gottesurteil ausgesetzt wurde, ist gestorben: an Staub und Straßendreck erstickt.«

Philipp verzog das Gesicht. »Hat sie selbst ...?«

»Nein, das wäre nicht möglich gewesen. Alles sieht danach aus, als habe der Herr das Urteil selbst vollstreckt, und zwar gemäß der Schrift, dass die Worte von Ketzern nichts seien als Staub im Mund.« Johannes bekreuzigte sich und murmelte: *»Quiapeccavi nimis cogitatione, verbo et opere.«*

Philipp fühlte einen kalten Schauer, der selbst durch die Masse aus Taubheit drang, die ihn seit dem Anblick des toten Kaplans auszufüllen schien. Der Schauer entpuppte sich bei näherem Hinsehen als Wut.

»Denn ich habe gesündigt in Gedanken, Worten und Taten?«, wiederholte er. »Schuldig, nur weil sie tot ist? Wahrscheinlich bist du auch noch der Meinung, *Gott* der Herr hat ihr selbst den Dreck in den Hals geschaufelt.«

»Wenn ich es auch mit weniger groben Worten ausdrücken würde – ja. In jedem Gottesurteil hat der Herr die Hand im Spiel, wie direkt oder indirekt auch immer.«

»Aber in so einem Fall! Jeder, der durch das Dorf kam, konnte mit der Frau anstellen, was er wollte. Sie war an einen Pfahl gefesselt, und über den Tag war das Dorf vermutlich menschenleer.«

»Richtig. Aber wer hätte sich die Mühe gemacht, sie festzuhalten und ihr Straßendreck in den Mund zu schütten? Ich glaube, dass sie als Ketzerin verurteilt und einem Gottesgericht ausgesetzt wurde und dass sie so gestorben ist, wie sie es ihrem Urteil nach verdiente.«

Sie traten hinaus ins Freie. Johannes zog die Kapuze über seinen Kopf und steckte die Hände in die Ärmel der Kutte. Philipp spürte die Wut rasch in sich wachsen. Er wusste, dass es nur eine Reaktion auf den Schock war, den der Anblick des Toten ausgelöst hatte, aber er konnte sich nicht dagegen wehren.

»Was ist mit Thomas?«, zischte er. »Hat er deiner Meinung nach auch verdient, was ihm zugestoßen ist, weil er das Urteil gegen eine Ketzerin angezweifelt hat? Hat ein Engel einen Stein aus dem Himmelsgewölbe gebrochen und ihm in den Nacken geworfen?«

Johannes wandte ihm sein beschattetes Gesicht zu und betrachtete ihn einen Moment lang ausdruckslos. »Du redest lästerliche Worte«, sagte er ruhig. »Vermutlich wurde er von einer Bande Straßenräuber erschlagen.«

»Straßenräuber, natürlich«, höhnte Philipp. »Die sich reiche Beute von einem Mann versprechen, der zu Fuß unterwegs ist und den seine Kleidung deutlich als Geistlichen ausweist.«

»Du hast die Wunde in seinem Nacken gesehen. Sie wurde nicht von einem fallenden Ast verursacht, ganz abgesehen davon, dass kein Baum in der Nähe war, wo er gefunden wurde. Sie stammt von einem Streitkolben. Ein einzelner Wegelagerer würde keine derartige Waffe besitzen: Er hätte sie schon längst zu Geld gemacht, um Essen zu kaufen, und sich auf eine Steinschleuder verlassen. Richtige Waffen besitzen nur organisierte Banden von Gesetzlosen.«

»Ich frage dich nochmals: Was hätten Straßenräuber bei Thomas finden wollen?«

»Philipp«, seufzte Johannes, »was hätte irgendjemand bei Thomas finden wollen, das einen Mord rechtfertigte? Wir wissen nicht, wer ihn umgebracht hat.«

»Vielleicht hat es mit seinem Einsatz für die Verurteilte zu tun?«

»Und wer hätte ein Interesse daran, ihn dafür zu bestrafen, wenn nicht der Herr selbst?«

»Ich weiß, dass er den Fall vor den Bischof bringen wollte, wenn es nötig wäre. So wie ich ihn kenne, hat er damit auch vor dem Abt und dem Prior nicht hinter dem Berg gehalten.«

»Willst du damit sagen, dass jemand hier aus dem Kloster ihn beseitigen wollte, weil ihm seine Einmischung unwillkommen war und er eine Anzeige beim Bischof fürchtete?« Johannes sah ihn fassungslos an, und auf seiner Stirn erschienen ärgerliche Falten. Philipp achtete nicht darauf. »Entweder das«, erklärte er ungehalten, »oder der Dorfpriester hat ihn auf dem Gewissen.«

»Philipp, du weißt nicht, was du redest.«

»Aber ich weiß, was ich denke. Wenn Thomas zum Bischof gegangen wäre und ihn von seiner Ansicht überzeugt hätte, hätte der Dorfpriester zumindest eine unangenehme Zeit gehabt. Und ihr hättet euch fragen lassen müssen, ob aus euren Reihen noch mehr Fanatikern und Hitzköpfen die Aufsicht über die Seelen eines armen Dorfes gegeben wurde. Unter Umständen hätte sich sogar noch eine Untersuchung der weltlichen Behörden wegen Anmaßung der Rechtsgewalt ergeben.«

»Und weil wir uns davor fürchteten, erschlugen wir den Kaplan deines Herrn?«, rief Johannes aufgebracht.

»Ihr oder der Dorfpriester! Warum holt ihr ihn nicht ins Kloster und befragt ihn dazu?«

»Wir wissen selbst, was wir zu tun haben«, versetzte Johannes wütend.

»Ganz offensichtlich.«

»Was willst du damit sagen?«

»Nichts, was du dir nicht denken kannst«, stieß Philipp hervor und wandte sich brüsk ab. Johannes sprang ihm nach und hielt ihn fest.

»Wir haben nichts zu verbergen«, sagte er, aber der unterdrückte Zorn war trotz seiner beherrschten Worte deutlich zu hören. Philipp, in seine eigene Wut gehüllt, wollte es nicht bemerken. Er riss sich los.

»Jetzt nicht mehr«, sagte er heiser und stapfte davon.

»Du bist verrückt!«, rief ihm Johannes hinterher. »Du verurteilst, bevor du nachdenkst, und du steigerst dich in etwas hinein, das völlig ohne Hand und Fuß ist. Genau wie damals, als du dir in den Kopf gesetzt hast, das Kloster verlassen zu müssen. Was hat es dir gebracht? Schon bei der ersten schwierigen Aufgabe bist du wieder hier und verlangst nach unserer Hilfe! Ich gebe sie dir gegen alle Regeln und Verordnungen des Ordens, und zum Dank verdächtigst du uns, einen Menschen ermordet zu haben. Denk doch einmal darüber nach, Philipp!«

»Lass mich in Ruhe«, brummte Philipp, ohne sich umzudrehen. Seine Schritte beschleunigten sich, um aus dem Hof vor dem Hospiz zu entkommen. Sein Zorn war schon wieder verraucht. Er wusste, dass er sich hatte hinreißen lassen, aber er brachte es nicht über sich, sich umzuwenden und mit Johannes Frieden zu schließen. Er sah das tote Gesicht des Kaplans vor sich. Ohne anzuhalten stürmte er hinaus in den Westhof.

In der Nähe der Klosterherberge war eine kleine Kapelle errichtet worden, um den Gästen des Klosters, die man nicht in seinen Innenbereich einzulassen gewillt war, dennoch die Möglichkeit zur Andacht zu geben. Es war ein kleines Gebäude, nicht unähnlich der Kapelle, die neben dem Friedhof auf Radolfs Besitz stand, ein fensterloser Bau mit einer großen Pforte, durch die er sein einziges Licht bezog. Der Regen plätscherte jetzt daran herab, wob einen dichten Vorhang vor der Eingangsöffnung und wehte in Schleiern über den menschenleeren Westhof. In der Kapelle war es düster und kühl; Philipp fröstelte, während er blicklos nach draußen schaute und sich an den Gedanken zu gewöhnen suchte, dass Kaplan Thomas nicht mehr am Leben war.

Zwei Gestalten hasteten über den Hof auf die Kapelle zu. Eine hielt eine Decke über den Kopf der anderen. Die beiden erreichten die Kapelle.

»Du kannst zurückgehen in die Herberge«, sagte Aude zu Galbert. »Philipp wird mich dann in den Frauentrakt begleiten.«

Galbert nickte, grinste Philipp zu – *es hat ihm noch niemand gesagt, dass Thomas tot ist,* dachte dieser unwillkürlich –, wickelte sich in die Decke und sprang über die Pfützen zurück in die Trockenheit der Herberge. Aude trat vom Eingang zurück, bis sie einen Platz erreichte, an dem die aufspritzende Nässe sie nicht mehr erreichen konnte. Sie sah Philipp in die Augen. »Was tut Ihr hier?«, fragte sie.

»Ich warte darauf, dass der Tag vergeht«, knurrte Philipp.

»Ich will Euch nicht stören ...«

»Dann hättet Ihr nicht kommen sollen.«

»... aber ich dachte mir, Ihr könntet ein wenig Gesellschaft brauchen.«

Philipp bemühte sich, nicht zu ungehalten zu sein. »Ich würde es vorziehen, allein zu sein«, erklärte er.

Aude zuckte mit den Schultern und sah sich scheinbar interessiert in der Kapelle um. »Der Tote war ein guter Freund von Euch?«, fragte sie wie nebenbei.

»So etwas Ähnliches.«

»Es sieht Euch ähnlich, Euch zu verbergen, wenn Ihr leidet, und niemanden an Euch heranzulassen. Aber das ist falsch, Philipp. Es gibt immer jemanden, der bereit ist, Euren Schmerz zu teilen. Ihr müsst nicht in einen Busch kriechen und allein den Mond anheulen wie ein verstoßener Wolf.«

»Ich danke Euch für Eure Ratschläge«, sagte Philipp sarkastisch. »Leider ist alles ganz anders, als Ihr denkt.«

»Wie war der Name Eures Freundes?«

»Thomas«, antwortete Philipp unwillig. »Er war nicht mein Freund. Ich mochte ihn, das ist alles.«

»Woher kennt Ihr ihn?«

»Er war der Kaplan meines Herrn.«

Aude lächelte. »Wieso sagt Ihr, dass er nicht Euer Freund war?«

»Weil es die Wahrheit ist. Ich habe keine ...«, er unterbrach sich.

»Ihr habt keine Freunde am Hof Eures Herrn? Ihr müsstet hören, wie Galbert über Euch spricht. Man möchte glauben, Ihr seid sein Bruder.«

»Galbert ist ein Tor«, brummte Philipp.

Sie lächelte wieder. »Erzählt mir ein wenig von Eurem Freund, dem Kaplan«, sagte sie. »Was war er für ein Mensch?«

Philipp sah sie ungläubig an. »Wollt Ihr das wirklich wissen?«

»Natürlich. Immerhin bin ich durch den Regen gelaufen, um es zu hören.«

»Ihr wollt mir nur die Zeit vertreiben, weil Ihr glaubt, es geht mir nicht gut.«

Aude seufzte und ging ein paar Schritte in der Kapelle auf und ab. Das Tuch auf ihrem Kopf war durchnässt, und sie hatte es um die Schultern gelegt. Ihr abgeschnittenes Haar leuchtete dunkel im Halblicht der Kapelle, eine zerzauste Kappe um ihr helles Gesicht. In ihren Augen war die helle Türöffnung als Spiegelbild zu sehen und ließ sie intensiv blau erscheinen. Zusammenhanglos dachte Philipp daran, dass ihre Augenfarbe sich mit dem Licht änderte: Bei Sonneneinfall waren sie grün, bei Regen blau und im goldenen Licht einer Fackel von einem hellen, wissenden Grau. »Und wenn es so ist?«, rief sie. »Warum akzeptiert Ihr es nicht? Ich weiß, dass es Euch nicht gut geht, und Ihr wisst es auch. Wie nahe Euch der Kaplan auch immer stand, Ihr betrauert seinen Tod. Ich will nichts weiter, als Euch zur Seite stehen und Euch dabei helfen.«

»Warum?«

Sie zögerte mit ihrer Antwort. Philipp stand wie angewurzelt in der Türöffnung.

»Weil ich sehe, dass es falsch ist, was Ihr tut. Ihr zeigt den Menschen nur die Oberfläche Eures Wesens, die so unkompliziert scheint, dass jeder sie mag. Ihr macht ständig Scherze, und Ihr gebt vor, für jedes Problem eine Lösung zu kennen. Ich glaube aber, dass darunter ein anderer Mensch steckt, einer, dem nicht immer nach Scherzen zu Mute ist, einer, der statt zu spotten oftmals schreien möchte und der manchmal keinen Rat weiß.

Ich möchte der Freund dieses Menschen sein. Gebt ihm eine Chance. Gebt mir eine Chance.«

Vorsichtig sagte Philipp: »Niemand möchte der Freund eines Schwächlings sein.«

»Ist es das, was Ihr denkt? Dass ein Schwächling unter der Haut steckt, die Ihr über Euch gezogen habt? Wisst Ihr nicht, dass unter jeder Oberfläche ein solcher Schwächling steckt? Unter meiner wie unter der Galberts, unter der Eures Herrn ebenso wie unter der Geoffrois ... Ihr denkt, keine Freunde zu haben. Vielleicht ist das richtig; vielleicht umgeben Euch nur Menschen, die Eure Stärke bewundern und sich an Euch anlehnen. Das ist aber Eure Schuld, denn niemand will einen Menschen zum Freund, der ihm ständig überlegen ist und ihn nicht an sich heranlässt. Die Menschen wollen nicht nur gestützt werden – sie wollen auch helfen. Ihr gebt allen immer nur Eure Stärke und stützt sie. Gebt ihnen auch einmal Eure Schwäche. Ihr werdet sehen, dass niemand deshalb schlecht von Euch denkt, im Gegenteil: Es werden sich viele Hände nach Euch ausstrecken.«

»Eine Hand hat sich heute schon zurückgezogen«, sagte Philipp.

»Wie meint Ihr das?«

»Ich habe es mit Johannes verdorben. Ich fürchte, ich habe ihn unsterblich beleidigt.«

Aude seufzte. Philipp sah, dass sie seinen Themenwechsel klar erkannte, aber er starrte sie nur an und hoffte, dass sie darauf einging. Schließlich gab sie nach.

»Womit habt Ihr ihn beleidigt?«

»Ich habe den Verdacht ausgesprochen, dass irgendjemand im Kloster, mit der Ermordung Thomas' zu tun haben könnte.«

»Und glaubt Ihr das?«

»Nein«, stieß Philipp ungehalten hervor.

»Was werdet Ihr tun? Ihn um Verzeihung bitten?«

»Ich sollte wohl; aber es wird nicht viel nützen. Nach dem zu schließen, was er mir an den Kopf geworfen hat, als ich ihn verließ, ist er wirklich wütend.«

»Noch wütender als auf den Archivar?«

Philipp kniff die Augen zusammen und musterte sie. »Was meint Ihr damit?«

»Wenn ich Euch nun sagte, dass ich heute während der Mittagsruhe ein Gespräch zwischen zwei Mönchen gehört habe, während ich mich im Frauenteil der Herberge aufhielt? Die beiden standen direkt neben der Tür und rechneten vermutlich nicht damit, dass sich jemand im Inneren befand. Der eine fragte, wann sie die Dokumente für den Abtransport sollten bündeln, und der andere antwortete, dass jetzt die beste Möglichkeit dazu bestehe. ›Der Kämmerer ist unterwegs, um eine arme Seele vom Erdboden zu kratzen‹, sagte er. ›Ich habe Bruder Severin vor dem Archiv abgelöst. Der naive Kerl war mir noch dankbar dafür. Wenn Bruder Pio wiederkommt, will er sicher so bald wie möglich wieder mit den Unterlagen fort.‹ Ich habe herumgefragt ein wenig und herausgefunden, dass Bruder Pio der Archivar ist.«

Philipp schlug sich plötzlich aufgeregt mit der Faust in die hohle Hand. »Johannes dachte, Pio wolle nur seinem Ehrgeiz etwas Gutes tun und den Abt von seinem Dokumentenfund berichten. Dabei schafft er die Unterlagen aus dem Kloster, ohne dass Johannes davon erfährt. Was immer er damit bezweckt, es dürfte Johannes auf jeden Fall interessieren. Wisst Ihr, dass Ihr mir eben eine Möglichkeit gegeben habt, mit ihm wieder ins Gespräch zu kommen?«

»Natürlich.«

»Warum habt Ihr mir das nicht schon früher gesagt?«

»Es reicht doch, dass Ihr es zu dem Zeitpunkt erfahrt, an dem es für Euch wichtig ist.« Sie lachte. »Aber die Wahrheit ist, dass es mir eben erst wieder eingefallen ist.«

Philipp erwiderte ihr Lachen. »Ich danke Euch«, sagte er und vollführte eine bemüht elegante Verbeugung. Aude neigte den Kopf. Philipp sah sie an und erblickte die Schatten unter ihren Augen, die ihm zuerst nicht aufgefallen waren. Ihre Haut war von Natur aus hell, aber sie war bleicher als sonst. Das Lachen verschwand langsam aus ihrem Gesicht, während er sie betrachtete. Plötzlich wünschte er sich, er könnte die Schatten aus ihrem Gesicht verbannen. Er wusste, dass sie bei ihrer Suche nach ihrem Mann an einem toten Punkt angekommen war, aber er wusste nicht, wie er ihr helfen konnte. Er stand neben ihr und schaute in den Regen hinaus.

»Ich möchte, dass ihr mir einen Gefallen tut dafür, dass ich Euch von dem Vorhaben des Archivars erzählt habe«, sagte Aude schließlich. »Ich möchte mit dem Kämmerer sprechen. Vielleicht weiß er etwas über Geoffroi.«

Philipp riss erstaunt die Augen auf und machte eine abwehrende Handbewegung. Audes Gesicht verschloss sich.

»Das ist völlig unmöglich. Es steht eine Strafe darauf, als Mönch mit einer Frau zu sprechen.«

»Philipp, seit ich hier bin, haben nur drei Menschen zu mir gesprochen: Galbert, der Wirt der Herberge und Ihr. Informationen über meinen Gemahl habe ich dabei nicht erhalten. Wenn Geoffroi hierher wollte, dann nicht wegen der besinnlichen Ruhe zwischen den Klostermauern. Er muss im Sinn gehabt haben, jemanden zu treffen. Wer weiß – vielleicht den Kämmerer?«

»Was sollte er mit Johannes zu tun haben?«, fragte Philipp und vermochte nicht, den verächtlichen Ton ganz aus seinen Worten zu verbannen.

»Ich weiß es nicht. Der Kämmerer könnte zumindest von seinem Besuch erfahren haben, wenn sonst schon niemand davon weiß.«

»Wahrscheinlich war er niemals hier.«

»Genauso wahrscheinlich ist es, dass er sich gerade eben hier aufhält, nur durch ein paar Mauern von mir getrennt«, stieß Aude hitzig hervor. »Vielleicht muss er sich verstecken und ist in das Kloster geflohen.«

»Verstecken? Vor wem denn?«

»Ich weiß es doch nicht. Womöglich hat er sich jemanden zum Feind gemacht. Ihr könnt mich wenigstens zu Eurem Gespräch mit dem Kämmerer mitnehmen. Das seid Ihr mir schuldig.«

»Niemand wird Euch in das Innere des Klosters hineinlassen.«

»Euch auch nicht, bevor Ihr Euch nicht mit dem Kämmerer ausgesöhnt habt. Also bittet ihn zu einem Gespräch nach draußen.«

Philipp sah sie nachdenklich an. Ihre Augen blitzten. Sicher hatte sie ihm die Unterhaltung zwischen den Mönchen nicht verraten, um damit einen Gefallen von ihm zu erkaufen. Die Möglichkeit, dass sie die Situation auch zu ihren Gunsten nutzen könnte, war ihr eben erst in den Sinn gekommen. Er fragte sich, was an ihrem Ansinnen unstatthaft war. Vielleicht war es nur ihre Selbstständigkeit, die ihn immer wieder dazu verleitete, ihr zu widersprechen. Eben noch hatte er bedauert, nichts für sie tun zu können.

»Ich werde ihn so lange an der Kutte festhalten, bis Ihr ihn alles gefragt habt, was Ihr wissen wollt«, versprach er.

»Danke«, erwiderte sie.

»Dankt mir nicht. Vermutlich wird er uns danach beide aus dem Kloster werfen, verlangen, dass wir Bastulf die Suppe bezahlen, einen Brief an den Bischof schreiben, unsere Exkommunizierung fordern und zu einem Pilgerzug gegen alle Männer aufrufen, die einer schönen Frau einen Gefallen tun wollen.«

Sie lächelte. »Wisst Ihr, dass Ihr mir zum ersten Mal ein Kompliment gemacht habt?«

»Tatsächlich?«, brummte Philipp und wandte sich halb verlegen ab.

Sie legte ihm leicht die Hand auf den Arm, eine kurze Berührung nur, die nicht so lange dauerte wie das Heben und Zurückziehen ihrer Hand.

»Es hat fast aufgehört zu regnen«, sagte sie. »Vielleicht ist der Kämmerer bereit, noch heute mit uns zu sprechen. Wollt Ihr ihm Bescheid geben?«

Bruder Johannes erschien zu Philipps Erstaunen nur wenig später. Philipps Botschaft, einem wortkargen Mönch mitgegeben, der sich als einer der Ersten nach dem Ende des Regens wieder in den durchnässten Westhof gewagt hatte, schien ihm Beine gemacht zu haben. Aude und Philipp standen in der Nähe der Kapelle und beobachteten das Versickern der Wasserpfützen, die wie beständig kleiner werdende Spiegel den grauweißen, nachgewitterlichen Abendhimmel wiedergaben.

»Dies ist Aude Cantat«, sagte Philipp. »Sie wohnt auf dem Gut meines Herrn und reist ihrem Gemahl hinterher. Aude, dies ist Bruder Johannes, der Kämmerer des Klosters.«

Aude verneigte sich und erhielt ein kurzes Nicken als Antwort. Johannes' helle Augen musterten sie ebenso kurz wie undurchdringlich, bevor er den Blick auf Philipp richtete. Er steckte seine Hände in die Ärmel der Kutte und schien darauf zu warten, dass Aude sich verabschiedete.

»Aude glaubt, dass ihr Gemahl hier im Kloster gewesen ist oder sich vielleicht noch aufhält«, erklärte Philipp und hängte eine kurze Beschreibung Minstrels an. Er stellte fest, dass es ihm langsam zum Halse heraushing, die Gestalt von Audes Mann in ihren Einzelheiten beschrieben zu hören. Johannes starrte ihn unverwandt an und sagte schließlich: »Ich nehme an, sie hat in der Herberge nachgefragt.«

»Ja. Bastulf kann sich nicht an ihn erinnern. Ihr Gemahl – sein Name ist Geoffroi – steckt möglicherweise in Schwierigkeiten. Es kann sein, dass er darum gebeten hat, eine Weile hier unterzutauchen.« Philipp war erstaunt, wie glatt und emotionslos ihm die Worte über die Lippen gingen. Johannes zog ein misstrauisches Gesicht.

»In Schwierigkeiten? Weshalb? Hat er ein Verbrechen begangen?«

Aude holte Luft, aber Philipp gebot ihr mit einer kurzen Handbewegung zu schweigen. Anders als im Judenviertel hielt sie sich diesmal daran.

»Wenn, dann keines, das gegen dieses Kloster oder den Orden gerichtet gewesen wäre. Er wäre als Asylsuchender hierher gekommen – jemand, dem ihr die Aufnahme nicht verweigert hättet.«

»So jemand ist nicht im Kloster«, knurrte Johannes.

»Er könnte sich auch Minstrel genannt haben. Er kann singen wie ein Troubadour.«

»Er wird diese Teufelskunst kaum hier ausgeübt haben.«

»Bist du sicher, dass er niemals hier war?«

Johannes stieß ungeduldig die Luft aus. »Ich weiß nichts von ihm, Bastulf weiß nichts von ihm – wie könnte er dann hier sein?« Dann beruhigte er sich wieder. »Es tut mir Leid. Ich wollte nicht heftig werden. Ich bin sicher, der Mann, den du beschrieben hast, hat niemals in diesem Kloster vorgesprochen.

Aber ich kann zusätzlich den Bruder Herbergsaufseher fragen, wenn dir viel daran liegt.«

»Ich wäre dir sehr verbunden.«

»Willst du mit mir nur über den Gemahl dieses Weibs sprechen?«, fragte Johannes schließlich. »Ich dachte, du wolltest mir etwas über Bruder Pio mitteilen?«

»Doch, das will ich durchaus«, erklärte Philipp. »Aber nicht hier, sondern im Archiv.«

»Warum dort?«, rief Johannes ehrlich erstaunt. Philipp, der sich zu ausgelaugt fühlte, um noch eine überzeugende Ausrede zu ersinnen, sagte: »Weil ich dort noch einmal dringend etwas nachsehen muss und ich nicht weiß, wie ich dich sonst dazu bringen soll, mich ein zweites Mal einzulassen.« Johannes starrte ihn verblüfft an. Sein Starren dauerte so lange, dass Philipp zu fürchten begann, der Kämmerer würde nur durch seine Sprachlosigkeit seine aufsteigende Wut bekämpfen können. Doch dann verzogen sich die Lippen in Johannes' schmalem Gesicht, und er begann zu kichern. Aude wandte sich wortlos ab und schritt zum Eingang der Herberge hinüber.

»Ist das die beste Überredungskunst, die dir zur Verfügung steht?«, prustete Johannes.

»Ja«, rief Philipp beunruhigt.

»Überwältigend. Benutze sie niemals wieder.«

»Weshalb?«

»Weil sie dir nur hier und heute zum Erfolg verhilft, alter Freund.«

Johannes hörte auf zu kichern und fing stattdessen herzhaft zu lachen an. Philipp musterte ihn mit verkniffenem Gesicht und wusste nicht, ob er sich freuen sollte oder nicht, während Johannes sich auf die Schenkel schlug und etwas winselte wie: »... nicht mal einen Stein dazu überreden, aus dem Himmel zu fallen ...« Aude, am anderen Ende des Innenhofs an der Tür zur Herberge angelangt, drehte sich einmal kurz um und sah zu ihnen herüber, bevor sie durch die Türöffnung verschwand. Philipp konnte nicht erkennen, ob ihr Gesicht noch immer so enttäuscht war wie nach Johannes' ersten Worten.

»Willst du mich jetzt hineinlassen oder nicht?«, stieß Philipp ungeduldig hervor. Johannes zog die Nase hoch und wurde mühsam wieder ernst. Als er Philipps Gesicht sah, begannen seine Lippen verdächtig zu zittern. Diesmal spürte Philipp, wie ihn das Gelächter anzustecken drohte. Er versuchte nicht zu grinsen und brachte es nicht fertig. »Was soll der Unsinn?«, rief er lachend. »Was ist daran bloß so komisch?«

»Dein Gesicht«, keuchte Johannes. »Dein Gesicht, als du sagtest, es fiele dir sonst nichts ein, womit du mich überzeugen könntest. So sieht ein Huhn drein, wenn es das erste Ei gelegt hat und sich fragt, woher es wohl gekommen sein mag.«

»Na, vielen Dank«, knurrte Philipp ernüchtert. »Es freut mich, dass du an meinem Ei so viel Vergnügen hast.«

»Ich danke *dir*«, sagte Johannes und wurde endgültig ernst. »Vor allem für deine Ehrlichkeit. Du hättest es auch anders beginnen können.«

»Ich war zu müde dazu, um noch ehrlicher zu sein.«

»Und ich will auch ehrlich sein und dir sagen, dass ich deine Bitte, noch einmal das Archiv aufzusuchen, auch dann nicht abgeschlagen hätte, wenn du mir nichts über Bruder Pio angeboten hättest.«

»Ich dachte, du wärest auf ewig beleidigt.«

»Wegen deiner Worte heute Nachmittag? Aber Philipp, ich konnte doch den Schmerz sehen, den du nach dem Tod von Bruder Thomas fühltest. Da habe ich deine Worte nicht auf die Goldwaage gelegt. Ich war zwar zornig, aber mein Zorn verrauchte schneller, als du brauchtest, um nach draußen zu schlüpfen.«

»Du überraschst mich«, sagte Philipp offen und hielt ihm die Hand hin. »Es tut mir Leid, dass ich schlecht von dir gedacht habe.«

Johannes ergriff seine Hand und schüttelte sie. »Ich habe immer bedauert, dass wir einander nicht näher kamen damals«, sagte er. »Ich wäre gern dein Freund gewesen.«

Ich habe die Probe nicht bestanden, dachte Philipp und biss die Zähne zusammen. Er hätte es gerne laut ausgesprochen, aber das damalige Erlebnis schien ihm noch immer zu intim, um darüber zu reden.

Das Archiv war leer, als Johannes die Tür aufschloss und Philipp hineinführte. Er gab sich keine besondere Mühe, leise zu sein oder sich gar nur mit verstohlenen Bewegungen in das Archiv zu schleichen. Der Platz vor der Tür war nicht besetzt; aber es war zu bezweifeln, ob Johannes sich hätte aufhalten lassen, wenn der Helfer des Archivars oder jemand anderer auf seinem Posten gewesen wäre. Johannes entzündete ein Talglicht und spähte in dem großen Raum herum. Der geduckte Schatten am anderen Ende, den der Haufen neu gefundener Unterlagen gebildet hatte, war verschwunden.

»Bruder Severin hat sie einsortiert«, erwiderte Johannes. »So viel zumindest weiß ich. Ich habe vor dem Mittagläuten noch ein paarmal etwas hier nachgesehen, und er hat mich ohne Widerstand zu den jeweiligen Regalen geführt. Er ist stolz wie ein Pfau darauf, dass Pio sie gefunden hat.«

»Zeig mir, wohin er sie sortiert hat. Genau diese Unterlagen sind es, die ich nachsehen möchte.«

»Was willst du denn damit?«

»Nur etwas nachprüfen«, erwiderte Philipp und dachte an die beiden Pergamente in seiner Tasche, Radolfs Abriss und die Urkunde, die er Severin gestohlen hatte.

»Etwas nachprüfen?«

»Ich werde es dir gleich erklären.«

Johannes führte ihn zu den Regalen und erklärte ihm, wohin Severin die Dokumente gelegt hatte. Philipp, auf der Suche nach dem gebundenen Stapel, aus dem er das Blatt entwendet hatte, fand ihn erst im letzten der bezeichneten Fächer. Er war nicht sehr darüber erstaunt.

Als Johannes ihm das Talglicht reichte, fiel das trübe Licht auf die anderen Fächer des Regals. Trotz aller Düsterkeit war zu erkennen, dass einige der Fachböden geräumt waren. Er kniete sich nieder, um die Bretter genauer in Augenschein zu nehmen. Sie waren leidlich sauber, ein Beweis, dass sie noch nicht lange leer waren. Hier hatten sich die Unterlagen über die Teilnehmer am Pilgerzug befunden. Philipp legte die Hände in den Schoß und suchte das Regal mit den Augen ab, ob Severin sie umgeschichtet hatte, aber die Erkenntnis war unvermeidlich

– die Dokumente waren verschwunden. Er sah zu Johannes auf.

»Was willst du mir nun zeigen?«, fragte der Kämmerer. »Die leeren Fächer?«

»Aude hat zufällig ein Gespräch zwischen zwei Brüdern mit angehört. Sie unterhielten sich darüber, dass der eine, sobald er Severin abgelöst habe, Dokumente zusammenbündeln würde, damit Pio sie aus dem Kloster schaffen könne. Ich dachte, es handelte sich um die neu gefundenen Unterlagen. Aber wie es scheint, ging es ihm gar nicht darum. Er hat andere Dokumente beiseite geschafft, zum Beispiel hier die Unterlagen über die Pilgerfahrer.«

Johannes griff sich das Talglicht und lief mit hastigen Schritten durch das Archiv. Schon nach kurzer Zeit drang seine aufgebrachte Stimme zu Philipp: »Hier fehlen etliche Regalfächer voll. Was hat er nur damit vor?«

Philipp richtete sich auf und säuberte seine Knie. »Ich kann es mir nicht im Traum vorstellen. Vielleicht müssen sie kopiert werden, weil sie beschädigt sind.«

»Wenn sie kopiert würden, dann nur hier. Bessere Kopisten finden sich so leicht nirgends. Das weißt du besser als ich.«

»Wenn du es herausfinden willst, musst du den Abtransport verhindern.«

»Bevor ich zu dir nach draußen kam, habe ich ein paar Wagen aus dem Osttor abfahren lassen, auf denen sich Lebensmittel für die verstreuten Klausen und ein paar Schmuckarbeiten aus der Klosterschmiede für Bischof Konrad befanden.« Johannes machte ein grimmiges Gesicht. »Ich bin sicher, unter den Säcken und Beuteln lagen die Dokumente. Die Wagen haben sogar eine bewaffnete Eskorte, wegen der Straßenräuber.«

»Lass sie verfolgen. Sie sind noch nicht weit gekommen.«

»Wer sollte ihnen nachreiten? Du und ich? Oder ein paar von den Brüdern?«

»Sag's dem Prior.«

»Dann müsste ich Bruder Pio schwer beschuldigen.«

Philipp schwieg betroffen. »Glaubst du, er steckt mit Pio unter einer Decke?«, fragte er schließlich.

»Darum geht es nicht. Wenn ich zum Prior gehe, muss ich ihm von deinen und meinen Vermutungen erzählen. Das würde Bruder Pio schwer belasten. Sollte sich aber herausstellen, dass er nichts Unrechtes getan hat, dann wäre sein Ansehen zu Unrecht schwer beschädigt, und ich würde bestraft werden.«

»Du glaubst doch selber, dass der Archivar Dreck am Stecken hat.«

»Lass es mich auf meine Weise machen, Philipp. Die Angelegenheit ist für dich sowieso nicht von Belang.«

»Das ist richtig.«

»Was war es, was du mir zeigen wolltest?«

Philipp schlüpfte zwischen die Regalreihen hinein und holte den Stapel Blätter hervor. Er legte ihn auf den Boden, band ihn auf und kramte dann das gestohlene Pergament aus seiner Tasche.

»Das hier hat sich in diesem Stapel befunden; genau an dieser Stelle. Es bildet das fehlende Glied zwischen diesem Dokument und jenem hier, siehst du das?«

»Natürlich.«

Philipp holte den von Radolf bekritzelten Abriss hervor und hielt beide Dokumente dicht vor das Talglicht.

»Diesen Fetzen hat mir Radolf mitgegeben und darauf die Daten seiner Eheschließung vermerkt. Er glaubte, ich könnte daraus so ohne weiteres Unterlagen falschen, die seinen Anspruch auf die Mitgift seiner Frau untermauerten. Sieh dir einmal die Schrift an, die auf Radolfs Pergamentfetzen abgerieben wurde.«

Johannes ließ sich Zeit mit der Inspektion der beiden Dokumente. Schließlich zog er die anderen Unterlagen zu Rate, aus denen Philipp sein Vergleichsblatt entnommen hatte. Seine Augen waren eng zusammengekniffen. Er hielt alle Unterlagen gegen das Talglicht und studierte Schrift, Pergamentbeschaffenheit und ihren Zustand im schwach durchscheinenden Gegenlicht. Endlich blickte er auf. »Es scheint die gleiche Schrift zu sein.«

»Johannes, es *ist* die gleiche Schrift. Der Zettel, den Radolf mir gab, stammt aus den Unterlagen, die Bruder Pio hier zufälligerweise gefunden haben will.«

»Das müsste bedeuten, dass Radolf vor kurzem hier im Kloster war.«

»War er aber nicht. Er war das letzte Mal hier, als er Fredgar seine Originaldokumente abtrotzte. Zuerst dachte ich, er hätte etwas über seine Sauferei gewusst und den alten Archivar damit erpresst. Aber nun glaube ich, dass Fredgar zu seiner Zeit die Unterlagen bewusst versteckt hatte. Radolf kam dahinter und setzte ihn mit seinem Wissen unter Druck.«

»Aber weshalb hätte Fredgar die Unterlagen verstecken sollen?«

»Bevor ich aus der Stadt aufbrach, um hierher zu kommen, wurde ich Zeuge einer Rauferei zwischen Anhängern des Papstes und Anhängern des Kaisers. Einer davon sagte etwas, das mir zu denken gab: Er beschuldigte den Kaiser, Unterlagen zu unterdrücken, aus denen der Herrschaftsanspruch der Kirche über den Kaiser hervorginge. Wenn es nun genauso gewesen ist? Fredgar, über dessen geheime politische Ansichten nicht notwendigerweise jeder Bescheid wusste, stieß auf die Schenkungsurkunden, die ein paar Besitzansprüche der Kirche endgültig verfestigten, sah den Schaden für den Kaiser und versteckte sie.«

»Der Bericht über die Krönung«, rief Johannes.

»Auch der. Wer weiß, vielleicht findet sich irgendwo hier drin ein noch deutlicherer Hinweis darauf, wie jener sagenhafte Karolus, nach dessen Vorbild sich alle zu richten haben, in Wirklichkeit zu seiner Kaiserwürde kam?«

»Was hat Radolf mit der ganzen Geschichte zu tun?«

»Nichts. Er hat nur seine Chance erkannt, Fredgar in seine Hand zu bekommen.«

»Was lag ihm denn daran, die Originaldokumente zu besitzen, wenn in den Abschriften genau das Gleiche gestanden hätte?«

»Ich habe keine Ahnung. Noch nicht.«

Sie packten die Unterlagen wieder zusammen und legten den Stapel zurück in sein Fach. Philipp hatte auch das gestohlene Dokument wieder an seinen Platz zurücksortiert. »Warum hast du mir das unbedingt zeigen wollen?«, fragte Johannes.

»Weil ich einen Zeugen haben will: Was immer es zu bedeuten hat, dass Radolf vom Vorhandensein dieser Dokumente weiß, ich will nicht der Einzige sein, dem diese Tatsache bekannt ist.«

»Du fürchtest, dass Radolf dir etwas antut, wenn du ihn mit deinem Wissen konfrontierst.«

»Ich halte ihn zu vielem für fähig.«

»Weshalb arbeitest du für ihn, wenn du ihn so wenig leiden kannst?«

»Ich tue es nicht für ihn. Er hat eine Tochter ...«

Johannes' Gesicht verschloss sich. Er wandte sich ab und schritt zur Tür des Archivs. Philipp folgte ihm hinaus. Johannes verriegelte den Zugang.

»Sie ist die Tochter eines Adligen«, sagte er schließlich. »Du solltest dir nicht zu viele Hoffnungen machen.«

»Es reicht mir, sie von der Ferne anzubeten wie ein Troubadour seine Herrin und ihr zuweilen etwas Gutes zu tun.«

»Innerhalb dieser Mauern solltest du nicht lügen.«

»Na gut! Ich könnte meinen Herrn bitten, mich einem seiner Gefährten als Knappen zu verantworten und mich nach einiger Zeit, wenn ich mir genügend habe gefallen lassen, in den Ritterstand zu erheben. Das würde die Schranke zwischen uns niederreißen. Ich wäre zwar noch ärmer als Radolf, aber wenn ich ihm den Anteil an den Eisenminen verschaffe, den sie erben wird, dann sieht sie mich vielleicht als Freund und pfeift auf meinen Besitz.«

Johannes stieg die Treppe hinunter, ohne Philipp zu antworten. Philipp, der sich nach seinen Worten reichlich töricht vorkam, lief ihm hinterdrein. Sie sprachen nicht mehr, bis Johannes sich von ihm am Portal der Kirche verabschiedete.

»Du hast nie gewusst, wo du nach Freunden suchen musst«, sagte er und schlüpfte durch das Portal zurück in die Kirche, ohne Philipp Gelegenheit zur Erwiderung zu geben. Philipp trat mit dem Fuß halbherzig gegen den geschlossenen Türflügel.

Als er sich umdrehte, standen Galbert und vier Bewaffnete aus dem Tross seines Herrn im Westhof. Philipp starrte sie verblüfft an.

»Wir eskortieren die fremde Dame und Galbert; dich natürlich auch, wenn du möchtest«, erklärte ihr Anführer. »Wart ihr schon den ganzen Tag über hier?«, fragte Philipp erstaunt.

»Nein, wir sind gerade eben eingetroffen. Der Herr hat uns der Dame hinterhergeschickt.«

»Warum denn das?«

»Aus Sicherheitsgründen. Es gab einen Überfall von Gesetzlosen auf einen unserer Pächterhöfe«, sagte Galbert. Er machte ein bedrücktes Gesicht.

»Tote?«

»Eine ganze Pächterfamilie; bis auf ein junges Mädchen wurden alle erschlagen. Scheinbar konnte sie ihnen weglaufen.«

»Was haben die Strauchdiebe sich nur von einem Pächterhof erhofft? Wie hieß der Pächter?«

»Es war Lambert mit der Blesse«, krächzte Galbert. »Der, den du aus der Stadt mitgebracht hattest.«

Am Morgen wurde der Leichnam von Kaplan Thomas für die Beisetzung vorbereitet, die für den folgenden Tag angesetzt war. Philipp verabschiedete sich zusammen mit Galbert von dem Toten; er wollte nicht auf die Beerdigung warten, sondern zu Radolf aufbrechen. In seinem Herzen stritten sich ein schlechtes Gewissen über diese Art der Flucht mit seiner Überzeugung, dass er mit dem Gebet, das er jetzt an der Seite des umwickelten Leichnams sprach, bereits seinen Abschied nahm und alles andere nur noch Zeremonie war. Nach dem Gebet verharrte er noch eine Weile neben dem Toten, während Galbert, weniger niedergeschlagen über den Tod des Kaplans als über den Tod Lamberts, für den er eine gewisse Verantwortung empfunden hatte (der alteingesessene Knecht gegenüber dem neuen), wieder hinausging, um Audes Abreise in die Wege zu leiten. Philipp dachte an Thomas, aber dann drifteten seine Gedanken ab, befassten sich mit dem Tod Lamberts, um den er sich lieber gekümmert hätte, als sich mit Radolf auseinander zu setzen, wanderten über Radolfs Angelegenheiten zu Dionisia, hielten sich dort jedoch auch nicht auf und endeten schließlich bei Aude. Sie hatte die beschwerliche Reise zum Kloster heraus für nichts unternommen. Johannes war nach dem Morgengebet nochmals auf Philipp zugekommen, ohne eine Spur seiner gestrigen Verdrießlichkeit zu zeigen, und hatte ihn darüber informiert, dass Minstrel tatsächlich niemals im Kloster eingetroffen war. Philipp wünschte dringend, ihr einen Gefallen tun zu können, aber er hatte keine Ahnung, welchen. Er hätte ihr deutlicher als bisher sagen können, dass er ihre Freundschaft annahm und auch seinerseits ihr Freund sein wollte, aber es war schwierig, dies einer Frau gegenüber auszusprechen, die verheiratet war. Sie hatte ihm auf die Frage, ob sie ihren Gemahl liebe, nicht geantwortet, aber er nahm an, dass es so war. Weshalb sonst hätte sie sich auf die gefährliche und mühsame Suche nach ihm begeben sollen. Plötzlich hatte er es eilig, Aude vor ihrer Rückreise auf das Gut noch einmal zu sehen und ihr eine gute Reise zu wünschen. Mit unguten Gefühlen dachte er an seine eigene, einsame Reise zu Radolfs Besitz. Lambert war Strauchdieben zum Opfer gefallen, und mit Thomas verhielt es sich wohl, entgegen seinen wilden Anschuldigungen, ebenso. Es war jener schreckliche Streit zwischen dem Kaiser und dem Papst, der die Ordnung derart verfallen ließ und immer roherer Gewalt Vorschub leistete. Der Vorfall nach der Rede des Propheten war nicht der Anfang davon gewesen, und die zunehmenden Übergriffe der Gesetzlosen nicht das Ende. Das Ende war vielleicht das Ende von allem, das Ende der Zeiten, das Ende der Menschheit, das Ende des Christentums, das Ende des Reichs – und das Ende Philipps. Er schüttelte diese Gedanken mühsam ab, aber sie hatten sich bereits mit den Toden von Lambert und Thomas verbunden, und es waren diese beiden Namen, die ihm am häufigsten durch den Kopf gingen, nachdem er endlich zu Radolfs Besitz hin aufgebrochen war.

Zwischenspiel

Lioba hatte es kommen sehen; aber wie immer hatte niemand auf sie gehört. Dabei war das Unglück dem neuen Mann ihrer Schwester Gertrud klar auf die Stirn gezeichnet gewesen, deutlich wie ein Feuerzeichen, das ihm der Satan selbst in die Haut gebrannt hatte – ein brandroter Striemen, der dort entstanden war, wo der Verleumder ihn berührt und gesagt hatte: Du bist mein.

Wenn man es nüchtern betrachtete, war es nichts weiter als eine Narbe, die von einem Schlag oder vom Tritt eines Pferdes herrühren konnte, aber Lioba war selten geneigt, die Dinge nüchtern zu betrachten. In dieser Hinsicht unterschied sie sich von ihrer Zwillingsschwester Renata, und wenn sie auf sonst nichts stolz war, dann doch auf diesen Unterschied. Sie hatte ihn fein herausgearbeitet, aus ihrem Charakter modelliert gewissermaßen, und sie hielt ihn jedem vor das Gesicht, der die Frechheit hatte zu behaupten, sie und Renata würden sich gleichen wie ein Ei dem anderen und sie besäßen zusammen wohl nur eine einzige Seele. Lioba war sich nicht ganz sicher, was der Besitz einer Seele genau zur Folge hatte, aber sie wusste exakt, was es bedeutete, wenn man keine hatte, und sie legte Wert darauf, sich und der Welt zu beweisen, dass sie eine Seele ganz allein für sich selbst besaß.

Sie war zehn Jahre alt, und seit der erste Mann ihrer großen Schwester (der im Übrigen nur ein Auge besessen hatte – es ließ sich eine gewisse Gesetzmäßigkeit ausmachen, was Gertruds Ehemänner betraf) ihr kurz vor seinem Tod angedroht hatte, sie zu verloben und nach ihrer Mannbarkeit sofort zu verheiraten, und ihre Schwester nach dessen Tod die Drohung wiederholt hatte (ein wenig kleinlauter allerdings und mit dem sanften Hinweis, dass auch für Renata schon Bewerber vorgesprochen hätten und sie es sich nicht leisten könne, neben ihren Kindern auch noch ihre Schwestern zu füttern), hatte sie sich gerne romantischen Vorstellungen hingegeben, wie das Verheiratetsein wohl wäre.

Sie hatte vage Vorstellungen von Liebesliedern und heimlichen Fluchten durch blütenregnende Obstgärten gehegt, die auch von den nächtlichen Schauspielen nicht totzukriegen waren, die Ulrich Einaug und Gertrud zu bieten pflegten. Das fensterlose Haus mit seinem Rauchabzug im Dach war in der Nacht nicht dunkler als am Tag, doch wenn sich die Augen an die rauchige Finsternis gewöhnt hatten, konnte man deutlich erkennen, wie ihre Schwester ihren Kittel hochstreifte, ihre Beine öffnete und Ulrich sich auf sie wälzte, um seinen Schwanz? (so nannte er es, aber es war einmal groß und einmal klein, und Lioba hatte derlei Verhalten an den Schwänzen der Hunde und Ziegen noch nie gesehen) umständlich und mit viel Gegrunze in Gertrud zu schieben und danach zu stoßen anzufangen wie ein Hund, den man nicht rechtzeitig von der Hündin weggetreten hatte. Hören konnte man es sowieso. Lioba wusste auf ungenaue Weise, dass diese Aktionen etwas mit dem Verheiratetsein zu tun hatten und dass sich auch in den Hütten im Dorf hinter dem Wald nichts anderes abspielte, aber es mit ihr selbst in Verbindung zu bringen, schien ihr zu abwegig, deshalb ignorierte sie dieses Wissen und nährte süßere Vorstellungen von ihrer Zukunft mit einem Mann.

Es gab sogar ein paar Burschen im Dorf, die ihre Vorstellung von einem Ehemann ganz passabel erfüllt hätten. Als sie aber hörte, der Herr habe einen neuen Mann für Gertrud ausgesucht, konzentrierten sich ihre Erwartungen plötzlich auf diesen Unbekannten. Instinktiv wusste sie, dass er groß gewachsen, schlank, schön und bartlos sein und sich auf der Stelle in sie verlieben würde, woraufhin er Gertrud verstoßen und mit ihr den Landstrich verlassen würde. Es konnte gar nicht anders sein.

Natürlich war Lambert eine Enttäuschung, als er endlich eintraf. Natürlich fühlte sich Lioba bei seinem Anblick beschämt, insbesondere da ihm Gertrud so egal zu sein schien wie Lioba selbst und er dennoch Gertrud ganz ungezwungen zur Frau nahm und Lioba verschmähte. Natürlich verschwanden die romantischen Vorstellungen, die sie auf Lambert projiziert hatte, auf der Stelle.

Und natürlich verwandelten sie sich mit der gleichen Geschwindigkeit in tiefe Abneigung und eine simple Narbe in ein Teufelsmal.

»Warum schläft der neue Mann nicht in unserem Haus?«, hatte Renata gefragt, nachdem der Älteste Gertrud ihren neuen Mann zum ersten Mal vorgestellt hatte.

»Weil der Kaplan uns noch nicht getraut hat«, hatte Gertrud geantwortet.

»Und warum muss er das zuerst tun?«

Lioba hatte sich eingeschaltet: »Weil er ihr sonst nicht den Schwanz reinstecken kann.« Renata hatte sie nur groß angesehen. Wahrscheinlich war ihr gar nicht klar gewesen, wovon Lioba gesprochen hatte. Sie hatte auch zeit ihres Lebens die ganze Nacht hindurch tief und fest geschlafen. Man war gestraft mit einer so dämlichen Zwillingsschwester.

Am Tag darauf kamen alle aus dem Dorf zu ihrem Haus heraus. Die Frauen trugen Kränze in den Haaren und drückten auch Gertrud einen lächerlichen Kranz aus grünen Ähren, Kornblumen und Mistelzweigen auf den Kopf. Zuvor kämmten sie ihr das Haar, steckten es zu einem dicken Zopf zusammen und schmierten es mit Schmalz ein, damit es glänzte. Lioba wurde die Prozedur zu langweilig; sie schlenderte um das Haus herum und sah zu ihrem Erstaunen, dass Lambert und der Kaplan im Schatten dahinter auf dem Boden knieten und sich unterhielten. Der Kaplan hatte die Augen geschlossen, und Lambert drehte ihr den Rücken zu. Das Geschrei und fröhliche Gekreische vor dem Haus machte ihre barfüßigen Schritte unhörbar. Sie huschte zur Hausecke zurück und lugte daran vorbei. Sie konnte jedes Wort hören, das die beiden Männer sprachen.

»Und dieser Frevel wurde auch im heiligen Kloster verübt?«, fragte der Kaplan mit strenger Stimme. Aus der Nähe sah Lioba, dass seine Stirn gefurcht war.

»Es war nicht meine Schuld; ich habe nur getan, was mein Herr mir aufgetragen hat.«

»Aber es war eine Sünde!«

Lambert wand sich. Er hatte also mindestens eine Sünde begangen. Liobas Begriff von Sünde war nicht klarer als manches andere, von dem sie gehört hatte. Aber eine Sünde rief den Zorn des Kaplans hervor, und wenn der Kaplan zornig war, wurde es schlimm. Gott konnte dann ohne weiteres ein Unwetter schicken, das die Ernte vernichtete und die Menschen hungern ließ. Was das bedeutete, war ihr nicht im Mindesten unklar.

»Ich bereue, Vater, ich bereue.«

»Was hast du sonst noch mit den heiligen Büchern angestellt?«

»Nichts, Vater, nichts, was mich betrifft. Ich habe die Schriften nur hin- und hertransportiert. Ich selbst habe nichts damit angestellt.«

Der Kaplan grunzte zornig. Schließlich murmelte er etwas, ohne die Augen zu öffnen, das sich anhörte wie: »Egodea Solvio.« Vielleicht war es jemand, den er kannte.

Lambert blieb weiterhin an seiner Seite auf dem Boden knien. Nach einem Augenblick hob der Kaplan den Kopf und sah ihn irritiert an.

»Gibt es noch etwas, mein Sohn?«

»Ja«, seufzte Lambert. »Ich habe meinem Herrn geholfen, einen Mann zu erschlagen.«

Der Kaplan riss die Augen weit auf, bevor er sie hastig wieder schloss und den Kopf wieder senkte.

»Gott sei seiner Seele gnädig«, flüsterte er. »Und deiner Seele auch. War es im Kampf?«

»Nein, wir haben ihn im Schlaf überrascht.«

»Gott sei seiner Seele gnädig.«

»Ich habe ihn nur festgehalten; mein Herr hat ihn mit seinem Mantel erstickt.«

»Glaubst du, das macht deine Tat besser, du Sünder?«, keuchte der Kaplan.

»Aber mein Herr hat es mir befohlen.«

»Die Gebote Gottes sagen: Du sollst nicht töten, und die Gebote Gottes sind mächtiger als die deines Herrn.«

»Aber mein Herr hat gesagt, wenn ich ihm nicht helfe, komme ich als Nächster dran.«

Der Kaplan schüttelte den Kopf. Lioba schüttelte ihn auch, aber über das Unverständnis des Kaplans. Wenn sein Herr Lambert befohlen hatte, einen Mann zu erschlagen, hatte es wohl seine Richtigkeit gehabt. Die Herren wussten in der Regel besser als die Knechte, was zu tun und zu lassen war, und selbst wenn das nicht der Fall war, musste man ihnen gehorchen. An Lamberts Stelle hätte sie den Kaplan daran erinnert, dass auch das von Gott so gewollt war. Näher besehen, hätte sie es doch nicht getan. Der Kaplan war schließlich der Kaplan. Abgesehen davon fand sie die Geschichte spannend. Sie lauschte weiter.

»Warum habt ihr diesen Mann erschlagen?«

»Er war meinem Herrn bei seinen Plänen im Wege.«

»Was für eine Sünde«, stöhnte der Kaplan.

»Ich wollte es nicht tun. Mein Herr hat es mir befohlen, und ich hatte Angst, dass er mich tötet, wenn ich ihm nicht zu Willen bin.«

»Du hättest ihm weglaufen können.«

»Was hätte ich für eine Chance gehabt als entsprungener Knappe? Außerdem wusste auch der Freund meines Herrn davon. Sie hätten mich zu zweit gejagt und zur Strecke gebracht.«

»Hältst du das für eine Rechtfertigung deiner Feigheit?«

»Bitte, gebt mir die Absolution, Vater. Ich wollte es nicht. Ich wurde dazu gezwungen. Ich fürchtete um mein Leben. Und der Mann, den wir erschlugen, war ohnehin schon krank. Er hatte den Ausfluss wie viele andere, die aus dem Heiligen Land zurückkehrten. Er wäre früher oder später ohnehin gestorben.«

»Du Kleingläubiger. Gott hätte ihn erretten können.«

»Aber die meisten sind daran zu Grunde gegangen.«

»Du wirst eine große Buße tun müssen.«

»Jede, die Ihr mir auferlegt.«

»Du hast deinem Herrn geholfen, einen Mann zu töten, dessen Gefährte er war. Du hast dich mit Huren herumgetrieben und den Namen Gottes gelästert, und auch das sind Sünden, selbst wenn dein Herr es dir vorgemacht hat. Du hast deinem Herrn geholfen, die Schriften im heiligen Kloster zu schänden. Und du bist ihm weggelaufen und versteckst dich hier, und das sind wiederum Sünden, auch wenn du sie aus Angst um dein Leben begangen hast.«

»Ich bekenne, Vater, ich bekenne.«

»Für den Tod jenes Mannes erlege ich dir auf, das erste neue Leben in deinem neuen Haus der heiligen Mutter Kirche zu vermachen, sei es ein Kalb, ein Schwein oder eine Ziege. Dies ist eine milde Strafe, denn ich will berücksichtigen, dass du unter Zwang gehandelt hast. Für deine Sünden der Fleischeslust erlege ich dir auf, an den nächsten zwanzig Festtagen zur Kapelle auf dem Fronhof zu gehen und dort Gott um Verzeihung zu bitten. Für die Flucht vor deinem Herrn erlege ich dir auf, zu deinem neuen Herrn zu gehen und ihm deine Verfehlung zu berichten.« (Lioba konnte hören, wie Lambert erschrocken die Luft einsog.) »Ich werde dir allerdings dabei zur Seite stehen und ein gutes Wort für dich einlegen, denn du hast es aus Furcht um dein Leben und deine Seele getan. Für deine Schwachheit schließlich, mit der du jedem Zwang und jeder Versuchung in deinem Leben nachgegeben hast, erlege ich dir auf, dich für die Dauer eines Jahres deinem neuen Weib nicht zu nähern, um deinen Willen zu prüfen.«

»Ich werde alles so tun, wie Ihr es mir befehlt, Vater«, flüsterte Lambert gebrochen. (Ha! In den wenigen Tagen, die danach folgten, konnte Lioba beobachten, wie Lambert gar nichts davon tat. Am wenigsten nahm er davon Abstand, sich seinem neuen Weib zu nähern!)

»Was die Schändung der Schriften betrifft ...«

»Ja, Vater?«

»Nichts, Egodea Solvio.«

»Amen«, flüsterte Lambert.

»Was hat er nur mit all dem gemeint?«, flüsterte Renata in Liobas Ohr.

Lioba sprang in die Höhe und quiekte vor Schreck. Dann fuhr sie herum und packte ihre Schwester am Hals.

»Bist du verrückt?«, zischte sie und dämpfte gleich darauf entsetzt ihre Stimme. Renata starrte sie erschrocken an. Lioba ließ ihren Hals los und schob sie hastig vor sich her auf die belebte Seite des Hauses zu. Keine Sekunde zu früh – schon kamen

Lambert und der Kaplan um das Haus herum. Sie schritten an den beiden Mädchen vorbei, ohne sie zu beachten.

»Wie lange hast du schon gelauscht?«, stieß Lioba hervor.

»Schon länger als du. Ich musste nur mal zwischendurch hinter den Baum.«

Lioba klappte den Mund auf und wieder zu. Es mochte geraten sein, sich Renatas Sympathie zu erhalten, wenigstens im Moment. Sie war dazu im Stande, Gertrud die Lauscherei zu beichten, und wenn sie ihre eigene Verfehlung gestand, würde sie vermutlich auch Liobas Schandtat mit ausplaudern. Sie schluckte die wütenden Worte wieder hinunter, die sich auf ihre Zunge gedrängt hatten.

»Lambert hat einen Mann umgebracht«, sagte sie stattdessen.

»Sein Herr hat einen Mann umgebracht«, korrigierte Renata. »Er hat ihm nur geholfen.«

»Der Kaplan sagt, das ist das Gleiche.«

Renata zuckte mit den Schultern. Lioba sah sich um. Vermutlich würde man im nächsten Moment nach ihnen suchen, und sie hatte noch nichts gefunden, mit dem sich Renatas Schweigen erzwingen ließ. Gleich danach fiel ihr etwas ein.

»Lambert ist seinem Herrn weggelaufen«, sagte sie. Renata nickte gleichmütig. »Weißt du, was passiert, wenn Lamberts Herr erfährt, dass er hier ist?«

»Er nimmt ihn wieder mit.«

»Ja, aber uns nimmt er auch mit.«

»Warum sollte er?«, fragte Renata erstaunt und riss die Augen auf.

»Weil wir zwei schöne junge Frauen sind« (nun, es blieb ihr wohl nichts anderes übrig, als auch Renata in das selbst gemachte Kompliment mit einzuschließen, die hässliche Ziege), »und schöne junge Frauen immer von den bösen Herren mitgenommen und an die Heiden verkauft werden.«

»An die Heiden? Glaubst du wirklich?«

»Natürlich«, sagte Lioba mit aller Weisheit, die ihr zur Verfügung stand.

»Was machen die Heiden mit uns, wenn wir an sie verkauft werden?«

Lioba starrte sie einen Moment ratlos an. »Wir müssen arbeiten ...«, sagte sie dann zögernd.

»Das müssen wir hier auch. Gestern ist mir auf dem Feld sogar ein Stein auf die Zehen gefallen.«

»Weil du dich blöd angestellt hast.«

»Hab' ich gar nicht. Er war einfach zu schwer.«

»Wenn wir an die Heiden verkauft werden, stecken sie uns ihre Schwänze rein«, sprudelte Lioba plötzlich den Gedanken heraus, der sie in der letzten Zeit am meisten beschäftigt und geängstigt hatte. Sicherlich würde Renata gleich vor Schreck erblassen.

»Dann muss aber der Kaplan uns vorher verheiraten«, widersprach Renata nüchtern. »Hast du selbst gesagt.«

»Die Heiden heiraten nicht«, flüsterte Lioba und machte ein grimmiges Gesicht. »Die Heiden stecken dir ihre Schwänze rein, ob du verheiratet bist oder nicht.« Sie schluckte; ihre eigene Unkerei verursachte ihr plötzliches Herzklopfen. Wer wollte sagen, ob es nicht tatsächlich so war? »Und nachher fressen sie dich auf«, vollendete sie schwach.

»Auffressen?«, wisperte Renata mit großen Augen.

»Und deshalb ist es ganz wichtig, dass niemand erfährt, dass Lambert seinem Herrn weggelaufen ist. Und deshalb dürfen wir beide es niemandem erzählen, nicht einmal Gertrud, hast du gehört?«

»Wenn du meinst ...«

»Natürlich meine ich. Schwöre es mir.«

»Ich schwöre«, sagte Renata kleinlaut. Na also, das war geschafft.

Einige Tage später erschien ein Reiter vor dem Haus. Es war noch früh am Morgen, dem Pferd stand die Luft in Wölkchen vor den Nüstern, und Lioba trat ungeduldig mit ihren nackten Füßen auf dem kalten Erdboden herum, während Lambert sich dem Reiter vorsichtig näherte.

Es stellte sich heraus, dass das Pferd verletzt war. Der Reiter verlangte von Lambert, dass er sich darum kümmere, und warf ihm eine kleine Münze hin. Dann stieg er ab, streckte die Beine und stampfte, knarrend und klirrend in seinem Waffenzeug, vor dem Haus herum. Lioba starrte ihn an, bis er ihre Blicke bemerkte und seine kalten Augen auf sie richtete. Sie wich seinem Blick nach wenigen Momenten aus und wünschte sich, Lambert hätte den Reiter fortgeschickt. Eine Kälte kroch an ihren Beinen herauf, die nicht nur von der frischen Luft und dem kalten Boden stammte.

Lambert zog das Pferd neben das Haus und untersuchte alle Hufe. Schließlich ließ er von dem Tier ab, tätschelte es am Hals und fuhr mit den Händen über die Flanken.

»Ich kann nichts erkennen«, sagte er.

»Der Gaul hinkt aber wie der Teufel. Sieh noch mal genau nach«, brummte der fremde Reiter. Lambert machte sich erneut ans Werk. Der Reiter trat gelangweilt mit dem Fuß gegen die geflochtene Wand des Hauses, dann bückte er sich plötzlich und schlüpfte durch die niedrige Türöffnung hinein. Lioba fühlte sich versucht, ihm zu folgen, aber seine ausdruckslosen Augen gruselten sie. Sie beobachtete die dunkle Türöffnung misstrauisch und erwartete, jeden Moment den Lärm aus dem Haus zu hören, der bedeutete, dass die Ziegen und Hühner darin abgeschlachtet wurden. Unverständlicherweise kam der Mann wieder zum Vorschein, ohne dass dergleichen passiert wäre. Er warf ihr einen weiteren ausdruckslosen Blick zu und baute sich dann neben Lambert auf, der die zweite Untersuchung des Pferdes abgeschlossen hatte.

»Dem Pferd fehlt nichts«, sagte er.

Der Reiter zuckte mit den Achseln und fasste Lambert genauer ins Auge.

»Eine schöne Blesse hast du da auf der Stirn«, erklärte er mitleidlos. Lambert presste die Lippen zusammen und erwiderte nichts.

»Pferdetritt?«, fragte der Reiter.

Lambert grunzte etwas Unverständliches. Der Reiter hielt Lambert den Steigbügel hin, und dieser packte ihn und hielt ihn fest, damit der Mann sich in den Sattel schwingen konnte. Er ließ das Pferd auf der Stelle tänzeln.

»Jetzt lahmt es nicht mehr.« Er nickte anerkennend. »Du hast eine gute Hand mit Pferden. Woher hat ein Bauer dieses Wissen?«

»Dem Pferd hat nichts gefehlt, es war keine Kunst«, brummte Lambert, aber sein Gesicht hatte sich ein kleines bisschen aufgehellt. Der Reiter lächelte, und aus irgendeinem Grund wurde es Lioba noch ein wenig kälter. Er nickte Lambert zu und sprengte davon.

Lioba erwachte von einem Druck auf ihrer Blase und schlug die Augen auf. Von der Türöffnung drang bereits graublaues Licht herein und holte vage Umrisse im Inneren des Hauses aus dem Dunkeln: die Tiere, die im hinteren Teil des Raumes schliefen oder träge in ihrem abgepferchten Bereich herumstolzierten; die eingerollten Leiber ihrer Neffen und Nichten, ein unordentlicher Haufen magerer Gliedmaßen, zwischen denen sie die Umrisse ihrer Schwester Renata erkannte; der blank gescheuerte Baumstamm, auf den man sich beim Essen setzen konnte. Die Geräusche waren der frühen Dämmerstunde angemessen; die Kinder atmeten oder schnarchten leise, die Tiere schnoberten und grunzten, und eines der Schweine schien asthmatisch zu keuchen. Nach einer Weile, in der sie endgültig wach geworden war, erkannte sie, dass das Keuchen nicht von den Schweinen kam. Sie drehte den Kopf herum und sah, dass Lambert wieder auf Gertrud lag. Sein Hintern pumpte auf und ab, Lioba verdrehte die Augen, richtete sich leise auf und kletterte über die Leiber der Kinder hinweg aus dem Haus. Die Kälte draußen umfing sie wie mit einer groben Decke, und sie schlang die Arme um ihren Oberkörper und huschte über den Weg zu dem Baum, den noch Ulrich Einaug gefällt und den Lambert aus irgendwelchen Gründen noch nicht zerhackt und weggeschafft hatte. Mittlerweile hatte er sich zur bevorzugten Latrine des Hauses Lambert entwickelt. Lioba tänzelte auf Zehenspitzen hinüber, in ihrem dünnen Kittel fröstelnd, und suchte sich eine Stelle, an der noch keine Überreste der gestrigen Abendmahlzeit lagen. Sie schürzte den Kittel, hockte sich nieder und verschaffte sich seufzend Erleichterung. Sie hatte wieder zu viel Wasser getrunken nach der Arbeit auf ihrem kümmerlichen Feld.

Die Schritte der Pferde spürte sie eher, als dass sie sie hörte. Sie spähte über die Schulter zum Weg und sah, dass sich drei Reiter näherten. Die Hufe der Pferde waren mit Lumpen umwickelt. Die drei Reiter hielten unmissverständlich auf das Haus zu, und Lioba fühlte den ersten Ruck der Sorge und verfluchte ihre Blase dafür, dass sie noch nicht zum Ende gekommen war. Die Reiter näherten sich mit erstaunlicher Geschwindigkeit. Binnen weniger Augenblicke drängten sie sich vor dem Haus zusammen. Einer der Reiter riss an den Zügeln, und sein Pferd wieherte grell. Aus dem Inneren des Hauses ertönten erschreckte Aufschreie. Ein zweiter Reiter wandte den Kopf suchend um. Lioba duckte sich reaktionsschnell hinter den Baum. Sie hatte sein Gesicht gesehen: Es war der Mann, der gestern sein Pferd hatte nachsehen lassen.

»Lambert, komm raus!«, brüllte einer der Männer.

Es war einen Moment lang still, dann begann das erste Kinderweinen. Die Leiber der Pferde verhinderten, dass jemand aus dem Haus kam. Von innen musste es aussehen, als ob die Bestien der Apokalypse das schwache Licht des Morgens verdunkelten. Lioba hörte das Weinen der Bälger; von Lambert oder ihrer Schwester war nichts zu vernehmen. Sie schienen verstummt vor Schreck. Lioba jedenfalls war es. Sie spähte hinter dem Baumstamm hervor und hätte nicht einmal um Hilfe rufen können, wenn die Bewohner des Dorfes nur ein paar Fuß weit entfernt gewesen wären.

Einer der Reiter stieg ab und leuchtete mit seiner Fackel in das Haus hinein. Nach einem kleinen Moment trat er durch die Türöffnung. Das Kreischen der Kinder wurde lauter.

»Das sind ja nur verlauste Bauern«, rief er nach draußen. »Hermann muss sich getäuscht haben.«

»Sieh dir den Kerl an, und bring ihn mit nach draußen«, erwiderte derjenige, der bereits gestern hier gewesen war. Lioba hörte gedämpftes Scharren und über das Weinen nun doch die Schreckensschreie der anderen im Haus. Eine Männerstimme schrie gedämpft auf, dann flog Lambert durch die Tür und rollte vor die Pferdehufe der anderen Reiter. Er war nackt. Der abgestiegene Reiter folgte ihm gemächlich. Durch die offene Tür hörte Lioba, wie ihre Schwester laut um Hilfe rief. Der Reiter drehte sich ebenso gemächlich wieder um und verschwand in der Hütte. Lioba hörte einen saftigen Schlag, und die Hilferufe verstummten abrupt. Bis der Mann das Haus zum zweiten Mal verließ, waren sie von schmerzlichem Stöhnen abgelöst worden.

Lambert richtete sich wie betäubt auf und versuchte, seine Blöße zu bedecken.

»Ich glaube, wir haben ihn gerade gestört«, grinste der abgestiegene Reiter. »Man könnte sagen, wir mussten ihn förmlich aus seiner Liebsten *herausziehen*.«

Die anderen brüllten vor Lachen. Einer erwiderte: »Glücklicher Bastard. Direkt nach einem Fick zu sterben – was für ein beneidenswerter Tod.« Die anderen brüllten noch lauter. Lambert fiel auf die Knie und hob die Hände, ohne einen Ton herauszubringen.

»Schluss jetzt«, sagte einer der Reiter schließlich. »Wir sind nicht zu Albernheiten hergekommen. Ich denke, das ist der Kerl. Was denkt ihr?«

»Er hat die Narbe an seinem Schädel und kann mit Pferden umgehen«, erklärte der Mann von gestern. »Ich hab' euch doch gesagt, dass er es ist. Haltet ihr mich für blöde?« Der dritte Reiter, der, der abgestiegen war, nickte langsam und sah zu ihm hinauf. »Ich bin auch der Meinung, dass wir die Ratte endlich gefunden haben.« Er schlenderte zu Lambert hinüber, hob den Stiefel und trat ihm nachlässig in die Seite. Lambert keuchte und fiel zu Boden.

»Bist du Lambert, den sie den mit der Blesse nennen und der seinem Herrn davongelaufen ist?«, fragte er und trat zur Bekräftigung nochmals nach. Lambert krümmte sich zusammen.

»Langsam«, sagte der Anführer der Reiter. Er beugte sich zu Lambert hinab. »Gib Antwort.«

Lambert richtete sich wieder halb auf. Er hielt sich die Seite.

Lioba sah zu ihrem Entsetzen, dass Tränen über seine Wangen liefen. Bis jetzt hatte die gesamte Szene wie ein Albtraum gewirkt, aus dem sie irgendwann aufwachen würde. Lamberts Tränen machten ihr auf einen Schlag begreiflich, dass es die Realität war, die sie beobachtete. Ihre Blase, soeben geleert, gab nach, und ein letzter Rest heißer Flüssigkeit lief an ihren Beinen hinab. Sie keuchte, aber sie war weit genug entfernt, sodass niemand sie hörte.

»Ich habe nichts gesagt«, stammelte Lambert. »Bitte, das ist die Wahrheit, ich habe nichts gesagt.«

»Dann sag jetzt was. Bist du Lambert?«

»Ja, ja, aber ich ...«

»Du hast deinen Herrn verraten, Lambert«, erklärte der Anführer der Reiter sanft und betrachtete dabei interessiert seinen Daumennagel.

»Nein, nein, Herr, ich hatte Angst und ...«

»Jemand, der seinen Herrn verrät, verrät alle und jeden.«

»Ich habe nichts verraten«, schluchzte Lambert. »Ich schwöre es.«

»Scheiß drauf«, bellte der Reiter grob. »Woher hat wohl das Pfäfflein Bescheid gewusst, wenn nicht von dir, he?«

Lambert starrte ihn mit zitternden Lippen an und versuchte vergeblich, etwas zu sagen. Der Reiter seufzte und wandte sich an denjenigen seiner Genossen, der abgestiegen war. »Wie viele sind da drin?«, fragte er.

»Seine Schlampe und eine Herde Bälger.«

»Wie alt?«

»Alles noch Hemdenscheißer.«

»Verdammter Mist«, brummte der Anführer. »Ich hasse diese Aufträge. Die Kuh in dem anderen Dorf und der Pfaffe, das war in Ordnung. Aber ich hasse es, Bälger aufzuspießen.«

»Wir können sie ja am Leben lassen«, schlug der Mann vor, der gestern da gewesen war und den sie Hermann nannten.

»Nein, es muss aussehen wie ein Überfall von Gesetzlosen. Und die würden die Kleinen nicht verschonen. Eher noch würden sie sie auffressen.«

Hermann zuckte mit den Schultern. »Was immer du meinst.«

Der Anführer beugte sich wieder zu Lambert hinunter, der dem Gespräch mit hin und her zuckendem Kopf gefolgt war.

»Lambert, hiermit spreche ich das Urteil über dich«, sagte er ungerührt. »Du bist des Todes.«

Lamberts Augen öffneten sich noch weiter. Der abgestiegene Reiter hob sein Schwert hoch über den Kopf. Lambert fuhr herum und stierte ihn mit hervorquellenden Augen an. Der Mann mit dem Schwert zögerte und stieß einen Fluch aus. »Er sieht mich an!«

»Hierher, Lambert«, rief der Anführer der Reiter. Lambert zuckte wieder herum und richtete seinen entsetzten Blick auf ihn.

Der Mann mit dem Schwert holte nochmals weiter aus und schlug zu. Lioba hörte das Geräusch und hörte gleichzeitig den wilden Schrei, mit dem ihre Schwester Gertrud aus der Tür stürzte. Dann schien alles förmlich zu explodieren. Gertrud fiel dem Mann mit dem Schwert in den Arm, als dieser zum zweiten Mal zuschlagen wollte. Lambert klappte langsam von seiner knienden Position auf die Arme. Die Kinder kreischten im Inneren des Hauses im Falsett. Der Mann mit dem Schwert fluchte und schüttelte Gertrud zu Boden. Auf Lamberts Rücken erblühte ein grellroter Blutstrom. Gertrud sprang wieder auf und stürzte sich auf den Mann mit dem Schwert. Dieser taumelte und prallte gegen das Pferd des Anführers. Hermann ließ sein Pferd steigen und einen Satz zu Gertrud hinüber vollführen. Der schwere Aufprall schleuderte sie ein paar Fuß weit entfernt zu Boden. Der Mann mit dem Schwert trat zum dritten Mal auf Lambert zu. Hermann stellte sich mit seinem Pferd zwischen Gertrud und Lambert. Er zog mit verzerrtem Gesicht sein Schwert aus der Scheide. Gertruds dreijähriger Junge stolperte aus dem Haus und versuchte zu flüchten, blieb aber wie angewurzelt stehen, als er den blutüberströmten Lambert erblickte. Der Mann mit dem Schwert vollführte seinen zweiten Streich, und Lambert fiel endgültig auf sein Gesicht. Gertrud kam wieder auf die Beine, griff wild um sich und erwischte Hermanns Bein. Sein Pferd tänzelte nervös auf und ab. Gertrud hielt sich an seinem Bein fest und schrie und knurrte gleichzeitig wie ein wütender Hund. Aus ihrem Mund sprühten Blutstropfen; Blut lief an ihrem Hals entlang in ihren Kittel hinein. Hermann befreite seinen Fuß und stieß

Gertrud von sich. Der Mann mit dem Schwert zog die Klinge aus Lamberts Nacken, trat über ihn hinweg und mähte mit einer fließenden Bewegung den Jungen nieder; er stürzte nach hinten wie eine Puppe und verschwand im Dunkel der Türöffnung. Der Mann mit dem Schwert fluchte laut und sprang in das Haus hinein, empfangen von einem vielstimmigen Schrei. Der Anführer der Reiter schwang sich vom Pferd, riss ebenfalls sein Schwert aus dem Gürtel und folgte ihm auf dem Fuß. Hermann hob seine eigene Klinge und spaltete Gertrud den Schädel. Sie fiel nicht anders zu Boden als der kleine Junge ein paar Sekunden vor ihr. Lambert lag in einer größer werdenden Lache seines Blutes und bewegte sich nicht mehr. Aus dem Inneren des Hauses ertönte Kreischen und Krachen und die lauten Flüche der beiden Männer. Hermann riss sein Pferd herum und setzte damit den Pferden seiner Gefährten nach, die mit wild schüttelnden Köpfen davonzulaufen versuchten. Er holte sie ein und zerrte sie mit sich zurück. Als er wieder vor dem Haus ankam, traten die anderen Männer bereits ins Freie und wischten ihre Schwerter mit Büscheln Stroh ab. Ihre Gesichter waren finster.

Lioba starrte, unfähig zu atmen, unfähig zu denken, unfähig zu hören, wie ihre Kehle kleine Wimmerlaute von sich gab. Der Anführer der Reiter gab sich einen Ruck und steckte sein Schwert zurück. Er schlug dem anderen Mann auf die Schulter und sagte: »Gute Arbeit. Widerlich, aber schnell.« Der andere nickte. »Bringen wir die zwei hier draußen ins Innere des Hauses und zünden es an.« Dann sah er zu Hermann hinauf und grinste.

»Ich dachte, sie schmeißt dich aus dem Sattel.«

Hermann grunzte unzufrieden. »Und ich dachte, sie reißt mir das Bein aus«, knurrte er. Der Anführer lachte. Der dritte Mann, der, der Lambert erschlagen hatte, trat zu seinem Leichnam und machte das Zeichen gegen den bösen Blick in seine Richtung. Dann stieg er über ihn hinweg zu Gertrud. Er sah auf ihren Körper hinunter.

»Du hättest sie noch nicht kaltmachen sollen«, sagte er. »Wir hätten sie vorher rannehmen können.«

»Du schreckst vor nichts zurück«, sagte der Anführer. »Du

wolltest sogar die Schlampe an dem Pfahl ficken. Sieh mich an, ich warte lieber, bis mir eine unterkommt, die sich lohnt.«

»Warum soll ich nicht eine Gelegenheit nutzen, meinen Schwanz in eine Fut zu stecken?«, fragte der Reiter.

Auf geheimnisvolle Weise war dies ein Stichwort für Lioba. Sie sprang mit einem Keuchen auf und rannte über die Wiese davon, dem rettenden Wald zu. Hinter sich hörte sie die überraschten Ausrufe der Männer und das Stampfen der Pferde. Ihre Beine flogen, und ihr Herz raste.

Natürlich holten sie sie ein. Und eine schrecklich lange, schrecklich kurze Zeit erhielt Lioba ausreichend Gelegenheit, alle Erfahrungen nachzuholen, die ihr in Bezug auf männliche Schwänze noch fehlten, bevor sie ihr den Schädel einschlugen.

Während die gedämpften Geräusche vom Waldrand ertönten, kroch Renata, die sich unter einem Heuhaufen in der finstersten Ecke des Hauses versteckt hatte, hervor und taumelte, ungehört und körperlich unverletzt, in die andere Richtung. Sie näherte sich der Stelle erst wieder, als das Haus und die Leichen darin längst verbrannt waren und die Dörfler mit betretenen Gesichtern in den Überresten herumstocherten.

ERDE ZU ERDE

Mein Bruder hat mich erschlagen,
unter der Brücke begraben,
um das wilde Schwein
für des Königs Töchterlein.

Der singende Knochen (Volksmärchen)

Die Rückkehr des Ritters

Auf dem Weg zu Radolfs Besitz versuchte Philipp sich auf die Vorfreude zu konzentrieren, die er in letzten Tagen gehegt hatte – die Vorfreude auf sein Wiedersehen mit Dionisia. Aber es wollte ihm nicht gelingen, während er auf der inzwischen bekannten Straße voranritt, die ihn zu dem bedeutungslosen Dorf zwischen den Feldern und schließlich zu Radolfs düsterem Bau führen würde. Thomas, Lambert und dazwischen immer wieder Aude wirbelten durch seine Gedanken. Galbert hatte ihm noch in der Nacht, wohl unter dem Eindruck von Lamberts plötzlichem Ende, gebeichtet, dass er in Philipps Abwesenheit etwas mit Frida angefangen hatte, einer hübschen jungen Magd, die in der Vergangenheit regelmäßig Philipps Strohlager geteilt hatte. Philipp, dem das Mädchen nichts bedeutet hatte (und der davon überzeugt war, dass es Frida in Bezug auf ihn nicht anders hielt), verzieh Galbert, ohne mit der Wimper zu zucken. Scheinbar hatte ihm Galbert seine Teilnahmslosigkeit nicht abgenommen, denn er war beim Abschied zurückhaltender als üblich und wagte Philipp kaum ins Gesicht zu sehen. So war Philipp aufgebrochen, und so hatte sich sein Stimmungsbild erhalten.

Als er in einem Feld neben der Straße ein Pferd stehen sah, zügelte er seinen eigenen Gaul und spähte misstrauisch nach vorne. Der Wald zwischen ihm und Radolfs Haus lag noch ein paar Meilen entfernt, ein dunkler Saum, der sich am Horizont erstreckte, und es war eher unwahrscheinlich, dass man bereits hier, inmitten des kultivierten Landes, von Vagabunden überfallen wurde. Dennoch mochten einige Elemente ihr Glück schon jetzt versuchen. Philipp richtete sich im Sattel auf und gewahrte zu seiner Besorgnis eine Gestalt, die ein paar Schritte abseits des Pferdes ausgestreckt auf der Erde lag. Ein Opfer eines Überfalls; ein Reisender, der unachtsam vom Pferd gestürzt und verletzt war; oder eine Falle für einen arglosen Mann. Soweit Philipp sehen konnte, bewegte sich die am Boden liegende Gestalt nicht. Er trieb sein Pferd an und näherte sich vorsichtig. Die lichten, schmalen Waldstücke, die zwischen den Feldern verblieben waren, waren zu weit von der Straße entfernt, als dass eine Gruppe Keulen schwingenden Raubgesindels effektiv daraus hätte hervorstürzen können; aber in der Sonnenhitze flimmerte die Luft über den hellen Feldern, sodass durchaus ein paar erdfarben gekleidete Gestalten seinen Blicken entgehen konnten, wenn sie sich eng an den Boden pressten.

Näher gekommen, hörte er ein Geräusch, das die am Boden liegende Gestalt von sich gab. Er hielt sein Pferd an und stellte fest, dass es ein Schnarchen war.

Dann sah er, dass das einsame Pferd durchaus keine Schindmähre, sondern ein gepflegter, wuchtiger Gaul war, dessen Gegenwert sicherlich mehrere Dutzend Ochsen betrug. Kein Wegelagerer, dessen Alternativen nur im Verhungern oder in einem Überfall auf einen Reisenden lagen, hätte dieses Pferd behalten. Philipp lenkte sein Tier neben den Schläfer, bis sein Schatten auf ihn fiel, und rief ihn an.

Der Mann sprang mit verblüffender Schnelligkeit auf die Beine; tatsächlich bewegte er sich so behände, dass Philipp sich eine Schrecksekunde lang fragte, ob er die Situation nicht falsch eingeschätzt hatte. Ein Schwert fuhr scharrend aus einer Scheide, die unter einem dicken Reisemantel verborgen gewesen war. Das Schwert mit beiden Händen ausgestreckt vor sich haltend, wirbelte der Mann einmal um seine eigene Achse, bevor er die Spitze der Waffe wieder auf den wie erstarrten Philipp richtete.

»Mach keine Dummheiten, Bürschchen«, zischte der Mann. »Ich haue dich mitsamt deiner Mähre entzwei.« Er schwang das Schwert mit einer raschen Bewegung einmal um seinen Kopf und trat dabei einen Schritt nach vorn; danach ruhte die Spitze der Klinge mit einigem Nachdruck auf Philipps Bauch. Philipp schob jeden Gedanken, das lange Messer aus seinem Gürtel zu reißen, von sich. Er schluckte trocken und schwieg.

Der Mann musterte ihn von Kopf bis Fuß. Er ließ sich Zeit damit, und auch Philipp erhielt die unerwünschte Gelegenheit, seinen Widersacher in Augenschein zu nehmen. Er mochte etwa das Alter von Philipps Herrn haben, war aber im Gegensatz zu dessen behäbig gewordener Gestalt von der bulligen Gedrungenheit eines Mannes, der seine Körperkräfte noch immer zu benutzen wusste. Er hatte kleine, gegen die Sonne eng zusammengekniffene Augen mit einem Strahlenkranz von Falten um die Augenwinkel, die von einem leichten Sonnenbrand deutlich hervortraten. Unter seinem Mantel offenbarte sich ein langer, lederner Waffenrock mit angenähten Metallplättchen. Der Mann beendete seine Musterung und grinste Philipp mit einer Reihe erstaunlich gesunder, kräftig gelber Zähne an. »Freund oder Feind?«, fragte er.

»Was meint Ihr?«, krächzte Philipp.

»Bist du ein Wegelagerer, dem ich den Bauch aufschlitzen muss, oder ein harmloser Weggefährte, dem ich stattdessen einen Schluck Wein anbieten kann?« Der Mann wies mit dem Kopf auf einen Schlauch, der dort auf dem Boden lag, wo er sich eben noch selbst befunden hatte. Er grinste noch immer von einem Ohr zum anderen. Bei alldem fiel es ihm jedoch nicht ein, das Schwert herunterzunehmen.

»Ich bin ein Freund, schätze ich«, sagte Philipp endlich.

»Hast Glück gehabt, schätze ich«, ahmte ihn der Mann mit gutmütigem Spott nach. Er senkte die Klinge. Philipp massierte sich unbewusst die Druckstelle auf seinem Magen.

»Ich könnte natürlich auch gelogen haben«, sagte Philipp, um sein Gesicht zu wahren. Der Mann lachte herzlich.

»Wenn es so ist, haben deine Kumpane schon lange die Beine in die Hand genommen«, erklärte er. »Du bist mir also auf Gedeih und Verderb ausgeliefert. Und solange du die Hände schön da lässt, wo ich sie sehen kann, ist dein Verderb noch nicht allzu nahe.« Er steckte sein Schwert zurück in die Scheide und hakte die Daumen in den beschlagenen Gürtel, der sich um seine Hüfte schlang. Er blinzelte. »Sollte allerdings noch einer zurückgeblieben sein, um mir einen Pfeil in den Rücken zu schießen, so wird das dem Pfeil schlecht bekommen.« Er klopfte selbstbewusst auf die Metallplättchen an seinem Wams.

»Ich bin kein Wegelagerer«, sagte Philipp. »Tatsächlich dachte ich, Ihr wärt einer.«

»Woraus hast du das geschlossen? Weil ich am Wege lagerte?«, fragte der Mann und brach gleich darauf in weiteres Gelächter über sein Wortspiel aus. Philipp begann unwillkürlich zu lächeln; sein neuer Bekannter amüsierte ihn.

»Es wird Zeit, dass ein bisschen Farbe in dein Gesicht zurückkehrt. Trink einen Schluck Wein.«

Philipp stieg ab, nahm den Weinschlauch entgegen, entkorkte ihn und trank daraus. Während der warme Wein in seine Kehle lief, spürte er eine Berührung in seinem Rücken. Bestürzt ließ er den Schlauch sinken und starrte auf sein Messer.

»Kleine Vorsichtsmaßnahme«, brummte der andere und betrachtete es interessiert. Schließlich wirbelte er es mit einer nachlässigen Handbewegung davon, sodass es sich zwischen Philipps Füßen in den Boden bohrte. Der Mann lächelte, sichtlich erfreut über seine eigene Geschicklichkeit. »Nimm's dir ruhig wieder«, sagte er. »Damit bist du so harmlos wie ein Säugling.« Er schnappte sich den Weinschlauch und trank sorglos einen tiefen Schluck. Philipp bückte sich langsam und zog das Messer aus der Erde. Er erwartete jeden Moment, dass der Mann ihm den Fuß in den Nacken stellen würde, aber nichts geschah. Mit geröteten Wangen steckte er das Messer zurück.

»Ich bin Ernst Guett'heure«, sagte der Mann und machte eine nachlässige Verbeugung. »Ich bin der Herr des absolut schönsten, reichsten und am meisten beneideten Gutes jenseits der Grenze; und um ehrlich zu sein, es fehlt mir jeden Tag, an dem ich nicht dort sein kann.« Er kniff ein Auge zusammen und blinzelte Philipp zu. »Mit wem habe ich die Ehre?«

»Mein Name ist Philipp.«

»Philipp? Und was noch?«

»Nichts weiter. Ich bin der Truchsess meines Herrn.« Philipp räusperte sich und bemerkte, dass er allmählich in seine alte Form zurückfand. »Ihm gehört das absolut schönste, reichste und am meisten beneidete Gut diesseits der Grenze; und um ehrlich zu sein: Ich fehle ihm jeden Tag, den ich nicht dort sein kann.«

Ernst schlug sich auf die Schenkel und brüllte vor Lachen. Er bot Philipp die ausgestreckte Hand an.

»Du gefällst mir. Schlag ein, Philipp der Schwervermisste.«

»Ich freue mich, Euch kennen zu lernen, Herr Guett'heure.«

»Nenn mich Ernst. Immerhin haben wir uns gemeinsam gegen die schrecklichsten Wegelagerer behauptet, die die Welt gesehen hat.«

»Ich bin nicht von Stand«, erklärte Philipp steif.

»Na und? Mein Pferd ist auch nicht von Stand, und trotzdem tritt es mich in den Hintern, wenn ich nicht aufpasse.« Er wandte sich unbeschwert ab und bückte sich, um einen ledernen Beutel und eine zerschlissene Decke vom Boden aufzusammeln. Darunter lag eine kurze Lanze, ein mit einem farbenfrohen Wappen bemalter Schild und ein zweites, blankes Schwert. Philip erkannte, dass Ernst Guett'heure mit seiner Bewaffnung, seiner nachlässig demonstrierten Geschicklichkeit und vor allem seiner kühlen Umsicht im Stande gewesen wäre, sich durchaus erfolgreich gegen ein Pack von Wegelagerern zur Wehr zu setzen. Seine Befremdung darüber, dass der Mann allein reiste, verschwand. Gewiss war er kein vom Reichtum verwöhnter Gutsherr, der sich auf seine bewaffneten Gefährten verließ; wenn sich auch am Zustand seiner Waffen ablesen ließ, dass er ebenso gewiss kein armer Mann war. Philipp dachte an Ernsts Angebot, ihn wie einen Gefährten zu behandeln, und beschloss, sich so lange wie möglich um eine vertrauliche Anrede herumzudrücken.

Ernst packte seine Sachen dem Pferd auf. Der Gaul ertrug es lammfromm, ohne Anstalten zu machen, seinem Herrn in den Hintern treten zu wollen. Aus der Nähe besehen, wirkte er trotz seiner Massigkeit klein für das Streitross eines bewaffneten Herrn. Philipp war sicher, dass Ernst zu Hause noch ein zweites Pferd besaß, das so groß wie ein Elefant und so gemein wie ein Bulle war, den eine Wespe in das Gemächt gestochen hat.

»In welche Richtung führt dich dein Weg, Philipp?«, fragte Ernst.

Philipp deutete den Weg entlang. »Dorthin? Gibt's da noch etwas, wohin sich zu reisen lohnt? Ich war mir sicher, bei Radolfs Hütte sei die Welt zu Ende.«

»Ich will zu Radolf Vacillarius«, erwiderte Philipp bestürzt. Ernst stutzte.

»Ich auch«, sagte er dann und musterte Philipp nochmals eingehend. »Sag jetzt nicht, Radolf ist der Herr, von dem du gesprochen hast.«

»Nein. Ich führe nur eine Aufgabe für ihn aus.«

»Und welche Aufgabe wäre das?«

»In welcher Verbindung steht ... *Ihr* ... zu Radolf?«

Ernsts Gesicht spannte sich, dann verzog es sich wieder zu einem Lächeln. Philipp fühlte einen Anflug von Unwohlsein wegen der berechnenden Kühle, die er für einen Moment in den Augen Ernsts gesehen hatte, und war fast froh, dass er sich gegen die vertrauliche Anrede entschieden hatte. Dann schlug ihm Ernst auf die Schulter.

»Recht so«, rief er. »Geht mich überhaupt nichts an; und wenn ich es wissen will, sollte ich lieber Radolf selbst fragen. Nun, was mich betrifft: Radolf und ich haben gemeinsam die Köpfe der Heiden zusammengeschlagen im Heiligen Land. Ich habe für eine Weile in der Stadt zu tun und schlafe während dieser Zeit unter seinem Dach. Du weißt schon – es geht nichts darüber, bei einem üppigen Essen alte Schlachten nachzuerzählen. Ich habe ihm sogar eine Wildsau mitgebracht, die ich unterwegs erlegt hatte, damit wir ordentlich schmausen konnten.«

»Das zweite Ross in seinem Stall: Es gehört Euch«, sagte Philipp.

»Was ist damit? Hat es den Stall schon zu Klump geschlagen? Nicht, dass viel dazugehören würde.«

»Es ist nichts. Ich habe es nur dort gesehen. Es verhielt sich vollkommen normal.«

»Das hoffe ich doch nicht; normal bedeutet bei dieser Bestie, dass sie sich mit uns an einen Tisch setzt, rohes Fleisch frisst und Blut säuft.« Ernst schwang sich in den Sattel und sah ungeduldig auf Philipp hinunter.

»Worauf wartest du? Lass uns zu Radolf reiten. Er und sein hübsches Töchterchen erwarten uns sicherlich mit Ungeduld.«

»Dionisia?«

»Genau die. Wer hätte geglaubt, dass so ein hässlicher Kerl wie Radolf eine so schöne Tochter zeugen kann?« Er grinste boshaft. »Los jetzt«, sagte er.

»Nach Euch. Ich decke Euch den Rücken.«

Ernst lachte auf. »Ich verlasse mich darauf«, rief er und trieb sein Pferd an; es rannte sofort los. Philipp folgte ihm in dem für ihn ungewohnten Tempo und hatte für den Rest der Reise Gelegenheit, Ernsts breiten Rücken zu studieren und darüber nachzudenken, ob ihm die Art des Mannes gefiel oder nicht.

In Wahrheit dachte er darüber nach, ob sie Dionisia gefiel.

Der scharfe Trab, den sie hielten, führte dazu, dass sie viel früher als von Philipp erwartet am Ziel ankamen. Es war noch heller Tag. Ernst ritt ohne zu zögern über den kleinen Graben, stieß das Tor auf und betrat Radolfs Hof, als würde er ihm gehören. Die Hufe des Pferdes klangen laut auf dem festen Erdreich. Philipp fühlte wieder das bekannte Unbehagen angesichts des offenen Tores und der Schutzlosigkeit von Radolfs Besitz. Er schloss das Tor hinter sich. Ernst war schon vor dem Eingang des *donjon* angekommen und sprang aus dem Sattel.

»He, Radolf!«, brüllte er aus Leibeskräften. »Bist du zu Hause? Zählst du dein Gold, oder liegst du auf einer deiner Dorfschlampen?« Er blinzelte Philipp grinsend zu, und dieser fragte sich, was Radolf in seiner schwermütigen Verfassung von Ernsts unbekümmerten Grobheiten halten mochte.

Einige Augenblicke verstrichen, in denen Ernst sich an seinem Pferd zu schaffen machte und Philipp mit steifen Beinen von seinem Reittier kletterte. Schließlich kam Radolf Vacillarius die Treppe herunter. Sein Gesichtsausdruck war nichts sagend; wenn er sich über die Rückkehr seines ehemaligen Gefährten freute, zeigte er es nicht, und wenn er sich über seine Art ärgerte, ließ er es ebenso wenig sehen. Er warf Philipp einen raschen Blick zu und verengte die Augen, aber er sagte nichts.

»Wo ist der Pferdeknecht?«, fragte Ernst.

»Auf dem Feld«, erklärte Radolf und machte eine unbestimmte Handbewegung zum Tor hinaus.

Ernst verzog das Gesicht. »Ich hoffe, er kommt bald. Die Pferde müssen abgerieben werden, sonst werden sie krank.«

»Er weiß, dass ich ihn brauche. Sobald die Dämmerung beginnt, kommt er.«

»Das waren Zeiten, als du noch deinen Knappen hattest ...«

»Er ist weg, und das weißt du so gut wie ich«, versetzte Radolf mit plötzlich aufwallendem Zorn.

»Ja, und hoffentlich hat ihn der Teufel schon auf seinem Bratenteller – mit einem Apfel im Maul.« Ernst seufzte. »Dann bringe ich meinen Gaul selber in den Stall. Ich muss ohnehin die Bestie begrüßen.« Er packte die Zügel seines Pferds mit einer Hand und streckte die andere Hand zu Philipp aus. »Na komm schon, gib mir die Zügel deines Schinders. Wenn ich ein Pferd wegbringe, kann ich ebenso gut auch zwei wegbringen.« Er nahm Philipp die Zügel ungeduldig aus der Hand und stapfte zum Stall hinüber.

Radolf blickte ihm mit kalter Miene hinterher. Schließlich wandte er sich zu Philipp um. »Hast du schon angefangen?«, fragte er ihn knapp.

»Wenn Ihr es so nennen wollt ...«

»Was soll das heißen?«

»Wir haben ein Problem ...«

»Ist das schon wieder ein neues oder noch immer das alte Problem?«

»Bei der Menge von Problemen, die mit Eurem Fall verhaftet sind, weiß ich das nicht mehr«, erklärte Philipp. Radolf funkelte ihn aufgebracht an. »Wir müssen uns unbedingt unterhalten.«

Hastige Schritte ertönten auf der Treppe; Dionisia kam mit einem breiten Lächeln heruntergelaufen. Als sie Philipp neben Radolf stehen sah, spannte sich ihr Gesicht. Philipp lächelte sie an. Sie straffte die Schultern und lächelte zurück.

»Später«, knurrte Radolf und deutete auf den Stall, aus dem Ernst soeben wieder aufgetaucht war. »Ah, Prinzessin Dionisia!«, rief dieser. »Die Sonne geht nochmals auf.« Philipp warf Dionisia einen schnellen Blick zu; sie war bis über beide Ohren errötet.

»Prinzessin, habt Ihr meinen Hund gesehen?«

Dionisia sah ihn erschrocken an. »Der Welpe, den Ihr mitgebracht habt? Ist er nicht bei Euch?«

Ernst breitete die Arme aus und drehte sich einmal im Kreis. »Ich habe ihn nicht in meiner Tasche und nicht in meinem Mantel«, sagte er.

»Er war an dem Morgen verschwunden, an dem Ihr aufgebrochen seid. Ich dachte, Ihr hättet ihn mitgenommen.«

»Nein, habe ich nicht«, knurrte Ernst. »Soll das heißen, das Miststück ist davongelaufen?«

»Ich habe ihn seitdem nicht mehr gesehen. Wisst Ihr etwas darüber, Vater?«

»Ich habe mich nicht darum gekümmert, wo sein Köter hinpinkelt«, brummte Radolf grob.

Ernst machte ein langes Gesicht und sah sich wie suchend um.

Dionisia trat auf ihn zu und legte ihm sanft die Hand auf den Arm. »Es tut mir Leid, Herr Ernst«, sagte sie traurig. »Er muss Euch gesucht haben und ist weggelaufen. Wenn Ihr mir gesagt hättet, ich solle auf ihn aufpassen, dann hätte ich ihn angebunden.«

»Na ja«, brummte Ernst. »Er war sowieso der Schwächste des ganzen Wurfs. Aber irgendwie war er mir ans Herz gewachsen.« Er machte eine abfällige Geste und stieg die Treppenstufen hoch. Dionisia sah ihm mit einem zärtlichen Gesichtsausdruck hinterher, als würde sie ermessen können, ob der Verlust des Hundes Ernst wirklich traf.

Philipp wandte sich wieder zu Radolf um und wollte ihn drängen, sich sofort mit ihm zu besprechen. Aber der Burgherr hatte sich bereits umgedreht und stapfte schweigend hinter seinem ehemaligen Kampfgefährten die Treppe hinauf.

Ernst Guett'heure im Saal von Radolfs Haus: Plötzlich wirkte der Saal zu klein für den Mann und die rastlose Art, mit der er auf und ab schritt, grob-lustige Bemerkungen äußerte und das Gebäude in Besitz nahm, ohne es zu merken. Es verlangte ihn nach Wein, denn der Vorrat in seinem Schlauch war schal und schmeckte »nach Ziegendarm, und zwar dem letzten Stück davon«; und die alte Frau stapfte mit wütenden Schritten in die Küche hinunter. Es hungerte ihn, und diesmal eilte Dionisia davon und brachte ihm eine Schüssel mit geröstetem Hafer und Pökelfleisch, die er mit hastigen Fingern leerte. Wenn er nicht aß oder trank, redete er darüber, wie er mit Philipp zusammengetroffen war und sie sich gegenseitig »um Haaresbreite an die Gurgel gefahren wären: Das heißt, ihm sträubten sich die Haare, und ich packte seine Gurgel«, und sein dröhnendes Lachen hallte mit einem falschen Echo von den Wänden des Saales wider. Ernst Guett'heure in Radolfs Saal: Ebenso plötzlich wurde es Philipp klar, dass er nun nicht mehr der erste Gast in diesem Haus war, und er kletterte in die Küche hinunter und wartete darauf, dass Ernst sich endlich zurückziehen würde.

Zuletzt rief Dionisia nach der Alten, die mit finsterer Miene irgendwelchen Verrichtungen nachgegangen war, während Philipp auf dem steinernen Block in der Mitte der Küche saß und ihr dabei zusah. Die alte Frau verließ die Küche. Oben im Saal trat Schweigen ein. Philipp stieg langsam die Treppe hinauf, um mit Radolf zu sprechen, als er Ernsts Stimme hörte. Radolfs Gefährte schien vor der Kammer zu stehen, in der Radolf zu nächtigen pflegte. Ernst sprach halblaut, aber die Wendung des Treppenhauses trug seine Worte wie das Horn eines Bläsers zu Philipp hinunter.

»Ich habe den Knappen nicht erwähnt, um dich zu ärgern«, sagte er.

»Es fehlte nicht viel, und du hättest noch vor Dionisia über ihn gesprochen«, erwiderte Radolf.

»Für wie dumm hältst du mich? Ich kann mir schon denken, dass du ihr irgendeine Geschichte über sein Verschwinden eingeblasen hast.«

»Tatsächlich habe ich ihr gesagt, er hätte sich den Geißlern angeschlossen. Ich musste schließlich auch den Leuten im Dorf eine Geschichte präsentieren.«

»Den Geißlern?«, prustete Ernst. »Eines muss man dir lassen, alter Freund: Wenn du dich wirklich einmal zu denken anstrengst, ist das Ergebnis immer eine Überraschung.«

Philipp stand auf der Treppe und überlegte, ob er wieder zurück in die Küche gehen sollte. Das Gespräch war nicht für seine Ohren bestimmt. Er trat vorsichtig von einem Fuß auf den anderen. Gerade hatte er beschlossen, sich zurückzuziehen, als Radolf sagte:

»Was ist so schlecht an dieser Idee? Innozenz muss den Geißlern an den Kragen gehen, bevor ihre Prophezeiungen von der Wiederkehr Christi und dem Kommen des tausendjährigen Reiches das ganze Volk aufmerksam machen. Das wird nicht ohne Tote abgehen. So wird sich der Bauerntrottel eben unter den Toten finden. Das heißt, wenn du ihn demnächst aufspüren kannst und dafür sorgst, dass er niemals wieder zum Vorschein kommt.«

»Mach dir keine Sorgen.«

»Mach dir keine Sorgen, pah! Der Kerl war *mein* Knappe; ich kann nicht zulassen, dass er sich so davonmacht, wie er es getan hat. Denk an den Schaden, den er angerichtet hat. Und denk daran, was für mich auf dem Spiel steht.«

»Er kann sich verstecken wie eine Ratte, doch ich habe die richtigen Hunde für diese Ratte«, brummte Ernst. »Hör also endlich auf, ein saures Gesicht zu machen. Vielleicht freut es dich zu hören, dass das Kloster zufrieden stellend arbeitet, seitdem der alte Pergamentfresser tot ist. Ein oder zwei Betbrüder sind noch vorhanden, die der Abt für unzuverlässig hält, aber sie sind nicht mehr von Bedeutung.«

Radolf erwiderte nichts darauf.

»Ich dachte mir schon, dass du in Freudengeheul ausbrechen würdest«, sagte Ernst sarkastisch.

»Es gibt keinen Grund zur Freude«, zischte Radolf. »*Mein* Kopf steckt in der Schlinge.«

»Unser aller Köpfe stecken drin!«

Radolf stampfte wütend mit dem Fuß auf. »Was war in der Stadt?«, fragte er schließlich.

Ernst räusperte sich demonstrativ. »Ah, Prinzessin Dionisia. Und den Arm voller Kräuter. Unverzeihlich, dass wir hier herumstehen. Ich werde sofort zur Jagd ausreiten und ein zartes Reh für Eure Küche schießen.«

»Es ist noch genügend von dem Wildschwein da, das Ihr mitgebracht habt«, rief Dionisia lachend. »Wenn Ihr uns den Weg in die Küche freigebt, kann die Zubereitung sofort beginnen.«

Ihre flinken Schritte klapperten die Treppe hinab, gefolgt von dem müden Tritt der alten Frau. Sie lief mit lachendem Gesicht in die Küche hinein und lächelte Philipp an, der mit einem höflichen Nicken von dem Block heruntferglitt, als wäre er niemals an einem anderen Ort gewesen.

Ernst und Dionisia flankierten Radolf auf der einen Seite der Tafel; Philipp saß gegenüber auf einer Truhe, die er sich herangezogen hatte. Die alte Frau kauerte in der Ecke und wartete darauf, dass für sie ein paar Brocken abfielen. Dionisia hatte drei schlanke Kerzen gefunden, und Ernst steckte sie in Brotlaibe, zündete sie an und schob zwei davon vor Dionisias und Radolfs Platz.

»Für den König und die Prinzessin«, sagte er grinsend, und Radolf verzog mürrisch das Gesicht, während Dionisia errötete und Ernst einen halb verlegenen, halb geschmeichelten Blick zuwarf. Philipp bekam keine Kerze; zu Hause hätte er als Truchsess seines Herrn eine erhalten. Sein Schmerz darüber blieb gering. Das sanfte Kerzenlicht schimmerte auf Dionisias Wangen, und die Kerze, die direkt vor ihr stand, spiegelte sich in ihren dunklen Augen. Sie trug ihr Haar wieder nach der Art der unverheirateten Frauen und Mädchen offen, aber sie hatte eine *crispinette* gefunden, die ihr Haar mit einem feinen Netz aus Silberdraht umfasste und bei jeder Kopfbewegung fein aufblitzte. Sie lauschte den wilden Erzählungen, die Ernst mit der lässigen Attitüde des weit gereisten Abenteurers zum Besten gab: von den gehörnten Zwergmenschen im Fernen Osten, die in Herden lebten und Bäume bewohnten; von Menschen mit Hundeköpfen und sechs Zehen und einäugigen Zyklopen; von den Silbertränen weinenden Amazonen am Fuß des Gebirges, das die Welt vom Garten Eden trennte; von den weisen Panthern in Indien, die mit ihren Krallen Geburtshilfe leisten konnten; von den hundert Meter langen Schlangen im Urwald, die Musik liebten und deren Augen aus Edelsteinen bestanden; und von Bäumen, auf denen Wolle wuchs wie auf den Rücken von Schafen und die auf dieselbe Weise geerntet wurden. Dionisia drückte ihre romantische Bewunderung für die Schlangen aus und weigerte sich, an die

Wollbäume zu glauben. Ihr Lachen und Kopfnicken ließen das Haarnetz aufleuchten, während der dunkle Glanz des Haares auf und nieder tanzte.

»Da pferchten sie uns also in die Schiffe«, erklärte Ernst, der auf dem Umweg über Indien bei seinen Erlebnissen während der Pilgerfahrt ins Heilige Land angekommen war. »Den Kaiser und seine Barone ebenso wie uns Ritter mit unseren Knappen. Niemand hat eine rechte Ahnung von den Verhältnissen an Bord: hunderte von Männern pro Schiff und weit und breit kein Platz zum ... na ja ... haltet Euch die Ohren zu, Prinzessin: zum Kacken.« Dionisia hielt sich nicht die Ohren zu und kicherte mit vorgehaltener Hand, während sie so tat, als wäre sie entrüstet über Ernsts Wortwahl. »Wenn man in der Nacht mal musste, hatte man entweder die Wahl, auf ein Dutzend Kameraden zu treten, bevor man das Heck erreichte und seinen Hintern in das Netz hängen konnte, das sie dort installiert hatten; oder man balancierte über die Ruderstangen nach hinten. Das passte aber denen, die unter Deck an den Rudern saßen, überhaupt nicht, weil die Ruderstangen, über denen sie dösten, innen hochschnellten, wenn man außen darauf trat, und ihren Besitzern die herrlichsten Nasenstüber verpassten. Was soll's, ich war sowieso nicht so geschickt darin und stieg lieber einem anderen auf die Ohren, anstatt ins Wasser zu fallen. Als wir in Palästina ankamen (nach einer wahrlich *beschissenen* Reise), verweigerten die dortigen Christen uns ihren Beistand, weil der Kaiser ja vom Papst exkommuniziert war. Noch während wir nachdachten, was nun zu tun sei, erreichte ein Sendbote des Befehlshabers der Sarazenen unser Lager und bat darum, dass unser Herr Friedrich mit seinem Herrn al-Kamil in Kontakt treten wolle. Der Kaiser stellte eine Gesandtschaft aus seinen edelsten Rittern zusammen und schickte sie in das feindliche Lager. Was glaubt Ihr, wer an dieser Gesandtschaft teilnahm? Natürlich Radolf, der Held des christlichen Abendlandes, und meine unbedeutende Person.«

Dionisia klatschte begeistert in die Hände. »Vater, warum habt Ihr mir nie davon erzählt? Es ist so aufregend zu hören, was Ihr getan habt, als Ihr jung wart!« Philipp wandte den Blick von ihr ab und musterte Ernst mit erwachendem Interesse.

»Also«, fuhr dieser fort, »wir kommen in das Lager dieses Heiden, das sie in einem Stückchen Wald mitten in der Wüste aufgeschlagen haben. Eine Oase nennen sie so etwas. Außen herum nur Felsen und Steine und Sand, und plötzlich ist da ein Tümpel mit Wasser und einem Riesenhaufen schmutziger Heiden, die drumherum krakeelen. Es stehen eine Menge Zelte herum, große Zelte mit bunten Stoffbahnen und Troddeln daran, und kreischende schwarze Kinder wimmeln pudelnackt dazwischen umher, verfolgt von ebenso laut kreischenden schwarzen Weibern, die ebenso wenig ...«, er brach ab und räusperte sich. »Wie auch immer, die Führer unserer Gesandtschaft, der Bischof von Dorset und der Großmeister der Deutschritter, machen sich auf zum Sultan der Sarazenen, um mit ihm zu sprechen. Es dauert eine ganze Weile, dieses Gespräch, weil sie dazu natürlich Dolmetscher brauchen, und wir stehen uns draußen die Beine in den Bauch, schwitzen unter unseren Rüstungen und beneiden die nackten Bälger. Plötzlich kommt so ein Riesenkerl von Heide auf uns zu, groß wie ein Baum und fett wie eine Sau.« Er blies die Backen auf und demonstrierte, wie der Sarazene ausgesehen hatte. »Als er ankam, sah es aus, als hätte eines ihrer Zelte zu wandeln begonnen. Er hat noch einen anderen Burschen im Schlepptau, so einen von diesen krummbeinigen, kleinen Kerlen, die Augen wie Kohlen haben und Zähne so schief wie das Gitter in einem Verlies. Bei dem hier konnte man es allerdings nicht sehen, denn er trug einen Helm mit einem geschlossenen Visier und einem Mondgesicht darauf. Der kleine Bursche schleppt jedenfalls einen gewaltigen Bogen mit sich herum und marschiert im Windschatten des Dicken. Der stellt sich vor uns auf und sagt ganz klar verständlich: ›Hier haben wir also die Blume der christlichen Ritterschaft.‹«

»Er wollte Euch etwas verkaufen«, sagte Dionisia hellsichtig.

»Ja, wie die Hölle wollte er das«, entgegnete Ernst. »Er wollte uns beleidigen, dieses Mastschwein, das war alles. Stellt sich vor uns hin, verbeugt sich, dreht sich dann um zu ihrem verdammten Tümpel und tut ganz erstaunt, als er dort einen Haufen Gänse sieht, die im Wasser herumpaddeln. ›Oh‹, ruft er, ›oder ist das dort die Blume der christlichen Ritter? Also, die Ähnlichkeit ist wirklich verblüffend.‹

Ein paar von uns fingen zu murren an. Euer Vater trat einen Schritt nach vorn und wollte sein Schwert packen, aber die Waffen hatte man uns ja abgenommen, bevor wir das Lager betraten. Der Dicke schob die Lippen vor und betrachtete Radolf, als wäre er ein Straßenköter.

›Ich muss Euch berichtigen‹, sagte Radolf. ›Das dort drüben ist die Blume der sarazenischen Krieger.‹

›Oh, aber ja, selbstverständlich‹, erklärte Schmerbauch. ›Ein Irrtum. Das dort ist tatsächlich ein Kontingent unserer Krieger. Die christlichen Ritter‹, und er rupft einen Zweig mit Datteln vom nächsten Baum, ›habe ich hier in meiner Hand.‹ Und er schmeißt die verdammten Datteln den Viechern hin, und diese stürzen sich natürlich wie verrückt darauf und fressen sie alle mit großem Gezeter auf. Nach ein paar Augenblicken treiben nur noch die Fetzen der Datteln zwischen der Gänsescheiße herum.

Euer Vater sah aus, als würde er gleich platzen. Der Dicke sah sich um, bis er eine von diesen komischen roten Früchten fand, die bei den Heiden wachsen und die sie Punischer Apfel nennen. Er pflückte sie und schmiss sie ebenfalls ins Wasser. Dann sagte er zu Radolf: ›Das dort seid Ihr. Die Farbe stimmt auffällig mit der Eures Gesichtes überein. Und jetzt seht, was mit Euch passiert, wenn Euresgleichen nicht auf sarazenische Gänse, sondern auf wirkliche Krieger trifft.‹

Er schnappte, und das Eisengesicht sprang in die Höhe und fiel beinahe über seine eigenen Füße vor lauter Eifer, dem Dicken seinen Bogen auszuhändigen. Der Dicke grinste uns an, nahm einen Pfeil und legte ihn auf Radolf an. Wir waren alle auf einmal ganz still; auch Radolf fand fürs Erste keine Worte.« Ernst lächelte Radolf gutmütig an. Das Gesicht des Burgherrn war steinern.

»Der Dicke drehte sich herum und zielte auf den Apfel, der friedlich im Tümpel trieb. ›Aufgespießt wie ein Schwein‹, sagte er leise und drohend und ließ den Pfeil fliegen. Er tauchte zwei Ellen neben dem Apfel ins Wasser ein und verschwand auf Nimmerwiedersehen.

Der Dicke zog die Augenbrauen zusammen. Wir standen noch immer alle fassungslos und wussten nicht, was von der Sache zu halten war. Der Apfel schaukelte ein bisschen und war ansonsten so unversehrt wie zuvor. Schweinebauch schnappte sich einen zweiten Pfeil von Eisengesicht, legte ihn an und schoss auf der anderen Seite des Apfels ebenso weit vorbei.

Jetzt schien er wütend zu werden, denn er holte sich einen dritten Pfeil, ermordete uns alle mit seinen Blicken, spannte und zielte, bis seine Arme zu beben begannen. Der Pfeil fuhr harmlos vor dem Apfel ins Wasser, zog einen dünnen Strahl aus Luftblasen hinter sich her und verschwand. Der Apfel rollte einmal träge um seine Achse und lag dann wieder genauso ruhig auf dem Wasser wie vorher.

›Noch einen Pfeil‹, sagte er zu Eisengesicht; oder jedenfalls nehme ich an, dass es das war, was er in seiner heidnischen Sprache grunzte, denn der kleine Kerl beeilte sich, einen weiteren Pfeil aus seinem Köcher zu produzieren. Der Dicke griff danach, und Eisengesicht ließ los; irgendwie hatten sie das aber nicht richtig koordiniert, denn der Pfeil fiel auf den Boden. Beide bückten sich danach und rannten mit den Köpfen zusammen. Eisengesicht schwankte sichtlich unter dem Aufprall. Dann fiel er auf die Knie und klaubte den Pfeil auf, er reichte ihn dem Dicken dar, als wäre er eine Opfergabe. Der Dicke konzentrierte sich mächtig, bis die Adern auf seinem Gesicht hervortraten, und schickte den Pfeil auf die Reise. Der Pfeil flog über den Apfel hinweg, prallte in einem spitzen Winkel auf die Wasseroberfläche, sprang davon in die Höhe und fuhr mit einem unmissverständlichen Geräusch einer der Gänse durch den Hals.

Schmerbauch und Eisengesicht starrten ungläubig auf die durchbohrte Gans; wir starrten ungläubig auf die durchbohrte Gans; die Gans starrte zurück und verschied dann ohne großes Aufhebens.

Radolf sank mit rotem Gesicht auf die Erde und begann lauthals zu lachen. ›Es hat einen Eurer Krieger erwischt!‹, kreischte er voller Vergnügen. ›Die Blüte der sarazenischen Kämpferschar!‹

Der Dicke betrachtete mit Würde, wie Radolf auf dem Boden

herumrollte und mit den Fäusten vor Lachen auf die Erde schlug. Dann machte er eine Kopfbewegung zu Eisengesicht. Dieser ließ den Köcher fallen, rannte um den Tümpel herum, watete mit viel Geplatsche hinein und barg die erschossene Gans. Er brachte sie dem Dicken und legte sie ihm vor die Füße.

›Den Apfel‹, sagte der Dicke.

Eisengesicht watete dienstfertig ein zweites Mal in den Tümpel. Als er endlich wieder auf dem Trockenen stand und dem Dicken den Apfel reichte, lief das Wasser in zwei kleinen Fontänen aus seinen Stiefeln heraus.

Der Dicke nahm den Apfel in seine Pranke, hielt ihn uns vor die Nasen und verzog das Gesicht zu einem drohenden Grinsen. Das Grinsen vertiefte sich, während sein Gesicht allmählich blaurot anlief. Die ersten Schweißtropfen bildeten sich auf seiner Stirn. Uns wurde klar, dass er bemüht war, den Apfel in seiner Hand zu zerquetschen. Der Apfel jedoch zeigte sich so unüberwindlich wie zuvor. Schließlich gab er auf, warf ihn uns vor die Füße, räusperte sich, zog einen Schleimbatzen hoch und spuckte auf den Apfel.« Ernst grinste voller Genuss. »Der Hering landete natürlich auf einem seiner hübsch nach oben gebogenen Schuhe.«

Dionisia, die sich schon die ganze Zeit über vor Lachen schier ausgeschüttet hatte, hielt sich am Tisch fest und lachte, bis ihr die Tränen kamen. Ernst lachte herzhaft mit ihr.

»Was geschah dann?«, keuchte sie atemlos.

»Er starrte auf den Fleck auf seinem Stiefel, dann grunzte er Eisengesicht etwas zu, und dieser drehte sich um, bückte sich und hielt ihm beflissen den Hintern hin. Der Dicke trat ihm mit dem beschmutzten Schuh mächtig in den Arsch, beäugte dann seinen Fuß und schien ihn wieder sauber genug zu finden. Er drehte sich noch einmal zu uns um und sagte: ›Nun wisst Ihr, woran Ihr seid‹, und wogte dann wieder dorthin, von wo er gekommen war. Der Einzige, der in der ganzen Geschichte eine Blessur davontrug (außer der getöteten Gans), war Radolf. Vor lauter Lachen tat ihm drei Tage der Bauch weh.« Ernst sah Radolf ins Gesicht und fragte: »Stimmt's etwa nicht, alter Freund?«

»Wenn du es sagst«, antwortete Radolf ohne die Spur eines

Lächelns in seinem Gesicht. Ernst schüttelte amüsiert den Kopf und klopfte ihm dann auf die Schulter.

Während seiner Erzählung hatte er scheinbar das Essen vergessen; jetzt langte er, noch immer fröhlich lächelnd, zu und häufte sich einen Batzen Fleisch auf die Brotscheibe, die vor ihm lag. Radolf sah währenddessen finster auf seine eigenen Hände nieder, die untätig auf dem Tisch lagen. Er wirkte, als sei seine Geduld mit Ernsts Erzählung schwer strapaziert worden. Philipp wandte den Blick von ihm ab und betrachtete Dionisia. Sie sah Radolf mit einer Mischung aus Vergnügen und gleichzeitigem Bedauern an. Offenbar fragte sie sich, warum erst ein alter Gefährte von Radolf hatte kommen müssen, damit sie diese Geschichte erfuhr. Als sie Philipps Blick bemerkte, warf sie ihm ein scheues Lächeln zu. Ihre Wangen waren rot entflammt vor Lachen, und ihre Augen funkelten.

»Da fällt mir noch was ein«, sagte Ernst mit vollem Mund. Radolf seufzte und fragte nach einer unangenehm langen Pause: »Und was ist das?«

Ernst tat so, als würde er sich nicht an Radolfs unhöflichem Verhalten stören. Er wischte sich den Mund ab und sagte undeutlich: »In der Stadt läuft alles bestens. Sie haben wieder einen von den Kerlen gekriegt.« Radolf nickte verdrießlich.

»Etwas mehr Begeisterung hätte ich schon erwartet«, erklärte Ernst enttäuscht. Er warf Philipp und Dionisia einen raschen Blick zu. »Wir sind jetzt so gut wie am Ziel«, sagte er schnell und halblaut.

»So gut wie am Ziel«, stieß Radolf gequält hervor. »Verkauf das Fell nicht, bevor du den Bären gefangen hast.«

»Was kann jetzt noch passieren ...«

»Das hat es zuerst auch geheißen.«

»Ich weiß; der verfluchte Verräter hätte uns beinahe zu Würmerfutter werden lassen.«

»Sprich nicht so!«, zischte Radolf, der sichtlich erblasst war. »Was willst du? Der Kerl ist weg. Langsam solltest du dich wieder von einer Maus in einen Mann zurückverwandeln.«

Radolf knurrte Ernst wütend an, aber dieser lehnte sich nur zurück und lächelte. Philipp lauschte dem Gespräch verständnislos. Auffällig waren die raschen, prüfenden Blicke, die Ernst ihm zuweilen zuwarf. Er versuchte, ein unbefangenes Gesicht zu machen. Während er sich mit vorgegebener Begeisterung dem Essen widmete, bemühte er sich, aus dem jetzigen Gespräch und dem, welches er vor dem Essen belauscht hatte, Schlüsse zu ziehen.

»Du hast leicht reden«, brummte Radolf. »Du bist weit weg.«

»Das hättest du auch haben können; aber nein, du musstest ja unbedingt ...«, Ernst zuckte mit den Schultern und vertiefte sich wieder in sein Essen. Radolf starrte ihn mit hilflosem Zorn an. Seine Hände umklammerten die Tischplatte.

»Von welchen Kerlen habt Ihr gesprochen?«, erkundigte sich Philipp bei Ernst. Dieser fixierte ihn wieder mit seinem kühlen, nachdenklichen Blick. Überrascht erkannte Philipp diesmal, dass Ernst sich darüber klar zu werden versuchte, ob er ihm trauen konnte. Ernst schoss einen Blick zu Radolf hinüber, aber er schien in dessen versteinerter Miene nichts lesen zu können.

»Von den – Juden«, antwortete Ernst schließlich gedehnt. »Vor ein paar Tagen wurde einer von den Burschen in der Stadt verhaftet.«

»Ich weiß«, erklärte Philipp erstaunt. »Ich habe es miterlebt.«

Ernst sah ihn wie vom Donner gerührt an. »Na, da soll mir doch ...!«, rief er und schlug mit der Faust auf den Tisch. Sein Gesicht verzog sich langsam zu einem Grinsen. »Da sitzt er mit einer Miene wie ein Unschuldsengel und hat die ganze Sache mit angesehen.«

»Woher wisst Ihr davon?«

»Ich war nicht in der Stadt, um mit den Schankdirnen und den Stallknechten zu verkehren«, erwiderte Ernst herablassend.

»Also von höheren Kreisen.«

»Wenn man so will. Der Judenkerl hatte eine Monstranz angekauft, die irgendein gewissenloser Dieb – wahrscheinlich auch ein Jude – aus einer christlichen Kirche gestohlen hatte. Ich hoffe, sie machen kurzen Prozess mit ihm.«

»Aber das ist eine Lüge.«

»Was?«

»Das mit der Monstranz.«

Ernst setzte sich verblüfft zurecht und beugte sich dann über den Tisch, wie um Philipp genauer betrachten zu können.

»Woher willst du das wohl wissen?«, fragte er mit deutlichem Hohn.

»Ich wette um alles, was Ihr wollt, dass man ihm diese Monstranz untergeschoben hat. Ich bin mir sogar sicher, dass es die Büttel in dem Augenblick taten, in dem sie ihn verhafteten.«

Ernst drehte sich zu Radolf um, der ihn nur finster anstarrte, dann zu Dionisia, die mit den Schultern zuckte. Als er sich wieder Philipp zuwandte, lag ein ungläubiges Grinsen auf seinem Gesicht.

»Jeder Jude, der eine Monstranz ankauft, weiß genau, in welche Gefahr er sich begibt«, rief Philipp. »Wie wahrscheinlich ist es da wohl, dass er sie so schlecht versteckt, dass selbst ein tumber Büttel sie findet, ohne länger als ein paar Minuten danach zu suchen?«

»Das liegt daran, dass die Juden noch dämlicher sind als die Büttel«, erklärte Ernst lachend.

»Das ist nicht wahr. Sie wissen sehr wohl, was ihnen von uns alles droht. Wenn einer von ihnen im Stande ist, ihre Schriften vor der Vernichtung zu verbergen, dann würden sie wohl auch dazu im Stande sein, gekauftes Kirchengut zu verstecken.« Er schwieg erschrocken und starrte Ernst an. Dieser hatte die Augen zusammengekniffen und musterte ihn stumm. *Verdammt*, dachte Philipp, *du und dein loses Mundwerk.* Plötzlich schüttelte Ernst den Kopf und lachte wieder.

»Ist dir bei unserem schnellen Ritt die Luft ausgegangen?«, rief er. »Die Juden verstecken ihre Schriften? Was verstecken sie sonst noch alles? Ihre abgeschnittenen Vorhäute?«

»Ich habe einmal so etwas gehört«, brummte Philipp lahm.

»Und darauf willst du um alles wetten, was ich möchte?« Ernst lachte gutmütig und fasste zu Philipp hinüber, um ihm durch die Haare zu fahren. Philipp ließ es zähneknirschend geschehen. »Mein Junge, wenn du eine hübsche Jungfrau wärst und unterhalb deines Halses statt dieser Wolle zwei ansehnliche Titten gewachsen wären, dann wüsstest du, was du jetzt verloren hättest.« Er machte eine kleine Verbeugung zu Dionisia hinüber. »Verzeiht meine Sprache«, sagte er würdevoll.

»Schon gut«, erwiderte Dionisia und lächelte ihn fröhlich an.

Philipp gab sich geschlagen; er war erleichtert, dass Benjamin ben Petachyas Geheimnis keine größere Aufmerksamkeit gefunden hatte.

»Also gut«, sagte er. »Dann würde mich nur noch interessieren, was Ihr gegen die Geldverleiher habt?«

Ernst breitete die Arme aus und grinste ihn an.

»Na, was wohl?«, fragte er. Doch plötzlich hieb Radolf mit der flachen Hand auf die Tischplatte und rief laut: »Genug davon! Ich will nichts mehr von den Juden oder von sonst irgendwelchem Gesindel hören!« Er funkelte Philipp und Ernst gleichermaßen an. Ernst zuckte mit den Schultern und fasste wieder nach dem Weinkrug. Dionisia klatschte in die Hände und sagte: »Genau, Vater. Ich will auch nichts mehr von diesen langweiligen Geschichten hören. Ich möchte ein Spiel spielen.«

Radolf verdrehte die Augen. Ernst fragte mit mäßigem Interesse: »Was für ein Spiel, Prinzessin Dionisia?«

»Das Spiel: ›Der König, der nicht lügt‹.«

»Ach du lieber Himmel«, entfuhr es Ernst. Dionisia sah ihn nachdenklich an, dann richtete sie ihren Blick auf Philipp. Er erkannte, dass sie enttäuscht war.

»Was ist das für ein Spiel?«, fragte er.

Sie sah ihn unverwandt an, während sie erklärte: »Eine der anwesenden Damen wird zur Königin gewählt. Alle Männer sind Könige und müssen ihr ein Liebesgeheimnis anvertrauen. Die Königin entscheidet dann, welches Geheimnis ihr besser gefällt, und kürt so den Sieger.« Philipp errötete, als er ihren Blick auf sich fühlte. Er räusperte sich.

»Das ist Unsinn«, erklärte Radolf ungehalten.

»Wieso, Vater? Ihr braucht es doch nicht mitzuspielen. Nur Ernst und Philipp sind die Spieler.« Sie lächelte beide an. »Nun, meine Herren. Wollt Ihr?«

»Ja«, sagte Philipp. Ernst betrachtete ihn voll ehrlicher Verblüffung, dann sagte er: »Was habe ich noch für eine Wahl? Also gut, ich spiele mit.« Er spähte in den Weinkrug, den er in der

Hand hielt. »Dazu brauche ich aber ein wenig Stärkung. Radolf, ist noch Wein da?«

»Ist der Krug schon leer?«

»Völlig leer«, sagte Ernst und drehte den Krug um. Ein paar Tropfen liefen heraus und fielen auf die Tischplatte. »Nicht, dass das dein Verdienst wäre, mein Freund. Du solltest etwas trinken, damit deine sauertöpfische Miene vergeht.«

Radolf reagierte nicht auf Ernsts Anspielung. Er sah sich im Saal um.

»Wo ist die Alte?«, fragte er.

»Sie schläft bereits«, erwiderte Dionisia. Radolf hob den Krug und hielt ihn Dionisia entgegen.

»Vielleicht wäre die Königin dann so freundlich, neuen Wein zu holen?«, sagte er sarkastisch. Dionisia erhob sich. »Vater, ihr wisst, dass ich den Deckel des Fasses nicht allein hochheben kann. Er ist zu schwer.«

Philipp sprang auf und erbot sich, an ihrer Stelle zu gehen. »Weißt du, wo sich das Fass befindet?«, knurrte Radolf. Philipp schüttelte den Kopf.

»In der jenseitigen Wand der Küche ist eine halbhohe Tür. Sie ist verschlossen. Den Schlüssel habe ich hier ...«

»Wie wär's, wenn du einfach selbst gehen würdest?«, unterbrach Ernst. »Ich versichere dir, dass dich keiner von uns deswegen schief ansehen wird.«

Radolf starrte ihn an. Langsam überzog eine wächserne Blässe sein Gesicht. »Nein«, krächzte er.

Ernst zog die Augenbrauen hoch. »Was denn?«, fragte er spöttisch. »Hast du einen Geist im Keller?«

Radolf fuhr so heftig auf, dass die Tischplatte verschoben wurde. Der leere Weinkrug stürzte um und polterte zu Boden. Radolfs Gesicht leuchtete vor Blässe. Dionisia trat erschrocken einen Schritt zurück. Ernsts Augen wurden schmal.

»Es ist genug!«, brüllte Radolf und hieb mit der Faust so hart auf die Tischplatte, dass noch ein Holzbecher dem Krug auf den Boden hinunter folgte. »Es gibt keinen Wein mehr! Das Mahl ist zu Ende!«

Seine Augen flackerten unstet. Die Angst, die hinter seinem

Zornesausbruch lag, teilte sich Philipp mit würgender Intensität mit. Radolf wandte sich brüsk ab, marschierte steifbeinig zu seiner Kammer und riss die Decke beiseite, die den Eingang versperrte.

Sie hörten ihn, wie er drinnen wütend gegen die Truhen und gegen seine Schlafstelle trat.

»Wünsche eine gute Nachtruhe«, sagte Ernst ungerührt und stand auf.

Am nächsten Morgen lungerte Philipp im Saal herum, um auf Radolf und die Gelegenheit zu warten, sich endlich mit ihm zu beraten, doch er erschien nicht; ebenso wenig war Ernst Guett'heure zu finden. Als Philipp sich schließlich mit höflichem Husten vor Radolfs Kammer aufstellte und die Decke beiseite schob, sah er, dass die Kammer leer war. Er stand unschlüssig im Saal, als Dionisia hereinkam.

»Mein Vater ist nicht da«, erklärte sie überflüssigerweise. Sie blieb stehen, um auf eine Erwiderung zu warten, und er beschloss, einen Gedanken mit ihr zu teilen, der seit dem Abendessen an ihm fraß und der ausnahmsweise nichts mit seinen Gefühlen für sie zu tun hatte.

»Hat Euch die Geschichte von Herrn Guett'heure gefallen?«, fragte er vorsichtig.

»Er kam doch nicht mehr dazu, sie mir zu erzählen.«

»Nein, ich meine nicht sein – äh – Liebesgeheimnis. Ich meine die Geschichte über das Erlebnis mit dem dicken Sarazenen.«

Sie lachte in der Erinnerung daran. »Der famose Pfeilschütze? Natürlich. Ich dachte, mir platzen die Seiten vor Lachen.«

»Dionisia«, sagte er langsam. »An dieser Geschichte stimmt einiges nicht.«

Sie winkte ab und lächelte ihn fröhlich an. »Es mag schon sein, dass Ernst ein wenig übertrieben hat. Was kümmert es mich? Er hat uns zum Lachen gebracht, das ist die Hauptsache.«

»Darauf kommt es mir nicht an. Mein Herr hat selbst am Kriegszug gegen die Heiden teilgenommen und mir viel darüber erzählt. Es stimmt nicht, dass die Sarazenen dem Heer von Herrn

Friedrich ein Friedensangebot machten; tatsächlich war es umgekehrt: Der Sultan erhielt ein Schreiben mit einem Verhandlungsangebot von der christlichen Seite.«

Dionisia zuckte mit den Schultern. Ihr Lächeln war um wenige Grade kühler geworden. »Woher wollt Ihr das so genau wissen?«, fragte sie. Philipp erkannte die Ablehnung in ihrer Stimme, aber er fühlte sich gezwungen fortzufahren.

»Mein Herr bewegte sich in der unmittelbaren Umgebung von Herrn Friedrich und war über die Schritte des Kaisers gut informiert. Ich weiß außerdem, dass in Palästina, wo das Heer landete und mit dem Sultan verhandelte, keine solche Wüste ist, wie sie von Ernst beschrieben wurde. Die Römer haben seinerzeit dort viel Wald abgeholzt, um ihre Flotte zu bauen, aber es besteht dennoch nicht alles nur aus Stein und Sand. Demzufolge gibt es auch diese Oasen nicht, die wie grüne Punkte mitten in der Wildnis liegen. Tatsächlich gibt es dort sogar Flüsse.«

»Vielleicht hat Ernst die Orte verwechselt. Er ist ja wohl viel herumgekommen dort.« Was Dionisia nicht dazusagte, war dennoch deutlich zu hören: Ganz im Gegensatz zu Euch. Philipp seufzte.

»Die Anführer der Gesandtschaft, die mit al-Kamil verhandelten und schließlich den Vertrag bezeugten, waren der Großmeister der Deutschritter und die Bischöfe von Exeter und Winchester. Herr Ernst hat dagegen neben dem Großmeister nur den Bischof von Dorset genannt, der überhaupt nicht dazugehörte. Zu guter Letzt bezweifle ich, dass es dort Gänse gibt.«

»Aber die Datteln und den Punischen Apfel, daran glaubt Ihr wohl?«, fragte Dionisia mit ätzender Schärfe. »Ich weiß nicht, worauf Ihr hinauswollt, Philipp. Wenn Ihr sagen möchtet, dass Ernst ein Lügner ist, dann bedenkt, dass er sich unter unserem Dach als Gast befindet – ebenso wie Ihr. Und bedenkt weiterhin, dass Ihr den Gastgeber zusammen mit dem Gast beleidigt.« Sie stampfte mit dem Fuß auf, und Philipp erkannte überrascht, wie wütend sie wirklich war. »Es ist eine Unverschämtheit von Euch, so schlecht über Ernst zu sprechen, besonders wenn man denkt, wie freundlich er sich Euch gegenüber verhält.«

»Ich wollte Euch nur auf die Punkte aufmerksam machen ...«

»Ihr wolltet nur vor mir aufschneiden mit Eurem angeblichen Wissen, das Ihr doch nirgendwo anders her haben könnt als aus Büchern oder«, sie schnaubte verächtlich, »aus den Erzählungen Eures Herrn, der ja wohl der Heilige Vater in Rom sein muss, wenn seine Worte so unbedingt der Wahrheit entsprechen.«

»Warum seid Ihr denn so wütend? Ich hatte doch nicht vor, jemanden zu beleidigen. Schon gar nicht Euch.«

»Ihr habt mich aber beleidigt!«, rief sie laut. Plötzlich füllten sich ihre Augen mit Tränen. Philipp sah bestürzt, wie sie sich grob mit der Hand durch das Gesicht wischte. Sie wandte sich mit einer brüsken Bewegung ab und lief an ihm vorbei zur Treppe. »Dionisia!«, rief er hinterher.

»Lasst mich in Ruhe. Ich will Euch niemals wiedersehen.« Sie lief die Treppe hinauf zu ihrer Kammer und ließ Philipp allein im Saal stehen, mit einem dummen Gesicht und dem scharfen Schmerz des Bedauerns im Herzen.

Im Stall fehlten das Pferd, auf dem Ernst gestern hergekommen war, und das Ross, das scheinbar Radolf gehörte. Der Pferdeknecht war anwesend und machte sich mit zerknittertem Gesicht bei den übrigen Tieren zu schaffen. Bei Philipps Eintreten sah er auf und nickte ihm zu; dann erst schien er ihn zu erkennen. Verlegene Röte kroch seinen Hals herauf. *Keine Sorge*, dachte Philipp und erinnerte sich unwillkürlich an Radolfs Blässe, als Ernst die Bemerkung über den Geist im Keller gemacht hatte. *Du bist hier nicht der Einzige, der sich vor Gespenstern fürchtet.*

»Wie geht's dem Arm?«, fragte er.

Die Befangenheit in den Zügen des Mannes lockerte sich ein wenig, als würde es ihm gut tun, dass sich Philipp an seine Verletzung erinnerte.

»Viel besser«, sagte er strahlend. »Ich habe fast keine Schmerzen mehr, und das Fleisch wächst bereits zusammen.«

»Herr Radolf und sein Freund sind bereits ausgeritten?«

»Noch vor der Dämmerung.« Er gähnte herzhaft. »Die Alte musste mich wecken, damit ich ihre Pferde sattle und für den Ausritt bereitmache.«

»Weißt du, wohin sie wollten?«

»Ich nehme an, auf die Jagd. Sie haben es mir nicht gesagt.« Philipp schüttelte verdrossen den Kopf. »Wieso geht er mit Ernst auf die Jagd?«, murmelte er halblaut. *Ich bin eigens hergekommen, um mit ihm zu sprechen.*

»Das verstehe ich auch nicht«, erklärte der Pferdeknecht. »Ich dachte, man geht nur mit einem guten Gefährten auf die Jagd.«

»Weshalb glaubst du, die beiden sind keine guten Gefährten?«

»Na, weil sie sich die ganze Zeit über streiten. Als der fremde Herr vor ein paar Tagen ankam, schien Herr Radolf schon nicht besonders erfreut, und seitdem ist es ständig schlimmer geworden. Ihr habt das nur nicht mitbekommen, weil während Eures ersten Besuchs der fremde Herr nicht da war.«

»Soweit ich weiß, waren Radolf und Ernst Kampfgefährten während des Pilgerzugs.«

»Jetzt mag Herr Radolf seinen Gefährten jedenfalls nicht mehr«, stellte der Pferdeknecht mit seltsamer Befriedigung fest. Philipp entging der Unterton nicht.

»Du meinst, er schickt ihn nur wegen des Gebots der Gastfreundschaft nicht fort?«, fragte er vorsichtig. »Aber welchen Grund hätte er dann, ihn auf die Jagd zu begleiten?«

»Vielleicht musste er.« Da war dieser Unterton wieder; er bedeutete: Frag mich nur, und ich werde dir meine Meinung sagen. Und du wirst dich wundern.

»Wie sollte Ernst Radolf dazu zwingen können?«

Der Pferdeknecht trat einen Schritt auf ihn zu und sagte leise: »Der fremde Herr ist, glaube ich, ein gefährlicher Mann. Ich glaube, er ist«, er vollführte eine komplizierte Geste, indem er gleichzeitig zwei Finger der rechten Hand abspreizte, das Kreuzzeichen schlug und mit der Hand vor seiner Brust wedelte, »ein Zauberer.«

Philipp verdrehte innerlich die Augen.

»Und ich glaube, die Hexe hat ihn noch vor ihrem Tod beauftragt, sie wieder aus dem Totenreich zurückzuholen. Herr Radolf steht unter ihrem und seinem Bann.« Der Pferdeknecht erschauerte. »Wenn der Mond beim nächsten Mal voll ist, wird es geschehen. Ihr könnt mir glauben, dass ich dann weit weg sein werde. Und Ihr solltet es auch sein.« Er trat noch näher an Philipp heran und flüsterte: »Ihr ganz besonders.«

Ein kalter Schauer rann Philipp den Rücken hinunter. »Weshalb ich?«, fragte er rau.

»Sie haben sich heute über Euch unterhalten. Der fremde Herr ...«

»Sein Name ist Ernst Guett'heure.«

Der Pferdeknecht hielt sich die Ohren zu. »Ich will seinen Namen gar nicht hören. Namen haben Macht. Hört mir zu. Der fremde Herr sagte: Was zum Teufel hat eigentlich dieser Philipp bei dir zu suchen?, und Herr Radolf sagte: Der Kardinal hat ihn geschickt. Der Zauberer tat ganz erstaunt und sagte. Der Kardinal, ist das wirklich wahr? Herr Radolf darauf ganz wütend: Nein, ich habe das nur gesagt, weil mir nichts anderes eingefallen ist. In Wahrheit soll er mir den Obstgarten umgraben. Der Zauberer: Was will der Kardinal? Ich sage Euch, Herr Philipp, jedes Mal wenn er ›Kardinal‹ sagte, klang es, als wolle er auf den Boden spucken. Herr Radolf sagte: Er hat ihn zu mir geschickt, damit ich endlich bekomme, was mir zusteht. Der Zauberer fing an zu lachen und rief: Immer noch die alte Geschichte? Du wirst wahrlich nicht klüger. Herr Radolf knurrte ärgerlich und erwiderte nichts. Der Zauberer daraufhin: Wir können den Kerl hier nicht gebrauchen. Schick ihn fort. Du weißt, dass es jetzt um alles oder nichts geht.«

»Woraus du geschlossen hast ...«

»... dass sie die Hexe aufwecken wollen. Das liegt doch auf der Hand. Wenn Euch wirklich ein Kardinal geschickt hat, Herr Philipp, dann passt auf Euch auf. Sie hassen alles, was mit dem rechten Glauben zusammenhängt. Ihr wärt nicht das erste Opfer, das der fremde Zauberer verlangt.«

Philipp riss die Augen auf. »Was ist das mit dem Opfer?« Bei sich dachte er: *Und ich habe schon bei seiner ersten Spukgeschichte geglaubt, dass der Kerl abergläubisch ist. Aber du meine Güte – er besteht ja ausschließlich aus Aberglauben!*

»Sie haben ein Tier geopfert; einen kleinen Hund. Das nächste Opfer vergießt in der Regel Menschenblut.«

»Einen kleinen Hund!? Das war der Hund, den Ernst mitgebracht hatte. Er ist davongelaufen!«

»Ich habe im Wald etwas gefunden, das wie ein kleiner toter Hund aussah«, flüsterte der Pferdeknecht und schauderte noch nachträglich. »In seinem Körper war kein Tropfen Blut mehr, und seine Augen waren weit aufgerissen, als habe er etwas Entsetzliches gesehen.«

»Weil ihn ein Wolf oder ein Fuchs gerissen hat.«

»Aber seine Kehle war durchgeschnitten ...«

»Zeig mir den Kadaver«, sagte Philipp argwöhnisch.

»Er ist nicht mehr da. Tatsächlich wollte ich ihn Euch heute zeigen. Aber sie haben ihn fortgeschafft.«

Philipp sah den Pferdeknecht starr an und bemühte sich, eine sarkastische Bemerkung hinunterzuschlucken.

»Und was ist mit den Dämonen, die den Zauberer begleiten? Er kam des Nachts hier an, zusammen mit zwei düsteren Gestalten in Mänteln und Kapuzen. Ich erwachte vom Hufgetrappel der Pferde, weil ich eben erst vom Stall zurückgekommen war und mich hingelegt hatte. Ich spähte hinaus: Es waren keine Gesichter unter den Kapuzen zu sehen, nur Schwärze und das Funkeln von teuflischen Augen. Als sie vor dem Tor zu Herrn Radolfs Haus angekommen waren, raunte der Zauberer den beiden Dämonen etwas zu, und sie ritten mit Feuer sprühendem Galopp in die Felder hinein. Seitdem habe ich sie nicht mehr gesehen. Er hat sie zurückgeschickt in das Reich der Finsternis, wo sie sich bereithalten, bis er oder die Hexe sie benötigen.«

Plötzlich bäumte sich Ernsts Streitross auf und stieß ein durchdringendes Wiehern aus. Philipp und der Pferdeknecht fuhren zusammen.

»Da«, sagte der Pferdeknecht entsetzt. »Sein Teufelsross hat alles gehört, was ich gesagt habe. Zweifelt Ihr noch an meinen Worten? Ich bleibe hier nicht; ich will nicht, dass es mir ergeht wie Herrn Radolfs Knappen.«

»Was ist mit ihm geschehen?«

»Er hat sich um die Pferde gekümmert. Eines Tages war er verschwunden. Der Dorfälteste sagte, ich solle mich an seiner Stelle der Pferde annehmen.« Er lachte bitter. »Was war ich stolz darauf! Ich dachte, vielleicht macht mich der Herr eines Tages zu seinem neuen Knappen. Aber da wusste ich auch noch nichts. Und ich habe mich noch gewundert, warum sich keiner um diese Arbeit gerissen hat.« Er stieß die Tür auf und eilte hinaus. Philipp lief ihm nach und hielt ihn am Arm fest.

»Warum hast du mir das Ganze nicht schon letztes Mal erzählt?«, rief er.

»Ich wusste nicht, ob ich Euch trauen kann. Ihr habt Herrn Radolf ohne Zögern angefasst, und es ist Euch auch nichts passiert. Ich dachte, Ihr gehört vielleicht zu Ihnen. Aber seitdem ich gehört habe, wie der Zauberer über Euch gesprochen hat ...«

»Ich danke dir für deine Warnung«, sagte Philipp.

»Bleibt weg von diesem Haus«, sagte der Pferdeknecht düster. »Oder Ihr werdet Dinge sehen, die Euren Tod bedeuten.«

Philipp vertrieb sich den Tag damit, in der Umgebung von Radolfs Haus herumzuwandern. Er machte sich auf eine müßige Suche nach dem Hundekadaver, ohne mehr zu finden als die bereits vorher da gewesene Gewissheit, dass er nichts dergleichen entdecken würde. Eine Weile stand er auf dem kleinen Friedhof, betrachtete das Grab Katharinas und hoffte vergebens, Dionisia möge ebenfalls die Grabstelle aufsuchen und in der Stimmung sein, ihm zu vergeben. Zuletzt trat er prüfend auf der Stelle herum, wo Radolf einen Brunnen zu graben versucht hatte, ein vage rechteckiger Fleck auf dem Boden, dessen unordentlich an ihren Platz zurückgetrampelte Grassoden da zu welken und dort neu zu sprießen begannen. Wer immer gegraben hatte, hatte den Aushub nicht wieder vollständig im Schacht untergebracht: Ein niedriger Haufen bereits trocken gewordener Erde und Lehm ruhte abseits unter dem Palisadenzaun. Ob der enttäuschte Graber es nicht mehr der Mühe für nötig befunden hatte, das zurückgeworfene Material festzustampfen? In etlichen Monaten, spätestens während der Herbstregen, würde das lockere Erdreich sicher in der Grube in sich zusammensinken und einen mehrere Handspannen tiefen Krater an der Oberfläche bilden – ein weiteres Beispiel für den desolaten Zustand des Besitzes. Seufzend wandte sich Philipp ab.

Kurz vor der Dämmerung kehrten Ernst und Radolf zurück, begleitet vom Pferdeknecht, den sie offensichtlich bei ihrem Ritt durch das Dorf mitgenommen hatten und der in deutlichem Abstand hinter ihnen hertrottete. Philipp hatte die Ankunft einer Schar von Männern erwartet, die die Jagdgehilfen für die beiden gespielt hatten und eine Anzahl von Vögeln, Hasen und das eine oder andere größere Wild zurücktransportierten, aber Ernst und Radolf waren allein. Um ihre Jagdbeute war es ebenso bestellt wie um ihre Eskorte. Beide Männer ritten schweigend in den Hof, sprangen von den Pferden und marschierten steifbeinig in das Gebäude, ohne dass sie mit Philipp oder auch nur miteinander ein Wort gesprochen hätten.

Philipp folgte ihnen nach; einerseits, um eine Gelegenheit zu bekommen, das bislang aufgeschobene Gespräch mit Radolf zu führen, andererseits, weil ihre Ankunft eine willkommene Möglichkeit war, Dionisia wieder unter die Augen zu treten. Radolf hatte sich bereits in seine Kammer zurückgezogen, als Philipp den Saal betrat; man hörte ihn drinnen rumoren. Ernst beschäftigte sich in einer Ecke des Saales damit, sein Lederwams abzulegen, und machte ein ungewohnt mürrisches Gesicht. Der Saal selbst war eine Überraschung: Ohne dass er sie gesehen hatte, musste Dionisia draußen gewesen sein, um Blumen und Gräser zu pflücken und diese dort auf dem Steinboden zu verstreuen, wo sie die Tischplatte auf die Böcke gestellt hatte. Es wäre warm genug gewesen, draußen zu essen, wie es der allgemeinen Mode entsprach, aber Philipp war mittlerweile nicht mehr über die Angewohnheit sowohl des Burgherrn als auch seiner Tochter erstaunt, sich nach Möglichkeit im Inneren des düsteren Gebäudes aufzuhalten. Immerhin schien zumindest Dionisia genug Schönheitsbedürfnis zu besitzen, um dessen Schmucklosigkeit aufzulockern. Sie eilte aus der Küche nach oben, noch während Philipp den Saal betrachtete, und erklärte Ernst, dass er zusammen mit Radolf baden könne, wenn ihm der Sinn danach stünde: Sie habe heißes Wasser vorbereitet. Ihr Gesicht war gerötet und ihr Haar aufgelöst.

»Habt Ihr den Pferdeknecht mitgebracht?«, fragte sie. »Jemand muss den Zuber hinaustragen.«

»Er ist draußen und krault den Pferden die Bärte«, brummte Ernst in einem schwachen Versuch, seine gute Laune wiederherzustellen.

Dionisia wandte sich um und erblickte Philipp. Er lächelte ihr vorsichtig zu, aber sie lächelte mit einer derartig fröhlichen Offenheit zurück, dass Philipp anzunehmen bereit war, ihre Meinungsverschiedenheit sei vergessen.

»Wo wart Ihr nur den ganzen Tag, Meister Philipp?«, fragte sie. »Ich habe Euch vermisst.«

»Ich habe die Wolken am Himmel gezählt.«

»Und wie viele sind es?«

»Mehr als drei«, erwiderte Philipp und tat so, als könne er nicht weiter zählen. Dionisia lachte und huschte an ihm vorbei, um dem Pferdeknecht seine zusätzliche Aufgabe mitzuteilen. »Ich hoffe, Ihr seid hungrig«, rief sie Philipp im Hinauslaufen zu. »Ich habe heute selbst gekocht.«

Ernst hatte sich in der Zwischenzeit halbwegs von seinem Wams befreit und grunzte angestrengt bei dem Versuch, es über den Kopf zu ziehen. Philipp trat zu ihm und zerrte daran, bis er es endlich in der Hand hielt. Er sah mit Erstaunen, dass Ernst darunter ein ärmelloses Kettenhemd getragen hatte, und wunderte sich einmal mehr über die ständige Kampfbereitschaft, die den Mann auszuzeichnen schien. Ernst schniefte und wand sich aus dem Kettenhemd, wobei er ein zweites Mal Philipps Hilfe annahm.

»Wo habt Ihr eigentlich Euren Knappen gelassen?«, fragte Philipp.

»Zu Hause. Er hat sich einen Tag vor meiner Abreise ein Bein gebrochen und war nicht reisefähig.«

»Ihr hättet doch bestimmt Ersatz mitnehmen können. Wer soll Euch mit Euren Waffen und den Pferden helfen?«

»Damit komme ich auch alleine zurecht«, brummte Ernst und schnappte sich das Kettenhemd aus Philipps Griff.

»Lieber mach ich es selbst, als dass ich einen ungeschickten Tölpel überall mit hin schleife.«

»Und Eure beiden Gefährten?«, erkundigte sich Philipp betont harmlos.

»Das sind doch keine Knappen!«, dröhnte Ernst. »Sie haben mich nur von zu Hause nach hier begleitet. Abgesehen davon brauche ich sie in der Stadt, um meine Geschäfte abzuschließen; dort sind sie mir nützlicher als hier.«

Er setzte sich auf eine Truhe und streckte Philipp mit einem auffordernden Grinsen einen Fuß entgegen. »Außerdem machst du das sehr gut«, sagte er.

Philipp kämpfte einen kurzen Kampf gegen seinen Stolz und gewann; er begann damit, Ernsts Schuh aufzuschnüren, während dieser behaglich seufzte und sich zurücklehnte.

»Kein Glück bei der Jagd gehabt?«, fragte Philipp.

»Ach was«, sagte Ernst vage. »Nichts weit und breit zu sehen, in was einen Pfeil zu schießen es sich gelohnt hätte.« Er sprang auf, als Philipp beide Schuhe von seinen bloßen Füßen gezogen hatte, und trat wegen der überraschenden Kühle des Bodens von einem Bein aufs andere. Mit einem Lächeln, das anzuzeigen schien, dass er seine gute Laune wiedergewonnen hatte, schlug er Philipp auf die Schulter. »Hast du Lust zu baden?«, fragte er. »Wenn du mir schon die Schuhe ausziehst, will ich dich wenigstens in meinen Zuber einladen. Vorausgesetzt, der Nichtsnutz von Rossknecht hat ihn schon nach draußen geschafft und gefüllt.«

»Danke«, lehnte Philipp ab. »Es schadet der Gesundheit, zu oft zu baden.«

Ernst zuckte mit den Schultern; einen Moment schien er unschlüssig, dann wandte er sich um und rief über die Schulter: »He, Radolf. Deine Tochter hat heißes Wasser bereitet. Nimmst du ein Bad?«

Radolf brummte etwas Unverständliches in seiner Kammer zur Antwort, kam aber nicht heraus. Ernst machte ein missbilligendes Gesicht und patschte schließlich auf nackten Füßen hinaus.

Philipp wartete, bis Ernst draußen war, dann trat er vor Radolfs Kammer und hustete. Da keine Antwort kam, schob er den Vorhang beiseite und trat ein. Radolf saß mit finsterer Miene auf einer Truhe, noch immer so bekleidet, wie er in die Kammer eingetreten war.

»Wir müssen reden«, sagte Philipp.

Radolf sah nicht auf. »Willst du mir deine andauernde Erfolglosigkeit im Detail schildern?«, fragte er.

»Ich will Euch schildern, was ich schon alles versucht habe, ohne auf Ergebnisse zu stoßen.«

»Kommt das nicht auf das Gleiche heraus?«

»Was herauskommt, werden hoffentlich ein paar bessere Antworten als die sein, die Ihr mir bisher gegeben habt.« Radolf sah auf, und über die Schwermütigkeit seiner Züge schob sich langsam ein gewisses Erstaunen. Philipp ließ ihn nicht zu Wort kommen; während des langsam verstreichenden Tages hatte er nicht nur fruchtlosen Gedanken an Dionisia nachgehangen, sondern auch die vergangenen Tage betrachtet.

»Zuerst habe ich die jüdischen Geldverleiher in der Stadt aufgesucht, um nach Unterlagen über eventuelle Darlehen zu fahnden, für die Ihr Urkunden hinterlegt hättet. Diese Urkunden hätte ich kopieren können.« Radolfs Erstaunen war jetzt einem Ausdruck des Entsetzens gewichen. Er starrte Philipp mit offenem Mund an. Philipp fühlte darüber eine grimmige Befriedigung. »Dann bin ich zum Kloster Sankt Peter geritten und habe mich im Archiv umgesehen. Bei all dem habe ich zweierlei festgestellt. Erstens: Es gibt Unterlagen über eine Kreditaufnahme anlässlich der Hochzeit einer Frau Katharina von Als und anlässlich der Taufe eines Mädchens namens Dionisia. In beiden Fällen lautet der Name des Familienvorstands nicht auf Euren Namen. Zweitens: Es gibt wahrhaftig keine Unterlagen über Eure Eheschließung im Kloster. Ich wollte es nicht glauben, als Ihr es sagtet, aber Ihr habt Bruder Fredgar tatsächlich die Originaldokumente abnehmen können. Welcher Name steht statt dem Euren auf den Dokumenten aus dem Kloster, dass Ihr Euch genötigt fühltet, sie Fredgar abzupressen und zu verbrennen?«

»Was willst du damit sagen?«, zischte Radolf, aber es klang weniger bedrohlich als vielmehr resigniert.

»Ich weiß nicht, was ich damit sagen will!«, rief Philipp. »Erklärt Ihr es mir.«

»Es gibt nichts zu erklären. Mach, dass du rauskommst.«

»Radolf«, sagte Philipp drängend, »erklärt es mir. Ich bin hier, um Euch zu helfen.«

Radolf antwortete nichts. Er starrte Philipp mit zusammengepressten Kiefern ins Gesicht. Nach einigen Sekunden wandte Philipp den Blick ab und drehte sich um.

»Ich bitte Euch um eine weitere Nacht Quartier«, sagte er förmlich. »Morgen Früh werde ich zurückreiten und meinen Auftrag niederlegen.«

Er schritt hinaus und verfluchte sich für das, was er gesagt hatte.

Wenn er Radolfs Besitz morgen verließ, würde das bedeuten, dass er Dionisia niemals wiedersah. Er hoffte, dass Radolf ihn zurückrufen würde, aber dieser sagte kein Wort. Plötzlich wurde es Philipp im Saal zu eng. Er stolperte auf den Eingang zu, um ins Freie hinaus zu gelangen. Undeutlich hörte er das Scheppern von Küchengeräten, mit denen Dionisia hantierte. Über die Außentreppe herauf klang das raue Singen von Ernst, der direkt vor dem Eingang in seinem Zuber saß und trotz seiner Differenzen mit Radolf im Moment mit sich und der Welt im Reinen schien.

»He, Philipp!«, rief Radolf. Philipp blieb stehen und drehte sich um. Radolf stand neben seiner Kammer, die herabhängende Decke halb beiseite geschoben und winkte ihm mit dem Kopf zu. Philipp ging zögernd zurück.

»Dionisia ist nicht meine Tochter«, sagte er, als Philipp wieder in die Kammer getreten war und Radolf die Decke hatte zurückfallen lassen. »Ich habe ihre Mutter geheiratet, kurz nachdem ich aus dem Heiligen Land zurückgekommen war. Ich hatte ihren Vater gekannt; er starb in einem Hospiz auf dem Lager neben mir, an der Ruhr. Ich überlebte und schwor mir, die Witwe zu heiraten.«

Philipp holte tief Luft. Sein Erstaunen war zu groß, als dass er es hätte in Worte fassen können. Radolf sah ihn prüfend an.

»Das ist der Grund, warum ich alle Unterlagen aus dem Kloster geholt und vernichtet habe. Ich wollte sichergehen, dass niemand darauf stößt; ich wollte vor allem sichergehen, dass sie es niemals erfährt. Dionisia weiß es nicht; sie war noch zu klein, als ich ihre Mutter zur Frau nahm.« *Sie weiß es doch*, dachte Philipp unzusammenhängend. *Sie ist sich nur nicht im Klaren darüber. Sie erinnert sich, dass ihr Vater ein Fremder für sie war, als er vom Pilgerzug zurückkam.* Er sprach seine flüchtigen Gedanken nicht aus. Er starrte in Radolfs regungsloses Gesicht, als dieser fortfuhr:

»Die Verwandten meiner Frau waren mit dieser Heirat nicht einverstanden. Ich gehörte nicht zum Haus ihrer Sippe, was bedeutet, dass sie mich nicht zum Vasallendienst verpflichten konnten; und ich stand geringer als ihr verstorbener Mann. Ich war für sie völlig ohne Nutzen; dazu kam, dass ich über keinerlei Geldmittel mehr verfügte. Ich war jung und dumm in den Krieg gegen die Heiden gezogen und hatte das gesamte Vermögen eingesetzt, das mein Vater und mein Bruder mir vermacht hatten. An einen Kredit hatte ich niemals gedacht und auch niemals einen genommen – anders als Katharinas erster Mann, der sowohl für die Hochzeit als auch für die Tauffeier Geld aufnehmen musste, wie du festgestellt hast. Mein Vermögen war nicht gering, und es reichte für meine Ausrüstung. Ich lernte erst von meinen Kameraden, dass der richtige Weg gewesen wäre, für die Pilgerfahrt von den Juden Geld zu leihen und darauf zu bauen, dass der Papst die Rückzahlung erlassen würde. Als ich zurückkam, besaß ich nichts mehr.« Er zuckte mit den Schultern, eine Geste, die zu der Resignation zu passen schien, die er damals empfunden haben musste. »Das ist auch der Grund, warum Katharinas Sippschaft ihre Mitgift zurücknahm. Tatsächlich haben sie sie verstoßen – so sieht die Sachlage aus.«

»Dann ist die Geschichte von der widerrechtlichen Erschleichung der Mitgift durch die Verwandten Eurer Frau ...«

»... nicht wahr«, vollendete Radolf. »Der Kardinal weiß darüber nicht Bescheid. Alles, was er weiß, ist meine Version der Geschichte. Bestenfalls glaubt er nicht recht daran, aber er kann die Wahrheit nicht ermessen.«

»Natürlich glaubt er nicht daran«, murmelte Philipp. »Jetzt verstehe ich auch seine Vorsicht. Er weiß zwar, dass etwas faul ist an Eurer Darstellung, aber er kann nicht aus seiner Verpflichtung Euch gegenüber heraus. Also versucht er sich nach Kräften herauszuhalten. Deshalb hat er auch mich engagiert.«

»Aber die Mitgift gehört Dionisia!«, rief Radolf und ballte die Faust. »Ich will sie nicht für mich – ich wollte sie niemals für mich. Sie soll aus Dionisia eine interessante Partie machen und ihr einen standesgemäßen Ehemann ermöglichen. Das ist mein Ziel.«

»Woher kennt Ihr den Kardinal?«

»Ich habe ihm einmal einen großen Gefallen getan. Er schuldet mir seine Unterstützung.«

»Während des Pilgerzugs? Habt Ihr ihm das Leben gerettet?«

»Nach dem Pilgerzug«, erklärte Radolf widerwillig. »Und es ging zwar nicht um sein Leben, aber doch um seinen Wanst, wenn man so will. Es gehört sich nicht, darüber zu sprechen; es geht nur ihn und mich etwas an.«

»Ihr hättet mir reinen Wein einschenken sollen«, erklärte Philipp nach einer Pause. »Es hätte uns viel Zeit erspart.«

»Ich wollte Dionisia schützen. Sie darf es niemals erfahren. Ich hätte es ihr sagen sollen, als ihre Mutter starb, aber ich konnte es nicht übers Herz bringen. Ich weiß nicht, was sie tun würde, und ich will nicht das Risiko eingehen, sie zu verlieren.« Plötzlich stand er auf und trat auf Philipp zu. Er sah ihm mit flackerndem Blick in die Augen. »Eines sollte dir klar sein: Wenn du Dionisia etwas über ihre Herkunft verrätst, schneide ich dir die Zunge raus und stopfe sie dir in den Hals.«

»Keine Sorge«, sagte Philipp rau. »An solcher Kost liegt mir nichts.«

»Wirst du mir helfen?«

Radolfs letzte Drohung hatte die Abneigung gegen den Mann wieder in Philipp aufsteigen lassen. »Ich werde *Dionisia* helfen«, sagte er fest.

»Wie immer du es ausdrücken willst.« Radolf kratzte sich am Kinn und fragte dann: »Was wirst du jetzt tun?«

»Ich weiß noch nicht. Die Sachlage ist völlig verändert. Ich muss darüber nachdenken.«

»Denk schnell. Wenn du was gefunden hast, komm wieder hierher.«

»Ihr wollt, dass ich Euch verlasse?«

»Kannst du hier etwas tun für mich?«

»Vorerst nicht.«

»Na also.«

»Wie Ihr wünscht«, sagte Philipp und verließ die Kammer, wütend und enttäuscht. Wegzureiten bedeutete, Dionisia zu verlassen. Von der anderen Seite betrachtet, mochte es von Vorteil sein, Dionisia und sich selbst ein wenig Zeit zum Nachdenken zu geben. *Trennung steigert das Verlangen*, dachte er, ohne diesem Spruch rechte Freude abgewinnen zu können.

Zumindest kam das Wissen, eine Weile nicht in der Nähe von Radolf sein zu müssen, so etwas wie Freude gleich. Philipp war tatsächlich ratlos, wie er weiter verfahren sollte. Der ursprüngliche Plan war nicht mehr aufrechtzuerhalten: Was immer er anfertigen konnte, würde nicht nur sehr gut sein, sondern auch mit echten Dokumenten konkurrieren müssen. Um unter diesen Umständen einigermaßen Erfolg versprechend arbeiten zu können, brauchte er aber mehr Daten, als Radolf ihm liefern konnte. Vielleicht würde er darauf zurückgreifen müssen, was er am zweiten Tag leichthin zu Radolf gesagt hatte; einen Kniff, mit dem die echten Unterlagen die falschen legitimierten. Er hatte keine Ahnung, womit er dies erreichen könnte.

Dionisia hatte es selbst übernommen, aus einem kleinen Kessel Suppe in die hölzernen Schüsseln zu schöpfen, die vor jedem Platz standen. Sie begann bei Ernst, der ihr mit deutlich hungriger Miene dabei zusah. Er schlürfte die Suppe, noch bevor sich Dionisia den Rest des Kessels in ihre Schüssel gefüllt und gesetzt hatte. Sein Gesicht zog sich ein wenig in die Länge und nahm einen befremdeten Ausdruck an, bevor er dem Geschmack in seinem Mund ein wenig nachzukosten schien und schließlich mit einem beruhigten Schulterzucken den Löffel ein zweites Mal eintauchte. Philipp kostete vorsichtig: Die Suppe hatte den vordergründigen, eisernen Geschmack von Blut. Er rührte darin um. Sie war leer. Radolf löffelte bereits mit ausdruckslosem Gesicht. Dionisia hatte ihre Suppe noch nicht berührt. Als Philipp zu ihr blickte, sah sie mit gespanntem Gesichtsausdruck zu Ernst hinüber.

»Die Suppe schmeckt sehr gut«, sagte er. Dionisia wandte die Augen von Ernst ab und lächelte ihn dankbar an. In der darauf folgenden, erwartungsvollen Stille blickte Ernst auf und begegnete Dionisias Blick.

»Ausgezeichnet«, nuschelte er mit vollem Mund. »Nur ...«, er kaute angestrengt auf etwas herum und schob es schließlich mit der Zunge zwischen seinen Lippen heraus. Er griff danach und hielt es sich vor die Augen: ein fast weißer, zähfasrig aussehender Fleischlappen von der Größe eines Daumennagels, den er vergeblich zu zerkauen versucht hatte. Er legte ihn neben seinen Teller. »Nur das hier ist ein wenig flechsig«, sagte er schließlich. »Das tut mir Leid«, sagte Dionisia und schien ehrlich besorgt. »Könnt Ihr es wirklich nicht essen?«

»Ich habe schon eines davon aufgegessen«, beruhigte er sie. Philipp rührte nochmals in seiner Schüssel, ohne etwas Handfesteres als die wolkige Suppe zu Tage zu fördern. Scheinbar waren die Fleischstücke zur Gänze in Ernsts Portion gelandet. Er warf einen Blick auf das zerkaute, speichelnasse Stück, das neben Ernsts Teller lag, und entschied, dass es das Schicksal vielleicht nicht allzu schlecht mit ihm gemeint hatte. Ernst grinste Dionisia an. »Was ist das eigentlich?«

»Schweineohren«, sagte Dionisia nach kurzem Zögern und bemühte sich, Ernst gerade in die Augen zu schauen.

»Schweineohren?«

»Ich habe eine Blutsuppe gemacht und sie darin gekocht.«

»Dem Himmel sei Dank, dass nichts davon in meinem Teller gelandet ist«, knurrte Radolf.

»Ernst hat eine große Portion verdient; immerhin hat er fast allein den Brunnen gegraben«, erwiderte Dionisia spitz. Ernst sah verblüfft von ihr zu Radolf und zurück.

»Na und? Hat er dabei nur einen Tropfen Wasser gefunden?«

»Ich wollte, ich wäre auf Wein gestoßen«, erklärte Ernst.

»Ich wollte, du wärst auf eine vernünftige Suppe gestoßen.«

»Vater, Ihr beleidigt mich!«, rief Dionisia.

»Liebe Prinzessin«, sagte Ernst begütigend. »Die Schweineohrensuppe schmeckt vorzüglich. Nur lasst mich Euch für das nächste Mal ein Rezept verraten, bei dem die Ohren geröstet werden. Ihr werdet sehen, dass man auch daran Gefallen finden kann.« Er tauchte den Löffel wieder ein und schaufelte mit einer so deutlich zur Schau getragenen Begeisterung weitere Suppe in seinen Mund, dass Dionisia erleichtert zurücksank und endlich begann, ihre Kreation selbst zu essen. Philipp warf einen vorsichtigen Blick über den Rand seiner Schüssel zu Ernst hinüber und versuchte, sich das Lachen zu verbeißen. Ernst erwiderte seinen Blick und rollte unauffällig mit den Augen.

Zu Philipps Erstaunen blieb dies der einzige Zwischenfall während des Essens.

Philipp fand nach dem Essen nur schwer Schlaf, die Anspannung wollte nicht von seinem Körper weichen. Als ein unruhiger Traum, in dem er sich mit Aude zusammen in einer Stadt voll enger Gassen durch die Nacht bewegte, plötzlich von Licht gestört wurde, schlug er erschrocken die Augen auf. Die zitternde, dünne Flamme einer Kerze bewegte sich auf der Treppe, die vom Saal in die Küche führte, herab. Sie beschien Dionisias Gesicht und leuchtete matt auf einem hellen Gewand, das sie trug. Philipp schloss die Augen und dachte verzweifelt: *Nicht schon wieder!* Doch als er sich erheben wollte, bemerkte er, dass Dionisia noch kein Wort an ihn gerichtet hatte. Er öffnete die Augen wieder. Sie schlich mit vorsichtigen Schritten Stufe um Stufe herab und sah sich ständig in der Küche um. Überrascht erkannte Philipp, dass das helle Gewand, das sie trug, ein Nachtgewand war. Es war dünn; die Kontur ihres Beins zeichnete sich darunter ab, als sie es hob, um den nackten Fuß leise auf die nächste Treppenstufe zu setzen. Er schluckte. Die Kerze warf matte Schatten in die Falten des Gewandes, und ihre bedachtsamen Bewegungen modellierten den Umriss ihres Körpers. Die Falten des Kragens verwischten die Form ihrer Brüste, aber das Gewand schmiegte sich eng um ihre Hüften, als sie sich vorwärts bewegte, und ließ die sanfte Kurve ihres Leibs und den weichen Schatten ihres Schoßes deutlich hervortreten. Philipp beobachtete sie mit weit aufgerissenen Augen. Sein Herz begann wild zu klopfen, als ihm der Gedanke kam, dass sie dabei war, ihn aufzusuchen. Sie erreichte das Ende der Treppe, hob die Kerze ein wenig höher und bewegte sich langsam und vorsichtig auf Philipp in seiner Kaminecke zu. Doch sie wollte ihn nicht wecken; im Gegenteil, sie bemühte sich nach Kräften, ihn *nicht* aus dem Schlaf zu reißen. Sie hielt eine Hand hinter die Kerze, um das Licht ein wenig auf ihn zu reflektieren, und reflexartig schloss er die Augen und tat so, als ob er schliefe. Er bemühte sich, gleichmäßig zu atmen. Dann fühlte er die leise Wärme, die von der Kerze ausging und sein Gesicht berührte. Der Gedanke, dass sie ihm in ihrem dünnen Nachtgewand so nahe war, sandte einen Schauer in seine Eingeweide; einen Schauer, der sogleich tiefer sank und sich in einer höchst unwillkommenen Erregung in seinen Lenden festsetzte. Er war froh darüber, dass er sich in eine Decke gehüllt hatte und an die Kaminwand gekauert lag. Verzweifelt versuchte er, nicht zu blinzeln. Seine Augen begannen bereits zu schmerzen, als endlich ein kühler Lufthauch über seine Haut strich und das Licht auf seinen Lidern sich zu entfernen begann. Er öffnete die Augen einen vorsichtigen Spalt weit: Dionisia schlich wieder zurück zur Treppe, mit sorgloseren Schritten und schneller diesmal. Der Lichtschein verschwand mit ihr zusammen die Biegung der Treppe hinauf. Ebenso leise wie sie schälte er seine Beine aus der Decke und kroch ihr nach. Was hatte sie vor?

Philipp hörte das leise Wischen, mit dem sie die Decke zur Seite bewegte, die die Kammer Radolfs vom Saal abtrennte. Das Licht verschwand, als sie die Kammer betrat. Philipp drückte sich gegen die Mauer, gerade außerhalb des Sichtbereichs zum Ende der Treppe, und fluchte, von Wut und Entsetzen gleichermaßen erfüllt. Dionisia ging zu Radolf in die Kammer, und es brauchte ihn keiner zu fragen, was sie dort tat. Er wusste nun, dass Radolf nicht ihr Vater war, aber sie wusste es nicht, und das machte den Akt gleich schlimm. Er kämpfte mit sich, ob er sich zurückziehen oder in die Kammer stürzen sollte.

Beinahe hätte er den schwachen Schimmer übersehen, der Dionisia begleitete, als sie wenige Augenblicke später wieder in den Saal trat. Noch während sie sich offenbar quer durch den Saal bewegte, wurde Philipp klar, dass sie auch bei Radolf nur überprüft hatte, ob er schlief. Er wartete, bis der Schein der Kerze kaum mehr zu sehen war, dann kroch er die restlichen Treppenstufen nach oben und spähte um den Eingang zum Saal herum.

Dionisia befand sich vor der Kaminöffnung und sah auf ein Bündel hinunter, das neben dem Kamin lag in der gleichen Art und Weise und fast an derselben Stelle, an der Philipp sich seinen Schlafplatz in der Küche darunter gesucht hatte. Dionisia beugte sich nach unten, und der Lichtschein der Kerze fiel auf Ernsts zerrauften Schopf, eine muskulöse Schulter und einen mit Sehnen und Muskeln dick bepackten Arm, der über einem dicht behaarten Bärenfell lag. Dionisia hielt ihm die Kerze vor sein in das Fell vergrabenes Gesicht.

Mit einer Bewegung, die einer Explosion glich, fuhr Ernst nach oben. Philipp zuckte erschrocken zusammen und sah das Fell davonwirbeln, bevor Ernst mit zwei geschmeidigen Bewegungen in die Hocke kam, aufsprang, die Kerze packte und davonschleuderte und gleichzeitig mit seinem ganzen Körpergewicht Dionisia niederrang. Er lag schon keuchend auf ihr, als Philipp die Kerze an der jenseitigen Wand des Saales abprallen und zu Boden fallen hörte. Seine Augen waren wie blind in der plötzlichen Dunkelheit.

»Hört auf«, wisperte Dionisia entsetzt. »Ich bin es nur.«

Philipp hörte Ernst erstaunt grunzen. Einen Moment lang herrschte Stille, dann wälzte sich Ernst von Dionisia herunter. Die Dunkelheit war noch immer zu tief, als dass Philipp mehr als zwei unkenntliche Gestalten hätte sehen können, die sich im Schatten neben dem Kamin bewegten. Dionisia in ihrem hellen Gewand war ein etwas lichterer Umriss, der sich aus der liegenden Position in eine sitzende aufrichtete.

»Was macht Ihr hier, zum Teufel nochmal?«, grollte Ernst leise. »Fast hätte ich Euch den Hals umgedreht.«

»Ich wollte Euch nicht erschrecken.«

Ernst brummte etwas Undefinierbares. Ein schabendes Geräusch erklang: Er fuhr sich mit der Hand grob über die Bartstoppeln in seinem Gesicht. Scheinbar war er wirklich erschrocken und ärgerte sich nun darüber.

»Ihr seid nackt«, sagte Dionisia. Vom Kamin war das hastige Rascheln zu hören, mit dem Ernst versuchte, seine Blöße zu bedecken.

»Dann verschwindet«, knurrte er.

»Keine Angst, es ist sehr dunkel«, erklärte Dionisia. »Man kann fast nichts erkennen.« Ihre Stimme zitterte, aber Philipp wurde unangenehm klar, dass es nicht aus Furcht oder Scham geschah. Er glaubte seinen Ohren nicht zu trauen, als sie weitersprach: »Es ist keine Schande, wenn ich Euch so sehe, wie Ihr seid. Ich will es Euch sogar gleichtun.«

Voll ungläubigem Entsetzen lauschte er den Geräuschen, mit denen Dionisia ihr Kleid über den Kopf zog. Dionisias dunklerer, nackter Körper war nun ebenso schwer auszumachen wie Ernst Guett'heure.

»Hier«, sagte sie leise. »Wenn du mich nicht sehen kannst, fühle mich.«

Ernst keuchte. Die Laute, die an Philipps Ohren drangen, und seine eigene Fantasie ersetzten das, was seine Augen nicht sahen.

»Dionisia ...«, krächzte Ernst.

»Es ist dunkel«, flüsterte sie. »Draußen herrscht die Nacht. Dies ist die Zeit für die Liebe.« Knistern im Stroh; sie legte sich auf den Rücken. »Liebe mich.«

»Dionisia, nein ...«

»Doch«, drängte sie ihn. »Ich bin bereit für dich. Fühle mich. Fühle, wie meine Brüste auf dich warten.« Weiteres Knistern. Ihre Stimme wurde verschwommen, als die Erregung sie überschwemmte. »Fühle, wie mein Schoß vor Hitze glüht und dich aufnehmen will.«

Erneutes Rascheln und Knistern, diesmal heftiger, und unmissverständliches Stöhnen aus Dionisias Mund, als Ernst ihrer Aufforderung nachkam. *Verschwinde!*, dröhnte es in Philipps Kopf. *Geh hinunter in die Küche und halte dir die Ohren zu. Verschwinde von hier!* Er blieb wie gelähmt dort, wo er war. Nur seine Lider schlossen sich, schlossen sich über seinen in der Dunkelheit nutzlosen Augen wie auch über der Leere, die er plötzlich in seiner Brust fühlte.

Ein rasches Geräusch, und Dionisias überraschtes Keuchen. Jetzt hatte er sich auf sie gewälzt, ihre Schenkel auseinander gedrückt und sich in sie gebohrt. Philipp riss krampfhaft die Augen auf.

Vor dem vagen Grau des hellen Fußbodens, mindestens einen Schritt entfernt von dem dunklen Schatten, in dem Dionisia lag, kauerte eine massive Gestalt: Ernst.

»Nein«, sagte er deutlich.

»Was hast du? Wenn du es nicht hier willst, dann folge ich dir, wohin du wünschst. Unsere Liebe ist keine verbotene Liebe; aber wenn es dir so vorkommt, dann lass uns dorthin gehen, wo sie verbotenerweise passiert. Komm mit hinauf in den Speicher; die alte Frau liegt in meiner Kammer und schnarcht.«

Inzwischen hatten sich Philipps Augen so sehr an die Düsterkeit im nächtlichen Saal gewöhnt, dass er mehr als nur Umrisse ausmachen konnte. Dionisia, eine vage schimmernde Gestalt auf dem Strohlager, hatte sich halb aufgerichtet. Mit einem Entsetzen, das ebenso groß war wie seine widersinnig aufsteigende Wollust, erkannte Philipp die halbmondförmigen Schatten unter ihren Brüsten, die sanfte Wölbung ihres Leibs und das dunkle Dreieck ihres Geschlechts. Philipps Augen wurden von diesem Anblick zwanghaft festgehalten; und jetzt sah er auch, was ihm die ganze Zeit über entgangen war, was jeder andere Beobachter längst erkannt hätte! Dionisias Erregung, Dionisias Aufgewühltheit, Dionisias Freude, seit Ernst Guett'heure in Radolfs Haus zurückgekehrt war – Dionisias strahlende Augen, mit denen sie jede seiner Bewegungen verfolgt hatte.

»Geh zurück in deine Kammer«, sagte Ernst ruhig.

»Aber nein«, hauchte Dionisia. »Komm zu mir. Ich brauche dich. Ich liebe dich. Ich spüre, dass auch du mich liebst. Warum lässt du mich unsere Liebe nicht vollenden? Ich sehe deine Männlichkeit.«

Ernst schüttelte langsam den Kopf. *Sie bettelt, dass er sie bespringt*, dachte Philipp. *O mein Gott, sie fleht darum.* »Ich will dich aufnehmen. Füll mich aus. Ergieße dich in mich. Leugne unsere Liebe nicht.«

»Schluss damit«, sagte Ernst deutlich. »Wie klar willst du es hören? Ich liebe dich nicht. Ich will nichts von dir.«

»Aber ich sehe doch, wie du dich mir entgegenreckst ...«

»Natürlich. Jedem Mann reckt es sich, wenn ein junges Mädchen ihm ihre Titten und ihre Fut unter die Nase hält, ganz gleich, was er davon hält. Deshalb muss man das Angebot noch lange nicht annehmen.«

»Aber ...«

»Nichts aber. Verschwinde, oder ich rufe deinen Vater und prügle dich vor seinen Augen grün und blau.« Philipps Ohren hallten, und sein Gesicht glühte. Ernsts gewollt grobe Worte über die Gefühle eines Mannes waren die Wahrheit; er hätte sie jederzeit unterschrieben. Zwischen seinen Beinen reckte sich, im Moment mehr als verhasst, sein geschwollenes Organ hervor. Er kniff die Schenkel zusammen, bis es ihn schmerzte, aber noch größer war der Schmerz darüber, dass es in dieser Situation, während sein Herz brach, überhaupt anschwellen konnte. Ernsts Worte waren die absolute Wahrheit, und er hasste sich dafür.

Dionisia schwieg. Dann schloss sie langsam ihre Beine und richtete sich in eine sitzende Stellung auf. Ihre Arme umklammerten ihren Oberkörper; Philipp erkannte die Geste wieder, mit der sie ihn vor Tagen? (Es schienen Wochen zu sein!) im Dorf zum ersten Mal begrüßt hatte.

»Was ist mit dir?«, sagte sie klagend. »Du kannst mich nicht abweisen. Du liebst mich. Ich habe dir doch die Suppe gekocht.«

Ernst gab keine Antwort, und Philipp verzog verwirrt das Gesicht.

»Die Suppe mit den Ohrspitzen deines Hundes«, schluchzte Dionisia leise. »Das ist ein unfehlbarer Liebeszauber. Ich habe ihn getötet, so wie es geschehen soll. Ich habe davon gegessen. Du hast davon gegessen. Den anderen habe ich die leere Suppe gegeben. Du musst mich lieben.«

Während Dionisias Worten war Ernst näher gekrochen; unbewusst, unwillkürlich. Sein Gesicht, dunkler, härter, kantiger, näherte sich dem hellen Oval ihres Kopfes.

»Du hast meinen Hund getötet?«, stammelte er. »Du hast ...?«

Dionisias Arme flogen auseinander. Ernst zuckte zurück. Aber sie wollte ihn nicht zu sich herabziehen: Sie griff nach seinem Gesicht, und diesmal war sie schneller als jede Bewegung, die der fassungslose Mann vor ihr auf dem Fußboden ausführen konnte. Sie verkrallte sich in seinem Haar und riss daran, als wollte sie ihm den Kopf von den Schultern reißen. Ihre Stimme brach und wurde zu einem hellen Zischen, und sie zerrte an Ernst Haaren und trommelte ihm gegen den Leib, während sie hervorstieß: »Du liebst mich, du leugnest es nur, du liebst mich, du kannst nicht anders, ich habe dich verhext, du bist mein ...« Philipp hörte Ernst ächzen und wusste, dass Dionisias Gefühle in einen so vollständigen Zorn übergegangen waren, dass sie ihn töten würde, gäbe er ihr die Gelegenheit dazu. Ihr Atem pfiff schrill.

Ernsts Fassungslosigkeit dauerte keinen Augenblick länger. Seine Hände tauchten unter Dionisias wirbelnden Beinen hindurch; seine Daumen fanden ihre Achselhöhlen und drückten zu. Keuchend vor Schmerz ließ Dionisia Ernsts Haar fahren. Er holte mit der rechten Hand aus, um sie zu schlagen; aber dann ließ er die Hand sinken. Sie bewegte sich nicht.

»Soll ich dich wegtragen?«, fragte Ernst rau.

Dionisia sprach kein Wort mehr. Sie raffte ihr Nachtgewand zu einem Knäuel zusammen und drückte es vor die Brust. Ohne sich die Mühe zu machen, es wieder anzulegen, erhob sie sich mühsam und schlurfte mit bloßen Füßen davon. Philipp war unfähig, sich zu bewegen. Sie schritt an seinem Versteck vorbei, so nahe, dass er sie hätte berühren können, ohne den Arm auszustrecken. Er roch ihren Duft, als sie an ihm vorüberkam, eine bestürzend frauliche Mischung aus Schweiß, Haaröl und ihrem Geschlecht. Sie sah ihn nicht. Philipp wusste, dass sie überhaupt nichts sah. Ihre Beine trugen sie mechanisch zu ihrer Kammer zurück, ohne dass ihr Geist ihnen dabei geholfen hätte.

Aus Radolfs Kammer kam kein Laut. Es war beinahe unglaublich, dass er den ganzen Aufruhr nicht gehört haben sollte. Während Philipp die Treppe hinabtaumelte, fragte er sich mit dem Rest seines Verstandes, der nicht mit Dionisias Verlust beschäftigt war, ob der Burgherr nicht wach auf seinem Lager lag und mit weit aufgerissenen Augen der Szene gelauscht hatte, nur von einer seiner würgenden, unerklärlichen Ängste daran gehindert, aufzuspringen und einzugreifen.

Der Morgen ließ die Geschehnisse der Nacht als einen Albtraum erscheinen, der sich nur in Philipps Gehirn abgespielt hatte. Dionisias Verhalten tat ein Übriges dazu: Sie begrüßte Philipp mit der gewohnten Fröhlichkeit und machte keinen Augenblick lang den Anschein einer Frau, die sich erst vor wenigen Stunden mit allen Mitteln und vergeblich einem Mann hinzugeben versucht hatte. (Andererseits waren seine Vergleichsmöglichkeiten gering, da er keine einzige Frau kannte, der ein derartiges Schicksal widerfahren war.) Auch von ihrem hysterischen Zornesausbruch war so gut wie nichts zu bemerken; sie rieb sich ab und zu unbewusst über die Arme, die sich noch wie taub anfühlten von Ernsts Befreiungsgriff, aber es waren keine weiteren Spuren geblieben. Auch Ernst war bemerkenswert unversehrt aus der Angelegenheit hervorgegangen. Dass Dionisia ihm Haare zu Büscheln ausgerissen hatte, sah man seinem Schopf nicht an, und die feuerroten Striemen links und rechts seines Nackens, die Spuren, die Dionisias Finger hinterlassen hatten, waren fast völlig unter dem hohen Kragen des Lederwamses verborgen. Er bemühte sich ebenfalls nach Kräften, so zu tun, als sei nichts vorgefallen, und warf Dionisia nur aus dem Augenwinkel misstrauische Blicke zu. Sein Gesicht sah älter aus als gewöhnlich; seinem aufgesetzten Gleichmut zum Trotz schien er nicht mehr viel Schlaf gefunden zu haben. Philipp vermochte beiden nicht in die Augen zu sehen. Er murmelte unverbindliche Grüße, als er zuerst an Dionisia, dann an Ernst vorbei nach draußen eilte. Jetzt war er froh, dass das Gespräch mit Radolf ihm die Möglichkeit gab, den Hof zu verlassen. Er wusste, dass es nicht mehr als Flucht war. Er hatte die restliche Nacht in einer Mischung aus Entsetzen, Zorn und Trauer verbracht und dabei kaum ein Auge zugetan.

Radolf stand zwischen der Böschung, die seinen Besitz umgab, und dem Mauerstück, in dem die Torflügel hingen. Er starrte die Mauer an; selbst von der Ferne war sein Gesicht so weiß wie ein Laken. Philipp hielt sein Pferd neben ihm an und beugte sich zu ihm hinab. Radolf reagierte nicht. Sein Blick ruhte auf einer Zeichnung, die jemand offenbar mit dem Ruß einer Fackel auf den hellen Stein gemacht hatte: zwei Striche, die einander in der Mitte kreuzten und ein X ergaben; in jedem der vier Dreiecksfelder, die sich um das X gruppierten, saß ein Punkt. Radolf atmete schwer.

»Was ist das?«, fragte Philipp.

Radolf schaute nicht auf. »Das Symbol des Todes. Es wird den Verdammten gezeigt, wenn sie vor den Höllenthron geführt werden.«

»Und was für eine Bedeutung hat es hier, auf Eurer Mauer?«

»Die gleiche«, sagte Radolf dumpf.

Philipp versuchte sich gegen den Schauer zu wehren, der seine Arme hinauflief. »Wisst Ihr, wer es hier aufgemalt hat?«

Radolf bewegte langsam den Kopf von links nach rechts. Philipp wartete auf eine Antwort oder dass der Burgherr ihn ansehen würde, aber beides blieb aus. Schließlich sagte er: »Ich reite nach Hause, wie wir gestern vereinbart haben. Ich weiß nicht, wann ich wieder zurück sein werde.« Radolf gab kein Zeichen, dass er Philipps Worte verstanden hatte. Philipp zog an den Zügeln und trabte über die Planken hinaus ins Freie. Nach ein paar Dutzend Metern drehte er sich um. Radolf stand noch immer bewegungslos vor der Mauer und starrte das Symbol an. In den Spalten und Sprüngen der steinernen Mauer sah er die Gestalt des Teufels, die das Symbol in den Krallen hielt und es vor seinen Augen schwenkte, während zwischen den gespreizten Hufen des Höllenfürsten das Feuer loderte und das Lachen Satans sich mit den Schreien der Verdammten mischte, die vor ihm diesen Weg gegangen waren.

Philipp war froh, als ihm die Biegung der Straße den Blick auf Radolfs einsame Gestalt nahm. Er kam beim Schuppen vorüber, und sein Blick fiel auf das gekreuzigte Käuzchen. Es hatte Gesellschaft bekommen: ein Wiesel, dessen helles Bauchfell scharf vom verwitterten Holz der Tür abstach. Philipp konnte die Augen nicht davon abwenden, während sein Pferd unbeeindruckt vorbeischritt. Das Fell des Tiers war unbeschädigt und wies ebenso wie die dünnen Blutspuren, die von den festgenagelten Pfoten an der Tür heruntergelaufen waren, und die im Todeskampf entblößten Fänge darauf hin, dass die Dorfbewohner das Wiesel lebend gekreuzigt hatten. Der schlangengleiche Kopf des

Raubtiers hing seitlich auf die Brust nieder wie in einer grässlichen Parodie auf den Heiland. Philipp wandte endlich den Blick ab und sah den Pferdeknecht, der zwischen zwei Bauernhäusern hervorkam und auf ihn zulief. Er hielt das Pferd an.

»Verlasst Ihr die Gegend?«, fragte der Pferdeknecht atemlos.

»Bis auf weiteres; aber ich komme zurück.« *Möglicherweise.*

»Wenn ich Ihr wäre, würde ich wegbleiben.«

»Und wenn Kühe Flügel hätten, müssten alle Menschen Dächer mit sich herumtragen, damit sie ihnen nicht auf die Köpfe kacken.«

»Nein, ich meine es ernst«, erklärte der Pferdeknecht unbeeindruckt. »Wisst ihr, was heute Nacht passiert ist?«

Ich weiß es schon, aber ich bezweifle, dass du es weißt, dachte Philipp.

»Die Dämonen sind zurückgekommen«, flüsterte der Pferdeknecht. »Sie fuhren aus der Erde und umtanzten eine Flamme, die in der Luft schwebte.«

»Wer hat dir das erzählt? Das Wiesel, bevor es an der Schuppentür befestigt wurde?«

»Nein. Wigald, der unsere Ziegen hütet, hat es während seiner Nachtwache gesehen.«

»Ohne Zweifel können die Ziegen jedes seiner Worte bezeugen.«

»Ihr müsst mir glauben«, sagte der Pferdeknecht drängend.

»Also gut«, seufzte Philipp, um das Gespräch zu beenden. »Ich glaube dir.«

Er konnte sich kein sonderliches Interesse an des Pferdeknechts Geschichte abzwingen. *Ernsts Gefährten, die er in der Stadt zurückgelassen haben will, kampieren stattdessen im Wald. Na und?*

»Sie haben den Kadaver des Opfertieres gesucht«, flüsterte der Pferdeknecht. »Sie wollten sein Blut kosten.«

Ich kann dir verraten, wer das Blut des Opfertieres gekostet hat, dachte Philipp, und seine Eingeweide schlugen einen deutlichen Purzelbaum.

»Hier werden sich bald grässliche Dinge ereignen. Denkt daran, was ich Euch über das Gespräch zwischen dem Herrn und dem Zauberer erzählt habe, und bringt Euch in Sicherheit. Der nächste Mond ist nicht mehr fern. Der Tod schreitet heran.«

Aus einem Einfall heraus fragte Philipp: »Hast du das Zeichen auf die Mauer von Herrn Radolf gemalt?«

»Welches Zeichen? Ist dort ein Zeichen sichtbar geworden?« Der Pferdeknecht bekreuzigte sich. »Was bedeutet es?«

»Nicht so wichtig«, winkte Philipp ab. »Ich muss mich beeilen, wenn ich nicht in die Dunkelheit geraten will.«

»Ihr solltet es Euch wirklich überlegen, ob Ihr zurückkommt«, sagte der Pferdeknecht kopfschüttelnd, aber er sagte es bereits zu Philipps Rücken.

Ein nasses Grab

Philipp kam bis kurz vor die Stadt, als das Gefühl ihn einzuholen begann; das Gefühl, das durch das Zeichen auf Radolfs Tor, seine entsetzte Erstarrung und durch das Geschwätz des Rossknechts ausgelöst worden war. Das Gefühl war eine Vorahnung. Etwas würde passieren. Der Vollmond rückte näher.

Ein oder zwei Meilen kämpfte er dagegen, während sein Pferd langsamer wurde und vom Trab in den Schritt wechselte, ohne dass er es bemerkte. Er schalt sich selbst für seine Beklommenheit, denn er war sicher, dass es keine Vorahnungen gab und dass alles nur mit den seltsamen Umständen auf Radolfs Besitz und vor allem mit seiner Verwirrung wegen Dionisia zusammenhing. Er versuchte sich darauf zu konzentrieren, was er für Radolf – *für Dionisia* – unternehmen würde und ob er noch immer für Dionisias künftiges Wohl den Hals in die Schlinge zu stecken bereit war. Doch das Todeszeichen ließ sich nicht mehr aus seinem Hirn vertreiben. Schließlich zügelte er sein Pferd und blieb auf dem Weg stehen.

Der Wald lag eine ganze Strecke hinter ihm; vor ihm sank die Sonne zur Stadt hin und beleuchtete die Wolkentürme, die sich im Nordwesten zu einem Nachtgewitter auftürmten. Die Glocke aus Rauch und Staub, die über Köln lag, war bereits undeutlich zu erkennen. Die Kammer im »Drachen« war noch vor Anbruch der Dunkelheit zu erreichen; der Hof Raimunds hingegen nicht mehr. Philipp wandte sich unschlüssig im Sattel um und trommelte mit den Fingern auf dem hohen Sattelrand herum. Den Rückweg zu Radolf würde er auf keinen Fall bewältigen, bevor die Nacht anbrach, und er wusste, dass er den Weg durch den Wald bei Nacht alleine nicht wagte. Aber die Beklemmung, die seine Beine unruhig machte und in seinem Magen ein juckendes Gefühl verursachte, ließ sich nicht abstellen. Radolf war nicht in der Lage, vernünftig auf irgendetwas zu reagieren, was geschehen mochte, und Dionisias Unbefangenheit heute Morgen musste aufgesetzt gewesen sein, so überzeugend sie auch gewirkt hatte. Einzig Ernst schien Vernunft genug zu besitzen in jenem unseligen Trio in Radolfs düsterem Haus, aber auch darauf wollte Philipp sich nicht verlassen. Weshalb er gerade von sich erwartete, mit klarem Kopf zu handeln, fragte er sich ebenso wenig wie was es denn war, was auf Radolfs Besitz in dieser Nacht geschehen sollte. Er wandte das Pferd um und ließ es ein paar Schritte laufen, dann zügelte er es wieder und drehte es zurück. Diesen Tanz vollführte er noch einmal, sich auf die Lippen beißend vor Unentschlossenheit. Er wusste, dass er nicht willkommen sein würde; Radolfs Worte hatten ihm deutlich gezeigt, dass er im Moment und ohne eine Lösung für sein Problem auf dem Besitz nicht erwünscht war. Auch Dionisia würde nicht vor Entzücken in Ohnmacht fallen, da war er sicher. Jeder wollte ihn an einem anderen Ort haben als in Radolfs Haus: Radolf, Dionisia, Ernst (der diesem Ansinnen vor den Ohren des Rossknechts deutlich Ausdruck verliehen hatte), der Rossknecht, wahrscheinlich auch die Alte, für die er nur zusätzliche Arbeit bedeutete.

Wahrscheinlich gab das den Ausschlag: dass ihn alle anderswo hinwünschten. Abschieben ließ er sich nicht. Er wendete sein Pferd ein letztes Mal um und ritt zurück.

Am Rand des Waldes, nicht weit von der Straße entfernt, standen drei Köhlerhütten im Kreis zueinander, und Philipp schaffte es bis dorthin, als die Sonne endgültig im Westen hinter den Horizont tauchte. Die Familien scharten sich um ihn zusammen, als er absaß und um ein Nachtlager nachfragte. Die Köhler waren von freundlichem Misstrauen und schienen nicht sicher zu sein, ob er der Spitzel von Banditen war, der sich bei ihnen einnisten wollte, um sie auszukundschaften. Ihm die Gastfreundschaft zu verweigern brachten sie jedoch nicht über sich, und so legten sich die meisten Männer der Familien mit ihm zusammen in der einen Hütte schlafen, während in den anderen beiden die Frauen und Mädchen schliefen, zwei Männer als Wächter vor den niedrigen Türen liegend. Philipp warf sich inmitten des Geruchs nach Rauch, verbranntem Holz und ungewaschenen Körpern hin und her, lauschte entnervt dem Trommeln des Regens und dem Schnarchen links und rechts neben sich und verwünschte sich dafür, überhaupt von Radolfs Besitz aufgebrochen zu sein. Die Nacht schien ihm endlos. Als die Köhler ihn in die Seite stießen und danach gähnend in den kalt-feuchten Morgen hinauskrochen, war er mehr als erstaunt, dass die Zeit dennoch vergangen war.

Der Pferdeknecht war wie üblich nicht anwesend. Philipp hastete über das Gras zum Eingang des *donjons* und die Treppenstufen hinauf, um der Nässe zu entkommen. Der Regen hatte die Temperatur abgekühlt; trotzdem war die Luft, die ihm aus dem Inneren des Gebäudes entgegenkam, noch um einige Grade klammer. Als er den Saal betrat, eine düstere Öffnung in der ebenfalls düsteren Vorkammer, begrüßte ihn das Haus mit dem üblichen Schweigen.

Radolf saß im Saal auf einer Truhe, den Blick zu Boden gerichtet. Dionisia war nirgends zu sehen. Radolfs Haar war wild zerzaust. Bei Philipps Eintreten blickte er auf. Sein Gesicht leuchtete vor Blässe. Ernst lag vor ihm auf dem Boden.

Philipp trat näher und stellte fest, dass Ernst tot war. Ein Rinnsal von Blut, lächerlich dünn für den wuchtigen Körper des Mannes, war auf den Holzbohlen getrocknet.

»Ich habe Dionisia oben eingesperrt«, erklärte Radolf mit erstaunlich klarer Stimme.

»Was ist passiert?«, flüsterte Philipp.

Radolf deutete auf den leblosen Körper vor sich. Ernst trug sein Lederwams mit den Metallplättchen. Er lag halb auf der Seite, halb auf dem Bauch, die Beine angezogen. Sein Gesicht war gegen den Boden gerichtet und der Kopf zwischen die Schultern gezogen, seine Arme unter dem Leib versteckt. Er sah aus, als sei ihm kalt.

»Er hat mich angegriffen. Ich habe ihn erstochen.«

»Wann?«

»Heute Morgen. Er stürzte sich auf mich. Ich konnte ihm das Messer entwenden.« Radolf stieß mit dem Fuß an einen Gegenstand zwischen seinen Füßen: Ernsts gewaltigen Dolch. Radolf mochte überrascht gewesen sein, aber er hatte so viel Geistesgegenwart besessen, die Waffe nach dem Stoß wieder herauszureißen. Die Klinge war mit dunklen Flecken bedeckt. »Es hat eine Zeit lang gedauert, bis er tot war. Ich habe das Herz nicht richtig getroffen.«

Philipp schluckte. Radolf wandte den Blick ab und ließ den Kopf hängen. Über seinen Nacken zogen sich tiefe, blutverkrustete Kratzwunden wie Furchen in der blassen Erde eines Ackers. Der Kragen seines Wamses war dunkel vor Blut.

»Er hat Euch schlimm zugerichtet«, sagte Philipp. *Es ist ein Wunder, dass du überhaupt noch lebst. Warst du noch schneller als er, oder hat er nicht mit ernsthaftem Widerstand gerechnet?* Radolf hob eine Hand und fuhr mit einem Finger über die Wunden.

»Das? Das war nicht Ernst. Das war Dionisia. Als sie sah, was passiert war, wurde sie schier rasend. Ich konnte sie nur mit Mühe überwältigen und in ihre Kammer bringen.« Philipp dachte an die Nacht, in der Dionisia versucht hatte, sich Ernst hinzugeben. Was immer sie für ihn gefühlt hatte, für sie war es Liebe gewesen. »Sie wird sich etwas antun«, sagte er tonlos.

Radolf schüttelte den Kopf. »Ich habe sie gefesselt und angebunden. Sie hat erst vor kurzem zu schreien aufgehört. Vermutlich ist sie eingeschlafen.«

»Sie hat ihn ... geliebt«, würgte Philipp hervor. Radolf zuckte mit den Schultern und antwortete nicht.

»Warum hat er Euch angegriffen?«, fragte Philipp schließlich. »Habt Ihr Euch gestritten?« Er trat noch einen weiteren Schritt auf die Leiche zu und ging neben ihr in die Hocke. Vorhin hatte er sich einen Moment davor gefürchtet, dass der Tote unvermittelt in die Höhe springen würde. Als er nun den Geruch von Leder und Schweiß aufnahm, der um Ernsts stille Gestalt lag und in dem das bleierne Aroma von Blut nur schwach bemerkbar war, fühlte er lediglich Mitleid mit dem bulligen Mann. Er berührte ihn sanft an der Schulter. In Ernsts Körper war die Schwere des Todes, und es gelang ihm schließlich nur mit beiden Händen und mit größerer Anstrengung, seinen Oberkörper herumzudrehen.

Die erschlafften Muskeln ließen den Leichnam in einer verdrehten Stellung zur Ruhe kommen, die mehr als das Blut auf der Vorderseite seines Wamses und das bleiche Gesicht vom Tod erzählte. Radolf, regungslos und ohne Philipp geholfen zu haben, gab ein kleines Geräusch von sich. Ernsts Augen waren nicht ganz geschlossen. Philipp brachte es nicht über sich, die kalte Haut zu berühren und die Lider zuzudrücken.

Der Schnitt im Vorderteil des Lederwamses schien unbedeutend. Zur Hälfte war er von einem der metallenen Plättchen zugedeckt. Die Klinge war auf dem Plättchen darunter aufgetroffen und nach oben abgelenkt worden. Dort war sie in den Zwischenraum eingedrungen und hatte Ernsts Leben beendet, ein schneller Stich, dem ein ebenso langsamer wie unerbittlicher Tod folgte. Der Lage des Stichs nach zu urteilen hatte Radolfs Stoß das Herz noch verletzt. Philipp warf einen Blick auf das Messer: Die Klinge war in ihrer ganzen Länge mit braunen Flecken bedeckt. Radolf hatte sie bis zum Heft hineingestoßen, mit einer Kraft, die vom Schreck ebenso wie vom Hass gelenkt worden sein mochte. Es hatte Ernsts Kraft bedurft, um ihn noch so lange leben zu lassen, wie Radolf gesagt hatte. Sein Mund stand offen, und in dessen Winkeln war blutiger Schaum angetrocknet.

»Ihr müsst seinen Tod melden«, erklärte Philipp, während Radolf gleichzeitig sagte: »Wir müssen ihn begraben.«

»Ihn begraben?«, rief Philipp. »Ihr wollt ihn einfach so verschwinden lassen?«

Radolf nickte, ohne Philipp ins Gesicht zu sehen.

»Warum? Wenn es sich so zugetragen hat, wie Ihr sagtet, trifft Euch keinerlei Schuld!«

»Er wird draußen auf dem Friedhof begraben«, erklärte Radolf hartnäckig.

»Radolf, damit macht Ihr Euch nur verdächtig. Früher oder später wird man ihn auf seinem Hof vermissen. Ich weiß nicht einmal, ob er eine Familie hatte; wahrscheinlich warten eine Frau und Kinder auf seine Rückkehr. Man wird ihn suchen, und man wird auch zu Euch kommen. Wie wollt Ihr erklären, dass man ihn auf Euren Besitz hat kommen sehen, aber dass niemand sah, wie er ihn verließ?« Philipp dachte an den Pferdeknecht und daran, dass die Dörfler, sollten sie alle zusammen so denken wie jener, Ernst jegliche Art des Verschwindens zutrauen würden, einschließlich einer Fahrt durch die Lüfte auf den Schwingen eines Feuer speienden Drachen. »Als Euer Gast war Ernst ein Mitglied Eures Haushalts. Die Gerichtsbarkeit über ihn liegt damit bei Euch. Ihr braucht nur die öffentliche Ordnung anzurufen und anzugeben, dass er Euch angegriffen hat.«

Radolf verzog das Gesicht. »Jeder wird glauben, ich habe ihn hinterrücks ermordet.« Er sah auf und begegnete für einen kurzen Augenblick Philipps Blick. Seine Augen waren unstet und konnten Philipp nicht standhalten. »Warum glaubst *du* das nicht?«, murmelte er.

»Weil ich gesehen habe, wie schnell er reagierte. Ihr hättet Euch ihm niemals von vorne nähern und sein eigenes Messer in die Brust stoßen können; er hätte Euch in der Luft zerrissen, noch bevor Eure Hand auf seinem Griff gelegen wäre.«

Radolf antwortete nicht auf die offene Annahme Philipps, er wäre Ernst nicht gewachsen gewesen. »Ich könnte es ihm von hinten in die Brust gestoßen haben«, sagte er leise.

»Dann wäre das Messer nach unten und nicht nach oben abgelenkt worden. Er war ein paar Zoll kleiner als Ihr. Wenn Ihr ihn von hinten umklammert und zugestoßen hättet, wäre der Stoß nach unten gerichtet gewesen.« Radolf schnaubte schwach.

»Wer immer Ernsts Tod untersucht, wird zu den gleichen Schlüssen kommen. Abgesehen davon, dass Ihr ohnehin nur von Eurem Hausrecht Gebrauch gemacht habt.«

Von Ernsts Gestalt ertönte plötzlich ein schabendes Geräusch. Radolf und Philipp fuhren gleichzeitig herum; Radolf sprang auf und zurück und fiel mit hervortretenden Augen rücklings über die Truhe. Irgendein Muskel in dem erstarrenden Körper hatte der Gewichtsverlagerung des Oberkörpers nachgegeben, und eines der angezogenen Beine streckte sich langsam, bis sich der Absatz des Stiefels an einer Holzbohle verfing. Mit entsetztem Gesicht verfolgte Philipp, wie das Bein zur Ruhe kam. Die Bewegung löste einen anderen Muskel in Ernsts Oberkörper, und mit einem schwachen Laut kam ein letzter, angestauter Hauch aus der toten Lunge.

»O Gott«, kreischte Radolf und kam in einem Wirbel aus Armen und Beinen in die Höhe. Er taumelte gegen Philipp; als dieser ihn unwillkürlich festhalten wollte, riss er sich los und stolperte davon. »Er kommt zurück«, keuchte er. »Er kommt zurück.« Als er die Wand des Saals erreichte, blieb er stehen und drückte sich mit dem Rücken dagegen, während seine Augen aufgerissen an Ernsts Leiche hingen, jetzt wieder still, wieder tot.

»Es hat nur ein Glied nachgegeben«, beruhigte Philipp ihn – und gleichzeitig sich selbst. »Der Mann ist tot.«

»Wir müssen ihn so schnell wie möglich begraben«, stieß Radolf hervor. »Am besten mit dem Gesicht nach unten, damit er sich nicht aus dem Grab wühlen kann. Du musst mir helfen. Ich darf ihn nicht berühren, damit mein Geruch nicht an seinem Körper haftet, wenn er zurückkommt und er mich so finden kann.«

Philipp trat einen Schritt auf Radolf zu, aber dessen Augen ließen den Leichnam nicht los. Philipp machte noch einen Schritt, bis er dicht vor Radolf stand und die Sicht auf Ernst verdeckte. Radolfs Blick änderte sich nicht; er ging durch Philipp hindurch, und gewiss sah er die verdrehte Gestalt des Toten noch so deutlich vor Augen wie vorher. Er zitterte am ganzen Körper, und auf seinem Gesicht schimmerte trotz der Kühle ein Schweißfilm. Er strömte einen durchdringenden Geruch nach Angst aus.

»Radolf«, sagte Philipp scharf. »Ihr müsst Euch beruhigen. Die Toten kommen nicht wieder. Höchstens in Träumen.« Radolfs Blick fokussierte sich schlagartig auf Philipp.

»In Träumen?«, stieß er hervor. »In Träumen? Was weißt du schon? Ich habe ihn gesehen, immer wieder, die ganze Zeit über habe ich ihn gesehen. Er stand im Schatten der Kapelle, in der Nacht auf dem Kranz des Turms, im Morgengrauen in einer Ecke meiner Kammer. Er wollte mich holen, aber alleine war er zu schwach. Jetzt ist er nicht mehr allein. Er hat Gefährten bekommen.«

Philipp kniff die Augen zusammen und bemühte sich, aus Radolfs entsetztem Gesicht den Sinn seiner Worte herauszufinden. »Von wem redet Ihr?«

»Wir müssen ihn so schnell wie möglich unter die Erde bringen. Das verwirrt sie. Es dauert eine Weile, bis sie in ihren Körper zurückkehren. Wenn sie sich dann im Grab finden, beginnen sie sich auszugraben. Deshalb müssen wir ihn mit dem Gesicht nach unten hineinlegen.«

»Ihr glaubt doch nicht im Ernst daran, dass die Toten sich aus der Erde herausschaufeln können!«

»Wenn es sie nach den Lebenden dürstet, schon.«

Dann scheinen die Toten nicht viel Verlangen nach den Lebenden zu haben, dachte Philipp, *sonst würden viel mehr von ihnen draußen herumlaufen. Wie herum mochte wohl Radolfs Frau in ihrem Grab liegen? Hat Radolf seinen Aberglauben von den Dörflern oder sie den ihren von ihm?*

»Tu nur noch dies eine für mich«, keuchte Radolf. »Hilf mir, ihn unter die Erde zu schaffen. Danach kannst du gehen.«

»Und Dionisias Erbteil?«, fragte Philipp unwillkürlich.

»Es bedeutet nichts mehr«, murmelte Radolf. »Hilf mir, und danach kannst du uns verlassen.«

»Ich werde den Teufel tun«, versetzte Philipp. »Ihr solltet Euch endlich beruhigen. Danach überlegen wir gemeinsam, was wir mit Ernst anstellen. Ich sehe inzwischen nach Dionisia. Wo ist überhaupt das alte Weib?«

Radolf schüttelte den Kopf. Philipp wartete darauf, dass er das Kopfschütteln wieder einstellen würde, um ihm in die Augen zu sehen, aber die Bewegung nahm kein Ende mehr. Den Blick wieder durch Philipp hindurch gerichtet und sicherlich das Bild des Toten erneut vor Augen, schüttelte Radolf ohne Unterlass den Kopf hin und her.

Die Alte saß auf dem Boden vor dem hölzernen Verschlag, der Dionisias Kammer bildete. Bei Philipps Näherkommen blickte sie auf und schenkte ihm einen feindseligen Blick. Philipp sah auf sie hinunter. Sie sprach ihn nicht an. Ihr Rücken lehnte an der Tür, vor der quer ein Balken in zwei Zwingen lag. Die Zwingen schienen sich schon seit langer Zeit an ihren Plätzen links und rechts neben der Tür zu befinden, als habe Radolf öfter eine Notwendigkeit gesehen, Dionisia einzusperren. Philipp seufzte; einem plötzlichen Einfall folgend, setzte er sich neben die alte

Frau auf den Boden. Ihr feindseliger Blick folgte ihm und blieb auf ihm ruhen; dies war das einzige Indiz, dass sie über seine Handlungsweise erstaunt war.

Philipp wies mit dem Kopf hinter sich auf die geschlossene Tür. »Geht es ihr gut da drin?«, fragte er.

»Sie schläft jetzt«, erwiderte die Frau kurz.

Philipp nickte. »Gut.«

»Sie braucht danach viel Schlaf«, erklärte die Alte ungefragt.

»Was ist zwischen den Männern vorgefallen?« Philipp erwartete nicht wirklich eine Antwort. Dass die Alte ihm dennoch stockend Auskunft erteilte, wunderte ihn. Ihr Gesicht blieb dabei starr und abweisend. Vielleicht hatte sie das Gefühl, jemand müsse die wahren Geschehnisse erfahren, und es war leider nur Philipp in der Nähe.

»Sie haben sich gestritten; schlimmer denn je«, sagte sie. »Sie stritten sich jedes Mal, wenn Herr Ernst hier war, aber dieser Streit war der übelste von allen.«

»Ernst war schon öfter hier?«, unterbrach Philipp. Die Alte warf ihm einen ungehaltenen Blick zu. Ihr runzliger Mund verkniff sich, als wäre sie über die Unterbrechung zu verärgert, um weiterzusprechen. Endlich tat er sich doch wieder auf.

»Natürlich«, sagte sie. »Was glaubst du denn? Seit sie mich hierher befohlen haben, um mich um das Kind zu kümmern, ist er immer wieder da gewesen. Heute Morgen begannen sie schon zu streiten, als sie gerade aufgewacht waren. Wahrscheinlich haben sie nur einen Streit von gestern Nacht fortgesetzt; ich weiß es nicht, denn ich bin früh schlafen gegangen. Meine Hände schmerzen mich jeden Tag; schau bloß, wie aufgequollen die Knöchel sind, es beißt und wütet darin wie zehn kleine Teufel. Ich dachte, wenn ich mich schlafen lege, dann spüre ich den Schmerz nicht. Außerdem war ich müde: den ganzen Tag herumgelaufen und Essen gemacht und Kräuter gepflückt. Auf mich nimmt man ja keiner Rücksicht.«

Sie brach ab und funkelte Philipp zornig an, als wäre er für ihr Ungemach verantwortlich. Unvermittelt fuhr sie wieder zu sprechen fort: »Herr Ernst schalt ihn, er solle mit dem Geflenne aufhören, ihre Arbeit sei ja bald getan. Wenn jetzt noch jemand dahinter käme, dann nur aus Dummheit. Und um Dummheiten zu verhindern, dazu halte er sich hier auf.«

»Welche Arbeit? Und wer solle hinter welches Geheimnis kommen?«

»Was weiß ich. Glaubst du, mir sagt jemand etwas in diesem Bau? Wer merkt denn überhaupt, dass ich da bin? Wie glaubst du habe ich das alles mitbekommen? Ich war mit den beiden im Saal, aber keiner sah mich auch nur an.« Sie setzte sich schnaufend zurecht, so als ob sie ihrer Empörung durch eine andere Körperhaltung Ausdruck verleihen müsste. »Willst du nun hören, was ich zu erzählen habe, oder nicht?«

»Natürlich will ich es hören.«

»Dann rede mir nicht dauernd drein. Wo war ich?«

»Ernst sagte, er sei hier, um Dummheiten zu verhindern.«

»Ach ja. Mein armes Spätzchen«, seufzte sie scheinbar zusammenhanglos, »arme Dionisia, mit der jeder umgeht, wie es ihm gefällt. Herr Ernst sagte, es sei unter anderem eine Dummheit, das Mädchen hier zu lassen. Sie gehört schon lange unter die Haube, erklärte er, und Herr Radolf solle sie schleunigst mit irgendeinem Burschen verheiraten, bevor sie irgendetwas Unberechenbares anstelle.«

Philipp runzelte unwillig die Stirn.

»Sie würde nicht herumschnuppern und ihnen hinterherspionieren, sagte Herr Radolf, und ich kann dir sagen, da war er schon ganz schön wütend. Er verlangte, dass Herr Ernst seine Tochter aus dem Spiel lassen solle. Der verspottete ihn und sagte: Deine *Tochter?* Hör doch auf damit!«

Philipp hielt den Atem an und wartete, dass die Alte eine Bemerkung dazu machen würde. Aber nichts dergleichen geschah: Entweder wusste sie nicht, in welchem Verhältnis Radolf und Dionisia zueinander standen, oder es schien ihr keiner Bemerkung wert, dass er nur ihr Stiefvater war. Jedenfalls hatten sich die Bäckchen der alten Frau zornig gerötet, und als sie weitersprach, wurde Philipp klar, welche Aussage in dem Streit zwischen ihrem Herrn und seinem Gast ihren eigentlichen Zorn geweckt hatte: »Herr Radolf sagte, Herr Ernst solle ihm gefälligst erklären, was er damit meinte. Dass sie eine läufige Hündin ist, das meinte ich, sagte Herr Ernst. Aber scheinbar kannst du es ihr nicht mehr besorgen, sodass sie auf der Suche nach größeren Schwänzen ist ...« Sie presste den Mund zusammen und schwieg wütend. Philipp wartete darauf, dass sie fortfuhr.

»Was sagte er dann?«, fragte er zuletzt.

»Nichts mehr. Herr Radolf schlug ihn ins Gesicht, Herr Ernst stürzte sich auf ihn, und plötzlich fiel er zu Boden und begann zu husten und sich zu krümmen wie ein Fisch.« Sie schüttelte den Kopf. »Dionisia lief aus der Küche nach oben und begann zu schreien. Ich wusste schon, dass genau das passieren würde. Es hat sich ja lange genug angekündigt. Sie sprang Herrn Radolf an, und ich dachte schon, sie reißt ihm den Kopf ab. Er wehrte sie nur ab, ohne ihr wehzutun. Sie umklammerte seinen Hals und schrie wie eine Wilde. Ich konnte überhaupt nichts tun. Ich meine, ich bin alt, und meine Hände tun mir höllisch weh; außerdem wusste ich, dass es nicht lang dauern würde. Sie ließ schließlich von ihm ab und brach zusammen, wie ich es erwartet hatte. Nur hörte sie diesmal nicht zu schreien auf. Schließlich hob er sie auf und trug sie in die Kammer. Ich folgte ihm hinauf, aber wenn sie in diesem Stadium ist, kann man nichts für sie tun. Herr Radolf band sie auf dem Lager fest, drängte mich hinaus und legte den Riegel vor die Tür.

Seitdem sitze ich hier. Wenn sie wieder erwacht, wird sie mich brauchen, und ich will sie hören, wenn sie nach mir ruft.«

»Woher wusstest du, was mit ihr geschehen würde? War sie schon öfter in einem solchen Zustand?«

»Hast du denn überhaupt nicht aufgepasst? Wofür erzähle ich dir das alles eigentlich?«

»Also lautet die Antwort ja.«

Die Alte zuckte mit den Schultern.

»Ist sie ... besessen?«

»Ja, besessen, freilich. So ein Unsinn. Ein Besessener sieht schon anders aus, das kannst du mir glauben.« Sie beugte sich zu ihm hinüber, um ihm ins Ohr zu flüstern: »Willst du mal einen Besessenen sehen? Geh runter und sieh dir den Herrn an.«

»Was fehlt Dionisia dann?«

»Es ist dieser Ort, dieser düstere, kalte, feuchte Kasten, in dem die Erinnerungen nicht von der Gegenwart zu unterscheiden sind und in dem man die Toten zu hören glaubt. Ich sage immer, sie braucht Menschen um sich herum und eine anderes Zuhause als dieses, aber wer hört schon auf mich.«

»Seit wann hat sie diese ... diese Zustände?«

»Seit sie mannbar wurde. Wenn der Herr nicht so um sie besorgt wäre, wäre es wahrscheinlich noch schlimmer. Als die Herrin gestorben war, fürchtete ich dauernd, er würde Dionisia zu seinem Weib nehmen. Er sah sie manchmal so seltsam an. Und als die Herrin noch lebte, war er ständig unter ihrem Rock. Ich meine, was hätte ich dagegen unternehmen sollen? Ich bin ein altes Weib, und auf mich hört niemand. Aber er versank nur in Trauer; er ging nicht mal hinaus ins Dorf und holte sich die Jungfrauen vor ihrer Heirat ins Bett, wie es sein Recht wäre; er tat es vor dem Tod der Herrin nicht und auch nachher nicht.« Sie verzog verdrossen das Gesicht. »Vielleicht hatte Herr Ernst ja Recht damit, als er sagte, Herr Radolf würde seinen Mann nicht mehr stehen. Nur dass er es mit Dionisia in Bezug brachte, war unrecht. Jedenfalls hat sich der Herr stets um Dionisia bemüht wie so schnell kein zweiter Vater um seine Tochter.«

Philipp sah sie an und überlegte lange, bevor er sagte: »Sie ist nicht seine Tochter.«

»Ach, das weißt du also doch? Ich dachte schon, du hast überhaupt keine Ahnung.«

»Was ist mit Dionisias richtigem Vater passiert?«

»Er ist auf der Wallfahrt ins Heilige Land gestorben. Mehr weiß ich nicht. Als Herr Radolf zurückkam, überbrachte er die Neuigkeit.«

»Als er *zurückkam*?«

Die Alte schnaubte ungeduldig. »Er hat schon vorher hier gelebt; er war doch der Waffengefährte von Herrn Gottfried. Du weißt ja wirklich so gut wie gar nichts.«

»Sein Waffengefährte? Du meinst, er war einer seiner Verbündeten?« *Gottfried von Als stand auf den Heirats- und Taufdokumenten des Geldverleihers,* dachte Philipp; *und ich glaubte, Radolf hätte diesen Namen erfunden.*

»Aber nein. Herr Radolf hatte einen kleinen Hof von Herrn

Gottfried erhalten, damals, als der Besitz noch größer war. Herr Gottfried war gerade dabei, seinen Einfluss zu vergrößern. Radolf war der erste Gefährte, den er zu sich holte. Dann ging er auf die Wallfahrt, und – pfifft – alles war umsonst. Radolf schaffte es nie, das Ziel von Herrn Gottfried zu verwirklichen.«

»Radolf war der Lehnsmann des ersten Mannes seiner Frau«, murmelte Philipp wie vor den Kopf geschlagen. Die alte Frau grunzte verächtlich über seine Dummheit. Aus Dionisias Kammer ertönte ein Rascheln und ein Stöhnen, und die Alte hob den Kopf und lauschte.

»Sie wird bald zu sich kommen. Ich muss mich um sie kümmern.« Sie starrte Philipp ungnädig an, bis dieser sich erhob, obwohl er lieber geblieben wäre. Es verlangte ihn, nach Dionisia zu sehen, aber die Alte würde ihn nicht in die Kammer lassen, dessen war er sicher.

»Ich sehe nach Radolf«, sagte er und kletterte die Treppe hinunter. Unten wartete eine Überraschung auf ihn: Ernst Guett'heure war verschwunden.

Philipp, der nicht den Aberglauben Radolfs teilte und davon überzeugt war, dass die Toten tot waren und dies auch blieben, blieb dennoch wie angewurzelt stehen. Der kleine Blutfleck auf dem Boden war noch vorhanden und gab ihm die Sicherheit, dass er sich die Szene nicht nur eingebildet hatte. Während er ihn anstarrte, hörte er das Schaben und Schleifen von der Treppe. Seine Haare stellten sich auf. Doch dann schüttelte er seine Gänsehaut ab und trat nach draußen.

Ernst lag auf den Stufen; um seine Beine war ein Strick geschlungen. Am anderen Ende des Stricks befand sich Radolf, der mit kreidebleichem, schweißüberströmtem Gesicht daran zog. Auf seinen Wangenknochen brannten zwei rote Flecken, als habe ihm jemand ins Gesicht geschlagen. Ernsts Körper widerstand zunächst dem Zug, dann rutschte er doch die nächste Treppenstufe hinab. Sein Kopf schlug mit einem kranken Geräusch auf der Kante der Stufe auf, Radolf blinzelte krampfhaft dabei. Ernsts Kopf rollte ein wenig hin und her; seine Arme folgten dem Körper auf die nächste Stufe nach. Bei alldem verharrte das tote Gesicht in seiner natürlichen Indifferenz und wirkte umso gespenstischer. Radolf keuchte und stolperte ebenfalls eine Stufe tiefer. Ernst lag wieder still und betrachtete weiterhin die Decke des Treppenhauses.

»Was macht Ihr hier?«, stieß Philipp hervor. Radolf sah mit geröteten Augen zu ihm hinauf.

»Ich begrabe ihn draußen ...«, keuchte Radolf schwer atmend. »Du willst mir ja nicht dabei helfen.« In seiner Stimme war ein winselnder Unterton, der offen legte, dass er sich immer noch am Rand eines hysterischen Zusammenbruchs befand. Wie er in seinem Zustand einen Strick gefunden, ihn Ernst um die Füße geschlungen (sicherlich dabei jede Berührung mit dem Leichnam krampfhaft vermeidend) und den Toten dann durch den Saal und bereits die halbe Treppe hinunter geschleift hatte, war Philipp ein Rätsel. Radolf zog mit einem dumpfen Ächzen erneut am Strick, und der Leichnam vollführte den gleichen kleinen Tanz wie eben. Radolf zuckte und blinzelte aufs Neue.

»Hört auf mit diesem unwürdigen Gezerre«, rief Philipp. »Wenn Ihr es schon nicht anders wollt, dann helfe ich Euch eben. Aber es wird nicht gut aussehen, wenn man Euch befragt, warum Ihr den Leichnam einfach verscharrt habt.«

Er sprang die wenigen Schritte zu Ernsts Leichnam hinab. Eine Sekunde lang zuckte auch er davor zurück, ihn zu berühren, dann nahm er seine Arme und legte sie entlang seinem Körper auf die Stufen. Er sah sich um.

»Wir brauchen etwas, worauf wir ihn legen können«, sagte er. »Oder würdet Ihr seine Beine packen und ihn so ins Freie tragen?«

Radolf schüttelte wild den Kopf. Philipp verzog den Mund und richtete sich auf. »Ich bin gleich wieder zurück«, sagte er und lief in den Saal, ohne recht zu wissen, wonach er suchen sollte. Er schlug die Decke zu Radolfs Kammer zurück und fand auch dort nichts, was sich verwenden ließ. Das Einzige von adäquater Größe war das Brett, auf dem Radolfs Strohmatratze lag, und Philipp war sicher, dass Radolf niemals wieder Schlaf finden würde, wenn sie Ernsts Leiche damit hinunterschafften. Als er Schritte die Treppe vom Dachgeschoss herunterschlurfen hörte, verließ er die Kammer wieder. Die alte Frau kroch mit finsterem Gesicht über die Stufen nach unten. Sie warf Philipp einen kurzen Blick zu.

»Was ist mit Dionisia?«, rief er. »Ist sie wieder erwacht?«

»Halbwegs«, brummte die Alte. »Ich mache ihr was Heißes zu trinken.«

»Geht es ihr gut?«

Scheinbar war es eine törichte Frage; die Alte erwiderte nichts darauf, sondern betrat mit einem vorsichtigen ersten Schritt die Treppe zur Küche hinunter.

Philipp wandte sich ab. Sein Blick fiel auf die Tischplatte, auf deren Unterseite Radolf sein merkwürdiges Wappen gemalt hatte. Er zögerte. Den Tisch, an dem sie gegessen hatten und es wieder tun würden, zu einem zeitweiligen Totenbett zu machen, brachte er nicht über sich. Es blieb ihm nichts übrig, als Ernst unter den Armen hochzuheben und Radolf dazu zu überreden, seine Beine an dem kürzer gebundenen Strick zu packen. Missmutig sah er aus dem Fenster. Der Regen fiel mit unverminderter Heftigkeit herab und verwischte den Wald hinter dem Hof zu einem einheitsgrauen Tuch. *Wir werden triefen, bis wir ihn nur halbwegs zum Friedhof geschafft haben.*

Radolf schien die Wartezeit auf der Treppe zu lang geworden zu sein. Er und der Leichnam waren verschwunden, als Philipp zurückkam. Philipp zerdrückte einen Fluch zwischen den Zähnen und hastete die letzten Stufen hinunter. Ernsts Arme verschwanden um die Ecke des *donjons*. Radolf stemmte sich in den Strick wie ein Zugochse und schleifte den Toten mühsam durch das hohe, nasse Gras zum Friedhof hinüber, eine breite Spur aus niedergedrückten Halmen hinterlassend. Der Regen fiel in Ernsts offene Augen. Philipp sprang an ihm vorbei und packte den Strick. Als er in Radolfs Gesicht sah, verschluckte er die Frage, warum er nicht auf ihn gewartet hatte; er war nicht mehr sicher, ob Radolf überhaupt verstanden hatte, dass er es hätte tun sollen. Er nahm den Strick auf die Schulter und half Radolf, Ernst durch den Regen zu ziehen.

Als sie die Gräber erreichten, war Philipp vom Regen ebenso nass wie von seinem Schweiß. Radolf schien noch ein kleines

Stück Vernunft besessen zu haben, bevor er damit begonnen hatte, Ernst die Treppe hinunterzuschaffen: Er hatte einen Spaten zum Friedhof hinausgeschafft und in die Erde neben der Böschung gerammt. Er ließ den Strick sofort los, als sie den Spaten erreicht hatten, taumelte auf ihn zu und zerrte ihn aus der nassen Erde.

»Wartet doch wenigstens, bis wir wieder zu Atem gekommen sind«, keuchte Philipp. Radolf achtete nicht auf ihn. Er stieß den Spaten in die Erde und tat den ersten Schnitt durch das hohe Gras und die zähen Wurzeln. Die Adern an seinem Hals traten hervor, als er versuchte, das Stück Erde herauszuhebeln. Der Spatenstiel knarrte bedenklich. Ungeduldig zog Radolf den Spaten zurück, trieb ihn zwei Handbreit vor dem ersten Schnitt erneut in den Boden und stemmte sich wieder ein. Schweiß und Regen hatten die tiefen Kratzer in seinem Nacken reingewaschen. Vor Anstrengung begann nun wieder Blut hervorzusickern. Radolf ächzte laut, und ein Kloben Erde löste sich schmatzend aus dem Boden und klebte am Spaten. Radolf schüttelte ihn ab und stieß das Blatt zum dritten Mal in den Boden.

»Radolf«, sagte Philipp eindringlich. »Ihr bringt Euch noch selbst um.«

»Keine ... Zeit ...«, stieß der Burgherr hervor. »Keine ... Zeit!«

»Habt Ihr noch einen zweiten Spaten? Ich helfe Euch graben.«

Radolf schüttelte verbissen den Kopf und schleuderte den zweiten Batzen Erde von sich. Philipp trat einen Schritt zurück. Radolfs Gesicht glich mittlerweile der Maske eines Gauklers, mit brennenden Flecken auf seiner fahlen Haut und dumpfblauen Lippen, auf denen vor Anstrengung schaumiger Speichel stand. Er stieß den Spaten mit solcher Geschwindigkeit und Verbissenheit in die schwere Erde, dass er es nicht lange würde durchhalten können. Sein Atem ging bereits pfeifend. Ernst lag wenige Schritte entfernt davon auf dem Rücken im hohen Gras, sein Lederwams dunkel vor Nässe und sein Gesicht nicht viel blasser als dasjenige des Mannes, der ihn getötet hatte. Er schien größer denn je zu sein, wenn man ihn mit dem Loch verglich, das Radolf bereits gegraben hatte und das ihn zuletzt aufnehmen sollte.

Philipp wies zu der Stelle hinüber, an der Radolf den Brunnen hatte graben wollen. »Warum schaufelt Ihr nicht da drüben, wo bereits ein Loch war? Die Erde ist dort viel lockerer. Hier gibt es außerdem Baumwurzeln und jede Menge Gras.«

Radolf blickte nicht auf, aber er schaufelte noch eine Spur verbissener weiter. Philipp seufzte und schlang die Arme um den Körper, während er darauf wartete, dass Radolf erschöpft aufgab. Sein Blick irrte zum Haus hinüber und an den Fensteröffnungen empor. Er fragte sich, ob Dionisia ihre Kammer bereits verlassen hatte und sie jetzt beobachtete. Die Fensteröffnungen waren dunkel und undurchdringlich.

Radolf schaffte es, ein knietiefes Loch von ungefähr der Länge von Ernsts Körper zu graben, bevor er zu taumeln begann – eine Leistung, die in Philipp gelinde Fassungslosigkeit hervorrief. In der frischen Luft und der Kälte des herabprasselnden Regens hatte sich seine eigene Bedrückung nach und nach gelegt, und er war dazu übergegangen, Radolfs manische Besessenheit zu beobachten, mit der er, rücksichtslos seiner Erschöpfung gegenüber, Ernsts Grab schaufelte. Schließlich aber unterbrach er sich, taumelte ein paar Schritte in der Grube hin und her und stützte sich endlich schwer auf den Spatenstiel. Seine Schultern waren gebeugt, und sein Atem rasselte. Plötzlich würgte er trocken. Die Beine gaben nach, und er setzte sich hart auf den Rand der Grube nieder. Seine Augen waren stumpf.

Philipp bewegte seine erstarrten Beine und sprang in die Grube hinein.

»Lasst mich weitermachen«, sagte er beinahe sanft. »Ihr müsst Euch ausruhen.«

Radolf streckte wie ein Betäubter den Arm aus und reichte ihm den Spatenstiel. Er war schlüpfrig von Schweiß und dem Blut aus Radolfs aufgerissenen Handflächen. Philipp wischte ihn ab und machte sich daran, das Grab zu vertiefen.

Die feuchte Erde war zäh und umfing ihn mit dem herben Duft frisch aufgebrochenen Bodens, und es dauerte eine Weile, bis Philipp seinen Rhythmus fand. Schon nach kurzer Zeit schmerzten seine Arme. Sein Atem beschleunigte sich. Wenn ein Vorteil daran zu finden war, dass er Radolf abgelöst hatte, dann nur der, dass er schon bald zu frösteln aufhörte. Er warf Radolf einen Blick zu: Dieser saß, wie er sich hatte niederfallen lassen, auf dem Boden – er hatte nur darauf geachtet, dass er Ernsts Leichnam nicht im Rücken hatte. Radolf ließ den Kopf hängen und starrte auf die Erde zwischen seinen Füßen. Der Regen lief ihm aus den Haaren über das Gesicht, sammelte sich an seiner Nasenspitze und an seinem Kinn und tropfte daran herab. Er begann in immer kürzeren Abständen zu erschauern, ohne seine Stellung zu ändern. Seine Hände baumelten zwischen seinen Knien herab, fleckig und mit blau verfärbten Knöcheln. Schließlich schüttelte es ihn so heftig, dass er unfreiwillig keuchte. Philipp stieß den Spaten in den Boden und kauerte sich vor Radolf nieder, um ihm ins Gesicht zu sehen; er erschrak, als er die Blässe der Wangen sah und wie farblos seine Lippen waren.

»Ihr müsst hineingehen«, sagte er. Radolf bewegte sich nicht; nur seine Augen rollten in seinen Höhlen nach oben und schenkten Philipp einen ausdruckslosen Blick. »Ihr werdet Euch das Fieber holen. Ich begrabe Ernst alleine; das Grab ist fast fertig.«

Radolf nickte kaum merkbar. Inmitten eines weiteren Fieberschauers raffte er sich taumelnd auf und stolperte zum Eingang des Hauses davon, dabei einen weiten Bogen um Ernsts Leiche schlagend.

Als Philipp endlich selbst den Saal wieder betrat, erschien er ihm beinahe warm. Dionisia saß auf einer Truhe, eine Decke fest um die Schultern gezogen und mit bleichem Gesicht auf den Haufen starrend, der Ernsts Besitz gewesen war. Philipp seufzte und wischte sich die Hände an seiner Hose ab, bevor er sich Dionisia näherte.

»Wo ist Radolf?«, fragte er. Dionisia nickte mit dem Kopf zu seiner Kammer, ohne die Augen von Ernsts Sachen zu nehmen.

»Was wollt Ihr mit seinen Besitztümern anfangen? Habt Ihr sie schon durchgesehen?«

Sie schüttelte den Kopf und antwortete endlich tonlos: »Seht Ihr sie durch.«

»Seid Ihr sicher, dass Ihr das wollt?«

Sie zuckte mit den Schultern.

Philipp kniete sich neben den Sachen auf den Boden und sortierte sie vorsichtig auseinander. Er war sich des Blicks von Dionisia bewusst, der durch seinen Körper hindurchging und auf den Dingen lag, die er auf den Holzdielen ausbreitete: die beiden Schwerter, die kurze Lanze, der lange Dolch mit der schlanken Klinge und eine kurze, breite Ochsenzunge, ein Streitkolben, dessen Stahlzähne den Schnäbeln von sechs in alle Richtungen starrenden Raubvögeln nachgebildet war, sowie eine schwere Reiteraxt; Ernsts bunter Schild, das Bärenfell und schließlich, unter Decken, Gurtzeug, Lederriemen, Handschuhen und einem zweiten Paar Stiefeln eine große lederne Tasche, deren Klappe mit silbernen Nieten gefasst war. Philipp drehte sich zu Dionisia um und warf ihr einen fragenden Blick zu. Als sie nicht reagierte, band er die Lederschnur auf, die die Klappe zuhielt, und drehte die geöffnete Tasche kurzerhand um. Es fielen nur wenige Einzelteile heraus.

Zu seinem Erstaunen fand er einen Tintenstein, eine Anzahl Federn – ungebraucht und gebraucht – und verschieden große Stücke von Pergament und dünnem, weichem Leder. Dazwischen lagen kleine, harte, lederne Rollen, an denen dünne Schnüre befestigt waren: Transportbehälter für Botschaften, die mit Brieftauben verschickt wurden. Dionisia gab weder ein Zeichen des Erkennens noch des Befremdens von sich. Schulterzuckend sammelte Philipp die Dinge wieder ein und warf sie in die Tasche zurück. Eines der Röllchen enthielt eine Botschaft. Er zog sie heraus und hielt sie Dionisia hin.

»Hier ist eine Nachricht, die er nicht abgeschickt hat. Möchtet Ihr sie lesen?«

»Lest sie mir vor«, sagte sie und klammerte sich an ihre Decke.

Philipp faltete den Pergamentfetzen auseinander; er war so eng beschrieben, wie es mit einer kratzenden Feder und mühsam aus einem Stein geriebener Tinte möglich war. Er stand auf und stellte sich zu einem Fenster, um die Botschaft in das trübe Tageslicht zu halten. Er setzte laut zu lesen an, aber schon nach wenigen Worten erstarb seine Stimme. Dionisia schien es nicht zu bemerken; ihr Blick ruhte weiterhin auf den von Philipp säuberlich auf dem Boden ausgebreiteten Habseligkeiten des Toten.

»Exzellenz, Radolf wird immer mehr zu einer Gefahr. Ich werde morgen einen letzten Versuch machen, an seine Vernunft zu appellieren. Die Unterlagen habe ich nicht gefunden, obwohl ich alles absuchte. Das Mädchen ist vollkommen verrückt. Ich habe ihm vorgeschlagen, sie wegzuschicken oder sie mit dem Einfaltspinsel zu verheiraten, der die Mitgiftdokumente fälschen soll, aber er ist zu halsstarrig. Ich habe auch, wie Ihr mir geraten habt, versucht, seine Angst auszunutzen, und zuletzt ein Todessymbol auf seine Tormauer gemalt; aber leider hat er sich in dieser Hinsicht geändert und wird in der Angst nicht mehr gefügig, sondern eher trotzig. Wenn Ihr nicht wollt, dass ich handle, wie wir es vereinbart haben, müsst ihr mir so schnell wie möglich Nachricht senden.«

Philipp blickte wie betäubt von dem Schreiben auf. Ohne dass er es bemerkt hatte, war Dionisia aufgestanden und hatte sich neben Ernsts Sachen auf den Boden gekniet. Mit dem Bärenfell in den Armen wiegte sie sich hin und her, und ein lautloses Schluchzen schüttelte ihren Körper.

Noch vor dem Morgengrauen des folgenden Tages weckte Radolf ihn und erklärte, dass er seiner nicht mehr bedürfe und dass er seine Aufgabe, wiewohl ungelöst, dennoch als beendet ansehen sollte. Philipp ging erst, als auch Dionisia ihn inständig darum bat, den Besitz zu verlassen. Zu spät fiel ihm ein, dass er Ernst nun doch mit dem Gesicht nach oben beerdigt hatte.

Hinterlassenschaften

Auf dem Hof Raimunds hielten sich etliche Gäste auf, die gekommen waren, um die Reliquien der Heiligen Drei Könige im Dom zu besuchen. Aude bewegte sich mit ungezwungener Freundlichkeit unter ihnen, aber als sie sah, wie Philipp mit dem letzten Licht des Tages durch das Tor ritt, löste sie sich von der Gruppe der Frauen und wartete auf ihn, bis er aus dem Stall wieder ins Freie trat.

»Habt Ihr Eure Aufgabe erfüllt?«, fragte sie ihn. Philipp schüttelte den Kopf.

»Abgebrochen, nicht erfüllt«, erwiderte er. »Auf Wunsch des Empfängers meiner Hilfeleistung.«

»Warum hat er Euch weggeschickt?«

»Ich nehme an, er konnte die Farbe meiner Beinkleider nicht mehr ertragen.«

»Und was ist der wirkliche Grund?«

Philipp hob die Schultern und ließ sie wieder fallen. Sein Gesicht war gerötet von der Anstrengung des schnellen Ritts, und seine Haare standen wild zu Berge. Auf dem Rücken seines Wamses stand ein dunkler Schweißstreifen.

»Ich weiß es nicht. Es herrscht große Verwirrung in seinem Haus.«

Er dachte daran, dass er gestern umgekehrt war und heute nicht mehr. »Ich frage mich, ob ich nicht gegen seinen Willen hätte bleiben sollen.«

»Was hättet Ihr dort als unwillkommener Gast ausrichten können?«

»Sie ... beschützen.« Noch während er es sagte, dachte Philipp, dass es ihm nicht gelungen war, Dionisia auch nur vor dem kleinsten bisschen Unbill zu bewahren. *Ich hätte versuchen können, sie wieder zum Lachen zu bringen, so wie am ersten Tag*, dachte er. Aber es wäre nicht das gewesen, was sie gewollt hätte.

Philipp hatte sie zum Lachen gebracht, Ernst aber zum Träumen, und sie hatte das Träumen eindeutig vorgezogen. Ernst war tot. Er verzog das Gesicht. »Vor einem Drachen zum Beispiel, der angekrochen käme, um das ganze Haus aufzufressen. Ich bin der zehntbeste Drachentöter der Welt.«

»Und der Allerbeste, wenn es darum geht, Eurem Kummer ein spaßiges Mäntelchen umzuhängen.«

»Von welchem Kummer sprecht ihr? Ich bin froh, wieder hier zu sein.«

Aude schnaubte ärgerlich. »Darüber wäre ich nicht so sicher. Es wartet eine Menge Arbeit hier auf Euch«, sagte sie sarkastisch.

»Ich stehe Euch jetzt uneingeschränkter als zuvor zur Verfügung.«

»Ich meine nicht mich damit.«

Philipp schüttelte den Kopf. Nach einer kleinen Pause sagte er: »Es tut mir Leid. Ich hätte gleich danach fragen sollen: Wie geht es Euch bei Eurer Suche nach Eurem Mann? Habt Ihr etwas Neues herausgefunden?« Seine Frage war ohne echte Anteilnahme; in seiner Enttäuschung und seiner Grübelei über Dionisia und die Entwicklung der Dinge auf Radolfs Besitz gelang es ihm nicht, Interesse für Minstrel aufzubringen.

»Nein. Ich habe aber in jeder Herberge, im Magistrat und auf dem Marktplatz seine Beschreibung verbreiten lassen. Vielleicht meldet sich der Mann, mit dem er sich treffen wollte.«

»Ja, vielleicht.«

»Nun, Ihr solltet jetzt gehen und Euch bei Eurem Herrn zurückmelden. Er möchte, dass Ihr Euch um den Tod der Pächterfamilie kümmert.«

»Lambert. Der Mann, den ich vom Markt mitgebracht hatte. Ich hätte ihn beinahe vergessen. In der letzten Zeit sind zu viele Tote um mich herum.«

Lambert mit der Blesse war tot, und sein Tod machte keinen Sinn. Während Philipp mit vier Männern von der Wache des Hofs am nächsten Tag in die Felder hinausritt, überlegte er, weshalb eine Gruppe von Banditen – und eine Gruppe musste es gewesen sein, der Beschreibung zufolge, die Raimund ihm von ihrem Wüten gegeben hatte – ausgerechnet die einzelstehende Kate eines unfreien Landpächters überfallen hatte. Es gab weiß Gott lohnendere Ziele.

Die einzige Überlebende des Überfalls war eine Schwester der Frau, die Lambert zum Weib gegeben worden war. Ein anderer Pächter hatte sich bereit erklärt, sie für eine Weile aufzunehmen. Philipp war es lieb gewesen, sich sofort in die neue Aufgabe zu stürzen und zu versuchen, mehr Informationen aus der Überlebenden und den Nachbarn Lamberts herauszuholen.

Die Menschen in den verstreut zwischen den Feldern liegenden Hütten, deren Ansammlung man wohl als Dorf hätte bezeichnen können, liefen beim Klang der Pferdehufe zusammen. Ihre Gesichter waren ängstlich, obwohl man ihnen das Kommen einiger Männer ihres Herrn angekündigt hatte. Flüchtig dachte Philipp daran, dass Galbert aus diesem Weiler stammte. Er fragte sich, ob jemand unter den Umstehenden Galberts Bruder oder Schwester war und was aus Galbert geworden wäre, wenn sein Herr ihn nicht auf den Hof geholt hätte. Die Bauern trotteten scheu näher, und einige Tapfere wagten sich bis an die Neuankömmlinge heran. Sie hielten die Pferde, und ein verwitterter, kurzhaariger Mann fasste den Steigbügel, um Philipp das Absteigen zu erleichtern. Er begrüßte ihn höflich.

»Wie ist dein Name?«, fragte Philipp, während seine Bewaffneten sich stumm hinter ihm zusammenscharten und die ängstlich-ehrfurchtsvollen Blicke der Bauern genossen. Plötzlich kam ihm der Gedanke, dass sein Auftritt auf die Pächter nicht anders wirken mochte als der Auftritt Rutgers mit seinen Bütteln auf die Juden in der Stadt. Er bemühte sich zu lächeln.

»Ich bin Wernher. Ich bin der Älteste hier«, erklärte der Pächter.

»Bist du derjenige, der die Überlebende des Überfalls zu sich genommen hat?«

Wernher schüttelte den Kopf und winkte einem der anderen Männer zu, die sich in einigen Schritten Entfernung aufhielten. Der Mann schlurfte mit missmutigem Gesicht näher. Aus der

Nähe erkannte Philipp, dass seine finstere Miene zum großen Teil von seiner eingeschlagenen Nase verursacht wurde: Sie zog seine Stirn nach unten und verlieh den Gesichtszügen einen Ausdruck ständiger Angriffslust. »Das ist Schiefnase«, sagte Wernher und setzte keinen weiteren Namen hinzu. *Nomen est omen.*

»Ich möchte mit dem Mädchen sprechen«, sagte Philipp. Schiefnase zuckte mit den Schultern.

»Sie redet nicht«, sagte er.

»Sie redet nicht? Ist sie stumm?«

Schiefnase zuckte erneut mit den Schultern. »Sie redet nicht, aber sie isst«, erklärte er. Philipp nickte und kramte in seiner Tasche; sein Herr hatte ihm ein paar Pfennige mitgegeben, um sie der Familie zu geben, die das Kind aufgenommen hatte. Schiefnase bekam ein begehrliches Gesicht, und die Umstehenden rückten einen zögerlichen Schritt nach vorn, als wollten sie Zeugen der Geldübergabe werden. Philipp holte eine kleine Münze hervor und hielt sie Schiefnase vor das Gesicht.

»Isst sie mehr, als dies hier wert ist?«

Schiefnase überlegte; seinem markanten Gesicht waren deutlich die Gedanken abzulesen: Sage ich Nein, wird er mir die Münze nicht geben oder eine geringere suchen; sage ich Ja, wird er mich fragen, wie ich zu so viel Nahrungsvorräten gekommen bin, dass ein Kind den Wert dieser Münze verzehren kann. Hin und her gerissen, presste er die Lippen zusammen und schwieg. Philipp, den das natürliche Misstrauen der Bauern zugleich abstieß und mit Verständnis erfüllte, betrachtete das innere Ringen Schiefnases. *Sie erwarten nichts anderes, als dass man sie übervorteilt und betrügt*, dachte er. *Die Erfahrung hat sie das gelehrt, und ein guter Herr löscht nicht die Erinnerung an zehn seiner schlechten Vorgänger aus.* Er packte die Hand des Bauern und drückte ihm die Münze hinein. Schiefnase betrachtete den Reichtum in seiner schwieligen Handfläche und schloss dann mit ängstlicher Schnelligkeit die Faust.

»Kann ich das Mädchen sehen?«, fragte Philipp.

»Sie ist in meinem Haus.«

»Gehen wir.« Philipp wandte sich um und rief den anderen Pächtern zu: »Ich möchte, dass ihr den Männern hier alles erzählt, was ihr von dem Überfall wisst. Je mehr wir wissen, desto eher können wir die Gesetzlosen in den Hintern treten.« Er grinste bemüht. »Bevor sie noch eure Hintern zum Hineintreten entdecken.«

Das Mädchen saß auf dem Boden neben dem niedrigen Eingang zu Schiefnases Pächterhütte und flocht einen Korb. Sie hielt mit der Arbeit nicht inne, als Philipp und Schiefnase vor ihr stehen blieben und ihre Schatten auf sie fielen, und sie sah auch nicht auf, nur ihre Hände arbeiteten plötzlich fieberhafter als zuvor. Ihre Haare fielen in ihr Gesicht, sodass man ihre Gesichtszüge nicht erkennen konnte. Ihre Finger waren stark und schrundig wie die einer erwachsenen Frau.

»He, Mädchen«, sagte Schiefnase.

»Hat sie keinen Namen?«, fragte Philipp erstaunt.

»Natürlich hat sie einen Namen. Ich kenne ihn aber nicht.«

»So weit wohnte Lambert doch nicht von eurem Dorf entfernt, dass ihr die Namen nicht kennt. Außerdem stammte seine Frau aus eurem Dorf.«

Schiefnase betrachtete ihn einen Augenblick, als bemühe er sich, dem Gedankenschluss Philipps zu folgen. Schließlich zuckte er zum wiederholten Mal mit den Schultern. »Einauges ... ich meine: Lamberts Weib hatte drei Schwestern; zwei davon waren Zwillinge. Die hier ist einer der Zwillinge. Keiner weiß, welcher.« Bevor Philipp dazu etwas sagen konnte, bückte sich Schiefauge und stieß das Mädchen mit dem Handrücken an die Schulter. Die Berührung war weniger grob, als Philipp erwartet hatte.

»He, Mädchen, der Truchsess unseres Herrn will mit dir reden«, sagte er. Das Mädchen blickte nun doch auf und sah Philipp ins Gesicht, und dieser zuckte zurück. Unter dem Schmutz und der Staubschicht erkannte er ein Kind von zehn oder elf Jahren. Aber nicht die Diskrepanz zwischen den abgearbeiteten Händen und dem jungen Antlitz war es, die ihn zurückschrecken ließ. Das Entsetzen, das in ihren weit aufgerissenen Augen schimmerte, versetzte ihm einen körperlichen Schlag. *Sie hat gesehen, wie man ihre ganze Familie ausgelöscht hat, und alles, was man zu ihr sagt, ist: He, Mädchen, jemand will mit dir re-*

den. Ihre Augen ermaßen seine Gestalt, als würde von ihm Gefahr ausgehen. Ihre Hände arbeiteten blind weiter und flochten unablässig an ihrer Arbeit.

Philipp hockte sich vor ihr in den Sand und sah sie an. Er hob die Hand, um sie auf ihre rastlosen Finger zu legen und die sinnlose Tätigkeit zu unterbrechen, doch sie begann zu zittern, kaum dass er die Hand nach ihr ausstreckte, und so ließ er sie wieder fallen.

»Es wird wieder alles gut«, sagte er sanft das Erstbeste, das ihm in den Sinn kam. Sie reagierte nicht darauf. Philipp sah hilflos zu Schiefnase auf.

»War sie schon immer stumm?«

»Weiß nicht. Ich glaube nicht.«

»Wie heißt du, Mädchen? Kannst du mir etwas über die Männer erzählen, die euer Haus überfallen haben?«

Philipp betrachtete das Mädchen, dessen Hände nach der beinahe erfolgten Berührung grober flochten als zuvor. Neben ihr lagen unterschiedlich große Steine und Kiesel auf dem Boden. Ein Einfall stieg in Philipp auf oder besser: eine Erinnerung, so ungewünscht sie auch war. Eine Erinnerung an den kleinen Philipp, der, abgeschottet von den anderen Novizen durch das Gefühl seiner eigenen Minderwertigkeit und mitten unter ihnen ebenso einsam wie das Mädchen vor ihm unter ihresgleichen, im Schatten an der Klostermauer saß und Steine aufeinander schlug, bis sie auseinander brachen. Die meisten von ihnen wiesen an den Bruchflächen ein erstaunliches Muster auf, bunte Farbbänder, Kleckse oder schillernde Einsprengsel, Schönheiten, die man unter ihrer matten, nichts sagenden äußeren Hülle niemals vermutet hätte. Er nahm vorsichtig zwei Steine, legte den kleineren von ihnen auf die Straße und schlug mit dem größeren kräftig darauf. Aus dem Augenwinkel beobachtete er das Mädchen. Sie zuckte bei dem Geräusch zusammen und richtete ihre Augen auf die Steine, ohne die fieberhafte Flechtarbeit zu unterbrechen. Ein zweiter Schlag; ein dritter. Philipp begann innerlich zu fluchen, als der untere Stein beim vierten Schlag endlich in drei Teile zerbrach. Es war ein halbwegs rund geschliffener, ehemaliger Flusskiesel gewesen, braun mit grauen Flecken.

Er hatte ihn mit Bedacht ausgesucht, mit dem Rest von Wissen, das noch aus seinen Kindertagen in ihm schlummerte. Tatsächlich offenbarten die Bruchflächen der Teile das erhoffte flirrende Muster aus metallischen Einsprengseln, die da und dort im Sonnenlicht aufblinkten. Er leckte seinen Daumen ab und polierte die Flächen. Die Augen des Mädchens folgten seinen Bewegungen. Schließlich streckte er die Hand aus und hielt ihr die glitzernden Bruchstücke in Reichweite vor das Gesicht. Sie starrte darauf, aber sie machte keine Anstalten, die Teile von seiner Hand zu nehmen. Philipp legte sie vorsichtig vor ihr auf den Boden und zog die Hand zurück. Er war sicher, dass sie das Geschenk annehmen würde, aber er sah sich getäuscht. Sie verlagerte ihre Aufmerksamkeit wieder auf den Korb und ihre hektische Flechtarbeit, ohne die Steine noch eines Blickes zu würdigen.

Philipp seufzte und richtete sich auf. Die Hände begannen langsamer zu flechten, als er sich von ihr entfernte, und er trat noch einen Schritt zurück. Mit zunehmender Entfernung zwischen sich und ihr schien sie sich zu beruhigen. Philipp beobachtete die Wandlung betroffen. Schiefnase, der ihm gefolgt war, schüttelte den Kopf und verzog den Mund.

»Die wird nie wieder richtig«, murmelte er, und Philipp hatte den Eindruck, dass der Mann damit versuchte, ein gewisses Mitgefühl auszudrücken.

»Wer hat sie gefunden?«, fragte er.

»Ich. Als wir den Rauch jenseits des Wäldchens sahen, rannten wir los. Ich kam als Erster dort an. Die Kerle hatten ganz schön gehaust; alle mausetot.«

»Und das Kind?«

»Lief zwischen den Toten herum.«

»Ich will die Hütte sehen.«

»Ich müsste eigentlich zurück aufs Feld«, erklärte Schiefnase zögernd. Philipp holte eine weitere Münze heraus und gab sie ihm. »Das kauft mir deine Dienste für den restlichen Tag«, sagte er warnend. Schiefnase nickte heftig. »Ich gehe voraus«, sagte er. »Es ist ein kleiner Fußmarsch.« Ulrich Einauge hatte sich mit dem Geschäftssinn des klugen Pächters ein Landstück erbeten, das außerhalb der bisher gerodeten und bestellten Flächen des kleinen Dorfes lag. Es gehörte zwar Mut dazu, abseits des Dorfes zu leben, und sei das Dorf noch so klein; und darüber hinaus hatte seine Entscheidung mehr Arbeit bedeutet. Aber sie bedeutete auch geringere Abgaben und die Möglichkeit, das Abfallholz der gefällten Bäume zu behalten. Wenn man Glück hatte, ging die Rechnung auf. Ulrich hatte nicht lange genug gelebt, um sich darüber Gedanken zu machen; jedenfalls hatte seine Entscheidung den Tod für seine Familie und seinen Nachfolger bedeutet.

Die Hütte war nur mehr eine schwarze Wunde im Erdboden zwischen halb verbranntem Heu und geschwärzten Reisighaufen. Die Blutspuren auf dem Boden hatten die Tiere bereits beseitigt, und lediglich der zähe Rauchgeruch, der um die Reste der verkohlten Grassoden des Daches und der Strohmatten der Wände hing, verriet, dass sich hier vor kurzem eine Tragödie abgespielt hatte. In der knietiefen, halbwegs rechteckigen Grube, die die Grundfläche der Hütte und ihr Boden gewesen war, lagen Asche und fleckig gewordenes Holz.

»Das muss gebrannt haben wie die Hölle«, murmelte Philipp. Plötzlich drehte er sich um und sagte zu Schiefnase: »Was war mit Lambert? Habt ihr ihn näher gekannt? Was war er für ein Kerl?«

»Er war erst ein paar Tage hier«, erklärte Schiefnase. Das Misstrauen flackerte wieder in seinen Augen: Philipp gehörte in seinen Augen zu den Herren, und es war immer besser, den Herren nicht alles zu sagen, was man wusste.

Philipp, der in seinen eigenen Augen nicht zu den Herren gehörte, wusste darüber Bescheid. »Die zweite Münze behältst du nur, wenn unser Herr mit dem zufrieden ist, was ich herausgefunden habe«, sagte er betont ausdruckslos. Schiefnase verzog unwillig den Mund.

»Er war ein Fehlgriff«, knurrte er schließlich.

»Wie meinst du das?«

»Er war kein Bauer.«

»Sondern?«

»Was weiß ich. Jedenfalls kein Bauer. Konnte nicht mal einen

Baum vernünftig fällen und hat nicht gemerkt, dass seine Wassergräben ausgekratzt werden mussten.«

»Vielleicht ist alles ein wenig heruntergekommen, als sich Ulrich Einauges Witwe allein darum kümmern musste«, sagte Philipp.

»Natürlich ist es da runtergekommen. Ein Weib mit ein paar kleinen Kindern und ihren Schwestern, die nicht viel älter waren. Aber dafür ist Lambert ja gekommen, oder nicht? Um wieder alles in Ordnung zu bringen.«

»Er hatte wohl zu wenig Zeit«, seufzte Philipp. Schiefnase prustete verächtlich.

»Zu wenig Zeit, ja! Der hätte es nie gelernt. Der konnte nur zwei Sachen.«

»Und das wären?«

»Pferde. Und sein Mundwerk wetzen.«

Philipp erinnerte sich an die Empfehlung, die der Händler Rasmus für Lambert abgegeben hatte. »Was meinst du damit: ›Pferde‹?«

»Er konnte es mit Pferden.«

»Mann, drück dich ein bisschen klarer aus«, stöhnte Philipp. »Wenn du willst, dass ich dir noch einen Pfennig zwischen die Zähne schiebe, musst du sie schon weiter auseinander kriegen.«

Schiefnase riss die Augen auf ob des unerwarteten Geldsegens, der über ihn hereinzubrechen drohte. Er schniefte und wischte sich mit dem Handrücken über die Nase. Nach diesem Akt der Sammlung erklärte er mühsam: »Lambert kam an und fragte nach unseren Pferden. Wir sagten ihm, dass wir keine haben – nur Ochsen, Kühe, Schweine, Ziegen und die Hühner, aber kein Pferd. Ich meine, was dachte er sich? Pferde haben nur die Herren, aber doch nicht wir. Jedenfalls machte er ein langes Gesicht. Als dann der fremde Herr mit seinem lahmen Gaul kam und nach einem Schmied fragte, schickte ihn Wernher zu Lambert hinaus. Soweit ich weiß, hat er den kranken Fuß des Pferds wieder hingekriegt.«

»Ein fremder Herr? Ganz allein, ohne Reisegefährten?«, unterbrach ihn Philipp. »Woher kam er?«

»Weiß nicht. War wahrscheinlich auf der Durchreise. Ich habe ihn nie zuvor gesehen. Ein großer Mann mit Waffen und lauter Stimme. Ein Herr eben.«

Philipp, der vor seinem Ritt zu Lamberts Hütte die Gelegenheit genutzt hatte, seinen Stellvertreter nach den Vorgängen auf dem Gut während seiner Abwesenheit zu fragen, schüttelte den Kopf. »Was hat ein Reisender auf dem Grund unseres Herrn zu suchen, ohne sich bei ihm zu melden? Auf dem Gut ist er jedenfalls nicht aufgetaucht«, brummte er. »Habt ihr ihm nicht gesagt, wer euer Herr ist?«

»Natürlich haben wir das. Er sagte, ihn interessiert nur, ob hier im Dorf jemand ist, der seinem Pferd helfen kann.«

Schiefnase trat von einem Fuß auf den anderen, während Philipp über seine Aussage nachdachte. Schließlich bemerkte Philipp seine Ungeduld und fasste abwesend in die Tasche, um einen weiteren Pfennig hervorzuholen. Schiefnases Hand streckte sich aus. Philipp schloss die Faust um das Geldstück.

»Was hast du damit gemeint, dass Lambert daneben nur sein Mundwerk wetzen würde?«

Schiefnase seufzte. »Er war verrückt. Wenn er mal was sagte, dann redete er den ganzen Tag davon, dass alles ohnehin sinnlos ist und nichts eine Bedeutung hat. So ein Narr. Als wenn es keine Bedeutung hätte, dass man im Frühjahr sät, im Sommer erntet und im Herbst die Vorräte einlagert.«

»Seine Themen haben sich nicht sonderlich verändert«, murmelte Philipp. Er blickte auf und sah, dass sich seine Begleiter vom Dorf her näherten. Sie führten sein Pferd am Zügel mit sich. »Gibt es sonst noch etwas, das ich wissen müsste?«

Schiefnase zuckte mit den Schultern. »Wir haben sie hinter dem Dorf begraben, wo unsere anderen Toten liegen«, erklärte er. Philipp fühlte einen Stich, weil die Umstände ihres Todes die Toten selbst verdrängt hatten.

»Ich werde dafür sorgen, dass jemand den Segen über die Gräber spricht«, versprach er. »Du kannst wieder zurückgehen. Der Herr ist zufrieden mit dir.«

Schiefnase steckte den Pfennig ein, wandte sich grußlos ab und schlurfte davon. Philipp nahm die Zügel seines Pferdes in

Empfang. Als er sich hinaufschwang und im Sattel zurechtsetzte, sahen ihn die Bewaffneten erwartungsvoll an.

»Haben sie euch noch etwas von Belang erzählt?«, fragte er.

»Nein. Was hast du in Erfahrung gebracht?«

»Wenn man es zusammenzählt: dass sie tot sind, nicht mehr.«

»Verdammte Einfalt«, brummte einer der Männer. Ein anderer wandte sich um und sagte dann: »Meister Philipp, der Bauer steht noch am Waldrand. Vielleicht hat er was vergessen.«

Philipp drehte sich um. Schiefnase stand auf dem Weg und schaute zu ihnen herüber. Als Philipp die Hand hob und ihm zuwinkte, erwiderte er die Geste halbherzig und blieb danach weiterhin stehen; Philipp trieb sein Pferd an und lenkte es zu ihm hinüber. Schiefnase betrachtete die Bewaffneten argwöhnisch, bevor er zu Philipp hinaufblinzelte.

»Ich wollte nur fragen«, sagte er halblaut. »Stimmt es eigentlich, was Lambert noch erzählt hat?«

»Was denn?«

»Dass demnächst die Welt untergeht.«

Philipp musterte ihn sprachlos. »Wenn ich das wüsste«, seufzte er schließlich.

Philipp erstattete Raimund während des Abendmahls Bericht. Tische und Bänke standen vor dem Haus im Freien, und das Lachen der Gäste, die mehr oder weniger melodischen Töne, die eine Gruppe von drei Musikanten ihren Instrumenten entlockte, das Kläffen der Hunde und das allgemeine Lärmen eines fröhlichen Essens bildeten den unpassenden Hintergrund zu Philipps Geschichte. Nur ein Augenpaar befand sich unter den Gästen, das Philipp während seines Berichts beobachtete – Audes, die an einem der längs gestellten Tische saß. Sie lauschte mit halbem Ohr dem Gespräch einer Gruppe von Frauen, an dem sie sich vor Philipps Ankunft noch beteiligt hatte: Ob jemandem klar war, wieso die Sonne die Haut bräunte, während sie doch die zum Trocknen aufgehängten Leintücher bleichte? Sollte man das Haar mit Aschenlauge waschen und vor einem Feuer trocknen, bevor man Olivenöl hineinmassierte? Sollte man tatsächlich den

Empfehlungen der Kirche folgen und seine Kinder selbst stillen wie die Armen, anstatt sie zu einer Milchamme zu geben? (Ein Thema, das Aude schmerzlich an die Schicksale ihrer Kinder erinnerte und das sie schweigend über sich ergehen ließ.) Die kichernde Unterhaltung mehrerer Männer an einem Nebentisch kreiste um andere, deftigere Fragen: Was war schlimmer, Raub, Mord oder Überfall? Antwort: Keines von allen, am schlimmsten war die Sodomie; woraufhin sie sich darüber amüsierten, dass in England die Sodomie offensichtlich gang und gäbe war, sodass man dort die Tiere mit ihren menschlichen Liebhabern gemeinsam auf dem Scheiterhaufen verbrannte. Dies wiederum lenkte das Gespräch der Frauen zu den sittenlosen Verhältnissen, die den Niedergang der Welt bedeuten mussten. Die wenigen unter ihnen, die den Gerüchten vom bevorstehenden Jüngsten Gericht und dem Anbruch des tausendjährigen Reichs Christi Aufmerksamkeit gezollt hatten, gruselten sich wohlig bei den Geschichten von gewissenlosen Rittern, die auf den Altären Unzucht betrieben, den Dirnen, die ihre Dienste während des Gottesdienstes in der Kirche anboten, der raschen Ausbreitung von Bordellen und Prostitution in den Städten, die trotz aller Verderbtheit notwendig war, damit anständige Frauen und Töchter nicht auf offener Straße belästigt wurden – und waren mit den anderen der Überzeugung, dass es so nicht weitergehen könne und bestimmt der Tiefststand der gesellschaftlichen Moral erreicht war. Aude nickte und machte die richtigen Geräusche, sodass ihre Tischgenossinnen sie nicht aus ihrer lockeren Gemeinschaft ausschlossen, aber ihre Aufmerksamkeit war auf den erhöhten Tisch gerichtet, an dem sich Philipp, Raimund und der Anführer der Gutswache berieten.

Sie wusste, dass die Männer wegen der Überfälle besorgt waren. Aude versuchte, die Furcht zu unterdrücken, dass auch Geoffroi das Schicksal des Kaplans und der Pächterfamilie geteilt haben mochte. Gleichzeitig jedoch hielten sich die Gedanken an die Ungereimtheiten in beiden Vorfällen in ihr hartnäckig am Leben. Sie wusste, dass Philipp ähnliche Zweifel hatte, wenn er auch nicht mit ihr darüber sprach. Sie hätte ihre Gedanken gerne mit jemandem geteilt, aber die Frauen links und rechts neben ihr schienen nicht die geeigneten Ansprechpartner zu sein, und Philipp war zu sehr in die Beratung mit seinem Herrn vertieft. Eine der Frauen seufzte in ihre Richtung, ob sie glaube, dass die Kriege jemals aufhörten, und sie antwortete: »Nicht, bevor der Krieg Gottes gegen das Böse beendet ist«, ohne darüber nachzusinnen. Sie dachte daran, dass sie ihre Gedanken mit Geoffroi hätte teilen können, wenn er hier gewesen wäre, aber in ihrem Herzen wusste sie, dass sie sich damit selbst belog. Wenn er jemals ihr Seelengefährte im besten Sinn des Begriffs gewesen war, dann war diese Zeit schnell vorübergegangen. Immer tiefer in seine eigenen Gedanken versinkend, war er nach außen ein fürsorglicher Gatte, ein ebenso zärtlicher wie unbeholfener Liebhaber gewesen, hatte wie die meisten Männer ohne großen Erfolg versucht, die Geschicke seines Besitzes zu lenken und dies dann doch seiner Gemahlin überlassen, hatte vor Freude bei der Geburt seiner Kinder geweint und wieder aus Trauer über ihren Tod – und hatte sie doch niemals an dem teilnehmen lassen, was tief in seinem Inneren vorging. In Zeiten des Zorns hatte sie manchmal gedacht, dort sei nichts, und der gesamte Mensch bestünde nur aus einem charmanten, liebenswerten Äußeren über einem hohlen Kern. Tatsächlich war dort etwas, aber es war ein Teil von ihm, den er ihr niemals zu sehen gestattete. Sie war nicht sicher, ob dieser Teil schon immer da gewesen war; sicher war sie nur über den Umstand, dass sein Schweigen und sein geschicktes Abwehren jedes Versuchs, diesen Teil ans Licht zu ziehen, ihn gestärkt hatten, als ob jenes Dunkle in ihm sich von der Dunkelheit ernährte, die er ihm zuteil werden ließ. Seitdem sie die Wahrheit über Philipps Zusammentreffen mit Geoffroi erfahren hatte, wuchs in ihr die Furcht, ob ihr Mann nicht zuletzt von der Kreatur, die er in sich hatte reifen lassen, überwältigt worden war. Gewiss, sie hatte ihn verteidigt, wie dies einer Frau zustand, aber ihre Überzeugung war wankend gewesen. Sie kannte Geoffrois andere Seite nicht, und nach allem, was sie wusste, konnte sie einen Heiligen ebenso wie ein Ungeheuer beinhalten. *Verdammt sollst du sein,* dachte sie mit einer Heftigkeit, die sie selbst erschreckte, *warum hast du dich mir nicht geöffnet? Ich habe es nicht verdient, dass du mich derart aus deinem Leben ausgeschlossen hast.*

Das Essen zog sich über einen langen Zeitraum hin, ohne dass Aude eine Möglichkeit gefunden hätte, mit Philipp zu sprechen. Schließlich stand sie als eine der Ersten auf und begab sich zu der Kammer im Dachgeschoss des Hauses, wohl wissend, dass das stückweise Eintreffen derjenigen Damen, die die Kammer mit ihr während ihres Besuchs teilten, sie die meiste Zeit wach halten würde. Sie schritt über die Treppenstufen nach oben. Die kleine Fettlampe in ihren Händen riss vorbeihuschende Dienstboten, im Schlaf zusammengerollte Hunde und Kinder und den blanken Hintern eines Mannes aus dem Dunkel, der sich heftig zwischen zwei schlanken Frauenbeinen bewegte (das Keuchen hatte die beiden schon angekündigt, bevor das Licht auf sie fiel). Oben legte sie sich neben eine der Frauen, die schon vor ihr von Müdigkeit überwältigt worden war und leise schnarchend an einer Seite des breiten Lagers schlief, und fühlte sich hellwach, kaum dass sie eine der Decken über sich gezogen hatte. Als sie endlich doch vom Schlaf hinuntergezogen wurde, galt ihr letzter bewusster Gedanke dem Liebespaar, das ihre Lampe aus der Intimität des dunklen Treppenhauses gerissen hatte, und mit verblassendem Erstaunen stellte sie fest, dass sie sich ebenfalls danach sehnte, wieder einmal mit einem Mann zusammen die Lust zu genießen.

Nach einer unterbrechungsreichen Nacht stolperte sie die Augen reibend in den Saal hinunter und von dort ins Freie hinaus. Stimmen und die Geräusche von ungeduldigen Pferdehufen empfingen sie: diejenigen der Gäste, die dem Wein in einem weniger starken Maße zugesprochen hatten oder mehr davon vertrugen und die sich im Morgendämmer aufmachten, um in die Stadt zur Reliquienschau zu reiten. Man forderte sie auf, die Gruppe zu begleiten, und bot ihr an, auf sie zu warten, bis ein Pferd bereitgestellt wäre. Sie fragte nach Philipp und erfuhr, dass die wenigsten mit seinem Namen etwas anfangen konnten; als sie die Frage nach dem Verbleib des Truchsess stellte, wurde ihr endlich die Auskunft zuteil, dass er mit den ersten Gästen noch vor dem Morgengrauen in die Stadt geritten war, um die Mahlzeiten im »Kaiserelefanten« zu organisieren. Schließlich führte ein verschlafen aussehender Galbert ein Pferd und einen

Maulesel aus dem Stall, ermunterte sich beim Anblick Audes und half ihr in den Sattel des Pferdes, bevor er sich selbst auf den Maulesel schwang. Die Sonne färbte den östlichen Horizont golden und ließ die tiefe Bläue des vergehenden Nachthimmels zurückweichen; und Aude fühlte die starke Hoffnung, dass inmitten der vielen Menschen, die zu der Zeremonie in die Stadt strömten, einer sein möge, der über Geoffrois Verbleib Bescheid wusste.

Wenn etwas sie mit Unruhe erfüllte, dann nur der Umstand, dass ihre Hoffnung, heute einige Zeit mit Philipp verbringen zu können, beinahe ebenso stark war.

Die Stadt wirkte, als würde sie belagert; bereits vor den Toren stauten sich die Menschen, und es waren sowohl außerhalb Kölns als auch auf den freien Flächen der Oursburg, der Westvorstadt und der letzten Stadterweiterung kleine Siedlungen aus Zelten, Strohdächern und ausgelegten Decken entstanden. Die Mehrzahl der Besucher schien sich seit mindestens zwei Tagen hier aufzuhalten. Den Hufgeräuschen der großen Gruppe machten die meisten bereitwillig Platz. Vor dem Tor ragte ein offenbar hastig errichteter Galgen auf. Zwei Körper hingen daran, umgeben von einer Anzahl von Menschen, die sich um die nur wenige Fuß hoch Gehenkten geschart hatten. Die Männer in Audes Gruppe machten grobe Bemerkungen über die Toten, aber Aude steckte das Entsetzen im Hals. Schon von weitem hatte sie die gelben Judenhüte gesehen, die auf den zur Seite geneigten Köpfen festgebunden waren. Der Weg führte dicht am Galgen vorbei, dicht genug, um den süßlichen Verwesungsgeruch wahrzunehmen, der von den Toten ausging. Einer von ihnen schien seit einigen Tagen dort zu hängen: Sein Gesicht war schwarz und der Hals von unnatürlicher Länge, und die Vögel hatten bereits Löcher in sein Fleisch gepickt. Der andere mochte gestern gehenkt worden sein – seine Züge waren vom Tod entstellt, aber noch nicht vom Verfall gezeichnet. Man hatte ihn ohne großes Aufhebens neben seinem Glaubensgenossen aufgeknüpft, und sein letzter Anblick mochte der des verfaulenden Antlitzes neben ihm gewesen sein. Dass niemand aus dem Judenviertel es bislang gewagt hatte, sie abzunehmen, zeigte die Gelähmtheit, die im Moment über dem *vicus* lag. Audes Mund war trocken, und ihre Beine fühlten sich weich an, während das Pferd sie sicher an den Toten vorübertrug. Sie hätte den schon länger Hängenden beinahe nicht erkannt, und erst das Gesicht des zweiten Gehenkten hatte ihr gesagt, um wen es sich bei dem ersten handelte: Yohai ben David, den herablassenden Geldverleiher, der vor ihren Augen verhaftet worden war. Der zweite Tote war Benjamin ben Petachya. Während eine Trauer in ihr brannte, die mit zu viel Entsetzen gemischt war, als dass sie Tränen hervorgerufen hätte, fragte sich Aude, wer nun die gesammelten Dokumente des Judenviertels überwachte. Sie hatte den niedrigen, von den Schaulustigen auseinander getrampelten und über das Gras verstreuten Aschenhaufen nicht gesehen, sonst hätte sie sich diese Frage nicht gestellt. Die Menschen schlossen sich hinter der vorbeiziehenden Gruppe wieder zusammen, um die Betrachtung der Gehenkten von neuem aufzunehmen, mit der nie endenden Faszination, die Tod und Verfall auf die Lebenden ausüben und sie selbst dem Gestank der Verwesung trotzen lassen. Aude drehte sich unwillkürlich um und sah, kurz bevor sich die letzte Lücke in der Mauer aus neugierigen Leibern schloss, dass dem Leichnam von Yohai ben David ein Bein fehlte – heimlich abgeschnitten von einem Bettler, der seine gesunden Beine unter seinem Schurz verstecken und das verfaulende Bein des Leichnams darunter hervorschauen lassen würde.

Beine waren für diesen Trick beliebt; man musste sie nur früh genug abschneiden, dann würden sie mehrere Tage halten. Gebt, edle Herren, gebt, denn die Fäule frisst mein Bein bei lebendigem Leib auf. Aude senkte den Kopf und wünschte sich, sie wäre auf dem Gut geblieben.

Der Marktplatz war schwarz vor Menschen, und wenn Aude und ihre Begleiter nicht beritten gewesen wären, hätte es hier kein Durchkommen mehr gegeben. Aude trennte sich zusammen mit Galbert früh von der Gruppe und kämpfte sich zum »Kaiserelefanten« durch. Sie schwieg und war Galbert dankbar dafür, dass er keinerlei Bemerkungen über die gehenkten Juden von sich gab. Die Gesichter der Toten traten erst in den Hintergrund ihres Denkens, als der Wirt ihr die Neuigkeiten unterbreitete.

»Ein paar Kerle haben gestern hier vorgesprochen und gesagt, sie würden Euren Mann kennen«, erklärte er.

»Wo sind sie? Was habt Ihr zu ihnen gesagt?«, fragte Aude atemlos.

»Ich habe ihnen dasselbe gesagt wie Euch: dass Meister Philipp sich mit ihm unterhalten habe.«

»Warum habt Ihr ihnen nicht erzählt, dass ich nach ihm suche?«, rief Aude verzweifelt.

»Die Kerle sahen nicht so aus, als würdet ihr gerne mit ihnen Bekanntschaft schließen«, brummte der Wirt. »Üble Gesellen. Mit Verlaub – wenn diese Burschen hinter Eurem Mann her sind, dann helfe ihm Gott ... und wenn sie seine Freunde sind, dann helfe Euch Gott«, vollendete er zögernd. »Ihr müsst meine Offenheit entschuldigen.«

Galbert verzog bedauernd den Mund. »Vielleicht haben ihn Wegelagerer entführt und wollen Lösegeld verlangen«, sagte er hilfreich. »Das würde auch erklären, warum sie sich so lange nicht gemeldet haben. Sie mussten erst feststellen, wer Euer Gatte ist und ob man Geld für seine Freilassung verlangen kann.«

»Das ist nicht sonderlich beruhigend, was du da sagst«, brachte Aude hervor. Galbert sah sie schuldbewusst an.

»Was mach' ich jetzt?«, rief sie.

»Vielleicht weiß Philipp einen Rat.«

Aude wollte Galberts Ansinnen ablehnen, als ihr zu ihrer eigenen Überraschung klar wurde, dass es genau das war, was sie wollte: Philipp von der unerwarteten Wendung der Dinge zu erzählen und seine Meinung darüber zu hören. Sie wäre sogar mit einem seiner Scherze zufrieden gewesen; alles, mit dem sich ihr aufgebracht klopfendes Herz beruhigen ließ. *Wenn man dir etwas angetan hat, Geoffroi ...*

»Wie sollen wir Philipp finden in all dem Gewühl?«

»Er wird beim Dom sein, wie die meisten. Wenn wir gleich gehen, kommen wir vielleicht noch hinein.« Galbert packte den Steigbügel von Audes Pferd und hielt ihn ihr einladend hin, um ihr wieder hinaufzuhelfen.

»Bist du so eifrig, weil du selbst gerne in den Dom möchtest?«, fragte sie.

»Nun ja ...«, Galbert wand sich ein wenig, »es sind immerhin die Reliquien der Heiligen Drei Könige. Und jetzt, zu dieser Zeit, haben sie vielleicht eine stärkere Wirkung als sonst. Wer weiß, welche Wunder man sehen kann.«

»Was ist so besonders an dieser Gelegenheit?«

»Aber der Tag des Herrn ist doch nicht mehr fern. Vielleicht geben sie uns ein Zeichen, ob das Reich von Jesus Christus anbricht und ob unser Herr Kaiser tatsächlich berufen ist, uns in dieses Reich zu führen.«

Aude starrte ihn an. Vage dämmerte ihr, dass auch zu Hause da und dort ein kleiner Herd der Erregung aufgeflackert war (wenn ein Kalb mit Missbildungen geboren worden war, wenn ein Gewittersturm einen besonders alten Baum gefällt hatte, wenn man von Reliquien und Heiligenbildnissen hörte, die blutige Tränen weinten) und die Menschen sich ängstlich unterhielten, was die nahe Zukunft bringen mochte. Es waren Ausnahmefälle gewesen, wenn die Ernte eingebracht war oder schlechtes Wetter die Bauern zur Untätigkeit verdammte; ansonsten war jeder zu beschäftigt, um sich darum zu kümmern, welchen großen Ereignissen die Christenheit entgegentreiben mochte. Die Mutter Kirche würde sich schon um das Seelenheil ihrer Herde kümmern. Aude hatte stets ebenso gedacht. Vielleicht lag es an ihrer besonderen Situation, dass ihr zum ersten Mal ein kalter Schauer über den Rücken lief. Galbert fuhr unbekümmert fort: »Den meisten ist überhaupt nicht klar, welchen Zeiten wir entgegengehen. Die zwei Schwerter werden ihren letzten großen Kampf ausfechten, und nur eines davon kann gewinnen.«

»Was für zwei Schwerter?«

»Na ... die Schwerter eben. Das Schwert der Hölle und das Schwert des Himmels.«

»Es gibt kein Schwert der Hölle«, erklärte Aude trocken. »Und ein Schwert des Himmels gibt es ebenso wenig. Du hast dem Garn der alten Weiber hinter den Spinnrocken gelauscht.«

»Ich habe es von einem Mann gehört, der der Knappe eines wichtigen Herrn war«, sagte Galbert mit Würde.

»Und weshalb ist er nicht mehr der Knappe des wichtigen Herrn? Hat er zu tief in dessen Weinfass geschaut?«

»Nein, er musste fliehen.« Seine Stimme wurde unwillkürlich leiser. »Er hatte Furcht, verhext zu werden. Wo sich wichtige Dinge abspielen, ist auch die Macht des Bösen nicht weit. Er hat es mir erzählt, als ich ihn zu seinem Haus brachte, und beschwor mich, es niemandem weiterzusagen.«

»Das hat er getan, damit niemand seinen Unsinn aufdeckt.« Aude schob den Fuß in den Steigbügel. »Dein Freund hat dich verspottet. Du solltest ihn aufsuchen und ihn kräftig auslachen.«

»Das geht nicht«, murmelte Galbert und machte ein bedrücktes Gesicht. »Es ist der Mann, der von den Banditen getötet wurde.«

»Dort ist Philipp«, rief Galbert über den Lärm der Menge hinweg, während sie versuchten, sich durch das Haupttor in den Vorhof des Doms hindurchzudrängen. Es war nicht erlaubt, heute Markt zu halten, aber der Geräuschpegel hätte nicht schlimmer sein können. Händler mit Bauchläden zwängten sich in derselben Anzahl durch die Menschenmassen wie die Taschendiebe, und jeder schrie sein Angebot aus Leibeskräften heraus. Der Platz vor dem Dom war ein schmales Geviert, eingefasst von der Flanke des Kirchenbaus im Norden, dem Geisthaus, dem Erzbischöflichen Palast und dem Hohen Gericht an den anderen Seiten, seit einiger Zeit noch enger gemacht durch die ersten Bauhütten für den geplanten Neubau. Er bebte förmlich vor Erwartung, und wenn der Erlöser persönlich auf dem Kirchturm erschienen wäre, hätte es die aufgeregt aufeinander einschreienden Menschen nicht verwundert. Die ersten Verzückungsanfälle hatte es bereits gegeben. In einer Ecke bildete ein Knäuel Menschen einen schreienden und händefuchtelnden Narrenhaufen. Im Vorbeireiten sah Aude, dass sie Wetten auf zwei Männer abschlossen, die mit auf den Rücken gebundenen Händen umhersprangen und versuchten, eine an einen Stock genagelte Katze mit Kopfstößen zu töten. Die Katze wehrte sich aus Leibeskräften – beiden Männer lief das Blut bereits in verschwitzten Fäden über die Gesichter. Aude sah sich um. »Wo?«

»Dort drüben, beim Brunnen.«

Bei einem schmucklosen Brunnen, an der Wand des Gerichts, standen die Menschen dicht an dicht gedrängt und reckten sich die Hälse aus. Ihre Gesichter waren der Kirche zugewandt. Auf der Seite, die dem Kirchenbau abgewandt war, saß Philipp, den Rücken gegen den Sockel gelehnt und auf den Boden starrend. Aude zog am Zügel ihres Pferdes, aber Galbert war schneller. Sein Maultier drängte sich an den Leibern vorbei und schuf eine Gasse, durch die Audes Pferd folgen konnte. Sie machten vor Philipp Halt, als ihr Schatten auf ihn fiel. Philipp hob den Kopf und blinzelte in die Helligkeit; schließlich hielt er eine Hand vor sein Gesicht und kniff die Augen zusammen.

»Aude Cantat«, sagte er mit schwerer Zunge. »Ist es Eure Erscheinung, die mich so blendet?« Er grinste.

»Ihr seid betrunken«, rief Aude erstaunt.

»Wie eine Horde englischer Kaufleute.« Er suchte mit der Hand auf dem Boden neben sich und fand einen schlaffen Weinschlauch, den er tätschelte. Aude warf Galbert einen raschen Blick zu; ihr Begleiter sah mit einer Mischung aus Amüsement und Bedauern zu Philipp hinunter. Philipp spähte zu ihm hinauf und nickte ihm würdevoll zu. »Passt du gut auf sie auf?«, fragte er und nickte befriedigt, als Galbert dies lächelnd bejahte.

»Wenn du zum Dom gehen möchtest, bleibe ich hier bei Philipp«, sagte Aude. Galbert sah sie überrascht an. »Nun geh schon. Ich weiß doch, dass du gerne hineinmöchtest.«

»Soll ich Euch das Maultier für Philipp hierlassen?«

»Mein Pferd steht in der Herberge, du Tor«, erklärte Philipp erstaunlich nüchtern. »Womit willst du denn zurückkommen, wenn du uns den Maulesel lässt?«

Galbert starrte Philipp unschlüssig an. Aude schwang sich kurzerhand vom Pferd. Philipp beobachtete sie mit einem zusammengekniffenen Auge.

»Dann geh' ich jetzt«, sagte Galbert zögerlich.

»Huschhusch«, machte Philipp und wedelte mit der Hand. »Schau dir die ehrwürdigen Knochen an, damit du auf die Wiederkehr des Herrn vorbereitet bist.«

Galbert nickte und lenkte sein Maultier in die Menge zurück. Aude sah ihm einen Augenblick hinterher, bevor sie sich Philipp zuwandte. Sie wusste nicht, ob sie seinen Zustand zum Lachen oder verächtlich fand. Noch während sie darüber nachdachte, murmelte Philipp: »Wisst Ihr, dass dies die Stelle ist, an der ich Euren Mann zum dritten Mal sah?«

»Wie meint Ihr das?«

»Zum ersten Mal traf ich ihn, als sich die Büttel und ein Pilger wegen eines verlausten Propheten in die Haare kriegten, auf dem Marktplatz. Beim zweiten Mal sammelte ich ihn vom Boden auf und sagte ihm, er solle vor der Stadt seinen Rausch ausschlafen. Beim dritten Mal lag er hier genau an dieser Stelle, und die Gassenjungen räumten seine Tasche aus, ohne dass ich etwas dagegen unternommen hätte.«

»Deshalb habt Ihr Euch in der Herberge seiner angenommen.«

»Ja, und jetzt sitze ich hier, und Ihr nehmt Euch meiner an. Ist es nicht wunderbar, wie sich der Kreis schließt?« Er schüttelte den Kopf und machte ein betroffenes Gesicht, das seine sarkastischen Worte Lügen strafte. Aude seufzte; plötzlich fragte sie sich, wie sie ihn lächerlich oder verächtlich hatte finden können. Er war nur betrunken, das war alles. Irgendetwas in ihm hatte für einen Moment nachgegeben und nach Betäubung verlangt. Sie zupfte ihren Rock zurecht und setzte sich kurzerhand neben ihn auf den Boden. Die wenigen Menschen, die sich auf dem unliebsamen Platz in der Nähe des spritzenden Brunnens befanden, rückten noch weiter auseinander und warfen ihnen misstrauische Blicke zu, und das Pferd nutzte die Gelegenheit und stapfte ein paar Schritte beiseite. Auf einmal stand es zwischen ihnen und den Besuchern des Domhofes und gab ihnen eine seltsame Art von Intimität.

»Er schließt sich nicht«, sagte sie ernst. »Als ich in die Stadt kam, sah ich den Galgen. Man hat zwei der Geldverleiher aufgehängt, mit denen wir gesprochen haben.«

Philipp nickte. Sein Gesicht war plötzlich bitter. »Es heißt, ben Petachya und ben David hätten seit langem Gegenstände aus christlichen Kirchen stehlen lassen oder angekauft, um sie für ihre eigenen kultischen Zwecke zu entweihen. Durch den Fang des einen wäre man auch auf die Machenschaften des anderen gekommen. Alles Lüge.«

»Wieso seid Ihr da so sicher?«

»Weil ich weiß, weshalb man Benjamin ben Petachya getötet hat.«

»Und weshalb?«

»Weil er die Schriften seiner Glaubensgenossen verwahrt hat. Und weil ich mein verdammtes Maul nicht halten konnte.« Er holte aus und schlug sich grob mit der Faust auf den Mund. Als er zum zweiten Mal ausholte, nahm Aude seine Hand und hielt sie fest. Widerwillig ließ er sie zu Boden sinken. Auf seinen Lippen formte sich ein roter Fleck. Er sah sie an, und Aude erkannte die Scham und die Verwirrung in seinem Blick.

»Was habt Ihr mit seinem Tod zu tun?«

»Ich habe vor ein paar Tagen in Radolfs Haus erwähnt, dass die Juden ihre Schriften versteckten. Ich dachte zuerst, Ernst hätte mir gar nicht zugehört. Aber er hat es wohl getan.«

»Wer ist Ernst?«

»Ernst Guett'heure. Radolfs Kampfgefährte aus dem Pilgerzug. Oder auch nicht, denn ich wette um alles, was ich besitze, dass keiner von den beiden das Heilige Land auch nur von weitem gesehen hat. Aber das ist egal. Jetzt ist er ohnehin tot.«

»Ich glaube nicht, dass ich Euch folgen kann.«

»Ich kann mir selbst nicht folgen«, erklärte Philipp und begann unmotiviert zu kichern. »Ich bin mir immer zwei Schritte voraus. Oder einen hinterher.«

»Wollt Ihr mir nicht trotzdem erläutern, wovon Ihr sprecht?«

»Da gibt's nichts zu erläutern, werte Aude. Ich habe Ernst verraten, dass jemand die Dokumente des Judenviertels aufbewahrt. Er hat dafür gesorgt, dass der Bewahrer beseitigt wurde und man die Dokumente verbrannte. Er hat schon die ganze Zeit nach den Unterlagen gesucht, deshalb hat er auch dafür gesorgt, dass man Yohai ben David die Monstranz unterschob. Da wusste er noch nicht, dass er an der falschen Stelle suchte. Ich bin sicher, dass Jehuda Meir das Gleiche wie ben David passiert wäre, wenn er nicht Benjamin ben Petachya vorher gekriegt hätte und sich mit Meir nicht mehr abzugeben brauchte. Sonst hätte er einfach systematisch jeden von ihnen vernichtet, einen nach dem anderen.«

»Wollt Ihr damit sagen, dass dieser Ernst Guett'heure versucht hat, alle jüdischen Geldverleiher beiseite zu schaffen?«

»Ich will sagen, dass es ihm darauf ankam, ihre Dokumente

zu zerstören«, stöhnte Philipp und vergrub das Gesicht in den Händen.

»Aber warum? Was hatte er davon, zum Teufel? Hatte er so hohe Schulden, dass sie ihm ein Mordkomplott wert waren? Das hätten ja ungeheure Summen sein müssen.« Plötzlich sah er auf und fixierte Aude scharf. »Er sagte, sein Gut läge gleich jenseits der Grenze. Jemand, der so viel Geld verbraucht, muss landauf, landab bekannt sein. Sagt Euch der Name gar nichts: Guett'-heure?«

Aude überlegte, aber es dauerte nicht lange. Sie schüttelte den Kopf. »Es gibt in der ganzen Champagne, in Vermandois und in Artois kein Gut, dessen Herr einen solchen Namen trüge«, sagte sie.

Philipp sagte etwas, aber seine Worte gingen in einem plötzlichen tausendstimmigen Aufschrei unter. Eine Bewegung ging durch die Menschenmassen auf dem Platz wie Wind, der durch ein Kornfeld fährt. Mit einem schweren Dröhnen begannen die Glocken des Doms zu schlagen. Die Leute um den Brunnen herum drängten vorwärts. Das Pferd begann erschrocken zu wiehern und zu stampfen. Aude sprang auf die Beine und fasste nach den Zügeln, um es zu beruhigen. Philipp kam taumelnd in die Höhe und musste sich an der Hausmauer festhalten.

»Was ist los?«, rief Aude und kämpfte mit dem Pferd.

»Sie sind alle verrückt geworden«, schrie Philipp mit zornigem Gesicht und machte eine Handbewegung, die die halbe Stadt umfasste. »Sie wollen alle ein Stäubchen von den Reliquien ergattern, damit Gott sie beim Jüngsten Gericht als Gläubige wiedererkennt.«

Die weiter hinten Stehenden schoben die Menschen vor sich an und drückten sie zum Dom. Eine stolpernde, zähe Bewegung kam in die Menge und zerrte auch Aude, Philipp und das Pferd mit sich.

»Steigt auf das Pferd«, rief Aude und schob Philipp gegen die Flanke des Tieres, das mit rollenden Augen und wildem Schnauben gegen die Massen antrat, die es einschlossen.

»Es ist eine Stute«, lallte Philipp.

»Eure Mannesehre wird schon keinen Schaden erleiden.« Philipp zog sich am Sattel in die Höhe und strampelte mit den Beinen; als das Pferd einen Satz zur Seite machte, verlor er den Halt und fiel bäuchlings über die Kruppe des Tieres. Aude packte seine Waden und versuchte zu verhindern, dass er auf der anderen Seite hinunterfiel, zog ihn aber fast wieder herunter. Philipp hielt sich verzweifelt an der Mähne fest. Aude hörte ihn unterdrückt fluchen; er schwang ein Bein über den hohen Rand des Sattels, schaffte es aber nicht, das zweite Bein nachzuziehen. Plötzlich überwältigte Aude die unfreiwillige Komik der Situation. Sie begann zu prusten, und als Philipp sie mit wütend rollenden Augen aus seiner erbärmlichen Lage anstarrte, brach sie in Lachen aus. Kurzerhand griff sie Philipp an den Hintern und schob ihn mit einer gewaltigen Anstrengung auf das Pferd, bis er vor dem Sattel auf der Kruppe saß.

»Was gibt es da zu lachen?«, brüllte Philipp und begann im selben Augenblick noch lauter zu lachen als sie. Er beugte sich nach unten, hielt ihr die Hand hin und zog sie hinter sich in den Sattel. Aude klammerte sich an ihm fest und versuchte sich zu beruhigen. »Wie ein Sack Mehl«, beschwerte sich Philipp und rief einen neuerlichen Lachanfall hervor.

Das Pferd bewegte sich schwerfällig hin und her und versuchte, Platz zu gewinnen. Jemand schrie auf, als es ihm auf die Zehen trat, und ein anderer holte mit der Faust aus und schlug ihm voller Zorn auf die Flanke. Die Stute wieherte und machte einen Satz. Die ersten Flüche aus der Masse der Umstehenden wurden laut.

»Gleich werfen sie mit Steinen«, unkte Philipp und sah sich kämpferisch um. »Wir müssen verschwinden.«

»Wohin?«, schrie ihm Aude ins Ohr.

»Irgendwohin. Zum ›Kaiserelefanten‹.«

Aude wendete das Pferd mit Mühe. Ein Mann wurde zu Boden gerempelt und versuchte sich mit furchtsamen Bewegungen vor den Pferdehufen in Sicherheit zu bringen, aber das Pferd stieg vorsichtiger über ihn hinweg als die anderen Menschen auf dem Platz. Philipp schwang wie wild beide Arme und brüllte den Leuten zu, aus dem Weg zu gehen, und half mit Tritten nach, wo seine Worte nichts nutzten. Die Glocken dröhnten mit ungeminderter Wucht zwischen den Wänden der Gebäude und über das Geschrei hinweg und verursachten Aude Kopfschmerzen. Dank Philipps Gezappel war es ihr fast unmöglich zu sehen, was vorauslag, aber das Pferd, das mittlerweile schnaubte und schäumte und an den Zügeln riss, bewegte sich von allein in jede Lücke, die ihm zuteil wurde. Schließlich hatten sie die Meute verlassen und lenkten das Pferd hinaus in die Gassen der Stadt. Als sie in die Bechergasse einbogen, milderte sich der Lärm der Glocken und der brüllenden Menschenmasse.

»Mir ist schlecht«, brummte Philipp.

»Ihr hättet nicht so viel Wein trinken sollen. Gut, dass Ihr den Schlauch nicht mehr habt.«

Philipp hob eine Hand und holte den Weinschlauch aus seinem Wams hervor. Mit einer müden Handbewegung zeigte er ihn nach hinten.

Der Alte Markt war ungewöhnlich ausgestorben, als sie ihn betraten und sich nach Osten in die Mühlengasse wandten, zum Eingang des »Kaiserelefanten«. Lärm drang heraus, während sie sich einig zu werden versuchten, wer als Erster vom Pferd steigen sollte.

Ein Knecht kam in den Innenhof gelaufen und half Aude abzusteigen, womit das Problem geklärt war. Der Knecht machte einen erhitzten Eindruck. Von der Eingangstür der Herberge drang Geschrei.

»Was ist da drin los?«, fragte Philipp, der unsicher auf seinen Beinen stand, als er den Boden endlich erreicht hatte.

»Die Leute sind besoffen und haben zwei Haufen gebildet«, keuchte der Knecht. »Die einen grölen für den Kaiser, die anderen für den Papst. Alle miteinander werden sie jeden Moment anfangen, die Tische zu zerschlagen. Ich bringe nur Euer Pferd weg, dann hole ich die Büttel.«

»Hol sie lieber gleich«, brummte Philipp. Er dachte an die Szene im Frauenhaus. »Und gib mir den Zügel wieder.«

»Was habt Ihr vor?«, fragte Aude.

»Wir gehen wieder. Ich habe so eine Situation schon vor ein paar Tagen in der Stadt erlebt. Danach gab es eine Menge brummende Köpfe und eingeschlagene Zähne.«

Aude starrte unschlüssig auf die Tür zur Herberge.

»Kommt, steigt auf«, drängte Philipp. »Ich hole mein eigenes Pferd.«

»Wo wollt Ihr denn hin?«

»Nach Hause.«

»Ich kann die Stadt nicht verlassen«, sagte Aude. »Der Wirt hat mir erklärt, es hätte jemand nach Geoffroi gefragt – zwei Männer. Er hat sie an Euch verwiesen.«

»Ist das wahr?«

»Er sagte allerdings, es hätte sich um zwei üble Burschen gehandelt.«

Aude sah, wie ein paar schnelle Gedanken über Philipps Gesicht huschten und seine Augen nachdenklich wurden. Sie kannte seine Mimik gut genug, um sie zu deuten. »Was ist Eure Meinung dazu?«, fragte sie.

Sie erwartete nicht wirklich, dass er ihr die Wahrheit sagen würde. Sie wusste, dass er sie in Bezug auf ihren Mann nicht belog, weil er sie der Wahrheit nicht wert erachtete, sondern weil sein verqueres Ehrgefühl ihn trieb, sie zu schonen. Zu ihrem Erstaunen war er diesmal offen; vielleicht war es der Alkohol in ihm.

»Meine Meinung ist, dass es genau die Burschen waren, mit denen er sich die ganze Zeit treffen wollte.«

»Aber weshalb?«

»Vielleicht wollte er ihnen Diebesgut verkaufen.«

»Wie könnt Ihr das sagen?«, empörte sie sich. Philipp machte eine beschwichtigende Handbewegung.

»Lasst uns das Thema nicht vertiefen«, sagte er. »Ihr wisst, wie er mir mitgespielt hat, und Ihr könnt das nicht wegdiskutieren, ganz gleich, wie sehr Ihr mir das Lied von seiner Güte singt.«

Aus dem Inneren des »Kaiserelefanten« ertönte ein wütender Schrei, der sich über das allgemeine Lärmen hinwegsetzte. Etwas zerbrach mit lautem Krach.

»Wenn der Wirt die Kerle zu mir geschickt hat, werden sie früher oder später auf dem Gut auftauchen«, sagte Philipp. »In diesem Tollhaus hier würdet Ihr sie ohnehin nicht finden.«

Aude stieg mit missmutigem Gesicht auf ihr Pferd, Philipp atmete auf und lief, um seinen eigenen Gaul aus dem Stall zu holen. Während sie die Breite Straße zur Ehrenpforte hinaufritten, hörte er hinter sich das Getrappel der Büttel, die zum »Kaiserelefanten« liefen.

Sie kamen jedoch nicht weit. Als sie die Stadt hinter sich gelassen hatten, beunruhigte der zuckelnde Trab der Pferde Philipps Eingeweide in einem nicht mehr erträglichen Maß. Schließlich bat er Aude um eine Pause. Er lenkte sein Pferd von der Straße herunter einige Dutzend Schritte in ein brachliegendes Feld hinein. In der Mitte des Feldes, als Grenzmarkierung wie als Windschutz gleichermaßen, erhoben sich Sträucher und eine kleine Gruppe von sommergrünen Birken, die um einen freien Platz herum wuchsen. Die Pferde zerteilten die Sträucher und blieben stehen, und Philipp glitt aufseufzend aus dem Sattel und sank zu Boden. Sein Magen war ein harter Knoten, und er bemühte sich, seinen Inhalt dort zu lassen, wo er war. Als der Krampf ein wenig nachließ, richtete er sich in sitzende Position auf und sah zu Aude hoch. Er spürte den Schweiß auf seiner Stirn.

»Tut mir Leid, aber mir ist verdammt übel«, stieß er hervor. »Es geht gleich wieder.«

Zu seinem Erstaunen sagte Aude nüchtern: »Ihr solltet Euch übergeben, dann fällt es Euch leichter.«

»Es geht auch so. Der Wein muss erst noch gekeltert werden, der mich dazu bringt, mein Essen wieder von mir zu geben.« Er blinzelte, als seine Worte ein bestimmtes Bild in ihm entstehen ließen. In seiner Kehle stieg ein saurer Geschmack auf.

»Männerstolz«, seufzte Aude. Sie sah sich um. Die Sträucher wuchsen zu hoch, als dass man die Straße oder die Stadt hätte sehen können. Das kleine Fleckchen hätte meilenweit von jeder menschlichen Ansiedlung entfernt sein können, und wer auf der Straße vorbeiritt, würde nicht ahnen, dass sie hier waren. »Galbert wird uns suchen«, meinte sie.

»Wenn er uns nicht findet, reitet er nach Hause. Ich hoffe nur, er wird nicht in irgendwelche Schwierigkeiten verwickelt. Ihr habt gesehen, was im ›Kaiserelefanten‹ los ist; die ganze Stadt ist in dieser Stimmung.«

»Die Stadt ist in der Stimmung, das Jüngste Gericht zu erwarten«, sagte Aude, erstaunt über den Sarkasmus in ihren Worten. Wie es schien, hatte Philipps Defätismus sie angesteckt.

»Nicht alle, nur die Pilger«, widersprach Philipp. »Die Bürger haben weltlichere Probleme: auf welche Seite sie sich schlagen sollen, Kaiser oder Papst.«

Aude trat ein wenig auf der Stelle herum, dann strich sie ihr Kleid glatt und setzte sich neben Philipp auf den Boden. Die Sonne und die leichte Brise hatten ihn von den vergangenen Regenfällen getrocknet, und die Birkenblätter des letzten Herbstes waren schwache goldene Einsprengsel im dichten, saftgrünen Gras.

»Galbert glaubt daran, dass bald die Welt untergeht«, sagte Aude.

»Da hat er eine Menge Gesinnungsgenossen.«

»Er sagte, der Mann, dessen Haus von den Gesetzlosen überfallen wurde, hätte ihn überzeugt.«

»Lambert?« Philipp sah auf. »Ich hätte es mir denken können. Daher sein Gerede, dass alles egal sei.«

»Angeblich soll jener Lambert vor seinem Herrn geflohen sein.«

»Ich hatte Lambert von einem Händler, den ich gut kenne, in den Dienst meines Herrn übernommen. Der Händler versicherte mir, er wüsste nichts Schlechtes über ihn.«

»Vielleicht tat er gut daran zu fliehen. Galbert sagte, er fürchtete um sein Leben. Er hatte Angst, verhext zu werden.«

»Verhext zu werden?« Philipp keuchte. »Lieber Himmel, ich weiß, welchem Herrn Lambert davongelaufen ist. Radolf!« Er schlug sich vor die Stirn. »Mein Gott. Lambert war Radolfs Knappe. Deshalb konnte er gut mit Pferden umgehen, und deshalb verstand er nichts von der Bauernarbeit. Und er lief vor seiner Furcht weg zu mir, und ich habe ihn aufgenommen und ihm so den Tod gebracht.« Aude sah ihn überrascht an. Sein Gesicht war blass und verkniffen, aber es kam nicht nur von seinen revoltierenden Eingeweiden.

»Wollt Ihr Euch auch seinen Tod aufladen? Nach dem Ende der jüdischen Geldverleiher?«

»Ich will ihn mir nicht aufladen, ich sage nur, was die Tatsachen sind.«

»Auf Eure so ganz rationale Weise.«

»Genau so«, versetzte Philipp bissig.

»Auf die gleiche Weise, wie Ihr ganz rational beschlossen habt, Euch zu betrinken. Für beide Tode auf einmal, damit Euch nur einmal schlecht wird.« Sie sah sofort, dass ihre Worte ihn mehr verletzt hatten, als sie beabsichtigt hatte. »Das wollte ich nicht sagen«, erklärte sie.

»Und ich wollte es nicht hören.«

»Auf der anderen Seite«, rief sie mit wiedererwachendem Unmut, »seid Ihr selbst daran schuld, dass es mir herausgerutscht ist. Euer dauerndes Ausweichen macht mich wütend.«

»Wovor weiche ich denn aus?«, murmelte Philipp. »Ich wollte, ich wäre dem verdammten Weinschlauch ausgewichen.«

»Da, Ihr fangt schon wieder an. Wann immer Euch etwas nahe geht, flüchtet Ihr Euch. Ihr flüchtet nach vorn in einen Scherz, eine dumme Bemerkung, und wenn das nicht geht, dann kauft Ihr Euch einen Schlauch voller Wein und flüchtet Euch dort hinein.«

»Ein Mann darf sich doch wohl einmal betrinken, wenn ihm danach ist.«

»Wenn ich das schon höre. Warum ist Euch denn nach Trinken? Weil ihr fröhlich seid und Euch den guten Geschmack von Wein dazu leisten wollt?«

Philipp schüttelte verdrossen den Kopf. Aude beschloss, ihn nicht zu Wort kommen zu lassen.

»Warum seid Ihr aus dem Kloster ausgetreten?«, fragte sie. Philipp hob den Kopf und sah sie verblüfft an. »Nun sagt schon: warum?«, wiederholte sie.

Er antwortete ihr so lange nicht, dass sie zu befürchten begann, mit ihrer Frage die Grenze überschritten zu haben, die er ihr zubilligte.

»Weil ich nicht dorthin gehörte«, sagte er dann.

»Woher wisst Ihr das?«

»Da gibt es nichts zu wissen. Manche Dinge kann man fühlen.«

»Und was habt Ihr gefühlt?«

Er warf ihr einen prüfenden Seitenblick zu. Es dauerte wiederum lange, bis er sprach. Allmählich kehrte Farbe in sein Gesicht zurück.

»Die Brüder in einem Kloster sind Teil einer Gemeinschaft. Ich war es nicht. Das konnte ich fühlen.«

»Haben sie es Euch auch fühlen lassen?«

»Nein. Nein, nicht wirklich. Sie haben mir sogar angeboten dazuzugehören. Als ich noch ein Knabe war. Auf ihre Weise. Johannes ...«, er stockte. Aude beugte sich nach vorn.

»Was ist mit Johannes?«, fragte sie sanft. »War er Euer Freund?«

»Nein. Ich hatte dort keine Freunde.«

»Da seid Ihr im gleichen Irrtum befangen wie immer. Ihr habt keine Freunde auf dem Hof, Ihr hattet keine Freunde im Kloster. Johannes wäre gern Euer Freund gewesen, Ihr habt nur nicht zugelassen, dass er es wurde.«

»Wie wollt Ihr das denn wissen?«

»Es gibt Dinge, die teilen sich einer Frau nach ein paar Momenten mit. Dass er sich dazu durchrang, wegen Geoffroi im Kloster herumzufragen, tat er nicht für mich. Dass er Euch trotz Eurer harten Worte nochmals in das Archiv führte.«

»Was weiß ich«, stieß Philipp hervor. »Ich weiß nur, als wir Knaben waren ...«

»Habt Ihr Euch geliebt? Ich meine: körperlich?« Sie hatte nicht gedacht, dass sie es herausbringen würde, was sie schon die ganze Zeit über von Johannes vermutet hatte. Sie merkte, dass sich ihre Wangen röteten, und sie hielt die Luft an. Es war nicht ihre Art, lange mit den Dingen, die sie sich dachte, hinter dem Berg zu halten, aber Philipp war doch ein Fremder und ihre Frage mehr als intim. Philipp starrte den Boden an und sah ihr nicht ins Gesicht. Sie war erstaunt, wie ruhig seine Stimme war, als er antwortete: »Er wollte es, glaube ich ... und einmal habe ich ...«, er schüttelte den Kopf in Erstaunen und Bestürzung gleichermaßen. Aude wartete, und wie sie gehofft hatte, begann er wieder zu sprechen.

»Er hatte eine Schar von Novizen um sich versammelt, als wir alle zwölf, dreizehn, vierzehn Jahre alt waren. Nur die klügsten Köpfe. Es gab ein Aufnahmeritual in diesen Kreis. Manche von den älteren Mönchen wussten davon, manche nicht.« Er räusperte sich. »Es bestand darin, nachts mit ihm und einem anderen der bereits Aufgenommenen zur Latrine zu schleichen und sich zu entblößen. Weiter nichts. Wenn man es tat, war man aufgenommen.«

»Ihr habt es nicht getan.«

Philipp biss die Zähne zusammen und antwortete nicht. Aude erkannte, dass er nicht darüber sprechen würde. »Ihr habt es getan«, sagte sie hellsichtig, »aber etwas ging schief.«

»So kann man es nennen«, knurrte Philipp heiser. »Hört, Aude, ich will nicht darüber reden.«

»Warum?«

Er sah auf und starrte ihr verwundert ins Gesicht. »Es gehört sich nicht, so offen zu sprechen.«

»Weil ich eine Frau bin?«

»Weil Ihr nicht meine Frau seid.«

Sie seufzte; als sie in seine Augen sah, erkannte sie, wie ihm bewusst wurde, dass er zum zweiten Mal ihre Freundschaft zurückgewiesen hatte. Sie sah, dass es ihn schockierte. Er suchte nach Worten.

»Als ich fünfzehn war, beobachtete ich einen der Knechte meiner Eltern beim Fischen im Fluss«, sagte sie im Erzählton. »Es war ein heißer Sommer. Er hatte seinen Kittel ausgezogen und stand mit entblößtem Oberkörper im Wasser, ein grobes Netz in den Händen. Er war ein junger Mann, vielleicht achtzehn oder neunzehn Jahre alt. Ich hatte ihn vorher nie eines Blickes gewürdigt, aber jetzt, während ich im Gebüsch lag und ihm zusah, begann er mir zu gefallen. Die Sonne brannte auf seinen Rücken, und er bewegte sich kaum, um die Fische in Sicherheit zu wiegen. Der Fluss warf zuckende Reflexe auf seinen Brustkorb und seinen Bauch; die Arme hielt er halb ausgestreckt, die Hände leicht gekrümmt, als würden sie das vom Wasser durchflutete Netz weniger halten als liebkosen. Ich stellte mir vor, seine Hände würden stattdessen auf meinen Hüften liegen, und dann stellte ich mir vor, wie es wäre, wenn diese Hände von meinen Hüften aus nach oben wandern würden, zu meinen Rippen, und von da zu meinen Brüsten, und ich stellte mir vor, wie es wäre, wenn andere Hände als meine eigenen mich dort berühren würden. Ich wusste, dass dieser Gedanke sündig war und nicht sein durfte, und ich dachte an Geoffroi, der irgendwo im Herzogtum unterwegs war und dem ich versprochen war, und dann dachte ich daran, wie die Hände des Knechts von meinen Brüsten zu meinem Bauch hinunterwandern würden, von meinem Bauch zu meinen Schenkeln ...«, sie räusperte sich und wagte nicht, Philipp in die Augen zu sehen, aber sie fuhr mit ihrer Erzählung fort: »Ich spürte eine Berührung dort, wohin ich mir die Hände des Knechts wünschte, und ich erschrak beinahe, denn ohne dass ich es merkte, hatten sich meine eigenen Hände unter meinen Rock bewegt. Ich brachte es nicht über mich, sie fortzuziehen oder daran zu denken, dass die Strafe für mein Tun in einem ganzen Jahr strengen Fastens bestehen würde, wenn ich es dem Priester beichtete. Dann stellte ich plötzlich fest, dass der Knecht seine Fische schon lange gefangen hatte und aus dem Fluss gestiegen war und arglos auf das Gebüsch zukam, in dem ich lag. Voller Schreck sprang ich auf, anstatt mich zu verstecken, und stand direkt vor ihm. Er zuckte zurück und sah mich erschrocken an. Sein Oberkörper perlte vor Nässe und seine Hosen klebten eng an seinen Beinen. Er starrte mich an, und ich starrte zurück. Irgendetwas musste sich ihm mitgeteilt haben, denn ich sah – ich kann nicht beschreiben, mit welchen Gefühlen –, wie sich hinter dem nassen Schamtuch etwas zu regen und anzuschwellen begann. Er tat nichts, um es zu unterdrücken, er sah mich nur an, mit erstaunten Augen und geöffnetem Mund.«

Aude seufzte und zuckte mit den Schultern. »Wir liebten uns im Gebüsch, drei- oder viermal, bis er nicht mehr im Stande war, sich ein weiteres Mal zu regen. Danach hatte ich meine Unschuld verloren, aber ich trauerte ihr nicht nach. Ich beichtete es auch nicht. Ich ängstigte mich eine Woche lang, dass er mich geschwängert haben könnte, aber ich hatte Glück. Später, als ich Geoffroi heiratete, nahm ich mir ein Herz und erzählte ihm noch vor unserem ersten Beisammensein, was passiert war. Er sagte, ich hätte recht getan. Ich hatte Angst davor gehabt, es ihm zu erzählen, aber ich war immer seiner Meinung gewesen: Ich hatte recht getan. Nichtsdestotrotz passierte es niemals wieder. Es gab nur diese eine Gelegenheit. Ich sah den Mann täglich, aber ich fühlte mich nicht mehr zu ihm hingezogen. Ich werde ihm aber ewig dankbar sein, dass er nie etwas davon weitergab.«

Philipp sagte: »Weshalb habt Ihr mir diese Geschichte erzählt?«

»Ich weiß nicht. Vielleicht wollte ich ein Geheimnis mit Euch teilen. Vielleicht wollte ich Euch erklären, dass vieles von dem, was man tut, nicht unrecht ist, wenn man es selbst akzeptiert und akzeptieren kann.« Sie lächelte schief. »Pierre Abaelard.«

»Es ist nichts passiert zwischen Johannes und mir«, sagte Philipp rau.

»Das spielt keine Rolle. Vielleicht hättet Ihr gewollt, dass etwas passierte, vielleicht nicht – es ist vollkommen egal. Ich bin sicher, Johannes hätte es gewollt, aber was immer geschah, er hat es akzeptiert. Wer es nicht akzeptierte, wart Ihr. Er hätte Euch seine Liebe gegeben, auf die Art und Weise, wie er dazu fähig war, aber Ihr habt sie ausgeschlagen, weil Ihr Eure eigenen Gefühle dabei nicht annehmen konntet. Dabei waren Eure Gefühle da; Ihr konntet nichts dagegen tun. Ihr müsst die Gelassenheit finden, das anzunehmen, was Ihr nicht ändern könnt, und die Stärke, Euch gegen das aufzulehnen, was zu ändern ist. Und die Weisheit«, schloss sie mit halbem Lächeln, »das eine vom anderen zu unterscheiden.«

»Was soll das?«, rief Philipp. »Meine Eltern haben mich als Säugling vor der Klosterpforte ausgesetzt. Wollt Ihr mir einreden, ich hätte das auch akzeptieren sollen? *Ich* war es, der nicht akzeptiert wurde!«

»Sie haben Euch vermutlich nicht gern dort abgegeben. Vielleicht waren sie zu arm, um ein weiteres Kind zu haben.«

»Kinder sind der einzige Reichtum der armen Leute. Sie wollten mich nicht, das ist alles.«

»Ich denke, sie hatten einfach Angst.«

»Angst? Wovor?«

»Davor, dass sie Euch nicht aufziehen konnten. Davor, dass sie Euch nur ein Leben in Armut und Schmutz, ein Leben des

Hungers, der Krankheiten und des frühen Todes hätten bieten können. Davor, dass Euer Leben in Schande verlaufen wäre. Habt Ihr schon einmal daran gedacht? Dass Eure Mutter Euch vielleicht in Schande empfangen hat? Hättet Ihr gern als namenloser Bastard eines namenlosen Hörigen gelebt?«

Philipp lachte ärgerlich. »Ich glaube, Ihr wollt mir wirklich noch einreden, dass ich auch das zu akzeptieren hätte. Warum nehmt Ihr sie in Schutz?«

»Weil ich glaube, dass vieles, was einem wehtut, nur aus der Angst der anderen Menschen entspringt.«

»Irgendjemand hat einmal gesagt, Schmerz und Unrecht entsprängen aus der Schwäche des Menschen.«

»Was ist Angst anderes als Schwäche? Und was ist Schwäche anderes als eines der Geschenke, die der Herr seinen Geschöpfen mitgegeben hat? Ja, ich bin der Meinung, dass jeder seine eigene Schwäche akzeptieren muss. Und wenn Ihr es wissen wollt: Ja, ich bin der Meinung, dass Ihr es akzeptieren müsst, dass Eure Eltern Euch im Kloster ausgesetzt haben. Es ist nun einmal passiert. Es ist Euch sogar Gutes daraus erwachsen. Und selbst wenn es das nicht wäre, müsstet Ihr diesen Umstand annehmen. Er gehört unmittelbar zu Euch und Eurem Leben.«

Philipp schwieg. »Ihr haltet mir da eine ganz schöne Standpauke«, sagte er dann.

»Nein«, erwiderte Aude, »das tue ich nicht, wenn Standpauke das bedeutet, was ich meine. Ich wollte nur ehrlich sein.«

»Ihr wolltet ein Freund sein«, sagte Philipp. »Ich danke Euch dafür. Und ich danke Euch für Eure Geschichte. Ich wollte, ich könnte Eure Offenheit ebenso vergelten, aber es fällt mir zu schwer.«

»Ihr müsst nicht eine Offenheit mit der anderen vergelten. Hier geht es nicht um Geben und Nehmen.«

»Ich weiß. Ich will nur sagen: Ich möchte auch Euer Freund sein.«

Aude neigte den Kopf. Zu ihrer eigenen Überraschung machten seine Worte sie verlegen, aber sie zwang sich dazu, ihm ins Gesicht zu sehen. Als sie sah, dass seine Wangen sich röteten, konnte sie ein Lächeln nicht unterdrücken, aber es war kein spöttisches, sondern ein fröhliches Lächeln, und Philipp erwiderte es nach einem Augenblick.

Der Ring aus Sträuchern und Bäumen schirmte nicht nur gegen die Umgebung hin ab, er fing auch die Sonne unter den Zweigen der Birken und speicherte ihre Wärme. Aude und Philipp saßen nebeneinander, dichter, als sie es selbst gewahr wurden, und schwiegen. Nach einer Weile begann Philipp zu blinzeln, und der Kopf wurde ihm schwer.

»Warum ruht Ihr Euch nicht ein wenig aus?«, fragte Aude sanft. »Es ist noch früh am Nachmittag, und der Hof Eures Herrn ist nicht mehr so weit entfernt. Wir sind nicht in Eile.«

Philipp schüttelte den Kopf.

»Ich kann doch nicht einfach einschlafen«, erklärte er hartnäckig.

Aude verzichtete darauf, ihm erneut seinen Männerstolz vorzuwerfen. Schließlich bequemte sich Philipp dazu, sich gegen eine der Birken zu lehnen – um seinen Rücken zu entlasten, wie er sagte. Erwartungsgemäß nickte er bald darauf ein, mit angezogenen Knien und an den Stamm gelehntem Kopf. Aude betrachtete ihn; seine Züge entspannten sich, als er tiefer in den Schlaf glitt, und verloren den sarkastischen Zug, den ihm die Falten um die Mundwinkel verliehen. Fast glaubte sie den Jungen zu sehen, in den der Knabe Johannes sich verliebt hatte. Sie dachte über das nach, was sie gesagt hatte, und versuchte Scham darüber zu empfinden, dass sie ihm etwas erzählt hatte, was vor ihm nur Geoffroi wusste. Wieder war sie erstaunt darüber, wie ähnlich sich die beiden Männer im Grunde waren. Ebenso wie Geoffroi hatte auch Philipp ihr Geständnis hingenommen, ohne sie zu verurteilen; und ebenso wie Geoffroi war Philipp nicht fähig, diese Großmut auch bei sich selbst walten zu lassen. Geoffroi hatte sich von seiner Selbstverachtung dorthin stoßen lassen, von wo es schwer war zurückzukommen. Philipp war noch nicht dort angekommen; ohne sich darüber bewusst zu sein, lieferte er seinem Dämon einen harten Kampf. Eines hatte sie ihm nicht gesagt: Es war richtig, sich selbst mit allen Fehlern und Makeln zu akzeptieren; aber es war falsch, daraus zu schließen, dass man den Kampf gegen jene Seite in sich, die einen die Fehler begehen ließ, aufgeben durfte. Es war ein Kampf, und es war in Ordnung, die eine oder andere Schlacht zu verlieren – aber den Kampf aufzugeben war eine Sünde. Philipp hatte den Kampf nicht aufgegeben.

Philipp stieß den Atem aus und schien in einen Traum geraten zu sein, der sein Gesicht wieder anspannte und härter, älter, sarkastischer werden ließ. Der Junge war verschwunden, und der Mann saß wieder vor ihr. Plötzlich fühlte sie das Bedürfnis, ihn zu küssen. Sie saß wie angewurzelt auf dem Boden und bewegte sich nicht. Dann ertönte so lautes Gelächter von der Straße, dass es selbst bis hierher drang, und der Moment ging vorbei.

Der Lärm kam von einer umfangreichen Gruppe Berittener. Aude spähte durch das Gebüsch und entdeckte Farben, die ihr bekannt waren. Als Philipp neben sie trat und sich gähnend mit der Hand durch das Gesicht fuhr, rückte sie beiseite. Er warf ihr einen schuldbewussten Blick zu und kniff die Augen zusammen, um zur Straße hinüberzusehen.

»Das sind die Gefährten meines Herrn«, sagte er. »Scheinbar ist der Trubel in der Stadt fürs Erste vorbei.«

Sie holten die Gruppe eine Meile später ein; da ihre Pferde staubbedeckt waren, nahm jedermann an, sie seien ihnen schon die ganze Zeit auf der Straße gefolgt und hätten nun endlich aufgeschlossen. Es wurden keine Fragen gestellt, und Philipp und Aude sahen sich nicht gezwungen zu lügen.

Zu lügen?, dachte Philipp. *Was hätte ich denn leugnen sollen? Dass ich mit meinem Rausch im Bauch in der Sonne eingeschlafen bin und die Frau eines verschwundenen Schurken meinen Schlaf bewacht hat?* Er sah vorsichtig zu Aude hinüber, die mit gesenktem Kopf ein paar Schritte vor ihm ritt, umgeben von den plaudernden Frauen der Gefährten seines Herrn. Philipps Denken befasste sich mit dem Anblick von Audes lächelndem Gesicht, eingerahmt von ihrem seltsam kurz, seltsam ungleichmäßig geschnittenen Haar. Unwillkürlich verglich er sie mit Dionisia, und der Vergleich verwirrte ihn. Der Wein pochte noch immer in seinem Kopf und verursachte ihm Unbehagen, und die tief stehende Sonne brannte in seine Augen. Seufzend ließ er sich im Sattel zusammensinken und schrieb seine Verwirrung den Nachwirkungen des Rausches zu, wohl wissend, dass sie damit gar nichts zu tun hatte.

Es war noch jemand still und in sich gekehrt auf dem Heimweg: Galbert. Obwohl die Knappen und Knechte der Herren um ihn herum scherzten und alberten, blieb er schweigsam und mürrisch. Man hatte ihn nicht mehr in die Kirche hineingelassen. Stattdessen war eine Gruppe Mönche nach draußen gekommen und hatte die Menschen ermahnt, sich ruhig zu verhalten und nach Hause zu gehen. Von den nahenden Tagen der Wiederkehr Christi hatten sie nichts gesagt, und er fragte sich, wie er und die vielen hundert anderen einfachen Menschen, die mit ihm auf dem Platz standen, während des großen Umbruchs bestehen sollten, wenn ihre geistlichen Führer ihnen keinerlei Verhaltensmaßregeln nahe legten. Wäre er nicht zu enttäuscht zu einem Gespräch gewesen, hätte er die Knechte der Herren befragen und feststellen können, dass auch innerhalb der Kirche niemand die Wiederkunft Christi erwähnt hatte. Der Unterschied war nur der, dass dieser Umstand den Herren und Damen völlig egal war.

Während des gemeinsamen Abendmahles auf dem Hof näherte sich einer der Torwächter dem Tisch, an dem der einigermaßen wiederhergestellte Philipp mit Raimund und seinen nächsten Gefährten saß. Er trug eine Fackel und ein merkwürdiges Gesicht zur Schau und flüsterte Philipp etwas ins Ohr, woraufhin dieser die Brauen zusammenzog und hastig aufstand. Aude sah ihm nach, wie er zusammen mit dem Wächter mit großen Schritten zum Tor eilte.

»Bist du wirklich sicher, dass es das gleiche Mädchen ist?«

»Es ist die Kleine aus dem Dorf, mit der du reden wolltest und die nichts gesagt hat«, erklärte der Wächter. »Ich hab' sie doch gesehen, als wir dort waren.«

Das Mädchen stand verloren im Fackelschein gleich hinter dem Tor. Entweder hatten die Wächter ihre Ungefährlichkeit erkannt, oder die Angst, die sie ausstrahlte, hatte sich auch ihnen mitgeteilt – jedenfalls bildeten sie einen viel weiteren Kreis um sie herum, als sie es üblicherweise bei einem Neuankömmling taten, und betrachteten sie schweigend. Philipp nahm die Fackel, die ihm einer reichte, und näherte sich ihr langsam. »Lasst mich mit ihr allein.«

Philipp hockte sich auf den Boden, reckte die Fackel über den Kopf und sah das Mädchen an. Er hatte die Distanz gehalten, an die er sich von ihrer ersten Begegnung erinnerte: zu weit, um sie berühren oder gar einfangen zu können.

»Bist du allein gekommen?«, fragte er und kam sich idiotisch vor. Sie würde nicht antworten. »Warum bist du gekommen?«, fragte er wie unter Zwang hinterher. Er wandte sich zu den Wächtern um. »Ist sie ohne Begleitung aufgetaucht?«

»Wir haben draußen nachgesehen, als sie plötzlich vor dem Tor stand. Es war niemand zu sehen«, antwortete einer. Philipp kniff die Augen zusammen und musterte das Gesicht des Mädchens, das unverwandt auf ihn gerichtet war.

»Was willst du von mir?«, fragte er leise.

Das Mädchen streckte zögernd eine Hand aus. Philipp verspürte einen plötzlichen Stich: Die Bruchstücke des Steins lagen darin. Er streckte ebenfalls die freie Hand aus. Sie waren noch immer zu weit voneinander entfernt, als dass sie sich hätten berühren können; zwei ausgestreckte Hände, die eines Kindes und die eines Mannes, die ein ganzer Schritt voneinander trennte. Unendlich langsam hob das Mädchen einen Fuß, schob ihn über den Boden nach vorne und zog den zweiten zögernd nach. Ihre Hand war jetzt über der Philipps; sie drehte sie und ließ die drei Teile in seine Hand fallen. Philipp schloss die Finger darüber und schluckte mit trockenem Hals.

»Willst du sie mir wiedergeben?«, flüsterte er.

Das Mädchen ließ ihren Arm fallen und starrte ihn an. Ihre Lippen zitterten, als wollten sie Worte formen.

»Ich weiß nicht, was du von mir willst, wenn du es mir nicht sagst«, stieß Philipp hervor. »Ich kann dir nicht helfen.«

»Ihr wisst genau, was sie will und wie Ihr ihr helfen könnt«, sagte Aude in seinem Rücken. Philipp drehte sich um. Das Mädchen schaute jetzt zu Aude auf, die hinter ihm stand. »Und was wäre das?«, fragte er bissig.

»Geht zur Seite, Ihr gefühlloser Klotz«, sagte sie. Sie trat näher an das Mädchen heran, raffte ihre Röcke und hockte sich ebenfalls vor ihr auf den Boden. Zu Philipps Erstaunen wich das Kind nicht zurück, nicht einmal, als Aude beide Arme ausstreckte. Er hörte sie etwas murmeln und erkannte plötzlich, dass es weniger eine Rede als vielmehr ein Lied war, das sie mit unterdrückter Stimme sang. Er konnte die Worte nicht verstehen; es schien in ihrer Muttersprache zu sein. Das Mädchen lauschte ihr mit aufgerissenen Augen. Sie trat einen Schritt auf Aude zu und befand sich jetzt in Reichweite ihrer Arme. Sie machte einen weiteren Schritt. Aude hätte sie jetzt umfangen können, aber sie tat es nicht. Schließlich trat das Mädchen so nahe an sie heran, dass ihr schmutzstarrender Kittel Audes Kleid berührte. Sie ließ die Arme steif an beiden Seiten ihres Körpers herabhängen und schwankte. Aude nahm sie vorsichtig in die Arme und drückte sie leicht an sich. Das Gesicht des Mädchens verschwand im Stoff ihrer Schulter. »Das ist das Mädchen, das den Überfall auf Lamberts Familie überlebt hat«, sagte Philipp.

»Ich weiß. Die Wächter haben es mir gesagt.«

»Sie ist stumm.«

Aude antwortete nicht. Sie hielt das Mädchen noch immer leicht in ihren Armen. Dann hörte Philipp das Geräusch. Es klang wie das Keuchen eines kranken Tieres und wurde immer lauter. Aude drückte den mageren Körper fester an sich. Philipp machte einen Schritt auf sie zu. *Das Kind ist krank, es hat das Fieber*, dachte er erschrocken und überlegte, sie und Aude voneinander zu trennen. Aude wandte ihm ihr Gesicht zu, und Philipp sah, dass ihre Augen in Tränen schwammen. Er sah, dass der Körper des Mädchens zuckte. Ihre Hände waren jetzt zu Fäusten geballt und krallten sich in den Stoff von Audes Kleid. Plötzlich wurde Philipp klar, dass das Geräusch ein verzweifeltes Schluchzen war. Ohne nachzudenken, kniete er sich neben Aude auf den Boden und legte ebenfalls die Arme um den zuckenden Körper. Er spürte die Bruchstücke des Steins in seiner Faust und ließ sie zu Boden fallen. Das Kind begann lauthals zu weinen und wühlte sich zwischen sie hinein, als wolle es sich dort eingraben und niemals wieder hervorkommen. Ihre Blicke trafen sich und hielten sich fest; Audes Gesicht war tränenüberströmt.

Philipp wusste, dass ihm ebenfalls die Tränen in die Augen treten würden, wenn er sie noch lange ansah. Er schloss die Augen und senkte den Kopf und fragte sich nicht, was die Wächter im Hintergrund wohl aus ihrer Vorstellung machten.

Aufbruch

Sie war nicht stumm; das Entsetzen hat sie nur verstummen lassen«, sagte Aude, während sie am folgenden Morgen in die Stadt ritten, Galbert, noch immer mit umwölktem Gemüt, hinter sich. »Nachdem sie geweint hatte, redete sie wie ein Buch.«

»Ja«, knurrte Philipp, »und so wissen wir jetzt, dass Radolf und Lambert das Heilige Land niemals betreten haben. Was sie während der Zeit des Pilgerzugs taten, kann niemand ahnen, aber dass sie zusammen einen Mord an einem der Heimkehrer verübt haben, steht fest. Ein Glück, dass sie seine Beichte belauscht hat.«

»Ich weiß nicht, was diese Information Euch nützen soll.«

»Sie erklärt mir einiges über Radolfs Charakter. Sein erstes Wort an mich war, ob ich mich vor den Toten fürchte. Später bezog ich diese Äußerung auf seine Frau. Dabei fürchtet er sich noch immer vor dem Geist des Mannes, den er damals umgebracht hat.«

»Ich bin froh, etwas über Geoffroi erfahren zu haben.«

»Wenn er es war, den Lambert mehrmals bei Radolf gesehen hat. Ihr solltet berücksichtigen, dass die Beschreibung des Mannes von einem Mädchen geliefert wurde, das wiederum die Beschreibung Lamberts nur belauschte und gleich danach das größte Entsetzen erlebte, das man sich vorstellen kann.«

»›Ein hagerer, blassgesichtiger Franke, der immer zu singen begann, wenn er betrunken war‹«, zitierte Aude. »Das war Lamberts Beschreibung, und sie beschreibt eindeutig Geoffroi.«

»Das war Renatas Beschreibung davon, was sie wiederum von Lambert gehört hat.«

»Ihr glaubt doch selbst, dass es sich um Geoffroi handelt,

sonst würdet Ihr nicht mit mir in die Stadt reiten. Warum versucht Ihr mich vom Gegenteil zu überzeugen?«

»Weil ich nicht weiß, in welche dunklen Geschäfte Euer Mann und Radolf verwickelt sind.«

»Ihr wollt mich wieder vor unliebsamen Entdeckungen schützen. Das habt Ihr die ganze Zeit versucht, und was ist dabei herausgekommen? Außerdem ist es nur Eure eigene Überzeugung, dass Geoffroi ein schlechter Mensch ist, Ihr könnt Euch ebenso gut täuschen.«

Philipp schnaubte unlustig und schwieg. Nach einer Weile hieb er mit der Faust wütend auf seinen Oberschenkel.

»Worüber ärgert Ihr Euch jetzt schon wieder?«, fragte Aude.

»Lambert war der Schlüssel zu der ganzen Angelegenheit. Ich hätte ihn nur zu fragen brauchen. Jetzt ist es zu spät dazu. Wer weiß, worüber er noch Bescheid wusste und es mit ins Grab genommen hat.«

»Er hätte Euch nichts gesagt. Er hat doch den Ausweg der Beichte genommen, um sein Gewissen zu erleichtern.«

»Das ist richtig. Ich hätte auch Thomas fragen können. Nur dass er auch tot ist.«

»Philipp«, sagte Aude und verdrehte die Augen, »er hätte es Euch noch weniger gesagt. Lambert *beichtete* es ihm, versteht ihr nicht? Ein Priester würde niemals den Inhalt einer Beichte verraten. Er kann sich nur bei seinem Bischof oder dem Abt seines Klosters Rat holen, wenn ihn die Bürde beschwert.«

»Ihr habt ja Recht. Ich ärgere mich auch nur, das ist alles.«

»Völlig sinnlos.«

»Wenn ich Euch nicht hätte, um mir zu sagen, was sinnlos ist und was nicht, würde ich vermutlich den ganzen Tag nur völligen Unsinn machen.«

»Das ist richtig«, bekräftigte Aude. Da Philipp erstaunlicherweise schwieg, sagte sie nach ein paar Momenten: »Was geschieht mit dem Mädchen?«

»Mit Renata? Der Herr wird sie auf dem Hof behalten, wie die Alten und Kranken, für die er zu sorgen hat. Er hat gesagt, er wolle sie nicht mehr dorthin schicken, wo sie täglich den Erinnerungen an den Mord an ihrer Familie ausgesetzt ist.«

»Ihr wisst, dass sie nur Euretwegen auf den Hof gekommen ist.«

»Meinetwegen?«

»Ihr habt mir erzählt, dass Ihr ihr die Steine geschenkt habt, die sie bei sich hatte. Ich nehme an, das war die erste freundliche Geste seit langem, die Ihr jemand entgegenbrachte.«

»Ich dachte nicht, dass ihr klar geworden wäre, dass ich mit ihr sprechen wollte.«

»Ihr dürft Kinder nicht unterschätzen. Sie bekommen fast alles mit, selbst wenn sie keine Verbindung mit der Außenwelt zu haben scheinen oder der Tod sie schon fast in seinen Armen hält ...« Ihre Stimme erstarb, und sie räusperte sich.

»Ihr denkt noch immer an Eure Kinder, habe ich Recht?«, fragte Philipp sanft.

»Als ich die Kleine gestern auf dem Hof stehen sah ... völlig verlassen unter dem großen Tor ... und Ihr versuchtet, zu ihr durchzudringen ...«, sie schüttelte den Kopf und seufzte. »Wenn Kinder am Fieber sterben, ist es ähnlich. Sie starren einen unverwandt an, sagen nichts und reagieren nicht auf Fragen, und in ihren Augen brennt die Bitte: Hilf mir.« Aude wischte sich hastig über die Wange. »Entschuldigt.«

Philipp fühlte den Drang, zu ihr hinüberzugreifen und ihre Hand zu nehmen. Im letzten Moment hielt er sich zurück. »Wie hat es Euer Mann ertragen?«, fragte er.

»Dass die Kinder gestorben sind? Er war gebrochen. Aber er ließ sich nichts anmerken. Das Leben geht weiter, sagte er. Ihre Seelen sind jetzt frei. Daraus müssen wir Trost schöpfen.«

»Ist das Leben weitergegangen?«

»Natürlich, nach einer Weile. Irgendwann habe ich ihren Tod akzeptiert. Wenn ich heute noch weine, dann aus Liebe und weil ich sie vermisse, nicht mehr aus Verzweiflung.« Sie presste die Lippen zusammen und schien nachzudenken. »Ich denke, wer in Wirklichkeit nicht darüber hinwegkam, ist Geoffroi. Er wollte mich stützen während dieser Zeit und auf andere Gedanken bringen, und darüber hat er vergessen, selbst mit seiner Trauer fertig zu werden.«

»Ihr liebt ihn sehr, nicht wahr?«

Aude wandte ihm den Kopf zu und musterte sein Gesicht. Sie brauchte so lange mit der Antwort, dass Philipp sicher war, er würde sie ebenso wenig erhalten wie beim ersten Mal.

»Wenn Ihr die Wahrheit wissen wollt«, sagte sie schließlich, »er liebt mich viel mehr als ich ihn, denn ich liebe ihn nicht. Nicht mehr. Ich dachte einmal, ihn zu lieben, als er weit weg war und wir uns nur immer kurze Zeit sahen.

Irgendwann ist meine Liebe schal geworden. Ich mag ihn; ich halte ihn für einen guten Gefährten; und ich weiß, dass er ohne mich vergehen würde wie eine Flamme, die herunterbrennt, ohne neue Nahrung zu erhalten.«

»Das heißt, er nährt sich von Eurer Kraft.«

»Was ist daran so schlimm? Ich habe genügend Kraft für ihn und für mich.«

»Wenn Ihr ihn nicht liebt, warum nehmt Ihr dann die Suche nach ihm auf Euch?«

»Weil er über all die Jahre hinweg mein bester Freund war. Er hat mir alles gegeben, was er geben konnte. Ich werde ihn nicht im Stich lassen. Er hat es nicht verdient. Genauso wenig wie Euer Misstrauen.«

Philipp wandte sich ab und blickte geradeaus. Aude hatte ihren Worten nichts mehr hinzuzufügen, und so schwiegen sie, bis sie die Stadt betraten und dabei versuchten, nicht zu den Gehängten mit ihren spitzen gelben Hüten hinzusehen.

Der »Kaiserelefant« war ihr erstes Ziel. Philipp half Aude vom Pferd. Galbert machte Anstalten, von seinem Maultier zu klettern, als Philipp ihn aufhielt und ihn zum »Drachen« sandte, wo Raimund die kleine Kammer unterhielt. »Wenn die Kerle sich dort auch nach Eurem Mann erkundigt haben, erfahren wir es schneller; und Galbert wird man sicherlich bereitwilliger Auskunft geben als einer Frau.«

Die düstere Wirtsstube war nahezu menschenleer und wies keinerlei Spuren der gestrigen Schwierigkeiten auf. Offenbar waren die Büttel noch rechtzeitig gekommen. Direkt neben der Tür saßen auf Bänken noch ein paar Männer in den Wämsern der Büttel und warfen Philipp und Aude kurze Blicke zu, bevor sie sich wieder abwandten. Philipp achtete nicht auf sie. Der Wirt eilte aus dem Hintergrund des Raumes herbei; als er Philipp erkannte, zogen sich seine Brauen zusammen.

»Meister Philipp ...«, begann er, aber eine Stimme in Philipps Rücken unterbrach ihn: »Meister Philipp, du bist verhaftet.«

Philipp drehte sich um und gewahrte, dass einer der Büttel aufgestanden war. Er hatte seinen Helm aufgesetzt und wirkte amtlich.

»Rutger«, sagte Philipp und grinste mühsam, »deine Späße werden von Mal zu Mal schlechter.«

»Kein Spaß, Philipp.« Rutger winkte mit dem Kopf, und die restlichen Büttel sprangen auf und scharten sich um Philipp herum. Sie drängten Aude höflich, aber bestimmt zur Seite und kreisten Philipp ein. »Wir warten schon seit gestern hier auf dich. Ich befürchtete bereits, dein Herr schickt dich nicht mehr in die Stadt, weil du dir dauernd etwas stehlen lässt.«

»Ich muss mich wiederholen: Deine Scherze lassen zu wünschen übrig«, knurrte Philipp zwischen den Zähnen. Er warf Aude einen kurzen Seitenblick zu und war erstaunt über die Sorge in ihrem Blick. Er lächelte und blinzelte ihr zu.

»Wessen bin ich denn angeklagt?«, fragte er Rutger. »Oder hat man es dir nicht gesagt, weil du es ohnehin vergessen hättest?«

»Du hast einen Diener des Kaisers umgebracht«, erklärte Rutger gelangweilt. »Kommst du nun mit, oder müssen wir Gewalt anwenden?«

»Warte einen Augenblick«, stieß Philipp hervor, dem nun klar wurde, dass Rutger keinen Spaß mit ihm trieb. »Das ist ein Missverständnis.«

Rutger winkte mit dem Kopf, und die Büttel nahmen ihn auf die gleiche Weise in die Zange wie vor ein paar Tagen Yohai ben David. Die Erinnerung an die Szene vor dem Haus des Geldverleihers weckte gleichzeitig die Erinnerung an die offensichtliche Skrupellosigkeit, mit der Rutger dem Juden die Monstranz untergeschoben hatte. Seine Augen trafen erneut die von Aude, und er sah, dass sie die gleichen Überlegungen angestellt hatte. Ihre Gedanken waren sogar noch weiter geflogen als seine eigenen; er sah in ihrem Blick die zwei Gehängten vor dem Stadttor.

Philipp suchte den Blick des Wirtes, aber dieser stand mit bleichem Gesicht abseits und machte keine Anstalten einzugreifen.

»Bist du verrückt?«, rief Philipp. »Ich habe keinem Menschen etwas zu Leide getan.«

Der Büttel hinter ihm drückte ihm den quer gehaltenen Spieß in den Rücken, und Philipp taumelte einen Schritt nach vorn. Rutger wandte sich um und öffnete die Tür, und Philipp wurde auf die Öffnung zugedrängt. Es hatte keinen Sinn, sich zu wehren.

»Wartet hier auf Galbert«, sagte er hastig zu Aude, während sie ihn schon zur Tür hinausschoben. »Wenn er zurückkommt, reitet sofort hinaus zu meinem Herrn. Dort seid Ihr in Sicherheit.«

Aude nickte mit bleichem Gesicht. Der Schreck in ihren Augen war das Letzte, was er von ihr sah.

Sie führten Philipp in raschem Marsch durch die Stadt bis in die weitläufigen Flächen von Oursburg hinaus, wo nur noch an den Ausfallstraßen zu den Stadttoren Gebäude standen. Der Weg verlief schweigsam; Rutger war in der Herberge zurückgeblieben, und die Büttel, die Philipp abführten, antworteten nicht auf seine Fragen. Philipps Herz klopfte heftig, während er versuchte, sich einen Reim auf die Geschehnisse zu machen. Je weiter sie sich aus dem Zentrum der Stadt entfernten, desto hastiger wurden seine fruchtlosen Überlegungen, und desto schneller drehten sie sich im Kreis. Er nahm an, dass sein Schicksal plötzlich mit dem der beiden Geldverleiher verknüpft war, und dies nicht nur durch die Person Rutgers, der in beiden Fällen die Festnahme durchgeführt hatte – aber in welcher Weise, blieb ihm verschlossen. Bei der Pfarrkirche von Sankt Johann bogen sie nach Osten ab und steuerten nach wenigen Schritten auf ein wuchtiges Gebäude zu. Philipp sah daran empor. Er kannte den Bau; es war die Deutschordens-Kommende. Plötzlich wurde ihm klar, wohin er geführt wurde: Hier logierte der Großhofrichter des Kaisers, der sich seit einiger Zeit in der Stadt aufhielt. Das Tor der Kommende öffnete sein Mannloch, der Schatten des Torbaues fiel über ihn, Philipp schlüpfte hindurch, wurde innen von weiteren Bewaffneten in Empfang genommen und wortlos über den engen Hof getrieben. Sie trabten ein paar Stufen hoch in einen Eingang, durchquerten in rascher Folge einige kleine, düstere Säle und liefen tief im Herzen des Gebäudes eine andere Treppe hinab. Schließlich hielten sie an. Eine Klappe im Boden, die mit einer Kette über einem Galgen in die Höhe gezogen wurde; eine weitere, enge Treppe, die steil nach unten führte; der fahle Geruch von dunklen, feuchten Kellerräumen, der zäh über die Treppenstufen heraufkletterte: Philipps Herz schlug einen rasenden Wirbel, und er stolperte den Bewaffneten voraus die Treppe in die Dunkelheit hinunter und in ein Verlies. Alles, was er wusste, war, dass die Letzten, die Rutger in irgendein Verlies in der Stadt hatte bringen lassen, es lediglich für ihren Gang zum Galgen wieder verlassen hatten.

Einer von Raimunds Knechten war vor längerer Zeit in der Stadt aufgefallen; betrunken nach einem Fest, hatte er sich einem Mädchen genähert, das er für eine Schlupfhure auf der Schau nach Freiern hielt, und ihr Angebote gemacht. Sie hatte ihn empört zurückgewiesen, und so war er ihr gefolgt, von Zorn wie von Lust gleichermaßen aufgestachelt und noch immer im Glauben, es handle sich bei ihr um eine Dirne, die nur auf reichere Kundschaft aus war. Als sie in einem Haustor verschwand, setzte er ihr nach, zwang sie zu Boden und vergewaltigte sie. Wie sich herausstellte, war sie die Tochter eines Patriziers, welcher in demselben Haus wohnte; dessen Knechte, von ihren Hilferufen herbeigelockt, fassten den Übeltäter quasi auf frischer Tat. Das Urteil war schnell gesprochen, da Raimunds Knecht, um sich die peinliche Befragung zu ersparen, in allem geständig zeigte. Vielleicht rechnete er damit, dass ihm wegen seines Irrtums Nachsicht gezeigt werde. Wie sich herausstellte, war seine Hoffnung naiv gewesen. Philipp hatte ihn im Loch besucht, ohne sonderliches Mitleid zu verspüren – eher ein Pflichtbesuch, um zu erfahren, was wirklich passiert war und ihm in dem Falle, dass unter der Folter ein falsches Geständnis aus ihm herausgepresst worden wäre, zu helfen. Es war seine erste Berührung mit einem Kerker gewesen. Mehrere Gefangene teilten sich einen finsteren, selbst im Sommer bitterkalten Raum, von dessen tropfnassen Wänden unbenutzte Ketten und Halsschellen hingen. Der Boden war verschmutzt und mit faulendem Stroh belegt, das einen beißenden Geruch ausströmte. Ein ebenfalls beißender Geruch kam von dem klobigen Holzkübel in der Mitte des Raumes, in den die Gefangenen ihre Notdurft verrichteten und um den selbst die Ratten einen Bogen machten. Über diesen Gestänken aber hing, noch unerträglicher als das schimmelige Stroh und die Fäkalien, der Geruch der Menschen, der an den Wänden klebte. Es waren die Ausdünstungen von offenen Geschwüren, von fauligem Atem, von ungewaschenen Körpern, in deren Höhlungen die Maden heranwuchsen, süßliche Verwesung und ranzig gewordener Schweißgeruch, von kranken Blähungen und vor allem von Angst, Resignation und Verzweiflung. Hätte man die Zelle geräumt, wäre jener Geruch trotz allem nicht gewichen; er hatte sich bereits in jeden Stein, jeden Strohhalm und jeden Quadratmeter des festgestampften Bodens geätzt.

Philipp erwartete denselben Geruch, der schlagartig in seiner Erinnerung aufstieg, als er über die Schwelle des Verlieses taumelte, aber abgesehen von dem muffig-feuchten Gestank eines kalten unterirdischen Raumes nahm er nichts wahr. Er atmete flach und versuchte durch die Dunkelheit zu sehen. Ein Fensterschlitz, hoch oben direkt unterhalb der Gewölbedecke angebracht, ließ mehr schlecht als recht diffuses Licht in den Raum sickern. Es reichte dazu, die Konturen der Mauern hervorzuheben, den Raum zu begrenzen und ihn den Weg zu einem in der Ecke unter der Öffnung abgestellten, verschlossenen Kübel finden zu lassen, ohne auf das Deckenbündel zu treten, das an der einen Wand lag. Er begann zu frösteln und seufzte.

Dann regte sich das Deckenbündel, und Philipp wusste, dass er nicht allein war.

Im Loch schien es irgendwie nicht die richtige Haltung zu sein, einem Fremden gegenüber auf Distanz zu gehen. Philipp stolperte auf das Bündel, das sich als Mensch erwiesen hatte, zu und setzte sich daneben auf den Boden. Noch bevor er etwas sagen konnte, drang die feuchte Kälte durch seinen Hosenboden, und er sprang wieder auf und scharrte mit dem Fuß ein Bündel Stroh zusammen, um eine Unterlage zu finden. Das Stroh war erstaunlich frisch dafür, dass es den Boden eines Kerkerlochs bedeckte.

»Ich bin Philipp«, stellte er sich vor.

Aus dem Deckenbündel kam ein dumpfer Laut.

»Kannst du nicht sprechen?«, fragte Philipp. Allmählich war er so an die Dunkelheit angepasst, dass er die Züge seines Leidensgenossen sehen konnte, soweit sie aus der Umhüllung hervorschauten: struppiges Haar, zusammengekniffene Augen und unrasierte Wangen. Jetzt schlug er die Decke nach unten und offenbarte eine schorfige, geschwollene, entstellte Wunde dort, wo sein Mund hätte sein sollen. Unterhalb seiner Nase wirkte sein Gesicht verrenkt. Philipp starrte ihn an.

»Du bist der Mann, den der Büttel auf dem Markt niederschlug. Während der Rede des Propheten«, sagte er schließlich. Der Verletzte nickte vorsichtig und stieß wieder sein Grummeln aus. Er wies mit einer Hand auf seinen Kiefer und machte dann mit beiden Händen eine kurze, wringende Bewegung.

»Dein Kiefer ist gebrochen«, seufzte Philipp. »Hast du Schmerzen?« Der andere Mann rollte mit den Augen.

»Wie ist dein Name?«

»Hulch«, stieß der Mann hervor. »Hulcha.«

»Fulcher?«

Der Mann nickte beinahe begeistert.

»Also gut, Fulcher. Wo ist dein Freund, den sie mit dir zusammen verhaftet haben?«

Fulcher zuckte mit den Schultern.

»Dein anderer Freund ist tot, wusstest du das?« Fulcher zuckte wieder mit den Schultern, aber seine Augen wurden schmal. Er wandte sein entstelltes Gesicht verdrossen ab.

»Weißt du, warum sie dich ausgerechnet hier eingesperrt haben, in der Herberge des Großhofrichters? Du bist doch einer seiner Knechte, habe ich Recht?«

Fulcher versuchte mit viel Gegrunze und Geächze und Händefuchteln etwas zu erklären, aber es war sinnlos. Philipp winkte nach einer Weile ab. Fulcher hieb sich mit einer Hand auf den Oberschenkel und drehte sich um. Er schüttelte den Kopf und ballte beide Fäuste. Philipp sah zu ihm hinüber, aber er ließ ihn in Ruhe. Er hatte den Eindruck, dass Fulcher weinte.

Der Riegel an der Zugangsklappe scharrte nach einer Zeit, deren Länge Philipp nicht ermessen konnte. Ein Mann hielt eine Fackel herein. Fulcher richtete sich auf und blinzelte. Philipp kniff die Augen zusammen und suchte den Blick seines Leidensgenossen.

Die untere Gesichtshälfte Fulchers wirkte im Fackellicht noch zerstörter; der Kiefer war gelb und blau verfärbt, wo die Haut unter dem Schorf und dem getrockneten Blut sichtbar war. Philipp verzog das Gesicht.

»Philipp, der im ›Kaiserelefanten‹ verhaftet wurde!«, bellte der Mann mit der Fackel.

»Das bin ich«, sagte Philipp. »In meiner ganzen Schönheit.« Der Scherz ging ihm mühsamer von den Lippen als üblich. Der Mann mit der Fackel verzog keine Miene.

»Mitkommen.«

»Ich nehme an, das ist keine Einladung zu einer Mahlzeit?«

»Komm schon«, knurrte der Mann ungeduldig. Philipp kam auf die Beine. Er spürte, wie die Augen Fulchers auf ihm ruhten. Er suchte nach etwas, was er ihm sagen konnte, aber es fiel ihm nichts ein. Er nickte ihm zu und drückte sich an dem Fackelträger vorbei hinaus auf den Gang. An seinen Füßen schienen Ketten befestigt zu sein. Philipps Verstand war klar, dass man ihn nicht zur Hinrichtung führte, aber er vermochte nicht, dies auch seinen Ängsten klar zu machen.

In Abständen befanden sich schmale Fensteröffnungen in der Mauer. Philipp warf rasche Blicke hinaus, während er an ihnen vorbeistieg. Es reichte zu nicht mehr als der Feststellung, als dass es draußen hell war. Es schien ihm ausgeschlossen, dass er bereits eine Nacht im Verlies verbracht hatte. Es musste noch immer der gleiche Tag sein. Scheinbar waren weniger Stunden vergangen, als er gedacht hatte. Fulcher schien schon seit Tagen im Verlies zu liegen, ohne dass man sich seiner angenommen hätte. Um ihn bemühte man sich offenbar schneller. Es war die Frage, ob dies ein gutes oder ein schlechtes Zeichen war.

Der rasche Marsch endete, als der Bewaffnete vor ihm durch eine schmale Türöffnung in einen Saal schlüpfte und die Männer in Philipps Rücken ihn hinterherschoben. Er roch den Duft vieler Unschlittlichter und Öllampen, bevor er den hell erleuchteten Raum in Augenschein nehmen konnte. Der Saal hatte in etwa die Ausmaße des Saales im Haus seines Herrn, aber er war reicher mit Wandteppichen geschmückt und wies eine geradezu verschwenderische Fülle an Lichtern auf. Auf einem Podium verdichteten sich die Lampen zu einem unruhigen, tanzenden Gleißen um einen hochlehnigen Stuhl herum. In dem Stuhl saß ein schwarz gekleideter Mann, als wäre er sein eigener Schatten.

Die Bewaffneten führten Philipp vor das Podium und traten dann beiseite. Philipp sah zu dem Schatten im Stuhl hinauf. Der Schatten beugte sich nach vorne und offenbarte ein schmales, blasses Gesicht, in dem tiefdunkle Augen die Flammen widerspiegelten.

»Wisst Ihr, wer ich bin?«, fragte der Schatten.

Philipp schüttelte den Kopf.

»Ich bin Peter von Vinea, Großhofrichter und Kanzler unseres allerchristlichsten Kaisers. Ich hoffe, Euch ist die Schwere Eures Verbrechens bewusst, wenn ich Euch eröffne, dass ich selbst mich damit befasse.«

»Eine schöne Zeitverschwendung«, hörte Philipp sich sagen, »da ich nichts getan habe.«

Der Kanzler lächelte und lehnte sich wieder zurück. Zu Philipps Erstaunen begann er damit, ihn schweigend zu mustern. Philipp, dessen Herz mit seinem hilflosen Trommelwirbel aufgehört hatte, sobald man ihn vor das Podium gestoßen hatte, fühlte eine fast schwebende Ruhe in sich. Die Absurdität seiner Situation hatte endlich etwas Greifbares bekommen, und wenn es sich nur in der Gestalt Peters von Vinea offenbarte. Er gab den Blick des Kanzlers zurück, bis seine Augen ihn brannten. Schließlich blinzelte Peter von Vinea und betrachtete danach scheinbar gelangweilt seine Fingerspitzen. Philipp nutzte den Augenblick und wandte die Augen ab, um sich im Saal umzusehen. Mit seiner neu gewonnenen Ruhe stellte er fest, dass der Kanzler, die drei Bewaffneten und er sich allein darin befanden.

»Ihr leugnet also den Mord, den Ihr begangen habt?«, fragte der Kanzler.

»Da ich keinen Mord begangen habe, kann ich auch keinen

leugnen«, erklärte Philipp und setzte nach einer deutlichen Pause hinzu: »Exzellenz.«

»Da Ihr keinen Mord leugnet, wird man Euch für einen zur Rechenschaft ziehen«, erwiderte der Kanzler trocken und nach einer ebenso langen Pause: »Mein lieber Truchsess.«

»Ich versichere Euch, dass ich niemanden getötet habe. Es muss sich um ein Missverständnis handeln.«

»Das würde ich an Eurer Stelle auch sagen«, bemerkte Peter von Vinea.

»Würdet Ihr mir vielleicht sagen, wessen Tod Ihr mir zur Last legt?«

Der Kanzler lächelte verächtlich. »Also gut, spielen wir«, seufzte er.

»Ihr seid des Mordes an Geoffroi Cantat, Freisasse aus dem Herzogtum Vermandois, angeklagt.«

»Was?«, würgte Philipp hervor. »Minstrel ist tot?«

Peter von Vinea zuckte bei der Nennung des anderen Namens nicht mit der Wimper. Er starrte Philipp an und antwortete nicht.

»Ich wusste es nicht; ich dachte ...«, Philipp brach ab. Er schüttelte wie betäubt den Kopf. »Weiß Aude schon davon?«, fragte er mit tauben Lippen.

»Gesteht Ihr den Mord?«

»Nein!«, fuhr Philipp auf »Ich wüsste nicht, welchen Grund ich hätte, Minstrel zu ermorden.« Er stutzte, als er es sagte, aber es war die Wahrheit. Er war außer sich vor Zorn auf Minstrel gewesen, aber zu keinem Zeitpunkt hatte er ihn tot gewünscht. Er schüttelte nochmals den Kopf und versuchte, sich auf den Kanzler zu konzentrieren.

»Ihr seid der Letzte, der ihn lebend gesehen hat. Ihr habt in der Herberge zum ›Kaiserelefanten‹ seine Bekanntschaft gesucht, ihn am nächsten Morgen zu Euch in den ›Drachen‹ bestellt und dort, in der Abgeschiedenheit der Kammer, die Euch zur Verfügung steht, ermordet. Danach habt Ihr die kurzfristige Abwesenheit der anderen Schlafgäste und die Okkupiertheit des Wirtes dazu ausgenutzt, Eure Kammer zu verwüsten, um einen Raubüberfall vorzutäuschen. In der Zwischenzeit haben Eure Helfer den Leichnam aus der Herberge geschafft.«

Philipp ächzte. »Wer hat Euch denn diese Geschichte erzählt?«, brachte er hervor.

»Es gibt Zeugen.«

»Einen Blinden und einen Tauben, nehme ich an.«

»Zeugen, die reichen, um Euch an den Galgen zu bringen.«

»Hört«, sagte Philipp. »Minstrel ... Geoffroi hat meine Gutmütigkeit ausgenutzt und meine Kammer verwüstet, während ich für meinen Herrn auf dem Markt Einkäufe tätigte. Danach ist er verschwunden. Das ist alles, was ich weiß. Es ist die Wahrheit.«

»Hat er Euch etwas gestohlen?«

»Es war nichts zu stehlen in der Kammer.«

»Es war nichts zu stehlen dort, ganz genau!«, rief der Kanzler. »Und doch habt Ihr versucht, einen Diebstahl vorzutäuschen. Ein ganz plumper Versuch, Eure Schuld zu verdecken.«

»Gar kein plumper Versuch! Minstrel war ein verdammter Säufer! Wahrscheinlich war er noch immer nicht ganz klar im Kopf und hat versucht, etwas Wertvolles zu finden.«

»Er war nur betrunken, weil Ihr ihm Wein aufgenötigt habt. Auch dafür gibt es Zeugen.«

»Ich habe ihm das Geld ausgelegt, das ihm gestohlen wurde«, stöhnte Philipp.

»Woher wusstet Ihr denn, dass man ihn bestohlen hatte?«

»Ich habe es gesehen.«

»Und nicht eingegriffen? Wem wollt Ihr das erzählen? Ihr habt den Diebstahl beauftragt, damit Ihr eine Ausrede hattet, Euch seine Bekanntschaft zu erschleichen.«

Philipp griff sich an den Kopf. »Auf diese Art und Weise könnt Ihr alles gegen mich auslegen!«, rief er aufgebracht.

»Ich winde nur die Wahrheit aus Euren Lügen heraus.«

Philipp öffnete den Mund, aber plötzlich schoss ein Gedanke durch seinen Kopf, und er schloss ihn wieder. Der Kanzler musterte ihn erwartungsvoll, mit einer Hand an seinem Kinn zupfend, als bereite es ihm ein gewisses intellektuelles Vergnügen, Philipp mit seinen Worten aufzuspießen.

»Ihr habt seine Leiche nicht«, sagte Philipp langsam. »Deshalb versucht Ihr mir ›die Wahrheit zu entwinden‹. Wenn Ihr die Leiche hättet, würdet Ihr mich einfach vor sie führen und abwarten, ob das Blut wieder zu fließen beginnt, um meine Schuld zu beweisen.«

Der Kanzler zeigte keine Regung; außer man konnte es als Regung betrachten, dass er für einen Moment mit dem Zupfen innehielt.

»Vielleicht wollt Ihr mir sagen, wo Ihr die Leiche vergraben habt?«, fragte er freundlich.

»Es gibt keine Leiche, es sei denn, er hat noch jemand anderen bestohlen und dieser hat ihn dabei ertappt.«

»Der Mann ist wie vom Erdboden verschwunden«, sagte der Kanzler. »Wenn er noch am Leben wäre, hätte ich ihn schon längst gefunden. Er ist tot, und Ihr habt ihn auf dem Gewissen.«

»Was soll das heißen, Ihr hättet ihn gefunden, wenn er noch lebte? Weshalb sucht Ihr ihn denn?«

»Als ob Ihr das nicht wüsstet.«

»Ich weiß es nicht. Welche Schwüre wollt Ihr denn noch von mir hören?«

»Ich brauche Eure Schwüre nicht. Ich brauche mich überhaupt nicht mehr mit Euch abzugeben. Es gibt andere Methoden, die Wahrheit aus Euch herauszubringen.«

Philipp versuchte, die aufsteigende Panik zu unterdrücken. »Weshalb ist Minstrel so wichtig für Euch?«, fragte er.

»Wer sagt, dass er das ist?«

»Es gibt nur zwei Möglichkeiten, um eine Mordanklage zu erheben: Wenn eine Leiche vorliegt, die sichtlich nicht eines normalen Todes gestorben ist, oder wenn jemand eine Anzeige erstattet hat. Eine Leiche habt Ihr nicht. Eine Anzeige auch nicht, denn die könnte nur von Aude kommen – sonst ist Minstrel in der Stadt niemandem bekannt oder wichtig genug. Es hat sich ja bis jetzt nicht einmal jemand bei ihr gemeldet ...«, er hielt inne, aber er führte den ursprünglichen Gedanken weiter. »Außerdem habt Ihr gesagt, Ihr hättet vergeblich nach ihm gesucht. Also, keine Leiche, keine Anzeige, nur der Kanzler unseres Herrn Kaiser, der nach einem Trunkenbold suchen lässt. Daher nehme ich an, er ist wichtig für Euch.«

»Eine gute Schlussfolgerung«, lobte Peter von Vinea. »Ich will sie belohnen; immerhin ist es denkbar, dass Ihr ihn umgebracht habt, ohne zu wissen, weshalb. Ein Beutel Münzen könnte Überredung genug gewesen sein. Ich brauche ihn. Das Reich braucht ihn. Er hat mir zutragen lassen, dass er etwas wisse, was für den Kaiser von höchster Bedeutung wäre.«

»Ihr seid der Mann, mit dem er sich hier treffen wollte.«

»Gut möglich.«

»Was wollte er Euch mitteilen?«

Der Kanzler grinste freudlos. »Auch wenn ich es wüsste, würde ich es Euch nicht auf die Nase binden. Und wenn Ihr glaubt, dieses Eingeständnis könnte Euch oder denen, die Euch beauftragt haben, helfen, dann seid versichert, dass Ihr keine Gelegenheit bekommen werdet, es weiterzuerzählen.«

»Es hat mich niemand beauftragt«, rief Philipp. »Und als ich vorhin sagte, es habe sich niemand bei Aude gemeldet, als sie die Beschreibung Minstrels in der Stadt verbreiten ließ, stimmte das nur zum Teil. Es haben sich beim Wirt des ›Kaiserelefanten‹ zwei Strolche gemeldet. Er hat sie an mich verwiesen.«

»Diese ›Strolche‹ waren meine Agenten«, erklärte der Kanzler gelangweilt. »Über sie bin ich an Euch geraten.«

»O mein Gott«, stöhnte Philipp. »Jetzt fange ich an zu verstehen.«

»Hoffentlich fangt Ihr auch an, Eure Lage zu verstehen.«

»Die verstehe ich mehr als genug, umso mehr, da ich unschuldig bin.«

Der Kanzler drehte die Augen nach oben, ohne zu antworten.

»Wollt Ihr wissen, was ich denke?«, fragte Philipp. »Ich denke, Minstrel wusste gar nichts und wollte Euch nur Geld entlocken. Im letzten Moment hat er Angst vor seinem eigenen Wagemut bekommen und sich versteckt.«

Der Kanzler richtete die Augen wieder auf ihn. Sein Gesicht drückte mildes Interesse aus. Es war klar, dass er diesen Gedanken selbst schon am Rande mitgeführt hatte. Philipp erkannte seine Gelegenheit.

»Ich weiß zwar nicht, wo er sich versteckt hält, aber ich glaube, es gibt jemanden, der es wissen könnte. Er hat früher schon mit ihm unter einer Decke gesteckt.« Er atmete tief ein. Alles, was er jetzt sagte, waren reine Spekulationen. Aber tiefer konnte er nicht mehr im Schlamassel sitzen. »Radolf Vacillarius. Er sitzt auf einem heruntergekommenen ...«, er unterbrach sich, weil der Kanzler zu grinsen begonnen hatte. Verblüfft starrte er ihn an. Der Kanzler lachte lauthals und schüttelte gleichzeitig vergnügt den Kopf. Nach einer Weile beruhigte er sich.

»Soeben habt Ihr Euch um Kopf und Kragen geredet, Meister Philipp«, sagte er. »Herr Radolf ist einer unserer vortrefflichsten Diener. Wenn Geoffroi bei ihm wäre, würde er mir sofort Bescheid sagen.«

»Radolf ist ...«, brachte Philipp mühsam hervor, zu verblüfft, um einen klaren Gedanken zu fassen.

»Radolf Vacillarius ist kein reicher, aber ein aufrechter Mann.«

»Aber er ist der letzte ...«

»Seid vorsichtig, was Ihr sagt. Ich will Euch nur ein Beispiel nennen, welchen Charakters Herr Vacillarius ist: Radolf war der Gefährte des Herrn von Als, welcher wiederum ein treuer Diener der Krone war. Als Herr Gottfried am Anfang des Pilgerzugs gegen die Heiden erkrankte und starb, war ihm keine Mühe zu viel, diese Nachricht zurückzubringen. Er wusste, dass die Witwe zu Hause sehnlichst auf Nachrichten von ihrem Gemahl wartete, und wollte verhindern, dass jemand anderer als er ihr die Kunde vom Tod ihres Gemahls brachte.«

»Radolf war niemals auf dem Pilgerzug«, rutschte es Philipp heraus. Der Kanzler kniff die Augen zusammen und beugte sich plötzlich nach vorne.

»Was soll das heißen?«

»Dass Radolf während des Kriegs gegen die Heiden sonst wo war, aber nicht im Heiligen Land. Und wollt Ihr noch etwas wissen? Wenn Radolf den Tod Gottfrieds noch vor dem Beginn des eigentlichen Pilgerzugs gemeldet hat, verfügte er über seherische Kräfte. Sein Herr starb erst, als das Heer des Kaisers schon lange wieder zurückgekehrt war. Und wollt Ihr noch etwas wissen? Er starb nicht an einer Krankheit, sondern an der Decke, die ihm Radolf aufs Gesicht drückte, bis er tot war. Wenn Ihr schon einen Mörder verurteilen wollt, reitet zum Haus von Radolf Vacillarius hinaus.«

»Ihr schleudert sinnlose Anschuldigungen in alle Richtungen. Besser könnt Ihr Eure eigene Schuld gar nicht eingestehen.«

»Wenn es danach geht, hätte jeder Ankläger das Verbrechen selbst begangen.«

»Nun«, sagte der Kanzler und lehnte sich wieder zurück, »ich muss zugeben, dass Ihr in einem Punkt doch Recht hattet. Es ist reine Zeitverschwendung, mit Euch zu reden.« Er gab den Bütteln einen Wink. »Ich gebe Euch bis morgen Früh Zeit, Eure Aussage zu überprüfen. Um Euer Nachdenken ein wenig anzutreiben: Solltet Ihr dann nicht geständig sein, werde ich den Henkersknecht kommen lassen und nachsehen, ob sich Eure Zunge mit seinen Werkzeugen lösen lässt. Ihr habt die Wahl. Entweder Ihr sagt mir morgen, was ich hören will, oder Ihr werdet es wenig später schreien.«

Zurück im Kellergeschoss des Gebäudes, zurück im Angstloch, aber nicht mehr zurück bei seinem unfreiwilligen Gefährten Fulcher, sondern nun allein in einem anderen, kleineren Raum; zurück und mit sich selbst allein gelassen, dauerte es eine Weile, bis Philipp sich der schieren Unausweichlichkeit seines Schicksals bewusst wurde. Vorher kreisten seine Gedanken um die Worte des Kanzlers, und er versuchte sie in das Schema zu passen, das er sich in den vergangenen Tagen aus den Geschehnissen gebildet hatte. Minstrel hatte nicht gelogen. Er hatte sich hier in der Stadt mit einem Mann treffen wollen, von dem er Geld erwartete. Sicherlich hätte er seine Informationen nicht umsonst an den Kanzler weitergegeben; wenn er überhaupt über welche verfügt hatte, woran Philipp nach wie vor nicht glaubte. Der Kanzler war nur der dritte im Bunde derjenigen, die Minstrel auf den Leim gekrochen waren – zusammen mit Aude und Philipp. Minstrel, dessen war Philipp ebenfalls sicher, hatte sich irgendwo verkrochen, um den Aufruhr um seine Person abzuwarten. Ganz offensichtlich beabsichtigte er nicht mehr, zu Aude zurückzukehren, sonst hätte er sich zumindest ihr zu erkennen gegeben.

An diesem Punkt angelangt, begannen Philipps Gedanken abzudriften und sich mit seinem eigenen Schicksal zu beschäftigen. Es war ihm bewusst, dass sein Hiersein mit all den Toten und Totgemeinten verknüpft war, von denen er in der letzten Zeit erfahren hatte – und immer wieder und in erster Linie mit Minstrel. Was sein Verschwinden und die Worte des Kanzlers bedeuteten, war ihm klar. Dieses Bewusstsein nahm nach und nach Gestalt in Philipps Denken an. Die Dämonen hatten genügend Zeit und Gelegenheit, sich an ihn heranzupirschen und ihm die Luft abzudrücken. Zu nichts anderem diente der Aufenthalt in der einsamen Zelle: den Kreaturen der Angst den Zugang zu ihrem Opfer zu gewähren. Ohne es zu wollen und ohne es abstellen zu können, malte Philipp sich das morgige Verhör aus, und während die Wände der Zelle näher zu rücken schienen, sah er sich vor dem Kanzler stehen, den Mord an Minstrel erneut abstreiten und fühlte, wie man ihn packte und in einen Raum im Kellergeschoss zurückbrachte, dessen Wände Entsetzen und Schmerz ausschwitzten und in dessen Mitte die grinsende, vernarbte, bucklige Gestalt des Henkersknechts stand und seine Marterwerkzeuge wetzte. Es half nichts, dass er sich vorsagte, dass sowohl die Kirche wie auch der Kaiser die Folter zur Erzwingung eines Geständnisses verabscheuten und dass nicht einmal die päpstliche Inquisition bislang Zuflucht zu ihr genommen hatte; er wusste, dass es immer Ausnahmen gab, und die Ausnahmen wurden häufiger, je mächtiger der Ankläger war, der ein Geständnis hören wollte. Einen mächtigeren Ankläger als den Kanzler des Kaisers konnte man sich jedoch kaum vorstellen. Philipp sah seine Handgelenke mit Ketten gefesselt und in die Höhe gezogen, bis er aufrecht und mit ausgestreckten Armen in der Kammer des Henkersknechts stand; man zerrte das Wams von seinem Oberkörper, und die Geißel trat in Aktion, bis sein Rücken eine einzige schreiende Wunde war, die schon von der Berührung eines Lufthauchs in unerträglichen Schmerzen zuckte. Er sah sich voll heulender Panik der weißglühenden Spitze eines Eisens entgegenstarren, zurückgewichen, bis sich die Kette klirrend spannte, und die Spitze näherte sich der empfindlichen Haut unter seinen Armen und brannte, schmorte, ätzte sich stinkend in seine Haut, bis er kreischte und zu sterben wünschte. Man spannte ihn in den

Rahmen und zerrte seine Gliedmaßen in die Länge, bis er das Reißen der Sehnen zu hören glaubte und den Kopf hin und her warf in dem wortlosen Flehen, die Marter zu beenden. Man setzte ihn auf eine Bank, spannte seine Beine in einen Block, streifte die Stiefel von seinen Füßen und stellte ein Kohlenfeuer darunter und erhitzte es, bis seine Haut sich schwärzte und Blasen warf, und weckte ihn mit einem Guss aus dem Wassereimer, wenn er darüber das Bewusstsein verlor. Und während all dieser Prozeduren gestand er heulend und flehend den Mord an Minstrel, den Mord an Thomas, den Mord an Lambert, jeden Mord, der ihm einfiel, bis der Kanzler davon überzeugt war, dass es Philipp immer noch einen Mord zu entlocken galt und dem Henkersknecht befahl, mit seiner Tätigkeit fortzufahren.

Die Wände des Kerkerraums warfen Philipps vor Angst blinden Blick indifferent zurück. Der Tag versank in der Dunkelheit der Zelle unbemerkt, und ebenso unbemerkt schlich sich die Nacht heran. Philipp umklammerte seine Knie und rollte sich zu einem Ball zusammen, ohne die Kälte zu spüren, die von den Wänden, vom Boden, von der Feuchtigkeit und der Finsternis in seine Knochen zog. Er war einsamer denn je in seinem Leben, und er wusste nicht, was ihn davon abhielt, laut zu schreien oder mit dem Kopf gegen die Wand zu rennen. Er saß da und zitterte vor kalter Angst.

Am nächsten Morgen führte man ihn aus der Zelle. Sein Körper schien abgestorben, und dass seine Beine sich bewegten, war ein Wunder. Die Büttel nahmen ihn in die Mitte, führten ihn über die Treppe hinauf, geleiteten ihn ins Freie und über den Hof zum Tor der Kommende. Der Torwächter öffnete das Mannloch, und die Büttel schoben Philipp hindurch. Draußen warteten Raimund und Aude mit ein paar Bewaffneten auf ihn und brachten ihn nach Hause.

»Galbert kam gestern in wildem Galopp auf den Hof geritten und informierte mich, dass man dich verhaftet habe«, erklärte Raimund, während Philipp auf einer Truhe im Saal saß und die

Tatsache langsam in sein Bewusstsein sickerte, dass ihn der Henkersknecht doch nicht bekommen hatte. »Ich ritt zurück in die Stadt und erfuhr, dass der Kanzler in der Ordenskommende weilt. Ich verlangte noch am selben Abend eine Audienz. Peter von Vinea ist mir nicht unbekannt, und er kennt auch mich; er war erstaunt, als ich ihm mitteilte, du seist mein Truchsess. Auf meine Bürgschaft hin ließ er dich gehen.«

»Er ist davon überzeugt, dass ich Audes Mann umgebracht habe«, sagte Philipp mit rauer Stimme. Er warf einen Blick zu Aude hinüber, die auf einer anderen Truhe saß und ihn mit ausdruckslosem Gesicht musterte.

»Er ist überzeugt, dass Geoffroi Cantat tot ist«, widersprach Raimund. »Dass du ihn auf dem Gewissen haben könntest, ist für ihn nur eine von vielen Möglichkeiten, die er überprüfen wollte.«

»Auf Kosten meiner Unversehrtheit.«

»Von seiner Sicht aus wollte er das Richtige tun.«

»Und von Eurer Sicht aus?«

Raimund betrachtete Philipp mit zusammengezogenen Augenbrauen. Sein Gesicht ließ den üblichen amüsierten Ausdruck völlig vermissen.

»Ich habe mich für dich verbürgt«, sagte er schließlich. Philipp seufzte und warf Aude einen zweiten Blick zu.

»Ich glaube nicht daran, dass Euer Mann tot ist«, sagte er. Aude zuckte mit den Schultern, aber dann lächelte sie müde. Ihre Augen waren gerötet.

»Danke«, sagte sie. »Ich weiß nicht mehr, was ich glauben soll.«

»Wie ist es Euch nach meiner Festnahme ergangen?«

»Grundsätzlich nicht viel anders als Euch. Ich hatte ebenfalls ein Gespräch mit dem Kanzler.«

Philipp zog überrascht die Augenbrauen hoch und setzte sich auf.

»Nachdem man Euch weggebracht hatte, bat Euer Freund Rutger mich, ihn zu begleiten. Ich war ziemlich unfreundlich zu ihm und sagte ihm, dazu müsse er mich ebenso abführen wie Euch. Dann machte er mir klar, dass der Kanzler des Kaisers auf mich warte und dass es um Geoffroi ginge. Ich ließ mich von ihm zum ›Drachen‹ bringen und schickte Galbert zu Eurem Herrn.«

»Sehr umsichtig«, sagte Philipp. »Ohne Euch würden sie mir jetzt schon wer weiß was ausreißen.« Er schauderte nachträglich. »Falls ich mich noch nicht ausführlich bedankt haben sollte, nehmt bitte nochmals meine tief empfundene Dankbarkeit entgegen.« Es gelang ihm, die Ernsthaftigkeit seines Danks trotz seines unwillkürlichen Grinsens zu ihr hinüberzubringen, denn sie neigte nur den Kopf und schenkte ihm ein kleines Lächeln.

»Der Kanzler erklärte mir, dass Geoffroi sich mit ihm verabredet und er schon seit Tagen auf ihn gewartet habe. Schließlich wurde er auf mich und meine Suchaktion aufmerksam und kam so auf Eure Person ...«

»... ließ mich ergreifen und glaubte mir kein Wort von alldem, was ich ihm erzählte.«

»Ich weiß. Er ließ es mich mithören.«

»Ihr wart in demselben Raum?«

»Hinter einer Holzverschalung. Nachher fragte er mich, ob ich Euch glaubte. Er sagte: Alles, was dieser Mann hervorbringt, steht auf wackligen Beinen und kann gegen ihn ausgelegt werden. Und bedenkt selbst, ob es nicht wahr ist, dass Ihr noch keinen Schritt weitergekommen seid, seit er Euch bei Eurer Suche nach Eurem Gemahl ›hilft‹.« Sie stockte und sah zu Boden.

»Ich kann es Euch nicht verdenken, dass Ihr an mir gezweifelt habt«, sagte Philipp großzügiger, als er sich fühlte. Tatsächlich fühlte er einen tiefen Stich, während er es sagte. Aude schwieg eine lange Weile.

»Ich habe keinen Augenblick lang an Euch gezweifelt«, sagte sie schließlich, ohne den Blick vom Boden zu nehmen. »Darüber war er sehr erstaunt.« Sie sagte nicht, dass sie sich bereits zu diesem Zeitpunkt für Philipp als Bürge angeboten hatte. Und sie gab auch nicht preis, was der Kanzler noch zu ihr gesagt hatte: *Ihr sprecht, als wäre jener dort Euer Mann und nicht einer, der verdächtig ist, Euren Mann getötet zu haben.*

»Er sagte, wenn ich darauf bestünde, dass Ihr unschuldig seid, würde es schwierig für ihn, Euch ein Geständnis abzupressen. Ich verlangte, er solle Euch freilassen, aber er prophezeite mir, dass Euch eine Nacht im Kerker, in der Erwartung der Folter, in kürzester Zeit gesprächig machen würde. Er sagte mir sogar voraus, dass Ihr noch vor Anbruch des Morgens geständig würdet.«

»Für ihn bin ich nach wie vor der Täter«, knurrte Philipp. »Wie auch immer, du hast nicht die Erlaubnis, dich vom Hof zu entfernen«, erklärte Raimund. »Und ich habe dem Kanzler mein Ehrenwort gegeben, auf dich aufzupassen, bis deine Unschuld geklärt ist.«

Philipp schnaubte. »So einfach ist das; gestern will er mir die Glieder ausreißen, und heute reicht ihm ein Ehrenwort, um mich laufen zu lassen.«

»Es ist ein Wort unter Edelmännern«, sagte Raimund ein wenig ungehalten. »Eine größere Versicherung gibt es nicht.«

»Ich muss den Hof verlassen, um meine Unschuld zu beweisen«, stieß Philipp hervor. »Aude, hat der Kanzler Euch gesagt, worüber Euer Mann mit ihm sprechen wollte?«

»Nein. Er fragte mich, ob ich es wüsste. Ich wusste nicht einmal, dass er sich mit ihm verabredet hatte.«

»Herr«, sagte Philipp und wandte sich an Raimund, »ich habe den Verdacht, dass Audes Mann den Kanzler betrügen wollte. Entschuldigt, Aude, aber wenn Ihr mein Gespräch mit dem Kanzler gehört habt, dann wisst Ihr ohnehin, was ich denke. Im letzten Moment verließ ihn der Mut, und er ist bei seinem Verbündeten untergekrochen.«

»Wer soll dieser Verbündete sein?«

»Radolf Vacillarius.«

Philipps Herr riss erstaunt die Augen auf und schüttelte gleichzeitig den Kopf.

»Ich weiß, es hört sich verrückt an«, sagte Philipp hastig. »Aber passt auf, was ich herausgefunden habe: Radolf hat niemals am Pilgerzug gegen die Heiden teilgenommen. Stattdessen haben er und sein Knappe Lambert und wahrscheinlich auch Ernst Guett'heure, der das Heilige Land ebenso wenig gesehen hat, sich irgendwo im Reich herumgetrieben. Nach dem Ende des Pilgerzugs hat Radolf seinen Lehnsherrn ermordet – und ratet, wer sein Herr war: niemand anders als Gottfried von Als, Frau Katharinas erster Mann. Ich weiß nicht, weshalb er das getan hat. Ich weiß nur, dass irgendwann während dieser Zeit Minstrel zu ihnen gestoßen ist. Was immer sie ausgefressen haben, hält sie auch jetzt zusammen und hat ihnen einen neuen Plan eingegeben. Minstrel versuchte, den Kanzler auszunehmen, während Radolf den Kardinal für sich einnahm. Nur diesmal klappte es nicht. Minstrel bekam es mit der Angst und ließ seine Verabredung mit dem Kanzler platzen, während der Kardinal Radolf auf eine Art und Weise zu helfen versuchte, die diesem gänzlich unwillkommen war – nämlich durch mich.«

»Was soll ich all diesem krausen Gerede entnehmen?«

»Dass Radolf weiß, wo sich Minstrel versteckt hält. Lasst mich nur noch einmal zu ihm hinausreiten. Er muss mir verraten, wo ich Minstrel finde, damit ich meine Unschuld beweisen kann. Und wenn ich ihn finde, werde ich dafür sorgen, dass er mir das unselige Geheimnis verrät, das ihn und Radolf und den toten Ernst Guett'heure miteinander verbindet.«

»Ich kann dich nicht gehen lassen. Ich stehe unter Wort.«

»Dann begleitet mich. Oder gebt mir eine bewaffnete Eskorte mit. Sie sollen mich meinetwegen fesseln. Aber ich muss zu Radolf hinaus, wenn ich jemals den Versuch unternehmen will, mich reinzuwaschen.«

Raimund sah von Aude zu Philipp, und Aude spürte seine Unschlüssigkeit. Seine Erleichterung, dass Philipp nichts geschehen war, war offensichtlich gewesen, als Philipp aus dem Mannloch quasi in ihre Arme taumelte, noch vollkommen benommen von der unerwarteten Wendung der Dinge. Sie achtete ihn hoch für die ungewöhnliche Sorge, die er um seinen Truchsess empfand, wenn sie sie auch nicht verstand. Vielleicht hatte er sich Vorwürfe gemacht, Philipp dem Kardinal empfohlen zu haben. Wenn Philipp nicht vom Hof aufgebrochen wäre, um zu Radolf zu gehen, wäre er niemals mit Geoffroi zusammengekommen. Aber sie verstand auch Philipps Wunsch, verstand ihn sogar noch besser als die Beweggründe seines Herrn. Und wenn sie ehrlich war, war ihr Verständnis keineswegs frei von eigener Vorteilsnahme.

»Lasst ihn gehen, Raimund«, sagte sie. »Er muss es tun. Und ich werde ihn begleiten.«

»Das kommt nicht infrage«, sagten beide Männer wie aus einem Mund. Aude lächelte trotz ihrer Anspannung.

»Wenn jener Radolf die einzige Möglichkeit ist, meinen Gemahl zu finden, dann werde ich ihn aufsuchen, ganz egal, wer mich dabei begleitet. Aber ich würde es begrüßen, wenn Philipp mein Begleiter wäre. Ich verspreche Euch, dass er mir nicht entfliehen wird.«

»Wer redet denn davon, zum Teufel?«, grollte Philipp. Raimund kratzte sich am Kopf und musterte sie mit gesenkten Augenbrauen.

»Ich werde auf jeden Fall gehen«, bekräftigte sie nochmals. »Mich könnt Ihr nicht daran hindern.«

»Radolf ist völlig unzurechnungsfähig. Ihr könnt dort nicht allein hingehen.«

»Arbeitet Ihr jetzt zusammen, um mich umzustimmen?«, rief Raimund aufgebracht.

»Es geht nicht nur um mich und Minstrel«, drängte Philipp. »Es geht auch um den Mord an Thomas und Lambert mit seiner Familie.«

»Was?«

»Lambert war Radolfs Knappe; nur erfuhr ich leider zu spät davon. Radolf und Ernst sprachen in meiner Gegenwart darüber, dass sie seiner habhaft werden müssten. Ich dachte mir, dahinter stecke nicht mehr als der Zorn des Herrn auf seinen entsprungenen Knappen. Aber Lambert hat etwas gewusst; etwas, das weit über seine Mittäterschaft an dem Mord hinausgeht und das er Thomas gebeichtet hat. So viel wissen wir durch Renatas Aussage. Es war etwas von so großer Tragweite, dass Thomas sich dazu bewogen fühlte, den Rat des Abtes im Kloster einzuholen. Er ging damit nicht zum Bischof, wie es üblich gewesen wäre, sondern zum Abt, dem er vertraute. Ich traf ihn auf der Straße, und er erzählte mir, es ginge um die Unglückliche, die man an den Schandpfahl gebunden hatte. Es mag ihm sicher auch darum gegangen sein, aber der Hauptgrund war der Inhalt von Lamberts Beichte. Was immer er dem Abt mitteilte, es hat ans Licht gebracht, dass auch Thomas das Wissen Lamberts teilte. Deshalb hat man ihn beseitigt. Vielleicht hat jemand sein Gespräch mit dem Abt belauscht. Und in seinem Tod hat er ihnen die Spur zu Lamberts Versteck gewiesen.«

Raimund kniff die Augen zusammen. Aude war Philipps Rede mit halber Verständnislosigkeit gefolgt, aber es gelang ihr, die Enden zusammenzuknüpfen.

»Deshalb hat man auch Lamberts gesamte Familie ausgelöscht«, sagte sie überrascht. »Weil man befürchtete, auch sie wüssten Bescheid.«

»Worüber denn Bescheid, bei allen Heiligen?«, rief Philipps Herr.

»Ich weiß es nicht«, rief Philipp zurück. »Aber ich schwöre Euch, ich werde es aus Radolf herausbekommen.«

»Er wird dich und Aude genauso beseitigen lassen, wenn das alles zutrifft, was du mir erzählt hast.«

»Er kann es nicht. Im Gegensatz zu Thomas und Lambert weiß ich, was auf mich zukommt. Außerdem hegt er gegen mich keinen Verdacht, oder er hätte mich längst schon beseitigt.«

»Ich kann dich trotzdem nicht gehen lassen.«

Aude stand auf und strich ihr Kleid glatt. »Es ist spät«, sagte sie, »und ich bin müde. Ihr müsst mich entschuldigen, wenn ich heute am Abendmahl nicht teilnehme. Ich möchte ein wenig für mich sein.«

»Das wird Euch schwer fallen bei dem Trubel, der hier herrscht«, sagte Raimund und verneigte sich leicht in ihre Richtung. »Ich wünsche Euch gute Ruhe.«

»Danke«, sagte sie und ging zur Treppe, die in die Frauenkammer hinaufführte. Sie spürte Philipps Blicke auf ihrem Rücken. »Und, Raimund«, sagte sie, ohne sich umzudrehen, »wenn Euch nur etwas an Eurem Truchsess liegt, dann lasst Ihr ihn morgen mit mir zum Haus des Radolf Vacillarius reiten. Seine Seele hängt davon ab.«

Schließlich brachen sie zu dritt auf: Aude, Philipp und Galbert, den zurückzulassen Philipps Überredungskünste nicht mehr vermocht hatten. Ursprünglich hatte Raimund darauf bestanden, ihnen ein kleines Trüpplein seiner Bewaffneten mitzugeben, aber

Philipp konnte sich mit dem Hinweis durchsetzen, dass die Ankunft eines Trupps Radolf nur misstrauisch stimmen und ihn möglicherweise dazu veranlassen würde, rechtzeitig das Weite zu suchen. Danach kostete es Aude ihre ganzen Überredungskünste, den beiden alten Frauen, die sie von ihrer Heimat bis hierher begleitet hatten, die Teilnahme an dem Unternehmen auszureden. Sie brachen im Morgengrauen auf, umgingen Köln im Norden und setzten am späten Nachmittag mit einer Fähre über den Rhein, unweit eines kleinen Dorfes namens Worringen. Der Fährmann, der offenbar Geschäftssinn besaß, hatte eine Hütte am anderen Rheinufer gebaut und bot ihnen darin eine Übernachtungsmöglichkeit an, gegen ein Entgelt, das auch dem »Drachen« alle Ehre gemacht hätte. Philipp drängte darauf weiterzureiten, denn er hatte Raimund versprochen, in drei oder vier Tagen zurück zu sein, und er wollte auf keinen Fall wortbrüchig werden. Aude überzeugte ihn schließlich davon, dass sie Radolfs Haus am heutigen Tag ohnehin nicht mehr erreichen würden und es einerlei war, ob sie hier in der Hütte des Fährmanns oder bei den Köhlern übernachteten, die Philipp schon einmal Unterschlupf gewährt hatten und die er als Übernachtungsmöglichkeit vorschlug.

»Wenn ich zu wählen habe zwischen einer einigermaßen sauberen Hütte an einem Fluss, in dem ich mich des Morgens waschen kann, und einer rußigen Köhlerhütte, muss ich nicht lange überlegen«, sagte sie. Philipp, der zuweilen das Gefühl hatte, noch immer nicht ganz aus dem Albtraum aufgewacht zu sein, den ihm die Nacht im Kerker beschert hatte, wehrte sich nur schwach und gab schließlich nach.

Die Hütte mit ihrem gestampften, mit Heu eingestreuten Lehmboden gehörte zu einem Drittel den Tieren des Fährmanns, drei Ziegen, die die menschliche Gesellschaft mit gleichmütig wiederkauenden Gesichtern begrüßten. Der Fährmann selbst gesellte sich nach Einbruch der Dunkelheit zu ihnen in das Innere der Hütte, nachdem er vergeblich auf weitere Kunden gewartet hatte. Er hatte sich einige Knollen Zwiebeln eingesteckt, die er geräuschvoll aß, während Aude, Philipp und Galbert an geröstetem Getreide und Räucherfleisch kauten. Schließlich schliefen sie, in der Enge der Hütte aneinander gedrängt. Als Aude zu einer unbestimmbaren Zeit erwachte, fehlte Philipp, der sich zwischen sie und den nach Zwiebeln stinkenden Fährmann gelegt hatte. Sie bewegte sich vorsichtig, um Galbert, der an ihrer anderen Seite den Schlaf des Gerechten schlief, nicht zu wecken. Der Fährmann blies ihr seinen Zwiebelodem ins Gesicht; schließlich und weil es ihr zu lange dauerte, bis Philipp wieder zurückkam, raffte sie sich auf, umklammerte ihren Oberkörper gegen die Kälte und stolperte ins Freie hinaus. Sie fühlte das Jucken der ersten Flohbisse und erschauerte vor dem Wissen, dass sie sich am Morgen im eiskalten Flusswasser gründlich würde reinigen müssen.

Der Mond, eine leicht eingedellte Scheibe nach dem kürzlich erfolgten Vollmond, stand weit über dem Horizont. Das unruhige Wasser des Rheins, an der flachen Fährstelle zusätzlich aufgewühlt durch die Unebenheiten des Bodens, war ein zerbrochener Spiegel, der das Mondlicht flackernd wiedergab. Vor dem Spiegel kauerte eine sitzende Gestalt hart am Ufer und starrte über den Fluss hinweg. Aude trat zögernd hinzu. Die groben Kiesel rutschten unter den Sohlen ihrer Schuhe beiseite.

»Passt auf, dass Ihr nicht fallt«, sagte Philipp, ohne sich umzudrehen.

»Was tut Ihr hier draußen?«

»Ich betrachte das Mondlicht.«

»Darf ich mich zu Euch setzen?«

Philipp rückte ein Stück, und sie erkannte, dass er auf einer sandigen Stelle saß, die wie ein großer Teppich zwischen den Steinen lag. Sie setzte sich und berührte den Sand; er war unter dem kühlen Hauch des Flusses erstaunlich warm.

»Galbert ist traurig, weil Frida gestern Abend zu mir gekrochen kam, anstatt sich zu ihm zu legen«, sagte Philipp zu Audes Erstaunen. Sie fragte sich, wovon er sprach, aber sie hielt den Mund. Philipps Verhalten vermittelte ihr das Gefühl, als wollte er zum ersten Mal aus sich herausgehen, und sie ließ es ihn auf seine Weise tun. »Er dachte, er hätte sie für sich allein gewonnen. Ich hätte ihm gleich sagen können, dass das ein eitler Wunsch war.«

Er beugte sich nach vorn, klaubte einen Stein auf und legte ihn vorsichtig vor sich auf den Sand. Er warf ihr einen kurzen Seitenblick zu. Aude vermied es, ihm ins Gesicht zu sehen. Der Fluss flirrte unter dem knochenhellen Mondlicht wie die polierten Metallplättchen am Gewand eines Jongleurs. Es war schwierig, den Blick davon abzuwenden, wenn man sich einmal darauf eingelassen hatte.

»Als sie sich zu mir legte, wurde mir klar, was mir in der Ordenskommende erspart geblieben war. Es war, als würde ich erst da erwachen. Der Kanzler hätte mich zu Tode gefoltert, um aus mir herauszubringen, was aus Eurem Mann geworden ist.«

Aude gab ein Geräusch von sich, aber Philipp unterbrach sie. »Er hätte es getan. Daran gibt es nichts zu zweifeln. Ich habe in seine Augen gesehen. Es heißt, der Kaiser hätte keinen treueren Gefährten als ihn. Wenn er den Eindruck hatte, etwas, das ich weiß, stünde dem Wohlergehen des Kaisers und dem Reich im Weg, hätte er ohne mit der Wimper zu zucken alles getan, um das Wissen aus mir herauszuholen. Ich war nur ein Wurm, dessen Leben lediglich den Wert hatte, den er ihm beimaß.«

»Euer Leben hat den gleichen Wert wie das des Kanzlers.«

»Gestern erschien es mir jedenfalls unendlich wertvoll. Plötzlich schien mir alles neu, wie geläutert, und die kleinste Kleinigkeit versetzte mich in Entzücken: das Gefühl, auf dem sauberen Stroh zu liegen, das Atmen der Schläfer um mich herum, die Wärme unter den Fellen und Decken ...«

»Glückliche Frida«, sagte Aude, bevor sie es verhindern konnte. Sie hielt den Atem an.

»Weshalb? Ich schickte sie weg. Ich wollte meine Freude, am Leben zu sein, mit niemandem teilen. Dieser Moment gehörte nur mir. Ich glaube, sie war wütender als eine Katze, die in die Jauchegrube gefallen ist.«

Aude lächelte. Philipp räusperte sich und suchte offenbar nach einem Weg fortzufahren. Schließlich sagte er: »Ich will Euch erzählen, was bei der Mutprobe schief ging, mit der ich Johannes' Freundschaft erringen wollte.« Er räusperte sich wieder. »Der Gedanke, mich vor den zwei Novizen – es waren Johannes und sein ›Kämmerer‹, wenn man so will – zu entblößen, jagte mir zuerst Scham ein, aber dann begann ich plötzlich eine aberwitzige Erregung zu fühlen. Die Erregung verband sich nicht mit dem Akt des Zeigens an sich, sondern mit dem Gedanken, es vor Johannes zu tun. Ich bekam ... Ich hatte eine Erektion.« Seine Stimme wurde lauter. »Mein kleiner Kerl stand wie eine Turnierlanze, wenn Ihr es genau wissen wollt.«

»Ihr braucht Euch nicht zu schämen«, sagte Aude ruhig.

»Ich weiß nicht.« Philipp seufzte. »Ich weiß nicht. Ich hatte damals das Gefühl, auf der Stelle sterben zu müssen. Ich weigerte mich, mich länger als einen winzigen Augenblick zur Schau zu stellen, und das war's. Ich hatte die Probe nicht bestanden. So redete ich mir ein, dass ich sie gar nicht mehr bestehen wollte.«

»Und damit hattet Ihr Unrecht«, vermutete Aude.

»Natürlich hatte ich damit Unrecht. In Wahrheit wollte ich nichts anderes als Johannes' Freundschaft, aber ich wollte sie nicht auf die Weise, die er darunter verstand. Und doch ...«, er räusperte sich ein drittes Mal, diesmal lang anhaltend, und Aude wusste, er wollte etwas loswerden, was ihm schon seit seiner Jugend im Hals steckte, »und doch ... Wisst Ihr, etwa ein Jahr danach, im Sommer, halfen wir den Mönchen nach der Sext – das ist das Mittagsgebet – das Gras unter den Obstbäumen zu mähen. Tatsächlich mähten wir, während die Mönche darauf aufpassten, dass sich die Fliegen nicht auf ihrer Tonsur festsetzten. Es war ein sehr heißer Sommer, und die Sonne brannte auf den Obstgarten herab. Schließlich fiel einer von uns um und konnte erst mit Wasser wieder zu Bewusstsein gebracht werden, und der Prior gewährte uns eine Pause bis zur Non. Ich suchte nach einem schattigen Platz unter den Beerensträuchern, um mich hinzulegen.«

Philipp hob den Stein auf, den er zu sich herangezogen hatte, und schleuderte ihn ins Wasser. Aude hörte ihn aufprallen. Der zerschmetterte Mondspiegel der Wasseroberfläche zersprang an einer Stelle zu noch mehr Teilen, bevor er sich wieder in seinen unruhigen Rhythmus fand.

»Im undurchdringlichsten Teil der Beerenhecke, wo sich eine niedrige Höhle aus Zweigen und Blättern gebildet hatte, stieß ich auf Johannes. Da wurde mir erst klar, dass ich ihn schon seit kurz nach dem Beginn der Mäharbeiten nicht mehr gesehen hatte. Johannes war nicht allein. Einer der anderen Novizen war bei ihm, einer, der die Aufnahmeprüfung geschafft hatte. Sie lagen sich in den Armen und küssten sich voller Leidenschaft. Ihre Kutten hatten sie bis zum Bauchnabel gerafft, und beide waren damit beschäftigt, sich gegenseitig zu liebkosen.«

Philipp schwieg. Aude hatte das Gefühl, er hätte liebend gerne noch etwas ins Wasser geworfen. Als wollte er sie darin bestätigen, griff er blind nach einer Hand voll Kieselsteinen und schleuderte sie von sich.

»Ich kann nichts Schlimmes entdecken«, sagte Aude vorsichtig. »Weder an dem, was Ihr beobachtet habt, noch daran, dass Ihr über diese Szene quasi gestolpert seid.«

»Das Schlimme war«, stieß Philipp hervor, »dass ich in diesem Moment eine brennende Eifersucht auf den anderen Novizen verspürte. Es war nicht das Geschlechtliche an der Sache, ich hätte das nicht gewollt – es war das Gefühl der Verbundenheit zwischen den beiden, eine Verbundenheit, die ich mir mit Johannes für mich selbst gewünscht hätte. In diesem Moment war ich kurz davor, mich mit Johannes ebenfalls der Sodomie hinzugeben, nur um diese Nähe zu schaffen.«

»Ihr habt es aber nicht getan.«

»Nein, ich habe es nicht getan. Es erschien mir ... Ich weiß nicht.«

»Widernatürlich?«

»Es war nichts Widernatürliches an dem, was ich gesehen hatte. Ich sah nur die Leidenschaft, die die beiden verband. Aber ich wusste, es war nicht meine Art der Leidenschaft – und doch wäre ich in jenem Augenblick im Stande gewesen, mich ihr zu unterwerfen.«

»Ihr habt Johannes auf Eure Art geliebt. Zu anderen Zeiten und unter anderen Umständen wärt Ihr vielleicht Freunde geworden – unter Zeiten und Umständen, die die Art der Liebe nicht vor die Liebe an sich stellen.«

»Als ich mich zurückzog, schlug Johannes die Augen auf. Wir waren nur ein paar Schritt voneinander entfernt. Er sah mich. Und ich sah in seinen Augen dieselben Gefühle, die ich eben selbst verspürt hatte. Ich hastete aus dem Gebüsch und lief zu einem Baum, unter dem ich mich wie betäubt niederwarf. Ein paar Augenblicke später tauchten Johannes und der andere Novize aus den Beeren auf. Sie kamen an getrennten Stellen und nicht gleichzeitig heraus, offensichtlich hatten sie darin einige Routine. Johannes kam an mir vorbei und nickte mir zu, ohne etwas zu sagen. Er bat mich niemals darum, meine Entdeckung für mich zu behalten. Aber natürlich sagte ich keinem Menschen jemals ein Wort davon.«

»Wenn man liebt, verliert man sich immer ein wenig«, erklärte Aude. »Daran ist zuerst einmal nichts falsch. Als ich mit jenem Knecht ins Gebüsch ging und ihn verführte, war ich auch für ein paar Momente verliebt. Nicht in ihn, sondern in die Lust, die er mir bereiten würde. Ich habe sie ausgekostet und bin danach zu mir selbst zurückgekehrt.«

»Ich hätte mich total verloren, bis hin zur Unterwerfung unter eine Art der Liebe, von der ich nichts verstand«, begehrte Philipp auf. »Und wer weiß, ob ich mich jemals wiedergefunden hätte.«

»Ihr hättet Euch wiedergefunden. Ihr unterschätzt Eure eigene Stärke und die Geradheit Eures Charakters.«

»Ich weiß nicht ... Es ist schwierig, das zuzulassen. Und es braucht eine Menge Vertrauen in den Menschen, bei dem man das zulassen will.«

»Und Vertrauen wird oftmals enttäuscht, ich weiß. Dagegen ist nichts zu machen. Ihr habt nur die Wahl zwischen zwei Dingen: immer wieder von neuem einem Menschen zu vertrauen, dem Ihr Liebe entgegenbringt, oder nie mehr wieder zu vertrauen. Im ersteren Fall werdet Ihr immer wieder einmal verletzt werden – im letzteren Fall werdet Ihr niemals wieder Liebe verspüren.«

Philipp wandte den Blick vom Boden ab und sah ihr ins Gesicht. Was das harte Mondlicht in seinen Zügen enthüllte, war mehr, als sie zu lesen im Stande war. Sie beugte sich zu ihm hinüber. Seine Augen waren groß und glitzerten im Mondschein. Sie fühlte das Beben durch ihren Körper schießen, noch bevor ihre Lippen seinen Mund berührten, und als sie es taten, keuchte sie unwillkürlich. Sie fühlte, wie seine Hand über ihren Oberarm strich und sich dann unter ihr Haar schob und um ihren Nacken legte, mit einer leichten, mehr als zarten Berührung, die weniger Leidenschaft als das Bedürfnis auszudrücken schien, sie zu beschützen. Seine Lippen öffneten sich, und sie tastete mit der Zunge in seinen Mund, die Augen bereits geschlossen, um sich dem süßen Gefühl hinzugeben, das sie erwartete. Er erwiderte ihren Kuss mit einer seltsamen Scheu, die sie ihm nicht zugetraut hätte, und plötzlich fürchtete sie, dass er seine Angst, sich zu verlieren, einmal mehr nicht zu überwinden vermochte. Aber noch bevor sich ihr Körper versteifen konnte, wurde sein Kuss leidenschaftlicher, fordernder, und sie küsste ihn wieder mit der Intensität des Gefühls, das sie die ganze Zeit über unterdrückt hatte, bis ihnen beiden der Atem ausging. Er versuchte sie an seine Schulter zu ziehen, aber sie legte ihm die Hand auf die Brust und wehrte sich dagegen. Sie wollte in sein Gesicht sehen.

»Aude ...«, begann er hilflos. Sie legte ihm einen Finger auf den Mund.

»Schh«, machte sie. »Reden zerstört den Zauber.«

»Aber es ist nicht nur ein Zauber. Aude, ich ...«

Sie wusste, was er sagen wollte, aber sie wollte es nicht hören, weil es sie sonst dazu gezwungen hätte, das Gleiche zu ihm zu sagen. Sie wusste, dass die Zeit dazu noch nicht reif war. Sie küsste ihn, bevor er weitersprechen konnte.

Es schien Aude, als küssten sie sich eine endlose Zeit, als wären sie beide wieder Kinder, die ihre Gefühle erst entdeckten, und als wären die Küsse der Gipfel der Leidenschaft, die sie einander zutrauten. Sie sank auf den Rücken in den Sand, und Philipp beugte sich über sie, eine Hand unter ihrer Schulter, die andere mit sanften Bewegungen über ihre Wange streichend. Seine Zartheit überraschte sie noch immer. Dann, als sie glaubte, sie müsse ihn dazu auffordern, strich er über ihr Kinn und ihren Hals zu ihrer Brust hinunter, mit einem Finger, dessen Berührung wie ein Kitzeln war, das sie bis in ihre Zähne spürte, verharrte dort, wo nicht weit unter ihrem Schlüsselbein der kleine Ausschnitt ihres Kleides endete, sprang über diese Hürde hinweg und glitt außen am Stoff nach unten, zwischen ihren Brüsten, über ihren Bauch, leicht wie eine Feder über ihren Schoß, über dem sich der schwere Stoff des Rocks bauschte, aber sie spürte die Berührung dennoch und zuckte ihr entgegen, während sie ihre Finger in seinen Oberarm krallte. Sie machte sich von ihm los und flüsterte ihm ins Ohr: »Zieh mich aus.« Sie wusste nicht, in welcher Sprache sie ihn aufgefordert hatte, aber er schien die Bedeutung begriffen zu haben, denn er begann damit, die Verschnürung ihres Oberteils aufzunesteln. Sie sah ihm ins Gesicht, während er an den Bändern zerrte. Die Hitze, die in seine Wangen gestiegen war, belustigte und erregte sie gleichermaßen. Sie fuhr unter sein Hemd, spürte das wollige Haar auf seiner Brust und grub lustvoll ihre Finger hinein.

Philipp gehorchte mit bebenden Fingern Audes Aufforderung. Seine Fingerspitzen schienen ihm zugleich gefühllos und sensibler denn je. Sein Schoß pochte, aber noch mehr pochte sein Herz. Er schnürte den Ausschnitt ihres Kleides auf, bis es unterhalb ihres Brustbeins nicht mehr weiterging. Der Ausschnitt ihres Hemdes reichte ebenso weit hinunter, und er befasste sich mit dessen Bändern, während die Erregung in ihm immer noch um eine Nuance stieg, obwohl er dies fast nicht mehr für möglich gehalten hätte. Audes Hände fuhren über seine Brust, seinen Bauch, der unter ihren Berührungen zuckte, seinen Schoß, seine Schenkel. Er hielt sich nur mit Mühe davor zurück, mit der Hand unter ihr Hemd zu fahren und ihre Brüste zu streicheln, als er endlich den Ausschnitt weit genug geöffnet hatte. Stattdessen beugte er sich hinab und küsste das sanfte Tal zwischen den beginnenden Rundungen, das er freigelegt hatte. Aude fuhr mit der Hand in sein Haar und zerwühlte es, während sie sein Gesicht in ihren Ausschnitt presste. Er riss sich von seiner eigenen Erregung los und spähte zu ihr nach oben. Sie hatte die Augen geöffnet und sah ihn an, wo er sie geschlossen vermutet hätte, aber ihre Lippen glänzten, und das Funkeln in ihrem Blick sagte ihm, dass sie die Augen keineswegs aus Gefühlskälte offen hielt; sie genoss es, ihm dabei zuzusehen, wie er sie liebkoste.

Schließlich richtete sie sich auf und erklärte ihm lachend, wie er die engen Ärmel des Kleides an den Schultern loszubinden hatte und wo das Oberteil nochmals verschnürt war, damit es sich möglichst eng um ihren Körper schmiegte. Er lachte mit, bewegte sich auf Knien um sie herum, küsste jeden noch so kleinen Fleck ihres Körpers, den er vom Stoff befreit hatte, und schmeckte das salzige, erregende Aroma ihrer Haut auf den Lippen. Zuletzt stieg sie aus dem Kleid, streifte die Stiefel von den Füßen und stand in ihrem lose fallenden Hemd vor ihm, die Waden knapp bedeckt. Sie sank wie er auf die Knie, und er erwartete, dass sie seine Beinlinge aufschnüren, sein Schamtuch beiseite zerren und seine Männlichkeit hervorholen würde, bevor sie sich zurücklegte und das Hemd nach oben schob. Er zitterte unter dem Beben der Erwartung und wusste gleichzeitig, dass er vage enttäuscht sein würde, wenn es so geschah.

Aude zupfte an den Kragenschnüren seines Wamses; als er ihr dabei helfen wollte, schob sie seine Finger weg. Sie nestelte es auf und zerrte es über seine Schultern nach unten, bis er mit den Armen herausschlüpfen konnte. Sie rollte sein Hemd über seiner Brust nach oben, und er hob folgsam die Arme und ließ es sich über den Kopf ziehen. Die Nachtluft war kalt an seiner erhitzten Haut, aber Audes Hände, die über seine Brust und seine Schultern strichen, waren heiß. Er zog sie zu sich heran, bis er die Wärme ihres Körpers durch ihr Hemd hindurch spüren konnte.

Sie stieß sich von ihm ab und lächelte ihm wieder ins Gesicht, mit jener offenen Neugierde, die ihn nun schon fast nicht mehr überraschte. Dann fasste sie den Saum ihres Hemdes an, hob es hoch über ihren Kopf und schlüpfte heraus. Bis auf eine schmale Kette um ihren Hals und ihre Ringe war sie vollkommen nackt. Es war diese Geste, die ihn am meisten überraschte. Nicht einmal die Hübschlerinnen im Badehaus, nicht einmal die immer rollige Frida, keine seiner Geliebten hatte sich jemals mit dieser Selbstverständlichkeit vor ihm entblößt und sich ohne Scheu seinen Blicken gestellt. Er fühlte, wie sich ihm unwillkürlich wieder die Worte auf die Lippen drängten, die sie ihm vorhin verboten hatte, und es war schwer, sie wieder hinunterzuschlucken.

Das Mondlicht mit seiner beinernen Weiße beschien sie, als wäre sie eine jener heidnischen Statuen, die den Untergang des Römischen Reichs überstanden hatten. Sie war schlank, und ihre Brüste waren voll, aber man sah ihrem Körper dennoch an, dass er schon mehrere Kinder geboren hatte. Er liebte sie gerade um der kleinen Makel willen umso mehr: dass ihre Hüften nicht mehr so schmal waren wie die eines jungen Mädchens, ihr Bauch nicht mehr so glatt und straff und ihre Brustwarzen nicht mehr keck nach oben zeigten. Sie gab ihm Zeit, ihren Anblick in sich hineinzutrinken. Er sah, dass sich von der Kühle eine Gänsehaut auf ihren Armen und Beinen gebildet hatte, aber sie achtete nicht darauf. Auch ihm selbst schien die Kälte der feuchten Nachtluft nur etwas Entferntes, das bei weitem nicht genügend Macht hatte, sich zwischen sie beide zu schieben.

Schließlich heftete sie ihren Blick auf die Stelle zwischen seinen Beinen, an der das Schamtuch schon ziemlich verrutscht war. Unvermittelt empfand Philipp eine verwirrende Mischung aus Schamhaftigkeit und dem dringenden Wunsch, sich ihr ebenfalls so zu zeigen, wie sie sich ihm dargeboten hatte, und seine Hände zerrten fühllos an den Bändern um seine Hüften, die die Beinlinge zusammenhielten. Er schob die Beinlinge nach unten, kam unbeholfen auf die Füße und streifte sie mitsamt den Stiefeln ab. Sein Schamtuch war ein dreieckiges, vielfach gefälteltes Stück Stoff, das mit einem dünnen Band zwischen seinen Hinterbacken und einem weiteren um seine Hüften herum gehalten wurde und das jetzt nach vorne abstand wie ein Segel, in das eine steife Brise fährt.

Ihre Vereinigung kam schneller, als sie beide erwartet hatten. Kaum drängten sich ihre Körper aneinander, fühlte Aude die widerspenstige Wolle seines Brusthaares und Philipp die weiche Berührung ihrer Brüste, sanken sie zusammen auf den Sand. Sie liebten sich wortlos, mit unterdrücktem Keuchen und Stöhnen und ohne Eile: Die erste Vereinigung war zu wertvoll, zu zart, um sie mit Heftigkeit zu entweihen. Beinahe reglos, nur mit winzigsten Bewegungen, Muskelkontraktionen mehr als tatsächlichen Regungen, trieben sie eine Weile auf der Leidenschaft dahin, bis Aude davongetragen wurde und ihr Höhepunkt Philipp mit sich nahm, ein endloses Verströmen, das fast schmerzhaft schien in seiner puren Lust und sie beide zitternd und erschöpft zurückließ. Aude spürte das Pochen seiner abklingenden Erregung in sich und Philipps Gewicht auf ihrem Körper, bis er sich auf die Arme stützte und auf sie hinuntersah. Vage dachte sie daran, dass sie hätte herumhüpfen und niesen sollen, um nicht von ihm schwanger zu werden, aber das Gefühl seiner Berührung war ihr wichtiger. Sie gab seinen Blick offen zurück. Sein Mund arbeitete, und sie wusste, was er sagen würde. Philipp hatte das Gefühl, alles damit zu verderben, aber es ließ sich nicht mehr zurückhalten.

Er sagte: »Ich liebe dich.«

ZWISCHENSPIEL

Irgendwann hatte Rasso das Gefühl für die Zeit verloren. Der Wechsel zwischen Tag und Nacht ließ sich zwar am Ausmaß der Helligkeit verfolgen, die in die Kerkerzelle sickerte, aber er hatte nicht daran gedacht, die einzelnen Tage mit Strichen an der Wand oder einer Sammlung von Strohhalmen zu dokumentieren. Nicht, dass er in der Lage gewesen wäre, über eine bestimmte Anzahl hinaus zuverlässig zu zählen – doch zumindest hätte er feststellen können, ob er schon lange hier war oder nicht. Auf sein Gefühl war diesbezüglich kein Verlass: Er fühlte sich, als hielte er sich schon seit Ewigkeiten in diesem Kellerloch auf, mit nichts anderem zu tun, als zu schlafen, den erbärmlichen Fraß zu essen, der ihm in unregelmäßigen Zeitabständen gereicht wurde, den Fraß unter Krämpfen wieder auszuscheiden, blicklos in die Düsternis zu starren und danach wieder zu schlafen. Es gab niemanden, mit dem er reden konnte, nichts, das er tun konnte – außer seine immer tiefer werdende Verzweiflung zu bekämpfen und sich zu fragen, was wohl aus Fulcher geworden war.

Die Büttel hatten ihn und Fulcher in den Magistrat geschleppt. Fulcher war halb bewusstlos gewesen vor Schmerz; sein Gesicht hatte übel ausgesehen. Liutfried war zu diesem Zeitpunkt im Sterben gelegen oder bereits tot gewesen. Im Magistrat hatten sie Rasso mit dem Ende eines Spießes bewusstlos geschlagen. Erwacht war er hier, ohne zu wissen, wo er sich befand, mit einem brummenden Schädel und einer klebrigen Maske aus getrocknetem Blut im Gesicht. Er war nicht angekettet worden, und am Geruch ließ sich rasch feststellen, dass dieses Loch seit langem eher als Vorratsraum denn als Kerkerzelle verwendet worden war. Vage war ihm klar, dass ihre Verhaftung mit dem Streit zusammenhing, den Fulcher mit den Päpstlichen vom Zaun gebrochen hatte; aber weshalb er hier festgehalten wurde und warum sich weder der Kanzler noch ihr Scharführer um sein Verbleiben kümmerten, verstand er nicht. Immerhin hatten sie die Ehre des Kaisers verteidigt; und bitter hatten sie es bezahlt, am bittersten Liutfried.

Als die Tür zu seiner Zelle aufging anstatt der Klappe, durch die das Essen geschoben wurde, und eine Gestalt dem Licht einer Fackel folgte, blinzelte er erstaunt in die Helligkeit. Die Gestalt baute sich vor ihm auf und leuchtete ihm mit der Fackel ins Gesicht. Spät kam ihm der Gedanke, dass er aufstehen sollte, aber der Mann zog bereits sein Schwert und hämmerte Rasso den Knauf an die Schläfe. Im Fallen registrierte Rasso, dass der Mann in den Farben des Kanzlers gekleidet war, denselben Farben, die schmutzstarrend auch an seinem Körper hingen, aber es war keine Zeit mehr zum Staunen, denn der Boden kam auf ihn zu und traf ihn mitten ins Gesicht.

Der Mann brummte und steckte sein Schwert wieder zurück. Er wandte sich zu einem zweiten Mann um, der die Tür und den Blick in die Zelle blockiert hatte, und nickte. Der zweite Mann trat beiseite.

»Der Kerl ist tot, Wächter«, sagte der Mann mit der Fackel in ungeduldigem Ton.

Der Wächter, der draußen gewartet hatte, ebenfalls in den Farben des Kanzlers gekleidet, spähte erstaunt zur Tür herein. »Gestern war er noch am Leben; wenigstens saß er aufrecht«, erklärte er.

»Jetzt ist er jedenfalls so tot wie Julius Cäsar.«

»Ich verstehe das nicht ...«

»Was soll das, Mensch! Du lässt hier einen Gefangenen verenden, ohne dass der Kanzler Gelegenheit gehabt hätte, mit ihm zu reden!«

»Er muss sich selbst getötet haben ... Vielleicht hat er seine Zunge verschluckt ...«

»Zunge verschluckt, so ein Blödsinn. Los, wir nehmen die Leiche mit. Du kannst froh sein, wenn du nicht bald an seiner Stelle hier sitzt!«

»Ihr werdet doch nicht sagen, dass ich daran schuld bin? Ich kann nichts dafür, dass er abgekratzt ist!«

»Na«, brummte der Mann mit der Fackel etwas versöhnlicher, »natürlich werden wir nichts dergleichen sagen. Vielleicht regt sich der Kanzler auch gar nicht auf. Häng die Sache bloß nicht an die große Glocke, dann tun wir es auch nicht.«

»Ich kann das Maul halten«, versicherte der Wächter.

Der Mann mit der Fackel machte eine Kopfbewegung zu seinen beiden Begleitern hin. »Also, packt ihn, und dann nichts wie raus hier.«

Rasso erwachte, weil ihm jemand eiskaltes Wasser ins Gesicht goss. Bevor sein Gehirn zu arbeiten begann, schlürfte er schon gierig; ein zweiter Guss brachte ihn vollends zu Bewusstsein. Er richtete sich ruckartig auf und wurde mit einem gewaltigen Stich in seiner Schläfe dafür belohnt. Er stöhnte. Der Mann, der ihn in der Zelle niedergeschlagen hatte, grinste ihn an.

»Ich bin Burchardt«, sagte er gut gelaunt. »Wie geht's, wenn man von den Toten auferstanden ist?«

»Was ist passiert?«

»Wir haben dich für tot erklärt. Der Wächter glaubt, wir scharren dich gerade ein. Er hat uns sogar noch eine Münze gegeben, damit wir seinen Anteil an der Totenmahlzeit kaufen können; hat wohl befürchtet, du könntest ihn sonst als Geist heimsuchen.« Burchardt schnappte Rasso eine abgenutzte Münze hin. »Hier, kauf dir bei Gelegenheit was zu essen dafür, du Leiche.«

»Warum habt ihr das getan?«

»Der Kanzler hat es uns aufgetragen.«

»Endlich; ich dachte schon, er lässt mich dort im Magistrat verrecken.«

»Wieso im Magistrat?«

»War ich nicht im Magistrat gefangen?«

»Nein, du warst die ganze Zeit hier, in der Deutschordens-Kommende. Der dämliche Wächter sitzt nur durch den Hof von uns getrennt in seinem Kellerloch und preist sich glücklich dafür, dass wir ihn nicht wegen deines Todes anschwärzen wollen.«

Rasso sah sich verwirrt um. »Und das hier ...?«

»Ist einer der Wachräume unserer Schar. Wir gehören zur Leibwache des Kanzlers.«

»Ich war beim Fouragier-Tross.« Rasso versuchte sich aufzurichten und hielt sich den Schädel. »Kann ich zu meinen Leuten zurück?«, fragte er.

»Auf keinen Fall. Du bist tot.«

»Aber ...«

»Hör zu quatschen auf und spitz die Ohren. Ich kann mir schon vorstellen, dass du nach der Zeit im Loch gerne reden möchtest, aber jetzt bin ich dran. Der Kanzler braucht dich morgen im Dom. Er will sich dort mit jemandem treffen, dem er nicht traut. Du sollst ihm den Rücken decken, falls ihm einer ans Leder will.«

»Warum macht ihr das nicht?«

»Keine Ahnung. Wir haben unsere Befehle, und die lauten, dass du derjenige sein sollst, der ihn beschützt.«

»Ich habe so was noch nie gemacht.«

»Da ist nicht viel Kunst dabei. Wenn du einen Bolzen schwirren hörst oder den Schlag einer Bogensehne, wirf dich einfach vor den Kanzler und fang das Ding mit deinem Körper auf. Das ist alles.«

Rasso schluckte. »Dabei kann ich draufgehen.«

»Selbstverständlich.«

»Und wenn ich versage?«

»Der Kanzler ist dein Herr. Er hat dich aus dem Loch herausgeholt. Du schuldest ihm ein Leben, vor der Welt und vor Gott. Du solltest nicht versagen.« Burchardt klopfte ihm kameradschaftlich auf die Schulter. »Wahrscheinlich passiert gar nichts, und du bist fein raus.«

»Jetzt weiß ich, warum er mich rausgeholt hat. Weshalb wurde ich eingelocht?«

»Du und deine Freunde habt den Frieden gestört, soviel ich weiß. Das ist in diesen Zeiten, wo ein Funke genügt, um einen ganzen Wald abzubrennen, ein schweres Vergehen.«

»Wir haben nichts getan, als die Ehre ...«

»Was immer ihr getan habt, du hast jetzt eine Chance, es wieder gutzumachen.«

Rasso schnaubte und sah zu Boden. »Was ist mit Fulcher?«, fragte er schließlich.

»Wer zum Henker ist Fulcher?«

»Er wurde auf dem Marktplatz verletzt.«

»Von ihm weiß ich nichts. Ich sollte nur dich herausholen.« Burchardt trat einen Schritt beiseite, und Rasso konnte sich erstmalig von dem Lager erheben, auf das man ihn gelegt hatte. Er stellte sich wacklig auf die Beine. Plötzlich wurde ihm übel. Er schluckte die aufsteigenden Magensäfte krampfhaft hinunter. Burchardt betrachtete ihn mit halbem Mitleid. »Ich lasse dir einen Bader schicken«, sagte er.

»So schlecht geht's mir auch nicht.«

»Nicht deswegen, du Esel. Der Bader soll dich rasieren und scheren. Der Kanzler will, dass du im Dom als Mönch auftrittst.«

Alle weiteren Fragen und speziell das Drängen nach einer Rettung Fulchers aus dem Loch erhielten keine Antwort mehr. Ein Bader kam und reinigte Rassos Gesicht mit einer fettigen Seife, schor den in der Kerkerhaft strähnig gewachsenen Bart und verpasste ihm eine Tonsur. Rasso betastete misstrauisch die weite Glatze auf seinem Schädel. Burchardt betrachtete sie fachmännisch. »Er hat dich nicht mal geschnitten«, sagte er anerkennend. Der Bader machte ein verächtliches Geräusch und wurde von zwei anderen Leibwächtern des Kanzlers wieder hinausbegleitet. Burchardt warf Rasso eine Mönchskutte hin.

»Zieh sie an.«

Rasso schüttelte sie aus. »Sie stinkt«, sagte er.

»Na und? Du stinkst auch. Gewöhn dich daran. Morgen nach der Frühmesse marschierst du hier raus und in den Dom hinein. Und wenn dich einer grüßt, vergiss nicht zu sagen: Gott segne dich.«

»Gott segne dich«, wiederholte Rasso ohne Begeisterung.

»Hervorragend. Aus dir hätte was werden können.«

Eine Anzahl von Pilgern drängte als Letzte aus dem Dom heraus, während die Glocken noch das Ende der Frühmesse verkündeten. Rasso wartete ungeduldig, dass sie den Eingang in den Dom freigaben. Die Pilger schwenkten Beutel und Fläschchen mit dem Staub und dem Öl der Reliquienschreine. Ein Kaplan verteilte aus Blei und Zinn gegossene Pilgerabzeichen, die die Heiligen Drei Könige darstellten.

»Morgen pilgern wir weiter nach Aachen«, hörte er einen Pilger sagen, »zum Grab von Karolus Magnus.«

»So bald schon? Willst du nicht noch hierbleiben?«

»Nein, auf keinen Fall. Es pilgern so viele zu Karolus' Grab, seit der Kaiser Rotbart ihn hat heilig sprechen lassen. Wenn ich zu lange warte, werden so viele Menschen in Aachen sein, dass man den Schrein nicht mal von weitem sieht.«

»Aber eine Geißlerprozession soll heute in Köln eintreffen. Du kannst dort von deinen Sünden losgesprochen werden.«

»Tatsächlich?«

»Ja! Angeblich kommen sie aus dem Süden. Es heißt, sie wollen vor den Toren der Stadt eine Geißelstatt errichten und laden die Bürger ein, mit ihnen zu büßen.«

»Ziehen sie weiter nach Aachen? Wir würden uns ihnen gern anschließen. Wir sind nur zu dritt: meine Frau, ihr Bruder und ich.«

»Ich weiß nicht. Sie nehmen Brüder nur für dreiunddreißig Tage auf, und du musst jeden Tag vier Pfennige bezahlen. Aber wenn du zu ihnen gehörst, tut dir keiner mehr was; die Geißler sind heilig. Oh, Verzeihung, Bruder.« Er hatte Rasso grob angerempelt. Rasso bleckte die Zähne, bis ihm sein Text wieder einfiel. »Gott segne dich.«

»Und dich, Bruder.« Der Pilger lächelte und eilte weiter. Rasso sah ihm nachdenklich hinterher.

Die Kirche war fast leer; nur beim Schrein der Heiligen Drei Könige stand eine Hand voll Pilger und sammelte Staub von der Oberfläche des Schreins ein. Rasso stellte sich neben sie. Er fühlte die Nervosität in sich steigen. Burchardt hatte ihm aufgetragen, sich so zu verhalten, als gehöre er zu den Dienern der Kirche, und sich dabei keinesfalls so weit vom Kanzler zu entfernen, dass er ihn nicht mehr schützen konnte. »Wenn dich einer wegschicken will, tust du am besten so, als seist du taub oder blöd. Wird dir ja nicht schwer fallen«, hatte Burchardt gesagt. Er sah sich um. Der Kanzler war nirgends zu sehen. Hoffentlich erkannte er ihn überhaupt; bislang hatte er ihn nur einmal gesehen, und das von weitem. Beunruhigt fragte er sich, was er tun sollte, wenn jemand einen Dolch oder ein Schwert gegen den Kanzler zückte. Er hatte Burchardt nicht danach gefragt. Rasso starrte den Reliquienschrein an und wünschte sich, Fulcher wäre hier. Fulcher war rascher beim Denken als er. *Heilige Könige*, dachte er, *wenn Fulcher noch lebt und es mir gegeben ist, ihn zu retten, dann helft mir dabei. Amen.* Er befeuchtete seinen Finger und sammelte ein wenig Staub auf, um sich damit zu bekreuzigen.

Die Kirche begann sich weiter zu leeren. Die Pilger verließen die Reliquien. Beim Altar tauchte ein Laiendiener auf und begann, die Kerzen auszulöschen. Rasso beobachtete ihn und beschloss, sie wieder anzuzünden, sobald er weg war. Es schien ihm eine gute Möglichkeit, Beschäftigung vorzutäuschen. Er angelte eine brennende Kerze aus einem Halter und hielt sie in der Hand, damit sie nicht gelöscht wurde. Es kam darauf an, nicht als der Wächter des Kanzlers aufzufallen. »Immer schön im Hintergrund bleiben«, hatte Burchardt gesagt.

Als der Kanzler durch einen Seiteneingang die Kirche betrat, fragte sich Rasso, wie er hatte fürchten können, seinen Herrn nicht zu erkennen. Die hoch gewachsene, dunkel gekleidete Gestalt bewegte sich forsch zum Reliquienschrein der Heiligen Drei Könige und blieb dort stehen. Er kniete nieder, machte das Kreuzzeichen und blieb einen Moment auf den Knien, bevor er sich wieder aufrichtete. Dann schien er im Gebet zu versinken. Rasso hatte er einen ausdruckslosen Blick zugeworfen. Wahrscheinlich würde sein geheimnisvoller Gesprächspartner jeden Moment durch einen anderen Eingang hereinschleichen. Rasso trat zu den gelöschten Kerzen und begann sie mit seinem brennenden Docht anzuzünden. Unter der Kapuze spähte er vorsichtig zu Peter von Vinea hinüber. Der Kanzler sah ihn kurz an und machte eine unauffällige Handbewegung, als würde er eine Kappe abnehmen. Rasso starrte zurück, bis ihm aufging, was der Kanzler wollte. Ein Mönch nahm im Gotteshaus die Kapuze ab! Er streifte sie hastig nach hinten und warf dem Kanzler einen

Beifall heischenden Blick zu, aber dieser hatte sich schon wieder abgewandt und studierte die Kirchendecke.

Peter von Vineas Gesprächspartner kam, alles andere als heimlich, durch den Haupteingang, schritt rasch den Mittelgang hinauf, bekreuzigte sich vor dem Altar und stolzierte dann zum Standort des Kanzlers hinüber. Rasso näherte sich, eine Spur aus brennenden Kerzen hinterlassend, umständlicher. Beide Männer waren hoch gewachsen und von stolzer Haltung; als hätten sie es abgesprochen, waren sie zudem beide dunkel gekleidet. Rasso wagte nicht genauer hinzusehen, aus Furcht, damit zu viel Interesse zu verraten. Er hörte ihre leise Unterhaltung, aber er vermochte vor Nervosität nicht, sich darauf zu konzentrieren; unverstanden flüsterten sie an ihm vorbei.

»Ich danke Euch für Euer Kommen«, sagte der zweite Mann. Der Kanzler nickte. »Und ich danke Euch dafür, dass Ihr den Vorfall auf dem Marktplatz so unterdrückt habt, wie ich Euch gebeten habe. Das Letzte, was wir jetzt brauchen können, sind Fanatiker im kaiserlichen Lager, die die Stimmung noch weiter anheizen.«

»Abgesehen von den Fanatikern im Kirchenlager«, erwiderte der Kanzler trocken.

»Ihr habt natürlich Recht. Was habt Ihr mit Euren drei Männern gemacht?«

»Einer starb schon auf dem Marktplatz, die anderen beiden im Kerker«, erklärte der Kanzler, ohne mit der Wimper zu zucken. Rasso hielt den Atem an. Sollte das bedeuten, dass Fulcher tot war? Aber er selbst lebte noch ... »Sie waren verletzt.«

»Es tut mir Leid, dass die Stadtbüttel so grob waren.«

»Was ist mit den Pilgern geschehen, die angeblich im Auftrag des Papstes unterwegs waren?«

»Ich habe veranlasst, dass man sie aus der Stadt weist.«

»Wenn Euch der Papst da nur keine Schwierigkeiten macht.«

»Auch dem Heiligen Vater ist sehr daran gelegen, dass die Stimmungslage nicht in offene Gewalt umschlägt. Es gehört weiß Gott nicht mehr viel dazu.«

»Ich schlage vor, Ihr kommt jetzt zum Thema.«

Der zweite Mann breitete die Arme aus und grinste. Rasso

fuhr zusammen; wenn er jetzt einen Dolch gezückt und auf den Kanzler eingestochen hätte, wäre er niemals mehr rechtzeitig gekommen, um seinen Herrn zu schützen. Er peilte eine Reihe Kerzen in unmittelbarer Nähe der beiden Männer an, um im Ernstfall schneller eingreifen zu können.

»Oh, wir sind die ganze Zeit schon beim Thema. Habt Ihr meine Botschaft gelesen?«

»Ja, aber ich glaube sie nicht«, sagte der Kanzler. »Niemand hat die Macht, eine Fälschung in einem so großen Umfang vorzunehmen.«

»Es ist schon einmal vorexerziert worden«, erwiderte der andere. »Dies hier war sogar einfacher; man musste nur das vorhandene Material entsprechend abändern.«

»Ich glaube es trotzdem nicht.«

»Wenn es sich nicht so verhielte, wie ich geschrieben habe, hätte dann der Papst das Konzil einberufen? Dieses Treffen dient nur einem einzigen Zweck: den Kaiser vom Thron zu stoßen. Selbst Frederico ahnt es, sonst hätte er nicht mit aller Macht versucht, die Kardinäle an ihrer Reise nach Lyon zu hindern. Und glaubt Ihr, dass der Heilige Vater sich so weit vorwagen würde, wenn er nicht genau wüsste, dass er dem Kaiser die Macht aus den Händen winden kann? Ich sage Euch, mit dem, was die Kirche hier geschaffen hat, wird sie Frederico in kürzester Zeit sowohl die Unterstützung der Fürsten als auch die des Volkes entreißen; und was bleibt, ist ein einsamer Mann, von dem bald niemand mehr wissen wird, warum man ihn das Staunen der Welt genannt hat.«

»Der Kaiser ist gesalbt; er ist der Führer der Christenheit! Er ist der Jahrtausendkaiser, der die Christen in das Reich des Erlösers führt!«

»Der Kaiser ist vor allem ein Mann, der mit dem Rücken zur Wand steht und es noch nicht weiß. Wenn er fällt, fallen alle mit ihm, die sich nicht aus seinem Schatten befreit haben.«

»Ich brauche Beweise!«

»Beweise? Seht Euch um! In allen Städten des Reichs brennen Feuer, in denen die Juden und ihre Sammlungen verzehrt werden. Was glaubt Ihr, hat das für einen Sinn?«

»Der übliche Fanatismus, nehme ich an, geschürt von der Angst vor dem Anbruch des tausendjährigen Reichs, der sich an den Andersgläubigen entlädt.« Der Kanzler dachte einen Moment nach. »Und geschürt von denjenigen, die sich vom Untergang der jüdischen Unterlagen eine Befreiung von ihren Schulden bei ihnen erhoffen.«

»Ach, macht Euch doch nicht lächerlich. Wenn die Herren sich Befreiung von ihren Schulden erhofften, brauchten sie dem König oder dem Herzog nur so lange in den Ohren zu liegen, bis er die Juden vertreibt oder enteignet.«

Langsam gingen Rasso die Kerzen aus. Die beiden Männer wanderten in einem kleinen Kreis vor dem Reliquienschrein auf und ab. Er beobachtete den Gesprächspartner des Kanzlers scharf, der Sinn seiner Rede teilte sich ihm zwar nicht mit, aber wohl, dass sein Respekt vor Peter von Vinea nicht so groß war, wie es dem Kanzler nach Rassos Meinung gebührt hätte. Fiebrig vor Nervosität wartete Rasso darauf, dass der andere eine Bewegung machte, die ihn als Attentäter verriet. Seine neu erworbene Glatze war schweißnass. Er senkte die Lider und verfolgte die auf und ab schreitenden Männer mit den Augen; was er nicht bemerkte, war, dass einer der weiten Kuttenärmel mit einer Kerzenflamme in Berührung geriet und zu glimmen begann.

»Sicherlich gehen etliche der Judenverfolgungen auf das Konto von Gläubigen, die dem Erlöser bei seiner Wiederkunft den Anblick seiner Mörder ersparen zu müssen glauben. Aber diese Unseligen erschlagen planlos Männer, Frauen und Kinder. Die planvolle Auslöschung des jüdischen Schrifttums hat nichts mit solchen selbst ernannten Missionaren zu tun.«

Der brenzlige Geruch erreichte Rassos Nase, bevor der Schmerz seinen Arm versengte. Er jaulte erschrocken auf und schlug den schwelenden Fleck an seinem Ärmel aus. Die Kerzen auf dem Ständer hüpften in alle Richtungen davon und kollerten über den Boden. Der Gesprächspartner des Kanzlers fuhr herum und warf Rasso einen scharfen Blick zu. Rasso erstarrte. Die Augenbrauen des Kanzlers zogen sich drohend zusammen. Selbst in seinem Schreck fiel Rasso auf, dass des Kanzlers Gesprächspartner erblasst war.

»Was machst du hier, Bruder?«, fragte er Rasso heftig.

»Ich ... ah ... der Dom ... ah ... ich bin ... ich muss ...«, *O mein Gott, was war die richtige Antwort?* Die beiden Männer starrten ihn an. Burchardts Anweisungen fielen ihm ein.

»Gott segne dich«, sprudelte er hervor.

»Ich glaube, der Kerl ist ein wenig beschränkt«, sagte der Gesprächspartner des Kanzlers. Der Kanzler nickte verdrossen.

»Also, warum hebst du nicht die Kerzen auf und entzündest sie wieder? Ohne die halbe Kirche abzubrennen?«

»Gott segne dich«, stammelte Rasso, der beschlossen hatte, auf sicherem Terrain zu bleiben.

Der Gesprächspartner des Kanzlers seufzte. »Selig sind die Armen im Geiste, denn ihrer ist das Himmelreich.« Er trat ein paar Schritte beiseite und wartete, dass der Kanzler ihm nachfolgte. Rasso bückte sich und begann mit zitternden Händen die Kerzen aufzuklauben.

»Ich wundere mich, dass die Kirche die Furcht vor der Wiederkunft Christi nicht mehr anheizt«, hörte er den Kanzler sagen.

»Die Kirche wird nichts dergleichen tun. Nein, denkt doch nach: Wenn die Dokumente in den Klöstern und Kirchen abgeändert sind, wenn die Archive der Abteien nur noch das Material enthalten, das die Vernichtung des Kaisers und das Ende der kaiserlichen Machtfülle für immer einleitet, dann werden auch die weltlichen Archive über kurz oder lang dazu übergehen, dieses Material zu übernehmen. Wer würde das Wort der Kirche bezweifeln, besonders wenn es schriftlich bezeugt ist? Die Einzigen, die sich an ihre eigenen Überlieferungen klammern und dabei nicht irritieren lassen, sind die Juden. Und ihnen geht es so wie denen, die sich nicht aus dem Einfluss des Kaisers lösen. Wer nicht weicht, wird fallen. Hier in Köln und anderswo, auf viele verschiedene Arten und Weisen – Verleumdungen, provozierte Aufstände, falsche Anklagen, wenn es sein muss fanatisierter Pöbel, der den vermeintlichen Ritualmord an einem kleinen Kind rächen will. Das Ergebnis wird immer das Gleiche sein: Die Schriften der Juden verbrennen.«

»Das ist widerlich.«

»Das ist Politik. Und außerdem im Sinn der Christenheit. Ich halte es für besser, ein paar Andersgläubige zu opfern, damit die Selbstzerfleischung des Christentums über der Frage, wer sie führen darf, endlich aufhört. Es gibt nur einen Hirten über das Volk des Erlösers: den Papst.«

»Aber Ihr könnt doch nicht glauben, dass dies alles in der Lebensspanne des jetzigen Papstes zu Ende zu bringen ist. Selbst wenn alles so funktioniert, wie Ihr sagt, dauert es doch Jahrzehnte, bis die alten Überzeugungen ausgerottet sind.«

»Und wenn schon. Die Kirche hat länger Zeit als ein paar Jahrzehnte! Hier geht es nicht darum, einem bestimmten Papst die Machtfülle in die Hand zu geben, die er verdient, oder einem bestimmten Kaiser die Führung der Christenheit zu entwenden. Hier geht es um ein Prinzip. Und wenn dieses Prinzip endlich durchgesetzt ist, wird Friede herrschen und Einigkeit unter der Christenheit.«

»Ein Friede, zu dessen Erreichung die Christenheit durch ein langes Tal der Tränen wandern wird.«

»Weil Frederico sich nicht geschlagen geben wird? Was soll's, er kämpft auf verlorenem Posten. Eines Tages wird es jedem Kaiser ganz selbstverständlich sein, dass der Heilige Vater ihm die Krone aufsetzt anstatt umgekehrt, und dann ist das Ziel erreicht.«

»Das meinte ich nicht. Ich meine, dass der Antichrist siegen wird, wenn der Kaiser ihm nicht Einhalt gebietet und so den Weg für die Wiederkunft Christi frei macht. Der Kaiser führt uns in die Arme des Herrn.«

»Mein Lieber, es gibt genügend Christen, die den Kaiser selbst für den Antichristen halten.«

»Er ist es nicht, das wisst Ihr so gut wie ich!«

»Wollen wir uns darüber streiten? Oder darüber, dass der Papst den Antichrist nicht ebenso gut in den Höllenschlund stürzen und den Weg für den Erlöser bereiten kann?«

»Diese Macht hat er nicht.«

»Aber Ihr seht doch, welche Macht er hat. Zweifelt nicht daran, und unterschätzt sie vor allen Dingen niemals. Der Papst ist die Kirche, und die Kirche hat alle Macht, weil sie Menschen statt mit dem Schwert mit dem Glauben zähmt.«

»Ich kann das trotzdem alles nicht glauben. Ich bin ein rationaler Mensch. Ich muss einen Beweis in Händen halten.«

»Also gut. Ich werde Euch einige der Dokumente zeigen, die abgeändert wurden.«

»Großartiger Beweis!«

»Und«, fuhr der andere unbeirrt fort, »ich werde Euch das Werkzeug zeigen, anhand dessen die Veränderungen vorgenommen wurden.«

»Das Werkzeug?«

»Seht Ihr, wenn eine Fälschung in einem solchen Ausmaß vorgenommen wird, dann verliert man leicht den Überblick. Man muss – wie soll ich sagen – Meilensteine setzen, sonst kommt alles durcheinander. Nehmen wir an, ich möchte Dokumente anfertigen, die bestimmte voneinander getrennte Vorfälle in einen ganz anderen zeitlichen Zusammenhang bringen – zum Beispiel, weil es um Testamentsstreitigkeiten geht oder um Schenkungen, die angezweifelt werden. Das bedeutet, dass ich alle anderen Dokumente, die mit irgendeiner der zu ändernden Unterlagen verknüpft sind, ebenfalls um den entsprechenden Zeitraum verändern muss, wenn meine Fälschung nicht schon nach kurzem Archivstudium auffliegen soll. Wie soll ich aber später, wenn ich etwa die wahren Ereignisse nachvollziehen muss, deren richtigen Zusammenhang noch feststellen können? Oder auch nur überprüfen, ob ich alles richtig gemacht habe? Ganz einfach: Ich suche mir irgendeinen zeitlich genau bestimmbaren Vorfall, natürlich einen, der völlig unabhängig von denen ist, die ich zu ändern wünsche, und nehme dessen Datum als Ausgangspunkt. Für alle Änderungen der Dokumente, die mit dem Ereignis Soundso zusammenhängen, habe ich zwei Jahre vom Datum meines ›Werkzeugdokumentes‹ zurückgerechnet; für alle Änderungen des Ereignisses Diesunddas dagegen drei Jahre. Drei Jahre, dreißig Jahre, dreihundert – die Spanne ist vollkommen egal. Ich muss es mir nur noch auf meinem Werkzeugdokument in geeigneter Weise vermerken, und ich finde von allen Änderungen die ursprünglichen Daten wieder.«

»Reichlich kompliziert.«

»Selbstverständlich.«

»Und Ihr würdet mir dieses Dokument zeigen?«

»Es sind mehrere Dokumente. Ich werde sie Euch zeigen.«

»Ich könnte mein Wissen verwenden, die ganze Geschichte zu verraten.«

»Mein Freund, dazu ist es zu spät. Wenn Ihr sie gesehen habt, werdet Ihr den einzigen möglichen Weg erkennen, der Euch bleibt: Ihr werdet Euch uns anschließen.«

»Wieso seid Ihr da so sicher?«

»Das zeigt mir der Umstand, dass Ihr hierher gekommen seid, um mit mir zu reden.«

»Es könnte Neugier gewesen sein; vielleicht, um mir bestätigen zu lassen, was ich längst weiß.«

Es folgte ein kurzes, beredtes Schweigen. Rasso hatte das Gefühl, dass die beiden sich gegenüberstanden und eindringlich musterten. Er wagte nicht mehr hinzusehen. Schließlich sagte der Kanzler: »Ich wende mich wieder an Euch.«

Rasso schielte vorsichtig über seine Schulter zurück. Der Kanzler strebte bereits mit eiligen Schritten dem Ausgang der Kirche zu; sein Gesprächspartner war zurückgeblieben und sah gedankenverloren ins Leere.

Zu Rassos Erstaunen glitt ein dritter Mann aus dem Schatten einer Seitenkapelle heraus. Während Rasso sich weiterhin am Kerzenständer zu schaffen machte, trat der dritte Mann herzu.

»Hast du diesen Idioten mit den Kerzen gesehen?«, brummte der Gesprächspartner des Kanzlers und deutete unverhohlen auf Rasso. »Einen Augenblick dachte ich, er ist ein gedungener Meuchelmörder Peter von Vineas und sticht mich ab.«

»Mein Messer hätte ihn eher erwischt«, erklärte der Neuankömmling gleichmütig.

»Dabei ist er nur ein Schwachkopf. Du solltest dich von ihm segnen lassen, der Segen eines Debilen hat große Kraft.«

Der neue Mann sah interessiert zu Rasso hinüber. »Wenn Ihr erlaubt, Exzellenz?« Der Gesprächspartner des Kanzlers machte eine großzügige Handbewegung, und der Neuankömmling trat zu Rasso und sah ihm erwartungsvoll ins Gesicht, bevor er den Kopf neigte. Rasso murmelte mit zusammengebissenen Zähnen und hochrotem Kopf: »Gott segne dich.« Der Mann machte das Kreuzzeichen und trat zurück.

Der andere hatte den Gedanken an Rasso bereits wieder verdrängt.

»Was hat er damit gemeint, dass er sich nur bestätigen lassen will, was er schon längst weiß? War das nur ein Schachzug? Ich kann mir nicht vorstellen, dass Radolf ... Ernst hat ihn doch Tag und Nacht überwacht«, murmelte er nachdenklich. »Egal! Setz eine Botschaft an Ernst auf. Er soll Radolf die Dokumente mit Gewalt nehmen; der Zeitpunkt, auf den wir gewartet haben, ist endlich da.« Er zögerte einen kleinen Moment. »Schreib dazu, dass wir Radolf nicht mehr brauchen. Der Mann kann seinen Frieden finden, wenn es nach mir geht. Und Ernst soll noch ein zweites Grab vorbereiten: für unseren Freund hier, falls er sich doch nicht umstimmen lässt.«

»Darf ich Euch an die Geißler erinnern? Sie wollen heute hier in Köln ihren Mummenschanz vorführen.«

Rasso spitzte plötzlich die Ohren. Was mit den Geißlern geschah, interessierte ihn seit dem Gespräch an der Kirchentür außerordentlich.

»Natürlich. Ernst soll seine Männer anweisen loszuschlagen, wenn sie wieder abgezogen sind.«

»Loszuschlagen?«

Der dunkle Mann nahm seinen aus der Kapelle aufgetauchten Knecht beim Arm und führte ihn zum Ausgang. »Er soll sie vom Erdboden fegen lassen«, sagte er und nickte Rasso zum Abschied freundlich zu.

Auf dem Weg vom Dom zurück zur Deutschordens-Kommende hatte Rasso Zeit nachzudenken. Es war ein schwieriger Prozess, der seinem Gehirn gänzlich unbekannte Muskeln abverlangte, aber als er sich Sankt Johann gegenüber der Kommende näherte, hatte er den Prozess mühsam abgeschlossen. Er hatte ihm einige überraschende Erkenntnisse beschert. Die Folge davon war, dass er mit seiner Kapuze über dem Kopf durch das Tor schritt, von den Wachen unbehelligt, und anstatt sich bei Burchardt zurückzumelden schwitzend und mit klopfendem Herzen über den Hof in den wuchtigen Hauptbau marschierte. Dort erkundigte er sich nach dem Weg zu den Kerkerzellen, murmelte sein »Gott segne dich!« und drang in die Kellergewölbe vor.

Der Wächter sah ihm mit mildem Interesse entgegen. Rasso wusste es nicht, aber der Wächter war derselbe Mann, vor dessen Augen er als tot geltend davongetragen worden war; der Wächter wiederum hatte keine Ahnung, dass das Gesicht des Mönchs unter der Kapuze zu dem Mann gehörte, für dessen anständiges Totenmahl er eine hart verdiente Münze hatte springen lassen.

»Ich will zu dem Gefangenen mit dem zerbrochenen Kiefer, mein Sohn«, sagte Rasso und hoffte, dass er nicht übertrieb.

»Dem Aufrührer? Was willst du von ihm?«

»Seine Exzellenz der Kanzler weiß, dass er bald sterben wird. Ich soll ihm die Beichte abnehmen.«

»Seine Exzellenz kümmert sich höchstpersönlich darum?«

»Natürlich ...«, sagte Rasso und wollte hinzufügen: *Fulcher gehört immerhin zum tapferen Fouragier-Tross.* Sein Verstand war allerdings schneller als sein Mund und fuhr fort:

»... nicht. Man hat es mir nur ausgerichtet.«

»Er ist dahinten, Bruder. Ich führe dich hin. Würde mich nicht wundern, wenn du zu spät kämst.« Der Wächter fügte hinzu, halb kleinlaut: »Der zweite Kerl ist schon abgekratzt. Ich kann nichts dafür, Bruder.«

Der Wächter machte sich umständlich am Schloss zu schaffen. Rasso hörte sein Herz so laut klopfen, dass es die Geräusche des klobigen Schlüssels schier zu übertönen schien. Die Tür schwang auf, und er trat in eine Glocke aus feuchtkaltem Kellergeruch. Fulcher lag reglos am Boden. Rasso trat voller Furcht zu ihm hin, vom Wächter gelangweilt beobachtet.

»Ich möchte ihm die *Beichte* abnehmen«, sagte Rasso betont. Der Wächter brummte etwas und zog sich zurück.

Rasso kniete neben Fulcher nieder und rüttelte ihn an der Schulter. Fulcher stöhnte und richtete sich benommen auf. Sein Gesicht sah selbst im schlechten Licht der Zelle grauenvoll aus. Rasso schlug die Kapuze zurück. Fulchers Augen weiteten sich in plötzlicher Erkenntnis.

»Ich bin's«, flüsterte Rasso und hätte Fulcher am liebsten umarmt. »Ich hol' dich hier raus.«

Fulcher starrte ihn an. Sein zerschlagener Mund zuckte. Rasso legte ihm die Hände auf die Schultern und drückte ihn wieder in seine Decke hinein. Dann presste er einen Finger auf die Lippen, sah Fulcher beschwörend an und rappelte sich wieder auf. Es musste schnell gehen. Er wusste nicht, wie lange Burchardt arglos auf seine Rückkehr warten würde.

»Wächter, der Mann bewegt sich nicht!«, rief er laut.

»Nicht doch, zwei an einem Tag«, knurrte der Wächter und kam zur Tür herein. Rasso sah mit Erleichterung, dass er sie aus alter Gewohnheit hinter sich zuzog. Er stapfte zu Fulcher hinüber. Rasso zog den halb behauenen Stein, dessen Mitnahme von einer der vielen Baustellen eine weitere Folge seiner Gedankentätigkeit gewesen war, aus seiner Kutte heraus und schlug ihn dem Wächter über den Schädel. Der Wächter taumelte. Rasso schlug verzweifelt ein zweites Mal zu. Der Wächter kippte vornüber und kam dicht neben Fulchers Kübel zu liegen. Fulcher ächzte und starrte mit großen Augen aus seiner Decke heraus. Rasso ließ den Stein fallen.

»Ja!«, stieß er gepresst hervor und tanzte nervös von einem Fuß auf den anderen. »Ja! Ja! Ja! Ich hab' ihn.« Er ließ sich neben dem Mann auf den Boden fallen und drehte ihn halb herum. »Lebt noch, Gott sei Dank.«

Er stürzte auf Fulcher zu und zerrte ihn am Arm. »Lass uns abhauen, bevor er wieder zu sich kommt.« Fulcher stöhnte etwas Undefinierbares und wies auf den Wächter. Rasso schüttelte den Kopf.

»Wir lassen ihn liegen. Komm, ich helfe dir auf!«

»Nnnng!«, ächzte Fulcher und schüttelte den Kopf ebenso vehement. Er deutete wieder auf den Wächter und fuchtelte in der Luft herum.

»Was soll ich?«

»'and!«, keuchte Fulcher. »E'hand!«

»Sein Gewand?«

Fulcher rollte mit den Augen und kämpfte sich aus der Decke heraus; noch während er schwankend in die Höhe taumelte, riss er schon an den Überresten seines Hemdes. Gleich darauf begann Fulcher an Rassos Mönchskutte zu zerren. Rasso fuhr hilflos mit den Händen durch die Luft. »Was willst du denn?«, rief er. Fulcher stieß ein paar Silben aus und deutete verzweifelt auf den niedergeschlagenen Wächter. Er zupfte an seiner Brust herum, als wäre er noch bekleidet, und wies dann auf Rasso.

»Ich soll ihm die Kutte anziehen? Warum denn?«

Als der Wächter am oberen Ende der Treppe eben nachsehen wollte, wie lang die Beichte eines Mannes dauern konnte, der nicht im Stande war, den Mund zu bewegen, kam sein Kollege von unten mit dem Mönch wieder hoch. Der Mönch war niedergeschlagen; er hob kaum den Kopf aus der Kapuze und antwortete nicht, als er zu ihm sagte: »Hat nicht viel rausgekriegt, was, Bruder?«

Der Wächter, der sich wegen des Gestanks in der Zelle noch immer die Nase mit der hohlen Hand zuhielt, erklärte dumpf: »Ich bring' ihn zum Tor.« Der erste Wächter nickte gelangweilt und sah den beiden ohne großes Interesse hinterher. Der Mönch stolperte beim Hinausgehen und hielt sich einen Augenblick an seinem Begleiter fest. *Hat sich wahrscheinlich die Därme rausgekotzt, der junge Kerl,* dachte der Wächter, *eine faulige Wunde stinkt auch abscheulich.*

Es schien Rasso, als wäre er erst bei Sankt Maria Magdalena wieder in der Lage zu atmen. Immer wieder drehte er sich um. Es war ihnen niemand gefolgt.

»Darauf wäre ich nie gekommen, die Sachen des Wächters anzuziehen!«, zischte er. »Gut, dass du diese Idee hattest. Wie geht's dir in der Kutte?«

Fulcher brummte und winkte ab. Er stolperte erschöpft neben Rasso her, das Gesicht tief in der Kapuze verborgen.

»Ich bring' dich zu den Geißlern raus«, sprudelte Rasso. »Das ist nicht mehr weit – sie lagern am Ostufer des Rheins, gegenüber dem Hafen. Das schaffst du. Ich hab' sogar eine Münze für die Fähre. Wenn wir dort sind, tut uns keiner mehr was. Die Geißler sind heilig.«

Die Wächter am Severinstor interessierten sich nicht für sie. Der Weg schlängelte sich matt durch die schiefen Holzbauten der Pfahlbürger und schlug östliche Richtung ein, auf den Bayenturm zu.

»Als der Kanzler sagte, wir seien beide ebenso tot wie Liutfried, wurde mir klar, warum er keinen von seinen Leibwächtern damit beauftragt hatte, ihn zu schützen. Er wollte, dass niemand von dem Gespräch erfuhr. Wenn ich mich bei Burchardt zurückgemeldet hätte, hätte der mir wahrscheinlich den Hals durchgeschnitten; dich hätten sie in der Zelle verrecken lassen.« Rasso schüttelte den Kopf. »Würde mich nur interessieren, wovon sie überhaupt gesprochen haben.«

Fulcher keuchte etwas und zeichnete den Umriss eines großen Mannes in die Luft. »Hansla.«

»Der Kanzler.«

Fulcher nickte. Rasso betrachtete mitleidig die schwarz verfärbte, ganz und gar entstellte untere Hälfte seines Gesichts. Ein aasiger Geruch ging davon aus. Er seufzte im Stillen bei dem Gedanken, dass man die Wunde demnächst würde ausschneiden und ausbrennen müssen. Dass es nicht sicher war, ob Fulcher diese Prozedur überleben würde oder ob er vom Brand sterben würde, schob er von sich. Er hatte ihn gerettet, das zählte.

Fulcher zeichnete einen weiteren Umriss in die Luft und breitete fragend die Arme aus.

»Der zweite Mann? Keine Ahnung. Ich hab' ihn sowieso kaum verstanden.« Rasso grinste freudlos. »Würdest auch gerne wissen, was es so Wichtiges war, dass sie uns beide dafür ins Gras beißen lassen wollten, was?«

Der Meister der Geißler, ein älterer Mann, empfing sie überrascht und war noch überraschter, als er Rassos Geschichte hörte. Fulcher musste gestützt werden und brach zusammen, als die Geißler sie neugierig umringten; sie mussten ihn auf den Boden legen. Rasso sah sich gezwungen, die Verhandlungen allein zu führen.

»Ich glaube nicht, dass ich euch bei uns aufnehmen will«, erklärte der Meister.

»Wenn es wegen der vier Pfennige am Tag ist ...«

»Ihr seid Flüchtlinge. Man wird nach euch suchen. Unsere Lage ist schwierig genug. In letzter Zeit machen die Priester und Kleriker uns immer mehr Scherereien.«

»Ich könnte euch etwas Lebenswichtiges verraten«, sagte Rasso schlau.

»Was ist das?«

»Als Gegenzug müsst ihr uns aufnehmen.«

»Wir lassen uns nicht erpressen.«

»Na, wenn ihr's nicht nötig habt ...«

»Sag uns, was du weißt, dann entscheiden wir, ob wir euch aufnehmen oder nicht. Wenn es wirklich wichtig ist, werden wir euch helfen.«

»Ganz ehrlich?«, fragte Rasso misstrauisch. Der Meister der Geißler nickte.

»Sie wollen euch an den Kragen!«, sprudelte Rasso heraus. »Es war ein Mann im Dom, der seinem Knecht den Auftrag gegeben hat, euch von der Erde zu fegen, sobald ihr Köln verlassen habt. Ich weiß nicht, wer der Kerl war, aber er sah reich und mächtig aus.«

Die Geißler sahen sich überrascht an. Ein paar Gesichter verzogen sich misstrauisch, aber die meisten wurden bleich. »Was ist jetzt?«, fragte Rasso.

Der Meister wechselte Blicke mit seinen Brüdern. Die meisten nickten grimmig. »Ihr dürft bleiben«, sagte der Meister würdevoll.

»Wir werden auch versuchen, deinem Freund zu helfen.« Er seufzte. »Aber ich mache dir nicht viel Hoffnung.«

Rasso überhörte die letzten Worte. Es galt immer noch zu handeln. »Warum hauen wir nicht alle miteinander ab?«

»Nein, es haben sich bereits reuige Sünder für unsere Lossprechung vor dem Sonnenuntergang angesagt. Wir dürfen sie nicht enttäuschen. Aber morgen Früh können wir aufbrechen – am besten vor dem Morgengrauen. Das überrascht sie. Man wird erwarten, dass wir mehrere Tage bleiben.«

»Den ganzen Tag und die Nacht noch hierbleiben?«, stöhnte Rasso.

»Während dieser Zeit legen wir unsere Leben in Gottes Hand«, erklärte der Meister.

Der Meister, dessen Name Renardus lautete, weihte Rasso im Schnellverfahren in die Rituale der Gruppe ein. Währenddessen ertönten aus dem Innern eines Tuchverschlags, der als Schutz gegen die Witterung diente, die Geräusche vom Sauberschneiden und Ausbrennen von Fulchers Wunde. Fulcher war leider vorher wieder zu sich gekommen. Rasso bemühte sich, sein Gehör auf Renardus zu konzentrieren.

Die Gruppe war nicht groß: vielleicht dreißig Männer jeder Altersstufe, der jüngste davon kaum den Knabenlocken entwachsen, der älteste musste hochgezogen werden, wenn er vom Boden aufstehen wollte. Ihre Rituale waren einfach, wenngleich die Geschwindigkeit, mit der Renardus sie erklärte, Rassos Kopf zum Drehen brachte. Schließlich winkte Renardus ab und sagte: »Jeder fängt mal an. Sieh einfach den anderen zu und tue, was sie tun. Bekenne aber deine eigenen Sünden, hörst du, nicht die der anderen.«

Nach der Einweisung suchte Rasso Fulcher auf, aber sein Freund war besinnungslos. Die beiden Männer, die sich um ihn gekümmert hatten (und das in nicht allzu stümperhafter Manier; einer davon schien Erfahrungen als Bader zu besitzen), hatten sein Gesicht dick mit halbwegs sauberen Tuchstreifen umwickelt. Rasso betrachtete ihn mitleidig.

Später verließen Renardus und der Hauptteil der Geißler ihr Lager und setzten über nach Köln, um die Messe zu besuchen und nachher die Bußwilligen wieder mit herauszubegleiten. Rasso bemerkte, dass einige nur ungern dorthin gingen, was sie »die Höhle des Löwen« nannten, aber Renardus überzeugte sie, dass es ihre Pflicht sei. Mit sich so gut wie allein gelassen, denn die Zurückgebliebenen begannen die Tücher und die Geißeln aus den Reisetruhen auszupacken, tat er das, was er am besten konnte: Er hielt Wache über die Geißelstatt.

Die Geißler lagerten nicht weit abseits der Straße, auf der reger Verkehr von und zur Stadt herrschte, jetzt, kurz vor dem Beginn der Abendmesse, noch stärker als sonst. Nach einer Weile fiel ihm ein Berittener mit einer leichten Rüstung auf – langes

Panzerhemd mit einem wappenlosen Waffenrock darüber, den Helm am Sattelknauf baumelnd und den kleinen Schild über den Rücken geworfen. Er stand bewegungslos auf der anderen Seite der Straße und beobachtete das Lager. Rasso fasste ihn argwöhnisch ins Auge und hatte das Gefühl, dass der Mann ihn anstarrte. Konnte er irgendwie zum Kanzler gehören? Rasso wünschte sich, die Geißler wären weitergezogen. Plötzlich hielt er es nicht mehr für eine so gute Idee, bei ihnen Unterschlupf zu suchen und sich auf ihre Unantastbarkeit zu verlassen. Idiot, der er war! Er wusste besser als alle anderen, was man mit ihnen anstellen wollte! Wieso hatte er sich von Renardus einwickeln lassen? Dann fiel ihm ein, dass Fulcher nicht weitergekonnt hatte. Er seufzte. Es war alles nicht so einfach. Als der wappenlose Reiter sein Pferd plötzlich wendete und davontrabte, ohne sich umzusehen, fühlte er sich halbwegs erleichtert.

»Den seh ich schon zum zweiten Mal«, sagte einer der Geißler, der neben ihn getreten war. »Als wir eintrafen, hockte er da drüben auf seinem Pferd und sah uns zu, wie wir das Zelt aufstellten.«

Renardus führte eine stattliche Anzahl von Büßern aus der Stadt herbei und eine noch größere Menge Schaulustiger. Die Büßer wurden, so wie Renardus' Gruppe, in Tücher gekleidet, die bis zu den Füßen reichten. Mit freiem Oberkörper legten sie sich in einem weiten Ring auf die Erde. Rasso tat es den anderen nach. Zu seiner Verblüffung erkannte er, dass die Bürger aus der Stadt ihre Sünden offen bekannten; mit verschiedenen Gesten gaben sie von ihren Verfehlungen Kenntnis – Schwurfinger, die zum Zeichen eines geleisteten Meineids in die Höhe gereckt wurden, ein paar Männer, die sich auf den Bauch drehten und so ihren Ehebruch bekundeten, Urkundenfälscher mit gekrümmten Zeigefingern. Rasso fragte sich, ob im Kreis der respektvoll beiseite stehenden Zuschauer vielleicht des einen oder anderen Sünders Opfer stand und sich in diesem Moment vornahm, die Selbstanklage vor Gericht zu bringen. Renardus räusperte sich, schritt zum ersten der Büßer, berührte ihn mit der Geißel und sprach ihn los. Während er zum nächsten schritt, rappelte sich der erste auf und schloss sich ihm an. Mit zunehmender Anzahl an Lossprechungen bewegte sich eine ganze Reihe absolvierter Sünder hinter dem Meister her. Rasso wurde die Zeremonie langweilig, und seine Augen schweiften ab. Als er den Reiter vom Nachmittag wieder erblickte, hoch auf seinem Pferd hinter den Rücken der Zuschauer sitzend, erschrak er.

Ein Schatten fiel auf ihn, und Renardus blickte auf ihn herab. Er hatte vergessen, sich die Sünde zu überlegen, von der er sich lossprechen lassen wollte. Renardus' Gesicht wurde ungeduldig. Rasso streckte eine Hand aus und machte einen Faustschlag nach, an den niedergestreckten Wächter im Kerker denkend.

»Steh auf durch der reinen Marter Ehr', und übe keine weit'ren Sünden mehr«, murmelte Renardus und klopfte ihm mit der Geißel auf den Arm. Erleichtert stand Rasso auf und schloss sich dem Zug an.

Endlich waren alle losgesprochen. Renardus versammelte sie zu einem Ring. Zwei der Geißler traten ein wenig beiseite und bewegten die Schultern, als lockerten sie ihre Muskeln. Die Losgesprochenen und die Zuschauer beobachteten sie interessiert. Renardus stimmte ein Lied an. Seine krächzende Stimme zitterte über die Geißelstatt, bis die anderen Geißler einfielen und die Zeile wiederholten; die dritte Wiederholung kam, unsicher zu Beginn und schließlich fester werdend, vom Chor der Losgesprochenen. Als auch sie die Zeile zu Ende gebracht hatten, hörte Rasso das Klatschen. Die zwei abgesonderten Geißler begannen langsam um den Ring zu schreiten und hieben sich ihre Geißeln mit aller Kraft auf den Rücken. Ihre Gesichter waren angespannt, und sie zuckten zusammen; das Volk zuckte kollektiv mit. Rasso sah mit Unbehagen, dass eine der Geißeln an den Enden der Riemen kantige Knöpfe sitzen hatte. Schon rötete sich die Haut der beiden Vorgeißler. Renardus begann die zweite Zeile.

Das Lied befasste sich ausführlich mit allen Sünden, die unweigerlich zur Verdammnis führten: Übertretungen des Fastengebots, Lügen, Meineide, Wucherei, Mord und Diebstahl; und was Christus, die heilige Mutter Maria und sämtliche Heiligen davon hielten. Zwischen den Dreierzeilen sausten die Geißeln auf die beiden Rücken herab. Bald trat das erste Blut hervor, und mit ihm die ersten begeisterten Tränen auf Seiten der Zuschauer. Auch von den Losgesprochenen kamen jetzt einige in Fahrt und schluchzten beeindruckt. Rasso unterdrückte ein Gähnen und schielte nach dem Berittenen. Wie er nicht anders erwartet hatte, war er bereits wieder verschwunden.

Am nächsten Tag hatten sie bereits etliche Meilen zwischen sich und die Stadt gebracht, als Rasso den Redefluss Renardus', der sich über die rege Beteiligung an der gestrigen Geißelung noch immer begeistern konnte, unterbrach. Er wies auf das jenseitige Ende eines Feldes, das rechts neben der Straße lag, grau verschleiert vom Morgenlicht.

»Was ist dort?«, fragte Renardus.

»Drei Reiter.« Rasso blickte sich zu Fulcher um, dessen blutunterlaufene Augen ebenfalls in die von ihm gewiesene Richtung blickten. Fulcher schien erschöpft und ging mühsam, aber bis jetzt hatte er durchgehalten.

»Ist einer davon der Kerl von gestern?«, fragte der Geißler, mit dem er sich nachmittags unterhalten hatte.

»Darauf wette ich«, brummte Rasso.

»Was werden sie tun?«

»Ich weiß es nicht. Habt ihr Waffen?«

»Natürlich nicht.«

»Was ist mit den Geißeln?«

»Das sind geweihte Instrumente«, empörte sich Renardus. Er drehte sich zu seinen Schützlingen um. »Es besteht keine Gefahr. Niemand wird uns etwas antun.«

Die Reiter tauchten in ein kleines Waldstück ein und verschwanden. Rasso beobachtete das andere Ende des Waldes aufmerksam, aber sie kamen nicht wieder daraus hervor, selbst als ihr Häuflein daran vorüberzog. Ihre neuen Freunde schienen erleichtert und begannen wieder zu lächeln, aber Rasso und Fulcher wechselten einen Blick. Fulcher schüttelte finster den Kopf.

Als Nächstes deutete einer der Geißler nach links. »Dort sind noch welche.« Die Gruppe blieb wieder stehen. Rasso kniff die Augen zusammen.

»Das sind die Gleichen wie vorhin. Irgendwie haben sie auf die andere Seite hinübergewechselt.«

Jetzt näherten sich mehr Köpfe als vorhin einander, um zu beraten. Rasso konnte deutlich die Nervosität bemerken, die sich breit zu machen begann. Die Reiter preschten ein paar Längen voraus, dann wendeten sie ihre Pferde plötzlich um und galoppierten in ihrer Spur zurück. Sie verschwanden in Richtung Köln, ohne sich nach der zusammengedrängten Gruppe auf der Straße umzusehen.

»Siehst du, sie wollen gar nichts von uns«, stellte Renardus fest und atmete auf. Rasso betrachtete nachdenklich das Waldstück, das vor ihnen lag. »Was meinst du?«, fragte er Fulcher. Dieser nickte.

Rasso seufzte und machte sich auf nach vorn zu Renardus, um ihm vorzuschlagen, die Gruppe auseinander zu ziehen. »Wir fühlen uns wohler, wenn wir zusammenbleiben«, widersprach Renardus.

»Wenn wir angegriffen werden, wird es im Wald geschehen, und wir haben eine größere Chance zu fliehen, wenn wir nicht auf einem Haufen beieinander stehen.«

»Ich glaube nicht, dass wir angegriffen werden.«

Rasso schwieg grimmig.

»Niemand ist hinter uns her«, sagte Renardus fest. »Wir sind als Gruppe von zu Hause aufgebrochen; als Gruppe ziehen wir weiter.«

»Wir können ja zusammenbleiben; nur im Wald ...«

»Nein, Rasso«, sagte Renardus. »Ich weiß, dass du dir Sorgen machst, aber du darfst uns mit deiner Angst nicht anstecken. Wir haben nichts verbrochen.«

Rassos Einwände verhallten ungehört, und die Geißler marschierten weiter. Fulcher machte eine Kopfbewegung zu Renardus hin.

Er und Rasso drängten sich durch die Männer und gingen neben dem Meister her. Rasso war klar, dass Fulcher erwartete, dass sie beide den alten Mann schützen mussten; er war jetzt ihr Anführer. Wie sie sich gegen einen Angriff zur Wehr setzen sollten, war ihm allerdings schleierhaft.

Der Wald umgab die Straße auf über zwei Meilen Länge und besaß in einiger Entfernung vom Straßenrand auf beiden Seiten dichtes Unterholz. Während die Geißler schwatzend und ihre Furchtsamkeit vertreibend hindurchmarschierten, suchten Rasso und Fulcher das Unterholz mit Blicken ab. Rasso fühlte die Spannung steigen; einmal hätte er beinahe aufgeschrien, als sich etwas hinter einem Laubvorhang bewegte. Die Geißler um sie herum wurden stiller, als ihnen ihre Wachsamkeit auffiel. Renardus machte ein unzufriedenes Gesicht.

Das Geschrei und das Dröhnen der Hufe ließ alle zusammenfahren, selbst Rasso und Fulcher. Drei Reiter sprengten zwischen den Bäumen hervor und auf die Straße zu. Sie erreichten die Straße dicht vor den Geißlern, schlossen sich zusammen und machten einen Satz auf die Gruppe zu. Ihre Gesichter wurden von Helmen mit heruntergeklappten Masken verdeckt.

Renardus wich zurück und krallte sich in Rassos Wams. Die anderen Männer schrien entsetzt auf und klammerten sich aneinander. Rasso fühlte sich nach vorn geschoben, auf die Leiber der Pferde zu. Breite Schwertklingen verließen scharrend die Scheiden und blinkten auf. Rassos Hände griffen ins Leere auf der vergeblichen Suche nach seinem langen Dolch.

Einer der Reiter drängte sich nach vorn und riss an den Zügeln; sein Pferd stieg auf der Hinterhand empor. Rasso erbleichte und stolperte rückwärts. Das Pferd sank wieder auf den Boden zurück. Der Reiter lenkte es so, dass es sich quer vor Rasso und den Geißlern auf die Straße stellte. Die beiden anderen trabten an ihm vorbei und bauten sich links und rechts neben der eng zusammenstehenden Gruppe auf. Der Reiter vor Rasso griff nach oben und öffnete die Maske seines Helms. Ein breit grinsendes Gesicht kam darunter zum Vorschein.

»Ein bisschen die wunden Rücken auslüften, was?«, fragte er gut gelaunt. Rasso arbeitete vergeblich an einer Antwort. Der Mann lachte und klappte die Maske wieder herunter. Er hob das Schwert.

Rasso ballte die Fäuste und zog sie vor die Brust. Der Mann schwang das Schwert einmal um seinen Kopf herum und steckte es dann wieder in die Scheide zurück.

»Wir sehen uns, Rückenklatscher«, rief er dem ungläubig lauschenden Rasso zu und lachte dumpf hinter seiner Maske. Sein Pferd wieherte, als er an den Zügeln riss, und sprengte an Rasso vorbei. Mit der Hinterhand stieß es gegen seine Schulter und sandte ihn zu Boden. Während er sich benommen aufrichtete, hörte er die drei Männer davongaloppieren und Fulchers erstaunte Laute. Was die Geißler anging, so waren ihre Münder so rund wie ihre Augen und sie selbst zum ersten Mal schweigsam.

In Eller, einer Ansammlung von Häusern um den Sitz der Grafen herum, gab Fulcher auf. Die Schmerzen in seinem Kiefer waren zu groß, als dass er hätte weitermarschieren können. Die Geißler zogen weiter. Rasso bat um Aufnahme in die Bewaffnetenschar des Grafen, und der Anführer der Waffenträger zögerte nicht lange. In verschiedenen Raufereien im flussabwärts liegenden Köln waren ein paar seiner Männer von verdammten Kaiserlichen so sehr verletzt worden, dass sie für mehrere Wochen ausfielen. Die Zeiten jedoch waren nicht so geartet, dass ein vorsichtiger Scharführer auf allzu viele Männer verzichten konnte. Rasso dachte nur kurz darüber nach, wie es war, von der Seite des Kanzlers auf die Seite der Grafen von Eller überzuwechseln, die den Papst unterstützten. In einer der Bauernkaten außerhalb des Burgbezirks lag Fulcher und hoffte, schnell gesund zu werden. Der Bauer verlangte Geld für seine Unterbringung. Außerdem hatte der Graf hübsche Farben. Als er aus dem Torbau wieder nach draußen trat, nickte ihm eine Magd zu und zwinkerte. Er befand, dass er es schlechter hätte treffen können.

Die drei Männer auf den Pferden sah er niemals wieder.

Der Herr der Hinterlist

Die Liebe hört niemals auf.

1. Korinther 13,8

Totengedenken

Sie erreichten das Dorf beim Nachlassen der Mittagshitze, nachdem sie ein zweites Mal vor dem Morgengrauen aufgebrochen und scharf geritten waren. Zwischen Aude und Philipp herrschte eine seltsame Beklommenheit, die eher den unterdrückten Wunsch nach Nähe als nach Distanz auszudrücken schien. Als wäre es eine unabgesprochene Übereinkunft, redeten sie sich weiterhin höflich an, doch selbst Galbert hörte heraus, dass da plötzlich mehr war als gegenseitiger Respekt. Der Wind war warm und wehte kleine, schwache Staubfähnchen vor den Hufen ihrer Pferde her, als sie zwischen den Hütten ankamen. Ihre Tritte klangen hohl und überlaut. Außer ihnen und dem hohen unablässigen Sirren der Grillen ließ sich kein Laut vernehmen. Das Dorf war vollkommen menschenleer.

»Wo sind denn alle?«, fragte Galbert.

»Auf den Feldern, nehme ich an.«

»Und die Kinder? Und die Alten?«

Philipp zuckte mit den Schultern.

»Was für ein düsterer Ort«, bemerkte Aude. »Selbst im Tageslicht wirkt er geduckt.« Sie warf einen Blick auf die verschiedenen Talismane, die an den Häusern angebracht waren. Als sie die Scheune passierten, an der noch immer die toten Tiere zu sehen waren, mittlerweile in der Sonne gedörrt und von Fliegen bedeckt, verengten sich ihre Augen. »Wovor fürchten sich die Leute hier?«

»Vor der Frau ihres Herrn.«

»Ich dachte, sie sei tot.«

»Genau das ist der Fall.«

Aude starrte Philipp an. Aus dem Augenwinkel sah sie, wie Galbert sich bekreuzigte.

»Die guten Leute hier halten sie für eine Hexe und fürchten, dass sie beim nächsten Vollmond aus dem Grab steigen und Radolf zu sich holen wird«, erklärte Philipp. Aude schüttelte den Kopf.

»Vor drei Nächten war Vollmond«, murmelte Galbert.

Philipp drehte sich zu ihm um.

»Was sagst du?«

»Vollmond war vor drei Nächten. Ob sie ihn schon geholt hat?«

»Das ist alles nur Aberglaube«, zischte Philipp. »Hast du nicht gesehen? Man hat sogar ein Käuzchen an der Scheunentür gekreuzigt.«

»Ich habe es gesehen«, flüsterte Galbert. »So etwas tut man nur, wenn die Gefahr sehr groß ist.«

»Und die Dummheit noch größer ...«, begann Philipp, aber Aude gab ihm einen Wink, und er schwieg.

»Hört auf, ihn zu verspotten«, sagte sie. »Selbst mir ist hier unheimlich. Wo sind die Leute? Galbert hat Recht: Es müssten zumindest ein paar Alte und Kinder zu sehen sein.«

»Hier gibt es ausschließlich Alte und Kinder; und von Letzteren nicht besonders viele. Entweder haben sie Angst davor, Kinder zu zeugen, damit die Hexe sie nicht holt ...«

»... oder die Kinder sind zu früh gestorben«, vollendete Aude mit steinerner Miene.

Sie warf einen Blick zu Radolfs Haus hinüber, zu dem sie jetzt freie Sicht hatten, ein massiver, grauer Klotz am Ende der Straße, ein trister Fleck im strahlenden Sonnenlicht. »Werden uns die Torwächter einlassen?«

»Es gibt keine Torwächter«, erklärte Philipp.

»Und die Bewaffneten, die den Besitz des Herrn gegen Fremde verteidigen?«, fragte Galbert.

»Radolf lebt dort so gut wie allein. Keiner aus dem Dorf will für ihn arbeiten, mit Ausnahme eines alten Weibes, das seine Tochter behütet, einer jungen Küchenhilfe aus dem Dorf und des Pferdeknechtes, der ebenso abergläubisch ist wie du.«

Aude hielt ihr Pferd vor dem Tor an und zögerte. Auch Philipp sah sich langsam nach allen Seiten um und versuchte sogar über die Böschung hinwegzuspähen. Schließlich rief er laut nach Radolf und nach Dionisia. Aude hörte gedämpftes Pferdewiehern als Antwort. Sonst blieb alles still. Philipp wandte sich im Sattel um und sah sie an.

»Wenn uns niemand empfängt, müssen wir wohl so hineingehen«, sagte sie und fühlte sich nicht halb so entschlossen, wie sie tat. Philipp machte ein unzufriedenes Gesicht. »Radolf hat merkwürdige Gewohnheiten«, brummte er. »Aber zumindest Dionisia müsste uns hören.« Er richtete seinen Oberkörper auf und rief nochmals. Die Pferde wieherten erneut.

»Das hört sich nicht wie Radolfs Stimme an«, brummte er. Aude lächelte unwillkürlich. Philipp kniff die Augen zusammen und sah sie an.

»Es freut mich, dass ich Euch endlich wieder zum Lachen bringe.«

»Ich lache meistens innerlich«, erwiderte sie trocken. Philipp grinste. Dann seufzte er. »Ich gehe hinein«, sagte er und saß ab. »Radolf hat mich zwar hinausgeworfen, aber er hat nicht gesagt, ich dürfe niemals wiederkommen.«

Seine Schritte klangen dumpf auf dem Brett, das über den kleinen Senkgraben hinwegführte. Aude lenkte ihr Pferd näher und roch den Fäulnisduft, der aus dem Wasser darin aufstieg. Sie verzog das Gesicht. Plötzlich schien ihr, dass der Geruch bezeichnend war für den Ort. Ihr Herz sank. *Geoffroi, was hast du mit diesem von Gott verlassenen Platz zu tun?* Philipp stieß das Tor auf, trat einen Schritt hindurch und zögerte dann weiterzugehen.

»Ist etwas nicht in Ordnung?«, fragte sie.

»Hier ist nichts in Ordnung, aber das ist normal«, knurrte er, ohne sich umzudrehen. »Ich fühle mich nur noch unwillkommener als sonst.«

Die Pferde, von den Stimmen aufmerksam gemacht, wieherten nun lauter und eindringlicher als zuvor. Der schiefe Stall schien unter ein paar lauten Hufschlägen zu erzittern. »Die Bestie«, hörte Aude Philipp murmeln. »Nun nimmt sie den Stall doch noch auseinander.«

Aude und Galbert folgten ihm zögernd nach. Audes Pferd wieherte und erhielt schrille Antwort aus dem Stall. Die Wände erzitterten unter weiteren Hufschlägen.

»Was ist mit den Pferden los?«, knurrte Philipp.

»Ich werde nachsehen«, sagte Galbert entschlossen. Aude sah ihn die Stalltür aufziehen und hineinschlüpfen. Das Wiehern und Hufschlagen steigerte sich. Galbert kam wieder heraus und winkte aufgeregt.

»Da sind ein paar normale Reitpferde und ein gewaltiges Biest von einem Schlachtross drin«, rief er. »Ihre Krippen sind leer. So wie es aussieht, haben sie seit längerem nichts mehr zu fressen bekommen.«

»Was ist mit dem Rossknecht, verdammt?«, fluchte Philipp. »Füttere die Viecher! Pass aber auf, dass sie dich nicht auffressen.« Statt zu grinsen verzerrte sich sein Gesicht. Er schien sich Sorgen zu machen.

»Wir sollten noch einmal versuchen, die Bewohner auf uns aufmerksam zu machen, und um Eintritt bitten«, schlug Aude vor. »Wenn der Hausherr jetzt einen Pfeil auf uns abschießt, hat er alles Recht dazu.«

»Ich habe ergebnislos gerufen.«

»Drüben ist eine Kapelle mit einer kleinen Glocke. Wie wär's, wenn Ihr sie läuten würdet? Vielleicht hört uns wenigstens jemand aus dem Dorf?«

Philipp blieb stehen. Aude wies einladend auf die Kapelle am Fuß der Böschung. Philipp betrachtete sie unentschlossen. Sie sah, wie sein Blick auf die Gräber daneben fiel, als hätte er Angst, eher deren Bewohner als die Insassen des Hauses damit aufzurütteln.

»Also gut«, sagte er und marschierte hinüber. Als er die Tür drückte und ein überraschtes Gesicht machte, wusste sie, dass sie verschlossen war. Philipp drehte sich um und sah prüfend zum Eingang des Hauses hinüber. Aude folgte seinem Blick und ließ ihn an der Mauer des Gebäudes hochklettern. Die schmalen Fensteröffnungen im Obergeschoss waren dunkel und undurchdringlich.

»Wieso sperrt er die Kapelle ab?«, fragte sie.

Philipp bewegte die Schultern. Vor seinen Augen entstand ein Bild, das er ganz zu Anfang gehabt hatte: Radolf, der sich selbst den Tod gegeben hatte und in einer Blutlache in der Kapelle lag.

Er zog unwillkürlich die Nase hoch, als wäre der Aasgeruch schon um ihn.

»Ich habe keine Ahnung«, sagte er, trat einen Schritt zurück und hob den Fuß. Er schlug mit einer Hand ein hastiges Kreuz und murmelte: »Herr, vergib mir.« Dann trat er kräftig zu. Das einfache Schloss ächzte. Philipp trat ein zweites Mal zu, und die Tür splitterte an einer Stelle und flog dann mit einer kleinen Wolke aus Splittern und Mörtelstaub auf. Aus der Kapelle drang kühle, abgestandene Luft. Zu ihrer beider Überraschung war sie fast vollkommen leer: An den ungekalkten Wänden hing weder eine Votivtafel noch ein Kreuz, und die einzige Sitzgelegenheit war eine mitten im fensterlosen Raum stehende, unordentlich abgestellte Truhe, deren Ecken zerschunden und das Holz von Feuchtigkeit aufgequollen war. Fackelstumpen lagen neben ihr, die zu lange erkaltet waren, als dass sie noch nach Rauch gerochen hätten. Philipp streckte den Kopf hinein und drehte ihn suchend hin und her, ohne über die Schwelle zu treten. Aude sah die Schnur, die durch ein Loch in der Decke hing, und zog kräftig daran. Die kleine Glocke gab misstönende Laute von sich, und Philipp fuhr zusammen.

»Zum Henker!«, rief Philipp. Aude sah ihn unschuldig an.

»Wir wollten die Glocke läuten, erinnert Ihr Euch?«, fragte sie.

Hinter sich hörte sie undeutlich, wie die Stalltür aufging und Galberts Stimme dünn über den Hof klang: »Ist was passiert?«

Aude winkte ihm zu und schüttelte den Kopf. Philipp packte die Kapellentür und zog sie zu. Er spähte zum Tor hinaus und dann zum Gebäude. »Tut sich was?«, fragte er. »Ich sehe nichts.«

Sie warteten einige Augenblicke, aber weder vom Dorf her noch vom Gebäude kam jemand auf sie zu.

»Gehen wir rein«, seufzte Philipp. »Wahrscheinlich ist ohnehin niemand mehr da.«

»Und die Pferde?«

»Der Rossknecht war überzeugt davon, dass Ernst durch die Lüfte reiten konnte. Vielleicht hat sich diese Fähigkeit auf Radolf übertragen, als er ihn niederstach.«

Sie schritten die Treppe in den *donjon* hinauf. Aude entging nicht, dass Philipp den Griff seines Messers umfasste, ohne es zu ziehen.

Sie tastete auf ihren Bauch und war nicht viel beruhigter, als sie den Umriss des dünnen Messers spürte, unsichtbar unter der Fältelung des Hemdes verborgen und mit einem raschen Griff in den Ausschnitt hervorzuziehen. Sie hatte es eingesteckt, als sie am Morgen die Hütte des Fährmanns verlassen hatten. Sie marschierten durch den leeren Raum im ersten Geschoss des *donjons* und in den Saal hinein. Er war, wie sie ihn erwartet hatte: dunkel, ohne jedes Feuer, ohne jede Wärme, abweisend und kahl. Der Saal roch unangenehm. Im Hintergrund sah sie den dunklen Umriss einer mit Decken abgehängten Kammer.

»Radolf?«, rief Philipp. »Dionisia? Irgendjemand?«

»Wie viele Räume gibt es?«, fragte Aude.

»Unten im Keller die Küche mit einem eingemauerten Vorratsraum. Hier oben den Saal. Was Ihr dort hinten seht, ist Radolfs Kammer. Oben im Trockenspeicher hat Dionisia einen Raum, den sie mit der alten Frau bewohnt.«

»Vielleicht ist jemand oben. Vielleicht ist Radolfs Tochter oder die alte Frau krank, und Radolf ist unterwegs, um Hilfe zu holen.«

»Dann würde man uns antworten«, sagte Philipp, aber sie konnte deutlich erkennen, dass er es für eine Möglichkeit hielt. Er holte Luft und rief noch lauter: »Dionisia? Ich bin's, Philipp.« Er wandte sich zu Aude um und murmelte: »Wenn die Weiber allein sind, halten sie sich womöglich still. Ich würde an ihrer Stelle auch nicht antworten, wenn ich nicht wüsste, wer sich im Haus herumtreibt.« Aber auch die Nennung seines Namens bewirkte nichts.

»Ich gehe hinauf und sehe nach«, erklärte Aude. »Ihr dürft sowieso nicht in die Frauenkammer hinein.«

»Ihr bleibt hier bei mir«, sagte Philipp bestimmt. »Wir sehen überall gemeinsam nach. Wenn Ihr in die Frauenkammer hineingeht, will ich wenigstens neben der Tür stehen.«

Aude nickte, ohne zu diskutieren. Je weiter sie in den Saal vordrangen, desto drückender wurde der Geruch. »Man kann Radolfs Vorräte riechen«, sagte Aude. »Sie verderben.«

Philipp blieb auf dem Absatz der Treppe stehen, die in die Küche hinunterführte. »Scheinbar«, sagte er. »Der Geruch kommt von dort unten.« Er machte Anstalten hinabzusteigen.

»He«, rief eine Stimme vom Eingang her, und beide wirbelten herum. Audes Hand fuhr an ihren Ausschnitt, bevor sie erkennen konnte, dass es Galbert war. Sie ließ die Hand sinken. Ihr Herz klopfte wild, und sie schalt sich ärgerlich dafür. Aber Philipp schien es nicht anders ergangen zu sein.

»Wenn ich etwas zum Werfen gehabt hätte, wärst du jetzt tot, verflucht nochmal«, zischte er. Galbert warf ein paar befangene Blicke um sich und kam zu ihnen heran. »Die Pferde waren halb verhungert. Was stinkt hier so?«, fragte er.

»Das Fleisch im Keller.« Philipp wandte sich an Aude. »Ich bin überzeugt, dass niemand mehr hier ist.« Er schüttelte den Kopf und machte ein finsteres Gesicht. »Verdammt.« Er warf noch einen Blick zur Kellertreppe, dann schritt er auf die Decke von Radolfs Kammer zu, hob die Hand, zögerte einen winzigen Augenblick und wischte sie dann beiseite.

Der herausbrechende Gestank weckte Audes Erinnerung schneller als der Anblick in der Kammer: die Erinnerung an den Tod ihres Vaters. Die Situation war ebenso wie damals; das düstere Geviert mit dem großen Bett, die zurückgezogenen Bettvorhänge, die reglose Gestalt in den zerwühlten Decken und die Frau, die am Rand des Bettes Wache hielt. Die Bilder kamen zusammen mit dem überwältigenden Gestank nach Verfall, dem Gestank eines toten Leibs, der mit seinem Ende seine Funktionen eingestellt hatte und nun seiner Würde beraubt in seinem eigenen Schmutz lag. In Radolfs Kammer war es ebenso wie damals, als der Priester Aude und ihre Geschwister hereingeführt hatte: die Frau, die mit rastlosen Händen die Laken knetete, ohne etwas zu hören oder zu sehen, nur dass die Frau nicht Audes Mutter, sondern Dionisia war, und dass der Mann im Bett bereits seit mindestens drei Tagen tot war. Sie brauchte nicht erst hinzusehen. Der Geruch machte es mehr als überdeutlich.

»Oh, Philipp«, stieß sie unwillkürlich hervor und trat einen Schritt in den Raum. Aus dem Augenwinkel sah sie, wie Philipp ihr folgte. »Der Herr sei seiner Seele gnädig«, sagte sie. Philipp nickte mit zusammengebissenen Zähnen. Sie traten noch näher an das Bett heran, bis der Gestank nach Blut und Fäkalien sie dazu zwang innezuhalten. Dionisia saß starr an der Seite des Leichnams; nur ihre Hände fuhren unablässig über den Stoff neben sich. Das Erste, was Aude an ihr wahrnahm, war, dass sie lediglich einen Überwurf über ihrem Nachtgewand trug. Das Zweite waren die eingetrockneten Blutspritzer an der Vorderseite des Gewands und ihre braun verkrusteten Hände. Dann sah sie in das Gesicht des Toten und hörte Philipp neben sich keuchen. Ihre Kehle verschloss sich. Zuletzt fiel ihr Blick auf den Prügel, der dunkel von geronnenem Blut und Gehirnmasse direkt neben Dionisias nackten Füßen lag.

»Am Fuß der Treppe liegt ein weiterer Leichnam«, sagte Galbert, als sie um Atem ringend wieder im Saal standen. Audes Augen tränten vom gewaltsamen Zurückhalten ihres Mageninhalts. Sie sah, dass Philipps Hände zitterten. Dionisia saß noch immer neben der verwesenden Leiche am Bett. Niemand hatte gewagt, sie zu berühren. »Wenn man die Fliegen verscheucht, kommt darunter ein altes Weib zum Vorschein. Es sieht so aus, als sei sie die Treppe hinuntergefallen.«

»Oder gestoßen worden«, flüsterte Philipp plötzlich. Er ballte die Fäuste und schluckte. Das Schlucken wiederholte sich und ließ sich nicht mehr abstellen. Philipp riss die Augen auf, taumelte beiseite und würgte krampfhaft. Galbert sah ihn befremdet an. Philipp beugte die Knie, als würde er vornüberfallen, und wankte. Aude sprang ihm nach und packte ihn um die Hüfte. Er erbrach sich mit einem heftigen Schwall und stöhnte dann, während er sich zitternd aufrichtete und Audes Hände vergeblich abzustreifen versuchte.

»Setzt Euch hier auf die Truhe«, sagte sie bestimmt. Er gehorchte ihr wortlos und ließ sich schwer auf die Truhe niederfallen. Seine Augen waren feucht vor Anstrengung und sein Gesicht kalt und kalkweiß.

»Wir müssen das Mädchen dort herausbekommen«, sagte sie dann zu Galbert. Er nickte und straffte sich.

»Ich mache das«, sagte Philipp und kam mit schweren Beinen in die Höhe. »Aber ich brauche Eure Hilfe, Aude.«

»Natürlich.« Sie sah ihn argwöhnisch an, aber er nickte ihr zu und schüttelte sich. Sein Gesicht war noch immer bleich, aber seine Hände zitterten nicht mehr so stark, als er sich über den Mund wischte. Galbert blickte sich unschlüssig um und sagte dann unglücklich: »Es gibt hier wohl weit und breit keinen Abdecker.« Er wischte sich die Hände an der Hose ab. »Also werde ich die Alte aus der Küche holen.«

»Dort drüben ist eine Tischplatte, auf der wir sie nach oben transportieren können«, erklärte Philipp. »Lass sie einstweilen; ich helfe dir nachher. Du sollst sie nicht allein anfassen müssen.« Galbert nickte erleichtert. »Wir müssen auch Radolf nach draußen schaffen.«

Er stakte auf die Kammer zu. Aude gesellte sich an seine Seite und wappnete sich gegen den Geruch, der noch immer schwer in der Kammer hing. Dionisia hatte ihre Stellung nicht verändert. Philipp ging vor ihr in die Hocke, bemühte sich, den Blick von Radolfs zerstörtem Gesicht abzuwenden, und schaute ihr in die Augen. Aude beobachtete ihn dabei. Sie sah, wie sich sein Gesicht verhärtete, als ihre Blicke durch ihn hindurchgingen.

»Dionisia«, sagte er leise. »Hört Ihr mich?«

Es war, als hätte er nichts gesagt. Nach einigem Zögern berührte er ihre Schultern und schüttelte sie vorsichtig. Ihr Kopf pendelte vor und zurück, und ihr Haar fiel ihr ins Gesicht. Philipp sah zu Aude auf und zuckte mit den Schultern. Aude trat hinter Dionisia und schob ihr die Hände unter die Achseln. Sie war von der Kälte der Haut überrascht; nur ihre Achselhöhlen waren warm und feucht. Das Mädchen richtete sich widerstandslos auf, als ob man eine Gliederpuppe auf die Beine stellte, und hinterließ einen dunklen Fleck auf dem blutbespritzten Laken. Ihr Körpergeruch stieg zu Aude auf; eine Mischung aus ranzigem Schweiß, gestocktem Blut, Urin und kalt gewordenem Entsetzen. Auf die Beine gestellt, blieb sie schwankend stehen. Aus den Kleiderfalten in ihrem Schoß rollte ein zerknülltes Pergament auf den Boden. Philipp bückte sich danach und hob es auf. Aude drängte Dionisia zum Ausgang aus der Kammer, und sie folgte mit schlurfenden Beinen dem Druck.

»Ich muss sie waschen«, sagte Aude über die Schulter zu Philipp, der mit gerunzelter Stirn das Pergament auseinander zu falten versuchte. »Sie hat sich beschmutzt, und ich möchte nicht wissen, wie lange sie schon in dem Schmutz und neben der Leiche gesessen ist. Außerdem hat sie ihr Monatsleiden.« Sie wies mit dem Kopf auf den eingetrockneten Blutfleck auf dem Laken. Philipp wandte peinlich berührt den Kopf ab, und Aude schüttelte ungeduldig den Kopf. »Stellt Euch nicht so an«, sagte sie barsch. »Wo ist ein Waschzuber?«

»Ernst hatte ihn zuletzt draußen vor dem Eingang zum Haus benutzt«, sagte Philipp.

»Ich habe ihn gesehen; er steht noch dort. Helft mir, sie hinauszuführen. Galbert soll inzwischen Wasser erhitzen.« Philipp steckte das halb auseinander gefaltete Pergament in die Tasche und stellte sich neben sie. Er hob zögernd eine Hand, aber dann schien ihm die Unberührbarkeit einer Frau während ihres Monatsflusses in dieser Situation doch keine Rolle zu spielen. Er fasste Dionisia entschlossen unter. Zu zweit geleiteten sie sie hinaus. Galbert, der die Tischplatte neben den Abgang zum Keller gelehnt hatte, wich ihnen aus. Philipp gab Audes Anweisung an ihn weiter, und er trabte die Kellertreppe hinunter.

»Bring mir zuerst ein paar Kübel kaltes Wasser«, rief Aude ihm hinterher. »Wir müssen sie aus ihrem Stupor wecken, und kaltes Wasser wird uns dabei helfen.«

Draußen war Dionisia nicht dazu zu bewegen, in den hohen Zuber zu steigen. Philipp sah sich zweifelnd um.

»Vielleicht sollten wir warten, bis jemand aus dem Dorf kommt«, sagte er.

»Und wer, glaubt Ihr, wird kommen?«, wies Aude ihn zurecht. »Die Häuser sind leer. Die Felder sind leer. Auf das Glockenläuten hat niemand reagiert. In dem Dorf ist niemand mehr.«

»Und wahrscheinlich seit mindestens drei Tagen«, seufzte Philipp.

»Seit dem Vollmond. Ebenso lange wie Radolf tot ist. Die Hexe hat ihn doch noch gekriegt.«

»Ihr würdet zusammen mit dem verschwundenen Rossknecht und Galbert ein reizendes Trio alter Waschweiber abgeben«, sagte Aude.

Philipp brummte, dann fasste er Dionisia unter und bugsierte sie vorsichtig in den Zuber.

»Helft Galbert beim Feuermachen«, sagte Aude. »Ich muss ihr das Gewand ausziehen, und dieser Anblick geht Euch nichts an.«

»Ich lege auch keinen gesteigerten Wert darauf«, erklärte Philipp und stieg die Treppen hoch.

Galbert hatte bereits ein mattes Feuer in der Kaminöffnung zu Stande gebracht und einen Eimer mit Wasser gefüllt. Bei Philipps Eintreten blickte er sich um.

»Sie hat ihn erschlagen, nicht wahr?«, sagte er. »Und die Alte die Treppe hinuntergestoßen.«

»Ja«, sagte Philipp und lehnte sich schwer an den Rand des Brunnens, während er Galbert half, einen weiteren Kübel hochzuziehen. »Ich habe gesehen, welche Wut sie entwickeln konnte und dass sie dabei jede Zurückhaltung verlor. Ich frage mich nur, was diese Wut ausgelöst haben könnte – wenn es nicht Ernsts Tod war ...«

»Noch dazu auf ihren Vater; ich meine ...«

»Radolf war nicht ihr Vater; im Gegenteil, er hat ihren Vater sogar ...« Seine Augen weiteten sich plötzlich. Er ließ den Henkel des Eimers los, dass Galbert ein protestierendes Geräusch von sich gab und den gefüllten Kübel beinahe fahren ließ. Hastig wischte er sich die Hände an seinem Wams ab und angelte in seiner Tasche nach dem Pergament. Es war an vielen Stellen gebrochen. Philipp strich es mühsam an der Küchenwand glatt. Er kannte die Schrift – sie stammte aus Ernst Guett'heures Hand. Er überflog die Zeilen.

»Mein Gott«, murmelte er. »Mein Gott.«

»Was ist los?«

»Komm mit nach draußen, ich erklär's dir«, sagte Philipp sichtlich erschüttert und schob das Pergament unter sein Wams. Er bückte sich nach dem bereits gefüllten Eimer und hob ihn hoch. »Aude soll es auch erfahren.«

Dionisias Kopf ragte über den Rand des Zubers hinaus. Audes Hemd war bis über die Ellenbogen zurückgeschoben. Ihre Haare waren zerzaust. Sie blickte ihnen ungeduldig entgegen. Als sie in Philipps Gesicht sah, verschluckte sie jede Bemerkung über die Dauer des Wasserholens.

»Was ist passiert?«, fragte sie stattdessen.

»Radolf Vacillarius war der Gefolgsmann des Ritters, dem dieser Besitz und das Dorf ursprünglich gehörten«, sagte Philipp rau. »Könnt Ihr Euch erinnern, dass wir über Renata herausfanden, dass Radolf während des Pilgerzugs niemals im Heiligen Land war? In dieser Zeit plante er die Ermordung seines Herrn; er sandte sogar Nachricht von seinem Tod nach Hause, obwohl dieser noch lebte und im Heer des Kaisers gegen Jerusalem zog. Vielleicht hoffte er, sein Herr würde im Heiligen Land umkommen; als dieser Umstand nicht eintrat, musste er selbst Hand anlegen. Er zwang Lambert, ihm dabei zu helfen. Ernst wurde – gewollt oder nicht, ich weiß es nicht – Zeuge dieses Mordes. Radolf hatte inzwischen die Frau seines Herrn geheiratet; er wurde für Dionisia, die noch ein kleines Kind fast ohne Erinnerung an ihren Erzeuger war, zum Vater. Die Bewaffneten seines Herrn entließ er aus ihrem Dienst. Dionisia erzählte mir, dass sie eine vage Erinnerung an bewaffnete Gefährten auf dem Hof hatte. Radolf konnte sie nicht mehr gebrauchen – sie erinnerten ihn zu sehr an seine Herkunft. Er behielt nur Lambert bei sich, den er durch die Beihilfe zu dem Mord an sich gebunden hatte. Die Dörfler kümmerten sich wahrscheinlich nicht darum, wer hier im Haus das Sagen hatte – Radolf war nichts als ein neuer Herr, dem sie wie dem alten Herrn ihre Abgaben zu liefern hatten.«

»Woher wisst Ihr das alles?«, fragte Aude.

Philipp holte das Pergament aus seinem Wams.

»Die Hälfte steht hier drinnen. Die andere Hälfte habe ich mir aus Lamberts Beichte und aus den Worten des Kanzlers zusammengereimt.«

»Was ist das für ein Bekenntnis?«

»Eine Denunziation aus Ernsts Hand, gerichtet an Peter von Vinea persönlich. Bis vorhin dachte ich, der Kanzler wüsste all das bereits und sei der Hintermann, mit dem Ernst über die

Brieftauben in Verbindung stand. Offensichtlich steckt jemand anderes dahinter. Peter von Vinea scheint es ernst gemeint zu haben, als er sagte, Radolf sei ein vortrefflicher Diener des Reichs.« Er schnaubte unlustig. »Dieses Bekenntnis hier hätte Radolf schneller das Genick gebrochen als der Kanzler *Ich habe mich wohl in Euch geirrt*, hätte sagen können.«

»Welche Nachrichten hat Ernst mit Brieftauben versandt?«

»Er informierte seinen Auftraggeber über den fortschreitenden Verfall Radolfs. In seiner letzten Botschaft, der, die er nicht mehr abschicken konnte, schrieb Ernst, Radolf sei zu einem Unsicherheitsfaktor geworden und er warte auf Anweisungen. Er erwähnte, dass er im Falle ihres Ausbleibens wie geplant gegen Radolf vorgehen würde. Ich nehme an, diese Denunziation war, was er gegen Radolf einsetzen sollte. Radolfs ganze Geschichte, vom Mord an seinem Lehnsherrn bis zur Hochzeit mit dessen Witwe, steht dort verzeichnet. Ernst muss das Pergament gut versteckt haben. Ich fand es nicht, als ich seine Sachen durchsah. Aber Dionisia hat es gefunden. Wahrscheinlich hat dieses Schreiben den letzten Rest ihrer Vernunft davongefegt.« Er seufzte. »Sie hat ihren Vater gerächt. Ich hätte es verhindern können, wenn ich hier geblieben wäre.«

»Es war nicht deine Angelegenheit«, sagte Galbert nach einer langen Pause.

»Warum hat Radolf das alles getan?«, fragte Aude.

»Ich weiß es nicht. Der Kardinal sprach davon, dass Radolf in bedingungsloser Liebe seinem Weib ergeben war. Wenn wir annehmen, dass er damit die Frau seines ehemaligen Herrn meinte und in dieser Hinsicht nicht gelogen hat, dann war es wohl ein Mord aus Liebe. Er beseitigte den Mann, um die Frau zu bekommen.«

»Sie hat den Mörder ihres Gemahls geheiratet«, sagte Aude schaudernd.

»Und sie wusste, wer er war«, sagte Philipp hart.

»Wieso glaubt Ihr das?«

»Weil sie sonst Radolf niemals zum Mann genommen hätte. Der Besitz war früher wohlhabender; es hätte sich mit Sicherheit ein standesgemäßer Nachfolger gefunden – oder ihre Familie hätte ihn übernommen und sie ins Kloster geschickt. Die Heirat mit Radolf war der unlogischste Schritt von allen. Sie muss ihn geliebt haben wie er sie, und ich nehme an, sie haben die Tat gemeinsam geplant.«

Aude sah sich um und betrachtete das Haus, den verwilderten Hof, den baufälligen Stall und den kleinen Friedhof neben der Kapelle. Sie zog die Schultern hoch, als sei ihr kalt.

»Es hat ihnen keinen Frieden gebracht«, sagte sie.

»Nein. Und wie groß auch die Liebe zwischen ihnen gewesen sein mag: Die Tat, die zu ihrem gemeinsamen Leben geführt hatte, fraß sie auf. Ich denke, als jedes Kind, das Radolf mit Katharina zeugte, starb, war zumindest sie davon überzeugt, dass Gott ihre Sünde strafte. Vielleicht wurde sie darüber verrückt – ich habe keine Ahnung. Jedenfalls stand sie im Dorf bald im Ruf einer Hexe, und niemand wagte es mehr, sich dem Haus zu nähern oder gar darin zu arbeiten – bis auf die alte Frau, die schon immer für Dionisia gesorgt hatte und vielleicht sogar Radolfs und Katharinas Geheimnis kannte; und bis auf den Rossknecht, den die anderen Dörfler dazu brachten, für Radolf zu arbeiten, als Lambert geflohen war. Er war ihr Opfer an die Hexe, wenn man so will, damit sie das Dorf in Frieden ließ; und er war sich dessen bewusst. Ich hoffe, er ist allein oder mit den anderen davongezogen und baumelt nicht drüben im Wald an irgendeinem Ast.« Er wischte sich über die Stirn und ließ die Schultern sinken.

»Ich weiß nicht, wie genau der Kardinal über all das Bescheid wusste und in welcher Schuld er bei Radolf stand. Jedenfalls war ihm klar, dass Radolfs Anspruch auf das Erbe seines Herrn keinerlei Grundlage hatte. Deshalb schickte er wohl mich los, um die Dokumente zu Radolfs Gunsten zu fälschen. Und deshalb stimmte auch nichts hier so recht zusammen. Die Geschichte mit der Erbstreitigkeit zwischen Radolf und der Sippe seiner Frau war nur eine Erfindung, Es ging niemals um Katharinas Mitgift, sondern um das Erbe ihres ersten Mannes. Und es ging niemals um Dionisias Wohlergehen, sondern immer nur um Radolf.« Er lachte ärgerlich und spie aus. »Sie haben mich an der Nase herumgeführt, wie immer es ihnen gefallen hat.«

Aude schüttelte den Kopf und wandte sich zu Dionisia um. »Wir müssen uns um das Mädchen kümmern«, sagte sie. »Sie kann nichts für das, was geschehen ist. Gebt mir die Eimer. Bis das andere Wasser unten heiß ist, könnt Ihr die Toten begraben.«

Philipp hörte Aude mit leiser Stimme singen, während sie mit den Händen das kalte Wasser aber Dionisias Körper schöpfte. Er bewegte seine schmerzenden Schultern und ließ Galbert eine Weile graben, während er sich ausruhte. Sein Blick hielt Aude fest, die neben dem Zuber kauerte. Das kurze Haar fiel ihr ins Gesicht, und das Vorderteil ihres Wamses war dunkel vor Nässe; aber sie erschien ihm in diesen Momenten schöner denn je – fast schöner sogar als gestern Nacht. Dionisias Kopf bewegte sich im Rhythmus von Audes reibenden Händen hin und her. Philipp konnte ihre nackten Schultern und ihr Brustbein sehen. Er versuchte, die Verliebtheit zu verstehen, die er bei ihrem ersten Anblick empfunden hatte, aber er konnte sie nicht mehr hervorholen. Er fühlte lediglich Mitleid und Trauer und ein tiefes Bedauern, weil er nicht verhindert hatte, was geschehen war. Er seufzte und wandte seine Aufmerksamkeit wieder Aude zu, die zu singen aufgehört hatte und Dionisia anstarrte. Dionisia drehte plötzlich mit unendlicher Langsamkeit, als wäre sie ein steinaltes Weib, den Kopf herum und sah Aude ins Gesicht. Ihre starren Züge schienen in sich zusammenzufallen wie eine zerbröckelnde Mauer aus Sand. Aude zog sie zu sich heran und legte ihr die Arme um die Schultern. Nach ein paar Augenblicken hörte Philipp Dionisias Schluchzen, das sich aus ihrem Herzen zu reißen schien. Er räusperte sich und wandte sich ab.

»Warum um alles in der Welt müssen wir ausgerechnet hier graben?«, beschwerte sich Galbert. »Alles ist voller Wurzeln.«

»Ich möchte, dass Radolf neben seiner Frau zu liegen kommt. Er war ein Mörder und ein Schuft, aber das ist es, was ihn getrieben hat: ihr nahe zu sein.«

»Aber die Alte muss hier doch nicht liegen, oder? Da drüben sieht die Erde viel lockerer aus – warum buddeln wir sie nicht dort ein? Es muss ohnehin noch ein Priester hierher kommen und die Erde weihen, da kann er das Fleckchen da drüben gleich mit einsegnen.«

»Radolf hat versucht, dort einen Brunnen graben zu lassen ...«, murmelte Philipp mit ersterbender Stimme. Er ließ den Spaten fallen und kletterte aus der flachen Grube, die sie ausgehoben hatten. Galbert sah ihm erstaunt nach, wie er zu dem lockeren Flecken Erdreich hinüberging und mit der Fußspitze gegen den Boden trat. Sein Blick fiel auf Aude und blieb dort längere Zeit ruhen. Aude, die die noch immer weinende Dionisia an sich drückte, bemerkte es nicht. Philipp wandte sich zu Galbert um. Galbert war beinahe erschrocken über seinen Gesichtsausdruck.

»Komm hier rüber und bring das Werkzeug mit«, sagte er rau. Galbert widersprach nicht.

Auf Philipps Anweisung hin gruben sie vorsichtig. Nachdem sie zwei, drei Handspannen tief gekommen waren, traf Galberts Spaten auf einen zähen Widerstand. Sie schaufelten mit flach gehaltenem Blatt weiter und warfen die Erde links und rechts davon.

»Da liegt jemand«, sagte Galbert erstaunt. Philipp nickte und biss die Zähne zusammen. Sein Spaten bewegte sich wild. Innerhalb weniger Minuten hatten sie einen Körper zur Hälfte freigelegt, der in ein von der Erde dunkel gewordenes Tuch gehüllt war. Der Verwesungsgeruch hielt sich in Grenzen: Die Erde war kalt und feucht hier und schien die Leiche eher erhalten als ihren Zersetzungsprozess gefördert zu haben. Galbert entging nicht, dass Philipp mehrmals einen kurzen Blick zu Aude hinüberwarf und dann hastig weiterschaufelte.

»Hast du eine Ahnung, wer das ist?«, fragte Galbert, aber er erhielt keine Antwort. Schließlich hatten sie die gesamte Erde über dem Leichnam beseitigt. Zu seinem Erstaunen erkannte Galbert, dass er mit dem Gesicht nach unten in der Erde lag. Es dauerte einen Moment, bis ihm klar wurde, was das bedeutete; dann ließ er die Schaufel fallen und sprang zurück.

»Sei kein Narr«, herrschte ihn Philipp an. »Er liegt nur mit dem Gesicht nach unten, weil der, der ihn beerdigte, vor Angst halb verrückt war.«

»Und wer ist der Kerl?«

Philipp atmete schwer und warf einen erneuten Blick zu Aude hinüber. Als hätte sich ihr etwas mitgeteilt, sah sie auf und zu ihnen herüber; und was immer sie sah, als sie Philipps Blick erwiderte, brachte sie dazu, Dionisia loszulassen und langsam aufzustehen. »Bleib, wo du bist, um Himmels willen«, murmelte Philipp, ohne dass sie ihn hätte hören können, ohne dass sie auf seine Beschwörung reagiert hätte.

Aude machte einen Schritt auf sie zu. Über die Entfernung hinweg konnte Galbert ihr weißes Gesicht erkennen. Ihre Arme hingen steif an ihren Seiten hinab. »Was ist los? Was habt Ihr gefunden?«

Ihre Stimme klang über die Entfernung hinweg dünn, aber es mochte nicht nur an der Entfernung liegen.

»Geh zurück zu Dionisia«, hörte er Philipp sagen.

»Warum? Was ist dort?«

»Geh zurück zu Dionisia.« Sie gehorchte nicht. Philipp stellte sich auf den Rand der Grube und hob wie abwehrend die Schaufel.

Dann ließ er sie plötzlich sinken. Sein Gesicht war grau.

»Was ist das? Ist das ein ... Grab?«, flüsterte Aude. »Mein Gott. Wer liegt da drin?«

Philipp gab Galbert einen Wink und beugte sich zum Kopfende des Toten hinüber. Galbert folgte ihm widerwillig und fasste das Leichentuch dort, wo die Leibesmitte lag. Sie zerrten; der Tote war schwer wie Blei, aber dann löste er sich doch langsam vom Boden und kam in die Seitenlage. Das Tuch hielt seine Gliedmaßen zusammen. Der fest umwickelte Kopf sank nach hinten. Galbert versuchte nicht auf die Bauchseite des Tuches zu schauen und tat es doch. Zu seiner Erleichterung waren noch keine Maden zu erblicken. Das Tuch war an einigen Stellen verrutscht und offenbarte eine Menge schwarzen Blutes und eine fleckige Hand. Schwach setzte sich der süßliche Duft verderbenden Fleisches über den schweren Erdgeruch durch.

Galbert trat zurück und sah Aude von unten her vorsichtig an. Jede Farbe schien aus ihrem Gesicht gewichen zu sein; ihre Lippen wirkten blau. Philipp ballte die Hände ein paar Mal zu Fäusten, dann wickelte er mit spitzen Fingern das Leichentuch vom Gesicht.

Die Erde war zu kalt für die Maden und zu kalt für die schlimmeren Folgen der Verwesung gewesen. Dennoch war das Gesicht entstellt; durch die Körperlage hatte sich das Blut dort angesammelt, es aufgetrieben und dunkel verfärbt. Die Augen standen offen; statt in ihre Höhlen zurückzufallen, waren sie weit hervorgetreten. Es war das Antlitz eines gedunsenen, schwarzfleckigen, Mensch gewordenen Basilisken, das aus seiner Umwicklung aus schmutzigem Tuch zu ihnen herausstarrte.

Aude stolperte zurück und setzte sich plötzlich mit einem harten Ruck auf den Boden.

Philipp blickte in das tote Horrorgesicht.

»Hallo, Minstrel«, sagte er erstickt.

Die Ratten kriechen hervor

Irgendwie war die ganze Arbeit plötzlich an Galbert hängen geblieben. Während Aude blicklos, tränenlos, willenlos und ohne noch ein weiteres Wort zu sagen am Rand des neuen Grabes saß und zu dem Toten hineinstarrte, dessen Gesicht das Tuch nun wieder gnädig verhüllte, und während Philipp ebenso regungslos neben ihr saß und entschlossen schien, zusammen mit ihr die Totenwache für den namenlosen Kerl zu halten (von dem Galbert langsam zu dämmern begann, dass er der vermisste Ehemann Audes sein musste), schuftete er wie verrückt, um vor dem Einbrechen des Abends fertig zu werden. Er half Dionisia, die von selbst aus dem Zuber gestiegen war und sich in ihr verschmutztes Nachtgewand gehüllt hatte, ins Innere des Hauses hinein und geleitete sie in die Küche hinunter, in der das Feuer loderte und einen Hauch von Wärme verbreitete. Er lotste sie um den Fleck auf dem Boden herum, den die Alte hinterlassen hatte, und setzte sie vor das Feuer. Dann, weil er schon einmal dabei war, wischte er mit einem Teil des heißen Wassers und ein paar Strohbüscheln den Fleck, so gut es ging, vom Boden, weil er bereits ahnte, dass niemand sonst es tun würde, und er wusste, dass der Fleck ihn während der Nacht unheimlich stören würde. Als Nächstes stieß er den Leichnam des Hausherrn in die Grube, die Philipp und er geschaufelt hatten, und häufte Erde auf ihn. Die Alte, die sie ebenfalls in Tuch gehüllt und neben der Kapelle niedergelegt hatten, war nicht mehr unter die Erde zu bringen; Galbert schaffte sie, als die Dämmerung bereits mit Macht herniedersank und die Schatten im Hof miteinander verwob, in die Kapelle und betrachtete sie dort als richtig aufgebahrt. Schließlich trat er aus der Kapelle, schlug ein Kreuzzeichen und murmelte ein Paternoster in vom vielen Hören falsch auswendig gelerntem Latein.

»Geht ins Haus hinein«, sagte Philipp sanft zu Aude, deren Gesicht im schwindenden Licht neben ihm zu schweben schien. »Galbert hat das Feuer im Kamin sicher nicht ausgehen lassen. Ich werde ihn begraben, so wie es sich gehört.«

Aude schüttelte den Kopf, ohne zu sprechen. Ihr Blick wich nicht von dem offenen Grab und der verhüllten Gestalt.

»Es hat keinen Sinn, dass Ihr Euch das Fieber holt. Die Erde ist hier kalt und feucht. Er ist tot, und nichts kann ihn wieder lebendig machen, Aude.«

»Woran ist er gestorben, Philipp?«, fragte sie plötzlich. Ihre Stimme klang fest, aber mittlerweile hatte er feine Ohren für ihre Gemütslagen entwickelt und hörte das leise Schwanken darin. Er zuckte mit den Schultern.

»Lügt mich nicht an«, sagte sie. »Ich habe bemerkt, dass Ihr sein Leichentuch hastig zurechtgerückt habt. Was sollte ich nicht sehen?«

Philipp seufzte.

»Was immer Euer Mann mit Radolf zu tun hatte, sie waren keine Freunde«, sagte er schließlich. »Oder sie waren es nicht mehr.«

»Hat er ihn ... getötet?«

»Er und Ernst Guett'heure, vermute ich.«

»Aus welchem Grund?«

Philipp rutschte unruhig hin und her und kämpfte mit sich. Zuletzt stand er auf und stapfte vor dem Grab auf und ab. Aude hob den Kopf und beobachtete ihn scharf. In der Dunkelheit war nicht zu erkennen, ob sie den Tränen endlich nachgegeben hatte oder ob ihre Augen noch immer trocken waren. Philipp dachte an die Hand des Toten, die das verrutschte Tuch freigegeben hatte. Er hatte das Tuch schnell zurechtgerückt, bevor Aude auf allen vieren nach vorn gekrochen war und ihrem toten Gemahl ins Gesicht gestiert hatte. Sie hatte nicht gesehen, dass die Hand keine Fingernägel mehr besaß und jeder Finger mehrfach gebrochen war. Er wünschte, er hätte es auch nicht gesehen.

»Radolf wagte sich nicht mehr in den Keller seines Hauses hinunter. Ernst sagte bei einem Abendessen beiläufig, von dem Verräter drohe ihnen keine Gefahr mehr. Ich kann es erst jetzt zusammenfügen. Der Verräter war Euer Mann, und Radolf wagte sich nicht mehr hinunter, weil er Angst vor dem Geist des Menschen hatte, der dort unter seiner Mitwirkung zu Tode gefoltert worden war.« Er starrte ihr ins Gesicht und sah nun doch, wie zwei Tränenspuren aus den fassungslosen Augen rannen und unbeachtet über ihre Wangen liefen. Er breitete die Arme aus und atmete zitternd ein.

»Ich wollte, ich hätte schönere Worte gefunden, Aude«, sagte er rau.

»Warum haben sie ihm das angetan?«, fragte sie mühsam.

»Er wusste etwas über sie. Etwas, das entweder mit Radolfs sorgsam gehütetem Geheimnis zu tun hatte oder mit Ernsts Aktivitäten und das er dem Kanzler mitteilen wollte. Jedenfalls war es für sie wertvoll genug, um mit Gewalt herauszufinden, wie viel von seinem Wissen er schon preisgegeben hatte und ihn danach ... nun, zu ermorden. Es tut mir Leid.«

»Ihr habt immer geglaubt, er sei ein Schurke.«

»Was immer er war, er hat nicht dieses Ende verdient.«

Gleich Aude starrte Philipp wieder zu der umwickelten Gestalt hinab und versuchte, Minstrels blasses, kluges, vom Lachen in tausend Falten gelegtes, *lebendes* Gesicht zu verscheuchen. Er fühlte sich weh, weher noch um Aude als um den Toten, und ihre mühsamen Versuche, ihre Beherrschung zu erhalten, drückten ihm das Herz ab.

»Ich möchte, dass Ihr mich ein paar Augenblicke mit ihm allein lasst«, presste sie hervor. »Versteht Ihr das?«

»Natürlich. Ich werde Fackeln aus dem Haus holen. Wenn Ihr Euch verabschiedet habt, will ich ihn mit Galberts Hilfe über Nacht in der Kapelle aufbahren und morgen Früh begraben.« Sie gab keine Antwort, und er stapfte davon.

Es war nicht die Gelegenheit für Konventionen. Im Haus stieg er die Treppe zu Dionisias Kammer hinauf, öffnete die Tür und fand, wie er bereits vorausgesehen hatte, Ernsts Bärenfell. Er schleppte es in den Keller hinunter, wo Galbert erschrocken aus einem halben Dösen auffuhr, und legte es über Dionisias neben dem Feuer schlafende Gestalt. Er sah in ihr Gesicht, das nicht einmal im Schlaf entspannt war, und betrachtete die Fäuste, die sie wie ein kleines Kind vor der Brust angezogen hatte. Wie ein kleines Kind – plötzlich war ihm klar, dass sie dies noch immer war. Das kleine Kind, das immer auf geheimnisvolle Weise gewusst hatte, dass der Mann, der zu ihm und seiner Mutter zurückgekehrt war, nicht sein Vater war; und dessen Seele in diesem Wissen, in diesem nie wirklich gelösten Geheimnis stecken geblieben war. Er wusste jetzt, warum das Einzige, das Dionisia aus dem Haus der toten Frau im Dorf genommen hatte, das Kinderkleidchen gewesen war. Einmal mehr suchte er nach der Liebe, die er für sie empfunden zu haben glaubte; aber die Wärme, die er spürte, verband sich nur mit der entsetzten, fassungslosen Frau draußen vor dem offenen Grab. Er flüsterte mit Galbert, und dieser rappelte sich seufzend auf und folgte ihm mit zwei brennenden Fackeln nach draußen. Sie hoben den Toten aus der Grube und legten ihn neben dem Leichnam der Alten in der Kapelle ab, gefolgt von der schweigenden Aude. Philipp schaufelte zwei Hand voll feuchter Erde aus dem Boden und machte zwei kleine Kegel auf den Boden der Kapelle, an die er die Fackeln anlehnte. Galbert kratzte sich am Kopf und bekreuzigte sich dann. Aude stand im Eingang neben der zerschmetterten Tür und sah blicklos in die zuckenden Flammen. Philipp wischte sich die Hände an seinem Hosenboden ab und erinnerte sich an die Gebete, die im Kloster gesprochen worden waren, wenn ein Bruder von ihnen ging. Er wollte eines davon aufsagen, aber plötzlich schienen ihm die Floskeln zu schal, und der Trost, den die bekannten Formeln den Trauernden spenden sollten, konnte seine Wirkung nicht entfalten. Schließlich sagte er das, was ihm gerade in den Sinn kam. »Ich wollte, ich hätte eine Chance gehabt, noch einmal mit ihm zu sprechen.«

Er hörte Audes Seufzen und sah, wie ihr die Tränen erneut aus den Augen traten, zwei glitzernde Spuren im Fackellicht. Merkwürdig – plötzlich schien er nicht mehr im Stande, die schlechten Erinnerungen an Minstrel hervorzuholen; stattdessen sah Philipp, wie er Minstrel vom Boden aufhalf, hörte sich lachen, als Minstrel von seiner unruhigen Nacht in der Kammer des Wirts erzählte. Er atmete tief ein, steckte die Hände in sein Wams und wandte sich ab. Seine Finger spielten mit dem zerknäuelten Stück Pergament, das Ernst für Radolfs Untergang vorgesehen hatte und das letztendlich auch dazu geführt hatte. Dann fiel ihm ein, dass er dieses Schreiben geglättet und unter sein Hemd geschoben hatte. Er holte die kleine Kugel aus seiner Tasche und starrte sie begriffslos an.

Nach einer Weile erinnerte er sich, dass es Minstrels Schuldschein war, und diese Erinnerung ließ den Kloß in seiner Kehle noch ein wenig größer werden. Er faltete das Knäuel auseinander, sah die verwischten Buchstaben von Minstrels Schuldanerkenntnis und darunter die schwachen, abgeriebenen Zeilen des ursprünglichen Schriftstücks. Leise trat er nach vorne und legte das Stück Pergament auf den Leichnam.

»Was ist das?«, fragte Aude.

»Ein Schuldschein, den Euer Mann mir gab für das Geld, das ich ihm vorstreckte«, erklärte Philipp widerwillig.

»Ihr könnt ihn bei mir einlösen.«

»Ich habe nicht vor, ihn einzulösen. Ich gebe ihn zurück.«

»Dann gebt ihn mir. Er ist das letzte Lebenszeichen Geoffrois. Ich möchte ihn gerne behalten.«

Er reichte ihn ihr hinüber. Sie hielt ihn so, dass das Licht der Fackeln darauf fallen konnte, und überflog ihn. Dann drehte sie den Schein unwillkürlich hochkant, hielt ihn gegen das Fackellicht und versuchte die Schrift darunter zu lesen. In der plötzlichen Erinnerung an eine ähnliche Szene weiteten sich Philipps Augen.

»Gebt ihn mir nochmal«, stieß er atemlos hervor. Er riss ihn ihr fast aus der Hand, als sie nicht sogleich reagierte, und hielt ihn sich vor die Nase. Er machte ein Geräusch, das wie ein ungläubiges Kichern klang.

»Was soll das?«, fragte sie befremdet.

»Die halb gelöschte Schrift!«, rief Philipp und schwenkte den Schuldschein des Toten. »Sie ist die gleiche wie auf dem Fetzen, auf dem Radolf mir die Daten seiner Frau aufgeschrieben hatte. Dies hier stammt auch aus dem Stapel, den Bruder Pio im Klosterarchiv gefunden haben will.«

Aude schüttelte verwirrt den Kopf und streckte die Hand nach Minstrels Schuldschein aus. Philipp gab ihn widerstrebend zurück.

»Er hat ihn mir nicht umsonst gegeben«, murmelte er. »Er wollte einen Beweis in Sicherheit bringen, indem er ihn mir überließ. Aber warum? Und einen Beweis wofür?«

Aude las den Schuldschein erneut und holte zitternd Atem. Ihr Blick fiel auf den eingewickelten Leichnam auf dem Boden der Kapelle.

»Fragt den Kanzler«, sagte sie rau. »Er war es, den er treffen wollte.« Ihre Augen funkelten. Plötzlich zerknüllte sie das Pergament, indem sie eine Hand zur Faust ballte. Philipp sprang nach vorne und fing das Knäuel auf, als sie es zu Boden fallen ließ. Sie starrte die Leiche ihres Mannes mit zusammengepressten Kiefern an.

»Aude?«, fragte Philipp.

»Warum hast du mir nicht vertraut?«, rief sie heiser. Sie fuhr herum und wandte Philipp ein zornglühendes Gesicht zu. »Weil er Euch vor dem beschützen wollte, was ihm zugestoßen ist«, sagte Philipp und fand es nicht merkwürdig, diesmal in der Position dessen zu sein, der den Toten verteidigte. Aude musterte ihn, als ob hinter seiner Antwort noch mehr zu entdecken sei.

»Was wollt Ihr damit sagen?«

»Für die Dokumente, zu denen auch dieses Pergament gehört, sind schon einige Menschen gestorben«, erklärte Philipp. »Bruder Fredgar, Euer Mann, Kaplan Thomas, wahrscheinlich auch Lambert mit seiner Familie und die Juden.« Er sah sie nachdenklich an. »Wir haben all das falsch verstanden. Thomas wollte nicht wegen des Mordes, an dem Lambert beteiligt war, zum Abt, sondern wegen des ersten Teils seiner Beichte – die mit der Schändung von Dokumenten zu tun hatte. Und Lambert musste nicht nur wegen seines Mitwissens um den Mord an Gottfried sterben, sondern vor allem wegen seiner Kenntnisse über die Dokumente.«

»Was steht denn bloß in diesen Dokumenten?«

»Eine Menge Geschichten um Karolus Magnus und seine Zeitgenossen; und darin versteckt wahrscheinlich etwas, das das Spiel zwischen Kaiser und Papst um die Macht über die Christenheit entscheiden wird.«

»Die Buchstaben unter der Schrift des Schuldscheins; Geoffroi wollte die andere Hälfte des Dokuments dem Kanzler geben ...«

»Vor allen Dingen wollte er ihm etwas erzählen. Das Pergament hätte nur dazu dienen sollen, seine Worte zu untermauern. Als er mir den Abriss gab, fürchtete er bereits, dass ihm jemand auf den Fersen war.«

»Warum gehen wir dann nicht zum Kanzler?«

»Warum sollten wir das tun?«

»Wir könnten Geoffrois letzte Tat zu Ende führen.«

Philipp seufzte. »Ich höre, der Papst hat ein Konzil einberufen. Dort und nirgendwo anders wird sich entscheiden, wer die Macht an sich reißt. Nicht hier und nicht durch uns.«

»Aber einem müssen doch Eure Sympathien gelten: dem Kaiser oder dem Papst.«

»Wenn Ihr mich so fragt: dem Kaiser. Wenn es stimmt, dass ein neues Zeitalter anbricht, wird er uns dorthin führen. Er hat seine Macht von Gott. Der Papst ist nur der etwas aufgeblasene Bischof von Rom.« Er räusperte sich. »Ganz unter uns.«

»Warum wollt Ihr dann nicht für die Sache des Kaisers kämpfen?«

»Wenn ich kämpfen müsste, dann nur für unsere Sache: für Eure, für meine, für Galberts Seite. Das wäre der einzige Kampf, der sich lohnte. Und um ihn zu führen, müsste man wissen, welches Mittel Euer Gemahl in der Hand zu halten glaubte. Aber wenn er versucht hat, es Euch oder mir in seinen geheimnisvollen Reden mitzuteilen, sind wir zu dumm, es zu erkennen. Es gibt nichts, was wir dem Kanzler erzählen könnten, und was dieses Pergament hier bedeutet, wissen wir nicht.«

»Was immer es war; es hat ihn getötet.«

»Radolf und Ernst haben ihn getötet. Aber auch sie können uns nichts mehr darüber sagen, was hier vorgeht.«

»Die Dokumente im Kloster. Sie müssen das Wissen enthalten. Vielleicht kann uns Johannes unterstützen. Lasst ihn uns aufsuchen. Er muss uns helfen, Geoffrois Geheimnis zu finden.«

»Und was damit tun? Den Kampf zwischen Kaiser und Kirche zu Gunsten des Kaisers beenden? Schlagt Euch das aus dem Kopf, Aude. Selbst wenn wir eine Chance dazu hätten, müssten wir uns in ein Spiel einmischen, das offensichtlich schon seit Jahren geführt wird. Euer Mann kannte die Spielregeln, und trotzdem ist er tot. Wie lange würdet Ihr uns geben, da wir nicht einmal wissen, was es bei diesem Spiel zu gewinnen gibt? Und was das Kloster betrifft: Da müssen höchste Kreise in der Klosterverwaltung in die Geschichte verwickelt sein. Die haben gerade auf uns gewartet. Wir würden ins Messer rennen wie das Lamm zum Schlachter.«

»Es geht mir nicht darum, dem Kaiser oder dem Papst zu helfen. Es geht mir darum, dass man meinen Mann zu Tode gequält hat. Und wer immer es getan hat, muss zur Rechenschaft gezogen werden.«

»Die es getan haben, liegen hier begraben.«

Aude schnaubte verächtlich. »Die es getan haben, ja. Aber nicht die, die es angeordnet haben.«

»Wer sagt Euch, dass es außer Radolf und Ernst noch jemand anderen in der Geschichte gibt? Vielleicht bestand das Geheimnis nur zwischen ihnen und Eurem Mann? In diesem Fall hätten sie es alle miteinander mit ins Grab genommen.«

»Ihr glaubt das ebenso wenig wie ich.«

»Was ich glaube, ist, dass man Euch das Haar noch ein wenig mehr kürzen wird, wenn Ihr Euch einmischt. Und zwar bis zu den Schultern!«, rief Philipp hitzig.

»Deshalb bitte ich Euch ja um Hilfe.«

»Ich hänge zufällig auch ein wenig an meinem Kopf.«

»Philipp, die Dame hat Recht«, mischte sich Galbert ein. »Ich verstehe zwar nicht, worum es hier geht, aber ich kann mir gut vorstellen, dass sie herausfinden will, wer ihren Mann umgebracht hat. Außerdem hat unser Herr uns aufgetragen, ihr das Geleit zu geben. Und wenn sie zum Kloster will, geleiten wir sie eben dorthin.«

»Ach, ich freue mich, dass du die Sache für dich schon entschieden hast«, rief Philipp höhnisch.

»Da muss ich nicht lange nach einer Entscheidung suchen, wenn unser Herr uns etwas befiehlt. Wir können morgen bei Tagesanbruch aufbrechen, Dame Aude. Philipp kann ja hier bleiben und die unselige Mörderin unten in der Küche hüten.«

»Den Teufel werde ich tun!«, rief Philipp und vergaß, dass er sich in der Kapelle in der Gegenwart zweier Toter befand. »Was mischst du dich überhaupt ein, du Küken? Wir reiten morgen alle zusammen ins Kloster! Und wenn sie mich neben dir aufhängen, weiß ich schon meinen letzten Wunsch: dass ich dir aufs Hirn kratzen darf: *Ich hab's ja gleich gesagt!*«

Galbert zuckte mit den Schultern und wandte sich ab. Philipp sah zu Aude und hatte plötzlich das ungewisse Gefühl, dass die trauernde Witwe und der tumbe Galbert ihn genau dorthin manövriert hatten, wo sie ihn haben wollten. Selbst der stumme Leichnam schien seine Rolle in der Posse gespielt zu haben. Aufgebracht stapfte er aus der Kapelle, ohne sich nochmals umzudrehen. Die beiden frischen Grabstellen, Radolfs zugeschaufelte und Minstrels aufgebrochene, gähnten ihn aus der abendlichen Finsternis an. Seine Verwirrung verwandelte sich in düstere Furcht, noch bevor er über Galberts Bauernverschlagenheit grinsen konnte.

Plötzlich fiel ihm ein, dass er über den Fund von Minstrels Leichnam eigentlich hätte erleichtert sein müssen. Er war nun kein Mörder mehr.

Aude packte in Dionisias Kammer ihre Kleidung und was sich an persönlichem Besitz des Mädchens identifizieren ließ, in die Packtaschen, die neben den Sätteln im Stall gehangen hatten. Dionisia ließ diese Prozedur uninteressiert an sich vorübergehen, wie sie auch der Diskussion um ihr Schicksal kein Interesse entgegengebracht hatte. Aude hatte sich schließlich mit ihrer Meinung durchgesetzt, das Mädchen müsse in ein Frauenkonvent gebracht werden, entgegen Philipps Ansicht, sie auf dem Hof seines Herrn unterzubringen. Er hatte sich Aude angeschlossen, nachdem ihm klar geworden war, dass mit Dionisias Anwesenheit auf Raimunds Hof, ganz egal, ob und wie sehr sie sich jemals erholen würde, weder für ihn noch für sie der Albtraum je ein Ende finden würde.

Dionisia hatte bis jetzt noch kein Wort gesprochen und kein Zeichen des Erkennens gegeben, auch als Philipp an diesem Morgen längere Zeit auf sie eingeredet hatte. Sie hatte ihren Vater und ihren Geliebten gerächt und die alte Frau, unter deren

Obhut sie aufgewachsen war und die sie wahrscheinlich an der Tat hatte hindern wollen, die Treppe hinuntergestoßen. Es gab nichts mehr, was sie noch im Leben hätte festhalten können: ein Gespenst, noch bevor sie tot war, und mit weniger Bindung an das Leben als die Toten, die sie heute Morgen begraben hatten. Es war kurz vor der Mittagsstunde, als sie zum Aufbruch bereit waren.

»Was machen wir mit den Pferden?«, fragte Galbert.

»Wir nehmen sie mit. Irgendwie scheint mir, als habe Dionisia sie geerbt. Wir werden sie in ihrem Namen dem Kloster vermachen, das sie aufnimmt. Das dürfte ihr eine exzellente Aufnahme sichern.«

»Außer das Riesenbiest zerlegt den Klosterstall in seine Bestandteile«, sagte Galbert zweifelnd.

Tatsächlich zeigte sich, dass mit Ernsts Streitross nicht so leicht umzugehen war. Es ließ sich nicht einmal den Zaum umlegen. Seufzend gab Philipp auf und ließ nur den Verschlag und die Stalltür offen, damit die Bestie das Weite suchen konnte, während sie sich mit den anderen, weniger renitenten Pferden im Schlepp davonmachten. Ernsts Ross war mit weitem Abstand das wertvollste unter den Tieren, und er hätte es um Dionisias willen gerne mitgenommen. Wie sich zeigte, hatte er unbewusst den richtigen Weg gewählt: Schon im Dorf hörten sie das Donnern schwerer Hufe hinter sich, und von da an folgte ihnen der große Gaul mit gehörigem Abstand, aber dennoch unentwegt. Vielleicht war es ihm unheimlich geworden allein mit dem verlassenen Dorf und den Toten.

Weiter vorne nahm sich Philipp ein Herz und sprach Aude an. Die Distanz zwischen ihnen schien ihm nun weiter denn je; zu der Kluft aus Beklommenheit nach ihrem Liebesakt war ein Abgrund aus Trauer und Entsetzen getreten. Es dauerte eine Weile, bis ihm etwas einfiel, worauf sie nicht nur mit ja oder nein antworten konnte.

»Was werdet Ihr nun machen?«, fragte er.

»Ich weiß nicht. Zuerst mit dem Gedanken fertig werden, dass es niemanden mehr gibt, dem ich verpflichtet wäre. Ich trauere um ihn, jedoch nicht um den geliebten Ehegatten, der er schon lange nicht mehr war, sondern um den Gefährten, der ein langes Stück meines Weges mit mir gegangen ist. Aber ich weiß auch, dass ich nun, nach seinem Tod, einen neuen Weg gehen muss. Das ist Drohung und Versprechen zugleich.« Sie zuckte mit den Schultern. »Ich werde den kleinen Hof nur behalten können, indem ich irgendeinen von den angeberischen Landpflegern des Herzogs eheliche, die stets darauf aus sind, den Grundbesitz ihres Herrn zu erweitern. Ich könnte ihn jedoch einem Frauenkonvent vermachen und mich mit diesem Geschenk als Morgengabe dorthin zurückziehen, versteckt und behütet unter dem Schleier.«

Philipp sah sie erschrocken an und öffnete den Mund, aber sie lächelte und ließ ihm keine Zeit zur Antwort. »Keine Angst. Ich sehe in beidem nicht meine Zukunft. Ich könnte den Hof auch zu Geld machen, in die nächste Stadt gehen und dort mein eigenes Geschäft aufmachen: Wenn ich das Aufnahmegeld bezahle und den Bürgereid leiste, würde man mich zu einer Bürgerin machen.«

»Ihr könntet nach Köln kommen«, schlug Philipp vor und wusste, dass er auf der Hut sein musste mit dem, was er sagte. »Die Stadt hat bereits Garnmacherinnen, Goldspinnerinnen und Seidenstickerinnen. Die Rechtsfähigkeit von Frauen steht hier höher im Kurs als anderswo. Ich weiß nicht, wie es darum bei Euch drüben bestellt ist.«

Aude betrachtete ihn nachdenklich. Er sah mit Kummer, dass ihre Züge sich verschlossen. »Worüber diskutieren wir hier? Heute Morgen haben wir meinen Gemahl beerdigt. Ich sollte mich schämen.« Sie trieb das Pferd an und ritt ein paar Schritte voran. Diesen Abstand hielt sie ein, ohne sich nochmals zu Philipp umzudrehen, bis die Sonne im Westen versank und die über dem Horizont hängenden Wolkenstreifen sich in schwarze Muster vor dem tiefroten Hintergrund verwandelten. Langsam trabte er neben Galbert und Dionisia her, die sie auf ihrem Pferd festgebunden hatten, damit sie nicht herunterfallen konnte. Die Frage, die er eigentlich hatte stellen wollen, war ihm nicht über die Lippen gegangen.

Der Torwächter ließ sie nur noch mit unzufriedenem Brummen hinein und machte sich sofort hinter ihnen mit großem Aufwand daran, das Tor zu verriegeln. Es war schwer zu entscheiden, was er mehr fürchtete: einen Überfall von mordgierigem Gesindel oder das Eintreffen weiterer Reisegruppen. Die Saison hatte nun auch das Kloster erreicht, und Bastulf, der Pächter der Herberge, hatte alle Hände voll zu tun, um die Pilger zu versorgen. Als er Philipp und Galbert sah, weiteten sich seine Augen. Er zögerte einen winzigen Moment, dann winkte er einem seiner Knechte und flüsterte ihm etwas ins Ohr. Der Knecht nickte gleichmütig und verschwand in die Küche. Bastulf straffte sich und hastete ihnen entgegen.

»Ich muss die Gastfreundschaft des Klosters noch einmal beanspruchen«, sagte Philipp angesichts Bastulfs angespannter Miene. »Wir sind in Begleitung zweier Damen hier, die drüben im Frauentrakt sind; eine davon braucht Hilfe.«

»Ich weiß. Meine Mägde kümmern sich bereits um sie. Ist sie krank?«

»Nichts Ansteckendes.«

»Das sagst du so.«

»Sie ist in Trauer, wenn du es genau wissen willst. Ihr Vater ist verstorben.«

Philipp warf Galbert einen raschen Blick zu, aber dieser schien nicht geneigt, irgendetwas zu Philipps grober Vereinfachung der Dinge zu sagen. Bastulf holte einmal tief Atem, dann nahm er Philipp beiseite. Bastulf sah sich um, bevor er sein Gesicht dem Philipps näherte. Er hatte Schweißtropfen auf der Stirn und auf der Oberlippe. Es war warm und stickig in der Herberge, und Bastulf hatte eine Menge zu tun; der Schweiß mochte von daher stammen.

»Hör zu, Philipp«, sagte Bastulf hastig. »Johannes hat mir auftragen lassen, nach dir Ausschau zu halten. Du solltest so schnell wie möglich mit ihm sprechen, sobald du wieder hier wärst. Ich habe meinen Knecht in das Kloster hineingeschickt. Er wird Johannes ausrichten lassen, dass du ihn zu sehen wünschst.«

Philipp schüttelte verwirrt den Kopf »Es ist zwar richtig, dass ich mit ihm sprechen will, aber ich dachte, er will etwas von mir?«

»Das mag schon sein, aber ich sollte ihm deine Ankunft genau so mitteilen: Du seist hier und möchtest mit ihm reden.«

Philipp spürte, wie sein Herz sank. »Was soll das bedeuten?«

»Ich weiß es nicht«, stieß Bastulf hervor.

»Hast du ihn denn nicht gefragt?«

»Wen? Johannes? Ich habe ihn nicht mehr gesehen, seit der Abt wieder zurück ist. Ein junger Mönch hat mir seine Anweisung überbracht.« Bastulf sah sich erneut in der lärmenden Herberge um, als fürchte er, die Wände hätten Ohren. »Irgendetwas ist im Gange«, flüsterte er dann. »Wenn der Abt und Johannes sich zusammen vergraben, dann bedeutet das nichts Gutes.«

Philipp machte ein finsteres Gesicht. »Was meinst du, werde ich noch heute zu Johannes vorgelassen?«

»Ich weiß nicht. Übernachten müsst ihr hier auf jeden Fall. Ich lasse alles für dich und deine Begleiter richten. Ich hoffe, es ist nichts Schlimmes passiert.«

Wenn ich dir erzähle, was in den letzten Tagen alles Schlimmes passiert ist, fällst du vor Schreck um, dachte Philipp sarkastisch. Aber das mysteriöse Verhalten des Klosterkämmerers ließ ihn nicht länger daran glauben, dass das meiste davon nun hinter ihm lag. *Die eigentlichen Schwierigkeiten kommen erst noch.* Bastulf sah ihn fragend an. Plötzlich fühlte er eine Welle von Zuneigung zu dem Herbergspächter aufsteigen, die von seiner Anhänglichkeit ebenso wie von seiner unübersehbaren Beklommenheit ausgelöst wurde.

»Pass auf, Bastulf«, sagte er. »Vor dem Tor des Klosters springt ein gewaltiges Streitross frei herum, das zu dem Tross an Tieren gehört, mit dem ich gekommen bin und das gut und gern sechzig Kühe wert ist.« Bastulf riss die Augen auf angesichts eines derartigen Vermögens. »Wir haben es nicht ins Innere des Klosters locken können. Morgen Früh wird es einsam, hungrig und durstig und vermutlich ein wenig zugänglicher als sonst sein. Dann kannst du es einfangen, wenn du es schlau anstellst.«

Bastulf prallte zurück. »Ich soll es behalten?«, fragte er fassungslos. Philipp klopfte ihm auf die Schultern. Schon war ihm seine Aufwallung peinlich, wenngleich er es nicht bedauerte, Bastulf das Pferd zum Geschenk zu machen. Die anderen Pferde waren mehr als genug Mitgift für Dionisias Eintritt in ein Frauenkloster.

»Heute ist dein Glückstag, Bastulf«, sagte er nur. Bastulf räusperte sich.

»Ich gebe dir Bescheid, sobald Johannes sich meldet«, sagte er und eilte davon.

Galbert hatte sich in einer Ecke auf den Boden gesetzt und balancierte eine Suppenschüssel auf den Knien. Philipp nickte ihm zu und trat hinaus in den Westhof. Er hoffte, Aude dort zu treffen; er verspürte das Bedürfnis, Bastulfs merkwürdige Neuigkeiten mit ihr zu besprechen. Der Westhof war düster, die Gebäude grau und gedrungen vor einem sich rasch verdunkelnden Himmel. Abgesehen von den Pferdeknechten, die die letzten Tiere in die Ställe zerrten, und dem Torwächter hielt sich niemand draußen auf. Aude kümmerte sich entweder um Dionisia oder ging ihm aus dem Weg.

Als plötzlich das Donnern von Hufen von draußen erklang und gleich darauf etwas gegen das Westtor trommelte, dachte Philipp einen Moment, der Bestie, die sich, je näher sie dem Kloster gekommen waren, immer weiter hatte zurückfallen lassen, sei es draußen zu langweilig geworden und sie mache sich nun daran, den Eingang zum Kloster umzugestalten. Dann rief einer der Helfer des Torwächters vom Mauerkranz herunter: »Fünf Reiter!«, und gleichzeitig ertönte eine raue Stimme von draußen: »Lasst uns rein, zum Teufel nochmal!«

Der Bruder Torwächter schritt erbost zum Tor und riss das Guckloch auf. Er starrte mit wütendem Gesicht nach draußen, das sich noch mehr verschloss, als er der späten Besucher ansichtig wurde. Er schlug das Guckloch wieder zu und wandte sich ab. Philipp sah selbst auf die Entfernung, dass er mit den Kiefern mahlte. Er gab seinen Helfern ein knappes Zeichen, und zu Philipps Erstaunen gingen diese daran, statt des Mannlochs das Tor zu öffnen, durch das auch Pferde hereinkonnten. Sie schwangen die beiden in das große Tor eingelassenen Flügel beiseite und traten zurück. Der Torwächter baute sich ein paar

Schritt hinter dem Eingang auf und stemmte die Arme in die Hüften.

Die Ankömmlinge führten ihre Pferde herein, drei davon große, wuchtige Tiere, die zwar nicht den Umfang der Bestie besaßen, aber doch als Streitrösser durchgingen. Ihre Reiter waren mit Kettenhemden ohne Kopfhauben und mit einfarbigen, unauffälligen Tuniken darüber bekleidet. Sie waren bewaffnet wie fahrende Ritter. Runde Topfhelme mit beweglichen Visieren baumelten an den Sätteln. Die restlichen zwei Männer waren in Kittel und Hosen einfacher Leute gekleidet und führten deutlich geringere Pferde mit sich. Sie mochten die Knappen von zweien der Bewaffneten sein. Alle fünf schienen schlechter Laune zu sein. Als der Torwächter nicht aus dem Weg ging, blieb der vorderste der Männer dicht vor ihm stehen und starrte ihn finster an.

»Das ist kein Benehmen«, rügte der Torwächter.

»Nächstes Mal bring' ich dir Konfekt mit«, knurrte der Bewaffnete.

Dann verzog er das Gesicht zu einem falschen Grinsen und sagte mit süßer Stimme: »Ach, ich bitte untertänigst um Auskunft: Ist denn der Abt da, mein feistes Honigtäubchen?«

»Er ist da, aber er wird dich nicht empfangen«, erwiderte der Torwächter aufgebracht.

»Lass das meine Sorge sein.«

»Was ist bloß so wichtig?«, fragte der Bruder Torwächter.

»Wir brauchen neue Anweisungen«, brummte der Mann. »Nicht, dass dich das was anginge, Bierfass. Schick jetzt einen deiner Kuttenträger los, oder muss ich dich selber an den Ohren zum Abt schleifen?«

Der Torwächter schwankte einen Moment, dann trat er beiseite.

Mit einem groben Wink holte er einen seiner Helfer zu sich heran und sagte ihm etwas ins Ohr. Der Helfer musterte die fünf Neuankömmlinge, dann schlurfte er davon. Der Torwächter blieb neben der Gruppe stehen, als wollte er sie unter Beobachtung halten. Sein Gesicht war dunkel vor Zorn. Er sprach nicht mehr zu den Männern, wie sie nichts zu ihm sagten. Sie sprachen auch untereinander nicht. Zwei der Bewaffneten lehnten sich gegen ihre Pferde und fuhren sich mit den Händen durch die Gesichter; sie schienen einen langen Ritt hinter sich zu haben und waren erschöpft. Die Knappen hielten sich an ihren eigenen Pferden fest.

Sie taten nichts, um ihre Herren ein wenig zu erleichtern, sie nahmen ihnen weder die Pferde ab, noch holten sie ihnen Wasser oder gar Wein aus der Herberge. Sie kümmerten sich auch nicht um ein Nachtlager. Entweder waren sie noch erschöpfter als ihre Herren, oder sie wussten nicht, was sich gehörte. Der Anführer der Gruppe, der mit dem Torwächter gesprochen hatte, zog einen Handschuh aus, inspizierte seinen Daumen und begann dann mit geistesabwesendem Gesicht, auf dem Daumennagel zu kauen.

Philipp verlor das Interesse an den Neuankömmlingen. Dass der Torwächter sie kannte, stand außer Zweifel, und dass sie auch dem Abt nicht unbekannt sein konnten, dafür sprach der Umstand, dass der Torwächter seinen Helfer tatsächlich ins Kloster hineingeschickt hatte, um ihre Ankunft anzumelden. Was sie waren, konnte Philipp sich nicht denken, und seine Neugier war nicht besonders ausgeprägt. Vielleicht gehörten sie zu den Bewaffneten, die die Reichtümer des Klosters beschützten, wenn diese über Land fuhren *(zum Beispiel Bruder Pios Spazierfahrten mit den Dokumenten*, dachte Philipp müßig), aber eigentlich waren sie dazu zu teuer ausgerüstet. Er zuckte mit den Schultern. Da er die Hoffnung darauf verloren hatte, dass Aude nochmals herauskommen würde, beschloss er, in die Herberge zurückzugehen. Vielleicht hatte Bastulf mittlerweile Nachricht von Johannes bekommen.

Der Anführer der Bewaffneten verfolgte seinen Weg über den Hof mit den Augen, ohne von seinem Daumen abzulassen. Als Philipp seinen Blick zurückgab, nickte er ihm zu in der weder höflichen noch unhöflichen Art, in der zwei einander neutrale Fremde sich begrüßen. Philipp nickte zurück. Der Bewaffnete senkte den Blick und entließ Philipp wieder aus seiner Aufmerksamkeit.

Johannes hatte ausrichten lassen, dass er sich am nächsten Morgen nach der Prim für Philipp Zeit nehmen könnte. Er wahrte selbst darin den Schein, dass Philipp ihn zu sprechen wünsche anstatt umgekehrt. Auf unbestimmte Art und Weise beunruhigte dies Philipp noch mehr als alle anderen Merkwürdigkeiten um den Kämmerer.

Er legte sich schlafen, ohne mit Aude gesprochen zu haben, im stickigen, von Lärm erfüllten Schlafsaal der Herberge. Er dachte an Johannes, an Dionisia und an Aude und an die Nacht mit Aude am Ufer des Rheins. Bei der Erinnerung daran verspürte er eine halbe Erektion, aber mehr als das eine verzweifelte, sehnsuchtsvolle Liebe, die ihn noch unruhiger werden ließ und den Schlaf für lange Zeit von ihm fern hielt.

Philipp wartete nach dem Besuch der Messe in der Kirche, im Schatten einer Säule, an die er sich in seiner Müdigkeit lehnte wie der längst aus dem Kloster verschwundene Bruder Columban. Es wurde eine längere Wartezeit. Schließlich begann Philipp, ungeduldig auf und ab zu gehen, und er ertappte sich dabei, wie er mit der Faust nervös gegen die Säulen schlug, die er passierte. Endlich öffnete sich die Tür zum Inneren des Klosters und ließ zwei Gestalten herein. Philipp erkannte die schlaksige Gestalt von Johannes und neben ihm einen untersetzten Mönch. Als sie näher kamen, sah er die feine Webart der Kutte und das goldene Kreuz, das an einer schweren Kette von seinem Hals hing. Er brauchte nicht erst die Ringe an den Fingern zu sehen, um zu wissen, wen er vor sich hatte.

Johannes, der ein Bündel auf den Armen trug und ein ausdrucksloses Gesicht machte, deutete auf Philipp, wandte sich an seinen Begleiter und sagte. »Vater Abt, dies ist Philipp, der Truchsess des Herrn von Siebeneich.«

Der Abt starrte Philipp einen Moment lang an und streckte dann die Hand aus.

»Ehrwürdiger Abt«, sagte Philipp und küsste den Stein eines klobigen Rings.

»Ich habe gehört, du warst einst ein Novize dieses Klosters?«, fragte der Abt. »Aber du hast die Welt draußen dem Dienst an Gott vorgezogen.«

Philipp öffnete den Mund und spürte zu seinem Erstaunen,

wie ihm jemand sacht auf die Füße trat. Er warf Johannes einen Blick zu, aber das Gesicht des Kämmerers war regungslos. »Jeder dient Gott auf seine Weise«, sagte er schließlich nur und schluckte die geplante bissige Bemerkung hinunter.

»Das ist wahr. Nun, du hast nach meinem Kämmerer verlangt. Welches Anliegen führt dich hierher, mein Sohn?«

»Der Geistliche, den wir tot neben der Straße fanden, war der Kaplan von Philipps Herrn«, erklärte Johannes, ohne Philipp zu Wort kommen zu lassen. »Philipp ist hier, weil er an der Beerdigung nicht teilnehmen konnte. Er möchte sein Grab besuchen.«

Philipp versuchte, seine Überraschung zu überwinden. Johannes' dreiste Lüge, mit fester Stimme vorgetragen, hallte in der Kirche nach. Der Kämmerer machte eine unschuldige Miene und sah auf Philipp hinunter.

»Kaplan Thomas war sehr beliebt auf dem Besitz meines Herrn«, brachte Philipp hervor.

»Eine christliche Tat, sein Grab zu besuchen«, erklärte der Abt befriedigt. »Einer der Brüder wird dich auf den kleinen Friedhof führen, auf dem das Grab liegt. Mein Kämmerer ist leider unabkömmlich, so gern ich dich auch in seiner Obhut lassen würde.«

Philipp biss die Zähne zusammen und sagte möglichst unbefangen: »Jeder der Brüder hier im Kloster ist mir gleich lieb, um mich zur letzten Ruhestätte von Bruder Thomas zu bringen.«

Johannes nahm das Bündel unter seinem Arm und hielt es Philipp entgegen. Es war eine verschnürte Kutte.

»Philipp hat darum gebeten, die Kutte des Toten mitnehmen zu dürfen«, erklärte Johannes, dem Abt zugewandt. »Der Nachfolger von Bruder Thomas soll sie tragen.«

»Ja, wir wollen sein Andenken in Ehren halten«, stieß Philipp hervor. Der Abt sah ihn argwöhnisch an, aber dann lächelte er dünn.

»Die Erinnerungen an unsere Toten liegen nicht in irgendwelchen Dingen, sondern in der Liebe, die wir für sie empfanden«, sagte er belehrend. »Das einfache Volk jedoch braucht für gewöhnlich etwas, das es ansehen und anfassen kann. Du kannst die Kutte mitnehmen.«

Philipp streckte gefühllose Hände aus und nahm die Kutte

entgegen. Johannes sah ihm in die Augen, ohne dass Philipp hätte lesen können, was er ihm mitzuteilen versuchte. Die Kutte war kratzig, mit der Leibschnur zusammengepackt und schwer. Sie roch vage nach feuchter Wolle. Man hatte das Blut herausgewaschen.

Der Abt hob Philipp wieder die Hand entgegen und nötigte ihm einen zweiten Kuss auf den Ring ab.

»Warte hier, mein Sohn, es wird gleich jemand kommen und dich geleiten«, sagte er. Dann nickte er Johannes zu und ging mit ihm wieder hinaus. Der Kämmerer drehte sich nicht mehr zu Philipp um; selbst, als er dem Abt die Tür aufstieß und wartete, bis der kleinere Mann hindurchgegangen war, warf er ihm keinen Blick mehr zu. Er folgte dem Abt mit seinen langen Schritten und schien mit sich völlig im Gleichgewicht. Philipp aber verstand endlich, was der Blick des Kämmerers bedeutet hatte: Johannes war ein Gefangener.

Als er sicher war, allein in der Kirche zu sein, schnürte er das Paket auseinander. Wie er vermutet hatte, lag etwas darin: ein flaches Bündel Dokumente, oben und unten von einem bemalten Holzbrett zusammengehalten. Ein loses Pergament lag obenauf und flatterte zu Boden; Philipp tauchte hinterher und fing es auf.

Das einzelne Dokument war die Briefabschrift, die auf die Krönung des Karolus Maximus Bezug nahm. Philipp starrte verständnislos darauf. Schließlich drehte er das Pergament um. Johannes hatte in hastiger Hand auf die Rückseite gekritzelt: »Man sucht überall nach deiner Begleiterin. Bring sie so schnell wie möglich in Sicherheit. Leb wohl.« Ein Mönch näherte sich ihm mit freundlichem Lächeln. Philipp schlug Pergament und Bündel wieder in die Kutte ein und folgte ihm zum Grab von Kaplan Thomas.

Der Aufbruch war hektisch; aber ihre Hektik ging im Trubel des Aufbruchs der Pilger unter, die nach der Prim ebenfalls die Kühle des frühen Morgens nutzen wollten, um weiterzureisen. Bastulf eilte auf Philipp zu, noch während dieser Galbert zu den Pferden schickte, und versuchte sich überschwänglich für die

Bestie zu bedanken, die er zusammen mit seinen Helfern unter großen Mühen eingefangen hatte. Philipp schnitt ihm das Wort ab und bat ihn, nach Aude zu senden.

»Die Dame und das junge Mädchen, richtig«, stieß Bastulf hervor.

»Das junge Mädchen nicht«, erklärte Philipp.

»Wo soll sie bleiben?«

Galbert trottete über den Hof und rief Philipp zu, dass die Pferde bereit seien, Philipp rief zurück, er solle sie aus dem Stall holen und vor dem Tor mit ihnen warten.

»Bastulf, wir müssen so schnell wie möglich zum Hof meines Herrn«, sagte Philipp hastig. »Ich habe dir das Pferd gegeben. Tu du nun etwas für mich.«

»Alles, was du willst. Ich bin ein reicher Mann durch dich.«

»Du hattest Recht, als du gestern sagtest, Dionisia sei krank. Aber ihre Krankheit sitzt hier.« Philipp drehte an seiner Stirn. »Sie muss in einen Frauenkonvent. Du musst das veranlassen.«

»Aber warum ...?«

»Ich kann sie nicht mitnehmen, und ich kann nicht hier warten, bis alle Formalitäten erledigt sind.«

Der Helfer, den Bastulf losgeschickt hatte, kam aus der Tür zum Frauentrakt, dicht gefolgt von einer der Mägde und von Aude. Sie sah zu Philipp hinüber und deutete auf den offenen Eingang. Philipp schüttelte den Kopf und winkte sie heftig zu sich. Ihr Gesicht spannte sich an, und sie raffte den Rock ihres Kleides hoch und eilte über den Westhof zu ihm.

»Du musst zwei Dinge tun, Bastulf: Du musst sie in einem Frauenkonvent unterbringen, und du darfst dort weder ihren Namen nennen noch woher sie stammt.«

»Ich weiß ohnehin nicht, wer sie ist!«, klagte Bastulf. »Außer, dass ihr Vater tot ist. Das hast du gestern gesagt.«

»Ja, und das reicht. Das Mädchen hat auch keine Mutter mehr. Sie hat nur noch zwei Freunde auf der Welt: mich und dich. Und ich kann mich jetzt nicht ihrer annehmen. Du bist an der Reihe.«

»Aber weshalb der falsche Name ...«

»Ich will vermeiden, dass jemand sie findet und ihr etwas antut.« Bastulfs Augen wurden groß.

»Liebe Güte«, sagte er. »Wenn ihre Gesellschaft so gefährlich ist ...«

»... dann ist es am besten, du bringst sie so schnell wie möglich in ein Kloster.«

Bastulf warf unentschlossene Blicke zwischen Philipp und Aude hin und her und kratzte sich am Kopf. Philipp wandte sich ab und sah, wie Galbert mit den Pferden Audes und Philipps und seinem eigenen Maultier sich grob durch die im Hof umherwimmelnden Pilger drängte und seinen stampfenden, scheuenden Tross zum Tor zerrte. Aude schlang die Arme um ihren Oberkörper und musterte die Szene mit misstrauischen Blicken.

»Also gut, ich mach's«, erklärte Bastulf, über seinen Entschluss offensichtlich nicht besonders glücklich. »Seit du zurückgekommen bist, hatte ich mehr Aufregung als all die Jahre vorher. Zuerst Johannes' merkwürdiges Gebaren, dann du ...«

»Was ist mit Johannes?«, schnappte Aude.

»Später.« Philipp machte eine beschwichtigende Geste.

»Bring das Mädchen in ein Kloster der Zisterzienserinnen, wo sie ihren Namen ablegen müssen; das verwischt die Spuren noch zusätzlich. Wenn sie dich nach ihrem wirklichen Namen fragen, sagst du, er laute ...«, Philipp fuhr ungeduldig mit den Händen durch die Luft, »... sag, sie heißt Frida.« Er grinste verzerrt und warf Aude einen Blick zu. »Das kann ich mir wenigstens merken. Die Pferde, die ich zurückgelassen habe, gehören ihr. Gib sie dem Kloster als ihre Morgengabe. Dann werden sie dir ohnehin kaum noch irgendwelche Fragen stellen.«

»Sag mir wenigstens, warum man ihr etwas antun will«, rief Bastulf.

»Weil ihr Leben nur ein völlig unbedeutendes Fünkchen in einem Feuer ist, das bereits einige andere Leben verschlungen hat und das sich zu einem Flächenbrand ausweiten wird.«

»Ein Feuer? Aber wer schürt es denn?«

Philipp erinnerte sich an einen Ausspruch Minstrels. »Die Ratten«, sagte er grimmig.

Wegelagerer

Sie drängten sich mit den Pilgern zum Tor hinaus. Galbert befand sich abseits der Straße, saß bereits auf seinem Maulesel und blickte ihnen aufgeregt entgegen. Philipp sah, dass er unwillkürlich nach Dionisia Ausschau hielt. Er spürte die Berührung von Audes Körper an seiner Seite, die durch das Gedränge dicht an ihn gepresst wurde. Sie schwieg, nachdem sie ihn zuerst mit Fragen überschüttet hatte. Diesmal hatte er ihr nichts verschwiegen. Angesichts der Tatsache, dass ihr Gefahr drohte, hatte sie nichts gesagt. Fast hatte Philipp erwartet, dass sie sagen würde, er und Galbert sollten sie allein lassen, da man offenbar nur nach ihr suchte, aber auch das hatte sie nicht getan. Philipp war froh darüber; es zeigte ihm, dass sie im Stande war, die Situation richtig einzuschätzen, und vor allem willens, ihn als Gefährten anzusehen. Sie hatte auch nicht die Richtigkeit von Johannes' Empfehlung infrage gestellt, so wenig, wie Philipp dies tat. Wenn ihn eines davon überzeugt hatte, dass Johannes ihn nicht in die Irre schickte, dann war es die glatte Lüge gewesen, die der Kämmerer seinem Abt aufgetischt hatte. Er war aufgebracht und besorgt darüber, dass er mit Johannes nicht mehr hatte sprechen können. Er sagte sich vor, dass der Kämmerer vorsichtig genug gewesen war, sich nicht zu verraten. Und er fragte sich zum tausendsten Mal, woher die Gefahr drohte.

»Wo ist Radolfs Tochter?«, fragte Galbert.

»Bastulf bringt sie ins Kloster.«

»Aber ich dachte, du ...?«

»Wir können uns nicht mit ihr abschleppen. Bastulf kümmert sich um sie.«

»Vielleicht sagst du mir endlich mal, weshalb wir uns so beeilen müssen«, klagte Galbert.

»Man sucht nach mir«, erklärte Aude ruhig.

»Wer?«

»Ich weiß es nicht«, stieß Philipp hervor und schwang sich in den Sattel. Dann sprang er wieder ab und half Aude, sich in ihren Sattel zu setzen. Er biss die Zähne zusammen. Schnelligkeit war die eine Sache – Panik die andere. *Denk schnell, aber denk!*, sagte er sich. »Die Kerle, die Minstrel jeden Finger einzeln gebrochen haben ...« Er starrte zu Aude nach oben und ließ die Schultern sinken. *Denk!* »Das wollte ich niemals sagen«, erklärte er betroffen.

Aude nickte. Um ihre Mundwinkel erschien ein harter Zug.

»Ich weiß, dass er keinen schönen Tod gestorben ist«, sagte sie.

»Das zu wissen und die Einzelheiten zu hören sind zwei Paar Stiefel«, brummte Philipp und kletterte endlich auf sein Pferd. Er überprüfte den Sitz des Bündels, in dem sich die Kutte des toten Kaplans und die Dokumente befanden.

»Wieder etwas, das Ihr mir ersparen wolltet.«

Sie überholten die meisten Pilger, die sich, je nach Laune, an den Rand der Straße drückten und sie passieren ließen oder sie dazu zwangen, durch den Feldrain zu galoppieren. Allen gemeinsam war ihnen, dass sie ihnen die Fäuste nachschüttelten und von dem hoch aufgewirbelten Staub der Pferdehufe wütend husteten. Einmal sah Philipp in weiter Entfernung eine kleine Gruppe Berittener durch die Felder preschen und fragte sich, ob er es ihnen nachtun sollte, aber die Verhältnisse abseits der Straße waren ihm unbekannt, und er beschloss, auf ihr zu bleiben. Sie kamen mit befriedigender Geschwindigkeit voran. Erst als sie zu einem Knüppeldamm kamen, der durch einen sich weit nach beiden Seiten erstreckenden Streifen sumpfiger Wiese führte, verlangsamte sich ihr Vorwärtskommen. Eine Masse von Pilgern balancierte vorsichtig über den Damm, und sie mussten warten, bis diese das andere Ufer erreicht hatten. Philipp richtete sich ungeduldig im Sattel auf und spähte, ob das Sumpfland doch irgendwo zu umgehen war. Das verräterisch hohe Gras mit den kümmerlichen Bäumen schien kein Ende zu nehmen – es musste ein fast verlandeter Bach sein, der das Erdreich auf eine lange Strecke in einen trügerischen, nachgiebigen Schwamm verwandelt hatte. Vielleicht würde ihnen beim Durchqueren nicht mehr geschehen, als dass sie schmutzig wurden, aber sie konnten auch darin stecken bleiben. Während er unschlüssig überlegte und dabei nervös mit einer Faust auf den Oberschenkel trommelte, sagte Aude: »Ich sollte mich verkleiden.«

Philipp fuhr herum.

»Verkleiden?«, echote er.

»Als ich nach Köln reiste, verkleidete ich mich als Mann, damit niemand auf dumme Gedanken kam. Es wirkte: Ich wurde nicht belästigt – außer vom Kaplan unseres Dorfes, der sich darüber ereiferte, dass eine Frau in Männerkleidern reiste.«

»Die Kutte«, rief Philipp. »Das ist es. Zieht die Kutte von Kaplan Thomas an. Darin erkennt Euch keiner.«

Aude zögerte nicht lange. Sie lenkte ihr Pferd vom Weg herunter zu einem Gebüsch, das hart am Rand des Sumpfstreifens wuchs.

Philipp sprang aus dem Sattel und folgte ihr.

»Pass hier auf, dass niemand kommt«, sagte er zu Galbert. Dieser nickte ergeben und sank auf dem Rücken seines Maultiers zusammen.

Das Gebüsch war nur ein paar Schritte von der Straße entfernt.

Philipp wickelte die Kutte aus.

»Ihr müsst Euch ausziehen«, sagte er, »sonst schaut Euer Kleid unten und oben heraus.« Er raffte die Decke, in die die Kutte eingewickelt gewesen war, vom Boden auf und reichte sie ihr. »Die hier könnt Ihr Euch zum Schutz umwickeln.«

»Haltet sie mir«, sagte sie entschlossen. »An mir gibt es nichts zu sehen, was Ihr nicht schon kennt.« Sie trat hinter die Deckung, die Philipp linkisch in die Höhe hielt. Ihr Haar war zerzaust, als sie die Kappe abnahm und zu Boden fallen ließ. *Sie hatte noch nicht einmal Gelegenheit, den Witwenschleier anzuziehen*, dachte Philipp mit seltsamer Trauer. Während sie die Bänder an ihrem Oberteil bearbeitete, schlüpfte sie unten bereits aus ihren hohen Schuhen. Ihr Gesicht war gefasst. Philipp sah, dass sie von den ungewohnt langen Aufenthalten in der Sonne Farbe auf Stirn und Wangen bekommen hatte und eine Anzahl Sommersprossen auf ihrem Nasenrücken aufgeblüht waren. Nach ein paar Sekunden wurde ihm klar, dass dies seit vorgestern der erste Moment war, den sie allein zusammen hatten. Bislang waren jedes Mal Galbert oder der Leichnam Minstrels zwischen ihnen gewesen.

»Aude«, sagte er mit belegter Stimme. Sie sah nicht auf, aber sie schien seine Gedanken zu lesen.

»Sagt es nicht«, warnte sie ihn, während sie die Ärmel abstreifte und zu Boden warf.

»Aude«, wiederholte Philipp.

Sie nestelte verbissen an weiteren Bändern herum, aber dann ließ sie die Arme sinken und sah ihm ins Gesicht. Das halb aufgeschnürte Oberteil mit dem hervorquellenden Hemd und ihre nackten Arme rührten ihn. Ihre Augen waren groß und hell. Plötzlich wünschte er sich, er könnte die Decke fallen lassen und ihr Kleid wieder in Ordnung bringen, das Oberteil zuschnüren, die Ärmel festbinden und ihren Rock glatt streichen. Es war nicht richtig, dass sie in diesem Zustand im Gras stehen musste. »Warum musst du es immer sagen?«, flüsterte sie.

»Weil es alles ist, woran ich denken kann, wenn ich an dich denke. Aude, ich liebe dich.«

»Ich weiß«, sagte sie erstickt. Sie wandte sich hastig ab und zog sich weiter aus, ihre Finger ungeschickter denn je. Philipp beobachtete sie mit wehem Herzen. Als sie sich endlich von ihrem Kleid gelöst hatte und es zu Boden fallen ließ, um das Hemd abzustreifen, schloss er die Augen. Er hörte sie rascheln und seufzen, als sie sich nackt in die kratzige Kutte hineinwand, aber er tat keinen Blick.

»Ich bin fertig«, sagte sie schließlich. Sie hatte bereits die Kapuze übergestreift. Alles, was man von ihrem Gesicht sah, waren ihr Mund und ihr Kinn, der Rest lag im Schatten des groben Stoffes. Thomas' Kutte reichte ihr nicht ganz bis zu den Knöcheln. Erst jetzt fiel Philipp auf, wie groß sie war. Ihre schlanken Fesseln und bloßen Füße waren schneeweiß unter dem ausgefransten Rand der Kutte. Zu spät fiel ihm ein, dass ihm Johannes die klapprigen Sandalen des Toten nicht mitgegeben hatte.

»Wie die Künstlervorlage für das Wandgemälde einer Barfüßerkapelle«, sagte er mit schiefem Grinsen.

»Ihr könnt die Decke wieder herunternehmen«, erwiderte sie

und stapfte vorsichtig mit ihren nackten Füßen an ihm vorbei. »Wickelt mein Kleid darin ein.«

Galbert lachte, als sie wieder aus dem Gebüsch hervortraten, bis Philipp ihm klar machte, dass er seinen Platz auf dem Maultier mit Aude zu tauschen und stattdessen ihr Pferd zu reiten habe.

»Es ist eine Stute«, beschwerte er sich.

»Ja, deshalb müsst ihr tauschen. Hast du schon einmal einen Mönch auf einer Stute gesehen?«

»Hast du schon einmal einen Knecht auf einer Stute gesehen?«

»Nein, aber einen Knecht zu Fuß habe ich schon gesehen. Mach jetzt endlich, dass du in den Sattel kommst, wenn du nicht hinter uns herlaufen willst.«

Galbert schwang sich fluchend auf den Rücken der Stute und quetschte sich in Audes schmalen Sattel. Aude stand unschlüssig neben dem Maultier, unsicher, wie sie es besteigen sollte. Dann bückte sich Philipp neben ihr und machte aus seinen Händen einen Steigbügel. Das raue Fell des Maultiers berührte die empfindliche Haut an der Innenseite ihrer Oberschenkel, und sie saß ohne schützenden Stoff dazwischen direkt auf dem warmen Leder des Sattel. Es war ein ungewohntes Gefühl. Sie rutschte im Sattel hin und her und versuchte, ein wenig Stoff von der Kutte unter ihren Schritt zu schieben, aber die kratzige Wolle war noch unangenehmer. Galbert beobachtete sie mit nachdenklichem Gesicht, und sie fragte sich, ob seine Gedanken bei ihren Beinen waren, die fast bis zu den Knien hinauf entblößt waren.

Noch bevor sie verlegen werden konnte, tat er etwas Erstaunliches: Er grinste und machte das Kreuzzeichen, wie man es tat, wenn man einem echten Mönch begegnete. Die Geste war so ähnlich den Gesten, mit denen Philipp verlegene Momente zu überspielen versuchte, dass Galbert sie nur von ihm abgeschaut haben konnte.

»Der Damm ist frei; reiten wir weiter«, sagte Philipp und warf Aude noch einen Blick zu. »Geht's, Bruder Aude?«, fragte er dann.

»Ihr werdet was zu beichten haben, wenn wir angekommen sind«, sagte sie und trieb das Maultier an.

Nicht lange danach holten sie die Pilger wieder ein. Einige Dutzend Schritte voraus beschatteten zwei hohe Eichen mit dichtem Gebüsch um ihre Stämme herum den Weg, und die Reisenden schienen sich dort im Schatten zu drängen. Die Sonne war auf dem Weg zu ihrem Zenit, und die Luft flirrte über den Wiesen und Feldern. Der Wegpunkt lag in einer Biegung der Straße, in einem Gelände, in dem Wiesen, Brachland und Hecken überwogen. Philipp wollte sein Pferd vom Weg herunter treiben, als einer der Pilger, die am Ende des Gedrängeis standen, ihn aufhielt.

»Ihr müsst hier durchreiten«, erklärte er.

»Und wer sagt das?«, erkundigte sich Philipp unfreundlich.

»Man wird dort vorne kontrolliert.«

Philipp und Galbert wechselten einen raschen Blick. Aude versuchte, nicht unter der Kapuze hervorzuspähen. Sie versteifte sich.

»Von wem?«, rief Galbert.

Der Pilger hob die Schultern. »Wahrscheinlich Bewaffnete des Herrn, dem das Land gehört. Es heißt, dass jede Menge Wegelagerer hier ihr Unwesen treiben; vielleicht suchen sie nach diesen.«

»Man sucht nach vier Berittenen, zwei Männern und zwei Frauen – oder Kerlen, die sich als Frauen verkleidet haben«, meldete sich ein zweiter Pilger. »Ich hab's von Gefährten, die weiter vorne sind. Jeder wird ganz genau angesehen. Ich sage Euch, die Gesetzlosen, nach denen die suchen, laufen nicht mehr lange frei herum. Die tun ihre Arbeit gründlich.«

Philipp beglückwünschte sich zu dem Einfall, Dionisia in Bastulfs Obhut gelassen zu haben. Er verstand nicht, woher die Männer, die dort vorne die Pilgergruppen kanalisierten, wussten, dass sie zu viert gewesen waren, bis ihm klar wurde, dass sie es nur im Kloster erfahren haben konnten. Gleichzeitig ahnte er, dass er die Gesichter der Bewaffneten kannte. Einer davon hatte einen kurz gebissenen Daumennagel. Er fragte sich, warum sie sie nicht im Kloster ergriffen hatten, aber die Antwort darauf war einfach: Sie waren ihnen kurz vorher entkommen. Es hatte wohl eine Weile gedauert, bis sie herausgefunden hatten, dass sie ihnen die ganze Nacht über nahe gewesen waren. Die Sorge um Bastulf und Dionisia stieg heiß in Philipp auf, aber er musste sie unterdrücken. Was immer geschehen war, es war ihnen bereits geschehen; und die Aussichten standen gut, dass überhaupt nichts geschehen war. Man suchte nach Aude Cantat, der Frau des verstorbenen Sängers und Diebs Minstrel, und nicht nach einer apathischen jungen Frau, die willenlos und schweigsam dort sitzen blieb, wohin man sie setzte.

Die Berittenen, die abseits des Weges an ihnen vorbeigaloppiert waren, waren die Männer gewesen, die jetzt dort vorn die Sperre errichtet hatten; das war Philipp klar. Die Reiter hatten den einfachsten Weg gewählt: ihnen den Weg abzuschneiden. Auf der Straße auf und ab zu reiten wäre reine Zeitverschwendung gewesen und hätte zu viel Aufsehen erregt. Sie waren der Meinung, dass ihre Beute nicht wusste, dass man nach ihr suchte, und entsprechend leicht in die Falle tappen würde – so wie sie nicht wussten, dass sie nicht mehr zu viert waren. Das sprach dafür, dass sie gar nicht auf den Gedanken gekommen waren, Bastulf in die Mangel zu nehmen – und auch, dass Johannes sie gewarnt hatte, schien noch unentdeckt zu sein. Philipp hoffte zumindest, dass es sich so verhielt.

Er sah zu Aude hinüber, aber diese gab durch nichts zu erkennen, woran sie dachte. Sie saß aufrecht im Sattel und wirkte in der groben Wollkutte wie ein besonders schlanker, feingliedriger Mönch. Er sah, dass die Augen der Pilger, die mit ihm gesprochen hatten, auf ihren Beinen ruhten, und lenkte sein Pferd zu ihr hinüber.

»Ihr müsst Eure Beine verstecken«, raunte er. »Sie verraten Euch.«

Aude zog die Beine an und zerrte die Kutte darüber, ohne ihm zu antworten. Philipp drehte sich zu Galbert um und machte eine Kopfbewegung. Galbert interpretierte sie richtig; er trieb sein Pferd an und drängelte sich durch die Masse der Pilger. Die Menschen wichen ärgerlich aus. Galbert entschuldigte sich nach allen Seiten. Philipp und Aude folgten ihm, bis Philipp ihn zum Halten aufforderte. Sie befanden sich inmitten der Menge, die wartete, durch die Sperre gelassen zu werden. Er hoffte, hier weniger aufzufallen als am Ende des Zuges. Die Leute um sie herum murrten und sahen sie aufgebracht an, aber die Anwesenheit des vermeintlichen Mönchs verhinderte, dass sie rabiat wurden. Galbert beugte sich zu Philipp herüber.

»Sollten wir absteigen?«, schlug er vor. Philipp dachte an Audes verräterische bloße Füße und schüttelte den Kopf. Die Kontrolle ging langsam; jeder Pilger schien genau angesehen und befragt zu werden. Sie konnten nichts tun, als abzuwarten und sich mit dem langsamen Vorwärtsrücken der Menge schieben zu lassen. Philipp fühlte, wie sein Herzschlag stetig an Geschwindigkeit zunahm. Er trommelte mit den Fingern auf den Sattelrand, bis Aude sich räusperte. Sie warf ihm aus der Tiefe ihrer Kapuze einen Blick zu und raunte: »Ihr macht mich noch nervöser mit Eurer Zappelei, als ich es ohnehin bin.«

Philipp winkte brummend ab.

»Kommen wir durch?«, fragte sie leise.

Er nickte und schluckte heftig. »Natürlich«, erwiderte er und fühlte sich selbst bei weitem nicht so sicher. Die Menge verschob sich wieder, als eine Hand voll Pilger auf einmal durchgelassen wurde. Philipp und Aude waren jetzt dicht nebeneinander, Galbert plötzlich hinter ihnen. Philipp wandte sich zu ihm um. »Lass dich nicht abdrängen«, sagte er. »Wenn etwas schief geht, müssen wir beisammenbleiben.« Galbert nickte.

Schließlich waren sie nahe genug, dass Philipp die Gesichter im Schatten erkennen konnte. Es waren die fünf Männer, die gestern nach Einbruch der Dunkelheit ins Kloster gekommen waren. Er blinzelte und fühlte, wie sein Herzschlag noch einmal schneller und lauter wurde. Wieder passierte eine Hand voll Pilger die Kontrolle. Philipps Oberschenkel begannen zu jucken. Die zwei Knappen – oder wer immer sie waren – hielten die Reisenden auf, während die drei Bewaffneten sie befragten und ihnen Hüte, Kapuzen und Mützen von den Köpfen zupften, um ihre Gesichter zu sehen.

Dann sah er, wie eine zart gebaute Gestalt im Pilgermantel mit tief ins Gesicht gezogener Kappe grob gepackt und zwischen den Beinen befühlt wurde. Die Gestalt quiekte entsetzt und offenbarte nach dem Verlust ihrer Kappe einen halbwüchsigen Jungen, zu dessen Rettung ein erwachsener Mann eilte. »Lasst meinen Sohn in Ruhe!«, rief er wütend.

»Ich dachte, da steckt ein Kätzchen darunter«, erklärte der Mann, der den Jungen gepackt hatte. Er überreichte ihm mit spöttischer Höflichkeit die Kappe, die der Junge bebend überzog. Danach wurde der Vater abgefertigt. Er schien dem Bewaffneten, der seinen Sohn ergriffen hatte, eine Drohung zuzuraunen, denn dieser fletschte die Zähne und gab ihm einen plötzlichen Tritt in den Hintern, dass der Vater nach vorn stolperte und neben der Straße ins Gebüsch fiel. Die Pferde der Bewaffneten, die dort zwischen den Büschen standen, wieherten erschrocken auf und stampften auf die Straße hinaus, bis einer der Knappen sie zurückdrängte.

»Erzähl meinem Herrn auch von dem Tritt, dann gibt er dir gleich nochmal einen«, rief der Bewaffnete. »Und jetzt schwing deinen Hintern aus meinem Gesichtsfeld und nimm deine kleine Kröte mit!« Philipp starrte zu der Stelle, an der sich die Pferde befanden.

Er fühlte sein Herz lauter denn je schlagen; unter den Tieren der Bewaffneten konnte er deutlich die Bestie ausmachen. *Bastulf*, dachte er entsetzt.

»Na, was ist denn?«, rief eine laute Stimme, und Philipp erkannte, dass die Reihe an ihnen war. Er trieb sein Pferd mit fühllosen Händen voran in den Schatten unter den Bäumen hinein.

»Vielleicht möchte man so freundlich sein abzusteigen?«, fragte der Bewaffnete, der den Vater getreten hatte, mit ungeduldiger Stimme und gebleckten Zähnen. Philipp glitt vom Pferd und trat einen Schritt beiseite. Der Mann, der gestern der Anführer der Bewaffneten gewesen war, erhob sich von seiner sitzenden Position am Stamm der einen Eiche und schlenderte zu ihm herüber.

»Woher, wohin, welcher Name?«, fragte sein Gefährte gelangweilt, während der Anführer Philipp mit zusammengekniffenen Augen musterte und einmal um ihn herumging. »Haben wir uns schon mal gesehen?«, erkundigte er sich dann misstrauisch.

»Ich weiß nicht«, hörte sich Philipp mit verstellter Stimme sagen.

»Kann es sein, dass ich schon einmal vergeblich versucht habe, Euch Lesen und Schreiben beizubringen?«

Der Anführer der Bewaffneten trat einen Schritt zurück und

machte ein überraschtes Gesicht, das sich im nächsten Moment verfinsterte.

»Kerl, was willst du damit sagen?«, knurrte er.

Philipp bewegte die Schultern, als wäre es ihm lästig zu antworten.

»Nun, aber es ist doch so, dass ich den Töchtern des Herrn von Eller die edle Kunst des Lesens und des Schreibens beibringe, und da dachte ich, vielleicht hättet Ihr auch einmal versucht, in diese Geheimnisse vorzudringen. Das Leben eines Scholars wird von solchen gescheiterten Existenzen gesäumt, wisst Ihr.«

Der Bewaffnete klopfte ihm hart auf die Brust, aber jetzt grinste er. Philipp hustete erwartungsgemäß und rieb sich die Stelle. »Ihr habt aber auch alle Kraft in den Pfoten«, beklagte er sich.

»Und die Pfoten werden dir gleich den Hals umdrehen, du gescheiterte Existenz«, sagte der Bewaffnete lachend. »Woher kommst du, und wo willst du hin?«

»Ich will nach Hause zu meinem Herrn, um meine Dienste wieder aufzunehmen, was dachtet Ihr denn? Die Welt muss von den *illiteratii* befreit werden.«

»Was machst du, wenn du keine schlauen Reden schwingst?«, rief einer der anderen Bewaffneten. »Hältst du deinem Herrn den Arsch hin, wenn seine Gemahlin keine Lust auf ihn hat?« Die fünf Männer grölten vergnügt.

»Also, woher kommst du, mein Vögelchen?«, fragte ihr Anführer nochmals.

»Aus dem Kloster Sankt Peter ...«

»Da hab' ich dich gesehen. Ich wusste doch, dass mir deine Larve bekannt vorkam.«

»Ich kann mich an Euch leider nicht erinnern«, erklärte Philipp verschnupft.

»Ja, ich hab' schon gesehen, dass du deine fünf Sinne nicht immer beieinander hast. Du kannst passieren.«

Philipp kletterte in den Sattel und wandte sich zu Aude um, die die Szene wie versteinert beobachtet hatte. »Kommt, junger Herr, diese Gestalten sagen, wir können gehen.«

»Du kannst gehen. Das Mönchlein bleibt«, sagte der Anführer hart.

»Aber das ist mein junger Herr!«

»Der Herr von Eller?« Der Anführer wandte sich zu seinen Kumpanen um. Alle fünf schienen offenbar hocherfreut, dass Philipp endlich Abwechslung in ihre Tätigkeit brachte. »Etwa der, dem du den Hintern hinhältst?« Die anderen Bewaffneten prusteten vergnügt.

»Nein, sein jüngster Sohn«, erklärte Philipp mit Entrüstung in der Stimme.

Der Anführer machte einen Schritt auf Audes Maultier zu. Er kniff die Augen zusammen und fragte: »Warum reitest du auf einem Maultier und der Trottel dort drüben auf einem Pferd, wenn dein Vater der Herr ist?«

»Weil er Demut und Bescheidenheit gelobt hat«, sagte Philipp, als ob dies nur dem Dümmsten nicht von vornherein klar gewesen wäre. Der Anführer der Bewaffneten wandte sich ihm zu und stieß gereizt hervor: »Sing nur, wenn du was gefragt wirst, Vögelchen. Oder kann dein junger Herr nicht sprechen?«

»Natürlich kann er sprechen. Aber mittlerweile hat das Fieber seine Zunge so stark anschwellen lassen, dass er sie nicht mehr zu bewegen vermag, deshalb redet er nicht.«

Der Anführer, der noch einen Schritt auf Aude zugegangen war, blieb abrupt stehen.

»Was für ein Fieber, zum Teufel?«, fragte er rau.

»Ich weiß nicht. Er hat es sich im Hospital von den anderen Brüdern geholt, die er dort gepflegt hat. Ich glaube, ein paar von ihnen sind schon gestorben.«

Die fünf anderen Männer zogen Gesichter. Der Anführer stand immer noch an der Stelle, an der Philipps Worte ihn aufgehalten hatten. Sein nachdenklicher Blick ging von Aude zu der Hand, mit der er Philipp vor die Brust geklopft hatte. Langsam wischte er sie an seiner Hose ab. »Das mit der Zunge ist noch gar nicht so schlimm«, plapperte Philipp weiter. »Ihr solltet mal seine Beine sehen: voller Beulen und blutigem Schorf seit zwei Tagen. Sobald er die Kutte wegzieht, stürzen sich die Fliegen darauf. Ekelhaft, sage ich Euch.«

Der Anführer der Bewaffneten sprang zurück.

»Warum hast du das nicht eher gesagt, du hirnloser Esel?«, rief er und fuhr zu Philipp herum. Er hob eine Hand, als ob er ihn schlagen wollte, aber dann überlegte er es sich anders. Die Hand blieb in der Luft hängen, bevor er sie wieder herunternahm.

»Hier kommt man ja nicht zu Wort«, versetzte Philipp. »Wenn Ihr mich hättet ausreden lassen, hätte ich Euch gesagt, dass ich den jungen Herrn nach Hause bringe, weil sein Vater einen bekannten Bader auf seinem Hof beherbergt, der den jungen Herrn kuriert.«

»Verschwindet bloß von hier!«, zischte der Anführer.

»Was ist mit dem Knecht dort drüben?«, fragte Philipp unschuldig und deutete auf Galbert. »Er gehört auch zu meinem jungen Herrn ... er hilft ihm aufzusteigen.«

»Macht, dass ihr weiterkommt, alle miteinander!«, brüllte der Anführer der Bewaffneten. Philipp winkte Galbert zu und kletterte mit weichen Beinen in den Sattel. Es schien ihm, als hätte sein Körper kein Gewicht, und sein Kopf war voller Luft. Aude trieb geistesgegenwärtig ihr Maultier an und war schon jenseits des Schattens auf der Straße, noch bevor Philipp im Sattel angelangt war. Er packte die Zügel mit tauber Hand, hörte hinter sich die Hufe von Galberts Pferd und ritt ebenfalls in die Sonne hinaus. Das Licht blendete ihn. Er vernahm das Rascheln, mit dem jemand hinter ihm aus seiner sitzenden Position aufsprang.

»Die Stute!«, rief eine Stimme. »Sie trägt das Zeichen des verdammten Franken.« Philipp drehte sich um. Der Schwindel in seinem Kopf verflüchtigte sich, aber er verflüchtigte sich zu langsam.

Er sah, wie einer der beiden Knappen neben dem Weg stand und mit ausgestrecktem Arm auf Galberts Reittier deutete. Galbert hatte vor Schreck die Zügel angezogen. »Sie hat dasselbe Zeichen auf der Flanke wie dessen Gaul.« Philipp hörte Aude hervorstoßen: »O nein.« Er sah, wie der Knappe in die Zügel griff und sie Galbert aus der Hand riss. Alle Bewaffneten sprangen auf und starrten entweder zu Galbert oder zu ihm und Aude. Von den Pilgern, die auf der anderen Seite warteten, ging ein Aufseufzen aus. Er sah, wie Galbert mit verzerrtem Gesicht einen Fuß hob und ihn dem Knappen genau auf die Nase setzte. Der Mann ließ die Zügel fahren und taumelte zu Boden. Jetzt war der Schwindel endgültig gewichen. Philipp fuhr herum.

»Reite los!«, brüllte er mit sich überschlagender Stimme zu Aude. Er sprengte in das Gebüsch hinein, in dem die Pferde der Bewaffneten standen. Die Tiere sprangen erschrocken auseinander, wieherten und keilten aus. Er sah die Bestie, die an einen Baum gebunden war und wild backend nach hinten ausschlug. Das Messer schien in seine Hand zu fliegen, und er versuchte, die Zügel zu durchtrennen, die das Tier festhielten. Die Bestie wieherte mit rollenden Augen und riss an den Lederbändern. Die anderen Pferde sprangen wie wild im Gebüsch herum; Zweige und Blätter wirbelten durch die Luft. Plötzlich rissen die Zügel, und das mächtige Tier machte einen Satz nach hinten und stieg mit wirbelnden Hufen in die Höhe, dann donnerte es auf die Straße zu. Die anderen Pferde folgten im selben Augenblick; selbst Philipps Gaul wurde von der Aufregung mitgerissen und trug ihn auf die Straße und dem großen Pferd hinterher, bevor er ihn wieder im Griff hatte. Die Pferde der Bewaffneten sprangen wild bockend und in vollem Galopp durch das nächste Feld und auf einen nahen Waldrand zu. Philipp warf den Kopf herum.

Die Bewaffneten hatten Galbert von seinem Pferd gezogen, aber jetzt starrten sie sprachlos ihren fliehenden Gäulen nach.

»Lauf, Philipp, lauf«, kreischte Galbert und trat einen der Männer ins Gemächt, bevor ihn die anderen wieder halten konnten. Die Blicke der Bewaffneten flogen Philipp zu. Er hörte, wie der Anführer vor Wut aufheulte.

Philipp riss sein Pferd herum und setzte Aude nach, die nur noch eine Staubwolke hinter der nächsten Straßenbiegung war. Er hörte die Schreie hinter sich und wusste, dass Galbert derjenige war, der am lautesten schrie.

Er holte Aude nach ein paar Minuten ein.

»Wo ist Galbert?«, rief sie keuchend.

»Sie haben ihn«, stöhnte Philipp.

»Es ist meine Schuld. Ich habe nicht mehr an unser Brandzeichen gedacht.«

»Es ist nicht deine Schuld. *Ich* habe ihn im Stich gelassen«, stieß Philipp hervor.

»Du konntest nichts tun. Sie hätten dich auch gefangen.«

»Ich weiß!«, schrie Philipp. »Aber das macht es auch nicht besser.« Er zog an den Zügeln, und sein Pferd fiel in einen leichten Trab. Audes Maultier, bereits keuchend und schäumend, tat es ihm bereitwillig nach. Philipp versuchte angestrengt, Luft zu bekommen. »Ich habe ihre Pferde verscheucht«, sagte er abgehackt zwischen hastigen Atemzügen. »Es wird eine Weile dauern, bevor sie uns folgen können. Bis dahin muss uns was eingefallen sein. Wir kommen niemals bis Köln oder gar zu meinem Herrn, bevor sie uns eingeholt haben.«

»Wir müssen uns verstecken.«

»Hier ist weit und breit nichts außer ein paar Bauernhütten, und die werden sie alle durchsuchen.« Er sah auf. »Ich weiß, was wir tun. Halt an.«

Audes Maultier blieb mit zitternden Beinen stehen. Philipp sprang vom Pferd. Er sah, wie Aude sich an der Kruppe des Maultiers festhielt und langsam von seinem Rücken glitt. Die Kapuze war zurückgeflogen, und ihr Gesicht glänzte vor Schweiß. Sie verzog den Mund und hob die Kutte hoch, um auf ihre Beine zu blicken.

Die Innenseiten beider Waden brannten aufgescheuert rot. Sie hob den Kopf und sah Philipp ins Gesicht, dessen Blick auf dem Weg zurückirrte. Sie hörte, wie er murmelte: »Galbert, verdammt nochmal.«

Sie trat einen Schritt auf ihn zu und fasste mit beiden Händen an seinen Kopf. Sie zwang ihn dazu, sie anzusehen.

»Du hast das Richtige getan. Er hat uns Zeit erkauft. Nutzen wir sie.«

»Ich habe ihn zurückgelassen.«

»Er ist *zurückgeblieben*. Das ist etwas anderes. Lass seine Tat jetzt nicht vergebens sein. Was hattest du für eine Idee?«

Sie konnte sehen, wie er sich förmlich dazu zwang, seine Gedanken auf sie zu richten. Als sie ihre Hände wegziehen wollte, hielt er sie an den Handgelenken fest. Mit Erstaunen sah sie, dass seine Augen feucht waren. »Ich dachte manchmal, wenn ich einen jüngeren Bruder hätte, wäre er wie Galbert«, flüsterte er. Als sie glaubte, er würde den Tränen nachgeben, hob er das Gesicht in den Himmel und schloss die Augen. Sie hörte ihn tief und zitternd Atem holen.

»Keine Zeit. Du hast Recht«, stieß er hervor. »Pass auf. Wir machen Folgendes. Hier, schneide den Strick, mit dem ich dein Kleid eingerollt habe, in zwei Teile.« Er reichte ihr das Messer und sah sich suchend auf dem Boden um. Während Aude, ohne ihn nach seinem Plan zu fragen, den dünnen Strick entzweischnitt, der die Decke zusammenhielt, lief Philipp durch die Wiese neben dem Weg. Plötzlich bückte er sich, riss an etwas und trat mit den Füßen zu. Mit einer großen Distel in der Hand und an einem blutigen Finger saugend, kehrte er zurück.

»Wo ist der Strick?«

Er nahm das kürzere Ende und knotete die Distel hinein. »Gib mir das Kleid.« Sie zuckte mit den Schultern und reichte es ihm samt Hemd. Er warf ihr das Hemd zurück. »Zieh es unter die Kutte«, sagte er. »Jetzt ist es schon egal. Die Wolle kratzt dann nicht so.«

Aude schlüpfte kurz entschlossen aus der Kutte und streifte sich das Hemd über, während Philipp das Kleid zu einem unordentlichen Bündel zusammenpackte. Sie seufzte erleichtert, als sie den kühlen Stoff spürte. Philipp umwickelte das Kleid nachlässig mit dem Strick und knotete ein Ende davon fest um den Sattel des Maultieres. Dann nahm er den kürzeren Strick mit der Distel und stieg wieder in den Sattel seines Pferdes.

»Bevor wir an die Wegkreuzung nach Köln kommen, erreichen wir einen kleinen Bach«, sagte er. »Dort lassen wir das Maultier frei. Es wird nach Hause laufen. Wir selbst nehmen beide mein Pferd und reiten in dem Bach in die andere Richtung. Dann können sie unsere Spuren nicht sehen.«

Aude nickte und kletterte wieder auf das Maultier. Sie hielt ihr Kleid vor sich auf dem Sattel fest und folgte dem hastigen Trab, den Philipps Pferd anschlug. Sie war froh, als sie den Bach erreichten.

»Warte hier«, sagte Philipp. Sie sprang ab. Philipp nahm die Zügel des Maultiers und ritt mit ihm weiter. Sie setzte sich neben der Straße auf den Boden und hielt die Beine ins Wasser des Baches.

Das kühle Wasser prickelte und schmerzte an den aufgeriebenen Stellen. Nach Philipps Weggang war es still. Sie konnte das Gluckern des Baches und die Vögel hören. Sie lauschte, aber noch waren keine Verfolger zu hören. Galbert kam ihr in den Sinn, und ohne dass sie es wollte, stiegen ihr Tränen in die Augen. Sie weinte, ohne zu wissen, ob sie um den Knecht oder um den Schmerz in Philipps Augen weinte oder weil sie wusste, dass die Vorwürfe, die Philipp sich machte, die gleichen waren, die sie sich selbst wegen Geoffrois Tod machte. Als sie die Hufe von Philipps Pferd hörte, wischte sie sich die Tränen aus dem Gesicht und stand auf. Philipp sprengte auf sie zu und streckte die Hand aus, ohne abzusteigen.

»Komm. Das Pferd trägt uns beide ohne Probleme«, sagte er.

»Bist du sicher, dass das Maultier nicht nach ein paar Meilen anhält?«

»Ziemlich sicher.« Philipp nickte grimmig. »Ich habe ihm die Distel an den Schwanz gebunden.« Aude verzog das Gesicht.

»Wo ist mein Kleid?«

»Das wird über kurz oder lang von dem Maultier herunterfallen; ich hoffe, genau dann, wenn die Kerle sich zu fragen beginnen, ob wir wirklich in Richtung Köln geritten sind.«

»Und wohin reiten wir tatsächlich?«

»Dorthin, wo uns niemand vermuten würde und wo der einzige Platz ist, an dem uns mein Herr finden kann. Radolfs Haus.«

Dunkelheit fiel, lange bevor sie das verlassene Dorf erreichten, aber sie hielten nicht an. Die Gefahren der nächtlichen Reise schienen lächerlich im Vergleich zu ihrer Flucht vor den Männern unter den Eichen; und tatsächlich, als wollte der Wald ihnen dabei zustimmen, war ein über den Weg huschendes Wiesel das Gefährlichste, was ihnen begegnete. Das Pferd stapfte schwer mit seiner doppelten Last und war zu nichts schnellerem als einem leichten Trab zu bewegen, was Philipp, der hinter dem Sattel auf dem Rücken des Tieres saß, bald zu schätzen wusste. Sie sprachen kaum miteinander. Aude schwieg aus Erschöpfung, Philipp aus Furcht, das zarte Band, das ihre gemeinsame Flucht über die Kluft zwischen ihnen gewoben hatte, mit unbedachten Worten wieder zu zerreißen. Neben dieser Furcht verspürte er eine immense Wut darauf, dass er Galbert zurückgelassen hatte. Er hatte auch Johannes zurückgelassen, aber der Kämmerer machte den Eindruck, dass er sich selbst schützen konnte. Galbert hingegen ... und dann: Bastulf. Sie hatten ihm die Bestie abgenommen, offensichtlich im Wissen, dass sie Ernst gehört hatte. Woher sie dieses Wissen bezogen, war ihm schleierhaft. Was hatten sie mit Bastulf angestellt, nachdem er das Pferd hatte herausgeben müssen? *Und was ist Dionisia geschehen?*, fragte er sich gleich danach. Seine einzige Hoffnung gründete sich darauf, dass sie innerhalb der Klostermauern geschützt war. Was allerdings passiert sein mochte, falls die Männer sie aus dem Kloster verschleppt hatten, daran wagte er kaum zu denken und noch weniger daran, was es in diesem Fall bedeuten mochte, dass Dionisia bei den Eichen nicht mehr bei ihnen gewesen war. *Es ist so wenig Zeit gewesen zwischen unserer Flucht und dem Vorfall bei den Eichen*, sagte er sich, *sie hatten keine Gelegenheit, ihr etwas anzutun*. Aber er wusste, dass es nur eines Augenblicks bedurfte, um ein Leben zu beenden. Er versuchte, all diese Gedanken beiseite zu schieben, aber er wurde das Gefühl nicht los, dass er alles falsch gemacht hatte. Er war froh um die leise Berührung von Audes Körper vor ihm auf dem Sattel. Außerhalb des Waldes beschien der Mond die Felder, beinahe ebenso groß wie vorgestern, als sie sich geliebt hatten, und unabhängig voneinander verglichen sie den silbrigen Glanz des Lichts auf dem vom Wind bewegten hohen Korn mit dem Flirren des Flusses.

Philipp hielt das Pferd an, als sie zwischen den ersten Hütten ankamen. Er drehte den Kopf hin und her. Das Pferd stampfte und schnaubte, aufwirbelnde Wolken vor seinen Nüstern. Auf dem freien Feld war es fast ebenso kühl wie am Ufer des Flusses. Aude rieb ihre Arme und flüsterte: »Was ist los?«

»Riechst du es nicht?«

»Ich rieche das Korn und den Staub der Straße.«

»Ich dachte, ich hätte Rauch gerochen.«

Aude spähte über das helle Band hinweg, das die Straße ausmachte. Die Hütten warfen kurze schwarze Schatten darüber oder saßen in ihren eigenen tiefen Schattenpfützen, hell schimmernde Dächer und lichtlose Flanken.

»Woher sollte der Rauch kommen? Meinst du, die Bewohner sind zurückgekehrt?« Sie unterzog die Straße einer erneuten Musterung. Schließlich schaute sie nach oben. Der niedrige *donjon* von Radolfs Haus stanzte einen finsteren Umriss in den vage schimmernden Dunststreifen über dem Horizont. »Es ist nirgendwo Licht zu sehen.« Sie stellte fest, dass sie weiterhin flüsterte, aber Philipp tat es ihr nach.

»Ich habe keine Ahnung«, raunte er und schnupperte angestrengt. »Jetzt rieche ich es auch nicht mehr. Sollen wir weiterreiten?«

»Wenn es eine Gefahr gibt, liegt sie hinter uns, nicht vor uns«, erinnerte sie ihn. Sie spürte, wie er mit den Schultern zuckte. Seine Arme fassten vorsichtig an ihrem Körper vorbei und hielten die Zügel.

Der Lagerschuppen war ein größerer Schatten unter den geduckten Hütten um ihn herum. Sie achtete nicht darauf, bis sie bemerkte, wie Philipp im Vorbeireiten den Kopf drehte. Sie drehte sich um und versuchte ihm ins Gesicht zu sehen. Seine Augen waren zusammengekniffen.

»Das Wiesel ist weg«, murmelte er.

»Was?«

»Das gekreuzigte Wiesel an der Schuppentür. Es ist weg.« Unwillkürlich zügelte er das Pferd wieder. Sie spürte die Steifheit in seinen Armen.

»Es wird heruntergefallen sein«, beruhigte sie ihn.

»So wie die zwei Geldverleiher bald vom Galgen fallen werden«, flüsterte er heiser. Sie zuckte zusammen.

»Was bedeutet es schon, wenn das Wiesel nicht mehr an der Tür hängt?«, fragte sie.

»Ich weiß es nicht. Es hing noch dort, als wir das Dorf verließen.«

»Komm schon. Ich bin sicher, es liegt unten auf dem Boden. Dort ist alles schwarz vor Dunkelheit.« Sie hatte keine Erinnerung mehr an das tote Tier, aber jetzt drängte sich ihr das Bild eines kleinen, flachen Körpers mit mattem Fell auf, in dem Maden wimmelten. Sie hieß das Bild dennoch willkommen: Es verdrängte die Abbilder der gehängten Juden, die sie nach Philipps heiseren Worten in ähnlicher Lage gesehen hatte.

»Wir hätten nicht hierher kommen sollen«, brummte Philipp, aber er trieb das Pferd wieder an. Aude schüttelte den Kopf.

Ein paar Schritte weiter war sie plötzlich mit ihm einer Ansicht. Sie griff erschrocken nach seinem Arm, aber er hatte es schon gesehen und zügelte das Pferd zum dritten Mal. Etwas lag auf der Straße, etwas, das rund und so groß wie ein Menschenkopf war und in einer dunklen Pfütze lag. »O Gott«, sagte sie mit kranker Stimme. Philipp schnaubte und wies nach vorne: Weitere undefinierbare Teile lagen auf der Straße, zusammen mit Stofffetzen und anderem Material. Aude hielt sich an seinem Arm fest. Philipp machte Anstalten abzusteigen, aber dann überlegte er es sich anders und trieb das schnaubende, umhertänzelnde Pferd wieder an. Es schritt langsam auf ihre erste Entdeckung zu. Das Mondlicht lag auf einer zerschlagenen, aufgeplatzten Oberfläche.

»Es ist ein Flaschenkürbis«, sagte Philipp erstaunt. Seine Worte brachen einen Bann: Auf einmal sah sie nur Löcher dort, wo Augen gewesen waren, und eine Wucherung, die wie eine eingeschlagene Nase ausgesehen hatte. Das Haar war nur der Schatten in den Rissen und Schrunden am Ansatzpunkt des Astes, und auch die Pfütze, die sie gesehen hatte, war nur dies: eine Schattenpfütze. Sie atmete aus.

Das Pferd schritt langsam weiter und stieß den Kürbis mit einem Huf an. Er kollerte bedächtig beiseite. Sie kamen an den anderen Dingen vorbei, die auf der Straße lagen, den Stofffetzen, die sie wirklich gesehen hatten, und den zerbrochenen Tischbeinen, zerborstenem Tongeschirr und Büscheln von Stroh aus den Dächern.

»Plünderer«, flüsterte Philipp grimmig. »Sie sind schneller als Aasvögel.«

»Meinst du, sie sind noch hier?«

»Wenn sie es wären, hätten sie uns schon längst vom Pferd geholt.« Philipp dachte an den flüchtigen Geruch nach gelöschten Fackeln, aber das konnte ebenso Einbildung gewesen sein wie das abgeschlagene Haupt.

Als sie vor dem offenen Tor zu Radolfs Besitz standen und nichts passiert war, waren beide erstaunt. Philipp ließ die Arme sinken und spürte den Schmerz in den Schultern. Ein Stich schoss ihm in den Nacken hinauf; sein Rücken war ein einziger Knoten. Er glitt vom Pferd und streckte die Hände aus, um Aude herunterzuhelfen.

»Wenn sie nun in Radolfs Haus sind?«

»Dann würden wir sie von hier bis nach Köln singen und zechen hören. Radolf hatte Wein im Keller; keinen guten, aber man bekommt einen ordentlichen Rausch davon.«

»Es ist nur, weil *ich* plötzlich dachte, Rauch zu riechen.« Sie rutschte aus dem Sattel und ließ sich in seine Arme sinken. Er stellte sie sacht auf den Boden. Es tat gut zu stehen. Ihr Kreuz schmerzte vom verkrampften Sitzen, und ihre aufgescheuerten Waden brannten wie Feuer. Sie hatten einen Streifen vom Rock ihres Hemdes abgetrennt und herumgewickelt, aber der Druck auf die offenen Stellen war dadurch nicht zu lindern gewesen, nur das Scheuern. Sie seufzte und massierte ihren verlängerten Rücken. Er hielt sie einen Augenblick länger als nötig fest, und sie machte sich rascher als nötig los, nur um es sofort wieder zu bereuen. Sein Gesicht im Mondlicht war undefinierbar. Die Steine auf der Straße pressten sich in ihre nackten Fußsohlen.

»Ich gehe vor«, sagte Philipp. Sie nickte. »Du ziehst das Pferd hinter dir her. Wenn dir etwas komisch vorkommt, spring auf und reite davon.«

Sie antwortete nicht; sie war sicher, dass ihm klar war, dass sie ihn nicht allein zurücklassen würde. Sie nahm den Zügel in die Hand und wartete darauf, dass er über die Bohlen schritt, die das faulige Wasser bedeckten.

Seine Fußtritte waren dumpf. Er trat durch das offene Tor und sah sich nach allen Seiten um. Das verlassene Haus ragte jetzt in all seiner düsteren Gedrungenheit vor ihnen auf. Sie hörte ihn über den ausgetretenen Weg gehen, der helle Schimmer seines Hemdes der einzige Lichtfleck vor der Finsternis. Sein Wams trug seit einiger Zeit Aude, aber es hatte die Kälte nur unzureichend von ihr abgehalten. Sie folgte ihm mit dem Pferd nach. Als sie hinter dem Tor nebeneinander standen und zum Haus Radolfs hinaufsahen, begann das Pferd plötzlich zu schnauben. Noch bevor sie ihm die Nüstern zuhalten konnten, wieherte es. Aude und Philipp zuckten entsetzt zusammen.

Aus dem baufälligen Stall kam als Antwort ein ebenso lautes Wiehern.

Hinter ihnen, vom Tor her, sagte eine ruhige Stimme: »Wenn Ihr vernünftig seid, rührt Ihr Euch nicht mehr von der Stelle.«

Aude fuhr herum. Beim Tor stand eine Anzahl Männer, unmöglich zu sagen, wie viele es waren; vielleicht ein Dutzend. Das Mondlicht blinkte auf gesichtslosen Fratzen mit hohlen Augenlöchern: Topfhelme mit tief heruntergezogenen Nasenschützern. Sie sah, wie sich die undeutlichen Umrisse von kurzen Bögen auf sie richteten. Wenn Kraft in ihr gewesen wäre, hätte sie vor Wut und Entsetzen gleichermaßen geschrien.

»Ihr hättet ruhig eher kommen können«, hörte sie die Stimme von Philipp. »Da wäre uns wenigstens der Ritt durch das verdammte Dorf erspart geblieben.«

Funken schlugen aus Feuersteinen in getrocknete Flechten; die daran entzündeten Fackeln flammten so schnell auf, dass sie erst vor kurzem gelöscht worden sein konnten. Das Fackellicht selbst riss die Männer, die jetzt über die Bohlen schritten, aus der Dunkelheit und zeigte Kettenhemden, einheitliche Waffenhemden mit einem bunten Wappen darauf und eine Bewaffnung aus Bogen und Spießen. Der Anführer der Männer gab einen Wink, und einer der Spießträger eilte nach vorne und riss Aude die Zügel aus der Hand. Philipp versuchte ihn niederzustarren. Sein Gesicht im Fackellicht wirkte eingefallen und bleich. Aude hörte, wie Schritte die Treppe zum ersten Geschoss des *donjons* herunter eilten. Sie wollte sich umdrehen, aber sie stellte fest, dass es ihr nicht gelang. Ihr Blick war wie magisch auf einen der Männer gebannt, der einen Pfeil auf die Sehne gelegt und den Bogen ein nachlässiges Stück gespannt hatte. Die Pfeilspitze deutete auf den Boden. Sie wusste, dass es nur eines Wimpernschlags bedurfte, um die Spitze zu heben, den Bogen ganz zu spannen, loszulassen und den Pfeil in ihr Herz zu senden. Dann drehte Philipp sich um. Eine schlanke Gestalt schritt auf sie zu, begleitet von weiteren Bewaffneten. Das Fackellicht ihrer Bewacher und das Mondlicht spielten auf Schmuckketten und Broschen auf einem dunklen Mantel. Im Ring ihrer Bewacher öffnete sich eine Lücke, und der Mann trat hindurch und blieb hart vor ihnen stehen. Er spähte ihr neugierig ins Gesicht. Sie nahm seine verwegenen Züge mit den harten Linien um das Kinn wahr, ohne sie tatsächlich zu sehen. Dann wandte sich der Mann von ihr ab und nickte Philipp zu. Er richtete sich auf, er war größer als sie beide, und seine Bewegung war gleichermaßen kraftvoll wie elegant. Der Stoff seines Mantel schimmerte. In der ungewissen Lichtmischung aus Fackeln und Mond wirkte er beinahe zu perfekt. Als er den Mund öffnete, war seine Stimme deshalb eine besondere Enttäuschung: Sie sprach mit einem so deutlichen Akzent, dass er selbst Aude offenbar wurde und ob der Vollkommenheit der restlichen Erscheinung fehl am Platz wirkte.

»Was für einen interessanten Fang haben wir da gemacht«, sagte der Mann, und es hörte sich an, als hinge hinter jedem Wort noch ein kaum hörbarer Vokal. »Ich dachte nicht, dass ihr beide noch frei herumlauft.«

»Eure hohlköpfigen Totschläger verfolgen ein Maultier und ein leeres Kleid«, sagte Philipp. »Wenn sie nicht in der Nacht in den Rhein gefallen und ertrunken sind.«

»Leider stand mir kein besseres Material zur Verfügung.«

»Es muss bitter sein, so zu arbeiten, wenn man selbst so brillant ist.«

»Danke für das Kompliment. Ich habe das Gefühl, es kommt von Herzen. Willst du mich nicht der Dame in der reizenden Mönchskutte vorstellen? Ich kenne sie, aber sie kennt mich nicht, und dieser Zustand ist unwürdig.«

Philipp biss die Zähne zusammen. Aude sah seine Augen vor Wut funkeln, als er mit einer halben Verneigung auf den Mann in den teuren Kleidern zeigte und sagte: »Aude Cantat, dies ist Kardinal Giovanni da Uzzano, mein Auftraggeber und, wenn mich nicht alles täuscht, der eigentliche Mörder Eures Mannes.«

»Ich gebe zu, ich bin überrascht, dich hier nochmals vorzufinden«, sagte der Kardinal.

»Überrascht, dass wir noch am Leben sind?«

»Euer Tod gehörte niemals zum Plan. Weder deiner noch der von Aude Cantat.«

»Und was ist mit Audes Mann?«

»Komm schon, Philipp, willst du mich nach dem Tod jedes Mannes fragen, der gestorben ist, seit Kain Abel erschlagen hat?«

»Was tut Ihr hier?«

Der Kardinal sah sich um, als würde es ihn langweilen, darüber Auskunft geben zu müssen. Er breitete die Arme aus und sagte: »Ich suche, was du hättest finden sollen. Radolfs Dokumente.«

Sie trieben sie ins Innere des Hauses, in den Saal hinauf, der ein ähnliches Bild bot wie die Straße durch das Dorf. Teile von Geschirr und Einrichtungsgegenständen lagen herum, eine der Truhen war mit einem Beil geöffnet worden und hatte die Splitter ihres morschen Deckels weithin verstreut. Die Männer hier im Haus hatten (anders als die Posten, die der Kardinal im Dorf versteckt hatte) nicht aus Zerstörungswut gehandelt. Philipp dachte unwillkürlich an die Szene im Haus des erhängten Geldverleihers. Hier hatte er das Bild zu den Geräuschen, die er damals gehört hatte. Er drehte sich zu Giovanni da Uzzano um und sagte: »Wenn Radolf nicht schon tot wäre, würdet Ihr ihm dann auch eine Monstranz unterschieben und ihn hängen lassen?«

Der Kardinal lächelte. »Da ich hier bin, kann Radolf gar nicht anders als tot sein.«

Philipp gab ihm ein kaltes Grinsen zurück, aber während zwei der Bewaffneten ihn die Treppe zur Küche hinunter eskortierten, ging ihm plötzlich der Doppelsinn dieser Worte auf. War er hergekommen, weil Radolf gestorben war? Oder hatte Radolf sterben müssen, damit er herkommen konnte?

Aude war in die entgegengesetzte Richtung geführt worden, die Treppe hinauf zu Dionisias Kammer, Philipp wünschte sich, sie wäre bei ihm geblieben. Er versuchte die Sorge zu verdrängen, man könnte ihr etwas antun, während er hilflos in der Küche saß. Es war zumindest ein schwacher Trost, dass er es hören würde und womöglich, das Überraschungsmoment auf seiner Seite, versuchen könnte, ihr zu helfen. Er seufzte. Vielleicht würde er sogar bis ans obere Ende der Treppe kommen. Aber aus dem Obergeschoss blieb alles still. Wahrscheinlich benahmen sich Audes Aufpasser nicht anders als die seinen: Sie standen still und mit ausdruckslosen Gesichtern am Fuß der Treppe, nur scheinbar lässig auf die Spieße gestützt.

»Was passiert jetzt?«, fragte er sie. Er erhielt keine Antwort. »Wie geht es jetzt weiter?«, schrie er aus voller Lunge zu Giovanni da Uzzano hinauf, aber auch von dort kam keine Erwiderung. Schließlich ließ er sich an der Stelle nieder, die im Haus Radolfs sein ständiger Platz gewesen war: neben dem Kamin. Noch immer unruhig wegen Aude, spitzte er die Ohren, aber nach wie vor war kein Geräusch aus dem Obergeschoss zu vernehmen. Was immer die Bewaffneten für Anweisungen hatten; Aude zu vergewaltigen gehörte nicht dazu, und sie hielten sich an ihre Befehle. Sie waren disziplinierter als die fünf Raufbolde, die sie auf der Straße hätten abfangen sollen. Philipp fühlte eine gewisse irrationale Dankbarkeit dem Kardinal gegenüber dafür. Immerhin war klar, dass auch die fünf Kerle von ihm ausgesandt worden waren. Aber hier, in seiner unmittelbaren Umgebung, schien er auf Disziplin Wert zu legen. Dieser Umstand würde sie vor Unbill schützen. Zumindest so lange, darüber war er sich im Klaren, wie der Kardinal glaubte, von ihnen etwas erhalten zu können. Philipp konnte sich nicht denken, was es war, aber er ahnte, dass sie andernfalls bereits tot wären.

Schließlich verging der erste Schock darüber, dass sie ihren Häschern direkt in die Hände gelaufen waren, und verwandelte sich in eine Mischung aus Zorn über seine Ungeschicklichkeit, Trauer über Galberts vergebliches Opfer und blinde Wut über die Ränke des Kardinals. Philipp wusste nicht genau, was ihn dazu bewogen hatte, Giovanni da Uzzano des Mordes an Minstrel anzuklagen; dass der Kardinal jedoch wusste, wer Aude war, bestätigte seinen Verdacht. Er horchte, um zu erfahren, was der Kardinal oben im Saal des Hauses trieb, aber es blieb alles so still wie aus dem Obergeschoss. Nach allem, was Philipp wusste, konnte Giovanni da Uzzano ebenso gut oben sitzen und die Astlöcher in den Fußbodenbrettern zählen.

Dass er nichts dergleichen getan hatte, stellte sich heraus, als der Kardinal eilig die Treppe heruntergelaufen kam. Die Wächter nahmen eine etwas respektvollere Haltung ein, aber er beachtete sie nicht. Giovanni da Uzzano baute sich vor Philipp auf und sah auf ihn hinunter, und Philipp, der sich zuerst vorgenommen hatte, in vergeblicher Lässigkeit auf dem Boden sitzen zu bleiben, stand nun doch auf, um den Höhenunterschied wenigstens etwas zu nivellieren.

»Weißt du, nach welchen Dokumenten ich suche?«, fragte der Kardinal.

Philipp schüttelte den Kopf.

»Radolf hat sämtliche Dokumente, die die Heirat Gottfrieds von Als mit Radolfs späterer Frau Katharina und die Geburt des Mädchens Dionisia betreffen, aus dem Kloster Sankt Peter gestohlen«, erklärte der Kardinal. Philipp sah ihn erstaunt an.

»Er hat sie dem alten Archivar abgepresst«, sagte er. »Aber sie sind verbrannt.«

»Unsinn!«, rief der Kardinal schroff. »Radolf hätte sie vor dem Feuer gerettet, und wenn er dafür seinen besten Freund in den Flammen hätte lassen müssen. Die Dokumente waren sein wichtigstes Unterpfand.«

»Wofür?«

Der Kardinal tat, als hätte er ihn nicht gehört. »Als ich dich mit dem Auftrag zu ihm schickte, ihm einen Anteil an den Erzminen der Familie Katharinas zu sichern, erfüllte ich ihm damit ein Ansinnen, das er vor Jahren vorbrachte. Ich wusste, dass er dadurch früher oder später vor dem Problem stehen würde, die Unterlagen seiner Frau und deren Tochter herauszurücken, um die Fälschungen glaubhaft anfertigen zu können. Ich dachte, seine Gier nach dem Erz wäre so groß, dass er dir die Dokumente letztendlich geben würde. Du hättest sie mit nach Hause genommen, und ich hätte sie mir dort holen können.«

»Welches Geheimnis steht noch in diesen Dokumenten, außer, dass Dionisia nicht Radolfs Tochter ist?«

»Ah«, sagte der Kardinal und lächelte, »es steht kein Geheimnis darin. Die Unterlagen an sich sind das Geheimnis.«

Philipp schnaubte und verzichtete darauf weiterzufragen. Es war klar, dass der Kardinal ihm die Antwort nicht geben würde, die er von ihm haben wollte; und es gab näher liegende Fragen, die ihm auf der Seele brannten.

»Was hatte Minstrel mit der ganzen Sache zu tun? Und was ist mit Aude?«

»Weißt du, wo Radolfs Dokumente sind?«, fragte der Kardinal zurück.

»Nein. Er hat immer behauptet, sie seien verbrannt.«

Der Kardinal wandte sich ab und gab den Wächtern einen Wink.

Sie nahmen Philipp in die Mitte und führten ihn wieder in den Saal hinauf. Der Kardinal folgte ihnen langsam. Er schien nachzudenken. Der Vorgang erinnerte Philipp sehr an seine kurze Gefangenschaft bei Peter von Vinea. Dort war er mit der Folter bedroht worden, wenn er nicht das aussagte, was der Kanzler hören wollte. Er ahnte, dass ihm hier nichts Besseres bevorstand.

Oben angekommen, sah er sich zu seinem Erschrecken Aude gegenüber, die wie er von zwei Wächtern flankiert wurde. Sie trug die Kutte von Kaplan Thomas nicht mehr, nur noch das Hemd mit dem zerrissenen Rocksaum. Ihre Arme waren bloß und ihr kurzes Haar zerzaust, aber sie schien unverletzt. Seine Angst stieg noch mehr, als ihm klar wurde, dass der Kardinal auch von Aude einige Dinge wissen zu wollen schien. Sie nickte ihm zu, und er konnte in ihren Augen lesen, dass sie sich über ihr Schicksal ebenso wenig Illusionen machte wie er.

»Geht's dir gut?«, krächzte er.

»Sie haben mir nichts getan, wenn du das wissen willst«, sagte sie ruhig. »Ich habe die Kutte selbst ausgezogen.«

Der Kardinal bauschte umständlich seinen Mantel und setzte sich dann mit einem leisen Ächzen auf das hölzerne Podium. Er winkte, und die Wächter führten Aude und Philipp zu ihm. Giovanni da Uzzano lehnte sich halb zurück in seiner gewohnten selbstsicheren Haltung und sah eine Weile abwechselnd von Philipp zu Aude und zurück. Schließlich machte er eine Kopfbewegung zu einem der Männer hin, die an Audes Seiten standen, und dieser zog einen Dolch aus dem Gürtel und hielt ihn in der Faust. Aude versuchte, nicht auf die matt schimmernde Klinge zu starren, aber es gelang ihr nicht.

»Das ist nicht nötig«, sagte Philipp rau.

»Wer weiß? Philipp, wo sind die Dokumente? Du weißt, und ich weiß, dass sie nicht verbrannt sind.«

»Ich weiß nichts dergleichen.«

Giovanni da Uzzano seufzte. Er erlaubte sich, ein paar Mal mit den behandschuhten Fingern auf das Holz des Podiums zu trommeln, das einzige Zeichen dafür, dass ihm die Zeit auf den Nägeln zu brennen schien. Zuletzt nickte er einem von Philipps Wächtern zu.

»Der Fuß«, sagte er.

Der Wächter hob den Spieß und rammte ihn mit dem stumpfen Ende auf Philipps Rist. Der Schmerz war erstaunlich; er schoss mit einer Stichflamme sein Bein hoch und explodierte in seinem Gehirn, während der Fuß unter ihm wegknickte. Der Mann mit dem Spieß fing ihn emotionslos auf. Philipp hörte sich ächzen. Der Schmerz sank wieder zurück in seinen Fuß und krallte sich mit Nadelstichen und dumpfem Toben in seinen Knochen fest. Über seinen Rücken lief ein Schauer und hinterließ ein pelziges, kaltes Gefühl. Er biss die Zähne zusammen, damit kein weiterer Laut hervorkam, aber das Keuchen konnte er nicht abstellen. Mühsam richtete er sich wieder auf und warf Aude einen Blick zu. Sie war leichenblass. Ihre Augen ließen nicht von seinen ab, doch er war nicht im Stande zu unterscheiden, ob sie ihm Mut zusprechen wollte oder nur entsetzt war. Der Fuß schwoll in seinem Stiefel an und begann zu pulsieren. Als er sich darauf stellte, nahm das Toben an Intensität zu, aber er hielt. Womöglich war nichts gebrochen. Er sah Giovanni da Uzzano ins Gesicht, der ihren Austausch von Blicken amüsiert beobachtet hatte.

»Vielleicht ist dein Wissen jetzt ein wenig freigelegt«, sagte der Kardinal.

»In der Kapelle steht eine Truhe. Habt Ihr dort schon nachgesehen?«

Giovanni da Uzzano lächelte. »Natürlich haben wir dort nachgesehen. Da die Tür der Kapelle eingetreten war, nehme ich an, auch du hast es getan. Ich habe nur schimmlige Kleider und einen Haarzopf gefunden.« *Katharinas Kleider, Katharinas Zopf*, dachte Philipp unzusammenhängend. *Radolfs persönlicher Tabernakel. Wo er sich versteckte, wenn er nachdenken musste.* »Was hast du gefunden, Philipp? Etwa die Dokumente?«

»Ich habe die Truhe nicht geöffnet.«

»Stich ihr ein Auge aus«, sagte der Kardinal ruhig zu demjenigen von Audes Wächtern, der den Dolch in der Faust hielt.

»Nein«, rief Philipp und versuchte zu Aude hinüberzukommen, aber sein wie gelähmter Fuß und die zupackenden Wächter hinderten ihn daran. »Ich habe noch eine Idee!«, stieß er hastig hervor. Der Mann mit dem Messer warf dem Kardinal einen fragenden Blick zu, und dieser gebot ihm mit einer Handbewegung einzuhalten. »Manchmal tut es weher, den Schmerz zu sehen, der jemand anderem zugefügt wird, stimmt's?«, fragte er Philipp.

»Wir müssen zu Dionisias Kammer hinauf«, erwiderte Philipp müde.

»Versuchst du hier Zeit zu schinden?«, fragte der Kardinal scharf. »Deine Buhle wird es vor dir bereuen.«

Philipp schüttelte den Kopf. Sein Herz hämmerte ihm im Hals. Er sah noch immer, wie der Bewaffnete den Dolch gehoben hatte. Einen Augenblick später, und die Klinge hätte sich in Audes Auge gesenkt.

»Nein«, krächzte er. »Nein. Es ist die einzige Idee, die ich habe.«

»Also gut. Wir gehen alle hinauf. Ich werde bis hundert zählen. Wenn du dann nichts gefunden hast, nimmt mein Knecht ihr eines Auge. Bei zweihundert das zweite. Nase, Lippen und Ohren, die dann folgen, sind gar nicht mehr so schlimm.«

»Ich weiß nicht, wo ich anfangen soll zu suchen, du Schwein!«, schrie Philipp. »Gib mir wenigstens genug Zeit!«

Der Kardinal stand auf und trat dicht vor Aude hin, als wollte er sie aus der Nähe mustern. Er erwiderte nichts auf Philipps Beleidigung. Stattdessen ließ er seine Blicke über Audes Gesicht wandern, ihren Hals hinunter und ungeniert über das Hemd bis zu ihren bloßen Füßen. Als er den Blick wieder hob und ihr in die Augen sah, sagte er: »Schade drum.«

Aude nahm ihre Wut zusammen und spuckte ihm ins Gesicht. Er zuckte zurück, dann wischte er sich mit der Hand über die Wange. Sein Lächeln erstarrte. Er öffnete die Hand und wischte ihr den Speichel bedächtig über Wangen, Nase und Kinn. Zuletzt kniff er sie mit Daumen und Zeigefinger zu beiden Seiten des Mundes, bis ihre Lippen sich schmerzhaft vorstülpten. Dann gewann sein Lächeln wieder seine ursprüngliche Breite zurück. Er trat beiseite und sagte: »Hinauf mit ihnen.«

Aude wurde vorwärts geschoben und stolperte die Treppe hoch. Philipp folgte mühsam, jeder Schritt mit seinem verletzten Fuß ein Stich, der ihm bis in den Schädel ging. Als er an Giovanni da Uzzano vorbeikam, sagte dieser laut und deutlich: »Eins.«

Die Treppe hinaufzuklettern war noch schwerer, aber die Erinnerung daran, wie der Kardinal seinen feuchten Handschuh in Audes Gesicht abgewischt hatte, trieb ihn hinauf – das und das Zählen des Kardinals, der im steten Takt seiner mühevollen Schritte weiterzählte. Philipp taumelte durch die Tür zu Dionisias Kammer und sah sich hastig darin um. Die Düsternis war absolut.

»Fünfzehn«, sagte der Kardinal.

»Eine Fackel, zum Teufel. Ich brauche Licht«, brüllte Philipp. Der Kardinal reichte ihm mit liebenswürdiger Verbeugung eine Fackel, die er von unten mitgenommen hatte. »Sechzehn.«

Das Licht sprang über die ungestrichenen Bretterwände und eine Reihe von Stickereien, die an einer Seite daran befestigt waren, über einen farblosen Wandbehang an der Wand, an die das Lager gerückt war, über das breite Lager selbst mit zerschlissenen Decken darauf und über eine wuchtige Truhe unter der Fensteröffnung. Philipp ließ sich neben ihr auf die Knie fallen.

»Zwanzig.«

Die Truhe war nicht abgeschlossen. Philipp riss den Deckel auf. Die Truhe war leer. Erst jetzt sah er die Schmuckstücke und Tücher, die ringsum verstreut waren.

»Einundzwanzig«, sagte der Kardinal. »Wir haben schon hineingesehen.«

»Warum habt Ihr das nicht gesagt?«, schrie Philipp.

»Zweiundzwanzig«, erwiderte der Kardinal.

Philipp stolperte auf die Füße. Das Blut begann in seinen Ohren zu rauschen. Er hob die Fackel und drehte sich einmal um sich selbst. Das Licht wanderte über die ausdruckslosen Gesichter der Wächter, die mit ihm hereingekommen waren, über die Miene von Giovanni da Uzzano, der zur Türöffnung hereinspähte, und über Audes Antlitz, die direkt auf der Türschwelle stand, den Dolch eine Handbreit von ihrem Gesicht entfernt.

»O mein Gott«, rief Philipp. »Sie sind verbrannt, glaubt das endlich.«

Von der Fensteröffnung sickerte Dunkelheit herein, sobald er die Fackel in die Nähe eines anderen Gegenstandes brachte. Keines der von ihm beleuchteten Dinge enthüllte die Dokumente. Er fegte die Decken vom Lager und wäre beinahe gestürzt, weil er sich auf den verletzten Fuß stützte. Er erinnerte sich an das, was er sich heute Morgen vorgesagt hatte, heute Morgen vor hundert Jahren: *Denk nach.* Sein Herz pochte weiterhin so heftig, dass es das Zählen des Kardinals zu übertönen schien, lauter als seine Stimme und fünfmal so schnell wie sein Takt. *Denk nach.*

»Dreißig«, sagte der Kardinal. »Ich frage mich, wie du auf den Gedanken gekommen bist, die Dokumente könnten hier sein. Einunddreißig.«

Denk nach. Philipp wollte hervorsprudeln, dass er sich an die Zeichnungen erinnert hatte, von denen Dionisia ihm erzählt hatte: die Zeichnungen, mit denen Radolf versucht hatte, das Vertrauen des Kindes zu gewinnen. Auf welchen Pergamenten hatte er sie angefertigt? Aber die Zeit erschien ihm zu kostbar, um sie mit Erklärungen zu vertrödeln. Die Zeichnungen Radolfs. Was wäre unverfänglicher, als sie auf der Rückseite der Dokumente anzufertigen, die er aus dem Kloster geholt hatte?

»Ich dachte, sie seien in der Truhe«, stieß er hervor. »Habt ihr Zeichnungen in der Truhe gefunden?«

»Zeichnungen?«, fragte der Kardinal und vergaß für einen Augenblick weiterzuzählen. »Was für Zeichnungen?«

»Etwas wie Buchillustrationen ...«

»Willst du mir erzählen, Radolf hat die Dokumente verziert?

Was soll das?« Der Kardinal zog die Augenbrauen zusammen. »Wo war ich? *Vierzig!*«

»Nein«, stöhnte Philipp verzweifelt. »Hört mir doch zu ...«

»Philipp«, sagte Aude mit ruhiger Stimme. Er starrte sie hilflos an. Sie hob den Arm und deutete auf die Wand, an der die Stickereien befestigt waren. Philipp und der Kardinal folgten ihrem Blick. Dann weiteten sich Giovanni da Uzzanos Augen. Er trat einen Schritt vor und riss Philipp die Fackel aus der Hand, um die Stickereien zu beleuchten.

Sie waren in krude Rahmen gespannt, als hätte Dionisia keine Lust gehabt, die vollendeten Stickereien aus ihrem Spannrahmen zu entfernen. Bei näherem Hinsehen erwies sich, dass es gar keine Stickereien waren. Der Kardinal riss einen der schiefen Rahmen von der Wand und hielt ihn sich vor die Augen. In den Rahmen war ein Pergament gespannt, auf dem, in verblassender, billiger Tusche, ein gewaltiges D gemalt war, ein Buchstabe wie eine Kathedrale, bestehend aus massiven Aufstrichen, gewölbten Querstrichen, verspielten Serifen und bevölkert mit einer Anzahl von Mönchen, Bauern und Tieren. Der Kardinal starrte darauf, dann drehte er den Rahmen um. Die Rückseite des Pergaments war eng in geschäftsmäßig kursiver Schrift beschrieben und besaß ein kleines Siegel an einem kurzen Band, das in eine Ecke des Rahmens gezwängt worden war. Der Kardinal schüttelte den Rahmen, und das Siegel fiel heraus und baumelte an seinem Bändchen. Philipp sah, dass Teile des Textes ausgestrichen und mit Randbemerkungen versehen waren.

Giovanni da Uzzano hob die Fackel erneut und beleuchtete die anderen Stickereien, die in ähnlicher Weise mit ähnlich großen Rahmen an der Wand hingen. Sie trugen allesamt große Buchstaben: N, S, A. »D-N-S-A«, sagte der Kardinal laut.

»Dionisia«, erklärte Philipp, der spürte, wie sich das Hämmern seines Herzen zu verlangsamen begann. »Radolf hat die Buchstaben ihres Namens für sie verziert.«

Der Kardinal drückte ihm wortlos die Fackel in die Hand und pflückte die Pergamente von den Wänden. Er murmelte etwas in seiner Sprache, das Philipp nicht verstand. Dann wandte er sich um, die Rahmen auf beiden Armen balancierend, und lächelte das anerkennende Lächeln, das Philipp schon auf dem Hof seines Herrn gehasst hatte.

In diesen Augenblick hinein hasteten Schritte die Treppe herauf, und einer der Bewaffneten meldete außer Atem: »Ein Trupp von mindestens einem Dutzend Reiter kommt mit Fackeln durch das Dorf.«

»Ha!«, rief Philipp triumphierend. »Das ist mit Sicherheit mein Herr!«

Der Kardinal warf ihm einen Seitenblick zu.

»Natürlich ist er das«, sagte er. »Was dachtest du denn?« Er eilte aus der Tür, die Pergamente mit sich nehmend.

»Bringt sie wieder hinunter in den Saal«, sagte er über die Schulter zu den Wächtern.

Raimund von Siebeneich kam mit großen Schritten in den Saal gestürmt, einen offenen Mantel über einem an ihm ungewohnt kriegerischen Lederwams. Als er Philipp erblickte, blieb er wie angewurzelt stehen. Seine Augen weiteten sich.

»Was soll dieser Schabernack?«, rief er und eilte auf den Kardinal zu. »In Eurer Botschaft stand, Philipp hätte dieses Haus bereits verlassen.«

»Er ist wieder zurückgekommen«, erklärte der Kardinal leichthin. Er hielt die in die Rahmen gespannten Pergamente hoch. »Und Gott sei Dank, dass er es tat. Wir haben die Dokumente.«

Philipp blickte mit offenem Mund von einem zum anderen. Raimund und Giovanni starrten sich an, aufgebracht und überrascht der eine, voll von müdem Triumph der andere. Weitere Schritte stapften über die Treppe zum *donjon* herauf und in den Saal herein, eine groß gewachsene Gestalt mit Mantel und Kapuze, die von einer Anzahl Bewaffneter in einheitlichen Waffenhemden begleitet wurde, und zuletzt drei weitere Waffenträger in unterschiedlicher Ausrüstung, mit Kettenhemden und Topfhelmen, die sie in den Händen trugen. Die drei blieben auf der Schwelle stehen und sahen Philipp und Aude ungläubig an. Die zwei Männer, die ihnen noch folgten, rannten fast in sie hinein. Einer von ihnen trug einen behelfsmäßigen Streifen Stoff so um den Kopf gewickelt, dass seine Nase eingepackt war.

»Ihr!«, rief der Anführer der drei Bewaffneten überrascht. Seine Faust öffnete und schloss sich. »Als wir das Maultier einholten, wussten wir, dass Ihr uns getäuscht hattet; aber dass wir Euch hier finden würden ...«

»Und in so schlechter Gesellschaft«, sagte Philipp und wies auf den Kardinal, der sich hastig und leise mit Raimund unterhielt und nicht auf Philipp achtete.

»Es kommt noch schlechter«, sagte Aude. Der Ton ihrer Stimme alarmierte Philipp. Er fuhr herum und sah sie an, aber sie blickte nur geradeaus auf die Stelle, an der der Kapuzenträger stehen geblieben war. Er hatte die Kapuze nach hinten zurückgestreift und sah sich im Saal um.

Giovanni da Uzzano hatte Raimund stehen lassen und war auf den Ankömmling zugeeilt. Er lächelte trotz des misstrauischen Blicks des anderen.

»Kanzler«, sagte er und bot Peter von Vinea die Hand. »Ich bin froh, dass Ihr gekommen seid.«

Zusammen mit dem Kanzler und Raimund zog Giovanni da Uzzano sich in Radolfs ehemalige Kammer zurück. Raimund folgte den beiden anderen Männern, nicht ohne Philipp noch einen besorgten Blick zugeworfen zu haben. Philipp und Aude blieben im Saal stehen, umgeben von ihren Bewachern. Die neu angekommenen Bewaffneten stapften unschlüssig herum, spähten aus den Fenstern in die Nacht hinaus und machten allesamt den Eindruck von Leuten, die ohne eindeutige Befehle nichts mit sich anzufangen wissen. Philipp sah zu Aude hinüber und versuchte, etwas zu sagen, aber sein Gehirn war vollkommen leer. Sie gab seinen Blick kurz zurück, beschränkte sich aber sonst darauf, ihre Zehen zu betrachten. Ihre Füße waren immer noch nackt. Als Philipps Blicke darauf fielen, wandte er sich ab und begegnete den Augen des Anführers der fünf zuletzt Angekommenen, die ebenfalls mit einem interessierten Grinsen auf Audes Füßen ruhten. Zorn wallte plötzlich in ihm auf.

»Wo ist Galbert?«, brüllte er den Anführer der Gruppe an, und sein lauter Schrei in die Stille des Saals ließ alle zusammenfahren. Der Mann richtete seinen Blick auf ihn und zog die Augenbrauen zusammen.

»Ihr hättet ihm lesen und schreiben beibringen sollen«, sagte er dann langsam und versuchte den Tonfall zu imitieren, den Philipp während ihrer Begegnung unter den Eichen angeschlagen hatte.

»Weshalb?«

Der Anführer deutete auf die Stirn eines seiner Gefährten. »Weil er dann hätte lesen können, dass hier steht: ›Wer mir in die Eier tritt, ist eine Leiche.‹« Der Mann, auf den er gedeutet hatte, grinste und deutete eine Verbeugung an. Der Anführer zuckte mit den Schultern und machte erneut Philipps Stimme nach, als er sagte: »Wie auch immer – wieder ein *illiteratus* weniger auf der Welt.«

»Was habt Ihr mit ihm gemacht?«

»Er füttert in irgendeinem Feldrain die Bussarde.«

Philipp humpelte auf ihn zu, bevor seine Bewacher ihn zurückhalten konnten. Der Bewaffnete blinzelte überrascht, aber bevor Philipp zu einem Schlag ausholen konnte, hatten seine Wächter ihn wieder ergriffen und bogen seine Arme nach hinten. Der Anführer biss nachdenklich auf seinen behandschuhten Daumen und betrachtete ihn, wie er sich im Griff der zwei Männer wand.

»So ist das also«, sagte er. Er reichte seinen Helm an einen seiner Gefährten weiter und baute sich vor Philipp auf. »Ich bin dir noch was schuldig, Freundchen, weißt du das?«, raunte er. »Meine Pferde zu zersprengen und mich dann auf eine falsche Fährte zu setzen, das verträgt mein Magen gar nicht.«

Er ballte seine rechte Hand zur Faust und rieb sich mit der Linken über die Knöchel. »Wie widerstandsfähig ist *dein* Magen?«, fragte er.

»Hört auf!«, rief Aude. Er wandte sich kurz ihr zu, ohne Philipp aus den Augen zu lassen, und sagte grinsend: »Keine Angst, Täubchen, du bekommst von mir etwas ganz anderes in den Bauch.«

»Hört auf damit, Albert!«, rief die Stimme des Kardinals. Er stand auf der Schwelle zu Radolfs Zimmer und hatte die Decken beiseite geschoben. Sein Gesicht war zornig. Philipp konnte in die Kammer hineinsehen; er erblickte den Rücken Raimunds, der wie zu Hause in seiner Kammer, als Philipp seinen unseligen

Auftrag erhalten hatte, starr zum Fenster hinausblickte. Das wenige Licht der Unschlittkerzen, die sie angezündet hatten, beschien seine wuchtige Rückseite und seine Hände, die zu Fäusten geballt an seinen Seiten herabhingen. Der Kanzler, der auf einer Truhe saß, studierte die Pergamente. Sie hatten sie aus den Rahmen herausgenommen, und er wandte sie wieder und wieder um. Sein Gesicht war ungläubig.

Albert straffte sich, dann wandte er sich von Philipp ab und schritt zum Kardinal hinüber. Als er an Aude vorbeikam, warf er noch einen Blick auf ihre Füße und sagte: »Glücklicherweise kein Schorf darauf, was, junger Herr? Wäre schade um die schlanken Fesseln gewesen.« Sie erwiderte nichts. Albert blieb vor dem Kardinal stehen und senkte leicht den Kopf.

»Hier stehen zwei Menschen, die ich Eurer Obhut anvertraut hatte«, sagte der Kardinal eisig.

»Sie hatten sich verkleidet und haben uns überrascht«, verteidigte sich Albert. »Dann zersprengten sie unsere Pferde und legten eine falsche Spur.«

»Mit anderen Worten: Ihr habt auf der ganzen Linie versagt.«

Albert kaute heftig mit seinen Wangenmuskeln. »Einen haben wir gekriegt«, sagte er gedämpft. »Nur das Weib und er hier sind uns entkommen.«

»Und wo ist der Mann, den ihr gekriegt habt, jetzt? Habt ihr ihn unterwegs verloren?«

»Nein. Er hat sich gewehrt wie ein Verrückter, und wir mussten ihm den Arm ausrenken, damit er endlich Ruhe gab, und ihm ins Knie stechen. Danach war er nicht mehr so gut zu Fuß. Er hätte uns nur aufgehalten. Also haben wir ihm die Kehle durchgeschnitten. Außerdem war er ohnehin nur der Knecht. Er wusste von nichts. So viel haben wir aus ihm rausgekriegt, bevor wir ihn kaltmachten.«

»Du Schwein«, flüsterte Philipp erstickt. Der Boden schwankte unter seinen Füßen. Um den Tod Galberts zu wissen und die Einzelheiten darüber zu hören ... wie hatte er zu Aude gesagt? *Das sind zwei Paar Stiefel.*

»Ich habe gehört, die Geißler sind auch unbehelligt weitergezogen«, fuhr der Kardinal fort.

»Wir hatten Befehl abzuwarten«, verteidigte sich Albert empört. »Es hieß, Ernst würde uns benachrichtigen, wenn wir eingreifen sollten. Die Nachricht kam nie.«

»Weil Ernst schon tot war, du Idiot!«, bellte der Kardinal. Albert ließ den Kopf hängen.

»Ich weiß«, murmelte er. »Als der Angriffsbefehl nicht kam, ritten wir hier heraus. Unterwegs griffen wir die zwei Kerle auf, die zu Ernst gehörten.« Er wies auf die Männer, die Philipp für Knappen gehalten hatte und deren einer vorsichtig den Verband um seine Nase betastete. »Sie waren ebenfalls unterwegs zu Radolfs Haus, weil die Anweisungen ihres Herrn ausblieben. Sie kannten die Örtlichkeit, und sie haben sofort die neuen Gräber gesehen. Wir gruben zuerst eine verdammte alte Vettel aus, danach Ernst. Im dritten Grab lag Radolf, im vierten der Franke. Wir haben nur die Verrückte nicht gefunden. Ich wette, sie ist mit den verlausten Bauern auf und davon gelaufen. Wir machten uns sofort auf den Weg zum Kloster. Vorher setzten wir noch eine Botschaft an Euch auf und sandten eine von den Tauben los, die Ihr Ernst mitgegeben hattet. Sie waren noch im Stall.«

»Wenigstens die Brieftaube ist angekommen«, versetzte der Kardinal zynisch, als hätte er Albert zugetraut, das Tier stattdessen aufzuessen.

Albert drehte sich um und sah Philipp mit einem fast nachdenklichen Blick an. »Ich meine, dieser Bursche hat es geschafft, Ernst *und* Radolf zu erlegen«, sagte er mit einem gewissen Erstaunen in der Stimme und als ob dies als Entschuldigung dafür gelten würde, dass auch er und seine Spießgesellen Philipp nicht hatten fassen können. Philipp erwiderte nichts darauf. Aude dachte daran, welche Umstände Philipp gemacht hatte, um Dionisia in Sicherheit zu bringen. Sie sagte vorsichtig: »Ernst wurde von Radolf getötet, nicht von Philipp.«

Der Kardinal warf ihr einen nachdenklichen Blick zu. »Und wer hat Radolf auf dem Gewissen?«

»Wir wissen es nicht«, erklärte Philipp. »Als wir ankamen, lag er tot in seiner Kammer.«

»Er sah ziemlich übel aus«, bekräftigte Albert. Er deutete auf sein Gesicht. »Alles ein einziger Brei.«

»Wo ist das Mädchen?«, fragte der Kardinal, aber er richtete die Frage an Philipp und Aude. Aude zuckte mit den Schultern.

»Der Pferdeknecht aus dem Dorf hatte ein Auge auf sie geworfen«, hörte sich Philipp sagen. »Ich nehme an, er hat sie zum Mitkommen überredet, als die Dörfler vom Tod ihres Herrn erfuhren und sich davonmachten.«

Giovanni da Uzzano zog ein Gesicht, aber er sagte nichts darauf. Er wandte sich wieder an Albert. »Ihr habt Euch nicht gerade ein Ruhmesblatt ausgestellt«, stieß er hervor. Albert ließ seinen Daumennagel fahren und rief. »Wir haben die Bauernschlampe in dem Dorf, den fahrenden Händler, den Pfaffen und Lambert mit seiner Familie aus Rotzbälgern beseitigt, ganz, wie Ernst es uns befohlen hat. Was können wir dafür, dass Ernst sich hat abstechen lassen, bevor die Arbeit beendet war?«

Der Kardinal machte eine rasche Handbewegung. »Schweigt jetzt!«, herrschte er Albert an. »Und geht mir aus den Augen.« Er drehte sich um und begegnete den Blicken Raimunds, der sich umgewandt hatte und den Kardinal nachdenklich musterte.

»Sie haben Thomas und Lambert auf dem Gewissen«, rief Philipp, der den Blick Raimunds gesehen hatte. »Was habt Ihr mit diesen Leuten zu schaffen, Herr?«

Raimund sah ihn an, dann wandte er sich wieder dem Kardinal zu, der zurück in die Kammer trat. Der Vorhang fiel herunter, und aus den gedämpften Stimmen, die gleich danach ertönten, war nicht herauszuhören, was Raimund und Giovanni einander zu sagen hatten. Philipp erwartete, dass sein Herr jeden Moment mit zornfunkelnden Augen aus der Kammer gestürmt käme. Als dies nicht geschah und auch die Stimmen hinter den Decken sich nicht erhoben, sank sein Mut.

»Was soll das?«, murmelte er und sah zu Boden. Er hatte Angst, ihm würde plötzlich speiübel werden. Aude betrachtete ihn und hätte gern seine Hand genommen, aber sie wusste, dass ihre Bewacher sie nicht zu ihm lassen würden.

Albert stapfte aufgebracht zu seinen Gefährten. Diese sahen ihm beinahe mitfühlend entgegen. »Möchte mal wissen, ob in den anderen Teilen des Reiches alles einwandfrei geklappt hat«, brummte einer, aber Albert winkte ab. »Wenigstens haben wir

Ernsts Gaul eingefangen; der ist was wert«, murmelte der andere. »Frage mich nur, wie das Biest allein bis vor das Kloster laufen konnte und wem der zerrissene Strick gehörte, den es um den Hals hatte.« Zusammen traten sie in den *donjon* hinaus. Die zwei ehemaligen Kumpane Ernsts folgten ihnen; offensichtlich akzeptierten sie nach dem Tod ihres Herrn jetzt Albert als ihren neuen Anführer. Aude hörte, wie sie sich draußen geräuschvoll auf die Bänke setzten und ihre Waffen und Helme ablegten. Der Saal schien auf einmal fast leer zu sein. Neben den vier Männern, die sie und Philipp bewachten, befanden sich nur noch drei andere Bewaffnete im Saal. Sie waren mit Raimund und dem Kanzler gekommen. Zwei davon trugen die Wämser der Wache des Kanzlers; der dritte trug ein anderes Wappen auf seinem Hemd. Es dauerte eine Weile, bis Aude die Heraldik erkannte: Es waren sieben schwarze Bäume vor einem grünen Hintergrund. Der Mann musterte Philipp, aber dann schien er Audes Blick zu bemerken und wandte sich ihr zu. Er nickte. Sie kannte ihn, wenn auch nicht dem Namen nach; es war einer der Bewaffneten von Raimunds Hof. Er sah von ihr zu Philipp und wieder zurück zu ihr und zuckte mit den Schultern. Philipp sah nicht auf. Aude war sich sicher, dass er den Bewaffneten noch gar nicht bemerkt hatte. Dessen Gesicht drückte Verwirrung aus, aber auch einen gewissen Unwillen gegenüber dem Umstand, dass man Philipp bewachte wie einen Verbrecher. Aude fragte sich, wem gegenüber der Mann seine Loyalität beweisen würde, wenn Raimund sich gegen Philipp stellte.

»Dem Herbergspächter scheint nichts zugestoßen zu sein«, sagte sie leise zu Philipp. Dieser nickte langsam.

»Ja. Die Bestie muss aus seinem Stall ausgebrochen sein. Er weiß vermutlich gar nicht, was das für ein Glück war.« Er sprach ebenso leise wie sie.

Zuletzt wurden die Decken von Radolfs Kammer erneut zurückgeschlagen. Der Kardinal trug die Pergamente wieder vor sich her, als handle es sich um einen wertvollen Schatz. Der Kanzler sah wie betäubt aus, während Raimunds Gesicht ausdruckslos war. Giovanni da Uzzano schritt zum Kamin und warf die Pergamente in die Flammen. Alle drei sahen zu, wie die Blätter sich kräuselten, zusammenkrümmten und dann aufflammten. Giovanni da Uzzano wandte sich mit einem erleichterten Gesichtsausdruck vom Feuer ab und rieb die Hände gegeneinander, als wären sie schmutzig geworden. »Glaubt Ihr mir jetzt, was ich Euch im Dom erzählte, Kanzler?«, fragte er. Peter von Vinea nickte wortlos.

Der Kardinal setzte sich wieder auf das Podium und winkte Philipps und Audes Wächtern zu. Sie wurden vor Giovanni da Uzzano geführt. Selbst im Halbdunkel des Saals konnte Aude jetzt die Furchen sehen, die Müdigkeit und Anspannung in das Gesicht des Kardinals gezeichnet hatten. Er sah zu ihr empor und sagte: »Alles, was ich von Euch wollte, war zu wissen, wie gut Ihr über die Aktivitäten Eures Mannes Bescheid wisst.«

»Warum?«

»Weil ich erfahren musste, ob er wirklich vorhatte, sich mit dem Kanzler zu treffen, und was er ihm mitteilen wollte.«

»Alles, was ich von Euch wissen möchte, ist, warum Ihr ihn getötet habt«, versetzte Aude mit fester Stimme. Der Kardinal verzog das Gesicht zu einem resignierten Lächeln.

»Ich musste vermeiden, dass er mich verrät«, sagte er.

»Geoffroi ist kein Verräter.«

»Das ist richtig«, erklärte der Kardinal. »Er taugte auch dazu nicht. Er war lediglich ein Versager. Ich frage mich, wie er es nur geschafft hat, eine Frau wie Euch zu heiraten. Soweit ich feststellen kann, seid Ihr die einzige wirkliche Errungenschaft, die man ihm zu Gute halten kann.«

Aude errötete vor Zorn.

»Er war kein Versager. Der Kanzler erwartete ihn bereits; er hat es geschafft, ihm eine Nachricht zukommen zu lassen«, sagte Philipp wütend.

»Ja, aber Ernst hat ihn rechtzeitig abgefangen. Dabei war alles ein Missverständnis. Welche Ironie, stimmst du mir nicht zu? Sein Tod war ebenso ein Missverständnis wie sein ganzes Leben. Ernst sollte auf Radolf achten, weil ich erfahren hatte, dass jemand dem Kanzler den Schlüssel zu einem kleinen Geheimnis verkaufen wollte, welches den Sturz des Kaisers zum Ziel hat. Ich verdächtigte Radolf, die Nachricht an den Kanzler geschrieben zu haben. Aber Ernst wollte nicht glauben, dass Radolf ein Verräter war; als er in Köln auf Audes Mann stieß, war er sicher, hier den wirklichen Verräter gefunden zu haben, und beseitigte ihn.«

»Ernst hat ihn aus meiner Kammer im ›Kaiserelefanten‹ entführt. Er wehrte sich, wobei die Kammer verwüstet wurde. Ich hielt es für sein Werk und dachte, er wollte mich bestehlen.«

»Sehr klug gefolgert. Das Lustige an der ganzen Geschichte ist, dass tatsächlich Radolf derjenige war, der die Nachricht an den Kanzler geschickt hatte. Minstrel hatte lediglich zum gleichen Zeitpunkt eine ähnliche Idee.«

»Warum das alles?«, rief Aude gequält. »Warum, warum, warum?«

»Aude, was hat Euer Mann Euch gesagt?«

»Nichts.« Sie straffte sich plötzlich und warf dem Kanzler einen Blick zu. »Ich weiß nur, dass er sich mit Euch treffen wollte. Er hat Euch für seinen Freund gehalten. Exzellenz – ich stelle mich unter Eure Obhut. Beschützt mich.« Der Kanzler wandte nur den Blick ab und sah zu Boden.

»Er kann es nicht, er steckt mit ihnen unter einer Decke«, stieß Philipp hervor. Er vermied es, seinen Herrn anzusehen. »Und er ist nicht allein dabei.« Raimund räusperte sich gewaltig, aber er antwortete nicht darauf. Der Kardinal wandte sich Philipp zu. »Was weißt du über die ganze Sache?«, fragte er.

Philipp lachte verächtlich. »Ich weiß, dass das Blut der Menschen, die auf Euren Befehl erschlagen worden sind, zum Himmel schreit«, stieß er hervor.

»Ach, Philipp, es gibt Wege, um dich zum Sprechen zu bringen«, sagte der Kardinal müde. »Wir haben es schon einmal exerziert, weißt du nicht mehr? Ernst schrieb, dass Cantat zu reden begann, als sie ihm die Fingernägel ausgerissen hatten und mit den Fußnägeln fortfahren wollten. Ich bin sicher, das würde bei dir auch funktionieren. Aber da ich nicht so viel Zeit habe, werde ich stattdessen deiner teuren Aude die Fingernägel ausreißen lassen.«

»Wenn Ihr das tut, Giovanni«, sagte Raimund mit heiserer Stimme, »sind wir Feinde.«

Der Kardinal wandte sich erstaunt um. »Ich dachte, es geht Euch nur um Euren Truchsess? Was liegt Euch an der Fränkin?«

»Ich kann nur wiederholen, was ich gesagt habe.«

Giovanni da Uzzano sah Raimund nachdenklich an. Der Kanzler richtete sich plötzlich auf und gab den zwei Bewaffneten aus seiner Begleitung einen Wink. Bevor Raimunds bewaffneter Knecht reagieren konnte, zielten die Spitzen zweier Spieße auf seine Kehle.

Mit zusammengepressten Lippen ließ er seinen eigenen Spieß zu Boden poltern.

»Ihr braucht seine Feindschaft jetzt nicht mehr zu fürchten«, sagte der Kanzler mit tonloser Stimme.

»Es ist nicht seine Feindschaft, die ich fürchte«, erwiderte der Kardinal langsam. »Es ist der Verlust seiner Freundschaft.«

Raimund starrte den Kardinal mit steinerner Miene an. »Es ist unerheblich, was die beiden wissen«, sagte er. »Was Ihr in die Wege geleitet habt, lässt sich nicht mehr aufhalten. Lasst sie laufen.«

»Das mag Euch genügen«, rief der Kanzler. »Mir nicht. Ihr seid beide unangreifbar. Ich dagegen bin dem Kaiser auf Gedeih und Verderb ausgeliefert. Wenn die beiden Nachricht zu ihm bringen über das, was hier geschehen ist und was wir besprochen haben, dann bin ich ein toter Mann. Frederico hat keine Nachsicht mit denen, die ihn hintergehen.«

»Und was schlagt Ihr vor?«, fragte der Kardinal.

»Wir töten sie. Ich stimme dem Herrn von Siebeneich zu: Es ist unerheblich, was sie wissen und was nicht. Tötet sie, und die Gefahr ist auf jeden Fall gebannt.«

Giovanni da Uzzano sah von einem zum anderen. Der Kanzler hatte zwei rote Flecken auf den Wangen. Raimunds Gesicht war noch immer so unbewegt wie zuvor.

»Tut, was er sagt, und Ihr habt den unerbittlichsten Feind Eures Lebens«, erklärte Raimund.

»Raimund, bitte«, sagte Giovanni da Uzzano und hob beide Hände.

»Was soll ich tun?«

Die drei Männer sahen sich an. Aude versuchte zu begreifen,

dass sie über ihren und Philipps Tod nachdachten – oder besser: Sie versuchte zu begreifen, dass ihr Leben möglicherweise bald enden würde. Sie zuckte zusammen, als der Kardinal das Wort wieder ergriff.

»Wir müssen uns beraten«, sagte er.

Er gab den Wächtern ein Zeichen, und diese führten Aude und Philipp weg. Philipp sah starr geradeaus, während Aude sich noch einmal umdrehte und den Blick Raimunds suchte. Er wich ihr nicht aus, aber seine Miene zeigte auch keine Regung. Audes Wächter steuerten die Treppe zum Obergeschoss an.

»Bringt sie zusammen in die Küche hinunter«, sagte der Kardinal. »Warum sollten wir sie jetzt noch trennen?«

Die Männer führten sie die Treppe hinunter und nahmen dann die Küche in Besitz. Die zwei, die Aude bewacht hatten, legten sich am Fuß der Treppe auf den Boden und wickelten sich in ihre Mäntel, während die beiden anderen sich auf den Block setzten und die Spieße ihrer Kameraden an sich nahmen. Philipp und Aude setzten sich neben den Kamin auf das Häufchen Stroh, das noch von Philipps erstem Aufenthalt übrig war. Nach kurzem Zögern legte Philipp seine Hand auf ihren Arm. Sie legte ihre Hand darauf. Die Wachen beobachteten sie und grinsten. Unwillkürlich zog Aude die Füße an und versuchte sie unter dem zerrissenen Rock zu verstecken. Philipp spürte die Kälte, als sie sie gegen seine Oberschenkel drängte, und er ließ ihre Hand los und begann die kalten Zehen zu kneten. Er beachtete die Männer nicht.

»Glaubst du, sie werden uns umbringen?«, flüsterte Aude nach einer Weile.

»Ich weiß nicht. Es steht nicht viel zwischen uns und dem Tod.«

»Nur dein Herr.«

»Ja«, sagte Philipp bitter. »Mein Herr. Der mich überhaupt erst in die ganze Angelegenheit verwickelt hat.«

»Er versucht uns zu helfen.«

Philipp antwortete nichts darauf. Innerlich kochte er vor Zorn: auf Raimund, auf den Kardinal, auf Peter von Vinea, auf sich selbst. Der Zorn war so stark, dass er die Angst kaum aufkommen ließ. Oben saßen die drei Männer und beratschlagten über Audes und sein Schicksal.

Einer der Wächter auf dem Boden brummte etwas über die Kälte in der Küche und richtete sich wieder auf. Er kroch zum Kamin und entzündete mit einiger Mühe ein Feuer. Während sein Kamerad offenbar eingeschlafen war, hockte er sich auf die Fersen, beobachtete die Flammen und schürte und fütterte sie, bis auch zu Philipp und Aude an der Flanke des Kamins ein Hauch von Wärme heranzudringen schien. Der Wächter machte ein zufriedenes Geräusch und rollte sich nicht weit von der Kaminöffnung entfernt wieder auf dem Boden zusammen.

Aude sagte nichts mehr. Nach einer Weile ließ sie den Kopf hängen und sank gegen ihn, und er spähte nach unten in ihr Gesicht und dachte, sie würde weinen. Aber er sah, dass sie stattdessen gegen den Schlaf ankämpfte. Sie sah wieder auf.

»Wie kann ich schlafen wollen?«, murmelte sie. »Es geht um unser Leben. Aber ich bin so müde, dass ich kaum mehr denken kann.« Sie schlang die Arme um den Leib und erschauerte.

Philipp rückte beiseite. »Hier, lehn dich gegen die Mauer des Kamins. Sie strahlt etwas Wärme ab.«

Aude protestierte, aber nicht lange. Sie rutschte auf Philipps Platz und drückte sich gegen die Wand. Philipp streckte beide Hände aus und schnürte vorsichtig sein Wams zu, das sie noch immer über dem Hemd trug. Sie ließ es geschehen, während sie ihn schläfrig anblinzelte. Zuletzt streifte er die Stiefel ab und zog sie ihr über die Füße. Sie zuckte, aber sie war schon fast eingeschlafen und zog nur die Beine an. Schließlich streckte er sich neben ihr auf dem Stroh aus. Er betastete seinen verletzten Fuß, aber außer dem Schmerz, den er bei der Berührung der Stelle empfand, die der Spieß getroffen hatte, fühlte er kaum Unbehagen mehr. Er zog den Fuß zu sich heran und sah, dass die Haut abgeschürft und von einem breiten Bluterguss verfärbt war. Er konnte die Zehen bewegen und den Fuß strecken und krümmen, auch wenn es schmerzte. Er horchte auf das Knistern des Feuers und die regelmäßigen Atemzüge Audes, und ohne dass er es selbst gewahr wurde, schlief er darüber ein.

Am folgenden Morgen wurden sie unsanft gerüttelt, bis sie erwachten.

»Rauf mit euch«, sagte einer der Wächter. Aude blinzelte und zupfte sich Stroh aus dem Haar. Als sie aufstand, stolperte sie über Philipps Stiefel und sah erstaunt nach unten. Dann streifte sie die Stiefel ab und reichte sie ihm.

»Danke«, sagte sie. Philipp schlüpfte in die Wärme, die Audes Füße darin hinterlassen hatten. Seine eigenen Füße waren eiskalt; die Wärme tat ihnen gut. Zu zweit taumelten sie nach oben. Philipps verletzter Fuß war steif und geschwollen, aber die Steifheit verschwand schon, noch während er die Treppe hinaufstieg. Auf den letzten Treppenstufen nahm Aude seine Hand, eine Geste, die ihn so überraschte, dass er stehen blieb.

»Werden sie uns jetzt töten?«, fragte sie mit kleiner Stimme, aber ihre Augen blieben fest auf sein Gesicht gerichtet. Er schüttelte den Kopf.

»Wenn sie uns töten wollten, hätten sie uns im Schlaf die Kehlen durchgeschnitten«, sagte er. Ihre Augen weiteten sich, doch er sah, dass ihre Verkrampftheit ein wenig nachließ. Betroffen stellte er fest, dass sie in dem festen Glauben die Treppe hinaufgeklettert war, dies sei ihr letzter Gang. Am liebsten hätte er sie in die Arme geschlossen. Das Bewusstsein, dass er sich keinesfalls so sicher über ihr Schicksal fühlte, wie es seinen Worten zu entnehmen gewesen war, hielt ihn zurück. Er hatte gesagt, was ihm gerade in den Sinn gekommen war. *Hätte ich diesen Gedanken bereits gestern gehabt, hätte ich sicherlich kein Auge zugetan.*

Oben hatte man die Tischplatte auf die Böcke gestellt und etwas zu Essen darauf ausgebreitet. Raimund und Giovanni da Uzzano saßen sich gegenüber und pickten getrocknete Fische und Hafer von der Platte. Philipp verzichtete darauf, ihnen zu sagen, dass mit dieser Platte etliche Leichname transportiert worden waren. Tatsächlich war sein Hunger so groß, dass er auf die einladende Geste des Kardinals hin eine Hand voll Hafer nahm und sie hastig in den Mund schob. Aude sah ihm zu, dann siegte auch bei ihr der Hunger über ihre Beklommenheit.

»Wo ist der Kanzler?«, fragte Philipp mit vollem Mund.

»Schon weggeritten«, erklärte der Kardinal. »Wir sind uns einig geworden.«

Philipp warf Raimund einen kalten Blick zu. »Dann nehme ich an, dass wir überleben werden«, sagte er zu Giovanni da Uzzano. »Ansonsten wäre wohl *er* weggeritten.«

»Das Erste stimmt, das Zweite bezweifle ich«, erwiderte der Kardinal. »Du kennst deinen Herrn zu schlecht.«

»Das habe ich mir gestern auch gedacht.«

Raimund verzog das Gesicht und schob die Schüssel mit dem Hafer aus seiner Reichweite, als ob er keinen Appetit mehr habe. Er versuchte Philipp in die Augen zu sehen, aber dieser wich seinem Blick aus.

»Was geschieht nun mit uns?«, fragte er heiser. »Wird uns die Zunge herausgeschnitten, die Augen ausgestochen und die Hände abgehackt, damit wir kein Zeugnis mehr ablegen können von Euren Schurkereien?«

»Aber nein«, sagte der Kardinal ungerührt. »Du wirst deinen Dienst bei Gott wieder aufnehmen.«

»Was soll das heißen?«

»Ihr werdet ins Kloster gehen, beide«, sagte Raimund und schien Mühe zu haben, ruhig zu sprechen. »Es gibt genügend Klöster, in denen Schweigegelübde herrschen. Ihr werdet eintreten und den Orden sowie die Klostermauern nie mehr verlassen.«

»Das tut Ihr mir an, nach allem, was Ihr über mich wisst?«, flüsterte Philipp.

»Ich wollte, dass du lebst, du und Aude«, sagte Raimund. Philipp lachte auf und wandte sich ab. »Ich will dieses Leben nicht«, stieß er hervor. »Nicht zurück ins Kloster.«

»Es ist entschieden«, sagte der Kardinal und stand auf. Er warf Philipp noch einen Blick zu und schritt nach draußen.

»Kommt Ihr, Raimund?«, fragte er.

»Ich will noch ein wenig hier bleiben. Ich habe es Euch erzählt; Katharina und ich ...«

»Schon gut«, erwiderte der Kardinal und lächelte ihm zu. »Gott behüte Euch, bis wir uns wiedersehen.«

»Ja«, sagte Raimund, ohne aufzusehen. »Bis wir uns wiedersehen.« Philipps Bewacher stießen ihn vorwärts, dem Kardinal hinterher. Seine Beine waren unbeholfen, und er stolperte. Er sah auf Raimunds gebeugten Kopf hinunter, aber sein Herr blickte nicht auf, als sie ihn vorbeiführten. Plötzlich stieg Philipp ein heißer Kloß in die Kehle.

»Ihr habt mich verkauft«, keuchte er, aber es war so leise, dass er bezweifelte, dass Raimund ihn hörte. Er hatte nicht genug Kraft, es lauter zu sagen. »Ich habe Euch vertraut wie keinem anderen, und Ihr habt mich verkauft.«

Der Platz vor dem Eingang wimmelte im Vergleich zu den Tagen, die er mit Radolf hier verbracht hatte, geradezu vor Leben. Giovannis Männer und die Leute Alberts bildeten eine Gruppe, die beiden Bewaffneten, die Raimund begleitet hatten, standen abseits. Sie nickten Philipp zu und schnitten finstere Gesichter, aber sie griffen nicht ein. Der Kardinal sah ihm erwartungsvoll entgegen. Als sein Blick sich hob und gleich darauf ein Lächeln seine Lippen verzog, wusste Philipp, dass sein Herr doch hinter ihnen die Treppe heruntergekommen war und im Eingang des *donjons* stand. Die Bewaffneten mit seinem Wappen auf den Hemden gaben sich einen Ruck und führten ihre Pferde in einem Bogen um die Gruppe des Kardinals herum zu ihm hinüber. Philipp hatte den Eindruck, dass Raimund etwas Abschließendes zu ihm sagen wollte, aber er gab ihm keine Chance dazu; er senkte den Kopf und schaute trotzig zu Boden.

Albert löste sich aus dem Kreis seiner Männer und trat Aude in den Weg. Sie sah zu ihm auf und wartete schweigend darauf, dass er beiseite trat. Ihre Bewacher blieben stehen. Philipp wandte seine Blicke von Giovanni da Uzzano ab und spähte über die Schulter zu ihr zurück. Er kniff die Augen zusammen, als er die Situation überblickte. Der Hafer lag plötzlich wie Blei in seinem Magen.

»Albert, Ihr übernehmt die künftige Schwester Aude«, sagte der Kardinal. »Bringt sie wie vereinbart zum Kloster der Heiligen Ursula nach Mainz, und wartet dort auf weitere Befehle.«

Aude schluckte und wurde bleich. Sie warf Philipp einen Blick zu, aber dieser fuhr schon herum und schrie: »Nein! Lasst das nicht zu!«

»Ich kann mich nicht mit Euch beiden abschleppen«, sagte der Kardinal kalt. »Früher oder später würdet Ihr ohnehin getrennt. Philipp, du kommst mit mir: Wir reisen über Köln und Aachen nach Lyon. Ich möchte dich in meiner Nähe haben. Du kannst mir zu Diensten sein.«

»Ihr könnt Aude nicht mit diesen Kerlen ziehen lassen!«, rief Philipp.

»Sie haben ihre Befehle«, erklärte der Kardinal. Albert sah zu ihm hinüber und nickte; dann zwinkerte er Philipp gut gelaunt zu. »Sie werden nichts tun, was darüber hinausgeht. Und ihr Befehl ist, Aude lebend im Kloster der Heiligen Ursula abzuliefern.«

»So ist es«, bekräftigte Albert und grinste zuerst Philipp, dann Aude an.

»Bitte ...«, begann Philipp.

»Es ist so entschieden«, sagte der Kardinal. »Steig auf dein Pferd, oder ich lasse dich hinaufheben und oben festbinden.«

»Ich werde für Euch arbeiten«, stieß Philipp hervor. »Alles, was Ihr wollt. Ich versichere Euch meiner Loyalität. Aber gebt Aude nicht in die Obhut dieser Tiere.«

Albert fuhr zusammen und richtete sich auf. Er ballte die Faust und knirschte: »Das werde ich mir nicht gefallen lassen.« Er stapfte zwei schwerfällige Schritte zu Philipp hinüber, bis der Kardinal seinen Namen bellte und ihn mit einem zornfunkelnden Blick aufspießte.

»Bitte«, sagte Philipp nochmals. »Ich schwöre Euch hier und jetzt absolute Treue, wenn Ihr wollt.«

»Aber Philipp«, erwiderte der Kardinal sanft. »Natürlich wirst du für mich arbeiten. Und natürlich wirst du mir loyal sein. Nach ein paar Jahren demütigen Schweigens, Arbeitens und Betens in einem bedeutungslosen Kloster am Ende der Welt wirst du mir *dankbar* sein, wenn ich dir eine Aufgabe stelle, die deinen Intellekt fordert. Und Aude wirst du bis dahin längst vergessen haben.«

Er wandte sich mit wehendem Mantel ab, noch bevor Philipp ein drittes Mal bitten konnte. Philipp ließ die Arme sinken. In diesem Moment wünschte er sich, man hätte ihnen tatsächlich im Schlaf die Kehlen durchgeschnitten. Er holte krampfhaft Atem und drehte sich zu Aude um. Aber sie wurde schon von Albert weggeführt, der sie mit einer geradezu galanten Geste am Ellbogen hielt und zu den Pferden führte, die für ihn und seine Gefährten bereitstanden. Es war ein leeres Pferd für Aude vorbereitet und drei weitere Tiere zum Wechseln. Die Bestie, sattellos und nicht zum Wechseln gedacht, war mit starken Lederbändern am Sattel von Alberts Pferd angebunden.

»Aude«, hörte sich Philipp sagen. Sie drehte sich nicht um. Sie hatte ihn vermutlich nicht einmal gehört. Albert bückte sich und faltete die Hände, um ihr in den Männersattel zu helfen. Sie deutete auf ihre bloßen Füße, und Albert bellte einen der ehemaligen Helfer Ernst Guett'heures an, der mit säuerlicher Miene seine Schuhe abstreifte und vor Aude auf den Boden stellte. Aude bückte sich und schlüpfte umständlich hinein, und Albert trieb die Galanterie so weit, sich dabei abzuwenden. Er wandte sein Gesicht wieder Philipp zu, der die Szene mit brennenden Augen beobachtete. Er blinzelte ihm ein zweites Mal zu, und bevor er sich abwandte, griff er sich mit einer gemütlichen Geste an den Schritt und wog sein Gemächt, als wolle er sicherstellen, dass es ihm zur Verfügung stand, wenn er es brauchte. Dann ritt Aude mit den fünf Männern zu Radolfs baufälligem Tor hinaus. Das Letzte, was Philipp von ihr wahrnahm, war, dass sie noch immer sein Wams trug.

Sie verließen Radolfs Haus eine ganze Weile nach dem Ausritt von Albert mit seinen Gefährten und ihrer Gefangenen. Sie waren zu zehnt: Giovanni da Uzzano, Philipp und die acht Bewaffneten des Kardinals. Philipp nahm sich vor, sich nicht umzudrehen, aber er tat es doch, als sein Pferd über die Planken der kleinen Brücke ritt, und spähte an drei Bewaffneten, die hinter ihm ritten, vorbei. Die zwei Männer Raimunds standen noch immer bei ihren Pferden, die Blicke zum Tor hinaus gerichtet, um Philipp hinterherzusehen. Philipp suchte die massige Gestalt seines Herrn, aber der Eingang zum *donjon* war leer, das dunkle, gähnende Loch, das er immer gewesen war. Wahrscheinlich saß er in der Kapelle und spielte mit den Kleiderfetzen Katharinas oder roch an ihrem spröde gewordenen Haarzopf. Philipp fühlte die Galle in sich aufsteigen, aber er schluckte sie hinunter und speicherte sie. Er wusste, dass er sie noch brauchen würde; sie würde ihn aufrecht halten müssen für die nächsten zwanzig, dreißig Jahre. Es war nicht leicht, seinen Zorn zu kultivieren, wenn man sich das vor Augen hielt; und noch weniger leicht, wenn man an Aude dachte, die mit zwei Wegstunden Vorsprung vor ihnen ritt, allein mit fünf Kerlen, die nach eigenem Bekunden nicht davor zurückgeschreckt waren, Frauen und Kinder niederzumachen. Bringt sie lebendig nach Mainz, hatte der Kardinal gesagt. Das war ein weiter Begriff. *Aber denk nicht daran; denk an deinen Zorn. Er ist dein einziger Freund. Dein Herr hat dich verraten, Minstrel, Galbert und Thomas sind tot, Johannes ist der Gefangene seines eigenen Abts.* Nicht einmal der Umstand, dass er Minstrel plötzlich zu seinen Freunden zählte, brachte ihn zum Lachen. Es gab nichts zu lachen mehr, wie es keine Scherze mehr in ihm zu geben schien. Philipp ließ den Kopf hängen und fühlte etwas in sich aufsteigen, das heiß und würgend war, und er erkannte erstaunt, dass es Tränen waren. Er drängte sie zurück. Es schien die einzige Fähigkeit zu sein, die ihm noch verblieben war: seine Tränen zu unterdrücken.

Der Kardinal, der an der Spitze geritten war, lenkte sein Pferd zur Seite und wartete, bis Philipp ihn eingeholt hatte. »Es war nicht richtig, deinem Herrn den Abschied zu verweigern«, sagte er. »Er hat dich damals aus dem Kloster geholt und dir zu einem neuen Leben verhelfen. Gestern hat er dich gerettet. Du hättest dich von ihm verabschieden sollen. Immerhin wirst du ihn nicht wiedersehen.«

Philipp sah nicht auf und gab auch keine Antwort. »Du denkst, dass du alles verloren hast, nicht wahr? Aber in Wirklichkeit hast du gewonnen. Du hast dein Leben gewonnen. Der Kanzler wollte dich tot sehen.«

»Aude«, flüsterte Philipp erstickt.

»Aude, Aude, Aude«, stieß der Kardinal hervor und warf die Hände in die Luft. »Zum zweiten Mal hast du gewonnen. Sieh, was du eingetauscht hast für sie: ein Leben des Studiums, des

Wissens, ein Leben an den Schnüren der Macht. Du siehst es noch nicht, aber du wirst dich beruhigen, und dann wirst du verstehen, was Raimund, der Kanzler und ich getan haben, und du wirst annehmen, was ich dir anbiete. Mit mir zusammen wirst du höher steigen, als du es dir in deinen kühnsten Träumen vorgestellt hättest. Was ist dagegen der flüchtige Taumel der Liebe, was ist dagegen die Witwe des Franken? Schönere und bessere Frauen werden sich darum prügeln, bei Tag deine Worte zu hören und dir bei Nacht ihre Worte ins Ohr zu flüstern, während sie sich unter dir winden.«

Philipp schwieg. Er hätte gerne gesagt, dass ihm von der Rede des Kardinals übel wurde. Es wurde ihm von seiner ganzen Person übel. Der Kardinal sah ihn eine Weile an und fuhr dann fort: »Ich will dir nicht schaden. Dazu ist mir dein Verstand viel zu wertvoll. Ich werde es dir beweisen. Was würdest du sagen, wenn ich dir eröffnete, dass Dionisia keineswegs mit den Bauern mitgezogen ist? Und dass sie es war, die Radolf erschlagen hat?«

Das drang durch den Panzer, den Philipp um sich zu schmieden versuchte. Er sah auf und begegnete dem Lächeln und den hochgezogenen Augenbrauen des Kardinals.

»Du hast sie irgendwo versteckt; ich nehme an, du hast arrangiert, dass man sie in einem Kloster unterbringt, womöglich noch unter falschem Namen, damit sie niemand finden kann – was völlig unnötig war, denn das Mädchen ist so verrückt wie ein Bär in der Abortgrube. Sie stellt für niemanden eine Gefahr dar, selbst wenn sie über alles genau Bescheid wüsste.« Philipp starrte ihn an.

»Das erzähle ich dir nur«, erklärte der Kardinal, »um dir zu beweisen, dass ich dir nicht übel will. Es gefällt mir, dass du versucht hast, das Mädchen in Sicherheit zu bringen, ungeachtet dessen, dass sie ihren Vater erschlagen hat. Du hast richtig erkannt, dass sie nicht für das verantwortlich ist, was sie tut.«

»Radolf war nicht ihr Vater«, knurrte Philipp. Der Kardinal lachte fröhlich.

»Dann weißt du ja mehr, als ich dachte. Nun, und ich weiß mehr, als Radolf jemals dachte. Soll ich dir sagen, was passiert ist? Dionisia hat nach Ernsts Tod das Schreiben gefunden, mit dem Ernst Radolf erpressen sollte. Sie fand heraus, dass Radolf und ihre Mutter damals das Komplott gegen ihren Vater gestrickt hatten und ihn umbrachten, damit sie heiraten konnten. Sie hat ihren Vater an Radolf gerächt.«

»Sie saß bei der Leiche, als wir sie fanden«, sagte Philipp matt.

»Wohin hast du sie bringen lassen?«

»Ich würde mir eher die Zunge abbeißen, als es Euch zu verraten.«

»Trotz allem, was ich dir erzählt habe? Du lässt dich nicht leicht überzeugen. Aber das ist nur eine weitere Eigenschaft, die ich an dir schätze. Wir werden viel Spaß miteinander haben. Erheitere mich weiter: Erkläre mir, was deiner Meinung nach der Grund zu all den Aktivitäten ist, die du miterlebt hast.«

»Ich weiß es nicht.«

»Oh, nur nicht so knurrig. Das ist langweilig.«

»Also gut«, stieß Philipp hervor. »Radolf wollte seine Heiratsdokumente an den Kanzler verkaufen. Ich nehme an, sein Preis waren die Anteile an der Erzmine. Durch Eure Kreaturen im Dienst des Kanzlers erfuhrt ihr davon. Ihr beauftragtet Ernst damit, Radolfs Pläne zu verhindern; aber Ihr wusstet, dass Ernst ein wenig schwer von Begriff war und nicht dazu neigte, seinen alten Waffengefährten des Verrats zu verdächtigen. Also ersannt Ihr einen zweiten Weg, um den Verkauf der Dokumente zu durchkreuzen: Während Ernst Euer Mann fürs Grobe war, der Radolf gegebenenfalls ermorden sollte, war es meine Aufgabe, durch freundliche Hinterlist an die Unterlagen zu kommen. Ihr botet Radolf genau das, was er haben wollte, aber um den Preis einer Fälschung der Besitzverhältnisse an der Mine. Es war Euch klar, dass ich von Radolf die Heiratsdokumente verlangen würde, weil ich in dem Glauben war, die Besitzrechte hingen mit seiner Hochzeit zusammen. Ihr habt damit gerechnet, dass Radolf sie mir zu guter Letzt geben würde, weil seine Gier seine Vorsicht verdrängen würde und er nicht ahnen konnte, dass Ihr über seinen Versuch, Euch zu verraten, längst Bescheid wusstet.«

Giovanni da Uzzano neigte lächelnd den Kopf.

»Was hättet Ihr getan, sobald er mir die Papiere ausgehändigt hätte?«

»Ernst hätte eine Botschaft erhalten. Es hätte wie ein Jagdunfall ausgesehen.«

»Vielleicht hätte es Ernst nicht getan.«

»Oh, es hätte Mittel und Wege gegeben, auch einen Ernst Guett'heure zu etwas zu zwingen, was er nicht gerne tun wollte.«

»Wollt Ihr die Wahrheit wissen?«

»Selbstverständlich.«

»Ihr kotzt mich an.«

Der Kardinal legte Philipp eine Hand auf die Schulter und sagte freundlich: »Philipp, normalerweise würde ich eine solche Beleidigung damit beantworten, dass ich dem Mann, der sie ausspricht, seine herausgerissene Zunge um den Hals hängen lasse. Das gilt auch für die Leute, die mich ein Schwein nennen. Du aber«, fuhr er lächelnd fort, »du bist kein Mann, sondern mein Werkzeug, und wie könnte ich beleidigt sein, wenn ein Stück Zeug quietscht, sobald man darauf tritt?«

Der Tag wurde heiß, wie es der Morgen angekündigt hatte, und am Nachmittag stand die Luft drückend über den Feldern. Sie kamen nur langsam voran; Giovanni da Uzzano schien es nicht eilig zu haben. Vielleicht genoss er seinen Triumph. Als sie in den Wald eintauchten, wurde ihnen endlich Erleichterung zuteil. Die Bewaffneten mit ihren Kettenhemden und den Helmen auf den Köpfen atmeten hörbar auf. Selbst der Straßenstaub stieg hier nicht so hoch. Die Vögel schienen die Kühle des Waldes ebenfalls zu schätzen; ihr Konzert war vielstimmiger als draußen, wo nur das schrille Gezirpe der Lerchen zu hören gewesen war, die über den Feldern auf und ab schnellten, ein Ton, der Philipp an dünne, ferne Schreie erinnert und seinen Körper mit einer Gänsehaut bedeckt hatte. Der Wald war ein dichter Mischwald, fast einem Urwald gleich links und rechts des Weges, und der Weg führte flach hindurch, ein Zeichen, dass er niemals stark frequentiert gewesen war und keine Gelegenheit gehabt hatte, sich tiefer in den weichen Waldboden einzugraben und zu einem Hohlweg zu werden. Das Gesträuch entlang dem

Weg, das bei häufiger bereisten Straßen oftmals zurückgestutzt wurde, um die Sicht der Reisenden zu erweitern, wucherte ungehemmt und wild. Der Kardinal hatte sich wieder an die Spitze gesetzt, mit der gemurmelten Bemerkung, er wolle Philipps Schweigen respektieren. Die Hufe seines Pferdes zerwühlten den Boden, den Philipp mit starren Augen nach den unleserlichen Spuren der Gruppe absuchte, die vor ihnen durch den Wald geritten war, als könnte er darin erkennen, welche der Huftritte von Audes Pferd stammten.

Giovanni da Uzzano zügelte so plötzlich sein Pferd, dass Philipps Gaul in es hineinrannte und erschrocken zur Seite sprang. Philipp hielt sich am Sattelrand fest und blickte überrascht auf. Eine berittene Gestalt stand auf dem Weg, das gesprenkelte Sonnenlicht ein flimmernder Vorhang auf seinem Mantel und dem Fell seines Pferdes. Das Pferd keuchte und schäumte um die Trense; es war hart geritten worden.

»Raimund«, sagte der Kardinal erstaunt.

»Ich habe es mir anders überlegt, Giovanni«, sagte Philipps Herr. »Philipp kommt mit mir.«

Der Kardinal schwieg einen langen Augenblick. »Was soll das bedeuten, Raimund?«, fragte er dann langsam.

»Was ich gesagt habe. Philipp wird weder in ein Kloster eintreten noch zu Euren Diensten sein. Ich hatte Zeit nachzudenken.«

»Aber wir haben mit dem Kanzler vereinbart ...«

»Der Kanzler kann mir gestohlen bleiben. Er soll sehen, dass er mit seinem Herrn ins Reine kommt, wenn die ganze Geschichte erst bekannt wird.«

Giovanni da Uzzano wandte den Kopf hin und her und suchte den Wald ab. Raimund schien allein zu sein, aber die zusammengekniffenen Augen des Kardinals verrieten, dass er nicht daran glaubte.

»Raimund, seid vernünftig«, sagte er drängend.

»Ich war noch nie so vernünftig wie jetzt.«

Der Kardinal seufzte. Was er erwiderte, schien ihm schwer zu fallen. Er sagte: »Ich habe Euch noch niemals bedroht, Raimund. Zwingt mich nicht jetzt dazu.«

»Ihr braucht mich nicht zu bedrohen. Ich bedrohe Euch. Gebt mir meinen Truchsess heraus, oder Ihr werdet es bereuen.«

Giovanni da Uzzano schwankte im Sattel hin und her. Eine dunkle Röte schoss plötzlich in sein Gesicht, und er ballte die Fäuste und schrie: »Womit bedroht Ihr mich, womit? Ich habe acht Männer! Sie stehen dicht hinter Eurem Truchsess und brauchen ihm nur die Spieße durch den Leib zu rennen, bevor Eure Knechte auch nur eine Bewegung machen können. Selbst wenn Ihr mich kriegt, werdet Ihr ihn nicht wieder lebendig machen. Und Eure zwei lächerlichen Knechte mit ihren Spießen werden Euch nicht davor bewahren, danach in Stücke gehauen zu werden.«

»Meine Knechte brauchen nur die Daumen zu senken«, erklärte Raimund ruhig. »Wir haben in Radolfs Speicher zwei Armbrüste gefunden, und es lagen eine Menge Bolzen dabei.«

Die Begleiter des Kardinals sahen sich unbehaglich an und begannen zu murmeln.

»Das soll ich glauben?«

»Wenn Ihr es nicht glaubt, werden Eure Männer dran glauben – *müssen!*«, versetzte Raimund, und Philipp sah ein kaltes Grinsen über sein Gesicht huschen.

»Sagt ein Wort, Exzellenz, und wir spießen den Burschen auf«, rief einer der Bewaffneten in Philipps Rücken. Der Kardinal schwieg.

»Im Namen unserer Freundschaft«, sagte er dann, und zum ersten Mal hörte Philipp, dass seine Stimme schwankte. »Tut mir und Euch das nicht an.«

»Im Namen unserer Freundschaft«, erwiderte Raimund, »versichere ich Euch, dass Eurem kostbaren Plan nichts geschieht. Philipp wird das Wenige, das er weiß, nie weitergeben. Dafür stehe ich mit meinem Wort.«

»Ich kann es nicht riskieren. Zu viel steht auf dem Spiel. Ich habe nicht jegliche Ränke geschmiedet, um sämtliche Mitwisser sich gegenseitig beseitigen zu lassen, nur damit ich am Ende einen laufen lasse.«

»Ihr riskiert nichts. Ihr habt mein Wort.«

»Madonna«, stieß der Kardinal hervor. »Ich wollte nie, dass

so etwas geschieht. Versteht doch, Raimund: Es steht *zu viel* auf dem Spiel.«

»Ich habe nichts mehr zu sagen. Philipp, komm herüber auf meine Seite.«

Philipp hob die Zügel mit Händen auf, in denen kein Gefühl zu sein schien. Seine Arme waren meterlang und die Finger an ihren Enden ungeschickt und steif. Er hörte, wie in seinem Rücken etwas knarrte, ein Sattel oder ein ledernes Wams, und plötzlich blühte zwischen seinen Schulterblättern eine prickelnde Stelle auf, die einen Schauer durch seinen ganzen Körper sandte. Er keuchte und versuchte sich umzudrehen.

Etwas sang an seinem Ohr vorbei und schlug mit einem dumpfen Geräusch auf. Er wandte sich noch immer um, mit unendlicher Langsamkeit. Einer der Bewaffneten hatte den rechten Arm mit seinem kurzen Spieß erhoben, und die Spitze zielte immer noch auf Philipp. Aber in der Achsel des rechten Armes, genau an jener Stelle, die nicht mehr durch das starre Leder geschützt war, stak der gefiederte Schaft eines Armbrustbolzens. Der Bolzen war durch die Achsel, durch die Sehnen und Muskeln gefahren und ragte zu einem guten Teil oben an der Schulter wieder heraus. Der Bewaffnete ließ den Spieß fallen und starrte ungläubig darauf, den Arm noch immer erhoben. Es trat kein Tropfen Blut hervor.

»Das war der schlechtere meiner beiden Schützen«, kommentierte Raimund scheinbar ungerührt. »Worauf wartest du noch, Philipp?«

Philipp ritt wie im Traum an Giovanni da Uzzano vorbei, der ihn mit ausdruckslosen Augen verfolgte. Hinter sich hörte er den fassungslosen Fluch des Verletzten und gleich darauf ein Ächzen, als der Schmerz einzusetzen begann. Raimund sah ihm mit steinerner Miene entgegen und wartete, bis Philipp mit seinem Pferd hinter ihm angekommen war. Es schien eine lange Strecke zu sein; die längste Strecke in Philipps Leben.

»Werft alle Waffen ins Gebüsch«, sagte Raimund. »Das gilt auch für Euch, Giovanni.«

Der Kardinal nickte. Er griff an seinen Sattel und nestelte an einer zusammengerollten Decke; sie rollte sich aus und ließ ein langes Schwert auf den Boden fallen. Die Männer des Kardinals warfen Spieße, Messer und lange Dolche zu allen Seiten auf den Boden.

»Absteigen«, befahl Raimund. »Bindet den Pferden die Zügel zusammen.«

Die Männer gehorchten ihm widerspruchslos. Einer von ihnen half dem Verletzten, der unterdrückt stöhnte, vom Pferd und stützte ihn. Der Mann war bleich.

Der Kardinal stieg als Letzter ab und gab sein Pferd dem Mann, der die anderen an den zusammengeknoteten Zügeln führte. Die neun Pferde bildeten eine stampfende, unruhige Masse, die kaum zu beherrschen war. Raimund winkte den Mann mit einem Kopfnicken zu sich herüber und befahl ihm, die Pferde an einen Baum zu binden.

»Leg dich neben dem Baum auf den Boden, Gesicht nach unten, Arme ausgestreckt«, sagte er. Dann sprang er vom Pferd, zog sein Schwert und stapfte zu den Pferden hinüber. »Wenn du nicht fest genug gebunden hast, wird es dir Leid tun.« Er setzte die Klinge in den Nacken des Mannes, trat vorsichtig beiseite und rüttelte an den zusammengebundenen Zügeln. Der Knoten hielt.

Der Kardinal stand mitten auf dem Weg, die Arme verschränkt, und musterte Raimund. Dieser trat zu ihm und schob das Schwert wieder in die Scheide zurück.

»Es ist keine Klinge zwischen uns«, erklärte er. »Ich bin froh, dass Eure Leute vernünftig waren.«

Der Kardinal erwiderte nichts; aber das Lächeln, mit dem er Raimund bis jetzt ständig bedacht hatte, brachte er auch nicht zu Stande. Raimund sagte über die Schulter: »Philipp, sammle alle Riemen ein, die du findest, und fessle die Männer an Bäume.«

Philipp stieg vom Pferd, erstaunt, dass seine Beine ihn trugen und dass seine Hände im Stande waren, vernünftige Arbeit zu leisten. Er löste Decken und Provianttaschen von den an den Baum gebundenen Pferden, die sich ob der unwillkommenen Enge gegenseitig drängten und stießen, und schnitt die Lederriemen ab, die sie an den Sätteln hielten. Dann drängte er sich durch eine Lücke im Gesträuch zu einer Gruppe junger Bäume, die nahe beieinander standen, und winkte den ersten Mann zu sich. Er ließ ihn den Baumstamm mit den Beinen umklammern und band ihn so sitzend fest; die Hände fesselte er ihm auf dem Rücken. Auf diese Weise füllte er sämtliche Bäume bis auf einen Mann. Es trat nur eine Verzögerung ein, als dem Verletzten der Bolzen aus der Achsel gezogen wurde und jemand dem halb Bewusstlosen ein Knäuel Moos auf die Wunde drückte und mit einem der Lederriemen festband. Als der letzte Mann sich anschickte, zu Philipp zu gehen, schüttelte Raimund den Kopf.

»Er kommt mit uns«, sagte er. Der Mann presste die Lippen zusammen und schluckte.

Der Kardinal gab sich einen Ruck und zwängte sich zu Philipp durch das Gebüsch. Er trat zu einem freien Baum, stellte sich mit dem Rücken dagegen und legte die Arme von hinten um den Stamm.

»Tut mir die Schande nicht an, mich wie einen gemeinen Verbrecher zu fesseln«, sagte er ruhig. Philipp sah zu Raimund hinüber, und dieser nickte. Philipp band den Kardinal aufrecht an den Baum.

Raimund winkte den letzten freien Knecht des Kardinals zu sich und band ihm die Hände auf den Rücken. Dann trat er zurück.

Seine Schultern sanken plötzlich nach unten.

»Ihr könnt herauskommen«, sagte er kaum hörbar. Die beiden Bewaffneten, die seine Begleitung gewesen waren, wanden sich an zwei unterschiedlichen Stellen aus dem Gebüsch, Zweige und Blätter in die Waffenhemden und Helme gesteckt wie zwei zerzauste, vom Wind fast entlaubte Bäume. Nur einer von ihnen trug eine Armbrust, der andere war lediglich mit seinem Spieß bewaffnet.

Philipps Augen weiteten sich. Giovanni da Uzzano lachte leise.

»Sehr geschickt gemacht, Raimund«, sagte er. »Natürlich keineswegs ritterlich, aber äußerst effizient.«

»Wir beide wissen, wann Ritterlichkeit und wann Effizienz angebracht ist.«

Der Kardinal nickte. »Allerdings.« Er zauberte sein Lächeln wieder auf sein Gesicht. »Was nun?«

»Wir nehmen Euren Knecht mit uns. Wenn wir genug Vorsprung haben, lassen wir ihn frei. Er kann zurücklaufen und Euch alle losbinden.«

»Bis wir Euch einholen können, habt Ihr Euren Hof erreicht; und wer Euch dort belagern wollte, wäre ein Dummkopf.«

»Das ist wahr.«

»Wenn Strauchdiebe kommen, sind wir vollkommen wehrlos«, sagte der Kardinal und wies mit dem Kinn auf seine gefesselten Männer.

»Hier gibt es keine Strauchdiebe. Hier ist noch nie jemand vorbeigekommen, den zu überfallen sich gelohnt hätte.«

»Raimund, warum tut Ihr dies alles?«

»Um Philipp zu befreien, was sonst?«

»Das meine ich. Ist er Euch mehr wert als unsere Freundschaft?«

Raimund schwieg. Er verzog das Gesicht, als würde ihn ein Zahn schmerzen. Schließlich sagte er leise: »Ich bin es ihm schuldig.«

Giovanni da Uzzano sah von Philipp zu Raimund und wieder zurück. Er nickte langsam.

»Ich sehe«, sagte er, und dann brach er plötzlich in Lachen aus.

»Das war mein Fehler, schätze ich. Ich habe nicht genau genug hingesehen. Lebt wohl, mein Freund.«

Am Ende des Waldes wartete Raimund, sein Pferd noch immer dampfend von dem scharfen Ritt, den er ihm aufgezwungen hatte, ohne auf seine langsameren Begleiter zu achten. Der Tag neigte sich bereits deutlich dem Abend zu. Der Weg durch den Wald war lang gewesen, und Philipp war ihn mit einem nur langsam weichenden Gefühl der Betäubung geritten. Philipp lenkte seinen Gaul an seine Seite, und Raimund zog den Kopf seines Tieres herum und passte seinen Schritt dem von Philipps Pferd an.

»Ich möchte die gleiche Frage stellen wie der Kardinal«, sagte Philipp. »Warum habt Ihr mich befreit?«

»Als Giovannis Botschaft mich erreichte, ich solle ihn in Radolfs Haus treffen und nicht darüber erstaunt sein, wenn ich unterwegs auf den Kanzler stieße, war kurz vorher ein Bote für Giovanni auf dem Hof angekommen. Er hatte ihn in der Stadt gesucht, und man hatte ihn nach längerem Suchen zu mir hinaus verwiesen. Der Bote teilte mir mit, dass der Papst auf dem Konzil den Kaiser erneut gebannt und abgesetzt habe.«

Philipp sah ihn schweigend an.

»Das ist es, was Giovanni die ganze Zeit erreichen wollte: die Absetzung des Kaisers. Er hat sein Ziel erreicht. Deshalb sah ich keinen Sinn mehr darin, dich hinter Klostermauern einzusperren.«

Es klang nicht vollkommen aufrichtig, aber Philipp begnügte sich damit.

»Weiß der Kardinal schon davon?«

»Ich habe es ihm nicht gesagt.«

»Warum habt Ihr ihm nicht gesagt, dass seine Saat bereits aufgegangen ist? Dann hätte er leichter klein beigegeben.«

»Vielleicht wollte ich wissen, wie viel seine Freundschaft wirklich wert war.«

»Sie war nichts wert. Er ist ein Schurke und ein Mörder.«

»Sie war sehr viel wert. Er hat dich laufen lassen. Glaubst du vielleicht, dass der Bolzenschuss mehr als ein Zufallstreffer war? Ich dachte, es würde nie so weit kommen, dass Bruno schießen müsste. Als ich den Schuss hörte, dachte ich, mir bleibt das Herz stehen.« Er drehte sich um und fragte den Bewaffneten, der sich den Riemen der Armbrust über die Schulter geschlungen hatte: »Worauf hast du gezielt?«

»Auf das Pferd«, sagte Bruno und zuckte entschuldigend mit den Schultern.

Raimund wandte sich wieder zu Philipp um.

»Giovanni hat das ganz genau gewusst. Er hat meinen Trick durchschaut; vielleicht nicht ganz zu Anfang, aber doch sehr bald.«

»Warum hat er dann erst den Schuss abgewartet?«

»Weil er sonst sein Gesicht verloren hätte.«

»Aber der Knecht hat einen hohen Preis dafür bezahlt.«

»Der Knecht hätte dir seinen Spieß in den Rücken gerammt«,

sagte Raimund hart. »Er hat es selbst so gewählt.« Philipp zügelte sein Pferd, Raimund tat es ihm gleich und sah ihn erstaunt an. »Was ist los?«, fragte er.

»Ich sollte Euch danken dafür, dass Ihr mich befreit habt«, sagte Philipp. »Aber ich kann nicht vergessen, dass ich durch Eure Schuld erst in diese Lage geraten bin.«

»Ich weiß. Ich werde dir alles erklären, sobald wir zu Hause sind.«

»Ich habe einen ganz anderen Wunsch.«

»Welchen?«

»Aude«, sagte Philipp grimmig in die beginnende Abenddämmerung. »Ihr müsst mir helfen, sie zu befreien.«

Raimund schnaubte. »Wie stellst du dir das vor?«

»Ich weiß nicht, wie ich mir das vorstelle. Aber ich brauche Eure Hilfe dazu.«

»Philipp«, sagte Raimund leise und beugte sich zu ihm hinüber. »Ich will deine Gefühle nicht verletzen, aber du weißt so gut wie ich, was diese Kerle mit Aude angestellt haben, sobald sie außer Reichweite des Kardinals waren. Sie ist totes Fleisch.«

»Nein!«, rief Philipp. »Nein! Sie müssen sie lebend nach Mainz bringen.«

»Ein zuckendes Bündel, das in jeder Nacht mehrmals vergewaltigt und gequält wurde, ist auch noch am Leben«, knurrte Raimund. »Schlag sie dir aus dem Kopf.«

Philipp starrte ihn an. Er konnte nicht verhindern, dass ein Schauer seinen Rücken hinunterlief und seinen Magen zusammenzog. Raimund hatte nur das ausgesprochen, was er selbst nicht zu denken wagte.

»Es ist noch nicht Nacht«, sagte er hoffnungsvoll. »Sie werden das Tageslicht dazu nützen, um vorwärts zu kommen. Die Straße nach Mainz geht erst in der Nähe von Köln nach Süden ab. Sie müssen erst einmal in die gleiche Richtung wie wir. Eine Strecke weiter vorne sind Köhlerhütten. Ich nehme an, sie werden dort die Nacht zubringen. Wir können sie überfallen.«

»Philipp, das sind fünf kampferprobte Männer. Wir sind nur vier, und keineswegs kampferprobt. Der Einzige, der es mit ihnen aufnehmen könnte, bin ich, und ich bin alt.«

»Wir haben das Überraschungsmoment auf unserer Seite.« Philipp wandte den Blick von Raimund ab. »Kommt mit, oder lasst es. Aber ich werde sie zurückholen.«

Raimund seufzte. Er drehte sich zu den beiden Männern um, die in einigem Abstand zu ihnen stehen geblieben waren. Der gefesselte Knecht des Kardinals sah ihn erwartungsvoll an. Seine Angst schien sich gelegt zu haben. Raimund drehte sich wieder um und musterte Philipps Gesicht. Dann rief er zu seinen Männern nach hinten: »Philipp denkt, wir sollten uns heute auch einmal ritterlich verhalten, nachdem wir bisher nur effizient waren.«

Die beiden Männer sahen sich erstaunt an und zogen dann grinsend die Augenbrauen hoch. Raimund deutete auf den Gefesselten.

»Lasst ihn absteigen und schneidet seine Fesseln auf. Er soll zurücklaufen.«

Er sah Philipp ins Gesicht und sagte: »Ich helfe dir.«

Philipp antwortete nicht; für den Moment war der Aufruhr in ihm zu groß. Er wendete bereits sein Pferd. Raimund setzte langsam hinzu: »Ich tue es für dich, nicht für sie.«

Wellen im Teich

Sie ritten in gemäßigtem Trab weiter. Raimund hatte Philipp davon überzeugt, dass sie, um den Überraschungseffekt zu nutzen, warten mussten, bis das Tageslicht tatsächlich geschwunden war. Philipp, in einem Zustand fiebriger Unruhe und gleichzeitig von wilder Hoffnung erfüllt, gab zögernd nach. Raimund hielt sich an seiner Seite. Nach einigen Minuten des Schweigens sagte er: »Was hat der Kardinal dir erzählt?«

»Er hat nur beantwortet, was ich mir selbst schon zusammengereimt hatte. Radolf versuchte, den Kardinal an den Kanzler zu verkaufen. Der Kardinal schickte ihm dafür Ernst auf den Pelz. Der Schlüssel zu allem waren Radolfs Heiratsdokumente. Ernst sollte mit Gewalt an sie herankommen, ich mit List. Das ist alles.«

Raimund dachte einen Moment nach, »Weißt du auch, wozu die Dokumente der Schlüssel sind?«

»Natürlich«, seufzte Philipp. »Giovanni lässt die Dokumente fälschen, die über Karolus Magnus existieren.«

»Wie hast du das herausgefunden?«, rief Raimund überrascht.

»Der neue Archivar im Kloster Sankt Peter, ein Bruder Pio, hat angeblich Dokumente gefunden, die sein Vorgänger, Bruder Fredgar, falsch einsortiert und vergessen hatte. Der Kämmerer des Klosters, Bruder Johannes, war mit mir Novize. Er hat mir heimlich einen Stoß von Unterlagen mitgegeben. Ich hatte im Kloster nur einige Minuten Zeit, sie durchzusehen, und ihre Bedeutung wurde mir erst nach und nach klar. Johannes war überrascht und freudig erregt, als er die neuen Unterlagen über Karolus zum ersten Mal zu Gesicht bekam. Er sah darin die große Hoffnung für das Ende des Krieges zwischen Kaiser und Papst. Bei näherem Studium scheint ihm aber aufgefallen zu sein, dass alles eine Fälschung ist. Er wollte, dass ich darüber Bescheid wusste; deshalb packte er nicht nur einige der neuen Dokumente zusammen, sondern legte mir die Originalunterlagen bei, von denen die Fälschungen abgeschrieben wurden. Es waren scheinbar nicht mehr viele Originaldokumente im Archiv vorhanden; Bruder Pio hat fast alle schon fortschaffen lassen.« Er dachte ein paar Augenblicke lang nach.

»Anfangs glaubte ich, die gefälschten Unterlagen seien tatsächlich so alt und echt, wie es Bruder Pio dargestellt hatte, und Fredgar hätte sie versteckt, um dem Kaiser zu helfen. In Wahrheit war das einzige Unregelmäßige in seinem Leben die Sauferei. Er hätte es niemals zugelassen, dass Fälschungen seine Originaldokumente ersetzten. Deshalb musste er sterben. Und für Bruder Pio war es wahrscheinlich ein Geschenk des Himmels, als er auf Fredgars Wein- und Bierlager stieß und jeder den Treppensturz des alten Archivars auf einen Rausch zurückführte.« Philipp schnaubte und schüttelte den Kopf. »Vorspiegelungen, wohin man blickt. Wie auch immer, Johannes gab mir mit, was er in der kurzen Zeit zusammenraffen konnte. Die Kirche ändert alle Ereignisse im Leben des Karolus Magnus ab, auf die der Kaiser seinen Machtanspruch stützt. Aus seiner Selbstkrönung haben sie eine Krönung durch den Papst werden lassen, aus seiner Strafexpedition gegen die räuberischen Sachsenstämme eine christliche Missionierung, und wo immer sie konnten, haben sie ihn als Gönner, Förderer und Beschützer der Kirche hingestellt. Sie haben ihn sogar die Landschenkung von Kaiser Konstantin an die Kirche bekräftigen lassen, aus der der Kirchenstaat entstanden ist.«

»Das alles ist nicht nur Giovannis Werk«, unterbrach ihn Raimund.

»In allen Herzogtümern des Reichs waren Bischöfe, Kardinäle und andere klerikale Würdenträger an dieser Aktion beteiligt. Vor ein paar Monaten meldeten sie an den Papst, dass ihre Arbeit so gut wie abgeschlossen sei und der Sturz des Kaisers gefahrlos in die Wege geleitet werden könne. Die abgeänderten Dokumente würden ihm die Unterstützung sowohl der Fürsten als auch des Volkes entziehen und ihn als einen Usurpator hinstellen, der aus bösem Willen die ganze Zeit über die Schriften falsch interpretiert oder unterdrückt hat. Deshalb rief der Papst das Konzil ein, das nur den einzigen Grund hatte, den Kaiser abzusetzen. Die Fälschungen, die sich über Jahre hinwegzogen, liefen überall reibungslos; bis auf das Herzogtum Niederlothringen. Radolf hätte beinahe alles über den Haufen geworfen mit seinem Versuch, die Geschichte dem Kanzler zu verkaufen.«

»Aber der Kardinal und der Kanzler waren doch verbündet.«

»Giovanni hat ihn zu einem Treffen im Dom gebeten und die Verschwörung aufgedeckt. Das war, wenn man so sagen will, Flucht nach vorn. Er hoffte, den Kanzler mithilfe von Radolfs Dokumenten zu überzeugen, dass jeder Widerstand gegen die Schachzüge der Kirche sinnlos sei und er den Kaiser nicht länger unterstützen solle.«

»Ich verstehe nicht, wieso er das riskiert hat. Er hatte Radolf doch durch Ernst bereits in seiner Hand.«

»Weil er erfahren hatte, dass noch jemand an den Kanzler herangetreten war und ihm etwas über eine Sache erzählen wollte, die den Thron des Kaisers in Gefahr bringe.«

»Minstrel.«

»Genau. Ernst hatte ihn zu diesem Zeitpunkt bereits getötet, aber Giovanni war nicht sicher, ob er nicht schon mit dem Kanzler gesprochen hatte. Er musste in Erfahrung bringen, was Peter von Vinea wusste, und vor allem für den Fall vorbauen, dass es noch jemanden dritten gäbe, der Ähnliches im Schilde führte.«

»Deshalb jagte er hinter Aude her, sobald er durch seine Kreaturen am Hof des Kanzlers erfahren hatte, dass sie sich ebenfalls in der Nähe befand.«

»Und deshalb war er so nervös. Während der letzten paar Tage sah es plötzlich so aus, als ob eine Aktion, die in jahrelanger Geduldsarbeit begonnen und fast fertig gestellt worden war, scheitern würde. Und er hätte dafür die Verantwortung getragen.«

»Ihr versucht noch immer, ihn zu verteidigen. Ihr wisst nicht, wie er mit mir gesprochen hat.«

»Ich weiß, dass er dich und mich hat laufen lassen.«

»Wie seid Ihr überhaupt in die ganze Geschichte gekommen?«

»Giovanni weihte mich in den Plan ein und bat um meine Hilfe.«

»Und Ihr habt Partei ergriffen, ganz gegen Eure sonstige Gewohnheit.«

»Zum ersten Mal, seit ich von der Wallfahrt ins Heilige Land zurückgekommen bin. Giovanni überzeugte mich, dass ich mich nicht mehr heraushalten konnte. Er sagte, das tausendjährige Reich stünde vor der Tür, und es liege nicht zuletzt an mir, ob darin der Erlöser oder der Antichrist herrschen würde.«

»Warum habt Ihr Euch nicht auf die Seite des Kaisers gestellt? Seid Ihr auch davon überzeugt, dass er der Antichrist ist?«

Raimund schwieg einen Moment lang. »Giovanni erklärte mir seinen Plan, wie er an Radolfs Dokumente herankommen wollte«, sagte er dann, ohne Philipps Frage zu beantworten. »Ich schlug dich vor.«

»Warum mich?«

»Weil ... Du schienst der Einzige zu sein, der diese Aufgabe erledigen konnte. Und es hätte den Kardinal auf ewig in deine Schuld gebracht. Du wärst seiner Unterstützung für immer sicher gewesen.«

»Es ist also nur zu meinem Besten geschehen«, höhnte Philipp.

Raimund antwortete nichts darauf. Er senkte den Kopf und betrachtete den Hals seines Pferdes. Beinahe begann Philipp, seine harten Worte zu bereuen.

»Ich glaube, da vorn kommen die Köhlerhütten in Sicht«, meldete Bruno von hinten. Er hatte sich im Sattel hochgereckt und spähte die Straße entlang. Dämmerung fiel bereits hernieder und löschte die Einzelheiten in den Schatten aus. Die Hütten waren drei kleine, leblose Klötze auf ihrer verbrannten Lichtung am Waldrand.

»Wir teilen uns«, befahl Raimund. »Jeder von euch dreien stellt sich vor einen der Hütteneingänge. Ich bleibe auf dem Pferd und rufe die Kerle heraus. So ist es egal, aus welcher der Hütten sie herausstürzen. Wir kriegen sie in den Griff. Wenn einer davonläuft, setze ich ihm hinterher.«

Sie lenkten die Pferde in den weichen Boden neben der Straße und näherten sich den Köhlerhütten bis auf wenige Dutzend Mannslängen, bevor Raimund ihnen befahl abzusitzen. Im großen

Köhlerofen knackten Zweige, und je dunkler es wurde, desto deutlicher wurde durch die Öffnungen das schwache Glimmen der Glut in seinem Inneren sichtbar. Von den Hütten waren die ununterscheidbaren Geräusche zu hören, mit denen sich eine kleine Anzahl Menschen auf die Nachtruhe vorbereitet. Philipp spürte, wie die Blicke Raimunds des Öfteren zu ihm abirrten. Er wusste, was sie bedeuteten; er versuchte sich auf die wenigen Laute zu konzentrieren und herauszuhören, wo Albert und seine Spießgesellen sich aufhielten und was sie taten. Raimund sah sich noch einmal um und winkte sie dann mit einer Hand vorwärts. Sie banden die drei Pferde aneinander und fesselten ihre Vorderbeine; dann schlichen sie durch das düsterer werdende Licht voran. Raimund stieg ebenfalls ab und folgte ihnen, sein Pferd hinter sich herziehend. Philipp sah, dass er ihm die Nüstern zuhielt.

Bruno und der andere Waffengefährte Raimunds nahmen lautlos Aufstellung vor ihren jeweiligen Eingängen, Philipp huschte zu der Hütte hinüber, in der er selbst geschlafen hatte, als er die Gastfreundschaft der Köhler genossen hatte. Sein Herz klopfte vor wilder Aufregung, und sein Mund war trocken. Eine seiner größten Ängste war gewesen, aus einer der Hütten Audes Schreien zu hören. Die Stille beruhigte ihn. Er ließ den Gedanken nicht an sich heran, dass sie auch Schlimmeres bedeuten konnte. Er hörte das leise Knarren eines Sattels und wandte sich um. Raimund war wieder aufgestiegen und zog langsam sein Schwert aus der Scheide. Er wirkte bulliger und größer denn je, wie er als düsterer Schatten vor dem sich verdunkelnden Himmel aufragte.

»Kommt heraus, oder wir zünden Euch die Hütten über den Köpfen an!«, donnerte Raimund, und in der Stille war es so unerwartet, dass selbst Philipp zusammenzuckte. Nach einem Moment entsetzten Schweigens ertönten schrille Rufe aus dem Inneren der Hütten. »Versucht die Köhler ungeschoren zu lassen!«, zischte Raimund, als die erste der kruden Holztüren aufflog.

Sie hatten wieder so geschlafen, wie sie es mit Philipp in ihrer Mitte getan hatten: die Frauen und Kinder in einer Hütte zusammen. Bruno und sein Kamerad stellten ihren herausstürzenden Wächtern die Spieße zwischen die Beine und brachten sie zu Fall.

Aus Philipps Hütte drängten mehrere Männer hervor und stürzten sich nach einer Schrecksekunde auf Philipp. Raimund brachte sein Pferd mit einem Sprung zu ihm hinüber; sie wichen erschrocken zurück. Philipp überflog ihre rußgeschwärzten Gesichter und drang dann in die Hütte ein. Raimund sprang vom Pferd, aber Bruno war noch schneller und folgte Philipp in die dunkle Öffnung. Der zweite Bewaffnete trieb die männlichen Köhler und die zitternd ins Freie taumelnden Frauen und Kinder in der Mitte zwischen den Hütten zusammen.

Aus dem Inneren der Hütte ertönten Schreie und Handgemenge, dann folgten zwei geduckte Männer, die von Philipp und Bruno mit Fußtritten nach draußen geprügelt wurden. Es waren die zwei Helfer Ernsts. Sie sahen sich gehetzt um und drängten dann vor Raimunds gezogener Klinge zurück.

»Wo sind die anderen?«, brüllte Philipp mit sich überschlagender Stimme. Er packte einen der beiden an seinem Wams und schüttelte ihn. Es war der mit der Binde um seine Nase. Der Mann begann zu stottern. »Wo sind sie? Wo ist Aude?« Philipp holte aus und schlug dem Mann ins Gesicht. Dieser krümmte sich zusammen und versuchte seinen Kopf zu schützen. Er geriet ins Stolpern.

»Philipp!«, stieß Raimund hervor. Philipp blieb mit erhobener Faust stehen und starrte ihn an. »Sie sind nicht da!«, rief er. »Nur diese zwei Bastarde hier, sonst niemand.« Er ließ die Faust schwer atmend sinken.

Raimund hob die Spitze seines Schwerts ein wenig an und ließ es in die Richtung der beiden Gefangenen zeigen. »Wo sind Alberts Männer und die Frau?«, fragte er beinahe freundlich. Die beiden blickten die Spitze der breiten Klinge an und von da in Raimunds Gesicht. »Schnell, wo sind sie?«, fragte er nochmals.

»Sie haben sich im Wald von uns getrennt«, sprudelte der Unverletzte hervor. »Sie haben uns fortgeschickt.«

»Und sie selbst, wo sind sie?«, schrie Philipp. Er gab ihm einen Stoß, dass der Mann über seine eigenen Beine stolperte und zu Boden fiel.

»Ich glaube, sie wollten im Wald lagern ...«

»O Gott!«, rief Philipp. »Sie sind im Wald geblieben. Wir sind an ihnen vorbeigeritten und haben sie nicht gesehen!« Raimund trat an den Liegenden heran. »Meinst du, dir fällt noch eine andere Version ein, wenn ich meine Klinge in deinen Gedärmen herumdrehe?«, erkundigte er sich. »Fragt die Köhler, fragt die Köhler!«, kreischte der Mann. »Wir sind allein hergekommen. Albert hat uns weggeschickt. Er hat gesagt, das Weib reicht nicht für alle.«

Philipp schrie auf und trat ihn in die Seite. »Was hat er gesagt? Was hat er gesagt?«, brüllte er. Raimund packte ihn und zog ihn beiseite.

In seinem harten Griff kam Philipp wieder zu sich. »Aude ist nicht hier«, sagte Raimund laut. »Das kannst du auch nicht ändern, wenn du ihn erschlägst.«

Philipp schnappte nach Luft. »Wir müssen in den Wald zurück«, stieß er dann hervor. *O Gott, Aude*, dachte er entsetzt, *ich habe es genau falsch gemacht.*

»Es ist vollkommen dunkel, bis wir dort sind. Du hast gesehen, wie verfilzt das Dickicht ist. Wir finden sie niemals. Außerdem laufen wir Giovanni und seinen Leuten in die Hände. Es dauert nicht mehr lange, dann hat der Kerl, den wir freigelassen haben, ihn wieder erreicht und befreit.«

»Sie haben keine Fackeln bei sich. Sie werden nicht weiterreiten. Entweder sie versuchen Radolfs Haus zu erreichen, oder sie kampieren im Wald, dort, wo wir sie zurückgelassen haben.«

»Damit kannst du Recht haben«, brummte Raimund. »Dennoch ist es Irrsinn, jetzt in den Wald zurückzureiten.«

»Wir haben keine andere Wahl!«, rief Philipp.

»Und wo willst du zu suchen anfangen?«

»Sie können nicht weit ab vom Weg sein«, stieß Philipp hervor.

»Der Wald ist fast undurchdringlich. Sie werden ein Feuer machen. Wir können es sicher vom Weg aus sehen.«

»Wenn sie nicht weit vom Weg ab lagern, dann haben sie uns vorbeikommen sehen ...«

»Umso besser. Sie werden sich zusammenreimen, dass Ihr mich befreit habt. Dann rechnen sie nicht mit unserer Rückkehr.«

»Ich schätze, du wirst auf alles, was ich sage, ein Gegenargument finden«, murmelte Raimund.

Philipp erwiderte nichts darauf. Er sah ihn nur an. Seine Wortlosigkeit überzeugte Raimund mehr als alles andere von seiner Verzweiflung.

»Also gut«, sagte er leise. »Reiten wir zurück.«

»Und die beiden?«, fragte Philipp.

»Was ist mit ihnen? Ich dachte, du wolltest Aude hinterher.«

»Sie sind Ernsts Totschläger, genau wie Alberts Leute. Wahrscheinlich haben sie Minstrel auf dem Gewissen.«

»Willst du die Toten rächen oder versuchen, die Lebenden zu retten?«

Philipp wandte sich wortlos ab und stapfte davon. Raimund wandte sich an die Köhler, die die Vorgänge mit weit aufgerissenen Augen verfolgt hatten. Er kramte in seiner Gürteltasche herum und fand ein paar Münzen. Er hielt sie ihnen mit ausgestreckter Hand entgegen. Als niemand Anstalten machte, sie zu nehmen, ließ er sie zu Boden fallen. »Für den Schreck, den wir euch verursacht haben«, brummte er. Er steckte sein Schwert zurück und stieg in den Sattel. »Die Kerle, die ihr beherbergt habt, sind Gesetzlose«, erklärte er dann. »Mir an eurer Stelle würde es nicht gefallen, dass sie jetzt darüber Bescheid wissen, wie viele ihr seid und wie ihr euch verteidigen könnt.«

Er wendete sein Pferd um und trabte Philipp hinterher, der zu den Pferden zurücklief, so schnell er konnte. Die beiden Bewaffneten trotteten ihm hinterdrein. In seinem Rücken hörte er, wie die Köhler sich um die beiden Männer zusammenscharten.

»Es ist nicht gut, nachts in den Wald zu reiten«, keuchte Bruno.

»Es ist noch weniger gut, sich jetzt zu beschweren«, erwiderte Raimund kurz. Bruno und sein Kamerad wechselten im Dunkeln verblüffte Blicke. Wie es schien, sollten sie ihren Herrn an diesem Tag von einer ganz neuen Seite kennen lernen.

Als sie endlich wieder in den Wald eintauchten, war es vollkommen dunkel. Unter den Bäumen war die Finsternis noch größer als draußen, eine greifbare Zusammenballung von Schatten. Philipp ritt voraus, langsam, um nicht vom Weg abzukommen.

Mit weit aufgerissenen Augen und vorgebeugt hing er auf dem Pferd, abwechselnd nach dem Weg und nach dem Lichtpünktchen eines Feuers suchend, wie weit es auch entfernt sein mochte. Sein Herz schlug mit dem Schritt des Pferdes, ebenso schwer und schmerzhaft. Nach einer Weile ertappte er sich dabei, wie er in Gedanken hersagte: »Herr, bitte lass es nicht geschehen, Herr, hilf ihr, Herr, rette sie.«

Zuletzt zügelte Philipp sein Pferd. Er musste sich eingestehen, dass er die Straße nicht mehr sah. Dass er nicht schon längst ins Gebüsch gestolpert war, war ein kleines Wunder. »Ich kann nichts mehr sehen«, sagte er erstickt.

Brunos Kamerad sagte leise: »Wir könnten eine Reisigfackel machen. Wir haben Feuerstein dabei.«

»Sie würden uns von weitem sehen«, brummte Raimund. »Ich schätze, wir müssen warten, bis der Mond aufgegangen ist.« Er spähte in das Blätterdach, das wie eine löchrige schwarze Decke vor den Sternen ausgespannt war und nur hie und da einen kleinen Lichtpunkt erahnen ließ.

Philipp schnaubte. Alles in ihm schrie danach weiterzureiten, aber er wusste, dass er entweder der Vernunft folgen und sofort absteigen musste, oder seine Angst würde seinen Verstand endgültig untergraben und ihn im Dunkeln weiterirren lassen, als wäre er der Geist Gottfrieds von Als, den Radolf ständig gesehen zu haben glaubte – oder der Geist von Minstrel, dessentwegen er sich nicht mehr in den Keller gewagt hatte. Philipps Furcht war greifbarer, aber sie bestimmte sein Denken im gleichen Maß. Er ballte die Fäuste und schlug mehrmals auf den Sattelrand, sodass sein Pferd zusammenzuckte und scheute.

»Philipp«, sagte Raimund.

Philipp ließ sich aus dem Sattel gleiten. Er zwang sich zu sagen: »Also gut. Lagern wir hier, bis der Mond aufgeht.« Sie tasteten nach den nächsten Bäumen und banden die Pferde daran fest. Die beiden Bewaffneten setzten sich ohne Umstände zwischen den Pferden auf die Straße.

»Sollte Giovanni doch noch hinter uns herkommen, kriegen wir es wenigstens rechtzeitig mit«, knurrte Raimund. Er bückte sich, wischte mit der Hand Äste und Steine beiseite und setze sich dann geräuschvoll auf den Boden. Er ächzte. »Ich werde zu alt für die *aventiure*«, sagte er nüchtern. »Alles tut mir weh.«

Philipp stapfte ziellos herum, dann nahm er sich zusammen und tastete sich zu Raimund hinüber, der seinen Mantel abgelegt und auf dem Boden zusammengefaltet hatte. Sein helles Lederwams gab einen vagen Schimmer von sich. Raimund klopfte auf den Boden an seiner Seite. »Setz dich hierher, Philipp«, sagte er.

Philipp ließ sich wie ein alter Mann zu Boden fallen und begann damit, in die Dunkelheit zu starren. Im Stillen versuchte er den Mond zu beschwören, damit dieser seine Bahn schneller zog. Er tappte mit dem Fuß einen unregelmäßigen Rhythmus auf den Boden; als er es bemerkte, zwang er sich innezuhalten, nur um gleich darauf mit dem anderen Fuß weiterzumachen. Er versuchte, in Raimunds Gesicht zu sehen. Es war nur ein hellerer Fleck in der Dunkelheit. Seine Handflächen juckten vor Nervosität. Er konzentrierte sich darauf, seine Gedanken in eine andere Richtung zu lenken.

»Was hatte Minstrel mit der ganzen Sache zu tun? Bislang weiß ich nur, dass Radolf und Ernst und ihre Handlanger ihn getötet haben. Sie haben sogar eine Art Totenmahl für ihn gehalten.«

»Minstrel war Giovannis Mann, ebenso wie Ernst und Radolf. Während der Kaiser im Heiligen Land war, begannen bereits die ersten Fälschungen. Es war einfach; Kaiser und Würdenträger des Reichs waren nicht anwesend, so konnte der zurückgebliebene Klerus schalten und walten, wie er wollte. Radolf, der seinem Herrn Gottfried nicht ins Heilige Land gefolgt war, verdingte sich Giovannis Vorgänger. Er sah endlich eine Möglichkeit, sein Talent zur Miniaturenmalerei Gewinn bringend einzusetzen. Er traf auf Minstrel mit seiner Begabung für Schriften und auf Ernst, der ebenfalls keine Lust gehabt hatte, für die Befreiung Jerusalems zu kämpfen und ein erstaunliches Geschick dafür entwickelte, mit List und Gewalt die Bemühungen der Kirche in die richtige Richtung zu lenken. Man köderte sie alle mit dem Versprechen, dass es gottgewollt sei, was sie täten, und dazu dienen würde, den Antichrist in den Abgrund zu stürzen, daneben winkten ihnen Würden und Reichtum, sobald der Papst zu der ihm zustehenden Macht gelangt wäre. Ich weiß nicht, welches der beiden Motive für wen von den Männern den größeren Ausschlag hatte; ich weiß nur, dass Radolf und Katharina, die Frau seines Herrn, in heftiger Liebe zueinander entbrannt waren. Radolf hoffte, sie zur Frau nehmen zu können, wenn er der Kirche nur treu genug diente und dafür ausreichend belohnt wurde.« Raimund räusperte sich.

»Als der Kaiser nach der Wallfahrt wieder zurückkehrte, musste die Kirche feststellen, dass er trotz aller Bemühungen von Seiten des Klerus, seine Erfolge im Heiligen Land zunichte zu machen, kaum gebrochene Begeisterung bei den Fürsten und beim Volk erfuhr. So mussten sie ihre Bemühungen etwas vorsichtiger vorantreiben. Für die Knechte der Kirche, wie Minstrel, Ernst und Radolf, stellte dies sicherlich eine Enttäuschung dar: Sie hatten auf raschere Belohnung gehofft. Dazu kam, dass Gottfried nicht auf der Wallfahrt umgekommen war, denn der Kaiser dachte gar nicht daran zu kämpfen, sondern verhandelte lieber. Radolf fing ihn auf dem Heimweg ab unter dem Vorwand, ihn begleiten zu wollen, und brachte ihn um. Gottfrieds Knappe half ihm dabei.«

»Lambert war Gottfrieds Knappe!?«

»Natürlich. Radolf war nur ein gemeiner Einschildritter, der ein Stück Boden an der Grenze zu Gottfrieds Besitz zu bewachen hatte. Er konnte sich mit Mühe und Not ein Pferd halten. Was glaubst du, weshalb er so versessen darauf war, zu Reichtum zu kommen? Und weshalb er es nie verstand, Gottfrieds Besitz in Ordnung zu halten?«

»Deshalb hatte er Lambert so sehr in der Hand. Er hatte ihn nicht nur zu einem Mord überredet, sondern auch, zu ihm überzulaufen. Beide hatten sie ihren Herrn getötet.«

»Und deshalb hatte Lambert solche Angst. Er fürchtete nicht nur die Rache Radolfs, dem er zu guter Letzt entlaufen war, sondern vor allem den Zorn des Herrn und das nahende Reich des Erlösers. Er fürchtete, dass man ihm spätestens dann seine Taten vorrechnen würde.«

»Wann habt Ihr all das erfahren?«

»Diese Details? In den letzten beiden Tagen.« Raimund brachte sich in eine andere Position und seufzte.

»Giovanni trat in die Fußstapfen seines Vorgängers, kaum dass er vom Heiligen Land zurückgekommen und dieser verstorben war. Er wurde rasch zum Kardinal ernannt; der Papst kannte seinen Ehrgeiz und wusste, wie er dem Heiligen Stuhl am besten dienen konnte.«

»Als er bei Euch war, dachte ich, aus seinen Worten herauszuhören, dass er den Kaiser nicht so sehr verabscheute wie die meisten anderen Kirchenfürsten.«

»Er bewundert ihn sogar. Aber für Giovanni zählt nur, dass die Kirche die Macht über die Gläubigen erhält, die ihr in seinen Augen zusteht. Er glaubt fest daran, dass nur der Papst die Christenheit zur Erlösung führen kann, und er ist überzeugt, dass die Erlösung nicht auf dem Weg zu finden ist, den der Kaiser eingeschlagen hat: Aufklärung, Forschung und Skeptizismus. Das Heil liegt für ihn in der bedingungslosen Hingabe und einem Glauben, der nicht nachfragt.«

»So zweifelte er nicht an der Rechtmäßigkeit des Planes, den Kaiser zu stürzen, und sei es um den Preis, die Vergangenheit bis zur Unkenntlichkeit zu entstellen.«

»Ach, die Vergangenheit ...«, murmelte Raimund.

»Nur Minstrel bekam irgendwann ein schlechtes Gewissen. Er sah den Kaiser als seinen Herrn an. Das hat er gemeint, als er sagte, er habe seine Seele verkauft und wolle sie wieder zurückholen. Er wollte die Geschichte dem Kanzler aufdecken. Ernsts Leute erwischten ihn vorher.« Raimund nickte. »Sie folterten ihn, bis sie über seine Schritte Bescheid wussten. Deshalb wurde Giovanni so nervös in Bezug auf den Kanzler.«

»Und was passiert jetzt?«

»Sie werden überall im Reich ihre Fälschung zu Ende bringen und die Originaldokumente verschwinden lassen. Im gleichen Atemzug räumen sie die Juden beiseite, um deren Unterlagen zu vernichten. Dann steht ihnen der Weg offen, dem Kaiser seinen letzten Trumpf wegzunehmen.«

»Welchen Trumpf?«

»Die Welt glaubt daran, dass Herr Frederico ausersehen ist, die Christen in das tausendjährige Reich zu führen.«

»Und wird er das nicht?«

»Die Fürsten haben Herrn Frederico bislang unterstützt, weil sie davon überzeugt sind, dass er der Erbe des Karolus Magnus ist und weil dessen Lebensgeschichte, so wie sie sie kennen, die Macht des Adels über den Klerus festschreibt. Mit der geänderten Version des Karolus wird die Kirche Herrn Frederico diese Unterstützung über kurz oder lang entziehen.«

»Das habe ich verstanden.«

»Das Volk glaubt an den Kaiser, weil er zum einen der gesalbte Führer der Christenheit ist, und zum anderen, weil es sich von ihm auf dem Weg in das Reich Christi führen lassen will. Er ist der Jahrtausendkaiser, er wird den Thron für die Herrschaft des Erlösers bereitstellen. Was wäre, wenn sich herausstellte, dass der gute Kaiser Otto seinerzeit, als er feststellen ließ, in welchem Jahr nach Christi Geburt seine Herrschaft lag, einen Rechenfehler machte? Wenn er sich um ein paar Generationen vertan hat, weil er nichts von Karolus Magnus wusste? Würde das nicht bedeuten, dass wir plötzlich gar nicht an der Schwelle zu einem neuen Jahrtausend stehen, sondern schon – längst darüber hinaus sind?«

»Das ist doch Wahnsinn!«, protestierte Philipp. »Da müssten sie ja einige Generationen zu unserer Geschichte hinzuaddieren! Das können sie nicht. Alle Welt ist davon überzeugt, dass Herr Frederico der Jahrtausendkaiser ist.«

»Das spielt doch keine Rolle. Es wird eben heißen, in Wirklichkeit sei irgendein Kaiser aus längst vergangenen Tagen der Endzeitkaiser gewesen. Warum nicht Otto? Er starb jung und hinterließ sein Erbe dem Papst. Es kommt nur darauf an, wie viele Jahre sie hinzurechnen. Das würde ihnen sogar entgegenkommen. Heißt es nicht, der Jahrtausendkaiser übergibt seinen Thron an den, der da herrschen soll über das tausendjährige Reich? Otto hat den Thron an Papst Silvester übergeben.«

»Das sind doch alles Lügen. Es muss einen Jahrtausendkaiser geben! Wer soll uns denn in das tausendjährige Reich führen?«

»Auch das spielt keine Rolle. Wenn die Weissagungen der Bibel eintreffen, geht die Welt in Flammen auf, wenn nicht, hat die Kirche ihre Macht ein für alle Mal gefestigt.«

»Das kann doch nicht sein. Dann ist alles eine Lüge: unsere Vergangenheit, unsere Zukunft, unsere Kirche ... wenn unser Herr Christus zurückkommt, wird es ihn grausen, und er wird den Menschen für immer den Rücken wenden.«

»Oder in tausend Jahren noch mal wiederkommen und nachsehen, ob wir dann seiner Herrschaft würdig sind.«

»Wohl kaum«, knurrte Philipp. »Wenn alles so eintrifft, wie Ihr gesagt habt, wird die Christenheit in tausend Jahren gar nicht mehr wissen, welche Zeit herrscht. Sie werden keinen Jahrtausendkaiser haben, und sie werden im falschen Jahr dem falschen Erlöser hinterherlaufen, und der Antichrist hat ein leichtes Spiel damit, sie ins Verderben zu führen.«

»Was kümmert es uns, was in tausend Jahren sein wird?«

»Es kümmert mich, was jetzt sein wird! Was ist, wenn der Herr jetzt wiederkommt?«

»Philipp«, sagte Raimund müde, »ob er morgen oder in tausend Jahren wiederkommt, es wird immer das Gleiche passieren: Sie werden ihn wieder kreuzigen und sagen, dass alles, was er gepredigt hat, eine Lüge war.«

Raimund sah zu Philipp hinüber. Ein schwaches Licht zeichnete sein blasses Gesicht in das Dunkel des Hintergrunds. Überrascht sah er nach oben. Philipps Augen weiteten sich; auch er blickte zum Himmel auf. Irgendwo hinter dem Laubdach war der Mond hoch genug geklettert, um sein Licht in den Wald zu werfen. Philipp sprang auf. »Der Mond ist aufgegangen«, rief er bestürzt.

Sie ritten langsam voran, ihre Augen jetzt nicht mehr auf den Weg, sondern links und rechts in den Wald hinein gerichtet, in der Hoffnung, dass Alberts Männer ein Feuer gemacht hatten, das groß genug war, um gesehen zu werden. Das Mondlicht war nicht mehr als eine sanfte Illumination, die dazu reichte, den hellen Untergrund der Straße von der dunklen Umgebung abzuheben; ansonsten blieb der Wald eine düstere, amorphe Masse. Philipps Augen begannen zu brennen. Sie ritten in einer auseinander gezogenen Linie hintereinander, mit Philipp an der Spitze. Als er plötzlich sein Pferd anhielt und nach hinten spähte, stellte er fest, dass die drei anderen Männer zurückgeblieben waren. Gleich darauf hörte er ein sanftes Pfeifen aus ihrer Richtung, das man auch für das Geräusch eines Tiers hätte halten können. Er trabte langsam zurück.

Raimund und die beiden Bewaffneten standen am Rand des Weges beieinander, bereits abgestiegen und in die Düsternis des nächtlichen Waldes starrend. Raimund legte einen Finger auf seine Lippen und winkte Philipp heran. Er sprang ebenfalls vom Pferd. Die Erschöpfung war plötzlich verschwunden. Er schluckte. Raimund deutete schweigend in den Wald hinein.

Es war nur ein äußerst kleines Lichtpünktchen, ein niedrig flackerndes Feuer in einer gehörigen Entfernung vom Weg, das auf einer kleinen Lichtung brennen musste. Philipp hatte es nicht gesehen.

»Entweder ist das Albert oder Giovanni«, flüsterte Raimund, Philipps Gedanken erratend. »Aber ich bin fast sicher, es handelt sich um Albert.«

Philipp drückte die Zügel seines Pferdes in die nächstliegende Hand und machte einen Schritt vom Weg ab in den Wald hinein.

Er spürte Raimunds Hand auf seinem Arm. »Was hast du vor?«

»Ich gehe sie holen«, zischte Philipp.

»So kommst du nicht weit. Selbst wenn sie keine Wachen aufgestellt haben und vollkommen überrascht sind, hast du allein keine Chance.«

Raimund zog Philipp zurück auf den Weg.

»Wir arbeiten uns von drei Seiten an sie heran«, sagte Raimund.

»Bruno, nimm die Armbrust. Ihr beide umgeht das Lager und nähert euch von der anderen Seite. Wir lassen euch genügend Vorsprung. Philipp und ich trennen uns und pirschen uns von links und rechts an sie heran.«

»Das dauert viel zu lange«, drängte Philipp.

»Es ist die einzige Hoffnung, die Burschen zu überwältigen«, erklärte Raimund unnachgiebig. Philipp stöhnte. Raimund sah ihn forschend an.

»Kann ich mich darauf verlassen, dass du keine Voreiligkeiten begehst?«, fragte er.

»Ja!«, knurrte Philipp. »Ich tue, was Ihr mir sagt.«

Sie warteten, während Bruno und der zweite Bewaffnete ihre Helme abnahmen und sich dann vorsichtig zwischen den Bäumen hindurch in den Wald hinein wanden. Raimund schüttelte den Kopf über das Knacken der Äste und die anderen Geräusche, die sie verursachten. Philipp stand neben ihm und fieberte, wippte auf den Fußballen und ballte abwechselnd die Hände zu Fäusten. Er versuchte etwas aus der Richtung des Feuers zu hören *(Schreie?)* und war gleichzeitig froh und aufgebracht darüber, dass er nichts vernehmen konnte. Nach einer endlosen Wartezeit sagte er: »Gehen wir los.«

»Philipp, sie sind gerade erst weg«, erwiderte Raimund ruhig.

Philipp versuchte sich weiter in Geduld zu fassen. Er konnte jetzt nicht mehr verhindern, dass seine Angst um Aude sein Denken vollständig beherrschte, und seine Fantasie gaukelte ihm immer wieder Bilder vor, die sich nicht verdrängen ließen. Er sah den toten Körper von Kaplan Thomas auf dem Lager im Kloster, aber es war nicht mehr Thomas, sondern Aude, die mit ihrem zerknüllten Hemd über dem Schoß auf der Pritsche lag, ebenso nackt, ebenso erstaunlich, entsetzlich ruhig und kalt. Er sah das verwüstete Gesicht von Minstrel, als er ihn aus den Tüchern schälte, und es war das Gesicht von Aude, ohne die Entstellungen des Todes, aber deshalb um nichts weniger leblos. Er begann wieder lautlos zu beten und schwer zu atmen während dieser wenigen Minuten des Wartens. Als Raimund ihn anstieß und ihm auf der offenen Hand seinen langen Dolch präsentierte, zögerte er auf einmal, ihn zu nehmen. Er wusste, was ihn erwartete, und er wollte es nicht mehr sehen. Er streckte die Hand wie im Traum aus und nahm den Dolch an sich.

Raimund zog sein Schwert. »Gehen wir«, sagte er ruhig.

Es war schwieriger, sich im nächtlichen Wald fortzubewegen, als Philipp erwartet hatte. Er stolperte hinter Raimund her, dessen schwerer Körper sich trotz seines Seufzens über sein Alter geschmeidig bewegte. Es ließ sich nicht verhindern, dass kleine Zweige und Äste unter ihren Füßen brachen. Philipp schrak jedes Mal zusammen, versuchte angestrengt, weitere Geräusche zu vermeiden und produzierte nur umso mehr.

Der Lichtpunkt des Feuers schien nicht größer zu werden. Zuweilen verschwand er hinter Baumstämmen und Sträuchern, und sie änderten die Richtung, um ihren Orientierungspunkt wiederzufinden. Nach einer Weile bewegten sich Philipps Beine nicht mehr so unbeholfen wie zuvor, und seine Beklemmung war hinter der Konzentration zurückgetreten. Erst jetzt wurden die Geräusche des Waldes auch für ihn hörbar: das Knarren der Bäume, die sich in der nächtlichen Brise bewegten, das Knistern und Flüstern der sich gegeneinander reibenden Äste, und aus allen Richtungen ein Knacken, Klopfen und Knirschen, als würden tausende von vorwärts schleichenden Füßen den Wald erfüllen. Sie bogen um eine Gruppe von jungen Fichten, die nahe beieinander standen wie ein massiver Block, und Philipp war überrascht, wie nah sie dem Lagerplatz plötzlich waren. Das Feuer war kein Lichtpunkt mehr, sondern eine deutlich erkennbare Stelle goldfarbener Helligkeit. Sie mochten bis auf hundert Mannslängen herangekommen sein.

Raimund stieß ihn an und deutete nach links und nach rechts. Philipp nickte und schlich sich nach rechts davon. Seine Handflächen begannen wieder zu jucken, und um den Griff des Dolchs herum sammelte sich Schweiß. Der Dolch war schwer und schien doch lächerlich klein. Er schaute nach unten auf seine Füße und stieß mit der Stirn gegen den rauen Stamm eines Baumes. Ein Windhauch fasste ihn und ließ ihn in der plötzlichen Kühle erschauern; er war schweißgebadet, ohne dass es ihm zuvor aufgefallen wäre. *Aude*, dachte er, *Aude*, und die Bilder tanzten wieder empor, die Aude als Leichnam zeigten, Aude in der gekrümmten Gestalt Ernsts auf dem Boden zu Radolfs Füßen, Aude in der alten Frau, die zwischen ihm und Galbert auf der Tischplatte lag, der Schmerzen in ihren Händen endlich ledig, Aude in der Toten in jenem Haus in Radolfs Dorf, die er niemals gesehen hatte und die jetzt in der Gestalt von Minstrels Frau wiedererstand, komplett mit einem Kind im Arm, das nur einen einzigen Atemzug getan und dann nie wieder geatmet hatte.

Raimund hatte ihm keinerlei Anweisungen mitgegeben, was er tun sollte. Sollte er auf die Lichtung stürmen und mit dem Dolch auf die nächstbeste Gestalt einstechen? Oder sollte er warten, bis Bruno mit seinen sirrenden Bolzen und seiner erratischen Treffsicherheit einen nach dem anderen im Schlaf erschossen hatte? Würde Raimund mit gezogenem Schwert in das Feuer springen, mit einem Funkenregen die Holzscheite auseinander treten und die Klinge schwingend alle Schurken niedermähen, die entsetzt aus dem Schlaf emporsprangen? So hatte er sich seinen Herrn immer im Heiligen Land vorgestellt, als Erster von einer Belagerungsbrücke über die Zinnen Jerusalems stürmend, Fußtritte verteilend und mit wilden Ausfällen die Heiden über den Mauerkranz stoßend; es hatte nichts ausgemacht, dass es keinen Kampf um Jerusalem gegeben hatte, das Bild hatte sich ihm eingebrannt.

Das Feuer war jetzt näher. Er bildete sich ein, das Prasseln der kleinen Flammen zu hören. Die Lichtung lag hinter einem natürlichen Wall aus gestürzten Bäumen, über deren moosbewachsene Leichen das Licht des Feuers einen schwachen Saum wob. Das Lager wurde von allen anderen Seiten von Gesträuch und jungen Bäumen begrenzt, und es ging ihm auf, dass er, sollte es zu einem Sturm auf Albert und seine Kumpane kommen, den besten Ausgangsort hatte: Er musste sich nur über den Baumstamm schwingen, ein paar Sprünge, und schon war er unter ihnen. Er wog den Dolch in seiner Hand, seine einzige Waffe, und fühlte sich hilf- und nutzlos.

Das Feuer brannte in einem unregelmäßigen Ring aus Steinen, ein niedrig tanzendes Bündel Flammen über einem Häufchen verkohlender Holzscheite und Asche. Die Männer lagerten in unterschiedlicher Entfernung darum herum, eingehüllt in Decken oder Felle und geräuschlos schlafend. Sie hatten eine Wache aufgestellt, ebenfalls in eine Decke gehüllt, aus der nur zerrauftes Haar hervorsah, zusammengekauert vor dem Feuer sitzend und leise schwankend. Offensichtlich kämpfte der Mann mit dem Schlaf. Philipp ließ seine Augen wandern, während sein Herz immer lauter zu klopfen begann. Er konnte Aude nirgends sehen. Es lagen drei Deckenbündel um das Feuer herum, eines davon leer. Dann sah er das Hemd. Es lag ganz in seiner Nähe.

Es war zerfetzt; in seiner ganzen Länge vorne aufgerissen und beiseite geworfen. Es musste schmutzig sein, aber im Halblicht, das es umgab, leuchtete es rein und weiß. Das Hemd war das einzige Zeichen von Aude. Was sie mit ihrem Körper angestellt hatten, wussten nur die Männer allein.

Philipp fühlte nichts; oder er fühlte zu viel, um es aufnehmen zu können. Er spürte nicht einmal mehr den Wind, der in sein feuchtes Gewand fuhr und den Schweiß erkalten ließ. Er starrte auf das Hemd und dann zurück zum Feuer, vor dem der Wächter saß. Erst als etwas rau gegen seine Beine stieß und sich in seinen Unterleib bohrte, merkte er, dass er auf die Knie gesunken war. Er stützte sich mit einer Hand an dem toten Baumstamm ab. Der Wächter hörte nichts, er zuckte nicht einmal zusammen. Er würde im Halbschlaf sterben, ohne dass er es recht bemerkte; die anderen beiden würde der Tod im Schlaf finden. Sie waren zu Aude weniger gnädig gewesen.

Ein Gedanke stieg in ihm empor und platzte wie eine Luftblase auf einer Wasseroberfläche: *Schieß endlich.* Der Gedanke war für Bruno bestimmt. Er wünschte sich, den Schlag der Sehne zu hören und das Geräusch des fliegenden Bolzens, den dumpfen Schlag des Treffers. Er wünschte sich zu sehen, wie der Wächter lautlos vornüber ins Feuer kippte und den nächsten Bolzen zu hören, der den ersten der Schläfer an den Waldboden nagelte. *Schieß endlich.*

Was hatte Raimund vor? Er musste die Situation mittlerweile genauso wie Philipp überblickt haben. Worauf wartete er? Philipp fühlte, wie sich ein Brüllen in ihm aufbaute. Wenn Raimund keinen Befehl gab, würde er ihn geben. Er rappelte sich wieder auf. Aude war tot. Der Gedanke löste noch immer nichts als Taubheit in ihm aus, eine Taubheit aber, in der das Entsetzen anzuklingen begann. Er öffnete den Mund. Wenn er schrie, würden die anderen erwachen, aber es spielte keine Rolle. Bruno würde den ersten Bolzen absenden und den Wächter töten, und die anderen wären viel zu verwirrt, um lange Gegenwehr zu leisten. Wenigstens würden sie so ihren Tod bewusst erleben. Philipp wollte ihre entsetzten Augen sehen. Er wollte sie schreien hören. Er holte Atem, und das Brüllen, das in ihm tobte, stieg in seine Kehle. Aude war tot. Er sah den Wächter sterbend ins Feuer rollen. Er machte sich bereit, über den Baumstamm zu springen. Von Raimund war noch immer nichts zu hören. Der Wächter bewegte sich unter der Decke und ließ sie von seinem Kopf zurückfallen und sah sich um. Philipp sprang.

Der Wächter war Aude.

»Schieß!«, brüllte Philipp, ohne es noch verhindern zu können, verfing sich mit dem Fuß in einem Ast und fiel krachend vornüber aufs Gesicht.

Er sprang schneller auf, als er gestürzt war. Ein Aststumpf zog eine Furche quer durch sein Gesicht, doch er spürte es nicht. Die in die Decke gehüllte Gestalt vor dem Feuer war Aude gewesen. Er riss die Augen auf. Die Gestalt sank langsam zur Seite, löste sich aus der Decke und starrte ihn an. Er sah den Pfeil in Audes Kehle stecken und wie ihre Augen brachen. Er heulte auf und befreite sich mit einer Explosion von brechenden Ästen, Zweigen und vermoderndem Laub aus dem toten Baum. Undeutlich sah er, wie Raimund zwischen zwei Sträuchern hervorsprang, das Schwert erhoben und den Mund geöffnet. Wenn sein eigenes Heulen nicht in seinen Ohren gegellt hätte, hätte er ihn wild fluchen gehört. Auf der anderen Seite brach der zweite Bewaffnete durch das Gebüsch; Bruno schien fieberhaft einen neuen Bolzen aufzulegen. Philipp sah es alles und sah es nicht. Blut lief in sein eines Auge und verwischte sein Gesichtsfeld. Aude füllte dieses Gesichtsfeld völlig aus, Aude, die jetzt auf dem Boden kauerte, die sich mit letzter Kraft aufrecht hielt. Philipp stolperte auf sie zu und fiel vor ihr auf die Knie. Aude starrte ihn an. Das Blut machte ihn fast blind, und er wischte es beiseite. Er sah den Bolzen; er steckte einige Fuß neben Aude im Boden. Er gaffte ihn verständnislos an. Aude krächzte etwas und sah ihm weiterhin mit brennenden Augen ins Gesicht. Er fühlte sich unfähig, auch nur eine Hand zu heben. Ihr Antlitz war zerkratzt und blutverschmiert. Er gab ihren Blick hilflos zurück. Langsam wurde ihm bewusst, dass das Geschoss sie nicht getroffen hatte.

»Aude«, sagte er.

Raimund trat neben ihn. »Die beiden Männer sind tot«, sagte er. »Einem ist die Kehle durchgeschnitten, dem anderen der Schädel eingeschlagen. Drüben unter den Bäumen im Schatten liegt der dritte der Kerle, ebenfalls mit durchschnittener Kehle.« Er beugte sich hinab und nahm Aude genauer in Augenschein. Seine Züge verhärteten sich. »Gottverdammt und alle Heiligen in der Hölle«, sagte er, bevor er sich abwandte. Er klaubte die Decke auf, in die Aude sich gehüllt hatte, und schüttelte den Staub heraus. Bruno, der mit erleichtertem Gesichtsausdruck seinen fehlgegangenen Bolzen aus dem Boden gezogen hatte, und der zweite Bewaffnete warfen zurechtgelegtes Holz auf das Feuer.

Audes eines Auge war zugeschwollen; über ihre Wange zogen sich Kratzer von Fingernägeln. Ihre Lippen waren aufgeschunden und geschwollen. Ihr Körper war mit Schürfwunden übersät, in einer Brust saßen die zwei rot unterlaufenen Halbmonde eines Bisses. An ihrem gesamten Oberkörper waren Blutspritzer angetrocknet. Um ihre Handgelenke und ihren Hals lagen noch die Lederriemen, mit denen sie gefesselt gewesen waren; die Bänder, die daran hingen, waren durchgeschnitten. Sie war nackt. Das Einzige, was sie am Leib trug, waren die Stiefel, die man ihr vor Radolfs Haus gegeben hatte. Ihre Augen ruhten weiterhin unverwandt auf Philipp. Raimund breitete die Decke über sie, ohne dass sie darauf reagiert hätte. Schließlich holte sie eine Hand aus der Deckung ihres zusammengekrümmten Körpers hervor. Die Hand war schwarz vor geronnenem Blut bis weit über das Handgelenk hinaus. Sie öffnete die verklebten Finger; ihr kleines Messer rollte heraus und fiel auf den Boden. Raimund kniete neben ihr und zog die Decke um ihre Schultern fest. Philipp wagte sich nicht zu bewegen. Er wusste, er würde auf der Stelle einen Anfall bekommen, wenn er etwas anderes tat, als Audes Blick zu erwidern. Vage war er froh, dass ihre Peiniger tot waren; er fühlte nicht einmal Hass, nur Erleichterung, dass sie nicht mehr lebten. Das Blut in seinen Ohren rauschte und pochte. Aude öffnete den Mund und begann zu sprechen. Philipp stellte fest, dass er kein Wort verstand. Nach einer Weile wurde ihm klar, dass sie in ihrer Muttersprache redete. Sie sprach monoton und ließ kein Auge von ihm, bis ihre Stimme nach einer Weile wieder verstummte. Raimund räusperte sich. In seiner Rechten lag immer noch, wie vergessen, der Griff des Schwertes.

»Albert hat sie vergewaltigt«, sagte er. »Die anderen beiden ließ er nicht an sie heran. Er sagte, sie wäre endlich jemand, der sich lohnte, und er wolle sie nicht schon in der ersten Nacht zu Schanden reiten. Es war ihr klar, dass sie nur überleben würde, wenn sie keinen Widerstand leistete, und sie erklärte ihm, sie würde ihm ohne Gegenwehr zu Willen sein. Er fesselte sie trotzdem und schlug sie. Danach banden sie sie an einen Baum und warfen ihr eine Decke hin. Albert befahl einem der Männer, den er Hermann nannte, Wache zu halten. Die beiden anderen rollten sich in ihre Decken und schliefen ein.«

»O Gott, Aude«, flüsterte Philipp und spürte Tränen hinter seinen Lidern.

»Es war ihr klar«, sagte Raimund, »dass Hermann nur darauf wartete, bis seine beiden Gefährten einschlafen würden. Heimlich zog sie das Messer aus dem Stiefel. Sie hatte es während des Rittes aus ihrem Hemd geholt und dort versteckt. Sie tat, als ob sie schliefe. Dann spürte sie Hermanns Hand an ihrer Kehle. Er drückte zu, damit sie nicht schreien konnte. Während Hermann sich mit seiner Hose beschäftigte, stieß sie ihm das Messer in den Hals und schnitt ihm die Gurgel durch. Er konnte nicht mehr schreien, aber er zuckte und zappelte und versuchte sich loszureißen. Es dauerte eine Weile, bis er tot war. Sie schnitt sich von ihren Fesseln los und kroch zum Feuer hinüber. Albert lag näher zum Feuer als der dritte Mann. Sie näherte sich diesem. Er lag auf dem Bauch, den Kopf auf einer zusammengerollten Decke, die Kehle frei. Sie zog das Messer hindurch und hockte sich auf ihn, bis auch er ausgezappelt hatte. Dann sah sie zu Albert hinüber. Ihre Augen trafen die seinen. Er war soeben erwacht. In ihrem Entsetzen packte sie den nächstbesten Stein aus dem Ring um das Feuer, ohne zu bemerken, wie heiß er war. Sie hob ihn über den Kopf, Albert richtete sich auf, aber es war zu spät. Sie traf seine Nase und trieb ihm das Nasenbein ins Gehirn. Er gab keinen Laut mehr von sich.«

Aude sagte noch etwas, einen kurzen Satz. Raimund schlug die Augen auf und musterte sie. Sie hatte die Lippen zusammengepresst und schwieg. Raimunds Gesicht verzog sich. Er schloss die Augen.

»Was hat sie gesagt?«, flüsterte Philipp. Raimund hörte, wie knapp er davorstand, dass etwas in ihm zerbrach.

»Sie sagte, sie hätten nur ihren Körper bekommen, nicht ihre Seele.«

Philipp schwieg. Sein Atem war fast unhörbar.

»Warum?«, fragte er schließlich.

»Warum was?«

»Warum habt Ihr mich gerettet und nicht sie?«

»Ich konnte mich nur um einen kümmern.«

»Sie war hilfloser als ich. Ihr wusstet, dass genau das passieren würde.«

»Ja, ich wusste es.«

»Warum habt Ihr *mich* befreit?«

»Du bist mein Truchsess«, sagte Raimund.

»Das genügt mir nicht.«

»Nein«, seufzte Raimund, »mir auch nicht. Die Wahrheit ist, du bist der Sohn, den ich mit Katharina zeugte, bevor sie gezwungen wurde, Gottfried von Als zu ehelichen.«

Eine Weile später: Bruno und sein Gefährte hatten die Toten beiseite geschleift, Reisig und Laub über sie gehäuft und das Blut auf dem Boden mit weiterem Laub bedeckt. Dann hatten sie die etwas entfernt im Wald angebundenen Pferde näher zum Feuer gezogen und dabei neugierig den beschädigten Gurt von Alberts Sattel betrachtet. Ein zerrissener Lederriemen hing noch daran. Scheinbar hatte es die Bestie diesmal endgültig geschafft, in die Freiheit zu entkommen. Raimund hatte die Flammen zu einem anständig flackernden Feuer hochgepäppelt, das in der Nachtkühle des Waldes willkommene Wärme abgab. Aude lag, in alle unbeschmutzten Decken gehüllt, deren sie habhaft werden konnten, neben dem Feuer und schlief. Raimund warf Philipp aus dem Augenwinkel Blicke zu. Er hatte Raimunds Eröffnung ohne äußerliche Regung hingenommen. Er hatte nur genickt und dann sein Hemd ausgezogen, es mit Wasser aus einem der Schläuche benetzt und damit angefangen, den gröbsten Schmutz von Aude abzuwaschen. Sie hatte es über sich ergehen lassen, solange er sich ihrem Gesicht gewidmet hatte; als er darangehen wollte, ihren Oberkörper zu reinigen, hatte sie sich in die Decke gehüllt und wortlos zurückgezogen. Philipp hatte auch das ohne sichtbare Regung aufgenommen. Schließlich hatte er sich neben sie gesetzt und ihren Schlaf betrachtet, etwas, das er auch noch tat, als Raimund das Feuer schließlich in Ruhe ließ und sich an seiner Seite niederließ.

Philipp sah ihn an und senkte den Blick dann auf den Boden.

Raimund suchte nach Worten. Es war einfacher, mit etwas weniger Persönlichem anzufangen. »Ich will dir verraten, warum ich für Giovanni Partei ergriffen habe und nicht für den Kaiser«, sagte er. »Nicht nur, weil er mein Freund war. Nicht nur, weil ich das Gefühl hatte, die Kirche würde diesmal aus dem Konflikt als Sieger hervorgehen und ich in der zu erwartenden schweren Zeit nicht auf der Seite des Verlierers stehen wollte. Natürlich spielte das eine Rolle – ich habe eine Verantwortung, dem Gesinde gegenüber, den Bauern und Hörigen, dir ...« Er stockte einen Moment. »Die Wahrheit ist, dass ich herausgefunden habe, dass keiner besser ist, weder der Kaiser noch der Papst.«

»Der Kaiser ist immerhin derjenige, der hier betrogen wird«, erwiderte Philipp heiser.

»Philipp, die Einzigen, die betrogen werden, sind wir. Giovanni hat keine Originaldokumente über Karolus Magnus fälschen lassen, weil es gar keine Originaldokumente gibt. Karolus selbst ist eine Erfindung des Kaisers.«

Wenn Raimund erwartet hatte, dass Philipp überrascht aufsprang, sah er sich getäuscht. Aude hatte im Schlaf zu murmeln begonnen, und Philipp strich ihr so vorsichtig über den Kopf, als berühre er ein zartes Gespinst aus Spinnfäden. Raimund seufzte.

»All die Geschichten um Karolus, sein Kriegszug gegen die

Sachsen, der Kampf gegen die Mauren in Hispanien, der Kanalbau, die Einigung des Reichs, seine Bauten und wirtschaftlichen Umwälzungen – Kaiser Barbarossa hat damit angefangen, diese Märchen zu verbreiten, und Kaiser Heinrich und Kaiser Frederico haben damit weitergemacht. Die salomonischen Gerichtsurteile von Karolus – nichts als ein Spiegelbild von Kaiser Frederico und seinen Mühen, eine gerechte Justiz zu fördern. Der große Kanal – ein Projekt, das Kaiser Rotbart angefangen und niemals vollendet hat, weil es für einen Menschen zu groß ist. Karolus' Leidenschaft für das Schachspiel: In Wirklichkeit ist Frederico der große Schachspieler, und zu Karolus' Zeiten dürfte man das Spiel hier noch gar nicht gekannt haben. Alles so dünn, so unbeholfen. Ich frage mich jetzt, wie jemand wirklich glauben kann, dass es Karolus gegeben hat. Ein derartiges Reich, wie er aufgebaut haben soll, eine derartige Menge an Bauten, geistigen und philosophischen Errungenschaften: All das soll sang- und klanglos verschwunden sein? Sein Reich wurde geteilt und zerfiel, ja; das kennt man, und das haben die Kaiser auch geschickt in ihre Fälschung mit einbezogen, als sie erklären mussten, warum erst wieder unter dem ersten Kaiser Otto und seinen Erben so etwas wie eine Kultur entstehen konnte, die diesen Namen auch verdient. Aber jedes zerfallende Reich, und sei es noch so unbedeutend, hat mehr über seinen Untergang hinweggerettet als das angebliche Reich des Karolus Magnus. Es gibt noch nicht einmal eine wirkliche Grabstätte; die Pilger verehren die Knochen eines Namenlosen in einem funkelnden Schrein. All die Geschichten von den Graböffnungen durch Kaiser Otto das Kind, Kaiser Barbarossa und Kaiser Frederico, von dem unverwesten Leichnam mit der goldenen Nasenspitze und den Büchern, die er im Arm hielt – alles erlogen. Die Kirche musste die Erfindungen nur noch ausschmücken und für ihre Zwecke umgestalten. Als ich das erfuhr und mir klar wurde, dass die vergangene Größe, auf der wir unsere Begriffe von Treue und Loyalität aufbauen, nichts ist als eine schnöde Vorspiegelung, beschloss ich, dass meine Loyalität nur noch der Gegenwart dienen würde, und die Gegenwart, das ist mein Besitz, mein Gesinde, das bist du ...«

»Ich wundere mich, dass es Euch schwer fallen sollte, mit einer falschen Vergangenheit so wie bisher weiterzumachen«, sagte Philipp ätzend. »Immerhin habt Ihr mehr als zwanzig Jahre nichts anderes getan.«

Raimund verstummte und sah ihn an. Philipps Gesicht war voll falschem Gleichmut.

»Die ganze Zeit über wollte ich nichts sehnlicher, als wissen, wer mein Vater war. Ich ahnte nicht, dass ich mit ihm unter einem Dach lebte«, sagte er rau.

»Du wirst mir viel verzeihen müssen«, flüsterte Raimund.

»Ich dachte immer, meine Mutter sei eine Dirne gewesen, die mich aus Versehen empfangen hatte. Tatsächlich war meine Mutter nicht nur eine Dirne, sondern auch noch eine Ehebrecherin und eine Gattenmörderin.«

»Du darfst sie nicht richten«, stieß Raimund hervor. »Sie hat Fehler gemacht, aber sie beging sie nicht, weil zu viel Zorn in ihr gewesen wäre, sondern immer nur zu viel Liebe. Sie liebte auch dich, von ganzem Herzen, sie liebte dich schon, als sie noch mit dir schwanger war und sich in dem kleinen festen Haus versteckte, das ich damals besaß. Sie war verzweifelt, als wir den Entschluss fassten, dich im Kloster abzugeben; aber sie war bereits Gottfried versprochen, und wir wussten nicht, was wir tun sollten. Dass sie nicht mehr jungfräulich in die Ehe ging, hätte sich vertuschen lassen; ein Kind an ihrem Busen dagegen nicht.«

»Mein Vater dagegen«, fuhr Philipp unbeeindruckt fort, »wartete erst ab, bis seine erste Familie gestorben war, bevor er sich an seinen Bastard erinnerte und ihn aus dem Kloster holte, damit er für ihn die Drecksarbeit erledigen konnte.«

Raimund versuchte etwas zu sagen, aber Philipp schnitt ihm das Wort ab.

»Warum habe ich es nie erfahren?«, rief er. »Warum?«

»Ich weiß nicht. Ich wollte es dir sagen, als ich dich aus dem Kloster holte, aber dann beschloss ich, noch ein wenig zu warten, und ich wartete ... und irgendwie war es immer nicht der richtige Zeitpunkt ... Bis dieses ... Geheimnis zwischen uns so groß geworden war, dass ich es nicht mehr beiseite räumen konnte, und ich wusste nicht mehr, wie ich dir beibringen sollte, warum ich so lange geschwiegen hatte. Ich wollte dich nicht verlieren.«

»Ihr habt Euch Katharina wegnehmen lassen, Ihr habt Eure Familie verloren, Ihr habt Euren Freund, den Kardinal, verloren, und Eurem Sohn konntet Ihr nicht einmal sagen, wer er ist. Darüber habt Ihr den hohlen Panzer eines unabhängigen und reichen Mannes aufgebaut. Ihr hättet besser zum Kaiser als zu Giovanni gepasst: Ihr habt Euch Eure Geschichte auch selbst erlogen.«

Raimund schwieg so lange, dass Philipp schließlich aufsah. Er hätte nicht erwartet, Raimund mit seinen Worten zu treffen; er hatte nicht einmal über sie nachgedacht. Als er die Tränen sah, die lautlos über Raimunds Gesicht liefen, drang es unerwartet durch den kalten Sarkasmus, in den er sich geflüchtet hatte. Raimund machte keine Anstalten, den Umstand zu verstecken, dass er weinte.

»Was immer ich sagen kann, wirst du mir nicht glauben«, flüsterte er.

Philipp schluckte. »Fangen wir mit etwas an, was nicht zwischen Euch und mir steht.« Er wies auf Aude. »Glaubt Ihr, dass sie wieder gesund wird?«

Raimund ließ sich mit seiner Antwort Zeit. Er wischte sich mit einer schmutzigen Hand über die Wangen und hinterließ Streifen in seinem Gesicht.

»Ich weiß es nicht«, sagte er endlich. »Sie ist stark; das hat sie zur Genüge bewiesen. Wenn die Kerle etwas in ihr zerbrochen haben, werden ihre Kraft und die Zeit es wieder heilen. Vielleicht wird sie deine Hilfe dazu brauchen.«

»Was ist mit dem Kardinal? Wird er uns weiter verfolgen?«

»Ich denke, nein. Sein Plan ist aufgegangen. Bald wird ihm klar sein, dass weder du noch ich noch sonst jemand mehr etwas daran ändern können, und wenn wir beim Kaiser selbst vorstellig würden. Die Würfel sind gefallen. Wir sind nur kleine Steine, die in einen großen Teich gefallen sind und dort nicht einmal genug Wellen geschlagen haben, um die Oberfläche aufzuwühlen.«

»Wenn ich Radolf an dem Abend verlassen hätte, an dem er mich zum ersten Mal hinauswarf, wäre alles ganz anders gekommen. Aber ich dachte, ich müsse bleiben. Dionisias wegen.« Seine Augen weiteten sich. »Meiner ... Halbschwester! Sie ist meine Halbschwester; wir haben die gleiche Mutter. Mein Gott, und ich hätte sie fast ... Deshalb fühlte ich mich am Anfang so zu ihr hingezogen. Ich habe alles falsch verstanden und noch viel mehr falsch gemacht.«

»Du konntest nur das tun, was du für richtig hieltest. Es muss ein höherer Richter als ein Mensch kommen, um zu entscheiden, was davon richtig und was falsch war.«

»Habt Ihr das auch als Ausrede genommen, als Ihr mich vor die Klosterpforte gelegt habt?«

»Nein«, sagte Raimund und wandte den Blick ab. »Damals hatte ich das dringende Gefühl, dass es falsch war, was ich tat. Vielleicht ist das der einzige Fingerzeig, dem man wirklich folgen sollte: seinem eigenen Bewusstsein von falsch und richtig.«

Philipp lachte freudlos.

»Das ist die Philosophie von Pierre Abaelard. Ich kann mich erinnern, dass Aude einmal etwas Ähnliches zu mir gesagt hat.«

»Wir hatten keine andere Wahl damals«, sagte Raimund.

»Was habt Ihr dabei gedacht?«

»Ich dachte nichts. Ich wusste nur etwas: Ich würde die Frau verlieren, die ich liebte, und ich verlor meinen Sohn. Ich wollte sterben. So pathetisch es auch klingt, es ist wahr. Ich stürzte mich in jedes Turnier, in jeden Händel, in jede kleine Fehde. Gott hielt seine Hand über mich. Ich war noch für etwas vorgesehen.«

»Das habt Ihr Euch sicher nicht gedacht.«

»Nein, das hat Giovanni mir so erklärt. Wir lernten uns während der Pilgerfahrt kennen. Ich weiß nicht, warum er meine Freundschaft suchte. Aber er war es, der es schaffte, dass ich in meinem Leben wieder etwas Gottgewolltes sah. Er war immer mein bester Freund; bis heute Morgen.«

Philipp sagte gegen seinen Willen: »Auf seine Weise liebt er Euch.«

»Ich hätte ihn getötet, wenn er dich nicht hätte ziehen lassen.«

Sie schwiegen; weil es noch so viel zu sagen gab, sagten sie nichts mehr. Philipp dachte an Dionisia, mit Bastulf auf der Reise in irgendein Kloster, vermutlich gut versteckt inmitten einer Pilgergruppe. Er fühlte Dankbarkeit, dass Albert und seine Männer sie nicht in die Hände bekommen hatten. Dionisia – die dieselbe Mutter hatte wie er. *Ich habe eine Schwester*, dachte er, *die ihren wirklichen Vater nicht kannte, so wie ich bis heute, die ich ins Kloster verbannt habe, so wie ich dereinst ins Kloster verbannt worden bin.*

Philipp schaute wieder auf Aude hinunter, als könnte er von ihr Rat holen. Ihr Anblick vermischte sich plötzlich mit der Erinnerung an Raimunds tränenüberströmtes Gesicht. Er fühlte, wie sich ein heißer Knoten in ihm bildete. Johannes, den er niemals seinen Freund hatte sein lassen, der Gefangene im Kloster. Galbert, der sein Freund gewesen war, ohne dass Philipp es bemerkt hatte, tot an irgendeinem Wegrand. Minstrel, der sein Freund hätte sein können, ebenfalls tot. Dionisia, seine Schwester, verrückt und ihr Leben hinter einem falschen Namen und dem Nonnenschleier verschwendend. Es blieben Aude und Raimund. Die Frau, die er liebte, und der Mann, der sein Vater war. Aude und Raimund. Aude.

»Ich liebe sie«, sagte Philipp einfach.

»Ja, ich weiß. Sie ist deiner Liebe wert.«

Philipp sah ihn an. Plötzlich wünschte er sich, er könnte weinen wie sein Vater, aber es gelang ihm nicht. Raimund saß mit hängenden Schultern neben ihm, die Hände kraftlos in den Schoß gelegt.

Er sah alt aus. Hinter ihnen stocherten Bruno und sein Gefährte verlegen im Feuer herum und wünschten sich, sie seien wieder zurück auf dem Hof.

Einer nach dem anderen begannen die Vögel im Wald zu singen.

Die Nacht war vorbei.

Italien im Jahre 1478: Während der Ostermesse im Dom zu Florenz wird bei einem Attentat auf die Medici der jüngere Bruder Giuliano getötet. Sein Bruder Lorenzo, der seit einiger Zeit mit dem Papst um die Vorherrschaft in einigen italienischen Republiken streitet, überlebt – und eröffnet eine gnadenlose Jagd auf die vermutlich Schuldigen: die rivalisierende Sippe der Pazzi, ebenfalls ein altes florentinisches Geschlecht.

Zur gleichen Zeit gerät die junge Jana Dlugosz in Verdacht, mit den Pazzi kollaboriert zu haben. Alle Beweise sprechen gegen sie, und selbst ihr Gefährte, der Kaufmann Peter Bernward, beginnt an ihr zu zweifeln. Haben Machthunger und Ehrgeiz die junge Frau in eine verhängnisvolle Falle getrieben?

Aber dann beginnen Menschen aus Janas Umfeld zu verschwinden, und Peter Bernward erkennt, dass der Fall komplizierter ist, als er dachte ...

ISBN 3-404-14757-X

BASTEI
LÜBBE